國家出版基金項目
NATIONAL PUBLICATION FOUNDATION

國家社科基金重大項目
四川省重大文化工程

三蘇經解集校

sansu
jingjie jijiao

上册

舒大剛 李文澤 金生楊 張尚英 尤瀟瀟 校注

舒大剛 李文澤 主編

四川大學出版社

責任編輯:舒　星
責任校對:謝正強　高慶梅　袁　捷
封面設計:墨創文化
責任印製:王　煒

圖書在版編目(CIP)數據

三蘇經解集校／(北宋)蘇洵,(北宋)蘇軾,
(北宋)蘇轍原著；舒大剛等校注. —成都：四川大學
出版社，2017.10
　ISBN 978-7-5690-1272-9

Ⅰ.①三… Ⅱ.①蘇… ②蘇… ③蘇… ④蘇… Ⅲ.
①蘇洵（1009—1066）－文集②蘇軾（1036—1101）－文集
③蘇轍（1039—1112）－文集　Ⅳ.①I214.411

中國版本圖書館 CIP 數據核字（2017）第 259531 號

書 名	三蘇經解集校
主　編	舒大剛　李文澤
校　注	舒大剛　李文澤　金生楊　張尚英　尤瀟瀟
出　版	四川大學出版社
地　址	成都市一環路南一段24號（610065）
發　行	四川大學出版社
書　號	ISBN 978-7-5690-1272-9
印　刷	四川盛圖彩色印刷有限公司
成品尺寸	185 mm×260 mm
印　張	64.75
字　數	1370千字
版　次	2017年10月第1版
印　次	2017年10月第1次印刷
定　價	780.00圓

◆讀者郵購本書,請與本社發行科聯繫。
　電話:(028)85408408/(028)85401670/
　(028)85408023　郵政編碼:610065
◆本社圖書如有印裝質量問題,請
　寄回出版社調換。
◆網址:http://www.scupress.net

■版權所有◆侵權必究

《巴蜀全書》出版說明

　　《巴蜀全書》是收錄和整理巴蜀歷史文獻的大型叢書。該項工作二〇一〇年一月經由中共四川省委常委會議批准爲四川省重大文化工程；同年四月又獲國家哲學社會科學規劃辦公室批准，列爲國家社科基金重大委託項目。該計劃將對現今四川省、重慶市及其週邊亦屬傳統"巴蜀文化"區域内的各類古典文獻進行系統調查、整理和研究，實現對巴蜀文獻有史以來規模最大、體例最善、編纂最科學、使用最方便的著錄和出版。

　　《巴蜀全書》編纂工程，將收集和整理自周秦以下至民國初年歷代巴蜀學人撰著的重要典籍以及其他作者撰著的反映巴蜀歷史文化的作品，編纂彙集成巴蜀文獻的大型叢書。主體工作將分"巴蜀文獻聯合目錄"、"巴蜀文獻精品集萃"、"巴蜀文獻珍本善本"三大類型，計劃對兩千餘種巴蜀文獻編製聯合目錄和撰寫內容提要，對五百餘部、二十餘萬篇巴蜀文獻進行精心校點或注釋、評析，對一百餘種巴蜀善本、珍本文獻進行考察和重版。

　　通過編纂《巴蜀全書》，希望打造出巴蜀文化的"四庫全書"，爲保存和傳播巴蜀歷代的學術文化成果，促進當代"蜀學"振興與巴蜀文化建設，奠定堅實的文獻基礎；爲提升中華民族的文化自覺和文化自信、建設文化強國貢獻力量。

《巴蜀全書》編纂領導小組

整理巴蜀文獻　傳承優秀文化
——《巴蜀全書》前言

舒大剛　萬本根

中華民族，多元一體；中國文化，群星璀璨。在祖國大西南，自古就傳承着一脈具有深厚歷史底蘊和鮮明個性的文化，即巴蜀文化。巴蜀地區山川秀麗，物產豐富，自古號稱"陸海"、"天府"；巴蜀文化源遠流長，內涵豐富，是古代長江文明的源頭，與"齊魯文化"、"荆楚文化"、"吳越文化"等同爲中華文化之瑰寶。整理和研究巴蜀文化的載體——巴蜀文獻，因而成爲研究中國歷史和中華文化不可或缺的內容。

一、綜覽巴蜀文化　提高文化自覺

巴蜀地區氣候宜人，資源豐富，是人類早期的發祥地之一。考古發現，這裏有距今二百零四萬年的"巫山人"，有距今三萬五千年的"資陽人"。這裏不僅有大禹治水、巴族廩君、蜀國五主（即蠶叢、柏灌、魚鳧、杜宇、開明五個王朝）等優美動人的歷史傳説，也有寶墩文化諸古城遺址、三峽考古遺址、三星堆遺址、金沙遺址、小田溪遺址、李家壩遺址等重大考古發現。商末周初，庸、蜀、羌、髳、微、盧、彭、濮，以及勇鋭的巴師，曾參與武王伐紂。春秋戰國，巴濮楚鄧、秦蜀苴羌，雖互有戰伐，亦相互交流。秦漢以降，巴蜀的地利和物產，更是抵禦强侮、周濟天下、維護祖國統一、實現持久繁榮的戰略屏障和天然府庫。

在祖國"多元一統"的文化格局中，巴蜀以其豐富的自然和人文資源，哺育出一批又一批傑出人物和文化精英，既有司馬相如、王褒、嚴遵、揚雄、陳壽、常璩、陳子昂、趙蕤、李白、蘇軾、張栻、李心傳、魏了翁、虞集、楊慎、唐甄、李調元、楊鋭、劉光第、廖平、宋育仁、謝無量、郭沫若、巴金等文化巨擘，也有朱之洪、張瀾、謝持、張培爵、吳玉章、楊庶堪、黄復生、尹昌衡、鄒容、熊克武、朱德、劉伯承、聶榮臻、陳毅、趙世炎、鄧小平等革命英傑，他們超拔倫輩，卓然振起，敢爲天下先，樂爲蒼生謀，創造了輝煌燦爛的思想文化，也推動了中國社會的歷史巨變，演繹了一幕幕驚心動魄的歷史大劇。

歷代巴蜀學人在祖國文化的締造中，成就良多，表現突出，許多文化人物和文明成果往往具有先導價值。巴蜀兒女鋭意進取的創新精神，使這種創造發明常常居於全國領先地位，成爲祖國文化寶庫中耀眼的明珠。

在傳統思想、文化和宗教領域，中國素號"三教互補"，"儒"、"釋"、"道"交互構成中華思想文化的主要內容，而儒學是其主幹。從漢代開始，巴蜀地區的儒學就十分發達，西漢蜀守文翁在成都創建當時全國首個郡國學校——石室學宮，推行"七經"教育，實行儒家教化，遂使蜀地民風丕變，並化及巴、漢，促成中國儒學重要流派——"蜀學"的形成，史有"蜀學比於齊魯"之稱。巴蜀地區是"仙道"派發源地，東漢張陵在蜀中創立"天師道"，中國道教正式誕生。東漢佛教傳入中國後，四川也是其重要傳播區域。

巴蜀"易學"源遠流長，大師輩出。自漢胡安（居邛崍白鶴山，以《易》傳司馬相如）、趙賓（治《易》持論巧慧，以授孟喜）、嚴遵（隱居成都，治《易》、《老》）、揚雄（著《太玄》）而下，巴蜀治《易》之家輩出。晉有范長生（著《周易蜀才注》），唐有李鼎祚（著《周易集解》），宋有蘇軾（著《東坡易傳》）、房審權（撰《周易義海》）、張栻（著《南軒易說》）、魏了翁（撰《周易集義》、《周易要義》）、李石（著《方舟易說》）、李心傳（著《丙子學易編》），元有趙采（著《周易程朱傳義折衷》）、黃澤（著《易學濫觴》）、王申子（著《周易輯說》），明有來知德（撰《周易集注》）、熊過（著《周易象旨決錄》），清有李調元（著《易古文》）、劉沅（撰《周易恆解》），皆各撰易著，發明"四聖"（伏羲、文王、周公、孔子）之心。巴蜀易學，普及面廣，自文人雅士、方術道流，以至引車賣漿之徒、箍桶織履之輩，皆有精於易理、善於測算者。理學大師程頤兩度入蜀，得遇奇人，遂有感悟，因生"易學在蜀"之歎。

巴蜀"史學"名著迭出，斐然成章。陳壽《三國志》雅潔典要，名列"前四史"；常璩《華陽國志》體大思精，肇開方志體；譙周《古史考》，開古史考證之先聲；蘇轍《古史》，成舊史重修之名著。至於范祖禹（撰《唐鑑》，助司馬光修《通鑑》）、李燾（撰《續資治通鑑長編》）、王偁（撰《東都事略》）、李心傳（撰《建炎以來繫年要錄》及《朝野雜記》、《宋會要》），更是宋代史學之巨擘，故劉咸炘有"唐後史學莫隆於蜀"之說。

蜀人"好文"，巴蜀自古就是歌賦詩詞的沃壤。禹娶塗山（今重慶南岸真武山，常璩《華陽國志·巴志》、酈道元《水經注·江水一》），而有"候人兮猗"的"南音"，周公、召公取之"以爲《周南》、《召南》"（《吕氏春秋·音初》）。西周江陽（今瀘州）人尹吉甫亦善作詩，《詩經》傳其四篇（曹學佺《蜀中廣記》卷九一）。"文宗自古出巴蜀"，"漢賦四家"，司馬相如、揚雄、王褒居其三。陳子昂、李太白首開大唐雄健浪漫詩風，五代後蜀《花間集》與北宋東坡詞，開創宋詞婉約、豪放二派。"三蘇"（蘇洵、蘇軾、蘇轍）父子，同時輝耀於"唐宋八大家"之林；楊慎著作之富，位列明代儒林之首。"自古詩人例到蜀"，漢晉唐宋以及明清，歷代之遷客騷人，多以巴蜀爲理想的避難樂土，而巴蜀的山水風物又豐富其藝情藻思，促成創作高峰的到來。杜甫、陸游均以巴蜀爲第二故鄉，范成大、王士禛亦寫下千古流芳的《吳船錄》和《驛程記》。洎乎近世，郭沫若、巴金，蔚爲文壇宗匠；蜀謳川劇，技壓梨園群芳。

"三蘇"父子既是文學大家，也是"蜀學"領袖；綿竹張栻，不僅傳衍南宋"蜀學"之道脈，而且創立"湖湘學派"之新範。明末唐甄撰《潛書》，斥責專制君主，提倡民本思想，被章太炎譽爲"上繼孟、荀、陽明，下啟戴震"的一代名著。晚清廖平撰書數百種，區分今學古學，倡言託古改制。錢基博、范文瀾俱譽其爲近代思想解放之先驅。新都吳虞，批判傳統道德，筆鋒犀利，被胡適譽爲"思想界的清道夫"。

在科技領域，秦蜀守李冰開建的都江堰，是至今還在使用的人類最古老的水利工程；漢代臨邛人民，開創了人類歷史上最早使用天然氣煮鹽的記錄。漢武帝徵閬中落下閎修《太初曆》，精確計算回歸年與朔望月，是世界上首部"陰陽合曆"的範本。楊子建《十產論》異胎轉位術領先歐洲五百年。北宋唐慎微《證類本草》，將本草學與方劑學相結合，是世界上第一部大型藥典和植物志。王灼《糖霜譜》詳錄蔗糖製作工藝，是世界上有關製糖技術的首部專書。南宋秦九韶《數學九章》，將中國數學推向古代科學頂峰，其"大衍求一術"、"正負開方法"俱領先西方世界同類算法五百年。

至於巴蜀地區的鄉村建設和家族文化，也是碩果累累，佳話多多。他們或夫婦齊名、比翼雙飛（司馬相如與卓文君，楊慎與黃娥）；或兄弟連袂，花萼齊芳（蘇軾、蘇轍、蘇舜欽、蘇舜元，李心傳、李道傳、李性傳等）。更有父子祖孫，世代書香，奕世載美，五世其昌：閬中陳省華及其子堯佐、堯叟、堯咨等，"一門二相，四世六公，昆季雙魁多士，仲伯繼率百僚"（霍松林語）；眉山蘇洵、蘇軾、蘇轍及子孫輩過、籥，並善撰文，號稱"五蘇"；梓州蘇易簡及其孫舜欽、舜元，俱善詩文，號稱"銅山三蘇"；井研李舜臣及其子心傳、道傳、性傳，俱善史法、道學，號稱"四李"；丹稜李燾與其子壁、㙞，俱善史學、文學，時人贊"前有三蘇，後有三李"。降及近世，雙流劉沅及其孫咸滎、咸炘、咸焌，長於經學、道學與史學，號稱"槐軒學派"。如此等等，不一而足。

綜觀巴蜀學術文化，真可謂文章大雅，無奇不有！其先於天下而創者，則有導夫先路之功；其後於天下而作者，則有超邁古今之效！先天後天，不失其序；或創或繼，各得其宜。

二、整理巴蜀文獻　增强文化自信

歷史上的四川，既是文化大省，也是文獻富省。巴蜀上古歷史文化，在甲骨文、金文和《尚書》、《春秋》等華夏文獻中都有記錄，同時巴蜀大地還孕育形成了別具特色的"巴蜀文字"。秦漢統一後，歷代巴蜀學人又爲我們留下了汗牛充棟、豐富多彩的古典文獻。唐代中後期（約八世紀初），成都誕生了"西川印子"，北宋初期（十世紀後期）又出現了"交子雙色印刷術"，標誌着雕版印刷的產生、成熟和創新，大大推動了包括巴蜀文獻在內的古典文獻的保存與傳播。據不完全統計，歷史上產生的巴蜀古文獻不下萬餘種，現在依然存世的也在五千種以上。

巴蜀文獻悠久綿長，影響深遠，上自先秦的陶字、金文，下迄漢晉的竹簡、石刻，以及唐刻、宋槧、明刊、清校，經史子集，三教九流，歷歷相續不絕，熠熠彪炳史冊。

巴蜀文獻體裁多樣，內容豐富，舉凡政治之興替、經濟之發展、文化之繁榮、兵謀之奇正、社會之變革，以及思想學術之精微、高人韻士之風雅、地理民族之風貌、風俗習慣之奇特，都應有盡有，多彩多姿。它們是巴蜀文化的載體，也是中華文明的重要表徵。

對巴蜀文獻進行調查整理研究，一直是歷代巴蜀學人的夢想。在歷史上，許多學人曾對巴蜀文獻的整理和刊印付出過熱情和心血，編纂有各類巴蜀總集、全集和叢書。《漢書·藝文志》載"揚雄所序三十八篇：《太玄》十九、《法言》十三、《樂》四、《箴》二"。或許是巴蜀學人著述的首次彙集。五代的《花間集》和《蜀國文英》，無疑是輯錄成都乃至巴蜀作品的最早總集。宋代逐漸形成了"東坡七集"（蘇軾）、"欒城四集"（蘇轍）、"鶴山大全集"（魏了翁）等個人全集，以及《三蘇文粹》、《成都文類》等文章總集。明代出現楊慎的個人全集《升庵全集》和四川文章總集《全蜀藝文志》。入蜀爲官的曹學佺還纂有類集巴蜀歷史文化掌故而成的資料大全——《蜀中廣記》。清代，李調元輯刻以珍稀文獻和巴蜀文獻爲主的《函海》，可視爲第一部具體而微的"巴蜀文獻叢書"。近代編有各類"蜀詩"、"蜀詞"、"蜀文"和"川戲"等選集。這些都爲巴蜀文獻的系統編纂、出版做出了有益嘗試。

二十世紀初，謝無量曾提出編纂《蜀藏》的設想，因社會動盪而未果。胡淦亦擬編《四川叢書》，然僅草成"擬收書目"一卷。一九八三年中共中央《關於整理我國古籍的指示》下達，國家成立"全國古籍整理出版規劃領導小組"和"全國高等院校古籍整理工作委員會"，四川也成立了"四川省古籍整理出版規劃小組"，制定出《四川省古籍整理出版規劃》（一九八四——一九九〇）。可惜這個規劃並未完全實施，巴蜀文獻仍然處於分散收藏甚至流失毀損的狀態。

二〇〇七年初，國務院下發《關於進一步加強古籍保護工作的意見》，全國各省紛紛編纂地方文獻叢書。四川大學和四川省社科院的學人再度激起整理鄉邦文獻的熱情，向四川省委、省政府提交"編纂《巴蜀全書》，振興巴蜀文化"的建議，四川省委、省政府再度將整理巴蜀文獻提到議事日程。經過多方論證研究，二〇一〇年一月中共四川省委常委會議批准"將四川大學申請的《巴蜀全書》納入全省古籍文獻整理規劃項目"；四月又獲得國家哲學社會科學規劃辦公室批准，將《巴蜀全書》列爲"國家社科基金重大委託項目"。千百年來巴蜀學人希望全面整理鄉邦文獻的夢想終於付諸實施。

三、編纂《巴蜀全書》，推動文化自強

《巴蜀全書》作爲四川建省以來最大的文獻整理工程，將對自先秦至民國初年歷代巴蜀學人的著作或內容爲巴蜀文化的文獻進行全面的調查收集和整理研究，並予以出版。本工程將採取以下三種方式進行：

一是編製《巴蜀文獻聯合目錄》。古今巴蜀學人曾經撰有大量著作，這些文獻在歷

經了歷史的風風雨雨後，生滅聚散，或存或亡，若隱若現，已經面目不清了。該計劃根據"辨章學術，考鏡源流"的旨趣，擬對巴蜀文獻的歷史和現狀進行全面普查和系統考證，探明巴蜀文獻的總量、存佚、傳承和收藏情況，以目録的方式揭示巴蜀文獻的歷史和現狀。

二是編纂《巴蜀文獻精品集萃》。巴蜀文獻，汗牛充棟，它們是研究和考述巴蜀歷史文化的重要資料。對這些文獻，我們將採取三種方式處理：首先，建立"巴蜀全書網"，利用計算機和網絡技術對現存巴蜀文獻進行掃描和初步加工，建立"巴蜀文獻全文資料庫"，向讀者和研究者提供儘可能集中的巴蜀文化資料。其次，本着"去粗取精，古爲今用"的宗旨，按照歷史價值、學術價值、文化價值"三結合"的原則，遵循時間性、代表性、地域性、獨特性"四統一"的標準，從浩繁的巴蜀古籍文獻中認真遴選五百餘種精品文獻，特別是要將那些在中華傳統文化體系中具有首創性和獨特性的巴蜀古籍文獻彙集起來，進行校勘、標點或注釋、疏證，挖掘其中的思想内涵和治蜀經驗，爲當代社會、經濟、政治、文化建設服務。第三，根據巴蜀文化的歷史實際，收集各類著述和散見文獻，逐漸編成儒學、佛學、道教、民族、地理等專集。

三是重版《巴蜀文獻珍本善本》。成都是印刷術發祥地，巴蜀地區自古以來的刻書、藏書事業都很發達，曾産生和收藏過數量衆多的珍本、善本，"蜀版"書歷來是文獻家收藏的珍品。這些文獻既是見證古代出版業、圖書館業發展的實物，也是進行文獻校讎的珍貴版本，亟待開發，也需要保護。本計劃將結合傳統修復技藝和現代印刷技術，對百餘種巴蜀文獻珍稀版本進行修復、考證和整理，以古色古香的方式予以重印。

通過以上三個系列的研究，庶幾使巴蜀文獻的歷史得到彰顯，内涵得到探究，精華得到凸顯，善本得到流通，從多個角度實現對巴蜀文獻的當代整理與再版。

盛世修書，傳承文明；蜀學復興，文獻先行。"《巴蜀全書》作爲川版的'四庫全書'，藴含着歷代巴蜀先民共同的情感體驗和智慧結晶，昭示着今天四川各族人民共有的文化源流和精神家園。"（《巴蜀全書》編纂領導小組會議文件。下同）《巴蜀全書》領導小組要求，"我們一定要從建設中華民族共有精神家園、打牢四川人民團結奮鬥共同思想基礎的高度，來深刻認識《巴蜀全書》編纂出版工作的重大意義。特別要看到，這不是一件簡單的古籍整理出版工作，而是一件幾百年來巴蜀學人一直想做而没有條件做成的文化盛事，是四川文化傳承史上的重要里程碑"。無論是中國古代的文化發展，還是世界近世的文明演進，都一再證明：任何一次大的文化復興活動，都是以歷史文獻的系統收集整理爲基礎和先導的。我們希望通過對巴蜀文獻的整理出版，給巴蜀文化的全面研究和當代蜀學復興帶來契機，爲"發掘和保護我國豐厚的歷史文化遺産，提升我國文化軟實力，推動中華優秀傳統文化走向世界"做一些基礎性工作。

有鑒於此，《巴蜀全書》領導小組明確要求，要廣泛邀請省内外專家學者參與編纂，共襄盛舉。這一決策，實乃提高《巴蜀全書》學術水準和編纂質量的根本保障。領導小組還希望從事此項工作的學人，立足編纂，志在創新，從文獻整理拾級而上，自編纂而研究，自研究而弘揚，自弘揚而創新，"利用編纂出版《巴蜀全書》這個載體，進一步健全研究巴蜀傳統文化的學術體系，以編促學、以纂代訓，大力培養一批精通蜀學的科研帶頭人和學術新人"。可謂期望殷切，任務艱巨，躬逢其盛，能不振起？非曰能之，唯願學焉。

希望《巴蜀全書》的編纂能爲巴蜀文化建設和"蜀學"的現代復蘇擁篲前趨，掃除蓁蕪；至於創新發展，開闢新境，上繼前賢，下啟來學，固非區區之所能。謹在此樹其高標，以俟高明云爾！

二〇一四年五月
二〇一七年十二月修訂

總目錄

凡例	1
前言	1
蘇氏易傳	1
（宋）蘇軾 撰　金生揚 校點　舒大剛 審校	
東坡書傳	177
（宋）蘇軾 撰　舒大剛　張尚英 校點	
詩集傳	411
（宋）蘇轍 撰　李文澤 校點	
春秋集解	637
（宋）蘇轍 撰　李文澤 校點	
論語説	743
（宋）蘇軾 撰　舒大剛　尤瀟瀟 輯校	
論語拾遺	827
（宋）蘇轍 撰　尤瀟瀟 校點	
孟子解	845
（宋）蘇轍 撰　尤瀟瀟 校點	
老子解	863
（宋）蘇轍 撰　舒大剛　尤瀟瀟 校點	
三蘇經説	943
（宋）蘇洵　蘇軾　蘇轍 撰　尤瀟瀟 校點　舒大剛 審校	

凡　　例

一、此書係蘇洵、蘇軾、蘇轍父子經學文獻的結集與整理，旨在彙編最全的三蘇經解著作，爲北宋"蜀學"研究提供最全面、最系統的經學史料。

二、此次整理以《易》、《書》、《詩》、《春秋》、《論語》、《孟子》、《老子》以及六經論的順序排列；六經論係三蘇父子有關經學的單篇論著合集，茲定名爲《三蘇經說》。

三、此次整理的内容以明代焦竑匯刻《兩蘇經解》所收七種經解著作（《蘇氏易傳》、《東坡書傳》、《詩集傳》、《春秋集解》、《老子解》、《論語拾遺》、《孟子説》）爲基礎，增添散篇和輯佚資料，共計九種。

四、重輯《論語説》，在卿三祥、馬德富、舒大剛等先生對《論語説》輯佚補苴基礎上，參以青年學者谷建、許家星研究成果（以上凡有採録，必注依據），重新輯校編排，並新增條目五十餘條。

五、各書均有整理叙録，簡要介紹作者生平和成書過程與流傳情况，各書的相關著録信息、評論文獻以附録形式附在各書之後。前人對各書内部篇章有評論者，則附於相關篇章之下。

六、由於原有傳世文獻刻本用字較爲隨意，常出現各種異體字混用的情况，有欠規範，如於、于；无、無；惟、唯；舍、捨；祇、衹；修、脩；迹、跡；采、採；况、況；游、遊；疏、疎等字，爲使全書文字更爲合乎現代出版規範，本次整理特别對上述文字進行了規範統一。因所收録先秦儒家經典經文所用字多爲字形較簡的古字，而三蘇文字均爲解經而作，故對於本書上述文字特别採用從簡從古的原則進行規範，特殊用法除外。此次整理的校注、叙録、評述等文字使用規範繁體字。

七、此次整理所收各篇，均以足本、善本爲底本。所用底本和校本，在每種書《叙録》加以説明。底本確有錯訛，則據校本改正，並出校記；異體字、避諱字，形近而誤者，徑改之，不出校記。

八、《三蘇經説》所收之文，若蘇軾、蘇轍二人作品互見，因各有出處，均予兩存，可以互參。

九、爲便讀者，所收各書均有目録，篇題一般以底本爲據，原本若無而又必須者，則新擬增入。

前　言

新版《三蘇經解集校》係北宋蘇洵、蘇軾、蘇轍父子經學論著的彙編，該書以明代焦竑所輯《兩蘇經解》爲基礎，增輯《三蘇經說》和蘇軾《論語說》（輯本），採用優秀版本進行校勘，每種或各節附有諸家評論。它們是北宋"蜀學"的重要代表作，也是至今尚可考述的較早的宋人經學著作。

一、《兩蘇經解》：蘇氏經學文獻及現狀

經學歷史源遠流長，發展至兩宋時期日漸興盛並逐漸轉型，形成了以義理探究爲中心的新學說，被清人稱爲"宋學"。宋代經學成果不但數量龐大，而且思想精深，但若論成就全面、成果斐然、影響深遠之家族或學術門派，當首推眉山"三蘇"，即蘇洵、蘇軾、蘇轍三父子，他們各有所長又相互影響，形成了獨特的蘇氏經學體系。

蘇洵著有《六經論》、《洪範論》和《太玄論》，肇開宋代經論文獻之先聲。蘇軾著有《易傳》、《書傳》和《論語說》，他對自己的三種經學著作十分看重，以爲三書既成，"便覺此生不虛過"，相期爲後世學人有以知道自己學術成就、主體思想的重要成果。蘇轍著有《詩集傳》、《春秋集解》、《老子解》等書，亦皆其精力所萃。他的《詩集傳》一書，自撰寫伊始至完稿殺青，前後用了將近五十年時間，可謂耗費了其畢生的精力和心血。可惜二蘇的經解寫成後，由於朝廷"黨禁"和打擊"元祐學術"，未能得以全部刊行和推廣，其學術影響力沒有達到應有效果。直至當下，研究三蘇（或兩蘇）者，也多是在他們的詩文之間做活計，卻對他們精力所萃的經學著作注意不夠。

根據目錄書著錄，北宋只有《詩集傳》、《易傳》刻本，其他各經均以鈔本形式流行於學者和藏家之間，訛脫多有，傳本甚稀。而蘇軾《論語說》由於長期沒有刻本，竟在人們的疏忽之中失傳了。直至明萬曆年間，焦竑經多方收集二蘇著述，僅得：

> 蘇軾《東坡先生易傳》九卷，《東坡先生書傳》二十卷；蘇轍《潁濱先生詩集傳》十九卷，《潁濱先生春秋集解》十二卷，《論語拾遺》一卷，《孟子解》一卷，《潁濱先生道德經解》（《老子解》）二卷。

而蘇軾所撰《論語說》一書，已無從見覓！焦氏將收集所得匯爲《兩蘇經解》，並撰序給予極高評價。萬曆二十五年（1597），畢氏將書稿刊刻於世，人們始見二蘇經學成就之原貌。後十四年，顧氏又據其本再次翻刻，二蘇的經學著作始大行於時，爲學人

所重。其版本，目前則主要有明萬曆二十五年（1597）畢氏刻本、萬曆三十九年（1611）顧氏刻本。此後東坡《易傳》和《書傳》曾有多次翻刻；蘇轍《老子解》還收入《道藏》之中。乾隆時修《四庫全書》曾將《易傳》、《書傳》、《詩集傳》、《春秋集解》、《老子解》、《論語拾遺》、《孟子解》收錄入庫，逐漸爲人所知。此外還有日本京都大學漢籍善本叢書本，係日本京都同朋舍於昭和五十五年（1980）據萬曆二十五年刊本影印。以上版本大都是輾轉翻刻，校勘欠精，使用不便。目前學界對三蘇的《蘇氏易傳》①、《東坡書傳》②、《詩集傳》③、《春秋集解》④、《論語說》與《論語拾遺》⑤ 等論著分別有不同程度的闡釋；但對三蘇經學的整體研究卻不夠⑥，且少有關於蘇洵經學的研究；至於對於三蘇經學文獻進行全面的整理，就更顯不足了。今借《巴蜀全書》編輯出版之機，特以《兩蘇經解》（七種）爲基礎，增輯《三蘇經說》和蘇軾《論語說》，合計十一類五十餘種，借以構成三蘇父子的經學體系。

　　需要提及的是，三蘇父子之於經典文獻，非僅限於儒家經典，而是兼治《老子》、《莊子》，蘇軾有《廣成子解》，蘇轍有《老子解》，突出地表現了蘇氏蜀學儒道合一的治學理路。

二、"六經五子"：三蘇的經學著作體系

　　三蘇父子在文學上獨佔"唐宋八大家"三席，人稱"一門父子三詞客，千古文章四大家"，由此形成了一段文壇佳話。"三蘇"並稱最早見於宋代王闢之所言："蘇氏文章擅天下，目其文曰'三蘇'，蓋洵爲老蘇，軾爲大蘇，轍爲小蘇也。"⑦ 蘇洵的文章博古通今，縱橫捭闔，《六國論》便足見其說理井然、氣勢磅礴；蘇軾的文章則豪放曠達、思維開闊，《赤壁賦》、《水調歌頭》等名篇都不難看出其文風豪邁和心境坦蕩；

---

① 參見安文妍：《〈蘇氏易傳〉的形而上學思想》，《中國哲學史》2015 年第 3 期；金生楊：《〈蘇氏易傳〉研究》，四川大學出版社，2002 年。

② 參見舒大剛：《蘇軾〈東坡書傳〉述略》，《四川大學學報》（哲學社會科學版）2000 年第 5 期；劉威：《〈東坡書傳〉研究》，華東師範大學碩士學位論文，2004 年。

③ 參見向熹：《蘇轍和他的〈詩集傳〉》，《樂山師範學院學報》2003 年第 5 期；陳明義：《蘇轍〈詩集傳〉研究》，臺灣東吳大學 1993 年碩士論文；李冬梅：《蘇轍〈詩集傳〉新探》，四川大學出版社，2006 年；劉茜：《蘇轍〈詩集傳〉以史爲據的闡釋特徵》，《浙江學刊》2016 年第 1 期。

④ 參見葛煥禮：《論蘇轍〈春秋〉學的特點》，《孔子研究》2005 年第 6 期；杜敬勇：《〈春秋集解〉的解經特色》，《西華師範大學學報》（哲學社會科學版）2011 年第 6 期；祝莉莉：《蘇轍〈春秋集解〉研究》，山東師範大學碩士學位論文，2015 年。

⑤ 參見賈喜鵬、王建弼：《論蘇軾〈論語說〉的新異與特色》，《樂山師範學院》2013 年第 10 期；唐明貴：《蘇轍〈論語拾遺〉的詮釋特色》，《中國哲學史》2013 年第 1 期。

⑥ 目前主要有張力《論三蘇經學的得失》（《蜀學》第七輯，2012 年）評價了三蘇經學的得失，高明峰《三蘇經學與文學述論》（《國學學刊》2013 年第 3 期）對三蘇經學的總體成就進行了概述。

⑦ 王闢之：《澠水燕談錄》卷四，北京：中華書局，1985 年，第 42 頁。

蘇轍受其父兄的影響，其文章也有一番深厚純粹、明靜澹遠的意味。蘇軾曾説："我少知子由，天資和而清。好學老益堅，表裡漸融明。豈獨爲吾弟，要是賢友生。"① 而蘇轍則這樣評價父兄對自己的影響："我初從公，賴以有知。撫我則兄，誨我則師。"② 三蘇之間相互影響又自成一派的學術風格，不僅體現在文學創作中，也體現在其豐富的經學著作裡。

三蘇一生潛心學術，著述頗豐，父子三人著作的内容涉及經、史、子、集各個方面，其中經學類著作共有七十餘種（篇），可分爲十一類：（一）周易類，（二）尚書類，（三）詩經類，（四）三禮類，（五）樂經類，（六）春秋類，（七）中庸類，（八）論語類，（九）孟子類，（十）小學類，（十一）道家類，涉及儒家"六經"、《論》、《孟》、《中庸》和道家《老》、《莊》，初步構成"儒道结合"的"六經五子"經典體系。他們的經學著作視野廣博、一脈相承，可以説共同形成了一個完備的學術體系。現試列表分類如下：

三蘇經學著作類目表

序號	類目	種目	作者	種數
1	周易類 （13種）	蘇洵	5	《六經論》之《易論》，附《太玄论》三篇、《太玄總例》
		蘇軾	4	《蘇氏易傳》九卷、《易論》、《易解》、《孔子贊易有申爻辭而無損益者》
		蘇轍	4	《易論》（與軾同）、《易説》三篇
2	尚書類 （18種）	蘇洵	4	《六經論》之《書論》，《洪範論》三篇
		蘇軾	12	《東坡書傳》二十卷、《書論》、《乃言厎可績》、《聖讒説殄行》、《視遠惟明聽德惟聰》、《終始惟一時乃日新》、《王者惟歲》、《作周恭先作周孚先》、《唐虞稽古建官惟百夏商官倍亦克用》、《惟聖罔念作狂惟狂克念作聖》、《庶言同則繹》、《道猶升降政由俗革》
		蘇轍	2	《洪範五事説》、《書論》（與軾同）
3	詩經類 （5種）	蘇洵	1	《六經論》之《詩論》
		蘇軾	1	《詩論》
		蘇轍	3	《詩集傳》十九卷、《詩論》（與軾同）、《詩説》
4	禮類 （7種）	蘇洵	2	《太常因革禮》一百卷（主撰）、《六經論》之《禮論》
		蘇軾	3	《禮論》、《禮以養人爲本論》、《天子六軍之制》
		蘇轍	2	《禮論》（與軾同）、《天子六軍之制》
5	樂經類 （1種）	蘇洵	1	《六經論》之《樂論》

---

① 蘇軾：《初别子由》，《三蘇全書》第七册，北京：語文出版社，2001年，第389頁。
② 蘇轍：《亡兄子瞻端明墓誌銘》，《三蘇全書》第十八册，第224頁。

續表

序號	類目	種目	作者	種數
6	春秋類（15種）	蘇洵	1	《六經論》之《春秋論》
		蘇軾	11	《春秋論》、《鄭伯克段於鄢》、《鄭伯以璧假許田》、《取郜大鼎于宋》、《齊侯衛侯胥命于蒲》、《禘于太廟用致夫人》、《閏月不告朔猶朝于廟》、《用郊》、《會于澶淵宋災故》、《黑肱以濫來奔》、《春秋變周之文》
		蘇轍	3	《春秋集解》十二卷、《春秋論》（與軾同）、《春秋說》
7	中庸類（3篇）	蘇軾	3	《中庸論》三篇
8	論語類（5種）	蘇軾	4	《論語說》（輯佚）、《王弼引論語以解易其說當否》、《君使臣以禮》、《觀過斯知仁矣》
		蘇轍	1	《論語拾遺》
9	孟子類（3種）	蘇洵	1	《蘇批孟子》（作者存疑）
		蘇軾	1	《以佚道使民以生道殺民》
		蘇轍	1	《孟子解》
10	小學類（1種）	蘇軾	1	《注石鼓文》
11	道家（2種）	蘇軾	1	《廣成子解》
		蘇轍	1	《老子解》二卷

三蘇的研究涉及經學、道家"六經五子"諸類目，蘇洵擅長於《易》學（附《太玄》學）、"禮學"和《孟子》；蘇軾長於《易》、《書》、《論語》三經，兼治《莊子》，他對自己的《易傳》、《書傳》、《論語說》經學三部著作，尤爲珍視；而蘇轍則長於《詩》、《春秋》和《論語》、《孟子》，兼治《老子》，其學說個人特色鮮明，標新立異之處並不鮮見。這些長篇的經學著作有的體現了父子三人各自的專長，有的則充滿了父子三人自相師友的繼承和批判，如《蘇氏易傳》又題"東坡易傳"，其實並非蘇軾一人獨撰，而是父子三人合力完成，而蘇軾著《論語說》後，蘇轍以爲其中有不盡如意之處，便又著《論語拾遺》指出並發表自己的觀點。

長久以來，人們對於三蘇的稱讚都集中在文學方面，認爲他們的散文、詩詞創作豪邁雄健、說理自然，卻對上述經學著作的價值缺乏重視。原因大致有二：一是三蘇本身文學作品的引人入勝、文學成就的輝煌，這毋庸贅述；二則是客觀政治環境對學術的影響，北宋"元祐黨爭"，朝廷打擊"元祐學術"使他們的著作並未在宋代全部刊行，僅有《詩集傳》、《易傳》刊刻流傳，實爲遺憾。直到明代焦竑才將蘇軾、蘇轍的經學著作合刊編成《兩蘇經解》流傳下來。

三蘇對自己的經學著作是極爲珍視並得意的。以蘇軾爲例，元豐二年（1079），他因"烏臺詩案"貶官黃州,爲團練副使;蘇轍也受到牽連,被貶筠州,監鹽酒税。這一時期,兄弟二人爲官清閒,煩擾較少,遂在這種"無絲竹之亂耳,無案牘之勞形"的境況中潛心研究經書。如蘇軾在黃州時云:

> 某閒廢,無所用心,專治經書。一二年間,欲了卻《論語》、《書》、《易》,舍弟已了卻《春秋》、《詩》。雖拙學,然自謂頗正古今之誤,粗有益於世,瞑目無憾也。①

兄弟二人在遷謫的一兩年間,准備完成《易傳》、《書傳》、《春秋集解》、《詩集傳》和《論語説》的撰寫。又在《與王定國一一》中説:"某自謫居以來,可了得《易傳》九卷,《論語説》五卷。今又下手作《書傳》……子由亦了卻《詩傳》,又成《春秋集傳》。"②這都表明在此期間,蘇軾、蘇轍兄弟已初步完成了《易傳》、《春秋集解》、《詩集傳》和《論語説》的寫作,蘇軾也同時着手《書傳》的寫作。紹聖四年(1097),蘇軾又被流放至儋州,蘇轍也再貶筠州,繼遷雷州。雖然二蘇兄弟在被貶之地都飽受艱苦生活的風霜打磨,但他們的經學研究卻在此時獲得了豐收,蘇軾十分高興地在《答李端叔三》中云:"所喜者,海南了得《易》、《書》、《論語》傳數十卷,似有益於骨朽後人耳目也。"③他對自己的作品十分珍視,常"撫視《易》、《書》、《論語》三書,即覺此生不虚過"④。蘇軾去世後,蘇轍爲他撰寫《墓誌銘》贊曰:

> 公泣受命,卒以成書,然後千載之微言,焕然可知也。復作《論語説》,時發孔氏之秘。最後居海南,作《書傳》,推明上古之絶學,多先儒所未達。既成三書,撫之歎曰:"今世要未能信,後有君子,當知我矣。"⑤

蘇轍也曾説"吾爲《春秋集傳》,乃平生事業"⑥,而蘇洵作《易傳》未逮,仍心心念念將之託付給兒子,促其完成自己的遺志。可見,父子三人對經學研究的重視,最終,這些藴含了豐富學術思想的著作成爲蘇氏蜀學的代表作,爲時人廣泛認同並在後世逐漸刊刻流傳。

三、"蜀學"典範:三蘇"六經"論的相互影響

三蘇關於經典的短篇論述,以《六經論》爲代表,父子三人對《易》、《書》、《詩》、《禮》、《樂》、《春秋》各自闡發了自己的看法。蘇洵《六經論》包羅六經,蘇

---

① 蘇軾:《與滕達道二一》,《三蘇全書》第十二册,第419~420頁。
② 蘇軾:《與滕達道二一》,《三蘇全書》第十二册,第459頁。
③ 蘇軾:《答李端叔三》,《三蘇全書》第十二册,第481頁。
④ 蘇軾:《答蘇伯固三》,《三蘇全書》第十三册,第206頁。
⑤ 蘇轍:《亡兄子瞻端明墓誌銘》,《三蘇全書》第十八册,第223~224頁。
⑥ 蘇籀:《欒城遺言》,文淵閣《四庫全書》本。

軾、蘇轍則對除《樂》以外的其他五經都有論述。三蘇自相師友、學術旨趣相近，蘇轍評價蘇洵、蘇軾道：

> 先君，予師也。亡兄子瞻，予師友也。父兄之學，皆以古今成敗得失爲議論之要。以爲士生於世，治氣養心，無惡於身。推是以施之人，不爲苟生也。不幸不用，猶當以其所知，著之翰墨，使人有聞焉。①

三蘇之間在學術上的傳承與相互滲透，從其對六經的漸次解讀即可見一斑，父子三人合力推動了經典闡釋的不斷深入。

關於《易》。蘇洵作《易傳》是爲了去掉時人的"傅會之說"，重現"聖人之旨"，用對立統一的觀點理解《周易》，他在撰寫《易論》時曾云：

> 聖人之道，得《禮》而信，得《易》而尊。信之而不可廢，尊之而不敢廢。聖人之道所以不廢者，《禮》爲之明而《易》爲之幽也。②

在蘇洵看來，《禮》、《易》從明暗兩個方面維繫着聖人之道，使人們處處遵循而不敢廢棄。他在作《易傳》十卷一百餘篇後，便因力有未逮將繼續撰寫完成的使命交給了蘇軾、蘇轍兄弟。蘇軾二十一歲時便在《御試重巽以申命論》中對《易》之《巽卦》進行了闡述，謂其"配於風者"、"仁且順也"③，後又有《易論》一篇詳細論《易》。得益於良好的易學研究基礎，蘇軾在蘇洵遺著的基礎上撰成《易傳》九卷。蘇轍也有《易論》一篇和《易説》三篇，收錄在蘇轍自編的《欒城集》與《應詔集》中。父子三人前赴後繼地對《周易》進行研究，最終撰成《蘇氏易傳》一書。《四庫全書總目》載："此書實蘇氏父子兄弟合力爲之，題曰軾撰，要其成耳。"④蘇轍後人蘇籀的《欒城遺言》也證實了三人合力完成的事實：

> 先曾祖晚歲讀《易》……作《易傳》，未完，疾革，命二公述其志。東坡受命，卒以成書。初，二公少年皆讀《易》，爲之解説。各仕它邦，既而東坡獨得文王、伏羲超然之旨，公乃送所解予坡，今《蒙卦》猶是公解。⑤

總的説來，此書是蘇洵打下基礎，蘇轍加入個人對卦辭的看法，由蘇軾總其成而完成的。老蘇先生還對揚雄的擬《易》之作《太玄》進行了研究，撰有《太玄論》等四篇著述。

關於《書》。蘇洵有《洪範論》三篇；蘇軾早年有多篇論著如《乃言底可績》、《聖讒説殄行》、《視遠惟明聽德惟聰》、《王者惟歲》、《作周恭先作周孚先》等數種，

---

① 蘇轍：《歷代論》，《三蘇全書》第十一册，第140頁。
② 蘇洵：《易論》，《三蘇全書》第六册，第173頁。
③ 蘇軾：《御試重巽以申命論》，《三蘇全書》第十四册，第108頁。按：題目原無"以"字，《三蘇全書》本據南宋郎曄《經進東坡文集事略》本補。
④ 永瑢、紀昀等：《四庫全書總目》，石家莊：河北人民出版社，2000年，第65頁。
⑤ 蘇籀：《欒城遺言》，文淵閣《四庫全書》本。

是對《尚書》進行專題討論的成果。蘇轍則有《洪範五事說》、《書論》兩種，一種是對《洪範》五行的闡釋，是蘇轍有感於漢劉向、劉歆父子作《五行傳》失實之處所作，將之與醫者之書合，謂之"與黃帝之遺書合，醫者由之，至於今不變"①；一種是對《尚書》全貌的概述。隨着研究旨趣的加深，蘇軾撰《東坡書傳》，形成了一部系統性闡釋《尚書》的著作，《郡齋讀書志》稱讚其"以《胤征》爲羿篡位時事，《康王之誥》爲失禮，引《左傳》爲證，與諸儒之說不同"②。《直齋書錄解題》曰：

　　其於《胤征》，以爲羲和貳於羿，而忠於夏，於《康王之誥》以釋衰服爲非禮。曰予於《書》見聖人之所不取而猶存者有二。可謂卓然獨見於千載之後者。又言昭王南征不復，穆王初無憤恥之意。……有以知周德之衰，而東周之不復興也。嗚呼！其論偉矣。③

可見，《東坡書傳》在解經方面多有創見，不僅能夠深刻體認文章義理，更能夠指出其中錯簡和句讀之誤，這些創見影響了後來的《書經》研究，蔡沈《書集傳》即對其優秀的闡發之處多有引用。

關於《詩》。蘇洵視《詩》教爲禮法的補充，他認爲"聖人之道，嚴於禮而通於《詩》"④。《詩》的教化作用是富於人情的，使人們"好色而無至於淫，怨而君父兄而無至於叛"⑤。蘇轍發揮這種人情入經的説法，認爲六經能"久傳而不廢"的原因就是"近於人情"，更認爲《禮》、《春秋》相對嚴苛，或許有不近人情的意味，《易》因卜筮而作，"法度已不如《禮》、《春秋》之嚴矣"⑥。而《詩》則更是人情的體現，因爲詩的內容"上及於君臣父子、天下興亡治亂之跡，而下及於飲食床第、昆蟲草木之類"⑦，是關乎人情的各個方面的。另外，他進一步提出了《詩》的作者不應當爲君子說，"而況乎《詩》者，天下之人，匹夫匹婦，羈臣賤隸，悲憂愉佚之所爲作也。夫天下之人，自傷其貧賤困苦之憂，而自述其豐美盛大之樂"⑧，自古《詩序》、《鄭箋》都認爲《詩經》是君子所作，目的是諷刺王政之非，讚美后妃之德，具有教化意義，但蘇轍認爲《詩》的作者應該來自社會的各個階層，作詩的目的是表達自身的喜怒哀樂。這些觀點，大多爲朱熹採用，且《詩集傳》僅摘錄《詩序》首句，認爲其都是毛萇、衛宏的想法，非孔子原意，《四庫全書總目》評價爲："轍於毛氏之學亦不激不隨，務持其平者。"⑨

---

① 蘇轍：《洪範五事說》，《三蘇全書》第十八冊，第283頁。
② 晁公武撰，孫猛校證：《郡齋讀書志校證》，上海：上海古籍出版社，1990年，第58頁。
③ 陳振孫撰，徐小蠻、顧美華點校：《直齋書錄解題》，上海：上海古籍出版社，2015年，第29~30頁。
④ 蘇洵：《詩論》，《三蘇全書》第六冊，181頁。
⑤ 蘇洵：《詩論》，《三蘇全書》第六冊，181頁。
⑥ 蘇轍：《詩論》，《三蘇全書》第十八冊，第270頁。
⑦ 蘇轍：《詩論》，《三蘇全書》第十八冊，第271頁。
⑧ 蘇轍：《詩論》，《三蘇全書》第十八冊，第271頁。
⑨ 永瑢、紀昀等：《四庫全書總目》，第419頁。

關於《禮》。宋代的疑經風氣盛行，三蘇也不例外，北宋初期歐陽修、蘇軾、蘇轍三人對禮的懷疑尤爲明確，這即是王應麟《困學紀聞》所謂的"毀《周禮》"和皮錫瑞《經學歷史》所言"毀《周禮》謂修與蘇軾、蘇轍"①。這種"毀《周禮》"的做法不僅出於對經典本身的懷疑，同時也有針對當時王安石作《三經新義》進行批判的目的，王安石以《周禮》作爲自己的變法依據，作《周官新義》，而蘇軾、蘇轍則分别撰文對其進行反駁，蘇軾《天子六軍之制》一文認爲《周禮》中關於五等之君、封國大小的記載都與"聖人之制"不符合，是戰國所增的文字。並通過鄭子產的說法，加之《詩經》、《尚書》、《孟子》、《王制》、《春秋》等經典的記載表明"公侯百里、伯七十里、子男五十里"②才是三代的通法，才是周制。而《周禮》所說的公之地五百里、侯四百里、伯三百里、子二百里、男百里，則與周制不符。由此，蘇軾指出"先儒或以《周禮》爲戰國陰謀之書"③，不足爲信。蘇轍也提出了同樣的質疑，他說："以吾觀之，秦漢諸儒以意損益之者衆矣，非周公之完書也。"④並列舉事實證明《周禮》不符合周公之制。最後，從其人情論出發認爲《周禮》不足信，"凡《周禮》之詭異遠於人情者，皆不足信也"⑤。這是三蘇以人情爲準判斷經書的標準。總之，二蘇兄弟都認爲《周禮》經過秦漢諸儒的增刪，並非周公之完書，無法作爲王安石變法、祖述三代的依據。至於老蘇先生，除了在《六經論》中通論禮之用外，還在晚年參與了朝廷組織、由歐陽修掛帥撰修的《太常因革禮》一百卷，爲北宋禮制建設和禮學研究，提供了生動的標本和圭臬。

關於《樂》。蘇洵有《樂論》，蘇軾有《延和殿奏新樂賦》等。父子二人關於樂的理論，都體現出了理想追求、和德美俗的思想。蘇軾提出"德音之作，皆協和平"⑥的觀點。樂的作用，在於感化人心，能發揮潜移默化的滋潤作用。蘇洵認爲，聖人最初制定禮儀規範，約束人們的行爲以達到父父、子子、君君、臣臣的和睦狀態，但當人們"見其今之無禮而不至乎死也，則曰聖人欺我"⑦，在這種時候禮就難以延續了，只能靠樂來彌補禮，產生潜移默化、潤物細無聲的作用：

> 於是觀之天地之間，得其至神之機，而竊之以爲樂。雨，吾見其所以濕萬物也；日，吾見其所以燥萬物也；風，吾見其所以動萬物也；隱隱弦弦，而謂之雷者，彼何用也？陰凝而不散，物癃而不遂，雨之所不能濕，日之所不能燥，風之所不能動，雷一震焉而凝者散，癃者遂。曰雨者，曰日者，曰風者，以形

---

① 皮錫瑞著，周予同注釋：《經學歷史》，北京：中華書局，1959年，第220頁。
② 蘇軾：《天子六軍之制》，《三蘇全書》第十四冊，第318頁。
③ 蘇軾：《天子六軍之制》，《三蘇全書》第十四冊，第318頁。
④ 蘇轍：《周公》，《三蘇全書》第十八冊，第143頁。
⑤ 蘇轍：《周公》，《三蘇全書》第十八冊，第143頁。
⑥ 蘇軾：《延和殿奏新樂賦》，《三蘇全書》第十一冊，第113頁。協：原作"效"，《三蘇全書》據《東坡外集》改爲"協"。
⑦ 蘇洵：《樂論》，《三蘇全書》第六冊，第178頁。

用；曰雷者，以神用。用莫神於聲，故聖人因聲以爲樂。爲之君臣、父子、兄弟者，禮也。禮之所不及，而樂及焉。正聲入乎耳，而人皆有事君、事父、事兄之心，則禮者固吾心之所有也，而聖人之説，又何從而不信乎？①

蘇洵用自然天氣作比，認爲"雨"、"日"、"風"雖然有滋潤萬物的作用，但是起根本作用的還是"雷"，"雷"的聲音作用具有了滋潤效果，能夠彌補"禮之所不及"，因爲禮是"難而易行，既行也，易而難久"②的。總之，對於樂論的探討，蘇洵與蘇軾都是堅持儒家樂論的和德思想的，並且以之作爲禮的補充，作爲一種雅正的存在看待。

關於《春秋》。蘇洵認爲《春秋》既是一部經書，也是一部史書，有着亦經亦史的雙重屬性。他在《史論》中説："仲尼之志大，故其憂愈大。憂愈大，故其作愈大。是以因史修經，卒之論其效者，必曰：'亂臣賊子懼。'"③這裡提到的"因史修經"明顯是指孔子作《春秋》一事：

夫《易》、《禮》、《樂》、《詩》、《書》，言聖人之道與法詳矣，然弗驗之行事。仲尼懼後世以是爲聖人之私言，故因赴告策書以修《春秋》，旌善而懲惡，此經之道也。④

蘇洵認爲除《春秋》以外，其餘五經都在闡發聖人之道，但史事較少，容易產生令人臆斷的弊端，因而孔子以《春秋》來彌補缺漏，在本來作爲史書的《春秋》中加上"道"與"法"，使"亂臣賊子懼"。這種觀點與司馬遷認爲孔子作《春秋》的目的是"我欲載之空言，不如見之於行事之深切著明也"⑤基本一致。蘇洵對《春秋》的看法影響了蘇轍，蘇轍作《春秋集解》沿襲了其父的看法，認爲《春秋》實爲"推王法以繩不義"的"經"，同時，蘇轍也十分強調《春秋》作爲"史"的特性。他説："故凡《春秋》之事當從史。"⑥因此他在治《春秋》時採取了闡發義理與發掘史實相結合的方式。

四、"三教合一"：三蘇經學研究的主要特徵

三蘇的學説是相互影響、相輔相成的，他們的解經理路有兩個層面：始於治氣養心的自身修爲，再推己及人達到經世致用的目的，其解經的特徵大致有三，試論如下。

---

① 蘇洵：《樂論》，《三蘇全書》第六冊，第178~179頁。
② 蘇洵：《樂論》，《三蘇全書》第六冊，第178頁。
③ 蘇洵：《史論》，《三蘇全書》第六冊，第212頁。
④ 蘇洵：《史論》，《三蘇全書》第六冊，第212頁。
⑤ 司馬遷：《史記·太史公自序》，北京：中華書局，2010年，第4003頁。
⑥ 蘇轍：《春秋集解》，《三蘇全書》第三冊，第17頁。

1. 以權變入經，以人情爲據

　　三蘇治學解經最突出的特點是將"權變"與"人情"相結合，注重審時度勢，尊重人情的作用，發揮經典對治世的功用。"三蘇兄弟的哲學思想值得重視，他們在宋代理學之外別樹一幟，以人情説對抗二程存天理、滅人欲的理學，頗有些離經叛道的思想。"① 歐陽修曾評價蘇洵：

> 其論議精於物理而善識變權，文章不爲空言而期於有用，其所撰《權書》、《衡論》、《幾策》二十篇，辭辯宏偉，博於古而宜於今，實有用之言，非特能文之士也。②

　　蘇洵自己也曾在《諫論上》中提出"仲尼之説，純乎經者也；吾之説，參乎權而歸乎經者也"③。權，即權衡考量，變則指事物變化。蘇洵重視權變與時務之關係，就是根據事情的發展變化發揮經典的不同作用，將權變的思想投諸於解經的過程中，以《易論》爲例，蘇洵認爲聖人"於是因而作《易》，以神天下之耳目，而其道遂尊而不廢。此聖人用其機權以持天下之心，而濟其道於無窮也"④。即是説聖人作《易》就是爲了維護道的運行，用各種變化權宜，使其變成維繫世道人心的存在。

　　這種"權變"的思想還在蘇洵的《春秋論》中有所體現，蘇洵説：

> 《春秋》賞人之功，赦人之罪，去人之族，絕人之國，貶人之爵，諸侯而或書其名，大夫而或書其字，不惟其法，惟其意；不徒曰此是此非，而賞罰加焉。⑤

　　又言："夫子之作《春秋》也，非曰孔氏之書也，又非曰我作之也。賞罰之權不以自予也。"⑥ 也就是説，孔子並非以個人名義作《春秋》，而是借用了魯國各公的名義，行賞罰之權也不是自己賦予自己的，"此魯之書也，魯作之也……公之以魯史之名，則賞罰之權固在魯矣"⑦。賞罰之權在魯公，由天子及下，周公爲了存周室也借用天子之權來行使賞罰的權力，"宜如周公不得已而假天子之權以賞罰天下，以尊周室。……夫子亦知魯君之才不足以行周公之事矣，顧其心以爲今之天下無周公，至於此"⑧。蘇洵用這種權變的方式來解經，讓經典爲現實需要服務，將《春秋》賞罰之功一一闡明。這種權變靈活的方式能夠適應現實的需要，但在宋代後期解經方式日益嚴格的情況下，

---

① 曾棗莊等著：《蘇軾研究史》，南京：江蘇教育出版社，2001年，第502頁。
② 歐陽修：《歐陽修全集》，北京：中華書局，2001年，第1698頁。
③ 蘇洵：《諫論》，《三蘇全書》第六册，第281頁。
④ 蘇洵：《易論》，《三蘇全書》第六册，174頁。
⑤ 蘇洵：《春秋論》，《三蘇全書》第六册，第184頁。
⑥ 蘇洵：《春秋論》，《三蘇全書》第六册，第184頁。
⑦ 蘇洵：《春秋論》，《三蘇全書》第六册，第185頁。
⑧ 蘇洵：《春秋論》，《三蘇全書》第六册，第185頁。

蘇洵這種權變靈活的方式便很少被延續。可以説宋代後期的經解思想已逐漸遠離了蘇洵的學術主張，脱離了現實人情的需求，有了空疏泛泛的弊端。

　　蘇軾的經學思想仍然延續了其父的權變之説，蘇軾《禮以養人爲本論》主張"夫禮之大意，存乎明天下之分，嚴君臣、篤父子、形孝弟而顯仁義也"①，强調禮的作用是明天下之分，用禮來明人倫，只要以"人情所安而有節者，舉皆禮也"而不是"牽於繁文，而拘於小説，有毫毛之差，則終身以爲不可"②。蘇軾的《東坡書傳》也以權變入經，注重經典的治世作用，《四庫全書總目》即明言："軾究心經世之學，明於事勢，又長於議論，於治亂興亡披抉明暢，較他經獨爲擅長。"③這就是在説蘇軾詮釋經典的目的是使上古之學披抉明暢，能夠作用於現實的治亂興衰。

　　三蘇在治學解經過程中，除了注重權變經世，還以人情判斷是非曲直。蘇洵認爲人性中惡的一面是人之常情，要一味杜絶是不現實的，他認爲"民之苦勞而樂逸也，若水之走下"④，因此聖人針對"人之好生也甚於逸，而惡死也甚於勞"的情況，便"奪其逸、死而與之勞、生"⑤，聖人以神秘莫測的《易》來利用人情維護聖人之道。蘇軾、蘇轍對其父的觀點有更多的發揮，蘇軾《中庸論》言："夫聖人之道，自本而觀之，則皆出於人情。"⑥蘇轍也指出"夫六經之道，惟其近於人情，是以久傳而不廢"⑦，並且將人情提升到作爲衡量經書品質標準的高度，如蘇轍對《周禮》持否定態度，即是因爲其"詭異遠於人情者，皆不足信也"⑧。由此可見，三蘇解經往往着眼於權變和人情，以權變治世爲解經的目的，將人情是非作爲解經的標準。

2. 以儒爲主，兼採佛、道

　　北宋是一個重儒、崇道、尚佛的時代，在巴蜀地區，儒、道、佛三教合一的風氣更是盛行已久。儒學方面，蜀刻石經、文翁石室、周公禮殿的影響不言而喻。道教方面，四川不僅是民間道教的發源地，而且出現了許多著名的道教學者，如嚴遵和揚雄。嚴遵常年隱居，以卜筮爲業，精研於《易》，並著有《老子指歸》；他的學生揚雄也受道家影響很深，著有《太玄》、《法言》等。佛教方面，北宋開寶四年（971）宋太祖命高品張從信到益州（今成都）刻《大藏經》十三萬片，歷經十二年終刻成，這是歷史上第一部刊印的佛教叢書，因爲這版《大藏經》刻於蜀中，因此也被稱爲"蜀藏"。興盛的佛教刻書業方便了學人讀書學佛，更使蜀中佛教氣氛興盛濃郁。深受蜀中文化相容並包影響的三蘇，思想開放，不以純儒自居，兼採佛道，三教合一。這裡三教合

---

① 蘇軾：《禮以養人爲本論》，《三蘇全書》第十四册，第128頁。
② 蘇軾：《禮以養人爲本論》，《三蘇全書》第十四册，第128頁。
③ 永瑢、紀昀等：《四庫全書總目》，第325頁。
④ 蘇洵：《易論》，《三蘇全書》第六册，第173頁。
⑤ 蘇洵：《易論》，《三蘇全書》第六册，第173頁。
⑥ 蘇軾：《中庸論》，《三蘇全書》第十四册，第141頁。
⑦ 蘇轍：《詩論》，《三蘇全書》第十八册，270頁。
⑧ 蘇轍：《歷代論·周公》，《三蘇全書》第十八册，144頁。

一的"教",非純指宗教,它既指佛、道二宗教,又指儒家、老莊道家這些學派的學說。三教合一,既分爲三,又合爲一。

蘇洵的政論文體現了三教合一的思想,他的政治思想受到道家愚民的影響,如《申法》説:"先王惡奇貨之蕩民,且哀夫微物之不能遂其生也,故禁民採珠貝。"① "奇貨"、"蕩民"的觀點最早出現在《老子》一書中,"不貴難得之貨,使民不盜"②, "難得之貨,令人行妨"③。難得之物使人汲汲以求,容易使社會混亂,因此治理人民要控制難得之貨,使世道平穩。蘇洵還將老子的愚民思想運用於軍事方面,他在《心術》一文中談到用將之道時説"凡將欲智而嚴,凡士欲愚,智則不可測,嚴則不可犯",因此愚士就會"皆委己而聽命……可與之皆死"④,而不會有別的想法了。此外,蘇洵還將老子的辯證思想運用到自己的政論文中。老子的思想充滿了辯證的因素,如"圖難於易,爲大於細"⑤,"其安易持,其未兆易謀,其脆易浮,其微易散。爲之於未有,治之於未亂"⑥,提出要防患於未然。蘇洵在論及晁錯削藩時持贊成態度,認爲"七國之禍,期於不免,與其發於遠而禍大,不若發於近而禍小。以小禍易大禍,雖三尺童子皆知其當然"⑦,其思想根源即"防患於未然"。接着再論反對賄賂匈奴的理由也是同樣的:"勿賂則變疾而禍小,賂之則變遲而禍大。畏其疾也,不若畏其大;樂其遲也,不若樂其小。……聖人除患于未萌,然後能轉而爲福。"⑧是説賄賂匈奴只是一種權宜之計,惟有在未萌之時將禍患除去才能轉危爲福,使政治安定。

至於蘇軾,他早在鳳翔任上就已經關注道家思想,被貶黃州期間即開始研究佛家和道家思想。黃州城南的安國寺是蘇軾學佛之地,蘇軾在《黃州安國寺記》中説自己"間一二日輒往,焚香默坐,深自省察,則物我相忘,身心皆空……私竊樂之。且往而暮還,五年於此矣"⑨。他通過焚香靜坐,以佛禪自我察省,達到了物我皆忘、身心空靈的境界。同時,他的政治抱負在貶謫期間暫未能施展,便借助道家思想慰藉心靈。他在《黃州上文潞公書》中寫道:"到黃州,無所用心,輒復覃思於《易》、《論語》,端居深念,若有所得……公退閒暇,一爲讀之,就使無取,亦足見其窮不忘道、老而能學也。"⑩ 可見,三教會通的思想對蘇軾影響至深。據邵博《邵氏聞見錄》記載:

東坡書《上清宮碑》云:"道家者流,本於黃帝、老子,其道以清靜無爲爲宗,以虛明應物爲用,以慈儉不爭爲行,合于《周易》'何思何慮'、《論

---

① 蘇洵:《申法》,《三蘇全書》第六册,第161頁。
② 朱謙之:《老子校釋》,北京:中華書局,2000年,第14頁。
③ 朱謙之:《老子校釋》,第46頁。
④ 蘇洵:《權術·心術》,《三蘇全書》第六册,128頁。
⑤ 朱謙之:《老子校釋》,第256頁。
⑥ 朱謙之:《老子校釋》,第258~259頁。
⑦ 蘇洵:《幾策·審敵》,《三蘇全書》第六册,123頁。
⑧ 蘇洵:《幾策·審敵》,《三蘇全書》第六册,123頁。
⑨ 蘇軾:《黃州安國寺記》,《三蘇全書》第十四册,517頁。
⑩ 蘇軾:《黃州上文潞公書》,《三蘇全書》第十二册,第315~316頁。

語》'仁者靜壽'之説，如是而已。"①

蘇軾看到了道家學説與儒學相通之處，極力論證儒、佛、道的契合，他認爲道家的清靜無爲，《周易》的"不思不慮"和《論語》的"仁者靜壽"是一致的。關於佛家，他也説："宰官行世間法，沙門行出世間法，世間即出世間，等無有二。"②儒與佛不謀而合，一個"行世間法"，一個"行出世間法"，故儒、佛也是能相通並互補爲用的。蘇軾對佛教典籍的大量涉獵，也始於此時。但蘇軾學佛老，並非深究佛老之典籍，如《老子》和佛書，他都沒有作過注，因此他對佛禪並未精通，正如他自己所言："老拙慕道，空能誦《楞嚴》言語，而實無所得"。③他學佛老是"期於達"，即借用莊禪的處世智慧來調節自己的行爲並調適自己的心境。

蘇轍則繼承了父兄思想，將三教合一的思想進一步拔高。蘇轍認爲：

老、佛之道，非一人之私説也，自有天地，而有是道矣。……道並行而不相悖，泯然不見其際而天下化，不亦周孔之遺意也哉！④

可見，蘇轍是贊同並貫徹三教並行不悖觀點的。蘇轍首先從認識對象的一致性來證明"三教"的宗旨相同。他認爲"天下固無二道，而所以治人則異"⑤，這決定了儒、佛、道三教在認識對象上的一致性，即"三教"推尊的"道"是同一事物。"三教"追述的最高境界都是"明道"，只不過儒家兼談"道"下之"器"，即禮樂思想的運用，"器"是"道"的具體體現，二者並不衝突，這是三教合一的共同基礎。其次，蘇軾又認爲三教在思想方法上是一致的，都含有一定的辯證因素，例如老子講"無爲而無不爲"，莊子説"方可方不可，方不可方可"，孔子也説"過猶不及"，強調"中庸"、"中和"。因此蘇轍説"夫'無可無不可'，此老聃、莊周之所以爲辯也，而仲尼亦云"⑥。關於佛教，蘇轍則認爲"至於佛者，則亦曰'斷滅'，而又曰'無斷無滅'"⑦，既"斷"又不斷，既"滅"又不滅，這也是"無可無不可"和"中庸"的思想法則。最後，在認識論方面，佛教講究"見性成佛"，但這種"自性"的發現常常被許多幻象干擾，造成"見性"的障礙，即"見惑"。老子也説："爲學日益，爲道日損。"⑧也即説學到的表面現象越多，越有可能影響對"道"的認識。老子也主張"至虛極，守敬篤"，在佛、道看來主觀成見會對認識形成障礙。儒家也有同樣的認識，荀子説："人何以知道？曰：心。心何以知？曰：虛一而靜。"⑨人們要"明道"，就要

---

① 邵博：《聞見後録》，文淵閣《四庫全書》本。
② 蘇軾：《南華長老題名記》，《三蘇全書》第十四册，第519頁。
③ 蘇軾：《與程全父五》，《三蘇全書》第十五册，第85頁。
④ 蘇轍：《歷代論·梁武帝》，《三蘇全書》第十八册，179頁。
⑤ 蘇轍：《老子解》，《三蘇全書》第五册，第483頁。
⑥ 蘇轍：《老聃論》，《三蘇全書》第十八册，第264頁。
⑦ 蘇轍：《老聃論》，《三蘇全書》第十八册，第265頁。
⑧ 朱謙之：《老子校釋》，第192頁。
⑨ 王先謙撰，沈嘯寰、王星賢校點：《荀子集解》，北京：中華書局，1988年，第395頁。

虛心、專一、冷靜地觀察事物，摒棄主觀干擾。蘇轍通過三教的會通，在解儒時自覺地運用佛、道之言，如《論語拾遺》、《孟子說》；又在說佛處大膽地援引儒道原理，如《書傳燈錄後》；在解讀道家經典時，又大量引證儒、佛之說，如《老子解》。蘇軾對《老子解》大加讚賞，跋曰："昨日子由寄《老子新解》，讀之不盡，廢卷而歎：使戰國有此書，則無商鞅、韓非；使漢初有此書，則孔、老爲一；使晉、宋間有此書，則佛、老不爲二。"①

學人不知蜀學的包容會通風格，對三蘇會通三教的治學方法頗有非議。朱熹認爲，蘇氏"早拾蘇、張之餘緒，晚醉佛老之糟粕"②，是"學儒之失"而流於異端的雜學；王若虛《滹南遺老集》中就蘇軾《論語說》的解讀也有"予謂蘇子此論流於釋氏，恐非聖人之本旨"③的評價；全祖望亦認爲，"蘇氏出於縱橫之學而亦雜於禪"④。在《四庫全書總目》中，四庫館臣也認爲："蘇氏之學，本出入於二氏之間，故得力於二氏者特深。"⑤ 這些評論拘囿於儒學正統立場，不免帶有門戶之見。三蘇經學雜糅佛老，自成一派，才有了會通諸家之學的包容氣勢，這種融合三教，探究經典的奧義，闡發經典的意旨，貫穿佛道的詮解，對讀者讀經、解經實有裨益。

3. 經史結合，嚴謹考證

三蘇在解讀經典時並不惟經，也不囿於成見，而是大膽存疑求實，在北宋初期的疑經風氣上更加有所發揮。

以《東坡書傳》爲例，蘇軾稱"《書》固有非聖人之所取而猶存者也"⑥，他在《尚書》錯簡、脫文等問題上都有所建樹，據事實、義理、文意進行考察，辨正訛誤。例如，蘇軾認爲《胤征》不能作爲帝王事蹟的記錄來看待，因爲胤討伐羲和發生在"太康失國"後，當時的夏王仲康是傀儡，實際上掌權的是羿，因此討伐羲和的是羿，實中晚出古書之弊。蘇軾於《康王之誥》篇懷疑周康王居喪期間穿吉服見諸侯是失禮的行爲。他說："今康王既以嘉服見諸侯，又受乘黃、玉帛之幣。曾謂盛德之王，不若衰世之侯，召、畢公不如子產、叔向乎？使周公在，必不爲此。……然其失禮，則不可以不論。"⑦ 以周康王失禮不符合禮制來懷疑經文，這便是以義理糾正經典了。《禹貢》篇曰："厥貢惟球琳、琅玕。浮於積石，至於龍門西河，會於渭汭。織皮昆侖、析枝、渠搜、西戎即叙。"⑧《東坡書傳》卷五曰：

---

① 蘇轍：《老子解》，《三蘇全書》第五冊，第 483 頁。
② 朱熹：《答程允夫》，《晦庵集》卷四一，文淵閣《四庫全書》本。
③ 王若虛：《滹南集》，文淵閣《四庫全書》本。
④ 黄宗羲原著，全祖望補修：《宋元學案》卷九十八，陳金生、梁運華點校，北京：中華書局，1986 年，第 3237 頁。
⑤ 紀昀纂：《四庫全書總目》，第 3741 頁。
⑥ 蘇軾：《東坡書傳》，《三蘇全書》第一冊，第 541 頁。
⑦ 蘇軾：《東坡書傳》，《三蘇全書》第二冊，第 208~209 頁。
⑧ 《尚書·禹貢》，阮元刻《十三經注疏》，上海：上海古籍出版社，1980 年，第 150 頁。

《禹貢》之所篚，皆在貢後立文，而青、徐、揚三州皆萊夷、淮夷、島夷所篚，此云："織皮、昆侖、析枝、渠搜，西戎即叙。"大意與上三州無異。蓋言因西戎師叙，而後昆侖、析枝、渠搜三國皆篚織皮，但古語有顛倒詳略爾。其文當在"厥貢惟球琳琅玕"之下。其"浮於積石，至於龍門西河，會於渭汭"三句，當在"西戎即叙"之下，以記入河水道，結雍州之末。簡編脱誤，不可不正也。①

"篚"作爲進貢天子的禮器的一種，與"貢"是類似的，而《禹貢》之文是先描寫九州地形，再説人物，然後説貢、篚之物的，蘇軾據文章本身發展脈絡判斷此處有錯簡。這些創新的解説，多爲後來《書》家所採，特別是南宋理學家蔡沈撰著《書集傳》引録《東坡書傳》之説很多，上述所列三條錯訛，蔡沈只在《胤征》篇中否定了蘇軾的説法，在《康誥》、《禹貢》篇都採納了蘇軾的説法。《四庫全書總目》曾説："洛閩諸儒，以程子之故，與蘇氏如水火，惟於此書有取焉，則其書可知矣。"② 可見，在"元祐黨爭"影響下，蘇氏與二程的學術水火不容的情況下，理學家們仍然肯定蘇軾解經的考據成果，因爲蘇軾對《書經》的懷疑，是建立在對史實、義理、文意的判斷上的，既懷疑經典，又尊重原著，十分富有理性精神。蘇轍《亡兄子瞻端明墓誌銘》説他"作《書傳》，推明上古之絶學，多先儒所未達"③ 實非虛語。

《詩集傳》中，蘇轍就《詩經》作者問題提出了自己的看法，並否定了《詩經》的美刺作用，反而認爲這是社會各階層抒發自己喜怒哀樂的詩歌。此外，蘇轍還對《詩序》進行了考證，僅保留他認爲可以代表孔子原意的首句，在解經過程中重視史實的作用，反對臆斷之弊，對糾正當時空疏的學風有重要作用。試舉一例説明。《鄭風·將仲子》的《詩序》云此詩是"刺莊公也。不勝其母以害其弟，弟叔失道而公弗制，祭仲諫而公弗聽，小不忍以致大亂焉"④。蘇轍認爲此詩並無諷刺莊公之意，詩序有臆斷之辭，他採用《左傳·鄭伯克段於鄢》所載史實反駁《詩序》的説法，不以莊公爲"小不忍亂大謀"者。他説：

> 武公夫人姜氏，生莊公及共叔段，愛段，爲請於莊公而封之京。祭仲諫曰："都城過百雉，國之害也。"公不聽，曰："多行不義必自斃。"既而太叔命西鄙北鄙貳於己，公子呂又諫，公曰："不義不暱，厚將崩。"及太叔完聚，繕甲兵，具卒乘，將以襲鄭，夫人將啓之，則曰："可矣。"命子封帥車二百乘以伐京而逐之。由是觀之，莊公非畏父母之言者也，欲必致叔於死耳。夫叔之未襲鄭也，有罪而未至於死，是以諫而不聽。諫而不聽，非愛之也，未得所以殺之也。未得所以殺之而不禁，而曰畏我父母，君子知其不誠也，故

---

① 蘇軾：《東坡書傳》，《三蘇全書》第一册，第526頁。
② 永瑢、紀昀等：《四庫全書總目》，第325頁。
③ 蘇轍：《亡兄子瞻端明墓誌銘》，《三蘇全書》第十八册，第223頁。
④ 《詩經·鄭風·將仲子》，《十三經注疏》，阮元校刻本，上海：上海古籍出版社，1980年，第337頁。

因其言而記之。夫因其言而記之者，以示得其情也。然毛氏不知其説，其叙此詩以爲"不勝其母以害其弟，弟叔失道而公弗禁，祭仲諫而公弗聽，小不忍以致大亂"，莊公豈不忍者哉？①

同時，蘇轍《春秋集解》繼承了蘇洵經史"義一"②的觀念，在解經時十分重視史實的作用，他在解《春秋》中用功最深，成就也得到了時人的認可，"葉夢得曰……今學者治經不精，而蘇、孫之學近而易明，其失者不能遽見，故皆信之"③。這裡的"蘇"指的就是蘇轍。蘇轍解《春秋》，彙集衆家之説，除了三傳及其注疏以外，他還選用了唐代啖助、趙匡，宋初孫復的學説，以《左傳》的事實爲據，對《春秋》的微言大義精心編排，形成了自己獨特的學術體系。他説："左丘明魯史也，孔子本所據依以作《春秋》，故事必以丘明爲本……覽諸家之説而裁之以義。"④可見，蘇轍認爲《左傳》就是孔子所依據的魯史舊文，《春秋》從《左傳》中來，解《春秋》必以《左傳》史實爲依據，他認爲"故凡《春秋》之事當從史"⑤。但是《春秋》也並非只有《左傳》的史實而已，而是一部能夠闡發微言大義的經典之作，因此蘇轍將經史合一，結合各家傳注，進行取捨，批評了孫復"盡棄三《傳》，無所復取"的做法，也否定了杜預將《春秋》當作史書，僅重視《左傳》的做法。他説："至於孔子之所予奪，則丘明容不明盡，故當參以公、穀、啖、趙諸人。然昔之儒者各信其學，是而非人，是以多窒而不通。"⑥摒除了時人各執私意的做法，雜取各家所長，擇善從之，形成了使《春秋》的"經義"與"史實"合一的《春秋集解》一書。

至於蘇洵，他作《易傳》的初衷也是爲了一改往日學者"傅會之説"充斥解經過程的風氣，前已有論，茲不贅述。如此種種，皆體現了三蘇治學讀經考證之嚴謹，糾正臆斷附會之説的用意。

五、餘論

三蘇經學體系完備、自成一派，父子三人在對六經的解讀上既各具特色又相互影響，合力推動了經典闡釋的不斷深入。三蘇解經，以權變入經，切合實際；以人情爲據，反對"滅人欲"的道學主張；兼採佛道，不斷存疑，一改當時空疏臆斷的學風。他們不囿成見，經史結合，考證嚴謹。三蘇闡發經學不在於尋求章句的訓詁，而在於

---

① 蘇轍：《詩集傳》，《三蘇全書》第三冊，第 324 頁。
② 此觀點源自蘇洵《雜論·史論（上）》："由是知史與經解憂小人而作，其義一也。"（《三蘇全書》第六冊，第 212 頁。）
③ 朱彝尊：《經義考》卷一八〇"春秋權衡"條，北京：中華書局，1998 年，第 929 頁。
④ 蘇轍：《春秋集解》，《三蘇全書》第三冊，第 13 頁。
⑤ 蘇轍：《春秋集解》，《三蘇全書》第三冊，第 17 頁。
⑥ 蘇轍：《春秋集解》，《三蘇全書》第三冊，第 13 頁。

發掘其中義理來達到治心和治世的目的。三蘇經學的完備體系與思想精華是"蘇氏蜀學"的內核和主體，成爲北宋初期的重要學術流派。以三蘇爲代表的"蘇氏蜀學"與"荊公新學"、"濂洛理學"、"溫公朔學"並立，成爲北宋中後期的重要學術流派。三蘇學説兼顧疑傳惑經和經世致用，影響深遠，並被其門生後人不斷發揚光大。

南宋陳善曾説："唐文章三變，本朝文章亦三變矣，荊公以經術，東坡以議論，程氏以性理。"①可見北宋的哲學歷程中，蘇氏蜀學是在"新學"與"洛學"中間存在的一個重要流派，它所興盛的時期也是北宋學術發展的重要時期。然而王安石代表的"新學"和二程代表的"理學"都以官學的身份存在並發展的，惟獨以三蘇爲代表的蜀學没有，但是他們的學説因得到世人廣泛認同而得以流傳，以其議論説理深入人心。余允文作《尊孟續辨》攻擊蘇軾《論語説》時都曾惴惴不安地説道："世之學者尊信東坡，學其文而酷好其易論。予輒與之辨，其能免嗤誚乎？"②可見，時人批駁蘇學，是要承受很大的輿論壓力的，也從反面印證了蘇學在當時影響之盛。學者評價蘇氏蜀學"是在比較自由的學術思潮中產生的一家之學，並曾在學術禁錮鬆弛的一段時期内主導過學術界，在後世亦被舉爲反對學術專制的旗幟"③。如焦竑在編《兩蘇經解》時，就在序言中表達了對當時獨奉"一先生之言"④的不滿，希望蘇氏經學思想能衝破學術專制，紹明先聖之道。以三蘇經學爲主體的蘇氏蜀學與"荊公新學"、"濂洛理學"分庭抗禮且更早興盛，成爲"元祐學術"的重要組成部分，是應當被寫入中國儒學史、經學史和哲學史的。

尤瀟瀟執筆，舒大剛修訂

---

① 陳善：《捫虱新話·卷三》，《叢書集成初編》本，長沙：商務印書館，1939年，第23頁。
② 余允文：《尊孟續辨》，文淵閣《四庫全書》本。
③ 王水照、朱剛著：《蘇軾評傳》，南京：南京大學出版社，2004年，第163頁。
④ 明人焦竑在《兩蘇經解》之序言中説道"夫道非一聖人能究，前者開之，後者推之，略者廣之，微者闡之，而其理始著"，認爲經典的闡釋並非由一人可以盡得其全，並引《莊子·徐無鬼》中"曖姝者"諷刺，以爲其"曖曖姝姝於一先生之言，而以爲經竟在是也，豈不謬哉"，故輯録《兩蘇經解》讓"守一家言"的當時之人瞭解蘇軾、蘇轍的解經觀點。參見焦竑輯《兩蘇經解·序》，萬曆二十五年畢氏刻本。

蘇氏易傳

蘇軾 撰

金生楊 校點

舒大剛 審校

目　錄

叙錄 ··· 7

蘇氏易傳卷一 ·· 11
　上　經 ·· 11
　　乾 ·· 11
　　坤 ·· 17
　　屯 ·· 20
　　蒙 ·· 22
　　需 ·· 23
　　訟 ·· 25
　　師 ·· 27
　　比 ·· 29
　　小畜 ·· 31
　　履 ·· 32

蘇氏易傳卷二 ·· 35
　　泰 ·· 35
　　否 ·· 36
　　同人 ·· 38
　　大有 ·· 39
　　謙 ·· 41
　　豫 ·· 43
　　隨 ·· 45
　　蠱 ·· 46
　　臨 ·· 49
　　觀 ·· 51

蘇氏易傳卷三 ·· 53
　　噬嗑 ·· 53
　　賁 ·· 54
　　剥 ·· 57
　　復 ·· 58

无妄	60
大畜	62
頤	64
大過	66
坎	68
離	70

蘇氏易傳卷四 … 72

下　經 … 72

咸	72
恒	73
遯	75
大壯	77
晉	78
明夷	80
家人	81
睽	83
蹇	84
解	86
損	87
益	90

蘇氏易傳卷五 … 93

夬	93
姤	95
萃	96
升	98
困	100
井	101
革	103
鼎	105
震	107
艮	108
漸	110
歸妹	111

蘇氏易傳卷六 ... 114
豐 ... 114
旅 ... 116
巽 ... 117
兌 ... 119
渙 ... 120
節 ... 122
中孚 ... 124
小過 ... 125
既濟 ... 127
未濟 ... 129

蘇氏易傳卷七 ... 131
繫辭傳上 ... 131

蘇氏易傳卷八 ... 147
繫辭傳下 ... 147

蘇氏易傳卷九 ... 158
説卦傳 ... 158
序卦傳 ... 161
雜卦傳 ... 164

〔附錄〕歷代諸家評論 ... 167

叙　　録

　　蘇軾（1037—1101），字子瞻，又字和仲，號東坡居士，謚文忠，眉州眉山（今四川眉山）人。嘉祐二年（1057）進士，仕至中書舍人、翰林學士。北宋著名文學家、書畫家、散文家和詩人，宋詞豪放派代表人物，北宋"蜀學"的代表人物和領袖。與其父蘇洵（1009—1066）、弟蘇轍（1039—1112）皆以文學名世，世稱"三蘇"。著有《易傳》、《書傳》、《論語説》、《東坡志林》、《仇池筆記》及《東坡七集》、《東坡樂府》等。後人將其經學著作與蘇轍《春秋集解》、《詩集傳》、《老子解》等合編爲《兩蘇經解》；又將其詩文與蘇洵、蘇轍作品合編爲《三蘇文粹》和《三蘇大全集》等。《宋史》卷三三八有傳。

　　《蘇氏易傳》是現今保存的宋代最早的義理派易學著作之一，時代與程頤的《程氏易傳》相當。本書作者雖署名蘇軾，但其實是由三蘇父子合力完成，凝聚了三蘇父子的智慧和心血。其父蘇洵二十七歲始發憤讀書，繼而因科場失利，"益閉户讀書，絶筆不爲文辭五六年，乃大究六經、百家之説"①，對六經進行了深入研究，寫成《六經論》，其中就有《易論》一篇。《易論》比較全面地論述了《周易》的性質、作用等問題，初步奠定了蘇洵的《周易》觀。蘇洵晚年還立志撰寫一部系統的《易傳》。歐陽修《蘇君墓誌銘》説他："晚而好《易》，曰：'《易》之道深矣，汨而不明者，諸儒以附會之説亂之也。去之，則聖人之旨見矣。'"②他自己則説：嘉祐五年（1060），"始復讀《易》，作《易傳》百餘篇"③，凡"十卷"④，爲構建蘇氏易學體系做出了奠基性工作。他曾自負地認爲，此項工作乃"撥霧見日"，重現易道，"此書若成，則自有《易》以來，未始有也"⑤。只可惜《易傳》未成而身先死。在彌留之際，蘇洵將《易傳》的續撰工作留給蘇軾、蘇轍兄弟。蘇轍《亡兄子瞻端明墓誌銘》載：父洵"作《易傳》，未完，命公（蘇軾）述其志。公泣受命，卒以成書"⑥。蘇籀《欒城遺言》則謂："先祖（蘇洵）晚歲讀《易》，……作《易傳》未完，疾革，命二公述其志。東坡

---

①　歐陽修：《故霸州文安縣主簿蘇君墓誌銘》，《歐陽修全集》卷三五，北京：中華書局，2001年，第513頁。
②　歐陽修：《故霸州文安縣主簿蘇君墓誌銘》，《歐陽修全集》卷三五。
③　蘇洵：《上韓丞相書》，《嘉祐集箋注》卷一三，上海：上海古籍出版社，1993年，第353頁。
④　張方平：《文安先生墓表》，《張方平集·樂全集卷三九》，鄭州：中州古籍出版社，2000年，第719頁。
⑤　蘇洵：《上韓丞相書》，《嘉祐集箋註》卷一三，第353頁。
⑥　蘇轍：《亡兄子瞻端明墓誌銘》，《欒城後集》卷二二，上海：上海古籍出版社，2000年，第1422頁。

受命，卒以成書。初二公少年讀《易》，爲之解説。各仕他邦，既而東坡獨得文王、伏羲超然之旨，公（轍）乃送所解於坡，今《蒙卦》猶是公解。"可見，《蘇氏易傳》實爲蘇洵、蘇軾、蘇轍三父子共同寫成的，故《四庫全書總目》説"此書實蘇氏父子兄弟合力爲之"是有依據的。古目録著録是書時，書名稱《蘇氏易傳》或更合乎實際，但更多是稱《東坡易傳》，題"蘇軾撰"，因蘇軾總其成也。

《蘇氏易傳》作爲較早的義理派易學著作，其解經方法繼承了王弼《周易注》掃除象數、放言義理的傳統。《四庫全書總目》稱："（蘇）籀（《欒城遺言》）又言：（蘇）洵晚歲讀《易》，玩其爻象，因得其剛柔、遠近、喜怒、逆順之情，故朱子謂其惟發明愛惡相攻，情僞相感之義，而議其粗疏。胡一桂記晁説之之言，謂軾作《易傳》，自恨不知數學，而其學又雜以禪，故朱子作《雜學辨》，以軾是書爲首。"① 説《蘇氏易傳》探討了《周易》中的"剛柔、遠近、喜怒、逆順之情"，其實就是易學的陰陽互動、矛盾對立原理；又説蘇軾"自恨不知數"，是説蘇軾對當時盛行的邵雍等人的圖書易數不感興趣。又説"其學又雜以禪"，是説《蘇氏易傳》走的是儒釋道"三教合一"的路子，這也是北宋學術時代特徵的體現。《四庫全書總目》又稱："今觀其書，如解《乾卦·象傳》性命之理諸條，誠不免杳冥恍惚，淪於異學，至其他推闡理勢，言簡意明，往往足以達難顯之情，而深得曲譬之旨，蓋大體近於王弼。而弼之説惟暢玄風，軾之説多切人事；其文詞博辨，足資啓發，又烏可一概摒斥耶？"説明《蘇氏易傳》雖繼承了王弼義理之學的方法，但在具體内容上又與王氏有别。王氏引老莊入《易》，但只推崇玄虛，不切人事；蘇軾則以"文辭博辨"、"多切人事"爲特徵，是用易學來討論人生哲理的專門著作。

《蘇氏易傳》卷數諸書所記不一，據蘇軾《黃州上文潞公書》（作於元豐五年，1082）説"到黄州……作《易傳》九卷"，可見其書本爲"九卷"。可是宋代目録書多作"十卷"（陳振孫《直齋書録解題》卷一）、"十一卷"（王應麟《玉海》卷三六），蓋已加入王弼《周易略例》在内。明代以後，刻書家對其篇卷時有分合，故又有"八卷本"和"九卷本"兩種。

蘇軾撰成《易傳》後，並未立即刊刻。蘇軾在去世之前，曾將《易傳》託於錢濟明保存。由於徽宗朝繼續打擊元祐黨人，政局日非，黨禁益嚴，蘇軾死後，蘇學曾遭到朝廷禁止，是書更不能廣泛傳播。蘇轍在晚年便命其子輩將自己和亡兄的學術著作鈔録保存。不過，到北宋晚期，《蘇氏易傳》已有刊本出現了。陸游《跋蘇氏易傳》云："此本，先君宣和中（1119—1125）入蜀時所得也。方禁蘇氏學，故謂之'毘陵先生'云。"② 當時四川爲全國著名的刻書中心，所刻之書號稱"蜀本"，蜀本《蘇氏易傳》巧妙地避開時諱，以蘇軾仙逝地毘陵爲稱，改題《毘陵易傳》行世。袁本《郡齋讀書志》卷一著録"《毘陵易傳》十一卷"，正是《蘇氏易傳》刊刻的這一歷史隱情的

---

① 永瑢、紀昀等：《四庫全書總目》卷二。
② 陸游：《跋〈蘇氏易傳〉》，《渭南文集》卷二八，杭州：浙江古籍出版社，2014年，第207頁。

真實記録。南宋末馮椅説"《讀書志》云《毘陵易傳》,當是蜀本"①,是有依據的。

今存最古的《蘇氏易傳》版本是明代陳所藴冰玉堂刻本、吴之鯨萬曆二十四年(1596)刻本(俱八卷),又有萬曆二十五年(1597)焦竑序畢氏刻《兩蘇經解》本、萬曆三十九年(1611)焦竑序顧氏刻《兩蘇經解》本、毛晉汲古閣刻《津逮秘書》本、《四庫全書》本、張海鵬《學津討原》本(俱九卷)、閔齊伋刻朱墨套印本(八卷)、崇禎九年(1636)顧賓刻《大易疏解》本(十卷)、道光刻李元春輯《青照堂叢書》本等。此外,現存還有明代鈔本數種。

此次整理以張海鵬所刻《學津討原》本作底本,主要參校冰玉堂本、萬曆二十五年刻《兩蘇經解》本、《津逮秘書》、文淵閣《四庫全書》本、《青照堂叢書》本等。同時,在正文中附録諸家批評,正文末附録歷代諸家評論,以供參考。

---

① 馮椅:《先儒著述上》,《厚齋易學》附録一,影印文淵閣《四庫全書》本。

蘇氏易傳卷一

上　經①

☰乾下
☰乾上　　乾，元、亨、利、貞。

初九，潛龍勿用。

乾之所以取于龍者，以其能飛能潛也。飛者其正也，不得其正而能潛，非天下之至健，其孰能之？

九二，見龍在田，利見大人。

飛者龍之正行也，天者龍之正處也。見龍在田②，明其可安而非正也。

九三，君子終日乾乾，夕惕若，厲，无咎。

九三非龍德歟？曰：否，進乎龍矣。此上下之際，禍福之交，成敗之決也。徒曰"龍"者不足以盡之，故曰"君子"。夫初之所以能潛，二之所以能見，四之所以能躍，五之所以能飛，皆有待于三焉。甚矣，三之難處也！使三不能處此，則乾喪其所以爲乾矣。天下莫大之福、不測之禍，皆萃于我而求決焉。其濟不濟，間不容髮。是以終日乾乾，至于夕而猶惕然，雖危而无咎也。

【附錄】

《青照堂叢書》本李元春（時齋）評（下稱"青本李評"）　此以三爲主。

九四，或躍在淵，无咎。

下之上、上之下，其爲"重剛而不中，上不在天，下不在田"者，均也。而至于九四獨躍而不惕者，何哉？曰：九四既進而不可復反者也。退則入于禍，故教之躍。其所以異于五者，猶有疑而已。三與四皆禍福雜，故有以處之，然後无咎。

九五，飛龍在天，利見大人。

今之飛者，昔之潛者也，而誰非大人歟？曰見大人者，皆將有求也。惟其處安居正，而後可以求得。九二者龍之安，九五者龍之正也。

上九，亢龍有悔。

夫處此者，豈无无悔之道哉？故言有者，皆非必然者也。

---

① 上經：《學津討原》本（下稱"原本"）無，依例當有，今據閔齊伋刻朱墨套印（以下簡稱"閔本"），補。

② 龍：文淵閣《四庫全書》本（以下簡稱"《四庫》本"）、閔本作"而"。

用九，見群龍无首，吉。

見群龍，明六爻皆然也。蔡墨云，其"《姤》曰'潛龍勿用'，其《同人》曰'見龍在田'，其《大有》曰'飛龍在天'，其《夬》曰'亢龍有悔'，其《坤》曰'見群龍无首，吉'"。古之論卦者以定①，論爻者以變。《姤》者，初九之變也，《同人》者，九二之變也，《大有》者，九五之變也，《夬》者，上九之變也，各指其一，而《坤》則六爻皆變，吾是以知用九之通六爻也。用六亦然。

《彖》曰：大哉乾元，萬物資始，乃統天。

此論元也。元之爲德，不可見也。其可見者，萬物資始而已。天之德不可勝言也，惟是爲能統之。此所以爲元也。

【附録】

《朱熹集》卷七二《雜學辨·蘇氏易解》（四川教育出版社，郭齊、尹波校點本）

"大哉乾元，萬物資始，乃統天。"蘇曰："此論元也。元之爲德，不可見也。所可見者，萬物資始而已。天之德不可勝言也，惟是爲能統之。"愚謂四德之元猶四時之春，五常之仁，乃天地造化發育之端，萬物之所從出，故曰萬物資始，言取其始于是也。存而察之心目之間，體段昭然，未嘗不可見也。然惟知道者乃能識之，是以蘇氏未之見耳。不知病此，顧以己之不見爲當然，而謂真無可見之理，不亦惑之甚與！

雲行雨施，品物流行。

此所以爲亨也。

大明終始，六位時成。

此所以爲利也。生而成之，乾之終始也。成物之謂利矣。

【附録】

《朱熹集》卷七二《雜學辨·蘇氏易解》　"雲行雨施，品物流形。"蘇曰："此所以爲亨也。""大明終始，六位時成，時乘六龍以御天。"蘇曰："此所以爲利也。"愚謂此言聖人體元亨之用，非言利也。

時乘六龍以御天。

"飛"、"潛"、"見"、"躍"，各適其時以用我剛健之德也。

乾道變化，各正性命。

此所以爲貞也。

【附録】

《朱熹集》卷七二《雜學辨·蘇氏易解》　"乾道變化，各正性命，保合大和。"蘇曰："此所以爲貞也。"愚謂此兼言利貞，而下句結之也。

保合大和，乃利貞。

通言之也。貞，正也。方其變化，各之于情，无所不至。反而循之，各直其性以

---

① 定：《四庫》本作"不變"。

至于命，此所以爲貞也。世之論性命者多矣，因是請試言其粗。曰：古之言性者，如告瞽者以其所不識也。瞽者未嘗有見也，欲告之以是物，患其不識也，則又以一物狀之。夫以一物狀之，則又一物也，非是物矣。彼惟无見，故告之以一物而不識，又可以多物眩之乎？古之君子，患性之難見也，故以可見者言性。夫以可見者言性，皆性之似也。君子日修其善，以消其不善，不善者日消，有不可得而消者焉。小人日修其不善，以消其善，善者日消，亦有不可得而消者焉。夫不可得而消者，堯、舜不能加焉，桀、紂不能亡焉，是豈非性也哉？君子之至于是，用是爲道，則去聖不遠矣。雖然，有至是者，有用是者，則其爲道常二。猶器之用于手，不如手之自用，莫知其所以然而然也。性至于是，則謂之命。命，令也。君之令曰命，天之令曰命，性之至者亦曰命。性之至者非命也，无以名之，而寄之命也。死生禍福，莫非命者。雖有聖智，莫知其所以然而然。君子之于道，至于一而不二，如手之自用，則亦莫知其所以然而然矣。此所以寄之命也。情者，性之動也。沂而上，至于命；沿而下，至于情，无非性者。性之與情，非有善惡之別也，方其散而有爲，則謂之情耳。命之與性，非有天人之辨也，至其一而无我，則謂之命耳。其于《易》也，卦以言其性，爻以言其情。情以爲利，性以爲貞。其言也互見之，故人莫之明也。《易》曰："大哉乾乎，剛健中正，純粹精也。"夫剛健中正、純粹而精者，此《乾》之大全也，卦也。及其散而有爲，分裂四出，而各有得焉，則爻也。故曰："六爻發揮，旁通情也。"以爻爲情，則卦之爲性也明矣。"乾道變化，各正性命，保合大和，乃利貞"，以各正性命爲貞，則情之爲利也亦明矣。又曰："利貞者，性情也。"言其變而之乎情，反而直其性也。

【附錄】
《朱熹集》卷七二《雜學辨·蘇氏易解》　　"乃利貞"，蘇曰："並言之也。"愚謂此結上"乾道變化，各正性命，保合大和"之文，與"大明終始，六位時成，時乘六龍以御天"不相蒙。蘇氏之說亦誤矣。蘇曰："正，直也。方其變化，各之于情，无所不至。反而循之，各直其性以至于命，此所以爲貞也。"愚謂品物流形，莫非乾道之變化，而于其中物各正其性命，以保合其大和焉。此乾之所以爲利且貞也。此乃天地化育之源，不知更欲反之于何地，而又何性之可直，何命之可至乎？若如其說，則"保合大和"一句无所用矣。蘇曰："古之君子患性之難見也，故以可見者言性。以可見者言性，皆性之似也。"愚謂古之君子盡其心則知其性矣，未嘗患其難見也。其言性也，亦未嘗不指而言之，非但言其似而已也。且夫性者，又豈有一物似之，而可取此以況彼耶？然則蘇氏所見，殆徒見其似者，而未知夫性之未嘗有所似也。蘇曰："君子日修其善以消其不善，不善者日消，有不可得而消者焉。小人日修其不善以消其善，善者日消，有不可得而消者焉。夫不可得而消者，堯、舜不能加焉，桀、紂不能逃焉。"是則性之所在也。又曰：性之所在庶幾知之，而性卒不可得而言也。愚謂蘇氏此言最近于理，前章所謂性之所似，殆謂是耶？夫謂不善日消而有不可得而消者，則疑若謂夫本然之至善矣。謂善日消而有不可得而消者，則疑若謂夫良心之萌蘖矣。以是爲性之所在，則似矣。而蘇氏初不知性之所自來，善之所從立，則其意似不謂是也。特假于浮屠"非幻不滅，得无所還"者而爲是説，以幸其萬一之或中耳。是將不察乎繼善成性之所由，梏亡反覆之所害，而謂人與犬牛之性无以異也，而可乎？夫其所以重歎性之不可言，蓋未嘗見所謂性者，是以不得而言之也。蘇曰：聖人以爲猶有性者存乎吾心，則是猶有是心也。有是心也，僞之始也。于是又推其至者而假之曰命。"命，令也。君之命曰令，天之令曰命。""性之至者非命也无以名之，而寄之命"耳。愚謂蘇氏以性存于吾心則爲僞之始，是不知性之真也。以性之至者非命而假名之，是不知命之實也。如此則是人生而无故有此大僞之本，聖人又爲之計度隱諱，僞立名字以彌縫之，此何理哉？此蓋未嘗深考夫《大傳》、《詩》、《書》、《中庸》、《孟子》之説以明此章之義，而溺于釋氏"未有天地已有此性"之言，欲語性于天地生物之前，而患夫命者之无所寄，于是爲此説以處之，使兩不相病焉耳。使其誠知性命之説矣，而欲語之于天地生物之前，蓋亦有道，必不爲是支離淫遁之辭也。蘇曰：死生壽殀无非命者，未嘗去我也，而我未嘗覺知焉。聖人之于性也至焉，則亦不自覺知而已矣。此以爲命也。又曰：命之與性，非有天人之辨也，于其不自覺知則謂之命。愚謂如蘇氏之説，則命无所容。命无所容，則聖人所謂至命者益无地以處之。故爲是説以自迷罔，又以罔夫世之不知者而已。豈有命在我而不自覺知，而可謂之聖人哉？蘇氏又引《文言》"利貞性情"之文傅會其説，皆非經之本旨，今不復辨。

查慎行《周易玩辭集解》卷一（文淵閣《四庫全書》本） 《彖傳》曰性命，此曰性情。《蘇氏易傳》曰："情者性之動也。而上至于命，沿而下至于情，无非性者。卦以言其性，爻以言其情。情以爲利，性以爲貞。"愚謂有生以後情用事，而性日漓，利貞者斂情以歸性也。

吳之鯨萬曆二十四年刻《東坡易傳》（以下簡稱"吳本"） **硃批** 好議論，好文章。妙論快論，極深理路，以快筆行之，使人言下了然。鑿鑿有據，不是强聖人道理就我議論。

青本李評 （"如告瞽者"等）妙喻。（"情者性之動也"等）達于天命性情之故。

首出庶物，萬國咸寧。

至于此，則无爲而物自安矣。

【附録】

《朱熹集》卷七二《雜學辨·蘇氏易解》 "首出庶物，萬國咸寧"，蘇氏云云。愚謂此言聖人體利貞之德也。蘇氏説无病，然其于章句有未盡其説者。

《象》曰：天行健，君子以自强不息。

夫天豈以剛故能健哉？以不息故健也。流水不腐，用器不蠹，故君子莊敬日强，安肆日偷。强則日長，偷則日消。

"潛龍勿用"，陽在下也。"見龍在田"，德施普也。"終日乾乾"，反復道也。

王弼曰："居上不驕，在下不憂，反復皆道也。"

"或躍在淵"，進无咎也。"飛龍在天"，大人造也。"亢龍有悔"，盈不可久也。用九，天德不可爲首也。

《文言》曰：元者，善之長也。亨者，嘉之會也。

陰陽和而物生曰嘉。

利者，義之和也。貞者，事之幹也。君子體仁足以長人，嘉會足以合禮，利物足以和義，貞固足以幹事。君子行此四德者，故曰："乾，元、亨、利、貞。"

禮非亨則偏滯而不合，義非利則慘洌而不和。

【附錄】

黎靖德編《朱子語類》卷六八（中華書局校點本）　"和"字，也有那老蘇所謂"无利，則義有慘殺而不和"之意。蓋于物不利，則義未和。

又　"利物足以和義"，此數句最難看。老蘇論此謂慘殺爲義，必利和之。如武王伐紂，義也。若徒義，則不足以得天下之心，必散財發粟，而後可以和其義。若如此說，則義在利之外，分截成兩段了！看來義之爲義，只是一個宜。其初則甚嚴，如"男正位乎外，女正位乎內"，直是有內外之辨；君尊于上，臣恭于下，尊卑大小，截然不可犯，似若不和之甚。然能使之各得其宜，則其和也孰大于是！至于天地萬物无不得其所，亦只是利之和爾。此只是就義中便有一個和。既曰"利者義之和"，卻說"利物足以和義"，蓋不如此，不足以和其義也。

又　"利物足以和義"者，使物各得其利，則義无不和。蓋義是斷制裁割底物，若似不和。然惟義能使事物各得其宜，不相妨害，自无乖戾，而各得其分之和，所以爲義之和也。蘇氏說"利者義之和"，卻說義慘殺而不和，不可徒義，須着些利則和。如此，則義是一物，利又是一物；義是苦物，恐人嫌，須着些利令甜。此不知義之言也。義中自有利，使人而皆義，則不遺其親，不後其君，自无不利，非和而何？

又卷一三九　才卿問："韓文《李漢序》頭一句甚字。"曰："公道好，某看來有病。"陳曰："'文者，貫道之器。'且如六經是文，其中所道皆是這道理，如何有病？"曰："不然。這文皆是從道中流出，豈有文反能貫道之理？文是文，道是道，文只如喫飯時下飯耳。若以文貫道，卻是把本爲末，以末爲本，可乎？其後作文者皆是如此。"因說："蘇文害正道，甚于老佛，且如《易》所謂'利'謂'利者義之和'，卻解爲義无利則不和，故必以利濟義，然後合于人情。若如此，非惟失聖言之本指，又且陷溺其心。"先生正色曰："某在當時，必與他辯。"卻笑曰："必被他无禮。"

逯中立《周易札記》（文淵閣《四庫全書》本）　蘇子曰："義非利則慘洌而不和。"猶二之也。秋氣肅而萬物成，于人道爲義。義者宜也，則无不和而利矣，天理人情非有二也。

吳本硃批　"嘉"字方得解。

初九曰"潛龍勿用"，何謂也？子曰："龍德而隱者也，不易乎世，

王弼曰："不爲世所易。"

不成乎名，遁世无悶，不見是而无悶。樂則行之，憂則違之。確乎其不可拔，'潛龍'也。"九二曰"見龍在田，利見大人"，何謂也？子曰："龍德而正中者也。庸言之信，庸行之謹，閑邪存其誠，善世而不伐，德博而化。《易》曰'見龍在田，利見大人'，君德也。"

堯、舜之所不能加，桀、紂之所不能亡，是謂誠。凡可以閑而去者，無非邪也。邪者盡去，則其不可去者自存矣。是謂"閑邪存其誠"。不然，則言行之信謹，蓋未足以化也。

【附錄】

吳本硃批　"邪者盡去則其不可去者自存"，所謂"但盡凡心，別无勝解"是也。

九三曰"君子終日乾乾，夕惕若厲，无咎"，何謂也？子曰："君子進德修業。忠信，所以進德也。修辭立其誠，所以居業也。

修辭者行之必可言也。修辭而不立誠，雖有業不居矣。

知至至之，可與幾也。知終終之，可與存義也。

至之爲言，往也。終之爲言，止也。乾之進退之決在三，故可往而往，其幾；可止而止，其義。

是故居上位而不驕，在下位而不憂，故乾乾因其時而惕，雖危无咎矣。"九四曰"或躍在淵，无咎"，何謂也？子曰："上下无常，非爲邪也；進退无恒，非離群也。君子進德修業，欲及時也，故无咎。"九五曰"飛龍在天，利見大人"，何謂也？子曰："同聲相應，同氣相求。水流濕，火就燥，雲從龍，風從虎，聖人作而萬物睹，

燥濕不與水火期，而水火即之。龍虎非有求于風雲，而風雲應之。聖人非有意于物，而物莫不欲見之。

【附錄】

楊時《龜山集》卷一三《語錄四》（文淵閣《四庫全書》本）　東坡云"萬物睹"乃是萬物欲見之言。欲見之，便非"聖人作而萬物睹"，如日在天，萬物便見。聖人惟恐不作，作則即時睹矣。作與睹同時事也。

本乎天者親上，本乎地者親下，則各從其類也。"

明龍之在天也。

上九曰"亢龍有悔"，何謂也？子曰："貴而无位，高而无民。

王弼曰："下无陰也。"

賢人在下位而无輔，

夫賢人者，下之而後爲用。

是以動而有悔也。""潛龍勿用",下也。"見龍在田",時舍也。

> 時之所舍,故得安于田。

"終日乾乾",行事也。"或躍在淵",自試也。"飛龍在天",上治也。"亢龍有悔",窮之災也。乾元用九,天下治也。

> 王弼曰:"夫能全用剛直,放遠善柔,非天下至治,未之能也。"

"潛龍勿用",陽氣潛藏。"見龍在田",天下文明。

> 以言行化物,故曰"文明"。

"終日乾乾",與時偕行。"或躍在淵",乾道乃革。"飛龍在天",乃位乎天德。"亢龍有悔",與時偕極。乾元用九,乃見天則。

> 天以无首為則。

乾元者,始而亨者也;利貞者,性情也。乾始能以美利利天下,不言所利,大矣哉!大哉乾乎,剛健中正,純粹精也。六爻發揮,旁通情也。"時乘六龍",以御天也。"雲行雨施",天下平也。君子以成德為行,日可見之行也。

> 君子度可成則行,未嘗无得也。故其行也,日有所見,日可見之行也。

潛之為言也,隱而未見,行而未成,是以君子弗用也。君子學以聚之,問以辨之,寬以居之,仁以行之。《易》曰"見龍在田,利見大人",君德也。九三重剛而不中,上不在天,下不在田,故乾乾因其時而惕,雖危无咎矣。九四重剛而不中,上不在天,下不在田,中不在人,故或之。或之者,疑之也,故无咎。

> "或"者,未必然之辭也。其躍也未可必,故以"或"言之,非以"或"為"惑"也。

夫大人者,與天地合其德,與日月合其明,與四時合其序,與鬼神合其吉凶。先天而天弗違,後天而奉天時。天且弗違,而況于人乎,況于鬼神乎。"亢"之為言也,知進而不知退,知存而不知亡,知得而不知喪。其惟聖人乎!知進退存亡而不失其正者,其惟聖人乎!

☷☷ 坤下坤上　**坤**,元、亨,利牝馬之貞。

> 龍變化而自用者也,馬馴服而用于人者也。為人用而又牝焉,順之至也。至順而不貞則陷于邪,故利牝馬之貞。
>
> 【附錄】
>
> **鄧夢文《八卦餘生》卷一**(《四庫全書存目叢書》本)　蘇傳曰:"龍變化而自用者也,馬馴服而用于人者也。"言乾坤取象之義,甚當。

君子有攸往,先迷後得主。利西南得朋,東北喪朋,安貞吉。

《象》曰：至哉坤元，萬物資生，乃順承天。坤厚載物，德合无疆。含弘光大，品物咸亨。牝馬地類，行地无疆。柔順利貞，君子攸行。先迷失道，後順得常。"西南得朋"，乃與類行。"東北喪朋"，乃終有慶。安貞之吉，應地无疆。

坤之爲道，可以爲人用，而不可以自用；可以爲和，而不可以爲倡。故君子利有攸往，往求用也。先則迷而失道，後則順而得主，此所以爲利也。西與南則兌也，離也，以及于巽，吾朋也；東與北則震也，坎也，以及于乾與艮，非吾朋也。兩陰不能相用，故必離類絶朋而求主於東北。夫所以離朋而求主者，非爲邪也，故曰安貞吉。

【附録】

陳夢雷《周易淺述》卷一（文淵閣《四庫全書》本） 今按：蘇傳、來注皆以"後得主"爲句，謂陽爲陰主，乾爲坤主。居後從乾，得其所主，所以爲利也。此雖與《本義》不合，然觀後《文言》"後得主而有常"句，似非遺去利字，且于理甚順，宜存之。（略）（"利西南得朋，東北喪朋，安貞吉"）此三句《本義》解如此，時解皆從之。今按：蘇傳及來注皆謂文王圓圖，西南兌、離、巽，三女所居，坤之朋也。東北震、坎、艮，三男所居，非朋也。陰以從陽爲正，去其三女之朋，來主於東北，則爲安貞之吉矣。此雖與《本義》悖，而説可存。程傳謂東北從陽，成生物之功曰有慶。蘇傳、來注同之。今按：獨陰不生，從陽有慶爲是。

《象》曰：地勢坤，君子以厚德載物。

坤未必无君德，其所居之勢，宜爲臣者也。《書》曰："臣爲上爲德，爲下爲民。"

初六，履霜，堅冰至。

《象》曰："履霜堅冰"，陰始凝也。馴致其道，至堅冰也。

始于微而終于著者，陰陽均也。而獨于此戒之者，陰之爲物，弱而易入，故易以陷人。鄭子產曰："水弱，民狎而玩之，故多死。"

六二，直、方、大，不習无不利。

《象》曰：六二之動，直以方也。不習无不利，地道光也。

以六居二，可謂柔矣。夫直方大者，何從而得之？曰六二，順之至也。君子之順，豈有他哉？循理无私而已。故其動也，爲直居中，而推其直爲方。既直且方，非大而何？夫順生直，直生方，方生大。君子非有意爲之也，循理无私，而三者自生焉，故曰"不習无不利"。夫有所習而利，則利止于所習者矣。

【附録】

楊時《龜山集》卷一三《語録四》 東坡言"直方大"云："既直且方，非大而何？"曰"直方"，蓋所以爲大，然其辭卻似不達。孔子云"敬義立而德不孤"，德不孤乃所謂"大德不孤"，則"四海之内皆兄弟"之意。夫能使四海之内皆兄弟，此所以爲大也。

吳本硃批 作如此解，極爽，極透！

六三，含章可貞，或從王事，无成有終。
《象》曰："含章可貞"，以時發也。"或從王事"，知光大也。
　　三有陽德，苟用其陽，則非所以爲坤也，故有章而含之。坤之患，弱而不可以正也，有章則可以爲正矣。然以其可正而遂專之，則亦非所以爲坤也。故從事而不造事，无成而代有終。
六四，括囊，无咎无譽。
《象》曰："括囊无咎"，慎不害也。
　　夫處上下之交者，皆非安地也。乾安於上，以未至於上爲危，故九三有夕惕之憂；坤安於下，以始至於上爲難，故六四有括囊之慎。陰之進而至於三，猶可貞也，至於四則殆矣。故自括結以求无咎无譽。咎與譽，人之所不能免也。出乎咎，必入乎譽；脫乎譽，必罹乎咎。咎所以致罪，而譽所以致疑也。甚矣，无咎无譽之難也！
【附錄】
吳本硃批　看得入微，是最上意境，巢許又其次矣。
六五，黃裳元吉。
《象》曰："黃裳元吉"，文在中也。
　　黃，中之色也。裳，下之飾也。黃而非裳，則君也。裳而非黃，則臣爾，非賢臣也。六五，陰之盛而有陽德焉，故稱裳以明其臣，稱黃以明其德。夫文生於相錯，若陰陽之專一，豈有文哉？六五以陰而有陽德①，故曰"文在中也"。
上六，龍戰于野，其血玄黃。
《象》曰："龍戰于野"，其道窮也。
　　至於此，則非陰之所能安矣。陰雖欲不戰而不可得，故曰"其道窮也"。
【附錄】
吳本硃批　如此說道窮，極大。
用六，利永貞。
《象》曰：用六永貞，以大終也。
　　《易》以大小言陰陽。坤之順，進以小也；其貞，終以大也。
《文言》曰：坤至柔，而動也剛。
　　夫物非剛者能剛，惟柔者能剛耳。畜而不發，及其極也，發之必決，故曰"沉潛剛克"。
【附錄】
青本李評　"柔者能剛"亦近老說。
至靜而德方，
　　夫物圓則好動，故至靜所以爲方也。

---

① 六五以陰而有陽德：此八字，閔本但作"惟德"二字。

【附録】

查慎行《周易玩辭集解》卷一　蘇子瞻曰："物非剛者能剛，惟柔者能剛。蓄而不發，其極必決，故曰'沉潛剛克'。"又云："物圓則好動，故至靜所以爲方。"亦有理解。

後得主而有常，含萬物而化光。坤道其順乎？承天而時行。積善之家必有餘慶，積不善之家必有餘殃。臣弑其君，子弑其父，非一朝一夕之故，其所由來者漸矣，由辨之不早辨也。《易》曰"履霜堅冰至"，蓋言順也。

惟其順也，故能濟其剛。如其不順，則辨之久矣。

【附録】

陳夢雷《周易淺述》卷一　按《本義》："主"下當有"利"字，即《象傳》"後順得常"之意。今按蘇、來二説，後乎乾，得乾爲之主，坤道之常也。觀其文勢，"主"下无"利"字爲是。

直，其正也；方，其義也。君子敬以直内，義以方外，敬義立而德不孤。"直方大，不習无不利"，則不疑其所行也。

小人惟多愧也，故居則畏，動則疑。君子必自敬也，故内直。推其直于物，故外方。直在其内，方在其外，隱然如名師良友之在吾側也。是以獨立而不孤，夫何疑之有？

【附録】

陳夢雷《周易淺述》卷一　蘇氏謂"直内方外，隱然如碩師良友之在吾側，是以特立而不孤也"，此説較勝。

陰雖有美，含之以從王事，弗敢成也。地道也，妻道也，臣道也。地道无成而代有終也。天地變化，草木蕃；天地閉，賢人隱。《易》曰"括囊无咎无譽"，蓋言謹也。

方其變化，雖草木猶蕃。及其閉也，雖賢人亦隱。

君子黄中通理，正位居體。美在其中，而暢于四支，發于事業，美之至也。

黄，中之色也。通是理，然後有是色也。君子之得位，如人之有四體，爲己用也，有手而不能執，有足而不能馳，神不宅其體也。

陰疑于陽必戰，爲其嫌于无陽也，故稱龍焉。猶未離其類也，故稱血焉。夫玄黄者，天地之雜也，天玄而地黄。

嫌也，疑也，皆似之謂也。陰盛似陽，必戰。方其盛也，似无陽焉，故雖陰而稱龍。然猶未離其陰陽之類也，故稱血以明其雜。若陰已變而爲陽，則无復玄黄之雜矣。

☳震下☵坎上　屯，元亨利貞，勿用有攸往，利建侯。

因世之屯，而務往以求功，功可得矣。而爭功者滋多，天下之亂愈甚。故勿用有攸往。雖然，我則不往矣，而天下之欲往焉者皆是也，故"利建侯"。天下有侯，人各歸安其主①，雖有往者，夫誰與爲亂？

【附錄】

鄧夢文《八卦餘生》卷二　程傳引《序卦》而未暢。《本義》以乾坤始交而遇險。（略）蘇傳止就屯言之，又不言所屯之意，皆未了了。余故謂易之道，未易言也。

青本李評　世固少大樹將軍。

《彖》曰：屯，剛柔始交而難生；動乎險中，大亨貞。雷雨之動滿盈，天造草昧，宜建侯而不寧。

  《屯》有四陰，屯之義也。其二陰，以无應爲屯；其二陰，以有應而不得相從爲屯，故曰"剛柔始交而難生"。物之生，未有不待雷雨者。然方其作也，充滿潰亂，使物不知其所從。若將害之，霽而後見其功也。天之造物也，豈物物而造之②？蓋草略茫昧而已。聖人之求民也，豈人人而求之，亦付之諸侯而已。然以爲安而易之則不可。

【附錄】

吳本硃批　雷電情宛然在目。

《象》曰：雲雷屯，君子以經綸。

初九，盤桓，利居貞，利建侯。

《象》曰：雖盤桓，志行正也。以貴下賤，大得民也。

  初九以貴下賤，有君之德而无其位，故盤桓居貞，以待其自至。惟其无位，故有從者，有不從者。夫不從者，彼各有所爲貞也。初九不爭以成其貞，故利建侯，以明不專利而爭民也。民不從吾，而從吾所建，猶從吾耳。

六二，屯如，邅如，乘馬班如，匪寇婚媾。女子貞不字，十年乃字。

《象》曰：六二之難，乘剛也。"十年乃字"，反常也。

  志欲從五，而內忌于初，故屯邅不進也。夫初九，屯之君也，非寇也。六二之貞于五也，知有五而已。苟異于五者，則吾寇矣，吾焉知其德哉？是故以初爲寇，曰吾非與寇，爲婚媾者也。然且不爭而成其貞，則初九之德至矣。

【附錄】

吳本硃批　歸重到初九可，蓋初成卦之主也。

六三，即鹿无虞，惟入于林中。君子幾，不如舍，往吝。

《象》曰："即鹿无虞"，以從禽也。君子舍之，往吝窮也。

  勢可以得民，從而君之者，初九是也；因其有民，從而建之，使牧其民者，九五是也。苟不可得而強求焉，非徒不得而已，後必有患。六三非陽也，而居于陽，无其德而有求民之心，將以求上六之陰，譬猶无虞而以即鹿，鹿不可得，而徒有入林之勞，故曰"君子幾，不如舍"之。"幾"，殆也。

---

① 主：原本作"生"，據《四庫》本、閔本、青本改。

② 之：原本無，據《四庫》本、閔本補。

【附録】

　　吴本硃批　此解"君子幾，不如舍"作一句讀。

六四，乘馬班如，求婚媾，往吉，无不利。

《象》曰：求而往，明也。

　　方未知所從也，而初來求婚，從之，吉可知矣。

九五，屯其膏，小貞吉，大貞凶。

《象》曰：屯其膏，施未光也。

　　屯无正主，惟下之者爲得民。九五居上而專于應，則其澤施于二而已。夫大者患不廣博，小者患不貞一，故專于應。爲二則吉，爲五則凶。

【附録】

　　吴本硃批　大小作二、五看，不空。

上六，乘馬班如，泣血漣如。

《象》曰：泣血漣如，何可長也。

　　三非其應，而五不足歸也。不知五之不足歸，惑于近而不早自附于初九，故窮而至于泣血也。

☷☶ 坎下艮上　蒙，亨。匪我求童蒙，童蒙求我。初筮告，再三瀆。瀆則不告。利貞。

《彖》曰：蒙，山下有險，險而止，蒙。蒙"亨"，以亨行，時中也。"匪我求童蒙，童蒙求我"，志應也。"初筮告"，以剛中也。"再三瀆，瀆則不告"，瀆蒙也。蒙以養正，聖功也。

　　蒙者有蔽于物而已，其中固自有正也。蔽雖甚，終不能没其正。將戰于內，以求自達。因其欲達而一發之，迎其正心，彼將沛然而自得焉。苟不待其欲達而強發之，一發不達，以至于再三，雖有得，非其正矣。故曰"匪我求童蒙，童蒙求我"。彼將內患其蔽，即我而求達，我何爲求之？夫患蔽不深，則求達不力；求達不力，則正心不勝；正心不勝，則我雖告之，彼无自入焉。故"初筮告"者，因其欲達而一發之也。"再三瀆，瀆則不告"者，發之不待其欲達①，而至于再三也。"蒙亨，以亨行"者，言其一通而不復塞也。夫能使之一通而不復塞者，豈非時其中之欲達而一發之乎？故曰："時中也。"聖人之于蒙也，時其可發而發之，不可則置之，所以養其正心而待其自勝也。② 此聖人之功也。

【附録】

　　吴本硃批　"禮聞來學，不聞往教"，夫子"不憤不啓，不悱不發"，皆此意也。

---

① 達：原本作"進"，據明陳所藴冰玉堂刻本（下簡稱"陳本"）、《經解》本、閩本、《四庫》本改。

② 正：陳本、《四庫》本同，《經解》本、閩本、青本作"聖"。

《象》曰：山下出泉，蒙。君子以果行育德。

　　果行者，求發也。育德者，不發以養正也。

初六，發蒙，利用刑人，用説桎梏，以往吝。

《象》曰："利用刑人"，以正法也。

　　所以發蒙者，用于未發，既發則无用。既發而用者，瀆蒙也。桎梏者，用于未刑，既刑則説。既刑而不説者，瀆刑也。發蒙者慎其初，不可使至瀆，故于初云爾。

【附録】

　　吴本硃批　　妙悟。

九二，包蒙吉，納婦吉，子克家。

《象》曰："子克家"，剛柔接也。

　　童蒙若无能爲也，然而容之則足以爲助，拒之則所喪多矣。明之不可以无蒙，猶子之不可以无婦。子而无婦，不能家矣。

六三，勿用取女，見金夫，不有躬，无攸利。

《象》曰："勿用取女"，行不順也。

　　王弼曰："童蒙之時，陰求于陽。""上不求三，而三求上，女先求男者也。女之爲體，正行以待命者也。見剛夫而求之，故曰不有躬也。施之于女，行不順矣。"

六四，困蒙，吝。

《象》曰：困蒙之吝，獨遠實也。

　　實，陽也。

六五，童蒙，吉。

《象》曰：童蒙之吉，順以巽也。

　　六五之位尊矣，恐其不安于童蒙之分，而自強于明，故教之曰"童蒙吉"。

上九，擊蒙，不利爲寇，利禦寇。

《象》曰：利用禦寇，上下順也。

　　以剛自高而下臨弱，故至于用擊也。發蒙不得其道，而至于用擊，過矣，故有以戒之。王弼曰："爲之捍禦，則物咸附之；若欲取之，則物咸叛矣。"

☰乾下
☵坎上　需，有孚，光亨，貞吉，利涉大川。

《彖》曰：需，須也，險在前也。剛健而不陷，其義不困窮矣。"需有孚，光亨，貞吉"，位乎天位，以正中也。

　　謂九五也。乾之欲進，凡爲坎者皆不樂也，是故四與之抗，傷而後避。上六知不可抗，而敬以求免。夫敬以求免，猶有疑也。物之不相疑者，亦不以敬相攝矣。至于五則不然，知乾之不吾害，知己之足以御之，是以内之而不疑。故曰："有孚，光亨，貞吉。"光者，物之神也，蓋出于形器之表矣。故《易》凡言"光"、"光大"者，皆其見遠知大者也。其言"未光"、"未光大"者，則隘且陋矣。

【附録】

朱震《漢上易傳・叢説》（文淵閣《四庫全書》本）　蘇氏解《需》"光亨"曰："光者，物之神也。"此關子明之説也。或問神曰：日月在上，其明在地。夫日月之形，其大如盤盂。光之所燭，被乎萬物，非神乎？蓋神難言也，故以光形容之。君子動而有光，廣大无所不及，故《易》言"未光"、"未光大"者，皆狹且陋也。

吴本硃批　通之交道，是晏平仲久而敬之進步。

利涉大川，往有功也。

　　見險而不廢其進，斯有功矣。

《象》曰：雲上于天，需。君子以飲食宴樂。

　　乾之剛，爲可畏也。坎之險，爲不可易也。乾之于坎，遠之則无咎，近之則致寇。坎之于乾，敬之則吉，抗之則傷。二者皆能相壞也①。惟得廣大樂易之君子，則可以兼懷而兩有之，故曰"飲食宴樂"。

【附録】

吴本硃批　如此解經，亦復廣大樂易矣。

初九，需于郊，利用恒，无咎。

《象》曰："需于郊"，不犯難行也。"利用恒，无咎"，未失常也。

　　尚遠于坎，故稱郊。處下不忘進者，乾之常也。遠之不惰，近之不躁，是爲不失常也。

九二，需于沙，小有言，終吉。

《象》曰："需于沙"，衍在中也。雖"小有言"，以吉終也。

　　衍，廣衍也。

九三，需于泥，致寇至。

《象》曰："需于泥"，災在外也。自我致寇，敬慎不敗也。

　　漸近則爲沙，逼近則爲泥。于沙則有言，于泥則致寇。坎之爲害也如此。然于有言也，告之以"終吉"；于其致寇也，告之以"敬慎不敗"。則乾以見險而不廢其進爲吉矣。

六四，需于血，出自穴。

《象》曰："需于血"，順以聽也。

　　"需于血"者，抗之而傷也。"出自穴"者，不勝而避也。

九五，需于酒食，貞吉。

《象》曰："酒食貞吉"，以中正也。

　　敵至而不忌，非有餘者不能。夫以酒食爲需，去備以相待者，非二陰之所能辦也。故九五以此待乾，乾必心服而爲之用。此所以正而獲吉也。

---

① 能相壞：原本作"能相懷"，青本同，蓋涉下而誤。閩本、《四庫》本作"莫能相懷"，又誤增"莫"字。陳本、《經解》本作"能相壞"。兹從陳本、《經解》本改。

【附録】

吳本硃批 羊、陸饋遺之風是也。可見二公當年真一敵手。

上六，入于穴，有不速之客三人來，敬之終吉。

《象》曰："不速之客來，敬之終吉"，雖不當位，未大失也。

乾已克四而達于五矣，其勢不可復抗，故入穴以自固。謂之"不速之客"者，明非所願也。以不願之意，而固守以待之，可得爲安乎？其所以得免于咎者，特以敬之而已。故不如五之當位，而猶愈于四之大失也。

【附録】

沈一貫《易學》卷一（《四庫全書存目叢書》本） 蘇子謂二三四五爲用事之爻，其說較長。蓋初上非用事之爻，即以陰居陰，以陽居陽，不足爲重輕，故《需》與《困》之上六皆言未當。中四爻用事之爻，則以陰居陰，以陽居陽，始爲當位，而九五尤爲正位。乃《噬嗑》六五亦稱得當者，得之爲言，語意差緩，以其柔得中而上行，薄言乎許之也。至于《既濟》六爻皆正，而《象》曰"剛柔正而位當"，則因用事之爻而並及初上耳。《家人》除上爻，餘五爻皆正，而《象》曰"女正位乎內，男正位乎外"。《蹇》除初爻，餘五爻皆正，而《象》曰"當位貞吉"，亦與前同。《漸》除初上二爻，中四爻皆正，而《象》曰進得位，進以正。《既濟》之反曰《未濟》，《象》曰"雖不當位"。《漸》之反曰《歸妹》，《象》曰"位不當"。可見重用事四爻，而尤重二與五之用事矣。

吳本硃批 如此解不當位，雖字亦已了然。易之不可爲典要，正當以前後左右明之。

☰☵ 坎下乾上　訟，有孚窒，惕，中吉，終凶。利見大人，不利涉大川。

《彖》曰：訟，上剛下險，險而健，訟。"訟，有孚窒，惕，中吉"，剛來而得中也。"終凶"，訟不可成也。

初六信于九四，六三信于上九，而九二塞之，故曰"有孚窒"。而九四、上九亦不能置而不爭，此訟之所以作也，故曰"上剛下險，險而健，訟"。九二知懼，則猶可以免，故曰"惕中吉"。"剛來而得中也"，言其來則息訟而歸矣。終之則凶。

【附録】

吳本硃批 卦意只于六爻明之，是長公獨得。

利見大人，尚中正也。

謂九五也。

不利涉大川，入于淵也。

夫使川爲淵者，訟之過也。天下之難①，未有不起于爭，今又欲以爭濟之，是使

---

① 天下之：閔本、《四庫》本無。

相激爲深而已。

【附錄】

青本李評　難起于爭，戒之哉！

《象》曰：天與水違行，訟。君子以作事謀始。

王弼曰："聽訟吾猶人也，必也使无訟乎。"夫无訟在于謀始。契之不明，訟之所以生也。故有德司契，而訟自息矣。

初六，不永所事，小有言，終吉。

九二處二陰之間，欲兼有之，初不予而強爭焉。初六有應于四，不永事二而之四，以爲從強求之二，不若從有應之四也。二雖有言，而其辯則明，故終吉。

《象》曰："不永所事"，訟不可長也。雖"小有言"，其辯明也。

若事二，則相從于訟无已也。

九二，不克訟，歸而逋。其邑人三百户，无眚。

《象》曰："不克訟"，歸逋竄也。自下訟上，患至掇也。

初六、六三，本非九二之所當有也。二以其近而強有之，以爲邑人力征而心不服，我克則來，不克遂往，以我卜也。故九二不克訟而歸，則初六、六三皆棄而違之。失衆知懼，猶可少安，故"无眚"。眚，災也。其曰"逋其邑人三百户"者，猶曰亡其邑人三百户云爾。

【附錄】

陳夢雷《周易淺述》卷一　蘇氏作一句，謂："'逋其邑人三百户'者猶曰亡其邑人三百户云爾。失衆知懼，猶可少安，故曰无眚。"蓋以下訟上而不勝，故其私邑之人亦懼而逋逃也。然居柔知徹，災眚或可免耳。此説較順。

六三，食舊德，貞厲，終吉。或從王事，无成。

《象》曰："食舊德"，從上吉也。

六三與上九爲應，二與四欲得之，而強施德焉。夫六三之應于上九者，天命之所當有也，非爲其有德于我也。雖二與四之德，不能奪之矣。是以"食舊德"，以從其配①。食者，食而忘之，不報之謂也，猶曰食言云爾。與二陽近，而不報其德，故厲而後吉。"或從王事，无成"者，有討于其舊，從之可也，成之過矣。

【附錄】

陳夢雷《周易淺述》卷一　此爻程傳、《本義》、蘇氏、來注所解各不同，注疏雖對上九一爻言之，而意未盡，姑出臆見以得就正。

吳本硃批　食德，看得尖妙。

九四，不克訟，復即命，渝，安貞，吉。

《象》曰："復即命，渝，安貞"，不失也。

九四命之所當得者，初六而已。近于三而強求之，故亦不克訟，然而有初之應。

---

① 以：原本作"不"，據陳本、《經解》本、閔本、《四庫》本改。

退而就其命之所當得者，自改而安于貞，則猶可以不失其有也。

九五，訟，元吉。

《象》曰："訟，元吉"，以中正也。

處中得位，而无私于應，故訟者莫不取曲直焉。此所以爲元吉也。

【附録】

吳本硃批 大人景象。

上九，或錫之鞶帶，終朝三褫之。

《象》曰：以訟受服，亦不足敬也。

六三，上九之配也，二與四當有之矣。不克訟而歸于上九，上九之得之也，鞶之鞶帶①，奪諸其人之身而己服之，于人情有報焉，故終朝三褫之。既服之矣，則又褫之，愧而不安之甚也。二與四，訟不勝者也，然且終于无眚與吉也。上九，訟而勝者也，然且有三褫之辱，何也？曰：此止訟之道也。夫使勝者自多其勝，以夸其能；不勝者自恥其不勝，以遂其惡，則訟之禍，吾不知其所止矣。故勝者褫服，不勝者安貞无眚，止訟之道也。

【附録】

吳本硃批 立論正大深厚，非穿鑿過當之言。

☲坎下
☷坤上 師，貞，丈人吉，无咎。

"丈人"，《詩》所謂"老成人"也。夫能以衆正，有功而無後患者，其惟丈人乎？故《象》曰："吉，又何咎矣。"

《彖》曰：師，衆也。貞，正也。能以衆正，可以王矣。剛中而應，行險而順，以此毒天下而民從之，吉又何咎矣？

用師猶以藥石治病，故曰"毒天下"。

【附録】

吳本硃批 "毒"字得解。

青本李評 "毒"字妙解。

《象》曰：地中有水，師。君子以容民畜衆。

兵不可一日无，然不可觀也。祭公謀父曰："先王耀德而不觀兵。夫兵，戢而時動，動則威；觀則玩，玩則无震。"故"地中有水，師"，言兵當如水行于地中而人不知也。

【附録】

吳本硃批 經濟學問具見之矣。

查慎行《周易玩辭集解》卷二 《蘇氏易傳》曰："'地中有水，師'，言當如水行地中，而人不知也。"愚按：不言地下，而言地中者，取容畜之義。井田之制，

---

① 鞶：原本作"譬"，據陳本、《經解》本、閔本、《四庫》本、青本改。

寓兵于農，如水在地中，隨地可以得水。"容民畜衆"，養之于井田耳。曰容有樂利之意，曰畜无黷武之情。《象》言臨時御衆之道，此言平時畜衆之道。

初六，師出以律，否臧凶。

《象》曰："師出以律"，失律凶也。

> 師出不可以不律也，否則雖臧亦凶。夫以律者，正勝也；不以律者，奇勝也。能以奇勝，可謂臧矣。然其利近，其禍遠，其獲小，其喪大，師休之日，乃見之矣，故曰"凶"。

【附錄】

吳本硃批 以奇正作解，極合《象》辭"貞"字義。

青本李評 深于言兵。

九二，在師中，吉，无咎，王三錫命。

> 夫師出不先得主于中，雖有功，患隨之矣。九二有應于五，是以吉而无復有咎。

【附錄】

吳本硃批 恐得主者仍不免于患，可奈何？

《象》曰："在師中，吉"，承天寵也。"王三錫命"，懷萬邦也。

> 賞有功而萬邦懷之，則其所賞皆以正勝者也。

六三，師或輿尸，凶。

《象》曰："師或輿尸"，大无功也。

> 九二體剛而居柔。體剛則威，居柔則順，是以无專權之疑，而有錫命之寵。六三體柔而居剛。體柔則威不足，居剛則勢可疑。是以不得專其師，而爲或者之衆主之也，故凶而无功。

【附錄】

陳夢雷《周易淺述》卷一 程傳、蘇傳皆以"輿"爲衆。尸，主也。小人掣肘，號令不一，必至敗也。今觀下文"弟子輿尸"，則程、蘇之説爲順。

六四，師左次，无咎。

《象》曰："左次无咎"，未失常也。

> 王弼曰："得位而无應，无應則不可以行；得位則可以處，故'左次无咎'。行師之法，欲左皆高①，故左次。"

【附錄】

吳本硃批 將相和，有應之謂也。

六五，田有禽，利執言，无咎。長子帥師，弟子輿尸，貞凶。

《象》曰："長子帥師"，以中行也。"弟子輿尸"，使不當也。

> 夫以陰柔爲師之主，不患其好勝而輕敵也，患其弱而多疑爾，故告之曰禽暴汝田，執之有辭矣，何咎之有？既使長子帥師，又使弟子與衆主之，此多疑之故也。臣

---

① 左皆高：阮元刻《十三經注疏》本作"右背高"。

待命而行，可謂正矣。然將在軍則不可，故曰"貞凶"。

【附録】

陳夢雷《周易淺述》卷一　按《本義》，"弟子輿尸"句，其解如此，未免弟子下費一轉折，不如程、蘇二《傳》"任長子而使衆弟子參之，雖正亦凶"，于文義尤順也。

吳本硃批　數題"正"字，皆由認得《彖》中"貞"字。

青本李評　決勝千里，非專閫不可。

上六，大君有命，開國承家，小人勿用。

《象》曰："大君有命"，以正功也。"小人勿用"，必亂邦也。

夫師，始終之際，聖人之所甚重也。師出則嚴其律，師休則正其功，小人无自入焉。小人之所由入者，常自不以律始。惟不以律，然後能以奇勝。夫能以奇勝者，其人豈可與居安哉！師休之日，將録其一勝之功，而以爲諸侯大夫，則亂自是始矣。聖人之師，其始不求苟勝，故其終可以正功。曰：是君子之功邪？小人之功邪？

【附録】

鄧夢文《八卦餘生》卷三　蘇氏以"律"爲正，"否臧"爲奇。此未見兵无紀律之害，不知痛癢之言也。

坤下
坎上　比，吉。原筮，元永貞，无咎。不寧方來，後夫凶。

《彖》曰：比，吉也；比，輔也，下順從也。"原筮，元永貞，无咎"，以剛中也。

比吉，比未有不吉者也。然而比非其人，今雖吉，後必有咎。故曰"原筮"，筮所從也。原，再也。再筮，慎之至也。元，始也。始既已從之矣，後雖欲變，其可得乎？故曰"元永貞"。始既已從之，則終身爲之貞。知將終身貞之，故再筮而後從。孰爲可從者？非五歟？故曰"以剛中也"。

"不寧方來"，上下應也。

"不寧方來"，謂五陰也。五陰不能自安，而求安于五。

"後夫凶"，其道窮也。

窮而後求比，其誰親之？

【附録】

青本李評　窮而求比，非真比也，然亦有誠者。

《象》曰：地上有水，比。先王以建萬國，親諸侯。

初六，有孚，比之，无咎。有孚盈缶，終來有他，吉。

五陰皆求比于五，初六最處其下，而上无應，急于比者也。夫急于求人者，必盡其誠，故莫如初六之有信也。五以其急于求人也而忽之，則來者懈矣，故必比之，然後无咎。是有信者，其初甚微且約也，其小盈缶而已。然而因是可以致來者，故曰"終來有他吉"。

【附録】

吳本硃批 燕王市駿馬之骨,五比初之謂也。"終來"句得解。

青本李評 納降招來,須知其誠否。

《象》曰:比之初六,有他吉也。

言致他者,初六之功也。

六二,比之自内,貞吉。

《象》曰:"比之自内",不自失也。

以應爲比,故自内。于二可謂"貞吉"、"不自失"者,于五則陋矣。

六三,比之匪人。

《象》曰:"比之匪人",不亦傷乎?

近者皆陰而遠无應,故曰"匪人"。

【附録】

鄧夢文《八卦餘生》卷三 蘇傳謂近者皆陰,而遠无應,故曰匪人,則《比卦》五爻皆陰,何獨于三?

六四,外比之,貞吉。

《象》曰:外比于賢,以從上也。

上謂五也。非應而比,故曰"外比"。

九五,顯比。王用三驅,失前禽,邑人不誡,吉。

《象》曰:"顯比"之"吉",位正中也。舍逆取順,"失前禽"也。"邑人不誡",上使中也。

王弼曰:"爲比之主,而有應在二,'顯比'者也。比而顯之,則所親者狹矣。夫无私于物,惟賢是與,則去之與來,皆无失也。三驅之禮,禽逆來趨己則舍之,背己而走則射之,愛于來而惡于去也。故其所施,常'失前禽'也。以'顯比'而居王位,用三驅之道者也。故曰'王用三驅,失前禽'也。用其中正,征討有常,伐不加邑,動必討叛,邑人无虞,故'不誡'也。此可以爲上之使,非爲上之道也。"

【附録】

鄧夢文《八卦餘生》卷三 蘇傳曰:"愛其來而惡其去也。"以此言之,則去者何嘗不追。王者雖不強民,但有修德以感孚之耳,豈有聽其去而不問者乎?上使中,中孚也。上之所使,孚信于人,无可虞者,故不誡也。

吳本硃批 句句有銷歸,但"吉"字未有下落。

上六,比之无首,凶。

《象》曰:"比之无首",无所終也。

无首,猶言无素也。窮而後比,是无素也。

☰乾下
☴巽上　小畜，亨。密雲不雨，自我西郊。

《彖》曰：小畜，柔得位而上下應之，曰小畜。

　　謂六四也，六四之謂小矣。五陽皆爲六四之所畜，是以大而畜于小也。

健而巽，剛中而志行，乃亨。

　　未畜而亨，則巽之所以畜乾者，順之而已。

"密雲不雨"，尚往也。"自我西郊"，施未行也。

　　乾之爲物，難乎其畜之者也。畜之非其人，則乾不爲之用。雖不爲之用，而眷眷焉，不決去之，卒受其病者，小畜是也。故曰："密雲不雨，自我西郊。"夫陽施于陰則爲雨，乾非不知巽之不足以任吾施也，然其爲物也，健而急于用，故進而嘗試焉。既已爲密雲矣，能爲密雲而不能爲雨，豈真不能哉？不欲雨也。雨者，乾之有爲之功也，不可以輕用。用之于非其人，則喪其所以爲乾矣。乾知巽之不足以任吾施也，是以遲疑而重發之。欲之于巽而未決，故次于我之西郊，君子是以知乾之終病也。既已爲雲矣①，則是欲雨之道也，能終不雨乎？既已次于郊矣，則是欲往之勢也，能終不往乎？雲而不雨，將安歸哉？故卦以爲不雨，而爻不免于雨者②，勢也。君子之于非其人也，望而去之，況與之爲雲乎？既已爲雲矣③，又可反乎？乾知巽之不足與雨矣，而猶往從之，故曰"密雲不雨，尚往也"。

《象》曰：風行天上，小畜。君子以懿文德。

　　夫畜己而非其人，則君子不可以有爲，獨可以雍容講道，如子夏之在魏，子思之在魯可也。

【附錄】
青本李評　證的。

初九，復自道，何其咎，吉。

《象》曰："復自道"，其義吉也。

九二，牽復，吉。

《象》曰："牽復"在中，亦不自失也。

九三，輿說輻，夫妻反目。

《象》曰："夫妻反目"，不能正室也。

　　陽之畜乾也，厲而畜之。厲而畜之者，非以害之也，將盈其氣而作之爾。陰之畜乾也，順而畜之。順而畜之者，非以利之也，將即其安而縻之爾。故大畜將以用乾，而小畜將以制之。乾進而求用則可，進而受制則不可，故大畜之乾，以之艮爲吉；小畜之乾，以之巽爲凶。乾之欲去于巽，必自其交之未深也，去之則易。"初九，復自道，何其咎，吉"。進而嘗之，知其不可，反循故道而復其所，則无

---

① 已：陳本、《經解》本、青本同，《四庫》本作"以"。
② 爻：原本作"又"，《經解》本、青本同，據閔本、《四庫》本改。
③ 已：原本作"以"，《經解》本、青本同，據陳本、閔本、《四庫》本改。

咎。九二交深于初九矣，故其復也，必自引而後脱，蓋已難矣，然猶可以不自失也。至于九三，其交益深，而不可復，則脱輻而與之處。與之處可也，然乾終不能自革其健，而與巽久處而无尤也，故終于反目。

【附録】

吳本硃批 兩卦並舉，確然不易。

六四，有孚，血去，惕出，无咎。

《象》曰："有孚"，"惕出"，上合志也。

九五，有孚攣如，富以其鄰。

《象》曰："有孚攣如"，不獨富也。

> 凡巽皆陰也。六四固陰矣。九五、上九，其質則陽，其志則陰也。以陰畜乾，乾知其不可也易；以質陽而志陰者畜乾，乾知其不可也難。何則？不知其志而見其類也。"六四有孚，血去，惕出，无咎"。六四之所孚者，初九也。初九欲去之，六四欲畜而留之。陰陽不相能，故傷而去，懼而出也。以其傷且懼，是以知陰之畜乾，其欲害乾之意見于外也如此。以其爲害也淺，而乾去之速，故无咎。若夫九五之畜乾也，則不然。所孚者既已去我矣，我且挽援而留之，若中心誠好之然。此乾之所以眷眷而不悟，自引而後脱。二者皆欲畜乾而制之，顧力不能，是以六四與上合志，而九五以其富附其鄰，并力以畜之。鄰，上九也。

【附録】

青本李評 鄰指上九，是。

上九，既雨既處，尚德載，婦貞厲，月幾望，君子征凶。

《象》曰："既雨既處"，德積載也。"君子征凶"，有所疑也。

> 小畜之世，宜不雨者也。九三之于上九，其勢不得不雨者，以密雲之不可反，而舍上九，則无與雨也。既已與之雨，則爲其人矣，可不爲之處乎？乾非德不止。九五、上九，質陽而志陰，故能尚德以載乾。尚德者，非真有德之謂也。九五、上九，知乾之難畜，故積德而共載之。此陽也，而謂之婦，明其實陰。以上畜下，故貞。乾不心服，故厲。以陰勝陽，故月幾望。君子之征，自其交之未合，則无咎。既已與之雨矣，而去之，則彼疑我矣。疑則害之，故凶。

☱兌下
☰乾上 **履虎尾，不咥人，亨。**

《彖》曰：履，柔履剛也。説而應乎乾，是以"履虎尾，不咥人，亨"。剛中正，履帝位而不疚，光明也。

> 履之所以爲履者，以三能履二也。有是物者，不能自用，而无者爲之用也。乾有九二，乾不能用，而使六三用之。九二者，虎也。虎何爲用于六三，而莫之咥？以六三之應乎乾也。故曰"説而應乎乾"，是以"履虎尾，不咥人，亨"。應乎乾者，猶可以用二，而乾親用之，不可。何哉？曰乾，剛也，九二亦剛也。兩剛不

能相下則有爭，有爭則乾病矣。故乾不親用，而授之以六三。六三以不挍之柔①，而居至寡之地，故九二樂爲之用也。九二爲三用，而三爲五用，是何以异于五之親用二哉？五未嘗病，而有用二之功，故曰"履帝位而不疚，光明也"。夫三與五合則三不見咥，而五不病。五與三離，則五至于危，而三見咥。卦統而論之，故言其合之吉；爻別而觀之，故見其離之凶。此所以不同也。

【附録】

吴本硃批　（"有是物者"句）可通《老子》。

《象》曰：上天下澤，履。君子以辨上下，定民志。

初九，素履往，无咎。

《象》曰：素履之往，獨行願也。

　　履六爻皆上履下也。所履不同，故所以履之者亦异。初九獨无所履，則其所以爲履之道者，行其素所願而已。君子之道，所以多變而不同者，以物至之不齊也。如不與物遇，則君子行願而已矣。

九二，履道坦坦，幽人貞吉。

《象》曰："幽人貞吉"，中不自亂也。

　　九二之用大矣，不見于二，而見于三。三之所以能視者，假吾目也；所以能履者，附吾足也。有目不自以爲明，有足不自以爲行者，使六三得坦途而安履之，豈非才全德厚，隱約而不慍者歟？故曰"幽人貞吉"。

六三，眇能視，跛能履。履虎尾，咥人凶，武人爲于大君。

《象》曰："眇能視"，不足以有明也。"跛能履"，不足以與行也。咥人之凶，位不當也。"武人爲于大君"，志剛也。

　　眇者之視，跛者之履，豈其自能哉？必將有待于人而後能。故言跛、眇者，以明六三之无能而待于二也。二，虎也。所以爲吾用而不吾咥者，凡以爲乾也。六三不知其眇而自有其明，不量其跛，而自與其行，以爲畏己而去乾以自用。虎見六三而不見乾焉，斯咥之矣。九二有之而不居，故爲幽人。六三无之而自矜，故爲武人。武人見人之畏己②，而不知人之畏其君，是以有爲君之志也。

【附録】

青本李評　見人畏己而不知畏君，己亦假君權也。

九四，履虎尾，愬愬終吉。

《象》曰："愬愬終吉"，志行也。

　　愬愬，懼也。九二之剛，用于六三，故三雖陰，而九二之虎在焉，則三亦虎矣。雖然，非誠虎也。三爲乾用，而二輔之，四履其上，可无懼乎？及其去乾以自用，而九二叛之，則向之所以爲虎者，亡矣。故始懼終吉。以九四之終吉，知六三之

---

① 挍：青本同，陳本、《經解》本、閩本、《四庫》本作"校"。

② 武人：閩本無。

衰也。六三之衰，則九四之志得行矣。

九五，夬履，貞厲。

《象》曰："夬履貞厲"，位正當也。

　　九二之剛，不可以剛勝也，惟六三爲能用之。九五不付之于三，而自以其剛決物，以此爲履，危道也。夫三與五之相離也，豈獨三之禍哉？雖五亦不能无危。其所以猶得爲正者，以其位君也。

【附錄】

黎靖德編《朱子語類》卷七〇　　"夬履貞厲"，正東坡所謂"憂治世而危明主也"①。

上九，視履考祥，其旋元吉。

《象》曰："元吉"在上，大有慶也。

　　三與五，其始合而成功，其後離而爲凶。至于上九，歷見之矣。故視其所履，考其禍福之祥，知二者之不可一日相離也。而復其舊，則元吉旋復也。

---

①　憂治世而危明主：不見於《蘇氏易傳》，而引自蘇軾《田表聖奏議叙》。文曰："古之君子，必憂治世而危明主。明主有絶人之資，而治世无可畏之防。夫有絶人之資，必輕其臣；无可畏之防，必易其民。此君子之所甚懼也。"

蘇氏易傳卷二

☰乾下 ☷坤上　泰，小往大來，吉亨。

《彖》曰："泰，小往大來，吉亨"，則是天地交而萬物通也，上下交而其志同也。内陽而外陰，内健而外順，内君子而外小人。君子道長，小人道消也。

> 陽始于復而至于泰。泰而後爲大壯，大壯而後爲夬。泰之世，不若大壯與夬之世，小人愈衰而君子愈盛也。然而聖人獨安夫泰者，以爲世之小人不可勝盡，必欲迫而逐之，使之窮而无歸，其勢必至于爭。爭則勝負之勢未有决焉，故獨安夫泰。使君子居中常制其命，而小人在外不爲无措。然後君子之患无由而起，此泰之所以爲最安也。
>
> 【附録】
>
> **吴本硃批**　履而泰，然後安，"安"字有本。

《象》曰：天地交，泰。后以財成天地之道，輔相天地之宜，以左右民。

> 財，材也。物至于泰，極矣，不可以有加矣。故因天地之道而材成之，即天地之宜而輔相之，以左右民，使不入于否而已。否未有不自其已甚者始，故左右之，使不失其中，則泰可以常有也①。

初九，拔茅茹，以其彙，征吉。

《象》曰：拔茅征吉，志在外也。

> 王弼曰："茅之爲物，拔其根而相連引者也。'茹'，相連之貌也。三陽同志，俱志于外，初爲類首，舉則類從，故曰'以其彙，征吉'。"

九二，包荒，用馮河，不遐遺，朋亡，得尚于中行。

《象》曰："包荒"，"得尚于中行"，以光大也。

> 陽皆在内，據用事之處，而擯三陰于外，此陰之所不能堪也。陰不能堪，必疾陽。疾陽，斯爭矣。九二，陽之主也，故"包荒，用馮河"。馮河者，小人之勇也。小人之可用，惟其勇者。荒者，其无用者也。有用者用之，无用者容之，不遐棄也，此所以懷小人爾。以君子而懷小人，其朋以爲非也，而或去之，故曰"朋亡"。然而得配于六五，有大援于上，君子所以愈安也。雖亡其朋②，而卒賴以安，此所以爲"光大"也。

---

① 有：《四庫》本作"保"。
② 亡其朋：陳本作"其朋亡"。

【附録】

鄧夢文《八卦餘生》卷四　若友以我懷小人而去之，蘇子瞻之謬説也。夫我懷小人，而朋卻去之，有如友處我之位，而爲包荒之事，我亦將去之乎？

吳本硃批　"用馮河"別解，可從。"朋亡"別解。

九三，无平不陂，无往不復，艱貞无咎。勿恤其孚，于食有福。

《象》曰："无往不復"，天地際也。

乾本上也，坤本下也，上下交，故乾居于內而坤在外。苟乾不安其所，而務進以迫坤，則夫順者將至于逆，故曰"无平不陂"。坤不獲安于上，則將下復以奪乾。乾之往，適所以速其復也。故曰"无往不復"。當是時也，坤已知難而貞于我，則可以无咎之矣①。九三之所孚者，初與二也。以其所孚者爲樂，進以迫坤而重違之，則危矣。故教之以"勿恤其孚"，而安于食，是以有泰之福。

六四，翩翩，不富以其鄰，不戒以孚。

《象》曰："翩翩不富"，皆失實也。"不戒以孚"，中心願也。

王弼曰：乾樂上復，坤樂下復。四處坤首，六五、上六皆失其故處而樂下者。故翩翩相從，不必富而能用其鄰，不待戒而自孚。

六五，帝乙歸妹，以祉元吉。

《象》曰："以祉元吉"，中以行願也。

妹，女之少者也。《易》女少而男長，則權在女。六五以陰居尊位，有帝乙歸妹之象焉。坤樂下復，下復而奪乾，乾則病矣，而亦非坤之利也。乾病而疾坤，坤亦將傷焉。使乾不病，坤不傷，莫如以輔乾之意，而行其下復之願，如帝女之歸其夫者。帝女之歸也，非求勝其夫，將以祉之。坤之下復，非以奪乾，將以輔之，如是而後可。

上六，城復于隍，勿用師。自邑告命，貞吝。

《象》曰："城復于隍"，其命亂也。

取土于隍而以爲城，封而高之，非城之利，以利人也。泰之所以厚坤于外者，非以利坤，亦以衛乾爾。坤之在上，而欲復于下，猶土之爲城，而欲復于隍也。有城而不能固之，使復于隍，非城之罪，人之過也，故"勿用師"。上失其衛，則下思擅命，故"自邑告命"。邑非所以出命也，然既以失之矣，從而懷之則可，正之則吝。

☷坤下☰乾上　否之匪人，不利君子貞，大往小來。

《彖》曰："否之匪人，不利君子貞，大往小來"，則是天地不交而萬物不通也，上下不交而天下无邦也。內陰而外陽，內柔而外剛，內小人而外君子，

---

① 之：陳本、青本無。

小人道長，君子道消也。

《春秋傳》曰："不有君子，其能國乎？"君子道消，雖有國與无同矣。

《象》曰：天地不交，否。君子以儉德辟難，不可榮以祿。

初六，拔茅茹，以其彙，貞吉，亨。

《象》曰：拔茅貞吉，志在君也。

自泰爲否也易，自否爲泰也難，何也？陰陽易位，未有不志于復；而其既復，未有不安其位者也。故泰有征而否无征。夫苟无征，則是終无泰也，而可乎？故坤處内而不忘貞于乾，斯以爲泰之漸矣，故亨。

【附錄】

青本李評　此理不可不知。

六二，包承，小人吉，大人否，亨。

《象》曰："大人否，亨"，不亂群也。

陰得其位，欲包群陽，而以承順取之。上說其順，而不知其害，此小人之吉也。大人之欲濟斯世也，苟出而爭之，上則君莫之信，下則小人之所疾，故莫如否。大人否而退，使君子小人之群不相亂，以爲邪之勝正也，常于交錯未定之間，及其群分類別，正未有不勝者也，故亨。

六三，包羞。

《象》曰："包羞"，位不當也。

三本陽位，故包承群陽而知羞之矣。

九四，有命，无咎，疇離祉。

《象》曰："有命无咎"，志行也。

君子之居否，患无自行其志爾。初六有志于君，而四之應，苟有命我，无庸咎之矣。故君子之疇，獲離其福。疇，類也。

九五，休否，大人吉。其亡！其亡！繫于苞桑。

《象》曰：大人之吉，位正當也。

九五大人之得位，宜若甚安且强者也。然其實制在于内，席其安强之勢，以與小人爭而求勝，則不可，故曰"休否，大人吉"。恃其安强之勢，而不虞小人之内勝，亦不可，故曰"其亡其亡，繫于苞桑"。休否者，所謂"大人否"也。小人之不吾敵也審矣，惟乘吾急則有以幸勝之。利在于急，不在于緩也。苟否而不爭以休息之，必有不吾敵者見焉，故"大人吉"。

上九，傾否，先否後喜。

《象》曰：否終則傾，何可長也？

否至于此，不可復因。非傾蕩掃除，則喜无自至矣。

☰☰ 離下乾上　同人于野，亨。利涉大川，利君子貞。

《彖》曰：同人，柔得位得中而應乎乾，曰同人。

　　此專言二也。

《同人》曰"同人于野，亨。

　　此言五也，故別之。

利涉大川"，乾行也。

　　野者无求之地也。立于无求之地，則凡從我者，皆誠同也。彼非誠同，而能從我于野哉！同人而不得其誠同，可謂同人乎？故"天與火，同人"①。物之能同于天者，蓋寡矣。天非求同于物，非求不同于物也。立乎上，而天下之能同者自至焉，其不能者不至也。至者非我援之，不至者非我拒之。不拒不援，是以得其誠同，而可以涉川也，故曰："同人于野，亨。利涉大川，乾行也。"苟不得其誠同，與之居安則合，與之涉川則潰矣。涉川而不潰者，誠同也。

文明以健，中正而應，君子正也。惟君子爲能通天下之志。

《象》曰：天與火，同人。君子以類族辨物。

　　水之于地爲比，火之與天爲同人，同人與比相近而不同，不可不察也。比以無所不比爲比，而同人以有所不同爲同，故"君子以類族辨物"。

【附錄】

查慎行《周易玩辭集解》卷三　《本義》：天在上，而火炎上，其性同也。類族辨物，所以審異而致同也。愚按天與火合，則以无所不覆之體，兼无所不照之用，物物皆在照臨中矣，故曰同人。天下物類豈必盡同？夫子于不同之中，看出大同之象，同聲相應，同氣相求，類族也。推而至于男女別姓，官司分職，剛柔殊性，風俗異宜，辨物也。同者自同，異者自異，同之中有異，異之中有同，无一不在光天化日之下，非至朋至健，其孰能與于此？蘇子瞻曰："水與地爲比，天與火爲同人，比以无所不比爲比，同人有所不同爲同。"

青本李評　此非晏子及《論語》所謂"同"。

初九，同人于門，无咎。

《象》曰：出門同人，又誰咎也？

　　初九自內出同于上，上九自外入同于下。自內出，故言門；自外入，故言郊。能出其門而同于人，不自用者也。

六二，同人于宗，吝。

《象》曰："同人于宗"，吝道也。

　　凡言媾者，其外應也；凡言宗者，其同體也。九五爲媾，九三爲宗。從媾，正也；從宗，不正也。六二之所欲從者，媾也，而宗欲得之。正者遠而不相及，不正者

---

①　天與火同人：原本作"天與人同"，《經解》本、《四庫》本同，據《永樂大典》卷三○○八、陳本改。

近而足以相困，苟不能自力于難而安于易，以同乎不正，則吝矣。

【附錄】

吳本硃批　特解"宗"字，有着落。

九三，伏戎于莽，升其高陵，三歲不興。

《象》曰："伏戎于莽"，敵剛也。"三歲不興"，安行也。

九四，乘其墉，弗克攻，吉。

《象》曰："乘其墉"，義弗克也。其吉，則困而反則也。

　　六二之欲同乎五也，歷三與四而後五①，故三與四皆欲得之。四近于五，五乘其墉，其勢至迫而不可動，是以雖有爭二之心，而未有起戎之迹，故猶可知困而不攻，反而獲吉也。凡三之于五也，稍遠而肆焉。五在其陵，而不在其墉，是以伏戎于莽而伺之。既已起戎矣，雖欲反，則可得乎？欲興不能，欲歸不可。至于三歲，行將安入？故曰："三歲不興，安行也。"

九五，同人先號咷而後笑，大師克相遇。

《象》曰：同人之先，以中直也。"大師相遇"，言相克也。

　　子曰："君子之道，或出或處，或默或語。二人同心，其利斷金。同心之言，其臭如蘭。"由此觀之，豈以用師而少五哉？夫以三四之強而不能奪，始于號咷，而卒達于笑。至于用師相克矣，而不能散其同，此所以知二五之誠同也。二，陰也；五，陽也。陰陽不同而爲同人，是以知其同之可必也。君子出處語默不同而爲同人，是以知其同之可必也。苟可必也，則雖有堅強之物，莫能間之矣，故曰"其利斷金"。蘭之有臭，誠有之也；二、五之同，其心誠同也，故曰"其臭如蘭"。

【附錄】

吳本硃批　李卓吾云："誠同"二字至此方着。"其利斷金"便是"大師克相遇"解。

上九，同人于郊，无悔。

《象》曰："同人于郊"，志未得也。

　　物之同于乾者已寡矣，今又處乾之上，則同之者尤難。以其無所苟同，則可以無悔；以其莫與共立，則志未得也。

☰乾下
☲離上　大有，元亨。

《彖》曰：大有，柔得尊位大中，而上下應之，曰"大有"。

　　謂五也。大者皆見有于五，故曰"大有"。

其德剛健而文明，應乎天而時行，是以"元亨"。

---

①　五：陳本同，《經解》本、閩本、《四庫》本、青本作"至"。

《象》曰：火在天上，大有。君子以遏惡揚善，順天休命。

以健濟明，可以進退善惡，順天之休命也。

初九，无交害，匪咎，艱則无咎。

二應于五，三通于天子①，四與上近焉。獨立无交者，惟初而已。雖然，无交之爲害也，非所謂咎也。獨立无恃，而知難焉，何咎之有？

【附錄】

馮椅《厚齋易學》卷一一（文淵閣《四庫全書》本）　蘇子瞻曰：二應于五，三通于五，四與上近五，獨立无交者，惟初而已。張子厚同。

《象》曰：大有初九，无交害也。

明惟初九爲然也。

九二，大車以載，有攸往，无咎。

《象》曰："大車以載"，積中不敗也。

大車，虛而有容者，謂五也。九二足以有爲矣，然非六五虛而容之。雖欲往，可得乎？積中，明虛也。

九三，公用亨于天子，小人弗克。

《象》曰："公用亨于天子"，小人害也。

九三以陽居陽，其勢足以通于天子。以小人處之，則敗矣。

九四，匪其彭，无咎。

《象》曰："匪其彭无咎"，明辨晢也。

彭，三也。九四之義，知有五而已。夫九三之剛，非強也；六五之柔，非弱也，惟明者爲能辨此。

六五，厥孚交如，威如，吉。

《象》曰："厥孚交如"，信以發志也。威如之吉，易而无備也。

處群剛之間，而獨用柔，无備之甚者也。以其无備而物信之，故歸之者交如也。此柔而能威者，何也？以其无備，知其有餘也。夫備生于不足，不足之形見于外則威削。

【附錄】

鄧夢文《八卦餘生》卷四　《正義》謂无所防備，而物自畏之。是以君備臣，亦似未妥。蘇子曰：處群剛之間，而獨用柔，无備之甚也。以其无備而物信之，故歸之者交如也。此柔而能威者，何也？无備，知其有餘也。夫備生不足，不足之形見于外則威削。此亦本《正義》而言之，亦未甚快。總之認"備"字太深耳。

上九，自天祐之，吉无不利。

《象》曰：大有上吉，"自天祐"也。

---

① 天子：馮椅《厚齋易學》引作"五"。

曰"祐"、曰"吉"、曰"无不利",其爲福也多矣,而終不言其所以致福之由。而《象》又因其成文,无所復説,此豈真无説也哉?蓋其所以致福者遠矣。夫兩剛不能相用,而獨陰不可以用陽。故必居至寡之地,以陰附陽,而後衆予之,履之六三、大有之六五是也。六三附于九五,六五附于上九,而群陽歸之,二陰既因群陽而有功,九五、上九又得以坐受二陰之成績,故履有不疚之光,而大有有自天之祐。此皆聖賢之高致妙用也。故孔子曰:"天之所助者,順也;人之所助者,信也。履信思乎順,又以尚賢也,是以'自天祐之,吉无不利'。""信"也,"順"也,"尚賢"也,此三者,皆六五之德也。"易而无備",六五之順也;"厥孚交如",六五之信也;群陽歸之,六五之尚賢也,上九特履之爾。我之所履者,能順且信,又以尚賢,則天人之助,將安歸哉?故曰:"聖人无功,神人无名。"而大有上九,不見致福之由也。

【附録】

吴本硃批　此解極暢。

青本李評　"兩剛"二語,精。

☷☶ 艮下坤上　謙,亨,君子有終。

《彖》曰:"謙亨",天道下濟而光明,地道卑而上行。

此所以爲"謙亨"也。

天道虧盈而益謙,地道變盈而流謙,鬼神害盈而福謙,人道惡盈而好謙。謙尊而光,卑而不可逾,君子之終也。

此所以爲"君子有終"也。不于其終觀之,則爭而得、謙而失者,蓋有之矣。惟相要于究極,然後知謙之必勝也。

【附録】

青本李評　反説,"終"字意乃出。

《象》曰:地中有山,謙。君子以裒多益寡,稱物平施。

裒,取也。"謙"之爲名①,生于過也。物過然後知有謙。使物不過,則謙者乃其中爾。過與中相形,而謙之名生焉。聖人即世之所名而名之,而其實則反中而已矣②。地過乎卑,山過乎高,故"地中有山,謙"。君子之居是也,多者取之,謙也;寡者益之,亦謙也。

【附録】

青本李評　謙只是平。

初六,謙謙君子,用涉大川,吉。

《象》曰:"謙謙君子",卑以自牧也。

---

① 謙:原本作"一",據陳本、閩本、《四庫》本、青本改。
② 反:陳本、《經解》本、青本同,《四庫》本作"歸于"。

此最處下,是謙之過也。是道也,無所用之,用于涉川而已。有大難,不深自屈折,則不足以致其用。牧者,養之以待用云爾。

六二,鳴謙,貞吉。

《象》曰:"鳴謙貞吉",中心得也。

雄鳴則雌應,故《易》以陰陽唱和寄之于鳴。謙之所以爲謙者,三也。其謙也以勞,故聞其風、被其澤者,莫不相從于謙。六二其鄰也,上九其配也,故皆和之而鳴于謙。而六二又以陰處内卦之中,雖微九三,其有不謙乎?故曰"鳴謙",又曰"貞吉"。"鳴"以言其和于三,"貞"以見其出于性也。

【附錄】

吴本硃批 看"鳴"字別解。

查慎行《周易玩辭集解》卷三 二柔順中正,與九三相比,故以陰陽唱和寄之于鳴。蘇子瞻曰:"謙之所以爲謙者,三也。其謙也以勞,故聞其風者,莫不相從以謙。六二其鄰也,上六其配也,皆和之而鳴于謙。二處内卦之中,故貞而吉。"愚謂鳴謙者,言辭之謙也。聖人恐人疑于外飾,故云中心得。六二居中禽受,其辭和。禹拜皋陶之謨曰"師汝昌言",諸葛孔明發教府屬令,勤攻己過,皆發于此心之誠,《小象》所以云"中心得"。上六誓衆出征,其辭危,湯放桀而曰"惟恐來世以台爲口實",武王伐紂而曰"余小子夙夜祇懼",皆不得已而有言,《小象》所以云"志未得"。"中心"字與"志"字相應,"鳴"者心之聲也。若依注疏作以謙有聞解,則聞人譽己,囂囂自得,竊恐于聖人語意不合。

九三,勞謙君子,有終吉。

《象》曰:"勞謙君子",萬民服也。

勞,功也。謙五陰一陽,待是而後爲謙,其功多矣。艮之制在三,而三親以艮下坤,其謙至矣,故曰"勞謙"。勞而不伐,有功而不德,非獨以自免而已,又將以及人,是得謙之全者也。故《象》曰"君子有終",而三亦云。

【附錄】

青本李評 獨善非君子本心也。

六四,无不利,撝謙。

《象》曰:"无不利,撝謙",不違則也。

是亦九三之所致也。二近其内,有配之象,故曰"鳴";四近其外,三之所向,故稱"撝"。以柔居柔,而當三之所向,三之所撝,四之所趨也。以謙撝謙,孰不利者?故曰:"无不利。"

【附錄】

吴本硃批 "撝"別解。

六五,不富以其鄰,利用侵伐,无不利。

《象》曰:"利用侵伐",征不服也。

直者曲之矯也,謙者驕之反也,皆非德之至也。故兩直不相容,兩謙不相使。九三以勞謙，而上下皆謙以應之，内則"鳴謙"，外者"撝謙"，其甚者，則"謙謙"相追于无窮。相益不已，則夫所謂"裒多益寡，稱物平施"者，將使誰爲之？若夫六五則不然，以爲謙乎？則所據者剛也。以爲驕乎？則所處者中也。惟不可得而謂之謙，不可得而謂之驕。故五謙莫不爲之使也。求其所以能使此五謙者而无所有，故曰"不富以其鄰"。至于侵伐而不害爲謙，故曰"利用侵伐"。莫不爲之用者，故曰"无不利"。

上六，鳴謙。利用行師，征邑國。

《象》曰："鳴謙"，志未得也。可用行師①，征邑國也。

其爲"鳴謙"一也。六二自得于心，而上六志未得者，以其所居非安于謙者也，特以其配之勞謙而强應焉。貌謙而實不至，則所服者寡矣，故雖有邑國而猶叛之②。夫實雖不足，而名在于謙，則叛者不利。叛者不利，則征者利矣。王弼曰："吉凶悔吝，生乎動者也。動之所起，興于利者也。故飲食必有訟，訟必有衆起。未有居衆人之所惡，而爲動者所害；處不競之地，而爲爭者所奪。是以六爻雖有失位、无應、乘剛，而皆无凶、咎、悔、吝者，以謙爲主也。"

☷坤下 ☳震上　豫，利建侯行師。

豫之言暇也，暇以樂之謂"豫"。建侯所以豫，豫所以行師也。故曰："利建侯行師。"有民而不以分人，雖欲豫可得乎？子重問晉國之勇，欒鍼曰"好以暇"，是故惟暇者爲能師。

《彖》曰：豫，剛應而志行。順以動，豫。豫順以動，故天地如之。

言天地亦以順動也。

而況建侯行師乎？天地以順動，故日月不過而四時不忒。聖人以順動，則刑罰清而民服。

上以順動，則凡入于刑罰者，皆民之過也。

豫之時義大矣哉！

卦未有非時者也。時未有无義，亦未有无用者也。苟當其時，有義有用，焉往而不爲大？故曰"時義"，又曰"時用"，又直曰"時"者，皆適遇其及之而已，從而爲之説則過矣。如必求其説，則凡不言此者，皆當求所以不言之故，无乃不勝異説而厭棄之歟？盍取而觀之，因其言天地以及聖人王公，則多有是言；因其所言者大而後及此者，則其言之勢也，非説也③。且非獨此，"見天地之情"者四，"利見大人"者五，其餘同者不可勝數也，又可盡以爲異于他卦而曲爲之説歟？

---

① 可：陳本、《經解》本同，青本作"利"。
② 有：陳本、《經解》本、青本同，閩本、《四庫》本作"其"。
③ 非：陳本、《經解》本、青本同，《四庫》本作"是"。

【附錄】
吳本硃批 易說正以破碎牽蔓，使人對之昏昏，誠如公言，豈非千古一快！

《象》曰：雷出地奮，豫。先王以作樂崇德，殷薦之上帝，以配祖考。

初六，鳴豫，凶。

《象》曰："初六鳴豫"，志窮凶也。

所以爲《豫》者四也，而初和之，故曰"鳴"。己无以致樂，而恃其配以爲樂，志不遠矣。因人之樂者，人樂亦樂，人憂亦憂，志在因人而已。所因者窮，不得不凶。

六二，介于石，不終日，貞吉。

《象》曰："不終日，貞吉"，以中正也。

以陰居陰，而處二陰之間，晦之極、靜之至也。以晦觀明，以靜觀動，則凡吉凶禍福之至，如長短黑白陳乎吾前，是以動靜如此之果也。"介于石"，果于靜也；"不終日"，果于動也，是故孔子以爲知幾也。

【附錄】
查慎行《周易玩辭集解》卷三 蘇子瞻云：（略）愚又按《比卦》諸爻內外皆以比五爲義，上以无首得凶，惡其後時也。《豫卦》諸爻凡與四應者、比者，非悔則凶。二以介石得吉，嘉其先幾也。

六三，盱豫悔，遲有悔。

《象》曰：盱豫有悔，位不當也。

以陽居陽，猶力人之馭健馬也，有以制之。夫三非六之所能馭也，乘非其任，而聽其所之，若是者，神亂于中而目盱于外矣。據靜以觀物者，見物之正，六二是也；乘動以逐物者，見物之似，六三是也。物之似福者誘之，似禍者劫之，我且睢盱而赴之。既而非也，則後雖有誠然者，莫敢赴之矣。故始失之疾，而其終未嘗不以遲爲悔也。

九四，由豫，大有得，勿疑，朋盍簪。

《象》曰："由豫大有得"，志大行也。

盍，何不也。簪，固結也。五陰莫不由四而豫，故"大有得"。豫有三豫二貞，三豫易懷，而二貞難致。難致者疑之，則附者皆以利合而已。夫以利合，亦以利散。是故來者、去者、觀望而不至者，舉勿疑之，則吾朋何有不固者乎？

六五，貞疾，恒不死。

《象》曰："六五貞疾"，乘剛也。"恒不死"，中未亡也。

二與五皆貞者也。貞者不志于利，故皆不得以豫名之。其貞同，其所以爲貞者異，故二以得吉，五以得疾也。二之貞非固欲不從四也，可則進，否則退，其吉也不亦宜乎？五之于四也，其質則陰，其居則陽也。質陰則力莫能較，居陽則有不服之心焉。夫力莫能較，而有不服之心，則其貞足以爲疾而已。三豫者，皆內喪其守，而外求豫者也，故小者悔吝，大者凶。六五之貞，雖以爲疾，而其中之所守者未亡，則恒至于不死，君子是以知貞之可恃也。

上六，冥豫，成有渝，无咎。

《象》曰："冥豫"在上，何可長也？

"冥"者，君子之所宜息也。豫至上六，宜息矣，故曰"冥豫"。"成有渝"者，盈輒變也。盈輒變，所以爲无窮之豫也。

䷐ 震下兌上　隨，元亨，利貞，无咎。

《彖》曰：隨，剛來而下柔，動而説，隨。大亨，貞，无咎，而天下隨時。隨時之義大矣哉！

大時不齊，故隨之世，容有不隨者也。責天下以人人隨己而咎其貞者，此天下所以不説也。是故大亨而利貞者，貞者无咎，而天下隨時。時者上之所制也，不從己而從時，其爲隨也大矣。

【附録】

查慎行《周易玩辭集解》卷三　程子辟《否》、《泰》卦變之説，謂卦變皆自乾坤來。《蘇氏易傳》亦然。今觀《隨卦》乾之上九來居坤初，坤之初六往居乾上。《蠱卦》乾之初九進居于上，《坤》之上六下居于初。《隨》自《否》來，上九與初六互換，故曰"剛來下柔"。《蠱》自《泰》來，初九與上六互換，故曰"剛上柔下"。一卦之中，自有乾、坤二體，非即《否》、《泰》乎。

青本李評：從時則公，從己則私。

《象》曰：澤中有雷，隨。君子以嚮晦入宴息。

雷在澤中，伏而不用，故君子晦則入息。

初九，官有渝，貞吉。出門交有功。

《象》曰："官有渝"，從正吉也。"出門交有功"，不失也。

物有正主之謂"官"，九五者六二之正主也。二以遠五而苟隨于初，五以其隨初而疑之，則官有變矣。官有變，初可以有獲也，而非其正，故官雖有變，而以從正不取爲吉也。初之取二也，得二而失五；初之不取二也，失二而得五，何也？可取而不取，歸之其正主。初信有功于五矣，五必德之。失門內之配，而得門外之交，是故舍其近配，而出門以求交于其所有功之人，其得也必多，故君子以爲未嘗失也。

【附録】

吳本硃批　如此看亦可，嫌太曲折。

青本李評　"官"字的。

六二，係小子，失丈夫。

《象》曰："係小子"，弗兼與也。

小子，初也。丈夫，五也。兼與，必兩失。

六三，係丈夫，失小子。隨有求得，利居貞。

《象》曰："係丈夫"，志舍下也。

　　四爲"丈夫"，初爲"小子"，三无適應，有求則得之矣。然而從四正也。四近三在上①，從上則順，與近則固，故"係丈夫"而"利居貞"。

九四，隨有獲，貞凶。有孚在道以明，何咎？

《象》曰："隨有獲"，其義凶也。"有孚在道"，明功也。

　　六三固四之所當有也，不可以言"獲"。獲者，取非其有之辭也。二之往配于五也，歷四而後至，四之勢可以不義取之。取之則于五爲凶，不取則于五爲有功。二之從五也甚難，初處其鄰，而四當其道。處其鄰不忘貞，當其道不忘信。使二得從其配者，初與四之功也，故皆言功。居可疑之地，而有功足以自明，其誰咎之？

九五，孚于嘉，吉。

《象》曰："孚于嘉吉"，位正中也。

　　嘉，謂二也。《傳》曰"嘉偶曰配"，而昏禮爲嘉，故《易》凡言"嘉"者，其配也。隨之時，陰急于隨陽者也。故陰以不苟隨爲貞，而陽以不疑其叛己爲吉。六二以遠五而貳于初九，五不疑而信之，則初不敢有，二不敢叛，故吉。

上六，拘係之，乃從維之。王用亨于西山。

《象》曰："拘係之"，上窮也。

　　居上无應而不下隨，故"拘係之"而後從。從而又維之，明強之而後從也。強之而後從，則其從也不固，故教之曰：當如王之通于西山。王，文王也。西山，西戎也。文王之通西戎也，待其自服而後從之，不強以從也。

☷☴ 巽下
　　艮上　蠱，元亨，利涉大川。先甲三日，後甲三日。

《彖》曰：蠱，剛上而柔下，巽而止，"蠱"。"蠱元亨"，而天下治也。"利涉大川"，往有事也。"先甲三日，後甲三日"，終則有始，天行也。

　　器久不用而蠱生之，謂之蠱；人久宴溺而疾生之，謂之蠱；天下久安无爲而弊生之，謂之蠱。《易》曰："蠱者事也。"夫蠱，非事也，以天下爲无事而不事事，則後將不勝事矣，此蠱之所以爲事也。而昧者乃以事爲蠱，則失之矣。器欲常用，體欲常勞，天下欲常事事，故曰："巽而止，蠱。"夫下巽則莫逆，上止則无爲。下莫逆而上无爲，則上下大通而天下治。治生安，安生樂，樂生偷，而衰亂之萌起矣。蠱之災，非一日之故也，必世而後見。故爻皆以父子言之，明父養其疾，至子而發也。人之情，无大患難，則日入于偷。天下既已治矣，而猶以涉川爲事，則畏其偷也。蠱之與巽一也。上下相順，與下順而上止，其爲偷一也。而巽之所

---

① 三：陳本、《經解》本、青本同，閩本、《四庫》本作"而"。

以不爲蠱者，有九五以幹之，而蠱无是也。故《蠱》之《彖》曰："先甲三日，後甲三日，終則有始。"而《巽》之九五曰："无初有終，先庚三日，後庚三日，吉。"陽生于子，盡于巳。陰生于午，盡于亥。陽爲君子，君子爲治。陰爲小人，小人爲亂。夫一日十二干相值，干五支六而後復①，世未有不知者也。"先甲三日，後甲三日"，則世所謂六甲也。"先庚三日，後庚三日"，則世所謂六庚也。甲、庚之先後，陰陽相反，故《易》取此以寄治亂之勢也。"先甲三日"，子、戌、申也。申盡于巳，而陽盈矣。盈將生陰，治將生亂，故受之以後甲。"後甲三日"，午、辰、寅也。寅盡于亥，然後陰極而陽生。蠱无九五以幹之，則其治亂皆極其自然之勢。勢窮而後變，故曰"終則有始，天行也"。夫巽則不然，初雖失之，後必有以起之。譬之于庚，"先庚三日"，午、辰、寅也。"後庚三日"，子、戌、申也。庚之所後，甲之所先也。故先庚三日盡于亥，後庚三日盡于巳。先陰而後陽，先亂而後治，故曰"无初有終"，又特曰"吉"。不言之于其《彖》②，而言之于九五者，明此九五之功，非巽之功也。

【附錄】

馮椅《厚齋易學》卷一二　蘇子瞻曰：器久不用而蠱生之，謂之蠱；人久宴溺而疾生之，謂之蠱；天下久安无爲而弊生之，謂之蠱。

又　蘇子瞻曰：先甲三日，子、戌、申也。（略）而言于五，明此九五之功也。案，甲、庚之說，諸儒不勝其異，或取仁義，或取納甲，或取丁辛，文王有象而无義，孔子但言"終則有始，天行也"，諸儒求其說而不得，故應失之鑿爾。

方孔炤《周易時論合編》卷三（《續修四庫全書》本）　先後甲三，諸家紛然，（方以）智嘗作《甲庚說》，曰：康成本子夏，作新辛、丁寧、癸度之說。朱子因之。程子曰：甲者事始，庚者變更之始。戊、己爲中，過中則變。他如鼎祚所集遠矣。子瞻以干五支六而復，所云："六甲六庚之先後，明陽之生子盡巳，陰之生午盡亥，夫人而知也。先甲三日，子、戌、申也。申盡于巳，而陽盈生陰。後甲三日，午、辰、寅也。寅盡于亥，陰極陽生。《蠱》无九五以幹之，故窮變而終則始。先庚三日，午、庚、寅也，盡于亥。後庚三日，子、戌、申也，盡于巳，故曰'无初有終'。"胡仲虎曰：先天，甲在東離，逆數離、震、坤得艮，爲先甲三；順數離、兌、乾得巽，爲後甲三。文王發先天于《蠱》彖，周公發後天于《巽》爻。《巽》、《艮》前後三卦，其方爲庚。巽本无艮，以五變即艮，巽之蠱也。吳幼清則謂爲筮日之占矣。熊朋來以納甲論之，蠱、隨相伏，初變則內爲乾，先甲也。至四五變，則外爲乾，後甲也。乾納甲也，重巽伏震，先庚也。五變則三至五互震，後庚也。來矣鮮因季常，而以先、後天明之，曰：後天艮、巽，夾震木于東，言巽先于甲，艮後于甲也。先天艮、巽，夾坎水于西，言巽先于庚，

---

① 干五支六：原本作"支五干六"，《經解》本、閩本、《四庫》本、青本同，據方孔炤《周易時論合編》卷三引文改。

② 其：陳本、《經解》本、閩本、青本同，《四庫》本作"巽"。

艮後于庚也。五變即艮矣。獨言甲、庚者，卦皆乾、坤也。甲居寅爲泰，庚居申爲否也。焦弱侯因輔嗣"申命"，而引浹日，甲木仁，示寬令；庚金義，示嚴命也。復始曰甲，申命非更則續。庚，續也，更也。事變至蠱，則當復始，故曰甲。甲日首事，始也。巽變蠱，蠱即始事。巽又申之，故于五爻言。智按《説文》虞古續字，而沿讀庚，是其證也。玄子曰：六甲始甲子，終甲寅，北西東南，始義終仁也。六庚始庚午，終庚申，東南北西，始仁終義也。甲爲陽更，庚爲陰更；甲居乾端，庚居乾中。陽更與乾端，開創迅烈之意多，故始義終仁；陰更與乾中，修補調和之意多，故始仁終義。蠱則變而從新，巽則修舉廢墜而已。故"終則有始"，取甲之始也；"无初有終"，取庚之中也。象正曰：甲是帝出之終始也。道未有周六甲而不變者也。巽之治辛，艮之治丙，皆于六甲取之。甲取辛丁，庚取丁癸，義亦互起。古之爲日也，左而尚柔，右而尚强。吉日庚午，吉日維戊，右事也。上辛祀帝，祭用丁亥，左事也。然則武王克商，以甲子昧爽，先三日而誓師，後三日而畢事；既來自商，大告武成，以庚戌柴望，先三日而祀廟，後三日而分封。故蠱用振民，巽用申命，庚申之義起此乎？曰：《詩》、《書》、《易》象相爲表裏也。戊午師逾孟津，己未誓師，甲子又誓，癸亥夜陳，會朝清明。故戊癸甲己，周師之所取舍也。周以火德王，戊癸之合，朝步自周，陳郊卜洛，烝祭皆戊也。未有用己者，自戊而已，乃畢厥爭矣。克商之歲，日至己未，日、月、星辰，會于北維，越六日而受商命。卜洛之歲，甲寅而成位，甲子而用書。夫是六日，則必有合之者矣。乾甲而震庚，震甲而兑庚，或論德，或論位，甲己從化，乙庚同氣，《易》間取之，此旁義也。元公曰：道家殺三尸睡，必守甲子庚申，故《蠱》象、《巽》爻取之，東方甲木，西方庚金，中央己土，革乃天時變候，一歲之中，故曰"己日乃孚"也。智曰：諸家各有暗合，而或執此復疑彼者，或有信後天圖不信先天者，蓋未全悟虚空皆象數，一合皆合者也。若謂圖數不可信，則六合之日月，七尺之經絡，應叶之律曆，周旬之支干，皆不可信矣。橛虚者，執皆有皆无之影事而荒之；循庸者，執宰治質分之訓詁而疑之。誰肯研極精義邪？子瞻所云甲庚先後，陰陽相反，易以寄治亂之勢，此定理也。矣鮮所云往來泰否，天地之道，不過如此，此定理也。弱侯、玄子之言，甲仁庚義，更端始中，此定理也，特未暢一在二中、參兩、用六之所以然耳。古人事必有義尚，幼清"筮日之占"，非无謂也。特其顯密大小，同時並用，而儒者遂執一説，蓋欲淺白示民而已。

陳夢雷《周易淺述》卷二 今按蘇傳所解與《本義》異而似存。按蘇傳：蠱之與巽一也。（略）非巽之功也。

青本李評 解"蠱"字明。（解"先甲三日，後甲三日"等）此説亦不可少。

《象》曰：山下有風，蠱。君子以振民育德。

鼓之舞之之謂"振"。振民使不惰，育德使不竭。

初六，幹父之蠱，有子，考无咎，厲終吉。

《象》曰："幹父之蠱"，意承考也。

蠱之爲災，非一日之故也。及其微而幹之，初其任也。見蠱之漸，子有改父之道，其始雖危，終必吉，故曰"有子，考无咎"，言无是子則考有咎矣。孝愛之深者，其迹有若不順。其迹不順，其意順也。

九二，幹母之蠱，不可貞。

《象》曰："幹母之蠱"，得中道也。

陰之爲性，安无事而惡有爲。是以爲蠱之深，而幹之尤難者，寄之母也。正之則傷愛，不正則傷義，以是爲之難也①。非九二，其孰能任之？故責之二也。二以陽居陰，有剛之實，而无用剛之迹，可以免矣。

九三，幹父之蠱，小有悔，无大咎。

《象》曰："幹父之蠱"，終无咎也。

九三之德，與二无以異也，特不知所以用之。二用之以陰，而三用之以陽，故"小有悔"而"无大咎"。

六四，裕父之蠱，往見吝。

《象》曰："裕父之蠱"，往未得也。

六四之所居，與二无以異也，而无其德，斯益其疾而已。裕，益也。

六五，幹父之蠱，用譽。

《象》曰：幹父用譽，承以德也。

父有蠱而子幹之，猶其有疾而砭藥之也，豈其所樂哉？故初以獲厲，三以獲悔。六五以柔居中，雖有幹蠱之志，而无二陽之決，故反以是獲譽。譽歸于己，則蠱歸于父矣。父之德惟不可承也，使其可承，則非蠱矣。蠱而承德，是以无《巽》九五"後庚"之吉也。

上九，不事王侯，高尚其事。

《象》曰："不事王侯"，志可則也。

君子見蠱之漸，則涉川以救之，及其成則不事王侯以遠之。蠱之成也，良醫不治，君子不事事。

䷒ 兌下坤上 臨，元亨利貞，至于八月有凶。

《彖》曰：臨，剛浸而長，說而順，剛中而應，大亨以正，天之道也。"至于八月有凶"，消不久也。

復而陽生，凡八月而二陰至，則臨之二陽盡矣。方長而慮消者，戒其速也。

《象》曰：澤上有地，臨。君子以教思无窮，容保民无疆。

澤所以容水，而地又容澤，則无不容也。故君子爲无窮之教，保无疆之民。《記》曰："君子過言則民作辭，過動則民作則。""故言必慮其所終，而行必稽其

---

① 之：陳本、《經解》本、青本同，閔本、《四庫》本作"至"。

所弊。"

初九，咸臨，貞吉。

《象》曰："咸臨貞吉"，志行正也。

有應爲"咸臨"。咸，感也①。感以臨，則其爲臨也易。故咸臨所以行正也。

九二，咸臨，吉，无不利。

《象》曰："咸臨，吉，无不利"，未順命也。

二陽在下，方長而未盛也。四陰在上，雖危而尚強也。九二以方長之陽而臨衆陰，陰負其強而未順命，從而攻之，陰則危矣，而陽不能无損。故九二以咸臨之而後吉。陽得其欲，而陰免于害，故"无不利"。

六三，甘臨，无攸利。既憂之，无咎。

《象》曰："甘臨"，位不當也。"既憂之"，咎不長也。

樂而受之謂之"甘"。陽進而陰莫逆，"甘臨"也。"甘臨"者，居于不爭之地而後可。今居于陽，陽猶疑之。拒之固傷，不拒猶疑之。進退无所利者，居之過也。故六三之咎，位不當而已。咎在其位，不在其人，則憂懼可以免矣。

六四，至臨，无咎。

《象》曰："至臨无咎"，位當也。

以陰居陰，而應于初，陽至而遂順之，故曰"至臨"。

【附錄】

吳本硃批 "至"字內便有長意。

六五，知臨，大君之宜，吉。

《象》曰："大君之宜"，行中之謂也。

見于未然之謂"知"。臨之勢，陽未足以害陰，而其勢方銳，陰尚可以抗陽，而其勢方卻。苟以其未足以害我而不內，以吾尚足以抗之而不受，則陽將忿而攻陰。六五以柔居尊而應于二，方其未足而收之，故可使爲吾用；方吾有餘而柔之，故可使懷吾德，此所以爲知也。天子以是服天下之強者則可，小人以是畜君子則不可，故曰"大君之宜吉"，惟大君爲宜用是也。大君以是行其中，小人以是行其邪。

【附錄】

方孔炤《周易時論合編》卷三　子瞻曰："柔尊應下，（略）小人以是行其邪。"
淇澳曰：蘇未盡也。人主當務聰明之實。四目聰，舜稱大智；立賢无方，湯稱執中。乃知陰陽消長，其權在人主而不在天。
吳本硃批：是用人要道。

上六，敦臨，吉，无咎。

《象》曰：敦臨之吉，志在內也。

---

① "有應"至"感也"，陳本作"咸感也咸臨咸感也"。

敦，益也。内，下也。六五既已應九二矣，上六又從而附益之，謂之"敦臨"；《復》之六四既已應初九矣，六五又從而附益之，謂之"敦復"，其義一也。

【附錄】

陳夢雷《周易淺述》卷三 按蘇傳：六五既已應九二矣，上六又從而附益之，謂之敦臨。《復》之六四既已應初九矣，六五又從而附益之，謂之敦復。此說解"敦"字爲切，言附五以加厚于二也。

☷坤下☴巽上　觀，盥而不薦，有孚顒若。

《彖》曰：大觀在上，順而巽，中正以觀天下，觀。"盥而不薦，有孚顒若"，下觀而化也。觀天之神道而四時不忒，聖人以神道設教而天下服矣。

无器而民趨，不言而物喻者，觀之道也。"聖人以神道設教"，則賞爵刑罰，有設而不用者矣。寄之宗廟，則"盥而不薦"者也。盥者以誠，薦者以味。

【附錄】

查慎行《周易玩辭集解》卷三 蘇子瞻曰："盥者以誠，薦者以味。"二語得之。

《象》曰：風行地上，觀。先王以省方觀民設教。

初六，童觀，小人无咎，君子吝。

《象》曰："初六童觀"，小人道也。

"大觀在上"，故四陰皆以尚賓爲事。初六童而未仕者也，急于用以自炫賈，惟器小而夙成者爲无咎，君子則吝矣。

六二，窺觀，利女貞。

《象》曰：窺觀女貞，亦可醜也。

六二遠且弱，宜處而未宜賓者也。譬之于女，利貞而不利行者也。苟以此爲觀，則是女不待禮，而窺以相求，貞者之所醜也。

六三，觀我生，進退。

《象》曰："觀我生，進退"，未失道也。

六三，上下之際也，故當自觀其生，以卜進退。夫欲知其君，則觀其民，故我之生，則君之所爲也。知君之所爲，則進退決矣。進退在我，故未失道也。

六四，觀國之光，利用賓于王。

《象》曰："觀國之光"，尚賓也。

進退之決在六三，故自三以下，利退而不利進；自三以上，利進而不利退。進至于四，決不可退矣，故"利用賓于王"。

九五，觀我生，君子无咎。

《象》曰："觀我生"，觀民也。

上九，觀其生，君子无咎。

《象》曰："觀其生"，志未平也。

此二觀所自，言之者不同，其實一也。觀我生，讀如"觀兵"之"觀"。觀其生，讀如"觀魚"之"觀"。九五以其至顯觀之于民，以我示民，故曰"觀我生"。上九處于至高而下觀之①，自民觀我，故曰"觀其生"。今夫乘車于道，負者皆有不平之心。聖人以其一身擅天下之樂，厚自奉以觀示天下，而天下不怨，夫必有以大服之矣。吾以吾可樂之生而觀之人，人亦觀吾生可樂，則天下之爭心將自是而起。故曰："君子无咎。"君子而後无咎，難乎其无咎也。

---

① 下：陳本、《經解》本、青本作"不"。

蘇氏易傳卷三

☷震下 ☲離上　噬嗑，亨，利用獄。

　　道之衰也，而物至于相噬以求合，教化則已晚矣，故利用獄。

《彖》曰：頤中有物，曰"噬嗑"。

　　所以爲噬嗑者四也，否則爲頤矣。

【附録】

青本李評　就本爻指亦醒絶。

噬嗑而亨，剛柔分，動而明，

　　噬嗑之時，噬非其類而居其間者也。陽欲噬陰以合乎陽，陰欲噬陽以合乎陰，故曰"剛柔分，動而明"也。

雷電合而章，柔得中而上行，雖不當位，"利用獄"也。

　　謂五也。

《象》曰：雷電，噬嗑。先王以明罰敕法。

初九，履校滅趾，无咎。

《象》曰："履校滅趾"，不行也。

　　居《噬嗑》之時，六爻未有不以噬爲事者也。自二與五，反覆相噬，猶能戒以相存也。惟初與上，內噬三陰，而莫或噬之，貪得而不戒，故始于小過，終于大咎。聖人于此兩者，寄小人之始終；于彼四者，明相噬之得喪。

【附録】

青本李評　四語得要。

六二，噬膚滅鼻，无咎。

《象》曰："噬膚滅鼻"，乘剛也。

　　以陰居陰，至柔而不剛者也①。故初九噬之若噬膚然，至于滅鼻而不知止也。夫滅鼻而不知止者，非初之利也。非初之利，則二无咎矣。

【附録】

吳本硃批　較常解何等爽快。

六三，噬臘肉，遇毒，小吝，无咎。

　　"臘肉"、"乾胏"、"乾肉"，皆難噬者也。凡《易》以陰居陽，則不純乎柔，中有剛矣，故六三、六五皆有難噬之象。夫勢之必不能拒也，則君子以不拒爲大，

---

　　① 剛：陳本、《經解》本、青本同，閔本、《四庫》本作"拒"。

六二是也。六三之于九四，力不能敵，而懷毒以待之，則已陋矣，故曰"小吝"。出于見噬而不能堪也，故非其咎。

【附録】

青本李評　不拒爲大，處小人之法。

《象》曰："遇毒"，位不當也。

若以陰居陰，則无復有毒矣。

【附録】

青本李評　反語醒。

九四，噬乾胏，得金矢。

取其堅而可畏。

利艱貞，吉。

《象》曰："利艱貞①，吉"，未光也。

六五，噬乾肉，得黃金。

取其居中而貴。

貞厲，无咎。

《象》曰："貞厲无咎"，得當也。

九四居二陰之間，六五居二陽之間，皆處爭地而致交噬者也。夫不能以德相懷，而以相噬爲志者，惟常有敵以致其噬，則可以少安。苟敵亡矣，噬將无所施，不幾于自噬乎？由此觀之，无德而相噬者，以有敵爲福矣。九四："噬乾胏，得金矢。"六五："噬乾肉，得黃金。"九四之難噬，是六三、六五之得也；六五之難噬，是九四、上九之得也。得之爲言，猶曰賴此以存云爾。"利艱貞吉"，"貞厲无咎"，皆未可以安居而享福也②。惟有德者爲能安居而享福，夫豈賴有敵而後存邪？故曰"未光"也。"得當者"，當于二陽之間也。

【附録】

青本李評　"相噬者以有敵爲福"，"有德者能安居而享福"，二語深，即自非聖人，外寧必有内憂意。

上九，何校滅耳，凶。

《象》曰："何校滅耳"，聰不明也。

"滅趾"者，止其行而已。不行猶可以无咎，滅耳則廢其聰矣，无及也，故凶。

☲離下☶艮上　賁，亨，小利有攸往。

《象》曰："賁，亨"，柔來而文剛，故亨。分剛上而文柔，故"小利有攸

---

① 艱：原本作"堅"，《經解》本、青本同，音近而訛，據陳本、閔本、《四庫》本改。

② 安居：閔本、《四庫》本作"居安"，下同。

往",天文也。文明以止,人文也。

剛不得柔以濟之,則不能亨;柔不附剛,則不能有所往。故柔之文剛,剛者所以亨也;剛之文柔,小者所以利往也。乾之爲離,坤之爲艮,陰陽之勢數也。"文明以止",離、艮之德。勢數推之天,其德以爲人。《易》有"剛柔往來"、"上下相易"之説,而其最著者《賁》之《彖》也。故學者沿是爭推其所從變,曰泰變爲賁。此大惑也。一卦之變爲六十三,豈獨爲賁也哉?學者徒知泰之爲賁,又烏知賁之不爲泰乎?凡《易》之所謂"剛柔相易"者,皆本諸乾、坤。乾施一陽于坤,以化其一陰,而生三子,皆一陽而二陰。凡三子之卦,有言"剛來"者,明此本坤也,而乾來化之。坤施一陰于乾,以化其一陽,而生三女,皆一陰而二陽。凡三女之卦,有言"柔來"者,明此本乾也,而坤來化之。故凡言此者,皆三子三女相值之卦也。非是卦也,則无是言也。凡六:《蠱》之《彖》曰:"剛上而柔下。"《賁》之《彖》曰:"柔來而文剛,分剛上而文柔。"《咸》之《彖》曰:"柔上而剛下。"《恒》之《彖》曰:"剛上而柔下。"《損》之《彖》曰:"損下益上。"《益》之《彖》曰:"損上益下。"此六者,適遇而取之也。凡三子三女相值之卦十有八,而此獨取其六,何也?曰:聖人之所取以爲卦,亦多術矣,或取其象,或取其爻,或取其變,或取其剛柔之相易。取其象,"天水違行,訟"之類是也;取其爻,"六三,履虎尾"之類是也;取其變,"頤中有物曰噬嗑"之類是也;取其剛柔之相易,《賁》之類是也。夫剛柔之相易,其所取以爲卦之一端也。遇其取者則言,不取者則不言也①,又可以盡怪之歟?

【附録】

沈一貫《易學》卷一〇 子曰:"《乾》、《坤》,其《易》之門耶?乾,陽物也。坤,陰物也。陰陽合德而剛柔有體。"言卦體也。有體則有變。凡《彖傳》所謂"往來"、"上下"者,皆乾、坤所爲。昔人以否、泰言,意雖近而未精,宜爲程、蘇所駁也。若朱子六十四卦皆有變云者,又太漫,非《彖傳》意。

吴本砵批 大綱領。

青本李評 "天其德以爲人",語新。"剛柔往來"、"上下相易"皆本乾、坤,程傳亦如此,視卦變之説爲較長。

顧炎武《日知録》卷一《卦變》 卦變之説,不始于孔子,周公繫《損》之六三已言之矣,曰:"三人行則損一人,一人行則得其友。"是六子之變,皆出于乾、坤,无所謂自復、姤、臨、遯而來者,當從程傳。蘇軾、王炎皆同此説。

李塨《周易傳注》卷一《乾坤立本圖》(文淵閣《四庫全書》本) 六十四卦无出八卦者,八卦无出乾、坤者,《繫辭傳》于取《益》取《涣》諸辭上,惟曰"始作八卦",又曰"《乾》、《坤》其易之緼耶?《乾》、《坤》毁則无以見易",而六十四卦,凡陽爻皆稱乾之策,凡陰爻皆稱坤之策可見。特論爻則專稱剛柔,以剛即乾,柔即坤也。故曰"乾剛坤柔",又曰"剛柔者立本者也"。宋程頤曰:"乾

---

① "遇其"至"不言也",《永樂大典》卷一三八七二作"遇其所取是則言其不取者則不言也"。

坤交而爲六子，八卦重而爲六十四，皆由乾坤之變。"蘇軾亦謂："易有剛柔往來上下之説。學者沿是，爭推其所由變，此大惑也。剛柔相易，皆本乾、坤而已。"至明何楷，因有《乾坤主變》一圖，李挺之、朱震諸圖，亦知本之乾坤，但爲姤、復等所亂耳。較先儒卦變諸説甚長。

觀乎天文以察時變，觀乎人文以化成天下。

《象》曰：山下有火，賁。君子以明庶政，无敢折獄。

　　明庶政，明也。无敢折獄，止也。

初九，賁其趾，舍車而徒。

《象》曰："舍車而徒"，義弗乘也。

　　"文剛"者，六二也。初九、九三，見文者也①。自六二言之，則初九其趾，九三其須也。初九之應在四，六二之文，初九之所不受也。車者所以養趾，爲行文也。初九爲趾，則六二之所以文初九者，爲車矣。初九自潔以答六四之好，故義不乘其車而徒行也。

六二，賁其須。

《象》曰："賁其須"，與上興也。

　　六二施陰于二陽之間，初九有應而不受，九三无應而内之。无應而内之者正也，是以仰"賁其須"。須者，附上而與之興也②。

九三，賁如濡如，永貞吉。

《象》曰：永貞之吉，終莫之陵也。

　　初九之正配，四也，而九三近之。九三之正配，二也，而初九近之。見近而不貞，則失其正。故九三不貞于二，而貳于四，則其配亦見陵于初九矣。初九亦然。何則？无以相賁也。自九三言之，賁我者二也，濡我者四也，我可以兩獲焉，然而以永貞于二爲吉也。

【附録】

青本李評　"見近而不貞，則失其正"，此語宜思。

六四，賁如皤如，白馬翰如。匪寇，婚媾。

《象》曰：六四當位，疑也。"匪寇婚媾"，終无尤也。

　　六四當可疑之位者，以近三也。六二以其賁賁初九，而初九全其潔，皤然也。初九之所以全其潔者，凡以爲四也，四可不以潔答之乎？是以潔其車馬，翼然而往從之。以三爲寇，而莫之媾也。此四者，危疑之間，交爭之際也。然卒免于侵陵之禍者，以四之无不貞也。

---

① 見：原本作"无"，青本同，據陳本、《經解》本、閩本、《四庫》本改。

② 附上而與之興也：原本作"附上面與之興也"，據閩本、《四庫》本、《永樂大典》卷一三八七二改，又陳本、《經解》本、青本作"附而興之類也"，亦通。

【附録】

鄧夢文《八卦餘生》卷六　皤如，蘇傳以爲潔白，理或近之。

六五，賁于丘園，束帛戔戔，吝，終吉。

《象》曰：六五之吉，有喜也。

> 丘園者，僻陋无人之地也。五无應于下，而上九之所賁也，故曰"賁于丘園"。而上九亦无應者也。夫兩窮而無歸，則薄禮可以相縻而長久也。是以雖吝而有終，可不謂吉乎？彼苟有以相喜，則吝而吉可也。"戔戔"，小也。

上九，白賁，无咎。

《象》曰："白賁无咎"，上得志也。

> 夫柔之文剛也，往附于剛，以賁從人者也；剛之文柔也，柔來附之，以人從賁者也。以賁從人，則賁存乎人；以人從賁，則賁存乎己，此上九之所以得志也。陽行其志，而陰聽命，惟其所賁，故曰"白賁"。受賁莫若白。

【附録】

青本李評　"受賁莫若白"，語精。

䷖ 艮上坤下　剥，不利有攸往。

《彖》曰：剥，剥也，柔變剛也。"不利有攸往"，小人長也。順而止之，觀象也。

> 見可而後動。

君子尚消息盈虛，天行也。

《象》曰：山附于地，剥。上以厚下安宅。

> 身安而民與之，則剥者自衰，不與之校也。

初六，剥牀以足，蔑貞凶。

《象》曰："剥牀以足"，以滅下也。

六二，剥牀以辨，蔑貞凶。

《象》曰："剥牀以辨"，未有與也。

> 陽在上，故君子以上三爻爲己載。己者，牀也，故下爲牀①。陰之長，猶水之溢也，故曰"蔑"。辨，足之上也，牀與足之間，故曰辨。君子之于小人，不疾其有丘山之惡，而幸其有毫髮之善。"剥牀以足"，且及其辨矣，猶未直以爲凶也，曰蔑貞而後凶。小人之于正也，絶滅無餘，而後凶可必也。若猶有餘，則君子自其餘而懷之矣，故曰"剥牀以辨，未有與也"。小人之爲惡也，有人與之然後自信以果。方其未有與也，則其愧而未果之際也。

---

① 下爲牀：閔本、《四庫》本同，陳本、《經解》本、青本作"初爲剥牀"。

【附録】

方孔炤《周易時論合編》卷四　子瞻曰："君子于小人不疾其有丘山之惡，而幸其有毛髮之善，故剥足及辨，猶未爲凶，至蔑則凶。"此與荀兹明解合。

青本李評　"不疾其有丘山之惡，而幸其有毫髮之善"，方是君子待小人之心。

六三，剥之，无咎。

《象》曰："剥之无咎"，失上下也。

　　王弼曰："群陰剥陽，己獨協焉。雖處于剥，可以无咎。上下各有二陰，應陽則失上下也。"

六四，剥牀以膚，凶。

《象》曰："剥牀以膚"，切近災也。

　　剥牀以膚，始及己矣。雖欲懷之，而不可得矣，故直曰"凶"。

六五，貫魚，以宮人寵，无不利。

《象》曰："以宮人寵"，終無尤也。

　　觀之世幾于剥矣，而言不及小人者，其主陽也。六五，剥之主，凡剥者皆其類也。聖人不能使之無寵于其類，故擇其害之淺者許之。四以下，貫魚之象也。自上及下，施寵均也。夫寵均則勢分，勢分則害淺矣。以宮人之寵寵之，不及以政也。不及以政，豈惟自安？亦以安之，故"无不利"。聖人之教人也，容其或有，而去其太甚，庶幾從之。如責之以必無，則彼有不從而已矣。

【附録】

青本李評　"容其或有，而去其太甚"，則可相安。

上九，碩果不食，君子得輿，小人剥廬。

《象》曰："君子得輿"，民所載也。"小人剥廬"，終不可用也。

　　果未有不見食者也。碩而不見食，必不可食者也。智者去之，愚者眷焉。上九之失民久矣，五陰之勢足以轢而取之。然且獨存于上者，彼特存我以爲名爾。與之合則存，不與之合則亡。君子以爲是不可食之果也，而亟去之。彼得志于上，必食其下，故君子去其上而出其下，可以得民。載于下謂之"輿"，庇于上謂之"廬"。廬者既剥之餘也，豈可復用哉？

☳下
☷上　復，亨。出入无疾，朋來无咎。反復其道，七日來復。利有攸往。

《象》曰："復亨"，剛反動而以順行，是以"出入无疾"，

　　自坤爲復謂之"入"，自復爲乾謂之"出"。疾，病也。

【附録】

查慎行《周易玩辭集解》卷四　"出入无疾"有數解。蘇子瞻云："自坤而復爲入，自復而乾爲出。"晁公武以自剥至復爲入，自復至夬爲出。李象先則曰：外陰用事而出，内陽爲主而入。程傳云：復于内入也，長進于外出也。微陽生長，无害之者也。疾字作害字解。蔡氏、鄒氏以无疾爲不求速。胡雲峰云：《易》之

言疾者凡五，《豫》六五、《无妄》九五、《損》六五、《兌》九四，多在外卦，惟《復·象》曰无疾，以內卦一陽生于下也。蓋陽在內則无疾，凡疾皆有感于外者也。愚按《遯》九三一陽在內卦，爻辭亦云有疾憊。本卦"疾"字宜從"不求速"之解。

朋來无咎"。"反復其道，七日來復"，天行也。
　　坤與初九爲七。
　　【附錄】
　　青本李評　"七日"之説最多，此義爲長。
"利有攸往"，剛長也。復，其見天地之心乎？
　　見其意之所向謂之心，見其誠然謂之情。凡物之將亡而復者，非天地之所予者不能也。故陽之消也，五存而不足；及其長也，甫一而有餘。此豈人力也哉？《傳》曰："天之所壞，不可支也。"其所支，亦不可壞也。"違天不祥"，"必有大咎。"
　　【附錄】
　　吳本硃批　妙。
　　青本李評　陽消陽長，四語精。
《象》曰：雷在地中，復。先王以至日閉關，商旅不行，后不省方。
　　"復"者變易之際也。聖人居變易之際，靜以待其定，不可以爲也，故以至日閉關明之，下至于"商旅不行"，上至于"后不省方"。
初九，不遠復，无祗悔，元吉。
《象》曰：不遠之復，以修身也。
　　去其所居而復歸，亡其所有而復得，謂之"復"。必嘗去也，而後有歸；必嘗亡也，而後有得。无去則无歸，无亡則无得，是故聖人无復。初九未嘗見其有過也，然而始有復矣。孔子曰："顏氏之子，其殆庶幾乎？有不善未嘗不知，知之未嘗復行也。"
　　【附錄】
　　青本李評　"聖人无復"，故幾；聖爲顏子，雖復而不遠。
六二，休復，吉。
《象》曰：休復之吉，以下仁也。
　　休，初九也。以陰居陰，不爭之至也。退而休之，使復者得信，謂之休復。
六三，頻復，厲，无咎。
《象》曰：頻復之厲，義无咎也。
　　以陰居陽，力不得抗，而中不願，故頻于初九之復也。外順而內不平者，危則无咎。頻，蹙也。
六四，中行獨復。
《象》曰："中行獨復"，以從道也。
　　獨與初應。

六五，敦復无悔。

《象》曰："敦復无悔"，中以自考也。

　　憂患未至而慮之，則无悔。六五，陰之方盛也，而内自度其終不足以抗初九，故因六四之"獨復"而附益之，以自托焉。

上六，迷復，凶，有災眚。用行師，終有大敗。以其國君凶，至于十年不克征。

《象》曰：迷復之凶，反君道也。

　　乘極盛之末，而用之不已，不知初九之已復也。謂之"迷復"、"災眚"者，示天之罰也①。初九之復，天也，眾莫不予，而己獨迷焉。用之于敵，則災其國；用之于國，則災其身。極盛必衰，驟勝故敗。在其終也，國敗君凶，至于十年而不復者，明其用民之過，而師競之甚也。

【附録】

朱震《漢上易傳・叢説》　蘇氏以《復卦》爲始興之象，故于《彖》論"違天不祥"，于六四言"自托"，于六五言"陰之方盛而自度不足以抗初九"，于上六言"乘極盛之末而用之不已，不知初九又已復"，又曰"盛必驟勝，故敗在其終也。"

青本李評　不天之罰，以初天心也，語新。

䷘ 震下乾上　无妄，元亨，利貞。其匪正有眚，不利有攸往。

《彖》曰：无妄，剛自外來而爲主于内，

　　謂初九。

動而健，剛中而應，

　　謂九五。

大亨以正，天之命也。

　　无妄者，天下相從于正也。正者我也。天下從之者天也。聖人能必正，不能使天下必從，故以无妄爲天命也。

"其匪正有眚，不利有攸往。"无妄之往，何之矣？天命不祐，行矣哉！

　　无故而爲惡者，天之所甚疾也。世之妄也，則其不正者，容有不得已焉。无妄之世，正則安，不正則危。棄安即危，非人情，故不正者，必有天災。

《象》曰：天下雷行，物與无妄。

　　妄者，物所不與也。

先王以茂對時，育萬物。

　　茂，勉也。對，濟也。《傳》曰："寬以濟猛，猛以濟寬。"天下既已无妄矣，則

---

① 示：陳本無，《經解》本、閔本、青本作"不"，《四庫》本作"在"。

先王勉濟斯時，容養萬物而已。

初九，无妄，往吉。

《象》曰：无妄之往，得志也。

所以爲无妄者震也。所以爲震者初九也。无妄之權在初九，故往得志也。

【附錄】

青本李評 得要。

六二，不耕穫，不菑畬，則利有攸往。

《象》曰："不耕穫"，未富也。

六三，无妄之災，或繫之牛。行人之得，邑人之災。

《象》曰：行人得牛，邑人災也。

九四，可貞，无咎。

《象》曰："可貞无咎"，固有之也。

九五，无妄之疾，勿藥有喜。

《象》曰：无妄之藥，不可試也。

善爲天下者，不求其必然；求其必然，乃至于盡喪。无妄者，驅人而內之正也。君子之于正，亦全其大而已矣。全其大有道，不必乎其小，而其大斯全矣。古之爲過正之行者，皆內不足而外慕者也。夫內足者，恃內而略外，不足者反之①。陰之居陰，安其分者也，六二是也。而其居陽也，不安其分而外慕者也，六三是也。陽之居陽，致其用者也，九五是也。而其居陰也，內足而藏其用者也，九四是也。六二安其分，是故不敢爲過正之行。曰"不耕穫，不菑畬，則利有攸往"，夫必其所耕而後穫，必其所菑而後畬，則是揀髮而櫛，數米而炊，擇地而蹈之。充其操者蚓而後可，將有所往，動則躓矣。故曰于義可穫，不必其所耕也；于道可畬，不必其所菑也。不害其爲正，而可以通天下之情，故"利有攸往"。所惡于不耕而穫者，惡富之爲害也。如取之不失其正，雖欲富可得乎？故曰："不耕穫，未富也。"六三不安其分，而外慕其名，自知其不足，而求詳于无妄，故曰："无妄之災，或繫之牛。行人之得，邑人之災。"或者繫其牛于此，而爲行道者之得之也。行者固不可知矣，而欲責得于邑人，宜其有无辜而遇禍者，此无妄之所以爲災也。失其牛于此，而欲必求之于此，此其意未始不以爲无妄也。然反至于大妄②，則求詳之過也。九五以五用九，極其用矣。用極則憂廢，故戒之曰"无妄之疾，勿藥有喜"。无妄之世而有疾焉，是大正之世，而未免乎小不正也。天下之有小不正，是養其大正也，烏可藥哉③？以无妄爲藥④，是以至正而毒天下，

---

① 不足：閔本、《四庫》本同，陳本、《經解》本作"足外"。
② 反：陳本、《經解》本、青本同，閔本、《四庫》本作"卒"。
③ 藥：閔本、《四庫》本同，陳本、《經解》本、青本作"无"。
④ 爲：閔本、《四庫》本同，陳本、《經解》本作"之"。

天下其誰安之？故曰："无妄之藥，不可試也。"九四内足而藏其用，詘其至剛而用之以柔，故曰："可貞无咎。"可以其貞正物而无咎者，惟四也。其《象》曰："固有之。"固有之者，生而性之，非外掠而取之也。

【附録】

吴本硃批　（"全其大有道"句）尾生、孝己皆是。（"天下有小不正"句）快人，以道理殺人者，可以娛笑。

青本李評　其有慕于淳古之世乎？抑思所以救衰也乎？

上九，无妄，行有眚，无攸利。

《象》曰：无妄之行，窮之災也。

无妄之世有大妄者，六三也，而上九應之。六三外慕于正，而竊取其名。三以苟免可也，至于上九，窮且敗矣。

☰乾下　☶艮上　**大畜，利貞。不家食，吉。利涉大川。**

《彖》曰：大畜，剛健、篤實、輝光，日新其德。

"剛健"者乾也。"篤實"者艮也。"輝光"者，二物之相磨而神明見也。乾不得艮，則素健而已矣①；艮不得乾，則徒止而已矣。以止屬健，以健作止，而德之變不可勝窮也。

【附録】

吴本硃批　是單言"篤實"者，非。

青本李評　説"輝光"，意精。

剛上而尚賢，能止健，大正也。

大者正也，謂上九也，故謂之賢。賢者見畜于上九，所以爲大畜也。

"不家食吉"，養賢也。"利涉大川"，應乎天也。

乾之健，艮之止，其德天也，猶金之能割，火之能爇也。物之相服者，必以其天。魚不畏網而畏鵜鶘，畏其天也。故乾在艮下，未有不止而爲之用也②。物之在乾上者，常有忌乾之心，而乾常有不服之意。需之上六，小畜之上九是也。忌者生于不足以服人爾。不足以服人而又忌之，則人之不服也滋甚。今夫艮自知有以畜乾，故不忌其健而許其進。乾知艮之有以畜我而不忌，故受其畜而爲之用。"不家食"者，以艮爲主也。"利涉大川"者，用乾之功也。

【附録】

青本李評　妙喻至文。"忌者生于不足以服人"，見忌者可知所處矣。

《象》曰：天在山中，大畜。君子以多識前言往行，以畜其德。

---

①　素：原本作"徒"，據陳本、《經解》本、閩本、《四庫》本、青本改。

②　不止而爲之用也：閩本、《四庫》本同，陳本、《經解》本、青本作"止而不進而爲之用也"。

孔子論《乾》九二之德曰"君子學以聚之，問以辨之"，是以知乾之健，患在于不學，漢高帝是也。故大畜之君子，將以用乾，亦先厚其學。

【附錄】

青本李評 證切。

初九，有厲，利已。

《象》曰："有厲利已"，不犯災也。

小畜之畜乾也，順而畜之，故始順而終反目；大畜之畜乾也，厲而畜之，故始利而終亨。君子之愛人以德，小人之愛人以姑息。見德而慍，見姑息而喜，則過矣。初九欲進之意无已也。至于六四，過厲而止。六四之厲，我所謂德也。使我知戒而終身不犯于災者，六四也。

【附錄】

查慎行《周易玩辭集解》卷四 畜者止也。內三爻受畜者也，以自止爲義。外三爻能畜者也，以止人爲義。初以剛居剛，又健體，勢方進而未已，進則爲六四所止，不得自遂，故爻詞爲之斟酌曰：往則有厲，不若止之之爲利也。程、朱解初二則以四五之畜之者爲小人，解四五則又以初二之爲所畜者爲小人，初無定論。《蘇氏易傳》則六爻皆作君子解。愚竊據爻辭，似當從蘇氏。初九欲進之心應于六四，遇厲而止，使初知止而不至犯災，由四畜之于早也。《需》曰不犯難，以坎水之險；《大畜》曰不犯災，以艮山之阻，皆在初爻。

九二，輿說輹。

《象》曰："輿說輹"，中无尤也。

《小畜》之"說輹"，不得已也，故"夫妻反目"。《大畜》之"說輹"，其心願之，故"中无尤也"。

【附錄】

青本李評 以《小畜》對校自明。

九三，良馬逐，利艱貞。曰閑輿衛，利有攸往。

《象》曰："利有攸往"，上合志也。

三乾並進，故曰"良馬逐"。馬不憂其不良，而憂其輕車易道以至泛軼也，故"利艱貞"。九三，乾之殿也，故相與飭戒，閑習其車徒，則"利有攸往"。上，上九也。上利在不忌，三利在必戒。

六四，童牛之牿，元吉。

《象》曰：六四元吉，有喜也。

六五，豶豕之牙，吉。

《象》曰：六五之吉，有慶也。

童牛，初九也。牿，角械也。童牛无所用牿，然且不敢廢者，自其童而牿之，迨其壯，雖不牿可也。此愛其牛之至也。豶豕，辖豕也，九二之謂也。有牙而不鷙者，辖豕也，不鷙則可畜矣。大畜之畜乾也，始厲而終亨。初九，陽之微者也，而遂牿之，故至于九二，雖有牙而可畜也。其始牿之，其漸可畜，其終雖進之天衢可也。童而牿之，愛以德也，故"有喜"。不惡其牙而畜之，將求其用也，故"有慶"。凡物有以相德曰"喜"，施德獲報曰"慶"，孔子曰："積善之家，必有餘慶。"

上九，何天之衢，亨。

《象》曰："何天之衢"，道大行也。

> 天衢者，上之所履，而不與下共者也。德有以守之，雖以予人，而莫敢受。苟無其德，雖吾不予。天將有取之者①，上九之德，足以自固，是以无忌于乾而大進之。其曰"何天之衢"者，何天之衢②，有而不汝進也。夫惟以天衢進之，而乾大服矣。

☶震下 頤，貞吉。觀頤，自求口實。
☳艮上

《彖》曰："頤，貞吉"，養正則吉也。"觀頤"，觀其所養也。

> 謂上九。

"自求口食"，觀其自養也。

> 謂初九。

【附錄】

青本李評 二義以上下爻言最明。

天地養萬物，聖人養賢以及萬民。頤之時大矣哉！

《象》曰：山下有雷，頤。君子以慎言語，節飲食。

> 上止下動，有頤之象，故君子治所以養口者。人之所共知而難能者，慎言語、節飲食也。言語一出而不可復入，飲食一入而不可復出者也。

【附錄】

青本李評 二語醒。

初九，舍爾靈龜，觀我朵頤，凶。

《象》曰："觀我朵頤"，亦不足貴也。

> 爾，初九也。我，六四也。龜者不食而壽，無待於物者也。養人者陽也，養於人者陰也，君子在上足以養人，在下足以自養。初九以一陽而伏于四陰之下，其德足以自養而无待於物者如龜也。不能守之而觀于四，見其可欲，朵頤而慕之，爲陰之所致也，故凶。所貴于陽者，貴其養人也。如養于人，則不足貴矣。

【附錄】

青本李評 醒。

六二，顛頤，拂經于丘頤，征凶。

---

① 天：原本作"夫"，閔本、《四庫》本同，據陳本、《經解》本、青本改。
② 何天之衢：青本同，陳本、《經解》本作"何衢天之"，閔本、《四庫》本作"何天衢之"。

《象》曰：六二征凶，行失類也。

　　從下爲"顛"。過擊曰"拂"。經，歷也。丘，空也。《豫》之六五失民，而九四得之，則九四爲"由豫"。《頤》之六五失民，而上九得之，則上九爲"由頤"。六五有養人之位①，而无養人之德，則丘頤也。夫由、丘二者，皆匪相安者也。丘以其位，由以其德，兩立而不相忌者，未之有也。六二、六三之求養于上九也，皆歷五而後至焉。夫有求于人者，必致怨于其所忌以求説，此人之情也。故六二、六三之過五也，皆擊五而後過。非有怨于五也，以悦其所求養者也。由頤者，利之所在也。丘頤者，位之所在也。見利而蔑其位，君子以爲不義也。故曰："顛頤，拂經于丘頤，征凶。"六二可以下從初九而求養也。然且不從而過擊五，以求養于上九。无故而陵其主，故"征凶"。征凶者，明顛頤之吉也。二，陰也，五亦陰也，故稱"類"也。

【附録】

吳本硃批　趣甚，與常説迥別。

青本李評　字義明自醒。

六三，拂頤，征凶②。十年勿用，无攸利。

《象》曰："十年勿用"，道大悖也。

　　"拂頤"者，"拂經于丘頤"也，六二已詳言之矣。因前之辭故略，其實一也。拂頤之爲不義，二與三均也。然二有初可從，而三不得不從上也，故曰"貞凶"。雖貞于其配，而于義爲凶。"由頤"之興，"丘頤"之廢，可坐而待也。其勢不過十年，盍待其定而從之？故戒之曰"十年勿用"。用于十年之内，則大悖之道也。夫擊其主而悦其配，雖其配亦不義也，故无攸利。

六四，顛頤，吉。虎視耽耽，其欲逐逐，无咎。

《象》曰：顛頤之吉，上施光也。

　　四于初爲上，自初而言之，則初之見養于四爲凶。自四言之，則四之得養初九爲吉。初九之剛，其始若虎之耽耽而不可馴也。六四以其所欲而致之，逐逐焉而來。六四之所施，可謂"光"矣。

【附録】

陳夢雷《周易淺述》卷三　上三爻皆以人言之，而陰宜得養于陽，四與初又正應，故程傳、《本義》皆謂此爻求養于下以養人者。時解從之，作大臣用賢以養民之義。然以虎視爲四，則爻中未見養人及施下之象，于《象傳》"上施"之言不合。今從蘇傳，作以四養初爲順。蓋上宜養下，陽宜養陰。以上下之位言之，二求養于初，固顛頤以陰陽之義言之。初求養于四，亦顛頤也。但四居初之上，所處得正，又爲正應，自初而言之，則初之見養于四爲凶；自四而言之，則四之

---

① 五：陳本、《經解》本、閔本、青本同，《四庫》本作"二"。

② 征：《經解》本、閔本同，陳本、《四庫》本、青本作"貞"。

能養初九爲吉。初九之剛，其視若虎之眈眈，不可馴也。六四順其所欲而致之，逐逐焉而來，不失以上養下之正，咎可无矣。綜卦本不宜取象，但自四觀初，則震反爲艮，故初有虎視之象。按蘇傳謂六四于初爲上，六四之所施可謂光矣。今按施固在四，不妨兼上爻言之。蓋上爻物所由以養六四，與上同體，四所以逐逐能繼者，亦賴與上同體，得以施及下也。以人事言，五君也，上相也，四則奉令行政之大臣，膏澤下于民者也。

六五，拂經，居貞吉。不可涉大川。
《象》曰：居貞之吉，順以從上也。

六五既失其民，爲六二、六三之所拂而過也。慍而起爭之，則亡矣。故以順而從上，居貞爲吉。失民者不可以犯難，故曰不可以涉大川。

上九，由頤，厲吉，利涉大川。
《象》曰："由頤厲吉"，大有慶也。

莫不由之以得養者，故曰"由頤"。有其德而无其位，故厲而後吉。无位而得衆者，必以身犯難，然後衆與之也。

☱☴ 巽下
兌上　大過，棟橈，利有攸往，亨。

《彖》曰："大過"，大者過也。"棟橈"，本末弱也。剛過而中，巽而説行，利有攸往，乃亨。

二、五者用事之地也。陽自內出，據用事之地，而擯陰于外，謂之"大過，大者過也"。陰自外入，據用事之地，而囚陽于內，謂之"小過"，小者過也。"過"之爲言，偏盛而不均之謂也。故大過者，君驕而无臣之世也。《易》之所貴者，貴乎陽之能御陰，不貴乎陽之陵陰而蔑之也。人徒知夫陰之過乎陽之爲禍也，豈知夫陽之過乎陰之不爲福也哉？立陰以養陽也，立臣以衛君也。陰衰則陽失其養，臣弱則君棄其衛。故曰："大過，大者過也。棟橈，本末弱也。"四陽者"棟"也，初上者"棟"之所寄也。弱而見擯，則不任寄矣。此棟之所以橈也。棟橈將壓焉。故大過之世，利有事而忌安居。君侈已甚而國无憂患，則上益張而下不堪，其禍可待也。故利有攸往。所利于往者，利其有事也。有事則有患，有患則急人。患至而人急，則君臣之勢可以少均。故曰："剛過而中，巽而説行，利有攸往，乃亨。"

【附録】
吳本硃批　此是陰陽正説，當時朱子不知，何以硬差先聖扶陰抑陽。
青本李評　陽亦不可過陰，此理少發。"利其有事"，不是一味委任。

大過之時大矣哉！
《象》曰：澤滅木，大過。君子以獨立不懼，遯世无悶。

初六宜不懼，上六宜遯。

初六，藉用白茅，无咎。

《象》曰："藉用白茅"，柔在下也。

白茅，初六也，所"藉"者九二也。茅之爲物，賤而不足收也。然吾有所甚愛之器，必以藉之，非愛茅也，愛吾器也。初之于二，強弱之勢固相絕矣，其存亡不足以爲損益。然二所以得安養于上者，以有初之藉也。棄茅而不收，則器措諸地；棄初而不錄，則二親其勞矣。故孔子曰："茅之爲物薄，而用可重也。"

【附錄】

查慎行《周易玩辭集解》卷四　《蘇氏易傳》謂初之所借爲九二，愚按初與四應，詳見下注，非近比之謂也。

九二，枯楊生稊，老夫得其女妻，无不利。

《象》曰：老夫女妻，過以相與也。

卦合而言之，則大過者君驕之世也；爻別而觀之，則九五當驕，而九二以陽居陰，不驕者也。盛極將枯，而九二獨能下收初六以自助，則生稊者也。老夫，九二也。女妻，初六也。凡人之情，夫老而妻少，則妻倨而夫恭。妻倨而夫恭，則臣難進而君下之之謂也，故无不利。大過之世，患在亢而无與，故曰："老夫女妻，過以相與也。"

【附錄】

吳本硃批　何處得來，讀之頤解。

青本李評　真情。

九三，棟橈，凶。

《象》曰：棟橈之凶，不可以有輔也。

九四，棟隆，吉，有他吝。

《象》曰：棟隆之吉，不橈乎下也。

卦合而言之，則本末弱，棟橈者也；爻別而觀之，則上六當棟橈，初六弱而能立，以遇九二，不橈者也。初、上非棟也，棟之所寄而已。所寄在彼，而隆橈見于此。初六不橈于下，則九四棟隆。上六不足以相輔，則九三之棟橈，以其應也。九四專于其應則吉，有他則吝矣。棟之隆也，非初之福，而四享其利。及其橈也，上亦不與，而三受其名。故大過之世，智者以爲陽宜下陰，而愚者以爲陰宜下陽也。

【附錄】

查慎行《周易玩辭集解》卷四　蘇子瞻云："初六不橈乎下，則九四棟隆。上六不足有輔，則九三棟橈。棟之隆非初之福，而四享其吉。及其橈也，上亦不與，而三受其凶。"亦合兩爻而論。

九五，枯楊生華，老婦得其士夫，无咎无譽。

《象》曰："枯楊生華"，何可久也？老婦士夫，亦可醜也。

盛極將枯，而又生華以自耗，竭而不能久矣。稊者顛而復蘖，反其始也。華者盈而畢發，速其終也。九五以陽居陽，汰侈已甚，而上六乘之，力不能正，只以速禍，故曰："老婦得其士夫，无咎无譽。"老婦，上六也。士夫，九五也。夫壯而妻老，君壓其臣之象也。故教之以"无咎无譽"，以求免于斯世。咎所以致罪，譽所以致疑也。

【附録】

青本李評 至理。

上六，過涉滅頂，凶，无咎。

《象》曰：過涉之凶，不可咎也。

過涉至于滅頂，將有所救也。勢不可救，而徒犯其害，故凶。然其義則不可咎也。

☵ 坎下
坎上　習坎，

坎，險也。水之所行而非水也，惟水爲能習行于險。其不直曰"坎"，而曰"習坎"，取于水也。

有孚，維心亨，行有尚。

《彖》曰："習坎"，重險也。水流而不盈，

險故流，流故不盈。

行險而不失其信。

萬物皆有常形，惟水不然，因物以爲形而已。世以有常形者爲信，而以无常形者爲不信，然而方者可斫以爲圜，曲者可矯以爲直，常形之不可恃以爲信也如此。今夫水雖无常形，而因物以爲形者，可以前定也，是故工取平焉，君子取法焉。惟无常形，是以遇物而无傷①。惟莫之傷也，故行險而不失其信。由此觀之，天下之信，未有若水者也。

【附録】

吳本硃批 真是盡水之變，子瞻解此，可謂爲搔着癢處矣。

青本李評 説精。

"維心亨"，乃以剛中也。

所遇有難易，然而未嘗不志于行者，是水之心也。物之窒我者有盡，而是心无已，則終必勝之。故水之所以至柔而能勝物者，維不以力爭而以心通也。不以力爭，故柔外；以心通，故剛中。

【附録】

青本李評 精。

"行有尚"，往有功也。

尚，配也。方圜曲直，所遇必有以配之，故无所往而不有功也。

天險不可升也，地險山川丘陵也。王公設險以守其國。

朝廷之儀，上下之分，雖有強暴而莫敢犯，此王公之險也。

---

① 遇：陳本、《經解》本、青本同，閩本、《四庫》本作"迕"。

【附録】

青本李評　説"險"字人所不到。

險之時用大矣哉！

《象》曰：水洊至，習坎。君子以常德行，習教事。

　　事之待教而後能者，"教事"也。君子平居，常其德行，故遇險而不變。習爲教事，故遇險而能應。

初六，習坎，入于坎窞，凶。

《象》曰：習坎入坎，失道凶也。

　　六爻皆以險爲心者也。夫苟以險爲心，則大者不能容，小者不能忠，无適而非寇也。惟相與同患，其勢有以相待，然後相得而不叛。是故居坎之世，其人可與同處患，而不可與同處安。九二、九五，二險之不相下者也。而六三、六四，其蔽也。夫有事于敵，則蔽者先受其害。故九二之于六三，九五之于六四，皆相與同患者也，是以相得而不叛。至于初、上，處内外之極，最遠于敵，而不被其禍，以爲足以自用而有餘，是以各挾其險以待其上，初不附二，上不附五，故皆有失道之凶焉。君子之習險，將以出險也。習險而入險，爲寇而已。

【附録】

青本李評　皆名言。

九二，坎有險，求小得。

《象》曰："求小得"，未出中也。

　　險，九五也。小，六三也。九二以險臨五，五亦以險待之，欲以求五，焉可得哉？所可得者，六三而已。二所以能得三者，非謂其德足以懷之，徒以二者皆未出于險中，相待而後全故也。

六三，來之坎坎，險且枕，入于坎窞，勿用。

《象》曰："來之坎坎"，終无功也。

　　之，往也。枕，所以休息也。來者坎也，往者亦坎也。均之二坎，來則得生，往則得敵，遇險于外，而休息于内也，故曰"險且枕"。六三知其不足以自用，用必无功，故退入于坎，以附九二，相與爲固而已。

六四，樽酒簋貳，用缶，納約自牖，終无咎。

《象》曰："樽酒簋貳"，剛柔際也。

　　"樽酒簋貳，用缶"，薄禮也。"納約自牖"，簡陋之至也。夫同利者不交而歡，同患者不約而信。四非五无與爲主，五非四无與爲蔽。饋之以薄禮，行之以簡陋，而終不相咎者，四與五之際也。

【附録】

青本李評　作牖是。

九五，坎不盈，祇既平，无咎。

《象》曰："坎不盈"，中未大也。

祇，猶言適足也。九五可謂大矣，有敵而不敢自大，故"不盈"也。不盈所以納四也。盈者人去之，不盈者人輸之，故不盈適所以使之既平也。

上六，係用徽纆，置于叢棘，三歲不得，凶。

《象》曰：上六失道，凶三歲也。

夫有敵而深自屈以致人者，敵平則汰矣，故九五非有德之主也。无德以致人，則其所致者，皆有求于我者也。上六維无求于五，故徽纆以係之，叢棘以固之。上六之所恃者險爾，險窮則亡，故"三歲不得，凶"也。

【附録】

青本李評　起二語精。

䷝ 離下 離上　離，

火之爲物，不能自見，必麗于物而後有形，故離之象取于火也。

利貞，亨。畜牝牛，吉。

《彖》曰：離，麗也。日月麗乎天，百穀草木麗乎土。

言萬物各以其類麗也。

重明以麗乎正，乃化成天下。柔麗乎中正，故亨。是以"畜牝牛，吉"也。

六麗二、五，是柔麗中正也。物之相麗者，不正則易合而難久，正則難合而終必固，故曰"利貞，亨"。欲知其所畜，視其主。有是主，然後可以畜是人也。有其人而无其主，雖畜之不爲用。故以柔爲主，則所畜者惟牝牛爲吉。

《象》曰：明兩作，離。大人以繼明照于四方。

火得其所附，則一可以傳千萬①。明得其所寄，則一耳目可以盡天下。天下之續吾明者衆矣。

【附録】

青本李評　此不自用而取人意。

初九，履錯然，敬之，无咎。

《象》曰：履錯之敬，以辟咎也。

六爻莫不以相附離爲事。而火之性，炎上者也，故下常附上，初九附六二者也。以柔附剛者，寧倨而无諂；以剛附柔者，寧敬而无瀆。瀆其所以附②，則自棄者也，故初履聲錯然敬二③，以辟相瀆之咎。

六二，黃離，元吉。

《象》曰："黃離元吉"，得中道也。

黃，中也。陰不動而陽來附之，故元吉。

---

① "一"字後，閩本、《四庫》本有"炬"字，陳本、《經解》本、青本同原本。
② 以：陳本、《經解》本、青本同，閩本、《四庫》本無。
③ 二：陳本、《經解》本、青本同，閩本、《四庫》本作"之"。

九三，日昃之離，不鼓缶而歌，則大耋之嗟，凶。

《象》曰：“日昃之離”，何可久也。

  火得其所附則傳，不得其所附則窮。初九之于六二，六五之于上九，皆得其所附者，以陰陽之相資也。惟九三之于九四，不得其傳而遇其窮，如日月之昃①，如人之耋也。君子之至此，命也。故"鼓缶而歌"，安以俟之。不然，咨嗟而不寧，則凶之道也。

【附録】

青本李評 安以俟之，得處老之法。

九四，突如其來如，焚如，死如，棄如。

《象》曰：“突如其來如”，无所容也。

  九三无所附，九四人莫附之，皆窮者也。然九三之窮，則咨嗟而已。九四見五之可欲，而不度其義之不可得，故其來突如，其炎焚如。其五拒而不納②，故窮而无所容。夫四之欲得五，是與上九爭也。而上九，離之王公也，是以死而衆棄之也。

六五，出涕沱若，戚嗟若，吉。

《象》曰：六五之吉，離王公也。

  王公，上九也。六五上附上九，而九四欲得之，故出涕戚嗟，以明不貳也。六五不貳于四，則上九勤之矣③，故吉。

上九，王用出征，有嘉折首，獲匪其醜，无咎。

《象》曰：“王用出征”，以正邦也。

  凡在下者，未免離于人也。惟上九離人而不離于人，故其位爲王，其德可以正人。各安其所離矣，而有亂群者焉，則王之所征也。"嘉"者六五也。非其類者九四也。六爻皆无應，故近而附之者，得稱嘉也。其嘉之所以能克其非類者，以上九與之也。

【附録】

黎靖德編《朱子語類》卷七二 離便是麗，附著之意。《易》中多説做麗，也有兼説明處，也有單説明處。明是《離》之體。麗是麗著底意思。"離"字，古人多用做麗著説。然而物相離去，也只是這字，"富貴不離其身"，東坡説道剩個"不"字，便是這意。古來自有這般兩用底字，如"亂"字又唤做治。

---

① 月：陳本、《經解》本、青本同，閩本、《四庫》本無。
② 其：陳本、《經解》本、青本同，閩本、《四庫》本作"六"。
③ 勤：陳本、《經解》本、閩本、青本同，《四庫》本作"離"。

蘇氏易傳卷四

下經①

☶下☱上　咸，亨，利貞。取女吉。

《彖》曰："咸"，感也。柔上而剛下，二氣感應以相與。止而説，男下女，是以"亨，利貞，取女吉"也。

　　下之而後得，必貞者也。取而得貞，取者之利也。

天地感而萬物化生，聖人感人心而天下和平。觀其所感，而天地萬物之情可見矣。

　　"情"者其誠然也。"雲從龍，風從虎"，无故而相從者，豈容有僞哉？

《象》曰：山上有澤，咸。君子以虛受人。

初六，咸其拇。

《象》曰："咸其拇"，志在外也。

　　外，四也。"咸其拇"者，以是爲咸也。咸者以神交。夫神者將遺其心，而況于身乎？身忘而後神存。心不遺則身不忘，身不忘則神忘。故神與身，非兩存也，必有一忘。足不忘履，則履之爲累也甚于桎梏；要不忘帶，則帶之爲虐也甚于縲絏。人之所以終日躡履束帶而不知厭者，以其忘之也。道之可名言者，皆非其至。而咸之可分別者，皆其粗也。是故在卦者咸之全也，而在爻者咸之粗也。爻配一體，自拇而上至于口，當其處者有其德。德有優劣，而吉凶生焉。合而用之，則拇履、腓行、心慮、口言，六職並舉，而我不知，此其爲卦也。離而觀之，則拇能履而不能捉，口能言而不能聽，此其爲爻也。方其爲卦也，見其咸而不見其所以咸，猶其爲人也，見其人而不見其體也。六體各見，非全人也。見其所以咸，非全德也。是故六爻未有不相應者，而皆病焉，不凶則吝，其善者免于悔而已。

【附録】

吴本硃批　此段可與公《大悲頌》參看。

陳夢雷《周易淺述》卷四　又按蘇傳：咸者以神交。（略）其善者免于悔而已。此説可參。

青本李評　莊生之文。

---

①　下經：原本無，依例當有，今據閩本補。

六二，咸其腓，凶。居吉。
《象》曰：雖凶居吉，順不害也。
　　順九三也。
九三，咸其股，執其隨，往吝。
《象》曰："咸其股"，亦不處也。志在隨人，所執下也。
　　執，牽也。下，二也。體靜而神交者，咸之正也。艮，止也。而所以爲艮者三也。三之德固欲止，而初與二莫之聽者，往從其配也。見配而動，雖三亦然。是故三雖欲止①，而不免于隨也。附于足而足不能禁其動者，拇也；附于股而股不能已其行者，腓也。初與二者艮之體，而艮不能使之止也。拇雖動，足未必聽，故初之于四，有志而已。腓之所以无不隨者，以動靜之制在焉，故可以凶，可以吉也。股欲止而牽于腓，三欲止而牽于二，不信己而信人，是以"往吝"也。
九四，貞吉，悔亡。憧憧往來，朋從爾思。
《象》曰："貞吉悔亡"，未感害也。"憧憧往來"，未光大也。
　　九四之所居，心之所在也。方其爲卦也，四隱而不見，心與百體並用而不知，是以无悔无朋。及其表之以四也，而心始有所在。心有所在而物疑矣，故憧憧往來以求之。正則吉，不正則不吉。既感則悔亡，未感則害我者也。其朋則從，非其朋則不從也。
九五，咸其脢，无悔。
《象》曰："咸其脢"，志末也。
　　拇之動，腓之行，股之隨，心之憧憧往來，皆有爲之病也。懲其病而舉不爲者，以无爲之病也②。五之所在③，脢也。而脢者，體之不動而无事者也。畏其有事之勞，而咸于無事，求无悔而已，志已卑矣。

【附錄】

吴本硃批　看"末"字甚得爻意。若作"本末""末"字看，則拇、腓、股、輔、頰、舌，何莫非末哉？豈有心者反可爲志本哉？

上六，咸其輔、頰、舌。
《象》曰："咸其輔、頰、舌"，滕口說也。
　　上六之所在者口也，夫有以爲咸者，口未必不用，而恃口以爲咸則不可。

☴下
☳上　　恒，亨，无咎。利貞，利有攸往。

《彖》曰："恒"，久也。剛上而柔下，雷風相與，巽而動，剛柔相應④，恒。

---

① 三雖：原本倒，據陳本、《經解》本、閔本、《四庫》本乙。
② 以无：閔本、《四庫》本作"是无"，陳本、《經解》本、青本作"以藥"。
③ "在"字後，閔本、《四庫》本有"者"字，陳本、《經解》本、青本同原本。
④ 相：青本同，陳本、《經解》本、《四庫》本作"皆"。

"恒亨无咎，利貞"，久于其道也。

　　所以爲恒者貞也，而貞者施于既亨无咎之後者也。上下未交，潤澤未渥①，而驟用其貞，此危道也。故將爲恒，其始必有以深通之，其終必有以大正之。方其通物也，則上下之分有相錯者矣。以錯致亨，亨則悦，悦故无我咎者。无咎而後貞，貞則可恒，故恒非一日之故也。惟久于其道，而无意于速成者能之。

【附録】

吳本硃批　初四、上九之凶，皆知"恒"，知"貞"，而忘卻"亨无咎"故也。久于其道是恒先功夫，不是解恒，説話極是。

天地之道，恒久而不已也。"利有攸往"，終則有始也。

　　物未有窮而不變②，故恒非能執一而不變，能及其未窮而變爾。窮而後變，則有變之形；及其未窮而變，則无變之名，此其所以爲恒也。故居恒之世而利有攸往者，欲及其未窮也。夫能及其未窮而往，則終始相受，如環之无端。

【附録】

青本李評　道未有窮，窮則不恒矣。

日月得天而能久照，

　　照者日月也，運之者天也。

四時變化而能久成，

　　將明恒久不已之道，而以日月之運、四時之變明之，明及其未窮而變也。陽至于午，未窮也，而陰已生；陰至于子，未窮也，而陽以萌③，故寒暑之際人安之。如待其窮而後變，則生物无類矣。

【附録】

方孔炤《周易時論合編》卷五　子瞻曰："恒非不變，能及其未窮而變耳。（略）故寒暑之際人安之。"意曰：恒理恒事，猶寒當絮，暑當葛也。蘇言知之，則預事其事而已。立法者，使由者，皆此不已也。

聖人久于其道而天下化成。觀其所恒，而天地萬物之情可見矣。

　　非其至情者，久則厭矣。

《象》曰：雷風，恒。君子以立不易方。

　　雷風非天地之常用也，而天地之化所以无常者，以有雷風也，故君子法之。以能變爲恒，立不易方，而其道運矣。

【附録】

青本李評　惟有定者能變。

初六，浚恒，貞凶，无攸利。

---

① 潤：陳本、《經解》本、青本同，閔本作"周"，《四庫》本作"恩"。
② "變"字後，閔本、《四庫》本有"者"字，陳本、《經解》本、青本同原本。
③ 以：《經解》本、閔本、青本同，陳本、《四庫》本作"已"。

《象》曰：浚恒之凶，始求深也。

恒之始，陽宜下陰以求亨；及其終，陰宜下陽以明貞。今九四不下初六，故有浚恒之凶；上六不下九三，故有振恒之凶。二者皆過也，易地而後可。下沈曰"浚"，上奮曰"振"。初六以九四不見下，故求深自藏以遠之。使九四雖田而无獲，可謂貞矣。然陰陽否而不亨，非所以爲恒之始也，故凶。始不亨而用貞，終必兩廢，故"无攸利"。夫恒之始，宜亨而未宜貞。

【附録】

吳本硃批　（"恒之始陽宜下陰"句）二語乃見卦爻會通處。

九二，悔亡。

《象》曰："九二悔亡"，能久中也。

艮、兌合而後爲咸，震、巽合而後爲恒。故卦莫吉于咸、恒者，以其合也。及離而觀之，見己而不見彼，則其所以爲咸、恒者亡矣。故咸、恒无完爻，其美者不過"悔亡"。恒之世，惟四宜下初，自初以上，皆以陰下陽爲正，故九二、九三、六五、上六，皆非正也。以中者用之，猶可以悔亡；以不中者用之，則无常之人也，故"九三，不恒其德"。

九三，不恒其德，或承之羞，貞吝。

《象》曰："不恒其德"，无所容也。

《傳》曰："人而无恒，不可作巫醫。子曰：不占而已矣。"夫无常之人，與之爲巫醫且不可，而況可與有爲乎？人惟有常，故其善惡可以外占而知。无常之人，方其善也，若可與有爲；及其變也，冰解潦竭，而吾受其羞。故與是人遇者，去之吉，貞之吝。善惡各有徒，惟无常者无徒。故曰："不恒其德，无所容也。"

九四，田无禽。

《象》曰：久非其位，安得禽也？

九四懷非其位，而重下初六。初六其所欲得也，故曰"无禽"。上亢而下沈，欲以獲初，難矣！

六五，恒其德，貞。婦人吉，夫子凶。

《象》曰：婦人貞吉，從一而終也。夫子制義，從婦凶也。

恒以陰從陽爲正。六五下即二，則婦人之正也；九二上從五，則夫子之病也。

上六，振恒，凶。

《象》曰：振恒在上，大无功也。

恒之終，陰宜下陽者也。不安其分而奮于上，欲求有功，而非其時矣，故凶。

☶艮下☰乾上　遯，亨，小利貞。

《彖》曰："遯亨"，遯而亨也。

陰盛于否而至于剝，君子未嘗不居其間也。遯以二陰而伏于四陽之下，陰猶未足以勝陽，而君子遂至于遯，何也？曰：君子之遯，非直棄去而不復救也①，以爲有亨之道焉。今夫二陰在内，遯之主也。其勢至鋭，而其朋至寡。鋭則其終必勝，寡則其心常欲得衆。君子及其未勝而遯，則陰无與處而思求陽。陰思求陽，而後陽可以處，故曰"遯亨，遯而亨也"。

【附録】

吴本硃批 看得好。

剛當位而應，與時行也。

時當遯，雖有應，不得不逝也。

小利貞，浸而長也。遯之時義大矣哉！

浸而後長，則今猶微也。微而忘貞則廢矣②。

《象》曰：天下有山，遯。君子以遠小人，不惡而嚴。

山有企天之意而不可及，陰有慕陽之志而不可追，遯之象也。

初六，遯尾，厲。勿用有攸往。

《象》曰：遯尾之厲，不往何災也？

遯者皆外向，故初六爲尾。首之所趨③，尾所不能禁也。遯而不能禁，逝者衆矣。衆逝則我无與處，故危。勢不能禁而往迫之，則陽怒而爲災，故"不利有攸往"。

【附録】

青本李評 釋"尾"字自醒。

六二，執之用黄牛之革，莫之勝説。

《象》曰：執用黄牛，固志也。

六二，遯之主，而與五爲應，則有以固執之矣。方陽之遯，其所以執而留之者，非出于款誠至意，陽不顧也。故必有如牛革之堅者，而又用其黄焉，則忠確之至也。

【附録】

吴本硃批 上二爻皆陰，鄭孩如作小人看，甚得卦意。此更不分別小人，只在陰陽上説，即小人意已包羅在内。

九三，係遯，有疾，厲。畜臣妾，吉。

《象》曰：係遯之厲，有疾憊也。"畜臣妾吉"，不可大事也。

九三雖陽，而與陰同體，是爲以陰止陽。徒欲止之而无應于上。止之不由其道，蓋係之而已。彼欲去矣，而以力係之，我惟无疾而後可。一日有疾，則彼皆舍我

---

① 直棄去：閩本、《四庫》本同，陳本、《經解》本、青本作"其去棄"。
② 忘：閩本、《四庫》本同，陳本、《經解》本、青本作"亡"。
③ 趨：陳本、《經解》本、《四庫》本、青本作"趣"。

而去爾①。何則②？所以係之者，恃力也，故曰"畜臣妾，吉"。係者，畜臣妾之道，而非所以畜君子也。

【附録】

吳本硃批　解"疾"字稚氣。

九四，好遯，君子吉，小人否。

《象》曰：君子好遯，小人否也。

　　九四有初六之好，舍其好而遯，則君子吉而小人否也。

九五，嘉遯，貞吉。

《象》曰："嘉遯貞吉"，以正志也。

　　六二，九五配也。合其配而遯，故曰"嘉遯"。猶懼其懷也，故戒之以"貞吉"。

上九，肥遯，无不利。

《象》曰："肥遯无不利"，无所疑也。

　　无應于下，沛然而去，遯之肥也。夫九三牽于二陰而爲之止，我不知勢之不可以不遯而止之，非其利也。然則上九之遯③，非獨以利我，亦以利三也。

☰乾下
☳震上　　大壯，利貞。

《彖》曰：大壯，大者壯也，剛以動，故壯。"大壯利貞"，大者正也。正大而天地之情可見矣。

　　以大者爲正，天地之至情也。

《象》曰：雷在天上，大壯。君子以非禮弗履。

　　所以全其勇壯也。

初九，壯于趾，征凶，有孚。

《象》曰："壯于趾"，其孚窮也。

　　乾施壯于震者也。壯者爲羊所施爲藩，故五以二爲羊，三以六爲藩。以類推之，則初九之壯，施于九四。九四藩決不羸，則初九亦觸四之羊也。以其最下而用壯，故曰"壯于趾"。自下之四，故曰"征"。衆皆觸非其類，己獨觸其類。觸其類，則有孚于非其類矣。不孚于方壯之陽，而孚于已窮之陰，故雖有孚而不免于凶者，其孚窮而不足賴也。

九二，貞吉。

《象》曰："九二貞吉"，以中也。

　　初九以觸陽凶，九三以觸陰厲，皆失中者也。九二之于五也，進不觸之，退不助

---

① 爾：陳本、《經解》本、青本作"而"，屬下"我可乎"爲讀。
② 何則：閔本、《四庫》本同，陳本、《經解》本、青本作"我可乎"。
③ "遯"字前，閔本、《四庫》本有"肥"字，陳本、《經解》本、青本同原本。

之，安貞而已，中也。

九三，小人用壯，君子用罔，貞厲。羝羊觸藩，羸其角。

《象》曰："小人用壯"，君子罔也。

羊，九三也；藩，上六也。羸，廢也。九三之壯，施于上六。上六，窮陰也；九三，壯陽也。以壯陽觸窮陰，其勢若易易然。而陽壯則輕敵①，陰窮則深謀。故小人以是爲壯，而君子以是爲罔已也。以陽觸陰，正也，而危道也，是以君子不觸也。

九四，貞吉，悔亡。藩決不羸，壯于大輿之輹。

《象》曰："藩決不羸"，尚往也。

九四有藩，是以知初九之觸也，欲進而消二陽者②，九四之貞吉也。外有二陰之敵，而內有初九之觸，此九四之所以有悔也。忿其觸而羸其角，則是敵未亡而內自戰，四以是爲病也。故見觸不挍③，即而懷之，以爲其徒，則可以悔亡，故曰"藩決不羸，壯于大輿之輹"。九四自決其藩，而不以羸初九之角，則向之觸我者止而爲吾用，適所行以壯吾輹爾。臨敵而輹壯，可以往矣。

六五，喪羊于易，无悔。

《象》曰：喪羊于易，位不當也。

羊，九二也。六五者，九二施壯之地也。以陰居陽，則不純乎陰，有志于助陽矣，是以釋九二之羊而縱之。故曰："喪羊于易，位不當也。"人皆爲藩以御羊，而己獨无有，豈非易之至也歟？有藩者羸其角，而易者喪之。羸其角者无攸利，則喪之者无悔，豈不明哉？

上六，羝羊觸藩，不能退，不能遂。無攸利，艱則吉。

《象》曰："不能退，不能遂"，不詳也。"艱則吉"，咎不長也。

羊，九三也。藩，上六也。自三言之，三不應觸其藩；自上言之，上不應羸其角。二者皆不計其後而果于發者。三之觸我，我既已罔之矣。方其前不得遂，而退不得釋也，豈獨羊之患，雖我則何病如之？且未有羊羸角而藩不壞者也，故"无攸利"。均之爲不利也，則以知難而避之爲吉。

【附錄】

青本李評 解末句義精。

䷢ 坤下
　　離上　晉，康侯用錫馬蕃庶，晝日三接。

《彖》曰："晉"，進也。明出地上，順而麗乎大明，柔進而上行，是以"康侯用錫馬蕃庶，晝日三接"也。

---

① "而"字前，陳本、閩本、《四庫》本有"然"，《經解》本、青本同。
② 陽：《經解》本、閩本、青本同，陳本、《四庫》本作"陰"。
③ 挍：青本同，陳本、《經解》本、閩本、《四庫》本作"校"。

《晉》以離爲君，坤爲臣。坤之爲物，廣大博厚，非特臣爾，乃諸侯也，故曰"康侯"。君以是安諸侯也。夫坤順而離明，以順而進趨于明，无有逆而不受者，故曰"錫馬"。馬所以進也，錫之馬而使蕃之，許其進之甚也。一日三接，喜其來之至也。

《象》曰：明出地上，晉。君子以自昭明德。

初六，晉如摧如，貞吉，罔孚，裕无咎。

《象》曰："晉如摧如"，獨行正也。"裕无咎"，未受命也。

三陰皆進而之離，九四居于其衝，欲并而有之，衆之所不與也。初六有應于四，將以衆適四，故進而衆摧之也。夫初六之適四，正也。其以衆適四，不正也。已獨行而不以衆，則得其正矣，故曰"貞吉"。我雖正矣，而衆莫吾信，故裕之而後无咎。裕之而後无咎者，衆未肯受吾命也。

【附録】

吳本硃批 時説盡好。

六二，晉如愁如，貞吉。受兹介福，于其王母。

《象》曰："受兹介福"，以中正也。

將進而之五，而四欲得之，故"晉如愁如"。我守吾正，雖四爲拒，不能終閉也，故受福于"王母"。六五之謂"王母"也。以其爲王母，故二雖陰，亦可得而歸之矣。

六三，衆允悔亡。

《象》曰：衆允之志，上行也。

將適上九而近于四，悔也。雖與之近，而衆信其不與也，故悔亡。

九四，晉如鼫鼠，貞厲。

《象》曰："鼫鼠貞厲"，位不當也。

求得而未必能者①，鼫鼠也。六二、六三，非其所當得也，因其過我，欲兼有之而衆不聽，故曰"晉如鼫鼠"。九四之有初六，正也。非其正者，固不可得矣。而正者猶危，則位不當之故也。

六五，悔亡，失得勿恤。往吉，无不利。

《象》曰："失得勿恤"，往有慶也。

四奪其與，悔也。然而衆不與四，是以"悔亡"。夫以五之尊，而下與四爭，其所附則陋矣。故雖失所當得，勿恤而往，則吉。夫下與四爭必來。來者爭也，則往者不爭之謂也②。五猶不爭，而四何敢不置之？故其所失，終亦必得而已矣。苟終于得，則其不爭，非獨四之利也。

上九，晉其角，維用伐邑，厲吉无咎，貞吝。

---

① 求：陳本、閔本、《四庫》本同，青本作"有"。
② 謂：陳本、《經解》本、青本同，閔本、《四庫》本作"至"。

《象》曰："維用伐邑"，道未光也。

剛之上窮者角也。"晉其角"者，以是爲晉也。以角爲晉，必有所用其觸。三，吾應也①，而四閉之，則上九之所伐者四也。四與上同體，故爲邑也。邑人而閉吾應，无以容②之，而至于用兵，道不光矣。此正也，而吝道也。故知戒于危，然後其吉可以无咎。

【附録】

吳本硃批　解此卦尚未快人意。

☷☲ 離下坤上　明夷，利艱貞。

《彖》曰：明入地中，明夷。內文明而外柔順，以蒙大難，文王以之。"利艱貞"，晦其明也。內難而能正其志，箕子以之。

《象》曰："明入地中，明夷。"君子以莅衆，用晦而明。

王弼曰："顯明于外，乃所辟也。"

初九，明夷于飛，垂其翼。君子于行，三日不食。有攸往，主人有言。

《象》曰："君子于行"，義不食也。

明夷之主在上六，二與五，皆其用事之地，而九三勢均于其主，力足以正之。此三者，皆有責于明夷之世者也③。夫君子有責于斯世，力能救則救之，六二之"用拯"是也；力能正則正之，九三之"南狩"是也。既不能救，又不能正，則君子不敢辭其辱以私便其身，六五之箕子是也。君子居明夷之世，有責必有以塞之，无責必有以全其身而不失其正。初九、六四，无責于斯世，故近者則入腹獲心于出門庭，而遠者則行不及食也。"明夷"者，自夷以全其明也。將飛而舉其翼，必見縻矣，故"垂其翼"，所以示不飛之形也。方其未去也，"垂其翼"，緩之至也；及其去也，三日不遑食，亟之至也。是何也？則懼不免也。明夷之主既已失其民矣，我有所適，所適必其敵也。去主而適敵，主且以我爲謀之，故曰"主人有言"。主人，上六也。

【附録】

吳本硃批　正所謂自夷以全明。

青本李評　此理自正。

六二，明夷夷于左股，用拯馬壯，吉。

《象》曰：六二之吉，順以則也。

爻言左右，猶言內外也。在我之上，則于我爲左矣。明夷之世，坤，君也，而將廢也；離，臣也，而方壯也。自離言之，坤之廢，左股之傷也。六二忠順之至，

---

① 吾：原本作"五"，陳本、《經解》本、青本同，音近而誤，據閩本、《四庫》本改。
② 容：原本作"令"，閩本、《四庫》本同，語意不暢，據陳本、《經解》本、青本改。
③ 世：原本作"勢"，陳本同，涉前音近而誤，據閩本、《四庫》本改。

故往用拯之。愛其忠而憂其不濟也，故戒之曰：徒往不足拯也，馬壯而後吉。馬所以載傷者也。

九三，明夷于南狩，得其大首，不可疾貞。

《象》曰：南狩之志，乃大得也。

六二所居，順而不失人臣之則，故可以拯不明之君。有功而不見疑，是以吉也。至于九三，其勢逼矣。雖欲拯之，而不可得。故南狩以正之。明夷始自晦也。南狩，發其明之地也。以陽用陽，戒在于速，故大首既獲，則不可疾貞。

六四，入于左腹，獲明夷之心，于出門庭。

《象》曰："入于左腹"，獲心意也。

近不明之君，而位非用事之地，雖以遜免可也。是故入其左腹，獲其心意。而君子莫之咎者，以去其門庭之速也。君子之居此，懼不免爾。既免，未有不去者。既免而不去，懷其門庭，將以有求，則吾罪大矣①。

六五，箕子之明夷，利貞。

《象》曰：箕子之貞，明不可息也。

六五之于上六，正之則勢不敵，救之則力不能，去之則義不可，此最難處者也。如箕子而後可。箕子之處于此，身可辱也，而明不可息者也。

【附錄】

吳本硃批 惟其明不息，是以寧辱身。

青本李評 此夫子所以稱仁。

上六，不明晦。初登于天，後入于地。

《象》曰："初登于天"，照四國也。"後入于地"，失則也。

六爻皆晦也，而所以晦者不同。自五以下，明而晦者也。若上六，不明而晦者也，故曰"不明晦"，言其實晦，非有托也。明而晦者，始晦而終明；不明而晦者，強明而實晦。此其辨也。

☲離下
☴巽上　家人，利女貞。

《象》曰：家人，女正位乎內，

謂二也。

男正位乎外。

謂五也。

男女正，天地之大義也。家人有嚴君焉，父母之謂也。父父、子子、兄兄、弟弟、夫夫、婦婦，而家道正，正家而天下定矣。

《象》曰：風自火出，家人。君子以言有物，而行有恒。

---

① 吾：陳本作"其"。

火之所以盛者風也，火盛而風出焉；家之所以正者我也，家正而我與焉。

初九，閑有家，悔亡。

《象》曰："閑有家"，志未變也。

家人之道，寬則傷義，猛則傷恩，然則是无適而可乎？曰："君子以言有物，而行有恒。"至矣，言之有物也，行之有恒也。雖有悍婦暴子弟，莫敢不肅然，而未嘗廢恩也。此所以爲至也。曾子曰："君子所貴乎道者三：動容貌，斯遠暴慢矣；正顔色，斯近信矣；出辭氣，斯遠鄙倍矣。"如是，何閑之有？初九用剛于家之始，九三用剛于家之成，是以皆有悔也。夫所以至于閑者，惟德不足故也。德既不足，而又忘閑焉，則志變矣。及其未變而閑之，故"悔亡"。

【附録】

吳本硃批　説"悔亡"正説不得純好。

青本李評　義明。

六二，无攸遂，在中饋，貞吉。

《象》曰：六二之吉，順以巽也。

有中饋，无遂事，婦人之正也。

【附録】

鄧夢文《八卦餘生》卷一〇　无攸遂，蘇傳曰：歸之正无遂事，是也。

九三，家人嗃嗃，悔厲，吉。婦子嘻嘻，終吝。

《象》曰："家人嗃嗃"，未失也。"婦子嘻嘻"，失家節也。

以陽居陽，過于用剛，故悔且危也。人見其悔且危也，而矯之以寬，則家敗矣。故告之以斯人之終吉，戒之以失節之終吝。

六四，富家，大吉。

《象》曰："富家大吉"，順在位也。

《家人》有四陽二陰，而陰皆不失其位以聽于陽。陽爲政而陰聽之，家欲不治，不可得也。富者治之極也，故六二"貞吉"，其治也；六四"富家"，其極也。以治極致富，則其富可久。此之謂"大吉"。

九五，王假有家，勿恤，吉。

《象》曰："王假有家"，交相愛也。

假，至也。王至有家，則是家也大矣①，王者以天下爲一家。家人之家，近而相瀆；天下之家，遠而相忘。知其患在于相瀆也，故推嚴別遠，以存相忘之意；知其患在于相忘也，故簡易勿恤，以通相愛之情。家人四陽，惟九五有人君之德，故稱其德，論天下之家焉。君臣欲其如父子，父子欲其如君臣，聖人之意也。

【附録】

青本李評　（"家人四陽"等）二語精。

---

①　是家：《四庫》本同，陳本缺，《經解》本、青本作"吉"。

上九，有孚威如，終吉。
《象》曰：威如之吉，反身之謂也。

> 上九之所信者三也。家人之无應者，惟三與上而已。人皆剛柔相與，而己獨兩剛相臨，是以終身不忘畏也。畏威如疾，民之上也。故畏人者，人亦畏之；慢人者，人亦慢之，此之謂"反身"。凡言終者，其始未必然也。"婦子嘻嘻"，其始可樂。"威如之吉"，其始苦之。

☲兌下
☱離上　睽，小事吉。

《彖》曰：睽，火動而上，澤動而下。二女同居，其志不同行。說而麗乎明，柔進而上行，得中而應乎剛。

> 謂五也。

是以小事吉。

> 有同而後有睽，同而非其情，睽之所由生也。說之麗明，柔之應剛，可謂同矣。然而不可大事者，以二女之志不同也。

天地睽而其事同也，男女睽而其志通也，萬物睽而其事類也。睽之時用大矣哉！

> 人苟惟同之知，若是必睽；人苟知睽之足以有爲，若是必同。是以自其同者言之，則二女同居而志不同，故其吉也小；自其睽而同者言之，則天地睽而其事同，故其用也大。
>
> 【附錄】
> **吳本硃批**　卓吾云："人苟知睽之不得不睽，若是必同。"又妙。

《象》曰：上火下澤，睽。君子以同而异。

> "同而异"，晏平仲所謂和也。
>
> 【附錄】
> **青本李評**　和乃爲同。

初九，悔亡，喪馬勿逐，自復。見惡人，无咎。
《象》曰："見惡人"，以辟咎也。

> 睽之不相應者，惟初與四也。初欲適四，而四拒之，悔也。四之拒我，逸馬也，惡人也。四往无所適，无歸之馬也。馬逸而无歸，其勢自復。馬復則悔亡矣。人惟好同而惡异，是以爲睽。故美者未必婉，惡者未必狠，從我而來者未必忠，拒我而逸者未必貳。以其難致而舍之，則從我者皆吾疾也，是相率而入于咎爾，故見惡人，所以辟咎也。
>
> 【附錄】
> **吳本硃批**　談交道者，所宜三復。

九二，遇主于巷，无咎。

《象》曰："遇主于巷"，未失道也。

主，所主也，有所適必有所主。九二之進，則主五矣。"巷"者，二、五往來相從之道也。使二決從五，則見主于其室；五決從二，則見主于其門。所以相遇于巷者，皆有疑也。何疑也？疑四之爲寇也。然而猶可以无咎者，皆未失相從之道也，特未至爾。

六三，見輿曳，其牛掣，其人天且劓。无初有終。

《象》曰："見輿曳"，位不當也。"无初有終"，遇剛也。

三非六之所宜據，譬之乘輿而非其人也。非其人而乘其器，无人則肆，有人則怍矣。故六三見上九，曳其輪而不進，掣其牛而去之。夫六三配上九，而近于九四。九四其寇也，无所應而噬之。未達于配而噬于寇，是以"天且劓"也。乘非其位，而汙非其配，可以獲罪矣。然上九猶脱弧而納之，上九則大矣。有是大者容之，故"无初有終"。

九四，睽孤，遇元夫，交孚。厲无咎。

《象》曰：交孚无咎，志行也。

睽之世，陽惟升，陰惟降。九二升而遇五，故爲遇主；九四升而无所遇，故爲睽孤。元夫，初九也。夫兩窮而後相遇者，不約而交相信，是以雖危而无咎也。

六五，悔亡。厥宗噬膚，往何咎？

《象》曰："厥宗噬膚"，往有慶也。

六五之配九二也，九二之宗九四也，"二與四同功"，故亦曰"宗"。膚，六三也。自五言，二之宗，故曰"厥宗"。六五之所以疑而不適二者，疑四之爲寇也。故告之曰：四已噬三矣。夫既已噬三，則不暇寇我。我往從二，何咎之有？

上九，睽孤，見豕負塗，載鬼一車。先張之弧，後説之弧。匪寇婚媾，往遇雨則吉。

《象》曰：遇雨之吉，群疑亡也。

上九之所見者六三也。汙非其配，負塗之豕也；載非其人，載鬼之車也，是以張弧而待之。既而察之曰：是其所居者不得已，非與寇爲媾者也，是以説弧而納之。陰陽和而雨也。天下所以睽而不合者，以我求之詳也。夫苟求之詳，則孰爲不可疑者？今六三之罪，猶且釋之。群疑之亡也，不亦宜哉？

☵☶ 艮下坎上　蹇，利西南，不利東北。利見大人，貞吉。

《彖》曰：蹇，難也，險在前也。見險而能止，知矣哉！"蹇利西南"，往得中也。"不利東北"，其道窮也。

艮，東北也。坎，北也。難在東北，則西南者无難之地也。君子將有意乎犯難以靖人，必先靖其身，是故立于无難之地，以觀難之所在，勢之可否。見可而後赴之，是以往則得中也。難之所在，我亦在焉，則求人之不暇，其道窮矣。然此非爲大人者言也。初六、九三、六四、上六，皆因其勢之遠近、時之可否，以斷其往來之吉凶。故西南之利，東北之不利，爲是四者言也。若九五之大人則不然。

【附録】

查愼行《周易玩辭集解》卷五　《本義》："蹇，難也（略）。"《蘇氏易傳》曰：坎艮合體爲《蹇》，則難在東北矣。西南其无難之地乎？利西南，從不利東北對看，此不利則彼便利矣。此解較諸家之說最爲明快。《困學記》曰："聖人作《易》，因人情而歸大道。當蹇之時，人思避難，有東西南北之意，當決擇其利不利而從事，則可以出險而成功。故于此指其所之，而避其所忌。曰西南則利，東北則不利，所以者何也？艮爲山，險阻之地也。坤爲地，平易之鄉也。"其說亦從蘇氏得來。若依《本義》主變卦，則本卦只是坎艮，《小過》亦是震艮，中間初无坤體于卦辭，似難合矣。

青本李評　（"皆因其勢"等）義允。

"利見大人"，往有功也。當位貞吉，以正邦也。

當位而正，五也，五之謂"大人"。"大人"者，不擇其地而安，是以立于險中而能正邦也。是豈惡東北而樂西南者哉？得見斯人而與之往，其有功无疑也。上六當之。

蹇之時用大矣哉！

《象》曰：山上有水，蹇。君子以反身修德。

初六，往蹇來譽。

《象》曰："往蹇來譽"，宜待也。

九五以大蹇爲朋來之主，以中正爲往來之節。未及于五，難未艾也，犯之有咎；過五以上，難衰而可乘矣。故"上六往蹇來碩"，而六四以下，皆以往蹇爲病，而其來有先後之差焉。見難而往，難不可犯；窮而後反，人不以窮而後反者爲有讓，以其不得已也。惟初六涉難未深而遽反，不待其窮，是以有譽也。

六二，王臣蹇蹇，匪躬之故。

《象》曰："王臣蹇蹇"，終无尤也。

初六、九三、六四、上六，彼四者或遠或近，皆視其勢之可否以爲往來之節。獨六二有應于五，君臣之義深矣。是以不計遠近，不慮可否，无往无來，蹇蹇而已。君子不以爲不智者，以其非身之故也。

【附録】

青本李評　"君臣義深"，得所以"蹇蹇"之故。

九三，往蹇來反。

《象》曰："往蹇來反"，內喜之也。

六四，往蹇來連。

《象》曰："往蹇來連"，當位實也。

夫勢不可往者，非徒往而无獲，亦將來而失其故也。何則？險難在前，不慮可否，而輕以身赴之，苟前不得進，則必有議吾後者矣。"九三往蹇"，而其來也，得反其位，則内喜之也。内之二陰，不能自立于險難之際，待我而爲捍蔽，是故完位以復我，我之所以得反者幸也。至于六四，則九三躡而襲之矣。外難未夷，而歸遇難，故曰"往蹇來連"。連者，難之相仍也，實陽也。九三以陽居陽，其有乘虛而不敢者乎？故曰："當位實也。"

九五，大蹇，朋來。

《象》曰："大蹇朋來"，以中節也。

險中者人之所避也，而己獨安焉，此必有以任天下之大難也。是以正位不動，无往无來，使天下之濟難者，朋來而取節焉。謂之大人，不亦宜乎！

上六，往蹇來碩，吉。利見大人。

《象》曰："往蹇來碩"，志在内也。"利見大人"，以從貴也。

六爻可以往者惟是也，故獨享其利。天下有大難，彼三人者皆不能濟，而我濟之。既濟而天下不吾宗者，未之有也，故曰"往蹇來碩"。"利見大人"者，明上六之有功，由九五爲之節也。"内"與"貴"，皆五之謂也。

☷☳ 坎下震上 解，利西南。无所往，其來復吉。有攸往，夙吉。

《彖》曰："解"，險以動，動而免乎險，解。"解，利西南"，往得衆也。"其來復吉"，乃得中也。"有攸往，夙吉"，往有功也。

所以爲解者，震也，坎也。震，東也。坎，北也。解者在此，所解在彼。東北解者之所在，則西南所解之地也。在難而思解，處安而惡擾者，物之情也。方其在難，我往則得衆，故"利西南"。及其無難，我往則害物，故"來復吉"。"復"者復東北也。東北有時而當復，是以不言其不利也。來復之爲吉者，夙所往之時也①。苟有攸往，非夙不可。有攸往而不夙，則難深而不可解矣。

天地解而雷雨作，雷雨作而百果草木皆甲坼②。解之時大矣哉！

《象》曰：雷雨作，解。君子以赦過宥罪。

初六，无咎。

《象》曰：剛柔之際，義无咎也。

《解》有二陽，九二有應于六五，而九四有應于初六，各得其正而分定矣。惟六三者，无應而處于二陽之間，兼與二陽，而解始有爭矣。故解之所疾者，莫如六

---

① 夙：原本作"九"，《經解》本、青本同，陳本無，據閩本、《四庫》本改。
② 甲坼：原本作"甲拆"，按當作"甲坼"。阮刻《十三經注疏》本經文作"甲坼"，《校勘記》："《石經》、岳本作'坼'，是也。下注及《正義》一同。閩、監本作'拆'，非。宋本《注疏》皆作'甲坼'。經文'坼'字不明，當作'坼'。"《釋文》："馬、陸作'宅'。"據阮氏所說，宋本《注疏》作"甲坼"，則蘇軾所據即王弼本，原文當亦作"甲坼"。今作"甲拆"者，當爲後人刊刻時所改。今正。

三也。六三欲以其不正亂人之正，故初與五皆其所疑而咎之。以其疑而咎之也，故特明其无咎，曰此與九四剛柔之際也，于義无咎。

九二，田獲三狐，得黃矢，貞吉。

《象》曰：九二貞吉，得中道也。

  九二之所當得者，六五也。近而可取者，初六、六三也。此之謂"三狐"。"三狐"皆可取，而以得六五爲貞吉也。此之謂"黃矢"。"黃"，中也。"矢"，直也。直其所當得也。是以六五爲黃矢。釋其所不當得之三狐，而取其所當得之一矢，息爭之道也。

六三，負且乘，致寇至，貞吝。

《象》曰："負且乘"，亦可醜也。自我致戎，又誰咎也？

  三于四爲"負"，于二爲"乘"。乘而不負，若負而不乘，猶可以免于寇。寇之所伐者，負且乘也。夫三苟與四而不與二，則四不伐；與二而不與四，則二不攻。所以致寇者，由兼與也。二與四皆非其配，雖貞于一，猶吝也，而況兼與乎？醜之甚也。

九四，解而拇，朋至斯孚。

《象》曰："解而拇"，未當位也。

  拇，六三。朋，九二也。三來附己，解而不取，則二信之。"未當位"者，明勢不可以爭也。

六五，君子維有解，吉。有孚于小人。

《象》曰：君子有解，小人退也。

  六五，九二之配也，而近于四。六三欲附于二與四，故疑而疾之。夫以六五之中直，豈與六三爭所附者哉？而六三以小人之意，度君子之心，故六五"維有解，吉"。"維有解"者①，无所不解之謂也。近則解四，遠則解二，是以六三釋然而退也。

上六，公用射隼于高墉之上，獲之，无不利。

《象》曰："公用射隼"，以解悖也。

  "隼"者，六三也。"墉"者，二陽之間也。"悖"者，爭也。二陽之所以爭而不已者，以六三之不去也。孰能去之？將使二與四乎？二與四固欲得之。將使初與五乎？則初與五，二陽之配，三之所疑也。夫欲斃所爭而解交鬭，惟不涉其黨者能之。故高墉之隼，惟上六爲能射而獲也。隼獲爭解，二與四无不利者。

䷨ 兑下艮上 損，有孚，元吉，无咎，可貞，利有攸往。曷之用？二簋可用享。

《彖》曰："損"，損下益上，其道上行。

  自陽爲陰謂之"損"，自陰爲陽謂之"益"。兑本乾也，受坤之施而爲兑，則損下

---

① 者：閩本、《四庫》本同，陳本、青本作"吉"。

也；艮本坤也，受乾之施而爲艮，則益上也。惟益亦然。則損未嘗不益，益未嘗不損。然其爲名，則取一而已。何也？曰：君子務知遠者大者。損下以自益，君子以爲自損；自損以益下，君子以爲自益也。

【附録】

鄧夢文《八卦餘生》卷一一　損之義，蘇傳頗明。

損而有孚，元吉，无咎。

損下而下信之，必有道矣。孟子曰："以佚道使民，雖勞不怨；以生道殺民，雖死不怨殺者。"使民知所以損我者，凡以益我也，則信之矣。損者下之所患也，然且不顧而爲之，則其利必有以輕其所患者矣。利不足以輕其所患，益不足以償其所損，則損且有咎。是故可以无咎者，惟元吉也。上之所以損我者，豈徒然哉？蓋吉之元者也。如此而後无咎。

"可貞，利有攸往。曷之用？二簋可用享"，二簋應有時。損剛益柔有時，損益盈虛，與時偕行。

"有孚，元吉，无咎"，爲上卦言也。"可貞，利有攸往。曷之用？二簋可用享"，爲下卦言也。"損下益上，其道上行"，然而下不可以无貞也。以損之道爲上行，而舉不可貞，則過矣。故損有可貞之道，九二是也。皆貞而不往，則無上；皆往而不貞，則無下。故"可貞，利有攸往"。有"往"者，有"貞"者，故曰"曷之用"。"曷之"者擇之也。二簋，兌之二陽也。兌本乾也，而六三以身徇上，故自陽而變爲陰。初九、九二，意則向之，而身不徇，故自如而不變也。祭祀之設簋也，亦以其意而已，我豈予之？神豈取之哉？君子之益人也，蓋亦有无以予之，而人不勝其益者也。然此二陽，皆有應于上者。初九"遄往"，而九二"征凶"，故曰"二簋應有時"，言雖應而往有時也。

【附録】

藩士藻《讀易述》　《彖》言"損而有孚，元吉，无咎"。蘇氏曰：爲上卦言也。"可貞，无咎，利有攸往。曷之用？二簋可用享。"蘇氏曰：爲下卦言也。蘇意以損道上行，而舉而之上則无下，皆貞而不往則无上。"可貞，利有攸往"，有貞者，有往者，故曰"曷之用"。"曷之"者，擇之；"用"謂用損之道。

吳本硃批　正所謂"弗損益之"也。

《象》曰：山下有澤，損。君子以懲忿窒欲。

初九，已事遄往，无咎。酌損之。

《象》曰："已事遄往"，尚合志也。

《彖》曰"損益盈虛，與時偕行"，則損、益視盈虛以爲節者也。初九陽之未損，則方盈也。六四陰之未益，則猶虛也。下方盈而上猶虛，則其往也不可後矣。故我雖有事，當且已之而遄往也。其往也自我，則損之多少，我得酌之。若盤桓不進，迫于上之勢而後往，則雖欲酌之，不可得矣，其損必多。故勢不可以不損者，惟遄往可以无咎。

九二，利貞，征凶，弗損益之。

《象》曰："九二利貞"，中以爲志也。

初九已損矣，六四已益矣，九二之于六五，不可復往，故"利貞，征凶"。其迹不往，其心往也，故"弗損益之"，言九二以無損于己者益六五也。兑之三爻，未有不以益上爲志者。初九迹與心合，故曰"尚合志也"。九二則其心向之而已，故曰"中以爲志也"。夫以損己者益人，則其益止于所損；以無損于己者益人，則其益無方。故損之六三，益之六四，皆以損己者益人；而損之九二，益之九五，皆以無損于己者益人。以其無損于己，故受其益者，皆獲十朋之龜也。

【附録】

查慎行《周易玩辭集解》卷六 程傳："二以剛中，當損剛之時，以柔悦上，應六五陰柔之君，則失其剛中之德矣。故利于貞以自守，而戒其以征取凶。""弗損益之"分兩句讀。《蘇氏易傳》云："天下固有不必損己而可以益人者，則其益爲無方。"是已。

青本李評 "無損于己"，得損之道。

六三，三人行則損一人，一人行則得其友。

《象》曰：一人行，三則疑也。

兑之三爻，皆以益上爲志，故曰"三人行"。卒之損己以益上者，六三而已，故曰"損一人"，且曰"一人行也"。友，九二也。六三以身徇上，使九二得以不征，此九二之所深德也，故曰"一人行，則得其友"。以心言之，則三人皆行；以迹言之，則一人而已。君子之事上也，心同而迹異，故上不疑。苟三人皆行，則上且以我爲有求而來，進退之義輕矣。

六四，損其疾，使遄有喜，无咎。

《象》曰："損其疾"，亦可喜也。

"遄"者，初九也。下之所損者有限，而上之求益者無已，此下之所病也。我去是病，則夫遄者喜我矣。自初言之，"已事遄往"，則四之求我也寡，故"酌損之"；自四言之，"損其疾"，則初之從我也易，故"遄有喜"。

【附録】

李光地等《周易折中》卷六 案蘇氏、楊氏（萬里）説，于"使"字語氣亦近是。

六五，或益之十朋之龜，弗克違，元吉。

《象》曰：六五元吉，自上祐也。

六五者，受益之中主①，而非受益之地也。以受益之主，而不居受益之地，不求者也。不求益而物自益之，故曰"或"。"或"者，我不知其所從來之辭也。"十朋之龜"，則九二弗損之益也。龜之益人也，豈有以予人？而人亦豈有所取之？

---

① 中主：陳本、《經解》本、青本同，閩本、《四庫》本作"主"。

我亦效其智而已。六五之于九二，无求也，"自上祐"之。而二自效其智，雖欲避之，而不可。以其不可以避，知其非求也，故"元吉"。

【附録】

青本李評 "十朋之龜"，義別。

上九，弗損益之，无咎，貞吉。利有攸往，得臣无家。

《象》曰："弗損益之"，大得志也。

上九者受益之地，不可以有損。而六三之德，不可以无報也。故以无損于己者益之，則大得其志矣。六三忘家而徇我，我受其莫大之益。苟安居而无所往，則是以其益厚己而已。故"利有攸往"，然後有以受之而无愧也。

䷩震下 益，利有攸往，利涉大川。
　巽上

《彖》曰："益，損上益下"，民説无疆。自上下下，其道大光。"利有攸往"，中正有慶。"利涉大川"，木道乃行。

六四自損以益下，巽之致用，未有如益者也，故曰"木道乃行"。涉川者，用木之道也。

益動而巽，日進无疆。天施地生，其益无方。

天施，乾爲巽也。地生，坤爲震也。

凡益之道，與時偕行。

君子之視民，與己一也。益者要有所損爾，故時然後行。

《象》曰：風雷，益。君子以見善則遷，有過則改。

"懲忿窒欲"，則上之爲損也少。改過遷善，則下之蒙益也多矣。

初九，利用爲大作，元吉，无咎。

《象》曰："元吉无咎"，下不厚事也。

《益》之下，《損》之上也，故知《損》則知《益》矣。逆而觀之，《益》之初九，則《損》之上九也。自初已上，无不然者。惟其上下、内外不同，故其迹不能无少異。若所以益初之情，處事之宜，則損、益一也①。《損》之上九，《益》之初九，皆正受益者也。彼之所以自損而專以益我者，豈以利我哉？將以厚責我也，我必有以塞之。故上九"利有攸往"，而初九"利用爲大作"。上之有爲也，其勢易，有功則其利倍，有罪則其責薄。故損之上九，僅能无咎而已，正且吉矣。下之有爲也，其勢難，有功則利歸于上，有罪則先受其責。故益之初九，至于元吉然後无咎。何則？其所居者，非厚事之地也。

【附録】

青本李評 明于上下之分。

---

① "若所以"至"一也"，陳本無。益初：《經解》本、青本同，閩本作"盡物"，《四庫》本作"盡初"。

六二，或益之十朋之龜，弗克違，永貞吉。王用享于帝，吉。

《象》曰："或益之"，自外來也。

  《益》之六二，則《損》之六五也。六五所獲之龜，則九二弗損之益也；六二所獲之龜，則九五惠心之益也。是受益者，臣也則以永貞于五爲吉，王也則以享帝爲吉①，皆受益而不忘報者也。

六三，益之用凶事，无咎。有孚中行，告公用圭。

《象》曰：益用凶事，固有之也。

  《益》之六三，則《損》之六四也。"或益之"者，人益我也。"益之"者，我益人也。六四之于初九，"損其疾"以益之；六三之于上九，"用凶事"以益之，其實一也。君子之遇凶也，惡衣糲食，致觳以自貶。上九雖吾應，然使其自損以益我，彼所不樂也。故六三致觳以自貶，然後能固而有之。彼以我爲得其益而不以自厚也，則信我而來矣，故曰"有孚中行"。《益》以六二爲主，則初與三皆得爲公。告者有以語之，益之也。禮之用圭也，卒事則反之，故圭非所以爲賄，所以致信也。上九之益六三，以信而已，非有以予之。而六三亦享其信而无所取也，則上九樂益之矣。

六四，中行，告公從，利用爲依遷國。

《象》曰："告公從"，以益志也。

  《益》之六四，則《損》之六三也。皆以身爲益者也。"六四中行"，而《益》初九豈特如上九用圭而已哉？非徒告之，乃以身從之。夫能損身以徇人者，此以益爲志也。初九本陰也，六四本陽也，而相易也，故初九爲"遷國"也。六四自損，而初受其益。初九之遷，六四資之，故初九"利用"，依我而遷也。

九五，有孚惠心，勿問元吉。有孚，惠我德。

  《益》之九五，則《損》之九二也。惠之以心，則惠而不費。九二益之以弗損之益，而九五惠之以不費之惠，其實一也。夫不費之惠，其有擇哉？故"勿問元吉"。我惟信二也，故二信我；我惟德二也，故二德我。"有孚，惠我德"，永貞之報也。

《象》曰："有孚惠心"，勿問之矣。"惠我德"，大得志也。

  大得六二之志也。

【附錄】

青本李評　互明。

上九，莫益之，或擊之。立心勿恒，凶。

《象》曰："莫益之"，偏辭也。"或擊之"，自外來也。

  《益》之上九，則《損》之初九也。二者皆不樂爲益者也，故"損其疾"、"用凶事"，而後能致之。初九在下，勢不得已，故"已事遄往"。而上九則益不益在我

---

① 王也則：原本脱"則"，青本同，據閔本、《四庫》本補。陳本、《經解》本作"主也"。

者也。且損上益下，君子之所樂，而小人之所戚也。故至於上九，特以"莫益"、"勿恒"之凶戒之。"莫益之"者，非无以益，我固曰"莫益"；"勿恒"者，非不可恒，我固曰"勿恒"。莫與勿者，我之偏見不廣之辭也。衆莫不益下，所謂恒也①。我特立是心而勿恒之，凶其宜矣。上者獨高之位，下之所疾也。而莫吾敢擊者，畏吾與也。莫益則无與矣。孔子曰："无交而求，則民不與。"莫之與，則傷之者至矣，故或擊之。上九之致擊，如六二之致益，徒有是心②，而物自有以應之，故皆曰"或"，"或"者③，物自外來而吾不知也。

【附録】
陳夢雷《周易淺述》卷五　《本義》："莫益之，猶從其求益之，偏辭而言也。若究而言之，則又有擊之者矣。"按，此於"偏辭"句亦未明。竊意上不損己以益下，上之偏也。自外來即《繫辭》所謂"莫之與則傷之者至"之意。此卦三爻、四爻、上爻，雖説有可通而不無牽強。來注、蘇傳亦多異同，未見的確。姑合諸家，酌其近理者如此。

---

① 恒：陳本、《經解》本作"何"。
② 心：閔本無。
③ "而物自"至"或者"，閔本作"害而不虞致害之故，皆曰或者"。物：《四庫》本同，陳本、《經解》本、青本作"无"。

蘇氏易傳卷五

☰乾下 ☱兌上　夬，揚于王庭，孚號有厲。告自邑，不利即戎，利有攸往。

《彖》曰：夬，決也，剛決柔也。健而説，決而和。"揚于王庭"，柔乘五剛也。"孚號有厲"，其危乃光也。

五陽而一陰，陰至寡弱，而皆重于決者，以其得所附也。上六之所乘者，九五之剛，所謂"王"也。欲決上六，必暴揚之于王之庭。此其勢有不便者，故五陽雖相信，而不忘警，以爲有危道焉。"號"者所以警也，在强而知危，所以"光"也。

"告自邑，不利即戎"，所尚乃窮也。

"邑"者民之所在也。與小人處，必先附其民。彼无民將无與立。戎，上六也。五陽之强，足以即之有餘，然而不即也，此所以不窮也。自以爲不足，雖弱有餘；自以爲足，雖强有所止矣。故其所尚，乃所以窮也。

【附録】

青本李評　理精。

"利有攸往"，剛長乃終也。

陽盈則憂溢，溢則憂覆，故"利有攸往"。往則有所施用，所以求不盈也。

【附録】

吳本硃批　看"往"字妙透，盡陰陽消息。

《象》曰：澤上于天，夬。君子以施禄及下，居德則忌。

君子之于禄利，欲其在人；德業，欲其在己。孔子曰："修辭立其誠，所以居業也。""澤上于天"，其勢不居，故君子以施禄，不以居德。

【附録】

青本李評　理圓。

初九，壯于前趾，往不勝爲咎。

《象》曰：不勝而往，咎也。

大壯之長則爲夬，故《夬》之初九，與《大壯》之初九无異也。《大壯》之初九曰"壯于趾"，而《夬》之初九曰"壯于前趾"，二者皆有羊之象，見于其所施壯之爻，是以知其无異也。曰"前"者，通大壯之辭也。必通大壯而爲辭者，明其所壯同，而所遇異也。《大壯》之初九，施壯于震。震，吾朋也。觸而遇其朋，是以決藩而遂之，因以爲用。《夬》之初九，施壯于兌。兌，非吾朋也。苟不能勝，則往見牽矣，豈復決藩而遂我哉？君子之動，見勝而後往，故勝在往前。不能必勝而往，宜其爲咎也。

【附録】

青本李評 "前"自指初。

九二，惕號，莫夜有戎，勿恤。

《象》曰："有戎勿恤"，得中道也。

　　戎，上六也。"惕號莫夜"，警也。"有戎勿恤"，静也。能静而不忘警，能警而不用，得中道矣。與《大壯》九二"貞吉"同，故皆稱其"得中"。

【附録】

青本李評 静不忘警，斯无警亦无害。

九三，壯于頄，有凶。君子夬夬，獨行遇雨，若濡有愠，无咎。

《象》曰："君子夬夬"，終无咎也。

　　上六爲臀①，故九三爲頄。與小人處而壯見于面顔，有凶之道矣。《易》凡稱其尤者申言之，"乾乾"、"謙謙"、"蹇蹇"之類是也。九三之所以見壯于面顔者，避私其配之嫌也。故告之以不然，曰：九三之君子，以陽居陽，夬之尤者也，何嫌于私其配也哉？苟舍其朋而獨行，以答其配，使上六之陰，和洽而爲雨，以至于濡，雖有不知我心而愠者，然終必无咎。

【附録】

吴本硃批 較時説獨明快。

九四，臀无膚，其行次且。牽羊悔亡，聞言不信。

《象》曰："其行次且"，位不當也。"聞言不信"，聰不明也。

　　上六，九四之所謂"臀"也。《困》之六三"據于蒺蔾"，故初六之臀"困于株木"。《夬》之上六見夬，故九四之"臀无膚"，皆謂其同體之末者爲臀也。與衆陽處而同體者見夬，故"其行次且"而不安也。"羊"者初九也。初九之"觸"，則我之"悔"也，而能牽之，故"悔亡"。雖能"悔亡"，而"聰不明"矣。孰與《大壯》九四，既悔亡而得壯輹哉？夫君子惟能釋怨而收士，故爲之聰明者衆，《大壯》之九四是也。今初九觸我，我牽而縻之莫肯釋，則懼者衆矣。雖其左右前後，將无不可疑，故"聞言不信"。

九五，莧陸夬夬，中行无咎。

《象》曰："中行无咎"，中未光也。

　　上六之不足夬，莧如陸也②。九五以陽居陽，夬之尤者也。于所不足夬，用夬之尤，雖中而未光，故"中行无咎"。"中行"者，反與四陽處而釋上六也。此與上六爲同體者，與九四均爾。然不至于"次且"者，以其剛之全也。剛之全者，則不戚其同體之傷矣。故九四之象，以爲位不當也。

上六，无號，終有凶。

―――――――――

① 上六爲臀：《經解》本、閩本、青本同，《四庫》本作"初九爲趾"。
② 莧如：陳本、《經解》本、青本同，閩本、《四庫》本作"如莧"。

《象》曰：无號之凶，終不可長也。

"无號"者不警也。陽不吾警，則吾或有以乘之矣。然終亦必凶。

☴下
☰乾上　姤，女壯，勿用取女。

《彖》曰："姤"，遇也，柔遇剛也。"勿用取女"，不可與長也。

"姤"者，所遇而合，无適意之謂也①。故其女不可與長。

天地相遇，品物咸章也。

姤者乾之末，坤之始也，故曰"天地相遇"。以四時言之，則建午之月，"品物咸章"之際也。《易》曰："萬物相見乎離。"

剛遇中正，天下大行也。姤之時義大矣哉！

"剛"者，二也。"中正"者，五也。陰之長，自九二之亡而後爲遯，始无臣也；自九五之亡而後爲剥，始无君也。姤之世，上有君，下有臣，君子欲有爲，无所不可，故曰"剛遇中正，天下大行也"。

《象》曰：天下有風，姤。后以施命誥四方。

初六，繫于金柅，貞吉。有攸往，見凶。羸豕孚蹢躅。

《象》曰："繫于金柅"，柔道牽也。

剛而能止物者謂之"金柅"，九二是也。初六之勢，足以兼獲五陽，然其始遇而合者九二也。既合不貞②，又舍而之他③，則終身无所容矣。故以繫二而貞爲吉，有所往見爲凶。初六者，"羸豕"也。雖羸而不可信者，以權在焉。以其羸而信之，則蹢躅而不可制矣。

九二，包有魚，无咎。不利賓。

《象》曰："包有魚"，義不及賓也。

"魚"者，初六也。"包"者，魚之所不能脱也。"賓"者，九四也。姤者主求民之時，非民求主之時也，故近而先者得之，遠而後者不得也，不論其應與否也。嫌其若有咎，故曰"无咎"。

九三，臀无膚，其行次且，厲，无大咎。

《象》曰："其行次且"，行未牽也。

以《姤》之初六爲《夬》之上六，則《姤》之九三，《夬》之九四也，故其象同。九三之所謂"臀"者初六。初六剥陽而進者也。處衆陽之間而同體者，有剥陽之陰，宜其"次且"而不安也。《夬》之九四，下牽初九之"羊"，故有"聰不明"之咎。而九三无是也，故雖危"无大咎"，而《象》曰"行未牽也"。

---

① 意：閩本、《四庫》本同，陳本、《經解》本、青本作"應"。
② 不貞：《四庫》本作"于二"。
③ 又：陳本、《經解》本、閩本、青本同，《四庫》本作"若"。

【附録】

青本李評　錯綜觀卦乃《易》所主,自不可少。

九四,包无魚,起凶。

《象》曰:无魚之凶,遠民也。

　　既已失民,起而爭之則凶。

九五,以杞包瓜,含章,有隕自天。

《象》曰:九五含章,中正也。"有隕自天",志不舍命也。

　　"金柅"也,"包"也,"杞"也,皆九二也。"豕"也,"魚"也,"瓜"也,皆初六也。"杞",枸檵也,木之至庫者也。"包瓜"者,籠而有之也。"瓜"之爲物,得所附而後止;不得所附,則攀援而求,无所不至。幸而遇喬木,則雖欲抑之,不可得矣。故授之以"杞",則"杞"能籠而有之。"杞"之所至,"瓜"之所及也。九五者姤之主也。知初六之勢,將至于剝盡而後止,故授之以九二。九二之所至,初六之所及也。姤者陰長之卦,而九五以至陽而勝之,故曰"含章"。凡陰中之陽爲"章"。陰長而消陽,天之命也;有以勝之,人之志也。君子不以命廢志,故九五之志堅,則必有自天而隕者,言人之至者天不能勝也。

【附録】

鄧夢文《八卦餘生》卷一二　蘇傳以杞爲枸檵,包謂籠瓜而有之,皆不爽快。以意論之,杞,枸杞子也。爲形至小,而瓜之形大。以杞包瓜,但言必不能容之象耳。

查慎行《周易玩辭集解》卷六　《蘇氏易傳》云:"五委二以制初,猶以杞而包瓜。"吳氏《纂言》亦作此解。蓋諸爻中,二與初比,惟二能包初,故五因而用之,非五自包之也。陽剛中正,所以能内含章美。于一陰之來,何所不容?正位居中,自天施命,如天下有風,无物不遇,故曰"有隕自天"。《小象》命字從《大象》施命來,似不當作天命解。"志不舍命"句,先儒詮釋不同。蘇子瞻云:"凡陰中之陽爲章,《姤》陰長而陽消,天之命也。有以勝之,人之志也。君子不以命廢志,人之志,天不能勝也。"張待軒曰:周公推本造化,孔子歸功人事。凡事委于氣運,是舍命也。志不舍命,在含章内看出舍則不含,含則不舍。中心藏之,有默然與造化相通者,宜其有隕自天也。姑采二說以備考,究竟于《象》詞未能了然。

上九,姤其角,吝,无咎。

《象》曰:"姤其角",上窮吝也。

　　剛之上窮者角也。"姤其角",以是爲姤也。以角爲姤,物之所不樂遇也。小人雖不能合,而君子亦无自入焉,故"吝无咎"。

☷下☱上　萃,亨。王假有廟,利見大人,亨,利貞。用大牲吉,利有攸往。

《彖》曰:萃,聚也。順以說,剛中而應,故聚也。"王假有廟",致孝享也。"利見大人,亨",聚以正也。

《易》曰："方以類聚，物以群分。"有聚必有黨，有黨必有爭，故萃者爭之大也。盍取其爻而觀之，五能萃二，四能萃初。近四而無應，則四能萃三；近五而無應，則五能萃上。此豈非其交爭之際也哉？且天下亦未有萃于一者也。大人者惟能因其所萃而即以付之，故物有不萃于我，而天下之能萃物者，非我莫能容之。其爲萃也大矣。"順以説，剛中而應"者，二與五而已，而足以爲萃乎？曰：足矣，有餘矣。從我者納之，不從者付之。其所欲從此大人也，故萃有二亨。萃未有不亨者，而其未見大人也，則亨而不正。不正者，爭非其有之謂也，故曰"利見大人，亨，聚以正也。"大人者，爲可以聚物之道而已。王至于有廟，而盡其孝享，非安且暇不能。物見其安且暇，安得不聚而歸之？此聚之正也。

【附錄】

青本李評 萃如是則不爭，不爭乃爲萃。

"用大牲吉，利有攸往"，順天命也。

《易》之言"薦"、"盥"、"禴"、"享"，非正言也，皆有寄焉。"用大牲"者，猶曰用大利禄云爾。《易》曰："何以聚人曰財。"所聚者大，則所用者不可小矣。天之命我①爲是物主，非以厚我也，坐而享之，則過矣，故"利有攸往，順天命也"。

【附錄】

青本李評　《易》言皆有寄，不止"薦"、"盥"、"禴"、"享"。

觀其所聚，而天地萬物之情可見矣。

不期而聚者，必其至情也。

《象》曰：澤上于地，萃。君子以除戎器，戒不虞。

王弼曰："聚而無防，則衆生心。"

初六，有孚不終，乃亂乃萃。若號，一握爲笑，勿恤，往無咎。

《象》曰："乃亂乃萃"，其志亂也。

初六之所應者，九四也。九四有信之者而不終，六三是也。始以無應而萃于四，終以四之有應，咨嗟而去之，故其《象》曰"萃如嗟如"，此志亂而苟聚者也。"若號一握爲笑"者，號且笑也。"一握"者其聲也，號笑雜也。君子之于禍福審矣，故笑則不號，號則不笑。先否而後通，則先號而後笑，未有號笑雜者也。此其志已亂，焉能爲我寇哉？故"勿恤，往無咎"。

六二，引吉，無咎，孚乃利用禴。

《象》曰："引吉無咎"，中未變也。

陰之從陽，以難進爲吉。六二得位而安其中，不急于變，志以從上者也，故九五引之而後從。引之而後從，則其聚也固，是以吉而無復有咎。"禴"者禮之薄者也，故用于既信之後。上以利禄聚之，下豈以利禄報之哉？故上用大牲而下用禴，

---

① 我：原本作"者"，青本同，據陳本、《經解》本、閩本、《四庫》本改。鄧夢文《八卦餘生》卷一二引文亦作"我"。

以爲有重于此者矣。

六三，萃如嗟如，无攸利。往无咎，小吝。

《象》曰："往无咎"，上巽也。

六三之萃于四，四與我與初皆不利也。去而之上，上亦无應，巽而納我者也。故雖小吝而无咎。

九四，大吉无咎。

《象》曰："大吉无咎"，位不當也。

非其位而有聚物之權，五之所忌也，非大吉則有咎矣。

九五，萃有位，无咎。匪孚，元永貞，悔亡。

《象》曰："萃有位"，志未光也。

九五，萃之主也。萃有四陰，而九四分其二。以位爲心者，未有能容此者也，故曰"萃有位，无咎"。存位以忌四①，爲无咎而已，志不光矣。惟大人爲能忘位以任四。夫能忘位以任四，則四且爲吾用，而二陰者獨何往哉？"匪孚"者，非其所孚也。"元"者，始也。"元永貞"者，始既以從之，則終身爲之貞也。自六二之外，皆非我之所孚也。非我之所孚，則我不求聚，使各得永貞于其始之所從，悔亡之道也。

上六，齎咨涕洟，无咎。

《象》曰："齎咨涕洟"，未安上也。

"未安上"者，不樂在五上也。

☴下 升，元亨，用見大人，勿恤。南征吉。
☷上

《彖》曰：柔以時升。巽而順，剛中而應，是以大亨。"用見大人勿恤"，有慶也。

巽之爲物，非能破堅達强者也。幸而遇坤，故能升。其升也有時，故曰"柔以時升"。坤既順之，五又應之，是以大亨。大人之于物也，危者安之，易者懼之。下巽而上順，質柔而遇易，志得而輕進，以此見大人所畏者也，故不曰利。雖不利，不可不見也。見而知畏，其爲利也大矣。利之遠者曰"慶"。以其有慶，故雖有畏，勿恤也。

"南征吉"，志行也。

《彖》曰："巽而順，剛中而應，是以大亨"，而六五爲升階。由此觀之，非獨巽之上即坤，亦坤援巽也。巽之求坤，坤之求巽，皆會于南。"南征吉"，二者相求之謂也。

《象》曰：地中生木，升。君子以順德，積小以高大。

---

① 存：陳本、《經解》本、閔本、青本同，《四庫》本作"挾"。

初六，允升，大吉。

《象》曰："允升大吉"，上合志也。

  所以爲升者巽也。所以爲巽者初也。升之制在初，故初六雖陰柔，而其于升也蓋誠能之，故曰"允升"。陰升而遇陽，若陽升而遇陰，皆得其所升者也。初六以誠能之資而遇九二，宜其爲吉之大者矣。

九二，孚乃利用禴，无咎。

《象》曰：九二之孚，有喜也。

  九二升而遇九三，蓋升而窮者也。雖窮于三而配于五。窮而之五，五亦无所升而納之，故薄禮可以相縻而无咎也。

九三，升虛邑。

《象》曰："升虛邑"，无所疑也。

  九三以陽用陽，其升也果矣；六四以陰居陰，其避之也審矣，故曰"升虛邑，无所疑也"。不言吉者，以至強克至弱，其爲禍福未可知也，存乎其人而已。

【附録】

李光地等《周易折中》卷一二　　《乾》四曰："或之者疑之也，故无咎。"果于進而无所疑，可乎？蘇氏之説善矣。

六四，王用亨于岐山，吉，无咎。

《象》曰："王用亨于岐山"，順事也。

  上有所適，下升而避之。失于此而償于彼，雖不爭可也，人或能之。今六四下爲三之所升，而上不爲五之所納，此人情必爭之際也。然且不爭，而虛邑以待之，非仁人其孰能爲此？大王避狄于豳，而亨于岐。方其去豳也，豈知百姓之相從而不去哉？亦以順物之勢而已。以此獲吉，夫何咎之有？

六五，貞吉，升階。

《象》曰："貞吉升階"，大得志也。

  "貞"者，貞于九二也。巽之所以能升者，以六五之應也，曰：此升之階也。"階"者，有可升之道焉。我惟爲階，故人升之；我不爲階，而人何自升哉？木之生也，克土而後能升①。而土以生木爲功，未有木生而土不願者也，故階而升，則六五爲得志矣。

上六，冥升，利于不息之貞。

《象》曰：冥升在上，消不富也。

  "冥"者，君子之所息也。升至上六，宜息也。然而不息，則消之道也，施于不息之正者則可。孟子曰："求則得之，舍則失之。"求在我者，此不息之正者也。求之有道，得之有命。求在外者，此不息之不正者也。

---

 ①　升：閩本、《四庫》本同，陳本、《經解》本、青本作"生"。

☵下☱上 困，亨，貞大人吉，无咎，有言不信。

《彖》曰：困，剛掩也。

九二爲初六、六三之所掩，九四、九五爲六三、上六之所掩，故"困"。"困"者，坐而見制，无能爲之辭也。陰之害陽者多矣，然皆有以侵之。夫惟侵之，是以陰不能堪而至于戰。戰者，有危道也，而無所謂困。困之世，惟不見侵而見掩，陰有以消陽，而陽無所致其怒，其爲害也深矣。

險以說，困而不失其所亨，其惟君子乎？"貞大人吉"，以剛中也。

"剛中"者二也。二之謂"大人"。貞于大人而後吉者，五也。

有言不信，尚口乃窮也。

《象》曰：澤無水，困。君子以致命遂志。

水，潤下者也，在澤上則居，在澤下則逝矣。故水在澤下，爲澤無水。"命"與"志"，不相謀者也，故各致其極，而任其所至也。

初六，臀，困于株木，入于幽谷，三歲不覿。

《象》曰："入于幽谷"，幽不明也。

初六，掩九二者也。掩者非一人之所能，故初六之掩九二，必將有待于六三，六三則其所謂臀也①。臀得其所據，而後其身能有所爲。今六三之所據者，蒺藜也，則臀已困于株木，身且廢矣。株木也，蒺藜也，皆非臀之所據者也。夫以柔助剛，則其幽可明；以柔掩剛，其誰明之？入谷者也，有配在四而不善二，是以三歲不得見也。

九二，困于酒食，朱紱方來，利用享祀，征凶，無咎。

《象》曰："困于酒食"，中有慶也。

困之世，利以柔用剛。二與五皆剛者也，二以柔用之，而五以剛用之。天下之易懷者，惟小人也。方其見掩也，爭之以力，雖刀鋸有不足；而將懷之也，則酒食有餘矣。故"九二困于酒食"，所以懷小人也。九五則不然。掩我下者我劓之，掩我上者我刖之，輕用其威，威窮而物不服，乃大困也。既困則無助，則雖欲不求二，不可得矣。"赤紱"者，所以爵命二也，故曰"困于赤紱"。五以"赤紱"爲困，而二以是爲"方來"，言此五之所困，而二之所不求而至也。困而求二，乃徐有說，以其用說爲已晚矣。說于未困，則其所以爲說者小，故九二之所困者，酒食而已。說于已困，則其所以爲說者重。故九五之所困者，爵命也。祭祀者，人之求神，而神無求也。祭之者人也，享之者神也。五求二，故祭之；二不求五，故享之而已。享之者固不征，而征以求之故凶。雖然，其義則不可咎，以其所從者君也。

六三，困于石，據于蒺藜，入于其宮，不見其妻，凶。

---

① 則其所謂：陳本、《經解》本、閩本、青本同，《四庫》本作"固以初爲"。

《象》曰："據于蒺藜"，乘剛也。"入于其宮，不見其妻"，不祥也。

六三上掩四，下掩二者也。堅而不可勝者石也，四之謂石。傷而不可據者蒺藜也，二之謂蒺藜。六三陰也，而居于陽。自以爲陽，而求配于上六，不祥也。三之應在上，而上六非其應也。宮則是矣，而非其妻，故曰："入于其宮，不見其妻，凶。"小人易合而難久，故困之三陰，其始相與締交而掩剛，其終初六之臀困，六三之妻亡。

【附錄】

查慎行《周易玩辭集解》卷六 愚按六五爻辭義詳《繫辭傳》中，今據象推之，一陰在二陽之中，不中不正。前承九四之剛，則困于石；下承九二之剛，則據于蒺藜。其義本欲援二爲黨以困四，豈知二之剛中，非三之所可據哉！非所據而據焉身必危。身既危矣，家于何有？以陰居陽，自以爲陽。求配于上六，又敵應而不相與。蘇子瞻所云宮則是，而人則非。三互離之中，畫中虛，爲入宮不見妻之象。

九四，來徐徐，困于金車，吝，有終。

《象》曰："來徐徐"，志在下也。雖不當位，有與也。

初六，我之配，二之所惡也。二剛而在下，載己者也，故爲"金車"。欲下從初六而困于二，故其來徐徐，不急于配。配之所怨，剛之所與也。故雖吝而有終。

九五，劓刖，困于赤紱，乃徐有說，利用祭祀。

其曰"赤紱"，正也。"朱紱"，嚴之也，下受上之辭也。

《象》曰："劓刖"，志未得也。"乃徐有說"，以中直也。"利用祭祀"，受福也。

用九二也。

上六，困于葛藟，于臲卼，曰動悔、有悔，征吉。

柔而牽己者"葛藟"也，三之謂"葛藟"。剛而難乘者"臲卼"也，五之謂"臲卼"。上六困于此二者而不能去，則謀全之過也。曰不可動，動且有悔，而不知其不動，乃所以有悔也。上无掩我者，則吉莫如征。而不征，何哉？以柔用剛，則乘之者至以爲"蒺藜"；以剛用剛，則乘之者以爲"臲卼"而已。

《象》曰："困于葛藟"，未當也。

上六足以爲配，而六三未足以當也。

"動悔有悔"，吉行也。

巽下
坎上　井，改邑不改井，无喪无得。往來井井，汔至，亦未繘井。羸其瓶，凶。

《彖》曰：巽乎水而上水，井。井，養而不窮也。"改邑不改井"，乃以剛中也。"汔至，亦未繘井"，未有功也。"羸其瓶"，是以凶也。

食者往也，不食者來也。食不食存乎人，所以爲井者存乎己。存乎人者二，存乎己者一，故曰"往來井井"。汔，燥也，至井而未及水曰"汔至"。得水而未出井曰"未繘井"。井未嘗有得喪，"繘井"之爲功，"羸瓶"之爲凶，在汲者爾。

《象》曰：木上有水，井。君子以勞民勸相。

人之于井，未有鋼之者也，故君子推是道以"勞民勸相"。

初六，井泥不食，舊井无禽。

《象》曰："井泥不食"，下也。"舊井无禽"，時舍也。

《易》以所居爲邪正，然不可必也，惟井爲可必。井未有在潔而不清，處穢而不濁者也。故即其所居而邪正決矣。孔子曰："君子惡居下流，天下之惡皆歸焉。"初六，惡之所鍾也。君子所受于天者无幾，養之則日新，不養則日亡。擇居所以養也。《象》曰："井養而不窮。"所以養井者，豈有他哉？得其所居則潔，潔則食，食則日新，日新故不窮。"井泥"者，无禽之漸也，泥而不食則廢矣。"舊井"，廢井也。其始无字人，其終无禽。无人猶可治也，无禽不可治也。所以爲井者亡矣，故時皆舍之。

【附錄】

青本李評 理語似程、朱。

九二，井谷射鮒，甕敝漏。

《象》曰："井谷射鮒"，无與也。

九二居非其正，故无應于上，則趨下而已也。下趨者谷之道也。失井之道而爲谷，故曰"井谷"。九二之所趨者初六也，初六之謂"鮒"。井而有鮒，則人惡之矣。然猶得志于甕，何也？彼有利器，而肯以我汙之歟？此必敝漏之甕，非是甕不汲是井也。

九三，井渫不食，爲我心惻，可用汲。王明並受其福。

《象》曰："井渫不食"，行惻也。求王明，受福也。

渫，潔也。九三居得其正，"井潔"者也。井潔而不食，何哉？不中也。不中者，非邑居之所會也，故不食。井未有以不食爲戚者也。凡爲我惻者，皆行道之人爾，故曰"行惻"。"行惻"者，明人之惻我，而非我之自惻也。是井則非敝漏之甕所能容矣，故擇其可用汲者。曰孰可用者哉？其惟器之潔者乎？器之潔，則王之明者也。器潔王明，則受福者非獨在我而已。

六四，井甃，无咎。

《象》曰："井甃无咎"，修井也。

修，潔也。陽爲動爲實，陰爲靜爲虛。泉者所以爲井也，動也，實也。井者泉之所寄也，靜也，虛也。故三陽爲泉，三陰爲井。初六最下，故曰"泥"。上六最上，故曰"收"。六四居其間而不失正，故曰"甃"。甃之于井，所以禦惡而潔井也。井待是而潔，故无咎。

【附録】

青本李評 看得通。

九五，井洌，寒泉食。

《象》曰："寒泉之食"，中正也。

此其正，與九三一也。所以食者中也。

上六，井收勿幕，有孚元吉。

《象》曰：元吉在上，大成也。

"收"者，甃之上窮也。"收"非所以爲井，而井之權在收。夫苟幕之，則下雖有寒泉而不達，上雖有汲者而不獲，故"勿幕"則"有孚元吉"。

☱☲ 離下兌上 革，巳日乃孚。元亨利貞，悔亡。

《彖》曰："革"，水火相息，二女同居，其志不相得，曰革。"巳日乃孚"，革而信之。文明以説，大亨以正，革而當，其悔乃亡。

水火則有男女之象，然後能相生。此非水火也，二女同居而已。二女同居則睽。所以不睽者，兌欲下而遇離，離欲上而遇兌①，雖欲相違而不能也。既不相得，又不相違，則不能无相攻。攻而不已，必有一勝，勝者斯革之矣。火能革金，離革兌者也，故曰革。火者金之所畏也，而金非火則无以就器用。器成而後知火之利也。故夫革不信于革之日，而信于已革之日。以其始之不信，是以知悔者，革之所不能免也，特有以亡之爾。

【附録】

方孔炤《周易時論合編》卷七 京傳曰："革，上金下火，金積水而爲器，火變生而爲熟。禀氣于陰陽，革之于物，物亦化焉。"《後漢志》曰：金火相革之卦，曰順天應人，離夏兌秋，戊己爲土，所以調金火之交，故曰四時成。十干後五屬陰日者，謂甲與己合，正以甲己相對者也。鄭合沙、蘇子瞻、朱子發皆取之。後儒暢之曰：金曰從革，兌秋庚革之時，後天離兌之間，乃坤土也。先庚一日爲己。或曰離納己，取納甲。《彖》以離兌皆陰，故舉己之陰土。

青本李評 至理可驗。

天地革而四時成，湯武革命，順乎天而應乎人。革之時大矣哉！

《象》曰：澤中有火，革。君子以治厤明時。

"厤"者天事也，"時"者人事也。

初九，鞏用黄牛之革。

《象》曰：鞏用黄牛，不可以有爲也。

以卦言之，則離革兌者也。以爻言之，則陽革陰者也。六爻皆以陽革陰，故初九、

---

① 上：原本作"下"，據陳本、《經解》本、閩本、《四庫》本、青本改。

九三、九四、九五，四者所以革人，而六二、上六者，人革之。初九、九三所以爲革者火也。而六二者，火之所附，初九、九三之所欲革者也。火以有所附爲利，而所附者以得火爲災，故初九、九三常願六二之留而不去也。夫六二苟留而不去，其見革也无日矣。六二之欲去，如遯之九三之欲遯也。故初九當用遯之六二，所以執九三者固而留之。六二之所以去者，以我有革之之意也，故不可以有爲。有爲則革之之意見矣。

六二，巳日乃革之，征吉，无咎。

《象》曰：巳日革之，行有嘉也。

初九之所以固我，非愛我也。畏我去之，故未見其革爾。徒見其今之固我而不我革，以爲可信而與之處，則及矣。君子見幾而作，彼今日不革，巳日必革之，故"征吉"。爲初九計，則宜留；自爲計，則宜征。六二之所謂"嘉"者五也。五之所以爲革者，與初異矣。舍初從五，其吉也豈復有咎哉？

九三，征凶，貞厲。革言三就，有孚。

《象》曰："革言三就"，又何之矣？

九三有應于上，故其意常欲征也。六二之所以不得去者，以我乘之也。舍之而征，則二去矣。二苟去之，則我與初九无所施其革。二陽相灼，而喪其所附，則窮之道也，故"征凶，貞厲"。"貞"者，不征之謂也。不征則與六二處而不相得，以相革者也，故危，雖危而不凶。"言"者以也。"革言三就"，猶曰革以三成。三者相持而成革，明二之不可去也。二存則初與三相信，二去則初與三相疑。此必然之勢也，故曰："革言三就，有孚。"

九四，悔亡，有孚，改命吉。

《象》曰：改命之吉，信志也。

下之二陽，以火爲革者也，故見革者，惟欲去之，此德不足者也。德不足而革，則所革者亡，革者亦凶。故初九、九三，皆以六二之留爲吉也。上之二陽則不然，其革也以説。革而人莫不説，非有德者其孰能之？九四，未當位者也。未當位而革，故悔。革而説，故"悔亡有孚"也。改命者，始受命也。雖未當位，而志自信矣。

九五，大人虎變，未占有孚。

《象》曰："大人虎變"，其文炳也。

《易》曰："雲從龍，風從虎。"虎有文而能神者也，豹有文而不能神者也，故大人爲虎，君子爲豹。非大人而革者，皆毀人以自成，廢人以自興，故人之從之也疑，見其可從而後信[①]。若大人之革也，則在我而已，炳然日新[②]，天下之所謂文者自廢矣。此豈待占而後信者哉？

[①] 疑見其：陳本、《經解》本、閩本、青本同，《四庫》本作"必占其"。
[②] 日：閩本、《四庫》本同，陳本、《經解》本、青本作"自"。

【附録】

吳本硃批　湯、武而後皆征誅之局也，而卒不湯、武若者，差別在一信字耳。

上六，君子豹變，小人革面，征凶，居貞吉。

《象》曰：「君子豹變」，其文蔚也。「小人革面」，順以從君也。

上六，見革于"大人"者也。此見革者"君子"也，則其向之未革，乃其避世之遇爾。豹生而有文，豈其无素而能爲之哉？若小人也，則革五而已。朝爲寇讎，莫爲腹心，无足怪者。下之二陽，德不足者也，故六二以征爲吉。上之二陽，大人也，故上六以征爲凶。

䷱巽下離上　鼎，元吉，亨。

《彖》曰：鼎，象也。

"象"者，可見之謂也。天之生物不可見，既生而剛強之者可見也。聖人之創業，其所以創之者不可見，其成就熟好，使之堅凝而不壞者可見也，故《象》曰"君子以正位凝命"。革所以改命，而鼎所以凝之也。知革而不知鼎，則上下之分不明，而位不正，雖其所受于天者，流泛而不可知矣。

【附録】

查慎行《周易玩辭集解》卷七　《蘇氏易傳》曰：革以改命，鼎以凝之。程傳以命爲命令之命。《本義》云："凝猶'至道不凝'之'凝'，所謂'協于上下，以承天休'者也。"《黃氏日鈔》亦從朱。

以木巽火，亨飪也。聖人亨以享上帝，而大亨以養聖賢。

大器非器也①，大亨非亨也。取鼎之用而施之天下謂之大亨。鼎之用，極于享帝而已。以其道養聖賢，則亨之大者也。國有聖賢，則君位定而天命固矣。

巽而耳目聰明，柔進而上行，得中而應乎剛，是以元亨。

"元亨"所謂"元吉亨"也。"柔進而上行"者五也。五得中而應乎剛，則所以爲"耳目"者巽也。

《象》曰：木上有火，鼎。君子以正位凝命。

初六，鼎顛趾，利出否。得妾以其子，无咎。

《象》曰："鼎顛趾"，未悖也。"利出否"，以從貴也。

六爻皆鼎也，當其處者有其象。故以初爲趾，二與三、四爲腹，而實在焉。五與上爲耳。初六上應九四，顛趾之象也。夫鼎，聖人將以正位凝命，亨而熟之，至于可食而後已。苟有不善者在焉，則善與不善皆亨而並熟，而善者棄矣。鼎于是未有實也，故及其未有實而顛之，以出其不善。如待其有實，則夫不善已汙之矣。實非吾之所欲棄也，于是焉而顛之。以其所欲棄，出其所不欲棄，則天下之亂，或自是起矣，故曰"鼎顛趾，未悖也"。顛趾而出否，盡去之道也。盡去之則患

① 大：閩本、《四庫》本同，陳本、《經解》本、青本無。

鼎无實。聖人之于人也，責其身，不問其所從；論其今，不考其素。苟骍且角，犁牛之子可也。鼎雖以出否爲利，而擇之太詳，求之太備。天下無完人，故曰"得妾以其子，无咎"。從其子之爲貴，則其出于妾者可忘也。

九二，鼎有實，我仇有疾，不我能即，吉。
《象》曰："鼎有實"，慎所之也。"我仇有疾"，終無尤也。

九二，始"有實"者。"仇"者，六五也，所謂"耳"也。九二之實，六五之所舉也。故其《象》曰："鼎黃耳，中以爲實也。"仇有疾而不能即我，畏九四也。鼎以耳行，故耳能即之則食，不能即之則不食。之，道也。始有實者，以不食爲吉，惡其未足而輕用之也，故曰"鼎有實，慎所之也"。

九三，鼎耳革，其行塞。雉膏不食，方雨虧悔，終吉。
《象》曰："鼎耳革"，失其義也。

耳，上九也。九三之實，上九之所舉也。熟物之謂"革"。鼎之熟物，以腹不以耳，而上九離之極，火之所炎，以耳革者也。耳之受炎也，足以廢塞其行，而不足以革，故曰"鼎耳革，失其義也"。九三，實之將盈者也。于是可食矣，而其行廢，故雖有雉膏而不食也。耳以兩舉者也。六五之耳可鉉，而上九之耳不可鉉，則六五雖欲獨舉得乎？陰欲行而陽欲留，其爲悔也大矣，故至于雨然後悔，虧而終吉。雨者陰陽之和，玉鉉之功也。

九四，鼎折足，覆公餗，其形渥，凶。
《象》曰："覆公餗"，信如何也？

鼎之量極于四，其上則耳矣。受實必有餘量，以爲溢地也。故九三以不食爲憂，明不可復加也。至于九四，溢則覆矣。故孔子曰："德薄而位尊，知小而謀大，力少而任重，鮮不及矣。"方其未及也，必有告之者而不信。及其已信，則無如之何矣？

六五，鼎黃耳，金鉉，利貞。
《象》曰："鼎黃耳"，中以爲實也。

上九，鼎玉鉉，大吉，无不利。
《象》曰：玉鉉在上，剛柔節也。

六五、上九，皆所謂耳也。上九之耳見于九三，故不復出也。在炎而不灼者玉也，金則廢矣。六五之爲耳也，中而不亢，柔而有容，故曰"黃耳"。則其所以爲鉉者，以金足矣。上九之爲耳也，炎而灼，不可以迫，故曰"耳革"。則其所以爲鉉者，玉而後可。金鉉可以及五，而不可以及上，玉鉉則可以兩及矣。可以兩及，則上九之剛，六五之柔，我爲之節也。九二之實，利在于不食，故六五之耳，利在于貞而不行。九三之實，以不食爲憂，故上九之耳，得玉鉉則"大吉，无不利"。"无不利"者，上與五，與三之所利也。以鼎熟物，人皆能之，至于鼎盈而憂溢，耳炎而不可舉，非玉鉉不能。此鼎之所以養聖賢也。

☷☳ 震下
☷☳ 震上　震，亨。震來虩虩，笑言啞啞。震驚百里，不喪匕鬯。

《彖》曰："震，亨。""震來虩虩"，恐致福也。"笑言啞啞"，後有則也。"震驚百里"，驚遠而懼邇也。出可以守宗廟社稷，以爲祭主也。

震者陽德之先，震陰而達陽者也，故"亨"。"震驚百里"，言其及遠也。"不喪匕鬯"，言其和也。若震而不和，則必有僵僕隕墜者矣。匕鬯，祭器也。必取祭器者，以見震長子也。若威而不猛，則可以爲祭主矣。"出"之爲言見也。

《象》曰：洊雷，震。君子以恐懼修省。

初九，震來虩虩，後笑言啞啞，吉。

二陽震物者也，四陰見震者也。震之爲道，以威達德者也。故可試而不可遂。試則養而无窮，遂則玩而不終。初九試而不遂者也。以虩虩之震，而繼之以啞啞之笑，明其不常用也。惟其不常用，故四陰莫敢犯其鋒，皆逃避而後免也。

《象》曰："震來虩虩"，恐致福也。"笑言啞啞"，後有則也。

以其威之不常用，故知其所以震物者，非以害之，欲其恐而致福也。"有則"者，言其不遂也。

六二，震來厲，億喪貝。躋于九陵，勿逐，七日得。

《象》曰："震來厲"，乘剛也。

初九之威，不可犯也。來則危，往則安，故雖喪貝而勿逐，躋于九陵以避之。以初九之不遂其震，而繼之以笑言也，故七日可以得所喪也。"喪貝"以明初九之威，"七日得"以明初九之不以威窮物也。

六三，震蘇蘇，震行无眚。

《象》曰："震蘇蘇"，位不當也。

六三不鄰于震矣，而猶蘇蘇然懼也。行而避之，然後无眚，以明初九之威能及遠也。

九四，震遂泥。

《象》曰："震遂泥"，未光也。

震于已震之後，遂而不知止者也，故"泥"。"泥"者以言其不能及遠也，故二陰皆以處而不避爲吉。

六五，震往來厲，億无喪有事。

《象》曰："震往來厲"，危行也。其事在中，大无喪也。

九四以其遂泥之威，加于六五。非六五之所當畏，其衰可坐而待也。夫九四雖未可乘，然往而避之則過矣，故曰"往來厲"。往來皆危，則以處爲安矣。九四之威，既已泥矣，豈復能如初九一震而喪六二之貝哉？以六五居中，處而待之，非獨无喪，億將有功，故曰"億无喪有事"。

上六，震索索，視矍矍，征凶。震不于其躬，于其鄰，无咎。婚媾有言。

《象》曰："震索索"，中未得也。雖凶无咎，畏鄰戒也。

九四至此，其實不能爲，徒襲其餘威以加上六。上六未得其已衰之情，故猶"索索"、"矍矍"而畏之。敬畏之不已，而征以避之，則四張而不可止矣，故凶。聖人知其不足避也，故告之曰"震不于其躬，于其鄰"，言九四之威，僅可以及五，而不及上；可以戒而无咎，无庸征也。九四始欲以威加物，及其泥而物莫之畏也，則其及于上六者，有言而已，衰之甚也。六爻皆无應，故九四兼有二陰，得稱"婚媾"也。六二"喪貝"而五无"喪"，六三"震行无眚"而上六"征凶"，九四之不及初也遠矣。

☶艮下 ☶艮上　艮其背，不獲其身，行其庭，不見其人，无咎。

《彖》曰：艮，止也。時止則止，時行則行，動靜不失其時，其道光明。艮其止，止其所也。上下敵應，不相與也，是以"不獲其身，行其庭，不見其人，无咎"也。

所貴于聖人者，非貴其靜而不交于物，貴其與物皆入于吉凶之域而不亂也。故夫艮，聖人將有所施之。"艮，止也"，止與靜相近而不同。方其動而止之，則靜之始也；方其靜而止之，則動之先也，故曰："時止則止，時行則行，動靜不失其時，其道光明。"此言艮之得其所施者也。施之于天下之至動，是以爲頤；施之于天下之至健，是以爲大畜。今夫"兼山，艮"，是施之于背而已。背固已止矣，艮何加焉？所以爲梮者爲輪也①，所以爲防者爲水也。今也不然，爲輿爲梮②，爲山爲防，不亦近于固歟？故曰："艮其止，止其所也。"此所以"不獲其身"也。上下敵應，不相與也。此所以"行其庭，不見其人"也。物各止于其所，是果能止也哉？背止于身，身與之動而背不知也。今我施止于物之所止，有大于是物者，則挾而與之趨矣，我焉得知之？故曰："艮其背，不獲其身。"其庭未嘗無人也，有人焉敵應而不相與，則如无人。是道也，非向之所謂"光明"者也，以爲无咎而已。

【附錄】

沈一貫《易學》卷七　右子瞻之説云爾，愚有取焉。蓋聖門之止，止于至善，所以應緣而非斷際。未嘗有身，未嘗不獲其身；未嘗有人，未嘗不見其人。非貴止，貴其止于至善也。

青本李評　精語。

《象》曰：兼山，艮。君子以思不出其位。

初六，艮其趾，无咎，利永貞。

《象》曰："艮其趾"，未失正也。

六二，艮其腓，不拯其隨，其心不快。

---

① 輪：閔本、《四庫》本同，陳本、《經解》本、青本作"輔"。
② 梮：原本作"栀"，青本同，陳本、《經解》本作"杞"，形近而誤，據閔本、《四庫》本改。

《象》曰："不拯其隨"，未退聽也。

　　自趾而上至于輔，當其處者有其德，與咸一也。咸以上六爲輔，而五爲脢。艮之輔在五，而脢不取，何也？脢則背也，艮皆取諸動者而已①。艮則何爲皆取于動者也？曰：卦合而觀之，見兩艮焉。見其施艮于止，故取其體之靜者而配之，曰"艮其背"。爻別而觀之，不見艮之所施，而各見所遇之位。位有不同，而吉凶悔吝生焉。故取其體之動者，而不取其靜，以爲其靜者已見于卦矣。上止而用下，下止而聽于上，此艮之正也。趾動而能聽于腓者也②。"艮其趾"，不害于腓之動也，趾不自動而已。止而聽其上，上止則止，上行則行，此艮之正者也，故"利永貞"。腓能動而不聽于股者也，故曰"咸其股，執其隨"③。"隨"者股之德也，故謂股爲隨。"艮其腓"，則股雖欲行而不能矣。下止而不聽于上，上雖有憂患而莫之救，則上之所不快也，以是爲失其正矣，故曰"艮其趾，未失正也"。

【附録】

朱震《漢上易傳·叢説》　　肱輔上體者也，此象越諸儒之表。

吳本硃批　　解《咸》之中已深得艮意，至此雙提並舉，自有破竹之勢。

九三，艮其限，列其夤，厲薰心。

《象》曰："艮其限"，危薰心也。

　　三不艮于股，而艮于限，亦取諸動者也。"限"者，上下之際，所以俯仰之節也。"夤"者，自上而屬于下者也。艮于下之極，則其自上而下者絶矣。上下絶，心之憂也。心在六四，故憂之及心也謂之"薰"。

六四，艮其身，无咎。

《象》曰："艮其身"，止諸躬也。

　　《咸》之九四曰"朋從爾思"，則四者心之所在也。施之于一體，則艮止于所施，所不施者不及也。施之于心，則无所不及矣，故曰"艮其身"。艮得其要，故"无咎"。

【附録】

吳本硃批　　隨筆而出，皆是學問大源頭。

六五，艮其輔，言有序，悔亡。

《象》曰："艮其輔"，以中正也。

　　口欲止，言欲寡。

【附録】

吳本硃批　　似石箴銘。

上九，敦艮，吉。

---

① 諸：《四庫》本、青本同，陳本、《經解》本、閩本作"于"。

② 動而能：原本作"能動而"，閩本、《四庫》本同，據陳本、《經解》本、青本乙。

③ 故：《經解》本、青本同，陳本作"易"，閩本、《四庫》本作"或"。

《象》曰：敦艮之吉，以厚終也。

敦，益也。艮至于輔，極矣！而又止之，故曰"敦艮"。桔者不忘釋，痿者不忘起，物之情也。在止之極，而不志于動，非天下之至厚，其孰能之！

☶艮下 ☴巽上　漸，女歸吉，利貞。

《彖》曰：漸之進也，女歸吉也。進得位，往有功也。進以正，可以正邦也。其位，剛得中也。

此文轉以次相釋也。漸之中有進者，則"女歸"之"吉"也，而利于"正"。"正"者孰謂？謂得位而有功，可以正邦者也。其得位者何也？剛中者也。由此觀之，"女"則二與四，所"歸"則五也。

【附錄】

吳本硃批　可爲定解。

止而巽，動不窮也。

止而巽，有所觀望而後進者，故不窮。

《象》曰：山上有水，漸。君子以居賢德善俗。

雲上于天，天所不能居，故君子不以居德。木生于山，山能居之。山以有木爲高，故君子以是居德業，善風俗。

初六，鴻漸于干，小子厲。有言，无咎。

《象》曰：小子之厲，義无咎也。

鴻，陽鳥而水居，在水則以得陸爲安，在陸則以得水爲樂者也。故六爻雖有陰陽之異，而皆取于鴻也。初六，鴻之在水者也。遠則无應，近則遇二。以陰適陰，故曰"鴻漸于干"。干，水涯也。兩陰不能相容，故爲小子之所厲，以至于有言。雖然，其所適非志于利也，則未至于六三之凶，无咎可也。

六二，鴻漸于磐，飲食衎衎，吉。

《象》曰："飲食衎衎"，不素飽也。

六二，鴻之在水者也。近則遇三，遠則應五①，无適而不得其遇②，故擇其尤可恃者從之。二之從三也，雖近而難信；其從五也，雖遠而可恃。二陽皆"陸"也。在"陸"而尤可恃以安者，"磐"也，九五之謂"磐"。六二知五之可恃，不漸于三而漸于五，則食且樂如是。"衎衎"，樂也。"素飽"，徒飽也。夫飲食何爲若是樂也？豈非以五之足恃而不徒飽歟？苟爲徒飽而已，則雖三可從。夫苟從三，則飲食未終而憂繼之矣。

九三，鴻漸于陸，夫征不復，婦孕不育，凶，利禦寇。

---

① 應：陳本、《經解》本、青本同，閔本、《四庫》本作"遇"。
② 遇：陳本、《經解》本、青本同，閔本、《四庫》本作"欲"。

《象》曰："夫征不復"，離群醜也。"婦孕不育"，失其道也。利用禦寇，順相保也。

九三，鴻之在陸者也，而上九非其應，故曰"鴻漸于陸"。无應于上而近于四，見四之可欲，則離類絶朋而趨之，故曰"夫征不復"。六二之從我，非正也，將視我而進退者也。上之所爲，下必有甚者。九三適四而不反①，則難以令于二矣，故曰"婦孕不育，凶"。四順于五者，而三寇之，言禦寇之利，以明三之不利也。

六四，鴻漸于木，或得其桷，无咎。

《象》曰："或得其桷"，順以巽也。

六四，鴻之在水者也。近于五而非其應，故曰"鴻漸于木"。木生于陸，而非鴻之所安也。鴻之爲物也，足不能握。其漸于木而无咎，蓋得其大而有容如桷者焉，九五之謂也。"或"者，幸而得之之辭也。无應而從非其配，非巽順何以相保乎？

九五，鴻漸于陵，婦三歲不孕，終莫之勝，吉。

《象》曰："終莫之勝，吉"，得所願也。

九五，鴻之在陸者也。進而遇上九。上九，"陵"也。"陵"者，陸之又高者也。進而之陵，動乎无嫌。故六二之爲婦也，三歲不孕，而終莫之勝。夫以陸之陵，以爲不得其願矣，而婦爲之貞如此，則願孰大焉？故曰："進以正，可以正邦也。"不求之人，而求之身，雖服天下可也。

上九，鴻漸于陸②，其羽可用爲儀，吉。

《象》曰：其羽可爲儀吉，不可亂也。

上九，鴻之在陸者也③。上无所適，而三非其應，故曰"鴻漸于陸"。漸有三陽，其二爲陰之所溺，非其正應，則近而慕之。惟上九不然。夫无累于物，則其進退之際，雍容而可觀矣。

䷵ 兌下震上　歸妹，征凶，无攸利。

《彖》曰：歸妹，天地之大義也。天地不交，而萬物不興。歸妹，人之終始也。説以動，所歸妹也。

説少者人之情也，故"説以動"，其所歸者妹也。天地之所以交，必天降也；男

---

① 三：原本作"二"，形近而訛，據陳本、《經解》本、閩本、《四庫》本、青本改。

② 陸：陳本、《經解》本、青本、閩本作"逵"，按諸本《周易》皆作"陸"。《四庫全書總目》卷二《東坡易傳提要》、張海鵬跋均以"逵"爲"陸"之訛。

③ 此"陸"字及下文"陸"字，原本皆作"逵"，《四庫》本同。誤。按，"逵"之義爲塗。東坡解《漸卦》，以鴻爲陽鳥，以水、陸爲居："鴻，陽鳥而水居，在水則以得陸爲安，在陸則以得水爲樂者也。"故其解初六、六二、六四之"于磐"、"于干"、"于木"，皆謂"鴻之在水者"；於九三、九五之"于陸"、"于陵"亦謂"鴻之在陸者"，其以水、陸二類分釋《漸》之諸爻可知。上九經文即使作"逵"，依例亦當釋爲"陸"，況其經文本作"陸"乎？今正。

女之所以合，必男下也。若女長而男少，則《大過》之所謂"老婦士夫"，烏肯下之？夫苟不下，則天地不交，男女不合矣。故歸妹者，女少而男長，女用事而男下之之謂也。夫所以下之者，豈一日之故哉？將相與終始故也。

"征凶"，位不當也。"无攸利"，柔乘剛也。

歸妹之爻，男女皆易位，柔皆乘剛。此男所以說女而致其情者，權以濟事，一用而止可也。以此而征則凶，且男女皆不利也。

《象》曰：澤上有雷，歸妹。君子以永終知敝。

歸妹，女之方盛者也。凡物之有敝者，必自其方盛而慮之，迨其衰則无及矣。

初九，歸妹以娣，跛能履，征吉。

《象》曰："歸妹以娣"，以恒也。"跛能履，吉"，相承也。

九二，眇能視，利幽人之貞。

《象》曰："利幽人之貞"，未變常也。

歸妹以陰爲君，在兌則六三是也，而初與二其娣也；在震則六五是也，而四其娣也。所以爲兌者三也，故權在君；所以爲震者四也，故權在娣。權之在君也，則君雖不才，而娣常爲之用；權之在娣也，則娣雖无能爲損益，猶要其君。六三不中而居非其位，跛眇者也。其所以能履且視者，以初與二屈而爲之娣也。二者各致其能于六三，故初九曰："歸妹以娣，跛能履，征吉。"九二曰："眇能視，利幽人之貞。"① 己有能履、能視之才②，不以自行，而安爲娣，使跛者得之以征，眇者得之以視③，豈非上下之常分有不可易者邪？故其《象》曰"歸妹以娣，以恒也"，而九二之《象》亦曰"未變常也"。九二亦娣也，其不言"娣"何也？因初九之辭也。且跛、眇者一人，而爲之視、履者二人。是二人者，豈可以廢一歟？故其《象》曰"跛能履，吉相承也"，是以知其皆娣也。己有其能而不自用，使无能者享其名，則九二非幽人而何哉？

六三，歸妹以須，反歸以娣。

《象》曰："歸妹以須"，未當也。

古者謂賤妾爲須，故天文有須女。六三不知其託行于初九，而自以爲能履；不知其借明于九二，而自以爲能視，是以棄娣而用須，未足以當娣也。失二娣之助④，則以跛眇見黜而歸矣。歸然後知用娣，故曰"反歸以娣"。

九四，歸妹愆期，遲歸有時。

《象》曰：愆期之志，有待而行也。

---

① "九二曰"至"之貞"，陳本、《經解》本、青本同，閩本、《四庫》本缺。"九二"，原作"六二"，據經文改。

② 能視：《四庫》本缺。

③ "眇者"句，陳本、《經解》本、青本同，閩本、《四庫》本作"何哉"。

④ 失：原本作"夫"，閩本同，形近而訛，據陳本、《四庫》本、青本改。

九四，六五之娣也。以爲權在己，故愆期不行，以要其君。君猶待之有時焉而後歸，此其志以爲吾君必有所待而後能行者也。

六五，帝乙歸妹，其君之袂不如其娣之袂良。月幾望，吉。

《象》曰："帝乙歸妹"，不如其娣之袂良也。其位在中，以貴行也。

歸妹未有如六五之貴者也，故曰"帝乙歸妹"。以帝乙之妹而履得其中，則其袂之良否，不足以爲損益，非若跛者之託行，眇者之借明也。而九四欲以袂之良而加之，夫袂之良，豈足以加其君哉？"月幾望"者，陰疑于陽，《易》之所惡也。然至于娣之欲加其君，則以月幾望爲吉。以爲寧月之幾望，而無寧娣之加其君也。

上六，女承筐无實，士刲羊无血，无攸利。

《象》曰：上六无實，承虛筐也。

歸妹男女皆易位①，柔皆乘剛，此豈永終无敝者哉？上六則敝之所終也。天地之情，正大而已。大者不正，非其至情，其終必有名存實亡之禍。"女承筐无實"，食不續之釁也；"士刲羊无血"，用已死之牲也，皆實亡之禍也。《象》曰："歸妹征凶，无攸利。"上六處其終，故受其凶之全也。

【附錄】

查慎行《周易玩辭集解》卷七　蘇子瞻曰："天地之義正大而已。大者不正，其終必有名存實亡之象。"愚按，上六震體，本士也，而爻位皆陰虛，而无實之象。又六三悅體在下，兩陰敵應，亦无實之象。震爲蒼筤竹筐之象。內卦兌，羊之象。中爻互坎，血之象。女承筐以實蘋藻，士刲羊以取血膋，皆祭禮也。今不成夫婦，以言乎女承筐，則无實；以言乎士刲羊，則无血，未嘗告廟而成夫婦禮也。先言女而後言士，其咎在于陰虛，所以无攸利。

---

① 易：原本作"異"，音近而訛，據陳本、《經解》本、閔本、《四庫》本、青本改。

蘇氏易傳卷六

䷶離下 豐，亨。王假之，勿憂。宜日中。
　震上

《彖》曰："豐"，大也。明以動，故豐。"王假之"，尚大也。"勿憂，宜日中"，宜照天下也。日中則昃，月盈則食，天地盈虛，與時消息，而況于人乎？況于鬼神乎？

豐者極盛之時也。天下既平，其勢必至于極盛，故曰"王假之"。"勿憂，宜日中"者，不憂其不至，而憂其已至也；宜日之中，而不宜其既中也。既盈而虧，天地鬼神之所不免也，而聖人何以處此？曰："豐"者至足之辭也。足則餘，餘則溢。聖人處之以不足，而安所求餘，故聖人无豐。豐非聖人之事也。

【附錄】
吳本硃批　妙。
青本李評　"聖人无豐"，名言也。

《象》曰：雷電皆至，豐。君子以折獄致刑。

《傳》曰："爲刑罰威獄，以類天之震曜。"故易至于雷電相遇，則必及刑獄，取其明以動也。至于離與艮相遇，則曰"无折獄，无留獄"，取其明以止也。

【附錄】
吳本硃批　恰好。

初九，遇其配主，雖旬无咎，往有尚。
《象》曰："雖旬无咎"，過旬災也。

凡人知生于憂患，而愚生于安佚。豐之患常在于暗，故爻皆以明暗爲吉凶也。初九、六二、九三，三者皆離也，而有明德者也。九四、六五、上六，則所謂豐而暗者也。離，火也，日也。以下升上，其性也；以明發暗，其德也，故三離皆上適于震。初九適四，其配之所在也。而九四非其配，故曰"配主"。"旬"之爲言，猶曰周浹云爾。尚，配也。九四以陽居陰，不安于暗者也。方其患蔽而求發，則雖兩剛可以相受，故曰"往有尚"，言其與配同也。及其暗去而明全，離之功既周浹矣，則當去之。既浹而不去，則有相疑之災。九四之爲人，可與共憂患，而不可與同安樂者也。

六二，豐其蔀，日中見斗。往得疑疾，有孚發若，吉。
《象》曰："有孚發若"，信以發志也。

九三，豐其沛，日中見沬。折其右肱，无咎。
《象》曰："豐其沛"，不可大事也。"折其右肱"，終不可用也。

蔀，覆也，蔽之全者也。見斗，暗之甚也。沛，旆也，蔽之不全者也。沬，小明也，明暗雜者也。六五之謂"蔀"，上六之謂"沛"，何也？二者皆陰也，而六五處中，居暗以求明；上六處高，強明以自用。六二之適五也，適于全蔽而甚暗者也。夫蔽全則患蔽也深，暗甚則求明也力。六五之暗，不發則已，發之則明矣，故曰"往得疑疾，有孚發若，吉"。以陰適陰，其始未有不疑者也。六二雖陰，而所以爲離明之所自出也，故始疑而終信也。若夫九三之適上六，則適于明暗雜者也。用人則不能，自用則不足，故不可以大事也。君子不畏其蔽，而畏其雜，以爲无時而可發也。爲之用乎則不可，不爲之用乎則不敢，故"折其右肱"，以示必不可用而後免也。

【附錄】

方孔炤《周易時論合編》卷七　蘇傳曰："沛，旆也。……以示必不可用而後免也。"言外之旨也。

查慎行《周易玩辭集解》卷七　沛，《蘇氏易傳》作旆，釋爲旖幔。説本陸氏。《本義》依之。楊誠齋以日在雲下爲沛。愚竊就字作解，沛者沛然下雨貌。中爻自三至五互兌爲雨。豐其沛者，大雨之象。

九四，豐其蔀，日中見斗。遇其夷主，吉。

《象》曰："豐其蔀"，位不當也。"日中見斗"，幽不明也。"遇其夷主"，吉行也。

夷，等夷也。初九之謂夷主，不得其配而得其類也。"幽不明"者，以言其暗之甚而不雜。"吉行"者，言初九之不可以久留也。

【附錄】

朱震《漢上易傳·叢説》　輔嗣以九四陽居陰，得物以發夷主，吉，諸儒皆不以得初發夷主，蘇氏用之。

又　四適五，五爲夷主，謂九四當位則明照天下，似通乎象矣。

馮椅《厚齋易學》卷二八　蘇子瞻曰：四无應而適五，五亦坦然受之，不吾異也。

又卷四二　蘇氏曰：使九四而當位，則明照天下矣，豈復爲五所覆哉？日中見斗象，幽不明也。以位居陰，故幽而不明。本爻爲人所見也。遇其夷主，占吉行也。

六五，來章，有慶譽，吉。

《象》曰：六五之吉，有慶也。

六五以陰居陽，有章者也，而能來六二之明，故曰"來章"。借明于人而譽歸于己，君子予之。

【附錄】

朱震《漢上易傳·叢説》　蘇氏曰：六五處上而暗者也。初九、六二、九四處下而明者也。案《豐》本《泰》卦二之四成《豐》。所謂九四，即乾之九二往而成離者也，故皆有明象。五六本坤陰，故皆有暗象。

又　六五來章，爲虛己以來二陽。謂之"來"者，我來彼也。勝于輔嗣。

又　蘇氏曰：來二陽，則陰陽交錯而成章。亦論象矣。

又　初九配四，與上同。然以初因適五，五亦求陽爲均，則不同。蘇氏言五求陽，然一陰納二陽不得爲均。

上六，豐其屋，蔀其家。窺其戶，闃其无人，三歲不覿，凶。

《象》曰："豐其屋"，天際翔也。"窺其戶，闃其无人"，自藏也。

上六翔于天際，自以爲明之至也，而其暗則足以蔽其身而已，故曰"豐其屋，蔀其家"。九三自折其右肱，而莫爲之用，豈真无人哉？畏我而自藏也。"三歲不覿"，其自以爲明者窮矣，故凶。

☲☶ 艮下
離上　旅，小亨，旅貞吉。

《彖》曰："旅，小亨"，柔得中乎外而順乎剛，止而麗乎明，是以"小亨，旅貞吉"也。旅之時義大矣哉！

《旅》六二、六五二陰據用事之地，而九三、九四、上九三陽寓于其間，所以爲旅也。小者爲主，而大者爲旅。爲主者以得中而順乎剛爲亨，故曰"小亨"；爲旅者以居貞而不取爲吉，故曰"旅貞吉"。"止而麗乎明"，則居貞而不取之謂也。"貞吉"者指三陽，非二陰爲主者之事也①，故特曰"旅貞吉"。

《象》曰：山上有火，旅。君子以明慎用刑而不留獄。

初六，旅瑣瑣，斯其所取災。

《象》曰："旅瑣瑣"，志窮災也。

羈旅之世，物无正主，近則相依。自六二至上九，皆陰陽相鄰，而初獨孑然處六二之下，其細以甚②，故曰"旅瑣瑣"也。斯，隸也。六二近于九三，三之所取也。初六窮而无依，隸于六二，役于九三。三焚二次，並以及初，故曰"斯其所取災"也。

六二，旅即次，懷其資，得童僕，貞。

《象》曰："得童僕，貞"，終无尤也。

六二，九三之所即以爲次也。因三之資以隸初六，故曰"得童僕，貞"。初六雖四之應，而四爲三所隔，終无尤之者也。

九三，旅焚其次，喪其童僕，貞厲。

《象》曰："旅焚其次"，亦以傷矣。以旅與下，其義喪也。

下，初六也。六二，我之"次"也。而初隸于二，懷二而並有之，則初亦我之童

---

① 二陰爲主：原本、青本作"二陽爲主"。陳本、《經解》本作"二陽爲王"，閔本、《四庫》本作"二陰爲主"。按，東坡前曰：《旅卦》以"小者爲主，而大者爲旅"。陰爲小，陽爲大。是陰爲主而陽爲旅，經既云"旅貞吉"，即是陽貞吉无疑。今據閔本、《四庫》本改。

② 以：陳本、《經解》本、青本同，閔本、《四庫》本作"已"。

僕矣。九三以剛居上，見得而忘義，焚二以取初，則一舉而兩失之矣。

九四，旅于處，得其資斧，我心不快。

《象》曰："旅于處"，未得位也。"得其資斧"，心未快也。

"資斧"所以除荆棘，治次舍也。九四剛而失位，所乘者九三，有斧而無地者也①，故處而心不快。

九五，射雉，一矢亡，終以譽命。

《象》曰："終以譽命"，上逮也。

居二陽之間，可以德懷，不可以力取。如以一矢射兩雉，理無兼獲，得四則失上矣。若不志于取，亡矢而不射，則夫二陽者，皆可以其功譽而爵命之，非獨得四可以及上也。

【附錄】

鄧夢文《八卦餘生》卷一五　蘇傳謂不至于亡矢而不射，尤覺无味。

吳本硃批　此説新而可從。

上九，鳥焚其巢，旅人先笑後號咷。喪牛于易，凶。

《象》曰：以旅在上，其義焚也。"喪牛于易"，終莫之聞也。

九三次于六二之上，上九巢于六五之上，皆以剛臨柔。六二、六五皆无應而在我下，其勢必與我。上九、九三知其无應而必我與也，故易而取之。九三"焚其次"，上九"焚其巢"，其爲不義一也。而三止于"貞厲"，上至于"號咷"之凶者，六五旅之主也。《離》之《彖》曰"畜牝牛吉"，六五之謂牛矣。易五以喪牛，終莫之聞者，驕亢之罪也。

【附錄】

查慎行《周易玩辭集解》卷七　《易篹言》："此卦六畫，惟六五、九三爲旅人。初言其時，二、四、上言其地。五本失位，而以六二爲次則得位。三本得位，而以上九爲次則失位。蓋處旅之道，宜柔不宜剛，五柔而中，三剛而過，是以五得財、得人，而譽命。三既无可居，又不可行也。《蘇氏易傳》與此又不同，謂："二五兩陰爻據用事之地……而不妄動爲吉。"蓋《易·象》之義，隨人闡發，无所不通，初不必拘定一説也。并存之以備參考。

☰☰ 巽下巽上　巽，小亨。利有攸往，利見大人。

《彖》曰：重巽以申命。

君子和而不同，以巽繼巽，小人之道也。无施而可，故用于申命而已。

【附錄】

蘇軾《御試重巽以申命論》（《蘇軾文集》卷二，孔凡禮點校，中華書局，1986年）　昔

---

① 有：閩本同，《四庫》本作"資"。按"有斧"與"无地"對舉，故當作"有"爲上。陳本、《經解》本、青本無。

聖人之始畫卦也，皆有以配乎物者也。巽之配于風者，以其發而有所動也。配于木者，以其仁且順也。夫發而有所動者，不仁則不可以久，不順則不可以行。故發而仁，動而順，而巽之道備矣。聖人以爲不重則不可以變，故而重之，使之動而能變，變而不窮，故曰"重巽以申命"。言天子之號令如此而後可也。天地之化育，有可以指而言者，有不可以求而得者。今夫日，皆知其所以爲暖；雨，皆知其所以爲潤；雷霆，皆知其所以爲震；雪霜，皆知其所以爲殺。至于風，悠然布于天地之間，來不知其所自，去不知其所入，噓而炎，吹而泠，大而鼓乎大山喬岳之上，細而入乎窾空蔀屋之下，發達萬物，而天下不以爲德；摧拔草木，而天下不以爲怒，故曰天地之化育，有不可求而得者。此聖人之所法以令天下之術也。聖人在上，天下之民各得其職。士者皆曰"吾學而仕"，農者皆曰"吾耕而食"，工者皆曰"吾作而用"，買者皆曰"吾負而販"，不知聖人之制命令以鼓舞、通變其道，而使之安乎此也。聖人之在上也，天下可由而不可知，可言而不可議，蓋得乎巽之道也。易者，聖人之動，而卦者，動之時也。《蠱》之《彖》曰："先甲三日，後甲三日。"而《巽》之九五亦曰："先庚三日，後庚三日。"而説者謂甲、庚皆所以申命而先後者，慎之至也。聖人憫斯民之愚，而不忍使之遽陷于罪戾也，故先三日而令之，後三日而申之，不從而後誅，蓋其用心之慎也。以至神之化令天下，使天下不測其端；以至詳之法曉天下，使天下明知其所避。天下不測其端，而明知其所避，故靡然相率而不敢議也。上令而下不議，下從而上不誅，順之至也。故曰"重巽之道，上下順也"。

剛巽乎中正而志行，柔皆順乎剛，是以"小亨，利有攸往，利見大人"。

所以爲巽者，初與四也。二、五雖據用事之地，而權不在焉，故曰"剛巽乎中正而志行"，言必用初與四而後得志也。權雖在初與四，而非用事之地，故曰"柔皆順乎剛，是以小亨"，言必順二、五而後亨也。"利有攸往"，爲二、五用也。"利見大人"，見九五也。有其權而無其位，非九五之大人，孰能容之？

《象》曰：隨風，巽。君子以申命行事。

申，重也。兩風相因，是謂"隨風"，"申命"之象也。古之爲令者，必反覆申明之，然後事必行。

初六，進退，利武人之貞。

《象》曰："進退"，志疑也。"利武人之貞"，志治也。

初六有其權而無其位，九二、九三之所病，故疑而進退也。小人而權在焉，則《易》謂之"武人"。武人負其力而不貞于君，志亂也。及其治也，則以貞于其君爲利。

九二，巽在牀下，用史巫紛若，吉，无咎。

《象》曰："紛若"之"吉"，得中也。

九二以陽居陰，能下人者也。知權在初六，故巽于牀下，下之而求用也。初六，武人也。方且進退，我則下之而求其用，故求者紛然，而用者不力。譬之用史巫，將以求福于神，神之降福未可知，而史巫先享其利也，故吉而後无咎。紛然而求人者，非吉之道也，其所以吉者，居得其中，用事之地也。

九三，頻巽，吝。

《象》曰：頻巽之吝，志窮也。

九三以陽居陽，而非用事之地也。知權之在初六也，下之則心不服，制之則力不能，故頻蹙以待之。《復》之六三，不能止初九之爲復也，故"頻復"。《巽》之九三，不能止初六之爲巽也，故"頻巽"。

六四，悔亡，田獲三品。

《象》曰："田獲三品"，有功也。

六四有其權而无其位者，與初六均也，蓋亦居可疑之地矣。而有九五以爲之主，坦然以正待之，故"悔亡"。九五不求，而六四自求用，故其用也力。譬之于田，田者盡力獲禽，而利歸于君。一爲乾豆，二爲賓客，三爲充君之庖。君子不勞而獲三品，其與史巫之功亦遠矣。

九五，貞吉，悔亡，无不利。无初有終，先庚三日，後庚三日，吉。

《象》曰：九五之吉，位正中也。

九五履正中之位，進不頻蹙以忌四，退不過巽以下之，蓋貞而已矣。此四所以心服而爲之用也，是以"吉"且"悔亡"，而"无不利"①。"无不利"者，四與五皆利也。九五之德如此，故有後庚之終吉。

上九，巽在牀下，喪其資斧，貞凶。

《象》曰："巽在牀下"，上窮也。"喪其資斧"，正乎凶也。

九二以陽居陰，上九處巽之極，故皆巽于牀下。而上九陽亢于上，非能下人者也。九二②之巽，將以用初六，而上九之巽，將以圖六四也。有用斧之意焉，特以處于无位之地，故喪其斧也。以上下言之則正，以勢言之則凶。

☱☱ 兌下兌上　兌，亨，利貞。

《彖》曰：兌，說也。剛中而柔外，說以利貞，是以順乎天而應乎人。說以先民，民忘其勞；說以犯難，民忘其死。說之大，民勸矣哉！

小惠不足以勸民。

《象》曰：麗澤，兌。君子以朋友講習。

取其樂而不流者也。

【附錄】

青本李評　"樂而不流"，方是朋友，方可講習。

---

① 而：閔本、《四庫》本同，陳本、《經解》本、青本無。
② 二：原本作"三"，形近而訛，據陳本、《經解》本、閔本、《四庫》本、青本改。

初九，和兑，吉。

《象》曰：和兑之吉，行未疑也。

九二，孚兑，吉，悔亡。

《象》曰：孚兑之吉，信志也。

　　和而不同，謂之"和兑"；信于其類，謂之"孚兑"。六三，小人，而初九、九二，君子也。君子之説于小人，將以有所濟，非以爲利也。初九以遠之而無嫌，至九二則初九疑之矣，故必有以自信于初九者而後悔亡。文予而實不予，所以信于初九也。

六三，來兑，凶。

《象》曰：來兑之凶，位不當也。

九四，商兑未寧，介疾有喜。

《象》曰：九四之喜，有慶也。

　　九五，兑之主也。上有上六，下有六三，皆其疾也。《傳》曰："美疢不如惡石。"九四介于其間，以剛輔五而議二陰者也，故曰"商兑未寧"。"介疾有喜"，言疾去而後有喜也。疾去而後有喜，則《易》之所謂"慶"也。

九五，孚于剥，有厲。

《象》曰："孚于剥"，位正當也。

上六，引兑。

《象》曰："上六引兑"，未光也。

　　六三、上六，皆兑之小人，以陰爲質，以説爲事者均也。六三履非其位，而處于二陽之間，以求説爲兑者，故曰"來兑"，言初與二不招而自來也。其心易知，其爲害淺，故二陽皆吉而六三凶。上六超然于外，不累于物，此小人之托于无求以爲兑者也，故曰"引兑"，言九五引之而後至也。其心難知，其爲害深，故"九五孚于剥"。"剥"者五陰而消一陽也。上六之害，何至于此？曰：九五以正當之位，而孚于難知之小人，其至于剥，豈足怪哉？雖然，其心蓋不知而賢之，非説其小人之實也。使知其實，則去之矣，故有厲而不凶。然則上六之所以不光何也？曰難進者君子之事也。使上六引而不兑，則其道光矣。

【附録】

方孔炤《周易時論合編》卷八　子瞻謂："六超然于外，不累于物，此小人之托于无求以爲兑者。"玄子曰：子瞻刺王介甫耳。

䷺ 巽下坎上　渙，亨。王假有廟，利涉大川，利貞。

《彖》曰："渙，亨"，剛來而不窮，柔得位乎外而上同。"王假有廟"，王乃在中也。"利涉大川"，乘木有功也。

　　世之方治也，如大川安流而就下，及其亂也，潰溢四出而不可止。水非樂爲此，蓋必有逆其性者，泛溢而不已。逆之者必衰，其性必復。水將自擇其所安而歸焉。古之善治者，未嘗與民爭，而聽其自擇，然後從而導之。渙之爲言，天下流離渙散而不安其居，此宜經營四方之不暇，而其《彖》曰"王假有廟"，其《象》曰"先王以享于帝立廟"，何也？曰：犯難而爭民者，民之所疾也；處危而不偷者，衆之所恃也。先王居渙散之中，安然不爭，而自爲長久之計。宗廟既立，享帝之位定，而天下之心始有所繫矣。"剛來而不窮"者，九二也。"柔得位乎外而上同"者，六四也。渙之得民，惟是二者，此所以亨也。然猶未免乎渙。"王假有廟"，謂五也。王至于有廟，而後可以涉大川，于是渙始有所歸矣。有所歸而後有川，有川而後可涉。乘木，乘舟也。舟之所行，川之所在也。

【附錄】

馮椅《厚齋易學》卷三〇　　蘇氏曰：以坎爲水，巽木乘之，所以利涉。

青本李評　　深明治道。

《象》曰：風行水上，渙。先王以享于帝立廟。

初六，用拯馬壯，吉。

《象》曰：初六之吉，順也。

九二在險中，得初六而安，故曰"用拯馬壯，吉"。《明夷》之六二，有馬不以自乘，而以拯上六之傷；《渙》之初六，有馬不以自乘，而以拯九二之險，故《象》皆以爲順，言其忠順之至也。

九二，渙奔其机①，悔亡。

《象》曰："渙奔其机"，得願也。

得初六而安，是謂机也。

六三，渙其躬，无悔。

《象》曰："渙其躬"，志在外也。

渙之世，民無常主。六三有應于上，志在外者也，而近于九二，二者必爭焉，故"渙其躬"，无所適從，惟有道者是予而後安。

六四，渙其群，元吉。渙有丘，匪夷所思。

《象》曰："渙其群，元吉"，光大也。

上九之有六三者，以應也；九五之有六四，九二之有初六者，以近也②，皆有以群之。渙而至于群，天下始有可收之漸。其德大者，其所群也大；其德小者，共所群也小。小者合于大，大者合于一，是謂"渙其群"也。近五而得位，則四之所群者最大也。因君以得民，有民以自封殖，是謂"丘"也。夷，平也，民之蕩蕩焉，未有所適從者也。彼方不知其所從，而我則爲丘以聚之，豈夷者之所思哉？民之所思，思夫有德而爭民者也。

---

① 机：《四庫》本作"機"。下"机"字同。

② 也：原本作"者"，陳本、《經解》本、青本同，涉前訛，據閩本、《四庫》本改。

【附錄】

黎靖德編《朱子語類》卷六六　　問："諸家《易》除《易傳》外，誰爲最近？"曰："難得。其間有一二節合者卻多，如'渙其群'，伊川解卻成'渙而群'。卻是東坡説得好：群謂小隊，渙去小隊，使合于大隊。"

又卷七三　　老蘇云："《渙》之九四曰：'渙其群，元吉。'夫群者，聖人之所欲渙以混一天下者也。"此説，雖程傳有所不及。如程傳之説，則是群其渙，非"渙其群"也。蓋當人心渙散之時，各相朋黨，不能混一。惟九四能渙小人之私群，成天下之公道，此所以元吉也。老蘇天資高，又善爲文章，故此等説話皆達其意。大抵《渙卦》上三爻是以渙濟渙也。

又　　"渙其群"，乃取老蘇之説，是散了小小底群隊，並做一個。東坡所謂"合小以爲大，合大以爲一。"又曰："如太祖之取蜀，取江南，皆是'渙其群'、'渙有丘'之義。但不知四爻如何當得此義。"

又　　"渙其群"，言散小群做大群，如將小物事幾把解來合做一大把。東坡説這一爻最好，緣他會做文字，理會得文勢，故説得合。

鄧夢文《八卦餘生》卷一五　　朱子引老蘇之言曰：夫群者，聖人所欲渙以混一天下者也，是也。

九五，渙汗其大號，渙王居，无咎。

《象》曰："王居无咎"，正位也。

汗，取其周浹而不反也。宗廟既立，享帝之位定，而大號令出焉。其曰"渙王居"，何也？《象》曰："王假有廟，王乃在中也。"渙然之中，不知其孰爲主，孰爲臣①，至于有廟而天下始知王之所在矣，故曰"渙王居"，言渙之中有王居矣。

上九，渙其血，去逖出，无咎。

《象》曰："渙其血"，遠害也。

上九求六三，必與九二爭而傷焉。"渙其血"，不爭也。九二剛來而不窮，不可與爭者也。雖不爭而處爭之地，猶未免也。故去而遠出，然後无咎。

☱兌下
☵坎上　節，亨。苦節不可貞。

《象》曰："節亨"，剛柔分而剛得中。

"剛柔分"者，兌下而坎上也。"剛得中"者，謂二、五也。此所以爲"節亨"也。

"苦節不可貞"，其道窮也。

謂六三也。

説以行險，當位以節，中正以通。

謂九二也。兌施節于坎，故曰"説以行險"。

---

① 孰爲臣：陳本、《經解》本、青本無，閩本、《四庫》本在"孰爲主"前。

天地節而四時成，節以制度，不傷財，不害民。

《象》曰：澤上有水，節。君子以制數度，議德行。

"數度"者，其政事也。"德行"者，其教化也。皆所以爲民物之節也。

初九，不出戶庭，无咎。

《象》曰："不出戶庭"，知通塞也。

九二，不出門庭，凶。

《象》曰："不出門庭凶"，失時極也。

節者事之會也。君子見吉凶之幾，發而中其會，謂之節。《詩·東方未明》，刺无節也。其詩曰"不能晨夜，不夙則莫"，言无節者不識事之會，或失則早，或失則莫也。"澤上有水，節"，以澤節水者也。虛則納之，滿則流之，其權在澤。初九、九二、六三，澤也，節人者也。六四、九五、上六，水也，節于人者也。節之于初九則太早，節之于六三則太莫，故九二者施節之時，當發之會也。水之始至，澤當塞而不當通；既至，當通而不當塞。故初九以不出戶庭爲无咎，言當塞也；九二以不出門庭爲凶，言當通也。至是而不通，則失時而至于極，六三是也。是禍福之交，成敗之決也。故孔子曰："君不密則失臣，臣不密則失身，幾事不密則害成。"

六三，不節若，則嗟若，无咎。

《象》曰：不節之嗟，又誰咎也？

咨嗟而節之，以爲不可不節也。九二之節，節于未滿。節之者樂，見節者甘焉。六三之節，節于既溢。節之者嗟，見節者苦焉。苦節，人之所不能堪，而人終莫之咎者，知六三之不得已也。嗟者，不得已之見于外者也。

六四，安節，亨。

《象》曰：安節之亨，承上道也。

九二施節于九五①，在其上，不在其身，故六四安焉。

九五，甘節，吉，往有尚。

《象》曰：甘節之吉，居位中也。

畜而至于極，然後節之，其節也必爭。九二施節于不爭之中，此九五之所樂也，故曰"甘節"。樂則流，甘則壞，故以往適上六，陰陽相配，甘苦相濟爲吉也。

上六，苦節，貞凶，悔亡。

《象》曰："苦節貞凶"，其道窮也。

《易》有凶而无咎者，《大過》之上六，《困》之九二是也。則未有凶而能悔亡者，亦如人之未有既死而病愈者也。上六"貞凶，悔亡"者何也？"凶"者六三，"悔亡"者上六也。是以知節者在坎，而見節者之在兌也。六三施苦節于我，出于不

---

① 九二施：陳本、《經解》本、閩本、青本同，《四庫》本作"六四承"。

得已則无咎，以是爲正則凶矣，而我悔亡。

☱兌下
☴巽上 中孚，豚魚吉。利涉大川，利貞。

《彖》曰：中孚，柔在内而剛得中，説而巽，孚乃化邦也。

中孚，信也。而謂之中孚者，如羽蟲之孚，有諸中而後能化也。羽蟲之孚也，必柔内而剛外。然則頤曷爲不中孚也？曰：内无陽不生，故必柔内而剛外。且剛得中然後爲中孚也。剛得中則正，而一柔在内則靜而久。此羽蟲之所以孚天之道也。君子法之，行之以説，輔之以巽，而民化矣。

【附録】

查慎行《周易玩辭集解》卷八 卦名兼孚信、感孚二義。卦象兼中虚、中實二義。合二體則中虚，分二體則中實。程傳謂："中虚信之本。二陰在内，氣合而成孚，故曰中孚。"似乎只説得合象。《方言》：鷄伏卵而未孚。《説文》：卵，孚也。鳥孚卵皆如其期，不失信也。《蘇氏易傳》作此解，似乎單説得"孚"字，而脱卻"中"字。愚竊謂《中孚》之卦象則取中虚，《中孚》之卦德重在中實。實者誠也。不但孚同類，兼可孚異類，故曰"豚魚吉"。

"豚魚吉"，信及豚魚也。

信之及民，容有僞。其及豚魚，不容有僞也。至于豚魚皆吉，則其信也至矣。

"利涉大川"，乘木舟虚也。

《易》至于巽在上而云"涉川"者，其言必及木。《益》之《象》曰"木道乃行"，《涣》之《象》曰"乘木有功"，《中孚》之《象》曰"乘木舟虚"，以明此巽之功也。以巽行兑，乘天下之至順，而行于人之所説，必无心者也。"舟虚"者，无心之謂也。

【附録】

藩士藻《讀易述》卷一〇 蘇氏云无心之謂，是也。

中孚以利貞，乃應乎天也。

天道不容僞。

《象》曰：澤上有風，中孚。君子以議獄緩死。

化邦之時，不可以用刑。

初九，虞吉。有它不燕。

《象》曰："初九虞吉"，志未變也。

虞，戒也。燕，安也。六四，初九之應也，而近于五，爲五所攣，所謂"它"也。六四不專于應，而有心于五，其色不安，此必變者也。初九及其未變而戒之，不輕往應，則遠于爭矣，故吉。

【附録】

吳本硃批 解"有他"有着落。

九二，鳴鶴在陰，其子和之。我有好爵，吾與爾靡之。

《象》曰："其子和之"，中心願也。

此中孚也，而爻未有能中孚者也。中孚者，必正而一，靜而久。而初九、六四、六三、上九有應而相求，九五无應而求人者也，皆非所謂正而一，靜而久者也。惟九二以剛履柔，伏于二陰之下，端慤无求，而物自應焉，故曰"鳴鶴在陰，其子和之"。鶴鳴而子和者天也，未有能使之者也。"我有好爵，吾與爾靡之"，"有爵"者求我之辭也，彼求我而我不求之之謂也。

六三，得敵，或鼓或罷，或泣或歌。
《象》曰："或鼓或罷"，位不當也。

六三履非其位，雖應在上九，而上九非下我者也。上不求三而三求之，求之必過五，五无應而寇我，故曰"得敵"也。得敵而躁，躁而失常，故"或鼓或罷，或泣或歌"也。

六四，月幾望，馬匹亡，无咎。
《象》曰："馬匹亡"，絕類上也。

初九以應而從我，九五以近而攣我。一陰而當二陽之求，盛之至也，故曰"月幾望"。月幾望者，非四之所任也，故必舍五而從初，如有二馬而亡其一，然後无咎。類，五也。四與五皆巽也，故得稱類。

【附錄】

吳本硃批 以"類"爲五，"上"字如何解？

九五，有孚攣如，无咎。
《象》曰："有孚攣如"，位正當也。

"有孚"者六四也。自五言之，則以得四爲无咎。非應而求從，必攣而後固，特以其位當，是以无咎也。

上九，翰音登于天，貞凶。
《象》曰："翰音登于天"，何可長也？

翰音，飛且鳴者也。凡羽蟲之飛且鳴者，其飛不長，雄雞之類是也。處外而居上，非中孚之道，飛而求顯，鳴而求信者也，故曰"翰音登于天"。九二在陰而子和，上九飛鳴而登天，其道蓋相反也。惟不下從陰，得陽之正，故曰"貞凶"。

☶下
☳上 小過，亨，利貞。可小事，不可大事。飛鳥遺之音，不宜上，宜下，大吉。

《彖》曰：小過，小者過而亨也。

陰自外入，據用事之地，而囚陽于內，謂之"小過"。小過者，君弱而臣強之世也。"小者過而亨"，則大者失位而否矣。

【附錄】

吳本硃批 如此立說甚覺直捷。時說因有"事"字，便在事上說，反多許多挽回。説人類，事類在其中矣。

過以利貞，與時行也。

《彖》之所謂"利貞"，則《象》之所謂"過乎恭"、"儉"與"哀"者，時當然也。

柔得中，是以小事吉也。剛失位而不中，是以不可大事也。

小過者，臣強而專。小事，雖專之可也。

有飛鳥之象焉。"飛鳥遺之音，不宜上，宜下，大吉"，上逆而下順也。

小過有鳥之象：四陰據用事之地，其翼也；二陽困于內，其腹背也。翼欲往，腹背不能止；翼欲止，腹背不能作也，故飛鳥之制在翼。鳥之飛也，上窮而忘返，其身遠矣，而獨遺其音。臣之僭也，必孤其君，遠其民，使其君如飛鳥之上窮，使其民聞君之聲不見其形也，而後得志，故曰"飛鳥遺之音，不宜上，宜下，大吉，上逆而下順也"。小過之世，其臣則逆，而其民順，故"不宜上宜下"。上則无民而主孤，下則近民而君強也。

【附錄】

吳本硃批 陳勝之指名扶蘇，西楚之立義帝，漢末強臣之劫遷天子，皆此意。非君之聲，天下豈聽其令？

《象》曰：山上有雷，小過。君子以行過乎恭，喪過乎哀，用過乎儉。

小過之君弱，是以臣子痛自貶以張君父也。

初六，飛鳥以凶。

《象》曰："飛鳥以凶"，不可如何也。

大過之"棟"，小過之"飛鳥"，皆以爲一卦之象。而其于爻也，皆寄之于初上者，本末之地也。《春秋傳》曰："凡師能左右之曰以。"飛鳥見"以"于翼，欲左而左，欲右而右，莫如之何也，故"凶"。

六二，過其祖，遇其妣，不及其君，遇其臣，无咎。

《象》曰："不及其君"，臣不可過也。

卦合而言之，小過者臣強之世也。爻別而觀之，六五當強臣。六二以陰居陰，臣強而不僭者也。大過以夫妻爲君臣，而小過寄之祖與妣者，大過君驕，故自君父言之，而小過臣強，故爲臣子之辭，其義一也。曰不幸而過其祖矣，而猶遇其妣，妣未有不助祖者也；不幸而不及其君矣，而猶遇其臣，臣未有不忠于其君者也。故小過之世，君弱而不能爲政，臣得專之者，惟六二也。然而于祖曰"過"，于君曰"不及"者，以見臣之不可過其君也。

九三，弗過防之，從或戕之，凶。

《象》曰："從或戕之"，凶如何也？

九四，无咎，弗過遇之，往厲必戒，勿用永貞。

《象》曰："弗過遇之"，位不當也。"往厲必戒"，終不可長也。

小過陽失位而不中，故其君在三、四。三之所臣者，初與二也。四之所臣者，五與上也。《春秋》臣弑其君，或曰弑，或曰戕。弑者其所從來有漸，而戕者一朝一夕之故也。六二，強臣也，而未之過；九三剛而不中，莫能容也，故曰"弗過防之，從或戕之，凶"。言六二弗過，而九三疑之，故或從而戕其君。謂之"戕"者，以明二本无意于逆，咎在三也①。九四以陽居陰，可謂无咎矣，然而失位自卑。臣雖弗過，我則開之。遇，逢也，臣未僭而逢其惡，故曰"遇"。"弗過遇之，往厲必戒，勿用永貞"，言九四失位而往從五，危而非正，不可長也。

【附錄】

青本李評 吳子爲閽戕是也。

六五，密雲不雨，自我西郊。公弋取彼在穴。

《象》曰："密雲不雨"，已上也。

"已上"者，其勢不可復下之辭也。六五之權，足以爲密雲，而終不爲雨，次于西郊而不行，豈真不能哉？其謀深也。強臣之欲爲變也，憂在内，是故見利而不爲，見益而不取，蘊畜以自厚，持滿而不發者，凡皆以遂其深謀也。當是時也，必有穴其間而爲之用者，故戒之曰"公弋取彼在穴"。君子之居此，苟无意于爲盜，莫若取其在穴者以自明于天下，而天下信之矣。

【附錄】

吳本硃批 五亦在臣上看。（"強臣之欲爲變也"句）齊之陳氏，漢之王莽是也。

上六，弗遇過之，飛鳥離之，凶，是謂災眚。

《象》曰："弗遇過之"，已亢也。

至于是則亢而不可復返也，故曰"弗遇過之"，言君雖不逢其惡，而臣自僭也。"離"，遭也。君失其正而臣得之②，其所從來遠矣。而憂患集于我，非我失政而遭其凶者，天禍也。故曰："飛鳥離之，凶，是謂災眚。"

☲☵ 離下坎上　既濟，亨，小利貞。初吉終亂。

《彖》曰："既濟，亨"，小者亨也。

凡陰陽各安其所，則靜而不用。將發其用，必有以蘊之者。水在火上③，火欲炎而不達，此火之所以致其怒也；陰皆乘陽，陽欲進而不遂，此陽之所以奮其力也。火致其怒，雖險必達；陽奮其力，雖難必遂，此所以爲既濟也。故曰"既濟亨，小者亨也"，言小者皆在上而亨，大者皆在下而否也。

利貞，剛柔正而位當也。

坎上而離下，剛柔正也。陰皆居陰，陽皆居陽，位當也。"剛柔正而位當"，則小者不可復進，以貞爲利也。

---

① 咎：陳本、《經解》本、青本同，閔本、《四庫》本作"咎"。
② 正：陳本、《經解》本、青本同，閔本、《四庫》本作"政"。
③ 水：原本作"木"，《經解》本同，形近而訛，據陳本、閔本、《四庫》本、青本改。

"初吉"，柔得中也。終止則亂，其道窮也。

> 柔皆乘剛，非正也。以濟則可，既濟則當變而反其正，以此終焉。止而不變，則亂矣。

《象》曰：水在火上，既濟。君子以思患而豫防之。

> 既濟者，難平而安樂之世也，憂患常生于此。

初九，曳其輪，濡其尾，无咎。

《象》曰："曳其輪"，義无咎也。

> 濟者皆自內適外，故既濟、未濟，皆以初爲尾，以上爲首。曳者欲行而未進之象也。初九方行于險，未畢濟者也，故无咎。

六二，婦喪其茀，勿逐，七日得。

《象》曰："七日得"，以中道也。

> 安樂之世，人不思亂，而小人開之。開之有端，必始于爭。爭則動，動則無所不至。君子居之以至靜，授之以廣大。雖有好亂樂禍之人，欲開其端，而人莫之予，蓋未嘗不旋踵而敗也。既濟爻爻皆有應，六二、六四居二陽之間，在可疑之地，寇之所謀。而六二居中，九五之配也。或得欲間之，故竊其茀。茀者婦之蔽也。婦喪其茀，其夫必怒而求之。求未必得，而婦先見疑，近其婦者先見詰。怨怒並生，而憂患之至，不可以勝防矣。故凡竊吾茀者，利在于吾之逐之也。吾恬而不逐，上下晏然，非盜者各安其位，而盜者敗矣，故曰"勿逐，七日得"。

【附錄】

吳本硃批 （"君子居之以至靜"句）名論。（"茀者婦之蔽也"等句）太覺鄙俚。

青本李評 此理微，不可不知。

九三，高宗伐鬼方，三年克之，小人勿用。

《象》曰："三年克之"，憊也。

> 未濟方其未出于難也，上下一心，譬如胡、越，同舟而遇風，雖屬民以犯難可也。及其既濟，已出于難，則上之用其民也，易以致怨；而下之爲其上用也，易以致疑。故《未濟》之九四"震用伐鬼方，三年有賞于大國"，而《既濟》之九三以是爲憊也。未濟之主在六五，而九四爲之臣，有震主之威者也。其威不用之于主，而用之于伐鬼方。雖三年之久，未見其克。不克也而猶賞之以大國者，以難未平也。若出于難，則臣必用其威于主，而主亦疑其臣矣。《既濟》之九三，以九五爲主，臣主皆強，故曰"高宗伐鬼方"，以見三之爲五用也。雖以高宗之賢，三年而後克之者，《既濟》之世，民安于無事而不可用也。未濟之賞以大國也，豈嘗問其君子小人哉？有功斯國之矣。而既濟則"小人勿用"，蓋已疑其臣矣。

【附錄】

朱震《漢上易傳·叢說》 《既濟》之九三以剛處剛而用濟者，故用二、五爻象以發此爻用剛濟物之義。乾，君也。坤爲國，爲昏亂，爲鬼。二之五成坎，互成離，有兵戈之象，故高宗伐鬼方。克之三年者，三爻也。坎爲勞卦，故曰憊也。必于九三言之者，蘇子曰三之爲五用也。

吳本硃批 是漢初君臣光景。

青本李評 分析明。

六四，繻有衣袽，終日戒。

《象》曰："終日戒"，有所疑也。

"繻"當作"濡"。衣袽，所以備舟隙也。四居二陽之間，而不相得，故備且戒如是也。卦以濟爲事，故取于舟。

九五，東鄰殺牛，不如西鄰之禴祭，實受其福。

《象》曰："東鄰殺牛"，不如西鄰之時也。"實受其福"，吉大來也。

東西者，彼我之辭也。祭未有不殺牛者，而云殺牛不如禴祭，何也？曰"禴祭"，時祭也，國之常事，而殺牛者非時，特殺而祭以求福者也。小人以爲禴祭常事，不足以致福，故以非時殺牛而求之，而不知時祭之福不求而大來也。人之情，在難則厭事，而无難之世，常不能安有其福。故聖人以爲既濟之主，在于守常安法而已。求功名于法度之外，則《易》之所謂殺牛也。

【附錄】

吳本硃批 宋之元氣所以耗于神宗哉！

上六，濡其首，厲。

《象》曰："濡其首，厲"，何可久也？

《既濟》之上六，畢濟之時也，而以陰居上，未免于危也。

☲坎下☷離上 未濟，亨。小狐汔濟，濡其尾，无攸利。

《彖》曰："未濟亨"，柔得中也。

謂六五也。

"小狐汔濟"，未出中也。"濡其尾，无攸利"，不續終也。

未濟陽皆乘陰，上下之分定，未可以有爲也。"汔"，涸也。坎在離上，則水溢而火怒于下，必進之象也，是以雖溢而可以濟。坎在離下，則水涸而火安于上，不進之象也，是以雖涸而不可以濟。君子見其遠者大者，小人見其小者近者。初六、六三，小人也，見水之涸，以爲可濟也，是爲"小狐汔濟"。而九二，君子也，以爲不可曳其輪而不進，則小狐安能獨濟哉！是謂"未出中"也。二陰輕進而九不予，是以六三"征凶"。初六"濡其尾"，雖九二亦病矣，故"无攸利"。見易而輕犯之，遇難而退，雖有知者，不能善其後，故曰"不續終也"。

雖不當位，剛柔應也。

《易》二、三、四、五皆失位，惟《未濟》與《歸妹》也，故皆"无攸利"。而《歸妹》之"征凶"者，剛柔不應也。

《象》曰：火在水上，未濟。君子以慎辨物居方。

　　上下方安其位，而不樂于進取，則君子慎静其身，而辨物居方，以待其會。

初六，濡其尾，吝。

《象》曰："濡其尾"，亦不知極也。

　　水火相射，極乃致用，故濟必待其極。汎濟，非其極也。

【附録】

吴本硃批　此説足補《本義》之缺。

九二，曳其輪，貞吉。

《象》曰：九二貞吉，中以行正也。

　　外若不行，中以行正也。

六三，未濟，征凶。利涉大川。

《象》曰："未濟征凶"，位不當也。

　　未濟非不濟也，有所待之辭也。蓋將畜其全力，一用之于大難。大難既平，而小者隨之矣，故曰"利涉大川"。六三見水之涸，幸其易濟而驟用之，後有大川，則其用廢矣，故曰"征凶"。見涸而濟者，初與三均也。初吝而已，三至于凶，位不當也。

九四，貞吉，悔亡。震用伐鬼方，三年有賞于大國。

《象》曰："貞吉悔亡"，志行也。

　　九四有震主之威，苟不用于鬼方，則无所行其志矣。震主者悔也。貞于主而用于敵，所以"悔亡"也。

六五，貞吉无悔，君子之光，有孚，吉。

《象》曰："君子之光"，其暉吉也。

　　光出于形之表，而不以力用，君子之廣大者也。下有九二，其應也。旁有九四、上九，其鄰也。險難未平，三者皆剛，莫能相用，將求用于我之不暇，非謀我者也。故六五信是三者，則三者爲之盡力，而我无爲。此"貞吉无悔，君子之光"也。

上九，有孚于飲酒，无咎。濡其首，有孚失是。

《象》曰：飲酒濡首，亦不知節也。

　　節，事之會也。是，是時也。至于是而不濟，終不濟也，故未濟之可以濟者，惟是也。險難未平，六五信我，將以用我也。我則飲酒而已，何也？將安以待其會也，故"无咎"。上九之謂"首"。"濡其首"者，可濟之時也。若不赴其節，飲酒于可濟之時，則信我者失是時矣。

蘇氏易傳卷七

繫辭傳上

天尊地卑，乾坤定矣。卑高以陳，貴賤位矣。動靜有常，剛柔斷矣。

苟非其常，則剛而靜、柔而動者有之矣。

【附錄】

青本李評 反說醒。

方以類聚，物以群分，吉凶生矣。

方本異也，而以類故聚，此同之生于異也。物群則其勢不得不分，此異之生于同也。有成而後有毀，有廢而後有興，是以知吉凶之生于相形也。

【附錄】

青本李評 醒絕。

在天成象，在地成形，變化見矣。

天地一物也，陰陽一氣也。或爲象，或爲形，所在之不同，故在雲者明其一也。象者形之精華發于上者也，形者象之體質留于下者也。人見其上下，直以爲兩矣，豈知其未嘗不一邪。由是觀之，世之所謂變化者，未嘗不出于一，而兩于所在也。自兩以往，有不可勝計者矣。故"在天成象，在地成形"，變化之始也。

【附錄】

吳本硃批 看"在"字圓妙。

青本李評 從"在"字看出妙義。

是故剛柔相摩，八卦相蕩。鼓之以雷霆，潤之以風雨。日月運行，一寒一暑。乾道成男，坤道成女。

天地之間，或貴或賤，未有位之者也，卑高陳而貴賤自位矣；或剛或柔，未有斷之者也，動靜常而剛柔自斷矣；或吉或凶，未有生之者也，類聚群分而吉凶自生矣；或變或化，未有見之者也，形象成而變化自見矣。是故"剛柔相摩，八卦相蕩"，雷霆風雨，日月寒暑，更用迭作于其間，雜然施之而未嘗有擇也，忽然成之而未嘗有意也。及其用息而功顯，體分而名立，則得乾道者自成男，得坤道者自成女。夫男者豈乾以其剛強之德爲之，女者豈坤以其柔順之道造之哉？我有是道，物各得之，如是而已矣。聖人者亦然。有惻隱之心，而未嘗以爲仁也；有分別之心，而未嘗以爲義也。所遇而爲之，是心著于物也。人則從後而觀之，其惻隱之心成仁，分別之心成義。

【附錄】

吳本硃批 首節略點撥便了然，更須何解。（"雜然施之而未嘗有擇也"等）作如此解，處處皆圓，然至理實是如此。

青本李評 精義。

乾知大始，坤作成物。乾以易知，坤以簡能。

上而爲陽，其漸必虛；下而爲陰，其漸必實。至虛極于无，至實極于有。无爲大始，有爲成物。夫大始豈復有作哉？故乾特知之而已，作者坤也。乾无心于知之，故"易"。坤无心于作之，故"簡"。易故无所不知，簡故无所不能。

易則易知，簡則易從。

"易"、"簡"者一之謂也。凡有心者，雖欲一不可得也。不一則无信矣。夫无信者，豈不難知難從哉？乾、坤惟无心故一，一故有信，信故物知之也易，而從之也不難。

易知則有親，易從則有功。有親則可久，有功則可大。可久則賢人之德，可大則賢人之業。

"知"之與"作"，"易"之與"簡"，"易知"之與"易從"，"有親"之與"有功"，"可久"之與"可大"，"德"之與"業"，皆有隱顯之別矣。此乾、坤之辨也，不可以不知也。古之言賢人者，賢于人之人也，猶曰君子云爾。夫賢于人者，豈有極哉？聖人與焉，而世乃曰："聖人无德業，德業賢人也。"夫德業之名，聖人之所不能免也，其所以異于人者，將以其无心爾。見其謂之聖人則隆之，見其謂之賢人則降之，此近世之俗學，古无是論也。

【附錄】

吳本硃批 是。

青本李評 夫子謂夷齊古之賢，孟子則以爲聖。

易簡而天下之理得矣。天下之理得，而成位乎其中矣。

夫无心而一，一而信，則物莫不得盡其天理以生以死。故生者不德，死者不怨。无怨无德，則聖人者豈不備位于其中哉！吾一有心于其間，則物有僥幸夭枉，不盡其理者矣。僥幸者德之，夭枉者怨之，德怨交至，則吾任重矣。雖欲備位，可得乎？

【附錄】

吳本硃批 雖則談理，亦是老于世故之語。

聖人設卦觀象，繫辭焉而明吉凶，

由此觀之，"繫辭"則《彖》、《象》是也。以上下《繫》爲"繫辭"，失之矣。雖然，世俗之所安也，而无害于《易》，故因而不改也。

【附錄】

吳本硃批 不必。

剛柔相推而生變化。

　　得之則吉，失之則凶，此理之常者。以爲未足以盡吉凶之變也，故又曰"剛柔相推而生變化"。變化一生，則吉凶之至，亦多故矣。是以有宜若吉而凶，宜若凶而吉者。

是故吉凶者，失得之象也①。悔吝者，憂虞之象也。

　　失得未決，則爲憂虞。及其已決，則爲吉凶。

【附録】

吳本硃批　是。

變化者，進退之象也。剛柔者，晝夜之象也。

　　夫剛柔相推而變化生，變化生而吉凶之理无定。不知變化而一之，以爲无定而兩之，此二者皆過也。天下之理未嘗不一②，而一不可執。知其未嘗不一而莫之執，則幾矣。是以聖人既明吉凶悔吝之象，又明剛柔變化本出于一，而相摩相蕩，至于无窮之理。曰"變化者，進退之象也。剛柔者，晝夜之象也"，象者以是觀之之謂也。夫出于一而至于无窮，人之觀之，以爲有无窮之異也。聖人觀之，則以爲進退、晝夜之間耳。見其今之進也，而以爲非向之退者，可乎？見其今之明也，而以爲非向之晦者，可乎？聖人以進退觀變化，以晝夜觀剛柔。二觀立，无往而不一者也。

【附録】

吳本硃批　一則无窮，不窮亦不一矣。

青本李評　善解。

六爻之動，三極之道也。

　　未極則爲三，既極則動，動則爲六。三、六无異道也。

【附録】

吳本硃批　極是。

是故君子所居而安者，易之序也。所樂而玩者，爻之辭也。是故君子居則觀其象而玩其辭，動則觀其變而玩其占。是以自天祐之，吉无不利。

　　至于占，則君子之慮周矣，故祐且吉、无不利者也。

彖者，言乎象者也。爻者，言乎變者也。吉凶者，言乎其失得也。悔吝者，言乎其小疵也。无咎者，善補過也。是故列貴賤者存乎位，齊大小者存乎卦，

　　陰陽各有所統御謂之"齊"。夫卦豈可以爻別而觀之？彼小大有所齊矣。得其所齊，則六爻之義，未有不貫者。吾論六十四卦，皆先求其所齊之端。得其端，則其餘脈分理解无不順者，蓋未嘗鑿而通也。

---

① 失得：原本作"得失"，陳本、青本同，據《經解》本、閩本、《四庫》本改。下同。

② 嘗：原本作"常"，據陳本、《經解》本、閩本、《四庫》本、青本改。

辨吉凶者存乎辭，憂悔吝者存乎介，
　　介，小疵也。
震无咎者存乎悔。是故卦有小大，辭有險易。辭也者，各指其所之。
　　辭，爻辭也。卦有成體，小大不可易，而爻无常辭，隨其所適之險易，故曰象者言乎象，爻者言乎變。夫爻亦未嘗无小大，而獨以險易言者，明不在乎爻而在乎所適也。同是人也，而賢于此，愚于彼，所適之不同也如此。
易與天地準，故能彌綸天地之道。
　　準，符合也。彌，周浹也。綸，經緯也。所以與天地準者，以能知"幽明之故"、"死生之説"、"鬼神之情狀"也。
仰以觀于天文，俯以察于地理，是故知幽明之故。
　　此與形象變化一也①。
原始反終，故知死生之説。
　　人所以不知死生之説者，駭之耳。故原始反終者，使之了然而不駭也。
【附録】
《朱熹集》卷七二《雜學辨·蘇氏易解》　"原始反終，故知死生之説。"蘇曰："人所以不知死生之説者，駭之耳。原始反終，使之了然而不駭也。"愚謂人不窮理，故不知死生之説。不知死生之説，故不能不駭于死生之變。蘇氏反謂由駭之而不知其説，失其指矣。窮理者原其始之所自出，則知其所以生；反其終之所于歸，則知其所以死。夫如是，凡所以順生而安死者，蓋有道矣，豈徒以了然不駭爲奇哉？蘇氏于"原始反終"言之甚略，无以知其所謂。然以"不駭"云者驗之，知其溺于坐亡立化、去來自在之説以爲奇，而于聖人之意則昧矣。
精氣爲物，游魂爲變，是故知鬼神之情狀。
　　必有所見而後知，則聖人之所知者寡矣。是故聖人之學也，以其所見者，推至其所不見者。天文地理、物之終始、精氣游魂，可見者也，故聖人以是三者舉之。物，鬼也。變，神也。鬼常與體魄俱，故謂之"物"。神无適而不可，故謂之"變"。精氣爲魄，魄爲鬼；志氣爲魂，魂爲神，故《禮》曰："體魄則降，志氣在上。"鄭子産曰："其用物也弘矣，其取精也多矣。"古之達者，已知此矣。一人而有二知，无是道也。然而有魄者、有魂者，何也？衆人之志，不出于飲食男女之間，與凡養生之資，其資厚者其氣強，其資約者其氣微，故氣勝志而爲魄。聖賢則不然，以志一氣，清明在躬。志氣如神，雖禄之以天下，窮至于匹夫，无所損益也，故志勝氣而爲魂。衆人之死爲鬼，而聖賢爲神。非有二知也，志之所在者異也。
【附録】
《朱熹集》卷七二《雜學辨·蘇氏易解》　"精氣爲物，游魂爲變，是故知鬼神

---

① "此與"句，陳本無。

之情狀。"蘇曰：……愚謂精聚則魄聚，氣聚則魂聚，是以爲人物之體。至于精竭魄降，則氣散魂游而无不之矣。降者屈而无形，故謂之鬼；游者伸而不測，故謂之神。人物皆然，非有聖愚之異也。孔子答宰我之問，言之詳矣。蘇氏蓋不考諸此而失之。子產之言，是或一道，而非此之謂也。

吳本袾批 "以其所見"二語，亦可爲讀《易》要訣。

與天地相似，故不違。

天地與人一理也，而人常不能與天地相似者，物有以蔽之也。變化亂之，禍福劫之，所不可知者惑之。變化莫大于幽明，禍福莫烈于死生，所不可知者莫深于鬼神。知此三者，則其他莫能蔽之矣。夫苟无蔽，則人固與天地相似也。

【附錄】

青本李評 程、朱之理，文辭自明。

知周乎萬物，而道濟天下，故不過。

知之未極，見之不全，是以有過。故箕子以極爲中，明夫極則不過也。知周萬物，可謂極矣。道濟天下，可謂全矣。

旁行而不流，樂天知命，故不憂。

避礙故旁行。

安土敦乎仁，故能愛。

使物各安其所，然後厚之以仁。不然，雖欲愛之，不能也。

【附錄】

吳本袾批 是說明快可從。

範圍天地之化而不過，

範圍，規摹也。

曲成萬物而不遺，通乎晝夜之道而知，

晝夜相反而能通之，則不爲變化之所亂，可以知矣。

故神无方而易无體。一陰一陽之謂道，繼之者善也，成之者性也。

陰陽果何物哉？雖有婁、曠之聰明，未有得其彷彿者也。陰陽交然後生物，物生然後有象，象立而陰陽隱矣。凡可見者皆物也，非陰陽也。然謂陰陽爲无有可乎？雖至愚知其不然也。物何自生哉？是故指生物而謂之陰陽，與不見陰陽之彷彿而謂之无有者，皆惑也。聖人知道之難言也，故藉陰陽以言之，曰"一陰一陽之謂道"。一陰一陽者，陰陽未交而物未生之謂也。喻道之似，莫密于此者矣。陰陽一交而生物，其始爲水。水者有无之際也，始離于无而入于有矣。老子識之，故其言曰："上善若水。"又曰："水幾于道。"聖人之德，雖可以名言，而不囿于一物，若水之无常形。此善之上者，幾于道矣，而非道也。若夫水之未生，陰陽之未交，廓然无一物而不可謂之无有，此真道之似也。陰陽交而生物，道與物接而生善，物生而陰陽隱，善立而道不見矣，故曰"繼之者善也，成之者性也"。仁者見道而謂之仁，智者見道而謂之智。夫仁智，聖人之所謂善也。善者道之繼，

而指以爲道則不可。今不識其人而識其子，因之以見其人則可，以爲其人則不可，故曰"繼之者善也"。學道而自其繼者始，則道不全。昔者孟子以善爲性，以爲至矣，讀《易》而後知其非也。孟子之于性，蓋見其繼者而已。夫善，性之效也。孟子不及見性，而見夫性之效，因以所見者爲性。性之于善，猶火之能熟物也。吾未嘗見火，而指天下之熟物以爲火，可乎？夫熟物則火之效也。敢問性與道之辨，曰：難言也，可言其似。道之似則聲也，性之似則聞也。有聲而後有聞邪？有聞而後有聲邪？是二者，果一乎？果二乎？孔子曰："人能弘道，非道弘人。"又曰："神而明之，存乎其人。"性者其所以爲人者也，非是无以成道矣。

【附錄】

楊時《龜山集》卷二七《雜著・雜説》　　世儒之論曰："性之有習，習之有善惡，譬之如火之能爇與其能焚也。孟子之所謂善，得火之能爇者也，是火之得其性也。荀子之所謂惡，得火能焚者也，火之失其性者也。"夫天地之間有夫婦而後有父子，此物之所同然也。故木以金克之而火生焉，木與火未嘗相離，蓋子母之道也。火无形，麗木而有焉。非焚之，則火之用息矣，何爇之有哉？而謂爇者火之得其性，焚者火之失其性，其察物也蓋亦不審矣。夫子思之學，惟孟子之傳得其宗。異哉，世儒之論也！以爲孟子道性善，得子思之説而漸失之，而輕爲之議，其亦不思之過歟？

《朱熹集》卷七二《雜學辨・蘇氏易解》　　"一陰一陽之謂道，繼之者善也，成之者性也。"蘇曰："陰陽果何物哉？雖有婁曠之聰明，未有能得其彷彿者也。陰陽交然後生物，物生然後有象，象立而陰陽隱。凡可見者皆物也，非陰陽。然謂陰陽爲无有，可乎？雖至愚知其不然也。物何自生哉？是故指生物而謂之陰陽，與不見陰陽之彷彿而謂之无有，皆惑也。"愚謂陰陽盈天地之間，其消息闔闢，終始萬物，觸目之間，有形無形，无非是也。而蘇氏以爲象立而陰陽隱，凡可見者皆物也，非陰陽也，失其理矣。達陰陽之本者，固不指生物而謂之陰陽，亦不別求陰陽于物象見聞之外。蘇曰："聖人知道之難言也，故藉陰陽以言之，曰'一陰一陽之謂道'。一陰一陽者，陰陽未交而物未生之謂也。喻道之似，莫密于此者矣。陰陽一交而生物，其始爲水。水者无有之際也，始離于无而入于有矣。老子識之，故其言曰'上善若水'，又曰'水幾于道'。聖人之德雖可以名，而不囿于一物，若水之无常形。此善之上者，幾于道矣，而非道也。若夫水之未生，陰陽之未交，廓然无一物而不可謂之无有，此真道之似也。"愚謂一陰一陽，往來不息，舉道之全體而言，莫著于此者矣。而以爲藉陰陽以喻道之似，則是道與陰陽各爲一物，借此而況彼也。陰陽之端，動静之機而已。動極而静，静極而動，故陰中有陽，陽中有陰，未有獨立而孤居者。此一陰一陽所以爲道也。今曰一陰一陽者，陰陽未交而物未生，廓然无一物，不可謂之无有者，道之似也，然則道果何物乎？此皆不知道之所以爲道，而欲以虛无寂滅之學揣摸而言之，故其説如此。蘇曰："陰陽交而生物，道與物接而生善。物生而陰陽隱，善立而道不見矣。故曰'繼之者善也，成之者性也'。仁者見道而謂之仁，智者見道而謂之智。夫仁智，聖人之所謂善也。善者道之繼，而指以爲道則不可。今不識其人而識其子，因之以見其人則可，以謂其人則不可，故曰'繼之者善也'。學道而自其繼者始，則道不全。"愚謂繼之者善，言道之所出无非善也。所謂元也，物得是而成之，則各正其性命矣，而所謂道者固自若也。故率性而行，則无往而非道。此所以天人无二道，幽明无二理，而一以貫之也。而曰："陰陽交而生物，道與物接而生善。物生而陰陽隱，善立而道不見。善者道之繼而已，學道而自其繼者始，則道不全。"何其言之繆耶！且道外无物，物外无道。今曰道與物接，則是道與物爲二，截然各據一方，至是而始相接也，不亦繆乎？蘇曰："昔者孟子以爲性善，以爲至矣，讀《易》而後知其未至也。孟子之于性，蓋見其繼者而已矣。夫善，性之效也。孟子未及見性而見其性之效，因以所見者爲性。猶火之能熟物也，吾未見火而指天下之熟物以爲火。夫熟物則火之效也。"愚謂孟子道性善，蓋探其本而言之，與《易》之旨未始有毫髮之異，非但言性之效而已。蘇氏急于立説，非特不察于《易》，又不及詳于孟子，故其言之悖如此。蘇曰："敢問性與道之辨。曰，難言也，可言其似。道之似則聲也，性之似則聞也。有聲而後聞耶？有聞而後聲耶？是二者果一乎？果二乎？孔子曰：'人能弘道，非道弘人。'又曰：'神而明之，存乎其人。'性者所以爲人者也，非是无以成道矣。"愚謂子思子曰："率性之謂道。"邵子曰："性者道之形體也。"與《大傳》此章之旨相爲終始。言性與道，未有若此言之著者也。蘇氏之言曲譬巧喻，欲言其似而不可得，豈若聖賢之言直示而无隱耶？昔孔子順謂公孫龍之辨幾能令臧三耳矣，然謂兩耳者甚易而實是也，謂三耳者甚難而實非也。將從其易而是者乎？將從其難而非者乎？此言似之矣。

方孔炤《周易時論合編》卷九 東坡曰："陰陽未交，廓然无物，此真道之似矣。交而道與物接而生善，物生而陰陽隱，善立而道不見矣。仁智善也。孟子于性蓋見其繼者而已。"郝解曰："三句雖序，實一也。"高忠憲曰："或以氣爲性，或以空爲性，或以善爲念，或以善爲事，豈知孟子性善之旨？"潛老夫曰："東坡自有而推之于無，遂驚絕頂爲奇，豈知頂不住頂乎？夫道即在繼善成性中矣。且以不可名之先天，欲稱其德而不以人間之善名之，將錮天乎！言繼善以明主宰，正所以傳萬古之心以凝德；就成性以明各正，乃所以化萬古之才以載道。此聖人作《易》，體天以宰天之權也。即我固有之，非由外鑠者也。孟于《易》深。蘇公愛深而反淺。

吳本砵批 談理妙絕，即作文字觀，亦安可不一讀。妙喻，真可因之以見道。

青本李評 此辭雖辨，然而非理，繼猶善始。

仁者見之謂之仁，知者見之謂之知。百姓日用而不知，故君子之道鮮矣。

夫屬目于无形者，或見其意之所存。故仁者以道爲仁，意存乎仁也。智者以道爲智，意存乎智也。賢者存意而妄見，愚者日用而不知，是以知君子之道成之以性者鮮矣。

【附録】

《朱熹集》卷七二《雜學辨・蘇氏易解》 "仁者見之謂之仁，知者見之謂之智。百姓日用而不知，故君子之道鮮矣。"蘇曰："屬目于无形者，或見其意之所存。故仁者以道爲仁，意存乎仁也。知者以道爲智，意存乎智也。賢者存意而妄見，愚者日用而不知，是以君子之道成之以性者鮮矣。"愚謂蘇氏不知仁、智之根于性，顧以仁、智爲妄見，乃釋、老之説。聖人之言豈嘗有是哉？謂之不見其全，則或可矣；又曰"君子之道成之以性者鮮矣"，文義亦非。

顯諸仁，藏諸用，

　　仁者其已然之迹也，用者其所以然也。

鼓萬物而不與聖人同憂，

　　人見聖人之憂也，豈知其中有不憂者，未嘗與其所見者同哉？

盛德大業至矣哉！富有之謂大業，

　　我未嘗有，即物而有，故富。如使已有，則其富有畛矣。

日新之謂盛德，

　　富有者未嘗有，日新者未嘗新。吾心一也，新者物耳。

生生之謂易。成象之謂乾，效法之謂坤。

　　相因而有，謂之"生生"。夫苟不生，則无得无喪，无吉无凶。方是之時，易存乎其中而人莫見，故謂之道，而不謂之易。有生有物，物轉相生，而吉凶得喪之變備矣。方是之時，道行乎其間而人不知，故謂之易，而不謂之道。聖人之作《易》也，不有所設，則无以交于事物之域，而盡得喪吉凶之變。是以因天下之至剛而設以爲乾，因天下之至柔而設以爲坤。乾坤交而得喪吉凶之變，紛然始起矣。故曰："成象之謂乾，效法之謂坤。"效，見也。言易之道，至乾而始有成象，至坤而始有可見之法耳。

【附録】

方孔炤《周易時論合編》卷九　　潛夫曰：東坡以不生謂道，生生謂易。夫生生者即本不生，猶《列子》云聲聲者未始聲，色色者未始色也。聖人蓋曰：一有易而道全在易中矣。

極數知來之謂占，通變之謂事，陰陽不測之謂神。

　　生生之極則易成矣，成則惟人之所用。以數用之謂之占，以道用之謂之事。夫豈惟是？將天下莫不用之。用極而不倦者，其惟神乎？故終之曰："陰陽不測之謂神。"使陰陽而可測，則其用廢矣。

夫易，廣矣大矣！以言乎遠則不禦，以言乎邇則静而正，

　　"遠"、"邇"猶深淺也。得其深者，雖爲聖人有餘，而其淺者，不失爲君子。

以言乎天地之間，則備矣。夫乾，其静也專，其動也直，是以大生焉。夫坤，其静也翕，其動也闢，是以廣生焉。

　　至剛之德果，至柔之德深。果則其静也，絶意于動，而其動也不可復回。深則其

静也，斂之无餘，而其動也發之必盡。絕意于動，專也。不可復回，直也。斂之无餘，翕也。發之必盡，闢也。夫小生于雜，隘生于疑，故專直生大，翕闢生廣。

廣大配天地，變通配四時，陰陽之義配日月，易簡之善配至德。

明乾坤非專以爲天地也。天地得其廣大，四時得其變通，日月得其陰陽之義，至德得其易簡之善。

【附錄】

吳本硃批 至理无意揭破。

子曰：「易其至矣乎？夫易，聖人所以崇德而廣業也。知崇禮卑，崇效天，卑法地。

《易》之言德業，有顯隱之別。而德之微者莫若智，業之著者莫若禮，故又以其尤者明之。

天地設位，而易行乎其中矣。

天地位則德業成，而易在其中矣，以明无別有易也。

成性存存，道義之門。」

性所以成道而存存也，堯、舜不能加，桀、紂不能亡，此真存也。存是則道義所從出也。

【附錄】

青本李評 此語自確。

聖人有以見天下之賾，而擬諸其形容，象其物宜，是故謂之象。聖人有以見天下之動，而觀其會通，以行其典禮，繫辭焉以斷其吉凶，是故謂之爻。言天下之至賾而不可惡也，言天下之至動而不可亂也。

賾，喧錯也。古作𠽋，從口從臣，一也。《春秋傳》曰：「𠽋有煩言。」象，卦也。物錯之際難言也，聖人有以見之，擬諸其形容，象其物宜，而畫以爲卦。剛柔相交，上下相錯，而六爻進退屈信于其間。其進退屈信不可必，其順之則吉、逆之則凶者可必也。可必者，其會通之處。見其會通之處，則典禮可行矣。故卦者至錯也，爻者至變也。至錯之中有循理焉，不可惡也。至變之中有常守焉，不可亂也。

擬之而後言，議之而後動，擬議以成其變化。

變化之間，不容毫釐，然且擬之而後言，議之而後動，則虛以一物，雍容之至也。

「鳴鶴在陰，其子和之。我有好爵，吾與爾靡之。」子曰：「君子居其室，出其言善，則千里之外應之，況其邇者乎？居其室，出其言不善，則千里之外違之，況其邇者乎？言出乎身，加乎民；行發乎邇，見乎遠。言行，君子之樞機。樞機之發，榮辱之主也。言行，君子之所以動天地也，可不慎乎？」「同人，先號咷而後笑。」子曰：「君子之道，或出或處，或默或語。二人同心，其利斷金。同心之言，其臭如蘭。」「初六，藉用白茅，无咎。」

子曰："苟錯諸地而可矣。藉之用茅，何咎之有？慎之至也。夫茅之爲物薄，而用可重也。慎斯術也以往，其無所失矣。""勞謙，君子有終，吉。"子曰："勞而不伐，有功而不德，厚之至也，語以其功下人者也。德言盛，禮言恭。謙也者，致恭以存其位者也。""亢龍有悔。"子曰："貴而無位，高而無民，賢人在下位而無輔，是以動而有悔也。""不出戶庭，無咎。"子曰："亂之所生也，則言語以爲階。君不密則失臣，臣不密則失身，幾事不密則害成。是以君子慎密而不出也。"子曰："作《易》者其知盜乎？《易》曰：'負且乘，致寇至。'負也者，小人之事也；乘也者，君子之器也。小人而乘君子之器，盜思奪之矣；上慢下暴，盜思伐之矣。慢藏誨盜，冶容誨淫。《易》曰'負且乘，致寇至。'盜之招也。"

夫論經者，當以意得之，非于句義之間也。于句義之間，則破碎牽蔓之說，反能害經之意。孔子之言《易》如此，學者可以求其端矣。

【附錄】

吳本硃批 千古注疏眼目。

天一、地二，天三、地四，天五、地六，天七、地八，天九、地十。天數五，地數五。五位相得而各有合。

合而相因，則爲五十①。

天數二十有五，地數三十，凡天地之數五十有五，

分而各數，則爲五十有五。

此所以成變化而行鬼神也。大衍之數五十，

五行蓋交相成也。水火木金不得土，土不得是四者，皆不能成夫五行之數。始于一而至于五，足矣。自六以往者，相因之數也。水火木金，得土而後成。故一得五而成六，二得五而成七，三得五而成八，四得五而成九。土無定位，無成名，無專氣。水火木金四者成而土成矣。故得水之一，得火之二，得木之三，得金之四，而成十。言十則一二三四在其中。而言六七八九，則五在其中矣。"大衍之數五十"者，五不特數，以爲在六七八九之中。一二三四在十之中，然而特數者何也？水火木金特見于四時，而土不特見，言四時足以舉土，而言土不足以舉四時也。水曰潤下，火曰炎上，木曰曲直，金曰從革，皆有以名之。而土爰稼穡，曰于是稼穡而已。五藏六府，無胃脈則死。而脾脈不可見，如雀之啄，如水之漏下，是脾之衰見也。故曰：土無定位，無成名，無專氣。

【附錄】

吳本硃批 《關尹子》所謂"惟土終始之"是也。

其用四十有九。

---

① "合而"至"五十"句，陳本無。

"易有太極，是生兩儀"，"分而爲二以象兩"，則其一不用，太極之象也。

分而爲二以象兩，掛一以象三，揲之以四以象四時，歸奇于扐以象閏。五歲再閏，故再扐而後掛。

分而爲二，一也。掛一，二也。揲之以四，三也。歸奇于扐，四也。

乾之策，二百一十有六；坤之策，百四十有四。凡三百有六十，當期之日。二篇之策，萬有一千五百二十，當萬物之數也。是故四營而成易，十有八變而成卦。八卦而小成。

四營而一變，三變而一爻，六爻爲十八變也。三變之餘，而四數之，得九爲老陽，得六爲老陰，得七爲少陽，得八爲少陰，故曰"乾之策二百一十有六，坤之策百四十有四"，取老而言也。九、六爲老，七、八爲少之說，未之聞也。或曰：陽極于九，其次則七也。極者爲老，其次爲少，則陰當老于十而少于八。曰：陰不可加于陽，故十不用。十不用，猶當老于八而少于六也。則又曰陽順而上，其成數極于九；陰逆而下，其成數極于六。自下而上，陰陽均也。稚于子、午，而壯于巳、亥；始于復、姤，而終于乾、坤者，陰猶陽也。曷嘗有進陽而退陰與逆順之別乎？且此自然而然者，天地且不能知，而聖人豈得與于其間而制其予奪哉？惟唐一行之學則不然，以爲《易》固已言之矣，曰"十有八變而成卦，八卦而小成"，則十八變之間有八卦焉，人莫之思也。變之扐有多少：其一變也，不五則九；其二與三也，不四則八。八與九爲多，五與四爲少。多少者，奇偶之象也。三變皆少，則乾之象也，乾所以爲老陽。而四數其餘，得九，故以九名之。三變皆多，則坤之象也，坤所以爲老陰。而四數其餘，得六，故以六名之。三變而少者一，則震、坎、艮之象也，震、坎、艮所以爲少陽。而四數其餘，得七，故以七名之。三變而多者一，則巽、離、兌之象也，巽、離、兌所以爲少陰。而四數其餘，得八，故以八名之。故七八九六者，因餘數以名陰陽。而陰陽之所以爲老少者不在是，而在乎三變之間，八卦之象也。此唐一行之學也。

【附錄】

吳本硃批 扶陽抑陰之說原可鄙陋。如此說七八九六之數極是，現成有根本，奈何是說不行。

查慎行《周易玩辭集解》卷一 案蘇子瞻力闢老少進退之說，其言曰："謂陽極于九（略）得制其予奪哉！"愚竊謂此一爻兼承上六爻來，故不但"龍"，而曰"群龍"。群龍未嘗无首，只是屈伸往來，其首不可得而見，所謂善藏其用也，故曰吉。《易》主于用，用《易》在人，似非以剛變爲柔爲无首也。若論周公爻辭只就爻立義，尚未及卜筮用九、用六，只當單指《乾》、《坤》六爻說。至于老少之說，四聖人所不言，乃卜筮家欲考動爻之變，始分別老少言之耳。或者難曰：六十二卦，皆无用爻，何獨于《乾》、《坤》有之？應之曰：《乾》、《坤》爲《易》之門，所以獨稱用九、用六者，九六有象，七八無象也。以卦則六子之卦，皆從乾、坤中出。以畫則六子皆乾、坤之畫，如震之初，乾畫也，震之二三，坤畫也。《乾》、《坤》用九、六，而諸卦之得奇畫者，皆用《乾》之九；得偶畫者，皆用《坤》之六。此乃體《易》之人，用《易》之道。謂揲蓍之法，亦在其中，則可謂用九、用六，二爻專爲揲蓍而設，則恐未必然。

青本李評 此等處，後儒自明。

引而伸之，觸類而長之，天下之能事畢矣。

　　此生生之極也。

顯道神德行，

　　道，神而不顯；德行，顯而不神，故易以"顯道神德行"。

是故可與酬酢，

　　應對萬物之求。

可與佑神矣。

　　助成神化之功。

子曰："知變化之道者，其知神之所爲乎？"

　　神之所爲，不可知也，觀變化而知之爾。天下之至精至變，與聖人之所以極深研幾者，每以神終之，是以知變化之間，神無不在。因而知之可也，指以爲神則不可。

【附錄】

吳本硃批 究竟"神"字不落空幻一門。

易有聖人之道四焉：以言者尚其辭，以動者尚其變，以制器者尚其象，以卜筮者尚其占。

　　聖人之道，求之而莫不皆有，取之而莫不皆獲者也。以四人者之各有獲于易也，故曰"易有聖人之道四焉"。而昧者乃指此以爲道，則過矣。

是以君子將有爲也，將有行也，問焉而以言，其受命也如響①。无有遠近幽深，遂知來物。非天下之至精，其孰能與于此？

　　此筮占之類。

参伍以變，錯綜其數。

　　世之通于數者，論三五錯綜，則以九宮言之。九宮不經見，見于《乾鑿度》。曰：太一行九宮。九宮之數，以九、一、三、七爲四方，以二、四、六、八爲四隅，而五爲中宮。經緯四隅，交絡相值，無不得十五者。陰陽老少，皆分取于十五。老陽取九，餘六以爲老陰。少陽取七，餘八以爲少陰。此與一行之學不同。然吾以爲相表裏者。二者雖不經見，而其説皆不可廢也。

【附錄】

俞琰《讀易舉要》卷三（文淵閣《四庫全書》本）　九宮數，《子華子》言之，《乾鑿度》言之。初不知此數爲洛書，亦不以此數爲河圖。蘇東坡曰九宮不經，蓋

---

① 響：原本作"嚮"，《四庫全書》本同，據陳本改。

《書》所言之數，非易數也。朱子曰：聖人説數，説得簡略，高遠疏闊，易中只奇耦之數。天一至地十是自然之數也，大衍之數是揲蓍之數也。惟此二者而已。愚亦曰：舍此二者之外，易豈有所謂戴九履一之數哉。乃漢儒牽合附會云爾。
　　青本李評　吳氏以二句言洛書正如此。

通其變，遂成天地之文；極其數，遂定天下之象。非天下之至變，其孰能與于此？
　　此曆術之類。

易无思也，无爲也。寂然不動，感而遂通天下之故。非天下之至神，其孰能與于此？夫《易》，聖人之所以極深而研幾也。惟深也，故能通天下之志；惟幾也，故能成天下之務。
　　深者其理也，幾者其用也。

惟神也，故不疾而速，不行而至。子曰"《易》有聖人之道四焉"者，此之謂也。
　　至精至變者，以數用之也；極深研幾者，以道用之也。止于精與變也，則數有時而差；止于幾與深也，則道有時而窮。使數不差、道不窮者，其惟神乎？故曰："極數知來之謂占，通變之謂事，陰陽不測之謂神。"而此二者，亦各以神終之。既以神終之，又曰"易有聖人之道四焉"，明彼四者之所以得爲聖人之道者以此也。

子曰："夫易，何爲者也？夫易，開物成務，冒天下之道，如斯而已者也。"
　　所謂"斯"者，指此十者，而學者不以此十者求之，則過矣。水至陰也，必待天一加之而後生者，陰不得陽，則終不得烝而成也。火至陽也，必待地二加之而後生者，陽不得陰，則无所傳而見也。五行皆然，莫不生于陰陽之相加。陽加陰則爲水，爲木，爲土；陰加陽則爲火，爲金。苟不相加，則雖有陰陽之資，而无五行之用。夫易亦然。人固有是材也，而渾沌樸鄙，不入于器；易則開而成之，然後可得而用也。天下各治其道術，自以爲至矣，而支離專固，不適于中；易以其道被之，然後可得而行也。是故乾剛而不折，坤柔而不屈，八卦皆有成德而不窳。不然，則天下之物，皆棄材也；天下之道，皆棄術也。
　　【附録】
　　青本李評　五行妙理。

是故聖人以通天下之志，以定天下之業，以斷天下之疑。是故蓍之德圓而神，卦之德方以知①，六爻之義易以貢。
　　蓍有无窮之變，故其德圓，而象知來之神。卦著已然之迹，故其德方，而配藏往之智。以圓適方，以神行智，故六爻之義易以告也。

聖人以此洗心退藏于密，

---
① 知：原本作"智"，據陳本、《經解》本、閩本、《四庫》本、青本改。

以神行智，則心不爲事物之所塵垢。使物自運而己不與，斯所以爲"洗心退藏于密"也。

吉凶與民同患。神以知來，知以藏往，

其迹不出于吉凶之域，故"與民同患"。"神以知來，智以藏往"，故其實无患。來者應之，謂之"知來"。已行者莫見其迹，謂之"藏往"。

其孰能與于此哉？古之聰明睿知，神武而不殺者夫？

莊子曰："賊莫大于德有心，而心有眼。"夫能洗心退藏，則心雖用武而未嘗殺①，況施德乎？不然，則雖施德，有殺人者矣，況用武乎？

是以明于天之道，而察于民之故。是興神物，以前民用。

天者死生禍福之制，而民之所最畏也。是故明天之道，察民之故，而作蓍龜。蓍龜之于民用也，其實何能益？亦前之而已。以虛器前之，而實用者得完，是故禮義廉恥以前賞罰，則賞罰設而不用矣。

聖人以此齋戒，以神明其德夫。

齋戒所以前祭祀也。

是故闔户謂之坤，闢户謂之乾，一闔一闢謂之變，往來不窮謂之通。

同是户也，闔則謂之坤，闢則謂之乾，闔闢之間而二物出焉。故變者兩之，通者一之。不能一，則往者窮于伸，來者窮于屈矣。

見乃謂之象，形乃謂之器，制而用之謂之法，利用出入，民咸用之謂之神。

象而後器，器而後用，此德業之叙也，而神常終之。

是故易有太極，是生兩儀，兩儀生四象，四象生八卦，

"太極"者有物之先也。夫有物必有上下，有上下必有四方，有四方必有四方之間②。四方之間立，而八卦成矣。此必然之勢，无使之然者。

八卦定吉凶，吉凶生大業。

入于吉凶之域，然後大業可得而見。

是故法象莫大乎天地，變通莫大乎四時，縣象著明莫大乎日月，崇高莫大乎富貴，備物致用，立成器以爲天下利，莫大乎聖人。探賾索隱，鈎深致遠，以定天下之吉凶，成天下之亹亹者，莫大乎蓍龜。

天地、四時、日月，天事也。天事所不及，富貴者制之。富貴者所不制，聖人通之。聖人所不通，蓍龜決之。

【附録】

查慎行《周易玩辭集解》卷九　《蘇氏易傳》曰：……愚按：此節要歸重在聖人及蓍龜上。蓍龜是前民用事，離不得聖人定吉凶、成亹亹處，離不得備物制用。又按：龜爲卜，策爲筮。前言"以卜筮者尚其占"，故此亦兼言蓍龜。其實，易

---

① 心雖用武：陳本、《經解》本、青本作"心用"，閩本、《四庫》本作"雖用武"。
② 有四方必有四方之間：閩本、《四庫》本同，陳本、《經解》本、青本無。

所用在蓍不在龜也。

是故天生神物，聖人則之。天地變化，聖人效之。天垂象，見吉凶，聖人象之。河出圖，洛出書，聖人則之。易有四象，所以示也。繫辭焉，所以告也。定之以吉凶，所以斷也。

"天生神物，聖人則之"。則之者，則其无心而知吉凶也。"天地變化，聖人效之"。效之者，效其體一而周萬物也。"天垂象，見吉凶，聖人象之"。象之者，象其不言而以象告也。河圖、洛書，其詳不可得而聞矣，然著于《易》，見于《論語》，不可誣也，而今學者或疑焉。山川之出圖書，有時而然也。魏晉之間，張掖出石圖，文字粲然。時无聖人，莫識其義爾。河圖、洛書，豈足怪哉？且此四者，聖人之所取象以作《易》也。當是之時，有其象而無其辭，示人以其意而已，故曰"易有四象，所以示也"。聖人以後世爲不足以知也，故繫辭以告之，定吉凶以斷之。聖人之憂世也深矣。

【附錄】

王應麟《困學紀聞》卷一 歐陽公以河圖、洛書爲怪妄。東坡云："著于《易》，見于《論語》，不可誣也。"南豐云："以非所習見，則果于以爲不然，是以天地萬物之變爲可盡于耳目之所及，亦可謂過矣。"蘇、曾皆歐陽公門人，而議論不苟同如此。

青本李評 此信圖書，後儒可不辨矣。

《易》曰："自天祐之，吉无不利。"子曰："祐者助也。天之所助者順也，人之所助者信也。履信思乎順，又以尚賢也，是以'自天祐之，吉无不利也。'"子曰："書不盡言，言不盡意，然則聖人之意，其不可見乎？"子曰："聖人立象以盡意，

聖人非不欲正言也，以爲有不可勝言者，惟象爲能盡之。故孟子之譬喻，立象之小者也。

設卦以盡情偽，

情偽臨吉凶而後見。吉凶至，則情者自如，而偽者敗矣。卦者起吉凶之端也。

繫辭焉以盡其言，

辭約而義廣①，故能盡其言。

變而通之以盡利，

既變之，復通之，則反覆于萬物之間，无遺利矣。

鼓之舞之以盡神。"

孰鼓之歟？孰舞之歟？莫適爲之，則謂之神。

《乾》、《坤》其易之緼邪？《乾》、《坤》成列，而易立乎其中矣。《乾》、

---

① 義：原本作"文"，據陳本、《經解》本、閩本、《四庫》本、青本改。

《坤》毁,則无以見易。易不可見,則《乾》、《坤》或幾乎息矣。

> 緼,蓄也,陰陽相緼而物生。《乾》、《坤》者,生生之祖也,是故爲易之緼。《乾》、《坤》之于易,猶日之于歲也。除日而求歲,豈可得哉?故《乾》、《坤》毁則易不可見矣。易不可見,則《乾》爲獨陽,《坤》爲獨陰,生生之功息矣。

是故形而上者謂之道,形而下者謂之器,化而裁之謂之變,推而行之謂之通。

> "道"者器之上達者也,"器"者道之下見者也,其本一也。"化"之者道也,"裁"之者器也,"推而行之"者一之也。

舉而措之天下之民,謂之事業。是故夫象,聖人有以見天下之賾,而擬諸其形容,象其物宜,是故謂之象。聖人有以見天下之動,而觀其會通,以行其典禮,繫辭焉以斷其吉凶,是故謂之爻。極天下之賾者存乎卦,鼓天下之動者存乎辭,化而裁之存乎變,推而行之存乎通,神而明之存乎其人。默而成之,不言而信,存乎德行。

> 有其具而无其人,則形存而神亡。有其人而修誠无素,則我不能默成,而民亦不能默喻也。

蘇氏易傳卷八

繫辭傳下

八卦成列，象在其中矣。因而重之，爻在其中矣。剛柔相推，變在其中矣。繫辭焉而命之，動在其中矣。吉凶悔吝者，生乎動者也。

> 有辭可繫，未有非動者，故雖"括囊"、"介石"，皆有爲于世者也。如必運行而後爲動，則吉凶悔吝，未有不生于動者也。

【附録】
青本李評 説理多得老旨，然其理自明。

剛柔者，立本者也。變通者，趣時者也。吉凶者，貞勝者也。

> 貞，正也，一也。老子曰："王侯得一以爲天下貞。"夫貞之于天下也，豈求勝之哉？故勝者貞之衰也。有勝必有負，而吉凶生矣。

天地之道，貞觀者也。日月之道，貞明者也。天下之動，貞夫一者也。

> 不以貞爲觀者，自大觀之則以爲小，自高觀之則以爲下。不以貞爲明者，意之所及則明，所不及則不明。故天地无異觀，日月无異明者，以其正且一也。

夫乾，確然示人易矣。夫坤，隤然示人簡矣。爻也者，效此者也。象也者，像此者也。

> 剛而无心者，其德易，其形確然。柔而无心者，其德簡，其形隤然。論此者，明八卦皆以德發于中，而形著于外也。故爻效其德，而象像其形，非獨乾、坤也。

爻象動乎内，吉凶見乎外，

> 動者我也，而吉凶自外應之。

功業見乎變，

> 未嘗无功業也，因變而見。

聖人之情見乎辭。

> 其性不可容言也。

天地之大德曰生①，聖人之大寶曰位，何以守位曰仁，何以聚人曰財。理財正辭，禁民爲非曰義。

> 位之存亡寄乎民，民之死生寄乎財。故奪民財者，害其生者也。害其生者，賊其

---

① 地：原本作"下"，據陳本、《經解》本、閔本、《四庫》本、青本改。

位者也。甚矣,斯言之可畏也。以是亡國者多矣。夫理財者,疏理其出入之道,使不壅爾,非取之也。正辭者,正名也。孔子曰:"名不正則言不順言,言不順則事不成,事不成則刑罰不中,刑罰不中則民无所措手足。故君子名之必可言也,言之必可行也。"无道之世,惟不正名,故上有愧于民,而民不直其上。令之不行,誅之不止,其禍皆出于財。故聖人之言理財,必與正名俱,曰"理財正辭"。以此二者爲一言,猶醫之用毒,必與其畏者俱也。名一正,上之所行,皆可以名言。則財之出入有道,而民之爲非者可得而禁也。民不爲非,則上之用財也約矣,又安以多取爲哉?

【附錄】

青本李評 解通。

古者包犧氏之王天下也,仰則觀象于天,俯則觀法于地。觀鳥獸之文,與地之宜,近取諸身,遠取諸物。于是始作八卦,以通神明之德,以類萬物之情。作結繩而爲罔罟,以佃以漁,蓋取諸《離》。包犧氏没,神農氏作。斫木爲耜,揉木爲耒,耒耨之利①,以教天下,蓋取諸《益》。日中爲市,致天下之民,聚天下之貨,交易而退,各得其所,蓋取諸《噬嗑》。神農氏没,黄帝、堯、舜氏作。通其變,使民不倦,神而化之,使民宜之。易窮則變,變則通,通則久。是以自天祐之,吉无不利。黄帝、堯、舜垂衣裳而天下治,蓋取諸《乾》、《坤》。刳木爲舟,剡木爲楫。舟楫之利,以濟不通,致遠以利天下,蓋取諸《涣》。服牛乘馬,引重致遠,以利天下,蓋取諸《隨》。重門擊柝,以待暴客,蓋取諸《豫》。斷木爲杵,掘地爲臼。臼杵之利,萬民以濟,蓋取諸《小過》。弦木爲弧,剡木爲矢。弧矢之利,以威天下,蓋取諸《睽》。上古穴居而野處,後世聖人易之以宫室。上棟下宇,以待風雨,蓋取諸《大壯》。古之葬者,厚衣之以薪,葬之中野,不封不樹,喪期无數。後世聖人易之以棺椁,蓋取諸《大過》。上古結繩而治,後世聖人易以書契。百官以治,萬民以察,蓋取諸《夬》。

"易有聖人之道四焉","以制器者尚其象",故凡此皆象也。以義求之則不合,以象求之則獲。

是故易者,象也。象也者,像也。彖者,材也。爻也者,效天下之動者也。是故吉凶生而悔吝著也。

孔子之述《彖》、《象》也,蓋自爲一篇,而題其首曰"彖"、曰"象"也歟②?其初无"彖曰"、"象曰"之文,而後之學者,散之卦爻之下,故以"彖曰"、"象曰"別之。然孔子所謂"彖"者,蓋謂卦辭,如"乾,元、亨、利、貞"之

① 耨:原本作"耜",涉前誤,據陳本、《經解》本、閩本、《四庫》本、青本改。
② 也歟:閩本、《四庫》本同,陳本、《經解》本、青本无。

類是也。其所謂"象"者，有大小。其"大象"，指八卦，震爲雷，巽爲風之類是也。其"小象"，指一爻，"潛龍勿用"之類是也。初不謂已所述者爲《彖》、《象》也。而近世學者失之，乃指孔子之言爲《彖》、《象》，不可以不辨也。象者像也，像之言似也。其實有不容言者，故以其似者告。達者因似以識真，不達則又見其似似者，而日以遠矣。"彖"者，豕也。"爻"者，折俎也。古者謂折俎爲爻，其文蓋象折俎之形。後世以易有六爻也，故加肉爲肴以別之。彖則何爲取于豕也？曰："彖者材也。"八卦相值，材全而體備，是以爲豕也。爻則何爲取于折俎也？"爻者效天下之動"，分卦之材，裂卦之體①，而適險易之變也。

【附録】

俞琰《周易集説》卷二八　諸説惟東坡蘇氏曰："爻，折俎也。"實得古人稱爻之義。及論彖之義，乃云："彖者，豕也。"則于彖之外，添出一豕矣。彖雖豕屬，然非豕也。

又《讀易舉要》卷三　蘇東坡以爻爲折俎，其説是已。至論彖之義，乃云彖者豕也，則于彖之外添一豕矣。彖雖豕屬，然非豕也。

查慎行《周易玩辭集解》卷十　此指文王彖辭。《蘇氏易傳》曰：孔子所彖者謂卦辭，如"乾，元，亨，利，貞"是也。材與才同。韓康伯曰：彖言成卦之材以統卦義。朱漢上曰：卦有剛柔，才也。有是象必有是才以濟之。程傳言卦材。《本義》言卦德。胡雲峰曰：材者象之質。其義一也。

青本李評　解明。

陽卦多陰，陰卦多陽，其故何也？陽卦奇，陰卦偶。其德行何也？陽一君而二民，君子之道也。陰二君而一民，小人之道也。

陽卦以陽爲君，陰卦以陰爲君。其曰"陰二君而一民"，何也？曰：陽宜爲君者也，陰宜爲民者也。以民道而任君事，此所以爲小人也。

《易》曰："憧憧往來，朋從爾思。"子曰："天下何思何慮？天下同歸而殊途，一致而百慮。天下何思何慮？"

致，極也。極則一矣，其不一者，蓋未極也。四海之水，同一平也；胡、越之繩墨，同一直也。故致一而百慮皆得也，夫何思何慮！

日往則月來，月往則日來，日月相推而明生焉。寒往則暑來，暑往則寒來，寒暑相推而歲成焉。往者屈也，來者信也，屈信相感而利生焉。尺蠖之屈，以求信也；龍蛇之蟄，以存身也。

易將明乎一，未有不用變化、晦明、寒暑、往來、屈信者也。此皆二也，而以明一者，惟通二爲一，然後其一可必。故曰"在天成象，在地成形"。又曰："變化者進退之象，剛柔者晝夜之象。"又曰："闔户謂之坤，闢户謂之乾。"皆所以明一也。

---

① 卦：閔本、《四庫》本同，陳本、《經解》本、青本作"彖"。

精義入神，以致用也。利用安身，以崇德也。

"精義"者，窮理也。"入神"者，盡性以至于命也。窮理盡性，以至于命，豈徒然哉，將以致用也。譬之于水，知其所以浮，知其所以沉①，盡水之變，而皆有以應之，精義者也。知其所以浮沉而與之爲一，不知其爲水，入神者也。與水爲一，不知其爲水，未有不善游者也，而況以操舟乎？此之謂致用也。故善游者之操舟也，其心閒，其體舒。是何故？則用利而身安也。事至于身安，則物莫吾測而德崇矣。

【附録】

沈一貫《易學》卷一一　　蘇子瞻曰：精義，窮理也。入神者，盡性以至于命也。譬之于水，知其所以浮，其所以沉，盡水之變，而皆有以應之，精義者也。知其所以沉浮而與之爲一，不知其爲水，入神者也。君子日修其善，以消其不善，不善者日消，有不可得而消者焉。小人日修其不善，以消其善，善者日消，亦有不可得而消者焉。夫不可得而消者，堯、舜不能加，桀、紂不能亡。是豈非性也哉？君子之至于是，用爲道，則去聖不遠矣。雖然，有至是者，有用是者，則其爲道常二。猶器之用于手，不如手之自用，莫知其所以然而然也。性至于是，則謂之命。命，令也。君之令曰命，天之令曰命，性之至者亦曰命。性之至者非命也，无以名之，而寄之命也。死生禍福，莫非命者。雖有聖智，莫知其所以然而然。君子之道，至于一而不二，如手之自用，則亦莫知其所以然而然矣。此所以寄之命也。子由曰：聖人之學道，必始于窮理，中于盡性，終于復命。仁義禮樂，聖人之所以接物也。而仁義禮樂之用，必有所以然者。不知其所以然而爲之，世俗之士也。知其所以然而後行之，君子也。此之謂窮理。雖然，盡心以窮理而後得之，不求則不得也。事物日構于前，必求而後能應，則其爲力也勞，而其爲功也少。聖人外不爲物所蔽，其性湛然，不勉而中，不思而得，物至而能應。此之謂盡性。雖然，此吾性也，猶有物我之辨焉，則幾于妄矣。君之命曰命，天之命曰命，以性接物而不知其爲，我是以寄之命也。此之謂復命。按蘇氏之説，兄弟互相發明，皆本于吕梁蹈水之言。曰：吾生于陵而安于陵故也，長于水而安于水性也。不知吾所以然而然，命也。與程、朱之説不相似。然孟子曰："堯、舜，性之也。"又曰："莫之致而致者命也。"蘇氏之説亦本于孟子。蓋天命之妙，真有不知所以然而然者，故孟子以"莫之爲而爲"釋天，以"莫之致而至"釋命，蘇不可少也。顧孟子謂性善，而蘇氏不免有善惡混之疑。大抵聖門論性，論其精。謂性者，道所出也，天理也。累于欲者，失其性者也，而性未嘗有欲，无不善也。諸子之論性，論其粗。見天下有善、有不善，直謂性。然其言龐，雖大儒尚曰惡亦不可不謂之性，故益使人疑。而又有分義理之性、氣質之性者，此所謂姑徐徐云爾。氣則氣耳，烏謂之性？質則質耳，烏謂之性？義理者性之別名，又烏謂之義理之性？斯言出而適增人惑。世之爲不善者，直可曰氣質，然不可曰性。然性

---

① 沉：原本作"沈"，據陳本、《經解》本、閩本、《四庫》本、青本改。下同。

之説不明，政爲人指氣質爲性耳。氣質自氣質，性自性，惡可混也。故謂有人性、道心則可，謂有氣質之性、義理之性不可。或曰子何以信性善乎？……

過此以往，未之或知也。窮神知化，德之盛也。

恐天下沿其末流，而不知反其宗，故寄之不知以爲无窮①。恐天下相追于无窮而不已，故指其盛德以爲蔪極。

《易》曰："困于石，據于蒺藜，入于其宫，不見其妻，凶。"子曰："非所困而困焉，名必辱。非所據而據焉，身必危。既辱且危，死期將至，妻其可得而見邪？"《易》曰："公用射隼于高墉之上，獲之，无不利。"子曰："隼者禽也，弓矢者器也，射之者人也。君子藏器于身，待時而動，何不利之有？動而不括，是以出而有獲。語成器而動者也。"子曰："小人不耻不仁，不畏不義，不見利不勸，不威不懲。小懲而大誡，此小人之福也。《易》曰：'屨校滅趾，无咎。'此之謂也。善不積不足以成名，惡不積不足以滅身。小人以小善爲无益而弗爲也，以小惡爲无傷而弗去也，故惡積而不可掩，罪大而不可解。《易》曰：'何校滅耳，凶。'"子曰："危者安其位者也，亡者保其存者也，亂者有其治者也。是故君子安而不忘危，存而不忘亡，治而不忘亂。是以身安而國家可保也。《易》曰：'其亡！其亡！繫于苞桑。'"子曰："德薄而位尊，知小而謀大，力小而任重，鮮不及矣。《易》曰：'鼎折足，覆公餗，其形渥，凶。'言不勝其任也。"子曰："知幾其神乎？君子上交不諂，下交不瀆，其知幾乎！幾者，動之微，吉之先見者也。君子見幾而作，不俟終日。《易》曰：'介于石，不終日，貞吉。'介如石焉，寧用終日！斷可識矣。

夫无守于中者，不有所畏則有所忽也。忽者常失于太早，畏者常失于太後。既失之，又懲而矯之，則終身未嘗及事之會矣。知幾者不然。其介也如石之堅，上交不諂，无所畏也；下交不瀆，无所忽也。上无畏，下无忽，事至則發而已矣。

君子知微知彰，知柔知剛，萬夫之望。"

知幾者，衆之所望，以爲進退之候也。

子曰："顔氏之子，其殆庶幾乎！有不善未嘗不知，知之未嘗復行也。

其心至静而清明，故不善觸之未嘗不知，知之故未嘗復行。知之而復行者，非真知也。世所以不食烏喙者，徒以知之審也。如使知不善如知烏喙，則世皆顔子矣。所以不及聖人者，猶待知爾。《詩》曰："不識不知，順帝之則。"

《易》曰：'不遠復，无祗悔，元吉。'天地絪緼，萬物化醇。男女搆精，萬物化生。《易》曰：'三人行，則損一人；一人行，則得其友。'言致一也。"子曰："君子安其身而後動，易其心而後語，定其交而後求。君子修

---

① 无：閩本、《四庫》本同，陳本、《經解》本、青本無。

此三者，故全也。危以動，則民不與也；懼以語，則民不應也；无交而求，則民不與也；莫之與，則傷之者至矣。《易》曰：'莫益之，或擊之。立心勿恒，凶。'"子曰："乾、坤，其《易》之門邪①？

闔闢以生變化，易之所自出也。

乾，陽物也。坤，陰物也。陰陽合德而剛柔有體，以體天地之撰，以通神明之德。其稱名也，雜而不越。

陰陽二物也。其合也，未嘗不雜；其分也，"乾道成男，坤道成女"，未嘗雜也，故曰"陰陽合德而剛柔有體"。"陰陽合德"故雜，"剛柔有體"故不越。

于稽其類，其衰世之意邪？夫《易》，彰往而察來，

至靜而明，故物之往來屈信者无遁形也。

而微顯闡幽。

顯道神德行。

開而當名辨物，正言斷辭，則備矣。

此解剝至道自玄適著之叙也。夫道之大全也，未始有名，而易實開之。賦之以名，以名爲不足而取諸物以寓其意，以物爲不足而正言之，以言爲不足而斷之以辭，則備矣。名者言之約者也，辭者言之悉者也。

【附録】

查慎行《周易玩辭集解》卷一〇 蘇子瞻云："道未始有名而易實開之……斷之以辭則備矣。"……愚按《本義》云："此章多闕文，疑字不可盡通。"蓋指此節也。敬采先儒諸解以補之。

其稱名也小，其取類也大，

夫名者，取衆人之所知，以況其所不知。

其旨遠，

不得不遠。

其辭文，

不得不文。

其言曲而中，其事肆而隱。因貳以濟民行，以明失得之報。"

"兼三材而兩之"，所謂"貳"也。夫道一而已，然《易》之作必因其貳者，貳而後有内外，有内外而後有好惡，有好惡而後有失得。故孔子以《易》爲衰世之意，而興于中古者，以其因貳也。一以自用，貳以濟民。

《易》之興也，其于中古乎？作《易》者其有憂患乎？是故《履》，德之基也；

"基"者厚下以自全也。《履》之九五待六三而不疾，六三待九二而能履，故和則

---

① 邪：原本作"耶"，青本同，據陳本、《經解》本、閩本、《四庫》本改。

至，乖則廢矣。

《謙》，德之柄也；

　　旁出而起物者柄也。《謙》之爲道偏矣①，而德非謙莫能起者。

《復》，德之本也；《恒》，德之固也；《損》，德之修也。

　　"修"之爲言長也遠也。民見其損之患，而未見其終以爲益之效，故先難而後易，此德之遠者也。

《益》，德之裕也；《困》，德之辨也；

　　困則真偽別。

《井》，德之地也；

　　"地"者所在之謂也。老子曰："埏埴以爲器，當其無，有器之用。"夫《井》亦然。以其無有，故德在焉。

《巽》，德之制也。

　　无忤于物而能勝物者風也，故德之制在《巽》而可以行權。

《履》，和而至；《謙》，尊而光；《復》，小而辨于物；

　　雖微也，而其爲陽物也審矣②。

《恒》，雜而不厭；

　　雷風相與故雜，雜故不厭。如使專一，則厭而遷矣③。

《損》，先難而後易；《益》，長裕而不設；

　　"有孚惠心"，何設之有④？

《困》，窮而通；《井》，居其所而遷；

　　內足者不求于物而物求之⑤。

《巽》，稱而隱。

　　"稱"，舉也。舉而人莫見者風也⑥。

《履》以和行，《謙》以制禮，《復》以自知，《恒》以一德，《損》以遠害，

　　居憂患之世而有得民之形，則害之者衆矣，故"《損》以遠害"⑦。

《益》以興利，《困》以寡怨，

　　致命遂志，故不怨天，不尤人。尤人者人亦尤之，則多怨矣⑧。

---

① 偏：青本作"徧"。
② "雖微也"至"審矣"，閔本、《四庫》本同，陳本、《經解》本、青本無。
③ "雷風"至"遷矣"，閔本、《四庫》本同，《經解》本、青本無。
④ "有孚"至"之有"，閔本、《四庫》本同，陳本、《經解》本、青本無。
⑤ "內足者"句，閔本、《四庫》本同，陳本、《經解》本、青本無。
⑥ "稱舉也"至"風也"，閔本、《四庫》本同，陳本、《經解》本、青本無。
⑦ "居憂患"至"遠害"，閔本、《四庫》本同，陳本、《經解》本、青本無。
⑧ "致命"至"怨矣"，閔本、《四庫》本同，陳本、《經解》本、青本無。

《井》以辨義，
　　居有常所，則分義明矣①。
《巽》以行權。
　　此九卦者，爲憂患者言也，其意以屬文王與？孔子之于文王也，見其禮樂，讀其《易》，考其行事，而得其爲人②。其必有以合此九卦者，而世莫足以知之也③。
　　【附録】
　　青本李評　此所以三言九卦。
《易》之爲書也不可遠，
　　凡言"爲書"者，皆論其已造于形器者也。其書可以指見口授，不當遠索于文辭之外也。其道則遠矣。
　　【附録】
　　吴本硃批　看此章時解俱支離不清，此甚透快，即作時解亦好。
爲道也屢遷，變動不居，周流六虚，
　　六位也④，此六者虚器爾，吉凶悔吝存乎其人。
上下无常，剛柔相易，不可爲典要，惟變所適。
　　此所謂"屢遷"。"屢遷"者其道也，非其書也。
其出入以度，外内使知懼。
　　卦所以有内外，爻所以有出入者，爲之立敵以造憂患之端，使知懼也。有敵而後懼，懼而後用法，此物之情也。
又明于憂患與故，
　　憂患之來，苟不明其故，則人有苟免之志，而怠于避禍矣。故易明憂患，又明其所以致之之故。
无有師保，如臨父母。
　　去父母，遠師保，而不敢忘畏者，知内外之懼，明憂患之故也。
　　【附録】
　　查慎行《周易玩辭集解》卷一〇　蘇子瞻曰：卦所以有内外……明憂患之故也。此解尤覺明快。
初率其辭而揆其方，既有典常。
　　此所謂"不可遠"。"不可遠"者其書也，非其道也。不可以遠索，故循其辭，度其所向而已。"初"者，爲未達者言也。未達者治其書，用其出入之度，審其"内外之懼"，明其"憂患之故"，而蹈其"典常"，可以寡過。達者行其道，无出

---

① "居有"句，閔本、《四庫》本同，陳本、《經解》本、青本無。
② "此九卦"至"而得其爲"，閔本、《四庫》本同，陳本、《經解》本、青本無。
③ "人其必有"至"知之也"，陳本在上文"巽稱而隱"之後。
④ "六位也"前，《四庫》本有"六虚"二字，陳本、《經解》本、閔本、青本無。

无入，无内无外，周流六位，无往不適，雖爲聖人可也。故曰："以言乎遠則不御，以言乎邇則静而正。"

【附録】

吳本硃批 如此解，與下二句便聯絡，通章都動。

苟非其人，道不虚行。

戒非其人而學其道者。非其人而學其道，則无所不至矣。

【附録】

吳本硃批 果然果然。

《易》之爲書也，原始要終，以爲質也。

吉凶成敗，非"要終"不得其實。"質"，實也。

六爻相雜，惟其時物也。

各以其時物之。

其初難知，其上易知，本末也。

非固欲爲難易，本末之勢然也。

初辭擬之，卒成之終。若夫雜物撰德，辨是與非，則非其中爻不備。

物雜而德可撰者，以其中爻也。

噫！亦要存亡吉凶，則居可知矣。

不必在中爻，故又以存亡吉凶要之。

知者觀其彖辭，則思過半矣。

彖者常論其用事之爻，故觀其彖①，則其餘皆彖爻之所用者也。

二與四，同功而異位，其善不同。二多譽，四多懼，近也。

近于五也②。有善之名而近于君，則懼矣。故二之善宜著，四之善宜隱。

柔之爲道，不利遠者，其要无咎，其用柔中也。

柔者有依而後能立，二遠无依，而免于咎者，中也。

三與五同功而異位，三多凶，五多功，貴賤之等也。

三與五者，厚事之地也，故大者先享其利，而小者先受其害。

其柔危，其剛勝邪？

以剛居之則勝，柔則危。自此以上，皆"典要"之粗也，皆非必然者也。從其多者言之爾。

《易》之爲書也，廣大悉備。有天道焉，有人道焉，有地道焉。兼三才而兩之，故六。六者非他也，三才之道也。道有變動，故曰爻。爻有等，故曰物。

等，類也。凡乾之類皆陽物，坤之類皆陰物。

---

① 彖：原本作"象"，陳本、《經解》本、青本同，據閩本、《四庫》本改。

② "近于"前，《四庫》本有"四"字，陳本、《經解》本、閩本、青本無。

物相雜，故曰文。文不當，故吉凶生焉。
  物之不齊，物之情也，故吉凶者，勢之所不免也。
《易》之興也，其當殷之末世，周之盛德邪？當文王與紂之事邪？是故其辭危，危者使平，易者使傾。其道甚大，百物不廢。懼以終始，其要无咎，此之謂《易》之道也。
  得其大者，縱橫逆順，无施不可，而天下无廢物矣。得其小者，懼以終始，猶可以无咎。
  【附録】
  方孔炤《周易時論合編》卷一二　子瞻曰："得其大者縱橫順逆，无施不可，而天下无廢物也。得其小者懼以終始，猶可以免咎。"《野同録》曰：東坡意在偏愛玄蕩，而反高其地步，故取理之近似，而實誣聖人甚矣。

夫乾，天下之至健也，德行恒易以知險。夫坤，天下之至順也，德行恒簡以知阻。
  已險而能知險，已阻而能知阻者，天下未嘗有也。夫險阻在躬，則天下莫不備之。天下莫不備之，則其所備者衆矣，又何暇知人哉？是故處下以傾高，則高者畢赴；用晦以求明，則明者必見。易簡以觀險阻，則險阻無隱情矣。
  【附録】
  青本李評　老説，似輔嗣。

能説諸心，能研諸侯之慮，
  "侯之"，衍文也。吾心和易，則可以究盡萬物之慮也。
  【附録】
  吴本硃批　上諸虚，下諸可實耶。

定天下之吉凶，成天下之亹亹者。
  此向以言蓍龜者，重見于此，誤也。
  【附録】
  方孔炤《周易時論合編》卷一二　東坡謂定天下吉凶二句爲重見之誤，非也。

是故變化雲爲，吉事有祥，象事知器，占事知來。
  言易簡者无不知也。《禮》曰："至誠之道，可以前知。國家將興，必有禎祥。國家將亡，必有妖孽。見乎蓍龜，動乎四體。"禍福將至，必先知之，故至誠如神。

天地設位，聖人成能。人謀鬼謀，百姓與能。
  言易簡者取諸物而足也。萬物自生自成，故天地設位而已。聖人无能，因天下之已能而遂成之，故人爲我謀之明，鬼爲我謀之幽。百姓之愚，可使與知焉。《書》云①："謀及卿士，謀及庶人，謀及卜筮。"

八卦以象告，爻象以情言，剛柔雜居而吉凶可見矣。變動以利言，

---

① 云：陳本、青本同，《經解》本、閩本、《四庫》本作"曰"。

以利言之，則有變動，而道固自如也。

吉凶以情遷，

　　順其所愛，則謂之"吉"；犯其所惡，則謂之"凶"。夫我之所愛，彼有所甚惡，則我之所謂吉者，彼或以爲凶矣，故曰"吉凶以情遷"。

　　【附錄】

　　吳本硃批　解"情"字妙甚。

是故愛惡相攻而吉凶生，

　　在我爲吉，則是天下未嘗有凶；在彼爲凶，則是天下未嘗有吉。然而吉凶如此其紛紛者，是生于愛惡之相攻也。

　　【附錄】

　　黎靖德編《朱子語類》卷六七　老蘇説《易》，專得于"愛惡相攻而吉凶生"以下三句。他把這六爻似那累世相讎相殺底人相似，看這一爻攻那一爻，這一畫克那一畫，全不近人情！東坡見他憑地太粗疏，卻添得些佛老在裏面。其書自做兩樣：亦間有取王輔嗣之説，以補老蘇之説；亦有不曉他説了，亂填補處。老蘇説底，亦有去那物理上看得着處。

　　又　東坡《易》説六個物事，若相咬然，此恐是老蘇意。其他若佛説者，恐是東坡。

　　吳本硃批　解"攻"字又妙。

遠近相取而悔吝生，

　　"悔吝"者生于不弘通者也。天下孰爲真遠？自其近者觀之，則遠矣。孰爲真近？自其遠者觀之，則近矣。遠近相資以爲别也。因其别也，而各挾其有以自異，則"或害之"矣。"或害之"者，"悔吝"之所從出也。

　　【附錄】

　　吳本硃批　解"取"字又妙。

情僞相感而利害生。

　　信其人則舉以爲利己，不信則舉以爲害己，此情僞之蔽也。

凡《易》之情，近而不相得則凶，或害之，悔且吝。

　　此明凶與悔吝輕重之差也。近而不相得則相害，故凶。"或害之"者，非我之罪也，然亦有以致之矣。

　　【附錄】

　　吳本硃批　好。

將叛者其辭慚，中心疑者其辭枝。吉人之辭寡，躁人之辭多，誣善之人其辭游，失其守者其辭屈。

　　微之顯，誠之不可掩也如此，故或害之者，我必有以見于外也。

蘇氏易傳卷九

説卦傳

昔者聖人之作《易》也，幽贊于神明而生蓍，

  介紹以傳命謂之"贊"。天地鬼神，不能與人接也，故以蓍龜爲之介紹。

【附録】

  青本李評 如此解，"生"只作"設"。

參天兩地而倚數，

  天數五，地數五，其曰三兩何也？自一至五，天數三，地數二，明數之止于五也。自五以往，非數也，皆相因而成者也，故曰"倚數"。以是知大衍之數五十，孔子論之已悉，豈容有異説哉？

【附録】

  青本李評 此解新而明。

觀變于陰陽而立卦，發揮于剛柔而生爻，和順于道德而理于義，窮理盡性，以至于命。昔者聖人之作《易》也，將以順性命之理，是以立天之道曰陰與陽，立地之道曰柔與剛，立人之道曰仁與義。兼三才而兩之，故易六畫而成卦。分陰分陽，迭用柔剛，故易六位而成章。天地定位，山澤通氣，雷風相薄，水火不相射，八卦相錯，數往者順，知來者逆，是故易逆數也。

  何爲順？何爲逆？曰：道德之變，如江河之日趨于下也。沿其末流，至于生蓍倚數，立卦生爻，而萬物之情備矣。聖人以爲立于其末，則不能識其全而盡其變，是以泝而上之，反從其初。道者其所行也，德者其行而有成者也，理者道德之所以然，而義者所以然之説也。君子欲行道德，而不知其所以然之説，則役于其名而爲之爾。夫苟役于其名而不安其實，則小大相害，前後相陵，而道德不和順矣。譬如以機發木偶，手舉而足發，口動而鼻隨。此豈若人之自用其身，動者自動，止者自止，曷嘗調之而後和，理之而後順哉？是以君子貴性與命也。欲至于性命，必自其所以然者泝而上之。夫所以食者，爲飢也；所以飢者，爲渴也，豈自外入哉？人之于飲食，不待學而能者，其所以然者明也，盍徐而察之？飢渴之所從出，豈不有未嘗飢渴者存乎？于是性可得而見也。有性者，有見者，孰能一是二者，則至于命矣。此之謂逆。聖人既得性命之理，則順而下之，以極其變。率一物而兩之，以開生生之門，所謂因貳以濟民行者也。故兼三才，設六位，以行于八卦

之中。天地山澤，雷風水火，紛然相錯。盡八物之變，而邪正吉凶、悔吝憂虞、進退得失之情，不可勝窮也。此之謂順。斷竹爲籥，竅而吹之，唱和往來之變，清濁緩急之節，師曠不能盡也。反而求之，有五音十二律而已。五音十二律之初，有哮然者而已。哮然者之初，有寂然者而已。古之作樂者，其必立于寂然者之中乎？是以自性命而言之，則以順爲往，以逆爲來，故曰"數往者順，知來者逆"。六十四卦三百八十四爻，皆據其末而反求其本者也，故"《易》逆數也"。

【附録】

方孔炤《周易時論合編》卷一三　潛夫曰：……下傳曰天道、人道、地道，序人居中，此以人終者，以仁義之用，宰其陰陽剛柔也。東坡以未嘗飢渴者喻性，然豈能絶人之飲食哉！所以善其飲食，即仁義也，而仁義即飲食矣。……是順性命之理，即因其陰陽剛柔而各順以逆之，即逆以順之，豈可破廢五音六律，守其寂然，乃爲《雲門》、《韶濩》邪！

雷以動之，風以散之，雨以潤之，日以晅之，艮以止之，兑以説之，乾以君之，坤以藏之。

於是方以四時言也。八卦之用于四時也，震、巽、坎、離各以其物，故曰雷、曰風、曰雨、曰日，而不言其德也。天地山澤各以其德，故曰乾、曰坤、曰艮、曰兑，而不言其物也。

帝出乎震，齊乎巽，相見乎離，致役乎坤，説言乎兑，戰乎乾，勞乎坎，成言乎艮。

古有是説也。

萬物出乎震，震，東方也。齊乎巽，巽，東南也。齊也者，言萬物之潔齊也。離也者，明也。萬物皆相見，南方之卦也。聖人南面而聽天下，嚮明而治，蓋取諸此也。坤也者，地也，萬物皆致養焉，故曰致役乎坤。兑，正秋也，萬物之所説也，故曰説言乎兑。戰乎乾。乾，西北之卦也，言陰陽相薄也。坎者，水也，正北方之卦也，勞卦也，萬物之所歸也，故曰勞乎坎。艮，東北之卦也，萬物之所成終而所成始也，故曰成言乎艮。神也者，妙萬物而爲言者也。

此孔子從而釋之也。曰是萬物之盛衰于四時之間者也，皆其自然，莫或使之。而謂之帝者，萬物之中有妙于物者焉。此其神也，而謂之帝云爾。震，木也；兑，金也；離，火也；坎，水也，故各位于其方。巽亦木也，故從震而位于東南。乾亦金也，故從兑而位于西北。坤與艮皆土也。坤位于西南，季夏之位也。艮位于東北，蓋從坎也。艮則曷爲從坎？季夏土，十一月水，其律皆黄鍾。《傳》曰："夫水，土衍而民用也。"古之達者，其有以知此矣。坤不言其方何也？所謂致養者取于地，非獨取于季夏也。二"言"，衍文也。當云"説乎兑"，"成乎艮"。古者"兑"、"説"通，无從"言"者。或從而加之，故遂以爲"説言"，而離

"誠"以爲二也①。《記》曰："誠者物之終始，不誠无物。"内躁而外静，内柔而外剛，蓋有之矣。至于死生終始之際，其情必得。艮，終始萬物者也，亦不容僞也。

【附録】
青本李評 明于古文，亦就本文例之。

動萬物者，莫疾乎雷。撓萬物者，莫疾乎風。燥萬物者，莫熯乎火。説萬物者，莫説乎澤。潤萬物者，莫潤乎水。終萬物始萬物者，莫盛乎艮。故水火相逮，雷風不相悖，山澤通氣，然後能變化，既成萬物也。

此各以其物言也，而不及乾、坤者，乾、坤不可物。六子之功顯，而乾、坤之德存乎其中。艮亦不言其物，何也？艮之物，山。山之用，坤兼之矣，故艮亦不得以物言也。

乾，健也。坤，順也。震，動也。巽，入也。坎，陷也。離，麗也。艮，止也。兑，説也。

循萬物之理，无往而不自得，謂之"順"。執柔而不爭，无往而不見納，謂之"入"②。

乾爲馬，坤爲牛，震爲龍，巽爲鷄，坎爲豕，離爲雉，艮爲狗，兑爲羊。乾爲首，坤爲腹，震爲足，巽爲股，坎爲耳，離爲目，艮爲手，兑爲口。乾，天也，故稱乎父。坤，地也，故稱乎母。震一索而得男，故謂之長男③。巽一索而得女，故謂之長女。坎再索而得男，故謂之中男④。離再索而得女，故謂之中女。艮三索而得男，故謂之少男。兑三索而得女，故謂之少女。乾爲天，爲圜，爲君，爲父，爲玉，爲金，爲寒，爲冰，爲大赤，爲良馬，爲老馬，爲瘠馬，爲駁馬，爲木果。坤爲地，爲母，爲布，爲釜，爲吝嗇，爲均，爲子母牛，爲大輿，爲文，爲衆，爲柄，其于地也爲黑。震爲雷，爲龍，爲玄黄，爲旉，爲大塗，爲長子，爲決躁，爲蒼筤竹，爲萑葦；其于馬也爲善鳴，爲馵足，爲作足，爲的顙；其于稼也爲反生，其究爲健，爲蕃鮮⑤。巽爲木，爲風，爲長女，爲繩直，爲工，爲白，爲長，爲高，爲進退，爲不果，爲臭；其于人也，爲寡髪，爲廣顙，爲多白眼，爲近利市三倍，其究爲躁卦。坎爲水，爲溝瀆，爲隱伏，爲矯輮，爲弓輪；其于人也，爲加憂，爲心病，爲耳痛，爲血卦，爲赤；其于馬也爲美脊，

---

① 誠：閔本、《四庫》本同，陳本、《經解》本、青本作"兑"。
② 入：原本作"人"，據陳本、《經解》本、閔本、《四庫》本改。
③ 謂：原本作"爲"，據陳本、《四庫》本改。
④ 謂：原本作"爲"，據陳本、《四庫》本改。
⑤ 鮮：原本作"薛"，據陳本、《經解》本、閔本、《四庫》本、青本改。

爲亟心，爲下首，爲薄蹄，爲曳；其于輿也，爲多眚，爲通，爲月，爲盜；其于木也，爲堅多心。離爲火，爲日，爲電，爲中女，爲甲冑①，爲戈兵；其于人也，爲大腹；爲乾卦，爲鼈，爲蟹，爲蠃，爲蚌，爲龜；其于木也，爲科上槁②。艮爲山，爲徑路，爲小石，爲門闕，爲果蓏，爲閽寺，爲指，爲狗，爲鼠，爲黔喙之屬；其于木也，爲堅多節。兌爲澤，爲少女，爲巫，爲口舌，爲毀折，爲附決；其于地也爲剛鹵，爲妾，爲羊。

凡八卦之所爲，至于俚俗雜亂，无所不有其說，固不可盡知，蓋用于占筮者而已。意不止于此，將使人以類求之歟！不然，則有亡逸不全者矣。"易有聖人之道四焉"，"以卜筮者尚其占"，是以得見于此也。

【附録】
青本李評 "以類求之"，是即九家亦不全。

序卦傳

有天地然後萬物生焉，盈天地之間者惟萬物，故受之以《屯》。屯者，盈也。屯者，物之始生也。物生必蒙，故受之以《蒙》。蒙者，蒙也，

義有不盡于名者，履爲禮、蠱爲事、臨爲大、解爲緩之類是也。故曰"蒙者蒙也"，屯者屯也，"比者比也"，"剝者剝也"，皆義盡于名者也③。

物之稚也。物稚不可不養也，故受之以《需》。需者，飲食之道也。飲食必有訟，故受之以《訟》。訟必有衆起，故受之以《師》。師者，衆也。衆必有所比，故受之以《比》。比者，比也。比必有所畜，故受之以《小畜》。

《大畜》、《小畜》，皆取于畜而已，《大過》、《小過》，皆取于過而已，不復論其大小也。故《序卦》之論易，或直取其名，而不本其卦者多矣，若賦詩斷章然，不可以一理求也④。

【附録】
方孔炤《周易時論合編》卷一四 東坡謂若賦詩斷章，不可以一理論。愚曰此正其所以一也。有知反因即公因者乎！聖人隨觸而是，即隨受而索矣。摩尼寶珠，五色四射，日輪塞空，豈容正視耶？後士執訓詁以贊，聖人西向而笑耳。

吳本硃批 看《序卦傳》眼目。

---

① 冑：原本作"胄"，陳本、《經解》本同，據阮校《十三經注疏》改。
② 槁：原本作"稿"，陳本、青本同，《經解》本、閔本、《四庫》本作"槁"，據改。
③ "義有不"至"名者也"，青本無。
④ "大畜小畜"至"一理求也"，青本無。

物畜然後有禮，故受之以《履》。履而泰，然後安，故受之以《泰》。泰者①，通也。物不可以終通，故受之以《否》。物不可以終否，故受之以《同人》。與人同者，物必歸焉，故受之以《大有》。有大者不可以盈，故受之以《謙》。有大而能謙必豫，故受之以《豫》。豫必有隨，故受之以《隨》。以喜隨人者必有事，故受之以《蠱》。

　　以喜隨人者，溺于燕安者也，故至于蠱，蠱則有事矣②。

蠱者，事也。有事而後可大，故受之以《臨》。臨者，大也。物大然後可觀，故受之以《觀》。可觀而後有所合，故受之以《噬嗑》。嗑者，合也。物不可以苟合而已，故受之以《賁》。賁者，飾也。

　　君臣、父子、夫婦、朋友之際，所謂"合"也。直情而行謂之"苟"，禮以飾情謂之"賁"。苟則易合，易則相瀆，相瀆則易以離。賁則難合，難合則相敬，相敬則能久。

【附錄】

查慎行《周易玩辭集解》卷一〇　愚按：《記》曰："无辭不相接，无禮不相見。"凡從友之合，必先執贄。男女之合，必先受幣。无贄无幣，苟合而已。蘇子瞻曰：直情徑行……敬則久矣。

致飾然後亨則盡矣，故受之以《剝》。

　　飾極則文勝而實衰，故剝。

剝者，剝也。物不可以終盡，剝窮上反下，故受之以《復》。復則不妄矣，故受之以《无妄》。有无妄然後可畜，

　　"有无妄"者，不能必以皆无妄之辭也。

故受之以《大畜》。物畜然後可養，故受之以《頤》。頤者，養也。不養則不可動，故受之以《大過》。

　　養而不用，其極必動；動而不已，其極必過。

物不可以終過，故受之以《坎》。坎者，陷也。陷必有所麗，故受之以《離》。離者，麗也。有天地然後有萬物，有萬物然後有男女，有男女然後有夫婦，有夫婦然後有父子，有父子然後有君臣，有君臣然後有上下，有上下然後禮義有所錯。夫婦之道，不可以不久也，故受之以《恒》。

　　夫婦者《咸》與《恒》也，則男女者《坎》與《離》也。"有男女然後有夫婦"，明《咸》、《恒》之所以次《坎》、《離》也。六子皆男女，而獨取于《坎》、《離》，何也？《艮》、《兌》爲少，非少无以相感。《震》、《巽》爲長，非長无以能久。是故少者爲《咸》，長者爲《恒》，而以其中者爲男女之正。

---

①　"泰者"前，青本竄入"晁氏曰鄭本無而泰二字"。
②　"以喜"至"有事矣"，青本無。

恒者，久也。物不可以久居其所，故受之以《遯》。遯者，退也。物不可以終遯，故受之以《大壯》。物不可以終壯，故受之以《晉》。

晉以柔進也。

晉者，進也。進必有所傷，故受之以《明夷》。夷者，傷也。傷于外者，必反其家，故受之以《家人》。

人窮則反本，疾痛則呼父母，故傷則反于家。

家道窮必乖，故受之以《睽》。睽者，乖也。乖必有難，故受之以《蹇》。蹇者，難也。物不可以終難，故受之以《解》。解者，緩也。緩必有所失，故受之以《損》。損而不已必益，故受之以《益》。益而不已必決，故受之以《夬》。夬者，決也。決必有所遇，故受之以《姤》。

施決于壅己者①，故有所遇也。

姤者，遇也。物相遇而後聚，故受之以《萃》。萃者，聚也。聚而上者謂之升，故受之以《升》。

聚而无主則亂，故必有相推而上之者。

升而不已必困，故受之以《困》。困乎上者必反下，故受之以《井》。井道不可不革，故受之以《革》。

不革則穢。

革物者莫若鼎，故受之以《鼎》。主器者莫若長子，故受之以《震》。震者，動也。物不可以終動，止之，故受之以《艮》。艮者，止也。物不可以終止，故受之以《漸》。漸者，進也。進必有所歸，故受之以《歸妹》。

"漸"，女歸吉也。

得其所歸者必大，故受之以《豐》。豐者，大也。窮大者必失其居，故受之以《旅》。旅而无所容，故受之以《巽》。巽者，入也。入而後説之，故受之以《兑》。兑者，説也。説而後散之，故受之以《涣》。涣者，離也。物不可以終離，故受之以《節》。節而信之，故受之以《中孚》。有其信者必行之，故受之以《小過》。

君子之信也，物信之而己不有，故時行時止，未嘗必也。有其信而必行之，則過矣。

有過物者必濟，故受之以《既濟》。

權以濟物，有時而過也。

物不可窮也，故受之以《未濟》終焉。

《未濟》所以為无窮也。以《雜卦》觀之，六十四卦皆兩兩相從②，非覆則變也。

① 己：閩本、《四庫》本同，陳本、《經解》本、青本作"也"。
② 兩兩：原本作"兩不"，閩本、《四庫》本同，據陳本改。

變者八：《乾》、《坤》也，《頤》、《大過》也，《坎》、《離》也，《中孚》、《小過》也。覆變具者八①：《泰》、《否》也，《隨》、《蠱》也，《漸》、《歸妹》也，《既濟》、《未濟》也。其餘四十八皆覆也。卦本以覆相從，不得已而從變也。何爲其不得已也？變者八，皆不可覆者也。《雜卦》皆相反，《序卦》皆相因，此理也而有二。變者八，覆變具者八②，覆者四十八，此數也而有三。然則六十四卦之敘果何義也？曰理二，曰數三，五者无不可，此其所以爲易也。步曆而曆協，吹律而律應，考之人事而人事契，循乎天理而行，无往而不相值也。且非獨此五者而已，將世之所有，莫不咸在。是故從孔子之言，則既有二説矣。曰："物不可終過，故受之以《坎》。坎者，陷。陷必有所麗，故受之以《離》。"又曰："有男女然後有夫婦。"方其爲男女，則所謂"陷"與"麗"者不取也。自是以往，吾豈敢一之哉？

雜卦傳

《乾》剛《坤》柔，《比》樂《師》憂；
　　有親則"樂"，動衆則"憂"。
《臨》、《觀》之義，或與或求。
　　以我臨物，故曰"與"。物來觀我，故曰"求"。
《屯》見而不失其居，
　　"君子以經綸"，故曰"見"。"盤桓利居貞"，故曰"不失其居"。
《蒙》雜而著。
　　"蒙以養正"，蒙正未分，故曰"雜"。童蒙求我，我求人以自明③，故曰"著"。雜則不見，著則不居④。
《震》起也，《艮》止也；《損》、《益》盛衰之始也。《大畜》時也，《无妄》災也。
　　以艮畜乾而可者，時也。以乾行震而不可者，災也⑤。六三"行人得牛，邑人之災"。又曰："无妄之藥，不可試也。"
《萃》聚而《升》不來也，
　　易以上爲"往"，下爲"來"。"澤上于地，萃"，聚于下也。"地中生木，升"，

---

① 具：閩本、《四庫》本同，陳本、《經解》本、青本無。
② 具：閩本、《四庫》本同，陳本、《經解》本、青本無。
③ 蒙求我我求人以自明：閩本、《四庫》本少一"我"字，陳本、青本無此九字。
④ 居：《四庫》本同，青本作"雜"，陳本無。
⑤ "以艮"至"災也"，陳本、《經解》本、青本"以艮"至"以乾行"十二字在"盛衰之始也"後，又"震而不可者災也"閩本、《四庫》本同，陳本、《經解》本無。

升于上也。

《谦》轻而《豫》怠也。

　　轻者锐于有爲，怠者安于无事。折節以下人，必鋭于有爲者也。知樂而不憂，必安于无事者也。

《噬嗑》食也，《賁》无色也。

　　《噬嗑》自二至五，皆以相噬爲事，躁于食者也。《賁》自初至四，皆賁而不受汙，安于无色者也。

《兑》見而《巽》伏也。

　　柔在外則見，在内則伏。

《隨》无故也，《蠱》則飾也。

　　《隨》以隨時爲安，故其《象》曰"君子以嚮晦入宴息"。《蠱》以偷安爲危，故其《象》曰"君子以振民育德"。故，事也。飾，修也。

《剥》爛也，《復》反也。

　　"爛"者非一日之故，而不可反者也。

《晉》晝也，《明夷》誅也。

　　"晝日三接"，故曰"晝"；"得其大首"，故曰"誅"。

【附録】

顧炎武《日知録》卷一《晉晝也明夷誅也》　　蘇氏曰：晝日三接，故曰晝；得其大首，故曰誅。晉當文明之世，群后四朝而車服以庸，揖讓之事也。明夷逢昏亂之時，取彼凶殘而殺伐用張，征誅之事也。一言晝，一言誅，取其音協耳。晝，古音注。《易林》及張衡《西京賦》並同。虞仲翔曰：誅，傷也。《本義》用之，與晝義相對，不切。

《井》通而《困》相遇也。

　　《井》居其所而人即之，《困》欲行而遇剛掩也。

《咸》速也，《恒》久也。《涣》離也，《節》止也。《解》緩也，《蹇》難也。《睽》外也，《家人》内也。《否》、《泰》反其類也。《大壯》則止，《遯》則退也。

　　《大壯》小人止，而《遯》則君子退。

《大有》衆也，《同人》親也。

　　"親"則于衆有所擇也。

《革》去故也，《鼎》取新也；《小過》過也，《中孚》信也。

　　陰在外，據用事之地，故爲《小過》；陰在内，不據用事之地，故爲《中孚》。

《豐》多故也，親寡《旅》也。

　　《豐》以盛大而多憂。《旅》以寡弱而相親。

《離》上而《坎》下也。《小畜》寡也，《履》不處也。

　　《小畜》之卦不雨，其爻雨。《履》之卦不咥人，其爻咥人。皆以一陰而遇五陽，故曰"寡"。六四居陰①，而六三居陽②，有爲君之志，故曰"不處"。

《需》不進也，《訟》不親也。

天水相迫，故"不進"。相違，故"不親"。

《大過》顚也，《姤》遇也，柔遇剛也。《漸》女歸待男行也。《頤》養正也，《既濟》定也。《歸妹》女之終也，《未濟》男之窮也。《夬》決也，剛決柔也；君子道長，小人道憂也。

《雜卦》自《乾》、《坤》以至《需》、《訟》，皆以兩兩相從，而明相反之義。自《大過》以下，則非相從之次，蓋傳者失之也。凡八卦，今改正之曰："《頤》養正也，《大過》顚也。《姤》遇也，柔遇剛也；《夬》決也，剛決柔也，君子道長，小人道憂也。《漸》女歸待男行也，《歸妹》女之終也。《既濟》定也，《未濟》男之窮也。"其說曰：初上者，本末之地也，以陽居之則正，以陰居之則顚，故曰"《頤》養正也，《大過》顚也"。艮下巽上爲《漸》，男下女，非其正也，故曰"《漸》女歸待男行也"。兌下震上爲《歸妹》，男女之正也，當以是終，故曰"《歸妹》女之終也"。離下坎上爲《既濟》，男女之正也，故曰"《既濟》定也"。坎下離上爲《未濟》，男失其位，窮之道也，故曰"《未濟》男之窮也"。如此而相從之次，相反之義，煥然若合符節矣。

【附錄】

俞琰《周易集說》卷四〇　愚謂蔡氏先《大過》後《頤》，蘇氏先《頤》後《大過》。此兩句當從蘇氏，其餘從蔡氏。

董真卿《周易會通》卷一四（文淵閣《四庫全書》本）　愚按：蘇氏亦有改正自《頤》、《大過》而下數卦，然不若蔡氏之安。

方孔炤《周易時論合編》卷一五　蘇東坡、蔡節齋之改徒多事矣，又何如朱子之疑耶！黃疏曰：六十四卦皆從乾坤交變得之，凡剛皆乾，凡柔皆坤，剛柔雜居而吉凶遂判矣。全章俱明剛柔雜居之義，非錯舉其名也。

吳本砞批　又相從又相對，較節齋更定者更覺自然。

陳夢雷《周易淺述》卷八　按蘇氏、蔡氏皆有改正之文，而蔡氏所改類從而韵亦協，附錄于後，兼載胡氏之論以備參考。

查慎行《周易玩辭集解》卷一〇　《本義》云：自《大過》以下，卦不及對，或疑其錯簡，未詳何義。《蘇氏易傳》改《大過》與《頤》對，《既濟》與《未濟》對，《歸妹》與《漸》對，《夬》與《姤》對。蘇節齋依之。胡雙湖亦有《頤》與《大過》對之說。胡雲峰則云：此指中爻互體而言。……以上諸說今皆不取，取其就傳作解者。

---

① "六四"前，《四庫》本有"小畜"二字。
② "而"字前，《四庫》本有"履"字。

[附錄]

歷代諸家評論

晁公武《郡齋讀書志》

《毘陵易傳》十一卷。右皇朝蘇軾子瞻撰。自言其學出于其父洵，且謂卦不可爻別而觀之。其論卦，必先求其所齊之端，則六爻之義，未有不貫者，未嘗鑿而通也。（卷一）

陸游《渭南文集》

此本，先君宣和中入蜀時所得也。方禁蘇氏學，故謂之毗陵先生云。紹熙辛亥七月二十日，陸某識。（卷二八《跋蘇氏易傳》）

《朱熹集》

《乾》之象辭發明性命之理與《詩》《烝民》、《維天之命》、《書》《湯誥》、《太誓》、《中庸》、《孟子》相表裏，而《大傳》之言亦若符契。蘇氏不知其說，而欲以其所臆度者言之，又畏人之指其失也，故每爲不可言、不可見之說以先後之，務爲閃倏滉漾不可捕捉之形，使讀者茫然，雖欲攻之，而无所措其辨。殊不知性命之理甚明而其爲說至簡，今將言之而先曰不可言，既指之而又曰不可見，足以眩夫未嘗學問之庸人矣。由學者觀之，豈不適所以爲未嘗見、未嘗知之驗哉？然道衰學絕，世頗惑之，故爲之辨，以待後之君子，而其它言死生鬼神之不合者亦並附焉。（卷七二《雜學辨·蘇氏易解》）

黎靖德編《朱子語類》

問："讀《易》，若只從伊川之說，恐太見成，无致力思索處。若用己意思索立說，又恐涉狂易。浩近學看《易》，主以伊川之說，參以橫渠、溫公、安定、荊公、東坡、漢上之解，擇其長者抄之，或足以己意。可以如此否？"曰："呂伯恭教人只得看伊川《易》，也不得致疑。某謂若如此看文字，有甚精神？卻要我做甚！"浩曰："伊川不應有錯處。"曰："他說道理決不錯，只恐于文義名物也有未盡。"又曰："公看得諸家如何？"浩曰："各有長處。"曰："東坡解《易》，大體最不好。然他卻會作文，識句法，解文釋義，必有長處。"（卷六七）

謂江文卿曰："'多聞，擇其善者而從之；多見而識之。'公今卻无擇善一著。聖人擇善，便是事不遺乎理。公今知得，便拽轉前許多工夫自不妨。要轉便轉，更無難者。覺公意思尚放許多不下，説幾句又漸漸走上來，如車水相似，又滾將去。"又曰："東坡説話固多不是，就他一套中間又自有精處。如説《易》，説甚性命，全然惡模樣。如説《書》，卻有好處。如説帝王之興，受命之祥，如《河圖》、《洛書》、《玄鳥》、《生民》之詩，固有是理，然非以是爲先。恨學者推之過詳，流入讖緯；後人舉從而廢之，亦過矣。這是他説得好處，公卻不記得這般所在，亦是自家本領不明。若理會得原頭正，到得看那許多，方有辨別。如程先生與禪子讀碑，云：'公所看都是字，某所看都是理。'似公如今所説亦都是字，自家看見都是理。"（卷一二〇）

東坡解經，一作解《尚書》。莫教説著處直是好！蓋是他筆力過人，發明得分外精神。（卷一三〇）

論東坡之學，曰："當時游其門者，雖苦心極力，學得了文詞言語，濟得甚事！如見識議論，自是遠不及。今東坡經解雖不甚純，然好處亦自多，其議論亦有長處。但他只從尾梢處學，所以只能如此。"（同前）

陳振孫《直齋書録解題》

《東坡易傳》十卷。端明殿學士眉山蘇軾子瞻撰著，述其父洵之學也。（卷一）

王應麟《困學紀聞》

東坡曰："左氏論《易》，惟南蒯、穆姜之事爲近正。"知莊子曰："師出以律，有律以如己也。"杜預注：法行則人從法，法敗則法從人。亦格言也。（卷一）

馮椅《厚齋易學》

蘇軾《（易）傳》：《中興書目》："《易傳》九卷。"《讀書志》云："《毘陵易傳》，當是蜀本。"本朝翰林學士蘇軾傳。父洵作此未完，疾革，命軾卒其業。軾字子瞻，眉州人。晁氏云："謂卦不可爻別而觀之。其論卦，必先求其所齊之端，則六爻之義，未有不貫者，未嘗鑿而通也。"（附録一《先儒著述上》）

王若虛《滹南集》

東坡之解經，眼目盡高，往往過人遠甚。而所不足者，消息玩味之功，優柔渾厚之意，氣豪而言易，過于出奇，所以不及二程派中人。（卷三一《著述辨惑》）

俞琰《讀易舉要》

陳氏《九經辨疑》按《龍溪文鑑》云：《易》可以義理求乎？曰：蘇文忠公長于《易》理者也，自以不知數學爲不足，亦未可專于義理也。然則如之何則可？劉元城有言："學者言象數則諱談義理，言義理則恥説象數。"究極其説，則以象數義理之兼通

者爲有得于《易》。大抵象隱于理，理寓乎數，貫理數爲一，則舉此可以知。彼離而二之，則雖欲兼通不可得也。（卷二）

胡一桂《周易啓蒙翼傳》

《蘇軾易傳》九卷。晁氏謂："東坡《毘陵易傳》十一卷。其學出于父洵，且謂卦不可爻別而觀之。其論卦，必先求其所齊之端，則六爻之義，未有不貫者，未嘗鑿而（論）〔通〕也。"馮氏曰："洵作此傳未竟，疾革，命軾卒其業。"愚案，文公有辨蘇氏《易》，即此書也。嘗觀《聞見錄》，晁以道問東坡曰："先生《易傳》當傳萬世。"曰："尚恨其不知數學耳。"東坡亦可謂不自欺者矣。（中篇）

董真卿《周易會通》

蘇氏軾子瞻東坡先生，蜀郡人，謚文忠公。《易傳》九卷。晁氏《志》謂："東坡《毘陵易傳》十一卷，其學出于父洵。"馮氏曰："洵作傳未竟，命軾卒其業。"朱子有辨蘇氏《易》，即此書也。（卷首"姓氏"）

鄧夢文《八卦餘生》

釋伊川、蘇子瞻以及諸名家，皆沉酣于《易》者。各有傳注，非一日之積也。余以初讀之人，數年之力，所見幾何，而敢與論是非乎。然竊窺之陰陽不測之神，似皆傳注所未能及。而就爻辭敷論，則不過人言其意耳。伊川每以道學之言説經，時或失之迂僻。而子瞻動輒作鬧，謂某爻往應某爻，爲某爻所隔，幾于无卦。不然，妄謂皆非聖人立言之意也。惟晦翁説《易》最平。每言某爻不可曉，不作強解。余是以益信強解者之遷就也。（卷首《記臆》）

陳所蘊《蘇氏易解序》

余少爲諸生時，分經課業，獨守毛氏《詩》。稍長而習爲古文詞，則抵掌談《左氏》、司馬氏，旁及子史百家，未遑經術。比官留都，簿領頗簡，遂得以其餘日討六籍而總統之。所自《周易》而下，既受程、朱《傳》、《義》而卒業，獲窺其一斑。後得《蘇長公易解》于武林卓爾康氏，乍讀之，若望海，若茫无際涯。再讀之，稍稍有倫脊。三四讀，不自知其沉面濡首矣。《易》自羲皇肇畫，周、孔摘辭，而後世言《易》者无慮百家，其言炙轂，其書充棟。逮乎程、朱《傳》、《義》行，而諸家之説始紬。睹日月而知衆星之蔑，語不虛也。《蘇氏易解》于二家《傳》、《義》，合者不能什二三，顧其言縱横蕩恣，奥渺汪洋，創爲千古以前未經剖判之論，垂爲千古以後不可磨滅之見，要以借《易》之旨而發攄胸中自有之奇，其意所欲達，即不難紆徊曲折以伸其説，然于《易》之旨卒无悖，而于《傳》、《義》異而不害其爲同也。夫馬不必騏驥，要之善走；劍不必乾邪，要之斷割。子曰："天下殊途而同歸，百慮而一致。"不其然哉！蘇長公之爲是書也，禘祀三聖，則周、孔聞孫；肩隨二家，則程、朱難弟。舊藏中秘，未授厥剞，豈非曠然缺典乎。因與同舍郎黃君繼周輩商略是正，爰命梓人布策,俾讀《易》者有所參考,不爲暖暖姝姝學一先生之言。然先儒有言,周、孔孤行而《易》道晦,蓋言言立而象隱也。況又周、孔之駢拇枝指乎哉。縣解之士目擊而是存,則有畫前之易在,是又多言矣。皇明萬曆甲午季秋吉旦,賜進士出身南京吏部文選清吏司郎中潁川陳所蘊子有甫撰。(陳氏冰玉堂萬曆刻本《蘇氏易解》)

焦竑《兩蘇經解序》

余髫年讀書,伯兄授之程課,即以經學爲務,于古注疏,有聞必購讀。聞宋兩蘇氏分釋經子,甚慕之,未獲也。弱冠,得子由《老子解》,奇之。尋于荆溪唐中丞,得子瞻《易》、《書》二解。己丑,檢中秘書,始獲《論》、《孟》拾遺。壬辰,奉使大梁,于中尉西亭所,獲子由《詩》與《春秋》解。丁酉,侍御畢公哀而刻之。而子瞻《論語解》,卒軼不傳。刻成,而余爲之序。序曰:六經者,先儒以爲載道之文也,而文之致極于經,何也?世無舍道而能爲工者也。無論言必稱先王,學必窺原本;即巧如承蜩,捷如轉丸,甘苦徐疾如斲輪運斤,亦必有進于技者。技豈能自神哉?技進于道,道載于經。而謂舍經術而能文,是舍泉而能水,舍燧而能火,舍日月而能明,無是理也。兩蘇氏以絕人之資,刻心經術,沉浸涵泳之餘,妙契其微旨。若見夫六通四闢,无之而非是者。故發之文,如江河滔滔汩汩,日夜不止,冲砥柱、絕呂梁,歷數千里,而放之于海。雖舒爲安流、激爲怒濤,變幻百出,要以道其所欲言而止。故世代遞更,好憎屢變,而二子之文,卒與六經爲不朽。何者?彼誠有所自得也。不然,操觚之士,代不乏人,而灰飛煙滅,隨影響而盡,此其故可知已。二子既以文章顯于世,及其老而多難也,思深見定,始徘徊而詮次先聖之文。嘗伏而讀之,古之微言渺論,斑斑具在。蓋浮華剥而真實見,斯二子之至者也。世方守一家言,目爲文人之經而絀之,而傳者稀矣。夫道非一聖人所能究,前者開之,後者推之,略者廣之,微者闡之,而其理始著,故經累而爲六也。乃談經者欲暖暖姝姝于一先生之言,而以爲經盡在是也,豈不謬哉!此不知二子之文,又不知二子有進于文者故也。畢公視醒之暇,建精廬瀛海間,簡燕趙之雋而造之,而兼刻是書以行。豈弟使燕趙多文士乎?余意通經學古,以紹明先聖之道,必是編爲嚆矢矣。萬曆丁酉冬日,琅琊焦竑書。(畢刻《兩蘇經解》本卷首)

毛晉《東坡易傳跋》

放翁云:"易道廣大,非一人所能盡,堅守一家之說,未爲得也。"漢儒治《易》,入神要路,宋儒則未免繁衍。或流于術數,或釋老互發,議論荒唐,如人眩時,五色无主矣。惟東坡匯百川支流,滴滴歸源,而滔滔汩汩以出之,萬斛不能量也。《易》曰:"神而明之,存乎其人。"自漢以來,未見此奇特。但宣和中方禁蘇氏學,托之毗陵先生,得以不滅,此書亦危矣哉!隱湖毛晉識。(《津逮秘書》本)

王夫之《周易內傳·發例》

漢人所傳者非純乎三聖之教,而秦以來雜占之說紛紜而相亂,故襄楷、郎顗、京房、鄭玄、虞翻之流，一以象旁搜曲引，而不要諸理。王弼氏知其陋也，盡棄其説，一以道爲斷，蓋庶幾于三聖之意。而弼學本老莊虛无之旨，既詭于道，且其言曰"得意忘言，得言忘象"，則不知象中之言，言中之意，爲天人之藴所昭示于天下者，而何忘邪？然自是以後，易乃免于鬻技者猥陋之誣，而爲學者身心事理之典要。唐宋之言《易》者，雖與弼异，而所尚略同。蘇氏軾出入于佛老，敝與弼均，而間引之以言治理，則合焉。（《王船山先生遺書》本）

黃宗羲《宋元學案·趙張諸儒學案》

《易》至南宋，康節之學盛行，鮮有不眩惑其説。其卓然不惑者，則誠齋之《易傳》乎！其于圖、書九、十之妄，方位南北之訛，未嘗一語及者。……中以史事證經學，尤爲洞邃。予嘗謂輔嗣之傳，當以伊川爲正脈，誠齋爲小宗，胡安定、蘇眉山諸家不如也。

張佩綸《澗于日記》

《易》之道廣矣，大矣！秦火所不焚。而自兩漢以來，其旨愈傳愈晦。理數兩論，分之固非，合之亦不盡是。三聖人之理數，必不止此耳。就宋而論，伊川、東坡、漢上三派，亦各有見，皆出龔深之上。朱子于東坡《易傳》列入《雜學辨》中，亦門户之見而已。（辛卯下卷）

全謝山《宋元學案》一以程朱爲宗，是也。卷末立《荆公新學略》、《蘇氏蜀學略》，則非是。汪玉山《與朱子書》曰："東坡初年亦闢禪學，其後乃溺之。謂其不知道可也，概與王氏同貶，恐太甚。"余謂：荆公新學，使天下棄注疏而入于空陋，此爲學之大害也。蘇氏之學，何害于人？朱子立道之大閑，本无取辭而闢之。所以與王氏同貶者，以洛、蜀交閧之故。以東坡《易傳》與潁濱《老子解》同入《雜學辨》，則潁濱之支離，孔、老並稱，實爲大謬；而東坡之《易傳》何罪？特不合于伊川《易傳》而已。朱子論二蘇，乃云小蘇勝于大蘇，豈定論哉？謝山之學亦未能優入聖域。千載而下，平心論事，亦宜取蘇氏《書傳》、《論語解》細爲參考，瑕瑜並見，折衷定論。乃于蔡氏之取蘇氏《書傳》，朱子之取東坡《論語解》，一概抹殺，而徒取朱子之《雜學辨》列之。且以李屏山爲王、蘇餘派，鍛煉周内，于蘇氏何損毫末。以此尊程、朱，所見亦甚陋矣。且講學之名，亦惟洛、閩始有之，坡、潁本未嘗講學。乃爲之創立"講友"、"同調"名目，一若三蘇呼朋引類，創興蜀學以與洛學角者，豈非捕風捉影乎？如高平、廬陵亦爲之强立"講友"、"同調"若干人，皆屬武斷，其内外出入之辭，殊未允愜也。（癸巳卷上）

永瑢、紀昀等《四庫全書總目》

《東坡易傳》九卷（副都御史黃登賢家藏本），宋蘇軾撰。是書一名《毘陵易傳》。陸游《老學庵筆記》謂其書初遭元祐黨禁，不敢顯題軾名，故稱"毘陵先生"，以軾終常州故也。蘇籀《欒城遺言》記蘇洵作《易傳》未成而卒，屬二子述其志，軾書先成，轍乃送所解于軾，今《蒙卦》猶是轍解。則此書實蘇氏父子兄弟合力爲之。題曰軾撰，要其成耳。籀又稱洵晚歲讀《易》，玩其爻象，因得其剛柔、遠近、喜怒、逆順之情。故朱子謂其惟發明"愛惡相攻"、"情僞相感"之義，而議其粗疏。胡一桂記晁説之言，謂軾作《易傳》，自恨不知數學。而其學雜以禪，故朱子作《雜學辨》，以軾是書爲首。然朱子所駁不過一十九條，其中辨文義者四條，又一條謂蘇説无病，然有未盡其説者，則朱子所不取者僅十四條，未足以爲是書病。況《朱子語類》又嘗謂其物理上亦有看得著處，則亦未嘗竟廢之矣。今觀其書，如解《乾卦·彖傳》性命之理諸條，誠不免杳冥恍惚，淪于異學。至其他推闡理勢，言簡意明，往往足以達難顯之情，而深得曲譬之旨。蓋大體近于王弼，而弼之説惟暢元風，軾之説多切人事。其文辭博辨，足資啓發，又烏可一概屏斥耶？李衡作《周易義海撮要》、丁易東作《周易象義》、董真卿作《周易會通》，皆采録其説，非徒然也。明焦竑初得舊本刻之，烏程閔齊伋以朱墨板重刻，頗爲工緻，而无所校正。毛晉又刻入《津逮秘書》中。三本之中，毛本最舛。如《漸卦》上九並經文皆改爲"鴻漸于逵"，則他可知矣。今以焦本爲主，猶不甚失其真焉。（卷一）

丁丙《善本書室藏書志》

《東坡先生易傳》九卷。明鈔本，山陰祁氏曠園藏書。是書一名《毘陵易傳》，蓋因元祐黨禁，不敢顯題。以先生終于常州，故稱"毘陵"。老泉著《易傳》未成，屬二子述其志。東坡書先成，子由乃送所解彙集，故《蒙卦》猶子由所解。實蘇氏父子兄弟一家學耳。大體近于王弼，然弼説惟暢玄風，此則多切人事，仍不相同。朱子作《雜學辨》相摘駁，然止十有四條，不礙其全書也。初刻于明之焦竑，重刻于閔齊伋及毛晉。此屬舊抄，字體蒼秀。有曠園印，當爲山陰祁承㸁藏書。承㸁字爾光，又號曠翁，山陰人，明萬曆甲辰進士，布政司右參政。治曠園于梅里。淡生堂，其藏書之庫也。其所抄書，世人多未見，校勘精核，見全祖望《藏書記》。（卷一）

《蘇氏易解》八卷。明萬曆刊本，忠州李芋仙藏書。眉山蘇軾著。前有萬曆甲午南京吏部文選司郎中、穎川陳所藴子有序。云："余得此《解》于武林卓爾康氏，再四讀之，知于程、朱二家《傳》、《義》，合者不能什二三。顧其言縱橫恣蕩，奥妙汪洋，創爲千古以前未經剖判之論，垂爲千古以後不可磨滅之見。要以借《易》之旨，而發攄胸中自有之奇。然于《易》之旨卒无悖，而于《傳》、《義》異而不害其爲同也。舊藏中秘，未授厥剞，因與同舍郎黄君繼周輩是正梓之。"有耕讀山房珍藏、忠州李芋仙隨身書卷、忠州李士芬印。（同前）

《大易疏解》十卷。明刊本。眉山蘇軾東坡先生著，會稽錢受益謙之定，武林顧寶觀王閲。前有崇禎丙子仲冬顧寶自序云："今之習舉業者，以朱子《本義》爲宗。講解之家，于漢、唐注疏，宋儒傳録爲主。若夫精理旁通，逸詞藻辨，上窮先聖之旨，下尋諸賢傳注之所未到，則髯蘇《易解》最著矣，而世人莫之嗜也。余研究評注，在坡公發先聖經中之秘以豁群迷，而余亦務揚坡公傳中之意，以公同好。"並有南昌劉曰甯、江夏黄汝亨、萬曆丙申吳之鯨諸序。（同前）

周中孚《鄭堂讀書記·補逸》

《東坡易傳》九卷，明刊本。宋蘇軾撰。軾，字子瞻，自號東坡居士，眉州眉山人，嘉祐二年進士。歷官禮部尚書，兼端明殿學士，提舉常州玉局觀。追謚文忠。四庫著録。《郡齋讀書志》、《通考》、《玉海》俱作十一卷，《書録解題》作十卷。其作十卷者，析出《序卦》、《雜卦》爲一卷。作十一卷者，又分《序卦》、《雜卦》爲二卷也。袁本《讀書志》又作《毘陵易傳》，則以東坡遭黨禁時，避稱毘陵先生，故有是名也。子由作《東坡墓誌》有云："先君晚歲讀《易》，玩其爻象，得其剛柔、遠近、喜怒、逆順之情，以觀其詞，皆迎刃而解。作《易傳》未完，疾革，命公述其志。公泣受命，卒以成書，然後千載之微言，焕然可知也。"晁氏亦稱："東坡自言其學出于父洵，且謂卦不可爻别而觀之。其論卦，必先求其所齊之端，則六爻之義，未有不貫通者，未嘗鑿而通也。"則是書乃蘇氏父子相繼而成，今止題東坡撰者，《史記》之題司馬遷撰耳。又其中《蒙卦》解一篇，獨爲子由所作。按朱子語録，以是書雜以佛老之説，乃作《雜學辨》，所摘駁者凡十九條。然其切近人事，辭理明達處，且與王輔嗣之但暢玄風者有别，亦不得以此而少之也。此本爲明萬曆丁酉畢侍御合刊《兩蘇經解》本，焦弱侯（竑）序之。較之閔氏（齊伋）刊本及毛氏《津逮秘書》本，爲最善。張若雲（海鵬）《學津討原》所收者，即以此本較正毛氏之脱誤。前載提要，後有若雲《跋》，稱顧御史所刊舊本，疑誤"畢"爲"顧"也。（卷一）

錢曾撰、管庭芬、章鈺校正《錢遵王讀書敏求記校正》

《蘇東坡易解》九卷。案《直齋》有《易傳》十卷，又晁氏《志》有《毘陵易傳》十一卷，云"蘇軾子瞻撰"，疑即一本。鈺案"毘陵"二字係據袁本，凡管氏引晁《志》皆據袁本。○題詞本有。○阮本無。○述古目注鈔字。又有《蘇氏毘陵易傳》十二卷，注鈔字。〔補〕黃録采遺云軾自言其學出于老泉。○鈺案：《天禄目》有明閔齊伋朱墨本八卷，後附王弼論易一卷。明初人鈔本，繕寫極精好。

彭元瑞等撰《天禄琳琅書目後編》

《東坡易傳》，一函八册。宋蘇軾撰。書八卷。蘇籀《欒城遺言》記蘇洵作《易傳》未成，屬二子述其志。軾書先成，轍乃送所解于軾。今《蒙卦》猶是轍義。是此書乃三蘇合作，題曰軾撰，要其成耳。陸游《老學庵筆記》謂其書初遭黨禁，不敢顯題軾名，故曰《毘陵先生易傳》。後附王弼論易一卷。是書明焦竑刻入《兩蘇經解》中，毛晉刻入《津逮秘書》中。此本乃烏程閔齊伋所刻朱墨本。前有軾本傳節文，册首朱字論易六條，及本文上方、行間朱字自漢迄明諸家之説，則齊伋所輯耳。（卷一二）

耿文光《萬卷精華樓藏書記》

《東坡易傳》九卷，宋蘇軾撰。明本。是本萬曆庚戌顧氏刊于豫章，焦竑序。汲古閣《津逮秘書》本卷同。閔齊伋本八卷，附王輔嗣易論。三本皆明本也。是書亦名《毘陵易傳》。《東都事略》：蘇軾，字子瞻，眉山人。父洵晚讀《易》，作《易傳》未究，疾革，命軾述其志。卒以成書。復作《論語說》。最後居海南，作《書傳》。三書既成，撫而歎曰：後有君子，當知我矣。蘇籀記其祖轍遺言曰："公言先曾祖晚歲讀《易》，玩其爻象，得其剛柔、遠近、喜怒、逆順之情，以觀其辭，皆迎刃而解。作《易傳》未完，疾革，命二公述其志。東坡受命，卒以成書。初二公少年皆讀《易》，爲之解説。各仕他邦，既而東坡獨得文王、伏羲超然之志，公乃送所解于坡，今《蒙》卦猶是公解此條出于《欒城遺言》。蘇轍有《易説》三篇。陸游曰：《蘇氏易傳》，方禁蘇氏易學，故謂之"毘陵先生"。馮椅曰："朱子有辨蘇氏《易》，即此書也。"案：朱子所不取者，凡十四條。焦竑序曰："直指桐柏顧公與蘇同産，而來按豫章，乃刻以傳，而委余爲序。是時周、程之説未行，而得意忘言，爽然四解，非訓詁家所能及也。"此本校刊精工，遠勝閔本、毛本。板口有刻工姓名。凡上經三卷，下經三卷，《繫辭》上下二卷，《説卦》、《序卦》一卷。首行題《東坡先生易傳》。（卷一，中華書局 1993 年影印本）

張海鵬《蘇氏易傳》題跋

宋蘇軾撰。此書闡名理多從師傅，言數學則本家學。（《學津討原》本《蘇氏易傳》卷首題）

東坡先生《易傳》，汲古舊有刊本，多訛脱處。吾友黄琴六，借得其外舅周君霱林家所藏明萬曆間刻本，有琅琊焦弱侯序者校之，知毛刻不僅《漸》卦上九"陸"誤改經文作"逵"之謬，如卷七《繫傳上》"四象生八卦"解"有上下必有四方"下，脱"有四方必有四方之間"七字；卷八《繫傳下》"理財正辭"，"理"訛"禮"；"加肉爲肴"，"肴"訛"希"；"裂卦之體"，"卦"訛"象"。又"履和而至"起至"巽以行權"九卦，傳解俱脱簡，共百七十九字；卷九《雜卦傳》"蒙卦而著"，"童"字下脱"蒙求我我求人以自"八字；"大畜時也无妄災也"傳解"六三行人得牛"上，本有"以艮畜乾而可者時也，以乾行震而不可者災也"二句，誤移"以艮畜"十二字在"損益盛衰"句下，脱"震而不可者災也"七字。其他一字二字之訛舛，不可悉數，今依焦序本校正。按此本桐柏顧御史所刻，不知其名，而焦爲之序，故亦稱"焦本"云。乙丑夏日，虞山張海鵬識。（同上，卷末跋）

《續修四庫全書總目提要・經部・易類》

《蘇氏易解》八卷。明萬曆甲午刊本。宋蘇軾撰。前《提要》已著録。惟前《提要》曰《東坡易傳》，《宋志》亦名《易傳》，其津逮本、學津本皆作《易傳》。東坡或有作"毘陵"者，皆不名《蘇氏易傳》。又自《宋志》及各書皆作九卷。《上繫》爲第七卷，

《下繫》爲第八卷，《説》、《序》、《雜》爲第九卷。兹本則以《説》、《序》、《雜》並入第八卷中，而删去《説卦》之名，俾與《下繫》連，若《説卦》即爲《下繫》文者，頗屬不合。考刊此本者，爲潁川陳所藴。所藴字子有，進士，爲南京吏部文選清吏司郎中。兹書之刊，正官南京時，故書署南京吏部刊。書末校刊姓氏，皆吏部中員司。又書首有陳所藴序，于《易傳》、《易解》異名之故，及他本作九卷，兹作八卷，以《説卦》與《下繫》連文之故，序内皆未之言。陳所據之本，原即名《易解》而八卷歟？抑所藴等所刊時，故削去《説卦》之名，以與《下繫》合，將九卷並入八卷歟？則不得而知也。至蘇傳，前《提要》已評，兹不復贅。（尚秉和）

東坡書傳

蘇軾 撰

舒大剛
張尚英 校點

目　錄

叙錄	183
東坡書傳卷一	185
虞　書	185
堯典第一	185
東坡書傳卷二	191
舜典第二	191
東坡書傳卷三	202
大禹謨第三	202
皋陶謨第四	207
東坡書傳卷四	212
益稷第五	212
東坡書傳卷五	217
夏　書	217
禹貢第一	217
東坡書傳卷六	244
甘誓第二	244
五子之歌第三	245
胤征第四	246
東坡書傳卷七	251
商　書	251
湯誓第一	251
仲虺之誥第二	252
湯誥第三	254
伊訓第四	255
太甲上第五	258
太甲中第六	259

太甲下第七 ……………………………………………………… 261
　　咸有一德第八 …………………………………………………… 262

東坡書傳卷八 …………………………………………………………… 266
　　盤庚上第九 ……………………………………………………… 266
　　盤庚中第十 ……………………………………………………… 270
　　盤庚下第十一 …………………………………………………… 273
　　説命上第十二 …………………………………………………… 274
　　説命中第十三 …………………………………………………… 275
　　説命下第十四 …………………………………………………… 276
　　高宗肜日第十五 ………………………………………………… 278
　　西伯戡黎第十六 ………………………………………………… 279
　　微子第十七 ……………………………………………………… 280

東坡書傳卷九 …………………………………………………………… 282
　周　書 …………………………………………………………… 282
　　泰誓上第一 ……………………………………………………… 282
　　泰誓中第二 ……………………………………………………… 283
　　泰誓下第三 ……………………………………………………… 284
　　牧誓第四 ………………………………………………………… 284
　　武成第五 ………………………………………………………… 286

東坡書傳卷十 …………………………………………………………… 289
　　洪範第六 ………………………………………………………… 289

東坡書傳卷十一 ………………………………………………………… 300
　　旅獒第七 ………………………………………………………… 300
　　金縢第八 ………………………………………………………… 301
　　大誥第九 ………………………………………………………… 303
　　微子之命第十 …………………………………………………… 308

東坡書傳卷十二 ………………………………………………………… 310
　　康誥第十一 ……………………………………………………… 310
　　酒誥第十二 ……………………………………………………… 316

東坡書傳卷十三 ………………………………………………………… 321
　　梓材第十三 ……………………………………………………… 321

召誥第十四 ……………………………………………… 323
　　洛誥第十五 ……………………………………………… 327

東坡書傳卷十四 …………………………………………… 335
　　多士第十六 ……………………………………………… 335
　　无逸第十七 ……………………………………………… 338

東坡書傳卷十五 …………………………………………… 342
　　君奭第十八 ……………………………………………… 342
　　蔡仲之命第十九 ………………………………………… 346
　　多方第二十 ……………………………………………… 347

東坡書傳卷十六 …………………………………………… 352
　　立政第二十一 …………………………………………… 352
　　周官第二十二 …………………………………………… 357
　　君陳第二十三 …………………………………………… 360

東坡書傳卷十七 …………………………………………… 363
　　顧命第二十四 …………………………………………… 363
　　康王之誥第二十五 ……………………………………… 369

東坡書傳卷十八 …………………………………………… 375
　　畢命第二十六 …………………………………………… 375
　　君牙第二十七 …………………………………………… 377
　　冏命第二十八 …………………………………………… 379

東坡書傳卷十九 …………………………………………… 380
　　吕刑第二十九 …………………………………………… 380

東坡書傳卷二十 …………………………………………… 387
　　文侯之命第三十 ………………………………………… 387
　　費誓第三十一 …………………………………………… 389
　　秦誓第三十二 …………………………………………… 391

〔附録一〕歷代諸家評論 …………………………………… 393

〔附録二〕蘇軾《東坡書傳》述略 ………………………… 399

叙　　錄

　　《東坡書傳》是蘇軾撰寫的三部經學著作（《易傳》、《書傳》、《論語説》）之一，撰成於其貶居海南時期。

　　蘇軾、蘇轍在青年時期即對《尚書》有所研究，《欒城應詔集·進論五首》分別對《禮》、《易》、《書》、《詩》、《春秋》五經進行了論述[①]。之後隨着學力增益，蘇軾又對《尚書》中一些重要議題撰有專論，如"乃言厎可績"、"墍讒説殄行"（俱《舜典》）、"視遠惟明，聽德惟聰"、"始終惟一，時乃日新"（俱《太甲上》）、"王省惟歲"（《洪範》）、"作周恭先，作周孚先"（《洛誥》）、"惟聖罔念作狂，惟克念作聖"（《多方》）、"庶言同則繹"（《君陳》）、"唐虞稽古建官惟百，夏商倍，亦克用乂"（《周官》）、"道有升降，政由俗革"（《畢命》）等[②]，都反映了他的《書》學研究成果。

　　蘇軾有《易傳》、《書傳》、《論語説》三部經學著作，爲撰此三書，他耗費了半生心血，大致説來，即經始於黃州，重訂於惠州，最後完成於海南。蘇軾初到黃州有"欲了却《論語》、《書》、《易》"計劃[③]，但從《黃州上文潞公書》[④]和蘇轍撰《亡兄子瞻端明墓誌銘》[⑤]看，蘇軾在黃州只完成了《易傳》和《論語説》兩部。後來貶官嶺南，再遷海南，才又"草得《書傳》十三卷"[⑥]。蘇軾《與李之儀》云"海南了得《易》、《書》、《論語》傳數十卷"[⑦]，又在海南《題所作書易傳論語説》説"吾作《易》、《書》、《論語説》，亦粗備矣"[⑧]，表明其三經解最終完成於海南。

　　《東坡書傳》是現存唐宋《尚書》全解中較早的一部，且"在今天見到的宋人解《書》之作中，這是較早的解説得較有見地的一部"[⑨]。晁公武《郡齋讀書志》稱，熙寧以後專用王安石《三經新義》選拔人才，"此書駁異其説爲多"；《四庫全書總目》本書提要亦云："但就其書而論，則（蘇）軾究心經世之學，明於事勢，又長於議論，於治亂興亡披抉明暢，較他經獨爲擅長。"可見其書頗有因經以議政的特色。

　　《東坡書傳》在解經方面，對文義審察深刻，對制度考述詳明，對錯簡校勘、句讀

---

① 五論又收入《三蘇文粹》蘇軾名下，後收入《蘇軾文集》卷二，北京：中華書局，1986年。
② 以上並見《蘇軾文集》卷六。
③ 蘇軾：《與滕達道書》，《蘇軾文集》卷七七。
④ 蘇軾：《黃州上文潞公書》，《蘇軾文集》卷四八。
⑤ 蘇轍：《亡兄子瞻端明墓誌銘》，《欒城後集》卷二二。
⑥ 蘇軾：《與鄭靖老書》，《蘇軾文集》卷五六。
⑦ 蘇軾：《與李之儀》，《蘇軾文集》卷七八。
⑧ 蘇軾：《題所作書易傳論語説》，《蘇軾文集》卷六六。
⑨ 劉起釪：《尚書學史》，北京：中華書局，1989年。

審定等方面也有諸多貢獻。《郡齋讀書志》稱贊其"以《胤征》爲羿篡位時,《康王之誥》爲失禮,引《左傳》爲證,與時儒之説不同"。《直齋書錄解題》也稱其"于《胤征》以爲羲和貳於羿而忠于夏,于《康王之誥》以釋衰服爲非禮……又言昭王南征不復,穆王初无憤恥之意"。《朱子語類》卷九七又稱其解《吕刑》篇,以"王享國百年耄"作一句,"荒度作刑"作一句,甚合於理。這些創新之處,多爲後來《書》家所採,特別是南宋理學家蔡沈禀承朱熹意旨撰著的《書集傳》引錄本書之説尤多。《四庫全書總目》曾説:"洛閩諸儒,以程子之故,與蘇氏如水火,惟于此書有取焉,則其書可知矣。"① 蘇軾對自己的三部經學著作也很珍視,其《答蘇伯固書》説:"撫視《易》、《書》、《論語》三書,即覺此生不虚過。"② 蘇轍《亡兄子瞻端明墓誌銘》也説:"最後居南海,作《書傳》,推明上古之絶學,多先儒所未達。既成三書,撫之歎曰:'今世要未能信,後有君子,當知我矣!'"③

《東坡書傳》的卷數歷代著錄有異。晁公武《郡齋讀書志》作"《東坡書傳》十三卷",《宋史·藝文志》同。但後來所傳多作二十卷,萬曆《兩蘇經解》本、明末朱墨套印本都是如此。據蘇軾《與鄭靖老三》"草得《書傳》十三卷"云云,則十三卷乃是原書面貌。二十卷本,乃流傳過程中有所分合,内容並無增減。

蘇軾《書傳》等三部經解著作,在其有生之年曾"携以自隨",又曾託付給錢濟明保存,都是鈔本,没有刊刻。南宋和元代是否有刻本,亦不可考。明嘉靖年間胡直《書蘇子瞻書傳後》:"昔唐荆川先生(順之)語予曰:'曾見蘇子瞻《書傳》乎?'曰:'未也。''盍求之?'歲之甲子(嘉靖四十三年,1564),予行部至眉,求諸鄉大夫張中丞,得其寫本讀之。"④ 萬曆丁酉(1597)畢侍郎又據此"寫本"刻入《兩蘇經解》,此乃迄今可見《東坡書傳》的最早刻本。

今存《東坡書傳》的重要版本如下:一是《兩蘇經解》本(稱"《經解》本"),今藏於中國國家圖書館、北京大學圖書館等處。二是明朱墨套印本,題名《東坡書傳》二十卷,凌濛初刻(稱"凌本")。三是清《四庫全書》鈔本(稱"《四庫》本"),二十卷。四是《學津討原》本(稱"學津本")。此外,尚有清順治刊本二十卷和名目繁多的明清寫本。歷考諸本,《經解》本諸篇大題皆在小題之下,尚存古式;《四庫》本則校錄精審,但二本内容都有脱落,尤其是《多士》一篇,脱誤之處幾不可讀。凌本、學津本内容較爲齊全。

此次整理,係以學津本爲底本,而以《經解》本、四庫全書本、凌本詳加校勘。但是,由於《東坡書傳》從北宋至明代一直未有刊刻,只以鈔本傳世,故其内容每有脱落,部分尚見於宋人著作所引。故本次整理還依據後世經解引錄和點評《東坡書傳》的情況,酌情摘錄,以爲參考(該項工作由張尚英博士完成)。

---

① 永瑢、紀昀等:《四庫全書總目》卷一一《東坡書傳提要》。
② 蘇軾:《答蘇伯固書》,《蘇軾文集》卷五七。
③ 蘇轍:《亡兄子瞻端明墓誌銘》,《欒城後集》卷二二。
④ 胡直:《書蘇子瞻書傳後》,《衡廬精舍藏稿》卷一八,影印文淵閣《四庫全書》本。

東坡書傳卷一①

虞　書

堯典第一

昔在帝堯，聰明文思，

　　聰者无所不聞，明者无所不見。文者，其法度也；思者，其智慮也②。
光宅天下。

　　聖人之德如日月之光，貞一而无所不及也。
將遜于位，

　　遜，遁也。
讓于虞舜，作《堯典》。

　　言常道也。

曰若稽古帝堯，曰放勳，欽明文思安安，

　　若，順也。稽，考也。放，法也，有功而可法曰放勳。猶孔子曰："巍巍乎，其有成功。"此論其德之辭也。自孟子、太史公，咸以"放勳"、"重華"、"文命"爲堯、舜、禹之名。然有不可者。以類求之，則皋陶爲名"允迪"乎？欽，敬也。或言其聰，或言其敬，初无異義。而學者因是以爲說，則不勝異說矣。凡若此者，皆不取。"欽明文思"，才之絕人者也。以絕人之才而安于无事，此德之盛也。夫惟天下之至仁，爲能安其安。
【附錄】
朱鶴齡《尚書埤傳》（文淵閣《四庫全書》本。下稱"《埤傳》"）　　放，古"仿"字。《孔傳》言堯能放上世之功。《蘇傳》："放，法也。堯有可法之大功，曰放

---

① 東坡書傳卷一：《學津討原》本（下稱"原本"）作"東坡書傳卷一"，自"卷十五"起始作"東坡書傳卷第十五"，此後各卷皆有"第"字。萬曆二十五年（1597）刻《兩蘇經解》本（下稱"《經解》本"）各卷皆作"東坡先生書傳卷第某"。又各本皆於一卷結束處，例有"東坡書傳卷某終"字樣，今並予刪除。以下不復出校。

② 智：清順治乙未傅山手寫本校云"一作志"。

勳。"愚按：放，本訓仿效，堯之大功，爲萬世聖人立極，所謂堯有可法之大功也。

允恭克讓；光被四表，格于上下；

允，信也。克，能也。表，外也。格，至也。上下，天地也。恭有僞，讓有不克，故以允克爲賢。

克明俊德，以親九族；

明，揚也。俊，傑也。堯之政以舉賢爲首，親親爲次。九族，高祖、玄孫之族也①。

九族既睦，平章百姓；

平，和也。章，顯用其賢者也。百姓，凡國之大族，民之望也。大族予之，民莫不予也。方是時，上世帝皇之子孫，其得姓者蓋百餘族而已，故曰百姓。

【附錄】

林之奇《尚書全解》（文淵閣《四庫全書》本。下稱"《全解》"）　百姓者，百官族姓也。不謂"百官族姓"而謂"百姓"者，但舉其大數而言。唐孔氏曰："唐虞稽古，建官惟百，故言百姓。"蘇子瞻亦云："百姓者，蓋是時上世帝王子孫，其得姓者百餘族而已，故曰百姓。"此説不然。《五子之歌》曰"萬姓仇予"，豈唐、虞之世始有百姓，而至夏頓有萬姓哉！

百姓昭明，協和萬邦；黎民于變時雍。

協，合也。黎，衆也。變，化也。雍，和也。

乃命羲和，欽若昊天，曆象日月星辰，敬授人時。

昊，廣大也。曆者，其書也。象者，其器也。璿璣、玉衡之類是也。星，四方中星也。辰，日月所會也。或曰：星，五星；辰，三辰，心、伐、北辰也。重黎之後，羲氏、和氏世掌天地四時之官，故堯以是命之。

分命羲仲，宅嵎夷，曰暘谷。

《禹貢》：嵎夷在青州。又曰暘谷，則其地近日而先明，當在東方海上。以此推之，則昧谷當在西極，朔方、幽都當在幽州，而南交爲交趾明矣。春曰宅嵎夷②，夏曰宅南交，冬曰宅朔方，而秋獨曰宅西。徐廣曰："西，今天水之西縣也。"羲、和之任亦重矣。堯都于冀州，而其所重任之臣乃在四極萬里之外，理或不然。當是致日景以定分、至，然後曆可起也。故使往驗于四極，非常宅也。

【附錄】

陳大猷《書集傳或問》卷上（文淵閣《四庫全書》本。下稱"《或問》"）　或問："晦庵謂古字'宅'、'度'通用，'宅嵎夷'之類，恐只是去四方度其日景，以

---

① 玄：原本、文淵閣《四庫全書》本（下稱"《四庫》"本）作"元"，蓋避清康熙玄燁諱。今徑回改。下同。

② 宅：《經解》本無"宅"字，依例當有。

作曆耳，如唐時尚使人去四方觀望。此説如何？"曰："此即蘇氏之説。然既職在曆象，又宅于四極，則所謂度日景之類，不言可知。"

寅賓出日，平秩東作。

> 寅，敬也。賓，導也。秩，次序也。東作，春作也。西成，秋成也。春夏欲民早起，故先日出而作，是謂"寅賓出日"。秋冬寒，不能早起，故令民候日入而息，是謂"寅餞納日"。二叔不言餞者，因仲之辭。

日中星鳥，以殷仲春。

> 日中者，晝夜平也。二分皆晝夜平，而春言日中，秋言宵中者，互相備也。春分，朱鳥七宿，昏見于南方。夏至則青龍，秋分則玄武，冬至則白虎。而夏、秋、冬，獨舉一宿者，舉其中也。殷，當也，《書》曰："九江孔殷。"

厥民析，

> 冬寒无事，民入室處。春事既起，丁壯就田，其民老壯分析。（見《漢志》）

鳥獸孳尾。

> 乳化曰孳，交接曰尾。

申命羲叔，

> 申，重也。

宅南交。平秩南訛，敬致。

> 訛，化也。叙南方化育之事，以敬致其功。

日永星火，以正仲夏。

> 永，長也。火，心也。

厥民因，

> 老弱畢作，因就在田之丁壯也。

鳥獸希革。

> 其羽毛希少而革易也。

分命和仲，宅西，曰昧谷。寅餞納日，

> 餞，送也。

平秩西成。宵中星虛，以殷仲秋。厥民夷，

> 夷，平也。農事至秋稍緩，可以漸休，故曰夷。

【附錄】

陳大猷《或問》卷上　或問："'厥民夷'，蘇氏謂農事至秋稍緩，老弱可以漸休，故曰夷。程子謂秋成，民獲卒歲之樂，而心力平夷。子從程説而删除'民獲卒歲之樂'一語，何也？"曰："二説皆善。蘇氏主民力而言，程子主民心而言，除去'民獲卒歲之樂'一句，則語意圓而无不包矣。"

鳥獸毛毨。

毨，理也，毛更生整理。

申命和叔，宅朔方，曰幽都。平在朔易，

在，察也。朔易，歲于此改易也。禮，十二月，天子與公卿大夫共飭國典。論時令，以待來歲之宜。

日短星昴，以正仲冬。厥民隩，

隩，室也，民老幼皆入室。

鳥獸氄毛①。

氄，軟厚也。

帝曰：咨汝羲暨和，期三百有六旬有六日，以閏月定四時成歲。

暨，與也。周四時曰期，期當三百六十五日四分日之一，而云六日，舉其全也。歲止得三百五十四日，故以閏月定而正之。有，讀爲又，古有、又通。

允釐百工，庶績咸熙。

釐，理。工，官也。績，功也。熙，光明也。

帝曰：疇咨！若時登庸。

疇，誰也。咨，嗟也。時，是也。猶曰：時乎嗟哉，能順是者，我登進而用之。

放齊曰：胤子朱啓明②。帝曰：吁，嚚訟，可乎？

放齊，臣名。胤，國。子，爵。朱，名。《書》有胤侯。吁，疑怪之辭也。口不道忠信之言爲嚚。或曰：太史公曰："嗣子丹朱開明。"

帝曰：疇咨！若予采。

采，事也。

驩兜曰：都！共工方鳩僝功。

驩兜，臣名。都、於，歎美之辭也。共工，其先爲是官者，因以氏也。方，類也；鳩，聚也；僝，布也。言共工能類聚而布其功也。

帝曰：吁！静言庸違，象恭滔天。

静則能言，用則違之。貌象恭敬，而實滅其天理。滔，滅也。

【附錄】

林之奇《全解》　　"滔天"二字，説者不同。《釋文》云："外貌恭敬，而心中實包藏滔天莫測。"蘇氏曰："滔滅天理。"曾氏云："誠者天之道也，汩没其胸中之誠，故曰滔天。"審如是説，則與下文"浩浩滔天"語意斷異。夫《典》之言"滔天"一也，豈容有異哉？《史記》作"似恭漫天"，孔氏云："貌象恭敬而心傲很，若滔天而不可用也。"則其與下文"滔天"爲一意。然而洪水之爲害，際天所覆，滔滔皆是，謂之"滔天"可也。象恭云"滔天"，其説有理而難通。故齊唐

---

① 氄：《經解》本此處與下面傳文均作"鷸"，據傳文釋義，當作"氄"。
② 胤：原本、《四庫》本缺筆，蓋避清雍正胤禎諱，今徑回改。下同。

以謂"古者竹簡容二十字,自'象恭'至'滔天'始及一行,故傳者誤書'滔天'二字"。然君子于其所不知,蓋闕如也。若欲以己意而增損聖人之經,此近世學者之大患,不可爲也。

夏僎《尚書詳解》(文淵閣《四庫全書》本。下稱"《詳解》") "滔天"二字,説者不同。蘇氏云:"滔滅天理。"《釋文》云:"外貌恭敬,而心中包藏滔天莫測。"曾氏云:"誠者天之道也,汩没其胸中之誠,故曰滔天。"審如是説,則下文"浩浩滔天"語意斷異。夫《典》之言"滔天"一也,豈容有異哉?洪水之爲害,際天所覆,滔滔皆是,是故曰"滔天"。至此言"滔天",謂其貌之恭而心之凶狠,滔滔漫天也。

陳大猷《或問》卷上 或問:"'象恭滔天'爲衍文,何也?"曰:林氏謂蘇氏以"滔天"爲滅天理,則下文"滔天"爲二義,孔説與下文義同矣。然謂洪水際天滔滔可也,象恭云"滔天",其義不通。

帝曰:咨,四岳。

孔安國以四岳爲羲和四子,而太史公以羲和爲司馬之先,以四岳爲齊太公之祖,則四岳非羲和也。當以史爲正。

【附録】

夏僎《詳解》 蘇氏又引《書》曰"内有百揆、四岳",欲遜位,則四岳爲一人明矣。其所謂二十二人,蓋十二牧、九官並四岳一人,乃二十二矣。舊説徒見每訪四岳而"僉曰"以答之,訪者一人而答者衆,故以爲四人。殊不知所謂"僉曰",蓋四岳采衆言以進也。凡此皆以四岳爲一人。或謂四人,于經无害,故兩存之。

湯湯洪水方割,蕩蕩懷山襄陵,浩浩滔天。

湯湯、蕩蕩、浩浩,皆水之狀也。割,害也。懷,包也。襄,上也,水逆流曰襄。

下民其咨①,有能俾乂。

俾,使也。乂,治也。

僉曰:於,鯀哉!

僉,皆也。鯀,崇伯之名。

帝曰:吁,咈哉!方命圮族。

咈,戾也。方命,負命也。族,類也,圮族,敗類也。

岳曰:异哉,試可乃已。

异,舉也。時未有賢于鯀者,故岳曰舉而試之,可以治水則已,无求其他。

【附録】

林之奇《全解》 蘇氏曰:"可以治水則已,无求其他。"蓋四岳之薦鯀治水,堯

---

① 下:原本作"卜",蓋"下"字之脱壞,據凌濛初刻朱墨套印本《東坡書傳》(下稱"凌本")改正。

知其方命圮族不可用，而四岳之心未足以信此，故謂其可以治水而已，安可以方命圮族而廢之哉！

帝曰：往，欽哉。九載，績用弗成。

載，年也。九年三考，而功不成。

帝曰：咨，四岳。朕在位七十載。

堯年十六，以唐侯爲天子，在位七十年，時年八十六。

汝能庸命，巽朕位。岳①曰：否，德忝帝位。

巽，受也。否，不也。忝，辱也。

曰：明明揚側陋。

明其高明者，揚其側陋者，言不擇貴賤也。

師錫帝曰：有鰥在下，曰虞舜。

師，衆也。錫，予也。无妻曰鰥。舉舜而言其鰥者，欲帝妻之也。帝知岳不足禪而禪之，岳知舜可禪而不舉，何也？以天下予庶人，古无是道也，故必先自岳始。岳必不敢當也，岳不敢當而後及其餘，曰吾不擇貴賤也。而衆乃敢舉舜，理勢然也。堯之知舜至矣，而天下不足以盡知之，故將授之天下，使其事發于衆，不發于堯，故舜受之也安。

帝曰：俞，予聞，如何？

俞，然也。曰：然，予亦聞之，其德果何如哉？

岳曰：瞽子，父頑，母嚚，象傲。克諧以孝，烝烝乂，不格姦。

瞽，舜父名也，其字瞍。心不則德義之經爲頑。象，舜弟也。諧，和也。烝，進也。姦，亂也。舜能以孝和諧父母、昆弟，使進于德，不及于亂。而孟子、太史公皆言象日以殺舜爲事，塗廩、浚井，僅脱于死。至欲室其二嫂，其爲格姦也甚矣！故凡言舜之事，不告而娶，避堯之子于南河之南，舉皆齊東野人之語，而二子不察也。

帝曰：我其試哉！女于時，觀厥刑于二女。釐降二女于媯汭，嬪于虞。帝曰：欽哉。

刑，法也。釐，理也。媯，水名也。婦敬曰嬪。虞，其族也。舜能以理下二女于媯水之陽，耕稼陶漁之地，使二女不獨敬其親，而通敬其族。舜之所謂諸難，无難于此者也，雖付之天下可也。堯以是信之矣，而人未足以信之矣②。更試之以五典③、百揆、四門、大麓之事。

---

① 岳：《經解》本无此字。
② 矣：《經解》本、《四庫》本作"故"，則當與下句連讀。
③ 更：《經解》本、《四庫》本作"復"字。

東坡書傳卷二

虞　書

舜典第二

虞舜側微，堯聞之聰明，將使嗣位，歷試諸難，作《舜典》。
曰若稽古帝舜，曰重華，協于帝。
　　重，襲也；華，文也，襲堯之文也。
濬哲文明，温恭允塞，
　　濬，深也。哲，智也。塞，實也。《書》曰"剛而塞"，《詩》曰"秉心塞淵"。
玄德升聞。
　　玄，幽也。
乃命以位。慎徽五典，五典克從；納于百揆，百揆時叙；賓于四門，四門穆穆；
　　徽，和也。五典，五教也，司徒之事也。揆，度也。《書》曰："有能奮庸，熙帝之載，使宅百揆，亮采惠疇，僉曰：伯禹作司空。"而《左氏傳》亦云："使主后土，以揆百事。"則百揆，司空之事也。四門，四大之門也①。穆穆，美也。諸侯之來朝者，舜賓迎之，宗伯之事也。
納于大麓，烈風雷雨弗迷。
　　舊説：麓，録也。舜大録萬機之政，陰陽和，風雨時。自漢以來有是説，故章帝始置太傅録尚書事；而晉以後，强臣將篡者爲之，其源出于此。考其所由，蓋古文"麓"作"蓁"，故學者誤以爲"録"耳。或曰：大麓，太山麓也。古者易姓告代，必因泰山，除地爲墠，以告天地，故謂之禪。其禮既不經見，而考《書》之文，則堯見舜爲政三年，而五典從、百揆叙、四門穆、風雨不迷，而後告舜以禪位。而舜猶讓不敢當也，而堯乃于未告舜禪之前，先往太山以易姓告代。豈事之實也哉？《書》云："烈風雷雨弗迷。"是天有烈風雷雨，而舜弗迷也。今乃以爲陰陽和、風雨時，逆其文矣。太史公曰："堯使舜入山林川澤，暴風雷雨，舜行不迷。"此其實也。堯之所以試舜者，亦多方矣。洪水爲患，使舜入山林，相視原

---

① 四大：淩本、《經解》本、《四庫》本作"四方"。

隰，雷雨大至，衆懼失常，而舜不迷，其度量有絶人者，而天地鬼神，亦或有以相之歟？且帝王之興，其受命之祥，卓然見于《書》、《詩》者多矣。《河圖》、《洛書》、《玄鳥》、《生民》之詩，豈可謂誣也哉！恨學者推之，太詳讖緯，而後之君子亦矯枉過正，舉從而廢之。以爲王莽、公孫述之流沿此作亂，使漢不失德，莽、述何自而起？而歸罪三代受命之符，亦過矣。故夫君子之論，取其實而已矣。

【附録】

蔡沈《書集傳》（中國書店影印世界書局本）　蘇氏曰："洪水爲害，……相之歟？"愚謂遇烈風雷雨非常之變，而不震懼失常，非固聰明誠智、確乎不亂者不能也。《易》"震驚百里，不喪匕鬯"，意爲近之。

陳第《尚書疏衍》（文淵閣《四庫全書》本。下稱"《疏衍》"）　《史記》曰：堯使舜入山林川澤，暴風雷雨，舜行不迷。蔡、蘇氏皆主此説。蘇且以是爲受命之祥也。愚謂上古用字惟取同音，不似後世之按字分義，故以"麓"爲"録"，義自可通。如必泥其字，馬鄭云："麓，足也。納于大山之足，而風雨不迷。"似亦无足怪者。故《孔叢子》之説，意似滋長。

帝曰：格，汝舜。詢事考言，乃言厎可績①。三載，汝陟帝位。

格，來也。詢，謀也。厎，致也。猶受命而往，返而致命也。陟，升也。舜之始見堯也，必有以論天下之事，其措置當爾，其成當如何，考三年而其言驗，乃致其功。

【附録】

蘇軾《尚書解·乃言厎可績》（《蘇軾文集》卷六）　巧言令色，帝之所畏也。故以言取人，自孔子不能无失。然聖賢之在下也，其道不效于民，其才不見于行事，非言无自出之。故以言取人者，聖人之所不能免也。納之以言，試之以功，自堯舜以來，未之有改也。堯將禪舜也，曰："詢事考言，乃言厎可績。"厎之爲言，極也。《易》曰："窮理盡性，以至于命。"可謂極矣。君子之于事物也，原其始不要其終，知其一不知其二，見其偏不見其全，則利害相奪，華實相亂，烏能得事之真、見物之情也哉！故言可聽而不可行，事可行而功不可成，功可成而民不可安，是功未始成也。舜、禹、皋陶之言，皆功成而民安之者也。嗚呼，極之爲至德也久矣。箕子謂之"皇極"，子思謂之"中庸"。"極則非中也，中則非極也"，此昧者之論也。故世俗之學，以中庸爲處可否之間，无過與不及之病而已，是近于鄉原也。若夫達者之論則不然，曰："喜怒哀樂未發謂之中，發而皆中節謂之和，致中和，天地位焉，萬物育焉。"非舜、禹、皋陶之成功，其孰能與于此哉！故愚以謂窮理盡性，然後得事之真，見物之情。以之事天則天成，以之事地則地平，以之治人則人安。此舜、禹、皋陶之言，可以厎績者也。

舜讓于德，弗嗣。

---

① 厎：原本作"底"，阮刻《十三經注疏》本《尚書》經文作"厎"，是也。今據改。下同。

以德不能繼爲讓。

正月上日，受終于文祖。

上日，上旬日也。太史公曰，文祖，堯之太祖也。不于其所祖，受堯之終，必于堯之祖廟。有事于祖廟，則餘廟可知。

在璿璣玉衡，以齊七政。

在，察也。璿，美玉也。璣、衡，王者正天文之器，可運轉者。七政，日月、五星也。

肆類于上帝，

肆，遂也。類，事類也，以事告，非常祀也。凡祀上帝，必及地祇。何以知其然也？以郊之有望知之。《春秋》書"不郊，猶三望"，《傳》曰："望，郊之細也。"《書》曰："庚戌，柴望，大告武成。"柴，祀天也。望，祀山川也。而禮成于一日，祀山川而不及地，此理之必不然者也。是以知祀天必及地也。《詩》曰："昊天有成命。"郊祀天地也。漢以來學者考之不詳，而世主或出其私意，五時祭帝，汾陰祀后土，而王莽始合祭天地。世祖以來，或合或否，而唐明皇始下詔合祀。至于今者疑焉，以謂莽與明皇始變禮，而不知祀天之必及地，蓋自舜以來見于經矣①。

禋于六宗，望于山川，遍于群神。

精意以享曰禋。宗，尊也。六宗，尊神也。所祭不經見，諸儒各以意度之，皆可疑。惟晉張髦以爲三昭三穆，學者多從其說。然以《書》考之，受終之初，既有事于文祖，其勢必及餘廟。豈有獨祭文祖于齊七政之前，而別祭餘廟于類上帝之後者乎？以此推之，則齊七政之後，所祭皆天神，非人鬼矣。孔安國：六宗，四時也，寒暑也，日也，月也，星也，水旱也。其說自西漢有之，意其必有所傳受，非臆度者。其神名壇位，皆不可以禮推，猶秦八神、漢太乙之類，豈區區曲學所能以私意損益者哉！《春秋》"不郊，猶三望"，三望分野之星與國中山川，乃知古者郊祭天地，必及于天地之間所謂尊神者。魯，諸侯也，故三望而已。則此禋于六宗、望于山川、遍于群神，蓋與類上帝爲一禮耳。又以《祭法》考之，其曰燔柴于泰壇，祭天也；瘞埋于泰坼，祭地也。則此所謂"類于上帝"者也。埋少牢于泰昭，祭時也；相近于坎壇，祭寒暑也。王宮，祭日也；夜明，祭月也；幽宗，祭星也；雩宗，祭水旱也。則此所謂"禋于六宗"也。四坎壇，祭四方也。山林、川谷、丘陵②，能出雲爲風雨，見怪物，皆曰神。有天下者祭百神，則此所謂"望于山川、遍于群神"也。《祭法》所敘，蓋郊祀天地，從祀諸神之壇位，而《舜典》之章句義疏也。故星爲幽宗，水旱爲雩宗，合于所謂六宗者。但鄭玄曲爲異説，而改"宗"爲"禜"，不可信也。

---

① "凡祀上"至"于經矣"，陳大猷《或問》全文引録，略有刪節，"至于今者"下有"學者"二字，"蓋自舜"句作"蓋舜以來即然矣"。

② 丘：原本作"邱"，蓋避孔子諱。今徑回改。下同。

【附録】

林之奇《全解》 六宗，先儒有九説。孔氏曰："四時也，寒暑也，日月也，星辰也，水旱也。"而歐陽、大小夏侯皆云："上不謂天，下不謂地，旁不謂四方，在六者之間，助陰陽變化，實一而名六宗。"孔光、劉歆謂乾坤六子：水、火、雷、風、山、澤也。賈逵以謂"天宗日、月、星辰，地宗河、海、岱"。馬融曰"天地四時"。鄭玄以謂"星辰、司中、司命、風師、雨師"。司馬彪謂"天宗日、月、星辰，寒暑之屬也；地宗社稷，五祀之屬也；四方之宗四時，五帝之屬"，其説近于馬融。而孟康謂"天地間游神也"。紛紛异同，幾于聚訟。惟張髦謂三昭三穆，學者多從其説，王氏、程氏亦皆從之。而二蘇獨取于孔氏，而爲之説曰，謂"古者郊祭天地，……章句義疏也"。此説爲得之。而謂從祀天地諸神之壇位，則不然。夫舜之以攝位告，是亦即其常事而告耳。若以謂從祀天地，則泰壇、坎壇之類，皆當合爲一處，恐无是理也。

陳大猷《或問》卷上 或問："六宗，諸家多取張髦之説，林氏、蘇氏取孔氏之説，如何？"曰：……蘇氏謂受終祭太祖，而不及六宗，類帝之後祭六宗，而不及太祖，以是爲疑。夫謂受終祭太祖，則並告六宗可知；後祭六宗，則並祭太祖可知。蓋先後互見耳。蘇氏不疑類帝而不及地祇，謂可以類推，于文祖、六宗疑之，何也？

陳第《疏衍》 六宗之説，自漢以來紛然矣。《祭法》曰：埋少牢于泰昭，祭時也。相近于坎壇，祭寒暑也。王宫，祭日也。夜明，祭月也。幽宗，祭星也。雩宗，祭水旱也。《孔叢子》載宰我問答與此同。故孔安國、王肅、孔穎達、蘇子瞻、蔡仲默皆主是説。意近之矣。

輯五瑞，既月，乃日覲四岳群牧，班瑞于群后。

輯，斂也。班，還也。五瑞，五玉也。公執桓圭，侯執信圭，伯執躬圭，子執穀璧，男執蒲璧。既，盡也，正月之末盡也①。蓋齊七政、類上帝，无暇日見諸侯，既月无事，則四岳群牧可以日覲矣。古者朝覲贄玉，已事則還之，故始輯而終班。

歲二月，東巡狩，至于岱宗，柴。

巡狩者，巡行諸侯之所守也。岱宗，泰山也。柴，燔柴祭天，告至也。

望秩于山川，

東岳，諸侯境内名山大川，如其秩次望祭之。五岳，牲祀視三公，四瀆視諸侯，其餘視伯、子、男。

肆覲東后。

東方諸侯也。

協時月正日，同律度量衡。

合四時之氣節、月之大小、日之甲乙，使齊一也。律，十二律也。

---

① 末：原本作"未"。《經解》本、《四庫》本作"末"。詳其文意當作"末"。

修五禮，五玉、三帛、二生、一死，贄。

  五禮，吉、凶、軍、賓、嘉也。五玉，五瑞也。三帛，孔安國曰："諸侯世子執纁，公之孤執玄，附庸之君執黃。"二生，"卿執羔，大夫執雁"。一死，"士執雉"。執以見曰贄。

如五器，卒乃復。

  五器，五玉也。帛，生，死則否。

五月，南巡守，至于南岳，如岱禮。

八月，西巡守，至于西岳，如初。

十有一月朔，巡守，至于北岳，如西禮。

  南岳，衡山；西岳，華山①；北岳，恒山。

歸格于藝祖，用特。

  藝祖，文祖也。特，一牛也。

五載一巡守，群后四朝。敷奏以言，明試以功，車服以庸。

  敷，陳也。奏，進也。庸，用也。諸侯四朝，各使陳其言，而試其功，則賜以車服而用之。

肇十有二州，

  肇，始也。禹治水之後，舜分冀州爲幽州、并州，分青州爲營州。

封十有二山，

  封，封殖也。十二州之名山，皆禁采伐也。

濬川，象以典刑，

  典刑，常刑也。殺人者死，傷人者刑，象其所犯。

流宥五刑，

  五刑，墨、劓、剕、宫、辟也。作五流之法，以宥五刑之輕者。墨，薄刑也，其宥乃至于流乎？曰刑者終身不可復，而流者有時而釋，不賢于刑之乎？

鞭作官刑，

  官刑，以治庶人在官慢于事，而未入于刑者。

扑作教刑②，

  扑，榎楚也，教學者所用也。

金作贖刑，

  過誤而入于刑與罪疑者，皆入金以贖。

眚災肆赦，怙終賊刑。

---

  ① "八月"至"華山"，《經解》本于"五月"條出"西岳華山"四字，文不對題。"西岳華山"乃僞孔釋經文"至于西岳"之傳文。

  ② 扑：《經解》本、《四庫》本、凌本作"朴"。下同。

《易》曰："无妄，行有眚。"眚亦災也。眚災者，猶曰不幸，非其罪也。肆，縱也。《春秋》"肆大眚"是也。怙，恃也。終，不改也。賊，害也。不幸而有罪，則縱舍之；恃惡不悛以害人，則刑之。

【附錄】

夏僎《詳解》 "怙終賊刑"，漢孔氏謂"怙姦自終，當刑殺之"；程氏謂"怙恃其惡，與終固爲非者，殘害之以刑"；蘇氏謂"恃惡不悛以害人，則刑之"；曾氏謂"內怙財，外怙寵，謂之怙成；而不肯改者，謂之終怙。終而有賊，則刑之"。數家之説，皆有可取。

欽哉，欽哉，惟刑之恤哉。

恤，憂也。

流共工于幽洲，

幽洲，北裔。洲，水中可居者。

放驩兜于崇山，

崇山，南裔。

竄三苗于三危，

三苗，縉雲氏之後①，爲諸侯。三危，西裔。

殛鯀于羽山，

羽山，東裔，在海中。殛，誅死也。流、放、竄，皆遷也。

四罪而天下咸服。

此四凶族也，其罪則莫得詳矣。至于流且死，則非小罪矣。然堯不誅而待舜，古今以爲疑，此皆世家巨室，其執政用事也久矣，非堯始舉而用之，苟無大故，雖知其惡，勢不可去。至舜爲政，而四人者不利，乃始爲惡于舜之世，如管、蔡之于周公也歟！

【附錄】

陳大猷《或問》卷上 或問：蘇氏謂，四凶之罪莫得其詳。林氏謂，四凶之惡，其始見用于堯，其終見罪于舜，皆自爲之，堯、舜豈容心哉。葉氏謂，三苗見于經者凡三，《吕刑》謂遏絶苗民，在命羲和之先；此所竄，竄在禹治水之前；《大禹謨》征苗，在禹攝政之始。蓋世濟其惡，非一人也。林氏謂，説者以《洪範》言鯀則殛死，遂以殛爲殺，非也。使其當殺，直肆諸市朝足矣，何必于羽山？所謂殛死，正如後世史傳言貶死也，當從本傳所言。數説皆善。

二十有八載，帝乃殂落，百姓如喪考妣。三載，四海遏密八音。

殂落，死也。考妣，父母也。遏，絶也。密，静也。堯年十六即位，七十載求禪，試三載，自正月上日至崩，二十八載，凡壽一百一十七歲。

月正元日，舜格于文祖。

---

① 縉：《經解》本作"晉"。

月正，正月也。元日，朔日也。向告攝，今告即位。

【附録】

蔡沈《書集傳》　漢孔氏曰："舜服堯喪三年畢，將即政，故復至文祖廟告。"蘇氏曰：受終告攝，此告即位也。然春秋國君，皆以遭喪之明年正月，即位于廟而改元，孔氏云喪畢之明年，不知何所據也？

吴澄《書纂言》（文淵閣《四庫全書》本）　蘇氏曰：受終告攝，此告即位也。然春秋國君，皆以遭喪之明年正月，即位于廟而改元。孔氏云喪畢之明年，不知何據？澄案：《孟子》言堯老而舜攝，堯崩而舜帥天下諸侯爲堯三年喪。三年之喪畢，舜避堯之子于南河之南，天下諸侯朝覲者不之堯之子而之舜，訟獄者不之堯之子而之舜，謳歌者不謳歌堯之子而謳歌舜矣，然後之中國踐天子位焉。子嗣父位者，雖以遭喪之明年正月即位，然國事則總于大臣，喪畢而嗣君始親政，此常禮也。舜以大臣攝天子事，在堯生存之時。堯崩之後，堯之子居喪，舜攝事如故。蓋天子崩，世子聽于冢宰三年者，禮也。喪既畢，則堯之子可以嗣堯爲天子矣，故舜避之而去。天下臣民皆就舜而不就堯之子，堯之子亦不敢當，而舜不得辭，于是乃還國中，告祖廟而踐帝位。與嗣君逾年即位之常禮不同也。

詢于四岳。闢四門，明四目，達四聰。

　　廣視聽于四方。

咨十有二牧，曰：食哉惟時。

　　十二州之牧，所重民食，惟是而已。

柔遠能邇，惇德允元，而難任人，蠻夷率服。

　　能，讀如"不相能"之"能"。柔懷遠者，使與近者相能。惇，厚也。元，善也。難，拒也。任人，佞人也。惇厚其德，信用善人，而拒佞人，則蠻夷服。蓋佞人必好功名，不務德而勤遠略也。

【附録】

夏僎《詳解》　蘇氏謂："'能'讀如'不相能'之'能'。懷柔遠者，使與近者相能。"王氏謂："遠者柔之而已，近者吾所治也，故當能之。"曾彦和廣其説，謂："富之教之，刑賞因革，无所不能，故曰能邇。"此數説皆費訓釋。

舜曰：咨，四岳。有能奮庸，熙帝之載，使宅百揆，亮采惠疇。

　　奮，立也。庸，功也。熙，光也。載，事也。有能立功，光堯之事者，當使宅百揆。其能信事而順者，誰乎？

僉曰：伯禹作司空。帝曰：俞，咨禹，汝平水土，惟時。懋哉！

　　懋，勉也。

禹拜稽首，讓于稷、契暨皋陶。

　　居稷官者，弃也。契、皋陶，二臣名。

帝曰：俞，汝往哉！

　　然其所推之賢，不許其讓也。

帝曰：弃，黎民阻飢。

　　阻，險難也。

汝后稷，播時百穀。帝曰：契，百姓不親，五品不遜。汝作司徒，敬敷五教，在寬。

　　五教，父義、母慈、兄友、弟恭、子孝。以此教民，必寬而後可，亟則以德爲怨，否則相率爲僞。

【附録】

夏僎《詳解》　陳少南謂：“亟則以德爲怨，否則相率爲僞。”蘇氏謂：“敷此五教，以敬爲主，以寬濟之。以敬爲主者，匡之直之之謂；濟之以寬者，使自得之之謂。”二説雖美，惟少穎之説爲詳。（按，夏氏所引蘇氏説不見《書傳》，亦不見蘇軾其他各書，恐爲《書傳》佚文。所引陳少南鵬飛説實爲《東坡書傳》，疑有混淆。因陳氏《書解》已佚，无得而考。）

陳大猷《或問》卷上　或問：“五典，蘇氏從《左傳》，以爲父義、母慈、兄友、弟恭、子孝，如何？”……曰：當以孟子之説爲正。

又　“蘇氏謂‘教民必寬而後可，亟則以德爲怨，否則相率而爲僞’，此説如何？”曰：“此説亦可互相發明，若更添‘亟則拘迫不能有成’之意，則尤善也。”

帝曰：皋陶，蠻夷猾夏，寇賊姦宄。

　　猾，亂也。夏，華夏也。亂在外曰姦，在内曰宄。

汝作士，五刑有服，五服三就；

　　士，理官也。服，從也。三就，《國語》所謂三次也。大者陳之原野，小者致之市朝。

五流有宅，五宅三居，惟明克允。

　　三居，如今律五流，其詳不可知矣。堯舜以德禮治天下，雖有蠻夷寇賊，時犯其法，然未嘗命將出師。時使皋陶作士，以五刑三就、五流三居之法治之足矣。兵既不用，度其軍政必寓于農民。當時訓農治民之官，如十二牧、司徒、司空之流，當兼領其事，是以不復立司馬也。而或者因謂堯時士與司馬爲一官，誤矣。夫以將帥之任而兼之于理官，无時而可也。堯獨安能行之？

【附録】

陳大猷《或問》卷上　或問：“蘇氏、林氏言兵刑非一官，如何？”曰：兵乃刑之大者，唐、虞以德化天下，士官之設，已非得已。隆古之時，兵既不常用，但領之于士官。兵刑合爲一官，所以見聖人不求詳如此，蓋仁天下之深意也。蘇、林疑其説者，以士師不可爲將帥耳。夫爲將者非必盡是掌兵之官，如今之兵部、樞密皆掌兵，而未嘗爲將。意者唐、虞平時兵政止以士官兼領，如今世之制，故征苗自屬之大禹，而不以命皋陶也。夫工虞之微，且列于九官，使其果有司馬，豈應置而不言乎！

帝曰：疇若予工？僉曰：垂哉！帝曰：俞，咨，垂，汝共工。

垂，臣名。

垂拜稽首，讓于殳斨暨伯與。

二臣名。

帝曰：俞，往哉，汝諧。

諧，宜也。

帝曰：疇若予上下草木鳥獸？

上，山也。下，澤也。

僉曰：益哉！

伯益也。

帝曰：俞，咨，益，汝作朕虞。

虞，掌山澤之官。

益拜稽首，讓于朱虎、熊羆。

二臣名。

帝曰：俞，往哉，汝諧。帝曰：咨，四岳，有能典朕三禮？僉曰：伯夷。

三禮，天、地、人禮。伯夷，臣名，姜姓。

帝曰：俞，咨，伯，汝作秩宗。

秩序宗廟之官。

夙夜惟寅，直哉惟清。

《書》曰："伯夷降典，折民惟刑。"禮之所去，刑之所取，故古者禮官兼折刑。"夙夜惟寅"者，爲禮也。"直哉惟清"者，爲刑也，惟直則刑清。

伯拜稽首，讓于夔、龍。

二臣名。

帝曰：俞，往欽哉！帝曰：夔，命汝典樂，教胄子。直而溫，寬而栗，剛而無虐，簡而無傲。

栗，莊栗也。教者必因其所長，而輔其所不足。直者患不溫，寬者患不栗，剛者患虐，簡者患傲。

詩言志，歌永言，聲依永，律和聲。

言之不足，故長言之，吟咏其言而樂生焉，是謂"歌永言"。聲者，樂聲也；永者，人聲也。樂聲升降之節，視人聲之所能，至則爲中聲，是謂"聲依永"。永則无節，无節則不中律，故以律爲之節，是謂"律和聲"。孔子論玉之德曰："叩之，其聲清越以長①，其終詘然，樂也。"夫清越以長者，永也；其終詘然者，律也。夫樂固成於此二者歟！

八音克諧，无相奪倫，神人以和。夔曰：於，予擊石拊石，百獸率舞。

---

① 其：《四庫》本作"有"，誤。各本及《禮記·聘禮》皆作"其"。

此舜命九官之際也，无緣夔于此獨稱其功。此《益稷》之文也，簡編脱誤，復見于此①。

帝曰：龍，朕聖讒説殄行，震驚朕師。命汝作納言，夙夜出納朕命，惟允。

聖，疾也。殄，絶也。絶行，猶獨行，行之不可繼者也。惟讒説獨行爲能動衆。納言之官，聽下言納于上，受上言宣于下，樞機之官，故能爲天下言行之帥。舜有不問而命，臣有不讓而受者，皆隨其實也。

【附録】

蘇軾《尚書解·聖讒説殄行》（《蘇軾文集》卷六） 《書》云："朕聖讒説殄行。"傳曰：君子之所爲，爲可傳、爲可繼也。凡行之不可傳、繼者，皆殄行也，堯舜之所聖也。世衰道喪，士貴苟難而賤中庸，故邪慝者進焉。齊桓公欲用豎刁、易牙、開方三子。管仲曰："三子者自刑以近君，去親殺子以求合，皆非人情，難近。"桓公不聽，卒以亂齊。齊桓，賢主也。管仲，信臣也。夫以賢主而不用信臣之言，豈非三子者似忠而難知也歟？甚矣，似之亂真也。故曰："惡紫，謂其奪朱也；惡莠，謂其亂苗也；惡鄉原，謂其亂德也。"孟子憂之，故曰："君子反經而已矣。"君子之所貴，必其可傳、可繼者也，是以謂之經。經者，常也。君子苟常之爲貴，則彼苟難殄並行，無爲爲之矣。苟難者无所獲，殄行者无所利，則庶民並興，巧者不能獨進，拙者可以自效。吾虛心而察之，賢者可事，能者可使，而天下治矣。

陳大猷《或問》卷上 或問："蘇氏謂九官，舜有不問而命者，臣有不讓而不遜者，皆隨其實，如何？"曰：古者，君臣皆以位爲憂，而不以位爲樂。其所以遜者，非姑爲禮文而虛遜，亦非謂不足當而遜也，蓋其謹重不忽之誠意發見，自不容已。……蘇氏謂隨其實而不遜，正東萊論王述之意；而不問而命，不遜而受，乃後世直情徑行者，殆非唐、虞敬謹之氣象也。

帝曰：咨，汝二十有二人，

《書》曰"内有百揆、四岳"，堯欲使巽朕位，則非四人明矣。二十二人者，蓋十二牧、四岳、九官也。而舊説以爲四人，蓋每訪四岳，必"僉曰"以答之。訪者一而答者衆，不害四岳之爲一人也。

欽哉！惟時亮天功。

亮，弼也。

三載考績，三考黜陟幽明，庶績咸熙。分北三苗。

苗之國，左洞庭，右彭蠡，南方之國也。而竄之西裔，必竄其君耳，其民未也。至此治功大成，而苗民猶不服，故分北之。

---

① "此舜命"至"見于此"，《朱熹集》卷六五《雜著·尚書》引蘇氏曰"舜方命九官，濟濟相讓，无緣夔于此獨言其功。此《益稷》之文也，簡編脱誤，復見于此"。蔡沈《書集傳》所引同《朱熹集》。

舜生三十，

  爲民者三十載。

徵庸三十，

  歷試三載，攝位二十八載，通爲三十。

在位五十載，陟方乃死。

  堯崩，舜服喪三年，然後即位。蓋年六十二矣。在位五十載而崩，壽百有一十二。説者以爲舜巡守南方，死于蒼梧之野。韓愈以爲非，其説曰："地傾東南，巡非陟也。'陟方'者，猶曰'升遐'爾，《書》曰'惟新陟王'是也。傳《書》者以'乃死'爲'陟方'之訓，蓋其章句。而後之學者誤以爲經文。"此説爲得之。

【附録】

林之奇《全解》 司馬温公詩曰："虞舜在倦勤，薦禹爲天子。豈有復南巡，迢迢渡湘水？"此説爲得之。"陟方"者，猶云"升遐"也。"乃死"，謂升遐而死，猶云"帝乃殂落也"。韓退之謂"乃死"者，以釋"陟方"爲言耳。夫作《書》者自釋其義，无是理也。而蘇東坡乃以謂爲《書》傳章句之言，此説亦未是。揚子曰："黃帝、堯、舜，殂落而死。"與"陟方乃死"，文勢正同。豈亦《詩》、《書》章句之言哉？

陳第《疏衍》 舊説謂舜陟方岳，死于蒼梧之野而葬焉。《檀弓》曰"舜葬于蒼梧之野"，《魯語》曰"舜勤事而野死"是也。蘇子瞻引韓昌黎之説，曰……蔡注云："陟方乃死，猶言殂落而死也。"既曰"殂落"，又曰"而死"，不幾于贅乎？蘇氏直以"乃死"爲釋文，君子亦未敢以爲然也。或疑舜既倦勤，命禹居攝，則巡狩之事，禹事也，何舜以垂殁之年而遠陟蠻夷之徼乎？孟子稱"舜卒于鳴條"，鳴條、蒲坂接境，當不誣矣。然愚考零陵九疑，實有舜冢。秦始皇三十七年十一月，至雲夢，望祀虞舜于九疑山。後世帝王祭告，恒必于是，則舜冢非无也。冢既非无，則野死非妄也；野死非妄，則陟方非誣也。

毛奇齡《古文尚書冤詞》卷七 若謂傳以"方乃死"爲"陟"之注，則以"陟"訓死，猶屬非義。"方乃"何解？蘇軾引韓愈説，謂"陟方猶升遐，《書》曰'惟新陟王'是也。"則以"陟方"爲義，而訓以"乃死"，似頗明順。

帝釐下土方，設居方①，別生分類，作《汨作》、《九共》九篇、《槀飫》。

  凡《逸書》，不可强通其訓。或曰：《九共》，《九丘》也，古文"丘"、"共"相近也。其曰述《職方》以除《九丘》，非也。《九丘》逸矣，理或然歟？

---

① 設：各本及諸家《尚書》皆作"設"。《四庫》本作"説"，誤。

東坡書傳卷三

虞書①

大禹謨第三

皋陶矢厥謨，禹成厥功，帝舜申之，作《大禹謨》、《皋陶謨》、《益稷》。

矢，陳也。申，推明之也。

【附録】

夏僎《詳解》 "帝舜申之"，説者不同，林少穎謂："申，重也。"……蘇氏則謂："申，推明之也。"張氏則謂："申，發揚而暴白之，使功與謨皆申而不屈。"皆不若漢孔氏謂："申，重美二子之言。"唐孔氏廣其説曰："若《大禹謨》言'帝曰：俞，地平天成，時乃功。懋哉！'《益稷》又云：'迪朕德，時乃功，惟叙。'是皆重美二子之言。"此是矣。

曰若稽古大禹，曰文命敷于四海，祇承于帝。

命，教也，以文教布于四海，而繼堯、舜。以"文命"爲禹名，則布于四海者，爲何事耶？

【附録】

《朱熹集》卷六五《雜著·尚書》（四川教育出版社，郭齊、尹波校點本） 文命，王氏以爲禹號，蘇曰："非也。以'文命'爲禹號，則'敷于四海'者爲何事邪？"

蔡沈《書集傳》 "文命"，《史記》以爲禹名。蘇氏曰："以'文命'爲禹名，則'敷于四海'者爲何事邪？"

閻若璩《古文尚書疏證》第五九（清續《經解》本。下稱"《疏證》"） 又按《蔡傳》載蘇氏曰："《史記》以'文命'爲禹名，則'敷于四海'者爲何事耶？"此亦是過信晚出《書》故爾。其實《五帝本紀》云"虞舜者名曰重華"，《夏本紀》云"夏禹名曰文命"。"名"者，號也。言虞舜號曰重華、夏禹號曰文命云爾。（《大戴禮記·五帝德》並同）唐孔氏疏："人有號謚之名。"余謂"名曰重華"、"名曰文命"，此生號之名也。孟子名之曰"幽"、"厲"，此死謚之名也。皆得謂之名。

---

① 虞書：原本無，依例當有，據《四庫》本補。

毛奇齡《尚書廣聽錄》卷一（文淵閣《四庫全書》本。下稱"《廣聽錄》"）　蘇軾曰："以'文命'爲禹名，則'敷于四海'者何事耶？"予謂善解經者不在解，而在通。"敷四海"誠難解，然在諸經有可通者。《禹貢》曰"禹敷土"，此即敷四海也。《商頌》曰"禹敷下土方"，此即禹敷土也。敷土、敷土方，不必別有事矣。大抵禹職治水，事在四海，故曰"敷于四海"。此如《周頌·般詩》成王巡狩天下，而曰"敷天下"，詞例並然，非有他也。不然，禹不掌教，有何文命、作貢、聲教、征苗、乾羽，不得謂神禹以文治也。

曰：后克艱厥后，臣克艱厥臣，政乃乂，黎民敏德。
　　此禹之言也。君臣各艱畏，則非辟无自入。民利在爲善而已，故敏于德。

帝曰：俞，允若兹嘉言，罔攸伏，野无遺賢，萬邦咸寧。
　　君臣无所艱畏，則易事而簡賢，賢者遁去，而善言不敢出矣。

稽于衆，舍己從人，不虐无告，不廢困窮，惟帝時克。
　　无告，天民之窮者也；困窮，士之不遇者也。帝，堯也。

益曰：都，帝德廣運，乃聖乃神，乃武乃文。皇天眷命，奄有四海，爲天下君。
　　都，美也。至道必簡，至言必近。君臣相與艱畏，舍己而用衆，禮鰥寡，達窮士，其爲德若卑約。然此夸者之所小，而世俗之所謂无所至也。故舜特申之曰：是德也，惟堯能之，他人不能也。益又從而贊之曰：是德也，推而廣之，則乃所以爲聖神文武。而天之所以命堯爲天子者，特以是耳。

禹曰：惠迪吉，從逆凶，惟影響。
　　惠，順也。迪，道也。言吉凶之出于善惡，猶影響之生于形聲。

益曰：吁，戒哉！儆戒无虞。
　　虞，憂也。自其未有憂而戒之矣。

罔失法度，罔游于逸，罔淫于樂。任賢勿貳，去邪勿疑。
　　貳，不專任也。

疑謀勿成，百志惟熙。
　　人之爲不善，雖小人不能无疑。凡疑則已，則天下无小人矣。人之所以不能大相過者，皆好行其所疑也。疑謀勿成，則凡所志皆卓然光明，无可媿者。

罔違道以干百姓之譽，罔咈百姓以從己之欲。
　　民至愚而不可欺，凡其所毀譽，天且以是爲聰明，而況人君乎。違道足以致民毀而已，安能求譽哉？以是知堯、舜之間，所謂百姓者，皆謂世家大族也。好行小慧，以求譽于此，固不足恤；以爲不足恤，而縱欲以戾之，亦殆矣。咈，戾也。

无怠无荒，四夷來王。
　　九州之外，世一見曰王。《國語》：日祭、月祀、時享、歲貢、終王。

禹曰：於，帝念哉！德惟善政，政在養民。水、火、金、木、土、穀惟修。
　　所謂六府。

正德、利用、厚生，惟和。

　　所謂三事也。《春秋傳》曰："民生厚而德正，用利而事節。""正德"者，《管子》所謂"倉廩實而知禮節，衣食足而知榮辱"也。利用，利器用也。厚生，時使薄斂也，使民之賴其生也者厚也。民薄其生，則不難犯上矣。利用厚生，而後民德正。先言正德者，德不正，雖有粟，吾得而食諸？

九功惟叙，九叙惟歌，戒之用休，董之用威，勸之以九歌，俾勿壞。

　　先事而語曰戒。休，恩也。董，督也。太史公曰：沐浴膏澤，而歌咏勤苦，古之治民者，于其勤苦之事則歌之，使忘其勞。九功之歌，意其若《豳詩》也歟？

帝曰：俞，地平天成，六府三事，允治，萬世永賴，時乃功。

　　水土治曰平，五行叙曰成。賴，利也。乃，汝也。

帝曰：格，汝禹，朕宅帝位三十有三載，耄期，倦于勤。

　　八十、九十曰耄，百年曰期頤。

汝惟不怠，總朕師。禹曰：朕德罔克，民不依。皋陶邁種德，德乃降，黎民懷之。帝念哉。念兹在兹，釋兹在兹，名言兹在兹，允出兹在兹，惟帝念功。

　　邁，遠也。降，下也。種德者，如農夫之種殖也，衆人之種其德也近，朝種而莫獲，則其報亦狹矣。皋陶之種其德也遠，造次顛沛，未嘗不在于德，而不求其報也。及其充溢而不已，則沛然下及于民，而民懷之。聖人之德必始于念，故曰"帝念哉"。念兹者固在兹矣，及其念之至也，則雖釋而不念，亦未嘗不在兹也。其始也念仁而仁，念義而義；及其至也，不念而自仁、義也。是謂"念兹在兹，釋兹在兹"。"名言"者，其辭命也。"允出"者，其情實也。孔子曰："名之必可言，言之必可行。"是之謂名言。名之以仁固仁矣，名之以義固義矣，是謂"名言兹在兹"。及其念之至也，不待名言而情實皆仁義也，是謂"允出兹在兹"。此帝念念不忘之功也，故曰"惟帝念功"。禹既以是推皋陶之德，因以是教帝也。曰"邁種德"者，其德不可以一二數也。念之而已，念之至者，念與不念，未嘗不在德也。其外之辭命，其中之情實，皆德也，而德不可勝用矣。孔子曰："非禮勿視，非禮勿聽，非禮勿言，非禮勿動。"一出于禮，而仁不可勝用矣。舜、禹、皋陶之微言，其傳于孔子者蓋如此。

【附錄】

林之奇《全解》　蘇氏曰："種德如農……而民懷之。"此説盡之矣。

帝曰：皋陶，惟兹臣庶，罔或干予正。

　　干，犯也。

汝作士，明于五刑，以弼五教，期于予治。刑期于無刑，民協于中，時乃功。懋哉！

　　期，至也。

皋陶曰：帝德罔愆，臨下以簡，御衆以寬，罰弗及嗣，賞延于世。宥過無大，刑故无小；罪疑惟輕，功疑惟重。與其殺不辜，寧失不經。好生之德，洽于民心。兹用不犯于有司。

  帝因禹之議皋陶①，故推其功而勉之。皋陶憂天下後世以刑爲足以治也，故推明其所自，以爲非帝之至德不能至也。

【附録】

  夏僎《詳解》 余謂蘇氏此説雖善，但謂皋陶爲能"推明所自，非帝至德不能至"，則可；謂"憂天下後世以刑爲足以致治，故推明所自"，則不可。

帝曰：俾予從欲以治，四方風動，惟乃之休。

  帝之所欲，欲民仁而壽且富也。"風動"者，如風動物而物不病也。

帝曰：來，禹，降水儆予，成允成功，惟汝賢。

  "降"當作"洚"，孟子曰："洚水者，洪水也。"天以洪水儆予，而禹平之，使聲教信于四海。

克勤于邦，克儉于家，不自滿假，惟汝賢。

  假，大也。

汝惟不矜，天下莫與汝爭能；汝惟不伐，天下莫與汝爭功。予懋乃德嘉、乃丕績，天之曆數在爾躬，汝終陟元后。人心惟危，道心惟微，惟精惟一，允執厥中。

  人心，衆人之心也，喜怒哀樂之類是也。道心，本心也，能生喜怒哀樂者也。安危生于喜怒，治亂寄于哀樂，是心之發，有動天地、傷陰陽之和者，亦可謂危矣。至于本心，果安在哉！爲有耶？爲无耶？有則生喜怒哀樂者，非本心矣；无則孰生喜怒哀樂者？故夫本心，學者不可以力求而達者，可以自得也，可不謂微乎？舜戒禹曰：吾將使汝從人心乎，則人心危而不可據；使汝從道心乎，則道心微而不可見。夫心豈有二哉？不精故也，精則一矣。子思子曰："喜怒哀樂之未發謂之中，發而皆中節謂之和。中也者，天下之大本也；和也者，天下之達道也。致中和，天地位焉，萬物育焉。"夫喜怒哀樂之未發，是莫可名言者，子思名之曰"中"，以爲本心之表著。古之爲道者，必識此心，養之有道，則卓然可見于至微之中矣。夫苟見此心，則喜怒哀樂无非道者，是之謂"和"。喜則爲仁，怒則爲義，哀則爲禮，樂則爲樂，无所往而不爲盛德之事。其位天地、育萬物，豈足怪哉！若夫道心隱微，而人心爲主，喜怒哀樂，各隨其欲，其禍可勝言哉！道心即人心也，人心即道心也。放之則二，精之則一，桀、紂非无道心也，放之而已。堯舜非无人心也，精之而已。舜之所謂"道心"者，子思之所謂"中"也；舜之所謂"人心"者，子思之所謂"和"也。

无稽之言勿聽，弗詢之謀勿庸。可愛非君，可畏非民。衆非元后何戴？后非衆罔與守邦，欽哉！慎乃有位，敬修其可願。

---

① 議：《四庫》本作"讓"，於義爲長。

人之所願，與聖人同，而不修其可以得所願者，孟子所謂"惡濕而居下，惡醉而強酒"也。

四海困窮，天禄永終。

舜之授禹也，天下可謂治矣，而曰四海困窮者，託于不能，以讓禹也。

惟口出好興戎。朕言不再。

好，爵禄也。戎，兵刑也。吾言非苟而已，喜則爲爵禄，怒則爲兵刑。其爲授禹也決矣。

禹曰：枚卜功臣，

枚，歷也。

惟吉之從。帝曰：禹，官占，惟先蔽志，昆命于元龜。

蔽，斷也。昆，後也。使卜筮之官占是事，必先斷志而後令龜。

朕志先定，詢謀僉同，鬼神其依，龜筮協從。

其者，意之之詞也，以"龜筮協從"知之①。

卜不習吉。

習，因也。卜已吉而更卜，爲習吉。

禹拜稽首，固辭。帝曰：毋惟汝諧。正月朔旦，受命于神宗。

堯之所從受天下者曰文祖，舜之所從受天下者曰神宗。受天下于人，必告于其人之所從受者。《禮》曰："有虞氏禘黄帝而郊嚳，祖顓頊而宗堯。"則神宗爲堯明矣。舜、禹之受天下于堯、舜也，及堯、舜之存，而受命于其祖宗矣。舜受命二十八年而堯崩，禹受命十七年而舜崩。既崩三年，然後退而避其子，是猶足信乎！

【附録】

夏僎《詳解》　蘇氏云："受天下于人，必告于其人所從受天下者。"此論是也。

蔡沈《書集傳》　神宗，堯廟也。蘇氏曰："堯之所從受天下者曰文祖，舜之所從受天下者曰神宗。受天下于人，必告其人之所從受者，《禮》曰：'有虞氏禘黄帝而郊嚳，祖顓頊而宗堯。'則神宗爲堯廟明矣。"正月朔旦，禹受攝帝之命于神宗之廟，總率百官，其禮一如帝舜受終之初等事也。

毛奇齡《廣聽録》卷一　《蔡注》據蘇軾之説，謂"神宗，堯廟"，且謂堯之所從受天下者文祖，舜之所從受天下者神宗。受天下于人，必告于其人之所從受者。殊不知堯既以天下與人，則此時天下非堯天下矣，此所謂公天下也。若猶是堯之天下，則私天下矣。且其意不過謂舜受堯禪，則舜一代不當立廟，此皆小人之腹妄測大典，天下豈有身爲天子而不爲宗祖立廟者？

率百官，若帝之初。帝曰：咨，禹，惟時有苗弗率，汝徂征。

率，循也。徂，往也。

禹乃會群后，誓于師曰：濟濟有衆，咸聽朕命。蠢兹有苗，

———

① 筮：原本無，據經文當有"筮"字。

蠢，動也。

昏迷不恭，侮慢自賢，反道敗德，君子在野，小人在位，民棄不保。天降之咎，肆予以爾衆士，奉辭伐罪①。爾尚一乃心力，

尚，庶幾也。

其克有勳。三旬，苗民逆命。益贊于禹曰：惟德動天，无遠弗届。

届，至也。

滿招損，謙受益，時乃天道。帝初于歷山，往于田，日號泣于旻天、于父母，負罪引慝，祗載見瞽瞍②，夔夔齊慄，瞽亦允若。

夔夔，敬懼貌也。

至誠感神，

以誠感物曰誠。

矧兹有苗。禹拜昌言，曰：俞。

昌言，盛德之言也。

班師振旅，

班，還也。入曰振旅。

帝乃誕敷文德，

誕，大也。

舞干羽于兩階。

干，楯也。羽，翳也。兩階，賓主之階也。

七旬，有苗格。

世傳《汲冢書》以堯、舜爲幽囚野死，而伊尹爲太甲所殺，或以爲信然；學者雖非之，而心疑其説。考之于《書》，禹既受命于神宗，出征三苗而反，帝猶在位，修文德，舞干羽，以來有苗。此豈逼禪也哉！

皋陶謨第四③

曰若稽古皋陶，曰：允迪厥德，謨明弼諧。

迪，蹈也。謨，謀也。弼，正也。諧，和也。言世所稱皋陶之德，皋陶信蹈而行之，非虛名也。其爲人謀也明，其正人之失也和，皆皋陶之德也。《書》言"若稽古"者四，蓋史之爲此書也，曰"吾順考古昔，而得其爲人之大凡如此"。在堯曰"放勳欽明，文思安安，允恭克讓，光被四表，格于上下"；在舜曰"重華協于帝，濬哲文明，温恭允塞"；在禹曰"文命敷于四海，祗承于帝"；在皋陶曰"允迪厥

① 伐：《經解》本作"罰"。
② 祗：《經解》本作"祇"。
③ 《經解》本"皋陶謨第四"下有"虞書"二字，因本卷首已有，故删去。自此以後仿此。

德，謨明弼諧"，皆有虞氏之世史官記其所聞之辭也。有虞氏之世，而謂舜、皋陶爲古可乎？曰：自今已上皆古也，何必異代？《春秋傳》凡《虞書》皆曰《夏書》，則此書作于夏氏之世，亦不可知也。

【附録】

林之奇《全解·堯典》 程氏曰："若稽古者，史官之體，發論之辭也。史官記載前世之事，若考古某人之事言之。下篇云'若稽古帝舜'、'若稽古大禹'、'若稽古皋陶'，皆謂考古某人之事爲如此也。"蘇氏云："史之爲此書也，謂吾順考在昔，而得其爲人之大凡如此。"蓋此四篇"若稽古某人"下皆有"曰"字，故二公之説如此。其説比先儒爲優。然而此皆《虞書》也，《虞書》謂堯爲古可也；禹、皋陶，其時尚存，亦謂之古可乎？則此説不通。若從《周官》"唐虞稽古"之文，以"稽古"爲堯，則下加"曰"字又爲難説。如"允迪厥德"，皋陶之言也，謂"若稽古皋陶曰"可也；放勛、重華、文命以下，非堯舜禹之言，而加"曰"字，則其義不行。此説爲難折，故當闕之以俟知者。

夏僎《詳解》 蘇氏謂：此"若稽古"在《書》有四，于下皆言其爲人之大略。……此説解經文雖順，與前篇之體雖同，然言"禹曰：俞，如何"，則是因皋陶既言之後，然其言而問其果如何也。禹既問其言果何如，則此"允迪厥德，謨明弼諧"當爲皋陶之言，不當爲史官美皋陶之言矣。蘇氏既以此爲稱皋陶之德，于下"禹曰：俞，如何"其文無所屬，乃爲"此下當有缺文"。夫解經不通，即以脱文斷之，則經之難通者，皆可强爲之説。此病于學者，故不敢從。

黄鎮成《尚書通考》卷一（文淵閣《四庫全書》本） "若稽古"：山齋熊氏曰："若稽古帝堯"者，蘇氏云："史官之爲此書也，曰吾順考在昔，而得其爲人之大凡如此。"此説不然。按堯、舜之《典》，禹、皋之《謨》，皆《虞書》也，而皆稱"若稽古"。夫以虞之史臣，謂堯爲古可也；舜、禹、皋其時尚存，亦謂之古可乎？要之，"若稽古"三字，只當從先儒"順考古道"之説。

禹曰：俞，如何？

"允迪厥德，謨明弼諧"者，史之所述，非皋陶之言也。而禹曰"俞"，所然者誰乎？此其間必有闕文者矣。皋陶有言，而禹然之，且問之，簡編脱壞而失之耳。

【附録】

陳第《疏衍》 蘇子瞻疑"弼諧"之下必有闕文。是亦一説也。

皋陶曰：都，慎厥身，修思永。

慎其身之所修者，思其久遠之至者。《禮》曰："君子過言則民作辭，過動則民作則。"故言必慮其所終，行必稽其所敝。

惇敘九族，庶明勵翼，邇可遠在茲。

惇，厚也。敘，次也。庶明，衆顯者，謂近臣也。勵，勉也。翼，輔也。自修身以及九族、近臣，此邇可遠之道也。

禹拜昌言，曰：俞。

盛德之言，故拜。

皋陶曰：都，在知人，在安民。禹曰：吁，咸若時，惟帝其難之。知人則哲，能官人；安民則惠，黎民懷之。能哲而惠，何憂乎驩兜？何遷乎有苗？何畏乎巧言令色孔壬？

孔，甚也。壬，佞也。

皋陶曰：都，亦行有九德，亦言其人有德，乃言曰，載采采。

人有可知之道，而无可知之法，如蕭何之識韓信，此豈有法可學哉！故聖人不敢言知人。輕用人而不疑，與疑人而不用，皆足以敗國而亡家，然卒无知人之法。以諸葛亮之賢，而短于知人，況其下者乎？人主欲常有爲，則事繁而民亂；欲常无爲，則政荒而國削。自古及今，兵强國治而民安者无有也。人之難安如此，此禹之所畏，堯、舜之所病也。皋陶曰：然豈可以畏其難，而不求其術乎？蓋亦嘗試以九德求之。亦行有九德者，以此自修也；亦言其人有德者，以此求人也。論其人，則曰斯人也有某德；言其德，則曰是德也有某事某事。采者，事也。"載采采"者，歷言之也。

禹曰：何？皋陶曰：寬而栗，

栗，懼也。寬者患不戒懼。

柔而立，愿而恭，

愿，慤也。慤者或不恭。

亂而敬，

橫流而濟曰亂，故才過人可以濟大難者曰亂，"亂臣十人"是也。才過人者，患在于夸傲。

擾而毅，

擾，馴也。

直而溫，簡而廉，

簡易者，或無廉隅。

剛而塞，

塞，實也。剛者或色厲而内荏，故以實爲貴。《易》曰"剛健、篤實、輝光①，日新其德"。

彊而義。彰厥有常，吉哉！

德惟一，動罔不吉，故常于是德，然後爲吉也。

日宣三德，夙夜浚明，有家。

宣，達也。浚，盡其才也。明，察其心也。言九德之中，得三人而宣達之，盡其才而察其心，則卿大夫之家可得而治也。

---

① 輝光：《經解》本、凌本作"光輝"，誤倒。

日嚴祗敬六德，亮采有邦。

　　得六人而嚴憚敬用之，信任以事，則諸侯之國可得而治也。

翕受敷施，九德咸事，俊乂在官，百僚師師，百工惟時。撫于五辰，庶績其凝。

　　翕，合也。有治才曰乂。撫，循也。五辰，四時也。凝，成也。九德並至，文武更進，剛柔雜用，則以能合而受之爲難；能合而受之矣，則以能行其言爲難，故曰"翕受敷施，九德咸事"，此天子之事也。古之知言者，忘言而取意，故言无不通；後之學士膠于言，而責其必然，故多礙，多礙故多說。天子用九德，諸侯用六，大夫用三，言不得不爾，而其實未必然也。孔子曰："天子有爭臣七人，諸侯五人，大夫三人。"使諸侯而有爭臣七人，可得謂之僭天子乎？故觀《書》者，取其意而已。或曰：皋陶之九德，區區剛柔之迹耳，何足以與知人之哲乎？然則皋陶何爲立此言也？曰：何獨皋陶，舜命夔曰："直而溫，寬而栗，剛而无虐，簡而无傲"。箕子教武王"正直"、"剛克"、"柔克"，"沉潛剛克，高明柔克"。雖三聖之所陳詳略不同，然皆以長短相輔，剛柔相濟，爲不知人者立寡過之法也。其意曰：不知人者，以此觀人，參其短長、剛柔而用之，可以无大失矣。譬如藥之有方，聚衆毒而治一病。君臣相使，畏惡相制，幸則愈疾，不幸亦不至殺人者。此豈爲秦越人、華佗設乎①？

无教逸欲有邦，兢兢業業，一日二日萬幾。

　　事无不待教而成，惟國君之逸欲，莫有以教之者而自能也。位不期驕，祿不期侈，故一日二日之間，而可致危亡者至于无數。幾，危也。

无曠庶官，天工人其代之。

　　天有是事，則人有此官，官非其人，與无官同。是廢天事也，而可乎？

天叙有典，勑我五典五惇哉！

　　勑，正也。

天秩有禮，自我五禮五庸哉！

　　秩，亦叙也。庸，常也。

同寅協恭，和衷哉！

　　寅，敬也。衷，誠也。

天命有德，五服五章哉！天討有罪，五刑五用哉！政事懋哉！懋哉！

　　懋，勉也。父義、母慈、兄友、弟恭、子孝，皆出于民性之自然，孰爲此叙者，非天乎？我特從而正之，使益厚耳。豺獺之敬，啁啾之悲，交際之歡，攘奪之怒，牝牡之好，此五禮之所從出也。孰爲此秩者，非天乎？我特從而修之，使有常耳。此二者，道德之事，非君臣同其誠敬，莫能致也。五等車服，天所以命有德，而

---

① 華佗：《經解》本、《四庫》本原本作"華陀"，據《三國志》、《後漢書》改。

我章之；刑罰，天所以討有罪，而我用之。此二者，政事也，勉之而已①。

天聰明自我民聰明，天明畏自我民明威②。達于上下，敬哉有土。

上帝付耳目于民者，以其衆而無私也。民所喜怒，威福行焉。自天子達，不避貴賤，有土者可不敬哉！

皋陶曰：朕言惠，

惠，順也。

可厎行。禹曰：俞。乃言厎可績。皋陶曰：予未有知，思曰贊贊襄哉！

曰，當作日。

---

① "此二者"至"勉之而已"，林之奇《全解》引此段，作"此二者，道德事，非君臣同其誠敬，莫能致之。若天命有德討有罪，則政事也，勉之而已。天命有德，凡有德則順乎天道，順乎天道，天之所命也。人君于是制爲五服以章之"。

② 畏：《經解》本作"長"，誤。

東坡書傳卷四

虞　書

益稷第五

帝曰：來，禹，汝亦昌言。禹拜曰：都，帝，予何言？予思日孜孜。

"汝亦昌言"者，因皋陶之言以訪禹也。皋陶曰"予未有知"者，猶曰吾不知其他也，思日夜贊襄而已。贊，進也。襄，上也，讀如"懷山襄陵"之"襄"。皋陶之意曰：吾不知其他也，思日夜進益而已①。知進而不知退，知上而不知下也。《易》曰："天行健，君子以自强不息。"行健者，如登高，進而不知止，雖超太山可也。禹亦因皋陶之言而進之，曰："予何言？"何言者，亦猶皋陶之"未有知"也。又曰："予思日孜孜。""思日孜孜"者，亦猶皋陶之"思日贊贊襄哉"也，其言皆相因之辭。予是以知"曰"之當爲"日"也。伏生以《益稷》合于《皋陶謨》，有以也夫。

【附録】

蔡沈《書集傳》　曰當作日。（即從東坡之説）

皋陶曰：吁，如何？禹曰：洪水滔天，浩浩懷山襄陵，下民昏墊。

昏，瞀也。墊，陷也。

予乘四載，隨山刊木，暨益奏庶鮮食。

水行乘舟，陸行乘車，泥行乘輴，山行乘樏，秦、漢以來師傳如此。且孔氏之舊也，故安國知之，非諸儒之臆説也。"四載"之解，雜出于《尸子》、《慎子》，而最可信者太史公也。亦如六宗之説，自秦、漢以來尚矣，豈可以私意曲學鎸鑿附會爲之哉！而或者以爲鯀治水九載，兖州作"十有三載乃同"，禹之代鯀，蓋四載而成功也。世或喜其説，然詳味本文"予乘四載，隨山刊本"②，則是駕此四物，以行于山林川澤之間，非以四因九，通爲十三載之辭也。按《書》之文，鯀九載績用弗成，在堯未得舜之前，而殛鯀在舜登庸歷試之後，鯀殛而後禹興。則禹治水之年，不得與鯀之九載相接；兖州之功，安得通四與九爲十三乎？禹之言曰：

---

① 益：《經解》本作"逸"。
② 本：《經解》本作"禾"。

"娶于塗山，辛壬癸甲。"是娶在治水之中。又曰："啓呱呱而泣，予弗子，惟荒度土功"，是啓生在水患未平之前也。禹服鯀三年之喪，自免喪而至于娶，而至于子，自有子至于止禹而泣，亦久矣，安得在四載之中乎？反覆考之，皆與《書》文乖異。《書》所云"作十有三載乃同"者，指兗州之事，非謂天下共作十三載也。近世學者，喜異而巧于鑿。故詳辯之，以解世之惑①。

予決九川②，距四海，

　　九州之名川也。

濬畎澮距川。

　　畎、遂、溝、洫、澮，皆通水之道，達于川者也。

暨稷播，奏庶艱食鮮食，懋遷有無化居。烝民乃粒，萬邦作乂。

　　播，種也。奏，進也。鮮食，肉食也。禹之在山林也，與益同之。益，朕虞也，其鮮食，鳥獸也。其在川澤也，與弃同之。弃，后稷也，其鮮食，魚鱉也。艱食者，草木根實之類，凡施力艱難而得者也。艱食鮮食，民粗无飢矣，乃勉之。遷易其有無，以變化其所居積，而農事作矣。

【附錄】

夏僎《詳解》　艱食，一説："稼穡之事，艱難而後成，故謂之艱食。"蘇氏又謂："草木之實，凡施力而得之艱難者，謂之艱食。若古者，凶年饑歲，民有拾橡栗，仰食桑椹，取給蒲蠃，以充飢者，即此艱食之類是也。"二説皆通。

皋陶曰：俞，師汝昌言。

　　禹所謂孜孜者，其言至約而近也。故皋陶吁而問之，禹乃極言孜孜之功效。其所建立成就，巍巍如此，故皋陶曰："俞，師汝昌言。"夫以一言而濟天下、利萬世，可不師乎！

禹曰：都，帝慎乃在位。帝曰：俞。禹曰：安汝止，惟幾惟康，其弼直，惟動丕應徯志。以昭受上帝，天其申命用休。帝曰：吁，臣哉鄰哉！鄰哉臣哉！禹曰：俞。

　　止，居也。安汝居者，自處于至靜也。防患于微曰幾，幾則思慮周；无心于物曰康，康則視聽審。思慮周而視聽審，則輔汝者莫不盡其直也。反而求之，無意于防患，則思慮淺；有心于求物，則視聽亂。思慮淺而視聽亂，則輔汝者皆諂而已。士之志于用者衆矣，待汝而作，故曰徯志。汝既能安居幾康，而觀利害之實，是惟无動，動則凡徯志者皆應矣。夫豈獨人應之，天必與之。鄰，近臣也。帝以其言切而道大，故歎曰我獨成此，非臣誰與共？助我者四鄰之臣，而助四鄰者凡在朝之臣也。故曰"臣哉鄰哉，鄰哉臣哉"。

---

①　惑：《經解》本作"感"。
②　九川：《經解》本、淩本、《四庫》本俱作"九州"，涉傳文誤。阮刻《十三經注疏》本經文正作"九川"。

帝曰：臣作朕股肱耳目，予欲左右有民，汝翼。

　　左右，助也。助我所有之民也，輔翼之也。

予欲宣力四方，汝爲。

　　朝諸侯，服四夷，凡富國強兵之事也。

予欲觀古人之象，日、月、星、辰、山、龍、華蟲，作會宗彝；藻、火、粉、米、黼、黻，絺繡以五采彰，施于五色作服，汝明。

　　日，日也。月，月也。星，五緯之星也。辰，心、伐、北辰，三辰也。山，山也。龍，龍也。華蟲，雉也。日也，月也，星辰也，山也，龍也，華蟲也，此六章者，畫之于宗廟之彝樽，故曰"作會宗彝"也。藻，水草也。火，火也。粉，粉也。米，米也。黼，斧也。黻，兩己也①。藻也，火也，粉也，米也，黼也，黻也，此六章者，繡之于絺，以爲裳。絺，葛之精者也，故曰"絺繡以五采彰，施于五色作服"者，通言十二章也。上六章繪而爲衣，下六章繡而爲裳，故曰"作服"也。自孔安國、鄭玄、王肅之流，各傳十二章紛然不齊，予獨爲此解與諸儒異者，以《虞書》之文爲正也。

予欲聞六律、五聲、八音，在治忽，以出納五言，汝聽。

　　在，察也。忽，不治也。聲音與政通，故可以察治否也。五言者，詩也，以諷詠之言寄之于五聲，蓋以聲言也，故謂之五言。

予違，汝弼，汝无面從，退有後言，欽四鄰。

　　帝感禹言，有臣鄰之歎，故條四事以責其臣，而又戒之曰"欽四鄰"。

庶頑讒説，若不在時，侯以明之，撻以記之，書用識哉！欲並生哉！工以納言，時而颺之，格則承之庸之，否則威之。

　　《論語》曰："有耻且格。"格，改過也。《春秋傳》曰："奉承齊犧。"古者，謂奉牲幣而薦之曰承。承，薦也。衆頑讒説之人，不率是教者，舜皆有以待之。夫化惡莫若進善，故擇其可進者，以射侯之禮舉之。其不率教之甚者則撻之，其小者則書其罪以記之。欲其並居而知耻也。此士之有罪而未可終棄者，故使樂工，采其謳謡諷諫之言而颺之，以觀其心。其改過者則薦之且用之，其不悛者則威之，夏楚之、寄之之類是也②。

禹曰：俞哉。

　　《春秋傳》：太子欲殺渾良夫，公曰"諾哉諾哉"云者，口諾而心不然也。禹之所

---

①　兩己：各本同。中華書局影印阮元校刊本《尚書正義》孔傳作"黻爲爾己相背"。蓋謂黻衣之畫，作你我相背之形。他本作"兩己"，意謂其畫爲兩"己"字相背。孫詒讓《周禮正義・考工記・畫繢》引阮元説又作"兩弓相背之形"。蓋黻衣之紋本"亞"字形，正爲兩弓相背，是爲得之。

②　夏楚：《經解》本作"屏夔"。按，夏楚，即榎楚，荆棘類刑具。《禮記・學記》："夏楚二物，收其威也。"鄭玄："夏，榎也；楚，荆也。二者所以撲撻犯禮者。"即《舜典》"撲作教刑"之"撲"。"屏夔"无義，不可從。

以然者，曰"俞"而已。"俞哉"云者，亦有味其言矣。舜舉四事以責其臣，立射侯、書撻等法以待庶頑，皆治理也。而禹獨有味于斯言也者，蓋其心有所不可于此，以爲身修而天下自服也。

【附録】

蔡沈《書集傳》　　"俞哉"者，蘇氏曰："與《春秋傳》公曰'諾哉'意同，口然而心不然之辭也。"

夏僎《詳解》　　此説極當。

帝，光天之下，至于海隅蒼生，萬邦黎獻，

　　衆賢也。

共惟帝臣。惟帝時舉，敷納以言，明試以功，車服以庸。誰敢不讓，敢不敬應？帝不時，敷同日奏罔功。无若丹朱傲，惟慢遊是好。傲虐是作，罔晝夜頟頟。

　　頑狠之狀。

罔水行舟，朋淫于家，用殄厥世。予創若時，娶于塗山，辛、壬、癸、甲，

　　創，懲也，懲丹朱之惡。辛日娶于塗山，甲日復往治水。

啓呱呱而泣，予弗子，惟荒度土功。

　　啓，禹子也。禹治水，過門不入，聞啓泣而不暇子也，惟大度土工而已①。

弼成五服，至于五千，

　　五服，侯、甸、綏、要、荒也。服五百里，四方相距爲方五千里。

州十有二師。

　　凡二千五百人②。一州用三萬人，九州二十七萬人。

外薄四海，咸建五長，

　　五國立賢者一人爲方伯，謂之五長。

各迪有功。苗頑弗即工，帝其念哉！

　　禹見帝憂讒邪之甚，故推廣其意曰：帝之德光被天下，至于海濱草木，而況此衆賢乎。考其言，明其功，誰敢不從？帝不能如是布宣其德，以同天下，使苗民逆命，日進而終无功者，豈其修已有未至也哉！故戒之曰："无若丹朱傲。"而歷數其惡曰：我惟以丹朱爲戒，故能平治水土，弼成五服。今天下定矣，而苗猶不即工者，帝不可以不求諸己也。故曰"帝其念哉"。此禹得之于益，班師而歸諫舜之詞也。而説者乃謂禹勸舜當念三苗之罪而誅之，夫所謂"念哉"者，豈誅有罪之言乎？

帝曰：迪朕德，時乃功惟叙。皋陶方祇厥叙，方施象刑惟明。夔曰：戞擊

---

① 工：《經解》本作"功"。
② 凡：《經解》本作"師"，於義爲長。

鳴球，搏拊琴瑟以詠①。祖考來格。虞賓在位，群后德讓。

此堂上樂也。戛擊，柷敔也。鳴球，玉磬也。搏拊，以韋爲之，實之以糠，所以節樂。虞賓，丹朱也，二王後，故稱"賓"。

下管鼗鼓，合止柷敔，笙鏞以間。鳥獸蹌蹌，簫韶九成，鳳凰來儀。

此堂下樂也。鏞，大鐘也②。夔作樂，而鳥獸舞，鳳凰儀，信乎？曰：何獨夔也？樂工所以不能致氣召物如古者③，以不得中聲故爾。樂不得中聲者，器不當律也。器不當律，則與摘埴鼓盆无異④，何名爲樂乎？使器能當律，則致氣召物，雖常人能之。蓋見于古今之傳多矣，而況于夔乎。夫能當一律，則衆律皆得；衆律皆得，則樂之變動猶鬼神也。是以降天神，格人鬼，來鳥獸，皆无足疑者。不如此，何以使孔子忘味三月乎？丹朱之惡，幾于桀、紂，"罔水行舟，朋淫于家"，非紂而何？今乃與群后濟濟相讓，此其難化，蓋甚于鳥獸也。

【附録】

陳大猷《或問》卷上 或問："《韶》，蘇說如何？"曰：蘇說固未足以盡《韶》樂之全，而論聲律有理，不可不知。

夔曰：於，予擊石拊石，百獸率舞，庶尹允諧。

舜聞禹諫，則曰"道我德者，皆汝功也"。今苗民逆命，皋陶方祇厥叙而行法焉，故夔又進而諫曰：鬼神猶可以樂格，鳥獸猶可以樂致也，而況于人乎？此所謂"工執藝事以諫"者也。

帝庸作歌曰：勑天之命，惟時惟幾。乃歌曰：股肱喜哉，元首起哉，百工熙哉！皋陶拜手稽首，颺言曰：念哉，率作興事，慎乃憲，欽哉！屢省乃成，欽哉！乃賡載歌曰：元首明哉，股肱良哉，庶事康哉！又歌曰：元首叢脞哉，

叢脞，細碎也。

股肱惰哉，萬事墮哉！帝曰：俞，往欽哉！

帝至此，納禹之諫，乃作歌曰：天命不可常也，待禍福之至而慮之，則晚矣，當以時慮其微者。蓋始從禹之諫而取益之言，有畏滿思謙之意也。皋陶颺言曰念哉，申禹之諫也。曰凡所興作，慎用刑，廣禹之意也。雖成功，猶内自省，終益之戒也。帝之歌曰：股肱喜，則元首起而百工熙。皋陶反之曰：良康惰壞，皆元首之致也。嗚呼，唐虞之際，于斯爲盛。而學者不論，惜哉！

---

① 搏：《經解》本、凌本作"搏"，誤。《十三經注疏》本經文作"搏"，陸德明《釋文》："搏，音博。"可見此字作"搏"无疑。

② 鐘：《經解》本、《四庫》本作"鍾"，誤。

③ 樂工：陳大猷《或問》卷上引作"樂之"。

④ 埴：《經解》本、《四庫》本作"植"。

東坡書傳卷五

夏　書

禹貢第一

禹別九州，隨山濬川，任土作貢。
　　不貢所无及所難得。

禹敷土，
　　敷、道、修、載、叙、乂，皆治也。
隨山刊木，
　　山行多迷，刊木以表之，且以通道。《史記》云"山行表木"。
奠高山大川。
　　奠，定也。高山，五岳。大川，四瀆。定其名秩，祀禮所視。
冀州。
　　堯時①，河水爲患最甚，江次之，淮次之。河行冀、兗爲多，而青、徐其下流，被害亦甚。堯都于冀，故禹行自冀始。次于兗，次于青，次于徐。四州治而河患衰矣。雍、豫雖近河，以下流既治，可以少緩也。故次乎揚②，次乎荆。以治江淮，江淮治而水患平。次于豫，次于梁，次于雍。以治江河上流之餘患，而雍最高，故終焉③。八州皆言自某及某爲某州，而冀獨否，蓋以餘州所至而知之。先賦後田，不言貢篚，皆與餘州異。

【附録】
林之奇《全解》　　蘇氏之説曰，堯之河水爲患最甚，江次之，淮又次之。河流冀、兗爲多，而徐其下流，被害亦甚。堯都于冀，故禹行自冀始。此説皆未盡。蓋禹之治水，其始也必決其懷襄之水，然後導川澤之流。而其所爲先後之序，具載于

---

① 時：《經解》本、《四庫》本無。
② 揚：《經解》本、淩本作"楊"，誤。
③ "堯時"至"終焉"，胡渭《禹貢錐指》引，惟首句作"堯水河爲患最甚"，"被害亦甚"作"尤甚"，且無諸"于"字、"乎"字。

九州之後，"導岍及岐"以下是也。此之所載，但記夫九州之經界與其田賦貢篚之詳，若夫治水之先後，不在于此也。

傅寅《禹貢說斷》（文淵閣《四庫全書》本） 孔、蘇二家執九州之次，以爲禹之治水，自下而上。林氏執"導岍"以下之文，則以爲自上而下。二者將孰從而折衷之？孟子曰："禹疏九河，瀹濟漯而注諸海，決汝漢、排淮泗而注之江，然後中國可得而食也。"孟子之言，自北而南，自下而上，且不及雍、梁，而遽言"中國可得而食"，則禹之規摹亦可見矣。若夫"導岍至敷淺原"，此乃記潛畎澮距川之方向；"導黑水至東北入于河"，此乃記九川之首尾。林氏未明經意，遽執此文謂治水必自上而下，其于世務不通甚矣。……苟能明此，則非惟達《禹貢》九州之次，且于孟子之談禹，知其有自來矣。孔、蘇之論，又安可忽哉！

既載壺口，治梁及岐。

壺口在河東屈縣東南，梁山在左馮翊夏陽縣西北①，岐山在扶風美陽縣西北，梁、岐二山在雍州，今于冀州言之者，豈當時河患上及梁、岐乎？禹通砥柱則壺口平，而梁、岐自治，因河而言，非以二山爲冀州之地也。

【附録】

林之奇《全解》 先儒皆以"冀州既載"爲一句，而漢孔氏以謂"堯所都，先施貢賦役，載于書"；至唐孔氏又謂"計人多少賦功配役，載于書籍，然後徵而用之，以治水也"。據經，但有"既載"二字，而諸儒遂加"賦役載于書"之意。案究以下九州之名之下，皆爲絕句，惟冀州之下有此"既載"二字，而下文"壺口"二字又无所屬，唐孔氏云："于壺口之下言治者，欲見上下皆治也。"其說亦陋。此當從蘇氏之說，以"既載壺口"爲一句。《詩》曰"俶載南畝"，謂始有事于南畝也，此亦始有事于壺口，然後治梁及岐也。故曰"既載壺口，治梁及岐"。

既修太原，至于岳陽。

太原，晉陽也。岳，太岳也，亦號霍太山，在彘縣東②。

覃懷厎績，至于衡、漳。

覃懷，河內懷縣。漳水橫流入河。衡，橫也。濁漳水出長子縣，東至鄴入清漳。清漳水出上黨沾縣大黽谷，東北至渤海阜城縣入河。

【附録】

陳大猷《或問》卷上 或問："孔氏及蘇、王諸儒說衡、漳，新安王氏以爲非，如何？"曰：漢孔氏去古近，蘇、王諸儒皆至中原，所謂漳者宜親見之。新安王氏言漳之源流雖詳，恐未必是禹之舊迹。

厥土惟白壤，

---

① 西北：淩本無"北"字。

② 彘縣：原本、《經解》本均作"蠡縣"，據《四庫》本改。按，蠡縣在今河北，遠離霍太山。彘縣，漢置，在今山西霍縣東北，宋屬河東路晉州霍邑縣。孔穎達《尚書正義》："《地理志》河東彘縣東有霍太山。此彘縣，周屬王所奔，順帝改爲永安縣。"蓋爲蘇氏所本。

无塊曰壤。

厥賦惟上上錯，厥田惟中中。

賦，田所出穀米、兵車之類。《禹貢》田賦皆九等，此爲第一，雜出第二之賦。冀州，畿内也，田中中而賦上上，理不應爾。必當時事有相補除者，豈以不貢而多賦耶？然不可以臆説也。

恒、衛既從，大陸既作。

恒水出常山上曲陽縣，東入滱水。衛水出常山靈壽縣，東北入滹沱。大陸在鉅鹿縣北，水已復故道，則大陸之地可耕作。

島夷皮服。

東北海夷也。水患除，故服皮服。

夾右碣石，入于河。

碣石，海畔山，在北平驪城縣西南。河自碣石山南、渤海之北入海。夾，挾也，自海入河，逆流而西，右顧碣石，如在挾掖也①。

濟河惟兗州。

河、濟之間相去不遠，兗州之境，北距河，東南跨濟，非止于濟也。

【附録】

蔡沈《書集傳》 兗州之域，東南據濟，西北距河。濟河，見導水。蘇氏曰"河濟"……。愚謂河昔北流兗州之境，北盡碣石河右之地。後碣石之地淪入于海，河益徙而南，濟、河之間始相去不遠。蘇氏之説，未必然也。

吳澄《書纂言》 東南據濟，西北距河。蘇氏曰："河、濟之間相去不遠，兗州之境，東南跨濟，非止于濟也。"（按，吳氏所引，于"兗州之境"下少"北距河"三字）

九河既道，

河水自平原以北分爲九道，其名據《爾雅》則徒駭也，太史也，馬頰也，覆釜也，胡蘇也，簡也，絜也，鈎盤也②，鬲津也。漢成帝時，河隄都尉許商上書曰："古記九河之名，有徒駭、胡蘇、鬲津，今見在成平東光鬲縣。自鬲津以北，至徒駭，其間相去二百餘里。"以許商之言考之，徒駭最北，鬲津最南，蓋徒駭是河之本道，東出分爲八枝，徒駭在成平，胡蘇在東光，鬲津在鬲縣，其餘不可復知也。然《爾雅》九河之次，自北而南，既知三河之處，則其餘六者，太史、馬頰、覆釜，當在東光之北、成平之南。簡絜、鈎盤，當在東光之南、鬲縣之北也。其河堙塞，時有故道。《春秋緯·寶乾圖》云："移河爲界，在齊吕，填閼八荒以自廣。"故鄭玄云齊威公塞之。同爲一河，今河閒弓高以東至平原、鬲津，往往有其遺處，蓋塞其八枝，并使歸于徒駭也。

雷夏既澤，灉沮會同。

---

① "河自"至"掖也"，《禹貢錐指》全文引録。
② 鈎盤：《經解》本、《四庫》本作"鈎槃"。下同。

灘、沮二水，雷澤在濟陰成陽縣西北①。《爾雅》曰："水自河出爲灉。"灉水東出于泗，則淮、泗可以達河者，以河灉之至于泗也②。

桑土既蠶，是降丘宅土。厥土黑墳，

黑而墳起。

厥草惟繇，厥木惟條。

繇，茂也。條，長也。

厥田惟中下，厥賦貞。

貞，正也。賦當隨田高下，此其正也。其不相當者，蓋必有故。如向所云相補除者，非其正也。此州田中下，賦亦中下，皆第六③。

【附錄】

夏僎《詳解》　夫九州之賦，相較爲等差，豈有雍賦既第六，而此復第六哉？蘇氏之説，不足信矣。

陳大猷《或問》卷上　蘇氏説貞爲正，善矣。

胡渭《禹貢錐指》　東坡謂"賦當隨田高下者正也"；"此州田中下，賦亦中下，田賦皆第六，故曰貞"。

作十有三載，乃同。

兗州河患最甚，故功後成，至于作十有三載。

厥貢漆、絲，厥篚織文。

―――――――――――

①　成陽縣：《經解》本、原本作"成縣"，《四庫》本作"城陽縣"。按，成本古國，字又作郕。堯葬於此。周封成國，其後遷於成之陽，故城曰成陽。字又作"城陽"，戰國有城陽君，降秦，秦置城陽縣。漢置成陽縣，隋改置雷澤縣，宋因之。在今山東鄄城東南。孔穎達《尚書正義》："《地理志》：雷澤在濟陰城陽縣西北。"蓋爲東坡所本。東漢又有成縣，在今山東寧陽縣北境，但與雷澤相距甚遠，並非一地。

②　"爾雅"至"泗也"，今傳《東坡書傳》於灉無釋，而夏僎《詳解》於"浮于淮泗達于河"下曰"蘇氏引《説文》曰：'水自河出爲灉。'灉水東出于泗，則淮、泗可以達河者，以河灉之至于泗也"云云，而彼處東坡亦无此語，蓋因彼處无"灉"字，東坡固不必釋之。頗疑東坡當于此處釋灉水，固據補于此。又據《説文解字·水部》釋"灉"實作："河灉，水，在宋。從水雝聲。"東坡所引非《説文》，而是《爾釋·釋水》文，郭璞注正引《尚書》"灉沮會同"釋之。今據改。

③　按，傅寅《禹貢説斷》引錄"貞正也"至"皆第六"。後復有："故曰貞。此二者不同，當從先儒之説。九州之賦，相較而爲上下之等，雍州之賦出第六，而兗州之賦不應又出于第六也。先儒所以謂州第九，賦正與九相當者，蓋參考九州，獨无下下之賦，故此州治水最在後畢，州爲第九成功，其賦亦爲第九。此其説。是蓋洪水之害河爲最甚，而兗州又河之下流，其被墊溺之患比于餘州最爲慘酷。故雖能獲播種之功，而土曠人希，又卑濕沮洳之患未盡去，是以樹藝之利，尚非所宜。雖田在第六，而其賦比于九州最少也。"亦作爲《東坡書傳》內容，與上節一並列入"蘇氏曰"之下。不確。此節乃林之奇《全解》內容，林氏在引錄東坡"貞正也"至"皆第六"文字後，既而又有一段議論，即這段文字。傅氏並未讀東坡書，而根據林氏書轉引，故有此誤。又清人胡渭《禹貢錐指》引東坡語，在"皆第六"末，復有"故曰貞"三字，亦是林氏《全解》文字。是皆據林氏書轉引而誤增。

幣帛盛于篚，《書》曰"篚厥玄黄"。
【附錄】

林之奇《全解》 有貢又有篚，乃入貢之物盛于篚爲貢也。古者幣帛之屬皆盛于篚，蘇氏引"篚厥玄黄"爲證，是也。

浮于濟漯，達于河。

順流曰浮，因水入水曰達。漯水出東郡東武陽縣，至樂安千乘縣入海。濟水具下文。自漯入濟，自濟入河。

海岱惟青州。

西南至岱宗，東北跨海，至遼東。舜十二州，分青爲營，營州即遼東也。漢末，公孫度據遼東，自號青州刺史。
【附錄】

夏僎《詳解》 蘇氏謂：青州之西與兗州以濟爲界，而不言者，以兗州見之，《爾雅》不言青州，商制也。商無青州，並青于徐也；《周禮》有青無徐，並徐于青也。

嵎夷既略，濰、淄其道。

嵎夷，即《堯典》嵎夷也。略，用功少也。濰水出琅邪箕屋山，北至都昌縣入海。淄水出太山萊蕪縣原山，東北至千乘博昌縣入海。
【附錄】

夏僎《詳解》 "既略"者，漢孔氏云："用功少曰略。"蘇氏不取其説，謂"略"即封略之略，言已爲之封略也。蓋地接于夷，不爲之封略，則有猾夏之變，非用功少也。（按，夏氏所引不見于今傳《書傳》，今《書傳》正從漢孔氏："略，用功少也。"或許夏氏所見版本與今不同）

厥土白墳，海濱廣斥。

《説文》云："東方謂之斥，西方謂之鹵。"鹵，鹹地也。

厥田惟上下，厥賦中上。

田第三，賦第四。

厥貢鹽、絺，

絺，細葛也。

海物惟錯，

錯，雜也，魚蝦之類。

岱畎、絲、枲、鉛、松、怪石。

畎，谷也。枲，麻也。鉛，錫也。怪石，石似玉者。貢此八物。

萊夷作牧，

《春秋》夾谷之會，萊人以兵劫魯侯，孔子曰："兩君合好，而裔夷之俘以兵亂之？"以是知古者東萊之有夷也。牧，芻牧也。《傳》曰：牧隰皋井衍沃，蓋海水患除，始芻牧也。

厥篚檿絲，

　　《爾雅》：檿桑，山桑，惟東萊出此絲，以織繒，堅韌異常，萊人謂之山蠒。萊夷作牧，而後有此，故書篚在作牧之後。

【附錄】

林之奇《全解》　蘇氏曰：萊夷作牧，然後有此，故言"厥篚"于"作牧"之下。考其文勢，以"萊夷作牧"一句間于貢篚之間，義或然也。檿絲，説者不同。孔氏曰："檿桑蠶絲，中琴瑟弦。"蘇氏曰：《爾雅》⋯⋯陳博士曰："檿絲出于桑，絲不可織，使萊夷貢其所无用之物，則其受之爲无傷也。"此數説不同。據經文，但言"厥篚檿絲"，諸説皆以意度之。不可指一説爲定也。

夏僎《詳解》　蘇氏謂："檿絲必萊夷作牧然後有此，故言厥篚于作牧之後。"今考其文勢，先言厥貢，即言萊夷作牧，而繼以厥篚檿絲，則蘇氏此説，似有理也。

浮于汶，達于濟。

　　汶水出太山萊蕪縣，西南入濟。諸州之末，皆記入河水道，以堯都在冀，而河行于冀也。雖不言河，濟固達河也。

海岱及淮惟徐州。

　　東至海，北至岱，南及淮。

淮、沂其乂，蒙、羽其藝。

　　淮水出桐柏山，其原遠矣。于此言之者，淮水至此而大，爲害尤甚。喜其治，故于此記之。沂水出太山蓋縣臨樂子山，南至下邳入泗。蒙山在太山蒙陰縣西南，羽山在東海祝其縣南。二水既治，則二山可種。

大野既豬，東原厎平。

　　大野，澤，在山陽鉅野縣北。東原，今東平郡也。水之停曰豬。

【附錄】

夏僎《詳解》　蘇氏謂："《周禮·職方氏》：河東曰兖州，其澤藪曰大野。今徐州有大野者，大野在徐之西、兖之東。周无徐州，故以屬兖州。"此説得之。

厥土赤埴墳，

　　土黏曰埴。

草木漸包。

　　進長曰漸，叢生曰包。

厥田惟上中，厥賦中中。

　　田第二，賦第五。

厥貢惟土五色，

　　王者封五色土爲社，建諸侯，則以其方色土賜之。燾以黃土，苴以白茅，使歸其國立社。

羽畎夏翟，

　　夏翟，雉也，羽中旌旐。羽山之谷有之。

嶧陽孤桐，

　　東海下邳縣西有葛嶧山，即此山也。其特生之桐，中琴瑟。

泗濱浮磬，

　　泗水依山，水中見石，若浮于水上，此石可爲磬。

淮夷蠙珠暨魚。

　　《詩》有淮夷，知古者淮有夷也。蠙，蚌屬，出珠。惟淮夷有珠暨魚，如萊夷之有屖絲也。貢此六物。

厥篚玄纖縞。

　　玄，黑繒。縞，白繒。纖，細也。

浮于淮、泗，達于河。

　　自淮、泗入河，必道于汴①。世謂隋煬帝始通汴入泗，禹時无此水道，以疑《禹貢》之言，此特學者考之不詳而已。謹按《前漢書》：項羽與漢約中分天下，割鴻溝以西爲漢，以東爲楚。文穎注云："于滎陽下引河東南，爲鴻溝，以通宋、鄭、陳、蔡、曹、衛，與濟②、汝、淮、泗會于楚，即今官渡是也③。"魏武與袁紹相持于官渡，乃楚、漢分裂之處。蓋自秦、漢以來有之，安知非禹迹耶？《禹貢》九州之末，皆記入河水道，而淮、泗獨不能入河，帝都所在，理不應爾。意其必開此道以通之。其後或爲鴻溝，或爲官渡，或爲汴。上下百餘里間，不可必知④，然皆引河水而注之淮、泗也。故王濬伐吴，杜預與之書曰："足下既摧其西藩，當徑取秣陵，討累世之逋寇，釋吴人于塗炭。自江入淮，逾于泗、汴，泝河而上，振旅還都，亦曠世一事也。"王濬舟師之盛，古今絶倫，而自泗、汴泝河，可以班師，則汴水之大小，當不減于今。又足以見秦、漢、魏、晉皆有此水道，非煬帝創開也。自唐以前，汴、泗會于彭城之東北，然後東南入淮；近歲汴水直達于淮，不復入泗矣。吴王夫差"鬭溝通水"，與晉會于黄池，而江始有入淮之道，禹時則无之。故《禹貢》曰："沿于江海，達于淮、泗。"明非自海入淮，則江无通淮之道，今之末直云"浮于淮、泗，達于河"，不言自海，則鴻溝、官渡、汴水之類，自禹以來有之明矣。

【附録】

林之奇《全解》　淮、泗達于河之道，二孔皆无説。蘇氏考據歷代事迹以證此，言最爲詳備。蓋近世言汴水者，皆以爲起于隋時，故蘇氏辯之。……蘇氏之言，足以補先儒之闕遺，而訂後世之誤矣。

傅寅《禹貢説斷》　蘇氏曰：渡二水而入于河，汴河右自淮、泗入河，必道于汴。世謂隋煬帝始通汴入泗，禹時无此水道，以疑《禹貢》之言。此特學者考之不詳

---

① 道：原本作"通"，據《經解》本、《四庫》本改。
② 濟：林之奇《全解》引作"洛"，誤。
③ "官渡"下，林之奇《全解》所引有"水"字。
④ 知：原本無，據林之奇《全解》所引補。

而已。

夏僎《詳解》 淮、泗達河之道，二孔無説，惟蘇氏考據歷代事實，其言最詳。蘇氏引《説文》曰："水自河出爲灉。"灉水東出于泗，則淮、泗可以達河者，以河灉之至于泗也。許慎曰："泗受沛水，東入淮。"則泗之上流，自濟亦可通河。（按，所引蘇説，不見《書傳》，當是"雷夏既澤，灉沮會同"傳文）

陳大猷《或問》卷上 或問："淮、泗與河通之道，蘇氏與新安王氏之説，如何？"曰：蘇説謂決渠相通也，王説謂本水自相入也。要之，二者皆隨其所便，不可指一廢一。

程大昌《禹貢後論》（文淵閣《四庫全書》本） 徐之淮、泗，是時西未有汴，東不通汶，其入河之道，竟無可考邪？蓋嘗究求久之，蓋得兩説，曰：一班固《志》，湖陵別出一水，自名曰河。正引徐貢"浮淮、泗，達河"之文；其一許氏《説文》，因菏立釋，亦引徐貢本語，而曰"達菏"，不曰"達河"。二者雖異，臣嘗考之，而皆以經之河水爲達河之因也。夫惟菏河之水，南既可以接泗，北又可以上濟，于是即江、海、淮、泗、菏、濟、河，次比言之，其序由南而北，悉相灌受，無復間斷。而書法所及，已言者不復申言，截然一律，此經書法所謂簡而能該者見矣。苟不察徐貢"達河"爲菏河之"河"，而遽以爲濟之南河，越濟不浮，水道既訛，而書法亦紊矣。

又 近世蘇氏，意謂（杜）預習地理，言必不妄。遂疑此時隋汴已有規模，又疑禹嘗經始，其事世久，殆史失其傳爾。以臣詳考，實不然也。且晉初江未通淮，邗雖有溝，不經隋鑿，舟師亦不能以與淮通。是則自江入淮，必當沿海。預〔與王濬書〕又越海不言，知其夸快一時，不爲紀實而發也。晉大和四年，桓溫北伐慕容暐，舟運至鉅野，不能達河，乃創鑿三百里，自清水以入。夫清水即清河也，溫所鑿水，至今目爲亘水者是也。使隋汴已有其跡，何用溯泗而上，又鑿三百里平地乎？義熙中，劉裕北伐凡再，其師皆以舟，其先一舉乃浮淮以入于泗，則知未有隋汴也。師至下邳，即舍舟而徒。裕知泗上之汴亦塞，而吕梁之險難越，故不容更以舟進之也。北至臨朐，設虛聲以懼燕人，亦止曰"輕兵自海道以至"，不復詭言江、淮，正以江無逕進之道，故假海道言之。其後，裕在彭城，方圖再舉，遣周超之自彭城，緣汳故溝，斬水穿道七百餘里，而後舟師始得發彭城，經陳留，以至滎瀆。又鑿邵渠，以道漕運而從，王鎮惡始得以艨衝小艦溯河、渭，以至長安。由此言之，則隋以前凡自江入淮必沿海，自淮而入河、汳必溯泗。兵師所經，史隨載之，據最明確。

又 蘇氏《書傳》言隋汴禹時已嘗經始，臣以宋武帝北伐舟行考之，知其不然也。宋武北伐凡再，先一舉在義熙中，滅慕容超，則浮淮入泗，至下邳舍舟而徒。下邳，今淮陽軍也；泗水，即會合南清河，而自兗、徐南下以入于淮者也。夫浮淮至下邳，即舍舟而步以向山東，知無今泗州隋汴也。不然，不肯遽以舍舟也。其至臨朐，揚言曰輕兵自海道而至。此時江無入淮之路，故但言海道也。及其既平慕容超，得徐州，而西向長安以伐姚弘，遂遣周超之自徐州，緣汳故溝，斬木穿道七百餘里以通于河。其逕道即由徐州故汳望西，以達大梁者是也。宋州寧陵縣汳渠之旁有周塢者，乃超之休徒之地，故以周塢名之也。

吕祖謙《增修東萊書説·圖説》"淮泗達河" 蘇氏據歷代事以證此，言最爲詳備。蓋近世言汴水者，皆以起于隋時，故蘇氏辨之。……蘇氏此言，足以補先儒之闕遺，而訂後世之誤矣。曾書云，水自河出爲灉。許慎曰：河灉，水，在宋。又曰：汳，水，受陳留浚儀陰溝，至蒙爲灉水。東入于泗。則淮、泗之可以達于河者，以河灉之至于泗也。許慎又曰：泗，受沛水，東入淮。蓋泗水至大野而合濟。然則泗之上流，自濟亦可通河也。以予觀之，世代久遠，難以考證。濟、灉與淮、泗遠甚，曾説不知何所據而云？蘇説有可信之理，然不載于經者，蓋其微小，不煩禹之治者，不與故也。不然，則天下之大，豈止如《禹貢》所言而止哉！

陳經《尚書詳解》卷六 淮泗入河，必道于汴，此故道也。世謂隋煬帝欲幸維揚，始通汴入泗，禹時无此水，東坡云："按前《漢書》，……非煬帝創開也。"

吳澄《書纂言》 自淮而泗，自泗達于河。或謂泗水不可達河者，蘇氏曰："自淮泗入河，……皆引河而注之淮泗也。"

閻若璩《疏證》第九二 哀九年，吳城邗溝通江、淮，爲吳王夫差十年。就其境内之地，引江水以通湖，由湖西北至末口入淮。越不得而徑焉，故十四年會黄池，越王勾踐乃命范蠡、舌庸率師沿海溯淮，以絶吳路。蓋轉從吳境外，以入吳境中，正《禹貢》當日揚州貢道也。蘇氏《書傳》認"溝通江淮"爲即"闕溝通水"。王伯厚辨之，曰："案，吳之通水有二焉：一吳城邗溝通江、淮，見《左氏内傳》；一夫差起師北征，闕爲深溝于商、魯之間，北屬之沂，西屬之濟，以會晉公午于黄池，見《左氏外傳》。"余謂惟其然，夫差退自黄池，乃使王孫苟告勞于周曰："余沿江溯淮，闕溝深水，出于商、魯之間。"蓋自江而淮，自淮而沂，而深溝，以達濟，會于黄池。皆一水相通，无復阻間。

又第九五 蘇氏《書傳》"浮于淮、泗，達于河"，不知"河"古本作"菏"，曰：《禹貢》九州之末，皆記入河水道，而淮、泗獨不能入河。帝都所在，理不應爾。意其必開汴渠之道以通之。汴渠當時已具，世謂創自隋煬帝，非。而杜預《與王濬書》，固言"自江入淮，逾于泗、汴，溯河而上，振旅還都"矣。愚嘗反覆考論，鬱積累年，一旦發寤于中，而歎蘇氏真如所云"學者考之不詳"耳！《禹貢》濟入于河，南泆而爲滎，而陶丘，而菏，而汶，而海。此禹時之濟瀆發源注海者也。抑所謂出河之濟，不與河混者也。《史記·河渠書》：禹功施乎三代。自是之後，滎陽下引河東南爲鴻溝，以通宋、鄭、陳、蔡、曹、衛，與濟、汝、淮、泗會，此禹以後，代人于滎澤之北下引河東南流。故《水經》謂"河水東過滎陽縣，浪湯渠出焉"者，是亦引濟水分流。故《漢志》謂"滎陽縣有狼湯渠，首受沛，東南流"者是。又自是之後，代有疏浚，枝津別瀆，不可勝數。則酈氏注所謂"滎波河濟，往復逕通"者也。雖然，其來古矣。蘇秦説魏襄王曰："大王之地，南有鴻溝。"則戰國前有之。宣公十二年，晉、楚之戰，楚軍于邲，邲即汳水，則春秋前有之。《爾雅》："水自河出爲灉。"灉本汳水，則《爾雅》前有之。然莫不善于道元之言，曰："大禹塞滎澤。"滎澤莽時方枯，豈禹塞之乎？又曰："昔禹塞其淫水，而于滎陽下引河。"滎陽河非禹引，而謂禹之時遽有乎？余是以斷自《河渠書》。參以滎陽下引河不見《禹貢》之書，爲出禹以後。頗自幸其考比蘇氏差詳矣。

朱鶴齡《埤傳》 金吉甫言：《古文尚書》作"達于菏"，《說文》引《書》亦作"菏"。菏澤與濟通，而泗水上注之。自泗達菏，則達濟可知。然八州之貢，皆以達河爲至。兗州言"達于河"，故青不言；徐州言"達于河"，故揚不言。其義實相因。安知古文不有誤耶？

又 茅瑞徵曰：今運河亦從淮合泗，而接流會通河，必經于濟。此取道山東者也。子瞻所指，蓋有宋都河南一路言之，即《水經》所謂"汳水，爲灉入泗者也"。《韻會》：汳，皮變反。今作汴。

淮海惟揚州。

北跨淮，南跨海。

彭蠡既豬，陽鳥攸居。

陽鳥，鴻雁之屬也，去寒就煖①，九月而南，正月而北。彭蠡，在彭澤西北，北方之南，南方之北也。故陽鳥多留于此。

三江既入，震澤底定。

三江之入，古今皆不明。予以所見考之，自豫章而下入于彭蠡，而東至海，爲南江；自蜀岷山，至于九江彭蠡，以入于海，爲中江；自嶓冢導漾，東流爲漢，過三澨、大别，以入于江，東匯澤爲彭蠡，以入于海，爲北江。此三江，自彭蠡以上爲二，自夏口以上爲三。江、漢合于夏口，而與豫章之江皆匯于彭蠡，則三江爲一。過秣陵、京口，以入于海，不復三矣。然《禹貢》猶有三江之名，曰北、曰中者，以味别也。蓋此三水，性不相入，江雖合而水則異，故至于今而有三泠之說。古今稱唐陸羽知水味，三泠相雜而不能欺，不可誣也。予又以《禹貢》之言考之，若合符節。禹之叙漢水也，曰"嶓冢導漾，東流爲漢；又東爲滄浪之水，過三澨，至于大别，南入于江"，至于"東匯澤爲彭蠡，東爲北江，入于海。"夫漢既已入江，且匯爲彭蠡矣，安能復出爲北江，以入于海乎？知其以味别也。禹之叙江水也，曰："岷山導江，東别爲沱。又東至于澧，過九江，至于東陵東，迤北會于匯，東爲中江，入于海"。夫江既已與漢合，且匯爲彭蠡矣，安能自别爲中江，以入于海乎？知其以味别也。漢爲北江，岷山之江爲中江，則豫章之江爲南江，不言而可知矣。禹以味别信乎？曰：濟水既入于河，而溢爲滎，禹不以味别，則安知滎之爲濟也？堯水之未治也，東南皆海，豈復有吳越哉？及彭蠡既豬，三江入海，則吳越始有可宅之土。水之所鍾，獨震澤而已，故曰"三江既入，震澤底定"。孔安國以爲自彭蠡江分爲三，入震澤，爲北入于海，疏矣！蓋安國未嘗南

---

① 去：《經解》本、《四庫》本作"避"。

游，按經文以意度之，不知三江距震澤遠甚，決无入理。而震澤之大小，決不足以受三江也。班固曰：南江從會稽陽羨東入海，北江從會稽毗陵縣北東入海。會稽并陽羨①，有此三江。然皆是東南枝流小水，自相派別而入海者，非《禹貢》所謂中江、北江自彭蠡出者也。徒見《禹貢》有南、北、中三江之名，而不悟一江三泠，合流而異味也，故雜取枝流小水，以應三江之數。如使此三者爲三江，則是與今京口入海之江爲四矣。京口之江，視此三者猶畎澮，禹獨遺大而數小，何耶？

【附錄】

邵博《邵氏聞見後録》卷三　　東坡先生傳《禹貢》"三江既入，震澤底定"曰："三江之入……何耶？"世謂先生此論三江以味別，自孔子刪定《書》以來，學者不知也。然予讀《唐史》，高宗問許敬宗："《書》稱'浮濟漯'，今濟與漯斷不相屬，何故而言？"敬宗曰："夏禹導沇水，東流爲濟，入于河。今自漯至溫而入河，水自此泆地過河而南，出爲滎，又泆而至曹、濮，散出于地，合而東，汶水自南入之，所謂'泆爲滎，東出于陶丘，又東會于汶'是也。古者五行皆有官，水官不失職，則能辨味與色。潛而復出，合而更分，皆能識之。"蓋江河以味別，敬宗先言之矣。東坡先生不表見之者，嫌其姓名污簡冊耳。

毛晃《禹貢指南》（文淵閣《四庫全書》本）　　此蘇氏之説也。予謂三江之説，古今諸儒互相矛盾，學者徒取北江、中江以爲三江之目，而不知《禹貢》中无南江之目，是未免乎牽合也。蘇氏味別之説，尤爲難據。且江、漢之水皆匯爲彭蠡以入海，而不三出矣，安有中、北之辨乎？況三江距震澤爲遠，《禹貢》言三江既入，然後震澤之水有所泄而底定。明知揚州之地自有三江，非江、漢、中江之江也。案《水經》有三江口、五湖口，疑《禹貢》所謂"三江"者，即三江口也。蓋言三江口水入海，則震澤之水有所泄而底定。此理甚明，其文連屬。

程大昌《禹貢論》　　近世惟蘇氏即中、北二江之文以求三江，遂以豫章彭蠡之江南出而北會者，指爲南江，以足三江之數。是説也，于地則有考，以經則相應，最爲愜當。而其所以分三江者，又求之經文之外，故學者信矣而不堅也。

又　　緣經生文，立南江以足三江者，倡于孔安國，和于顏師古，而發明於蘇氏。蘇氏既立此義，不主經文以實之，乃疑實合爲一而名別爲三。无所執據，于是采前世水味之説，以爲合而可辨者味也。此其一之可以名三者也。味辨古有之，許敬宗嘗以論濟。則蘇氏之説亦古矣。然江漢彭蠡冲波相蕩凡數千里，其能彼此自潔不相混入乎？若並經所書，各以其方辨之，一語了然，可无疑者，況經文明有其比歟？積石之河，天下一爾，經嘗主冀而命其方，故自豫而入者則曰南河，自龍門而濟者則爲西河。夫河曷嘗有西、南哉？一河而可分南、西，則此雖一江，而北、中、南分命之，正紀實也，而何疑之有？漢儒之述《王制》也，因南河、西河，而推之以概其所不及，故又有東河之目。後世循焉，則孔、顏二氏因此中

---

① 并、羨：《經解》本作"升"、"容"。

以概三江。經文甚明，又與漢儒創東河以補經南、西二目者，其指與事悉皆參合无誤，則又益有依據矣。蘇氏既主味別之言，而荆、梁二州皆有"沱、潛既道"，孔穎達輩有言曰：沱、潛發梁入荆，合流而分，猶如濟水入河而復出也。蘇氏遂以實其味別之言，曰："梁、荆相去數千里，非以味別，安知其合而復出邪？"以理言之，水合他水而必雜，則味經遠地而必混，无有合而可別之理也。水名之同者多矣，漳、沮二名，天下不知其幾？會其立名之初適同爾，豈可以名之偶同，而設說牽附，必使之合爲一水哉？況孔穎達引圖記之謂沱潛者，究（者）〔考〕其實，皆末流入于江、漢，而非江、漢之出，與古語不應。疑後人喜經之有此名也，而冒稱之，不可究窮也。《爾雅》之言曰："水自江出爲沱，自漢爲潛。"則凡江、漢下流枝派，皆得以沱、潛命之。如水自河出爲灉，故青有灉沮之灉，而後世亦以淶水之受泒者爲灉，不限一水也。《江有沱》之詩，始曰沱，中曰汜，終曰渚，三者展轉變稱，皆取聲協，亦可以見其不主一地，不專一名也，是皆可以類推者也。然則凡水之出江、漢，皆可名以沱、潛，則沱、潛云者，乃從江、漢下流得名爾。今兩州皆言"沱、潛既道"，蓋作經者甚喜江、漢之厎平也，故以沱潛循道記之。其意若曰：不獨其上流治，其下流亦治云爾，而何必指某處爲沱、爲潛也？

林之奇《全解》 蘇氏破其（僞孔傳）說，以謂安國未嘗南游，案經文以意度之耳，不知三江距震澤遠甚，決无入理。而震澤之大小，決不足以受三江也。此說爲是。而蘇氏之說曰："三江之入，古今皆不明。以予所見考之，自豫章而下入于彭蠡，而東入海者爲南江；自蜀岷山至于九江會彭蠡，以入于海爲中江；自嶓冢導漾，東流爲漢，匯于彭蠡，以入海爲北江。此三江，自彭蠡以上爲二，自夏口以上爲三。江、漢合于夏口，而與豫章之江皆匯于彭蠡，則三江爲一。至于秣陵、京口，以入于海，不復三矣，然而《禹貢》猶有'三江'之名，曰北、中者，以味別也。"蘇氏蓋據其所見，今之江流自彭蠡而下但有一江，故以《禹貢》之中江、北江爲以味別。鄭漁仲曰："水之入水，緩者數步，猛者不跬步間，渾合而爲一，豈得漢水自大別與江合流，至九江猶能辨得此是漢水邪？"以是知蘇氏味別之說爲未可從。據經言"東爲北江"、"東爲中江"，則是禹之時，彭蠡之下有此二江也必矣。蘇氏徒見今之江流合而爲一，遂爲味別之說，蓋孔氏未嘗南游也，故蔽于所不見，惟順經文以爲之說；蘇氏親見江水，故蔽于所見，遷就經文而爲之說。一則蔽于所見，一則蔽于所不見，其失一也。蘇氏之說雖失，然而以三江爲有中江、南江、北江，則其說可從。蓋經既有北江、中江，必有南江。猶既有南河、西河，必有東河也。顏師古注《漢書志》亦曰"三江謂中江、南江、北江也"，師古此說必有所據而云耳。蓋以此說爲三江，雖未見南江原委之所注，而于經文猶有所本。如郭景純以爲岷江、浙江、松江，韋昭以爲松江、浙江、浦陽江，王介甫以爲一江自義興、一江自毗陵、一江自吳縣，此說皆據其所見之江而爲言，非禹之舊迹也。酈道元曰："東南地卑，萬流所湊，濤潮泛濫，觸地成川。故川舊瀆，難以爲憑。"蓋禹之舊迹，其下流歷年浸久，爲所漂没者，隨世變更，不可復考。三江之说，雖以經考之，知其必有南江，然而不可指定其處，如蘇氏之説也。

又 蘇氏曰："水之未治也，東南皆海，豈復有吳越哉。及彭蠡既豬，三江入海，則吳越始有可宅之土，而水之所鍾者獨震澤而已。"此説是也。

夏僎《詳解》 蘇氏謂："南江乃江之故道，禹无所施爲，故經不志。"此説是矣。

又 此三江，考之《禹貢》則然，若今之江水，則自彭蠡而東，无有別派。由秣陵、京口以于海，不復有三江。此蓋後世變更移易，隨世不同，不可執爲一定之論。而蘇氏乃以今之彭蠡而東合爲一江者指爲三江，其數不合，則又從而曲爲之説。此不然也。

陳大猷《或問》卷上 或問："三江之辨，如何？"班固曰：南江從會稽吳縣入海，中江從丹陽蕪湖縣東至會稽陽羨入海，北江從會稽毗陵縣入海。東坡辨之曰：固雜取支流小水以應三江之數，如使此三者爲三江，則是與今京口入海之江爲四江矣。京口視此三者猶畎澮，禹獨遺其大而數其小，何邪？韋昭曰：松江、浙江、浦陽江。新安王氏辨之曰：浙江自杭言之曰錢塘，自越言之曰浦陽，一江而二名耳，昭析一爲二，並松江爲三，失之矣。郭璞曰：岷江、浙江、松江。新安王氏辨之曰：璞舉松江、浙江之小，以匹岷江之大，未爲當。又新安王氏曰：江有中、北，必有南江。今江流至蕪湖，有支江分于縣南，此中江也。至于銀林，而蘇、常二州承此江之下流，病于漂没，故其後築堰以室之，是以中江不復東流。然則中江之未塞也，北江行于毗陵之北，中江派于陽羨之南，其波之洪羨注于具區，而松江出焉。愚曰：此諸説，皆據震澤而求三江也。朱氏謂諸儒不明章句訓詁，但以下文"震澤底定"相屬以求三江，不知此書當句自爲文。凡曰"既"者，皆已事之辭，非與下文起義。夫經于導江、導漢，皆言自彭蠡出爲中江、北江耳，非指近震澤小水言之也。

又 蘇氏曰：豫章江入彭蠡而東至海爲南江；岷江，江之經流，會彭蠡以入海，爲中江；漢自北入江，會彭蠡爲北江。此三江，自彭蠡而下則三江爲一，過秣陵、京口以入于海，不復一矣。《禹貢》猶有二江之名，曰北、曰中，以別味也。此三水性不相入，故川雖合而味異，故至今有三泠之説。唐陸羽知水味，三泠相雜而不能欺。不可誣也。濟入河而泆爲滎亦然。愚謂此説蓋于彭蠡之上而求三江也。經謂彭蠡之下爲中江、北江，則不合矣。

黄鎮成《尚書通考》卷七 三江：蘇氏謂岷山之江爲中江，嶓冢之江爲北江，豫章之江爲南江。然江、漢會于漢陽，數百里至湖口，而後與豫章江合。不復可指爲三矣。

王充耘《讀書管見》卷上 三江既入，疑當從蘇氏之説。

朱彝尊《經義考》卷七九引馬中錫曰 東坡傳《書》"三江既入，震澤底定"，謂三江爲南江、中江、北江。蔡九峰不取其説，且謂其爲味別者非是。然所謂以味別水者，非東坡之臆説也。唐許敬宗曰："古五行皆有官，水官不失職，則能辨味與色。潛而時出，合而更分，皆能識之。"是先已有此言矣，九峰未之考也。至其所謂"堯之洪水未治也，東、南皆海，豈復有吳越哉？及彭蠡既豬，三江入于海，

则吴越始有可宅之土，水之所锺獨震澤而已"。斯言也，百世以俟聖人可也。（《經義考》卷七九）

淩本《東坡書傳》眉批　用修曰：古書解者多失其義，遠害于理。《尚書》注怪石之貢，以爲奇怪之石，若後世靈壁太湖嵌室玲瓏，以供戲玩，是禹爲牛僧孺、朱元璋也。又解《禹貢》"三江"之水味別，是以聖人爲品水鬥茶，如陸羽、張又新之流也。思之，可發一笑。

陳第《疏衍》　三江者何？北江、中江、南江也。嶓冢之漢爲北，岷山之江爲中，豫章之川歷彭蠡而入者爲南。

王夫之《尚書稗疏》（文淵閣《四庫全書》本，下稱"《稗疏》"）**"三江"**　經于此言"三江"，後導漢云"北江"，導江云"中江"。傳注家合二爲一，故徒滋繁訟。以實求之，彼云"東爲北江"、"東爲中江"，自上游而言潯陽以西之江也。此云三江者，自下游而言蕪湖以下之水也。知然者，以經云"三江既入，震澤底定"，猶徐州所云"大野既豬，東原底平"。大野豬而東原平，大野者，東原之浸。三江入而震澤定，三江者，震澤之源與支流也。蘇子瞻惟不知此，乃欲以味辨之，其亦細矣。江水自蕪湖而東，其下采石，過應天、儀真、鎮江，至通州入海者，所謂揚子江，大江之經流也。乃海潮之上，直至小孤山，則小孤東北水勢已平漫，特江南有雁山、九華諸山麓以束之，江北有石鏡、巢山諸山麓以束之，則岸高而不能旁瀉。至牛渚之南敬亭一帶，山勢已盡，采石北阻，不能盡納大江之流，而蕪湖東南地勢汙下，可容旁溢。故分水別注，自高淳、溧陽，抵于宜興之南，所在瀦積，爲丹陽、固城、長蕩諸湖，而注于太湖。其一則分自貴池，逕寧國縣，由廣德、長興而注于太湖。《水經》所謂"東至石城縣，南分爲二，南江又東南逕宣城之臨城縣（今青陽），又東與桐水合（廣德之桐池），又東逕寧國縣南，又東北爲長瀆，東則松江出焉"者是已。是震澤，三江之首也。今其水之逕溧陽者，中江之名固存也。而既入太湖以後，其經流上承中江逕直之勢，自鮎魚口，經蘇州、太倉入海者，一江也（今婁江）。其自吳縣長橋東北，合龐山湖過松江、上海之北入海者，一江也（今松江）。自大姚分支，過青浦之淑山湖，東至嘉定縣界，合上海之黃浦，經嘉定江灣，自上海之南入海者，一江也（今東江）。凡此三江，皆太湖之委也。委流順則從出之澤亦平，故三江入海，而震澤以定也。

康熙敕王頊齡纂《欽定書經傳說匯纂》（文淵閣《四庫全書》本。下稱"康熙《欽定匯纂》"）　《地理今釋》：案，三江，孔安國、班固、鄭康成、韋昭、桑欽、郭璞、顧夷，諸說不一，惟鄭康成曰："左合漢爲北江，右合彭蠡爲南江，岷江居其中則爲中江。故《書》稱東爲中江者，明岷江至彭蠡並與南合，始得稱中也。"融洽前後經文，確不可易。宋蘇軾實宗其說。《蔡傳》專主庾仲初《吳都賦》注，以松江、婁江、東江爲三江，力排蘇說，且曰："大江合漢與彭蠡之後，又千餘里而入海，不復可指爲三。"不知"三江"云者，因上流有中江、北江、南江而言之，非截然指爲三也。《蔡傳》又云："《禹貢》无施勞者，雖大亦略。揚州大江无俟濬治，故在不書。"不知《禹貢》所記皆成功，而施功即在其中。當洪水汜濫之後，大江自彭蠡以東至入海處，其間豈无泥沙壅塞？謂之无施勞，可乎？況《管子》、《荀子》、《淮南子》皆云"禹疏三江"，可證也。

閻若璩《疏證》第九〇　或問："《孔傳》云三江有北有中，則南可知。其説何如？"余曰：未易盡非，只是《地理志》有南江、中江、北江，中江至陽羨入海，于今不合。當用蘇、曾二家之説以疏孔，不得依班氏。蘇氏曰："豫章江入彭蠡而東至海，爲南江；岷山江之經流，會彭蠡以入海，爲中江；漢自北入江，匯于彭蠡以入海，爲北江。"曾氏旼曰："考于地理，豫章之川如鄱水至彭水凡九，合于湖漢，東至彭蠡入江，此九水蓋南江也。南江乃江之故迹，非禹所導，禹導漢水入焉，與舊江合流，而水之派分爲南、北，故漢爲北江。又導岷山之江入焉，其流介乎二江之中，故爲中江。南江乃故道，故經不志。"然亦別爲三江，而非"三江既入"之三江也。

又　嘗謂理之至者，數自不能違。上蘇、曾二説，不過從經文空處度出，非真有名稱。而《南史·王僧辯傳》："陳武帝率師出自南江，行至盆口。"胡三省《通鑒注》："贛水謂之南江。"則知豫章江爲南江，六朝時已然。安知禹不素有此名？討論至此，真覺快心！

又第九二　三江之解聚訟，其實有三，一蔡氏，一蘇氏，一明歸氏。蔡氏雖引庾仲初《揚都賦》注，注實不曾指《禹貢》。指《禹貢》者，唐陸氏、張氏，又前晉顧夷《吳地記》耳。惜蔡見不及此。蘇氏雖似安國，而南、中、北各不同。前同蘇氏者，實惟康成，見《初學記》引鄭氏《書注》，曰："左合漢爲北江，右會彭蠡爲南江，岷江居其中，則爲中江。故《書》稱東爲中江者，明岷江至彭蠡與南北合始得稱中也。"歸氏從郭璞來，今實不知郭所指是何書之三江。前同歸氏者，宋淳熙中邊寔《崑山縣志》有是説。愚嘗反覆參考蘇、歸二説，雖自有理，畢竟以蔡傳爲定。

朱鶴齡《埤傳》　三江之説不一，班固以一從吳縣南，東入海爲南江；一從蕪湖西東至陽羨，東入海爲中江；一從毗陵北，東入海爲北江。郭璞以爲岷江、浙江、松江。韋昭以爲松江、浙江、浦陽江；庾仲初、張守節、顧夷皆以爲松江、東江、婁江。蘇傳即據經文之中江、北江、南江，其説似可信。

程瑤田《禹貢三江考》小序　蘇氏以爲三江止一江，其識卓矣！

又　三江之説不一，班固以爲北江（從吳縣南，東入海，即松江）、中江（從蕪湖至陽羨，東入海）、北江（從毗陵東，北入海），郭璞以爲岷江、浙江、松江，韋昭以爲松江、浙江、浦陽江，皆非禹故迹。惟蘇子瞻説似合。

篠、簜既敷，

　　篠，竹箭也。簜，大竹闊節曰簜。

厥草惟夭，厥木惟喬。

　　少長曰夭。喬，高也。

厥土惟塗泥，厥田惟下下，厥賦下上上錯。

田第九，賦第七，雜出第六。

厥貢惟金三品，

  金、銀、銅。

瑤、琨、篠、簜，

  瑤、琨，石似玉者。

齒、革、羽、毛，惟木。

  齒，象齒。革，犀革之類。毛，旄牛尾之類。木，梗楠、豫章之類。貢此數物。

島夷卉服，厥篚織貝。

  南海島夷，績草木爲服，如今吉貝、木綿之類。其紋爛斑如貝，故曰織貝。《詩》曰："萋兮斐兮，成是貝錦。"

【附録】

林之奇《全解》 蘇氏曰"南海島夷，織草木爲服，如今吉貝、木綿之類"，亦一説也。而其下文又曰"其文斑爛如貝"，亦以"成是貝錦"爲證。然今之吉貝、木綿，无有所謂斑爛如貝者。此説亦未敢從。

厥包橘柚，錫貢。

  小曰橘，大曰柚。包裹而致也。《禹貢》言錫者三，大龜不可常得，磬錯不常用，而橘柚常貢，則勞民害物，如漢永平、唐天寶荔枝之害矣，故皆錫命乃貢。

沿于江海，達于淮、泗。

  達泗，則達河矣。

荆及衡陽惟荆州。

  舊有三條之説，北條荆山，在馮翊懷德縣南；南條荆山，在南郡臨沮縣東北。自南條荆山至衡山之陽爲荆州，自北條荆山至于河爲豫州。

【附録】

林之奇《全解》 蘇氏謂"自南條荆山至于衡山之陽爲荆州，自北條荆山至于河爲豫州者"。其意蓋謂荆州之言荆者，南荆也；豫州之言荆者，北荆也。雖以此二山分配二州，然而以地理考之，其實不然。然此荆與河相去不甚遠，苟以荆州爲北荆之荆，則豫州之境不應如是之狹也。曾氏曰："臨沮之荆，其陰爲豫州，其陽爲荆州。"此説是也。

江、漢朝宗于海。

  二水經此州入海，百川以海爲宗。宗，尊也。

九江孔殷，

  九江，在今廬江潯陽縣南。《潯陽記》有九江名，一曰烏白江，二曰蚌江，三曰烏江，四曰嘉靡江，五曰畎江，六曰源江，七曰廩江，八曰提江，九曰箘江。殷，當也，得水所當行也。

【附録】

陳第《疏衍》 孔安國、蘇子瞻皆以潯陽九江當之。然經云"過九江至于東陵"，東陵者，岳州巴陵也，在潯陽之上，遠甚。若過潯陽九江，无復逆至東陵之理矣。按《水經》，九江在長沙下雋西北。曾氏、蔡氏皆云即洞庭也。洞庭合沅、漸、元、辰、叙、酉、湘、資、澧九水爲湖，故名九江。斯言得之矣。

沱、潛既道，

《爾雅》：水自江出爲沱，自漢出爲潛。南郡枝江縣有沱水，尾入江。華容縣有夏水，首出江，尾入沔。此荆州之沱、潛也。蜀郡郫縣有沱江，及漢中安陽皆有沱水、潛水，尾入江、漢，此梁州之沱、潛也。孔安國云："沱、潛發源梁州，入荆州。"孔穎達云："雖于梁州合流，還于荆州分出，猶如濟水入河，還從河出也。"以安國、穎達之言考之，則味別之説，古人蓋知之久矣。梁州、荆州相去數千里，非以味別①，安知其合而復出耶？

【附録】

林之奇《全解》 蓋此荆州、梁州皆云"沱、潛既道"，故二孔氏有合流復出之説。而蘇氏遂以味別之言爲信。夫荆之于梁相去遠矣，而沱、潛之水既合于江、漢，流數千里而復出，猶可以味而別之，必无此理。以某之所見，據《爾雅》，曰水自江出而爲沱，自漢出而爲潛。是凡水之出于江、漢者皆有此名也。出于荆州者，荆之沱、潛也；出于梁州者，梁之沱、潛也。要之，皆是自江、漢而出，不必有合流、味別之説。"既道"者，言沱、潛之水既復其故道也。

傅寅《禹貢説斷》 鄭氏不以枝江沱水爲此之沱，以其非從江出故也。而東坡指以爲是，蓋亦姑從《漢志》云耳。余考枝江之地，隸今松滋，松滋在江陵西南，亦安知枝江之水不于江出而復入江耶？至若鄭氏以夏水爲沱，而東坡則指以爲潛，此東坡之疏耳。何者？夏水首出江于華容之境，行五百里東入沔，此正合《爾雅》"江出爲沱"之説。而東坡以爲潛，非也。

時瀾《增修東萊書説》（文淵閣《四庫全書》本） 以予觀之，蘇氏之説則太離，三山（林之奇）之説則太合，穎達之説又離合之兩失也。豈有荆、梁相去數千里，既合而分，猶能辨其此爲沱、爲潛也？故當以孔安國之説爲正。

雲土夢作乂。

《春秋傳》曰："楚子與鄭伯田于江南之夢。"又曰："王寢于雲中。"則雲與夢，二土名也。而云"雲土夢"者，古語如此，猶曰"玄纖縞"云爾。

厥土惟塗泥，厥田惟下中，厥賦上下。

田第八，賦第三。

厥貢羽毛齒革，惟金三品，杶榦栝柏。

杶，柘也，以爲弓榦。柏葉松身曰栝。

【附録】

夏僎《詳解》 揚州"厥貢惟金三品，齒革羽毛惟木"，而此州"厥貢羽毛齒革，

---

① 味別：《四庫》本作"味則"，則"則"字當屬下讀。

惟金三品"，則二州所貢相同可知。然揚州必先言金而後羽毛，此州必先羽毛而後金；揚州先齒革，而此州先羽毛者，唐孔氏謂以善者爲先，蘇氏謂以多者爲先，二說皆通。

礪砥砮丹，惟箘簵楛。

箘簵，美竹。楛，中矢榦。貢此十物。

三邦厎貢厥名。

三邦，大國、次國、小國也。杶榦栝柏，礪砥砮丹，與箘簵楛，皆物之重者。荆州去冀最遠，而江无達河之道，難以必致重物，故使此州之國，不以大小，但致貢其名數，而準其物易以輕賫，致之京師。重勞人也。

【附録】

林之奇《全解》 此說不然。夫所謂"任土作貢"者，皆其服食器用之物而不可闕者，故使準其本歲所輸之賦而貢于京師。若謂當貢之物，準其名數，易以輕賫，致之京師，正非作貢之本意也。蘇氏以此爲"厎貢厥名"之說，比先儒爲迂。

包匭菁茅。

匭匣菁茅，以供祭縮酒者。

厥篚玄纁、璣、組。

纁，絳也。三入爲纁。璣，珠類。組，綬類。

九江納錫大龜。

尺二寸曰大龜，寶龜也。不可常得，故錫命乃納之。

【附録】

夏僎《詳解》 "大龜"，蘇氏謂："國之所守，其得罕，不可以爲常貢，又不可錫命使貢，惟使有之則納錫于上。"漢孔氏乃謂："錫命而納之。"夫經言"納錫"，未嘗言"錫納"。如揚州言"橘柚錫貢"，豫州言"錫貢磬錯"，則可謂之錫命，此安得謂之錫命以貢？故其說不若蘇氏爲長。（按，所引不見《書傳》，林之奇《全解》、傅寅《禹貢說斷》引録時標爲"薛氏"之說。）

浮于江、沱、潛、漢，逾于洛，至于南河。

江无達河之道，舍舟陸行，以達于河，故逾于洛，自洛則達河矣。河行冀州之南，故曰南河。

【附録】

林之奇《全解》 蘇氏曰"江无……"。曾氏以謂"漢與洛不相通，故曰逾于洛。自洛以至豫州之河，故曰至于南河"。此二說皆相合。然而蘇氏謂自江而逾洛，曾氏謂自漢而逾洛，此蓋爲差異。然而以文勢考之，當從曾氏之說。

荆河惟豫州。

自北條荆山至河甚近，當是跨荆而南，猶"濟河惟兗州"也。

伊、洛、瀍、澗，既入于河。

伊水出弘農盧氏縣東熊耳山①，東北入洛。洛水出弘農上洛縣冢領山，東北至鞏縣入河。瀍水出河南穀城縣潛亭北，東南入洛。澗水入弘農新安縣②，東南入洛。三水入洛，洛入河。

滎波既豬，

　　沇水入河，溢爲滎澤。堯時滎澤常波，而今始豬也。今滎陽在河南，《春秋》衛、狄戰于滎澤，當在河北。孔穎達謂此澤跨河而南北也。

導荷澤，被孟豬。

　　沇水東出于陶丘北，又東爲菏澤，在濟陰定陶縣東。孟豬在梁國雎陽縣東北，水流溢，覆被之。

厥土惟壤，下土墳壚。

　　壚，疏也，或曰黑也。

厥田惟中上，厥賦錯上中。

　　田第四，賦第二，雜出第一。

厥貢漆、枲、絺、紵，

　　貢此四物。

厥篚纖纊，

　　細綿也。

錫貢磬錯。

　　治磬錯也，以玉爲磬，故以此石治之。

浮于洛，達于河。

華陽黑水惟梁州。

　　自華山之南，至黑水，皆梁州。

岷、嶓既藝，沱、潛既道。

　　岷山、嶓冢，皆山名也。沱水出于江，潛水出于漢，二水發源此州，而復出于荆州，故于荆州亦云。

蔡、蒙旅平，

　　蔡、蒙，二山。蒙山在蜀郡青衣縣，今曰蒙頂。祭山曰旅，水患平始祭也。

和夷厎績。

　　和夷，西南夷名。

【附錄】

林之奇《全解》　鄭氏以謂"和川，夷所居之地"，鄭氏之説爲長。曾本鄭氏説，以謂："自嚴道而西，地名和川，夷人居之，今爲羈縻州者三十有七，則經所謂和夷者也。"蘇氏亦以和夷爲西南夷名。若此諸説皆可信。今雅州猶有和川鎮，此即

---

① 弘農：原本作"宏農"，《四庫》本作"弘農"，蓋避清乾隆皇帝弘曆諱，今徑回改。下同。
② 入：《經解》本作"出"。

和夷之故地也。

夏僎《詳解》 蘇氏亦以和夷爲西南夷名，今雅州猶有和川鎮，即和夷之故地也。

朱鶴齡《埤傳》 《蘇傳》以和夷爲西南夷名；曾氏謂嚴道有和川，夷人居之。蓋皆本康成之説。

厥土青黎，

黎，黑也。

厥田惟下上，厥賦下中三錯。

田第七，賦第八，雜出第七、第九。

厥貢璆、鐵、銀、鏤、砮、磬，

璆，美玉也。鏤，剛鐵也，可以鏤者。

熊、羆、狐、貍織皮。

以屬者曰織，以裘者曰皮。

西傾因桓是來，浮于潛，逾于沔。

西傾，山名，在隴西臨洮縣西南，桓水出焉。桓入潛，潛入河。漢始出爲漾，東南流爲沔，至漢中東行爲漢①。

入于渭，亂于河。

沔在梁州，山南；而渭在雍州，山北。沔无入渭之道，然按《前漢書》，武帝時，人有上書欲通襃斜道及漕事，下張湯問之，云："襃水通沔，斜水通渭，皆可以漕。從南陽下沔入襃，襃絶水至斜間百餘里，以車轉從斜下渭。如此，漢中穀可致。"此則自沔入渭之道也。然襃斜之間絶水百餘里，故曰"逾于沔"。蓋禹時通謂襃爲沔也。

【附録】

林之奇《全解》 觀鄭氏之説，則是以西傾屬于上織皮之文，以桓爲非水名。酈道元破其説，以謂馬融、王肅皆云西治傾山，惟因桓水，言无他道也。桓水出于西傾山，更无別流，所導者惟此水耳。……酈道元此説最爲詳備，至于蘇氏之説，大抵類此，而其所援引，尤爲有據。蘇氏曰：……。蘇氏此説，比于酈道元尤爲有據。

傅寅《禹貢説斷》 蘇氏求襃斜之道得之矣，然亦以漢爲即沔，以禹時通謂襃爲沔，而説"逾"之一字，與穎達无異。吾固質之經而莫敢信也。且以經而參之史，沔、漢本二源甚明，但不知沔東行幾百里入漢水耳。今而浮潛以至漢，上去沔爲近，故舍舟陸行以入沔。而沔之相通者，又有襃焉，故自沔北入襃，又自襃逾斜而北達渭。然言入不言達，以襃斜之間絶水百餘里，又有如漢人所言故也。

蔡沈《書集傳》 蘇氏曰："漢始出爲漾，東南流爲沔，至漢中東行爲漢沔。"酈道元曰："自西傾而至葭萌，浮于西漢。"西漢即潛水也。自西漢溯流而屆于晉壽

---

① 漢：蔡沈《書集傳》引作"漢沔"。

界，阻漾枝津，南歷岡北，迤邐接漢沔。歷漢川，至于襃水，逾襃而暨于衙嶺之南溪，灌于斜川，屆于武功，而北以入于渭。漢武帝時，人有上書欲通襃斜道及漕，事下張湯問之，云：襃水通沔，斜水通渭，皆可以漕。從南陽上沔入襃，襃絶水至斜間百餘里，以車轉從斜下渭。如此，則漢中穀可致。經言沔渭而不言襃斜者，因大以見小也。襃斜之間絶水百餘里，故曰逾。然于經文，則當曰逾于渭，今曰逾于沔，此又未可曉也。絶河而渡曰亂。

黑水西河惟雍州。

西跨黑水，東至河，河在冀州西。

弱水既西，

衆水皆東，此水獨西。

涇屬渭汭，

涇水入渭。屬，連也。汭，水涯也。

漆、沮既從，

從，如少之從長。渭大而漆、沮小，故言從。

灃水攸同。

灃、渭相若，故言同。

荆、岐既旅，

荆，北條荆山也。

終南、惇物，至于鳥鼠。

三山名。武功縣東有太一山，即終南山。有垂山，即惇物。

原隰厎績，至于豬野。

《詩》云"度其隰原"，即此原隰也。幽地武威縣東有休屠澤，即豬野。

三危既宅，三苗丕叙。

《春秋傳》曰："先王居檮杌于四裔。允姓之姦居于瓜州。"杜預云："允姓之祖，與三苗俱放于三危。瓜州，今敦煌也。"

厥土惟黃壤，厥田惟上上，厥賦中下。

田第一，賦第六。

厥貢惟球琳、琅玕。

球琳，玉。琅玕，石而似球①。貢此二物。

浮于積石，至于龍門西河，會于渭汭。

積石山，在金城河關縣西南，河所經也。龍門山，在馮翊夏陽縣北，禹鑿以通河也。渭水至長安東北入河，河始大。自渭汭而下，巨舟重載，皆可以達冀州矣。

織皮崑崙、析支②、渠搜，西戎即叙。

---

① 球：《經解》本、《四庫》本、凌本作"珠"，於義爲長。
② 析支：《經解》本、《四庫》本、凌本作"析枝"。下同。

《禹貢》之所篚，皆在貢後立文。而青、徐、揚三州皆萊夷、淮夷、島夷所篚①。此云"織皮、崑崙、析支、渠搜、西戎即叙"，大意與上三州无異。蓋言因西戎即叙，而後崑崙、析支、渠搜三國皆篚織皮，但古語有顛倒詳略爾。其文當在"厥貢惟球琳琅玕"之下。其"浮于積石，至于龍門西河，會于渭汭"三句，當在"西戎即叙"之下，以記入河水道，結雍州之末。簡編脱誤，不可不正也。

【附録】

林之奇《全解》 蘇氏以謂："崑崙、析支、渠搜三國皆篚織皮，但古語有顛倒詳略爾，其文當在'厥貢惟球琳琅玕'之下。其'浮于積石，至于龍門西河，會于渭汭'三句，當在'西戎即叙'之下，以記入河水道，結雍州之末。簡編脱誤，不可不正。"某竊謂不然。經之所叙，有先後之不同者，皆是據當時事實而言之也。如九州備載山川澤浸與夫治水曲折，皆在賦貢篚之上，獨冀州厥賦厥田之下有"恒衛既從，大陸既作"二句，此亦是總當時事實而言之耳。必如蘇氏之説，則冀之"恒衛既從，大陸既作"，亦當屬于"覃懷底績，至于衡漳"之下矣。某嘗謂蘇氏解經多失之易，易故多變易經文以就己意者，若此類之謂也。

蔡沈《書集傳》 蘇氏曰："青、徐、揚三州皆萊夷、淮夷、島夷所篚，此三國亦篚織皮。但古語有顛倒詳略爾，其文當在'厥貢惟球琳琅玕'之下、'浮于積石'之上。簡編脱誤，不可不正。"愚謂梁州亦篚織皮，恐蘇氏之説爲然。

吳澄《書纂言》 舊本"織皮"至"即叙"十二字，在"會于渭汭"之下。蘇氏曰"其文當在'球琳琅玕'之下、'浮于積石'之上"，今從之。

淩本眉批 袁了凡曰：按蔡氏云，三國皆貢皮衣，故以"織皮"冠之。皆西方戎落，故以"西戎"總之。雍州水患既平，而餘功及于西戎，故附于末。蘇氏之説恐未是。

導岍及岐，至于荆山。

岍山，在扶風，即吳岳也②。荆山，北條荆山也。孔子叙《禹貢》曰"禹別九州，隨山濬川"，蓋言此書，一篇而三致意也。既畢九州之事矣，則所謂"隨山"與"濬川"者，復申言之。"隨山"者，隨其地脈而究其終始也。何謂地脈？曰：地之有山，猶人之有脈也。有近而不相連者，有遠而相屬者，雖江河不能絶也。自秦蒙恬始言地脈，而班固、馬融、王肅治《尚書》，皆有三條之説。鄭玄則以爲四列，古之達者已知此矣。北條山，道起岍岐，而逾于河，以至太岳，東盡碣石以入于海。是河不能絶也。南條之山，自嶓冢、岷山，至于衡山，過九江，至于敷淺原。是江不能絶也。皆禹之言，卓然見于經者，非地脈而何？自此以下，至敷淺原，皆隨山之事也。

---

① 揚：《經解》本作"楊"。
② 吳岳：原本作"南岳"，《經解》本、《四庫》本作"吳岳"。按《後漢書·郡國志》載右扶風境内有吳岳山，"本名汧"，即爲此山，而"南岳"爲衡山，在今湖南境内，與之不符，故據《經解》本、《四庫》本改作"吳岳"。

【附録】
　　林之奇《全解》　蘇氏謂地之有山，猶人之有脈。此論是也。

逾于河，壺口、雷首，至于太岳。
　　三山之名也。雷首，在河東蒲坂南；太岳者，霍太山也。

底柱、析城，至于王屋。
　　底柱，在陝東北。析城，在河東濩澤西南。王屋，在河東垣縣東北。

太行、恒山，至于碣石，入于海。
　　太行山，在河內山陽縣西北。恒山，在上曲陽縣西北。

西傾、朱圉、鳥鼠，
　　西傾山，在隴西臨洮縣西南。朱圉山，在天水冀縣南。鳥鼠同穴山，在隴西首陽縣西南。

至于太華。
　　太華，在京兆華陰南。

熊耳、外方、桐柏，至于陪尾。
　　熊耳山，在弘農盧氏縣東。外方，嵩高山也，在潁川。桐柏，在南陽平氏縣東南。陪尾山，在江夏安陸縣東北。

導嶓冢，至于荆山。
　　東條荆山。

內方，至于大別。
　　內方山，在江夏竟陵縣東北。《春秋傳》曰"吳、楚夾漢而陳，自小別至于大別"，二別山皆在漢上。

岷山之陽，至于衡山。
　　岷山，在蜀郡湔氐西。衡山，在長沙湘南縣東南。

過九江，至于敷淺原。
　　豫章歷陵縣南有博陽山，即敷淺原。

導弱水，至于合黎，餘波入于流沙。
　　合黎山，在張掖郡刪丹縣。弱水自此，西至酒泉合黎。張掖郡有居延澤，在縣東，即流沙也。自此以下，皆濬川之事也，所導者九。弱水，不能載物，入居延澤中不復見，此水之絶異者也。黑水、漢水與四瀆，皆特入海，渭、洛皆入河，達冀之道，故特記此九者，餘不錄也。

【附録】
　　夏僎《詳解》　蘇氏謂導水以救患爲急，禹導九川始弱水者，以弱水爲害最甚，故導之使西，不爲中國患。竊謂弱水既已不能載物爲害，故禹先導之，然則河、濟、江、漢豈不爲斯民墊溺之害？何以獨後於此？故蘇氏之說，未敢據從。

導黑水，至于三危，入于南海。
　　黑水得越河入南海者。河自積石以西皆多伏流，故黑水得越而南也。

導河積石,至于龍門。

  施功發于積石。

南至于華陰,東至于底柱,又東至于孟津。

  孟津,在河內河陽縣南,都道所湊,古今以爲津。

東過洛汭,至于大伾。

  洛汭,洛入河處,在河南鞏縣東。大伾山,在黎陽,或曰成皋。

北過降水,至于大陸。

  河至大伾而北。降水在信都。

又北播爲九河,同爲逆河,入于海。

  播,分也。逆,迎也。既分爲九,又合爲一,以一迎八,而入于海,即渤海也。

嶓冢導漾,東流爲漢。

  嶓冢山,在梁州南。

又東爲滄浪之水,

  出荆州東南,流爲滄浪之水,即漁父所歌者也。

過三澨,至于大別。

  三澨水,在江夏竟陵。

南入于江,

  觸大別山而南。

東匯澤爲彭蠡。

  匯,迴也①。

東爲北江,入于海。

岷山導江,東別爲沱,

  江東南流,沱東行。

又東至于澧,

  澧水,在荆州。《楚詞》云:"遺予佩兮澧浦。"

過九江,至于東陵,東迆北會于匯,

  迆,迆邐也。匯,彭蠡也。

【附錄】

夏僎《詳解》 不言會于彭澤,而言"會于匯"者,蒙上"東匯澤爲彭蠡"之文,且見其與漢水共注此澤也。蘇氏謂:"禹導水,先漢,後江,方其導漾入南江,見遏于北江,則匯澤爲彭蠡,故言'東匯澤爲彭蠡'。至于導江,則彭蠡已匯矣,故特言'會于匯'。"此說是也。(所引東坡言,爲《書傳》所无,當爲遺説)

東爲中江,入于海。

---

① 也:《經解》本無。

今金山以北，取中泠水，味既殊絕，稱之輕重亦異，蓋蜀江所爲也。

【附錄】

毛晃《禹貢指南》卷四 諸家以南康軍湖爲彭蠡，蘇氏以廬江爲南江，以三泠別中、北者，皆未必得古人所紀之實也。

導沇水，東流爲濟，入于河，溢爲滎。

濟水，出河東垣縣王屋山，東南至河内武德縣入河。並流而南，截河，又並流，溢出乃爲滎澤也。

【附錄】

傅寅《禹貢說斷》 濟既入河，與河相亂，而其洪爲滎也，禹安知其爲濟哉？孔穎達謂以其色辨，東坡謂以其味別，而許敬宗則以爲入河伏流而出，鄭漁仲則以爲簡編脫誤，林少穎則以爲禹分殺水勢，而程泰之則又以爲水會于河既多，河盈而濟繼之，故洪而注滎也。紛紛之論，將孰從而折衷乎？余嘗思之，程氏之見比諸公爲勝。……今時水潦驟集，山流橫突溪澗，其勢狀尚可辨視，况于濟之衡河南出，滎口浩博，禹何待于區區色辨味別而後知邪？然其入河而出，不能無河水之混，而大概則濟耳。若其天時有變，河流蕩激之際，滎口欲其純受濟水不能也。此可以理而推，不必過爲之惑。

東出于陶丘北，

陶丘，在濟陰定陶西南。

又東至于菏，又東北會于汶。

汶入濟也。

又北東入于海。導淮自桐柏，

淮水，出胎簪山，東北過桐柏。胎簪蓋桐柏之傍小山也。

東會于泗、沂，東入于海。

泗水，出濟陰乘氏縣，至臨淮睢陵縣入淮。沂水，先入泗，泗入淮也。

導渭自鳥鼠同穴，東會于灃，

灃入渭也。灃水，出扶風鄠縣東南，北過上林苑入渭。

又東會于涇，

涇入渭也。涇水，出安定涇陽縣西，東南至馮翊陽陵縣入渭。

又東過漆沮，入于河。

沮水，出北地直路縣，東入洛。鄭渠，在太上皇陵東南，濯水入焉，俗謂之漆水，又謂之漆沮。其水東入洛。此言東會于灃，又東會于涇，又東過漆沮者，渭水自西而東之次也。雍州所云"涇屬渭汭，漆、沮既從，灃水攸同"者，散言境内諸水，非西東之次也。《詩》云"自土沮、漆"，乃豳地，非此漆沮。

導洛自熊耳，東北會于澗瀍，又東會于伊，又東北入于河。九州攸同，

書同文，車同軌。

四隩既宅。

隩，深也。四方深遠者，皆可居。

九山刊旅，九川滌源，九澤既陂，四海會同，六府孔修。

水、火、金、木、土、穀。

庶土交正，厎慎財賦，咸則三壤，成賦中邦。

交，通也。正，平準也。庶土不通有無，則輕重偏矣，故交通而平準之。九州各則壤之高下，以制國用，爲賦入之多少。中邦，諸夏也。貢篚有及于四夷者，而賦止于諸夏也。

賜土姓，

《春秋傳》曰："天子建國①，因生以賜姓，胙之土而命之氏。"

祗台德先，不距朕行。

台，我也。我以德先之，則民敬而不違矣。

五百里甸服，

王畿千里，面五百里也。甸，田也，爲天子治田。

百里賦納總。

總，藁、穟并也。最近，故納總。

二百里納銍，

銍，刈也。刈其穟，不納藁。

三百里納秸服，

秸，藁也。以藁爲籍薦之類，可服用者。

四百里粟，五百里米。

稍遠，故所納者愈輕。

五百里侯服。

此五百里始有諸侯，故曰侯服。

百里采，

卿大夫之采也②。

二百里男邦，

與百里采通爲二百里也。男邦，小國也。

三百里諸侯，

自三百里以往，皆諸侯也。諸侯，大國、次國也，小國在内，依天子而國；大國在外，以禦侮也。

五百里綏服。

綏，安也。

---

① 天子建國：《左傳》隱公八年作"天子建德"，杜預《集解》："立有德以爲諸侯。"則"建德"即建國。東坡於此蓋取其意。

② 采也：《經解》本作"采地"。

三百里揆文教，二百里奮武衛，五百里要服。

　　總其大要，法不詳也。

三百里夷，

　　雜夷俗也。

二百里蔡。

　　放有罪曰蔡。《春秋傳》曰："殺管叔而蔡蔡叔。"

五百里荒服。

　　其法荒略。

三百里蠻，二百里流。

　　罪大者流于此。

【附錄】

林之奇《全解》　　東坡曰："夷狄不可以中國之治治也。譬若禽獸然，求其大治，必至大亂。是以君子以不治治之，則乃所以深治之也。"（按，所引爲蘇軾《王者不治夷狄論》）

東漸于海，西被于流沙，朔南暨，聲教訖于四海。禹錫玄圭，告厥成功。

　　以五德王天下，所從來尚矣。黃帝以土，故曰黃；炎帝以火，故曰炎；禹以治水得天下，故從水而尚黑；殷人始以兵王，故從金而尚白；周人有流火之祥，故從火而尚赤。湯用玄牡，蓋初克夏，因其舊也。《詩》云："有客有客，亦白其馬。"是殷尚白也。帝錫禹以玄圭，爲水德之瑞，是夏尚黑也。此五德所尚之色，見于經者也。

【附錄】

林之奇《全解》　　先儒往往因此，遂有五德更生之説，引此爲證，以爲出于聖人之經，而所以改易服色爲帝王之急務。若蘇内翰之明達，猶以此爲信，其説以謂"禹治水得天下，故從水而尚黑；商人以兵得天下，故從金而尚白；周文有流火之祥，故從火而尚赤"，其鑿甚矣。蘇公嘗有言曰："邪説之移人，雖豪杰之士有不能免。"此正目睫之論也。

東坡書傳卷六

夏　書

甘誓第二

啓與有扈戰于甘之野，作《甘誓》。

《史記》：有扈，禹之後。其國扶風鄠縣是也①。《國語》曰："夏有觀、扈，周有管、蔡。"以比管、蔡，兄弟之國也。甘，扈之南郊也。

大戰于甘，乃召六卿。

天子六師，其將皆命卿。

王曰：嗟！六事之人。予誓告汝：有扈氏威侮五行，怠棄三正，

王者各以五行之德王、易服色及正朔。孔子曰："行夏之時。"自舜以前，必有以建子、建丑爲正者，有扈氏不用夏之服色、正朔，是叛也，故曰"威侮五行，怠棄三正"。

【附錄】

林之奇《全解》　此其論五行、三正，誠爲切近。然商之世，方有改正朔、易服色之事，自夏以前未嘗有也。蘇氏之説，某亦未敢以爲然也。有扈之"威侮五行，怠棄三正"，則獲罪于天而天絶之矣。剿，截也，截絶，謂殄滅之也。天之殄滅有罪，必假手于人，啓爲天子，當命德討罪之任，不敢赦也。

夏僎《詳解》　蘇氏謂："王者各以五行，……怠棄三正。"其意則以此五行爲五德之傳，以此三正爲子、丑、寅之正。有扈不肯承夏之正朔，故啓伐之。此論五行、三正甚切近。

天用剿絶其命，今予惟恭行天之罰。左不攻于左，汝不恭命；右不攻于右，汝不恭命；

左，車左也，主射。右，車右也，執戈矛。攻，治也。

御非其馬之正，汝不恭命。

《春秋傳》曰："楚許伯御樂伯，攝叔爲右，以致晉師。樂伯曰：'吾聞致師者，

---

① 鄠：《經解》本、《四庫》本作"雩"。

左射以菆。'攝叔曰：'吾聞致師者，右入壘，折馘，執俘而還。'"是古者，三人同一車，而御在中也。車六馬，兩服、兩驂、兩騑，各任其事，御之正也。王良曰："吾爲之範，我馳驅終日，而不獲一，爲之詭遇，一朝而獲十。"此所謂"御非其馬之正"也。

用命賞于祖，不用命戮于社。

　　孔子曰："當七廟五廟无虛主。"師行，載遷之主以行，无遷廟，則以幣曰主命，故師行有祖廟也。武王伐紂，師渡孟津①，有宗廟，有將舟。將舟，社主在焉，故師行有社也。戮人必于社，故哀公問社，宰我對以戰栗。

予則孥戮汝。

　　戮及其子曰孥。堯舜之世，罰弗及嗣；武王數紂之罪曰"罪人以族"，孥戮非聖人之事也。言孥戮者，惟啓與湯，知德衰矣。然亦言之而已，未聞真孥戮人也。

五子之歌第三

太康失邦，

　　太康，啓子也。

昆弟五人，

　　皆啓子。

須于洛汭，作《五子之歌》。

　　須，待也。

太康尸位，

　　尸，主也。

以逸豫滅厥德，黎民咸貳。

　　貳，攜貳也。

乃盤遊无度。

　　盤，樂也。

畋于有洛之表，

　　洛表，水南也。夏都河北，而畋于洛南，言其去國之遠也。

十旬弗反。有窮后羿，因民弗忍，距于河。

　　有窮，國名。羿，其君也。《春秋傳》曰："后羿自鉏遷于窮石。"忍，堪也。

厥弟五人，御其母以從，徯于洛之汭。

　　母徯焉而不歸，以著太康之不孝也。

---

①　渡：《經解》本、《四庫》本作"度"。

五子咸怨，述大禹之戒，以作歌。其一曰：皇祖有訓，民可近不可下。民惟邦本，本固邦寧。予視天下，愚夫愚婦，一能勝予，一人三失。

  皇祖，禹也。"民可近"者，言民可親近而不可疏也。"不可下"者，言民可敬而不可賤。若自賢而愚人，以愚視天下，則一夫可以勝我矣。"一人三失"者，失民則失天，失天則失國也。

怨豈在明，不見是圖。

  怨不在大，當及其未明而圖之。

予臨兆民，

  十萬曰億，十億曰兆。

懍乎①，若朽索之馭六馬，爲人上者，奈何不敬？

  馭民若朽索之馭馬，不已過乎？曰：天下皆有所恃，民恃有司以安其身，有司恃天子之法以安其位。惟天子无所恃，恃民心而已。民心攜，則天子爲獨夫，謂之朽索，不亦宜乎！

其二曰：訓有之，内作色荒，外作禽荒，甘酒嗜音，峻宇雕墙。有一于此，未或不亡。

其三曰：惟彼陶唐，有此冀方。

  陶唐，堯也。堯都平陽，舜都蒲坂，禹都安邑，皆在冀州。

今失厥道，亂其紀綱，乃底滅亡。

  大曰綱，小曰紀，舜、禹皆守堯之綱紀。

其四曰：明明我祖，萬邦之君。有典有則，貽厥子孫。關石和鈞，王府則有。荒墜厥緒，覆宗絕祀。

  關，通也。和，平也。緒，餘也。古者有五權，百二十斤曰石，三十斤曰鈞，舉其二則餘可知矣。太史公曰："禹以聲爲律，以身爲度。左準繩，右規矩。"知度量權衡凡法度之器，至禹明具。故曰我祖有典法以遺子孫，凡法度之器具在王府，而吾不能守，以亡也。

其五曰：嗚呼，曷歸？予懷之悲。萬姓仇予，予將疇依？鬱陶乎予心，顔厚有忸怩。弗慎厥德，雖悔可追。

  鬱陶，憤懣也。顔厚，色愧也。有，讀曰又。忸怩，心慙也。

胤征第四

羲和湎淫，廢時亂日，胤往征之，作《胤征》。

  羲和掌天地、四時之官，堯時爲四人，今此有國邑，而以沉湎得罪，則一人而已，

---

① 懍：原本作"凛"，據《經解》本及《十三經注疏》本經文改。

不知其何自爲一也？按《史記》及《春秋傳》：晉魏絳、吳伍員言帝太康、帝仲康、帝相、帝少康四世事甚詳。蓋羿既逐太康，太康崩，其弟仲康立，而羿爲政；仲康崩，其子相立，相爲羿所逐，羿爲家衆所殺，寒浞代之。浞因羿室，生澆及豷，使澆伐滅二斟，且殺相。相之后曰緡，方娠，而逃于有仍，以生少康。少康復逃于有虞，虞思邑之于綸。少康布德，以收夏衆。夏之遺臣靡收二斟之餘民，以滅浞，而立少康。少康滅澆與豷，然後祀夏配天，不失舊物。以此考之，則太康失國之後，至少康祀夏之前，皆羿、浞專政僭位之年。如曹操之于漢、司馬仲達之于魏也。胤征之事，蓋出于羿，非仲康之所能專，明矣。羲和湎淫之臣也，而貳于羿，蓋忠于夏也。如王淩、諸葛誕之叛晉，尉遲迥之叛隋。故羿假仲康之命，以命胤侯而往征之。何以知其然也？曰：胤侯羲和之罪，至于殺无赦，然其實狀止于酣酒、不知日食而已。此一法吏所辦耳，何至以六師取之乎？夫酒荒廢職之人，豈復有渠魁脅從之事？是強國得衆者也。孔子叙《書》，其篇曰"羲和湎淫廢時亂日"者，言其罪止于此也。曰"胤往征之"者，見征伐號令之出于胤，非仲康之命也。此《春秋》之法。曰：然則孔子何取于此篇而不刪去乎？曰：《書》固有非聖人之所取而猶存者也。孟子曰："盡信《書》，不如无《書》，吾于《武成》取二三策而已。紂之衆既已倒戈，然猶縱兵以殺，至于血流漂杵。聖人何取焉？"予于《書》，見聖人所不取而猶存者二：《胤征》之挾天子令諸侯，與《康王之誥》釋斬衰而服袞冕也。《春秋》晉侯召王，而謂之"巡狩"，孔子書之于策曰："天王狩于河陽。"若无簡牘之記，則後世以天王爲真狩也。《胤征》之事，孔氏必有師傳之說也，久遠而亡之耳。

【附錄】

黎靖德編《朱子語類》卷七九（中華書局校點本）　疑羲和是個曆官，曠職，廢之誅之可也，何至如此？大抵古書之不可考，皆此類也。

蔡沈《書集傳·胤征》解題　或曰：蘇氏以爲羲和貳于羿、忠于夏者，故羿假仲康之命，命胤侯征之。今按，篇首言"仲康肇位四海，胤侯命掌六師"，又曰"胤侯承王命徂征"，詳其文意，蓋史臣善仲康能命將遣師、胤侯能承命致討，未見貶仲康不能制命，而罪胤侯之爲專征也。若果爲篡羿之書，則亂臣賊子所爲，孔子亦取之爲後世法乎？

林之奇《全解》　某常因蘇氏之論，而考《左氏傳》所載，羿雖廢太康而立仲康，然其篡也乃在乎相之世。相，仲康之子也，仲康不爲羿所篡，至其子相，然後見篡于羿。是則仲康之世，羿之強威，卒不敢加无禮于其上。其所以不敢加无禮于其上者，則仲康有以制之也。……蘇氏又曰：《書》固有聖人之所不取而猶存者。此尤不然。夫以《春秋》之爲經，爲褒貶而作也，故有非聖人所取，而存之以示刺者。至于《書》則紀載帝王之實迹，錄其典謨、訓誥、誓命之文，以爲萬世法，豈容有所不取而猶存者哉！使《胤征》之事，果是挾天子以令諸侯，而夫子存之于《書》，略不見其所以譏之之意。其不思後世之亂臣賊子，將以是爲口實也哉！蘇氏此言，繫乎君臣上下之大分，不可以不辨。

又　蘇氏曰："羲和，湎淫之臣也，而貳于羿，蓋忠于夏也。如王陵、諸葛誕之叛晉，尉遲迥之叛隋。"審如此説，則是羲和之罪誠爲可赦，而嗣侯乃黨姦怙惡之臣，仲康乃優游失權之主，《胤征》之篇乃與王莽之《大誥》等爾。聖人何以録其書于百篇之内，以與堯、舜、禹、湯、文、武之書並傳于不朽乎？以是知羲和之廢厥職，酒荒于厥邑，當是時聚群不逞之人崇飲于其私邑，以謀作亂，其罪不止于廢時亂日。此胤侯所以承王命而往征之也。

夏僎《詳解》　少穎所説，與蘇氏相反，但由蘇氏之説，恐後世亂臣賊子謂挾天子以令諸侯，夫子猶存于《書》，則必肆行而不顧于君臣上下之大分，實有所害。故特從少穎所説。

惟仲康肇位四海，胤侯命掌六師。

　　胤，國名。

羲和廢厥職，酒荒于厥邑。胤后承王命徂征，告于衆曰：嗟，予有衆。聖有謨訓，明徵定保。先王克謹天戒，臣人克有常憲，百官修輔，厥后惟明明。

　　徵，猶《書》所謂"庶徵"也。保，猶《詩》所謂"天保"也。羲和之罪，止于日食不知，故首引天事以誓之。

每歲孟春，遒人以木鐸徇于路。

　　孟春觀治象之法，徇以木鐸，此《周禮》小宰之事，而在夏則遒人之職也。遒之言聚也。木鐸，金口木舌也。昔者，有文事則徇以木鐸，有武事則徇以金鐸。

官師相規，工執藝事以諫。

　　工各執其事諫，如《虞人之箴》也。

其或不恭，邦有常刑。惟時羲和，顛覆厥德，沉亂于酒，畔官離次，

　　官局所在曰次。

俶擾天紀，

　　俶，始也。擾，亂也。

遐棄厥司。乃季秋月朔，辰弗集于房。瞽奏鼓，嗇夫馳，庶人走。

　　日月合朔于十二辰，今季秋之朔，而不合于房，日食也。古有伐鼓用幣救日之事，《春秋傳》曰"惟正陽之月則然，餘否"。今季秋而行此禮，蓋夏禮與周異。漢有上林嗇夫，嗇夫，小臣。庶人，庶人之在官者。

羲和尸厥官①，罔聞知，昏迷于天象，以干先王之誅。政典曰：先時者殺无赦，不及時者殺无赦。

　　先、後時，罪之薄者，必殺无赦，非虐政乎②？惟軍中法則或用之，穰苴斬莊賈是

---

① 羲和：原本作"羲和"，誤。據《經解》本、《四庫》本與《十三經注疏》本經文改。
② 虐政：原本作"虛政"，據《四庫》本改。

也。《傳》曰"國容不入軍，軍容不入國"。此"政典"，夏之《司馬法》，止用于軍中。今无以加羲和之罪，乃取軍法一切之政，而爲有司沉湎失職之罰，蓋文致其罪，非實事也。

今予以爾有衆，奉將天罰。爾衆士同力王室，尚弼予欽承天子威命。

曹操、司馬仲達、楊堅之流討貳己者，未嘗不以王室爲辭也。

【附録】

林之奇《全解》 夫羲和有脅從之黨，舊染之俗，而且與后羿同時。胤侯之征也，其誓師之辭，指羲和且謂"爾衆士同力王室，尚弼予欽承天子威命"，則是羲和之黨于羿，而嗣侯之忠于王室，其事甚明。而蘇氏乃以曹操、司馬仲達、楊堅之流討貳己者以爲比。某謂蘇氏之說經多失之易者，此類之謂也。

火炎崑岡，玉石俱焚。天吏逸德，烈于猛火。殲厥渠魁，脅從罔治。舊染汙俗，咸與維新。

玉石俱焚，言不擇善惡也。天吏之勢，猛于火，故脅從染汙，皆非其罪。言此者，以壞其黨與也。

嗚呼！威克厥愛，允濟；愛克厥威，允罔功。其爾衆士，懋戒哉！

先王之用威愛①，稱事當理而已。不惟不使威勝愛，若曰"與其殺不辜，寧失不經"，又曰"不幸而過，寧僭无濫"，是堯舜已來，常務使愛勝威也。今乃謂威勝愛則事濟，愛勝威則无功，是爲堯、舜不如申、商也，而可乎？此胤侯之黨②，臨敵誓師一切之言，當與申、商之言同棄不齒。而近世儒者欲行猛政，輒以此藉口，予不可以不辨。

【附録】

閻若璩《疏證》第一二一 《東坡書傳》："先王之用威愛，稱事當理而已，……某不可以不辨。"案，蘇氏駁辨可謂當矣。其所斥"近世儒者"，必王安石歟！

自契至于成湯八遷，湯始居亳，從先王居。作《帝告》、《釐沃》。

自契至湯十四世，凡八徙都。契之世父帝嚳都亳，湯自商丘遷焉，故曰從先王居。五篇皆《商書》也，經亡而序存，文无所託，故附《夏書》之末。

湯征諸侯，葛伯不祀，湯始征之，作《湯征》。

葛，梁國寧陵葛鄉也。征葛事，見《孟子》。

伊尹去亳適夏，既醜有夏，復歸于亳，

古稱伊尹五就湯，五就桀。夫湯與桀，敵國也，伊尹往來其間，皆聞其政，而兩

---

① 王：《經解》本作"生"。
② 胤侯：《經解》本、《四庫》本作"后羿"，凌本作"后胤"。據文意，當以"后羿"爲得。

國不疑①，則伊尹聖人也，其道大矣，其信于天下深矣。是以廢太甲，復立之，而太甲安焉。非聖人而何？

入自北門，乃遇汝鳩、汝方，作《汝鳩》、《汝方》。

二臣名。

---

① 不疑：原本作"六疑"，據《經解》本、《四庫》本改。

東坡書傳卷七

商　書

湯誓第一

伊尹相湯，伐桀，

> 古之君臣，有如二君而不相疑者，湯之于伊尹，劉玄德之于諸葛孔明是也。湯言"聿求元聖，與之戮力"，而伊尹曰"惟尹躬暨湯，咸有一德"。其君臣相期如此，故孔子曰："伊尹相湯，伐桀。"太甲不明而廢之，思庸而復之，君臣相安，此聖人之事也。玄德、孔明，雖非聖人，然其君臣相友之契，亦庶幾于此矣。玄德之將死也，囑孔明曰："禪可輔，輔之，不可，君自取之。"非伊尹之流而可以屬此乎？孔明專蜀，事二君，雍容進退，初不自疑，人亦莫之疑者，使常人處之，不爲竇武、何進，則爲曹操、司馬仲達矣。世多疑伊尹之事，至謂太甲爲殺伊尹者，皆以常情度聖賢也。

升自陑，遂與桀戰于鳴條之野，作《湯誓》。

> 孔安國以謂：桀都安邑，陑在河曲之南、安邑之西，湯自亳往，當由東行，故以升自陑爲出不意。又言武王觀兵孟津，以卜諸侯之心，而退以示弱。其言湯、武，皆陋甚。古今地名、道路，有改易不可知者，安知陑、鳴條之必在安邑西耶？升陑以戰，記事之實，猶《泰誓》"師渡孟津"而已。或曰：升高而戰，非地利，以人和而已。夫恃人和而行師于不利之地，亦非人情，故皆不取。
>
> 【附錄】
> **林之奇《全解》**　蘇氏曰："古今地名……孟津而已。"此説甚善。

王曰：格爾衆庶，悉聽朕言。非台小子敢行稱亂，有夏多罪，天命殛之。今爾有衆，汝曰："我后不恤我衆，舍我穡事，而割正夏。"予惟聞汝衆言。夏氏有罪，予畏上帝，不敢不正。今汝其曰："夏罪其如台？"夏王率遏衆力，率割夏邑，有衆率怠弗協，曰："時日曷喪？予及汝皆亡。"夏德若兹，今朕必往。

> 桀之惡，不能及商民，商民安于无事，而畏伐桀之勞，故曰："我后不恤我衆，舍我穡事，而割正夏。"夏氏之罪，其能若我何？故湯告之曰：夏王遏絶衆力，以割

夏邑,其民皆曰"何時何日當喪,吾欲與之皆亡",其亟若此,不可以不救。爾尚輔予一人,致天之罰,予其大賚汝。爾无不信,朕不食言。爾不從誓言,予則孥戮汝,罔有攸赦!

湯既勝夏,欲遷其社,不可,作《夏社》、《疑至》、《臣扈》。
　《春秋傳》曰:共工氏有子曰句龍,爲后土,后土爲社。烈山氏之子曰柱,爲稷,自夏以上祀之。周棄亦爲稷,自商以來祀之。是湯以棄易柱,而无以易句龍者,故曰"欲遷其社,不可"。

夏師敗績,湯遂從之,遂伐三朡。
俘厥寶玉,誼伯、仲伯作《典寶》。
　三朡,今定陶。四篇亡。

仲虺之誥第二

湯歸自夏,至于大坰①,
　大坰,地名,《史記》作"泰卷陶"。
仲虺作《誥》。
　《春秋傳》曰:薛之皇祖奚仲居薛,以爲夏車正。仲虺居薛,以爲湯左相。

成湯放桀于南巢,
　廬江六縣東,有居巢城,《書》有"巢伯來朝"。《春秋》:"楚人圍巢。"桀奔于此,湯不殺也。
惟有慚德,曰:予恐來世以台爲口實。
　後世放殺其君者,必以湯、武藉口,其爲病也大矣。
仲虺乃作《誥》曰:嗚呼!惟天生民有欲,无主乃亂。惟天生聰明時乂。有夏昏德,民墜塗炭。天乃錫王勇智,
　凡聖人之德,仁、義、孝、弟、忠、信、禮、樂之類,皆可以學至。惟勇也、智也,必天予而後能,非天予而欲以學求之,則智勇皆凶德也。漢高祖識三傑於衆人之中,知周勃、陳平于一世之後,此天所予智也。光武平生畏怯,見大敵勇,此天所與勇也②。豈可學哉!若漢武帝、唐德宗之流,則古之學勇、智者也,足以敝其國,殘其民而已矣。故天不與是德③,則君子不敢言智、勇,短於智、勇而厚

---
① 于:原本無,據《經解》本、《四庫》本補。
② 與勇:《經解》本、《四庫》本作"予勇"。
③ 與:《經解》本、《四庫》本作"予"。

于仁，不害其爲令德之主也。周公亦曰"今天其命哲、命吉凶、命歷年"，哲者，知人之謂也，知人與不知人，乃與吉凶、歷年同出于天命，蓋教成王不强其所無也。

表正萬邦，纘禹舊服。兹率厥典，奉若天命。

纘，繼也。服，五服也。

【附錄】

陳大猷《或問》卷上 或問："蘇氏以禹服爲五服，如何？"曰：此説亦可，但上既言"表正萬邦"，則文意重矣。

夏王有罪，矯誣上天，以布命于下。帝用不臧，式商受命，用爽厥師，簡賢附勢，實繁有徒。肇我邦于有夏，若苗之有莠，若粟之有秕。小大戰戰，罔不懼于非辜。矧予之德，言足聽聞。

矯，詐也。臧，善也。式，用也。爽，明。肇，啓也。簡，慢也。帝既不善桀，故用湯爲受命之君，彰明其衆于天下。而桀之黨惡之流，欲併我以啓其國，若欲去莠秕然。故小大戰戰，无罪而懼，況我以德見忌乎。蓋言我不放桀，則桀必滅我也。

惟王不邇聲色，不殖貨利，德懋懋官，功懋懋賞，用人惟己。

如自己出。

改過不吝，克寬克仁，彰信兆民。乃葛伯仇餉，初征自葛。東征西夷怨，南征北狄怨，曰："奚獨後予？"攸徂之民，室家相慶，曰："徯予后，后來其蘇。"民之戴商，厥惟舊哉！

用兵如施鍼石，則病者惟恐其來之後也。

佑賢輔德，顯忠遂良，兼弱攻昧，取亂侮亡。推亡固存，邦乃其昌。

善者自遂，惡者自亡。湯豈有心哉？應物而已。

德日新，萬邦惟懷；志自滿，九族乃離。王懋昭大德，建中于民，以義制事，以禮制心，

未嘗作事也，事以義起；未嘗有心也，心以禮作。

垂裕後昆。

裕，餘也。

予聞曰：能自得師者王，謂人莫己若者亡。好問則裕，

裕，廣也。

自用則小。嗚呼！慎厥終，惟其始。殖有禮，覆昏暴。欽崇天道，永保天命。

湯之慙德，仁人君子莫大之病也。仲虺恐其憂愧不已，以害維新之政，故思有以廣其意者。首言桀得罪于天，天命不可辭。次言桀之必害己，終言湯之勳德足以受天下者。乃因極陳爲君艱難、安危、禍福可畏之道，以明今者受夏非以利己，

乃爲无窮之恤，以慰湯而解其慙。仲虺之忠愛，可謂至矣！然而湯之所慙來世口實之病，仲虺終不敢謂無也。夫君臣之分，放弑之名，雖其臣子有不能文，況萬世之後乎！

湯誥第三

湯既黜夏命，復歸于亳，作《湯誥》。

亳，在梁國穀熟縣。

王歸自克夏，至于亳，誕告萬方。

誕，大也。

王曰：嗟！爾萬方有衆，明聽予一人誥。惟皇上帝，降衷于下民，若有恒性，克綏厥猷惟后。

衷，誠也。若，順也。仁義之性，人所咸有，故曰"天降"也。順其有常之性，其無常者，喜怒哀樂之變，非性也。能安此道，乃君也。

夏王滅德作威，以敷虐于爾萬方百姓。爾萬方百姓，罹其凶害，弗忍荼毒，並告无辜于上下神祇。天道福善禍淫，降災于夏，以彰厥罪。肆台小子，將天命明威，不敢赦。敢用玄牡，敢昭告于上天神后，請罪有夏。聿求元聖，與之戮力，以與爾有衆請命。

請罪者，爲桀謝罪；請命者，爲民祈福。

上天孚佑下民，罪人黜服，天命弗僭。賁若草木，兆民允殖。

僭，不信也。言天命有信，視民所與則殖之，所不與則蹶之。若草木然，民所殖則生，不殖則死。賁，飾也。其理明甚，炳然如丹青也。

【附録】

林之奇《全解》 "賁若草木，兆民允殖。"孔氏曰："賁，飾也。言天下惡除，煥然咸飾，若草木同華，民信樂生。"其説迂迴隱晦，不若王氏、蘇氏之説爲善。王氏曰："草木者，天之所生，民之所殖也。非天所生，則民不能殖；非民所殖，則天不能成。湯之受命也，天與之，人立之，故曰'天命弗僭，賁若草木，兆民允殖'。觀民之所立，則知天之所與矣。"蘇氏曰"天命有信"……此二説皆善。蓋謂我之所以受命者，本因民之所殖也。然王氏不解"賁"字之義，薛氏增廣其説，謂"賁若者，方興而未就也"。蘇氏曰："賁，飾也。其理甚明，炳若丹青。"此二説皆鑿。

俾予一人，輯寧爾邦家。兹朕未知，獲戾于上下，慄慄危懼，若將隕于深淵。

此亦慙德之言也。

凡我造邦，无從匪彝，无即慆淫。

彝，常也。慆，慢也。戒諸侯之言。

各守爾典，以承天休。爾有善，朕弗敢蔽；罪當朕躬，弗敢自赦，惟簡在上帝之心。

言上帝當簡察其善惡。

其爾萬方有罪，在予一人，予一人有罪，无以爾萬方。嗚呼！尚克時忱，乃亦有終。

庶幾能信此也。

咎單作《明居》。

一篇，亡。

伊訓第四

成湯既没。太甲元年，伊尹作《伊訓》、《肆命》、《徂后》。

《史記》：湯之子太丁，未立而卒。湯崩，太丁之弟外丙立，二年崩。外丙之弟仲壬立，四年崩。伊尹乃立太丁之子太甲。太史公按《世本》，湯之後，二帝七年，而後至太甲，其迹明甚，不可不信。而孔安國獨據經臆度，以爲成湯没而太甲立，且以是歲改元①。學者因謂太史公爲妄，初无二帝，而太史公妄增之。豈有此理哉！經云"湯既没。太甲元年"者，非謂湯之崩在太甲元年也。伊尹稱湯以訓，故孔子叙《書》，亦以湯爲首。殷道親親，兄死弟及，若湯崩，舍外丙而立太丁之子，則殷道非親親矣，而可乎？以此知《史記》之不妄也。安國謂湯崩之歲，而太甲改元，不待明年者，亦因經文以臆也。經云"惟元祀十有二月，伊尹祠于先王，奉嗣王，祇見厥祖"者，蓋太甲立之明年正月也。正月而謂之十二月，何也？殷之正月則夏之十二月也。殷雖以建丑爲正，猶以夏正數月，亦猶周公作《豳詩》于成王之世，而云"七月流火，九月授衣"，皆夏正也。《史記》：秦始皇三十一年十二月，更名臘曰嘉平。夫臘必建丑之月也，秦以十月爲正，則臘當在三月，而云十二月，以是知古者雖改正朔，然猶以夏正數月也。崩年改元，亂世之事，不容伊尹在而有之，不可以不辨②。

【附錄】

林之奇《全解》 蘇氏此言，則當從孟子所謂"外丙二年，仲壬四年"之言矣。而程氏又以謂"湯崩，太子太丁未立而死，外丙方二歲，仲壬方四歲，故立太甲"。則是以二年、四年爲年齒之年，不以爲即位之年數也。此與漢孔氏同。而某

---

① 以：《四庫》本作"于"。
② "崩年"至"不辨"，蔡沈《書集傳》引錄，"亂世之事"作"亂世事也"，"在"字在"伊尹"前。

嘗竊謂當從蘇氏之説，蓋殷人之傳世，兄死則弟及，至于周則父子相傳。……外丙、仲壬，太丁之弟也，以殷禮言之，有外丙、仲壬，則不應舍之而立太甲也。故蘇氏之説爲可信。此篇乃太甲初立之日，伊尹爲祠于先王，而奉之以祗見厥祖，明言烈祖之成德以訓于王。故序云"成湯既没。太甲元年"，蓋推本其所以作訓之意也。……故當以蘇氏、孟子之言爲正。

　　又　蘇氏徒見《春秋》之所載天子、諸侯皆以逾年然後稱元，故以此爲例，謂經曰"惟元祀"至"祗見厥祖"者，蓋太甲立之明年正月也。……此説蓋不然。夫謂之改正朔，則是已改其正月，豈餘月不改者哉？在周之時，其論陰陽寒暑之節序，容或有夏時爲言者，如《七月》之詩與夫"四月惟夏"、"六月徂暑"之類是也。至于史官記載其當時之事，則未有不以其當時所用之正朔而數月者。《春秋》書"王正月"，則周之正月也，其他月名則皆以周正數之，非復由夏之舊。以《春秋》觀之，則商之正朔蓋可知矣。秦以十二月更名臘曰嘉平，蓋是漢武帝太初元年既改用夏正，史官追正其月名耳，在秦史則必以三月書之矣。今《漢書》自高祖之年以後，至于武帝太初元年以前，歲首皆書"冬十月"，此皆史官以夏正追正其月名矣。其未改夏正也，則必以冬十月爲正月矣。以是知蘇氏之説，若有可信，實不然也。

　　夏僎《詳解》　余謂少穎辨蘇氏，以《春秋》所書乃孔子尊王，故以周正數之。周時數月實用夏正，今《七月》、《四月》之詩可見矣。兼《秦本紀》言以"十月爲歲首"，則歲首但以十月爲之則已，非改十月爲正月也。但蘇氏解此，必拘逾年之説，則不然。只是仲壬適在十一月崩，故太甲逾月以十二月即位。不必如蘇氏之拘，則其義自通也。

　　陳第《疏衍》　蘇子瞻曰："崩年改元，亂世之事，不容伊尹在而有之。"此言似也。不知商以十二月爲正，則十二月年之始，而十一月者年之終也。湯崩適在年之終，无容不改十二月爲元年矣。何者？正之始也。

　　閻若璩《疏證》第五　余曰："崩年改元，亂世事也，不容在伊尹而有之。"蘇子瞻既言之矣，余豈敢復以崩年爲改元乎？蓋成湯爲天子用事，十三年而崩，則崩當于丁未。太甲即位改元，則改元必于戊申始。正月建丑，終十二月建子，所謂"十有二月乙丑朔旦，冬至，配上帝"者，乃太甲元年之末，非太甲元年之初也。

惟元祀十有二月乙丑，伊尹祠于先王，奉嗣王祗見厥祖。侯甸群后咸在，百官總己以聽冢宰。

　　湯崩雖久矣，而仲壬之服未除，故冢宰爲政也。

伊尹乃明言烈祖之成德，以訓于王，曰：嗚呼！古有夏先后，方懋厥德，罔有天災。山川鬼神，亦莫不寧，暨鳥獸魚鱉咸若。于其子孫弗率，皇天降災，假手于我有命。

　　我有天命之君，湯也。

造攻自鳴條，朕哉自亳。

造、哉，皆始也。始攻自鳴條，始建號自亳。

惟我商王，布昭聖武，代虐以寬，兆民允懷。今王嗣厥德，罔不在初。立愛惟親，立敬惟長。始于家邦，終于四海。嗚呼！先王肇修人紀，

> 戒其恃天命不修人事。

從諫弗咈。先民時若，居上克明，爲下克忠。

> 言君明則臣忠也①。

與人不求備，檢身若不及，以至于有萬邦，茲惟艱哉！敷求哲人，俾輔于爾後嗣。制官刑，儆于有位，曰：敢有恒舞于宮，酣歌于室，時謂巫風。

> 《詩》云："无冬无夏，值其鷺羽。"此巫風也。

敢有殉于貨色，恒于游畋，

> 從流上而忘反，謂之游。

時謂淫風。敢有侮聖言，逆忠直，遠耆德，比頑童，時謂亂風。惟茲三風十愆，卿士有一于身，家必喪。邦君有一于身②，國必亡。臣下不匡，其刑墨。

> 匡，正也，謂諫也。

【附錄】

林之奇《全解》 蘇氏曰："或曰墨之爲刑，蓋亦重矣。臣下不匡而陷入重辟，无乃過乎！曰：國家置臣屬，所以匡其主也，宜匡而不匡，則有亡國喪家之道；視其主淪于喪亡而莫之救，其可貸乎？直諫而逢彼之怒，則有死之道，不諫而處于无過之地，則足以保福禄。自非大忠有志之士，則孰能舍福禄而趨死地乎？然則主于重刑，蓋使其進諫則未必死，退而不諫則陷于辟。雖其中不欲諫，蓋亦不得不諫也。夫'三風十愆'，制官刑也，所以戒諸侯，而伊尹用以訓太甲者，爲諸侯卿大夫而犯此已不足以守其宗廟、保其禄位，則爲天下主者，其可以守土宇而爲民之父母乎？然則伊尹所以訓之，可謂微而婉矣。"薛氏曰："此言甚善。"（按，該段不見于今傳《書傳》，可補其闕）

具訓于蒙士。

> 蒙，童也。士自童幼，即以此訓之也。

【附錄】

林之奇《全解》 "具訓于蒙士"者，先儒之説不如王氏、蘇氏。王氏曰："蒙士，蒙童之士也。爲蒙童則如此訓之矣，至于出爲臣屬，而不能正其君上，則刑墨矣。"蘇氏曰："蒙，童也。士自童幼則以此訓之也。"二説皆是。

嗚呼！嗣王祗厥身，念哉！聖謨洋洋，嘉言孔彰，惟上帝不常。作善，降之百祥；作不善，降之百殃。爾惟德罔小，萬邦惟慶；爾惟不德罔大，墜

---

① 則：《四庫》本無，據經文文意，當有。
② "邦君"下，淩本有"若"字。

厥宗。

爾若作德，雖小善，足以慶萬邦；若其不德，不待大惡而亡。

《肆命》、《徂后》。

二篇，亡。

太甲上第五

太甲既立，不明，伊尹放諸桐。三年，復歸于亳，思庸伊尹，作《太甲》三篇。

思用伊尹之言也。湯放桀，伊尹放太甲，古未有是，皆聖人不得已之變也。故湯以慙德，爲法受惡，曰此我之所以甚病也。亂臣賊子，庶乎其少衰矣。湯不放桀，伊尹不放太甲，不獨病一時而已，將使後世无道之君謂天下无奈我何，此其病與口實之慙均耳。聖人以爲寧慙己以救天下後世，故不得已而爲之。以爲不得已之變，則可以爲道；固當爾，則不可。使太甲不思庸，伊尹卒放之而更立主，則其慙有大于湯者矣。

惟嗣王不惠于阿衡，

惠，順也。阿，倚也。衡，平也。言天下之所倚平也。阿衡，伊尹之號，猶曰"師尚父"云爾：師，其官也；尚父，其號也。

伊尹作書，曰：先王顧諟天之明命，

顧，眷也。以言許人曰諟。言湯爲天命之眷許也。

以承上下神祇。社稷宗廟，罔不祇肅。天監厥德，用集大命①，撫綏萬方，惟尹躬②，克左右厥辟，宅師。

伊尹助其君居集天下之衆也。

肆嗣王丕承基緒，惟尹躬先見于西邑夏。

丕，大也。夏都在亳西。

自周有終，

自，由也。忠信爲周，由忠信之道則有終也。

相亦惟終。其後嗣王，罔克有終，相亦罔終。

言君臣一體，禍福同也。

嗣王戒哉，祇爾厥辟。

---

① 大：《經解》本作"太"。
② 尹：淩本作"君"，誤。各本及《十三經注疏》本經文皆作"尹"。

辟，君也。敬其爲君之道。

辟不辟，忝厥祖。王惟庸，罔念聞。

忝，辱也。以不善爲常，聞伊尹之訓，若不聞然。

伊尹乃言曰：先王昧爽丕顯，坐以待旦。

方天昧明之間，先王已大明其心，思道以待旦。

旁求俊彦，啓迪後人。

彦，美士也。以賢者遺子孫開道之。

无越厥命以自覆。

越，墜失也。

慎乃儉德，惟懷永圖。

以約失之者鮮矣，未有泰侈而能久者也。

若虞機張，往省括于度，則釋。

虞，虞人也。機張，所以射鳥獸者。省，察也。括，隱括也，度機之準望也。釋，舍也。《詩》曰"舍矢如破"，準望有毫釐之差，則所中有尋丈之失矣。言人君所爲，得失微而禍福大，亦如此也。

欽厥止，

止，居也。孔子曰："居敬而行簡。"

率乃祖攸行，惟朕以懌，萬世有辭。

辭，所以名言于天下後世者也。

王未克變。伊尹曰：玆乃不義，習與性成。

性无不善者，今王習爲不義，則性淪于習中，皆成于惡也。

予弗狎于弗順，營于桐宫，密邇先王其訓，无俾世迷。

狎，近也。王之不義，以近群小故也。故獨使居于桐宫，密邇先王之陵墓，以思哀而生善心，此先王之訓也。迷，讀如"懷寶迷邦"之迷。我不訓正太甲，則是懷道以迷天下也。

王徂桐宫，居憂，克終允德。

太甲中第六

惟三祀十有二月朔，

此亦三年正月也①。

伊尹以冕服奉嗣王，歸于亳。

始吉服也。

---

① 三年：原本與《經解》本作"二年"，據《四庫》本改。

作《書》曰：民非后，罔克胥匡以生；

  胥匡，相正也。

后非民，罔以辟四方。

  言民去之，則吾无與爲君者。

皇天眷佑有商，俾嗣王克終厥德，實萬世无疆之休。王拜手稽首，曰：予小子不明于德，自厎不類①。

  不類，猶失常也。

欲敗度，縱敗禮，以速戾于厥躬。天作孽，猶可違，自作孽，不可逭。

  孽，妖也。違、逭，皆避也。妖祥之來，有可以避者，此天作也。若妖由人興，則无可避之理。

既往背師保之訓，弗克于厥初，尚賴匡救之德，圖惟厥終。伊尹拜手稽首，曰：修厥身，允德協于下，惟明后。

  允德，信有德也。下之協從，從其非僞者，蓋欲天下中心悦而誠服。苟非其德出于其固有之誠心，未有能至者。

先王子惠困窮，民服厥命，罔有不悦。並其有邦厥鄰，乃曰：徯我后，后來无罰。

  上失其道，民散久矣。凡麗于罰，皆君使之，湯來則我自无罪矣。

王懋乃德，視乃厥祖②，无時豫怠。奉先思孝，接下思恭。視遠惟明，聽德惟聰。

  視不及遠非明，聽不擇善非聰。

【附錄】

蘇軾《尚書解·視遠惟明聽德惟聰》（《蘇軾文集》卷六）　　甚矣，耳目之爲天下禍福也。《洪範》五事，爲皇極之用，治亂之所由出，狂聖之所由分，風雨之所由作，五福六極之所由致。故顏淵問仁，孔子曰："非禮勿視，非禮勿聽，非禮勿言，非禮勿動。"夫視聽期于聰明而已，何與于禮。非禮勿視，非禮勿聽，是禮也，何與于仁。曰：視聽不以禮，則聰明之害物也甚于聾瞽。何以言之？明之過也，則无所不視，掩人之私，求人之所不及；聰之過也，則无所不聽，浸潤之譖，膚受之訴或行焉。此其害，豈特聾瞽而已哉！故聖人一之于禮，君臣上下，各視其所當視，各聽其所當聽，而仁不可勝用也。太甲之復辟也，伊尹戒之曰："視遠

---

①　"于德"至"不類"，《經解》本脱。

②　厥祖：原本、《經解》本作"烈祖"，《四庫》本作"厥祖"，據改。阮元《十三經校勘記》："《石經考文提要》：坊本作'烈祖'。亦沿蔡沈《集傳》。案，孔安國《傳》'視其祖而行之'。'其'訓'厥'也。"又："按《纂傳》已從《蔡傳》作'烈'矣"。僞孔《古文尚書》作"厥祖"，蔡沈《書集傳》乃改作"烈祖"。蔡氏在蘇軾後，蘇軾《書傳》當從《孔傳》作"厥祖"。原本作"烈祖"者，蓋刻者從蔡氏《傳》改，非原貌。《四庫》尚存其舊，故據改。

惟明，聽德惟聰。"何謂遠？何謂德？孔子曰："文武之道，未墜于地，在人。賢者識其大者，不賢者識其小者。"夫惟小之爲知，又烏能及遠哉？探夜光于東海者，不爲鯢桓而回網羅；求合抱于鄧林者，不以徑寸而枉斧斤。苟志于遠，必略近矣。故子張問明，孔子既告之以明，又告之以遠。由此觀之，視不及遠者，不足爲明也。梁惠王問利于孟子，孟子告以仁義，曰："王何必曰'利'。"夫言利者，其言未必不中也，然君子不聽，曰"言利者，必小人也"。聽其言必行其事，行其事必近其人。小人日近，君子日疏，求國无危，不可得也。凡言苟出于利，雖中，小人也，況不中乎？苟出于德，雖失，猶君子也，況不失乎？由此觀之，聽不主于德者非聰也。

朕承王之休，无斁。

斁，厭也。

太甲下第七

伊尹申誥于王，

申，重也。

曰：嗚呼！惟天无親，克敬惟親。民罔常懷，懷于有仁。鬼神无常享，享于克誠。天位艱哉，德惟治，否德亂。與治同道，罔不興；與亂同事，罔不亡。

堯、舜讓而帝，子、噲讓而絶①；湯、武行仁義而王，宋襄公行仁義而亡②。與治同道，罔不興；與亂同事，罔不亡也③。必同道而後興，道同者事未必同也。周厲王弭謗，秦始皇禁偶語；周景王鑄大錢，王莽作泉貨；紂積鉅橋之粟，隋煬帝洛口諸倉。其事同，其道无不同者，故與亂同事則亡矣。

【附錄】

林之奇《全解》 此説爲盡。

夏僎《詳解》 此説盡之。

終始慎厥與，惟明明后。

慎所與之人也。君子難合而易離，能與君子固難矣，能終始之尤難。

先王惟時，懋敬厥德，克配上帝。

湯惟能如是，勉敬厥德，故能配天。天无言无作，而四時行，百物生，王亦如是。老子曰："王乃天，天乃道。"

---

① 子噲：《經解》本、凌本、《四庫》本作"之噲"，即子之、燕王噲。

② 仁義：《經解》本、凌本、《四庫》本無"義"字。宋襄公有仁而无義，故亡，此文當無"義"字。

③ "與治"至"亡也"，林之奇《全解》引作"與治同事未必興也"。

今王嗣有令緒，尚監茲哉。若升高必自下，若陟遐必自邇。
> 邇者遠之始，下者高之本。升高而不自下，陟遐而不自邇，慕道而求速達，皆自欺而已。

无輕民事，惟難；无安厥位，惟危。
> 輕之則難，安之則危。

慎終于始，
> 慮終必自其始慎之。

有言逆于汝心，必求諸道；有言遜于汝志，必求諸非道。嗚呼！弗慮胡獲？弗爲胡成？一人元良，萬邦以貞。
> 伊尹憂太甲之深，故所戒者非一。有言合于道則逆汝心，合于非道則順汝志，如此，則是患不可勝慮、事不可勝爲矣。故歎曰：嗚呼，弗慮胡獲？弗爲胡成？亦治其元良而已。此所謂要道也。元，始也。良，其良心也。人君能治其始，有之良心，則萬邦不令而自正。前言皆蓬蔣矣①。

君罔以辯言亂舊政，臣罔以寵利居成功，邦其永孚于休。
> 天下之亂，必始于君臣攜離。君以辯言亂舊政，則大臣懼；臣以寵利居成功，則人主疑，亂之始也。

咸有一德第八

伊尹作《咸有一德》。

伊尹既復政厥辟，將告歸，乃陳戒于德。曰：嗚呼！天難諶，
> 諶，信也。

命靡常。常厥德，保厥位。厥德靡常，九有以亡。
> 九有，九州也。

夏王弗克庸德，慢神虐民，皇天弗保，監于萬方。啓迪有命，眷求一德，俾作神主。惟尹躬暨湯，咸有一德，克享天心，受天明命，以有九有之師，爰革夏正。非天私我有商，惟天佑于一德；非商求于下民，惟民歸于一德。德惟一，動罔不吉；德二三，動罔不凶。惟吉凶不僭，在人。惟天降災祥，在德。今嗣王新服厥命，惟新厥德。終始惟一，時乃日新。
> 一者，不變也。如其善而一也，不亦善乎；如其不善而一也，不幾桀乎。曰：非此之謂也。中有主之謂一，中有主則物至而應，物至而應則日新矣。中無主則物爲宰，凡喜怒哀樂皆物也，而誰使新之？故伊尹曰"終始惟一，時乃日新"。予嘗

---

① 蓬蔣：《四庫》本作"篷篨"。二詞通用。

有言，聖人如天，時殺時生；君子如水，因物賦形。天不違仁，水不失平，惟一故新，惟新故一。一故不流，新故無斁。此伏羲以來所傳要道也。伊尹恥其君不如堯、舜，故以是訓之。如衆人之言，新則不能一，而一非新也。伊尹曰一所以新也，是謂萬物並育而不相害，道並行而不相悖。

【附錄】

蘇軾《尚書解·終始惟一時乃日新》（《蘇軾文集》卷六） 《易》曰："天下之動，貞夫一者也。"夫動者，不安者也。夫惟不安，故求安者而托焉。惟一者爲能安。天地惟能一，故萬物資生焉。日月惟能一，故天下資明焉。天一于覆，地一于載，日月一于照，聖人一于仁。非有二事也。晝夜之代謝，寒暑之往來，風雨之作止，未嘗一日不變也。變而不失其常，晦而不失其明，殺而不害其生，豈非所謂一者常存而不變故耶？聖人亦然。以一爲內，以變爲外。或曰：聖人固多變也歟？不知其一也，惟能一故能變。伊尹戒太甲曰："今嗣王新服厥命，惟新厥德，終始惟一，時乃日新。"新與一，二者疑若相反然。請言其辨：物之无心者必一，水與鑒是也。水、鑒惟无心，故應萬物之變。物之有心者必二，目與手是也。目、手惟有心，故不自信而托于度量權衡。已且不自信，又安能應物无方、日新其德也哉？齊人爲夾谷之會，曰：孔丘儒者也，可劫以兵。不知其戮齊優如殺犬豕。此豈有二道哉？一于仁而已矣。孟子曰："天下定于一。孰能一之？曰：不嗜殺人者。"愚故曰：聖人一于仁。

林之奇《全解》 此言盡之矣。

《朱熹集》卷五一《答董叔重》 董説："咸有一德"，竊謂一者，其純一而不雜。德至于純一不雜，所謂至德也。所謂純一不雜者，蓋歸于至當无二之地，无纖毫私意人欲間雜之，猶《易》之常，《中庸》之誠也。説者多以"咸有一德"爲君臣同德，"咸有一德"固有同德意，而一非同也，言君臣皆有此一德而已。蘇氏曰："聖人如天，時殺時生；君子如水，因物賦形。天不違仁，水不失平。惟一故新，惟新故一。一故不流，新故無斁。"此語似是，不知可以作如此看否？乞賜垂誨。 朱答：此篇先言常德、庸德，後言一德，則一者，常一之謂。終始惟一，時乃日新。蘇氏説未的當，可更退步，就實做工夫處看。

陳大猷《或問》卷上 林氏曰"惟一故常，惟常故一"。蘇氏曰"惟一故新，惟新故一。一故不流，新故無斁"。亦善。

任官惟賢才，左右惟其人。臣爲上爲德，爲下爲民。

士之所求者爵禄，而爵禄我有也，挾是心以輕士，此最人主之大患，故告之曰：臣之所以爲民上者，非爲爵禄也，爲德也。德非位不行，其所以爲我下者，非爲爵禄也，爲民屈也。知此，則知敬其臣；知敬其臣，而後天位安。

其難其慎，惟和惟一。

和，如晏平仲之所謂和也。

德无常師，主善爲師；善无常主，協于克一。

中无主者，雖爲善皆僞也。

俾萬姓咸曰：大哉王言！

名之必可言，言之必可行，是謂大。

又曰：一哉王心！

如天地之有信，可恃以安也。

克綏先王之祿，永底烝民之生。嗚呼，七世之廟，可以觀德；萬夫之長，可以觀政。

非德無以遺後，非政無以齊衆。

【附錄】

陳大猷《或問》卷上 若"觀德"之説，如從蘇氏之言推明之，庶與前説無礙耳。后非民罔使，民非后罔事。無自廣以狹人，匹夫匹婦，不獲自盡，民主罔與成厥功。

沃丁既葬伊尹于亳，咎單遂訓伊尹事，作《沃丁》。

咎單訓伊尹事，猶曹參述行蕭何之政也。咎單作明居，司空之職也；舜宅百揆，亦司空之事也；禹作司空，以此考之，自堯、舜至商，蓋嘗以司空爲政也歟？沃丁，太甲子。自克夏至沃丁，五十有三年①，伊尹亦上壽矣。

伊陟相太戊，

伊陟，伊尹子。太戊②，帝太庚之子。

亳有祥，桑穀共生于朝，

桑穀合生于朝，七日而拱，妖也。

伊陟贊于巫咸，作《咸乂》四篇。

《書》曰：在太戊時，巫咸乂王家。

太戊贊于伊陟，作《伊陟》、《原命》。

仲丁遷于囂，作《仲丁》。

仲丁，太戊子，自亳遷囂。囂，在陳留浚儀縣，或曰今河南敖倉。

---

① 五十有三年：《四庫》本作"五十有二年"，誤。按《史記·殷本紀》，自湯至沃丁凡五王。湯崩，外丙立，"即位三年崩"；中壬立，"即位四年崩"；太甲立，"稱太宗"；"太宗崩，子沃丁立"。據《集解》引皇甫謐："(湯) 爲天子十三年，年百歲而崩。"蘇轍《古史·殷本紀》又稱"太甲在位三十三年而崩"。自湯之十三年，加外丙三年、中壬四年、太甲三十三年，共爲五十三年。

② 太：《經解》本作"大"。

河亶甲居相,作《河亶甲》。

　　河亶甲,仲丁弟。相,在河北。

祖乙圮于耿,作《祖乙》。

　　祖乙,河亶甲子。耿,在河東皮氏縣耿鄉。圮,毀也,都邑爲水所毀。凡十篇,亡。

東坡書傳卷八

商　書

盤庚上第九

盤庚五遷，將治亳，殷民咨胥怨，作《盤庚》三篇。
　　咨，嗟也。盤庚，陽甲弟。湯遷于亳，仲丁遷于囂，河亶甲居相，祖乙圮于耿，而盤庚遷于殷。

盤庚遷于殷，民不適有居，
　　祖乙圮于耿，盤庚不得不遷，而小人懷土，故不肯適新居。
率籲衆慼，出矢言。
　　籲，呼也。矢，誓也。盤庚知民怨，故呼衆憂之人，而告誓之。
　　【附錄】
　　　林之奇《全解》　竊謂蘇説勝。
曰：我王來，既爰宅于兹。重我民，無盡劉。不能胥匡以生，卜稽曰：其如台。先王有服，恪謹天命，兹猶不常寧，不常厥邑，于今五邦。今不承于古，罔知天之斷命，矧曰其克從先王之烈？
　　爰，于也。劉，殺也。匡，救也。我先王祖乙，既宅于耿，耿圮，欲遷而不忍，曰：民勞矣，無盡致之死。然民終不能相救以生。乃稽之卜，曰："是圮者無若我何。我先王自湯以來，奄有五服，以謹天命之故，猶不敢寧居，遷者五邦矣。今若不承古而遷，則天其斷棄我命，況能從先王之烈乎！"
若顛木之有由蘖①，天其永我命于兹新邑，紹復先王之大業，底綏四方。
　　木之蠹病者，雖勤于封殖，不能使復遂茂。顛，仆也。既仆而蘖生之，然後有復盛之道，不顛則无所從蘖也。言天之欲復興殷，必在新邑矣。
　　【附錄】
　　　林之奇《全解》　此言是也。
盤庚斅于民，由乃在位，以常舊服，正法度。曰：无或敢伏小人之攸箴。

---

①　蘖：《經解》本作"孽"，誤。下同。

斅，教也。"由乃在位"者，教自有位而下也。箴，規也。服，事也。矇誦、工諫、士傳言、庶人謗于市，此先王之舊服正法也①。今民敢相聚怨誹，疑當立新法，行權政，以一切之威治之。盤庚仁人也，其下教于民者②，乃以常舊事而已，言不造新令也；以正法度而已，言不立權政也。曰"无或敢伏小人之攸箴"者，憂百官有司逆探其意而禁民言也。盤庚遷而殷復興，用此道歟！

【附錄】

林之奇《全解》 此論甚善，亦有爲而發也。當時王介甫變更祖宗之制度，立青苗、免役等法，而當朝公卿，下而小民，皆以爲不便，而介甫決意行之。其事與盤庚遷都相類，故介甫以此藉口，謂"臣民之言皆不足恤"，然所以處之則與盤庚異者。"盤庚斅于民，由乃在位，以常舊服，正法度"，而介甫一以新法從事；盤庚言"无或敢伏小人之攸箴"，而介甫則峻刑罰以繩天下之人言新法之不便者。故雖以盤庚自解説，而天下之人終不以盤庚許之者，以其迹雖同而其心則異也。非特天下之人不許之以盤庚之事，而介甫亦自知其叛于盤庚之説，其解《盤庚》，又從而爲之辭，以爲其新法之地。而既曰"无或敢伏小人之攸箴"者，斅之以无自用而違其下。而又曰："治形之疾以箴，治性之疾以言。小人之箴雖不可伏，然亦不可受人之妄言。妄言適足以亂性，有至于亡國敗家者，猶受人之妄刺，非特傷形，有至于殺身者矣。故古之人堲讒説、放淫辭，使邪説者不得作，而所不伏者嘉言而已。"觀王氏此言，其與"誦六經以文姦言"者，何以異哉！蘇氏之言爲王氏而發也。雖爲王氏而發，實得盤庚斅民之意，非奮其私意與王氏矛盾也。

王命衆，悉至于庭。王若曰：

《書》凡言"若曰"者，非盡當時之言，大意若此而已。

【附錄】

陳第《疏衍》 蘇東坡云"《書》凡言'若曰'……"，《蔡注》用之。自後《微子》、《武成》、《大誥》、《微子之命》、《康誥》、《酒誥》、《洛誥》、《多士》、《君奭》、《多方》、《立政》、《君陳》、《畢命》、《君牙》、《冏命》、《文侯之命》，凡十七篇，俱有"若曰"，《孔傳》例以爲"順其事"而言之。愚謂"若曰"者，蓋述其意而有未盡之詞，史臣之約説也。故周公以武王、成王之命誥天下，多繫之"若"，意可想矣。《孔傳》專以"順"訓，……似牽繞而鑿矣。

格，汝衆！予告汝訓，汝猷黜乃心，无傲從康。

謀自抑黜其心。无傲，无懷安也。

古我先王，亦惟圖任舊人共政。

此篇數言用耆舊，又戒其侮老成。以此推之，凡不欲遷者，皆衆穉且狂也。盤庚言："非獨我用舊，先王亦用舊耳。豈可違哉？"

---

① 舊服：林之奇《全解》引用"舊典"。
② 教：林之奇《全解》引作"斅"。

【附録】

夏僎《詳解》 此説有理。

王播告之修，不匿厥指，王用丕欽，罔有逸言，民用丕變。

不仁者，鄙慢其民，曰：民可與樂成，難與慮始。故爲一切之政，若雷霆鬼神。然使民不知其所從出，其肯敷心腹腎腸，以與民謀哉！今吾布告民，以所修之政，无所隱匿，是大敬民也。言之必可行，无過也，是以信而變從我也。逸，過也。

今汝聒聒，起信險膚，予弗知乃所訟。

險者，利口相傾覆也。孔子曰："浸潤之譖，膚受之愬，不行焉，可謂明也已矣。"巧言之人人，如水之漸漬，如病之自肌理入也，是之謂膚。今汝聒聒以險膚之言起信于人，將誰訟乎？

非予自荒兹德，惟汝含德，不惕予一人，予若觀火，予亦拙謀，作乃逸。

荒，廣也，猶《詩》曰"遂荒大東"，《書》曰"予荒度土功"也。含，容也。逸，過也。言汝妄造怨誹，若非我自廣此德，以遂其事，但汝容，使汝不惕畏我，則我亦不仁矣。如觀火作而不救，能終不救乎？終必撲滅之。容爾而不問，能終不問乎？終必誅絶之。不忍于小，而忍于大，則是我拙謀，成汝過也。作，成也。

若網在綱，有條而不紊。若農服田，力穡乃亦有秋。

網无綱，縱之亂也。農不力穡，安于逸也。

汝克黜乃心，施實德于民，至于婚友。丕乃敢大言，汝有積德，乃不畏戎毒于遠邇。

戎，大也。毒，害也。商之世家大族，造言以害遷者，欲以苟悦小民爲德也。故告之曰：是何德之有？汝曷不施實德于汝民與汝婚友乎①？勞而有功，此實德也。汝能勞而有功，則汝乃敢大言曰："我有積德。"如此，則汝自得衆而多助，豈復畏從我遠遷之大害乎！

惰農自安，不昏作勞，不服田畝，越其罔有黍稷。

昏，强也。

汝不和吉，言于百姓，惟汝自生毒。乃敗禍姦宄，以自災于厥身。乃既先惡于民，乃奉其恫，汝悔身何及！

吉，善也。奉，承也。恫，痛也。汝今所施，乃惡也，非德也，當自承其疾痛。

相時憸民，猶胥顧于箴言。其發有逸口，矧予制乃短長之命！

憸民，小人也。小人尚顧箴規之言，小人違箴言，其禍敗之發，有過于口舌之相傾覆。矧予制汝死生之命，而敢違之乎！

汝曷弗告朕，而胥動以浮言，恐沈于衆？

---

① "汝曷"句，蔡沈《書集傳》所引，於"施"上有"去汝私心"四字，於"婚"下有"姻僚"二字。

恐、動、沈，溺于衆人也①。

若火之燎于原，不可嚮邇，其猶可撲滅。則惟汝衆自作弗靖②，非予有咎。

遲任有言曰："人惟求舊，器非求舊，惟新。"

遲任，古賢人。言人舊則習，器舊則敝，當常使舊人、用新器。我今所以從老成之言，而遷新邑也。

【附録】

林之奇《全解》　蘇氏曰：……。王氏曰："以人惟求舊，故于舊有位之臣，告戒丁寧，不忍遽爲殄滅之事；以器非求舊，惟新，故不常厥邑，至于今五遷也。"此皆求之之過也。

蔡沈《書集傳》　蘇氏曰："人舊則習，器舊則敝。當常使舊人、用新器也。"今按，《盤庚》所引，其意在"人惟求舊"一句，而所謂求舊者，非謂老人，但謂求人于世臣舊家云耳。詳下文意可見。若以舊人爲老人，又何"侮老成人"之有？

陳大猷《或問》卷上　或問："東坡'人舊則習，器舊則敝，當使舊人、用新器。我所以從老成之言，而遷新邑也'。荆公亦同此説。如何？"曰：林氏謂雖有"器非求舊，惟新"之言，然盤庚此舉，但以證"人惟求舊"耳，故下文繼以"古我先王，暨乃祖乃父"，文勢首尾相類，无取于"器非求舊"以爲新邑之喻也。此説辨之當矣。兼今曰"新邑乃是先王舊邑"，豈果是求新乎？是正與盤庚紹復先王之意相反也。

古我先王，暨乃祖乃父，胥及逸勤，予敢動用非罰？

我先王與汝祖父，同其勞逸，我其敢動用非法之罰于其子孫乎？

世選爾勞，予不掩爾善。兹予大享于先王，爾祖其從與享之。作福作災，予亦不敢動用非德。

古者功臣配食于大烝。王言吾固欲選用功臣之子孫也，然爾祖與先王同享于廟，能作福作災者，吾亦不敢動用非德之賞于其子孫也。

予告汝于難，若射之有志。

志，所射表的也。射而無志，則孰爲中？孰爲否？王事艱難，當各分守，无爲浮言。當若射之有志，後有以考其功罪也。

汝无侮老成人，无弱孤有幼。

"有"、"又"通，猶言孤與幼也。

各長于厥居，勉出乃力，聽予一人之作猷，无有遠邇。

汝无侮老弱幼，各爲久居之計，无有遠邇，惟予所謀是從。

用罪伐厥死，用德彰厥善。

有罪不伐，則人將長惡不悛，必死而後已。故我薄刑小罪者，以伐其當死者也。

---

① 也：《四庫》本無。
② 汝：原本、《四庫》本作"爾"，《經解》本、《十三經注疏》本經文作"汝"，據改。

邦之臧，惟汝衆；邦之不臧，惟予一人有佚罰。凡爾衆，其惟致告。

　　國有不善，則我有餘罪矣，爾衆當盡以告我。佚，餘也。致，盡也。

自今至于後日，各恭爾事，齊乃位，度乃口。

　　度，法也。

罰及爾身，弗可悔。

盤庚中第十

盤庚作，惟涉河，

　　作，起也。

以民遷，乃話民之弗率。

　　民之弗率，不以政令齊之，而以話言曉之，此盤庚之仁也①。

【附録】

林之奇《全解》　蘇氏曰："民之弗率，不以政令齊之，而以話言曉之，此盤庚之仁也。"又曰："民怨誹逆命，而盤庚終不怒，引咎自責，益開衆言，反覆告訓，以口舌代斧鉞，忠厚之至。"此言皆深得《盤庚》之旨。……此蓋盤庚之心，而史官善形容之，蘇氏善發明之，皆可以一唱而三歎也。

誕告用亶其有衆，咸造勿褻在王庭。

　　褻，慢也。

盤庚乃登進厥民，曰：明聽朕言，无荒失朕命。嗚呼！古我前后，罔不惟民之承，保后胥慼，鮮以不浮于天時。

　　承，敬也。古者謂過曰浮，浮之言勝也。以敬民②，故民保衛其后，相與憂其憂，雖有天時之災，鮮不以人力勝之也。

【附録】

林之奇《全解》　某竊以謂蘇氏之説爲勝。……此其爲説，不惟于"浮"字之義爲通，而且與上下文相貫。古人謂名勝實爲"名浮于實"。

夏僎《詳解》　"浮于天時"有二説，張彦清謂："浮，如物之浮水，東西南北，无不惟水勢是適，无所底滯。今先後之君民相與如此，故凡有爲有行，未有不順于天時。蓋謂天時可行，在我不敢强止；天時當息，在我不敢强作。此之謂浮于天時。"林少穎則又依蘇氏，謂"浮爲勝"……此二説皆通。

殷降大虐，先王不懷，厥攸作視，民利用遷。

　　先王以天降災虐，不敢懷安，其所作而遷者，視民利而已。

---

　　① 此：蔡沈《書集傳》所引無。
　　② 以敬民：蔡沈《書集傳》引此句作"後既无不惟民之敬"。又引上句無"者"字，引下句作"故民亦保後"，與此互有詳略。

汝曷弗念我古后之聞①，承汝俾汝，惟喜康共，非汝有咎，比于罰。

  我古后所以敬汝使汝者，喜與汝同安耳，非爲有咎之日，使汝同受其罰也。

予若籲懷茲新邑，亦惟汝故，以丕從厥志。

  予所以召呼懷來新邑之人者，亦惟以汝故也。將使汝久居而安，以大從我志。

【附録】

  林之奇《全解》 蘇氏曰："古之所謂從衆者，非從其口之所不樂，而從其心之所同然也。"（按，所引見蘇軾《思治論》）亳邑之遷，實斯民之所利也。惟其爲浮言之所搖動，故其誦于口者，咸有不樂之言。若乃幡然而改，以其利害安危之實而反求之于心，則固知其遷之之利、與不遷之害矣。故"丕從厥志"者，正蘇氏所謂"非從其口之所不樂，而從其心之所同然"者也。

  蔡沈《書集傳》 或曰：盤庚遷都，民咨胥怨，而此以爲丕從厥志，何也？蘇氏曰："古之所謂從衆者，非從其口之所不樂，而從其心之所不言而同然者。"夫趨利而避害，舍危而就安，民心同然也。殷亳之遷，實斯民所利，特其一時爲浮言搖動，怨咨不樂。使其即安危利害之實，而反求其心，則固其所大欲者矣。

今予將試以汝遷，安定厥邦。汝不憂朕心之攸困，乃咸大不宣乃心，欽念以忱，動予一人。爾惟自鞠自苦，若乘舟，汝弗濟，臭厥載。

  困，病也。鞠，窮也。汝不憂我心之所病者，乃不布心腹，敬念以誠動我。但作怨誹，以自窮苦，譬如臨水具舟②，能終不濟乎？无遲留以臭，敗其所載也。

爾忱不屬，惟胥以沈，不其或稽，自怒曷瘳？

  爾誠不能上達也，但相與沉溺，莫或考其利害者，自怨自怒，何損于病乎！

汝不謀長，以思乃災，汝誕勸憂。

  汝不謀長策以慮患，則是勸憂矣。勸憂，猶言樂禍也。

今其有今、罔後，汝何生在上？

  不謀其長，有今而无後，汝何以生于民上乎？

今予命汝一，

  命汝一德一心也。

无起穢以自臭。

  起穢者，未能臭人，先自臭也。

恐人倚乃身，迂乃心，予迓續乃命于天。予豈汝威？用奉畜汝衆。

  出怨言者，或愚人爲人所使，故告之曰：恐人倚託乃身以爲姦，迂僻乃心，俾迷惑失道。予故導迎汝，以續汝命于天。予豈汝威哉？以奉養汝衆而已。

予念我先神后之勞爾先，予丕克羞爾，用懷爾然。

---

  ① 弗：原本、《經解》本作"不"，《四庫》本作"弗"，《十三經注疏》經文亦作"弗"，今據改。

  ② 臨、具：原本、《經解》本、《四庫》本有校語，曰"臨，'一作流'"；"具，'一作乘'"。

爾之先祖，有勳勞于湯，故我大進用爾以懷爾也。

失于政，陳于茲，高后丕乃崇降罪疾，曰：曷虐朕民？

陳，久也。崇，大也。耿圯而不遷，以病我民，是失政而久于此也。湯必大降罪疾于我，以我爲虐民也。

汝萬民乃不生生，暨予一人猷同心。先后丕降與汝罪疾，曰：曷不暨朕幼孫有比？

樂生興事，則其生也厚，是謂生生。比，同德也。

【附録】

林之奇《全解》 先儒以"生生"爲進進，不如蘇氏之說。

故有爽德自上，其罰汝，汝罔能迪。

非獨先后罰汝也①，汝有失德，天其罰汝，汝何道自免乎？

古我先后既勞乃祖乃父，汝共作我畜民，汝有戕則在乃心，我先后綏乃祖乃父，乃祖乃父乃斷棄汝，不救乃死。

則，象也。汝同我養民，而有戕民之象見于心，故爲鬼神之所斷棄也。

【附録】

林之奇《全解》 蘇氏謂："則，象也，爾有戕民之象見于心。"以"戕則"爲賊民之象，其說迂也。

兹予有亂政同位，具乃貝玉。乃祖乃父丕乃告我高后，曰：作丕刑于朕孫，迪高后，丕乃崇降弗祥。

亂政，猶言亂臣也。具者，多取而兼有之之謂也。《春秋傳》曰："昔平王東遷，七姓從王，牲用備具，王賴之而賜之騂旄之盟。"鄭子產曰："我先君威公②，與商人皆出自周，庸次比耦，以艾殺此地。斬之蓬蒿藜藋而共處之③，世有盟誓以相信也，曰：'爾无我叛，我无强賈。毋或匄奪④，爾有利市寶賄，我勿與知。'"蓋遷國危事也。方道路之勤，營築之勞，寶賄暴露，而貪吏擾之，易以生變。故于其將行，先盟之鬼神，曰：凡我亂政同位之臣，敢利汝貝玉，則其父祖當告我高后而誅之。不獨如此而已，王亦自誓于衆曰：朕不肩好貨。又曰：无總于貨寶。丁寧如此，所以儆百官而安民心，此古者遷國之法也。

嗚呼！今予告汝不易，永敬大恤，无胥絕遠。

① 后：原本作"後"，據《經解》本、《四庫》本改。

② 威公：《左傳》昭公十六年、《國語·周語》、《韓非子·外儲說下》皆作"桓公"。宋人避宋欽宗趙桓諱，改"桓"爲"威"。蘇軾卒於徽宗建中靖國元年（1101），欽宗即位於宣和七年（1125），蘇軾撰《書傳》不當諱"桓"字，其所作各書也不避桓諱。此當是《書傳》在流傳過程中，後人所改。

③ 藜藋：淩本、《經解》本、《四庫》本作"藜藿"，誤。《左傳》昭公十六年子產語正作"藜藋"。

④ 匄：《經解》本、淩本作"囟"，誤。

遷國，大憂也。君臣與民，一德一心而後可，相絶遠則殆矣。

汝分猷念以相從，

　　各分其事以謀之。

各設中于乃心，

　　中，公平也。

乃有不吉不迪，

　　不吉，凶人也。不迪，不道者也。

顛越不恭，

　　行險以犯上者。

暫遇姦宄，

　　劫掠行道爲奸者也。

我乃劓殄滅之。

　　輕者劓之，重者殄滅之。

无遺育，无俾易種于兹新邑①。往哉生生，今予將試以汝遷，永建乃家。

盤庚下第十一

盤庚既遷，奠厥攸居，乃正厥位，

　　郊、廟、朝、社之位。

綏爰有衆，曰：无戲怠，懋建大命。

　　生者有以養，死者有以葬祭，勉立此大命也。

今予其敷心腹腎腸，歷告爾百姓于朕志，罔罪爾衆，爾无共怒，協比讒言予一人。古我先王，將多于前功，適于山，用降我凶德，嘉績于朕邦。今我民用蕩析離居，罔有定極，爾謂朕，曷震動萬民以遷？

　　古我先王，將求多于前人之功，故即于高原近山而居。而天降此凶災之德，我先王不即遷者，嘉與汝民共施功于我舊邦。而民終不免流離，无所定止，我豈无故震動萬民以遷哉？

肆上帝，將復我高祖之德，亂越我家。

　　濟及我家也。

朕及篤敬，恭承民命，用永地于新邑。

　　我當及此時，敬承上帝恤民之命，以永居于新邑。

肆予冲人，非廢厥謀，弔由靈，各非敢違卜，用宏兹賁。

　　冲，童也。弔，至也。靈，善也。宏，大也。賁，飾也。我非敢不與衆謀，但至

---

① 易：《四庫》本作"遺"，蓋涉上而誤。

用其善者，自遷至于奠居，无所不用卜，以大此郊廟朝市之飾。

嗚呼！邦伯、師長、百執事之人，尚皆隱哉！

邦伯，諸侯也。師長，公卿也。隱，閔也。

予其懋簡相爾。

擇賢以助爾。

念敬我衆，朕不肩好貨，敢恭生生，鞠人謀人之保居，叙欽。

肩，任也，不任好貨之人也。敢，果也。恭者必慎，果于利，慎于厚生之道也。鞠人，窮人也。謀人，富人也，富則能謀。貧富相保而居，各以其叙相敬也。此教民厚生之道也。

今我既羞告爾于朕志，若否，罔有弗欽。

若，順我而遷者也。否，不順者也。

无總于貨寶，

總，聚也。

生生自庸，

各自用其厚生之道。

式敷民德，永肩一心。

民不悦，而猶爲之，先王未之有也。祖乙圯于耿，盤庚不得不遷。然使先王處之，則動民而民不懼，勞民而民不怨。盤庚德之衰也，其所以信于民者未至，故紛紛如此。然民怨誹逆命，而盤庚終不怒，引咎自責，益開衆言，反覆告諭，以口舌代斧鉞，忠厚之至。此殷所以不亡而復興也。後之君子，厲民以自用者，皆以盤庚藉口，予不可以不論①。

説命上第十二

高宗夢得説，使百工營求諸野，得諸傅巖，作《説命》三篇。

高宗，武丁也，帝小乙之子。傅巖之野，在虞、虢之間。

王宅憂，諒陰三祀。

諒，信也。陰，默也。居憂，信任冢宰而不言。

既免喪，其惟弗言，群臣咸諫于王，曰：嗚呼！知之曰明哲，明哲實作則。

自知曰明，知人曰哲。

天子惟君萬邦，百官承式。

式，法也。

---

① "民不"至"不論"，蔡沈《書集傳》全引，"此殷"下有"之"字，語氣更爲圓潤。

王言惟作命，不言，臣下罔攸稟令。王庸作書以誥，曰：以台正于四方，台恐德弗類兹，故弗言。恭默思道，夢帝賚予良弼，其代予言。

　　信一夢，而以天下之政授匹夫，此事之至難者也。武丁恭默思道，神交于上帝，得良弼于夢中。武丁自信可也，天下其孰信之？故三年不言，既免喪而猶默也。夫天子三年不言，百官萬民，莫不憂懼以待命，若大旱之望時雨也，故一言而天下信之若神明。然昔楚莊王、齊威王，皆三年不出令，而以一言致强霸，亦此道也。恨其所得非傅説之流，是以不王。然亦可謂神而明之者矣。

乃審厥象，俾以形，旁求于天下。説築傅巖之野，惟肖，爰立作相。

　　肖，似也。《史記》：高宗得説，與之語，果聖人，乃舉以爲相。蓋非直以夢而已。

王置諸其左右，命之曰：朝夕納誨，以輔台德。若金，用汝作礪；若濟巨川，用汝作舟楫；若歲大旱，用汝作霖雨。啓乃心，沃朕心。

　　渴其言也。

若藥弗瞑眩，厥疾弗瘳。若跣弗視地，厥足用傷。

　　瞑眩，憒眊也。藥有毒者必瞑眩，人所畏也。跣不視地，爲棘茨瓦礫所傷，人所不畏也。君子爲國，有革弊去惡之政，如用毒藥瞑眩，非所畏也。謀之不審，慮之不周，以敗國事，如跣不視地以傷足，乃所當畏也。

惟暨乃僚，罔不同心，以匡乃辟。俾率先王，迪我高后，以康兆民。嗚呼！欽予時命，其惟有終。説復于王曰：惟木從繩則正，后從諫則聖。后克聖，臣不命其承，疇敢不祇若王之休命。

　　説以匹夫得政，而王虚心以待之者如此，意其必有高世絶人之謀。今其所以復于王者，曰從諫而已。大哉，仁人之言，約而至也。唐太宗，中主也，其事父兄，畜妻子，正身治家，有不正者多矣。然所以致刑措，其成功，去聖人无幾者，特以從諫而已。説以爲此一言，可以聖也。故首進之。以太宗觀之，知從諫之可使狂作聖也。

説命中第十三

惟説命總百官，乃進于王，曰：嗚呼！明王奉若天道，建邦設都，樹后王君公，承以大夫師長，不惟逸豫，惟以亂民。

　　古之天者，皆言民也。民不難出其力，以食諸侯卿士，以養天子者，豈獨以逸樂之哉？將使濟己也。此所以爲天道也。

惟天聰明，惟聖時憲，惟臣欽若，惟民從乂。

　　未嘗視也，而无不見；未嘗聽也，而无不聞。此天聰明也，而聖人法之。

惟口起羞，

　　多言數窮，故吉人之辭寡。

惟甲冑起戎，

　　《春秋傳》曰："无戎而城，讎必保焉。无故而好甲兵，民疑且畏，致寇之道也。"

惟衣裳在笥，

　　笥也，筐也，皆所以盛衣裳幣帛者也。以貢曰筐，以賜下曰笥。趙簡子曰："帝賜我二笥衣裳。"不藏之府庫，而常在笥以待命，而賜有功，勸其不忘于進善也。

惟干戈省厥躬。

　　"苗頑弗即工，帝其念哉"是也。

王惟戒茲，允茲克明，乃罔不休。惟治亂在庶官，官不及私昵，惟其能；爵罔及惡德，惟其賢。慮善以動，動惟厥時。有其善，喪厥善；矜其能，喪厥功。惟事事乃其有備，有備无患。无啓寵納侮，

　　小人有寵則慢其君，故啓寵則納侮之道也。

无恥過作非，惟厥攸居，政事惟醇。

　　居不醇，則駁雜之政也。史佚曰："无始禍，无怙亂。"孔子曰："无欲速，无見小利。"顏淵曰："无伐善，无施勞。"其語不同①，此所謂立言者也。譬之藥石米粟，天下後世，其皆以藉口。今傅說之言，皆散而不一，一言一藥，皆足以治天下之公患②，豈獨以訓武丁哉！人至于今誦之也③。

黷于祭祀，時謂弗欽。禮煩則亂，事神則難。

　　高宗之祀，豐數于近廟，故說因以戒之也。

王曰：旨哉。說乃言惟服。

　　可服行也。

乃不良于言，予罔聞于行。說拜稽首，曰：非知之艱，行之惟艱。王忱不艱，允協于先王成德，惟說不言，有厥咎。

説命下第十四

王曰：來，汝説。台小子，舊學于甘盤，既乃遯于荒野，入宅于河。自河徂亳，暨厥終，罔顯。

　　古之君子，明王之世而不肯仕，蓋有之矣。許由不仕堯、舜，夷、齊不仕周，商山之老不仕漢，懷寶迷邦，以終其身。是或一道也。武丁爲太子，則學于甘盤；武丁即位，而甘盤遯去，隱于荒野，武丁使人求之，迹其所往，則居河濱。自河徂亳，不知其所終。武丁无與共政者，故相説也。舊説乃謂武丁遯于荒野，武丁

---

①　其：原本作"同"，據《經解》本、《四庫》本改。
②　"此所"至"公患"，蔡沈《書集傳》所引，語句有顛倒詳略："説之言，譬如藥石，雖散而不一，然一言一藥，皆足以治天下之公患，所謂古之立言者。"
③　"史佚"至"誦之也"，林之奇《全解·周官篇》全文引録，順序同此。

爲太子而遯，決无此理。遯則如吳太伯，豈復立也哉？學者徒見《書》云其在高宗時，舊勞于外，故以武丁爲遯。小乙使武丁劬勞于外，以知艱難，決非荒野之遯。又以《書》曰在武丁時，則有若甘盤，故謂武丁即位而甘盤在也。甘盤，武丁師也，蓋配食其廟。其曰在武丁時固宜，豈必即位而後師之哉？若武丁遯而復立，不當云"曁厥終，罔顯"也。

【附錄】

林之奇《全解》 竊以蘇氏之説爲善。

黎靖德編《朱子語類》卷七九 東坡解作甘盤遯于荒野。據某看，恐只是高宗自言，觀上文曰"台小子"可見。但不知當初高宗因甚遯于荒野，不知甘盤是甚麼人，是學個甚麼，今亦不敢斷。但據文義，疑是如此。

夏僎《詳解》 此有二説：二孔則謂：高宗爲王子時，既學于甘盤，而中廢業，遯居田野，後入居于河，又自河往亳。蓋是高宗父小乙欲使高宗知民艱苦，故使居民間。既廢業而居民間，遂无顯明之德，故謂之"曁厥終，罔顯"。此説本《无逸》之言，曰："其在高宗時，舊勞于外，爰曁小人"，故以"遯于荒野"爲"爰曁小人"之事。蘇氏則謂"武丁爲太子時學于甘盤"……則以"遯于荒野"爲甘盤之遯。二説不同，林少穎則以爲當從蘇氏，沈博士則謂當從二孔。以今考之，孔説有據，故當從之。

陳櫟《書集傳纂疏》（文淵閣《四庫全書》本。下稱"《纂疏》"） 愚案，遯荒野，或以爲武丁，或以爲甘盤。真氏《大學衍義》仍用蘇説。兼《君奭》云："在武丁時，則有若甘盤。"是武丁即位，初佐之者猶甘盤也。林氏曰："想自免喪而遯去，况下文'爾交修予罔予棄'，蓋恐説亦效甘盤棄之而遯也。"以此見蘇説亦宜存之。

陳第《疏衍》 《孔傳》以爲高宗之遯，非也。惟蘇子瞻得之。其説曰：……斯言也，足以解千古之惑矣。

淩本眉批 陳子淵曰：荒野之遯，是甘盤，非武丁也。得蘇氏之辨，可正舊説之訛。

爾惟訓于朕志，若作酒醴，爾惟麴糵；若作和羹，爾惟鹽梅。

礪，切磨己者也。舟楫，濟己者也。霖雨，澤民者也。麴糵、鹽梅，和而不同者也。

爾交修予，罔予棄，予惟克邁乃訓。説曰：王，人求多聞，時惟建事。

學道將以見之行事也，非獨知之而已。

學于古訓，乃有獲。事不師古，以克永世，匪説攸聞。惟學遜志，務時敏，厥修乃來。允懷于兹，道積于厥躬。

説既勉王以學，又憂其所學者非道也，故曰惟學遜志。遜之言，隨也，隨其所志而得之①。志于仁，則所得于學者皆仁也。志于義，則所得于學者皆義也。若志于

---

① 志：《經解》本、《四庫》本作"修"。據上下文意，以"志"爲上。

功利，則所得于學者皆功利而已。智足以飾非，辯足以拒諫，皆學之力也。敏于是，則隨其所志而至矣。故必先懷仁義之道，然後積學以成之。

惟斅學半，

　　王者之學，且學且教，既以教人，因以修其身，其功半于學。

念終始，典于學，厥德修，罔覺。

　　積善如長，不自覺也。

監于先王成憲，其永无愆。惟説式克欽承，旁招俊乂，列于庶位。王曰：嗚呼，説。四海之内，咸仰朕德，時乃風。股肱惟人，良臣惟聖。

　　以良臣惟聖，猶以股肱惟人也。

昔先正保衡，

　　伊尹亦號保衡。

作我先王，乃曰：予弗克俾厥后惟堯、舜，其心愧恥，若撻于市。一夫不獲，則曰：時予之辜。佑我烈祖，格于皇天。爾尚明保予，罔俾阿衡，專美有商。惟后非賢不乂，惟賢非后不食。其爾克紹乃辟于先王，永綏民。説拜稽首，曰：敢對揚天子之休命。

高宗肜日第十五①

高宗祭成湯，有飛雉升鼎耳而雊，祖己訓諸王，作《高宗肜日》、《高宗之訓》。

　　此一篇，亡。

高宗肜日，越有雊雉，祖己曰：惟先格王，正厥事。乃訓于王曰：惟天監下民，典厥義，降年有永、有不永，非天夭民，民中絶命。民有不若德，不聽罪，天既孚命正厥德。乃曰：其如台？嗚呼！王司敬民，罔非天胤。典祀無豐于昵。

　　祭之明日又祭，殷曰肜，周曰繹。雊，號也。格，正也。典，常也。孚，信也。司，主也。胤，嗣也。昵，親也。繹祭之日，野雉雊于鼎耳，此爲神告王以宗廟祭祀之失，審矣。故祖己以謂：當先格王心之非。蓋武丁不專修人事，數祭以媚神；而祭又豐于親廟，儉于遠者，敬其父，薄其祖，此失德之大者。故傅説、祖己皆先格而正之。祖己之言曰：天之監人有常，義無所厚薄，而降年有永、有不永者，非天夭人，人或以中道自絶于天也。人有不順之德，不聽之罪，天未即誅絶，而以孽祥爲符信，以正其德。人乃不悔禍，曰：是孽祥，其如我何？則天必誅絶之矣。今王專主于敬民而已，數祭无益也。夫先王孰非天嗣者，常祀而豐于

―――――
①　肜：《經解》本作"彤"。下同。

昵，其可乎？此理明甚，而或者乃謂先王遇災異，非可以象類求天意，獨正其事而已。高宗无所失德，惟以豐昵无過①，此乃詔事世主者。言天人本不相與，欲以廢《洪範》五行之說。予以爲《五行傳》未易盡廢也。《書》曰"越有雊雉"足矣。而孔子又記其雊于耳，非以耳爲祥乎？而曰不可以象類求，過矣！人君于天下无所畏，惟天可以儆之。今乃曰天災不可以象類求，我自視无過則已矣。爲國之害，莫大于此，予不可以不論。

【附録】

林之奇《全解》 蘇氏則以謂："繹祭之日……欲先正之。"蘇氏之意，蓋以謂祖己將諫于王，則當先格王心之非，使正其事。其于格王，如孟子所謂"惟大人能格君心之非"之格也。某竊謂先儒之說誠善，然以上下之文勢觀之，則蘇氏之說爲長。

西伯戡黎第十六

殷始咎周，

　　咎，惡也。

周人乘黎，

　　乘，勝也。黎，在上黨壺關。

祖伊恐奔，告于受，作《西伯戡黎》。

　　祖己後也。受，紂也，帝乙子。西伯，文王也。戡，亦勝也。

西伯既戡黎，祖伊恐，奔告于王曰：天子，天既訖我殷命，格人元龜，罔敢知吉。

　　人至于道爲格人，其言與蓍龜同也。

非先王不相我後人，惟王淫戲用自絶，故天棄我，不有康食，不虞天性，不迪率典。

　　天棄我，故天地鬼神无有安食于我者。"不虞天性"者，父子之親不相虞度也。"不迪率典"者，五典之親不相道率也。

今我民，罔弗欲喪，曰：天曷不降威？大命不摯？今王其如台？

　　摯，鷙也，言天何不摯取王乎？今王无若我何。民不忌王如此。

王曰：嗚呼！我生不有命在天？祖伊反曰：嗚呼！乃罪多參在上，乃能責命于天。

　　天子固有天命以保己，今汝罪之聞于天者衆矣，天將去汝，豈可復責天以保己之命耶？

---

① 无：《經解》本作"爲"。

殷之即喪，指乃功，不無戮于爾邦。

　　功，事也，視汝所行之事，雖邦人猶當戮汝，而況于天乎？孔子曰："紂之不善，不如是之甚也。"予乃今知之。祖伊之諫，盡言不諱，漢、唐中主所不能容者，紂雖不改，而終不怒，祖伊得全。則後世人主，有不如紂者多矣！

【附録】

林之奇《全解》　　蘇氏曰："天子固有……而況于天乎。"此説皆是。

吴澄《書纂言》　　蘇氏曰："祖伊之諫，……有不如紂者多矣。"愚案，此乃殷邦殞滅，命在須臾之時，蓋已无暇于怒忠諫而殺忠臣也。

微子第十七

殷既錯天命，

　　錯，亂也。

微子作誥父師、少師。

　　微子，紂兄也。父師，箕子，紂之諸父。少師，比干也。

微子若曰：父師、少師，殷其弗或亂正四方，我祖厎遂陳于上。

　　致成其法度，以陳示後人①。

我用沈酗于酒，用亂敗厥德于下。殷罔不小大，好草竊姦宄，卿士師師非度。

　　相師于非法。

凡有辜罪，乃罔恒獲。小民方興，相爲敵讎，今殷其淪喪，若涉大水，其無津涯。殷遂喪，越至于今。曰：父師、少師，我其發出狂。吾家耄遜于荒，今爾无指，告予顛隮，若之何其？

　　我其奔走去國，若狂人然。吾家之耆老，知紂之必亡，而遯于荒野者多矣。今爾無意告教我，其若顛隮何？

父師若曰：王子，天毒降災荒殷邦。方興沈酗于酒，乃罔畏畏。

　　不畏其可畏乎②？

咈其耈長舊有位人，今殷民乃攘竊神祇之犧牷牲用，以容將食，无災。

　　色純曰犧，體完曰牷，牛羊豕曰牲。用，器也。盜天地宗廟之牲器，以相容匿，且以祭器食，而曰无災。

降監殷民，用乂讎斂，召敵讎不怠。

　　言殷之君臣，下視其民若仇讎而聚斂之，以此爲治，力行不息，皆召敵讎之道也。

罪合于一，多瘠罔詔。

---

① 後人：《四庫》本無"人"字。
② 乎：《經解》本作"者"。

瘝，病也。君臣爲一，皆病矣，无從告之者。

商今其有災，我興受其敗，商其淪喪，我罔爲臣僕。

商之有災，而未亡也①，我起而正之，則受其禍。若其既亡也②，我又无與爲臣僕者，此所以徉狂而爲奴也。

詔王子出迪，我舊云刻子。王子弗出，我乃顛隮，

刻，害也。箕子在帝乙時，以微子長且賢，欲立之，而帝乙不可，卒立紂。紂忌此兩人，故箕子曰：子之出固其道也，我舊所云者害子，子若不出，則我與子皆危矣。

自靖。

靖，安也。微子之告箕子，若欲與之皆去，然箕子曰：吾三人者，各行其志，自用其心之所安者而已。

人自獻于先王，

人各自以其意貢于先王，微子以去之爲續先王之國，箕子以爲之奴爲全先王之嗣，比干以諫而死爲不負先王也。

我不顧行遯。

不念與汝皆行也。

---

① 未亡：《經解》本作"已"。
② 既亡：《經解》本、淩本、《四庫》本作"既已"。

東坡書傳卷九

周　書

泰誓上第一

惟十有一年，武王伐殷。一月戊午，師渡孟津，作《泰誓》三篇。

　　文王受命九年而崩。武王以大統未集，故即位而不改元。十一年喪畢，觀兵于商而歸。至十三年，乃復伐商。叙所謂"十一年武王伐殷"者，觀兵之事也。所謂"一月戊午，師渡孟津，作《泰誓》"者，十三年之事也。而并爲一年言之，疑叙文有闕誤。

惟十有三年春，大會于孟津。王曰：嗟！我友邦冢君，越我御事、庶士，明聽誓！

　　天子有友諸侯之義。冢，大也。御，治也。

惟天地，萬物父母。惟人，萬物之靈。亶聰明，作元后，元后作民父母。今商王受，弗敬上天，降災下民；沉湎冒色，敢行暴虐；罪人以族，官人以世。

　　孥戮，湯事也，而"罪人以族"則爲紂罪；賞延于世，舜德也，而"官人以世"則爲紂惡者，湯之孥戮，徒言之而不用；舜之賞延，非官人也。

惟宮室、臺榭、陂池、侈服，以殘害于爾萬姓，焚炙忠良，刳剔孕婦。皇天震怒，命我文考，肅將天威，大勳未集。肆予小子發，以爾友邦冢君，觀政于商。

　　或曰：武王觀政于商，欲紂改過，不幸而不悛，若其悛也，則武王當復北面事之歟？曰：否。文王、武王之王也久矣，紂若改過，不過存其社稷、宗廟，而封諸商，使爲二王後也。以爲武王退而示弱，固陋矣，而曰復北面事之者，亦過也。

【附録】

陳第《疏衍》　吁，蘇子之言不迂矣。

惟受罔有悛心，乃夷居，

　　安居自若也。

弗事上帝神祇。遺厥先宗廟弗祀，犧牲粢盛，既于凶盗。乃曰：吾有民有命。罔懲其侮。天佑下民,作之君,作之師。惟其克相上帝,寵綏四方,有罪无罪,予曷敢有越厥志?同力度德,同德度義。

  力均以德,德均以義,則知勝負矣。

受有臣億萬①,惟億萬心;予有臣三千,惟一心。商罪貫盈,天命誅之。予弗順天,厥罪惟鈞。予小子夙夜祗懼,受命文考,類于上帝,宜于冢土。

  冢土,社也。祭社曰宜。

以爾有衆,底天之罰。天矜于民,民之所欲,天必從之。爾尚弼予一人,永清四海。時哉,弗可失。

泰誓中第二

惟戊午,王次于河朔。群后以師畢會,王乃徇師而誓,曰:嗚呼②!西土有衆,咸聽朕言:我聞吉人爲善,惟日不足;凶人爲不善,亦惟日不足。今商王受,力行无度,播棄黎老,昵比罪人,淫酗肆虐;臣下化之,朋家作仇,脅權相滅。无辜籲天,穢德彰聞。惟天惠民,惟辟奉天。有夏桀,弗克若天,流毒下國,天乃佑命成湯,降黜夏命。惟受罪浮于桀,剝喪元良,

  剝,落也。喪,去也。古者謂去國爲喪。元良,微子也。微子,紂之同母兄,而謂之庶子,不得立者,生于帝乙未即位之前也。以禮言之,當與紂均爲嫡子,而微子長,故成王命之曰"殷王元子"。

賊虐諫輔。

  比干也。

謂己有天命,謂敬不足行,謂祭无益,謂暴无傷。厥監惟不遠,在彼夏王。天其以予乂民,朕夢協朕卜,

  高宗言夢,文王、武王言夢,孔子亦言夢者,其情性治,其夢不亂。

襲于休祥,戎商必克。受有億兆夷人,離心離德;予有亂臣十人,同心同德。

  夷人,平民也。古今傳十人,爲文母、周公、太公、召公、畢公、榮公、太顛、閎夭、散宜生、南宮括。孔子曰:"有婦人焉,九人而已。"

雖有周親,不如仁人。

  十人之中,雖有周、召之親,然皆仁人,非以親用也。

天視自我民視,天聽自我民聽,百姓有過,在予一人。今朕必往,我武惟揚,侵于之疆,取彼凶殘,我伐用張,于湯有光。

---

  ① 有:凌本作"其"。
  ② 嗚呼:《經解》本無,蓋奪。《十三經注疏》本經文有"嗚呼"二字。

湯放桀而有慚德，今我亦爲之，湯不媿矣。

勖哉，夫子！罔或无畏，寧執非敵。百姓懍懍，若崩厥角。

> 勖，勉也。戒民无輕敵，寧執是心，曰我不足以敵，紂民畏紂之虐，若崩厥角也。

嗚呼！乃一德一心，立定厥功，惟克永世。

泰誓下第三

時厥明，

> 戊午之明日也。

王乃大巡六師，明誓眾士。王曰：嗚呼！我西土君子，天有顯道，厥類惟彰。

> 天有明人之道，明其類德者。

今商王受，狎侮五常。

> 五常，五典也。狎侮五典，以人倫爲戲也。

荒怠弗敬，自絕于天，結怨于民。斮朝涉之脛，剖賢人之心，作威殺戮，毒痡四海。

> 痡，病也。

崇信姦回，放黜師保；屏棄典刑，囚奴正士；郊社不修，宗廟不享；作奇技淫巧，以悅婦人。上帝弗順，祝降時喪。

> 祝，斷也。

爾其孜孜，奉予一人，恭行天罰。古人有言曰：撫我則后，虐我則讎。獨夫受，洪惟作威，乃汝世讎。樹德務滋，除惡務本。

> 滋，廣也。言止取紂也。

肆予小子，誕以爾眾士，殄殲乃讎。爾眾士，其尚迪果毅，以登乃辟，功多有厚賞，不迪有顯戮。嗚呼！惟我文考，若日月之照臨，光于四方，顯于西土。惟我有周，誕受多方。予克受，非予武，惟朕文考无罪；受克予，非朕文考有罪，惟予小子无良。

> 兵，凶事也。以武王與紂，猶有勝負之憂，爲文王羞，是以先王重用兵也。

牧誓第四

武王戎車三百兩，虎賁三百人，

> 虎賁，猛士也，若虎之奔獸。

與受戰于牧野，作《牧誓》。

> 《春秋》：晉與楚戰，皆七八百乘，武王能以三百乘、三百人克紂者，其德與政皆

勝，且諸侯之兵助之者衆也。

【附錄】

林之奇《全解》 此説是也。

時甲子昧爽，王朝至于商郊牧野，

在朝歌南。

乃誓。王左杖黄鉞，右秉白旄以麾。

黄鉞，以金飾也。軍中指麾，白則見遠。王無自用鉞之理，以爲儀耳，故左杖黄鉞。麾非右手不能，故右秉白旄。此事理之常，本無異説，而學者妄相附致，張爲議論，皆非其實。凡若此者不取。

【附錄】

林之奇《全解》 蘇氏于此篇，則並與先儒而譏之。以謂黄鉞以金飾也，……蘇氏此説，可謂盡之矣。

曰：逖矣！西土之人。

逖，遠也。

王曰：嗟！我友邦冢君，御事司徒、司馬、司空、

御事，治事也，指此三卿也。六卿止言三，古者官不必備，或三公兼之。

亞旅、師氏、

亞旅，衆大夫，其位次卿。師氏，亦大夫，主以兵守門。

千夫長、百夫長，及庸、蜀、羌、髳、微、盧、彭、濮人。

《春秋傳》：楚饑，庸與百濮伐之。庸，上庸縣。濮，即百濮也。又楚伐羅，羅與盧戎兩軍之，蓋南蠻之屬楚者。羌，先零、罕开之屬。彭，今屬武陽，有彭亡。髳、微，闕。則知此數國，皆西南之夷。

【附錄】

林之奇《全解》 觀蘇氏此説，則知此數國者，蓋是西南極邊之蠻夷也。漢孔氏以爲在巴蜀，未知是否？

王夫之《稗疏》 彭，蘇氏以爲武陽之彭亡聚，則是眉州之彭山縣。唐《元和志》云"周末彭祖居此而死"，《漢志》亦云"有彭祖冢"。乃彭祖爲殷大夫，而殷固有彭國，不因彭祖得名。則蘇説非也。又《一統志》以成都之彭縣爲古彭國，乃天彭門之號，創于李冰，亦非古國名。而經文與盧、濮並舉，不與羌、蜀相連，則亦非也。《春秋傳》云伐絞之役，楚師分涉于彭。今酉陽平茶有彭水，于地太遠。故杜預曰："彭水在新城昌魏縣。"昌魏在房縣北，則彭之爲國，濱于彭水。當在上津縣之南也。

稱爾戈，比爾干，立爾矛，予其誓。王曰：古人有言曰：牝雞无晨，牝雞之晨，惟家之索。今商王受，惟婦言是用，昏棄厥肆祀，弗答；

肆祀，所陳祭祀也。祀所以報也，故謂之答。

昏棄厥遺王父母弟，不迪。

王父母及母弟，皆先王之遺胤，不以道遇之也。

乃惟四方之多罪逋逃，是崇是長，是信是使，是以爲大夫卿士。俾暴虐于百姓，以姦宄于商邑。今予發，惟恭行天之罰。今日之事，不愆于六步、七步，乃止齊焉。夫子勖哉！不愆于四伐、五伐、六伐、七伐，乃止齊焉。

孫武言用兵，其勢險，其節短，故不過六步、七步，四伐、五伐、六伐、七伐，必少休而整齊之。伐，擊刺也。

勖哉，夫子！尚桓桓，如虎如貔，如熊如羆。于商郊，弗迓克奔，以役西土。

紂師能來奔者，勿復迎擊，以勞役我西土之人。

勖哉，夫子！爾所弗勖，其于爾躬有戮！

武成第五

武王伐殷，往伐歸獸，識其政事，作《武成》。

自往伐至歸牛馬，皆記之。

惟一月壬辰，旁死魄。越翼日癸巳，王朝步自周，于征伐商。厥四月，哉生明，王來自商，至于豐。

壬辰未有事，先書"旁死魄"者，記月之生死，使千載之日，後世可考也。曆法以月起，故《書》多記生死、朏望，皆先事而書，所以正曆也。

乃偃武修文，歸馬于華山之陽，放牛于桃林之野，示天下弗服。

華山之陽，有山川焉，然地至險絕，可入而不可出。桃林之野，在華山東，亦險阻。歸馬牛于此，示天下弗服也。《春秋傳》曰："天生五材，民並用之，闕一不可。"誰能去兵？兵不可去，則牛馬不可無，雖堯、舜之世，牛馬之政不可不修。而武王歸馬休牛，倒載干戈，包之虎皮，示不復用者，蓋勢有不得不然者也。夫以兵雄天下，殺世主而代之，雖盛德所在，懼者衆矣。武庚，紂子也。殺其父，用其子，付之以殷民。武王知其必叛矣，然必用之，紂子且用，況其餘乎？所以安諸侯之懼也。楚靈王既縣陳、蔡，朝諸侯，卜曰：當得天下。民患王之无厭也，故從亂如歸。知伯、夫差，皆以此亡。戰勝而不已，非獨諸侯懼也，吾民先叛矣。湯、武皆畏之，故湯以懋德令諸侯，曰："慄慄危懼，若將隕于深淵。"其敢復言兵乎？武王之偃武，則湯之懋德也。秦、漢惟不知此，故始皇不及一世而天下亂，漢雖不亡，然諸侯、功臣皆叛，高祖以流矢崩，不偃武之過也。

丁未，祀于周廟[①]。邦、甸、侯、衛，駿奔走執豆籩。越三日庚戌，柴望，大告武成。既生魄，庶邦冢君暨百工，受命于周。王若曰：嗚呼！群后，

---

① 廟：《經解》本作"郊"。

惟先王建邦啓土，公劉克篤前烈，至于大王，肇基王迹，王季其勤王家。

先王，當作先公，后稷也。或曰先王謂舜也，舜始封后稷于邰。公劉，后稷曾孫，鞠之子。太王，后稷十二世孫，公叔祖類之子，謂古公亶父也。其子王季，謂季歷也。

我文考文王，克成厥勳，誕膺天命，以撫方夏。大邦畏其力，小邦懷其德，惟九年，大統未集。

文王以虞、芮質，厥成之後①，改元，九年而崩。

予小子，其承厥志，底商之罪，告于皇天后土、所過名山大川，曰：惟有道曾孫周王發，

有道，指其父祖也。

將有大正于商。今商王受无道，暴殄天物，害虐烝民，爲天下逋逃主，萃淵藪。

天下有罪而逃歸紂者，紂皆主之，藏如淵藪之聚鳥獸也。

予小子，既獲仁人，

謂亂臣十人。

敢祗承上帝，以遏亂略，華夏蠻貊，罔不率俾。恭天成命，肆予東征，綏厥士女。惟其士女，篚厥玄黄，昭我周王。天休震動，用附我大邑周。惟爾有神，尚克相予，以濟兆民，无作神羞。既戊午，師逾孟津②。癸亥，陳于商郊，俟天休命。甲子昧爽，受率其旅若林，會于牧野，罔有敵于我師。前徒倒戈，攻于後以北，血流漂杵。

紂師自相攻，至血流漂杵，非武王之罪。然孟子不取者，謂其應兵也，惡其以此自多而言之也。

一戎衣，天下大定，乃反商政。政由舊，釋箕子囚，封比干墓，式商容閭。

商容，賢者，而紂不用。車過其閭，式以禮之。

散鹿臺之財，發鉅橋之粟，大賚于四海，而萬姓悦服。

非獨以惠民，亦以示不復用兵也。

列爵惟五，

公、侯、伯、子、男。

分土惟三，

公侯百里、伯七十里、子男五十里。自《孟子》、《王制》皆云爾，此周制也。鄭子產言："列國一同，今大國數圻，若无侵小，何以至焉？"而《周禮》乃曰：公

---

① 後：《經解》本、《四庫》本作"歲"。
② 逾：《經解》本、淩本、《四庫》本作"渡"。阮元刻《十三經注疏》本經文作"逾"，《校勘記》曰："顧炎武云：石經、監本同，《釋文》逾亦作踰。今本作渡，非。"

之地五百里，侯四百里，伯三百里，子二百里，男百里，凡五等。《禮》曰：封周公于曲阜，地方七百里。皆妄也。先儒以謂周衰，諸侯相并，自以國過大違禮，乃除滅舊文，而爲此説。獨鄭玄之徒，以謂周初因商三等，其後周公攘戎狄、斥廣中國，大封諸侯。夫攘戎斥地，能拓邊耳，自荒服以内諸侯，固自如也。周公得地于邊，而增封于内，非動移諸侯，遷其城郭廟社，安能增封乎？知玄之妄也。而近歲學者，必欲實《周禮》之言，則爲之説曰：公之地百里而已，五百里者，并附庸言之。夫以五百里之地，公居其一，而附庸居其四，豈有此理哉？予專以《書》、《孟子》、《王制》及鄭子産之言考之，知《周禮》非聖人之全書明矣。

建官惟賢，位事惟能。重民五教，惟食喪祭。惇信明義，崇德報功。垂拱而天下治。

東坡書傳卷十

周　書

洪範第六

武王勝殷，殺受，立武庚，以箕子歸，作《洪範》。

　　洪範，大法也。武王殺受，立武庚，非所以問《洪範》者，而孔子于此言之，明武王之得箕子，蓋師而不臣也。箕子之言曰：殷其淪喪，我罔爲臣僕。殷亡，則箕子無復仕之道，以此表正萬世，爲君臣之法。如伯夷、叔齊之志也。箕子之道德，賢于微子，而況武庚乎？武王將立殷後，必以箕子爲首，微子次之，而卒立武庚者，必二子辭焉。武庚死，而立微子，則是箕子固辭，而不可立也。太史公曰：武王封箕子朝鮮，而不臣也。非五服之外，賓客之國，則箕子不可得而侯也。然則曷爲爲武王陳《洪範》也？天以是道畀禹，而傳至于箕子，不可使自我而絕也。以武王而不傳，則天下無復可傳者矣。故爲箕子之道者，傳道則可，仕則不可。此孔子叙《書》之意也。

【附錄】

林之奇《全解》　　蘇氏曰："武王將立殷後，必以箕子爲首，微子次之，而卒立武庚者，必二子辭焉。"某竊謂不然。……當是時也，武庚以紂之嫡子，倖脱于倒戈之後，舍武庚而不立，尚誰立哉？某竊謂武王之立商後，蓋屬意于武庚矣，非二子辭而不受，然後及之也。（本條見《微子之命》篇）

蔡沈《書集傳》　　蘇氏曰："箕子之不臣周也，而曷爲爲武王陳《洪範》也？天以是道畀之禹，傳至于我，不可使自我而絕。以武王而不傳，則天下無可傳者矣。故爲箕子之道者，傳道則可，仕則不可。"

陳櫟《纂疏》　　愚謂：不臣周，所以正萬世君臣之大法；陳《洪範》，所以傳萬世天人之大法歟？

惟十有三祀，王訪于箕子，

　　商曰祀，周曰年。在周而稱"祀"，亦箕子不事周之意。

王乃言曰：嗚呼，箕子！惟天陰騭下民，相協厥居。我不知其彝倫攸叙。

　　騭，升。彝，常也。倫，理也。天人有相通之道，若顯然而通之，以交于天地、鬼神之間，則家爲巫史矣。故堯命重、黎絕地天通，惟達者爲能默然而心通也，謂之陰騭。君子而不通天道，則无以助民而合其居矣，故武王以天人常類之次訪箕子。

箕子乃言曰：

"乃言曰"，難之也。王虚心而後問，箕子辭讓而後對也。

【附録】

林之奇《全解》：武王之問、箕子之對，皆曰"乃言"者，孔氏曰："天道大，沉吟乃問，思慮乃答，緩辭也。"蘇氏曰："乃言，難之也。"……此兩説皆通。

我聞在昔，鯀陻洪水，汨陳其五行。帝乃震怒，不畀洪範九疇，彝倫攸斁，鯀則殛死。禹乃嗣興，天乃錫禹洪範九疇，彝倫攸叙。

汨，亂也。九疇，如草木之區別也。斁，厭也。執一而不知變，鮮不厭者。孔子曰："克伐怨欲不行焉，可謂仁矣①。"好勝之謂克。治民而求勝民者必亡國②，治病而求勝病者必殺人。堯謂鯀"方命圮族"，《楚詞》云："鯀婞直以亡身③。"知其剛愎好勝者也。五行，土勝水，鯀知此而已，不通其變。夫物之方壯，不達其怒，而投之以其所畏，其爭必大，豈獨水哉④！以其殛死，知帝之震怒也。舊說，河出圖，洛出書。《河圖》爲八卦，《洛書》爲九疇。其傳也尚矣，學者或疑而不敢言，以予觀之，圖書之文，必粗有八卦、九疇之象數，以發伏羲與禹之知。如《春秋》之以麟作也，豈可謂无也哉！

初一曰五行，

无所不用五行，故不言用。

次二曰敬用五事，次三曰農用八政，

農，厚也。

次四曰協用五紀，次五曰建用皇極，次六曰乂用三德，次七曰明用稽疑，次八曰念用庶徵，次九曰嚮用五福，威用六極。

嚮，趨也。用福極，使人知所趨避也。

一五行：一曰水，二曰火，三曰木，四曰金，五曰土。

此五行生數也，生成之數，解見《易傳》。

---

① 仁：《四庫》本作"難"。《論語·憲問》："憲問恥，子曰：'邦有道，穀；邦无道，穀，恥也。克伐怨欲不行焉。''可謂爲仁矣？''可謂爲難矣。仁則吾不知也。'"據此，"克伐怨欲不行"，原憲以爲"仁"，孔子以爲"難"，故以《四庫》本爲上。

② 必亡國：原本、《經解》本、《四庫》本皆無"國"字，陳大猷《或問》卷下所引作"必亡國"，與下文"必殺人"正好對應。茲據補。

③ 婞：《經解》本、凌本作"婞"，陳大猷《或問》引作"悻"，俱誤。《楚辭·離騷》："鯀婞直以亡身兮，終然殀乎羽之野。"又《九章·惜誦》："行婞直而不豫兮，鯀功用而不就。"兩處皆作"婞"。婞，義爲"美好"，不合鯀之身份；婞，義爲倔强，正是鯀的性格。

④ "治民"至"水哉"，陳大猷《或問》卷下全文引録，"必亡"下有"國"字，"婞直"爲"悻直"，"剛愎"作"剛狠"。

水曰潤下，火曰炎上，木曰曲直，金曰從革，土爰稼穡。

  皆其德也。水不潤下，則不能生物，故水以潤下爲德。火不炎上則不能熟物，故火以炎上爲德。木曰曲直，謂其能從繩墨也，木不曲直則不能棟宇，故木以曲直爲德。金曰從革，謂其能就熔範也，金不變化則不能成器，故金以從革爲德。土无所不用，不可以一德名，而其德盛于稼穡。不曰"曰"而曰"爰"，爰，于也；曰者，所以名之也。无成名，无專氣，无定位，蓋曰于此稼穡，而非所以名之也。

  【附録】

  吴澄《書纂言》 蘇氏曰："曰者，所以名之也。土不曰'曰'，而言'爰'。爰，于也。土无成名，无專氣，无定位。言于此稼穡，而非所以名之也。"

潤下作鹹，炎上作苦，曲直作酸，從革作辛，稼穡作甘。

  五行之所作，不可勝言也，可言者，聲色臭味而已。人之用是四者，惟味爲急，故舉味以見其餘也。

二五事：一曰貌，二曰言，三曰視，四曰聽，五曰思。貌曰恭，言曰從，視曰明，聽曰聰，思曰睿。恭作肅，從作乂，明作晢①，聰作謀，睿作聖。

  人生而有耳目口鼻，視聽言思之具。中有知而外有容，與生俱生者也。今五事，先貌而次言，然後有視聽，已而乃有思，何也？人之生也，五事皆具，而未能用也。自其始孩而貌知恭，見其父母，匍匐而就之，擎跽而禮之，是貌恭者先成也。稍長而知言語，以達其意，故言從者次之。于是始有識別，而目乃知物之美惡，耳乃知事之然否，于是而致其思，无所不至矣。故視明、聽聰，思睿者又次之。睿者，達也，窮理之謂也。貌恭而人畏之，謂之肅；言從而民服之，謂之乂。視明而不爲色所眩謂之晢，聽聰而不爲言所移謂之謀。致思，自"窮理盡性以至于命"，謂之聖。此天理之自然，由匹夫而爲聖人之具也。聖人以爲此五者之事，可以交天人之際，治陰陽之變。山川之有草木，如人之有容色威儀也，故貌爲木，而可以治雨。金之聲，如人之有言也，故言爲金，而可以治暘。火之外景，如人之有目也，故視爲火，而可以治燠。水之内景，如人之有耳也，故聽爲水，而可以治寒。土行于四時，金、木、水、火得之而後成，如人心之无所不在也，故思爲土，而可以治風。此《洪範》言天人之大略也。或曰："五事之叙，與五行之叙異，蓋從其相勝者。"是殆不然。聖人叙五事，專以人事之理爲先後，如向所云者，其合于五勝，適會其然耳。從而爲之説，則過矣。

---

① 晢：《經解》本、《四庫》本、淩本作"哲"。阮元刻《十三經注疏》本經文作"晢"，《校勘記》："顧炎武曰：'石經、監本同。《書傳會選》：晢，之列反，字與晰同。理當從日，從口非。'"又："按《疏》云：'王肅及《漢書·五行志》皆云：悊，智也。定本作晢，則讀爲哲。段玉裁云：《説文·日部》晢，昭晰明也，從日，折聲。《口部》：哲，知也，從口折聲。《心部》：悊，敬也，從心折聲。三字各有所屬本義，而經傳多相假借。"《書》曰："明作哲。"是此"哲"字當"知人"講，儒家主張"知人則哲"、"知人者智"，則應以哲爲本字，"晢"乃假借字。顧炎武之説未必準確。

【附録】

林之奇《全解》 諸儒之論五事，皆以配五行。唐孔氏曰："木有華葉，故貌屬木；言之決斷若金之斬割，故言屬金；火外光，故視屬火；水內明，故聽屬水；土安靜而萬物生，心思慮而萬事成，故思屬土。謂東方震爲足，足所以動容貌也；西方兌爲口，口出言也；南方離爲目，目視物也；北方坎爲耳，耳聽聲也；中在內，猶思在心。"後來如王氏、蘇氏之説，大抵類此，而王氏之説詳明。某嘗謂此諸儒，皆是附會穿鑿而爲之説，箕子之意，本不如是。若五事果可以配五行，則自八政以下，皆各有所配，豈止于五事？而皇極、庶徵、福極，猶可條而入之。至于其餘，不可以穿鑿通者，則舍之不論。此豈自然之理哉？故某當以謂五行自爲五行，五事自爲五事。以至八政、五紀以下，各自爲疇，而不可以附會通。……蘇氏每譏王氏以爲善鑿，至于此論，則其去王氏无幾矣。

三八政：一曰食，二曰貨，三曰祀，四曰司空，五曰司徒，六曰司寇，七曰賓，八曰師。

食爲首，貨次之，祀次之，食貨所以養生，而祀所以事死也。生死之理得，則司空定其居，居定而後可教，既教而後可誅，故司空、司徒、司寇次之。所以治民者，至矣！然後治諸侯，治諸侯莫若禮，所以賓之者備矣！而猶不服，則兵可用，故賓而後師。

四五紀：一曰歲，

歲星所次也。

【附録】

林之奇《全解》 蘇氏謂"歲星所次"，是也。

黄道周《洪範明義》卷首（文淵閣《四庫全書》本）**"四五紀"** 宋臣蘇軾云此下有"曰王省惟歲"至"則以風雨"八十七字。自洪邁、張九成、葉夢得皆云然。當從之爲正。（按，所引實下文"王省惟歲"傳文）

二曰月，

月所躔也。

三曰日，

日所在也。

四曰星辰，

星，二十八宿；辰，十二次也。星辰者，歲、月、日之所行也。此四者，所以授民時也。

五曰曆數。

以曆授民時，則并彼四者爲一矣，豈復與彼四者列而爲五哉？予以是知曆者，授民時者也。數者，如陽九百六之類①，聖人以是前知吉凶者也。《書》曰："天之曆數在爾躬。"

五皇極：

大而无際謂之皇，莊子曰"无門无旁，四達之皇皇"。至而无餘謂之極，子思子曰："喜怒哀樂之未發謂之中。"道有進此者乎，故曰"極"，亦曰"中"，孔子曰："過猶不及。"學者因是以謂"中者，過與不及之間之謂也"。陋哉，斯言也！瞽者之言，不粗則微，何也？耳之官廢，則粗微之制不在我也。聰者之言无粗微，豈復擇粗微之間而後言乎？中則極，極則中，中、極一物也。學者知此，則幾矣。

【附錄】

林之奇《全解》 諸儒之説，皆謂九疇之義統于皇極，故漢孔氏謂"皇極行九疇之義"。老蘇曰："致至治總乎大法，立大法本乎五行，理五行則資乎五事，正五事賴于皇極。"（按，見《洪範論上》）此其意蓋謂中者天下之本，本立而道生，況五疇之義必本于中？某竊以此説爲不然。

黎靖德編《朱子語類》卷七九 東坡《書傳》中説得"極"字亦好。

又 蘇氏以皇極之建，爲雨、暘、寒、燠、風之時，皇極不建則反此。

皇建其有極，

大立是道，以爲民極。

斂時五福，用敷錫厥庶民，惟時厥庶民，

我有是道，五福自至，可以錫庶民矣。

于汝極。

我有是道，則民皆取中于我。

錫汝保極，

我有是道，則民皆保我以安。我以五福錫民，民以保安錫我。

凡厥庶民，无有淫朋，人无有比德，惟皇作極。凡厥庶民，有猷有爲有守，汝則念之。不協于極，不罹于咎，皇則受之，而康而色，曰：予攸好德。汝則錫之福，時人斯其惟皇之極。无虐煢獨，而畏高明。人之有能有爲，使羞其行，而邦其昌。凡厥正人，既富方穀。汝弗能使有好于而家②，時人斯其辜。于其无好德，汝雖錫之福，其作汝用咎。

皇極之道大矣，无所不受，无所不可。苟非淫朋比德，自棄于邪者，皆可受而成就之，與作極也。有猷者，有謀慮者也；有爲者，有材力者也；有守者，有節守者也。皆可與作極者也，汝則念之勿忘也。雖不協于極，而未麗于惡者，汝則受之勿棄也。有自言者曰：我所好者德也，雖真僞未可知，汝則錫之福，則人知爲

---

① 陽九百六：疑爲"陽九陰六"之誤。《易》數陽爲九，陰爲六。《東坡志林·梁工説》有"陰陽九六之數，子女南北之位"，提法與此相同。

② 弗：《經解》本作"不"。

善之利，斯大作極矣。虐煢獨而畏高明，則人慕富貴，厭貧賤，利不在于爲善矣。人之有能有爲，皆得自進，而邦乃昌。雖正人亦有見而後仁，既富而後爲善者，汝知其不邪，斯可進矣，不必待其有善而後禄也。汝見正人而不能進，使與汝國家相好，則此正人亦或去而爲惡也。于其無好德者，所謂淫朋比德，自棄于邪者也，斯人而錫之福，則汝亦有咎矣。大哉，皇極之道！非大人其孰能行之？嗚呼！此固硜硜者之所大失也歟①！不協于極而受之，自言好德而信之，必有欺我而敗事者矣。然得者必多，失者必少，唐武氏之无道也，獨于進人無所留難，非徒人得薦②，士亦許自舉其材。其後開元賢臣致刑措者，皆武氏所收也。德宗好察而多忌，士无賢愚，皆不得進，國空无人，以致奉天之禍。故陸贄有言："武后以易得人，而陛下以精失士。"至哉，斯言也！昔常衮爲相，艱于進人，賢愚同滯。及崔祐甫代之，未期年，除吏八百，多其親舊，其曰非親舊，莫由知之。若祐甫與贄，真可與論皇極者也！

无偏无陂，遵王之義；无有作好，遵王之道；无有作惡，遵王之路；无偏无黨，王道蕩蕩；无黨无偏，王道平平；无反无側，王道正直。會其有極，歸其有極。

> 偏、陂、反、側，而作好惡，此最害皇極者。皇極無可作，可作非皇極也。去其害皇極而已。

曰皇極之敷言，是彝是訓，于帝其訓。

> 天之錫禹九疇，不能如是諄諄也，蓋粗有象數而已。禹、箕子推而廣之，至皇極尤詳。曰：此非皆帝之言也，皇極之敷言也，帝以數象告，而我敷廣其言爲彝訓，亦與帝言无異，故曰"于帝其訓"。

凡厥庶民，極之敷言，是訓是行，以近天子之光。曰天子作民父母，以爲天下王。

> 皇極非獨天子事也，使庶人而能訓行此敷言者，其功烈豈可勝言哉！亦足以附益天子之光明，且能使其民愛其君如父母也。

六三德：一曰正直，二曰剛克，三曰柔克。平康正直，彊弗友剛克，燮友柔克。

> 不剛不柔曰正直。孔子曰："以直報怨。"平安無事，用正直而已。燮，和也。過彊不順者，則以剛勝之人治之。和順者，則以柔順之人養之。所謂"剛亦不吐，柔亦不茹"也。

【附錄】

陳大猷《或問》卷下　蘇氏曰："正直，如以直報怨之直，平安無事，用正直而已。"此説善。

---

① 失：《經解》本、《四庫》本作"笑"。
② 薦：原本作"一"，據《經解》本、《四庫》本改。

沈潛剛克，高明柔克。

  沈潛，地也。坤至柔，而動也剛，是以剛勝也。高明，天也，天爲剛德，猶不干時，是以柔勝也。《坤》六二"直方大"，《乾》上九"亢龍有悔"。臣常執剛以正君，君當體柔以納臣也。

惟辟作福，惟辟作威，惟辟玉食。臣无有作福、作威、玉食，臣之有作福、作威、玉食，其害于而家，凶于而國。人用側頗僻，民用僭忒。

  聖人之憂世深矣，其言世爲天下則。既陳天地、君臣、剛柔之道矣，則憂後世，因是以亂君臣之分，故復深戒之。

七稽疑：擇建立卜筮人。

  將與卿士，皆謀及之，其可不擇而立乎？

乃命卜筮，

  卜筮必命此人，不使不立者占也。

【附錄】

林之奇《全解》　　此説亦是。蓋如《周禮·春官》太卜掌三兆、三易之法，卜師掌開龜之四兆，龜人掌六龜之屬，菙氏掌共燋，契以待事，占人掌占龜。皆是所擇以建立其官，而命以卜筮之職者也。故春秋之時，卜徒父、史墨之類，皆是逐國建立之官，則命以卜筮，非所建立之人，則不得卜筮，古之制也。

曰雨，

  其兆如雨。

曰霽，

  如雨止。

曰蒙，

  如蒙霧。

曰驛，

  兆絡驛不相屬。

曰克，

  兆相錯入也。

曰貞，曰悔，

  《春秋傳》曰：秦伯伐晉，卜徒父筮之，遇《蠱》，曰："《蠱》之貞，風也；其悔，山也。"是内卦爲貞，外卦爲悔也。卦之不變者①，占卦而不占爻，故用貞、悔占之②。變者，則止以所變之爻占之。其謂之貞、悔者，古語如此，莫知其訓也。

凡七。卜五，占用二，衍忒。

――――――
① 變：《經解》本作"受"字，誤。
② 之：淩本、《經解》本、《四庫》本作"者"。

衍，推也；忒，過也，謂變而適他卦者也。卜用其五，占也于二。曰貞曰悔，此其不變者耳，又當推其變者皆占之。

立時人作卜筮，三人占，則從二人之言。

既立此人爲卜筮矣，則當信而從之。其占不同，則當從衆。

汝則有大疑，謀及乃心，謀及卿士，謀及庶人。

聖人无私之至，視其心，與卿士、庶人如一，皆謀及之。《周禮》有外朝致民之法，然上酌民言，聽輿人之誦，皆謀及之道也。

謀及卜筮，汝則從，龜從，筮從，卿士從，庶民從，是之謂大同。身其康彊，子孫其逢吉。汝則從，龜從，筮從，卿士逆，庶民逆，吉。卿士從，龜從，筮從，汝則逆，庶民逆，吉。庶民從，龜從，筮從，汝則逆，卿士逆，吉。汝則從，龜從，筮逆，卿士逆，庶民逆，作内吉，作外凶。龜、筮共違于人，用靜吉，用作凶。

内，祭祀，昏冠之類。外，出師，征伐之類。

八庶徵：曰雨，曰暘，曰燠，曰寒，曰風，曰時。

貌，木也，其徵爲雨。言，金也，其徵爲暘。視，火也，其徵爲燠。聽，水也，其徵爲寒。思，土也，其徵爲風。聖人何以知之？以四時知之也。四時之氣，木爲春，春多雨，故雨爲貌徵。金爲秋，秋多旱，故暘爲言徵。火爲夏，夏多燠，故燠爲視徵。水爲冬，冬多寒，故寒爲聽徵。土爲四季，而風行于四時，故風爲思徵。箕子既叙此五徵矣，則又有"曰時"者，明此五徵以四時五行推知之也。

五者來備，各以其叙，庶草蕃廡。一極備凶，一極无凶。

備者，皆有而不過也。極備者，過多也；極无者，過少也。此五者，有一如此，則皆凶也。

曰休徵，曰肅，時雨若。曰乂，時暘若。曰晢①，時燠若。曰謀，時寒若。曰聖，時風若。曰咎徵，曰狂，恒雨若。

貌不肅則狂。

曰僭，恒暘若。

言不從則僭。僭，不信也。

曰豫，恒燠若。

視不晢則豫②，豫淫樂于色也。

曰急，恒寒若。

聽不聰則曰急。急，過察也。

曰蒙，恒風若。

---

① 晢：《經解》本、《四庫》本作"哲"，誤。
② 晢：《經解》本、《四庫》本作"哲"，誤。

思不睿則蒙。蒙，暗也。

曰：王省惟歲，

自此以下，皆五紀之文也。簡編脫誤，是以在此。其文當在"五曰曆數"之後。莊子曰：除日无歲，王省百官，而不兼有司之事①，如歲之總日月也。

【附錄】

蘇軾《尚書解·王省惟歲》（《蘇軾文集》卷六）　論堯、舜之德者，必曰无爲。考之于經，質之于史，堯、舜之所爲，卓然有見于世者，蓋不可勝計也，其曰无爲，何哉？古人有言曰："除日无歲。"又曰："日一日勞考載曰功。"若堯、舜者，可謂功矣。歲者，月之積也。月者，日之積也。舉歲則兼月，舉月則兼日矣。日別而數之，則月不見；月別而數之，則歲不見。此豈日月之外，復有歲哉？日月之各一，人臣之勞也。歲之並考，人君之功也。故《書》曰："王省惟歲，卿士惟月，師尹惟日。"此上下之分，煩簡之宜也。禹爲之平水土，稷爲之殖百穀，契爲之敷五教，伯夷爲之典三禮，皋陶爲之平五刑，羲和爲之曆日月。堯舜果何爲哉？今夫三百有六旬，分之以四時，配之以六甲，位之以十二子，散之以二十四氣，裂之以七十二候，晝不可以并夜，寒不可以兼暑，則氣果安在哉？惟其无在而不可名，寄之于人而已，不有此，所以爲王省之功也。日不立則月不建，月不建則歲不成，師尹不官則卿士不治，卿士不治則王功廢矣。故曰："庶民惟星。"星者，日月之所舍，所因以爲寒暑風雨者也。民者，上之所托，所因以爲號令賞罰者也。日月不自爲風雨寒暑，因星而爲節；君不自爲號令賞罰，因民而爲節。上執其要，下治其詳，所謂"歲月日時无易"也。文王不兼庶獄，陳平不治錢穀，邴吉不問鬭傷，此所爲不易者也。秦皇衡石程書，光武以吏事責三公，此易歲月而亂日時者也。治亂之鬭，亦可以概見矣。

林之奇《全解》　蘇氏徒見上文論五事與五氣相應，其義已備，遂以此論歲月日星爲五紀之文，簡編脫誤于此，其文當在"五曰曆數"之後。某嘗謂蘇氏解經失于易，多欲改易經文以就己意，若此之類是也。……蘇氏失之矣。蘇氏之所以爲此論，諸儒之論此者，其意與上文不相貫，既不相貫，説之不通，故欲更改遷就以成其説耳。

陳第《疏衍》　蘇子瞻曰："自此以下，至'則以風雨'，皆'五紀'之文。簡編脫誤，是以在此。其文當在'五曰曆數'之後。"蘇言是也。

黃道周《洪範明義》卷首　臣按，此一段八十七字爲"五紀"演疇，如蘇軾之説也，宜在第四疇"五紀"之下。

閻若璩《疏證》第一一二　《洪範》篇，二孔俱不言有錯簡，宋蘇子瞻始言之。以曰"王省惟歲"至"則以風雨"八十七字爲五紀之傳，繫于"五曰曆數"之下。逮金仁山參以子王子益定，又以"无偏无頗"至"歸其有極"爲皇極經文，"曰皇極之敷言"至"以爲天下王"，爲皇極傳文，共一百字，皆繫于"皇建其有

---

① 而不：原本缺，據《經解》本、凌本、《四庫》本補。

極"之下。"斂時五福"至"其作汝用咎"一百四十六字，繫于"五曰考終命"下，爲五福之傳。"惟辟作富"至"民用僭忒"四十八字，繫于"六曰弱"下，爲五福六極之總傳。讀之，頗覺如昌黎所謂"文從字順"，皇甫湜所謂"章妥句適"云。

毛奇齡《廣聽錄》卷三 宋儒專誣古經爲脫誤，删《禹貢》，改《武成》，无所不至，可謂罪大惡極矣！至《洪範篇》則從來无云有脫誤者，而蘇軾謂"王省惟歲"至"則以風雨"，皆"五紀"之文，當在"五曰曆數"之後。洪邁又謂"五皇極"中"如斂時五福"至"予攸好德汝則錫之福"皆"九五福"之文，而脫簡于此者。至明儒，且有謂"惟辟作富"至"民用僭忒"，當是"五皇極"之文，應移置"以爲天下王"之下。則是《尚書》一部不至如百本《大學》不止矣。嗟乎！人不讀書，亦當讀《史記》。試觀《史·微子世家》全載《洪範》一篇，與經文本並无異同，又何曾有一字前後移易？而小人之腹，動改古經，不亦怪哉！

朱鶴齡《埤傳》卷末 "王省惟歲"以下至"月之從星則以風雨"，自蘇氏、葉氏、張氏皆謂當在"五紀"之下，其說若可通。今觀"易不易"、"成不成"等語，實庶徵也。上以作于人而應于天者言之，下以運于天而驗于天者言之。以此歲、月、日合雨、暘、燠、寒、風爲八。中以一"時"字貫，其義甚明。

卿士惟月，師尹惟日。

卿士亦不侵師尹之職也。

歲、月、日、時无易，百穀用成。乂用明，俊民用章，家用平康。日、月、歲、時既易，百穀用不成。乂用昏不明，俊民用微，家用不寧。

歲、月、日、時相奪，則百穀不成。君臣相侵，則治不明俊，民微而家不寧。

庶民惟星，星有好風，星有好雨，日月之行，則有冬有夏。月之從星，則以風雨。

箕好風，畢好雨，月在箕則多風，在畢則多雨。言歲之寒燠由日月，其風雨由星，以明卿士之能爲國休戚，庶民之能爲君禍福也。

【附録】

黄道周《洪範明義》卷上之下 蘇軾曰："月在箕則多風……"其實不然者，風雨寒暑，皆生于日月，不生于星辰；禍福休感，皆生于卿尹，不生于黎庶。

九五福：一曰壽，二曰富，三曰康寧，

无疾病。

四曰攸好德，

作德，心逸日休，其爲福也大矣。

五曰考終命。

【附録】

黄道周《洪範明義》卷上之下 蘇洵曰：九疇之于五行可以條入者，五事一也，庶驗二也。驗之肅、乂、哲、謀、聖，一出于五事；事之貌、言、視、聽、思，一出于五行。此理之自然，箕子已明言之。其他八政、五紀、三德、稽疑、福極，其大歸雖无越于五行，非可條而入之也。條而入，非理之自然，必鈎援文致而强附之，立言如此，亦勞矣。(按，此引見《洪範論中》，文有出入)

六極：

    極，窮也。

一曰凶短折，

    不得其死曰凶。

二曰疾，

    多疾病。

三曰憂，

    人有常戚戚者，亦命也。

四曰貧，五曰惡，

    醜陋也。

六曰弱。

    尪劣也。福之反則極也，極之對則福也。五與六，豈其盡之？皇極之建則多福，不建則多極，皆其大略也。必曰何以致之，則過矣！

武王既勝殷邦，諸侯班宗彝，作《分器》。

    宗彝，宗廟彝尊也。以爲諸侯分器。一篇，亡。

東坡書傳卷十一

周　書

旅獒第七

西旅獻獒，太保作《旅獒》。

　　召公也。

惟克商，遂通道于九夷八蠻，西旅底貢厥獒，

　　西方之國有以獒爲貢者。旅，陳也。《春秋傳》曰："庭實旅百。"犬四尺曰獒。

　　【附録】

　　林之奇《全解》　蘇氏引《左氏傳》曰"庭實旅百"，則"旅"固有訓"陳"之類，然而《旅獒》之"旅"字，上有"西旅"之文，則非可以訓"陳"也。蓋《書》之名篇，惟蒐取篇中之字，以爲是簡編之别，而此篇有"西旅底貢厥獒"之語，故以"旅獒"二字名篇。如《詩》云"惟鵲有巢"，則以《鵲巢》名篇也。如必以"旅獒"爲陳其道義，則于"旅獒"之上，不當加"作"字。今既曰"作旅獒"，安得以"旅"訓"陳"也？

太保乃作《旅獒》，用訓于王。曰：嗚呼！明王慎德，四夷咸賓，無有遠邇，畢獻方物，惟服食器用。王乃昭德之致于異姓之邦，無替厥服。

　　如"以肅慎楛矢分陳"之類，使知王能以德致四夷之物，況諸夏乎？

分寶玉于伯叔之國，時庸展親。

　　如以夏后氏之璜分魯之類，以布親親之意。

　　【附録】

　　陳櫟《纂疏》　蘇氏曰："展，布親親之恩。"愚謂必服食器用之常物，始足以見君德所致。若異物，適足彰君之不德耳。物皆德所致，則此物非徒物也，即君之德也。……展親，蘇説爲優。

人不易物，惟德其物。

　　同是物也，有德則貴，無德則賤。

德盛不狎侮，狎侮君子，罔以盡人心。

　　君使臣以禮。

狎侮小人，罔以盡其力。
> 小人學道則易使。

不役耳目，百度惟貞。
> 不以聲色爲役。

玩人喪德，玩物喪志。志以道寧，言以道接。
> 玩人則人不我敬，故喪德；玩物則志以物移，故喪志。志喪則中亂，故志以道寧；德喪則人離，故言以道接。

不作无益害有益，功乃成。不貴異物賤用物，民乃足。
> 民爭爲異物，以中上好，則農工病矣。

犬馬非其土性不畜，珍禽奇獸不育于國。不寶遠物，則遠人格。
> 夷狄性貪，故喜廉而畏貪。古之循吏，能以廉服夷狄者多矣，而貪吏亦足以致寇，況于王乎？周穆王得狼、鹿爾，而荒服因以不至①。

所寶惟賢，則邇人安。嗚呼！夙夜罔或不勤，不矜細行，終累大德。爲山九仞，功虧一簣。
> 大德，細行之積也。九仞，一簣之積也。

允迪兹，生民保厥居，惟乃世王。

巢伯來朝，芮伯作《旅巢命》。
> 芮，在馮翊臨晉縣。一篇，亡。

金縢第八

武王有疾，周公作《金縢》。
> 《金縢》之書，緣周公而作，非周公作也。周公作金縢策書爾。

既克商二年，王有疾，弗豫。
> 猶言不懌也。

二公曰：我其爲王穆卜②。
> 太公、召公也。穆，敬也。

周公曰：未可以戚我先王。
> 二公欲卜于廟，周公曰：王疾无害，未可以憂我先王。周公欲自以身禱，故以此言拒二公。

公乃自以爲功，

---

① "周穆"句，蔡沈《書集傳》引作"周穆王得白狐白鹿，而荒服因以不至"。
② 穆卜：原本作"穆小"，誤。據《經解》本、凌本、《四庫》本改。

功,事也。

爲三壇同墠。
　　築土曰壇,除地曰墠。

爲壇于南方,北面,周公立焉,植璧秉圭,乃告太王、王季、文王。
　　植,置也。秉,執圭。

史乃冊,祝,
　　史,太史也。冊,祝冊也。告神祝辭,書之冊以告。

曰:惟爾元孫某,遘厲虐疾。若爾三王,是有丕子之責于天,以旦代某之身。
　　某,發也。丕,壯大也。言爾三王,天必欲取其一壯大子孫者,則旦亦丕子也,可以代之。

予仁若考,能多材多藝,能事鬼神。乃元孫不若旦多材多藝,不能事鬼神。乃命于帝庭①**,敷佑四方,用能定爾子孫于下地。四方之民,罔不祇畏。嗚呼!无墜天之降寶命,我先王亦永有依歸。**
　　我仁孝,能順父祖,且多材多藝,于事鬼神爲宜。乃元孫材藝不若旦,而有人君德度,留以王天下爲宜。死生有可相代之理,世多疑之。予觀近世匹夫匹婦,爲其父母發一至誠之心,以動天地鬼神者多矣,況周公乎?且周公之禱,非獨弟爲兄、臣爲君也,乃爲天下、爲先王禱也。上帝聽而從之,无足疑者。世之所以疑者,以已之多僞,而疑聖人之不情也。

今我即命于元龜,爾之許我,我其以璧與珪②**,歸俟爾命;爾不許我,我乃屏璧與珪。乃卜三龜,一習吉。啓籥見書,乃并是吉。公曰:體,王其罔害,予小子新命于三王,惟永終是圖。**
　　龜之兆吉凶也詳矣,故許不許皆聽命于龜。已而視龜之體,知王之罔害,已亦莫之代也,故曰:予受命于三王,王之壽考長終可圖也。

兹攸俟,能念予一人。
　　"一人"者,指武王也。武王臨天下未久,人之念其德者尚淺,周公憂其崩,而或叛之,故欲以身代。既見三龜之吉,知王之未崩,天假之年以紹其德,故曰此可以待天下之能念王也。

公歸,乃納冊于金縢之匱中。
　　縢,緘也。以金緘之,欲人之不發也。

王翼日乃瘳。武王既喪,管叔及其群弟乃流言于國,
　　管叔鮮,武王弟也。群弟,蔡叔度、霍叔處之流也。武王崩,成王幼,周公專國政,故群叔疑而流言也。

曰:公將不利于孺子。

---

① 庭:《經解》本作"廷"。
② 與:淩本作"爲",誤。《十三經注疏》本經文亦作"與"。

成王也。

周公乃告二公曰：我之弗辟，我无以告我先王。
> 辟，誅也。管叔之當誅者，挾殷以叛也。

周公居東二年，則罪人斯得。
> 二年而後克，明管、蔡亦得矣也。

于後，公乃爲詩以貽王，名之曰《鴟鴞》。
> 《豳詩》。鴟鴞，惡鳥也。破巢取卵，以比管、蔡之害王室及成王也①。

王亦未敢誚公。
> 未敢誚，明其心之疑也。

秋大熟，未獲，天大雷電以風，禾盡偃，大木斯拔，邦人大恐。王與大夫盡弁，以啓金縢之書。
> 皮弁也。意當時占國休咎之書，皆藏金縢，故周公納冊于此，而成王遇災而懼，亦啓此書也。

乃得周公所自以爲功、代武王之説。二公及王乃問諸史與百執事，對曰：信。噫！公命我勿敢言。王執書以泣，曰：其勿穆卜。昔公勤勞王家，惟予冲人弗及知。今天動威，以彰周公之德。惟朕小子其新逆，
> 自新，且使人逆公。公時尚在東也。

我國家禮亦宜之。王出郊。
> 郊告，謝罪也。

天乃雨，反風。
> 雨降風回，天意得，而災乃解。

禾則盡起。二公命邦人，凡大木所偃，盡起而築之。歲則大熟。
> 大木既拔，築之而復生，此豈人力之所及哉？予以是知天人之不相遠。凡災異，可以推知其所自。《五行傳》，未易盡廢也。

【附錄】
黎靖德編《朱子語類》卷七九　伯模云："老蘇著《洪範論》，不取《五行傳》。而東坡以爲漢儒《五行傳》不可廢。此亦自是。既廢，則後世有忽天之心。"先生曰："漢儒也穿鑿。如五事，一事錯，則皆錯，如何却云聽之不聰，則某事應？貌之不恭，則某事應？"

大誥第九

武王崩，三監及淮夷叛。周公相成王，將黜殷，作《大誥》。
> 三監，管、蔡、武庚。淮夷，徐奄之屬也。

---

① 以比：原本作"以取"，蓋涉上文誤。據《經解》本、《四庫》本改。

王若曰：猷，大誥爾多邦，越爾御事。

  猷，謀也。越，及也。

弗弔，天降割于我家，不少延。

  天弗弔恤我，降喪于我邦家，不少延武王之命。

【附録】

林之奇《全解》　所謂"不少延"者，但言武王之即世也。王氏、蘇氏皆以"延"字屬上句讀，蓋得之矣。

陳第《疏衍》　"弗吊"：吊，孔讀"的"，其義"至"也。謂其道不至，故天降凶害。蘇、蔡讀"釣"，其義"恤"也。謂不恤于天，故降割于我。然恤義長。《多士》、《君奭》之"弗吊"皆此例也。

洪惟我幼沖人，嗣無疆大歷服，弗造哲，迪民康，矧曰其有能格知天命。

  服，事也。造，至也。大哉我幼沖人，繼此大歷事也。我尚不能至于知人迪哲以安民者①，況能至于知天命乎！

已，予惟小子，若涉淵水，予惟往求朕攸濟。

  已矣，今予但求所濟而已。

【附録】

陳第《疏衍》　已，《孔傳》云"發端歎辭也"。《蔡注》云："承上語詞，已而有不能已之意。"《蘇傳》直云："已矣。"蘇爲是。《康誥》、《洛誥》之"已"亦此例也。

敷賁敷前人受命，茲不忘大功。

  賁，飾也。我之所敷者，以飾敷前人受命，而不忘其功也。

【附録】

林之奇《全解》　蘇氏、林子晦則皆以"賁"爲飾，讀爲"被義反"。蘇氏謂："我之所敷者，以飾敷前人受命，而不忘其功也。"林子晦謂："敷賁者，修明典章，以敷施賁飾于天下也。"其與孔氏雖音訓不同，而其義之不明白則一也。惟王氏"疑其有脱誤而不可知者，宜闕之"，此爲得體。

予不敢閉于天降威，

  天降威，三監叛也。天欲絕殷，故使之叛也。

用寧王遺我大寶龜②，紹天明即命。

  當時謂武王爲寧王，以見其克殷寧天下也③。下文曰"乃寧考"，知其爲武王。舊説以爲文王，非也。曰"前寧人"者，亦謂武王之舊臣也。天降威于殷，予不敢

---

①　迪哲：原本作"迪吉"，《經解》本、《四庫》本作"哲"。蓋"哲"字異體作"喆"，形壞爲"吉"。據二本改。

②　用：諸家《尚書》皆屬上讀，《四庫》本《東坡書傳》亦改從上讀，非是。此爲東坡調整句讀處，觀傳文"用武王所遺寶龜卜之"可知。

③　"當時"句，蔡沈《書集傳》引此句，無"見"字，"寧天下"作"安天下"。

隱閉，用武王所遺寶龜卜之，所以繼天明而待命也。

曰：有大艱于西土，西土人亦不靜，

此龜所以告者也。

越茲蠢。

蠢，動也。及此，三監果動。

殷小腆，誕敢紀其叙。天降威，知我國有疵，民不康，曰予復，反鄙我周邦。

腆，厚也。殷少富厚，乃敢紀其既亡之叙。蓋天降威，亦其心知我國有三叔之疵，而民不安，故欲作難，以鄙我周邦也。

【附録】

林之奇《全解》 蘇氏以"腆"爲"厚"，言："殷小富厚，乃敢紀其既亡之叙。"案《左氏》曰"不腆弊邑"，則"腆"之字固當訓厚。孔氏以爲"腆腆然"，固不如蘇氏以爲"殷小富厚"，然其説亦不明白。

今蠢，今翼日，民獻有十夫。予翼以于敉寧武圖功。

獻，賢也。敉，撫也。四國蠢動之明日，民之賢者，有十夫來助我，求往征四國，撫循寧王之武事，以圖功也。周公之東征，邦君、卿士皆疑天下騷動，而此十夫者至，故周公喜之，表其人以令天下。漢高祖討陳豨，至趙，得四人，皆封之千户，曰："吾以羽檄徵天下兵，未有一人至者，吾何愛四千户，不以慰趙子弟乎？"此亦周公之意也。

我有大事休，朕卜并吉。肆予告我友邦君，越尹氏、庶士、御事，曰：予得吉卜，予惟以爾庶邦，于伐殷逋播臣。爾庶邦君，越庶士、御事，罔不反曰艱大。民不靜，亦惟在王宫邦君室，越予小子。考翼，不可征。王害不違卜。

休，美也。尹，正也，官之表正也。翼，敬也。害，曷也，《詩》曰"害澣害否"。我事既美矣，而我卜又吉，故告爾以東征殷之叛臣。今汝反曰難哉，此大事也，民之不靜，亦惟在王與邦君之家，及王之身。考德敬事，修己以正之，不可征也。王曷不違卜而用人言乎？

【附録】

淩本眉批 子淵曰："予小子"，成王自謂。"考翼"指武王也。謂封武庚，任三叔，事由武王也。豈有人臣于君前自稱曰"小子"，稱武王曰"考翼"耶？

肆予冲人，永思艱。曰：嗚呼！允蠢鰥寡，哀哉。予造天役，遺大投艱于朕身。越予冲人，不卬自恤。義爾邦君，越爾多士、尹氏、御事，綏予曰：无毖于恤，不可不成，乃寧考圖功。

卬，我也。毖，畏也。我聞汝衆言，亦永思其難，曰：是行也，信動鰥寡，哀哉。然予爲天子，作天之役，天實以大艱遺我，故勉而從天，非我自憂也。爾衆人義當以言安我，曰：无畏此所憂之事，惟當一心，以成汝寧考所圖之功。今乃不然，故深責之也。

已，予惟小子，不敢替上帝命。天休于寧王，興我小邦周，寧王惟卜用，克綏受茲命。今天其相民，矧亦惟卜用。嗚呼，天明畏，弼我丕丕基。

> 已矣，予惟不敢替上帝命。帝美寧王之德，而興周王，惟用卜以安受帝命。至于今天，其猶助我民。況我亦用卜哉？天所以動四國，明威命者，非以困我，欲輔成我大業也。

王曰：爾惟舊人，爾丕克遠省，爾知寧王若勤哉！

> 王又特命久老之人，逮事武王者，曰：爾當大省久遠，爾知武王之勤勞若此也哉？

天閟毖我成功所，予不敢不極卒寧王圖事。

> 閟，閉也。天所以閉塞艱礙我國者，使我知畏而成功于此。我其敢不盡力，以終寧王所圖之事哉！

肆予大化誘我友邦君。

> 王告此舊人，我已大化誘我友邦君，无不從我矣。

天棐忱辭，其考我民。予曷其不于前寧人，圖功攸終？

> 天既助我，至誠之辭，其必考之于民，以驗其實。我其可不與寧王之舊臣，圖功之所終乎？

【附錄】

淩本眉批 子淵又曰：寧王、寧人，或並指前王。通篇前後寧王、寧人只一義，无分君臣。

天亦惟用勤毖我民，若有疾，予曷敢不于前寧人，攸受休畢？

> 天所以勤勞憂畏我民者，使我日夜思念，如人有疾之不忘醫也。予其可不與前寧人，同受休終哉！

王曰：若昔，朕其逝，朕言艱日思。

> 如我本意，則昔者已往矣。所以至今者，以言艱而日思之也①。

【附錄】

林之奇《全解》 此說是也。

夏僎《詳解》 此說極然。

若考作室，既底法，厥子乃弗肯堂，矧肯構？

> 王以築室喻也。父已準望高下、程度廣狹以致法矣，子乃不肯爲基，矧肯構屋乎？

厥父菑，厥子乃弗肯播，矧肯獲？

> 王又以農喻也。菑，耕也。播，種也。獲，斂也。

厥考翼，其肯曰予有後，弗棄基？

> 父雖敬其事，而子不繼其父，其肯曰我有後，不棄我基乎？

肆予曷敢不越卬敉寧王大命？

---

① 日：《經解》本無。

我其敢不及我身之存，以撫循寧王之大命乎？

若兄考，乃有友伐厥子，民養其勸弗救？

養，廝養也。父兄而與朋友伐其子，其家之民養，當助父兄歟？抑助其子歟？其將相勸助其父兄，弗救其子也。今王與諸侯征伐四國，如父兄與朋友伐其子爾，衆人孰當助乎？

【附錄】

蔡沈《書集傳》 蘇氏曰："養，廝養也。"

林之奇《全解》 漢孔氏曰："若兄弟父子之家，乃有朋友來伐其子，民養其勸弗救者，以子惡故。以此四國將誅而无赦者，罪大故也。"蘇氏之說，與此亦不甚相遠。

王曰：嗚呼！肆哉。爾庶邦君，越爾御事。

肆，過也。過矣哉，爾衆人也，不助父而助子。

【附錄】

林之奇《全解》 蘇氏以"肆"爲"過"，亦皆迂曲。不如顔師古之說。王莽之作《大誥》，亦曰"嗚呼肆哉"，而師古曰："肆，勸也，勸令陳力。"

爽邦由哲，亦惟十人，迪知上帝命。

邦之明，乃能用哲，今十人歸我，而不助彼，則帝命可知矣。

越天棐忱，爾時罔敢易法，矧今天降戾于周邦，惟大艱人，誕鄰胥伐于厥室？爾亦不知天命不易。

及天之方輔，誠以助我，爾時我猶不敢不畏法度，矧今天降戾，使我大艱難之民，與强大之鄰相伐于厥室？鄰室相攻，可謂急矣。汝猶不知天命不易，欲安而不問也。

予永念曰：天惟喪殷，若穡夫，予曷敢不終朕畝？

天使我喪殷，若農夫之去草，其敢不盡力乎？

天亦惟休于前寧人，予曷其極卜，敢弗于從？率寧人有指疆土，矧今卜并吉？肆朕誕以爾東征。天命不僭，卜陳惟若茲。

方是時，武王之舊臣，皆欲從王征伐，故王曰：天若欲休息此前寧人者，予何敢盡用卜，敢不從衆而止乎？今寧人指我，以疆域所至，不可坐受侵略，況今卜并吉，是天欲征，而不欲休也。我其必往，蓋卜之久矣。陳，久也。《盤庚》、《大誥》皆違衆自用者，所以藉口也。使盤庚不遷都，周公不攝政，天下豈有異議乎？平居無事，變亂先王之政，而民不悅，則以盤庚、周公自比，此王莽之所以作《大誥》也①。

【附錄】

林之奇《全解》 王氏曰："武庚，所擇以爲商臣；三叔，周所任以商事者也。其

---

① 王莽：原本無"莽"字，據《經解》本、《四庫》本補。《漢書·王莽傳》謂王莽改制，"仿《大誥》作策"，即東坡所指。之：《經解》本、《四庫》本無。

材似非庸人。方主幼國疑之時，相率而爲亂，非周公往征，則國家安危存亡殆未可知。然承文、武之後，賢人衆多，而迪知上帝以決此議者，十夫而已。況後世之末流，欲大有爲者，乃欲取同于汚俗之衆人乎？"王氏此言，假之以爲新法之地也。故每于盤庚遷都、周公東征，以傅會其說而私言之以寓其意焉。……如王氏之說，則是周公之東征，決其議者十夫而已，其餘无預也。蘇氏曰："《盤庚》、《大誥》，皆違衆自用者所以藉口。"蓋爲王氏而發也。

微子之命第十

成王既黜殷命，殺武庚，命微子啓代殷後，作《微子之命》。
王若曰：猷，殷王元子，惟稽古，崇德象賢。
    《禮》曰："繼世以立諸侯，象賢也。"用庶人之賢者，不如用世家之賢者，民服也。
統承先王，修其禮物。
    用其正朔禮樂，使不失舊物也。
作賓于王家，
    二王後，客禮。
與國咸休，永世无窮。嗚呼！乃祖成湯，克齊聖廣淵。
    齊，肅也，《史記》"生而狗齊"①。
    【附錄】
    林之奇《全解》　《史記》曰："幼而徇齊。"裴駰曰："齊，速也。"《左傳》曰："齊聖廣淵。"杜預曰："齊，中也。"蘇氏則以"齊"訓"肅"，後世以"齊"爲諡，蓋出于此。《諡法》曰："整肅篤莊曰齊。"蘇氏所謂肅，蓋謂此也。
    夏僎《詳解》：齊，裴氏訓"速"，杜預訓"中"，蘇氏訓"肅"。然《記》言"齊也者，齊也"，則齊有齊肅之義。故當訓肅。
皇天眷佑，誕受厥命，撫民以寬，除其邪虐。功加于時，德垂後裔。爾惟踐修厥猷，舊有令聞，恪慎克孝，肅恭神人。予嘉乃德，曰篤不忘。上帝時歆，下民祗協。
    予嘉乃德，曰：若厚而已。帝且歆之，民且歸之。
庸建爾于上公，尹兹東夏。欽哉，往敷乃訓，慎乃服命。
    服，章；命，令也。
率由典常，以蕃王室，弘乃烈祖。
    成湯也。
律乃有民，

---

① 生：《經解》本、《四庫》本、《史記》均作"幼"。

律，法也。

永綏厥位，毘予一人①。世世享德，萬邦作式，俾我有周无斁。嗚呼！往哉惟休，无替朕命。

方武庚叛後，而封微子，微子蓋處可疑之地，而命之曰"上帝時歆"，又曰"弘乃烈祖"，又曰"萬邦作式"，此三代之事，後世所不能及也。

【附録】

陳大猷《或問》卷下　蘇氏曰："武庚叛後，命微子，微子蓋處可疑之地，而命之曰'上帝時歆'、'弘乃烈祖'、'萬邦作式'，此三代之事，後世所不能及也。"此說是。

王夫之《稗疏》　武庚以宋而爲殷後，微子自守東平。迨武庚滅，而後成王以武庚之地改封微子。自子而進爵爲公，故曰"建爾于上公"；自微而遷于宋，故曰"尹兹東夏"。經文自明，无容疑矣。古史記武王禮微子，"使復其所"者，復之于微也；又曰"更封微子于宋"者，明其前之未國于宋也。蘇氏之紀，較爲正也。

唐叔得禾，異畝同穎，獻諸天子。王命唐叔，歸周公于東，作《歸禾》。

成王弟唐叔虞也。禾各生一壟，而合爲一穟。

周公既得命禾②，旅天子之命，作《嘉禾》。

二篇，亡。

---

①　予：《經解》本、《四庫》本作"于"。
②　周公：《經解》本脱"公"字。《十三經注疏》本經文即作"周公"。

東坡書傳卷十二

周　書

康誥第十一

成王既伐管叔、蔡叔，以殷餘民封康叔，作《康誥》、《酒誥》、《梓材》。

　　康叔封，文王子，封爲衛侯。

惟三月哉生魄，周公初基，作新大邑于東國洛，四方民大和會。侯、甸、男、邦、采、衛，百工播民和，見士于周。

　　百工，百官也。播民和，布法也。《周禮》："正月之吉，始和，布治于邦國都鄙。"諸侯來朝，公行師從，故見士于周。

周公咸勤，

　　皆勞來之。

乃洪大誥治。

　　自"惟三月哉生魄"至此，皆《洛誥》文，當在《洛誥》"周公拜手稽首"之前。何以知之？周公東征，二年乃克管、蔡，即以殷餘民封康叔，七年而復辟。營洛在復辟之歲，皆經文明甚，則封康叔之時，決未營洛。又此文終篇初不及營洛之事，知簡編脫誤也。

【附錄】

林之奇《全解》　　蘇氏遂謂"自'惟三月哉生魄'至'乃洪大誥治'，皆《洛誥》文，當在《洛誥》'周公拜手稽首'之前。"其意蓋以封康叔之時決未營洛。又此終篇初未及營洛之事，故以爲簡編脫誤。某嘗謂蘇氏之說經，多失之易，易則己意之有所未安者，必改易經文以就之。如此，則經之本文其存者幾希，非慎言闕疑之義也。

黎靖德編《朱子語類》卷七八　　至于《蔡仲之命》、《微子之命》、《囧命》之屬，或出當時做成底詔告文字，如後世朝廷詞臣所爲者。然更有脫簡可疑處。蘇氏傳中于"乃洪大誥治"之下，略考得些小。

又卷七九　　《康誥》、《酒誥》，是武王命康叔之詞，非成王也。……至若所謂"惟三月哉生魄，周公初基，作新大邑于東國洛"，至"乃洪大誥治"，自東坡看出，以爲非《康誥》之詞。

蔡沈《書集傳·康誥》　　蘇氏曰："此《洛誥》之文，當在'周公拜手稽首'

之上。"

閻若璩《疏證》第一〇一　自《康誥》篇首錯簡四十八字，蘇子瞻欲移冠《洛誥》，朱子是之，《蔡傳》從之。而仁山則以"《洛誥》乃告卜往復、成王往來、周公留後之文，與咸勤誥治之事不合，不可冠"，致確。

王若曰：孟侯，朕其弟，小子封。

孟，長也。康叔，成王叔父，而周公弟，謂之孟侯則可，謂之小子則不可，且謂武王爲寡兄，此豈成王之言？蓋周公雖以王命命康叔，而其實訓誥皆周公之言也，故曰"朕其弟，小子封"。

【附錄】

林之奇《全解》　此言是也。

惟乃丕顯考文王，克明德，慎罰，不敢侮鰥寡，庸庸，祇祇，威威，顯民。

用可用，敬可敬，刑可刑，以治顯人。言敬鰥寡，而治強禦也。

用肇造我區夏，越我一二邦以修。我西土惟時怙冒，

怙，恃也。冒，被也。

聞于上帝，帝休。天乃大命文王，殪戎殷。

殪，殺也。戎殷，比之戎虜也。

誕受厥命，越厥邦厥民，惟時叙。乃寡兄勖，肆汝小子封，在茲東土。

民與國皆叙，乃汝寡有之兄武王勖勉之。力言汝小子封，承文、武之澤，乃得列爲諸侯也。

王曰：嗚呼！封，汝念哉！今民將在祇遹乃文考，紹聞衣德言。

遹，循也。紹，繼也。衣，服也。繼其所聞，而服行其德言也。

往敷求于殷先哲王，用保乂民。汝丕遠惟商耇成人，宅心知訓，別求聞由古先哲王，用康保民。

文王與殷先哲王，及商耇成人之德，皆遠而易法，有以居己而知訓矣，則更求殷以前古先哲王之道，以安民也。

弘于天，若德裕乃身，不廢在王命。

既求古聖賢以宏大汝天性①，順成其德，則汝身綽綽然有餘裕矣。然終不廢用天子之法令，此所謂雖有庇民之大德，而有事君之小心也。

王曰：嗚呼！小子封。恫瘝乃身，敬哉！

恫，痛也。瘝，疾也。常若有疾痛在身，不忘治也。

天畏棐忱，民情大可見，小人難保。往盡乃心，无康好逸豫，乃其乂民。

天威可畏也，然可恃以安者，輔誠也，誠則天與之者可必矣。民歸有道，懷有德，其情大略可見也。然不可恃以安者，小人也，故盡心于誠，以求天輔；不可好逸豫，以遠小人也。

①　宏：《經解》本作"弘"，《四庫》本作"弘"（避乾隆諱）。

我聞曰：怨不在大，亦不在小。惠不惠，懋不懋。

> 怨无大小，不順不勉，皆足以致怨。

已，汝惟小子，乃服惟弘王，應保殷民。亦惟助王，宅天命，作新民。

> 服，事也。弘，廣也。應者，觀民設教也。作，治也。殷民，衛之舊民也。武庚之亂，征伐之餘，民流徙无常，居故康叔之國，有新民也。新誅武庚，故命康叔曰：汝之事，在廣天子之意，觀民設教，以保安殷民。又當助王宅天命，治新民也。方三監叛周之初，天命蓋岌岌矣。黜殷而封康叔，天命乃定。

王曰：嗚呼！封，敬明乃罰。人有小罪，非眚，乃惟終，自作不典，式爾，有厥罪小，乃不可不殺。乃有大罪，非終，乃惟眚災，適爾，既道極厥辜，時乃不可殺。

> 近時學者解此書，其意以謂人有小罪，非過眚也，惟終成其惡，非註誤也。乃惟自作不善，原其情，乃惟不以爾爲典式，是人當殺之无赦。乃有大罪，非能終成其惡也，乃惟過眚，原其情，乃惟適爾，非敢不以爾爲典式也，是人當赦之，不可殺。信如此言，周公虐刑，殺非死罪，且教康叔以人之向背以爲喜怒，而出入其生死也。法當死，原情以生之可也；法不當死，而原情以殺之。可乎？情之輕重，寄于有司之手，則人人可殺矣。雖大无道嗜殺人之君，不立此法，而謂周公爲之歟！吾嘗問之知法者，曰：此假設法也。周公設爲甲乙二人皆犯死罪，而議其輕重也。甲之罪小于乙之謂也，非謂其罪不至死也。然其罪乃非眚災，而惟終之，乃惟自作不法，而曰法固當爾，如是者當據法殺之，不可讞也。乙之罪雖大，然非終之者，乃惟眚災適爾，適爾者，適會其如此也。是則真可讞也。末世法壞，違經背禮，然終无許有司，論殺小罪之法，況使諸侯自以向背爲喜怒，而專殺非死罪者歟？以今世之法考之，謀殺已傷，雖未殺皆死，雖未傷而置人于必死之地，亦死。鬭殺故殺，雖已殺，而情可憫者，讞過失殺，雖已殺，皆贖。夫以未傷未殺，而皆云既殺，豈非小罪殺而大罪赦乎？豈可以非死罪爲小罪也？所謂"既道極厥辜"者，是人之罪重情輕，盡道以責備，則信有大罪矣，而以常情恕之，則不可殺。孟子曰：夫謂非其有而取之爲盜者，是充類至義之盡也。夫充類至義，則《書》之所謂盡道也。予恐後世好殺者，以周公爲口實，故具論之。

【附錄】

林之奇《全解》 蘇氏以謂"周公設爲甲乙……是真可讞也"，此說是也。

夏僎《詳解》 蘇氏謂此乃"周公設爲甲乙二人皆犯死罪，而議輕重"，其說極然。

王曰：嗚呼！封，有叙①。

---

① 叙：此句與傳文"叙"字，原本皆作"序"，《四庫》本作"叙"，阮刻《十三經注疏》經文亦作"叙"，不作"序"。按，蘇洵父名序，故三蘇父子平生爲文避家諱甚嚴，凡所爲叙文一律稱"叙"、稱"引"，无作"序"者。況此經文本來作"叙"，東坡作《傳》无緣改爲"序"以犯家諱，是必後世傳刻所誤。

如此則刑有叙也。

時乃大明服，

　　《春秋傳》曰："'乃大明服'，己則不明，而殺人以逞，不亦難乎。"①

惟民其敕懋和。

　　敕，正也。

若有疾，惟民其畢棄咎；若保赤子，惟民其康乂。非汝封刑人殺人，

　　刑人殺人者，法也，非汝意也。

无或刑人殺人非汝封。

　　雖非汝意，然生殺必聽汝，不可使在人也。

又曰：劓刵人，无或劓刵人。

　　劓，割鼻；刵，割耳也。言非獨生殺也，劓刵亦如此。其文略，蓋因前之辭也。

【附録】

林之奇《全解》　唐孔氏以"又曰"爲周公述康叔之自言，其説亦迂回宛轉，不甚平易。惟蘇氏以"非汝封"爲絶句，不以冠于"又曰"之上，則其義明白矣。

《朱熹集》卷六五《雜著·尚書》　"非汝封刑人殺人"，則无或刑人殺人矣。"非汝封又曰劓刵人"，則无或劓刵人矣，言其責之在己也。先儒作四句讀，"曰"故不得其説。而蘇氏破句讀之，陳、林宗之，誤矣。

夏僎《詳解》　"非汝封刑人殺人"者，謂刑人殺人，國自有法，非汝封得刑人殺人也。然雖非汝封得刑人殺人，而爲司寇，苟又當刑當殺者，汝自當以法決之，又不可使刑人殺人不出于汝、而假之于它人也。成王既言非汝封當自刑人殺人，又不可使刑人殺人不出于汝封，故又言劓刵之事。劓謂劓鼻，刵謂割耳，刑殺之輕者。蓋言其重者，因及于輕者也。"又曰劓刵人，无或劓刵人"者，亦如上文，言非汝封可以自劓刵人，然亦不可使劓刵人之事出于它人，而不出于汝封。但因上成文，略"非汝封"三字耳。此説出于蘇氏，諸儒皆宗之。

陳櫟《纂疏》　康叔爲周司寇，故一篇多説用刑，須改其句"非汝封刑人殺人"，則无或敢有刑人殺人者。又曰"非汝封劓刵人"，則无或敢有劓刵人者。言用刑之權正在康叔，不可不謹之意。蘇氏破句讀之，誤矣。蘇氏以"无或刑人殺人非汝封"爲句。

王曰：外事，汝陳時臬，

　　德爲内，政爲外。臬，闑也。凡政事，汝當陳此法，以爲限節也。

【附録】

林之奇《全解》　蘇氏亦以德爲内，政爲外。惟先儒以爲外事諸侯奉王之事，其説似之矣。

---

①　"乃大明服"以下十七字，見《左傳》僖公二十二年，作"《周書》有之：'乃大明服'"云云，杜預注："《周書·康誥》文也。"蓋即引此文。

司師茲殷罰有倫。

司，專也。專司此①，則殷罰有倫矣。

又曰：要囚。服念五六日，至于旬時，丕蔽要囚。

要，獄辭也。服念至旬日，爲囚求生道也。求之旬日而終无生道，乃可殺。

【附録】

陳大猷《或問》卷下　或問："要囚"，諸家之説不一。曰：葉、蘇皆以"要"爲"獄辭"，則"要"當作平聲，猶今世判結也。二音各不同，而孔氏謂察其要辭以斷獄，則含兩説，而"要"字却從平聲，糊模難辨。愚謂經文但云"要囚"，不云"要辭"，則如今説差穩耳。《周禮》司寇之屬鄉士、遂士、縣士皆言聽其獄訟，異其死刑之罪而要之。鄭氏注云："要之爲其罪法之要辭，如今劾矣。"愚按，此説即如今世獄官之擬判結罪也。

王曰：汝陳時臬事罰，蔽殷彝。

汝陳此以限節事罰，以蔽殷之常法也。

用其義刑義殺，勿庸以次汝封。

次，就也。

乃汝盡遜曰時叙，惟曰未有遜事。

常自以爲不足也。

已，汝惟小子，未其有若汝封之心。朕心朕德，惟乃知。

將有以深告之，故言我與汝相知如此。

【附録】

林之奇《全解》　此説是也。

凡民自得罪，寇攘姦宄，殺越人于貨，暋不畏死。

越，顛越也。暋，强也。

罔弗憝。

憝，惡也。人无不惡之者。

王曰：封，元惡大憝，矧惟不孝不友？子弗祗服厥父事，大傷厥考心。于父不能字厥子，乃疾厥子；于弟弗念天顯，乃弗克恭厥兄；兄亦不念鞠子哀，大不友于弟。惟弔茲不于我政，人得罪，天惟與我民彝，大泯亂。曰：乃其速由文王作罰，刑茲无赦，不率大戛。

商紂之後，三監之世，殷人之父子兄弟，以相賊虐爲俗。周公之意，蓋曰孝友，民之天性也，不孝不友必有以使之。子弟固有罪矣，而父兄獨无過乎？故曰凡民有自棄于姦宄者，此固爲元惡大憝矣，政刑之所治也。至于父子兄弟，相與爲逆亂，則治之當有道，不可與寇攘同法。我將誨其子曰：汝不服父事，豈不大傷父

---

① 專司：《經解》本、《四庫》本作"專師"。

心？又誨其父曰：此非汝子乎，何疾之深也？又誨其弟曰：長幼天命也，其可不順？又誨其兄曰：此汝弟也，獨不念先父母鞠養劬勞之哀乎？人非木石禽犢，稍假以日月，須其善心油然而生，未有不爲君子也。我獨弔閔此人，不幸而得罪于三監之世，不得罪于我政人之手。天與我民五常之性，而吏不知訓，以大泯亂，乃迫而蹙之，曰：乃其速由文王作罰，刑兹无赦。則民將辟罪不暇，而父子兄弟益相忿疾，至于賊殺而已。後雖大戛擊痛傷之，民不率也。舜命契爲司徒，曰"敬敷五教，在寬"，寬之言，緩也。五教所以復其天性，當緩而不當速也。

【附録】

林之奇《全解》　先儒乃以爲"速由兹文王作罰刑"，謂周公使康叔案法而誅之。王氏亦同此説。信如此言，則夫子赦父子之訟爲縱惡，而季孫之言爲合于周公也。故不如蘇氏之説爲勝也。

《朱熹集》卷六五《雜著·尚書》　又"元惡大憝"，詳文意，當從王氏。……蘇、陳等説懲王氏之弊，一概以寬爲説，恐非聖人刑人正法之意也。

王夫之《稗疏》　罰以爲德，文王之所以裕民也。眉山矯金陵之説，一主于寬，朱子固力辨其失。而蔡氏間復用之者，非也。今但循文思義，則蘇氏之説，不攻而自破矣。

矧惟外庶子訓人？

《禮》曰："庶子之正于公族者，教之以孝弟睦友子愛，明父子之義、長幼之序。"言治之以峻急，雖國君不能，況庶子乎？

惟厥正人，越小臣諸節。

正人，官長也。諸節，諸有符節之吏也①。

乃別播敷，造民大譽，弗念弗庸，瘝厥君，時乃引惡惟朕憝。

汝既不由此道，諸臣等又各出私意以布教令，要一切之譽，不念人之不庸，以病厥君。如是長惡，我亦惡之矣。

已，汝乃其速由兹義率殺，亦惟君惟長，不能厥家人。

汝若速用此道以率民，民不率則殺之，乃是汝爲人君長，而不能治其家人也。

越厥小臣外正，惟威惟虐，大放王命，乃非德用乂。

至于小臣皆爲威虐，放棄王命，此速由兹義率殺之致也。

汝亦罔不克敬典，乃由裕民，惟文王之敬忌，乃裕民，曰：我惟有及。則予一人以懌。

居敬而行寬裕，先法文王之所敬畏，乃裕民，曰：我惟有及，緩之至也，欲速者，惟恐不及。

王曰：封，爽惟民，迪吉康。

明哉，民之迪于吉且安也。

---

① 有：《四庫》本無。吏：《經解》本作"史"。

我時其惟殷先哲王德，用康乂，民作求。
> 作求者，爲民所求也。王弼曰："无者求有，有者不求所與；危者求安，安者不求所保。火有其炎，寒者附之；己苟安焉，則不寧方來矣。"是之謂作求。

【附錄】

林之奇《全解》 蘇氏以爲"民所求"，皆非本義。蓋"求"與"好古敏以求之"之"求"同。作，起也，起而求商先哲王所以康乂民者而行之也。

矧今民罔迪不適，不迪，則罔政在厥邦。
> 適，從也。矧今民无有道之而不從者，若聽其所爲而莫之道，則是民爲政也。

王曰：封，予惟不可不監，告汝德之説于罰之行。
> 德有説，説者其理之謂也。《易》曰"和順于道德而理于義"，作德而不知其所以然之理，則其德若假貸然，非己有也。己且不能有，安能移諸人？此罰所以不行也。

今惟民不静，未戾厥心，迪屢未同。爽惟天其罰殛我，我其不怨，惟厥罪无在大，亦无在多，矧曰其尚顯聞于天。
> 同，從也。戾，止也。今殷民不静其心，无所止戾。道之而屢不從者，罪在我也，天其罰殛我明矣。我其敢怨，无曰我无罪，罪豈在大與多乎？言行之失，毫釐爲千里，況其顯聞于天者乎！

王曰：嗚呼！封，敬哉。无作怨，勿用非謀非彝，蔽時忱，丕則敏德。
> 非謀，不與衆謀者也；非彝，非故常者也。非謀非彝，事之危疑者也。忱，言所信者也。汝當以所信者決危疑，不當以危疑決所信也。

用康乃心，顧乃德，遠乃猷，裕乃以民寧，不汝瑕殄。
> 汝惟寬裕，則民安，不汝瑕疵，亦不汝遠絶也。

王曰：嗚呼！肆汝小子封，惟命不于常，汝念哉，无我殄享。
> 无自絶天享也。

明乃服命，
> 明汝車服教令。

高乃聽，
> 聽于先王爲高。

用康乂民。王若曰：往哉！封。勿替敬典，聽朕告汝，乃以殷民世享。

酒誥第十二

王若曰：明大命于妹邦，
> 妹，沬也。《詩》所謂"沬之鄉矣，在朝歌以北"。俗化紂德，沉湎于酒，故以酒戒。

乃穆考文王，

文王，于世次爲穆。

肇國在西土，厥誥毖庶邦、庶士，越少正、御事。

　　少正，官之副貳也。

朝夕曰：祀兹酒。

　　朝夕敕之，惟祭祀則用酒。

惟天降命，肇我民，惟元祀。

　　酒行于天下，非小物細故也，故本之天。天始令民知作酒者，本爲祭祀而已。

天降威我民，用大亂喪德，亦罔非酒惟行。越小大邦用喪，亦罔非酒惟辜。

文王誥教小子，有正有事，無彝酒。

　　彝，常也。有正，有所繩治也。有事，有所興作也。有正有事，無常酒，容其飲于燕間也。

越庶國，飲惟祀，德將無醉。

　　因祭賜胙乃飲，猶曰以德自將，无醉也。

惟曰我民迪小子，惟土物愛，厥心臧，聰聽祖考之彝訓。越小大德，小子惟一。妹土嗣爾股肱，純其藝黍稷，奔走事厥考厥長，肇牽車牛，遠服賈。用孝養厥父母，厥父母慶，自洗腆，致用酒。庶士有正，越庶伯君子，其爾典聽朕教。爾大克羞耉惟君，爾乃飲食醉飽。丕惟曰：爾克永觀省，作稽中德。爾尚克羞饋祀，爾乃自介用逸。兹乃允惟王正事之臣，兹亦惟天若元德，永不忘在王家。

　　純，大也。"純其藝黍稷"者，大修農事也。洗腆，逸樂之狀也。羞①，進也。"羞耉惟君"者，猶曰寡君之老也。介，副也。惟曰我民迪于小子之教，懷土安居，嗇于用物，其心无惡，以聽祖考之訓。小大上下，德我小子如一，如妹土之民，皆竭其股肱之力，以繼其上之事。或大修農事，或遠服商賈，以養父母，父母洗腆自慶，則汝民可以飲食醉飽也。汝小子封，能自觀省，作稽中德，常有則于内，以察物至；又有耆老賢臣，可以代汝進饋于廟者，則汝亦可以此人自副，而休逸飲食醉飽。如此，則汝小子乃爲王正事之臣，亦爲天所順予元德之君，永世不忘矣。飲酒，人情之所不免，禁而絶之，雖聖人有所不能。故獨戒其沉湎之禍，而開其德飲之樂，則其法不廢。聖人之禁人也，蓋如此！

王曰：封，我西土棐徂邦君、御事、小子，尚克用文王教，不腆于酒。

　　徂，往也。我西土邦君，輔武王同往伐紂者，下至于其御事、小子，皆用文王教，不腆于酒。

故我至于今，克受殷之命。王曰：封，我聞惟曰，在昔殷先哲王，迪畏天顯小民。經德秉哲，自成湯咸至于帝乙，成王畏相，惟御事厥棐有恭。不

---

① 羞：《四庫》本作"修"，誤。

敢自暇自逸，矧曰其敢崇飲？越在外服，侯、甸、男、衛邦伯；越在內服，百僚、庶尹，惟亞惟服宗工。越百姓里居，罔敢湎于酒。不惟不敢，亦不暇，惟助成王德顯，越尹人祗辟。

　　崇，聚也。宗工，大臣也。我聞惟曰：殷之先王，畏天道，顯民德，常德秉哲，自成湯、太甲、太戊、祖乙、盤庚、武丁、帝乙七王，皆成德之王，皆畏敬其輔相至于御事之臣，所以輔王者，皆恭敬不敢暇逸，況敢聚飲？至于外服諸侯，內服百僚，皆服事其大臣。至于百姓大族，居于閭里者，皆不湎于酒。不惟不敢，亦不暇，惟以助王之顯民德，及以助庶尹之祗厥辟也。

【附錄】

　　林之奇《全解》　　蘇氏乃特以成湯、太甲、太戊、祖乙、盤庚、武丁、帝乙七王爲言，亦非也。

我聞亦惟曰，在今後嗣王酣身，厥命罔顯于民，祗保越怨不易，誕惟厥縱淫泆于非彝，用燕喪威儀，民罔不盡傷心。惟荒腆于酒，不惟自息乃逸，厥心疾很①，不克畏死。辜在商邑，越殷國滅无罹。弗惟德馨香，祀登聞于天，誕惟民怨。庶群自酒，腥聞在上②。故天降喪于殷，罔愛于殷，惟逸。天非虐，惟民自速辜。

　　今後嗣王，紂也。祗，適也。盡，痛也。紂酣樂其身，命令不下行于民，本以求慢易之樂也，然其得③，適足以爲怨仇之保，未嘗樂易也。紂燕喪其威儀，望之不似人君，民莫不痛其將亡也。而猶荒湎不少休息，其心爲酒所使，忿疾彊很④，不復畏死。不醉而怒曰奰，明醉者常怒也。國君醉則殺人，士庶人則相殺，明酒之能使人怒也。紂之怒，至于殺其身而不畏，惟多罪逋逃，萃于商邑，上下沉湎。及殷之滅，此等皆无罹乎言，與紂俱死也。天不聞明德之馨，但聞刑戮之腥，故天之降喪于殷，无所愛憫者，皆以其逸耳。非天之虐，殷人自速其辜也。

王曰：封，予不惟若茲多誥，古人有言曰：人无于水監，當于民監。今惟殷墜厥命，我其可不大監撫于時？

　　撫，安也。

予惟曰：汝劼毖殷獻臣，侯、甸、男、衛。

　　劼，固也，堅固汝心，敬畏殷賢臣之在侯、甸、男、衛者。

矧太史友、內史友？

　　當時二賢臣，封所友者。

越獻臣百宗工，

---

① 很：《四庫》本作"狠"。
② 腥：《經解》本作"醒"。
③ 得：《經解》本、《四庫》本作"德"。
④ 很：《四庫》本作"狠"。

及汝之賢臣，與凡大臣百執也。

矧惟爾事服休、服采？

休，德也。采，事也。服休，以德爲事者也。服采，以事爲事者也。

矧惟若疇圻父？

疇，誰也。司馬主封圻，曰圻父，所以訶問寇敵者。賈誼曰："陳利兵而誰何？"

薄違農父，

薄，近也。違，去也。司徒訓農，敷五教，曰農父去民最近也。

若保宏父，

保，安也。宏，大也。司空斥大都邑，曰宏父，以保安民居者。

定辟，

諸侯以定位爲難，故《春秋傳》曰"厚問定君于石子"，又秦伯謂晉惠公"入而未定列"。故周公戒康叔，敬畏衆賢士，以定位也。

矧汝剛制于酒？

酒非剛者不能制。

厥或誥曰：群飲，汝勿佚，盡執拘以歸于周，予其殺。

"予其殺"者，未必殺也。猶今法曰"當斬"者，皆具獄以待命，不必死也。然必立死法者，欲人畏而不敢犯也。"群飲"，蓋亦當時之法，有群聚飲酒、謀爲大姦者，其詳不可得而聞矣。如今之法有曰："夜聚曉散者皆死罪。"蓋聚而爲妖逆者也。使後世不知其詳，而徒聞其名，凡民夜相過者輒殺之，可乎①？舊說以爲群飲者，周人則殺之，殷人則勿殺也。民同犯一罪，而殺其一，不殺其一，周人其肯服乎？民群飲則死，公卿大夫群飲，可不誅乎？不誅吏，則无以禁民，吏民皆誅，則桀、紂之虐，不至于此矣。皆事之必不然者，予不可以不論。

又惟殷之迪諸臣，惟工乃湎于酒，勿庸殺之，姑惟教之。有斯明享，乃不用我教辭，惟我一人弗恤，弗蠲乃事，時同于殺。

此謂凡湎于酒，而不爲他大姦者也，不擇殷、周，而周公特言殷者，蓋爲妹邦化紂之德，諸臣百工皆沉湎，而況民乎？故凡湎于酒者，皆可教，不可殺，不分殷、周也。"有斯明享"者，哀敬之意達于民，如達于神也。如此，豈復有不用命者乎？若我初不知恤此，不潔治其事，則是陷民于死，同于我殺之也。

王曰：封，汝典聽朕毖，勿辯乃司，民湎于酒，

禁之難行者莫若酒，周公憂之深矣，故卒告之曰：汝既常聽用我所畏慎者，又當專建一司，以察沉湎。若以泛責群吏，而不辯其司，禁必不行矣。或曰：自漢武帝以來至于今，皆有酒禁，刑者有至流，賞或不貲，未嘗以少縱而私釀，終不能絶也，周公獨何以禁之？曰：周公无所利于酒也，以正民德而已。甲乙皆笞其子，甲之子服，乙之子不服，何也？甲笞其子而責之學，乙笞其子而奪之食，此周公

---

① "予其殺"至"可乎"，蔡沈《書集傳》引録。

所以能禁酒也。

【附録】

林之奇《全解》　蘇氏曰："當專建一司，以察淫湎。若以泛責群吏，而不辯其司，禁必不行矣。"其説迂迴。不如先儒曰"勿使汝主民之吏湎于酒"，其辭不費。

東坡書傳卷十三

周　書

梓材第十三

王曰：封，以厥庶民，暨厥臣，達大家；以厥臣達王，惟邦君。

  大家者，如晉六卿，魯三桓，齊諸田，楚昭、屈、景之類，此晉、魯、齊、楚之所恃以爲骨幹者，无之則无以爲國也。故曰："季氏亡，則魯不昌。"然其擅威福，竊國命，則有之矣。古者國君馭此爲難，孟子所謂"不得罪于巨室"者。周公教康叔曰：汝上不得罪于王，下不得罪于巨室，則國安矣。人君多疾惡于巨室，所惡于巨室者，惡其危國也。周公曰：无庸疾也，汝得民與臣，而國自安，巨室何爲乎？故曰"以厥庶民，暨厥臣，達大家，以厥臣達王"。上下情通謂之達。以爾臣民之心，達大家之心；以爾賢臣聘于周，以達王心，而國安矣。

汝若恒，越曰：我有師師。司徒、司馬、司空、尹旅，曰：予罔厲殺人。亦厥君先敬勞，肆徂厥敬勞，肆往，姦宄，殺人歷人宥。肆亦見厥君事，戕敗人宥。王啓監厥亂，爲民，曰：无胥戕，无胥虐。至于敬寡，至于屬婦①，合由以容。王其效邦君，越御事，厥命曷以？引養引恬，自古王若兹監，罔攸辟。

  自此以下，文多不類，古今解者皆隨文附致，不厭人情，當以意求之乃得。蓋當時衛有大家，得罪于衛，當誅而未決者，周公之意，以謂新殺武庚、管叔，刑不可遂，故教康叔以和緩治之。越，及也。汝當晏然如平常時，及曰此我之官師相師，不可去也。以至于三卿之正長，及其旅士，亦皆曰我非危殺人者也。君臣皆爲寬辟，以逸罪人使亡也。此大家之長，先爲國君之所敬勞，今雖有罪，未可殺也。當徂此敬勞者而已，蓋使之去國也。然後治其餘黨，亦不可盡法也。往者，流也。"肆往，姦宄殺人歷人宥"者，謂以流宥五刑也。歷人者，罪人之所過，律所謂知情藏匿貰給者。此殺人與歷人，皆以流宥之也。"肆亦見厥君事，戕敗人宥"者，傷毀人四肢面目，漢律所謂疻也，是人因爲君幹事，而疻傷人者，可以

---

① 至于屬婦："屬"，各本同。清阮元《十三經注疏校勘記》引孫志祖："《玉篇》女部：'嫋，婦人妊身也。'引《書》'至于嫋婦'。"據此，"屬"當作"嫋"字。

直宥也。于是王乃啓監厥亂，爲民而寬慰之，曰：无相戕，无相虐。王又收恤此大家破亡之餘而鎮撫之，禮敬其鰥寡，比次其婦女，使共由此道，以相容也。至矣，王之仁也！邦君御事，所當則效其命，令當何所用乎？亦用此而已。亂生于激，事不小忍，而求速決，則釁故橫生，靡所不至。小引延之，人静而亂自衰，使相容養，以至恬安，是謂"引養引恬"。古我先王，未有不順此者監，无所用殺也。

【附録】

林之奇《全解》 王氏曰："引養者，引民而養之；引恬者，引民而恬之。"皆未若蘇氏之言，尤爲切當。其言曰"亂生于激"……。

又 王氏曰："自古者謂由先王之道，自王者謂由今王之政。"其説爲鑿。先儒以爲"用古王之道"，優于王氏。然不如蘇氏，以爲古我先王。但以"若"爲"順"，言"古我先王，未有不順此監者"，則非矣。

惟曰若稽田，既勤敷菑，惟其陳修，爲厥疆畎。

稽，考也。敷，治也。菑，去草棘也。陳修，修舊也。疆，畔也。畎，壟也。

若作室家，既勤垣墉，惟其塗墍茨。

塗，墍墐飾之也。茨，苫蓋也。

若作梓材，既勤樸斲，惟其塗丹艧。

梓，良材可爲器者。丹艧，膠漆五采也。田既敷菑，室既垣墉，器既樸斲，則當因舊守成而潤色之，不當復有所建立①。除，治也。以言康叔既已立國定位，不當復有所斬艾。斲，削也。

【附録】

夏僎《詳解》 蘇氏謂："田既敷菑，室既垣墉，器既樸斲，惟當因舊守成而潤色之，不當復有建立圖治。"此説是也。王氏諸儒皆每一節爲説，以稽田喻除穢，室家喻疆理，梓材喻爲典章，皆鑿説也。

今王惟曰：先王既勤用明德，懷爲夾。

夾，近也。懷遠爲近也。

庶邦享，作兄弟，方來，亦既用明德。

享，朝享也。王謂諸侯爲兄弟。凡言用德者，皆謂不用刑也。

后式典集，庶邦丕享。

后，今王也，亦用此常道以集天下也。

皇天既付中國民，越厥疆土于先王。

此言專言王惟不殺②，則子孫萬年享國，故以天付爲言。

肆王惟德用，和懌先後迷民，

---

① 建立：夏僎《詳解》所引爲"建立圖治"。
② 此言：《經解》本、《四庫》本作"此書"。

民迷失道,故先後之。

【附録】

林之奇《全解》 王氏曰:"民迷則悖,欲使保乂之,當先以和,和然後惟王之聽,惟王之聽然後可以先後之,使不失道。"蘇氏曰:"民迷失道,故先後之。"此數說者,其論"先後"之義則同。

用懌先王受命。

不惟以悦民心,亦以悦天命也。

已若茲監,惟曰欲至于萬年惟王,子子孫孫永保民。

《大誥》、《康誥》、《酒誥》、《梓材》,其文皆奥雅,非世俗所能通,學者見其書紛然若有殺罰之言,因爲之說曰:《康誥》所戒,大抵先言殺罰。蓋衛地服紂成俗,小人衆多,所以治之,先後、緩急當如此。予詳考四篇之文,雖古語淵懿,然皆粲有條理,反覆丁寧,以殺爲戒,以不殺爲德,此《易》所謂"聰明睿智神武而不殺者",故周有天下八百餘年。後之王者,以不殺享國,以好殺殃其身及其子孫者,多矣。天人之際,有不可盡知者,至于殺不殺之報,一一若符契,可見也。而世主不以爲監,小人又或附會六經,醖釀鎪鑿以勸之殺,悲夫殆哉!唐末、五代之亂,殺人如飲食。周太祖叛漢,漢隱帝使開封尹劉銖屠其家百口。太祖既克京師,夜召其故人知星者趙延義,問漢祚所以短促者,延義答曰:"漢本未亡,以刑殺冤濫,故不及期而滅。"時太祖方以兵圍銖及蘇逢吉第,旦且滅其族,聞延義言,矍然貸之,誅止其身。予讀至此,未嘗不流涕太息,故表其事于《書傳》以救世云。

【附録】

林之奇《全解》 蘇氏曰:"大誥康誥……悲夫殆哉!"予嘗謂此誠仁人之言也。蓋自古小人將借邪說以逞其志者,未有不以前世聖君賢相之事迹以爲口實也。……使此四篇之文以殺罰爲先,則後之欲嚴刑峻罰以持天下者,必將以此藉口,則此四篇毋乃始作俑者乎?蘇氏之言,其有功于教化者,此類也夫!

召誥第十四

成王在豐,

文王都豐,豐在京兆鄠縣東①。

欲宅洛邑,使召公先相宅,作《召誥》。

武王克商,遷九鼎于洛,則已有都洛之意;而周公、成王成之,且以殷餘頑民爲憂,故營洛而遷焉。太史公曰:洛邑,武王營之。成王使召公卜居,居九鼎焉,

---

① 鄠縣:凌本作"郭",誤。郭、鄠皆古國,郭在齊境,與豐鎬了不相涉。鄠在關中,爲夏有扈氏之國,文王都豐在焉,秦爲鄠邑,漢爲鄠縣,在今陝西户縣北。

而周復都豐鎬。至犬戎敗幽王，周乃東遷洛邑，所謂周葬于畢，在鄠東南社中①。明成王雖營洛，而不遷都，蓋嘗因巡狩而朝諸侯于洛邑云。

惟二月既望，越六日乙未，王朝步自周，則至于豐。

王自鎬至豐，以營洛之事告文王廟。鄗，在上林，昆明北有鎬池，去豐二十五里。

惟太保先周公相宅，越若來三月，惟丙午朏。

朏，明也，月三日明生之名。

越三日戊申，太保朝至于洛，卜宅。厥既得卜，則經營。越三日庚戌，太保乃以庶殷攻位于洛汭。越五日甲寅，位成。

庶殷，凡殷民也。位，朝市、宗廟、郊社之位。洛汭，洛水北。

若翼日乙卯，周公朝至于洛，則達觀于新邑營。

遍觀所營也②。

越三日丁巳，用牲于郊，牛二。

帝及配者，各一牛。

越翼日戊午，乃社于新邑，牛一、羊一、豕一。

用太牢也。

越七日甲子，周公乃朝用書，命庶殷、侯、甸、男邦伯。

《春秋傳》曰："士彌牟營成周，計丈數，揣高卑，度厚薄，仞溝洫，物土方，議遠邇，量事期，計徒庸，慮財用，書餱糧，以令役于諸侯。屬役賦丈，書以授帥，而效諸劉子。"此之謂"書"。

【附錄】

林之奇《全解》 蘇氏引《春秋傳》"士彌牟營成周……而效諸劉子"，以此為"書"。是也。

厥既命殷庶，庶殷丕作。

言殷人悅而聽命也。

太保乃以庶邦冢君出取幣，乃復入，錫周公，曰：拜手稽首，旅王若公。

旅，讀如"庭實旅百"之"旅"。諸侯之幣，旅王而及公者，尊周公也。

【附錄】

林之奇《全解》 王氏曰："陳成王欲宅洛之意，順周公用書命庶殷邦伯之事。"則以此一句分而為二，其說又不如先儒。惟蘇氏曰："'旅'讀如'庭實旅百'之'旅'。諸侯之幣，旅王及公者，尊周公也。"此說為勝。

誥告庶殷，越自乃御事。嗚呼！皇天上帝，改厥元子，茲大國殷之命。惟王受命，无疆惟休，亦无疆惟恤。嗚呼！曷其奈何弗敬？

---

① 鄠：凌本、《經解》本、《四庫》本作"郭"。中：原本作"昆"，誤。據《經解》本、《四庫》本改。

② "遍觀"句，為《朱熹集》卷六五《雜著·尚書》所引。

庶殷諸侯皆在，故召公託爲遜辭，曰：誥告汝御事以下也，言殷嘗以元子嗣位，而帝改其命以授周。今王受命，雖无疆之福，亦无疆之憂，其可不敬乎？

天既遐終大邦殷之命，茲殷多先哲王在天，越厥後王後民，茲服厥命，厥終智藏瘝在。夫知保抱攜持厥婦子，以哀籲天，徂厥亡出執。嗚呼！天亦哀于四方民，其眷命用懋，王其疾敬德。

此所謂无疆之憂也。殷雖滅，其先哲王固在天也。其後王後民，至于今茲，猶服用其福祿，其心終不忘報怨以復國也。如武庚蓄謀以伺隙者多矣。其智藏于中，其病則在也。夫，夫人也，猶曰人人也。各抱持其婦子，以哀痛呼天，徂往其逃亡，解出其囚執，以叛我者，蓋有之矣。王其可不大畏乎？天其哀我，民其亦眷命于勉德者，王其速敬德定天命也。召公之誥王也，庶殷皆在，而出此言，亦如《微子之命》有"上帝時歆，萬邦作式"之語。古之人无所忌諱，忠厚之至也。

相古先民有夏，天迪從子保，面稽天若，今時既墜厥命。今相有殷，天迪格保，面稽天若。今時既墜厥命。今沖子嗣，則无遺壽耇，曰其稽我古人之德，矧曰其有能稽謀自天？

從子，與子也，堯、舜與賢，禹與子。面，嚮也。言我觀夏、殷之世，天之迪夏也，迪其與子而保安之；其迪殷也，迪其能用伊尹格天之臣而保安之。夏、殷之哲王，皆能嚮天之所順以考其意，而其後王皆以失道而墜厥命矣。今王其无棄老成人，以考古人之德，況能博謀于衆，以求天心乎！

【附錄】

林之奇《全解》 蘇氏既以爲格天，又以格天爲伊尹，又以湯能用伊尹格天之臣。其蔓衍附會一至于此，則何說之不可爲哉！故此只當從王氏說。

嗚呼！有王雖小，元子哉！其丕能諴于小民，今休。

王雖幼，周之元子也，其大能以誠感民矣。當及今休其德①。

王不敢後，

王疾敬德，不肯遲也。

用顧畏于民碞。

碞，險也。民猶水也，水能載舟，亦能覆舟，物无險于民者矣。

【附錄】

林之奇《全解》 先儒及王氏，皆以民碞爲僭言，民有僭而不信者，不可不省顧而畏慎之也。其說不如蘇氏。

王來紹上帝，自服于土中。

服，事也。洛邑爲天下中。

旦曰：其作大邑，其自時配皇天。毖祀于上下，其自時中乂。王厥有成命，治民今休。王先服殷御事，比介于我有周御事，節性，惟日其邁。王敬作

---

① "王雖"至"其德"，爲《朱熹集》卷六五《雜著·尚書》所引。

所，不可不敬德。

> 王能訓服殷之御事，使比附介副于我周御事矣，又當節文殷人之善性，使日進于善。作所者，所作政事也。既敬其事，又敬其德，則至矣。

【附録】

林之奇《全解》 王氏曰："敬德者，所以作所。"蘇氏曰："作所者，所作政事也。"此皆于"所"字强生義理，其辭爲費。當從先儒之説，謂其"不可以不敬德，王當敬作之也"。"敬作"猶言"敬爲"。

我不可不監于有夏，亦不可不監于有殷。我不敢知曰，有夏服天命，惟有歷年。我不敢知曰，不其延，惟不敬厥德，乃早墜厥命。我不敢知曰，有殷受天命，惟有歷年。我不敢知曰，不其延，惟不敬厥德，乃早墜厥命。今王嗣受厥命，我亦惟兹二國命，嗣若功。

> 召公恐成王恃天命以自安，故又戒之曰：夏殷之所以多歷年，與其所以不永延者，其受天命，皆非我所敢知也，所知者，惟不敬德以墜厥命也。今王亦監此二國，修人事而已。功，事也。

王乃初服。嗚呼！若生子，罔不在厥初生，自貽哲命。

> 習于上則智，習于下則愚。

今天其命哲，命吉凶，命歷年。知今我初服，宅新邑，肆惟王其疾敬德。王其德之用，祈天永命。

> 惟德是用，不用刑也。

其惟王勿以小民淫用非彝，亦敢殄戮用乂民。若有功，其惟王位在德元。小民乃惟刑用于天下，越王顯。

> 古今説者，皆謂召公戒王過用非常之法，又勸王亦須果敢殄滅殺戮以爲治。嗚呼！殄滅殺戮，桀紂之事。桀紂猶有所不果，而召公乃勸王，使果于殄戮而无疑？嗚呼，儒者之叛道，一至于此哉！皋陶曰："與其殺不辜，寧失不經。"人主之用刑，憂其不慎，不憂其不果也；憂其殺不辜，不憂其失不經也。今召公方戒王以慎罰，言未終，而又勸王以果于殄戮，則皋陶不當戒舜以"寧失不經"乎？季康子問孔子曰："如殺无道就有道，何如？"孔子曰："子爲政，焉用殺？子欲善，而民善矣。君子之德風，小人之德草，草上之風必偃。"夫殺无道以就有道，爲政者之所不免，其言蓋未爲過也。而孔子惡之如此，惡其恃殺以爲政也。今予詳考召公之言，本不如説者之意，蓋曰：王勿以小民過用非法之故，亦敢于法外殄戮以治之，民自用非法，我自用法；民自過，我自不過，稱罪作刑而已。民之有過，罪實在我；及其有功，則王亦有德。何也？王之位，民德之先倡也。如此，則法用于天下，王亦顯矣。兵固不可弭也，而佳兵者必亂；刑固不可廢也，而恃刑者必亡①。痛召公之意爲俗儒所誣，以啓後世之虐政，故具論之。

---

① 恃：《經解》本作"特"，誤。

【附録】

林之奇《全解》 王氏曰："不敢慢小民而淫用非彝，亦當敢于殄戮有罪，以乂民也。"凡《書》之告戒以不殺之言者，王氏皆以爲使之殺也。蘇氏破其説矣。正猶治獄之吏，持心近厚者，惟求所以生之；持心近薄者，惟求所以殺之。"若有功，其惟王位在德元，小民乃惟刑用于天下，越王顯。"先儒及王氏，皆以"若"訓"順"，惟蘇氏曰："民之有過罪在我，及其有功，則王亦有德，何也？王之位，民德之先倡也。如此，則法用于天下，而王亦顯矣。"此説得之。

《朱熹集》卷六五《雜著·尚書》 蘇曰："商俗靡靡，其過用非常也久矣。召公戒王勿以小民過用非常之故，亦敢于法外殄戮以治之。蓋民之有過，罪實在我。及其有功，則王亦有德。何也？王之位，民德之先倡也，如此則法行天下而王亦顯矣。"

上下勤恤，其曰我受天命，丕若有夏歷年，式勿替有殷歷年。欲王以小民受天永命。

君臣一心以勤恤民，庶幾王受命歷年如夏、殷，且以民心爲天命也①。

拜手稽首，曰：予小臣，敢以王之讎民，百君子，越友民，保受王威命明德。王末有成命，王亦顯。我非敢勤，惟恭奉幣，用供王能祈天永命。

庶殷雖以丕作②，召公憂其間尚有反側自疑者，故因其大和會而協同之。讎民，殷之頑民與三監叛者；友民，周民也；百君子者，殷、周之賢士大夫也。自今以往，殷人、周人與百君子，皆保受王之威德，王當終永天命，以顯于後世③。我非敢以此爲勤勞也，奉幣贊王，祈天永命而已。

【附録】

蔡沈《書集傳》解題 按此篇之作，《史記》謂召公疑周公當國踐祚。唐孔氏謂召公以周公嘗攝王政，今復在臣位。葛氏謂召公未免常人之情，以爵位先後介意，故周公作是篇以諭之。陋哉斯言！要皆爲序文所誤。獨蘇氏謂"召公之意，欲周公告老而歸"爲近之。然詳本篇旨意，乃召公自以盛滿難居，欲避權位，退老厥邑，周公反覆告諭以留之爾。熟復而詳味之，其義可見也。

洛誥第十五

召公既相宅，周公往營成周，使來告卜，作《洛誥》。

周人謂洛爲成周，謂鎬爲宗周。此下有脱簡，在《康誥》，自"惟三月哉生魄"至"洪大誥治"，下屬"周公拜手稽首"之文。

---

① "君臣"至"天命也"，爲《朱熹集》卷六五《雜著·尚書》所引。
② 已：《經解》本、《四庫》本作"以"。
③ "庶殷"至"後世"，《朱熹集》卷六五《雜著·尚書》全段引録。

【附録】

蔡沈《書集傳》 蘇氏曰："此上有脱簡，在《康誥》，自'惟三月哉生魄'，至'洪大誥治'四十八字。"

周公拜手稽首，曰：朕復子明辟。

周公雖不居位稱王，然實行王事。至此歸政，則成王之德，始明于天下，故曰"復子明辟"。曰子者，叔父家人之辭。

王如弗敢及天基命定命，予乃胤保，大相東土，其基作民明辟。

基，始也。周公以營洛爲定天命，何也？《易》曰："渙，亨，王假有廟。"言天下方渙散，而王乃有宗廟，則民心一。方漢之初定，蕭何築未央宫，東闕、北闕、武庫、宫室，極壯麗，亦所以示天下不渝，而定民心也。周公言：我欲歸政久矣，王之意，若有所不敢及天命之始而定命者，我所以少留嗣行保佑之事，以卒營洛之功①，爲復辟之始也。

予惟乙卯，朝至于洛師，我卜河朔黎水，

今河朔黎陽也。周公營東都，本以處殷餘民，民懷土重遷，故以都河朔爲近便，卜不吉，然後卜洛也②。

【附録】

王夫之《稗疏》 黎水所在，傳注未詳，惟蘇氏謂爲黎陽。而云作洛以處殷民，民重遷，以河朔爲近便，卜不吉，然後卜洛。以實求之，蘇説非也。夫黎陽者，今之濬縣，而殷、周之世，河奪漳水以流，當濬縣之西，轉而北去，故《禹貢》曰"至于大伾，北過絳水"，則黎陽之在周初，實在河南，不得謂之"河朔"。逮定王之世，河南徙砱礫。至桑欽時，河乃益南，而黎陽始在河北。蘇氏據宋河以證周河，而不知陵谷之變，其謬一。濬縣之名黎陽，以大伾之山，後人謂之黎山。山南曰陽，非水北之謂也。《山海經》、《水經》、《郡國志》俱不言河北有黎水，今俗以衛、淇二水合流入漳之渠名之曰黎水者，則後人因濬有黎陽之名，而以被之于淇之下流，其實非也。黎陽之黎，以山而不以水。蘇氏以黎陽爲黎水，據俗稱以證古，其謬二。周公至雒，在三月之乙卯，召公攻位于洛汭，在前六日庚戌，而其至洛也以戊申。凡卜地者，必就其地而卜之，《儀禮》所記筮宅者可徵也。濬之去洛四百餘里，召公安能飛馳至于黎陽，三日之内，卜畢而歸卜洛乎？蘇氏曾未之思也，其謬三。周公之營洛，雖以鎮撫東郊，比殷民，而俾之多遜。然實以成武王毋遠天室之志，作一代之天邑，夫豈苟徇殷民重遷之志，而就彼以爲都乎？《多士》曰："昔朕來自奄，移爾遐逖。"則洛邑未定之歲，殷民已西遷矣。故《天保》所命之庶殷，皆其已遷者也。業已遷之而西，復卜黎陽而返之以東，晨此

---

① 卒：《四庫》本作"率"。
② "今河"至"洛也"，爲《朱熹集》卷六五《雜著·尚書》所引。

夕彼，不適有寧，是重困殷民，而召其侮矣。且殷民舊已居洛，而抑又何重遷之有哉？蘇氏不察於此，其謬四。宋之黎陽，今之濬縣，于周爲衛地，康叔既已受封矣，而復卜都于此，則將徙康叔于他乎？抑王畿侯國可犬牙雜處而不嫌乎？如徙康叔而營于其國，則當預爲布置，不宜潦草于三日之中，一聽之卜也。且康叔既主其土，自當召令莅卜，太保漠不相告，馳入其疆，惟己所卜，則豈非挾天子以奪諸侯之土宇？三代未聞有此，而況二公之賢乎？洛雖去豐六百里，而舊爲天子之圻，黎陽雖殷之故都，而已爲衛之分土。蘇氏不此之察，或惑于成王封衛之邪說，以黎陽爲圻內，其謬五。積此五謬，則黎水之非黎陽明矣。蓋二公之所卜者，其地皆相密邇，故三日而訖卜，以踐武王三塗岳鄙之命。其河之南岸，則澗瀍之交；在河之北岸者，則黎水之厓。

我乃卜澗水東、瀍水西，惟洛食。我又卜瀍水東，亦惟洛食。

卜必以墨，墨食乃兆，蓋有龜不兆者。

伻來以圖，及獻卜。

伻，使也。

王拜手稽首，曰：公不敢不敬天之休，來相宅，其作周匹休。公既定宅，伻來，來視予卜休恒吉。我二人共貞。公其以予萬億年，敬天之休。拜手稽首誨言。

周公歸政，王未敢當，欲與周公共政，若二君然。故曰：作周匹休，再卜皆吉。我二人當共正天下也。

周公曰：王肇稱殷禮，祀于新邑，咸秩无文。

稱，舉也。殷禮，盛禮也。雖不在祀典者，皆次秩而祭之。

予齊百工，伻從王于周，予惟曰：庶有事。今王即命，曰：記功，宗以功，作元祀。惟命曰：汝受命篤，弼丕視功載，乃汝其悉自教工。孺子其朋，孺子其朋，其往，無若火，始焰焰，厥攸灼敘，弗其絕。厥若彝，及撫事如予，惟以在周工。往新邑，伻嚮即有僚，明作有功，惇大成裕，汝永有辭。

成王欲與周公共政如二君，周公不可，曰：汝用我言足矣，我整齊百官，使從汝于周者，將使辦事也。今王肇稱盛禮，祀于新邑，且命我曰：記功臣之尊者，使列于祭祀。又命曰：汝受命厚輔我，其重且嚴如此。今我大閱視爾功，賞載籍，而所用者，乃汝自受教之官，皆汝私人，非我所齊百工也。于是周公乃訓責成王曰：孺子其有黨乎？自今以往，孺子其以黨爲政乎？此雖小過，如火始作，不即撲滅，則其所灼爍者，漸不可絕矣。自今以往①，凡處彝常及有所鎮撫之事，當如我爲政時，惟用周官，勿參以私人。今在新邑，使人有所嚮往，皆當即用舊僚，而明作其有功者，惇大汝心，裕廣汝德，勿牽于私昵，則汝永有辭于天下矣。

---

① 往：《經解》本作"從"。

公曰：已，汝惟沖子惟終，汝其敬識百辟享，亦識其有不享。享多儀，儀不及物，惟曰不享。惟不役志于享，凡民惟曰不享，惟事其爽侮。

　　享，朝享也。儀不及物，與不朝同。爽，失也。禮失而人慢也。小人以賄説人，必簡于禮，故孔子曰："獨餕于少施氏者，遠小人也。"周公戒成王，責諸侯以禮不以幣，恐其役志于物而不役志于禮，則諸侯慢而王室輕矣。此治亂之本，故周公特言之。《春秋傳》曰：晉趙文子爲政，薄諸侯之幣而重其禮。謂魯穆叔曰："自今以往，兵其少弭矣。"夫以列國之卿，輕幣重禮，猶足以弭兵，王而好賄，則其致寇也必矣。唐之衰，君相皆可以賄取；方鎮爭貢羨餘，行苞苴，而天子始失政，以至于亡。周公之戒，至矣哉①！

乃惟孺子頒朕，

　　徒以高爵厚禄賜我而已。

不暇聽朕教汝于棐民彝。

　　曾不暇聽我教汝輔民之常道也。

汝乃是不蘉，乃時惟不永哉。

　　蘉，勉也。成王曰公其以予億萬年，公答以永年之道，如此，則不永也。

篤叙乃正父，罔不若予，不敢廢乃命。

　　正父，諸正國之老，如圻父、農父、宏父之類。

汝往敬哉，茲予其明農哉。彼裕我民，无遠用戾。

　　勸王修農事者，民有餘裕則不去也。我不裕民，而彼或裕之，則无遠而逝矣。

【附録】

林之奇《全解》 蘇氏曰："我不裕民，而彼或裕之，則无遠而逝矣。"不如王氏曰："彼遠者以我民爲裕，則无遠用戾也。"

王若曰：公明保予沖子，公稱丕顯德，以予小子揚文、武烈，奉答天命，和恒四方民，

　　和恒，常和也。

居師，

　　定民居也。

惇宗將禮，稱秩元祀，咸秩无文。

　　惇宗，厚宗族也。將禮，秉禮也。稱秩元祀，舉大祀也②。

惟公德明，光于上下，勤施于四方，旁作穆穆迓衡，不迷文、武勤教。

　　迓衡，導我于治平。

予沖子，夙夜毖祀。

――――――

①　"小人以賄"至"至矣哉"，《朱熹集》卷六五《雜著·尚書》全文引録。

②　"惇宗"至"祀也"，《朱熹集》卷六五《雜著·尚書》引録，"厚宗族也"作"厚族也"。

祭則我沖子，政則周公①。
王曰：公功棐迪篤，
　　公之功，輔我以道者厚矣。
罔不若時。王曰：公，予小子其退即辟于周，命公後。
　　成王許周公復辟之事，曰：我其退歸宗周，而即辟焉，今當命伯禽爲公後。
四方迪亂，未定于宗禮，亦未克敉公功。
　　方以道濟四方，凡宗廟之禮，所以鎮撫公之元勳者，亦未定也。成王蓋有賜周公以天子禮樂之意。
迪將其後，監我士師工。
　　惟以伯禽爲諸侯，以監臨我士民及庶官也。
誕保文、武受民亂，爲四輔。
　　保濟文、武所受民，爲周四方之輔也②。
王曰：公定，予往已。
　　公留相我，我歸宗周矣。
公功肅將祗歡。
　　祗，大也。公之功肅將，民心大得其歡。
公无困哉！
　　去我則困我也。
我惟无斁其康事。
　　不厭康民之事。
公勿替刑，四方其世享。
　　刑，儀刑也。
周公拜手稽首，曰：王命予來，承保乃文祖受命民，越乃光烈考武王，弘朕恭。
　　弘大成王之恭德。
孺子來相宅，其大惇典殷獻民。
　　厚施典法于賢人。
亂爲四方新辟，作周恭先。
　　後世言周之恭王者，以成王爲先。古之言恭者，甚盛德不敢居也。《詩》曰："自古在昔，先民有作，温恭朝夕，執事有恪。"
曰：其自時中乂，萬邦咸休，惟王有成績。予旦以多子，越御事，篤前人成烈，答其師，作周孚先。

---

① "祭則"二句，《朱熹集》卷六五《雜著·尚書》引録。
② 周：原本無，據《經解》本、《四庫》本補。

多子，衆賢也。後世言周之信臣者，以周公爲先也。

【附錄】

蘇軾《尚書解·作周恭先作周孚先》（《蘇軾文集》卷六） 周之將興，必有繼天之王，建都邑，立藩輔，以定天命而宅民心，爲子孫之師。亦必有命世之臣，考禮樂，修法令，以定國是而正風俗，爲卿大夫之宗。然後可以世世垂拱仰成，雖有中主弱輔，而不至于亂。故曰："孺子來相宅，其大惇典殷獻民，亂爲四方新辟，作周恭先。""予旦以多才，越御事，篤前人成烈，答其師，作周孚先。"國之所恃者，法與人也。《詩》曰："雖无老成人，尚有典刑。"故周公以謂惇典而用賢，可以定國，後之言恭者必稽焉。傅說有言，事不師古，以克永世，匪說攸聞，今不師古，後不師今。故周公以謂我當與卿大夫士篤前人成烈，以答衆心，則後之言信者必師焉。夫以成王之賢，周公之聖，其所以爲後世先者，不過于恭與信而已。《詩》曰："自古在昔，先民有作。溫恭朝夕，執事有恪。"閔馬父曰："古之稱恭者，曰自古，曰在昔，曰先民，其嚴如是。"愚以是知恭之大者，蓋堯之允恭，孔子之溫恭，非獨恭世子之恭、楚共王之恭也。成王以是爲後世先也，不亦宜乎。"大有上吉。履信思乎順。又以尚賢也，是以自天祐之，吉无不利。"又曰："自古皆有死，民无信不立。"信之爲德也，重于兵而急于食，周公以是爲後世先也，不亦宜乎！

考朕昭子刑，乃單文祖德。

考我所以明子之法，乃盡文王德也。

伻來毖殷，乃命，寧予以秬鬯二卣，曰明禋，拜手稽首，休享。

秬，黑黍也。鬯，鬱金香草也。卣，中尊也。以黑黍爲酒，合以鬱鬯①，所以祼也。宗廟之禮，莫盛于祼②。王使人來戒飾庶殷，且以秬鬯二卣，綏寧周公③，拜手稽首而致之公。曰"明禋"，曰"休享"者，何也？事周公如神明也。古者有大賓客，以享禮禮之。酒清，人渴而不飲；肉乾，人飢而不食也。故享有體薦，豈非敬之至者，則其禮如祭也歟！

【附錄】

林之奇《全解》 蘇氏此言，則"寧予以秬鬯二卣"，正如《禮記》所謂"康周公故以賜魯"，其論寧予之言，固爲明白。然謂事周公如事神明，故曰明禋、曰休享，恐无是理。自此而推之，則與春秋之時，仲子未薨而致其賵，爲何以异哉？豈有周公尚存而謂之禋乎？其使當時誠以此致之周公，則一卣可矣，何必二哉？以其二卣，則成王命周公禋于文、武也明矣，非是禋于文、武出周公之意也。

毛奇齡《廣聽錄》卷四 （蔡傳）解："謂此謹毖殷民而命寧周公也。"蘇氏曰："以黑黍爲酒，……如祭也歟！"此則造事之中又造事，造禮之中又造禮矣。原其

---

① 鬱鬯：《經解》本無"鬱"字，疊兩"鬯"字。
② 祼：《經解》本作"裸"，形近而誤。
③ "以黑"至"周公"，蔡沈《書集傳》引之，"飾"作"敕"。

初意，不過欲反前傳，思造一周公留後治洛事耳。乃既已留後，則必記功，宗定尊禮，賜秬鬯休享，初以功臣事之，既即以神明享之，于是有周公留後事，又有成王賜周公秬鬯事。有留後禮，又有此寧公之寧禮。造事日益增，造禮益日出矣。……從來九賜，秬鬯並不獨賜，必以車路弓矢等相兼賜之。今獨賜秬鬯，無禮一。即賜秬鬯，亦必有圭瓚爲副，秬鬯資祼，圭瓚則行祼器也。《王制》曰：諸侯賜圭瓚然後爲鬯，未賜圭瓚，則資鬯于天子，故《詩》稱宣王賜召虎"釐爾圭瓚，秬鬯一卣"。《書序》稱平王賜晉文侯秬鬯、圭瓚。今無圭瓚，將何以行秬鬯？無禮二。且秬鬯非自飲也，所以歆其父祖也，故《詩》稱"賜爾文人"，《書》稱"追孝于前文人"。今乃以此享公，此非寧公，實活祭公也。無禮三。惟此秬鬯，周公畜以祼二王，故用二卣。二卣者，文一卣，武一卣也。若但賜大臣，則《詩》、《書》所稱無不曰"秬鬯一卣"，今寧公一人而用二卣，豈二祭公耶？抑亦備物貴偶，冠緌乘雁，必行雙耶？無禮四。據其所引蘇軾之説，謂："古有大賓客，以享禮禮之。酒清，人渴而不飲；肉乾，人饑而不食也。豈非敬之至，則其禮如祭也與。"則大不然。古但有享禮，無祼禮，享者薦也，備物之至，有體薦，有殽烝，一如事神，而實則有飲，有饌，多饋而獻響之，所謂薦也。今但行祼禮，而不行薦禮，此《大易·觀卦》所謂"祼而不薦"者。其無禮五。且即此祼而不薦，古必有禮以當之矣。按《禮器》，諸侯相朝，祼用鬱鬯，無籩豆之薦。此在朝享以後、薦食以前，只用鬯酒相酌，以相叙芬芳之情。今以君臣、叔父而仿佛敵國，專叙芬芳，在君臣則已慢，在叔父則已媟。無禮六。且其所爲伻來者，以命寧來也。以命寧來，則不宜又愍殷矣。古凡行輕禮，則或一使兼二禮，寧公非輕禮也；且寧公禮也，愍殷者事也，事、禮無兼行者。今謂一使兼二禮不可，謂一使兼事、禮，則尤不可也。無禮七。且行事行禮，必有次第，今以寧公而先曰愍殷，將先愍殷而後寧公耶？抑先寧耶？且其所爲寧者，王寧之也，愍則誰愍耶？使者不自愍而使公愍，則又無此事。是既無次第，又無著落，無禮八。況史文措辭必有體要，曰"明禋"、"拜手稽首"、"休享"者，公之言也，今作王之言，則以君拜臣，以君享臣，其在臣身必有聞而悚然，語及而惕然，欲叙述之而兢兢然，必不敢出諸口者。而乃琳琳琅琅，備述而詳道之，豈以王爲不知耶？抑夸之耶？抑亦借此聲説，使在朝中外皆聞之耶？此則于當日情事，無一當者。其無禮九。夫妄造一禮，既已不堪，乃即此一禮中，而其爲無禮者又復有九。可耶？不可耶？

予不敢宿，

周公不敢當此禮，即日致之文、武，不敢以王命宿于家。

則禋于文王、武王，惠篤叙，无有遘自疾。萬年厭于乃德，殷乃引考。王伻殷乃承叙萬年，其永觀朕子懷德。

周公以秬鬯二卣，禋于文、武，且祝之曰：使我國家順厚①，以叙身其康彊，无有

---

① 國家：林之奇《全解》引作"周家"。

遇疾。子孫萬年厭飽乃德，殷人亦永壽考。王使殷人承叙萬年，其永觀法我孺子而懷其德。

【附録】

林之奇《全解》 先儒、王氏皆以爲周公戒成王之言。以此爲戒成王之言，則與上文不相貫。惟蘇氏以爲周公祝文、武之辭，此得之矣。但蘇氏自"其永觀朕子懷德"以上，皆以爲祝辭，則其義又不結。竊謂"殷乃引考"以上，則周公之祝辭；"王伻殷"以下，則戒王之言也。周公惟欲成王一視殷、周之民，亦如《召誥》之友讎，故先引文、武之辭以告王，因而戒之也。

戊辰，王在新邑，烝祭歲。

是歲始冬烝于洛。

【附録】

林之奇《全解》 蘇氏曰："是歲始冬烝于洛。"則以烝祭只用戊辰之日。然但言"烝祭"可矣，何必言"歲"哉？此當闕之。

文王騂牛一，武王騂牛一。

宗廟用太牢，此云牛一者，告立周公後，加之周尚赤，故騂牛。

王命作冊，逸祝冊，惟告周公其後。王賓、殺禋、咸格。

王賓諸侯，殺騂以禋，諸侯咸格。

王入太室，祼①。

太室，清廟中央室也。祼，以圭瓚酌秬鬯以灌地求神也。

王命周公後，作冊逸誥。

前告神，後告伯禽也。

在十有二月，惟周公誕保文、武受命，惟七年。

---

① 祼：《經解》本作"裸"，形近而誤。下同。

東坡書傳卷十四

周　書

多士第十六

成周既成，遷殷頑民，周公以王命誥，作《多士》①。

惟三月，周公初于新邑洛，用告商王士。
　　始于三月，冀王自遷也。商王士，有殷民在②。
王若曰：爾殷遺多士，弗弔，旻天大降喪于殷。我有周佑命，將天明威，致王罰，
　　明威、王罰一也。在天，則明威；在人，則王罰③。
勑殷命終于帝。肆爾多士，非我小國敢弋殷命。
　　勑，正也。不論勢而論理，曰小國非有勝商之形，曰非敢，非有剪商之心④。弋，取也⑤。
惟天不畀允罔固亂，弼我，我其敢求位？
　　固，讀如"推亡固存"之固。信哉，天之固治而不固亂也。不固亂，所以輔我，我豈敢求之哉⑥？
【附錄】
　　林之奇《全解》　　"允罔固亂"，當從蘇氏之説。
惟帝不畀，惟我下民秉爲，惟天明畏。
　　秉，持也。帝既不畀殷矣，則民皆持爲此説曰：天將降威于殷也⑦。人心不異乎天

---

①　"成周"至"多士"，原本作"成王命多士，周公傅之，作《多士》"。淩本同。《經解》本、《四庫》本作"成周既成，遷殷頑民，周公以王命誥，作《多士》"。阮刻《十三經注疏》本經文同。兹據改。
②　"始于三月"至"有殷民在"，《經解》本、《四庫》本無。
③　"明威"至"則王罰"，《經解》本、《四庫》本無。
④　"勑正"至"之心"，《經解》本、《四庫》本無。
⑤　弋取也：原本無此三字，據《經解》本、《四庫》本補。
⑥　"固讀"至"之哉"，原本無，據《經解》本、《四庫》本補。
⑦　"秉持"至"殷也"，原本無，據《經解》本、《四庫》本補。

心，天心常導乎人心①。

我聞曰：上帝引逸。

引，去也。故逸者則天命去之也②。

有夏不適逸，則惟帝降格，嚮于時夏。

夏之先王，不往從放逸之樂，故上帝格嚮之③。

弗克庸帝，大淫泆有辭，惟時天罔念聞。

此桀也，淫泆，且有辭飾非也④。順理則逸，從欲則危⑤，雖有飾非之辭⑥，帝不聽也。

厥惟廢元命，降致罰，乃命爾先祖成湯，革夏，俊民甸四方。

甸，治也。

自成湯至于帝乙，罔不明德恤祀，亦惟天丕建保乂有殷，殷王亦罔敢失帝，罔不配天其澤。在今後嗣王，誕罔顯于天，矧曰其有聽念于先王勤家？誕淫厥泆，罔顧于天，顯民祗。惟時上帝不保，降若茲大喪。惟天不畀不明厥德，凡四方小大邦喪，罔非有辭于罰。

言天不畀紂，使不明于德，凡小大邦爲紂所刑喪者，皆有辭于罰不暇也。

王若曰：爾殷多士，今惟我周王，丕靈承帝事。

言我周文王、武王，皆繼行大事。

有命曰：割殷，告敕于帝。

將有割殷之事，必先告正于天而後行，曰將有大正于商是也。

【附錄】

林之奇《全解》　此説甚當。

惟我事不貳適，惟爾王家我適。

我有事于四方，曷嘗有再舉而後定者乎？故曰"惟我事不貳適"。貳適，再往也。惟于伐殷，則觀政而歸。已而再往。是我先王不忍滅商之意也。故曰"惟爾王家我適"。不申言貳適者，因前之辭也。

【附錄】

林之奇《全解》　蘇氏于"惟我事不貳適"曰："我有事于四方，曷嘗有再舉而後定乎？""貳適，再往也。"其言是矣。至于"惟爾王家我適"，乃曰："惟于殷，則觀兵而歸。已而再往。不申言貳適者，因前之辭也。"此則是泥于先儒觀兵之

---

① "人心不"至"乎人心"，《經解》本、《四庫》本無。
② "引去"至"之也"，原本無，據《經解》本、《四庫》本補。故：《經解》本作"放"。
③ "夏之"至"嚮之"，原本無，據《經解》本、《四庫》本補。
④ "此桀"至"非也"，原本無，據《經解》本、《四庫》本補。
⑤ "順理"至"則危"，《經解》本、《四庫》本無。
⑥ 飾非：原本作"釋非"，據《經解》本、《四庫》本改。

說，而爲此解也。……蘇氏之言是也。但觀兵之說无經見。

予其曰：惟爾洪无度，我不爾動，自乃邑。予亦念天即于殷大戾，肆不正。

今三監叛予，惟曰此乃汝大无法，非予爾動，變起于爾邑。予亦念天命，不可不征，即于其首亂罪大者而誅之。謂殺武庚、管叔也。"肆不正"者，言其餘不盡繩治也。

王曰：猷告爾多士。予惟時其遷居西爾。

洛邑在故殷西南。

非我一人奉德不康寧，時惟天命。无違，朕不敢有後，无我怨。

既遷爾于洛，乃安居，无後命矣。

惟爾知，惟殷先人，有冊有典，殷革夏命。

言湯之革夏，其故事皆在典冊，爾所知也。

今爾又曰：夏迪簡在王庭，有服在百僚。

夏臣之有道者，湯皆選用爲近臣，在王庭，其可以任事者，則爲百僚。而今不然，以爲怨。

予一人惟聽用德，肆予敢求爾于天邑商？

我知用德而已，爾乃與三監叛我，豈敢求爾于商邑而用之乎？

予惟率肆矜爾，

循湯故事而矜赦汝則可。

非予罪，時惟天命。王曰：多士，昔朕來自奄，予大降爾四國民命。我乃明致天罰，移爾遐逖，比事臣我宗，多遜。

東征誅三監及奄，遷四國民于遠，當此時，爾協比以事我宗臣，多遜不違也。

王曰：告爾殷多士，今予惟不爾殺，予惟時命有申。今朕作大邑于茲洛，予惟四方罔攸賓，亦惟爾多士，攸服奔走臣我，多遜①。

我惟不忍爾殺，故申明此命爾。我所以營洛者，以四方諸侯至而無所容，亦爲爾等服事奔走臣我多遜，而無所居故也。

爾乃尚有爾土，爾乃尚寧幹止。

幹，事也。止，居也。

爾克敬，天惟畀矜爾；爾不克敬，爾不啻不有爾土，予亦致天之罰于爾躬。

今爾惟時宅爾邑，繼爾居，爾厥有幹有年于茲洛。爾小子乃興，從爾遷。

汝能敬天安居，汝子孫其有興者②，非遷洛何從得之？殷人之怨不在王庭、百僚，故成王以此答其意也。

---

① 多遜：《經解》本作"宗多遜"。
② 子孫：原本無"孫"字，林之奇《全解》所引作"子孫"，詳其文義，當補"孫"字。

【附録】

林之奇《全解》 蘇氏曰："汝能敬天安居……。"是也。蓋人之愛其子孫，天下之至情也，故以此誘之。

又 先儒以遷爲遷善，其説爲曲。不如蘇氏，曰："汝能敬天安居，汝子孫其有興者。其所由來，皆自于遷洛。殷人怨不在王庭百僚，故成王以此答其意也。"是也。

王曰：又曰時，予乃或言爾攸居。

王言爾子孫當有顯者，殷人喜而記之。異日，王告之曰：及爾子孫之顯是時，我當復言之于爾所居。信其言以大慰之也。非一日之言，故以"又曰"別之。

【附録】

林之奇《全解》 唐孔氏謂："凡言'王曰'者，皆是史官録辭，非王語也。今史官録王之言曰，以前事未盡，故言'又曰'。"蘇氏曰："非一日之言，故以'又曰'別之。"皆不如薛博士之言。

无逸第十七

周公作《无逸》。

周公曰：嗚呼！君子所其无逸，先知稼穡之艱難，乃逸，則知小人之依。

舊説先知農事之艱難，乃謀逸豫，非也。周公方以逸爲深戒，何其謀逸之亟也？蓋曰王當先知稼穡之道爲艱難①，乃所以逸樂，則知小人之所依怙以生者。知此，則不妨農時，不奪民利，不盡民力也。

【附録】

林之奇《全解》 蘇氏曰："舊説……，乃所以逸樂。"此説是也。

相小人，厥父母勤勞稼穡，厥子乃不知稼穡之艱難，

雖農夫之子，生而飽暖，則不知艱難，而況王乎？以訓王无忘太王、王季、文、武之勤勞王業也。

乃逸乃諺。既誕，否則侮厥父母曰：昔之人无聞知。

戲侮曰諺，大言曰誕。信哉，周公之言也！曰昔之人无聞知，至于今閭巷田里之民，有不令子弟，猶皆相師爲此言也。是蟣蝨螻蟻，周公何誅焉？而載于書，曰以戒成王也。人君欲自恣于逸樂者，必先訛娸先王，戲玩老成；而小人譸張爲幻者，又勸成之。韓非之言曰："堯之有天下也，堂高三尺，采椽不斲，茅茨不剪。雖逆旅之宿，不勤于此矣。冬日鹿裘，夏日葛衣，粢糲之食，藜藿之羹。飲土匭，啜土鉶，雖監門之養，不觳于此矣。禹鑿龍門，通大夏，疏九河，曲九防，決停

---

① 爲艱難：林之奇《全解》引作"惟艱難"，於義爲長。

水，致之海。股无胈，脛无毛，手足胼胝，面目黧黑，遂以死于外，葬于會稽，雖臣虜之勞，不烈于此矣。然則天子所以貴于有天下者，豈欲苦形勞神，自取逆旅之宿、口食監門之養、手持臣虜之作哉！此不肖人之所勉，非賢者之所務也。"此其論，豈不出于昔之人无聞知也哉！其言至淺陋，而世主悦之，故韓非一言覆秦、殺二世如反掌。自漢以來學者，雖鄙申、韓不取，然世主心悦其言①，而陰用之；小人之欲得君者，必私習其説，或誦言稱舉之。故其學至于今猶行也，予是以具論之。

周公曰：嗚呼！我聞曰：昔在殷王中宗，嚴恭寅畏天命，自度，治民祗懼，不敢荒寧。肆中宗之享國，七十有五年。

中宗，太戊也。此《書》方論享國之長短，故先言享國之最長者，非世次也。

【附錄】

林之奇《全解》 蘇氏之説，尤爲明白。

其在高宗，時舊勞于外，爰暨小人。作其即位，乃或亮陰，三年不言。其惟不言，言乃雍。

雍，和也。以其久不言之故，言則天下信之。

不敢荒寧，嘉靖殷邦，至于小大，无時或怨。肆高宗之享國，五十有九年。

高宗，武丁也。

其在祖甲，不義惟王，舊爲小人。作其即位，爰知小人之依，能保惠于庶民，不敢侮鰥寡。肆祖甲之享國三十有三年。

祖甲，太甲也。

【附錄】

康熙《欽定匯纂》 西山真氏曰：祖甲爲太甲明矣。蘇氏以享國多寡爲次，得之。新安陳氏曰：祖甲爲太甲較分明，《經世書》與三"及"字皆不足援以爲辨。案，真氏、陳氏皆不取蔡氏説，今且平論之。蘇氏謂以享國多寡爲次，則高宗五十九年之後，便當到文王五十年，何必逆取太甲以厠于其間也？

自時厥後立王，生則逸。生則逸，不知稼穡之艱難，不聞小人之勞，惟耽樂之從。自時厥後，亦罔或克壽。或十年，或七八年，或五六年，或四三年。周公曰：嗚呼！厥亦惟我周太王、王季，克自抑畏。文王卑服，即康功田功。

康功，安人之功。田功，農功也。

徽柔懿恭，懷保小民，惠鮮鰥寡。

鮮，貧乏者。

自朝至于日中昃，不遑暇食，用咸和萬民。文王不敢盤于游田，以庶邦惟

---

① 主：《經解》本作"王"。

正之供。

言不以庶邦貢賦，供私事也。

【附錄】

朱鶴齡《埤傳》 蘇軾曰：天下未嘗无財也。周文王之興國，不過百里，賦民者不過什一。當其受命，四方之君長交至于其廷，軍旅四出，以征伐不義之諸侯，而未嘗患无財。及其衰也，内食千里之租，外收千八百國之貢，而不足于用。由此觀之，夫財豈有多少哉！人君之于天下，俯已以就人，則易爲功；仰人以援已，則難爲力。是故廣取以給用，不如節用以廉取。後世不知，罪其用之不節，而以爲求之未至也。是以富而愈貪，求愈多，而愈不足以供，此其爲惑，吾未知其所終也。（按，此引見軾《策別厚貨財》，文字出入較大）

文王受命，惟中身，

文王九十七而終，即位之年四十七。

厥享國五十年。

令德之主，欲其長有天下以庇民，仁人之意，莫急于此，此周公所以身代武王也。人莫不好逸欲，而其所甚好者生也。以其所甚好，禁其所好，庶幾必信。此《无逸》之所爲作也。然猶不信者，以逸欲爲未必害生也。漢武帝、唐明皇，豈無欲者哉！而壽如此矣。夫多欲而不享國者皆是也，漢武、明皇，十一而已，豈可望哉！飲酖、食野葛必死，而曹操獨不死，亦可效乎？使人主不壽者五：一曰色，二曰酒，三曰便辟嬖佞，四曰臺榭游觀，五曰田獵。此五者，《无逸》之所諱也。既困其身，又困其民，民怨咨籲天，此最害壽之大者。予欲以惡衣食，遠女色，卑宮室，罷游田，夙興勤勞，以此五物者，爲人主永年之藥石也。

【附錄】

陳大猷《或問》卷下 蘇氏曰："人莫……效乎。"此説善。

周公曰：嗚呼！繼自今嗣王，則其无淫于觀、于逸、于游、于田，以萬民惟正之供。无皇曰：今日耽樂。乃非民攸訓，非天攸若，時人丕則有愆。

以百日之憂，而開一日之樂，疑若可許也。然周公不許，防其漸也。曰此非所以訓民順天也。言此者必有大咎。

无若殷王受之迷亂，酗于酒德哉！

酗者，用酒而怒，輕用兵刑也。

周公曰：嗚呼！我聞曰：古之人猶胥訓告，胥保惠，胥教誨，民無或胥譸張爲幻。此厥不聽，人乃訓之，乃變亂先王之正刑，至于小大。民否則厥心違怨，否則厥口詛祝。

譸，狂也。張，誕也。變名易實，以眩觀者曰幻。古之人，相與訓戒者，其言皆切近明白，世之所共知者也。若曰不殺爲仁，殺爲不仁，薄斂爲有德，厚賦爲无道。此古今不刊之語，先王之正刑也。及小人爲幻，或師申、韓之學，或誦六經以文姦言，則曰多殺所以爲仁也，厚斂所以爲德也，高臺深池、女色畋游，皆不害霸，此理之必不然。而其學之有師，言之有章，世主多喜之，此之謂幻。幻能害壽，以其能怨詛也。

周公曰：嗚呼！自殷王中宗，及高宗①，及祖甲，及我周文王，兹四人迪哲。

古之哲王，莫不如此，而專言四人，此四人尤以此顯于世也。

厥或告之曰：小人怨汝詈汝，則皇自敬德，厥愆，曰朕之愆。允若時，不啻不敢含怒。此厥不聽，人乃或譸張爲幻，曰：小人怨汝詈汝。則信之。則若時，不永念厥辟，不寬綽厥心，亂罰无罪，殺无辜，怨有同，是叢于厥身。

人不怨讒者，而怨聽者。

周公曰：嗚呼！嗣王，其監于兹！

---

① 高宗：淩本作"高祖"，誤。

東坡書傳卷十五①

周　書

君奭第十八

召公爲保，周公爲師，相成王，爲左右。

　　三公論道，左右相任事，周公、召公以師、保爲左、右相。

召公不悦，周公作《君奭》。

　　舊說，或謂召公疑周公，陋哉，斯言也！方周公攝政，管、蔡流言，周公晏然不自疑，當時大臣亦莫之疑者，何獨召公也？今已復子明辟，召公復何疑乎？然則何爲不悦也？功成身退，天之道也，故伊尹既復政則告歸，而周公不歸，此召公所以不悦也。然則周公何以不歸也？察成王之德，未可以舍而去也。周公齊百官以從王，而王之所用，悉其私人受教于王者，此其德豈能離師輔而弗反也哉？故召公之不悦，爲周公謀也，人臣之常道也；而周公之不歸，爲周謀也，宗臣之深憂也。召公豈獨欲周公之歸哉！蓋亦欲因復辟之初，而退老于厥邑，特以周公未歸，故不敢也。何以知之？此書非獨周公自言其當留，亦多留召公語，以此知召公欲去也。

【附錄】

王夫之《稗疏》　蘇氏謂"召公欲周公告老"，爲得其旨。蔡氏之說，非所敢從。

周公若曰：君奭！弗弔，天降喪于殷，殷既墜厥命，我有周既受，我不敢知曰。厥基永孚于休，若天棐忱，我亦不敢知曰。其終出于不祥。嗚呼！君已，曰：時我。我亦不敢寧于上帝，命弗永遠；念天威，越我民，罔尤違惟人。

　　周公昔嘗告召公曰：天其將使周室永孚于休歟？抑將終出于不祥歟？皆未可知也。于時召公答曰：是在我而已，我若能祗上帝命，不敢荒寧，則天永孚于休。若其以念我天威，及使我民无所尤違，則天將終出于不祥，此皆在人而已。今我不去，正爲此耳。故舉其昔言以喻之。

---

① 卷十五：原本自十五卷起，例作"卷第某"，今刪去"第"字以統一體例。下同。

在我後嗣子孫，大弗克恭上下，遏佚前人光，在家不知。天命不易，天難
諶，乃其墜命，弗克經歷，嗣前人，恭明德。

  此皆罪成王之言。在，察也。遏，絶也。佚，失也。經歷，歷年長久。言我察成
王之德，大未能事天地，遏絶放失，前人之光明，蓋生于深宮之中，不知天命不
易。我若去之，其將弗永年矣。周公蓋以丕視功載，知其如此。

在今予小子旦，非克有正迪，惟前人光，施于我沖子。

  沖子之不正，吾亦安能正之哉？獨示之以前人光明之德，使不習于下流。其爲正
也大矣。

又曰：天不可信，我道惟寧王德延。天不庸釋于文王受命。

  天命不常，我所以輔成王之道，惟以延武王之德，使天下不舍文王所受之命也。

公曰：君奭，我聞在昔，成湯既受命，時則有若伊尹，格于皇天。在太甲，
時則有若保衡。

  即伊尹也。

在太戊，時則有若伊陟、臣扈，格于上帝，

  湯初克夏，欲遷夏社，作《臣扈》之篇。湯享國十三年。又七年而太甲立，太甲
享國三十二年。又更四帝，乃至太戊，而臣扈猶在，豈非壽百餘歲哉！

【附録】

林之奇《全解》 蘇氏曰："湯既克夏……。"陳少南謂："湯十三年，太甲三十
三年，沃丁二十九年，太庚二十五年，小甲十七年，雍己十二年，然後太戊立。
自湯勝夏，以至太戊立，凡一百有三十年矣。臣扈在湯勝夏之初年，已不知其年
若干。閲一百有三十，又相太戊若干年，而能格于上帝乎？是必有二臣而名同者
也。"此二説不同，而唐孔氏已有此兩説。

巫咸乂王家。在祖乙，時則有若巫賢。

  賢，亦巫咸之子孫。

在武丁，時則有若甘盤。

  殷有聖賢之君七，此獨言五，下文云"殷禮陟配天"，豈配祀于天者，止此五王，
而其臣皆配食于廟乎？在武丁時，不言傅説，豈傅説不配食于配天之王乎？其詳
不可得而聞矣①。

【附録】

康熙《欽定匯纂》 "陟配天"，蘇氏謂"五王配祀于天，而其臣亦配食于廟"，
此蓋殷禮也。至周，惟郊祀后稷以配天，宗祀文王于明堂以配上帝，餘不配天也。
"陟配天"，言其臣主之同其榮；"多歷年所"，言其致國祚之久。

朱鶴齡《埤傳》 蘇傳"五王配祀于天，而其臣亦配食于廟"，此殷禮也。至周，
惟郊祀后稷以配天，宗祀文王于明堂以配上帝，餘不配天也。

---

  ① "殷有"至"聞矣"，蔡沈《書集傳》全引，"皆配"作"偕配"，"不可得"作"不得"。

率惟兹有陳，保乂有殷，故殷禮陟配天，多歷年所。

　　陳，久也。陟，升遐也。言此諸臣爲政不久，則不能保乂有殷，且使其王升遐則配天，致殷有天下，多歷年所。此周公所以久留之意也。

【附錄】

林之奇《全解》　"陳"，先儒以爲"陳列"，不若蘇氏以爲"久"，言此商家之臣，率皆惟此輔佐之久，以治安有殷，故有殷之君以禮終，而配天享國久長，多歷年所也。

天惟純佑命，則商實百姓王人，罔不秉德明恤小臣，屏侯、甸，矧咸奔走，惟兹惟德稱，用乂厥辟。故一人有事于四方，若卜筮，罔不是孚。

　　此明主、賢臣爲政既久，則天乃爲純佑者是命。商之百族大姓，及王臣之微者，實皆秉德明恤，以至于小臣、藩屏侯甸者，皆得其人。況于奔走執事之臣，皆以此道此德舉，用乂厥辟。以上下同德，故有事于四方，則民信之若蓍龜然。此又周公久留之意也。

公曰：君奭，天壽平格，保乂有殷，有殷嗣天滅威。

　　天壽此中宗、高宗、祖甲，和平至道之王，使保乂有殷。此三王，皆能繼天滅威。滅威者，除害也。

今汝永念，則有固命，厥亂明我新造邦。

　　汝若憂思深長，則天命乃可堅固。汝其念有以濟明我邦者。

公曰：君奭，在昔上帝，割申勸寧王之德，其集大命于厥躬。

　　寧王，武王也。天降割喪文王，申勸武王之德，而集天命也①。

【附錄】

林之奇《全解》　蘇氏曰："天降割喪……。"當從此説。

惟文王尚克修和我有夏。

　　諸夏也。

亦惟有若虢叔，

　　王季子，文王弟。

有若閎夭，有若散宜生，有若泰顛，有若南宫括。

　　五人，皆賢臣有道德者。不及太公望者，太公專治兵事功臣，非周公所法也。

又曰：无能往來，兹迪彝教文王，蔑德降于國人。

　　此五人者，文王疏附，先後奔走禦侮之友也。故曰：文王若不能與此五人者往來，使以常道教文王，則无德以降於國人也。

亦惟純佑，秉德迪知天威。乃惟時昭文王，迪見冒聞于上帝。惟時受有殷命哉！

----

① 天命：林之奇《全解》引作"大命"。

迪見者，以道顯也。冒聞者，以德被天下聞也。

武王惟茲四人，

虢叔亡矣。

尚迪有祿。後暨武王，誕將天威，咸劉厥敵。惟茲四人，昭武王，惟冒丕單稱德。

凡周德之所被及者，其民盡稱誦武王也。

今在予小子旦，若游大川。予往暨汝奭，其濟小子，同未在位，誕無我責。

游大川者，必濟而後已。今予與汝奭同濟，小子其可以中流而止乎？

收罔勖不及，耇造德不降，我則鳴鳥不聞，矧曰其有能格。

周人以鷟鷟鳴于岐山，爲文王受命之符，故其《詩》曰："鳳皇鳴矣，于彼高岡。"我與汝奭皆文王舊臣，同聞鳴鳥者也。我與汝同聞見受命之符，而今又同輔孺子，其可以不俟王業之大成，而言去乎？我當收耇成王不勉不及之心，又當留汝奭耇老成人以自助，汝若不降意小留，則是天不欲我終王業、定天命也。天如不欲我終王業、定天命，則當時必不使我與汝同聞鳴鳥矣。況能格于皇天乎？

【附録】

林之奇《全解》 其說爲曲，不可從也。

公曰：嗚呼！君，肆其監于茲，我受命无疆惟休，亦大惟艱。告君乃猷裕我，

謀廣我意。

不以後人迷。公曰：前人敷乃心，乃悉命汝，作汝民極。曰，汝明勖偶王，在亶乘茲大命①。惟文王德，丕承无疆之恤。

周公與召公同受武王顧命，輔成王，故周公曰：前人敷其心腹，以命汝，位三公，以爲民極。且曰：汝當明勖孺子，如耕之有偶也。在于相信，如車之有馭也，并力一心，以載天命。念文考之舊德，以丕承无疆之憂。武王之言如此，而可以求去乎②？

【附録】

林之奇《全解》 蘇氏謂："周公與召公……以爲民極。"此說勝于諸家，當從之。

公曰：君，告汝朕允。

告汝以我誠心。

保奭，其汝克敬以予，監于殷喪大否。

殷之喪，其否塞大亂，至于如此，可不懼乎？

肆念我天威，予不允惟若茲誥。予惟曰：襄我二人。

---

① 大：《經解》本作"天"。

② "周公"至"去乎"，蔡沈《書集傳》全引，"周公曰"作"周公言"，"敷其心"作"敷乃心"，"命汝"下有"召公"二字，"明勖"作"明勉"。

襄，成也。予本不欲如此告也，予惟曰王業之成，在我與汝二人而已。

汝有合哉，言曰：在時二人，天休滋至，惟時二人弗戡。
  汝聞我言，而心有合也，曰：信如我言，在我二人而已。然今，天方保周，王室日昌大，在我二人受此福乎？德勝福則安，福勝德則危。今天休滋至，恐二人德不能勝也。由此知召公之不悦，蓋以滿溢爲憂也。

其汝克敬德，明我俊民在讓，後人于丕時。
  周公言，汝奭以滿溢爲憂乎？則當求俊民而顯明之，他日讓此後人，惟昌大之時而去，未晚也。

嗚呼！篤棐時二人，我式克至于今日休。
  以我二人厚輔之故，周室乃有今日之休。

我咸成文王功于不怠，丕冒海隅出日，罔不率俾。
  我以今日之休爲未足也，惟至于日月所照，莫不祗服乃已也。

公曰：君，予不惠若茲多誥，
  惠若①，言願也。

予惟用閔于天越民。
  予惟哀天命之不終及民之无辜也。

公曰：嗚呼！君，惟乃知民德，亦罔不能厥初，惟其終，祗若兹，往敬用治。

蔡仲之命第十九

蔡叔既没，王命蔡仲踐諸侯位，作《蔡仲之命》。
  蔡叔死于囚，不得稱"没"。仲爲卿士，无囚父用子之理，蓋釋之矣。仲踐蔡叔之舊國，以鮮爲始封之君，則周既赦其罪矣，故得稱"没"。
  【附録】
  林之奇《全解》 蘇氏謂"仲爲卿士，无囚父用子之理，蓋釋之矣"，此則不可得而見。蓋經只言"囚郭鄰"，无釋之之言，未敢以爲然也。

惟周公位冢宰，正百工，群叔流言，乃致辟管叔于商；囚蔡叔于郭鄰，
  郭，虢也。《周禮》六遂，五家爲鄰。
  【附録】
  蔡沈《書集傳》 郭鄰，孔氏曰："中國之外地名。"蘇氏曰："郭，虢也。《周禮》六遂，五家爲鄰。"

以車七乘；降霍叔于庶人，三年不齒。

---

① 若：《經解》本、《四庫》本作"猶"。林之奇《全解》引亦作"猶"。

周公不以流言殺骨肉，若管叔不挾武庚以叛，亦不誅也。蔡叔囚而不誅，至子乃封。霍叔降而不囚，三年復封之霍。此周公治親之道也。

蔡仲克庸祗德，周公以爲卿士。叔卒，乃命諸王，邦之蔡。

蔡叔未卒，仲无君國之理。蒯聵在而輒立，衞是以亂。孔子將爲政于衞，必以正名爲先，則周公封蔡仲，必在叔卒之後也。

【附録】

林之奇《全解》 此説甚當。

王若曰：小子胡，惟爾率德改行，克慎厥猷。肆予命爾侯于東土。往即乃封，敬哉！爾尚蓋前人之愆，惟忠惟孝。爾乃邁迹自身，

邁德自己，使人可以循迹而法汝也。

克勤无怠，以垂憲乃後。率乃祖文王之彝訓，无若爾考之違王命。皇天无親，惟德是輔；民心无常，惟惠之懷。爲善不同，同歸于治；爲惡不同，同歸于亂。爾其戒哉！慎厥初，惟厥終，終以不困。不惟厥終，終以困窮。懋乃攸績，睦乃四鄰，以蕃王室，以和兄弟。康濟小民，率自中，无作聰明亂舊章。

中，情也。治國濟民皆以情，不以僞也。中不足則必彊諸外，故作聰明。而實聰明者，未嘗亂舊章也。

詳乃視聽，罔以側言改厥度。

以一偏之言，而改其常度，非其本心也，生于視聽之不審爾。故患在欲速，不在緩，緩則視聽審，而事無不中矣。

則予一人汝嘉。王曰：嗚呼！小子胡，汝往哉，无荒棄朕命。

成王東伐淮夷，遂踐奄，作《成王政》。

踐，滅也。

成王既踐奄，將遷其君于蒲姑，周公告召公，作《將蒲姑》。

晏子謂齊景公："古之居此者，有蒲姑氏。"樂安縣北有蒲姑城。二篇，亡。

多方第二十

成王歸自奄，在宗周，誥庶邦，作《多方》。

自《大誥》、《康誥》、《酒誥》、《梓材》、《召誥》①、《洛誥》、《多士》、《多方》八篇，雖所誥不一，然大略以殷人不心服周而作也。予讀《泰誓》、《牧誓》、《武

---

① 召誥，原本無"誥"字，蓋蒙下"洛誥"而省。該條諸"誥"皆全稱，依例補"誥"字。

成》，常怪周取殷之易。及讀此八篇，又怪周安殷之難也。《多方》所告不止殷人，乃及四方之士，是紛紛焉不心服者，非獨殷人也。予乃今知湯已下七王之德深矣。方紂之虐，人如在膏火中，歸周如流，不暇念先王之德。及天下粗定，人自膏火中出，即念殷先七王如父母。雖以武王、周公之聖，相繼撫之，而莫能禁也。夫以西漢道德比之殷，猶珷玞之與美玉也，然王莽、公孫述、隗囂之流，終不能使人忘漢，光武之成功若建瓴然。使周無周公，則殷之復興也必矣。此周公之所以畏而不敢去也①。

【附録】

陳第《疏衍》 蘇子瞻亦嘗云："西漢道德比之殷，猶珷玞之與美玉也。"是皆厚尊往古而輕黜近代，實世儒之見錮之也。

又 蘇氏曰：《大誥》、《康誥》、《酒誥》、《梓材》、《召誥》、《洛誥》、《多士》、《多方》八篇，雖所誥不一，然大略以殷人不服周而作也。"愚謂，《大誥》等六篇各有所指，惟《多士》、《多方》則詳誥庶殷，使之思商、周之興敗，而殄絶其叛亂之萌也。……蘇氏又曰："予乃今知湯以下七王之德深矣……莫能御也。"愚竊以爲不然。夫天下初定，法令未孚，而紂素所崇信淵藪之姦宄醜類，往往錯處于民間，故紛紛而慮亂，借借而思變，皆紂之餘黨爲之，非天下之人思商而叛周也。後儒又爲之説曰："周之頑民，殷之忠臣。"愈益過矣。

惟五月丁亥，王來自奄。至于宗周，周公曰：王若曰：猷告爾四國多方，惟爾殷侯尹民②，

周公以王命告諸侯及凡尹民者。

我惟大降爾命，爾罔不知。

大降爾命，謂誅三監，黜殷時也。

洪惟圖天之命，弗永寅念于祀。

圖天之命，猶曰徼福于天。小人之求福者，必以祭祀，念汝殷人。大惟徼福于天，而不念敬祀，是求非望也。

惟帝降格于夏，有夏誕厥逸，不肯慼言于民。

帝非不降格于夏，而夏乃大厥逸，无憂民之言。雖無憂民之心，而有其言，民猶不怨，天猶赦之，猶賢于初無言者。棄民之深也。

乃大淫昏，不克終日，勸于帝之迪。

桀未嘗肯以一日之力，勉行順天之道。

---

① "大誥"至"去也"，全段爲蔡沈《書集傳》引，"泰誓"下缺"牧誓"，"所告不"之"告"作"誥"，"能禁"作"能御"，"美玉"下無"也"字，"光武"下無"之"字，"則殷之復興也必矣"作"則亦殆矣"。

② 民：《經解》本作"氏"。

乃爾攸聞。厥圖帝之命，不克開于民之麗。

　　麗，著也。奠民之居，王政之本。民不土著，雖堯舜不能使无亂。桀之所以徼福于天者，皆非其道，未嘗開衣食之源，以定民居也。

乃大降罰，崇亂有夏，因甲于內亂。

　　甲，始也。亂自內起。

不克靈承于旅，罔丕惟進之恭，洪舒于民。

　　古者謂大祭祀曰旅。言不能承祀天地鬼神①，又不知進德之恭，而大慢于民也。

亦惟有夏之民叨懫，日欽劓割夏邑。

　　叨，貪也。懫，忿也。尊用此人，使劓割夏邑。

天惟時求民主，乃大降顯休命于成湯，刑殄有夏。惟天不畀純，

　　不與桀者，亦大矣。

乃惟以爾多方之義民，不克永于多享。

　　義民，正人也。桀所害者皆正人，天以此故，不可使桀永年而多享也。

惟夏之恭多士，大不克明保享于民。

　　桀之所尊用者，皆不能知保享于民之道也。

乃胥惟虐于民，至于百爲，大不克開。

　　開，明也。

乃惟成湯，克以爾多方，簡代夏作民主。

　　簡，至也。

慎厥麗乃勸，厥民刑用勸。以至于帝乙，罔不明德慎罰，亦克用勸。要囚，殄戮多罪，亦克用勸。開釋無辜，亦克用勸。

　　自湯以來，皆謹土著之政，民既奠居，則刑罰可以勸，而況于賞乎。

今至于爾辟，弗克以爾多方，享天之命。嗚呼！王若曰：誥告爾多方，非天庸釋有夏，非天庸釋有殷，乃惟爾辟，以爾多方，大淫圖天之命，屑有辭。

　　屑，輕也。紂責命于天，輕出怨天之辭。

乃惟有夏圖厥政，不集于享，天降時喪，有邦間之。

　　夏政不享于天，則其諸侯間而取之，亦如今殷之爲周取也。

乃惟爾商後王，逸厥逸，圖厥政，不蠲烝，天惟降時喪。

　　蠲，潔也。烝，升也。其升聞于天者，不潔也。

惟聖罔念作狂，惟狂克念作聖。

　　世未嘗有自狂作聖、自聖作狂之人，而有自聖作狂、自狂作聖之道，在念不念之間耳。

---

① 祀：《經解》本作"事"。

【附録】

蘇軾《尚書解·惟聖罔念作狂惟狂克念作聖》（《蘇軾文集》卷六）　毫末之木，有合抱之資，濫觴之水，有滔天之勢，不可謂无是理也。理固有是，而物未必然。此衆人之所以不信也。子思有言："君子之道，始于夫婦之所能，其至也，雖聖人有不能。"故孟子曰："人皆可以爲堯舜。"人之能爲堯舜，歷千載而无有，故孟子之言，世未必信也。衆人以迹求之，故未必信；君子以理推之，故知其有必然者矣。孔子曰："惟上智與下愚不移。"而《書》曰："惟聖罔念作狂，惟狂克念作聖。"此二言者，古今所不能一，而學者之所深疑也。請試論之。濫觴可以滔天，東海可以桑田，理有或然者。此狂聖念否之説也。江湖不可以徒涉，尺水不可以舟行，事有必然者。此愚智必然之辨也。夫言各有當也，達者不以失一害一，此之謂也。太甲既立，不明，伊尹放之。使太甲粗可以不亂者，伊尹不廢也。至于廢，則其狂也審矣。然卒于爲商宗。周公曰："兹四人迪哲。"蓋太甲與文王均焉。明皇開元之治，至于刑措，與夫三代何遠？林甫之專，禄山之亂，民在塗炭，豈特狂者而已哉？由此觀之，聖狂之相去，殆不容髮矣。

天惟五年，須暇之子孫，誕作民主，罔可念聽。

　　須，待也。暇，閒也。武王服喪三年，還師二年，天佑殷之子孫，以此五年暇以待之。夫聖狂之閒，如反覆手，而況五年之久，足以悔禍復天命矣。紂惟曰：我，民主也，其若我何？其言无可念聽者。

天惟求爾多方，大動以威，開厥顧天，惟爾多方，罔堪顧之。惟我周王，靈承于旅，克堪用德，惟典神天。天惟式教我用休，簡畀殷命，尹爾多方。

今我曷敢多誥？我惟大降爾四國民命。爾曷不忱裕之于爾多方？爾曷不夾介乂我周王，享天之命？

　　夾，輔也。介，助也。

今爾尚宅爾宅，畋爾田。爾曷不惠王熙天之命？爾乃迪屢不静，爾心未愛。

　　道爾而數不静者，以爾心未仁也。

爾乃不大宅天命，爾乃屑播天命。

　　輕棄天命也。

爾乃自作不典，圖忱于正。我惟時其教告之，我惟時其戰要囚之。

　　我欲汝信于正，故教告之，不改則戰恐要囚之。

至于再，至于三。乃有不用我降爾命，我乃其大罰殛之。非我有周秉德不康寧，乃惟爾自速辜。王曰：嗚呼！猷告爾有方多士，暨殷多士。今爾奔走臣我監五祀。

　　汝奔走事我，我監視汝所爲，五年于此矣。

越惟有胥伯小大多正①，爾罔不克臬。

---

① 小大：《經解》本、《四庫》本作"大小"，誤倒。《十三經注疏》本經文亦作"小大"。

伯，長也。汝自有相君、相長者，至于小大衆正之人，皆汝所能作止也。
自作不和，爾惟和哉！爾室不睦，爾惟和哉！爾邑克明，爾惟克勤乃事。
　　家不和則邑不明，雖勤于事，无益也。
爾尚不忌于凶德，亦則以穆穆在乃位，
　　服凶人，莫如和敬。
克閲于乃邑謀介。
　　簡邑人以自介副。
爾乃自時洛邑，尚永力畋爾田。天惟畀矜爾，我有周惟其大介賚爾。
　　介，助也。
迪簡在王庭，尚爾事，有服在大僚。王曰：嗚呼！多士，爾不克勸忱我命，爾亦則惟不克享，凡民惟曰不享。
　　爾不我享，民亦不爾敬矣。
爾乃惟逸惟頗，大遠王命。
　　迪簡之命也。
則惟爾多方，探天之威，我則致天之罰，離逖爾土。
　　將遠徙之。
王曰：我不惟多誥，我惟祗告爾命。又曰：時惟爾初，不克敬于和，則無我怨。
　　今既戒汝以和敬，汝不能用，則他日又舉今言以告汝，无怨也。

東坡書傳卷十六

周　書

立政第二十一

周公作《立政》。

周公若曰：拜手稽首，告嗣天子王矣。用咸戒于王曰：王左右常伯、常任、準人，綴衣、虎賁。周公曰：嗚呼！休茲，知恤鮮哉！

  周公率群臣，進戒于王，贊曰：群臣皆再拜稽首，告天子：今王矣，不可以幼冲自待。則進戒曰：王左右有牧民之長，曰常伯；有任事之公卿，曰常任；有守法之有司，曰準人。此三事之外，則有掌服器者，曰綴衣；執射御者，曰虎賁。此褻御也。周公則戒之曰：非獨三事者當擇人，此褻御者亦當擇人也。能知憂此者，美哉鮮矣！

【附錄】

林之奇《全解》　先儒以"拜手稽首，告嗣天子王矣"，爲周公告王之言；"咸戒于王"，爲周公盡以告王。王氏之言亦然。其說于經意无相聯屬，不如蘇氏，曰："周公率群臣進戒于王，贊之曰：群臣皆再拜稽首，告天子：今王矣，不可以幼冲自待。"

夏僎《詳解》　常伯、常任、準人，諸家說不同。先儒以伯訓長，謂常所長事，乃三公；常任謂常所委任，乃六卿；準人，平法之臣，乃獄吏。王氏則以常伯爲庶官之長在位者也；常任，爲任事之臣在職者也；準人，非伯非任，吾所取法者。然不如蘇氏謂"牧民之長曰常伯，任事之公卿曰常任，守法之有司曰準人"。

陳櫟《纂疏》　孔氏、蘇氏分三公、六卿、有司，但宜以分配三宅，而皆爲大臣。若謂三公，則公論道，他事不當及之。若謂六卿，則準人豈非司寇，又豈六卿外，他有平法之準人乎？要之，三宅不過王左右大臣之別名。呂說得之："常任即宅事，所職必廣，凡任事之大臣也；常伯即宅牧，主牧養之大臣也；準人即宅準，主平法之大臣也。"何公卿、有司之分哉！

古之人迪惟有夏，乃有室大競，籲俊尊上帝。

  夏后氏之世，王室所以大強者，以求賢爲事天之實也。

迪知忱恂于九德之行，乃敢告教厥后曰：拜手稽首，后矣。曰：宅乃事，

宅乃牧，宅乃準。兹惟后矣。

事則向所謂常任也，牧則向所謂常伯也，準則向所謂準人也。一篇之中，所論宅俊者，參差不齊，然大要不出是三者，其餘則皆小臣百執事也①。古今學者，解三宅三俊多不同，惟專以經訓經，庶得其正。《書》曰"迪知忱恂于九德之行"，是九德爲三俊也。皋陶之九德，則箕子三德之詳者也。併三爲一，則九德爲三俊明矣。《書》曰："宅乃事，宅乃牧，宅乃準。"是事也，牧也，準也，爲三宅，所以宅三俊也。《書》曰："流宥五刑，五流有宅，五宅三居。"又曰："兹乃三宅無義民②。"此三宅，所以宅五流也。人之有疾也，食而不藥不可，藥而不食亦不可，三宅、三俊，如藥食之交相養，而不知食之養藥耶？藥之養食耶？所以宅三俊，及所以宅五流者，皆曰三宅。如此，而後經之言可通也。

【附録】

林之奇《全解》 蘇氏雖從先儒，以三宅爲三居，又曰："事也，牧也，準也，爲三宅，所以宅三俊。"是又以此三宅、三俊分爲二也。其言曰："'迪知忱恂于九德之行'，是九德爲三俊也。皋陶之九德，則箕子三德之詳者也。併三爲一，則九德爲三俊明矣。"此又蹈先儒之失。蓋三宅當從先儒，而三俊當從王氏。

陳大猷《或問》卷上 或問："三宅之說，何紛紛也？"曰：蘇氏以爲乃事、乃牧、乃準，一篇之中，所謂三宅者，參差不齊，然大要不出是三者。此言極當。但蘇説事、牧、準，則未安也。曰：首章王左右常伯、常任、準人，諸說不同，何如？曰：孔說大概得矣，但以準人爲士官，則是士師之屬，恐非。在王左右，亦非職之尊者也。曰："蘇說如何？"曰：蘇既以常任爲公卿，然公卿之上，王之左右，豈復有所謂牧民之長乎？曰："林、夏釋蘇說曰：州各有伯，伯即州牧也。當時芮伯、彤伯皆以公卿兼牧，是常伯亦王左右也。"曰：芮伯、彤伯誠爲州伯矣，然既入爲王朝之六卿，則所職者卿之事，經中初無兼領州伯之據。其爲東、西二伯者，乃召公、畢公，而非芮伯、彤伯也。安得因一"伯"字，遂轉以爲常伯乎？至於以準人爲守法之有司亦未穩，夫守法有司，職之微者也，安得稱三宅？又安得在王左右乎？

謀面，用丕訓德，則乃宅人，兹乃三宅無義民。

謀面，謀其耳目所及者。言自近及遠，皆大訓我德，則可以宅三俊之人。既宅三俊，然後可以宅五流，凡民之無義而有罪者。

【附録】

林之奇《全解》 王氏曰："三宅，謂有常任、常伯、準人之位者；三俊，謂有常任、常伯、準人之才者。"此說比諸家爲優。而蘇氏亦云："此三宅，所以宅三俊。"蓋經之本義。如此言，蘇氏雖以三宅爲所以宅三俊，而其于"三宅無義民"，

---

① "事則"至"事也"，蔡沈《書集傳》全引此節。
② 無：原本作"爲"。《經解》本、《四庫》本作"無"。下文經文正作"兹乃三宅無義民"，據《經解》本、《四庫》本改。

则又以爲"五宅三居"之"宅",是以此篇之"三宅"分爲二説。而其説則以謂:"人之有疾也,食而不藥則不可,藥而不食亦不可。三宅三俊如藥食之交相養,所以宅三俊及所以宅五流者,皆曰三宅。"此説迂曲甚矣。

桀德惟乃弗作往任,是惟暴德,罔後。

《書》曰"肆往姦宄",是古者謂"流"爲"往"也。桀之所往者,无罪之人;所任者,皆小人殘民者也。所往所任,皆出于暴德,是以无後。

【附録】

陳櫟《纂疏》 "三宅无義民",此三宅即宅事、宅牧、宅準之宅。孔氏、蘇氏以爲居无義之民,猶《舜典》之五宅三居。吕氏以"三宅无義民"一句接下句"桀德惟乃弗作往任",謂當桀之時,居三宅者曾无義民。二説孰長? 先生曰:"吕説是。"

亦越成湯陟,丕釐上帝之耿命,乃用三有宅,克即宅;曰三有俊,克即俊。嚴惟丕式,克用三宅三俊。其在商邑,用協于厥邑;其在四方,用丕式見德。

耿,光也。成湯既以升聞大治上帝之命,則以三宅去凶人。凶人各即其宅,然後宅俊其所謂俊者,皆真有德者也,故曰"三有俊,克即俊"。殷人去凶而後用賢,夏后氏用賢而後去凶,各從當時之宜。要之,二者相資而成也。《禮》曰:"夏后氏先禄而後威,先賞而後罰;殷人先罰而後賞。"蓋緣《立政》之文而立此言。不知聖人之賞罰應物而作,无所先後也。湯惟嚴敬用宅俊,故能内協商邑,外以顯德于四方也。

嗚呼!其在受德暋,惟羞刑暴德之人,同于厥邦。乃惟庶習逸德之人,同于厥政。帝欽罰之,乃伻我有夏,式商受命,奄甸萬姓。

甸,治也。帝欽我而伐紂①,使我有諸夏,法湯受命而治萬姓也。

亦越文王、武王,克知三有宅心,灼見三有俊心,以敬事上帝,立民長伯。

君子、小人,各知其本心,去凶進賢,各得其實。

立政:任人、準夫、牧,作三事。

任人,常任也。準夫,準人也。牧,常伯也。此三事,皆大臣也。

虎賁綴衣,趣馬小尹。

自此以下皆小臣,或其遠外者。趣馬,掌馬也。小尹,小官之長也。

左右攜僕。

執持器物者。

百司庶府,

府庫,藏吏也。

大都小伯、

---

① 伐:原本作"罰",據《經解》本、《四庫》本改。

大都之伯，在牧人中矣，此其小伯也。

藝人、

執技以事上者。

表臣百司，

表，外也。有兩百司，此其外者也。

太史、尹伯、庶常吉士，

太史，下大夫，掌六典之貳。尹伯、庶常吉士，皆當時小官。

司徒、司馬、司空、亞旅，

六卿獨數其三，不及冢宰、宗伯、司寇者，周公以師兼冢宰。周公謂蘇忿生爲蘇公，是蘇公以公兼司寇也，而宗伯則召公兼之歟？亞其貳也，旅其士也，卿在常任中矣①。此言其亞旅而已。

【附錄】

林之奇《全解》　蘇氏又曰："六卿獨數其三……召公兼之歟？"其說之鑿，又甚于先儒，今所不取。

夷微、盧烝，三亳阪尹。

蠻夷之民，微盧之衆，及三亳阪險之地，皆有尹正。湯始都亳，其後屢遷，所遷之地，皆有亳名，故曰亳。或曰蒙爲北亳，穀熟爲南亳，偃師爲西亳。歷數此者，欲得其人也。

文王惟克厥宅心，

能知君子小人之心。

乃克立茲常事司牧人，以克俊有德。

常任、常伯，必以德選。不言準人者，容以才進也。

文王罔攸兼于庶言、庶獄、庶慎，惟有司之牧夫是訓用違。庶獄、庶慎，文王罔敢知于茲。

文王不識不知，順帝之則，其所知者，三宅三俊，去凶用賢之事而已。至于庶言，有司所下教令也；庶獄，獄訟也；庶慎，國之禁戒儲備也。文王皆不敢下侵有司之事，惟使有司牧夫訓治用命及違命者而已。

亦越武王，率惟敉功，不敢替厥義德，率惟謀從容德，以並受此丕丕基。

武王但撫存文王之功，不改其義德，而從其有容之德也。

嗚呼！孺子王矣，繼自今，我其立政、立事、準人、牧夫，我其克灼知厥若，丕乃俾亂。

其心如其言，是謂若。

相我受民，

----

①　常：凌本作"當"。

助我所受民。

和我庶獄、庶慎，時則勿有間之。
　　既灼知其心而後用，既用則勿以流言讒間之。

自一話一言，我則末惟成德之彥，以乂我受民。
　　道隱于小成，言隱于榮華。一話一言，聞斯行之，則不勝其弊。以其不勝弊而舉棄之，則所喪亦多矣。必受而繹之，末惟成德之彥，則不可以小道小言眩也。故一話一言，終必付之而後可。

【附錄】
朱鶴齡《埤傳》　　《蘇傳》："道隱于小成，言隱于榮華（原注：二句出《莊子》）。輕任人言，不勝其弊；以其不勝弊而舉棄之，所喪必多矣。'惟成德之彥'，不可以小道小言眩也。故一話一言，終必付之而後可。"此亦一說。

嗚呼！予旦已受人之徽言，咸告孺子王矣。
　　我受美言於人，不敢自有，而獻之于王也。

繼自今，文子文孫，其勿誤于庶獄、庶慎，惟正是乂之。
　　心有邪正，事有是非，正心而求其理，未有不得也。

自古商人，亦越我周文王，立政、立事、牧夫、準人，則克宅之，克由繹之，茲乃俾乂。
　　人有臨事而失其常，不如所期者，故已宅則復繹之者，紬繹其所已行之事也。

國則罔有立政，用憸人，不訓于德，是罔顯在厥世。繼自今立政，其勿以憸人，其惟吉士，用勱相我國家。
　　勱，勉也。何謂憸人？賈誼賦曰："鳳皇翔于千仞兮，覽德輝而下之。見世德之憸微兮，遙增擊而去之。"是之謂憸人。

今文子文孫，孺子王矣，其勿誤于庶獄，惟有司之牧夫。
　　夫周公尤以獄為憂，故此篇之終，特以囑司寇蘇公也。

其克詰爾戎兵，以陟禹之迹。方行天下，至于海表，罔有不服。
　　罔有不服，則兵初不用也。然不可以不用，而不以時詰治之。

以覲文王之耿光，以揚武王之大烈。嗚呼！繼自今後，王立政，其惟克用常人。
　　人之才德長于此者，天下之所共推而不可易也。是之謂常人。如廷尉用張釋之、于定國，吏部尚書用山濤，度支用劉晏，此非常人乎！

周公若曰：太史，司寇蘇公，式敬爾由獄，以長我王國。茲式有慎，以列用中罰。
　　《春秋傳》曰："昔武王克商，使諸侯撫封，蘇忿生以溫為司寇。"此言其能敬用獄，以長王國，是為三公也。列者，前後相比，猶今之言例也。以舊事為比，而用其輕重之中者也。呼太史而告之者，欲書之于史，以為後世法也。

周官第二十二

成王既黜殷命，滅淮夷，還歸在豐①，作《周官》。
　　殷未黜，淮夷未滅，則成王有所不暇。

惟周王撫萬邦，巡侯甸，四征弗庭，綏厥兆民。六服群辟，罔不承德。歸于宗周，董正治官。
　　《書》曰：侯、甸、男邦、采、衛，此周五服之名也。《禹貢》五服，通畿內；周五服，在王畿千里之外，并畿內爲六服。董，督也。治官，治事之官也。
　　【附錄】
　　林之奇《全解》　夫禹之畿內謂之甸服，故可以服言之。周之王畿在九服之外，不名曰服，安得謂之六服乎？

王曰：若昔大猷，制治于未亂，保邦于未危。曰：唐、虞稽古，建官惟百。內有百揆、四岳，外有州牧、侯伯，庶政惟和，萬國咸寧。夏、商官倍，亦克用乂。
　　唐、虞官百而天下治，夏、商曷爲倍之？德衰而政卑也。堯、舜官天下，无患失之憂，故任人而不任法。人得自盡也，故法簡，官少而事省。夏、商家天下，惟恐失之，不敢以付人，人與法相持而行，故法煩，官多而事冗。後世德愈衰，政愈卑，人愈不信，而一付之法、吏，不敢任事，相倚以苟免，故法愈亂，官愈多而事不舉。人主知此，則治矣②。
　　【附錄】
　　蘇軾《尚書解·唐虞稽古建官惟百夏商官倍亦克用乂》（《蘇軾文集》卷六）　天下之事，古略而今詳；天下之官，古寡而今衆。聖人非有意於其間，勢則然也。火化之始，燔黍捭豚以爲靡矣。至周而醴醯之屬至百二十瓮。棟宇之始，茅茨采椽以爲泰矣。至周九尺之室，山節藻梲。聖人隨世而爲之節文，豈得已哉。《周書》曰："唐、虞稽古，建官惟百，夏、商官倍，亦克用乂。"聖人不以官之衆寡論治亂者，以爲治亂在德，而不在官之衆寡也。《禮》曰："夏后氏官五十，商二百，周三百。"與《周官》異，學者蓋不取焉。夫唐、虞建官百，簡之至也。夏后氏安能減半而辦，此理之必不然也。孔安國曰："禹、湯建官二百，不及唐、虞之清要。"榮古而陋今，學者之病也。自夏、商觀之，則以官百爲清要。自唐、虞而上云、鳥紀官之世而觀之，則官百爲陋矣。夫豈然哉？愚聞之叔向曰："昔先王議事以制，不爲刑辟。"故子產鑄《刑書》，而叔向非之。夫子產之《刑書》，末世之

---

① 在：原本無，據《經解》本、《四庫》本、《十三經注疏》本經文補。
② 治：原本校曰"一作幾"。《經解》本、《四庫》本同。

先務也。然且得罪于叔向。是以知先王之法亦簡矣。先王任人而不任法，勞于擇人而佚于任使，故法可以簡。法可以簡，故官可以省，古人有言：省官不如省事，省事不如清心。至矣！

明王立政，不惟其官，惟其人。

明王觀唐、虞、夏、商之政，而知爲國不在官多，而在得人，故官不必備也。

今予小子，祗勤于德，夙夜不逮，仰惟前代時若，訓迪厥官。立太師、太傅、太保，茲惟三公。論道經邦，燮理陰陽。

師、傅、保，皆論道。國以道爲經，以政事緯之，與刑无相奪倫，而陰陽和。

官不必備，惟其人。少師、少傅、少保，曰三孤。貳公弘化，寅亮天地，弼予一人。

孤，特也。此雖三公之貳，而非其屬官，故曰"孤"以重之。

冢宰掌邦治，統百官，均四海。

政教禮刑，无所不掌，謂之邦治，而百官總己以聽焉。故冢宰爲天官，必三公兼之，餘卿或兼或特命。

司徒掌邦教，敷五典，擾兆民。

司徒之職，如地之生物，富而能教之，故爲地官。擾，馴也。

宗伯掌邦禮，治神人，和上下。司馬掌邦政，統六師，平邦國。

王者以禮樂治天下，政所從出，本于禮而成于政。和如天之春，萬物生焉，而盛于夏。故宗伯爲春官，司馬爲夏官。

司寇掌邦禁，詰姦慝，刑暴亂。

如秋之肅殺萬物，故司寇爲秋官。

司空掌邦土，居四民，時地利。

民各有居室，如冬之蓋藏，故司空爲冬官。

六卿分職，各率其屬，以倡九牧，

九州之牧也。

阜成兆民。六年，五服一朝。

一朝，畢朝也。朝以遠近爲疏數，六年而遍五服畢朝也。

又六年，王乃時巡，考制度于四岳，諸侯各朝于方岳，大明黜陟。

夏、商以來，人主奉養日侈，供衛日廣，亦不能數巡守，故以五載爲十二年也。

王曰：嗚呼！凡我有官君子，欽乃攸司，慎乃出令。令出惟行，弗惟反。

令出不善，知而改之，猶賢于不反也。然數出數改，則民不復信上，雖有善令，不行矣。故教以善令，非教其遂非也。

以公滅私，民其允懷。學古入官，議事以制，政乃不迷。

《春秋傳》曰：鄭子產鑄刑書，晉叔向譏之，曰"昔先王議事以制，不爲刑辟"。其言蓋取諸此也。先王人法並任，而任人爲多，故律設大法而已。其輕重之詳，則付之人，臨事而議，以制其出入，故刑簡而政清。自唐以前治罪科條，止于今律令而已。人之所犯，日變无窮，而律令有限；以有限治无窮，不聞其有所闕。豈非人法兼行，吏猶得臨事而議乎？今律令之外，科條數萬，而不足于用，有司請立新法者日益而不已。嗚呼！任法之弊，一至于此哉①！

【附録】

林之奇《全解》 蘇氏曰："左氏曰……故刑簡而政清。"此言盡之矣。

其爾典常作之師，无以利口亂厥官，

> 小人不利于用常法，常以利口亂政。

蓄疑敗謀，

> 人主聞讒言，不即辨而藏之中，曰蓄疑。敗謀害政，无大于此者。

怠忽荒政，不學墻面，莅事惟煩。戒爾卿士，功崇惟志，

> 未有志卑而功崇者。

業廣惟勤，惟克果斷，乃罔後艱。

> 媮于初，必艱于終。

位不期驕，禄不期侈，恭儉惟德，无載爾僞。

> 孟子曰："恭儉，豈可以聲音笑貌爲哉！"

作德，心逸日休；作僞，心勞日拙。居寵思危，罔不惟畏。弗畏入畏，推賢讓能，庶官乃和，不和政厖②。

> 士无賢不肖，入朝見嫉。自有君臣以來病之矣。惟讓爲能和，是以貴之。

舉能其官，惟爾之能。稱匪其人，惟爾不任。王曰：嗚呼！三事，

> 三公也。

暨大夫，敬爾有官，亂爾有政，以佑乃辟。永康兆民，萬邦惟无斁。

成王既伐東夷，肅慎來賀，

> 東夷，淮夷也，在周之東。肅慎，東北遠夷也。

【附録】

朱鶴齡《埤傳》 《蘇傳》"東夷，即淮夷也，在周之東"，愚謂子瞻説是也。漢孔氏以東夷爲海東諸夷，大非。三代之時，豈有勞師越海，遠征外夷者哉！

王俾榮伯，作《賄肅慎之命》。

> 《國語》曰："文王諏于蔡原，訪于辛尹，重之以周、召、畢、榮。"豈此榮伯也與？

---

① "鄭子"至"此哉"，蔡沈《書集傳》全段引録，"諸此"下缺"也"字。
② 厖：原本、《四庫》本作"龐"，誤。據《經解》本、《十三經注疏》本經文改。

周公在豐,將殁,欲葬成周。公薨,成王葬于畢,告周公,作《亳姑》。

畢有文、武墓,葬公于畢,示不敢臣也。亳姑,蒲姑也。周公告召公,作《將蒲姑》。至此,并告已遷歟? 二篇亡。

君陳第二十三

周公既殁,命君陳分正東郊成周,作《君陳》。

君陳命于周公之後,畢公之前,必周之老臣也。鄭玄以爲周公子,非也。畢公,成王之父師,弼亮四世,豈以周公之子先之? 周公遷殷頑民于洛,不必遷舊人以宅新民也。洛人在内,殷人在郊,理必然也。分正者,《畢命》所謂"旌別淑慝,表厥宅里","殊厥井疆,俾克畏慕"也。

王若曰:君陳,惟爾令德孝恭,惟孝,友于兄弟,克施有政。命汝尹兹東郊,敬哉! 昔周公師保萬民,民懷其德。往慎乃司,兹率厥常,懋昭周公之訓,惟民其乂。我聞曰:至治馨香,感于神明。黍稷非馨,明德惟馨。

物之精華,發越于外者,爲聲色臭味,是妙物也。故足以移人,亦足以感鬼神。聖人以至治明德,比于馨香,有以也。夫荀悦有言:君子以情用,小人以形用。榮辱者,賞罰之精華,故禮教榮辱以加君子,化其情也;桎梏鞭朴以加小人,化其形也。君子不犯辱,況于刑乎? 小人不忌刑,況于辱乎? 若教化之廢,推中人而墜于小人之域;教化之行,引小人而納于君子之塗。此之謂也。

爾尚式時周公之猷訓,惟日孜孜,无敢逸豫。凡人未見聖,若不克見。既見聖,亦不克由聖。爾其戒哉! 爾惟風,下民惟草。

豈獨聖也? 凡有求而未得也,无所容其愛;既得則愛衰,此人之情也。爲人君者,不能顯諸仁,藏諸用,凡所以治民之具,畢用而常陳,則民狎而玩之矣。故教之曰爾惟風①,下民惟草,德復有妙于風者乎!

【附録】

林之奇《全解》 蘇東坡嘗曰:"天地之化育,有可以指而言者,有不可求而得者。日,皆知其所以爲暖;雨,皆知其所以爲潤;雷電,皆知其所以爲震;雪霜,皆知其所以爲殺。至于風,悠然布于天地之間,來不知其所自出,去不知其所入,故曰天地之化育,有不可求而得者。"(按,引文見軾《御試重巽以申命論》)蓋風之于物,鼓舞摇蕩,而不知其所以然,君子之化民似之。至于草,則其勢柔弱,惟風是從,民之于上亦如之。

圖厥政,莫或不艱,有廢有興,出入自爾師虞,庶言同則繹。

---

① 曰爾:原本無,朱鶴齡《埤傳》所引蘇傳有"曰爾"。按,有此二字語意方完,且與經文相應,今據補。

有所興廢出納，皆咨于衆以度之，衆言同則繹之。孔子曰："巽語之言，能无悅乎？繹之爲貴。"

【附録】

蘇軾《尚書解·庶言同則繹》（《蘇軾文集》卷六）　《書》曰："出入自爾師虞，庶言同則繹。"虞之爲言度也，出納之際，庶言之所在也，必得我師焉。夫言有同異，則聽者有所考：言其利也，必有爲利之道；言其害也，必有致害之理。反復論辯廷議，而衆決之：長者必伸，短者必屈焉；真者必遂，僞者必窒焉。故邪正之相攻，是非之相稽，非君子之所患。君子之所患者，庶言同而已。考同者莫若繹，古者謂紬繹，紬絲者必求其端，究其所終。《太甲》曰："有言逆于汝心，必求諸道。有言遜于汝志，必求諸非道。"《君陳》之所謂繹者，《太甲》之所謂求也。孫寶有言："周公大聖，召公大賢，猶不相説，著于經典，兩不相損。"晉王導輔政，每與客言，舉坐稱善。而王述責之曰："人非堯舜，安得每事盡善。"導亦斂衽謝之。古之君子，其畏同也如此。同而不繹，其患有不可勝言者矣。

爾有嘉謀嘉猷，則入告爾后于内，爾乃順之于外，曰：斯謀斯猷，惟我后之德。嗚呼！臣人咸若時，惟良顯哉！

　　臣謀之而君能行，此真君之德也。豈待其順之于外云爾也哉？成王之言此者，非貪臣之功，實欲歸功于臣，以來衆言也。

王曰：君陳，爾惟弘周公丕訓，无依勢作威，无倚法以削，寬而有制，從容以和，殷民在辟，予曰辟，爾惟勿辟；予曰宥，爾惟勿宥，惟厥中。有弗若于汝政，弗化于汝訓，辟以止辟，乃辟。

　　辟而不能止辟者，勿辟也。

狃于姦宄，敗常亂俗，三細不宥。

　　狃，習也。常者，國之舊法。俗者，民之所安。而敗亂之，害政之尤，故此三者，所犯雖小，亦不可宥也。

爾无忿疾于頑，无求備于一夫，必有忍，其乃有濟。有容，德乃大。

　　有殘忍之忍，有容忍之忍。《春秋傳》曰"州吁阻兵而安忍"，此殘忍之忍。孔子曰"小不忍則亂大謀"，此容忍之忍也。古今語皆然，不可亂也。成王指言三細不宥，則其餘皆當宥之。曰"必有忍其乃有濟"者，正孔子所戒"小不忍則亂大謀"者也。而近世學者，乃謂"當斷不可以不忍，忍所以爲義"，是成王教君陳果于刑殺，以殘忍爲義也。夫不忍人之心，人之本心也，故古者以不忍勸人。以容忍勸人也則有之矣，未有以殘忍勸人者也。不仁之禍至六經而止，今乃析言誣經以助發之，予不可以不論。

【附録】

林之奇《全解》　蘇氏曰："有殘忍之忍，有容忍之忍。近世學者，乃謂'當斷不可以不忍，忍所以爲義'，是成王教君陳果于刑殺，以殘忍爲義也。夫不忍人之心，人之本心也，故古者以不忍勸人，以容忍勸人則有之矣，未有以殘忍勸人者也。"此蓋指王氏以爲言。如以忍爲義,此申、韓之言,豈六經之訓哉!

簡厥修,亦簡其或不修;進厥良,以率其或不良。惟民生厚,因物有遷,違上所命,從厥攸好。爾克敬典,在德,時乃罔不變,允升于大猷。惟予一人,膺受多福,其爾之休,終有辭于永世。

東坡書傳卷十七

周　書

顧命第二十四

成王將崩，命召公、畢公①，率諸侯相康王，作《顧命》。
　　畢公高，周之同姓。

惟四月哉生魄，王不懌。
　　有疾不豫。
甲子，王乃洮頮水，
　　發大命，當齊戒沐浴。今有疾，不能洮，頮水而已。洮，盥也。頮，頮面也。
相被冕服，馮玉几。
　　相，相禮者，以袞冕服被王身也。大朝覲，設左右玉几。
乃同召太保奭、
　　召公爲保，兼冢宰。
芮伯、
　　司徒。
彤伯、
　　宗伯。
畢公、
　　畢公，三公，亦兼司馬。
衛侯、
　　《春秋傳》：康叔爲司寇。
毛公、
　　司空也。《史記》有毛叔鄭。五人皆姬姓，惟彤伯姒姓。
師氏、

---

① 召公、畢公：《經解》本乙作"畢公、召公"。

師氏，中大夫，居虎門之左。

虎臣，

  虎賁氏。

百尹御事，王曰：嗚呼！疾大漸，惟幾。

  漸，進也。幾，危也。

病日臻，既彌留，

  臻，至也。彌，甚也。疾甚將去，而少留也。

恐不獲誓言嗣，茲予審訓命汝。昔君文王、武王，宣重光，奠麗陳教則肄，肄不違，用克達殷，集大命。

  麗，土著也。文、武先定民居，乃教之，既教則集之。民既集、教、用命，乃能開達殷之喪否也。

【附錄】

  陳櫟《纂疏》 蘇氏曰："奠，定民所。麗，著，定民居也。"愚按，"奠麗"至"不違"，諸說皆不通。宜缺。

在後之侗，

  侗，愚也。揚雄曰："倥侗顓蒙。"

敬迓天威，嗣守文武大訓，无敢昏逾。今天降疾殆，弗興弗悟。爾尚明時朕言，用敬保元子釗，

  康王也。

弘濟于艱難，柔遠能邇，安勸小大庶邦。思夫人自亂于威儀，爾无以釗冒貢于非幾。

  恭敬可以濟大難，但世以威儀爲文飾而已，不知其爲濟難之具也。故曰：自亂于威儀，幾危也。非幾者，安也，惟安爲可畏，不可以冒進也。死生之際，聖賢之所甚重也。成王將崩之一日，被冕服以見百官，出經遠保世之言，其不死于燕安婦人之手明矣，其致刑措宜哉①！

茲既受命還，出綴衣于庭。

  綴衣，幄帳也。群臣既出設幄帳于中庭，王反路寢之室也。

越翼日乙丑，王崩。太保命仲桓、南宮毛，俾爰齊侯呂伋，

  伋，太公望子。爰，及也。《詩》曰："爰及姜女。"

以二干戈、虎賁百人，逆子釗于南門之外。

  成王之崩，子釗固在王所，今乃出之于路寢門外，而復逆之，蓋所以表異之也。

延入翼室，

  路寢旁左右翼室也。成王喪在路寢，故子釗廬于翼室。

---

① "死生"至"宜哉"，蔡沈《書集傳》全錄，"之手"下有"也"字，語氣較順暢。

【附録】

林之奇《全解》 翼室，先儒曰："明室路寢。"蓋以"翼"訓"明"，如"翼日"之"翼"。不如蘇氏，曰："路寢旁左右翼室也。成王喪在路寢，故子釗廬于翼室。"其說爲善。

恤宅宗。

　　爲憂居之主也。

丁卯，命作冊度。

　　以法度作冊也。

越七日癸酉，伯相命士須材。

　　自西伯入爲相，召公也。須材，以供喪用。

狄設黼扆、綴衣，

　　狄，下士。扆，屏風爲斧文也。

牖間南嚮，

　　戶牖間也。

敷重篾席，

　　桃竹枝席也。

黼純，

　　黼，黑白也。純，緣也。

華玉仍几。

　　華玉①，色玉也。仍，因也。《周禮》：吉事變几，凶事仍几，因生時所設色玉，左右几也。此見群臣、覲諸侯之坐也。

西序東嚮，

　　東西廂謂之序。

敷重厎席，

　　厎，蒻席也。

綴純，

　　綴雜采也。

文貝仍几。

　　以文貝飾几，此旦夕聽事之坐也。

東序西嚮，敷重豐席，

　　豐，莞席也。

畫純，

　　繪緣也。

---

① 玉：《經解》本作"王"，誤。

雕玉仍几。
>以刻玉飾几，此養國老、享群臣之坐也。

西夾南嚮，
>西廂夾堂。

敷重筍席，
>筍，竹席也。

玄紛純，
>紛，紺也。以玄紺爲緣。

漆仍几。
>此親屬私燕之坐也。故几席質儉，无貝玉之飾，將傳先王之顧命也。不知神之所在于此乎？于彼乎？故兼設平生之坐也。

越玉五重，
>及玉五重，謂弘璧、琬琰、大玉①、夷玉、天球也。

陳寶，
>謂赤刀以下衆寶。

赤刀、大訓、
>虞、夏、商之《書》。

弘璧、
>大璧也。

琬琰，在西序。大玉、夷玉、天球、河圖，
>八卦也。

在東序。胤之舞衣，
>胤國所爲舞者之衣。

大貝、鼖鼓，在西房。兌之戈，和之弓，
>兌、和，古之巧人。

垂之竹矢，
>垂，舜共工。

在東房。
>舞衣、鼖鼓、弓、竹矢，皆以古物寶之，如後世寶孔子履也。

大輅在賓階面，
>大輅，玉輅。

綴輅在阼階面，
>綴輅，金輅。

---

① 大玉：凌本作"大土"，誤。

先輅在左塾之前，
　　先輅，象輅。塾，夾門堂也。
次輅在右塾之前。
　　次輅，木輅也。革輅不陳。
二人雀弁，執惠，立于畢門之内。
　　雀弁，赤黑如雀頭色。惠，三隅矛。畢門，路寢門。
　　【附録】
　　夏僎《詳解》　惠，孔氏以爲三鋒矛，蘇氏以爲"惠狀斜刃，宜芟刈"，未知孰是。
四人綦弁，執戈上刃，夾兩階戺。
　　綦弁，青黑色。堂廉曰戺。
一人冕，執劉，立于東堂。
　　劉，鉞屬。
一人冕，執鉞，立于西堂。一人冕，執戣，立于東垂。一人冕，執瞿，立于西垂。
　　戣、瞿，皆戟屬。
一人冕，執鋭，立于側階。
　　鋭，當作"鈗"，《説文》曰："鈗，侍臣所執兵，從金，允聲。《書》曰'一人冕執鈗'，讀若鋭①。"冕，大夫服；弁，士服。
　　【附録】
　　袁文《甕牖閒評》卷一　蘇軾謂"鋭當作鈗"，是也。
王麻冕、黼裳，由賓階隮。
　　麻冕，三十升，麻爲冕，蓋衮冕也。衮冕之裳四章，此獨用黼者，以釋喪服吉，示變也。王方自外入受命，傳命者自阼階升，則王當從賓階也。
卿士、邦君，麻冕、蟻裳，入即位。
　　《禮》曰②："子張之喪，公明儀爲志焉，褚幕丹質，蟻結于四隅。殷士也。"鄭玄云："畫者之四角③，其文如蟻行往來相錯。"殷之蟻結，似今蛇文畫，豈蟻裳亦爲此文歟？君臣皆吉服，然皆有變。
太保、太史、太宗，皆麻冕、彤裳。
　　太宗，上宗，皆大宗伯也。彤，纁也，纁裳亦變也。
太保承介圭，上宗奉同、瑁，由阼階隮。
　　介圭，大圭，尺有二寸，王所守也。同，爵名。瑁，四寸，王所執以朝諸侯。傳

---

① 鋭：《經解》本作"鈗"，誤。
② 禮曰：朱鶴齡《埤傳》引作"禮記"。蘇傳所引見《禮記·檀弓上》。
③ 者：《經解》本作"褚"。

顧命，授圭瑁，當阼階升也。

太史秉書，由賓階隮，御王冊命。

書，冊也。王在西階上，故太史由此，以冊御王①。凡王所臨所服用，皆曰"御"②。

曰：皇后憑玉几，道揚末命，命汝嗣訓，臨君周邦，率循大卞，燮和天下，用答揚文、武之光訓。

成王顧命之言書之冊矣，此太史口陳者。卞，法也。

王再拜興，答曰：眇眇予末小子③，其能而亂四方，以敬忌天威？乃受同、瑁，王三宿，三祭，三咤。上宗曰饗。

太保實三爵于王，王受而置之曰宿。祭先曰祭。至齒而不飲曰咤，曰嚌，示飲而實不忍也。"上宗曰饗"，以嘏王也。

【附錄】

林之奇《全解》 蘇氏則以宿爲奠爵以祭，爲祭先；以咤爲至齒而不飲，即嚌也。蓋謂既實爵矣，則受而置之，乃以祭先，于是嚌之也。其意以下文曰"上宗曰饗"惟嚌之，則"上宗"乃贊王以饗其福也。觀太保之酢言祭嚌，即此祭與咤也。蘇氏似爲勝。

陳櫟《纂疏》 愚案，"咤"有兩說，孔氏以爲"奠爵"，蘇氏以爲"至齒不飲"，與"嚌"同義。初以咤從口，意蘇說是。及考字書，方知奼與咤同"陟駕反"，祭奠酒爵也。咤本"宅"字，傳寫訛耳。孔註音釋下云："《說文》作'宅'。"觀此，則咤訓奠爵，不可易也。若與嚌同義，則君咤臣嚌，于義何分？且與"飲福亦廢"之說不合矣。

王夫之《稗疏》 以"咤"爲"嚌"者，蘇氏之失也。

太保受同，降，盥以異同，

易爵而洗也。

秉璋以酢，

半珪曰璋，太保實此爵，以爲王酢己也。

授宗人同拜。

宗人，小宗伯。

王答拜，太保受同，祭，嚌。宅，授宗人同，拜。

宅，居其所也。

王答拜，太保降，收。

收，徹也。

---

① 王：淩本作"玉"，誤。
② "凡王"至"曰御"，蔡沈《書集傳》引錄。
③ 眇眇：《經解》本、《四庫》本作"耿耿。"

諸侯出廟門俟。

　　此路寢門也，而謂之廟，以正殯在焉。

康王之誥第二十五

康王既尸天子，遂誥諸侯，作《康王之誥》。

王出，在應門之內，

　　出畢門，立應門內之中庭，南面。

太保率西方諸侯①，入應門左；畢公率東方諸侯，入應門右。

　　二公爲二伯，各率其所領諸侯，隨其方爲位，皆北面。成王之疾久矣，豈西方、東方諸侯來問王疾者歟？

皆布乘黃朱。

　　陳四馬，黃②、朱鬣，

賓稱奉圭兼幣，

　　馬所以先圭幣。

【附錄】

林之奇《全解》　當從蘇氏之說，謂"馬所以先圭幣"，言諸侯之來朝，各以其土地所有之物以爲幣，而贄見于王，馬所以先圭幣也。《左傳》襄公十九年：公"賄荀偃束錦，加璧乘馬，先吳壽夢之鼎。"杜元凱曰："古之獻物，必有所先，今以璧馬爲鼎之先。"故蘇氏謂"馬所以先圭幣"也。

曰：一二臣衛，敢執壤奠。

　　贄土所出。

皆再拜稽首。王義嗣德，答拜。

　　王義諸侯，不忘先王之德，故答拜。

太保暨芮伯咸進，相揖。

　　冢宰、司徒與群臣進戒。

皆再拜稽首，曰：敢敬告天子，皇天改大邦殷之命，惟周文、武，誕受羑若，

　　文王出羑里之囚，天命自是始順。周公記之③，謂之羑若。猶管仲、鮑叔願齊桓公不忘在莒時也④。康王生而富貴，故于其初即位，告以文、武造邦之艱難，以憂患

① 太：《經解》本作"大"。
② 馬黃：《四庫》本"黃"、"馬"互倒。
③ 周公：《經解》本、《四庫》本作"周人"，夏僎所引亦作"周人"，於義爲長。
④ 桓公：《經解》本、淩本、《四庫》本作"威公"，蓋宋時刻者避宋欽宗趙桓諱改。

受命也。

【附録】

夏僎《詳解》 蘇氏則以"羑"爲羑里之羑。謂文王出羑里之囚，天命始順，周人記之，謂之羑若。康王初即位，故告以文、武艱難之事。"此解"羑"字極明。但"若"字謂周人記之，謂之"羑若"，恐未安，皆不若二孔平而安。

王夫之《稗疏》 羑若，蘇氏謂"文王出羑里，天命自是始順"。出羑里而天命順，乃云羑若，大不成語。且此兼言文、武，而囚于羑里，但文王之事，蘇氏之説，其穿鑿固不相入已。按《説文》："羑，進善也。"故周之圜土，殷人謂之羑里，言以懲警惡人，誘之以進于善。其字與"牖民孔易"之牖通，故羑里亦或作"牖里"。此云"誕受羑若"者，謂大受上天之命，羑進斯民于順道也。"羑若"言教，"克恤"言養；教及天下，故曰"誕受"；養在圻甸，故曰"西土"。文義自爾著明，何事牽附于羑里哉！

克恤西土。惟新陟王，

陟，升遐也。成王未有謚，故稱新陟王。

畢協賞罰，戡定厥功，用敷遺後人休。今王敬之哉！張皇六師，無壞我高祖寡命。王若曰：庶邦侯、甸、男、衛，惟予一人釗報誥。昔君文、武丕平富，不務咎，厎至齊信，用昭明于天下。

《詩》歌文王之德曰"陳錫哉周"①，言其布大利以賜天下，則天下相率而載周②。及其亡也，以榮夷公專利。今康王所謂"丕平富"者，豈非陳錫布利也歟？所謂"不務咎"者，豈非不專利以消怨咎也歟？即位而首言此，其與成王皆致刑措，宜也。

則亦有熊羆之士、不二心之臣，保乂王家。用端命于上帝，皇天用訓厥道，付畀四方。乃命建侯樹屏，在我後之人。今予一二伯父，尚胥暨顧，綏爾先公之臣，服于先王。

言諸臣忠于我，所以安汝先人事先王者，如盤庚告教之意也。

雖爾身在外，乃心罔不在王室，用奉恤厥若。

---

① 文王：原本作"文武"。《經解》本、《四庫》本作"文王"。朱鶴齡《埤傳》引蘇傳亦作"文王"，今據改。按，此處引"陳錫哉周"一句，見於《詩經·大雅·文王》："亹亹文王，令聞不已。陳錫哉周，侯文王孫子。文王孫子，本支百世。"據《毛序》，《文王》即歌頌"文王受命作周"。

② 載周：原本、《四庫》本作"戴周"，據《經解》本改。《詩經》本文作"哉周"，哉與載通，《毛傳》訓"哉，載也"，《左傳》昭公十年引此詩徑作"陳錫載周"。哉、載俱有始義，故《鄭箋》"哉，始也"。《孔疏》謂："文王受命，創爲天子，宜爲造始周國。"朱鶴齡《埤傳》引蘇傳即"依古注"作"相率而載周"。蘇轍《詩集傳》解釋本句曰："亹亹，勉也。哉，載也。侯，維也。文王維不專利，而布陳之以與人，人思載之，是以立于天下者，未有非其子孫也。"亦以載釋"哉"，可爲此"戴"字當作"載"字之佐證。

使我雖宅憂，而人无不順者。

无遺鞠子羞。

鞠子，稚子也。

群公既皆聽命，相揖趨出，王釋冕，反喪服。

成王崩未葬，君臣皆冕服，禮歟？曰：非禮也。謂之變禮可乎？曰：不可。禮變于不得已，嫂非溺，終不援也。三年之喪，既成服，釋之而即吉，无時而可者。曰：先王之命，不可以不傳，既傳，不可以喪服受也。曰：何爲其不可也？曰：以喪冠者，雖三年之喪可也；既冠于次，入哭，踊者三乃出。孔子曰："將冠子，未及期日，而有大功、齊衰之服，則因喪服而冠。"冠，吉禮也①，猶可以喪服行之，受顧命、見諸侯，獨不可以喪服乎？太保使太史奉冊，授王于次，諸侯入哭于路寢，而見王于次。王喪服受教戒諫，哭踊答拜。聖人復起，不易斯言也。始死方升②，孝子釋服離次，出居路門之外，受干戈、虎賁之逆，此何禮也？漢宣帝以庶人入立，故遣宗正太僕奉迎，以顯異之。康王，元子也，天下莫不知，何用此紛紛也？《春秋傳》曰：鄭子皮如晉，葬晉平公，將以幣行，子產曰："喪安用幣？"子皮固請以行。既葬，諸侯之大夫欲因見新君，叔向辭之曰："大夫之事畢矣，而又命孤，孤斬焉在衰絰之中，其以嘉服見，則喪禮未畢；其以喪服見，是重受弔也。大夫將若之何？"皆无辭以見③。今康王既以嘉服見諸侯，又受乘黃、玉帛之幣。曾謂盛德之王，不若衰世之侯，召、畢公不如子產、叔向乎？使周公在，必不爲此。然則孔子何取于此一書也？曰：至矣，其父子君臣之間，教戒深切著明者，猶足以爲後世法。孔子何爲不取哉？然其失禮，則不可以不論④。

【附錄】

夏僎《詳解》 東坡疑居喪以吉服見諸侯爲失禮。然當時召公，先朝老臣，與周公相處之久，講肄非一日，又不至失禮。且顧命，前此未有吉服受顧命，召公必有所處，豈可執一説以疑聖賢，而不思其更有一説？召公行之，孔子定之，自當時至今，无有敢議之者，必无可疑矣。且當時孔門高弟，稍有可疑，无不咨訪，如高宗諒陰，顯然之理，一稍可疑，尚質之聖人，況此居喪吉服，若有可疑，安得不問哉？故雖蘇氏之説，反復有據，未敢以疑召公也。

---

① 吉禮，原校曰"一作嘉"。吳澄《書纂言》引作"嘉"。此當作"嘉"，下文曰"康王既以嘉服見諸侯"是其證。

② 升：《經解》本、《四庫》本作"殯"。

③ 見：《經解》本、《四庫》本、淩本、蔡沈《書集傳》引皆作"退"。阮元刻《十三經注疏》本《左傳》昭公十年作"見"。

④ "成王崩"至"不可也"，"孔子曰"至"斯言也"，"春秋傳"至"帛之幣"，"使周公"至"以不論"，四段文字爲蔡沈《書傳集》所錄，"先王之命"作"成王顧命"，"大功齊衰之服"作"齊衰大功之喪"，"斯言也"也字作"矣"，"以見"作"以退"，"著明"下有"者猶"，"不可以不論"作"不可不辨"。

吳澄《書纂言》 蘇氏曰："成王崩未葬,君臣皆冕服,禮歟?曰非禮也,謂之變禮可乎?曰不可。……"或問:蘇氏以此爲失禮,如何?朱子曰:"天子、諸侯之禮與士庶人不同,故孟子有'吾未之學'語。漢、唐新主即位,皆行冊禮,君臣亦皆吉服,追述先帝之意,以告嗣君。《韓文外集·順宗實錄》此事可考。蓋易世傳受,國之大事,當嚴其禮,而王侯以國爲家,雖先君之喪,猶以爲己私服也。五代以來,此禮不講,則始終之際殊草草矣。"或問:"蘇、朱二説孰當?"澄曰:蘇説據禮之經,朱説達事之權,舉一而廢一,皆不可。

陳櫟《纂疏》 陳氏傅良曰:"釋冕反喪服,東坡疑之。某嘗以問之鄉先生,鄉先生曰:'惜坡疑之而不加察也。'召、畢皆盛德,又老于更事,豈不知禮?蓋身見周公以叔父之親,擁輔太子,而流言之變,起于兄弟。非周公之忠誠,社稷岌岌乎殆哉矣!故于康王之立,特爲非常之禮,迎之南門,衛之干戈,奉之冊書,被之冕服。而又率諸侯北面朝之,以與天下共立新君,使曉然知定向而无疑。其意遠矣。蓋自秦、漢而下,授受成于宮闈之曖昧,而擁立出于一人之予奪。禍天下國家不少,然後知二公老練坐鎮,安危之機,送往事,居中外无間,未易以泥常論也。"愚謂,蘇氏之論主于守經,葉、陳之論出于達權。守經合理之正,而不可破;達權亦當察事之宜,而不可膠。召公在當時,必有迫于不得已,懲創于往事而不敢輕者。觀其布置舉措,重大周密,徵召會集,翕合安徐,若臨大敵、當大難。然諸侯咸在,或謂問疾者尚留,而因受其朝,非也。觀其言曰"庶邦侯、甸、男、衛",曰"率西方諸侯入左,東方諸侯入右",則徵召于既崩之餘,翕集于一旬之内可見。又觀"張皇六師"一語,則當時事勢亦可想矣。紀載始末,節節備具,兩篇之中,詞繁不殺。前後五十六篇,紀載无似此之詳者。證之朱子之説,"當制禮職"一條,固主蘇氏①;"答潘時舉"一段,未嘗必主蘇氏,意可見矣②。今兩存二説,以俟來哲擇焉。若必非召公,東坡已盡之,尚何容喙?

陳第《疏衍》 宋儒孫覺作《書解》,以康王喪服見諸侯爲非禮。蘇子瞻著論,又最詳悉,謂:冠禮可以喪服行,受顧命、見諸侯獨不可喪服乎?太保使太史奉冊授王于次,諸侯入哭于路寢,而見王于次。王惟喪服受教戒諫,哭踊答拜。此一説也。周堯弼辨之:以受顧命,主大位,乃非常大禮,非區區冠儀可比。故君薨,世子生者,大祝猶得裨冕奠幣以告于神。生子而告,且不可以凶服,而況非常大禮乎?又成王嗣位,周公以王室懿親,猶遭流言之變,幾危宗社。召公、畢公爲國元老,而慮及此,故權一時之宜,正君臣之分,而以冕服朝諸侯。此諸儒之成議,不可廢也。此亦一説也。愚謂分有尊卑,禮有經權,故人臣不敢以喪服見天子。何者?君,尊也,以君而視祖,祖又尊也。……又若康王嗣立,果見危

---

① "當制"二句,《四庫》本《書集傳纂書》無,據康熙《欽定匯纂》所引補。
② "答潘"至"意可見矣",康熙《欽定匯纂》所引作"答潘子善一條,未嘗必主蘇氏。但未知二説孰先孰後耳。莫若兩存之"。

又 愚少讀《顧命》，至"逆子釗于南門之外"，則廢書而歎曰：太子之事君也，朝焉夕焉，生則視膳，病則視藥，死則視飯含。成王之崩，康王不在側乎？夫既其在側，又奚爲南門之外？彼其時，天地崩圻，擗踊哭泣之不暇，而暇爲文乎？又胡爲待太保之命，以干戈、虎賁而迎之以延入室也？私心抱此，无可與語。及稍視傳注，乃所以襃嘉此事者，極其贊美，于予心終不謂然。乃讀子瞻之論，曰："始死方殯，孝子釋服離次，出居路門之外，受干戈、虎賁之迎，此何禮也？漢宣帝以庶人入立，故遣宗正太僕奉迎，以顯異之。康王，元子也，天下莫不知，何用此紛紛也？"噫！是先得我心之所同然矣！

閻若璩《疏證》第一一四 （顧炎武）云："王出在應門之內，太保率西方諸侯，畢公率東方諸侯。"案《左傳》隱元年：天子七月而葬，同軌畢至。此應在葬後。則蘇氏"成王崩未葬，君臣皆冕服"說誤。

又 《蔡傳》引蘇氏曰："三年之喪既成服，釋之而即吉，无時而可者。"嚴哉斯論，雖程、朱何以加諸？而不知案之于禮，亦未盡然也。何則？喪三年不祭矣，若既殯後，天地社稷之祭，猶越紼而行事，蓋不敢以卑廢尊。《漢志》引古文《伊訓》，以爲"太甲當喪越弗行事"，是其證也。郊之日，喪者不哭，不敢凶服，蓋不獨王被大裘龍衮，戴冕璪，抑且合畿內臣庶，雖有私喪之服，盡釋之而即吉，以聽命乎上。其嚴于事天如此。推之于地與社若稷，一歲之間，蓋不啻疊舉矣，服亦屢屢釋矣。先王豈爲其薄哉？蘇氏曰："太保使太史奉冊授王于次，諸侯入哭于路寢，而見王于次。王喪服，受教戒諫，哭踊答拜。"聖人復起，不易斯言！予按朱子，謂"易世傳授，國之大事，當嚴其禮，故漢、唐君臣亦皆吉服"。黃直卿謂："太子即位，禮有四：一，始死，正嗣子之位，《顧命》逆子釗于南門之外，延入翼室，是也。一，既殯，正繼體之位，王麻冕黼裳入即位，是也。"然則王麻冕黼裳入即位，乃儲君初即天子位之禮，身爲天地社稷之主，上承祖宗世系之重，蓋國大事，莫逾于此。縱遭親喪，猶向所謂卑者爾，其可不如事天地、社稷者，而一暫釋其服邪？蘇氏一則曰"諸侯哭"，再則曰"王哭"，案，曾子問："君薨，世子生，如之何？"孔子曰："卿大夫士從攝主，北面于西階，南太祝裨冕執束帛，升自西階，盡等不升堂，命毋哭。"注曰："將有事，宜清靜也。"夫世子甫生，繼體有人，尚且止其哭，以致祝辭，況真即繼體位，而又追述先王冊命以告之，而必以哭從事邪？甚矣，蘇氏之陋也！蘇氏謂《書》失禮，不可以不辨。予則謂蘇氏失言，不可以不辨。

又 冠禮，于五禮屬嘉。蘇氏曰："冠，吉禮也。"亦誤。（按，《學津討原》本《書傳》校曰："一本作嘉。"說明《東坡書傳》本當作"嘉禮"，作"吉禮"者乃別本傳訛）

又 蘇氏之誤，只緣載于《蔡傳》，鮮加駁正，于是近日汪氏琬復廣爲之說。中有少少足辨者。

毛奇齡《廣聽錄》卷五 《顧命》、《康王之誥》雖是周史記事之文，實即周公所制禮也。周公定大禮，原在成王即政之年，則以當代行新制禮，其于繼世禪受大事，必倍加縝密，是以史叙二篇頗爲詳悉，此真百王不易之法。而宋人孫覺忽倡邪説，以爲"康王即位，不宜脱喪服而改冕服"，蘇軾作《書傳》，即和其説，反覆明辨；而蔡沈又襲之入《集注》中。此非詆《孔傳》，直滅經也；且非議周史，實謗毀古聖賢也。蘇軾既詬武王爲非聖，則自當辟周公爲非賢，此固罪大惡極。惟有加非聖之誅，无容辨者。顧愚人傳煽，不可不一白也。

東坡書傳卷十八

周　書

畢命第二十六

康王命作冊，畢公居里①，成周郊，作《畢命》。
　　畢公弼亮四世，蓋嘗相文王也。至是耄矣，而猶勤小物，亦可謂盛德也哉！

惟十有二年，六月庚午，朏，越三日壬申，王朝步自宗周，至于豐，以成周之衆，命畢公保釐東郊。
　　畢公蓋嘗相文王，故康王就豐文王廟命之。
　　【附録】
　　淩刻本眉批　袁了凡曰：此史臣紀事之詞，筆力高古。以"成周"二句尤得肯綮，"保釐"二字，括盡一篇大意。
王若曰：嗚呼！父師，惟文王、武王敷大德于天下，用克受殷命。惟周公左右先王，綏定厥家，毖殷頑民，遷于洛邑。密邇王室，式化厥訓。既歷三紀，
　　十二年爲一紀。
世變風移，四方無虞，予一人以寧。
　　方三監叛，天下騷動，天子亦不安。
道有升降，政由俗革，
　　子思子曰："昔吾先君子，道隆則從而隆，道污則從而污。伋則安能？"惟聖人爲能與道升降、因俗立政也。
　　【附録】
　　蘇軾《尚書解·道有升降政由俗革》（《蘇軾文集》卷六）　武王克商，武庚禄父不誅矣，而列爲諸侯。周公相成王，武庚禄父叛，殷之頑民，相率爲亂，不誅也而遷之洛邑。武王、周公，其可謂至德也已矣。曰："群飲，汝勿佚，盡執拘以歸于

---

① 畢公：《經解》本、《四庫》本作"畢分"，"畢"字屬上讀。《十三經注疏》本經文亦作"畢分"。

周,予其殺。商之工臣,乃湎于酒,勿庸殺之,姑惟教之。"非至德能如是乎。是以商之臣子心服而日化,至康王之世三十餘年矣。世變風移,士君子出焉。故命畢公曰:"道有升降,政由俗革,不臧厥臧,民罔攸勸。"始則遷其頑者而教之,終則擇其善者而用之。周之于商人也,可謂無負矣。夫道何常之有,應物而已矣。物隆則與之偕升,物汙則與之偕降。夫政何常之有,因俗而已矣。俗善則養之以寬,俗頑則齊之以猛。自堯、舜以來,未之有改也。故齊太公因俗設教,則三月而治。魯伯禽易俗變禮,則五月而定。三月之與五月,未足為遲速也,而後世之盛衰出焉。以伯禽之賢,用周公之訓,而猶若是,苟不逮伯禽者,其變易之患可勝言哉。

不臧厥臧,民罔攸勸。惟公懋德,克勤小物,

有道者不以小大變易,不忽小物,斯不難大事矣。

弼亮四世,正色率下,罔不祗師言。

雖正色不言而自服,然常敬衆言也。

嘉績多于先王,

自文、武時,已立功矣。

予小子,垂拱仰成。王曰:嗚呼! 父師,今予祗命公以周公之事,往哉。旌別淑慝,表厥宅里,彰善癉惡,

癉,病也。

樹之風聲。弗率訓典,殊厥井疆,俾克畏慕。申畫郊圻,慎固封守,以康四海。政貴有恒,辭尚體要,不惟好異。商俗靡靡,利口惟賢,餘風未殄,公其念哉!

予以《書》考之,知商俗似秦俗,蓋二世似紂也。張釋之諫文帝:"秦以任刀筆之吏,爭以亟疾苛察相高,其弊徒文具,無惻隱之實,以故不聞其過。陵夷至于二世,天下土崩。今以嗇夫口辯而超遷之,臣恐天下隨風而靡,爭為口辯,而無其實。"凡釋之所論,則康王以告畢公者也①。

我聞曰:世祿之家,鮮克由禮,以蕩陵德,實悖天道。敝化奢麗,萬世同流。

惟惡能及遠,故秦之俗②,至今猶在也。

【附錄】

林之奇《全解》 此説甚善。

兹殷庶士,席寵惟舊,

乘勢勝物曰席。

---

① "張釋之"至"公者也",蔡沈《書集傳》引錄,"隨風"下、"無其"上,兩處無"而"字,"口辯"上無"為"字。
② 秦之俗:原校曰"秦疑當作殷"。

怙侈滅義，服美于人。

> 用美物多，則爲人所畏服。鄭子產言伯有用物弘，而取精多，則生爲人豪，死爲厲鬼。

驕淫矜侉，將由惡終，雖收放心，閑之惟艱。資富能訓，惟以永年。

> 富而能訓，則可以久安其富。

惟德惟義，時乃大訓。不由古訓，于何其訓？王曰：嗚呼！父師，邦之安危，惟茲殷士。不剛不柔，厥德允修。惟周公克愼厥始，惟君陳克和厥中，惟公克成厥終。三后協心，同厎于道，道洽政治，澤潤生民。四夷左衽，罔不咸賴。予小子永膺多福。

> 康王以爲邦之安危在殷士，又以保釐之任爲足以澤生民，而服四夷。其言若過，然殷民至此，亦不能睥睨周室如三監時矣。然猶重其事如此。賈誼言："秦俗婦乳其兒，與翁並踞；母取箕帚①，立而誶語。"以此痛哭流涕太息，以爲漢之所憂，無大于此者，正此意也。古之知治體者，其論安危蓋如此。

公其惟時成周，建无窮之基，亦有无窮之聞。子孫訓其成式，惟乂。嗚呼！罔曰弗克，惟既厥心。罔曰民寡，惟慎厥事。

> 曰弗克者，畏其難而不敢爲者也。曰民寡者，易其事以爲不足爲者也②。

欽若先王成烈③，以休于前政。

> 前政，謂周公、君陳也。

君牙第二十七

穆王命君牙，爲周大司徒，作《君牙》。

> 穆王滿，康王孫、昭王子。

王若曰：嗚呼！君牙，惟乃祖乃父，世篤忠貞，服勞王家，厥有成績，紀于太常。

> 《周禮》：司勳，凡有功者，銘書于王之太常，祭于大烝④，日月爲常。

惟予小子，嗣守文、武、成、康遺緒，亦惟先王之臣，克左右亂四方。心之憂危，若蹈虎尾，涉于春冰。今命爾予翼，作股肱心膂。纘乃舊服，无忝祖考。弘敷五典，式和民則。爾身克正，罔敢弗正；民心罔中，惟爾之中。夏暑雨，小民惟曰怨咨；冬祁寒，小民亦惟曰怨咨。厥惟艱哉，思其

---

① 母：《經解》本作"毋"，誤。
② "曰弗克"至"爲者也"，蔡沈《書集傳》全錄。
③ 王：《經解》本作"生"，誤。
④ 大烝：《經解》本、《四庫》本作"太烝"。

艱，以圖其易，民乃寧。

方周之盛，越裳氏來朝，曰："久矣，天之无疾風暴雨也。中國其有聖人乎？"方是時，四夷之民，莫不戴王，雖風雨天事非人力者，亦歸德于王；及其衰也，一寒一暑，亦惟王之怨。是故聖人以民心爲存亡，一失其心，无動而非怨者。賞則謂之私，罰則謂之虐。作德則謂之僞，不作則謂之漫。出令而不信，无事而致謗，皆王之咎也。夏諺曰："吾王不游，吾何以休？吾王不豫，吾何以助游。"豫且以爲德，豈復有風雨寒暑之怨乎？

【附録】

陳大猷《或問》卷下 東坡曰："方成周時越裳氏來朝……"此言亦善。

嗚呼！丕顯哉文王謨，丕承哉武王烈。啓佑我後人，咸以正罔缺。爾惟敬明乃訓，用奉若于先王。對揚文、武之光命，追配于前人。王若曰：君牙，乃惟由先正舊典時式。

先正，周、召、畢公之流。

民之治亂在茲。率乃祖考之攸行，昭乃辟之有乂。

嗚呼，予讀穆王之書一篇，然後知周德之衰，有以也。夫昭王南征而不復，至齊桓公乃以問楚①，是終穆王之世，君弑而賊不討也。而王初无憤恥之意，乃欲以車轍馬迹，周于天下。今觀《君牙》、《伯冏》二書，皆无哀痛惻怛之語，但曰"嗣先人，宅丕后"而已，足以見无道之情。非祭公謀父以《祈招》之詩，收王之放心，則王不復矣。《吕刑》有哀敬之情，蓋在感悔之後，時已耄矣。

【附録】

林之奇《全解》 穆王之命君牙曰："心之憂危，若蹈虎尾。"其命伯冏則曰："怵惕惟厲。"成湯之所謂"栗栗危懼"者，亦不是過也。而蘇氏曰"二書皆无哀痛惻怛之語"，此非惻怛之語而何？

又 後世之論穆王者，多過其實。《左氏傳》曰："穆王欲肆其心，周行天下，將皆必有車轍馬迹。"又有謂得八駿，以造父爲御，西巡守，會西王母于瑶池。蘇氏因之，遂以穆王之書爲周德之衰。今觀此篇，其言純正明白，切于治體，彼其于僕御之臣丁寧反覆如此，至謂"慎簡乃僚，无以便嬖側媚"，則其僕御豈有敢導王爲非者？而王之言既然，則亦豈肯爲无方之游哉？以是知世之論穆王者，皆好事者爲之也，當以《書》爲正。

陳大猷《或問》卷下 或問："蘇氏謂'昭王南征而不復，至齊桓乃以問楚，是終穆王之世，君弑而賊不討。今《君牙》、《冏命》之書，皆无哀痛惻怛之語，以見周德之衰'，何也？"曰：據《左氏傳》，管仲問楚以昭王南征不復，楚人對曰："南征不復，君其問諸水濱。"杜預注謂："昭王南巡狩，涉漢而溺。"又言昭王時，漢非楚境，故楚不服罪。《吕氏春秋》曰："昭王將兵征蠻荆，涉漢，舟壞，

---

① 齊桓公：《經解》本作"齊威王"，誤。

王隕于漢中。辛餘靡振王北濟。"然則昭王之不復，未可便以爲楚人之弑也。

冏命第二十八

穆王命伯冏爲周太僕正，作《冏命》。

  太僕正，太御，中大夫。

王若曰：伯冏，惟予弗克于德，嗣先人宅丕后。怵惕惟厲，中夜以興，思免厥愆。昔在文、武，聰明齊聖，小大之臣，咸懷忠良。其侍御僕從，罔匪正人。以旦夕承弼厥辟，出入起居，罔有不欽。發號施令，罔有不臧。下民祗若，萬邦咸休。惟予一人无良，實賴左右前後有位之士，匡其不及。繩愆糾謬，格其非心，俾克紹先烈。今予命汝作大正，正于群僕侍御之臣。懋乃后德，交修不逮。慎簡乃僚，无以巧言令色、便辟側媚，其惟吉士。僕臣正，厥后克正；僕臣諛，厥后自聖。

  至哉，此言！可以補《說命》之缺也。孔子取于《君牙》、《伯冏》二書者，獨斯言歟！

后德惟臣，不德惟臣。爾无昵于憸人，充耳目之官，迪上以非先王之典。非人其吉，惟貨其吉。若時瘝厥官，惟爾大弗克祗厥辟，惟予汝辜。

  引小人以昵王，人臣不敬，莫大于此。

王曰：嗚呼，欽哉！永弼乃后于彝憲。

  憲，典也。迪上以先王之典也①。

---

① "憲典"至"典也"，《經解》本、《四庫》本無。

東坡書傳卷十九

周　書

呂刑第二十九

呂命，穆王訓夏贖刑，作《呂刑》。

  穆王命呂侯作此書，《史記》作"甫侯"。堯、舜之刑，至禹明備，後王德衰而政煩，故稍增重。積累世之漸，非一人之意也。至周公時，五刑之屬各五百。周公非不能改以從夏，蓋世習重法，而驟輕之，則姦民肆而良民病矣。及成、康刑措，穆王之末，姦益衰少，而後乃敢改也。周公之刑二千五百①，穆王之三千，雖增其科條，而入墨劓者多，入宫辟者少也。贖者，疑赦之罰耳。然訓刑必以贖者，非贖之鍰數，无以爲五刑輕重之率也。如今世徒、流皆折杖，非以杖數折，不知徒、流增減之率也。《呂刑》、《孝經》、《禮記》皆作《甫刑》，說者謂呂侯後封甫，《詩》之"申甫"是也。

【附録】

夏僎《詳解》　東坡謂："堯、舜之刑，至禹明備，後王德衰而政煩，故稍稍增益。積累世之漸，非一人之意也。至周公時，五刑各屬五百。周公非不能改以從夏，蓋習重法而驟輕之，則奸民肆而良民病。及成、康刑措，穆王之末，姦益衰少，然後乃敢改作。"此說甚長。少穎乃以"訓夏"爲諸夏，而不及夷蠻，謂"贖刑之法可施于中國，不可用于蠻夷"，是亦一說也。故兩存之。

惟呂命，王享國百年，耄荒度作刑，以詰四方。

  刑必老者制之，以其更事而仁也。"耄荒度作刑"者，以耄年而大度作刑，猶禹曰"予荒度土功"。度，約也，猶漢高祖"約法三章"也。

【附録】

林之奇《全解》　"耄荒"，漢孔氏以爲"耄亂荒怠"，此蓋言其老之狀。蘇氏以爲"荒"屬于下句，其字訓"大"，與"荒度土功"之"荒度"同。兩説皆通。"度"者，蘇氏曰："約也，猶漢高祖約法三章也。"言惟吕侯見命之時，穆王享國

---

① 周公：《四庫》本作"周禮"。

已百年，其老之狀耄荒矣，而能命甫侯度作刑，以治四方。蓋言其血氣雖衰，精力雖疲，而留心于治道如此也。

黎靖德編《朱子語類》卷七九 東坡解《吕刑》，"王享國百年耄"作一句，"荒度作刑"作一句，甚有理。（按，二孔注疏以"耄荒"連讀，爲"耄亂荒忽"。東坡之意，"耄荒"皆屬下讀，以"荒"訓"大"，意謂老年作刑，以大度爲懷。朱子所見"耄"屬上讀，與今本異）

蔡沈《書集傳》 蘇氏曰："荒，大也。大度作刑，猶禹曰'予荒度土功'。""荒"當屬下句，亦通。然"耄"亦貶之之辭也。

王曰：若古有訓，蚩尤惟始作亂，延及于平民，罔不寇賊鴟義，姦宄奪攘矯虔。

炎帝世衰，蚩尤作亂，黄帝誅之。自蚩尤以前，未有以兵强天下者。鴟義，以鷙殺爲義，如後世所謂俠也。矯，詐；虔，劉也。凡民爲姦者，皆祖蚩尤。

苗民弗用靈，制以刑，惟作五虐之刑曰法。殺戮无辜，爰始淫爲劓、刵、椓、黥，越茲麗刑并制，罔差有辭。

蚩尤既倡民爲姦，苗民又不用善，但過作劓鼻、刵耳、椓竅、黥面、殺戮五虐之刑，而謂之法。苟麗于法者，必刑之，并制无罪，不復以冤訴爲差別。有辭无辭，皆刑之也。自苗民以前，亦未有作五虐之刑者，故舉此二人以爲亂始。

民興胥漸，泯泯棼棼，罔中于信，以覆詛盟。

人无所訴，則訴于鬼神；德衰政亂，則鬼神制世。民相與反覆，詛盟而已。

虐威庶戮，方告无辜于上。上帝監民，罔有馨香德刑，

无德刑之香也。

發聞惟腥。皇帝哀矜庶戮之不辜，報虐以威，遏絶苗民，无世在下。

皇帝，堯也。分北三苗，遷其君于三危。

乃命重、黎，絶地天通，

民瀆于詛盟祭祀，家爲巫史，堯乃命重、黎授時勸農，而禁淫祀。人神不復相亂，故曰"絶地天通"。重、黎即羲、和也。

罔有降格。

虢之亡也，有神降于莘，蓋此類也。

群后之逮在下，明明棐常，鰥寡无蓋。

自諸侯以及其臣下，皆修明人事，而輔常道，故鰥寡无蔽塞之者。

皇帝清問下民，鰥寡有辭于苗。

國无政，天子欲聞民言，豈易得其實哉？故政清而後民可問也。

德威惟畏，德明惟明。

非德之威，所謂虐也；非德之明，所謂察也。

乃命三后，恤功于民。伯夷降典，折民惟刑。

失禮則入刑，禮、刑一物也①。折，折衷也。

禹平水土，主名山川。稷降播種，農殖嘉穀。三后成功，惟殷于民。

殷，富也。

士制百姓于刑之中，以教祗德。

士，皋陶也。

穆穆在上，明明在下，灼于四方，罔不惟德之勤。故乃明于刑之中，率乂于民棐彝。典獄，非訖于威，惟訖于富；

訖，盡也。威，貴有勢者。乘富貴之勢以爲姦，不可以不盡法。非盡于威則盡于富，其餘貧賤者，則容有所不盡也。

敬忌，罔有擇言在身。惟克天德，自作元命，配享在下。

修其敬畏，至于口無擇言，此盛德之士也。何以貴之于典獄？曰：獄，賤事也，而聖人盡心焉。其德入人之深，動天地，感鬼神，無大于獄者。故盛德之士，皆屑爲之。皋陶遠矣，莫得其詳，如漢張釋之、于定國，唐徐有功，民皆自以爲不冤，其不信之信，幾于聖與仁者，豈非"口無擇言、身無擇行"之人哉！若斯人者，將與天合德，子孫其必有興者。非"自作元命，配享在下"而何？漢楊賜辭廷尉之命，曰："三后成功，惟殷于民，皋陶不與焉。"蓋吝之也。《書》蓋以爲"惟克天德，自作元命"者，何吝之有？此俗儒妄論也，或然之，不可以不辨。

王曰：嗟，四方司政，典獄非爾，惟作天牧。

爲天牧民，非爾而誰。

今爾何監，非時伯夷播刑之迪，其今爾何懲？惟時苗民，匪察于獄之麗。

麗于獄輒刑之，不復察也。

罔擇吉人，觀于五刑之中，惟時庶威奪貨。

貴者以威亂政，富者以貨奪法。

斷制五刑，以亂無辜。上帝不蠲，降咎于苗。苗民無辭于罰，乃絕厥世。

言當以伯夷爲監，苗民爲戒也。

王曰：嗚呼！念之哉！伯父、伯兄、仲叔、季弟、幼子、童孫，皆聽朕言，庶有格命。

諸侯群臣，自其父行至于兄弟子孫，皆聽朕言，庶以格天命。

【附錄】

康熙《欽定匯纂》 蘇氏曰："庶以格天命。"案，"庶有格命"，《蔡傳》從《孔疏》，"格"訓至。然未詳至命之義。蘇軾、薛季宣以"格命"爲格天之命，不作"至"字解。與下文"敬逆天命"句相應，亦可通也。

今爾罔不由慰曰勤，爾罔或戒不勤。

---

① "失禮"至"一物也"句，蔡沈《書集傳》引錄。

獄非盡心力，不得其實，故无獄不以勤爲主。由，用也。爾當用獄吏慰安之而日愈勤者，不當用戒敕之而終不勤者。

天齊于民，俾我一日非終，惟終在人。

刑獄非所恃以爲治也，天以是整齊亂民而已。蓋使我爲一日之用，非究竟要道也。可恃以終者，其惟得人乎。

【附錄】

夏僎《詳解》 此其意則以"天齊于民"爲一句，"俾我一日非終"爲一句，"惟終在人"爲一句。其説亦通，故并存之。

爾尚敬逆天命，以奉我一人，雖畏勿畏，雖休勿休。

休，喜也。典獄者，不可以有所畏喜。

惟敬五刑，以成三德。一人有慶，兆民賴之，其寧惟永。

三德，《洪範》"三德"也。以刑成德，王有慶，民有利，則其安長久也。

王曰：吁，來。有邦有土，告爾祥刑。

祥，善也。

在今爾安百姓，何擇非人？何敬非刑？何度非及？

罪非己造，爲人所累曰及。秦、漢之間謂之逮。此最爲政者所當慎，故特立此法謂之及。因有大獄，獄吏以多殺爲功，以不遺支黨爲忠；胥史皁隸以多逮廣繫爲利，故古者大獄有萬人者。國之安危，運祚長短，或寄此，故曰"何度非及"，度其非同惡者，則勿逮可也。

兩造具備，師聽五辭。

訟者兩至，則士聽其辭。

五辭簡孚，正于五刑。

簡，核也。孚，審慮也。簡孚而无辭，乃正五刑。

五刑不簡，正于五罰。

罰，贖也。

五罰不服，正于五過。

過失則當宥也。

五過之疵：惟官，惟反，惟內，惟貨，惟來。其罪惟均，其審克之。

刑之而不服則贖，贖之而不服則宥，无不可者，但恐其有疵弊耳。官者，更爲請求也。反者，報也，報德怨也。內，女謁也。貨，鬻獄也。來，親友往來者爲言也。法當同坐，故曰其罪惟均。克，勝也，勝其非也。

【附錄】

林之奇《全解》 "惟官"，王氏曰："貴勢也。""惟反"，蘇氏曰："報舊也。""惟內"，先儒曰"內親用事"，蘇氏曰"女謁"，皆通。"惟貨"，行貨以鬻獄也。"惟來"，舊相往來也。

五刑之疑有赦，五罰之疑有赦，其審克之。簡孚有衆，惟貌有稽。

既簡且孚，衆證之矣。口服而貌不服，此必有故，不可以不稽也。

无簡不聽，

初无核實之狀，則此獄不當聽也。

具嚴天威。

所以如此者，畏天威也。

墨辟疑赦，其罰百鍰，閱實其罪。

刻其顙而湼之曰墨。六兩曰鍰。

劓辟疑赦，其罰惟倍①，閱實其罪。

截鼻爲劓。倍之，爲二百鍰。

剕辟疑赦，其罰倍差，閱實其罪。

刖足曰剕。倍之又半之，爲五百鍰。

宮辟疑赦，其罰六百鍰，閱實其罪。

宮，淫刑也，男子腐，婦人閉。

大辟疑赦，其罰千鍰，閱實其罪。

大辟，死刑也。五刑疑則入罰，不降相因，古之制也。所謂疑者，其罪既閱實矣，而于用法疑耳。

【附録】

陳櫟《纂疏》　蘇氏謂"五刑疑各入罰，不降當因，古制"，非也。舜之贖刑，官府、學校鞭撲之刑耳。夫刑莫輕于鞭撲，入于鞭撲之刑，而又情法猶有可議者，則是无法以治之，故使之贖，特不欲遽釋之也。而穆王之所謂贖，雖大辟亦贖也，舜豈有是制哉？

墨罰之屬千，劓罰之屬千，剕罰之屬五百，宮罰之屬三百，大辟之罰其屬二百。

墨、劓、剕、宮、辟，皆真刑也。罰者，罰應贖者也。屬，類也。凡五刑、五罰之罪，皆分門而類別之也。

五刑之屬三千。

《周禮》：五刑之屬二千五百，而此三千，《孝經》據而用之，是孔子以夏刑爲正也。

上下比罪，

比，例也。以上下罪參驗而立例也。

无僭亂辭，

僭，差也。亂辭，辭與情違者也。

勿用不行，

―――――――――

① 罰：《經解》本作"罪"，誤。

立法必用，衆人所能者，然後法行。若責人以所不能，則是以不可行者爲法也。

惟察惟法，其審克之。

察，我心也。法，國法也。内合我心，外合國法，乃爲得之。

上刑適輕，下服；下刑適重，上服。

世或謂大罪法重而情輕，則服下刑。此猶可也，不失爲仁。若小罪法輕情重，而服上刑，則不可。古之用刑者，有出于法内，无入于法外。"與其殺不辜，寧失不經"，故知此説之非也。請設爲甲乙以解此二言：甲初欲爲强盗，既至其所，則不强而竊，當以竊法坐之。此之謂"上刑適輕，下服"。乙初欲竊爾，既至其所，則强，當以强法坐之，此之謂"下刑適重，上服"。刑貴稱罪，報其所犯之功，不報其所犯之意也。

輕重諸罰，有權。

一人同時而犯二罪，一罪應剕，一罪應劓，劓剕不並論，當以一重剕之而已。然是人所犯劓罪應刑，剕罪應贖，則刑之歟？抑贖之歟？蓋當其劓罪，而贖其餘，何謂餘？曰：劓之罰二百鍰，既刑之矣，則又贖三百鍰，以足剕罰五百鍰之數。以此爲率，如權石之推移，以求輕重之詳，故曰"輕重諸罰有權"。

刑罰世輕世重，惟齊非齊，有倫有要。

穆王復古而不是古，變今而不非今，厚之至也！曰各隨世輕重而已。民有犯罪于改法之前，而論法于今日者，可復齊于一乎？舊法輕則從舊，今法輕則從今，任其不齊，所以爲齊也。倫者，其例也。要者，其辭也。辭例相參考，必有以處之矣。

罰懲非死，人極于病。

時有議新法之輕，多罰而少刑，恐不足以懲姦者。故王言罰之所懲，雖非殺之也，而民出重贖，已極于病。言如是亦足矣。

非佞折獄，惟良折獄，罔非在中。

佞，口給也；良，精也。辯者服其口，不服其心也。

察辭于差，

事之真者，不謀而同；從其差者而詰之，多得其情。

非從惟從。

囹圄之中，何求而不得？固有畏吏甚者，寧死而不辯，故囚之言，惟吏是從者，皆非其實，不可用也。

哀敬折獄，明啓刑書胥占，咸庶中正。

律令當令獄囚及僚吏明見，相與占考之，庶幾共得其中正也。

其刑其罰，其審克之。獄成而孚，輸而孚。

輸，不成也。囚无罪，如傾瀉出之也。孚，審慮也。成與不成，皆當與衆審慮也。

其刑上備，有并兩刑。

其上刑已有餘罪矣，則並兩刑從一重論。

王曰：嗚呼！敬之哉，官伯、族姓，

  呼其大官大族而戒之。

【附録】

  林之奇《全解》 "官伯族姓"，蘇氏曰"呼其大官大族而戒之"。先儒即以官伯爲諸侯；族，同族。姓，異姓。其説鑿矣。

朕言多懼。

  民命之存亡，天意之喜怒，國本之安危在焉，不得不懼。

朕敬于刑，有德惟刑。今天相民，作配在下，明清于單辭。民之亂，罔不中聽獄之兩辭，

  欲濟民于險難者，當竭其中，以聽兩辭也。

无或私家于獄之兩辭。獄貨非寶，惟府辜功。報以庶尤，永畏惟罰。非天不中，惟人在命。天罰不極，庶民罔有令政在于天下。

  府，聚也。辜功，猶言罪狀也。古者論罪有功、意。功，其迹狀也。言獄貨非所以爲寶也，但與汝典獄者聚罪狀耳。我報汝以衆罪，而所當長畏者，天罰也。非天不中，惟汝罪在人命也。天既罰汝不中之罪，則民皆咎我，我无復有善政在天下矣。

王曰：嗚呼！嗣孫，今往何監？非德于民之中？尚明聽之哉！

  王耄矣，諸侯多其孫矣。自今當安所監，非以此德爲民中乎？

哲人惟刑，

  古之哲人，无不以刑作德①。

无疆之辭，屬于五極，咸中有慶。

  无窮之聞，必由五刑，咸得其中則有慶。五極，五常也。

受王嘉師，監于兹祥刑。

  嘉，善也。王所以能輕刑者，以民善故也。

---

① "作德"下，《經解》本、《四庫》本有"者"字。

東坡書傳卷二十

周　書

文侯之命第三十

平王錫晉文侯秬鬯圭瓚，作《文侯之命》。
　　平王，幽王之子宜臼也。文侯仇，義和其字也。以圭爲杓柄，曰圭瓚。

王若曰：父義和，丕顯文、武，克慎明德，昭升于上，敷聞在下。惟時上帝，集厥命于文王。亦惟先正，克左右昭事厥辟，越小大謀猷，罔不率從，肆先祖懷在位。
　　懷，安也。
嗚呼！閔予小子嗣，造天丕愆。
　　痛幽王犬戎之禍也。
殄資澤于下民，侵戎我國家純。
　　殄，絶也。純，大也。言无以資給惠利下民，民莫爲用者，故爲犬戎所侵害我國家者，亦大矣。
即我御事，罔或耆壽，俊在厥服，
　　西周之所以亡者，无人也。耆而俊者，皆不在位。《春秋傳》曰：惡角犀豐滿，而近頑童焉。
予則罔克。曰：惟祖惟父，其伊恤朕躬。
　　諸侯在我祖父行者，其誰恤我哉！
嗚呼！有績予一人，
　　有能致功予一人者乎？
永綏在位。父義和，汝克昭乃顯祖。
　　謂唐叔也。
汝肇刑文、武，用會紹乃辟，追孝于前文人，
　　汝始法文、武之道，以和會紹接我，使得追孝于前文人，奉祭祀也。
汝多修，扞我于艱，

多所修完，扞衛我于艱難也。

【附録】

林之奇《全解》 漢孔氏曰："戰功曰多，言汝之功多甚修矣。"其説迂曲。不如蘇氏曰"汝所修完，扞衛我于艱難也"爲簡直而不煩。

若汝，予嘉。王曰：父義和，其歸視爾師，寧爾邦。用賚爾秬鬯一卣，彤弓一，彤矢百；盧弓一，盧矢百；

賜弓矢，使得征伐。

馬四匹。父往哉！柔遠能邇，惠康小民，无荒寧。簡恤爾都，

簡，閲其士；惠，恤其民。

【附録】

林之奇《全解》 蘇氏曰："簡，謂簡閲其士。恤，謂惠恤其民。"是也。

用成爾顯德。

予讀《文侯》篇，知東周之不復興也。宗周傾覆，禍敗極矣，平王宜若衛文公、越句踐然。今其書乃施施焉，與平康之世无異。《春秋傳》曰："厲王之禍，諸侯釋位以間王政，宣王有志而後效官。"讀《文侯》之篇，知平王之无志也①。唐德宗奉天之難，陸贄爲作制書，武夫悍卒皆爲出涕，唐是以復興。嗚呼！平王獨无此臣哉！

【附録】

林之奇《全解》 蘇氏論此篇，以謂"《春秋傳》曰：'厲王之禍，諸侯釋位以簡王政，宣王有志而後效官。'讀《文侯之命》，知平王之无志也。"予竊以爲不然。夫子定《書》，録《文侯之命》于文、武、成、康之次，蓋必有所深褒而甚許之者，豈爲其无志而録之哉！詳考此篇，慕文、武之勤慎，憫國家之殄瘁，痛耆壽之凋喪，知蕃翰之勤勞，其褒之也无溢辭，其錫之也无虚器，而又勉之以愛民勤政，以謹其終。夫宣王之所以中興周室者，亦不過于側身修行、任賢使能，能錫命諸侯，復文、武之境土，以勞來還定，安集其民而已。今平王之言亦如此，則其志亦豈小哉！

夏僎《詳解》 无垢謂："予讀《史記》……是平王因申侯殺其父而得立也。《春秋》之作始于隱公，其亦以是乎。使平王知有父子，方且痛苦求死之不給，豈爲殺父者所立乎？使平王權以濟事，方且枕戈嘗膽以報父讎，肯命文侯而无一言以及憂乎？今其書有'嗣造天丕愆'與夫'侵戎我國家'兩句而已，略无痛苦之辭，何也！豈犬戎凶暴、申侯殘忍，初造國家未能勝之，故爲此畏懼，將以有待耶？而在位五十年，略無施設，而《揚之水》發于怨歎，其于申侯，是厚報其殺父立己之恩。嗚呼！尚忍言之哉！然則此書何足存？而孔子不删去，何也？蓋存

---

① "予讀文"至"无志也"，蔡沈《書集傳》引録，"施施"作"旋旋"，下"文侯之篇"作"文侯之命"。按，吳澄《書纂言》引此亦作"旋旋"。"施施"爲美樂之貌，"旋旋"爲緩緩之貌，此處當從原本作"施施"爲得。

之以著平王之罪，與《胤征》同也。"无垢此論極高，東坡舊亦有此意。

蔡沈《書集傳》 蘇氏曰：……。愚按《史記》，幽王娶于申，而生太子宜臼，後幽王嬖褒姒，廢申后，去太子，申侯怒，與繒、西夷、犬戎攻王而殺之。諸侯即申侯，而立故太子宜臼，是爲平王。平王以申侯立己爲有德，而忘其弑父爲當誅，方將以復讎討賊之衆，而爲成申、成許之舉，其忘親背義，得罪于天已甚矣！何怪其委靡頹墮，而不自振已哉？然則是《命》也，孔子以其猶能言文武之舊而存之與？抑亦以示戒于天下後世而存之與？

費誓第三十一

魯侯伯禽宅曲阜，徐夷並興，東郊不開，作《費誓》。

伯禽，周公子。費，在東海郡，後爲季氏邑，非魯近郊，蓋當時治兵于費。

公曰：嗟！人无譁，聽命！

譁，讙也。

徂茲淮夷、徐戎並興。

成王征淮夷，滅奄，蓋此徐州之戎及淮浦之夷，叛已久矣。及伯禽就國，則並起攻魯，故曰"徂茲淮夷、徐戎並興"。"徂茲"者，猶云往者云爾①。

善敹乃甲胄，敽乃干，无敢不弔。備乃弓矢，鍛乃戈矛，礪乃鋒刃，无敢不善。

敹、敽、鍛、礪，皆修治也。弔，精至也。

今惟淫舍牿牛馬，

牿，所以械牛馬者。今當用之于戰，故大釋其牿。淫，大也。

杜乃擭，敜乃穽，无敢傷牿。牿之傷，汝則有常刑。

擭，機檻也。敜，塞也。恐傷此釋牿之牛馬，此令軍所在居民也。

馬牛其風，臣妾逋逃，勿敢越逐，祗復之，我商賚汝；乃越逐，不復，汝則有常刑。

軍亂生于動，故軍以各居其所不動爲法。若牛馬風逸，臣妾逋逃，而聽其越逐，則軍或以亂，亦恐姦人規亂我軍。故竊牛馬、誘臣妾以發之，禁其主，使不得捕逐，則軍自定。得此風逃者，當敬復其主，我當商度有以賜汝。若其越逐與其得而不復者，皆有常刑。

无敢寇攘，踰垣墻，竊馬牛，誘臣妾，汝則有常刑。甲戌②，我惟征徐戎，

---

① "成王征"至"者云爾"，蔡沈《書集傳》引作"淮夷叛已久矣，及伯禽就國，又脅徐戎並起，故曰'徂茲淮夷徐夷並興'，'徂茲'者，猶曰往者云"。

② 戌：《經解》本作"戍"，誤。

峙乃糗糧，无敢不逮，汝則有大刑。魯人三郊三遂，峙乃楨幹。甲戌，我惟築。

> 糗，糒也，師遠行則用之。楨、榦，皆木也，所以築者。徐戎、淮夷近在魯東郊，不伐之于郊，而載糗糧遠征其國，既以甲戌築，又以甲戌行，何也？古來未有知其說者。以予考之，伯禽初至魯，魯人未附，韓信所謂"非素拊循士大夫，驅市人而戰"者，若伐之于東郊，魯人自戰其地，易以敗散。築城而守之，徐夷必爭，使土功不得成。故以是日築，亦以是日行。徐夷方空國寇魯，魯侯乃以大兵往，攻其巢穴。師興之日，東郊之圍自解，所謂攻其必救，築者亦得成功也。《費誓》言征言築，而終不言戰，蓋妙于用兵。周公之子，蓋亦多材藝耳。

【附録】

陳大猷《或問》卷下 或問："東坡言'《費誓》言征言築，而終不言戰，蓋妙于用兵。'如何？"曰：東坡謂伯禽舍東郊而往搗戎夷之巢穴，此乃後世行險之師。伯禽規模，止爲不可勝之策，蓋王者節制之師也。恐未必若此。而所以不戰者，蓋此《誓》乃作于治兵之時，非如《泰誓》、《牧誓》臨戰而誓，故不言及戰。然要之，此後不曾及于戰，則是亦不戰也。但不如林說圓渾耳。

朱鶴齡《埤傳》 陳啓源曰：蘇子之說固是兵機，但築者，注疏言"至日即築"，是築攻敵之壘距堙之屬。兵法：攻城，築土爲山，以窺望城内，謂之距堙。非謂築城東郊以自守也。東郊近國門，已有城可守矣。又何得築乎？

无敢不供，汝則有无餘刑，非殺。

> 汝敢不供楨、榦，則吾之刑汝，不遺餘力矣。特不殺而已。糗糧芻茭不供，則軍飢，故皆用大刑。大刑，死刑也。楨、榦不供，比芻糧差緩，故用无餘刑而非殺。近時學者，乃謂无餘刑，孥戮其妻子，非止殺其身而已。夫至于殺而猶不止，誰忍言之？伯禽，周公子也，而至于是哉！

【附録】

夏僎《詳解》 東坡謂："刑汝不遺餘力，但不殺耳。"少穎則謂："刑至此極，非止于殺也。"孔氏則謂："刑者非一，然亦非殺汝。"其意則謂父母妻子同族皆坐之，无遺免者。然入于罪隸，亦不殺之。余以三說考之，皆未敢以爲然。

魯人三郊三遂，峙乃芻茭，无敢不多，汝則有大刑。

> 言魯人以別之，知當時有諸侯之師也。楨、榦、芻、茭皆重物，故獨使魯人供之。三郊、三遂，南西北方，郊、遂之人。東郊以備寇，不供也。徐夷作難久矣，魯國受其害，而以宅伯禽，知周公不私其子。伯禽生而富貴安佚，始侯于魯，遇難而能濟，達于政，練于兵，皆見于《費誓》，見周公教子之有方也。孔子叙《書》①，蓋取此也。

---

① 叙：《經解》本作"序"。按蘇軾祖父名"序"，故其爲文避家諱不用"序"，《經解》本作"序"爲傳刻之誤。

秦誓第三十二

秦穆公伐鄭，
> 秦穆公任好。

晉襄公帥師，
> 襄公驩，文公子。

敗諸崤，還歸①，作《秦誓》。
> 秦穆公違蹇叔，以貪勤民，爲晉所敗，不殺孟明，而復用之。悔過自誓，孔子蓋有取焉。崤，在弘農澠池縣西。

公曰：嗟！我士，聽无譁！予誓告汝群言之首。
> 此篇首要言也。

古人有言曰：民訖自若是，多盤。
> 孔子曰："人之言曰，予无樂乎爲君，惟其言而莫予違也。"孔子蓋以爲一言而喪邦者，此言也。"民訖自若是"，民盡順我，而不我違，樂則樂矣，不幾于游盤无度，以亡其國，如夏太康乎！

責人斯无難，惟受責俾如流，是惟艱哉！
> 人知聲色之害己也，然終好之；知藥石之壽己也，然終惡之。豈好死而惡生哉？私欲勝也。夫惟少私寡欲者，爲能受責而不責人，是以難也。

我心之憂，日月逾邁，若弗云來。
> 已犯之惡，既成而不可追；未遷之善，未成而不可補。日月逝而不復反，我心皇皇，若无明日，悔之至也。

惟古之謀人，則曰未就予忌。惟今之謀人，姑將以爲親。
> 我視在朝之謀人，未見可以就問使我敬畏如古人者，故且用今之流親己者而已。

雖則云然，尚猷詢兹黃髮，則罔所愆。
> 雖不免且用孟明，然必訪諸黃髮，如蹇叔之流也。

番番良士，旅力既愆，我尚有之。
> 番番老者，雖旅力既愆，我猶庶幾得而用之。

仡仡勇夫，射御不違，我尚不欲。
> 仡仡勇者，雖射御不違，我猶庶幾疏而遠之。

惟截截善諞言，俾君子易辭，我皇多有之。
> 諞，巧也。皇，暇也。仡仡勇夫，且不欲而巧言令色，使君子變志易辭者，我何

---
① 還歸：《經解》本作"歸還"。

> 暇復多有之哉！

昧昧我思之。如有一介臣，斷斷猗，无他技，其心休休焉，其如有容①。人之有技，若己有之；人之彥聖，其心好之。不啻如自其口出，是能容之，以保我子孫黎民，亦職有利哉②！

> 我昧旦而起，則思之矣。曰：安得是人哉，得是人而付之子孫黎民，我无恨矣。

人之有技，冒疾以惡之；人之彥聖，而違之，俾不達。是不能容，以不能保我子孫黎民，亦曰殆哉。

> 至哉！穆公之論此二人也。前一人似房玄齡，後一人似李林甫。後之人主，鑒此足矣③。

邦之杌陧，

> 不安也。

曰由一人；邦之榮懷，亦尚一人之慶。

> 懷，安也。

---

① "有容"下，《經解》本有"焉"字。《十三經注疏》本經文無。
② "惟古之謀"至"職有利哉"，淩本錯簡於"作泰誓"之下。
③ "至哉"至"足矣"，蔡沈《書集傳》引錄，"鑒"作"監"。

[附錄一]

歷代諸家評論

蘇轍《欒城後集》

先君晚歲讀《易》,玩其爻象,得其剛柔、遠近、喜怒、逆順之情,以觀其詞,皆迎刃而解。作《易傳》,未完,疾革,命公述其志。公泣受命,卒以成書,然後千載之微言,煥然可知也。復作《論語說》,時發孔氏之秘。最後居海南,作《書傳》,推明上古之絕學,多先儒所未達。既成三書,撫之歎曰:"今世要未能信,後有君子,當知我矣。"(卷二二《亡兄子瞻端明墓誌銘》)

《蘇軾文集》

某啓:馬公過此嘉便,无好物寄去,收拾得茶少許,謾充信而已。新詩文近日必更多。君學術日益,如川之方增,幸更著鞭,多讀書史,仍手自抄爲妙。造次造次!某自謫居以來,可了得《易傳》九卷,《論語說》五卷。今又下手作《書傳》。迂拙之學,聊以遣日,且以爲子孫藏耳。子由亦了却《詩傳》,又成《春秋集傳》。閑知之,爲一笑耳。桂州遞中有和仲奉和詩四首,不知到未?且一報之。(卷五二《與王定國一一》,中華書局。下引此書只注卷次)

某啓:到雷見張君俞,首獲公手書累幅,欣慰之極,不可云諭。到廉,廉守乃云公已離邕去矣。方悵然,欲求問從者所在,少通區區,忽得來教,釋然,又得新詩,皆秀杰語,幸甚幸甚!別來百罹,不可勝言,置之不足道也。《志林》竟未成,但草得《書傳》十三卷,甚賴公兩借書籍檢閱也。向不知公所存,又不敢帶,行封作一籠,寄邁處,令訪尋歸納。如未有便,且寄廣州何道士處,已深囑之,必不散墜。某留此,過中秋,或至月末乃行。至北流作竹筏,下水歷容、藤至梧。與邁約,令般家至梧相會。中子迨,亦至惠矣。却雇舟溯賀江而上,水陸數節,方至永。老業可奈何!奈何!未會間,以時自重。不宣。(卷五六《與鄭靖老三》)

某閑廢,无所用心,專治經書。一二年間,欲了却《論語》、《書》、《易》,舍弟已了却《春秋》、《詩》。雖拙學,然自謂頗正古今之誤,粗有益于世,瞑目无憾也。又往往自笑不會取快活,真是措大餘業。聞令子手筆甚高,見其字,想見其人超然者也。(卷五一《與滕達道二一》)

某年六十五矣，體力毛髮，正與年相稱，或得復與公相見，亦未可知。已前者皆夢，已後者獨非夢乎？置之不足道也。所喜者，海南了得《易》、《書》、《論語》傳數十卷，似有益于骨朽後人耳目也。少游遂死于道路，哀哉！痛哉！世豈復有斯人乎？端叔亦老矣。迨云須髮已皓然，然顏極丹且渥，僕亦如此爾。各宜閟嗇，庶復相見也。兒侄輩在治下，頻與教督之，有一書，幸送與。醉中不成字。不罪不罪！（卷五二《答李端叔三》）

予自海康適合浦，遭連日大雨，橋梁盡壞，水无津涯。自興廉村淨行院下，乘小舟至官寨。聞自此以西皆漲水，无復橋船。或勸乘蜒舟並海即白石。是日，六月晦，无月。碇宿大海中，天水相接，疏星滿天。起坐四顧太息，吾何數乘此險也！已濟徐聞，復厄于此乎？過子在傍鼾睡，呼不應。所撰《易》、《書》、《論語》皆以自隨，世未有別本。撫之而歎曰："天未喪斯文，吾輩必濟！"已而果然。七月四日合浦記。時元符三年也（卷七一《書合浦舟行》）

晁公武《郡齋讀書志》

《東坡書傳》十三卷，右皇朝蘇子瞻撰。熙寧以後，專用王氏之説進退多士，此書駁其説爲多。又以《胤征》爲羿篡位時，《康王之誥》爲失禮，引《左氏》爲證，與諸儒之説不同。（卷一）

尤袤《遂初堂書目·尚書類》

《蘇氏書傳》。

陳振孫《直齋書錄解題》

《東坡書傳》十三卷，蘇軾撰。其于《胤征》，以爲義和貳于羿而忠于夏；于《康王之誥》，以釋衰服冕爲非禮，曰"予于《書》，見聖人之所不取而猶存者有二"，可謂卓然獨見于千載之後者。又言"昭王南征不復，穆王初无愧恥之意、哀痛之語"；"平王當傾覆禍敗之極，其書與平康之世无異，有以知周德之衰，而東周之不復興也"。嗚呼！其論偉矣！（卷二）

《朱熹集·續集》

諸説此間亦有之，但蘇氏傷于簡，林氏傷于繁，王氏傷于鑿，吕氏傷于巧。然其間盡有好處。（卷三《與蔡仲默書帖》）

《尚書》傾嘗讀之，苦其難而不能竟也。注疏、程、張之外，蘇氏説亦有可觀，但終是不純粹。（卷六四《答或人四》）

黎靖德編《朱子語類》

東坡説話固多不是，就他一套中間又自有精處。如説《易》説甚性命，全然惡模樣；如説《書》，却有好處。（卷一二〇）

東坡《書》解却好，他看得文勢好。（卷七八）

東坡《書》解，文義得處較多。尚有粘滯，是未盡透徹。（卷八〇）

問："讀《尚書》，欲裒諸家説觀之，如何？"先生歷舉王、蘇、程、陳、林少穎、李叔易十餘家解訖，却云："便將衆説看未得。且讀正文，見個意思了，方可如此將衆説看。書中易曉處直易曉，其不可曉處，且闕之。如《盤庚》之類，非特不可曉，便曉了，亦要何用？如《周誥》諸篇，周公不過是説周所以合代商之意。是他當時説話，其間多有不可解者，亦且觀其大意所在而已。"又曰："有功夫時，更宜觀史。"（同前）

或問："《書》解誰者最好？莫是東坡書爲上否？"曰："然。"又問："但若失之簡。"曰："亦有只消如此解者。"（同前）

諸家注解，其説雖有亂道，若内只有一説是時，亦須還它底是。《尚書》句讀，王介甫、蘇子瞻整頓得數處甚是，見得古注全然錯。然舊看郭象解《莊子》，有不可曉處。後得吕吉甫解看，却有説得文義的當者。（同前）

因論《書解》，必大曰："舊聞一士人説，注疏外，當看蘇氏、陳氏解。"曰："介甫解亦不可不看。《書》中不可曉處，先儒既如此解，且只得從他説。但一段訓詁如此説得通，至别一段，如此訓詁便説不通，不知如何。"（同前）

胡安定《書解》未必是安定所注，《行實》之類不載。但《言行録》上有少許，不多，不見有全部。專破古説，似不是胡平日意。又問引東坡説。東坡不及見安定，必是僞書。（同前）

木之問："《書》解誰底好看？"曰："東坡解，大綱也好，只有失。如説'人心惟危'這般處，便説得差了。"（同前）

夏僎《詳解序》

書説之行世，自二孔而下，无慮數十家，而卓然顯著者，不過河南程氏、眉山蘇氏與夫陳氏少南、林氏少穎、張氏子韶而已。程氏温而邃，蘇氏奇而當，陳氏簡而明，林氏博而贍，張氏該而華，皆近世學者之所酷嗜。

呂光《黃度〈書説〉序》

宋諸儒治《尚書》者，言人人殊，蓋數十餘家，吳氏、王氏、呂氏、蘇氏最著。九峰蔡氏得紫陽朱子之學，作《集傳》，學者尤宗之，于是諸家之言《尚書》者不復行于世。（《經義考》卷八一引）

王柏《書疑自序》

朱子嘗謂眉山蘇氏《書》説，善得其文勢。或謂失之簡，曰"如是亦可矣"。（《通志堂經解》本）

楊士奇《文淵閣書目》

《尚書東坡傳》一部三册。又：一部四册。（卷一）

胡直《書蘇子瞻書傳後》

昔唐荆川先生語予曰："曾見蘇子瞻《書傳》乎？"曰："未也。""盍求之？"歲之甲子，予行部至眉，求諸鄉大夫張中丞，得其寫本，讀之益知蘇氏之學。蓋予自壯後始能讀蘇氏文，喜其言能自立，不爲詭隨。其論當時大計，是非利害，開闔抑揚，緣有本末，可以醒瘖人主，措諸事功不誣。及讀其《中庸論》，乃知蘇氏未有得于性道，以至强非而妄斥，則怪其自立之過。今讀其《書傳》，誠有篤論，獨其訓"欽明文思"則指以爲聖人之才，舉五教亦與孟子殊，其病略與《中庸論》同。然後知君子之貴于聞性道也。雖然，若蘇氏父子，其學皆嘗遠探于經而博取于傳，以發其中心之誠然，所謂一家之言是已。其視今之棄經尊史、附和影響者則大不侔矣。乃歸其本張公，而寓書其末云。

淩濛初《東坡書傳序》

傳注之家有二派焉，一曰博洽，旁蒐廣列，引客證主，裴松之之注《三國志》、劉孝標之注《世説》、酈道元之注《水經》也。一曰聰明，發揮己見，以意逆志，韓非之《解老》、《喻老》，向秀之注《莊》，王冰之解《素問》，張商英之注《素書》也。訓詁而餖飣之，下矣；釋義而經生之，下之下矣。國朝以宋儒蔡沈《尚書傳》頒之學宫，而"七政"、"左旋"之説，業已不愜高皇帝意。楊用修氏之説經，多取漢儒，其言曰："漢世去孔子未遠，傳之人雖劣其説，宜得其真。宋儒去孔子千五百年，雖其聰穎過人，安能一旦盡棄舊而獨悟于心耶？"故自謂觀《尚書》不可廢古注，以孔安國爲漢人，又孔子後也。見固卓然矣。蘇氏雖亦宋人乎，然其博洽異常，可于其詩知之；其聰明蓋世，可于其文知之，固非一時諸儒所可望項背者。此其于餖飣、經生之二豎未入膏肓也。與其祧漢而宗宋乎，則毋乃廓廡諸儒而兩楹蘇矣。　　吳興淩濛初撰並書。（淩濛初朱墨套印本《東坡書傳》卷首）

茅瑞徵《禹貢匯疏·自序》

《禹貢》一書，兩孔氏注疏原本山川，頗得其概。而三江、九江，悉屬影響。至宋蔡掯撫諸家之説，深心訂定，多出先儒意表，然援引證據，未能曲暢。間考蘇端明《書傳》，意解各殊。及參以《大全》諸儒論著，問難蜂起。

蔡沈《書集傳》

何喬新曰：朱子所取四家，而王安石傷于鑿，吕祖謙傷于巧，蘇軾傷于簡，林之奇傷于繁。（《經義考》卷八二引）

王頊齡《欽定書經傳説匯纂》

朱子曰：諸經皆以注疏爲主，《書》則兼取劉敞、王安石、蘇軾、程頤、楊時、晁説之、葉夢得、吳棫、薛季宣、吕祖謙。（卷首下）

閻若璩《古文尚書疏證》

常熟馮氏言："蘇家論事，少討論一層工夫。"亦殆有以也。（第七三）

永瑢、紀昀等《東坡書傳提要》

臣等謹案，《書傳》二十卷，宋蘇軾撰。《尚書》所載皆帝王大政，軾究心經世之學，明于事勢，而長于議論，于治亂興亡之故，披抉明暢，較他經獨爲擅長。其釋《禹貢》"三江"，定爲南江、中江、北江，本諸鄭康成，遠有端緒；但未嘗詳審經文，考核水道，而附益以味別之説，遂以啓後人之譏議。至于以羲和曠職爲貳于羿而忠于夏，則林之奇宗之；以《康王之誥》服冕爲非禮，引《左傳》叔向之言爲證，則蔡沈取之。朱子亦稱其解《吕刑》篇，以"荒度作刑"爲句，甚合于理。則皆卓然有特見。朱子雖有"惜其太簡"之説，然漢代訓詁文多簡質，自孔、賈以後，徵引始繁。軾文如萬斛源泉，隨地涌出，非不能漫衍其詞，當以解經之體，詞貴典要，故斂才就範，但取詞達而止。未可以繁省爲優劣也。（文淵閣《四庫全書》本）

永瑢、紀昀等《四庫全書總目》

《東坡書傳》十三卷（内府藏本），宋蘇軾撰。軾有《東坡易傳》，已著録。是書《宋志》作十三卷，與今本同。《萬卷堂書目》作二十卷，疑其傳寫誤也。晁公武《讀書志》稱："熙寧以後，專用王氏之説進退多士，此書駁異其説爲多。"今《新經尚書義》不傳，不能盡考其同異。但就其書而論，則軾究心經世之學，明于事勢，又長于議論，于治亂興亡披抉明暢，較他經獨爲擅長。其釋《禹貢》"三江"，定爲南江、中江、北江，本諸鄭康成，遠有端緒；惟未嘗詳審經文，考核水道，而附益以味別之説，遂以啓後人之議。至于以羲和曠職爲貳于羿而忠于夏，則林之奇宗之；以《康王之誥》服冕爲非禮，引《左傳》叔向之言爲證，則蔡沈取之。《朱子語録》亦稱其解《吕刑》

篇，以"王享國百年髦"作一句，"荒度作刑"作一句，甚合于理。後與蔡沈帖，雖有"蘇氏失之簡"之語，然《語録》又稱："或問諸家《書》解誰最好？莫是東坡？"曰："然。"又問："但若失之太簡。"曰："亦有只須如此解者。"則又不以簡爲病。洛閩諸儒，以程子之故，與蘇氏如水火，惟于此書有取焉，則其書可知矣。（卷一一）

永瑢、紀昀等《四庫全書簡明目錄》

軾《易傳》或偶涉玄談，此書則于治亂興亡，抉摘明切。蓋軾究心經世之務，又長于論説，洛閩諸儒，以程子之故，與軾如水火，而不能不取此書，則大略可知矣。（卷二）

周中孚《鄭堂讀書記補逸》

東坡究心經世，明于治亂興亡之故，其爲此傳，解説與筆力俱勝。自宋以來諸家皆无間然者。當日既成《易傳》、《書傳》、《論語説》三書，撫之曰："今世要未能信，後有君子，當知我矣。"迄于今，其言果驗。蓋文章得失，寸心自知，後人公論，自不容泯。顧蘇氏經義，世多以其詩文掩，至王伯厚《玉海》，第謂其書能排王氏《新經義》，則又淺乎其言之也。（卷三）

丁丙《善本書室藏書志》

《東坡先生書傳》二十卷，明刊本。晁公武《讀書志》稱："熙寧以後，專用王氏之説進退多士，此書駁異其説爲多。"今《新經尚書義》不傳，无從考其同異。就書而論，坡公究心經世之學，明于事勢，又長于議論，于治亂興亡，披抉明暢，較諸經獨爲擅長。雖洛閩諸儒亦不得瑕疵其間矣。（卷一）

胡玉縉《四庫提要補正》

《東坡書傳》十三卷。《萬卷堂書目》作二十卷，疑其傳寫之誤也。陸氏、丁氏《藏書志》並有明刊本二十卷，瞿氏《目録》有焦竑刻《兩蘇經解》六十二卷，其中《書傳》亦二十卷，《秘籍志》同。

張海鵬《東坡書傳跋》

《東坡先生書傳》，《宋志》作十三卷，《四庫全書》所録亦十三卷。此本作二十卷，與《萬卷堂書目》合。不知分自何人。明吳興淩濛初有序，袁了凡、楊用修、姚承庵、沈則新皆有批。則此二十卷，似非傳寫之誤。余刊《周易集解》，仍毛氏所分卷帙。蓋以書之首尾既全，卷帙之分合于説經要旨无關耳。今于是編，亦仍二十卷之舊，詳校付梓。至淩序所稱坡公"博洽聰明，非一時諸儒可望項背。傳注家飣餖經生之二豎未入膏肓，與其祧漢而宋，則毋乃廊廡諸儒而兩楹蘇矣"。斯説也，余亦未敢問然。嘉慶甲子臘月二十日，若雲張海鵬識。（《學津討原》本《東坡書傳》卷末）

［附錄二］

蘇軾《東坡書傳》述略

舒大剛

　　蘇軾不僅是北宋最優秀的文學家，同時也是傑出的思想家、政論家。他除了在文采飛揚的文學作品中展示了其獨特的政治思想、哲學思想和倫理思想，還撰有專門的學術著作，系統闡述其學術思想。他曾受父命作《易傳》，使"千載之微言煥然可知"；"作《論語說》，時發孔氏之秘"；又"作《書傳》，推明上古之絕學，多先儒所未達"。代聖人立言，借經典垂教，奇思妙想，嘉言讜論，層見迭出，其著述在一定程度上影響了後世學人的學術研究。蘇軾對自己的學術著作十分自負，"既成三書，撫之嘆曰：'今世要未能信，後有君子，當知我矣。'"① 將《易傳》、《書傳》、《論語說》（此書已佚）當作下貽君子之知的名山事業。又《答蘇伯固三》說："撫視《易》、《書》、《論語》三書，即覺此生不虛過！"② 可惜後人對他的學術著作重視不夠，文學史家視之爲思想史研究的內容，而研究思想史的學者又將之視爲文人之書而不願稍加留意。近世劉起釪《尚書學史》說《東坡書傳》"在學術上亦自有其可獨立存在之處"，"在今天見到的宋人解《書》之作中，這是較早的解說得較有見地的一部"，但限於體例未能深入。③ 自朱熹以降迄清"四庫館臣"都認爲《書傳》乃東坡經學最高成就，"較他經獨爲擅長"④，不容我們漠然待之。

一、《東坡書傳》的撰著與流傳

　　蘇軾少治經典，在應制科《進論》中即有《易論》、《書論》、《春秋論》等篇章，後來又陸續對《尚書》中的許多重要問題撰寫專篇，加以探討。而撰《尚書》全書通解則在他晚年貶官期間。元豐三年（1080）蘇軾謫居黃州，《與滕達道二一》說將"專治經書"，"欲了却《論語》、《書》、《易》"。⑤ 他貶官黃州時已計劃作《論語》、《尚書》、《周易》三部經解。其《黃州上文潞公書》說，"到黃州無所用心"，"遂因先子

---

① 蘇轍：《亡兄子瞻端明墓誌銘》，《欒城後集》卷二二，上海：上海古籍出版社，1987年。
② 蘇軾：《蘇軾文集》卷五七，北京：中華書局，1986年。下引此書只注書名、卷次。
③ 劉起釪：《尚書學史》，北京：中華書局，1989年。
④ 永瑢、紀昀等：《四庫全書總目》卷一一《東坡書傳提要》，北京：中華書局，1965年。
⑤ 《蘇軾文集》卷五一。

之學，作《易傳》九卷；又自以意作《論語說》五卷"。① 而《書傳》當時却没有完成。

紹聖元年（1094）蘇軾再貶嶺南，居惠州，四年遷海南。蘇軾除了繼續修改《易傳》、《論語說》外，還完成了《書傳》，即《與鄭靖老三》說"草得《書傳》十三卷"②；又《答李端叔三》"所喜者，海南了得《易》、《書》、《論語》傳數十卷"③；又海南《題所作書、易傳、論語說》"吾作《易》、《書》、《論語》說，亦粗備矣"④。以上證據皆可證明《易傳》、《書傳》、《論語說》三經解最終完成於海南。蘇轍《亡兄墓誌銘》言"最後居南海，作《書傳》"更是其明證。

《東坡書傳》，晁公武《郡齋讀書志》卷一、陳振孫《直齋書録解題》卷二著録皆十三卷，《宋史·藝文志》同。其《與鄭靖老三》："草得《書傳》十三卷，甚賴公兩借書檢閱也。"其原書爲十三卷可知。明、清書目則作二十卷，《四庫全書總目》提要說："是書《宋志》作十三卷，與今本同。《萬卷堂書目》作二十卷，疑其傳寫之誤也。"不過萬曆《兩蘇經解》本、明末朱墨套印本皆二十卷，甚至《四庫全書》本身所收也是二十卷，"館臣"否定二十卷本的存在，是没有必要的。胡玉縉《四庫提要補正》、周中孚《鄭堂讀書記·補遺》都有駁正。無論是十三卷，還是二十卷，經張海鵬考察，其"書之首尾既全"，"卷帙之分合，于說經要旨無關耳"⑤。其書初撰爲十三卷，後來大概因卷帙過重，分爲二十卷了。

蘇軾《書合浦舟行》記其元符三年（1100）獲赦，渡海北歸，"自海康適合浦，遭連日大雨，橋梁盡壞，水無津涯。……所撰《易》、《書》、《論語》皆以自隨，世未有别本。撫之而嘆曰：'天未喪斯文，吾輩必濟！'已而果然。"⑥ 可惜天不假年，他輾轉至常州，却一病不起，臨死前，蘇軾鄭重地把三書托付生前好友錢濟明，對錢說："某前在海外，了得《易》、《書》、《論語》三書，今盡以付子。"⑦ 其所携以自隨和付給錢濟民的都是鈔本。蘇軾死後，釋道潛作《東坡先生挽詞三》："準《易》著《書》人不見，微言分付有諸郎。"⑧ 既說"人不見"，可知蘇軾生前未曾刊刻。《蘇潁濱年表》謂轍歸潁昌，時方詔天下焚滅元祐學術，敕諸子録以上三書，"以待後之君子"，可見當時只有鈔本。宣和中，除《東坡易傳》在蜀中有刻本外，《書傳》、《論語說》皆以寫本存世。⑨

---

① 《蘇軾文集》卷四八。
② 《蘇軾文集》卷五六。
③ 《蘇軾文集》卷五二。
④ 《蘇軾文集》卷六六。
⑤ 張海鵬：《東坡書傳跋尾》，《東坡書傳》，《學津討原》本，江蘇：廣陵刻書局影印，1990年。
⑥ 《蘇軾文集》卷七一。
⑦ 何薳：《春渚紀聞》卷六，北京：中華書局，1999年。
⑧ 釋道潛：《參寥子詩集》卷一一，《四部叢刊》本，上海：商務印書館，1936年。
⑨ 陸游《跋蘇氏易傳》："此本，先君宣和中入蜀時所得也。方禁蘇氏學，故謂之毘陵先生云。"（《渭南文集》卷二八）由此可見，至少徽宗宣和年間有人偷刻過《毘陵易傳》。

南宋和元儒《書》學著作，屢屢稱引蘇氏《書傳》，其間有無刻本不可考。不過，根據明嘉靖年間胡直（1517—1585）《書蘇子瞻書傳後》所述，似乎直至明初尚無刻本："昔唐荆川先生（順之）語予曰：'曾見蘇子瞻《書傳》乎？'曰：'未也。''盍求之？'歲之甲子，予行部至眉，求諸鄉大夫張中丞，得其寫本讀之。……乃歸其本張公，而寓書其末云。"① "甲子"即嘉靖四十三年（1564），此前唐順之要胡直求蘇子瞻《書傳》而未得，至甲子年胡按部眉州纔在"鄉大夫張中丞"家尋到《書傳》"寫本"。至萬曆丁酉（1596）畢侍郎刻《兩蘇經解》，焦竑《東坡易傳序》說是從"荆溪唐中丞得子瞻《易》、《書》二解"，彙而刻之，其時已在胡直按蜀後三十二年。如此看來，《東坡書傳》在萬曆時始有刻本。焦氏從唐中丞家所得的"子瞻《易》、《書》二解"，可能正是胡直從蜀中帶回的副本。《東坡書傳》現存版本主要有《兩蘇經解》本、凌濛初（或作閔齊伋）刻朱墨印本、毛晉刻《津逮秘書》本、清《四庫全書》鈔本、張海鵬《學津討原》本、清順治刊本以及明、清寫本尚多，其中以《兩蘇經解》本早，而以《學津討原》本最優。

二、力矯時弊，駁正王氏"新學"

　　蘇軾爲文主張"有爲而作"，"言必中當世之過"。他耗費後半生心血撰著的三部經學著作，自然更是如此。他撰《易》、《書》二傳和《論語說》的原因，除了出於中國知識分子想"立言"以垂不朽的共同目的外，也有其欲"中當世之過"的現實用意。《東坡書傳》所要鍼砭的"當世之過"首先就是當時由王安石"新學"引起的穿鑿附會學風。晁公武曰："熙寧以後，專用王氏之說，進退多士，此書駁異其說爲多。"② 可見，從原創動機上講，此書之作有針對王氏"新學"的意圖。

　　王安石爲推行新法，力圖在儒家經典中尋找依據，組織撰寫了《三經新義》。熙寧六年（1073）置經義局，王安石自任總提舉，自撰《新經周禮義》，命其子雱與呂惠卿等人撰《毛詩》、《尚書》二經義。熙寧八年（1075）《新經尚書義》十三卷成，與已成的《周禮》、《毛詩》新義，合爲《三經新義》頒於學官，用以取士，謂之"新學"。《郡齋讀書志》說："是經頒於學官，用以取士，或少違異，輒不中程。由是獨行於世者六十年。"陳振孫《直齋書錄解題》亦謂："王氏學獨行於世者六十年，科舉之士熟於此乃合程度，前輩謂如脫墼然，案其形模而出之爾。"③ 王氏新學以政治高壓爲手段，以利祿之路作誘餌，一時間排斥舊學，傾動天下。呂祖謙《王居正行狀》說，當時

---

① 胡直：《書蘇子瞻書傳後》，《衡廬精舍藏稿》卷一八，文淵閣《四庫全書》本。
② 晁公武：《郡齋讀書志》卷一，上海：上海古籍出版社，1990年。王應麟《困學紀聞》卷八也有類似說法。
③ 王氏《新經義》已佚，清人從《永樂大典》只輯出《周官新義》一書，臺灣大學程元敏有《三經新義輯考彙評》（一）、（二），從諸文獻中輯出其《尚書新義》、《詩經新義》佚文。

"概以王氏説律天下士",而將"老師宿儒"之説稱爲"曲學","當是之時,内外校官非《三經義》、《字説》不登几案,他書雖世通行者,或不能舉其篇帙"。但是,王安石的《三經新義》並未遵循儒學發展規律,也沒有實事求是的學術態度,而是純粹將經學當成現實政治的奴婢,南宋學者汪應辰指斥:"王安石訓識經義,穿鑿傅會,專以濟其刑名法術之説。如《書義》中所謂'敢於殄戮乃以乂民'、'忍威不可訖'、'凶惡不可忌'之類,皆害理教,不可以訓。"①其言正切中了他的命脉。南宋時並不反對王安石學術的朱熹也稱"今人多説荆公穿鑿"②、"王氏説傷於鑿"③,正代表了南宋多數學者的看法。這種依靠主觀臆斷、穿鑿附會產生的學術著作,帶來的當然不可能是積極的影響。逐利士子,不再廣涉博覽先儒傳解,只誦習王安石《新義》就可以了;也不需涵泳聖賢經典,只要沿着"新學"路子信口雌黄就足以自出新意。於是乎割斷歷史,沒有繼承,學風日偷,世風日下,臆説紛紜,"士習膠固"④,全沒有學術的尊嚴。這令王安石本人也大爲惱火。陳師道《後山談叢》説:"王荆公改科舉,暮年乃覺其失,曰:'欲變學究爲秀才,不謂變秀才爲學究也。'蓋舉子專誦王氏章句而不解義。"這是附會之學和利禄誘惑帶來的必然惡果。

針對"新學"穿鑿附會之習,一些正直的學者一開始就對"新學"口誅筆伐。《郡齋讀書志》説:"而天下學者喜攻其短,自開黨禁,世人鮮稱焉。"也就是説,對"新學"的批評從一開始就出現了,至徽宗末年廢除黨禁後,人們更棄之不再提及了。如當時范純仁即作《尚書解》進呈神宗,以反對王氏新法及新學;文彦博作《二典義》一卷、《尚書解》一卷,洛學首領程頤作《書説》一卷、《堯典舜典解》一卷,也是針對《新經尚書義》而發。當時的蘇軾兄弟以其特有的恢諧和幽默,對"新學"也多所嘲諷。邵博《聞見後録》卷二〇載,熙寧初蘇軾通判杭州,劉道原欲刻印"七史",致書蘇軾,軾《答劉道原書》曰:"方'新學'經解紛然,日夜摹刻不暇,何力及此!近見京師經義題:'國異政,家殊俗。國何以言異,家何以言殊?'又:'有其善,喪厥善,其厥不同,何也?'又説《易·觀卦》本是老鸛,《詩》大、小雅本是老鴉。似此類甚衆,大可痛駭!"⑤(按,"有其善,喪厥善",即《尚書·説命中》文。)陳善《捫蝨新話》卷一"王荆公新法新經":"王荆公行新法,同時諸公皆不以爲然,二蘇(軾、轍)頗有論列。荆公於《三經新義》託意規諷,至《大誥》篇則幾乎罵矣。《召公論》真有爲而作也。後東坡作《書》、《論語》諸解,又矯枉過直而奪之。"朱彧《萍洲可談》卷一:"先公在元祐背馳,與蘇轍尤不相好,公知廬州,轍門人吳儔爲州學教授,論公延鄉人方素于學舍講《三經義》,轍爲内應,公坐降知壽州。"以上

---

① 朱彝尊:《經義考》卷八〇"張綱《尚書講義》"條,北京:中華書局,1998年。
② 朱熹:《答蔡仲默》,《朱熹集·續集》卷三,成都:四川教育出版社,1996年。
③ 黎靖德編:《朱子語類》卷七八,北京:中華書局,1986年。又《經義考》卷八二"蔡沈《書集傳》"條下引何喬新亦説。
④ 陳振孫:《直齋書録解題》卷二,上海:上海古籍出版社,1987年。
⑤ 邵博:《邵氏聞見後録》卷二〇,北京:中華書局,1983年。

諸條，都是二蘇兄弟對王氏學術批判的生動例證。元祐年間，蘇轍曾反對人聚講《三經新義》之學；中經紹聖新政、元符改制，至蘇軾居海南已有二十五年之久，蘇軾仍對之耿耿于懷，不惜以老邁之軀，奮如椽之筆，撰《書傳》數十萬言以駁正之。猶之乎孟子闢異端、斥楊墨，豈好辯哉，亦不得已也。王十朋詩曰："三等策成名烜赫，萬言書就迹危疑。《易》、《書》、《論語》忘憂患，天下《三經》、《字説》時。"① 正是對蘇軾三部學術著作撰著主旨的揭示。蘇軾幼子蘇過《大人生日一》詩："云何困積毁，抑未泯斯文。欲救微言絶，先懲百氏紛。韋編收斷簡，魯壁出餘焚。論斥諸儒陋，功逾絳帳勤。"② 所謂"懲百氏紛"、"斥諸儒陋"，即是對其父東坡在海南撰定三經解用意的明白坦陳。主張實事求是，捍衛學術的純潔性，就是《東坡書傳》的第一個貢獻，可惜王氏《新經尚書義》已佚，無由詳考蘇、王二人學術的異同了。《東坡書傳·周官》有曰："今律令之外，科條數萬，而不足于用，有司請立新法者日益而不已。嗚呼，任法之弊，一至于此哉！"蘇軾反對任法而忽視人才的簡拔，也是直接針對王安石新法而言的。又于《益稷》篇批評"近世學者喜異而巧于鑿"，《召誥》篇駁斥"古今學者"，"又勸王亦須果敢殄滅殺戮以爲治"，《梓材》批駁"學者"說"《康誥》所戒，大抵先言殺罰"云云，結合前引汪應辰指責王氏《書義》"敢于殄戮乃能乂民"之説，顯然是針對王安石新學而發的。

需要指出的是，反對王氏《書經新義》，并不是蘇氏《書傳》的專利，除上面提及的范純仁、文彥博、程頤諸人外，尚有劉敞、曾肇、吕大臨、張庭堅、楊時、孔武仲、孫覺等，也都著書批駁"新學"。③ 但上述諸人之書除程頤、文彥博、楊時（《尚書講義》）所著尚存外，其餘諸家都灰飛煙滅，無可考述了。蘇氏《書傳》是諸多反王著作中保存最完整的，也是反王氏說中最系統的，因此在宋代《書》學著作中尤爲引人注目。

三、見解獨到，勝義迭出

《東坡書傳》在解經方面，特別是對文義的審察，制度的考辨方面，勝義迭見，美不勝收，多新穎獨到之見。《郡齋讀書志》說其書："以《胤征》爲羿篡位時、《康王之誥》爲失禮，引《左傳》爲證，與諸儒之說不同。"《直齋書録解題》稱其"于《胤征》以爲義和貳于羿而忠于夏，于《康王之誥》以釋衰服冕爲非禮，……又言昭王南征不復，穆王初無憤恥之意"云云，爲千古未發之"偉論"。《四庫全書總目》言"其

---

① 王十朋：《遊東坡十一絶之八》，《梅溪先生文集》卷一五，《四部叢刊》本，上海：商務印書館，1929年。
② 舒大剛等：《斜川集校注》卷二，成都：巴蜀書社，1995年。
③ 劉起釪：《尚書學史》，北京：中華書局，1989年。

釋《禹貢》三江，定爲南江、中江、北江，本諸鄭康成，遠有端緒；……以羲和曠職爲貳于羿而忠于夏，則林之奇宗之；以《康王之誥》服冕爲非禮，引《左傳》叔向之言爲證，則蔡沈取之；《朱子語錄》亦稱其解《吕刑》篇，以'王享國百年耄'作一句，'荒度作刑'作一句，甚合于理"，等等，都被認爲有功古學。

《胤征》一篇本是後起之書，《書序》："羲和湎淫，廢時亂日，胤往征之，作《胤征》。"僞書曰："惟仲康肇位四海，胤侯命掌六師，羲和廢厥職，酒荒於厥邑，胤后承王命徂征。"後世注家多根據僞書，說是胤侯受仲康之命以征羲和。蘇軾據《左傳》、《史記》，發現仲康時期是"羿爲政"，後來寒浞代羿，浞又執政。認爲："胤征之事，蓋出於羿，非仲康之所能專明矣。"胤侯所數羲和的罪狀，"其實狀止於酗酒、不知日食而已"，"此一法吏所辦耳，何至於六師取之乎？"對這一問題，後來的朱熹也有所疑，但只説"不可考"①。蘇軾認爲這裏另有隱情，"羲和湎淫之臣也，而貳於羿，蓋忠於夏也"，"故羿假仲康之命，以命胤侯而往征之"。胤侯之誅羲和，不過矯王命以除異己而已。儘管歷史上并無羲和貳於羿、忠於夏的其他史證，但從僞書《胤征》中確實只能得出這個結論。

所謂《康王之誥》失禮，指蘇軾解"王釋冕反喪服"爲失禮。其時，康王初即位，"成王崩未葬，君臣皆冕服"。冕爲吉服，蘇軾説這是"非禮"行爲。今文合《康王之誥》於前篇《顧命》，《顧命》講成王臨死告戒召公、畢公輔佐康王；《康王之誥》記康王即位後對諸侯大臣的朝覲和告誓。居喪期間是不能服吉服的，東坡引了《左傳》晉平公死，鄭國等諸侯欲以吉禮相弔，被子產、叔向制止一事爲證。對此，前人不曾有人注意到。相同的事情在僞古文《伊訓》也有發生："伊尹祠於先王，奉嗣王祗見厥祖。""祠"是吉禮，"奠"是凶禮，其時湯未葬，當用奠，而伊尹用"祠"，這也是居喪用吉禮。當有人以其事問朱熹，朱熹也只説："此與《顧命康王之誥》所載冕服事同，意者，古人自有一件人君居喪之禮，但今不存，無以考據。"② 朱熹以"無以考據"作解，又懷疑是"人君居喪之禮"的特殊性，他依據的《伊訓》是僞書，當然是靠不住的，因此蔡沈《書集傳》於此棄本師而用蘇軾之説。

"昭王南征不復，穆王初無憤恥之意"，指東坡解《君牙》"嗚呼，予讀穆王之書一篇，然後知周德之衰有以也。夫昭王南征而不復，至齊桓公乃以問楚，是終穆王之世，君弑而賊不討也。而王初無憤恥之意，乃欲以車轍馬迹，周於天下，今觀《君牙》、《伯冏》二書，皆無哀痛惻怛之語"，"足以見無道之情"。歷史上的周穆王雖非聖君明主，但也無人這般激烈批評過他。謂"武王非聖人"，穆王爲"無道"，非東坡莫敢爲。只不過，《君牙》、《冏命》（即《伯冏》）皆晚出僞書，不能據以定古人之是非。但是蘇軾能從中看出不合理性，這對後人清理僞《古文尚書》不無啓發。

"其釋《禹貢》三江，定爲南江、中江、北江"，指釋"三江既入，震澤底定"一

---

① 黎靖德編：《朱子語類》卷七九。
② 黎靖德編：《朱子語類》卷七九。

句。震澤即今太湖。關於三江，古來異説紛紜，班固《漢書·地理志》以爲即北江（從吳縣南東入海，即松江）、中江（從蕪湖至陽羨東入海）、南江（從毘陵東北入海），此三條水道太小，且與"三江既入"的情形不合，況又置大江而不數，顯非《禹貢》所指。郭璞又以岷江、浙江、松江當之，韋昭以松江、浙江、浦陽江當之，都不是《禹貢》原意。孔安國《傳》説是"自彭蠡江分爲三入震澤，爲北江入於海"，彭蠡即鄱陽湖，自古無分三水入太湖之事。漢唐諸儒都未能圓滿解決"三江"問題。蘇軾《傳》説："三江之入，古今皆不明。予以所見考之，自豫章（即今贛江）而下入於彭蠡，而東至海，爲南江；自蜀岷山，至於九江、彭蠡，以入於海，爲中江；自嶓冢導漾，東流爲漢，過三海澨、大別以入於江，東匯澤爲彭蠡，以入於海，爲北江。此三江自彭蠡以上爲二，自夏口以上爲三。"三江即北江（漢水）、中江（岷江）、南江（豫章江，即贛江）。可是，三江既會於彭蠡，則已合爲一，何以仍稱"三江"呢？蘇軾認爲這是古人"以味別"水的原因："蓋此三水，性不相入，江雖合而水則異，故至於今而有三泠之説。"説三江雖然已合爲一江，但是各自味道未混，猶有三江之別。他的依據，一是"唐陸羽知水味，三泠相雜而不能欺，不可誣也"。二是就《禹貢》本書考之，水雖合而味不合，如《禹貢》叙漢水："嶓冢導漾，東流爲漢；又東爲滄浪之水，過三澨至於大別，南入於江"，又"東匯澤爲彭蠡，東爲北江，入於海"。漢水至夏口既已入於大江，匯於彭蠡了，《禹貢》仍然稱之"北江"。又叙江水："岷山導江，東別爲沱。又東至於澧，過九江，至於東陵，東迤北會於匯，東爲中江，入於海"。江水也與漢水合流，匯於彭蠡了，《禹貢》依然稱之"中江"。漢水、江水既合而猶有"北江"、"中江"之稱，以此"知其以味別也"。又叙濟水曰"濟水既入於河，而溢爲滎"。如果禹不以味別水，濟水已與河水混一，又怎麽知道溢出的滎水是從濟水來的呢？可見，在大禹時確實有"以味別水"的功夫。因此之故，自彭蠡而下由漢水、江水、豫章水三水合一的大江，《禹貢》猶以"三江"稱之，所謂"三江"者其實就是一條大江而已。"館臣"説東坡之説本自鄭玄，今考《尚書正義》引鄭玄釋本條作："三江分於彭蠡爲三孔，東入海。"鄱陽湖古代是否有三條水道入海，不得而知。《初學記》地部中引鄭釋岷江"東爲中江"："左合漢爲北江，會彭蠡爲南江，岷江居其中則爲中江。"東坡蓋取鄭玄釋"岷江"之文以釋"三江"，着眼點已自不同，故後人仍將"三江"爲北江、中江、南江的"知識産權"視爲東坡所有。東坡此説是《書》學史和古地理學史上非常重要的創獲，後之信其説者甚衆，如宋林之奇、邵博、黄倫、陳大猷（東陽人）、金履祥，元黄鎮成、王充耘，明馬中錫、陳第，清王夫之、錢肅潤、華玉淳、程瑶田、朱鶴齡等皆是。① 特別是程瑶田著《禹貢三江考》一書，專門疏證《禹貢》中"三江既入"一句，三卷考釋，洋洋灑灑，分析辯駁漢、魏以來諸家異説，只是爲了得出"蘇氏以爲三江止一江，其識卓矣"的結論。

至於《四庫全書總目》説"《朱子語録》亦稱其解《吕刑》篇，以'王享國百年耄'作一句，'荒度作刑'作一句，甚合於理"，見於《語類》卷七九。但是，今檢《東坡書傳》，《吕刑》"惟吕命王享國百年耄荒度作刑以詰四方"句下的解釋，實作："刑必老者制之，以其更事而仁也。'耄荒度作刑'者，以耄年而大度作刑，猶禹曰'予荒度土功'。度，約也，猶漢高祖約法三章也。"仍將"耄"字屬下讀。未知朱子所據何本？

劉起釪《尚書學史》在引列上述諸例後説："其實他的新説不止此二點。"確實如此。比如他解《禹貢》"浮於淮、泗達於河"，更是千古絶響。"淮泗達河"，孔安國傳、孔穎達疏無説。淮、泗達河必以汴水爲道，前人以汴渠爲隋煬帝所開，故疑《禹貢》此文有誤。蘇軾歷考史事，認爲古汴溝在《禹貢》時代就有了！他據《漢書》文穎注楚、漢分治的"鴻溝"有云："於滎陽下引河東南爲鴻溝，以通宋、鄭、陳、蔡、曹、衛，與濟、汝、淮、泗會於楚，即今官渡水也。"秦末、漢初之鴻溝，即東漢末年之官渡，貫穿黄河、濟水、汝水、淮水、泗水，蘇軾認爲即《禹貢》"浮於淮、泗達於河"的故道："自秦、漢以來有之，安知非禹迹耶？"又説"自春秋末"吳王夫差闢溝通水，與晉會於黄池，而江始有入淮之道，禹時則無之"。由江入淮之道即邗溝，啟自吳王夫差；由淮、泗達於河之道則遠在秦、漢之前已有。東坡又根據西晉王濬伐吳時，杜預與之書："足下既摧其（吳）西藩，當徑取秣陵（今南京），討累世之逋寇，釋吳人於塗炭。自江入淮，逾於泗、汴，泝河而上，振旅還都，亦曠世一事也。"其路綫是先沿夫差之邗溝由江入淮，再由淮越泗水、汴水，入於河，然後溯河而上，還都洛陽。所由水道皆在隋煬帝開運河之前，東坡説："又足以見秦、漢、魏、晉皆有此水道，非煬帝創開也。"由淮、泗達河，儻若無汴溝，必繞道海上，《禹貢》"直云'浮於淮、泗、達於河'，不言自海，則鴻溝、官渡、汴水之類，自禹以來有之，明矣"。東坡一反舊説，不僅觀點新奇，而且證據確鑿，論證詳密，雖驚嚇其"偉論"的學者，也無

---

① 邵博《邵氏聞見後録》卷三説蘇氏"三江"解，"以《禹貢》之言考之，若合符節"；黄倫《尚書精義》卷一〇引；陳大猷《書集傳或問》卷上"三江之辨"條；金履祥《尚書表注》；黄鎮成《尚書通考》卷七；王充耘《讀書管見》卷上"三江"條"三江既入，疑當從蘇氏之説"；《經義考》卷七九"蘇軾《書傳》"引馬中錫"東坡傳《書》'三江既入，震澤厎定'，謂三江爲南江、中江、北江。蔡九峰不取其説，且謂其爲味別者非是。然所謂以味別水者，非東坡之臆説也，唐許敬宗曰：'古五行皆有官，水官不失職，則能辨味與色。潛而時出，合而更分，皆能識之。'是先已有此言矣，九峰未之考也。至其所謂'堯之洪水未治也，東、南皆海，豈復有吴越哉？及彭蠡既潴，三江入於海，則吴越始有可宅之土，水之所鍾獨震澤而已'。斯言也，百世以俟聖人可也"；陳第《尚書疏衍》卷三；王夫之《尚書稗疏》卷二；錢肅潤《尚書體要》卷六；華玉淳《禹貢約義》；程瑶田《禹貢三江考》；朱鶴齡《禹貢長箋》卷五。

法翻其案。林之奇、吕祖謙、陳經等著名學者，都贊成東坡這一説法。①

四、善省文意，考訂錯簡與訛文

勇於懷經疑古，敢於對神聖的經典做出訂正，是蘇氏經學的又一特點。陸游曾論唐、宋之際學風説："唐及國初，學者不敢議孔安國、鄭康成，況聖人乎？自慶曆後，諸儒發明經旨，非前人所及；然排《繫辭》，毀《周禮》，疑《孟子》，譏《書》之《胤征》、《顧命》，黜《詩》之《序》，不難於議經，況傳、注乎？"②這裏，"排《繫辭》"指歐陽修《易童子問》以《繫辭》非聖人（孔子）作；"毀《周禮》"指歐陽修《問進士策》、蘇軾《策·天子六軍之制》、蘇轍《歷代論·周公》都以爲《周禮》非周公作；"疑《孟子》"指李覯《常語》、司馬光《疑孟》、蘇軾《論語説》辨《孟子》内容之誤；"譏《書》之《胤征》、《顧命》"指蘇軾説《胤征》是羿矯命叫胤侯出征，《康王之誥》中居喪有吉服不合禮制，疑《顧命》不可信；"黜《詩》之《序》"指晁説之《詩序論》四篇辨《詩序》之非和蘇轍《詩集傳》黜《詩序》不用。③陸游所舉宋人疑古五事，其中四事都與蘇氏兄弟有關，而蘇軾獨居其三。明楊守陳《書私鈔自序》亦論及宋、元之間疑《書》之風曰："（《尚書》）漢、唐諸儒，乃盡信力解，至有所難通則亦强爲之説。宋儒始疑之，若東坡之於《康誥》，荆公之於《武成》，吳才老之於《梓材》，皆明其錯。而晦庵先生又重定《武成》，一時諸家傳注，往往有愈於漢、唐者。元時王魯齋嘗作《書疑》，謂《皋陶謨》、《説命》、《武成》、《洪範》、《多方》、《立政》六篇多錯簡訛字，自以其意更定。雖未必盡合於古，然合者亦不鮮矣。"④將東坡列爲宋人疑辨《尚書》諸儒之首，所謂"脱東坡之於《康誥》"，指蘇軾以今本《康誥》首句爲《洛誥》文的錯簡。像這樣懷疑古經，調整錯簡訛字的地方，《東坡書傳》着實不少，兹羅列於下。

一是從文意語氣上審察文。蘇軾説《皋陶謨》："曰若稽古皋陶，曰允迪厥德，謨明弼諧。禹曰：俞，如何？"中間文句不連貫，缺乏承接，認爲是"簡編脱壞而失之耳"。

二是從篇章結構上，考證誤分一篇爲二。在比較《益稷》末章與《皋陶謨》首章具有連貫性後，蘇軾論斷："伏生以《益稷》合於《皋陶謨》，有以也夫！"漢代伏生

---

① 分别見林之奇《尚書全解》卷一；吕祖謙《東萊先生禹貢圖説》"淮泗達河"條曰："蘇氏據歷代事以證此，言最爲詳備。故近世言汴水者，皆以爲起於隋時，故蘇氏辨之"；陳經《尚書詳解》卷六《浮于淮泗達于河》"淮泗入河，必道于汴，此故道也。世謂隋煬帝欲幸維揚，始通汴入泗，禹時無此水，東坡"云云，引蘇氏《書傳》自"按前《漢書》項羽"起，至"非煬帝創開也"止，凡二百八十餘字，幾乎一字不漏。
② 王應麟：《困學紀聞》卷八《經説》，《四部叢刊》本，上海：商務印書館，1935年。
③ 皮錫瑞：《經學歷史》，周予同注釋，北京：中華書局，1959年。
④ 朱彝尊：《經義考》卷八八，北京：中華書局影印，1999年。

所傳《今文尚書》,《益稷》在《皋陶謨》中,蘇軾認爲應該如伏生本將兩篇合在一起。這實際已經領悟到《今文尚書》篇章結構比《古文尚書》合理。

三是從事理上懷疑錯簡,這是東坡用得最多的手段。《堯典》(含《舜典》)"八音克諧,无相奪倫。神人以和,亦曰:於,予擊石拊石,百獸率舞",東坡説"此舜命九官之際也,無緣夔於此獨稱其功。此《益稷》之文也,簡編脱誤,復見於此。"《洛誥》"帝曰:夔,命汝典樂,……夔曰:於,予擊石拊石,百獸率舞",東坡説:"舜方命九官,濟濟相讓,無緣夔於此獨言其功,此《益稷》之文,簡編脱誤,復見於此。"《洪範》"曰王省惟歲",東坡:"自此以下,皆五紀之文也,簡編脱誤,是以在此。其文當在'五曰曆數'之後。《莊子》曰'除日無歲,王省百官,兼有司之事,如歲之總日月也。'"

四是從文理上審察《書》的錯簡。《舜典》"織皮、昆侖、析支、渠搜、西戎即叙",東坡説:"《禹貢》之所長筐,皆在貢後立文,而青、徐、揚三州皆萊夷、淮夷、島夷所筐,此云'織皮、昆侖、析支、渠搜、西戎即叙',大意與上三州無異。蓋言因西戎即叙而後昆侖、析支、渠搜三國皆筐織皮。但古語有顛倒詳略爾,其文當在'厥貢惟球琳琅玕'之下,其'浮于積石,至于龍門西河,會于渭汭'三句,當在'西戎即叙'之下,以記入河水道,結雍州之末。簡編脱誤,不可不正也。"

五是從史實上考察闕誤。前述疑《胤征》爲羿矯命令胤侯征羲和一事,屬於此類。又《泰誓上》"惟十有一年,武王伐殷;一月戊午,師渡孟津,作《泰誓》三篇",東坡:"文王受命九年而崩,武王以大統未集,故即位而不改元。十一年喪畢,觀兵於商而歸。至十三年,乃復伐商。叙所謂十一年武王伐殷者,觀兵之事也。所謂一月戊午師渡孟津,作《泰誓》者,十三年之事也,而並爲一年言之。疑叙文有闕誤。"《康誥》"乃洪大誥治",東坡:"自'惟三月哉生魄'至此,皆《洛誥》文,當在《洛誥》'周公拜手稽首'之前。何以知之?周公東征,二年乃克管、蔡,即以殷餘民封康叔;七年而復辟,營洛在復辟之歲,皆經文明甚。則封康叔之時,决未營洛。又此文終篇初不及營洛之事,知簡編脱誤也。"

六是從文字上考證訛誤。《皋陶謨》"思曰贊贊襄哉",認爲"曰當爲日";又於《益稷》篇首釋曰:"皋陶之意曰:吾不知其他也,思日夜進益而已。知進而不知退,知上而不知下也。……禹亦因皋陶之言而進之,曰:'予何言?'何言者,猶皋陶之'未有知'也。又曰:'予思日孜孜。'思日孜孜者,亦猶皋陶之'思日贊贊襄哉'也。其言皆相因之辭。予是以知'曰'之當爲'日'也。"《顧命》"一人冕執鋭,立於側階",東坡:"'鋭'當作'鈗',《説文》曰:"鈗,侍臣所執兵,从金,允聲。《書》曰一人冕執'鈗'。讀若鋭。"

這些考辨都是比較精到的,因此大部分結論被後來權威學者所繼承,如蔡沈《書集傳》於《禹貢》、《皋陶謨》、《洛誥》、《康誥》等處,都引用蘇軾的上述説法,對經文予以訂正。南宋末年疑古大家王柏(號魯齋)《書疑》,也引用蘇氏疑《書》之説十餘條。《東坡書傳》的辨疑成果爲後人引用,蘇軾本人的懷疑精神也影響了一代人,由他識拔的北宋學者晁以道,對《堯典》、《舜典》、《洪範》、《吕刑》、《甘誓》、《盤庚》、《酒誥》、《費誓》等篇，都提出了質疑，其大膽程度比老師東坡先生有過之而無不及。可見，蘇軾在宋人疑古辨僞事業中，自有其一席之地。

需要指出的是，對待《古文尚書》，蘇軾只從文意、事理、制度等方面提出懷疑，沒有像吳棫、朱熹那樣從文字的難易角度提出異議，更未能像後世辨僞家那樣從文獻學、目錄學的角度予以考辨，被他懷疑的篇章有古文也有今文，存在真僞不分的情況，如上引諸篇除《胤征》而外都是伏生所傳今文，除錯簡、訛誤外，在文獻上沒有真僞問題。不過，人類認識的歷史告訴我們，對一個問題的正確認識往往需要經過許多反復。蘇軾等人從事理上、制度上、文意上對《尚書》提出的懷疑和訂正，只在辨僞方法上做出了一點點探討；吳棫、朱熹等人從語言的難易程度上懷疑《僞古文尚書》，比蘇氏等人自然是技高一籌。但是，他們一方面説"某嘗疑孔安國《書》是假書"，另一方面又堅信"僞書"《大禹謨》的"人心惟危、道心惟微、惟精惟一、允執厥中"十六字，乃堯、禹以來聖賢相承的所謂"心傳"，甚至認爲"《仲虺之誥》言仁之始也，《湯誥》言性之始也，《太甲》言誠之始也，《説命》言學之始也"①，這些篇目無一不在"僞書"之中。朱熹認爲"（吳）才老説《梓材》是《洛誥》中書，甚好"，又認爲"才老説《胤征》、《康誥》、《梓材》等篇，辨證得好"。《梓材》、《洛誥》都是《今文尚書》，吳氏將今文、古文一起懷疑，朱熹也不知其非，與蘇、晁等人犯了同樣的錯誤。可見，古書、古史的辨僞往往不是一蹴而就的。

由於《東坡書傳》超凡的學術成就，古來講學之家就很重視其書，南宋胡安定《尚書解》就"間引東坡説"②，朱熹以《東坡書傳》爲平生推重的宋代《書》學四大家之一③，稱讚蘇軾"説《書》，卻有好處"④，説"東坡《書》解卻好，他看得文勢好"，"東坡《書》解文義得處較多"，"《尚書》句讀，王介甫、蘇子瞻整頓得數處甚是"⑤，認爲《東坡書傳》在行文語勢、義理考察、句讀審讀和語言文字等方面，都堪稱上乘之作。不僅如此，朱熹還説"東坡（《書》）解，大綱也好"⑥，説《東坡書傳》的主體思想是沒有問題的。他還在《朱熹集·雜著·尚書》和《朱子語類》中引用了蘇軾不少《書》説，特別是在他指導下修成的蔡沈《書集傳》，引用東坡《書》學成就達四十六處之多。"四庫館臣"説："洛、閩諸儒以程子之故，與蘇氏如水火，

---

① 王應麟：《困學紀聞》卷二《書》，《四部叢刊》本。
② 黎靖德編：《朱子語類》卷七八。
③ 《朱熹集·續集》卷三《答蔡仲默》："諸説此間亦有之，但蘇氏傷於簡，林氏傷於繁，王氏傷於鑿，吕氏傷於巧。"《經義考》卷八二"蔡沈《書集傳》"條引何喬新："朱子所取四家，而王安石傷於鑿，吕祖謙傷於巧，蘇軾傷於略，林之奇傷於繁。"兩處所引朱子皆以"簡"病《東坡書傳》，但《朱子語類》卷七八："或問：'《書》解誰者最好？莫是東坡《書》爲上否？'曰：'然。'又問：'但若失之簡。'曰：'亦有只消如此解者。'"又并不以"簡"爲東坡病。
④ 黎靖德編：《朱子語類》卷一二〇。
⑤ 黎靖德編：《朱子語類》卷七八。
⑥ 黎靖德編：《朱子語類》卷八〇。

惟於此書有取焉，則其書可知矣。"① 文章乃天下公器，《東坡書傳》的成就已渡越學派、朋黨利益之上，在更加廣泛的學術範圍内贏得了聲譽。宋代《書》學四家之一的林之奇《尚書全解》亦引蘇説四十條以上。自南宋以迄清末，凡治《尚書》學者幾乎没有置蘇氏《書傳》於不顧的。明代胡直謂蘇氏《書傳》"誠有篤論"，"遠探於經而博取於傳，以發其中心之誠然，所謂一家之言是已"②。凌濛初説蘇軾"博洽異常"，"聰明蓋世"，甚至主張"與其祧漢而宗宋乎，則毋乃廊廡諸儒而兩楹蘇矣"③，要將蘇軾配祀孔廟，用東坡諸經傳解取代當時流行的經解範本。清人盛誇東坡"究心經世，明於治亂興亡之故"，所爲《書傳》"解説與筆力俱勝"，并對"蘇氏經義，世多以其詩文掩"的不合理現實大爲不滿。④ 以《東坡書傳》爲首的蘇氏經學著作，是蘇軾拼其平生學力、識度和晚年精力撰成的學術力作，不僅是他學術成就和學術思想的重要組成部分，也對中國經學史和學術史做出過重要貢獻，理應引起我們的足够重視。我們没有理由因爲他是一代文豪就忽視其經學成就，否則將有"買櫝還珠"之嫌了。

原載《四川大學學報》（哲學社會科學版）2000 年第 5 期

---

① 永瑢、紀昀等：《四庫全書總目》卷一一《東坡書傳提要》。
② 胡直：《書蘇子瞻書傳後》，《衡廬精舍藏稿》卷一八，文淵閣《四庫全書》本。
③ 凌濛初：《東坡書傳序》，《東坡書傳》，明凌氏朱墨套印本。
④ 周中孚：《鄭堂讀書記·補逸》卷三，《清代書目題跋叢刊八》，北京：中華書局，1993 年。

國家出版基金項目
NATIONAL PUBLICATION FOUNDATION

國家社科基金重大項目
四川省重大文化工程

三蘇經解集校

sansu jingjie jijiao

下册

舒大剛 李文澤 金生楊 張尚英 尤瀟瀟 校注

舒大剛 李文澤 主編

四川大學出版社

诗集传

蘇轍 撰

李文澤 校點

目　　錄

叙録 425

詩集傳卷一 427
　國風・周南 427
　　關雎 428
　　葛覃 429
　　卷耳 430
　　樛木 430
　　螽斯 431
　　桃夭 431
　　兔罝 431
　　芣苢 432
　　漢廣 432
　　汝墳 433
　　麟之趾 433
　國風・召南 434
　　鵲巢 434
　　采蘩 434
　　草蟲 434
　　采蘋 435
　　甘棠 435
　　行露 436
　　羔羊 436
　　殷其靁 437
　　摽有梅 437
　　小星 437
　　江有汜 438
　　野有死麕 438
　　何彼襛矣 439
　　騶虞 439

詩集傳卷二
- 國風・邶 440
  - 柏舟 440
  - 綠衣 441
  - 燕燕 441
  - 日月 442
  - 終風 442
  - 擊鼓 443
  - 凱風 443
  - 雄雉 444
  - 匏有苦葉 444
  - 谷風 445
  - 式微 446
  - 旄丘 446
  - 簡兮 447
  - 泉水 447
  - 北門 448
  - 北風 449
  - 靜女 449
  - 新臺 449
  - 二子乘舟 450

詩集傳卷三
- 國風・鄘 451
  - 柏舟 451
  - 墻有茨 451
  - 君子偕老 452
  - 桑中 452
  - 鶉之奔奔 453
  - 定之方中 453
  - 蝃蝀 454
  - 相鼠 454
  - 干旄 455
  - 載馳 455
- 國風・衛 456
  - 淇奧 456
  - 考槃 457

碩人	457
氓	458
竹竿	459
芄蘭	459
河廣	460
伯兮	460
有狐	460
木瓜	461

詩集傳卷四 462
  國風·王 462
    黍離 462
    君子于役 462
    君子陽陽 463
    揚之水 463
    中谷有蓷 464
    兔爰 464
    葛藟 465
    采葛 465
    大車 465
    丘中有麻 466
  國風·鄭 466
    緇衣 466
    將仲子 467
    叔于田 467
    大叔于田 468
    清人 468
    羔裘 469
    遵大路 469
    女曰雞鳴 469
    有女同車 470
    山有扶蘇 470
    蘀兮 471
    狡童 471
    褰裳 471
    丰 472
    東門之墠 472

風雨	472
子衿	473
揚之水	473
出其東門	473
野有蔓草	474
溱洧	474

詩集傳卷五 ……………………………………… 475
國風·齊 …………………………………………… 475
雞鳴 ……………………………………………… 475
還 ………………………………………………… 475
著 ………………………………………………… 476
東方之日 ………………………………………… 476
東方未明 ………………………………………… 476
南山 ……………………………………………… 477
甫田 ……………………………………………… 477
盧令 ……………………………………………… 478
敝笱 ……………………………………………… 478
載驅 ……………………………………………… 478
猗嗟 ……………………………………………… 479

國風·魏 …………………………………………… 479
葛屨 ……………………………………………… 479
汾沮洳 …………………………………………… 480
園有桃 …………………………………………… 480
陟岵 ……………………………………………… 481
十畝之間 ………………………………………… 481
伐檀 ……………………………………………… 481
碩鼠 ……………………………………………… 482

詩集傳卷六 ……………………………………… 483
國風·唐 …………………………………………… 483
蟋蟀 ……………………………………………… 483
山有樞 …………………………………………… 483
揚之水 …………………………………………… 484
椒聊 ……………………………………………… 484
綢繆 ……………………………………………… 485
杕杜 ……………………………………………… 485

羔裘 ··· 486
　　鴇羽 ··· 486
　　無衣 ··· 486
　　有杕之杜 ··· 487
　　葛生 ··· 487
　　采苓 ··· 488
　國風·秦 ··· 488
　　車鄰 ··· 488
　　駟驖 ··· 489
　　小戎 ··· 489
　　蒹葭 ··· 490
　　終南 ··· 491
　　黃鳥 ··· 491
　　晨風 ··· 492
　　無衣 ··· 492
　　渭陽 ··· 492
　　權輿 ··· 493

詩集傳卷七 ··· 494
　國風·陳 ··· 494
　　宛丘 ··· 494
　　東門之枌 ··· 494
　　衡門 ··· 495
　　東門之池 ··· 495
　　東門之楊 ··· 496
　　墓門 ··· 496
　　防有鵲巢 ··· 496
　　月出 ··· 497
　　株林 ··· 497
　　澤陂 ··· 497
　國風·檜 ··· 498
　　羔裘 ··· 498
　　素冠 ··· 499
　　隰有萇楚 ··· 499
　　匪風 ··· 499
　國風·曹 ··· 500
　　蜉蝣 ··· 500

候人	500
鳲鳩	501
下泉	501

詩集傳卷八 503
  國風·豳 503
    七月 503
    鴟鴞 505
    東山 506
    破斧 507
    伐柯 507
    九罭 508
    狼跋 508

詩集傳卷九 509
  小雅·鹿鳴之什 509
    鹿鳴 509
    四牡 510
    皇皇者華 510
    常棣 511
    伐木 512
    天保 512
    采薇 513
    出車 514
    杕杜 515
    魚麗 516

詩集傳卷十 517
  小雅·南陔之什 517
    南陔 517
    白華 517
    華黍 517
    南有嘉魚 517
    南山有臺 518
    由庚 518
    崇丘 518
    由儀 519

蓼蕭 ………………………………………… 519
　　湛露 ………………………………………… 519
　小雅・彤弓之什 …………………………… 520
　　彤弓 ………………………………………… 520
　　菁菁者莪 …………………………………… 520
　　六月 ………………………………………… 521
　　采芑 ………………………………………… 522
　　車攻 ………………………………………… 522
　　吉日 ………………………………………… 523
　　鴻雁 ………………………………………… 524
　　庭燎 ………………………………………… 524
　　沔水 ………………………………………… 525
　　鶴鳴 ………………………………………… 525

詩集傳卷十一 ………………………………… 526
　小雅・祈父之什 …………………………… 526
　　祈父 ………………………………………… 526
　　白駒 ………………………………………… 526
　　黃鳥 ………………………………………… 527
　　我行其野 …………………………………… 527
　　斯干 ………………………………………… 527
　　無羊 ………………………………………… 529
　　節南山 ……………………………………… 529
　　正月 ………………………………………… 531
　　十月之交 …………………………………… 533
　　雨無正 ……………………………………… 534

詩集傳卷十二 ………………………………… 536
　小雅・小旻之什 …………………………… 536
　　小旻 ………………………………………… 536
　　小宛 ………………………………………… 537
　　小弁 ………………………………………… 538
　　巧言 ………………………………………… 539
　　何人斯 ……………………………………… 540
　　巷伯 ………………………………………… 541
　　谷風 ………………………………………… 542
　　蓼莪 ………………………………………… 542

大東 ························ 543

　　四月 ························ 544

詩集傳卷十三 ························ 546

小雅·北山之什 ························ 546

　　北山 ························ 546

　　無將大軍 ························ 546

　　小明 ························ 547

　　鼓鐘 ························ 547

　　楚茨 ························ 548

　　信南山 ························ 549

　　甫田 ························ 550

　　大田 ························ 551

　　瞻彼洛矣 ························ 551

　　裳裳者華 ························ 552

詩集傳卷十四 ························ 553

小雅·桑扈之什 ························ 553

　　桑扈 ························ 553

　　鴛鴦 ························ 553

　　頍弁 ························ 554

　　車舝 ························ 554

　　青蠅 ························ 555

　　賓之初筵 ························ 555

　　魚藻 ························ 556

　　采菽 ························ 557

　　角弓 ························ 558

　　菀柳 ························ 558

詩集傳卷十五 ························ 560

小雅·都人士之什 ························ 560

　　都人士 ························ 560

　　采綠 ························ 560

　　黍苗 ························ 561

　　隰桑 ························ 561

　　白華 ························ 562

　　緜蠻 ························ 563

瓠葉ᅠ563
  漸漸之石ᅠ564
  苕之華ᅠ564
  何草不黃ᅠ565

詩集傳卷十六ᅠ566
  大雅・文王之什ᅠ566
    文王ᅠ566
    大明ᅠ568
    緜ᅠ569
    棫樸ᅠ570
    旱麓ᅠ571
    思齊ᅠ572
    皇矣ᅠ572
    靈臺ᅠ574
    下武ᅠ574
    文王有聲ᅠ575

詩集傳卷十七ᅠ577
  大雅・生民之什ᅠ577
    生民ᅠ577
    行葦ᅠ579
    既醉ᅠ579
    鳧鷖ᅠ580
    假樂ᅠ581
    公劉ᅠ581
    泂酌ᅠ582
    卷阿ᅠ583
    民勞ᅠ584
    板ᅠ584

詩集傳卷十八ᅠ587
  大雅・蕩之什ᅠ587
    蕩ᅠ587
    抑ᅠ588
    桑柔ᅠ590
    雲漢ᅠ592

崧高	593
烝民	594
韓奕	596
江漢	597
常武	598
瞻卬	599
召旻	600

詩集傳卷十九 ... 602
周頌・清廟之什 ... 602
清廟	602
維天之命	602
維清	603
烈文	603
天作	604
昊天有成命	604
我將	604
時邁	605
執競	605
思文	606

周頌・臣工之什 ... 607
臣工	607
噫嘻	607
振鷺	608
豐年	608
有瞽	609
潛	609
雝	609
載見	610
有客	610
武	610

周頌・閔予小子之什 ... 611
閔予小子	611
訪落	611
敬之	611
小毖	612
載芟	612

良耜 ·· 613
　　絲衣 ·· 613
　　酌 ·· 613
　　桓 ·· 614
　　賚 ·· 614
　　般 ·· 614

詩集傳卷二十 ·· 616
　魯頌 ·· 616
　　駉 ·· 617
　　有駜 ·· 618
　　泮水 ·· 618
　　閟宮 ·· 620
　商頌 ·· 622
　　那 ·· 622
　　烈祖 ·· 623
　　玄鳥 ·· 623
　　長發 ·· 624
　　殷武 ·· 625

〔附錄一〕歷代諸家評論 ·· 627

〔附錄二〕《詩集傳》評述 ·· 629

叙　　錄

　　蘇轍（1039—1112），字子由，眉州眉山（今四川眉山）人，晚年自號潁濱遺老，諡文定。蘇軾之弟，人稱"小蘇"。嘉祐二年（1057）進士，轉歷地方，仕至黄門侍郎。蘇轍是散文家，爲文以策論見長，自成一家。他在散文上的成就，如蘇軾所説，"汪洋淡泊，有一唱三歎之聲，而其秀傑之氣終不可没"[1]。著有《春秋集解》、《詩集傳》、《老子解》、《古史》、《龍川略志》、《龍川别志》及《欒城集》（四種）。與其父蘇洵、兄蘇軾合稱"三蘇"，名列"唐宋八大家"之林。《宋史》卷三三九有傳。

　　關於《詩集傳》的撰著，其孫蘇籀《欒城遺言》稱，蘇轍"年二十，作《詩傳》"，時當宋仁宗嘉祐三年（1058）。孫汝聽《潁濱年表》又言："及歸潁昌，時方詔天下焚滅元祐學術，轍敕諸子録所爲《詩》、《春秋》傳、《古史》，子瞻《易》、《書》傳、《論語説》，以待後之君子。"蘇轍還歸潁昌是在宋徽宗崇寧三年（1104）。據上述記載推算，蘇轍自撰寫伊始，至完稿殺青，前後用了將近五十年時間。

　　《詩集傳》的體例，是每篇先録《詩序》首句，然後下列詩文，再加以簡注。此書最突出的特點是懷疑《詩序》，僅採首句，開廢《序》言《詩》之風。蘇轍不相信子夏作《序》之説，他説："今《毛詩》之叙何其詳之甚也！世傳以爲出於子夏，予竊疑之。子夏嘗言《詩》於仲尼，仲尼稱之，故後世之爲《詩》者附之。"[2] 由此，蘇轍認爲《詩序》乃毛公之學，衛宏之所集録。又因《詩序》用語時有反復繁重，類非一人之詞者，故惟存其首一言，以下餘文，悉從删汰。這一辨析《詩序》内涵及廢去餘文之舉，可謂《詩》學史上的一次革命性做法。自蘇轍以後，從者繼踵，鄭樵力斥《詩序》之非，朱熹、王質盡廢《詩序》以言《詩》，這就逐漸形成了宋代《詩經》學一反漢學傳統的發展脈絡，將《詩經》研究推向了一個新的發展階段。從這個意義而言，蘇轍《詩集傳》的開創、啟導之功，不可磨滅。

　　此書經文説解多採自《毛傳》、《鄭箋》。毛、鄭有未安處，乃以己意説之。朱熹曾讚揚"子由《詩解》好處多"[3]。《四庫全書總目》亦評之曰："轍於毛氏之學，亦不激不隨，務持其平者。"[4] 然周中孚卻認爲："其所爲集解，亦不過融洽舊説，以就簡約，未見有出人意表者。"[5] 各家出發點不盡相同，故褒貶亦稍有差異也。

　　蘇轍《詩集傳》在宋代目録書中被稱爲《詩解》，北宋時即有刻本傳世，《郡齋讀

---

[1] 蘇軾：《答張文潛書》，《蘇軾文集》卷七四。
[2] 蘇轍：《詩集傳》卷一。
[3] 黎靖德編：《朱子語類》卷八〇。
[4] 永瑢、紀昀等：《四庫全書總目》卷一五。
[5] 周中孚：《鄭堂讀書記》卷八。

書志》卷二已有著録,稱"《蘇氏詩解》二十卷"。《直齋書録解題》卷二則署作"《詩解集傳》二十卷"。其後諸目録書或稱"傳",或稱"集傳"不一。歷代刊本卷帙亦有差異。宋刊本原爲二十卷。至明代中葉,編爲十九卷。後之刊本大多即以十九卷爲定數。明萬曆二十五年(1597)畢氏刊《兩蘇經解》,後又於萬曆三十九年(1611)重刻《兩蘇經解》,所收《潁濱先生詩集傳》均爲十九卷。清乾隆間編《四庫全書》所收亦十九卷(《四庫全書總目》卷一五署作"二十卷",與本書實際卷帙不符)。

　　《詩集傳》現存版本主要有宋淳熙七年(1180)蘇詡筠州公使庫刻本、《兩蘇經解》本、《四庫全書》本、明刻本等。此次整理,係以南宗淳熙七年刊本爲底本,參校《兩蘇經解》萬曆二十五年初刻本、萬曆三十九年重刻本、《四庫全書》本。

詩集傳卷一

國風·周南①

孔子編《詩》，列十五國先後之次，二《南》之爲首，正風也；《邶》、《鄘》、《衛》、《王》、《鄭》、《齊》、《魏》、《唐》之相次，亡之先後也；《秦》之列于八國之後，後是八國而亡也；《陳》之後《秦》，將亡之國也；《檜》、《曹》之後《陳》，已亡之國也；《豳》之列于十四國之後，非十四國之類。嘗試考其世次而論其亡之先後，後亡者《詩》之所先，而先亡者《詩》之所後也。魏、唐，晉也，諸侯之亡者莫先于晉，周安王之十六年而田氏滅齊，二十六年而韓、魏、趙滅晉。齊之亡也先晉十年，而《齊》詩先《晉》，何也？晉之失國自定公始，自定公以來者，韓、魏、趙之晉也。齊之失國自平公始，自平公以來者，田氏之齊也。定公之立，先平公三十年矣。孔子自其失國之君而以爲亡焉，故諸侯之先亡者，晉其次齊也。鄭之亡也，當安王之子烈王之元年，則齊、晉之亡也久矣。周之亡也，盡于烈王之曾孫赧王之五十九年②，則鄭之亡也亦久矣。衛之亡也，當秦始皇帝之二十七年，則周之亡也亦久矣。後亡者常先，秦最後亡而列于八國之後，以爲非特之，而又兼八國而有之也。《春秋》書諸侯之會，王之大夫必列于上，王之世子必列于後。秦之所以後于八國者，猶王世子之後諸侯也。蓋以爲異焉耳。陳之亡也，當周敬王之四十一年，孔子卒之歲而陳亡，然則孔子之編《詩》也，陳將亡矣，知其將亡而不以列于未亡之國，蓋以亡國視焉，此《陳》之所以後《秦》也。檜之亡也，當周幽王之世，鄭桓公滅之。曹之亡也，當周敬王之三十三年，宋景公滅之。檜先而曹後，因其亡之先後而爲之先後焉。以爲已亡矣，無所事先而知其後亡也，此《檜》之所以後《陳》，而《曹》之所以後《檜》也。嗚呼！數十百年之間，國之存亡，孔子預知之。讀其詩，聽其聲，觀其國之厚薄，三者具而以斷焉，是故可以先焉而無疑也。良醫之視人也，察其脈而知其人之終身疾痛壽夭之數。其不知者，以爲妄言；其知者，以爲猶視其面顏也。夫國之有詩，猶人之有脈也，其長短緩急之候，于是焉在矣。邶、鄘者，衛之所滅也；魏者，晉之所滅也；檜者，鄭之所滅也。檜詩不爲鄭，而邶、鄘爲衛，魏爲晉，何也？邶、鄘、魏之詩作于既滅，其詩之所爲作者衛、晉也，是以列邶、鄘、魏

---

① "國風"原置於"周南"之後，尚存古式。現據今人閱讀習慣稍事調整。
② 赧王：原本作"王赧"，據《四庫全書》本（下稱《四庫》本）乙。

于前，而以衛、晉終之。雖主衛、晉，而其風不同，故邶、鄘、魏不可没也。邶、鄘之詩，學者以爲衛矣，何也？叙以衛也。而魏詩不爲晉，何也？叙不以晉也。雖不以晉，亦不以魏，然則是不舉其國耳。凡叙之不舉其國者，文之所不及也，以其不及而廢其爲晉，則學者之陋矣。《汾沮洳》之三章而三稱晉官焉，非晉而何？季子觀樂于魯，至于歌《魏》曰："渢渢乎，大而婉，儉而易行，以德輔此，則盟主也。"夫亡國之詩而季子言之若此乎？蓋以爲晉矣，非亡國之詩也。至于《檜風》，檜之未亡而作矣。《豳》之非十四國之類，何也？此周公與周大夫之所作也，蓋以爲《豳》耳，非豳人之詩也。非豳人之詩而言豳之風，故繫之豳；雖繫之豳而非豳人之詩，故不列于諸國，而處之其下，此風之特異者也。以其特異而别之，亦理之當然也。季子之觀樂也，既歌《齊》，而繼之以《豳》、《秦》、《魏》、《唐》，何也？曰：孔子之未編《詩》也，太師次之，以豳爲秦之有也，而繫之秦。以秦晉之强相若也，而不能决其長短。意天下之諸侯，將歸于此二國。至孔子而後定，蓋非太師之所能知也。

文王之風謂之《周南》、《召南》，何也？文王之治周也，所以爲其國者屬之周公，所以交于諸侯者屬之召公。詩曰"昔先王受命，有如召公，日闢國百里"，言其治外也。故凡詩言周之内治由内而及外者，謂之周公之詩；其言諸侯被周之澤而漸于善者，謂之召公之詩。其風皆出于文王，而有内外之異。内得之深，外得之淺，故《召南》之詩不如《周南》之深。《周南》稱后妃，而《召南》稱夫人。《召南》有召公之詩，而《周南》無周公之詩。夫文王受命稱王，則大姒固稱后妃，而諸侯之妻固稱夫人。周公在内，近于文王，雖有德而不見，則其詩不作；召公在外，遠于文王，功業明著，則詩作于下。此理之最明者也。然則謂之"周"、"召"者，蓋因其職而名之也。謂之南者，文王在西，而化行于南方，以其及之者言之也。東、北則紂之所在，文王之初所不能及也。《毛詩》之叙曰："《關雎》、《麟趾》之化，王者之風也，故繫之周公；《鵲巢》、《騶虞》之德，諸侯之風也，先王之所以教，故繫之召公。"然則，二《南》皆出于先王，其深淺厚薄，二公無與，而强以名之，可乎？

關雎

《關雎》，后妃之德也。

孔子之叙《書》也，舉其所爲作《書》之故；其贊《易》也，發其可以推《易》之端，未嘗詳言之也。非不能詳，以爲詳之則隘，是以常舉其略，以待學者自推之，故其言曰："仁者見之謂之仁，智者見之謂之智。"夫惟不詳，故學者有以推而自得之。今《毛詩》之叙何其詳之甚也？世傳以爲出于子夏，予竊疑之。子夏嘗言《詩》于仲尼，仲尼稱之，故後世之爲《詩》者附之。要之，豈必子夏爲之？其亦出于孔子，或弟子之知《詩》者歟？然其誠出于孔氏也，則不若是詳矣。

孔子删《詩》而取三百五篇，今其亡者六焉，詩之叙未嘗詳也。詩之亡者，經師不得見矣，雖欲詳之而無由，其存者將以解之，故從而附益之以自信其説。是以其言時有反覆煩重，類非一人之詞者，凡此皆毛氏之學而衛宏之所集録也。東漢《儒林傳》曰："衛宏從謝曼卿受學，作《毛詩叙》，善得風、雅之旨，于今傳于世。"①《隋·經籍志》曰："先儒相承，謂《毛詩叙》子夏所創，毛公及衛敬仲又加潤益。"古説本如此，故予存其一言而已，曰是詩言是事也，而盡去其餘，獨采其可者見于今傳，其尤不可者皆明著其失。以爲此孔氏之舊也。

關關雎鳩，在河之洲。窈窕淑女，君子好逑。

關關，和聲也。雎鳩，王雎，鳥之摯者也，物之摯者不淫。水中可居者曰洲。"在河之洲"，言未用也。逑，匹也。言女子在家，有和德而無淫僻之行，可以配君子也。

參差荇菜，左右流之。窈窕淑女，寤寐求之。求之不得，寤寐思服。悠哉悠哉，輾轉反側。

荇，接余也。左右，助也。流，求也。服，事也。后妃將取荇菜以共宗廟，必有助而求之者，是以寤寐不忘以求淑女，將與共事也。

參差荇菜，左右采之。窈窕淑女，琴瑟友之。參差荇菜，左右芼之。窈窕淑女，鐘鼓樂之。

芼，擇也。求得而采，采得而芼，先後之叙也。凡詩之叙類此。窈窕淑女不可得也，苟其得之，則將友之以琴瑟，樂之以鐘鼓。琴瑟在堂，鐘鼓在廷，以此待之，庶其肯從我也。此求之至也。

《關雎》三章，一章四句，二章章八句。

葛覃

《葛覃》，后妃之本也。

葛之覃兮，施于中谷，維葉萋萋。黃鳥于飛，集于灌木，其鳴喈喈。

葛者，婦人之所有事也。方葛之盛時，黃鳥出于谷而集于木，鳴喈喈矣。咏歌其所有事而又及其所聞見，言其樂從事于此也。覃，延也。萋萋，茂盛貌也。黃鳥，摶黍也。灌木，叢木也。喈喈，和聲也。或曰：黃鳥之集于灌木，猶婦女有嫁于君子之道也，言女子在家習爲婦功，既成則可以適人矣。

葛之覃兮，施于中谷，維葉莫莫。是刈是濩，爲絺爲綌，服之無斁。

莫莫，成就貌也。濩，煮之也。精曰絺，粗曰綌。斁，厭也。

言告師氏，言告言歸。薄汙我私，薄澣我衣。害澣害否，歸寧父母。

言，辭也。《春秋傳》曰："言歸于好。"師，女師也。婦人謂嫁曰歸。言其告教

---

① 于今：《經解》本、《四庫》本作"至今"。

于師氏也，則告之以適人之道矣。薄，亦辭也。汙，煩撋之也。澣，濯之也。私，燕服也。衣，禮服也。此女師所以告之之言也。"害澣害否"云者，言常自絜清以事君子也，常自絜清以事君子，則可以歸寧父母矣。

《葛覃》三章，章六句。

卷耳

《卷耳》，后妃之志也。
　　婦人知勉其君子求賢以自助，有其志可耳。若夫求賢審官，則君子之事也。
采采卷耳，不盈頃筐。嗟我懷人，寘彼周行。
　　采采，不已之辭也。卷耳，苓耳也。頃筐，畚屬也。卷耳易得之物，頃筐易盈之器，而不盈焉，則志不在卷耳也。今將求賢，寘之列位，而志不在，亦不可得也。
陟彼崔嵬，我馬虺隤。我姑酌彼金罍，維以不永懷。
　　崔嵬，土山之戴石者也。虺隤，病也。姑，且也。將陟險而馬病，不求良馬以任之，徒酌酒以自慰，不以爲深憂也，則終不免矣。譬如爲國之難，知小人之不足任，而不求賢以自助，亦無以濟也。
陟彼高岡，我馬玄黃。我姑酌彼兕觥，維以不永傷。
　　此章意不盡申殷勤也，凡詩之重複類此。山脊曰岡。玄馬病則黃。兕觥，角爵，所以爲罰也。
陟彼砠矣，我馬瘏矣。我僕痡矣，云何吁矣。
　　石山戴土曰砠。瘏、痡，皆病也。馬病而不知擇，至于人又病也，則無及矣，亦吁嗟而已。

《卷耳》四章，章四句。

樛木

《樛木》，后妃逮下也。
南有樛木，葛藟纍之。樂只君子，福履綏之。
　　木下曲曰樛，木以樛故葛藟得纍之而上。后妃以逮下，故衆妾得叙進於君子，室家既和，故其君子無所憂患，而能安履其福禄。苟其不和，雖有福禄而不能安也。
南有樛木，葛藟荒之。樂只君子，福履將之。
　　荒，奄也。將，大也。
南有樛木，葛藟縈之。樂只君子，福履成之。
　　縈，旋也。成，就也。

《樛木》三章，章四句。

螽斯

《螽斯》,后妃子孫衆多也。

螽斯羽,詵詵兮。宜爾子孫,振振兮。

> 螽斯,蚣蝑也。不妒而多子,一生八十一子。詵詵,衆多也。振振,仁厚也。言后妃子孫衆多如螽斯也。

螽斯羽,薨薨兮。宜爾子孫,繩繩兮。

> 薨薨,群飛聲也。繩繩,戒慎也。

螽斯羽,揖揖兮。宜爾子孫,蟄蟄兮。

> 揖揖,會聚也。蟄蟄,和集也。

《螽斯》三章,章四句。

桃夭

《桃夭》,后妃之所致也。

桃之夭夭,灼灼其華。之子于歸,宜其室家。

> 夭夭,少壯也。灼灼,盛也。婦人甚少而盛,不以色驕其君子,而以宜其室家。此后妃之德所致也。

桃之夭夭,有蕡其實。之子于歸,宜其家室。

> 蕡,大貌也。

桃之夭夭,其葉蓁蓁。之子于歸,宜其家人。

> 始言其華,中言其實,終言其葉,言其容德皆盛也。

《桃夭》三章,章四句。

兔罝

《兔罝》,后妃之化也。

肅肅兔罝,椓之丁丁。赳赳武夫,公侯干城。

> 肅肅,敬也。兔罝,兔罟也。丁丁,椓杙聲也。干,盾也。罝兔之人,野之鄙人也。野之鄙人,禮之所不及也。禮之所不及者,其心無所不易。人而無所不易,則其於妻妾也無所復敬矣。今婦人能以禮自將,敬而不可慢,故其夫雖罝兔之鄙人,而猶知敬之。夫人知敬其妻妾,則無所不敬,是以至于椓杙而猶肅肅也。赳赳,有力之貌也。罝兔之人則赳赳之武夫也,世未嘗患無武夫,獨患其不知敬而不可近,今武而知敬,故可以爲公侯干城也。《桃夭》言后妃能使婦人不以色驕其夫,而《兔罝》言其能使婦人以禮克君子之慢,故《桃夭》曰"致",而《兔罝》

曰"化"。夫致者可以直致，而化者其功遠矣。

肅肅兔罝，施于中逵。赳赳武夫，公侯好仇。

仇，匹也。

肅肅兔罝，施于中林。赳赳武夫，公侯腹心。

丁丁，人之所聞也；中逵，人之所見也；中林，聞見之所不及也。非人之所聞見而猶肅肅，則其敬也至矣。

《兔罝》三章，章四句。

芣苢

《芣苢》，后妃之美也。

采采芣苢，薄言采之。采采芣苢，薄言有之。

芣苢，馬舄；馬舄，車前也，宜懷妊焉。室家和平，故婦人皆樂有子，是以采之不厭也。有，藏也。

采采芣苢，薄言掇之。采采芣苢，薄言捋之。

掇，拾也。捋，取也。

采采芣苢，薄言袺之。采采芣苢，薄言襭之。

袺，執衽也。襭，扱衽也。

《芣苢》三章，章四句。

漢廣

《漢廣》，德廣所及也。

南有喬木，不可休息。漢有游女，不可求思。漢之廣矣，不可泳思。江之永矣，不可方思。

潛行曰泳。方，柎也。思，辭也。文王之化行于南國，雖江漢之游女皆有廉絜之行，不可犯以非禮，譬如喬木不可就以休息，江漢不可得而方泳也。

翹翹錯薪，言刈其楚。之子于歸，言秣其馬。漢之廣矣，不可泳思。江之永矣，不可方思。

此知女子之不可犯，而思以禮道之之辭也。楚，薪之尤翹翹者也。取薪之尤翹翹者，以言欲取女之尤高絜者也，然猶不敢斥言取之，故曰于是子之嫁也，我當秣其馬，以示有意焉耳。

翹翹錯薪，言刈其蔞。之子于歸，言秣其駒。漢之廣矣，不可泳思。江之永矣，不可方思。

蔞，草之尤翹翹者也。

《漢廣》三章，章八句。

汝墳

《汝墳》，道化行也。

遵彼汝墳，伐其條枚。未見君子，惄如調飢。
  墳，大防也。枝曰條，幹曰枚。惄，飢意也。調，朝也。是時紂猶在上，君子久役于外，故婦人遵汝而伐薪，勞苦而念其君子也。

遵彼汝墳，伐其條肄。既見君子，不我遐棄。
  斬而復生曰肄。

魴魚赬尾，王室如燬。雖則如燬，父母孔邇。
  魚勞則尾赤。文王三分天下有其二以事紂，周德雖廣，而紂之虐如將焚焉。民之被其害者，如魚之勞于水也，然而有文王以爲之父母，可以無久病矣。雖婦人而知文王之可歸，此所謂道化行也。

《汝墳》三章，章四句。

麟之趾

《麟之趾》，《關雎》之應也。

麟之趾，振振公子，于嗟麟兮。
  麟，仁獸也，其于仁也非有意爲之，其資之也天矣。《關雎》之時，人君與其后妃皆賢，故其生子無不賢者。夫公子之賢非其身則爲之，父母之所以資之者遠矣，是以信厚振振而不自知，猶麟之于仁也。《毛詩》之叙曰：「《關雎》之化行，則天下無犯非禮，雖衰世之公子，皆信厚如《麟趾》之時。」夫《關雎》之化行，則公子信厚，公子之信厚如麟之仁，此所謂應矣，未嘗言其時也。舍麟之德而言其時，過矣。

麟之定，振振公姓，于嗟麟兮。
  定，題也①。

麟之角，振振公族，于嗟麟兮。
  《麟之趾》三章，章三句。

---

① 題：《經解》本、《四庫》本作"額"。按：《爾雅·釋言》："顛，題也。"郭璞注云："題，額也。《詩》曰'麟之定'。"

國風[①]·召南

鵲巢

《鵲巢》，夫人之德也。
維鵲有巢，維鳩居之。之子于歸，百兩御之。
　　鳩性拙，不能自爲巢，而居鵲之成巢。國君積行累功以致爵位，夫人起家而居有之，如鳩之托鵲巢，非有德誰能安之？《毛詩》之叙以鳩爲鳲鳩，言"夫人如鳲鳩之均一，乃可以配焉"。說雖無害，而鳩非鳲鳩也。百兩，百乘也。御，迎也。諸侯之子嫁于諸侯，送迎皆百乘。
維鵲有巢，維鳩方之。之子于歸，百兩將之。
　　方，據也。將，送也。
維鵲有巢，維鳩盈之。之子于歸，百兩成之。
　　《鵲巢》三章，章四句。

采蘩

《采蘩》，夫人不失職也。
于以采蘩，于沼于沚。于以用之，公侯之事。
　　蘩，皤蒿也。沼，池也。沚，渚也。公侯之夫人執蘩菜以助祭。
于以采蘩，于澗之中。于以用之，公侯之宮。
　　宮，廟也。
被之僮僮，夙夜在公。被之祁祁，薄言還歸。
　　被，首飾也。僮僮，竦敬也。祁祁，舒遲也。公，事也。其在宗廟之事則竦敬，其還歸則舒遲，言各獲其宜也。
　　《采蘩》三章，章四句。

草蟲

《草蟲》，大夫妻能以禮自防也。
喓喓草蟲，趯趯阜螽。未見君子，憂心忡忡。亦既見止，亦既覯止，我心則降。

[①] 國風：二字原在"召南·鵲巢"之下，猶存古式。今移於前，從今規也。

草蟲，常羊也。阜螽，蠜也。二者皆蝗類。覯，以禮遇也。草蟲鳴則阜螽躍而從之，婦人之于君子，猶二物之相從，其性然矣。然其未見也，常自憂不當君子①，故每以禮自防，至于既見而後心降也。

陟彼南山，言采其蕨。未見君子，憂心惙惙。亦既見止，亦既覯止，我心則說。

蕨，鼈也。陟南山而采蕨，豈有不得者乎，然而常憂不得也。婦人之從君子，亦豈有不見禮者乎，然而常憂不見禮也。憂不見禮，而後乃見禮矣。

陟彼南山，言采其薇。未見君子，我心傷悲。亦既見止，亦既覯止，我心則夷。

薇，山菜也。夷，平也。

《草蟲》三章，章七句。

采蘋

《采蘋》，大夫妻能循法度也。

于以采蘋，南澗之濱。于以采藻，于彼行潦。于以盛之，維筐及筥。于以湘之，維錡及釜。于以奠之，宗室牖下。誰其尸之，有齊季女。

蘋，大蓱也。藻，聚藻也。方曰筐，圓曰筥。湘，烹也。錡，釜屬也。宗室，大宗之廟也。此所謂教成之祭也。《記》曰："婦人先嫁三月，祖廟未毀，教于公宮；祖廟既毀，教于宗室。"教成之祭，牲用魚，芼用蘋藻。奠于牖下何也？户牖之間也。昏禮納采、問名、納吉、納徵、請期，主人皆筵于廟中户西西上右几，以爲女子外成者也。祭禮主婦設羹，今使季女設焉，所以成其婦禮也。幼而習之，既嫁而奉祭祀，則終身行之，此所謂"能循法度也"。

《采蘋》三章，章四句。

甘棠

《甘棠》，美召伯也。

《甘棠》言美召伯，《江有汜》言美媵，《何彼襛矣》言美王姬，《魚麗》言美萬物盛多，《皇矣》言美周。或言正詩不言美，因各爲此五詩之説。夫五詩言美，則正詩未嘗不言美矣，未嘗不言而爲不言之説，此皆近世之浮説也。

蔽芾甘棠，勿翦勿伐，召伯所茇。

---

① 不當君子：《詩經·草蟲》鄭玄箋同。《經解》本、《四庫》本作"不得見君子"，亦通。

蔽芾，小貌也。甘棠，杜也。茇，草舍也。召公巡行邦國，重煩勞百姓，蔽棠而舍。國人思之而愛其棠，不忍伐也。召公之爲二伯①，武王之世矣，而詩稱召伯，思者之辭也。

蔽芾甘棠，勿翦勿敗，召伯所憩。蔽芾甘棠，勿翦勿拜，召伯所說。

拜，拔也。說，舍也。

《甘棠》三章，章三句。

行露

《行露》，召伯聽訟也。

厭浥行露，豈不夙夜？謂行多露。

誰謂雀無角，何以穿我屋？誰謂女無家，何以速我獄？雖速我獄，室家不足。

誰謂鼠無牙，何以穿我墉？誰謂女無家，何以速我訟？雖速我訟，亦不女從。

厭浥，濕意也。行，道也。速，召也。二《南》當文王與紂之世，淫風之被天下，如露之濡物。召南之女被文王之化，能以禮自保，故其稱曰："行者未嘗不欲夙夜也，謂道之多露，是以不敢。女子未嘗不欲從人也，謂世之多強暴，是以不可。"女子之所以自保如此，然猶不免強暴之獄，故其自辨曰："謂雀之無角信矣，今而穿屋，則雀有角矣。謂鼠之無牙信矣，今而穿墉，則鼠有牙矣。謂強暴之無室家之道信矣，今而召我以獄，則強暴亦有室家之道矣。雖召我獄，然而知其室家之道不足。"而終不之從者，召公明于聽訟也。

《行露》三章，一章三句，二章章六句。

羔羊

《羔羊》，鵲巢之功致也。

《毛詩》之叙曰："召南之國化文王之政，在位皆節儉正直，德如羔羊。"夫君子之愛其人，則樂道其車服，是以詩言"羔羊之皮"而已，非言其德也，言其德則過矣。

羔羊之皮，素絲五紽。退食自公，委蛇委蛇。

古者大夫羔裘以居，素絲以英裘。紽，組絲以飾縫也，皆婦人所爲置功也。委蛇，自得之貌也。言召南之大夫服其羔裘，自公而退食于私家，無所不自得也。夫君子能治其外，而内無良妻妾以和其室家，雖欲委蛇，而不可得也，此所以爲《鵲

---

① 二伯：《經解》本、《四庫》本作"牧伯"。按：《詩經·甘棠》序鄭玄箋亦作"二伯"。

巢》之功致也。

羔羊之革，素絲五緎。委蛇委蛇，自公退食。羔羊之縫，素絲五總。委蛇委蛇，退食自公。

緎、總，皆縫飾也。

《羔羊》三章，章四句。

殷其靁

《殷其靁》，勸以義也。

殷其靁，在南山之陽。何斯違斯，莫敢或遑。振振君子，歸哉歸哉。

雷聲隱然在南山之陽耳，然而不可得見。召南之君子遠行從政，其室家思一見之而不可得，如是雷也，故曰："何哉！吾君子去此而從事于四方，不敢安也。"既而知其義不得歸也，則曰："振振君子，歸哉歸哉！"言不可歸也。

殷其靁，在南山之側。何斯違斯，莫敢遑息。振振君子，歸哉歸哉。
殷其靁，在南山之下。何斯違斯，莫或遑處。振振君子，歸哉歸哉。

《殷其靁》三章，章六句。

摽有梅

《摽有梅》，男女及時也。

摽有梅，其實七兮。求我庶士，迨其吉兮。
摽有梅，其實三兮。求我庶士，迨其今兮。
摽有梅，頃筐墍之。求我庶士，迨其謂之。

摽，落也。墍，取也。盛極則落者梅也，女子之盛時猶是梅也。方其七存也，迨其吉而後嫁焉可也。及其三也，及今焉嫁之可也，失今則過矣。及其既盡，頃筐而取之也，謂之娶則嫁之矣。七而擇其吉，三而及其今，盡而聽其謂，此所以各及其時也。凡詩每章有先後深淺之異，如此詩及《中谷有蓷》、晉《無衣》之類，固自有說；若《樛木》、《螽斯》之類，皆意不盡申殷勤而已，欲強求其說，則迂雜而不當矣。

《摽有梅》三章，章四句。

小星

《小星》，惠及下也。

嘒彼小星，三五在東。肅肅宵征，夙夜在公，寔命不同。

嘒，微貌也；三，心也；五，噣也。正月噣在東方，三月心在東方。命，禮命也。諸妾從夫人以次叙進御于君，所謂小星之從心、噣也。"肅肅宵征，夙夜在公，寔命不同"云者，妾自謂卑賤，不敢與夫人齒之辭也。

嘒彼小星，維參與昴。肅肅宵征，抱衾與裯，寔命不猶。

    裯，帳也。猶，若也。

    《小星》二章，章五句。

江有汜

《江有汜》，美媵也。

江有汜，之子歸，不我以。不我以，其後也悔。

    水決復入爲汜①。江則有汜，適則有媵，而之子之不我以，何哉？其後則必悔矣，蓋不敢怨而俟其悔耳。夫不敢怨者悔之道也。故《小星》欲求衆妾之不敢齒我，而不以貴賤臨之，蓋使之得進御于君，而妾不敢與我齒矣。《江有汜》欲求適之悔過，而不以怨言犯之，蓋事之不失而適自悔矣。此則善原人情也。

江有渚，之子歸，不我與。不我與，其後也處。

    水歧成渚。處，止也。

江有沱，之子歸，不我過。不我過，其嘯也歌。

    《書》曰："岷山導江，東別爲沱。"嘯、歌，以言其不怨也。

    《江有汜》三章，章五句。

野有死麕

《野有死麕》，惡無禮也。

野有死麕，白茅包之。有女懷春，吉士誘之。

    誘，道也。野有死麕，有欲用之，猶以白茅包之而後行。今有女于此思以春適人，亦必得吉士以禮道之而後可，疾時不然也。古者昏禮以歲之隙，自冬及春皆其時也。孫卿子曰："霜降逆女，冰泮殺內。"

林有樸樕，野有死鹿，白茅純束，有女如玉。

    樸樕，小木也。將取樸樕、死鹿以爲用，猶知以白茅純束而取之，況有女如玉，而可不以禮成之哉？

舒而脫脫兮，無感我帨兮，無使尨也吠。

    脫脫，舒遲也。帨，佩巾也。尨，狗也。奔走失節則佩帨動，非禮相陵則狗吠。

    《野有死麕》三章，二章章四句，一章三句。

---

① 水：原無，據《經解》本、《四庫》本補。

何彼襛矣

《何彼襛矣》，美王姬也。

　　漢儒之言《詩》者曰："王道衰，詩人本之衽席，《關雎》作，仁義陵遲，《鹿鳴》刺焉。"而近世學者又因此詩稱"平王"、"齊侯"，則遂以二《南》爲東周之詩無疑矣。予讀《儀禮》，觀其燕饗之樂，風雅之正，詩無不咸在，蓋《關雎》、《鹿鳴》之作也久矣，非復衰世之詩也。夫平王者周之先王，豈文王歟？譬如商人謂湯武王，蓋亦當時一號也。至于齊侯，則武王之世太公望得稱齊侯矣。且《周頌》之言成康，猶不得爲成康子孫之詩，而此詩獨不得爲文王之詩哉！

何彼襛矣，唐棣之華。曷不肅雝，王姬之車。

　　襛，猶戎戎也。唐棣，栘也。王姬之美盛若是華也。肅，敬也；雝，和也。人之見王姬之車者則相告曰："曷不肅雝乎，此王姬之車也。"人之見其車者猶知肅雝，則王姬之敬也至矣。

何彼襛矣，華如桃李。平王之孫，齊侯之子。

其釣維何，維絲伊緡。齊侯之子，平王之孫。

　　魚之深，釣而得之者，由絲緡也。王姬之貴，娶而得之者，由禮也。

　　《何彼襛矣》三章，章四句。

騶虞

《騶虞》，鵲巢之應也。

彼茁者葭，一發五豝。吁嗟乎騶虞。

　　茁，出也。葭，蘆也。豕牝曰豝。人君雖有恭儉之志，而室家不聽，則殆不行。今召南之夫人能順其君子，無所不敬。雖葭之微，于其生也而有不傷之意焉，故能使物無不蕃者。于君之射也，一發而虞人翼五豝以待之，此蕃之至也，然猶不敢盡取之，一發而已，故曰"吁嗟乎騶虞"。騶虞仁獸，言仁如騶虞也，此所以爲《鵲巢》之應矣。

彼茁者蓬，一發五豵。吁嗟乎騶虞。

　　豕生三日曰豵。

　　《騶虞》二章，章三句。

詩集傳卷二

國風·邶

　　邶、鄘、衛本紂之畿內，其地在《禹貢》冀州太行之東，北逾衡、漳，東及兖州桑土之野。武王克商，以封紂子武庚，使管叔、蔡叔、霍叔監之，謂之三監。及成王幼，三監與武庚叛，周公伐而誅之，患商人之思舊而好亂也，于是改封微子于宋以奉商後，而以其餘民封康叔于衛，以邶、鄘封他諸侯，其後衛人併邶、鄘而有之。頃公之世，變《風》既作，而邶、鄘、衛皆自有詩，各以其地名之。

柏舟

《柏舟》，言仁而不遇也。
　　《毛詩》之叙曰："此衛頃公之詩也。"變《風》之作而至于漢，其間遠矣。儒者之傳《詩》，容有不知其世者矣，然猶欲必知焉，故從而加之。其出于毛氏者其傳之也，其出于鄭氏者其意之也，傳之猶可信也，意之疏矣。是以獨載毛氏之說，不敢傳疑也。

汎彼柏舟，亦汎其流。耿耿不寐，如有隱憂。微我無酒，以敖以游。
　　有仁人而不用，譬猶以柏爲舟而不以載，使與衆物皆汎于流而已。

我心匪鑒，不可以茹。亦有兄弟，不可以據。薄言往愬，逢彼之怒。
　　茹，入也。逢，迎也。鑒之于人，美惡無所不受，惟擇其可而後受，故雖兄弟而有不據也。愬不仁必于仁人，今愬之于不仁，此愬所以爲迎其怒也，蓋朝無善人矣。

我心匪石，不可轉也。我心匪席，不可卷也。威儀棣棣，不可選也。
　　石雖堅尚可轉，席雖平尚可卷，言我心之堅、平過于石、席也。棣棣，富而閑習也。選，擇也。小人之惡君子，曰何爲斯踽踽凉凉然，君子不以其故自改也，此所謂不可轉與不可卷也。

憂心悄悄，慍于群小。覯閔既多，受侮不少。靜言思之，寤辟有摽。
　　閔，病也。辟，拊心也。摽，舉手貌也。

日居月諸，胡迭而微。心之憂矣，如匪澣衣。靜言思之，不能奮飛。
　　月當微耳，日則否，豈有日月更代而微者歟？君子與小人常迭相勝，然而小人而不得其志者常也。君子而不遂，如日而微耳，是以憂之不去于心，如衣垢之不澣，不忘濯也。憂患既深，思奮飛以避之而不能矣。

《柏舟》五章，章六句。

緑衣

《緑衣》，衛莊姜傷己也。

緑兮衣兮，緑衣黃裏。心之憂矣，曷維其已。

> 緑間色，黃正色，以緑爲衣而黃爲裏，言妾上僭而夫人失位也。莊姜，齊女，美而無子，莊公之嬖人生子州吁，母嬖而州吁驕，故云。

緑兮衣兮，緑衣黃裳。心之憂矣，曷維其亡。

緑兮絲兮，女所治兮。我思古人，俾無訧兮。

> 訧，過也。治絲而緑之者汝也，緑非所以爲衣，既已緑之而又以爲衣，則此我之所訧也。古之人爲是上下之分，所以使人無所訧耳。

絺兮綌兮，凄其以風。我思古人，實獲我心。

> 以緑爲衣，惑者不知其不可也①。若夫絺綌之薄而以禦風，其弊立見矣。譬如小人而重任之，涉患難而後知其不可也。古之人所以爲是君子小人之辨者，誠得我心之所憂也。

《緑衣》四章，章四句。

燕燕

《燕燕》，衛莊姜送歸妾也。

> 莊姜無子，陳女戴嬀生完，莊姜以爲己子。莊公薨，完立而州吁弑之，戴嬀于是大歸。

燕燕于飛，差池其羽。之子于歸，遠送于野。瞻望弗及，泣涕如雨。

> 燕燕，鳦也，春則來秋則去，知有所避也。燕將飛而差池其羽，猶戴嬀之將別而不忍也。禮，婦人送迎不出門，遠送至野，情之所不能已也。

燕燕于飛，頡之頏之。之子于歸，遠于將之。瞻望弗及，佇立以泣。

> 將，送也。頡、頏，左右顧也。

燕燕于飛，下上其音。之子于歸，遠送于南。瞻望弗及，實勞我心。

> 陳在衛南。

仲氏任只，其心塞淵。終溫且惠，淑慎其身。先君之思，以勗寡人。

---

① 惑者：《經解》本、《四庫》本作"或者"，亦通。

仲，戴嬀字也。任，大也。塞，瘞也①。淵，深也。

　　《燕燕》四章，章六句。

日月

《日月》，衛莊姜傷己也。

日居月諸，照臨下土。乃如之人兮，逝不古處。胡能有定，寧不我顧。

　　莊姜賢妃也，莊公惑于嬖妾而不禮焉。及完立而不能終，故其自傷曰："君、夫人日月也，柰何舍我而逝，不復其故處乎？雖然，舍我而能有所定，尚可也。苟爲無定，何用不顧我哉？"石碏之諫莊公曰："將立州吁，乃定之矣。若猶未也，階之爲亂。"莊公不從，故及于禍，此"胡能有定"之謂歟？

日居月諸，下土是冒。乃如之人兮，逝不相好。胡能有定，寧不我報？

日居月諸，出自東方。乃如之人兮，德音無良。胡能有定，俾也可忘。

　　日始、月盛，皆出于東方。"俾也可忘"，徒使我可忘之而已。

日居月諸，東方自出。父兮母兮，畜我不卒。胡能有定，報我不述。

　　畜，養也。呼父母而訴所怨也。述，循也。

　　《日月》四章，章六句。

終風

《終風》，衛莊姜傷己也。

終風且暴，顧我則笑。謔浪笑敖，中心是悼。

　　終風，終日之風也。風、霾、曀、雷皆以喻州吁之昏暴也。

終風且霾，惠然肯來。莫往莫來，悠悠我思。

　　霾，雨土也。州吁往來皆不可常，莊姜雖思之無益也。

終風且曀，不日有曀。寤言不寐，願言則嚏。

　　曀，陰也。古"有"、"又"通。嚏，或作"疐"，跲也。寤而思之則不寐，願往從之則若有跲，制而止之者，言不欲往耳。

曀曀其陰，虺虺其靁。寤言不寐，願言則懷。

　　懷，安也，安于其所，不欲往也。

　　《終風》四章，章四句。

---

① 塞，瘞也：《詩經·燕燕》毛傳同。《經解》本、《四庫》本作"塞，實也"，亦通。

擊鼓

《擊鼓》，怨州吁也。

擊鼓其鏜，踴躍用兵。土國城漕，我獨南行。

  漕，衛邑也。南行，伐鄭也。莊公之世，鄭人伐衛，州吁既立，將修先君之怨于鄭，而宋公子馮在焉，鄭人將納之，故使告于宋，與陳、蔡共伐之。是時民有爲土功于國者，有城漕者，我獨南行伐鄭，去國遠役，爲最苦也。

從孫子仲，平陳與宋。不我以歸，憂心有忡。

  孫子仲者，公孫文仲，伐鄭之帥也。

爰居爰處，爰喪其馬。于以求之，于林之下。

  民將征行，與其室家訣別曰："是行也，將于何居處，于何喪其馬乎？若求我與馬，當求之于林之下。"蓋預爲敗計也。軍行必依山林，求之林下，庶幾得之。

死生契闊，與子成說。執子之手，與子偕老。

  契闊，勤苦也。成說，歷數之也。然猶庶幾獲免于死亡，故曰"執子之手，與子偕老"。

于嗟闊兮，不我活兮。于嗟洵兮，不我信兮。

  闊，遠也。洵，信也。不務活其民而貪遠略，故曰"于嗟闊兮，不我活兮"。告之以誠言而不吾用，故曰"于嗟洵兮，不我信兮"。

  《擊鼓》五章，章四句。

凱風

《凱風》，美孝子也。

凱風自南，吹彼棘心。棘心夭夭，母氏劬勞。

  衛之淫風流行，雖有七子之母，猶不能安其室。子欲止之而不忍言也，故深自責而已。凱風，南風也。棘，難長之木也。風之吹棘心而至于夭夭也，勞矣。母之于子，其勞如是風也，而不能使留焉，則子之過也。

凱風自南，吹彼棘薪。母氏聖善，我無令人。

  棘薪，言其成也。

爰有寒泉，在浚之下。有子七人，母氏勞苦。

  浚，衛地，其下有寒泉。泉在浚下而浚蒙其澤，我曾此泉之不若也。

睍睆黃鳥，載好其音。有子七人，莫慰母心。

  睍睆，好貌也。鳥猶能好其音以說人，而我獨不能說吾母哉！

  《凱風》四章，章四句。

雄雉

《雄雉》，刺衛宣公也。

  《毛詩》之叙曰："宣公淫亂，不恤國事，軍旅數起，大夫久役，男女怨曠。"夫此詩言宣公好用兵，如雄雉之勇于鬬，故曰"不忮不求，何用不臧"。以爲軍旅數起，大夫久役是矣，以爲並刺其淫亂、怨曠，則此詩之所不言也。

雄雉于飛，泄泄其羽。我之懷矣，自詒伊阻。

  雄雉勇于鬬，飛而鼓其翼，泄泄然不顧也。宣公之時，大夫久于征役，以公爲猶雉耳，故自咎其懷于衛曰："我之懷矣，自詒伊阻。"

雄雉于飛，下上其音。展矣君子，實勞我心。

  展，誠也。思得信厚之君以事之，而不可得，故勞也。

瞻彼日月，悠悠我思。道之云遠，曷云能來。

  征役既久，思歸而不得之辭也。

百爾君子，不知德行。不忮不求，何用不臧？

  忮，害也。宣公好富而多求①，國人苦之，故告其君子曰："吾不知孰爲德行，苟不忮害，不貪求，斯可矣，何用之不善哉②？"

《雄雉》四章，章四句。

匏有苦葉

《匏有苦葉》，刺衛宣公也。

匏有苦葉，濟有深涉。深則厲，淺則揭。

  《春秋傳》曰："苦匏不材，于人共濟而已。"恃③苦匏而涉深濟，未有不溺者也，而況于無匏乎？有人焉曰："深則吾厲，淺則吾揭，無不渡也。"則亦不畏、不義、不忌，非禮之人也。宣公烝于夷姜而納伋之妻，昏亂甚矣，故云。

有瀰濟盈，有鷕雉鳴。濟盈不濡軌，雉鳴求其牡。

  鷕，雉聲也。軌，軾前也。飛曰雄雌，走曰牝牡。有瀰濟盈而視之以不濡軌，有鷕雉鳴而反求其牡，衆之所謂不可，而不顧之辭也。

雝雝鳴雁，旭日始旦。士如歸妻，迨冰未泮。

  雝雝，雁之和聲也。納采用雁。旭日始旦，大昕之時也。自納采至請期用昕，親迎用昏。冰之未泮，昏姻之時也。宣公淫昏，而國人化之，故此章爲陳昏禮之

----

① 富：原本作"害"，據《經解》本、《四庫》本改。
② 用之不善：原本作"用不之善"，據《經解》本、《四庫》本乙。
③ 恃：《經解》本作"怙"。

正也。

招招舟子，人涉卬否。人涉卬否，卬須我友。

卬，我也。人皆輕涉，而操舟者獨招招然不肯從。言衛人相率爲亂，而其君子猶待禮而後行，不得其偶不行也。

《匏有苦葉》四章，章四句。

谷風

《谷風》，刺夫婦失道也。

習習谷風，以陰以雨。黽勉同心，不宜有怒。采葑采菲，無以下體。德音莫違，及爾同死。

谷風，東風也。風行于陰雨而不廢其和，夫婦黽俛同心，憂樂共之，而何怒之有？葑，須也。菲，芴也。人不以其下之不善而棄其上之可食，譬如婦人，德音不違而足矣。

行道遲遲，中心有違。不遠伊邇，薄送我畿。誰謂荼苦，其甘如薺。宴爾新昏，如兄如弟。

畿，門內也。荼，苦菜也。行道而有所違者，其行遲遲而不忍去。今君子之棄我，曾不如是行道之人也，其送我止于畿而已，故其心苦之，而不知荼之苦也。

涇以渭濁，湜湜其沚。宴爾新昏，不我屑以。

湜湜，水見底也。沚，小渚也。屑，絜也。涇水入渭，渭清而涇濁，涇以渭故，人謂之濁耳，然其沚湜湜然上下如一。婦人自言修絜如此，奈何以新昏之故而遂不吾絜也。

毋逝我梁，毋發我笱。我躬不閱，遑恤我後？

梁、笱，皆所設以取魚。逝人之梁而發人之笱，因人之成功之謂也。新昏因舊室之成業，不知其成之難，則將輕用之。我雖見棄，猶憂其後之不繼也，故告而止之。既而曰："我躬且不容，何暇恤我後哉！"知告之無益之辭也。閱，容也。

就其深矣，方之舟之。就其淺矣，泳之游之。何有何亡，黽勉求之。凡民有喪，匍匐救之。

此章言其深淺、有無無所避者，民之有喪，猶將匍匐救之，況于事君子而有不盡乎？

不我能慉，反以我爲讎。既阻我德，賈用不售。昔育恐育鞠，及爾顛覆。既生既育，比予于毒。

慉，養也。夫婦之親而至爲仇讎，故雖平生之德義皆鬻而不售。育，生也。鞠，窮也。昔者生于恐懼鞠窮之中，及爾顛覆而不顧，今亦既生育矣，而比予于毒，毒者人之所棄惡也。

我有旨蓄，亦以御冬。宴爾新昏，以我御窮。有洸有潰，既詒我肄。不念昔者，伊予來墍。

　　旨，美也。蓄，聚也。洸洸，武也。潰潰，怒也。詒，遺也。肄，勞也。墍，息也。蓄美菜者所以御冬月之無也，今君子亦以我御窮而已，及其富樂，則不我以，不念昔者由我而獲此安息也。

　　《谷風》六章，章八句。

式微

《式微》，黎侯寓于衛，其臣勸以歸也。

　　黎，今黎陽也。

式微式微，胡不歸？微君之故，胡爲乎中露？
式微式微，胡不歸？微君之躬，胡爲乎泥中？

　　式，試也。狄人迫逐黎侯，黎侯寓于衛，衛不能納而不歸，其臣尤之，故曰："君子之所以觀其人者于其微耳，是以試之于微，而不可則止。今君之寓于衛久矣，而衛不吾勤，其不吾納者可見矣，而胡爲不自歸乎？衛人非君之故之爲，而胡爲久于其地乎？"中露、泥中，言其暴露而無覆藉之者也。

　　《式微》二章，章四句。

旄丘

《旄丘》，責衛伯也。

　　衛侯爵，時爲州伯，故稱伯歟？孔子之叙《詩》也，自爲一書，故《式微》、《旄丘》之叙，相因之辭也。而毛氏之叙《旄丘》，則又曰："狄人迫逐黎侯，黎侯寓于衛，衛不能修方伯連率之職，黎之臣子以責于衛。"其言與前相復，非一人之辭明矣。

旄丘之葛兮，何誕之節兮。叔兮伯兮，何多日也。

　　前高曰旄丘。誕，闊也。叔兮伯兮，同姓之國也。旄丘之葛，其節雖甚闊也，然而無以其闊節而謂患不相及，苟斷其一節，而百節廢矣。譬如諸侯，雖異國而相爲蔽，苟黎亡則衛及矣，奈何久而不救哉！

何其處也，必有與也。何其久也，必有以也。

　　夫豈無故而久處于衛哉！以爲與衛同患，勢之所當救也。

狐裘蒙戎，匪車不東。叔兮伯兮，靡所與同。

　　蒙戎，亂貌也。久留于衛，裘已敝矣。非吾車不能渡河以告東方之諸侯也，以爲東方諸侯無與我同患者耳，是以止于衛而不去。蓋是時衛猶在河北，黎、衛壤土相接，故狄之爲患，黎與衛共之。

瑣兮尾兮，流離之子。叔兮伯兮，褎如充耳。

瑣，小也。尾，末也。流離，梟也，其子長大則食其母。狄之虐始于黎，衛人以狄之微而不忌，譬如流離之養其子，不知其將爲己患也。然告之而不聽，褎褎然如或充其耳。其後衛人遂有狄難。

《旄丘》四章，章四句。

簡兮

《簡兮》，刺不用賢也。

《毛詩》之叙曰："衛之賢者仕于伶官，皆可以承事王者。"夫此詩言賢者不見用，而思懟之天子，故曰："云誰之思，西方美人。"知周之不足懟，故曰："彼美人兮，西方之人兮。"毛氏既以西方美人爲周，而又以彼美人爲衛之賢者，曰"所謂西方之人者，言其宜在王室也"，可乎？

簡兮簡兮，方將萬舞。日之方中，在前上處。碩人俁俁，公庭萬舞。

簡，擇也。萬舞，干舞也。方且萬舞而勤于擇人，言其盡心于舞，而不知其他也。日中而舞未止，言無度也。在前上處，居舞者之前列也。俁俁，壯大貌也。俁俁之碩人，非所宜舞于中庭也。

有力如虎，執轡如組。左手執籥，右手秉翟。赫如渥赭，公言錫爵。

組，織組也。織組者總紕于此而成文于彼，善御者執轡于上而馬馳于下，如織組也，言有力而善御者可以禦侮矣，而使之執籥、秉翟。赫如渥赭，卿大夫之容也，而錫之以一爵。《記》曰："祭有畀煇胞翟閽寺者，惠下之道也。"惠不過一散。

山有榛，隰有苓。云誰之思，西方美人。彼美人兮，西方之人兮。

榛，栗屬。苓，大苦也。山則宜有榛也，隰則宜有苓也，傷碩人之不當其處也。賢者仕于諸侯而不得志，則思懟之天子。西方周之所在也，周衰而天子不能正諸侯，雖復知其賢，亦將無如之何矣，故曰"彼美人兮，西方之人兮"，言其不能及遠也。

《簡兮》三章，章六句。

泉水

《泉水》，衛女思歸也。

凡詩皆繫于所作之國，故《木瓜》雖美齊桓而在《衛》，《猗嗟》雖刺魯莊而在《齊》，《泉水》、《載馳》、《竹竿》皆異國之詩而在《衛》者，以其聲衛聲歟？《記》曰："鄭音好濫淫志，宋音燕女溺志，衛音促數煩志，齊音傲辟喬志。"蓋諸國之音未有同者。衛國之女思衛而作詩，其爲衛音也固宜，猶莊舄之病而越吟，人情之所必然也。

毖彼泉水，亦流于淇。有懷于衛，靡日不思。孌彼諸姬，聊與之謀。

　　毖，流貌也。淇，衛水也。孌，好貌也。泉水出于他國而流于淇，女子嫁于異國，父母終，思歸寧而不得，是以思衛之諸姬，將見而與之謀也。夫思歸情之所當然也，不歸，法之不得已也。聖人不以不得已之法而廢其當然之情，故閔而錄之也。

出宿于泲，飲餞于禰。女子有行，遠父母兄弟。問我諸姑，遂及伯姊。

　　始有事于道者，祖而舍軷，因飲酒于其側曰餞，禮畢遂行，宿于近郊。泲、禰，所由適衛之道也。《書》曰：「導沇水東流爲濟，入于河，溢爲滎。」《春秋傳》：「衛及狄戰，敗于滎澤。」故濟水及衛。衛女思歸而不獲，故言其所由以歸之道，以致其思之至也。既言其所由以歸之道，則又言其可以歸之義，曰：「婦人有出嫁之道，遠于其宗，故禮緣人情，使得歸寧。」因以問其姑、姊，今曷爲不得哉？

出宿于干，飲餞于言。載脂載舝，還車言邁。遄臻于衛，不瑕有害。

　　干、言，亦所由適衛之地也。脂，脂車也。舝，設舝也。還車，還旋其車而試之也。遄，疾也。害，何也。言其至衛，非有瑕疵也，而曷爲不許哉？

我思肥泉，茲之永歎。思須與漕，我心悠悠。駕言出游，以寫我憂。

　　所出同、所歸異曰肥泉，蓋以自況也。須、漕，皆衛邑也。知其不可，是以出游以寫其憂而已。

　　《泉水》四章，章六句。

北門

《北門》，刺仕不得志也。

出自北門，憂心殷殷。終窶且貧，莫知我艱。已焉哉，天實爲之，謂之何哉！

　　君子仕于亂世，如出自北門，背明而向陰也。仕而不見用者君也，而歸之天，知命者之辭也。

王事適我，政事一埤益我。我入自外，室人交徧讁我。已焉哉，天實爲之，謂之何哉！

　　適，之也。埤，厚也。天子之政令既以適我，國之政事復並以厚益我，已事而反，則其處者爭求其瑕疵而譴讁之，言勞而不免于罪也。謂之室人者，在内而不事事也。

王事敦我，政事一埤遺我。我入自外，室人交徧摧我，已焉哉，天實爲之，謂之何哉！

　　敦，敦迫也。

　　《北門》三章，章七句。

北風

《北風》，刺虐也。

北風其凉，雨雪其雱。惠而好我，携手同行。其虚其邪，既亟只且。

  邪，讀如"徐"。北風而又雨雪，其虐甚矣，故其民苦之，而相告曰："苟有惠而好我者，與汝携手同行而從之。昔之虛徐者，今亦並為急刻之行矣，尚曷為不行哉？"

北風其喈，雨雪其霏。惠而好我，携手同歸。其虚其邪，既亟只且。

  喈，疾貌。霏，甚貌。

莫赤匪狐，莫黑匪烏。惠而好我，携手同車。其虚其邪，既亟只且。

  未有赤而非狐，黑而非烏者，言其君臣為惡如一也。

  《北風》三章，章六句。

静女

《静女》，刺時也。

静女其姝，俟我于城隅。愛而不見，搔首踟蹰。

  衛君內無賢妃之助，故衛之君子思得静一之女，既有美色又能待我以禮者，而進之于君。思而不可得，是以踟蹰而求之城隅，言高而不可逾也。

静女其孌，貽我彤管。彤管有煒，説懌女美。

  古者，后夫人必有女史彤管之法以記過失，且以次叙群妾之進御者。煒，赤貌也。樂其有法而後説其美也。

自牧歸荑，洵美且異。匪女之為美，美人之貽。

  牧，田官也。荑，茅之始生者。蓋言宮中無復斯人矣，故願得幽閒處子而進之君也。苟有以是女進者，吾非此女之美，乃美其人之遺我者耳，蓋求之至也。

  《静女》三章，章四句。

新臺

《新臺》，刺衛宣公也。

新臺有泚，河水瀰瀰。燕婉之求，籧篨不鮮。

  宣公納伋之妻，作新臺于河上而要之，國人疾之而難言之，故讬其臺之所在而已。燕婉，謂伋也。籧篨不能俯者，天下之惡疾，所以深惡宣公也。泚，鮮明貌也。燕，安也。婉，順也。鮮，善也。

新臺有洒，河水浼浼。燕婉之求，籧篨不殄。

洒，高峻也。殄，絶也，猶言病而不死者也。

魚網之設，鴻則離之。燕婉之求，得此戚施。

將適世子而得宣公，猶網魚而得鴻，所得非所求也。戚施，不能仰者也。

《新臺》三章，章四句。

二子乘舟

《二子乘舟》，思伋、壽也。

二子乘舟，汎汎其景。願言思子，中心養養。

宣公納伋之妻，生壽及朔，朔與其母愬伋于公，公使之于齊，使盜先待于莘。壽以告伋，伋曰："君命也，不可以去。"壽竊其節而先往，盜殺之。伋至，曰："乃我也。"又殺之。自衛適齊必涉河，國人傷其往而不返，汎汎然徒見其景，欲往救之而不可得，是以思之，養養然憂而不知所定也。

二子乘舟，泛泛其逝。願言思子，不瑕有害。

言二子若避害而去，于義非有瑕疵也，而曷爲不去哉？夫宣公將害伋，伋不忍去而死之，尚可也，而壽之死獨何哉？無救于兄而重父之過，君子以爲非義也。

《二子乘舟》二章，章四句。

詩集傳卷三

國風·鄘

柏舟

《柏舟》，共姜自誓也。

衛釐公之世子共伯餘立未逾年而死，其妻守義，父母欲奪而嫁之，故誓而不許。

汎彼柏舟，在彼中河。髧彼兩髦，實維我儀。之死矢靡它。母也天只，不諒人只。

中河，舟之所當在也。婦人之在夫家，猶舟之在河也。髦者髮至眉，子事父母之飾也。儀，匹也。之，至也。矢，誓也。天，父也。

汎彼柏舟，在彼河側。髧彼兩髦，實維我特。之死矢靡慝。母也天只，不諒人只。

特，匹也。慝，邪也。

《柏舟》二章，章七句。

牆有茨

《牆有茨》，衛人刺其上也。

牆有茨，不可埽也。中冓之言，不可道也。所可道也，言之醜也。

茨，蒺藜也。冓，成也。衛宣公卒，惠公幼，其庶兄頑烝于宣姜，衛人疾之而莫能去，譬如蒺藜之生于牆，欲埽去之，恐其傷牆也。

牆有茨，不可襄也。中冓之言，不可詳也。所可詳也，言之長也。

襄，除也。

牆有茨，不可束也。中冓之言，不可讀也。所可讀也，言之辱也。

《牆有茨》三章，章六句。

君子偕老

《君子偕老》，刺衛夫人也。

君子偕老，副笄六珈。委委佗佗，如山如河，象服是宜。子之不淑，云如之何。

> 副者，后夫人之首飾，編髮爲之。笄，衡笄也。珈，笄飾也。象服者，象物以爲服，蓋褕翟、闕翟也。《書》曰："予欲觀古人之象。"能與君子偕老，乃可以有副笄六珈。委委佗佗，緩而有禮，如山河之崇深，乃可以有象服。今宣姜之不善，將如是服何哉？

玼兮玼兮，其之翟也。鬒髮如雲，不屑髢也。玉之瑱也，象之揥也，揚且之皙也。胡然而天也，胡然而帝也。

> 玼，鮮盛貌也。翟，褕翟、闕翟也。鬒，黑也。屑，絜也。髢，髮也。瑱，塞耳也。揥，所以摘髮也。揚，眉上廣也。皙，白也。以是盛服尊女，使如天帝然者，非以女有德可以配君子故耶？嗟今無以受之也。

瑳兮瑳兮，其之展也。蒙彼縐絺，是紲袢也。子之清揚，揚且之顏也。展如之人兮，邦之媛也。

> 瑳，鮮白貌也。展衣，夫人以禮見君及賓客之盛服也。絺之靡者爲縐。袢，讀如"絆"，暑服則加縐絆，以自斂飭。清，視清明也。顏，額角豐滿也。展，誠也。媛，美女也。如是人者可以爲邦之媛矣，而不爲也。

《君子偕老》三章，一章七句，一章九句，一章八句。

桑中

《桑中》，刺奔也。

爰采唐矣，沬之鄉矣。云誰之思，美孟姜矣。期我乎桑中，要我乎上宮，送我乎淇之上矣。

> 唐，兔絲也。託采唐以相誘也。《書》曰："明大命于妹邦。"蓋紂都朝歌以北是也。

爰采麥矣，沬之北矣。云誰之思，美孟弋矣。期我乎桑中，要我乎上宮，送我乎淇之上矣。

爰采葑矣，沬之東矣。云誰之思，美孟庸矣。期我乎桑中，要我乎上宮，送我乎淇之上矣。

> 姜、弋、庸，皆著姓也。刺無禮則稱孟，言雖長而忘禮也。美有禮則稱季，曰"有齊季女"，言雖幼而知好禮也。

《桑中》三章,章七句。

鶉之奔奔

《鶉之奔奔》,刺衛宣姜也。
鶉之奔奔,鵲之彊彊。人之無良,我以爲兄。
　　奔奔、彊彊,皆有常匹相隨之貌。言宣姜鶉鵲之不若也。兄則頑也。
鵲之彊彊,鶉之奔奔。人之無良,我以爲君。
　　君,小君也。
　　《鶉之奔奔》二章,章四句。

定之方中

《定之方中》,美衛文公也。
定之方中,作于楚宮。揆之以日,作于楚室。樹之榛栗,椅桐梓漆,爰伐琴瑟。
　　懿公爲狄所滅,戴公渡河東徙以廬于漕,一年而卒。齊桓公城楚丘以封文公,文公大布之衣,大帛之冠,始建城市而營宮室,百姓説之而作此詩。定,營室也。營室中則十月中也,于時可以營宮室矣。楚宮,楚丘宮也。揆之以日,揆日之出入以知東西也。椅,梓屬也。爰,曰也。種此六木于宮者,曰後可以伐琴瑟也。種木者求用于十年之後,其不求近功凡類此矣。
升彼虚矣,以望楚矣。望楚與堂,景山與京,降觀于桑。卜云其吉,終然允臧。
　　堂,亦衛邑也。景山,大山也。京,高丘也。文公之將徙于楚丘也,升虚而望其高,有陵阜可以屏蔽其國,降觀其下,有桑土可以居民,從而卜之而得吉,卜其終皆然,信善可居也。
靈雨既零,命彼倌人。星言夙駕,説于桑田。匪直也人,秉心塞淵,騋牝三千。
　　靈,善也。倌人,主駕者也。文公勤于民事,雨既止,見星而駕以行舍,于桑田矣,是以民説而稱之曰:"不直哉,是人也!其心充實而淵深,則宜其有騋牝三千也。"言富強之業必深厚者爲之,非輕揚淺薄者之所能致耳。馬七尺曰騋。《春秋傳》:"文公元年,革車三十乘。季年乃三百乘。"而此言三千者,蓋其可用者三百乘而其牝牡則三千也。世之學者曰:"衛武、衛文、鄭武、秦襄之《風》,宣王之《雅》,皆美之之詩也,然猶不免爲變詩,何也?"曰:王澤之薄也久矣,非是人之所能復也。昔周之興也,積仁行義凡數百年。其種之也深,而蓄之也厚矣,至于文、武,風俗純備,是以其詩發而爲正詩。自成康以來,周室不競,至幽、厲而大壞，其敗亦數百年，其畜之也亦厚矣。是以其詩不復其舊，而謂之變。夫自其正而至于變，其敗之也甚難，其間必有幽、厲大亂之君爲之，而後能自其變而復于正，其反之也亦難，亦必有后稷、公劉、文、武積累之勤而後能。今夫五人者，其善之積未若其變之厚矣，是以不免于變。老者之所以爲老，爲其積衰也，因其一日之安而以爲壯也，可乎？其所由來者遠矣。

《定之方中》三章，章七句。

蝃蝀

《蝃蝀》，止奔也。

　　《毛詩》之叙曰："衛文公之詩也。"

蝃蝀在東，莫之敢指。女子有行，遠父母兄弟。

　　蝃蝀，虹也。蝃蝀之雨，暴雨也，不待陰陽和而雨矣，猶女子之不待父母媒妁而行者也。是以國人莫不惡之，指之猶且不敢，而況爲之乎！故告之曰："女子生而當行適人矣，何患于不嫁而爲是非禮也！"

朝隮于西，崇朝其雨。女子有行，遠兄弟父母。

　　隮，升也。崇，終也。朝有升氣于西，終其朝而雨至矣，何苦不俟而爲彼蝃蝀之暴雨也！譬之女子之生，至于成人則自當行矣，何至汲汲于非禮也！

乃如之人也，懷昏姻也。大無信也，不知命也。

　　人苟知事之有命也，則不爲不義，安而竢之矣。

《蝃蝀》三章，章四句。

相鼠

《相鼠》，刺無禮也。

　　《毛詩》之叙曰："文公之詩也。文公能正其群臣，故刺在位而無禮者。"

相鼠有皮，人而無儀。人而無儀，不死何爲。

　　相，視也。視鼠之所以爲鼠者，豈以其無皮故邪？亦有皮而無禮耳。人之所以爲人者，豈以其面，亦以其禮也。苟無禮，則亦鼠矣。

相鼠有齒，人而無止。人而無止，不死何俟。

　　止，容止也。

相鼠有體，人而無禮。人而無禮，胡不遄死？

《相鼠》三章，章四句。

干旄

《干旄》，美好善也。
　　《毛詩》之叙曰："衞文公之詩也。"
孑孑干旄，在浚之郊。素絲紕之，良馬四之。彼姝者子，何以畀之？
　　凡旗皆注旄于干首①。古者招庶人以旃，招士以旂，招大夫以旌，干旄所以招之也。素絲、良馬，所以贈之也。紕，縫也。四，數也。既有以招之，又有以贈之，故人思有以畀之也。
孑孑干旟，在浚之都。素絲組之，良馬五之。彼姝者子，何以予之？
　　鳥隼曰旟。組，縫組也。
孑孑干旌，在浚之城。素絲祝之，良馬六之。彼姝者子，何以告之？
　　注旄而不設旒縿曰旌。祝，屬也。
《干旄》三章，章六句。

載馳

《載馳》，許穆夫人作也。
　　列國之詩皆以世爲先後，非如十五《國風》，無先後大小之次，固當以世爲斷。今《載馳》之一章曰"言至于漕"，戴公之詩也，而列於文公之下；《王》之《兔爰》，桓王之詩也，而列於平王之上；《鄭》之《清人》，文公之詩也，而列於莊昭之間。皆非孔氏之舊也，蓋傳者失之矣。
載馳載驅，歸唁衞侯。驅馬悠悠，言至于漕。大夫跋涉，我心則憂。
　　衞侯，許穆夫人之兄戴公也。大夫，許大夫之弔衞者也。草行曰跋，水行曰涉。夫人將歸，親唁其兄，雖大夫之往而不足以解憂也。
既不我嘉，不能旋反。視爾不臧，我思不遠。
　　禮，國君夫人，父母在則歸寧，父母没則使大夫歸寧于兄弟，而夫人不行。故許穆夫人思歸唁其兄，而許人以禮不許。夫人以爲禮施於無故而欲歸寧者耳，今衞國亡矣，棄其社稷宗廟而廬于漕，思歸唁之，而猶以此不許，故曰"不能旋反"，言其執一而不知變也。夫將欲止之，必有已之之道，今無以已之而欲其止，是以其心不肯遠忘衞也。然要之，夫人終亦不行，則知禮之不可越故也，蓋爲此詩，以致其忠愛而已。
既不我嘉，不能旋濟。視爾不臧，我思不閟。
　　閟，閉也。

---

① 凡旗：原本作"九旗"，據《經解》本、《四庫》本改。

陟彼阿丘，言采其蝱。女子善懷，亦各有行。許人尤之，衆稚且狂。

> 偏高曰阿丘。蝱，貝母也。行，道也。阿丘之物爲不少矣，獨采其蝱而已，然人無有尤之者，以人各有所取也。今我之懷衛，亦各有道矣，要以不爲不善則已，而獨以是禮不許我，何哉？故曰："其尤我者，皆衆不更事之人也，不然則狂者耳。"

我行其野，芃芃其麥。控于大邦，誰因誰極？大夫君子，無我有尤。百爾所思，不如我所之。

> 極，至也。夫人思歸，行衛之野而觀其麥之有無，問其控告于大國，誰因者，誰至者？許人雖尤之，而其心不已，故告其君子曰："無我有尤，雖竭爾思慮，以爲我謀衛，不如使我一往親見之也。"

《載馳》五章，一章六句，二章章四句，一章六句，一章八句。或言四章，一章、三章章六句，二章、四章章八句。以《春秋傳》叔孫豹賦《載馳》之四章，義取"控于大邦"，非今之四章故也。

國風·衛

淇奧

《淇奧》，美武公之德也。

瞻彼淇奧，綠竹猗猗。有匪君子，如切如磋，如琢如磨。瑟兮僴兮，赫兮咺兮。有匪君子，終不可諼兮。

> 奧，隈也。猗猗，盛也。"匪"、"斐"通，有文之貌也。瑟，矜莊也。僴，寬大也。赫，明也。咺，著也。諼，忘也。淇之澤深矣，然不可得而見，所可見者其隈之綠竹也。今淇上多竹。君子平居所以自修者亦至矣，如切如磋，如琢如磨，日夜去惡遷善，以求全其性，然亦不可得而見也，徒見其見於外者瑟然僴然、赫然咺然。人之見之者皆不忍忘也，是以知其積諸內者厚也。子貢問于孔子曰："貧而無諂，富而無驕，何如？"子曰："可也。未若貧而樂，富而好禮者也。"子貢曰："《詩》云'如切如磋，如琢如磨'，其斯之謂歟？"子曰："賜也，始可與言《詩》已矣，告諸往而知來者。"孔子告之以貧而樂、富而好禮，而子貢知其自切磋琢磨得之，此所謂告諸往而知來者。如衛武公所謂富而好禮者歟？《記》曰："富潤屋，德潤身，心廣體胖，故君子必誠其意。《詩》云：'瞻彼淇奧，綠竹猗猗。'"

瞻彼淇奧，綠竹青青。有匪君子，充耳琇瑩，會弁如星。瑟兮僴兮，赫兮咺兮。有匪君子，終不可諼兮。

> 充耳，瑱也。琇瑩，美石也。弁，皮弁也。會，弁之縫中也，蓋飾之以玉。

瞻彼淇奥，綠竹如簀。有匪君子，如金如錫，如圭如璧。寬兮綽兮，猗重較兮。善戲謔兮，不爲虐兮。

　　簀，積也。金、錫、圭、璧，言其既成也。綽，緩也。較，兩輢上出軾者。重較，卿士之車也。

　　《淇奥》三章，章九句。

考槃

《考槃》，刺莊公也。
考槃在澗，碩人之寬。獨寐寤言，永矢弗諼。
考槃在阿，碩人之薖。獨寐寤歌，永矢弗過。
考槃在陸，碩人之軸。獨寐寤宿，永矢弗告。

　　考，成也。槃，樂也。澗也、阿也、陸也，皆非人之所樂也，今而成樂于是，必有甚惡而不得已也。寬也、薖也、軸也，皆磐桓不行、從容自廣之謂也。弗諼，既往之節不可忘也；弗過，不可復往也；弗告，不可復諫也，皆自誓以不仕之辭也。

　　《考槃》三章，章四句。

碩人

《碩人》，閔莊姜也。
碩人其頎①，衣錦褧衣。齊侯之子，衛侯之妻，東宮之妹，邢侯之姨，譚公維私。

　　此章言莊姜親戚之盛也。頎②，長貌也。國君夫人嫁以翟衣，衣錦者在途之服也。褧，襌也。衣錦而尚之以褧，惡其文之太著也。莊姜，齊世子得臣之妹也。邢，周公之後也。譚近齊，後爲齊桓公所滅。妻之姊妹曰姨，姊妹之夫曰私。

手如柔荑，膚如凝脂。領如蝤蠐，齒如瓠犀，螓首蛾眉。巧笑倩兮，美目盼兮。

　　此章言其容貌之好也。蝤蠐，蝎也。犀，瓠瓣也。螓，蜻蜓也，顙廣而方。倩，口輔好也。盼，白黑明也。

碩人敖敖，說于農郊。四牡有驕，朱幩鑣鑣，翟茀以朝。大夫夙退，無使君勞。

---

① 其頎：原本作"頎頎"，與《詩經》通行本異。據《經解》本、《四庫》本改作"其頎"。
② 頎：原本作"頎頎"，疊一"頎"字，據《經解》本、《四庫》本刪。

此章言其車服之美也。敖敖,長貌也。幩,馬纏鑣扇汗也,人君以朱。鑣鑣,盛貌也。茀,車之後障也,以翟羽爲之。禮,君聽朝于路寢,夫人聽內事于正寢,大夫退然後罷,夫人始至,故爲之夙退也。

河水洋洋,北流活活。施罛濊濊,鱣鮪發發,葭菼揭揭。庶姜孽孽,庶士有朅。

此章言齊之强也。河在齊之西北。罛,魚罟也。菼,薍也。庶姜,同姓也;庶士,異姓也。孽孽,衆也。朅,壯貌也。是詩言有如此人者,而君不答,則君可責而夫人可閔也。

《碩人》四章,章七句。

氓

《氓》,刺時也。

氓之蚩蚩,抱布貿絲。匪來貿絲,來即我謀。送子涉淇,至于頓丘。匪我愆期,子無良媒。將子無怒,秋以爲期。

此詩前二章皆男女相從之辭,後四章皆女見棄而自悔之辭。布,幣也。貿,買也。託買絲而就之謀爲淫亂也。頓丘,一成之丘也。

乘彼垝垣,以望復關。不見復關,泣涕漣漣。既見復關,載笑載言。爾卜爾筮,體無咎言。以爾車來,以我賄遷。

垝,毀也。復關,氓之所在也。體,卦兆之體也。

桑之未落,其葉沃若。吁嗟鳩兮,無食桑葚。吁嗟女兮,無與士耽。士之耽兮,猶可說也。女之耽兮,不可說也。

桑之落矣,其黃而隕。自我徂爾,三歲食貧。淇水湯湯,漸車帷裳。女也不爽,士貳其行。士也罔極,二三其德。

桑之未落也,其葉沃沃然爲若可依者也。鳩食其葚,葚美而不能去,則將依焉,不知其將黃而隕。男子之始相得也,意厚而財豐,亦若可久者①。婦人喜而從之,不知其三歲食貧而至于相棄也。帷裳,童容也,婦人之車所以障者。"漸車帷裳",言其不顧艱難而從之也。

三歲爲婦,靡室勞矣。夙興夜寐,靡有朝矣。言既遂矣,至于暴矣。兄弟不知,咥其笑矣。靜言思之,躬自悼矣。

"靡室勞矣",言不以室家之勞爲勞也。"言既遂矣,至于暴矣",言婚姻既成,而遇之以暴也。

及爾偕老,老使我怨。淇則有岸,隰則有泮。總角之宴,言笑晏晏。信誓

---

① 亦若:《經解》本、《四庫》本作"一若"。

旦旦，不思其反。反是不思，亦已焉哉！

　　始也將與女偕老，今老而反使我怨。淇猶有岸，隰猶有畔，何女心之不可知也。反，復也。不思復其舊言也。

　　《氓》六章，章十句。

竹竿

《竹竿》，衛女思歸也。

　　此詩叙與《泉水》叙同，皆父母終不得歸寧者也。毛氏不知泉源、淇水、檜楫、松舟之喻，以爲此夫婦不相能之辭，故叙此詩爲適異國而不見答，思而能以禮者，失之矣。

籊籊竹竿，以釣于淇。豈不爾思，遠莫致之。

　　籊籊，長而殺也。籊籊之竿，而可以釣于淇①，猶言"誰謂河廣，一葦杭之"，言其近爾。淇近則衛近矣，非不欲歸也，不可得歸也，蓋亦父母終而不得歸寧者也。

泉源在左，淇水在右。女子有行，遠兄弟父母。

　　思歸而不可得，則以自解曰："女子生而有遠父母兄弟之道矣，譬如泉源、淇水之不得相入也。"

淇水在右，泉源在左。巧笑之瑳，珮玉之儺。

　　瑳，巧笑貌也。儺，行有度也。知女子之爲必遠父母兄弟也，則自修飭以順事君子，俾無尤焉，以慰父母兄弟而已。

淇水滺滺，檜楫松舟。駕言出游，以寫我憂。

　　柏葉松身曰檜。二木之相爲舟楫也，不自從其類而從非其類，物則固有然者，何獨女子也？所以深自解也。

　　《竹竿》四章，章四句。

芄蘭

《芄蘭》，刺惠公也。

芄蘭之支，童子佩觿。雖則佩觿，能不我知。容兮遂兮，垂帶悸兮。

　　芄蘭，藋也。雖有支，然不得所依，則蔓延于地而不能起。童子雖佩觿，然不能如我之多知也。觿所以解結，成人之佩也。人君治成人之事，故雖童子而佩觿。容，容刀也。"遂"、"璲"通，佩玉也。帶，紳也。悸悸，有節度之貌也。言德不足以稱其服也。

芄蘭之葉，童子佩韘。雖則佩韘，能不我甲。容兮遂兮，垂帶悸兮。

---

① 可以：《經解》本、《四庫》本作"不可以"。疑當作"可以"。

韘，決也。能射御，則佩決。甲，狎也。

《芄蘭》二章，章六句。

河廣

《河廣》，宋襄公母作也。

宋桓公之夫人、衛文公之妹也，生襄公而出，思之而義不得往，故作此詩以自解。

誰謂河廣，一葦杭之。誰謂宋遠，跂予望之。

杭，渡也。河廣矣，宋遠矣，以爲一葦可度，而跂可見，所以緩説其思宋之心也，蓋曰雖在衞猶在宋耳。

誰謂河廣，曾不容刀。誰謂宋遠，曾不崇朝。

刀，小舟也。崇朝，行崇朝也。

《河廣》二章，章四句。

伯兮

《伯兮》，刺時也。

伯兮朅兮，邦之桀兮。伯也執殳，爲王前驅。

君子上從王事，不得休息，婦人思之而作是詩。伯，其字也。朅，武貌也。殳，長丈二而無刃。

自伯之東，首如飛蓬。豈無膏沐，誰適爲容？

婦人夫不在，無容飾。

其雨其雨，杲杲出日。願言思伯，甘心首疾。

君子當至而不至，猶欲雨而得日也。思之而不得見，是以甘心于首疾。

焉得諼草，言樹之背。願言思伯，使我心痗。

諼草，令人忘憂。背，北堂也。痗，病也。

《伯兮》四章，章四句。

有狐

《有狐》，刺時也。

有狐綏綏，在彼淇梁。心之憂矣，之子無裳。

綏綏，匹行貌。衞之男女失時，喪其配偶，婦人自傷不若狐也。

有狐綏綏，在彼淇厲。心之憂矣，之子無帶。

厲，深也。

有狐綏綏，在彼淇側。心之憂矣，之子無服。

　　《有狐》三章，章四句。

木瓜

《木瓜》，美齊桓公也。

投我以木瓜，報之以瓊琚。匪報也，永以爲好也。

　　桓公城楚丘以封衛，遺之車馬器服，衛以復安，衛人德之，故曰："雖投我以木瓜，我將報之以瓊琚。"瓊琚之于木瓜重矣，然猶不敢以爲報也，永以與之爲歡好而已。

投我以木桃，報之以瓊瑤。匪報也，永以爲好也。

投我以木李，報之以瓊玖。匪報也，永以爲好也。

　　《木瓜》三章，章四句。

詩集傳卷四

國風·王

　　成王在豐，欲宅洛邑，使周公營之。既成，祀其先王而還居西都。以爲宗周近于西戎，周衰子孫不能及遠，而文王之德未棄于天下，其勢必有遷者。洛陽遠于戎狄，而其旁國無當興者，惟是可以復立，故城以待之，而時以會東諸侯焉。其後十一世，幽王失道，申侯與犬戎攻而滅之。晉文侯、鄭武公立其太子宜咎，是爲平王，遂徙居東都。其地在《禹貢》豫州、太華外方之間，北得河陽，漸冀州之南。自平王東遷而變《風》遂作，其風及其境内而不能被天下，與諸侯比，然其王號未替，故不曰《周·黍離》而曰《王·黍離》云。

黍離

《黍離》，閔宗周也。
　　宗周，鎬京也。
彼黍離離，彼稷之苗。行邁靡靡，中心搖搖。知我者謂我心憂，不知我者謂我何求。悠悠蒼天，此何人哉！
　　平王東遷而宗周爲墟，宗廟宮室盡爲禾黍，過者閔之，彷徨不忍去而作是詩。靡靡，猶遲遲也。
彼黍離離，彼稷之穗。行邁靡靡，中心如醉。知我者謂我心憂，不知我者謂我何求。悠悠蒼天，此何人哉！
彼黍離離，彼稷之實。行邁靡靡，中心如噎。知我者謂我心憂，不知我者謂我何求。悠悠蒼天，此何人哉！
　　行者見黍稷之苗而及其穗且實，蓋行役之久也。
　　《黍離》三章，章十句。

君子于役

《君子于役》，刺平王也。
君子于役，不知其期，曷至哉？雞棲于塒，日之夕矣，羊牛下來。君子于役,如之何勿思?

  鑿墻以棲雞曰塒。君子行役而無至期,曾雞與牛羊之不若,奈何勿思哉!

君子于役,不日不月,曷其有佸?雞棲于桀,日之夕矣,羊牛下括。君子于役,苟無飢渴。

  佸,會也。雞棲于杙曰桀。括,至也。

  《君子于役》二章,章八句。

君子陽陽

《君子陽陽》,閔周也。

君子陽陽,左執簧,右招我由房。其樂只且。

  陽陽,自得也。簧,笙也。人君有房中之樂,此賤事耳,然君子居之又且相招而樂之,則以賤爲樂矣。君子以賤爲樂,則其貴者不可居也。雖有貴位而君子不居,則周不可輔矣。此所以爲閔周矣。

君子陶陶,左執翿,右招我由敖。其樂只且。

  陶陶,和樂也。翿,纛也,舞者之所翳也。敖,舞者之位也。

  《君子陽陽》二章,章四句。

揚之水

《揚之水》,刺平王也。

揚之水,不流束薪。彼其之子,不與我戍申。懷哉懷哉,曷月予還歸哉?

  揚之水非自流之水也,水不能自流,而或揚之,雖束薪之易流,有不流矣,水之能自流者物斯從之,安在其揚之哉!周之盛也,諸侯聽役于王室,無敢違命。及其衰也,雖令而不至。平王未能使諸侯宗周,而強使戍申焉,宜諸侯之不從也。其曰"彼其之子,不與我戍申",周之戍者怨諸侯之不戍之辭也。"懷哉懷哉,曷月予還歸哉",久戍而不得代之辭也。申,平王之母家,在陳鄭之南而近楚,是以戍之。

揚之水,不流束楚。彼其之子,不與我戍甫。懷哉懷哉,曷月予還歸哉?

揚之水,不流束蒲。彼其之子,不與我戍許。懷哉懷哉,曷月予還歸哉?

  蒲,蒲柳也。申、甫、許,皆諸姜也。

  《揚之水》三章,章六句。

中谷有蓷

《中谷有蓷》，閔周也。

中谷有蓷，暵其乾矣。有女仳離，嘅其歎矣。嘅其歎矣，遇人之艱難矣。

中谷有蓷，暵其脩矣。有女仳離，條其嘯矣。條其嘯矣，遇人之不淑矣。

中谷有蓷，暵其濕矣。有女仳離，啜其泣矣。啜其泣矣，何嗟及矣！

  蓷，鵻也。暵，燥也。仳，別也。脩，長也。草長遠地則易枯。中谷之蓷，旱之所難及也。今也既先燥其生于乾者，又燥其生而長者，及其甚也，則雖其生于濕者亦不免也，旱及于濕則盡矣。譬如周人，風俗衰薄，其始也人之艱難者棄其妻耳，其後人之不善者棄之矣，及其既甚，至有無故而棄之者。故其以艱難而見棄者則歎之，歎之者知其不得已也。以不善而見棄者則條條然而嘯，嘯者怨之深矣。及其無故而見棄也則泣而已，泣者窮之甚也。

《中谷有蓷》三章，章六句。

兔爰

《兔爰》，閔周也。

  《毛詩》之叙曰："桓王之詩也。"

有兔爰爰，雉離于羅。我生之初，尚無爲。我生之後，逢此百罹。尚寐無吪。

  爰爰，緩也。吪，動也。兔狡而難取，雉介而易執。世亂則輕狡之人肆，而耿介之士常被其禍。其曰"尚寐無吪"，寧死而不欲見之辭也。或曰：羅所以取兔也，兔則免矣，而雉則罹之。天下之禍，首亂者之報也，首亂者則逝矣，而爲之繼者受之，非其所爲而反受其禍，是以寐而不欲動也。

有兔爰爰，雉離于罦。我生之初，尚無造。我生之後，逢此百憂。尚寐無覺。

  罦，覆車也。造，亦爲也。

有兔爰爰，雉離于罿。我生之初，尚無庸。我生之後，逢此百凶。尚寐無聰。

  罿，罬也。庸，用也。

  《兔爰》三章，章七句。

葛藟

《葛藟》，王族刺平王也。

或曰刺桓王。

綿綿葛藟，在河之滸。終遠兄弟，謂他人父。謂他人父，亦莫我顧。

綿綿，長也。水厓曰滸。王謂同姓曰叔父。葛藟生于河上，得河之潤以爲長，猶王族之託王以爲盛也。王今棄遠兄弟，而爲他人父。彼非王族，亦安肯顧王哉！

綿綿葛藟，在河之涘。終遠兄弟，謂他人母。謂他人母，亦莫我有。

涘，厓也。謂其夫父者，其妻則母也。

綿綿葛藟，在河之漘。終遠兄弟，謂他人昆。謂他人昆，亦莫我聞。

夷上洒下漘。聞，與聞吾事也。

《葛藟》三章，章六句。

采葛

《采葛》，懼讒也。

彼采葛兮，一日不見，如三月兮。

彼采蕭兮，一日不見，如三秋兮。

彼采艾兮，一日不見，如三歲兮。

朝有讒人，則下不敢有所爲。采葛所以爲絺綌，采蕭所以供祭祀，采艾所以攻疾病耳。雖事之無疑者，猶不敢行，畏往而有讒之者，是以一日不見君，而如三月之久也。

《采葛》三章，章三句。

大車

《大車》，刺周大夫也。

大車檻檻，毳衣如菼。豈不爾思，畏子不敢。

大車，諸侯之車也。檻檻，車聲也。毳衣，子男之衣也。毳衣之屬，衣繢而裳繡，其青者如菼。天子之大夫有以子男入而爲之者。古者大夫巡行邦國，以聽男女之訟，其聽之也明，而止之有道，民聞其車聲而見其衣服，則畏而不敢矣，非待刑之而後已也，蓋傷今不能矣。

大車啍啍，毳衣如璊。豈不爾思，畏子不奔。

啍啍，重遲貌也。璊，赬也。

穀則異室，死則同穴。謂予不信，有如皦日。

穀，生也。生則有內外之別，而死則同穴，夫婦之正也。古之聽男女之訟者，非獨使淫奔者止也，乃使其夫婦相與以禮，久要而無相棄也。

《大車》三章，章四句。

丘中有麻

《丘中有麻》，思賢也。

《毛詩》之叙曰："莊王之詩也。"

丘中有麻，彼留子嗟。彼留子嗟，將其來施施。

子嗟，當時賢者。留，其氏也，隱居于丘陵之間，而殖麻麥果實以爲生者。子嗟也，民思其賢，而庶其肯徐來從之，故曰"將其來施施"。施施，徐也。

丘中有麥，彼留子國。彼留子國，將其來食。

毛公曰：子國，子嗟父也。"將其來食"，庶幾肯來從我食也。

丘中有李，彼留之子。彼留之子，貽我佩玖。

庶幾肯來，遺我以善也。

《丘中有麻》三章，章四句。

國風·鄭

鄭桓公友，宣王之母弟，食采于鄭，爲幽王司徒，甚得周衆與東土之人。是時王室多故，公懼及于難，問于史伯："吾何所可以逃死？"史伯曰："其濟、洛、河、潁之間乎？是其子男之國虢、鄶爲大，虢叔恃勢，鄶仲恃險，皆有驕侈怠慢之心，加之以貪冒。君若以周難之故，寄孥與賄焉，不敢不許。周亂而弊，是驕而貪，必將背君。君若以成周之衆奉辭伐罪，無不克矣。若克二邑，鄢、弊、補、丹、依、疇、歷、華，君之土也。若前華後河，右洛左濟，主芣騩而食溱洧，修典刑以守之，可以少固。"公從之。幽王十一年爲犬戎所殺，桓公死之，其子武公復爲周司徒，而變《風》始作。鄭者其所食采地，今華之鄭是也。及既得虢、鄶，施舊號于新邑，則今鄭是也。

緇衣

《緇衣》，美武公也。

緇衣之宜兮，敝予又改爲兮。適子之館兮，還予授子之粲兮。

武公爲平王卿士。緇衣，其聽朝之正服也。諸侯入爲卿士，皆受館于王室，民之愛武公不知厭也，故曰："子之緇衣敝歟，予將爲子改爲之。子適子之館歟，苟還也，予將授子以粲。"粲，飧也。愛之無厭之辭也。

緇衣之好兮，敝予又改造兮。適子之館兮，還予授子之粲兮。
緇衣之蓆兮，敝予又改作兮。適子之館兮，還予授子之粲兮。
　　蓆，大也。
　　《緇衣》三章，章四句。

將仲子

《將仲子》，刺莊公也。
將仲子兮，無踰我里，無折我樹杞。豈敢愛之，畏我父母。仲可懷也，父母之言，亦可畏也。
　　武公夫人姜氏，生莊公及共叔段，愛段，爲請于莊公而封之京。祭仲諫曰："都城過百雉，國之害也。"公不聽，曰："多行不義必自斃。"既而太叔命西鄙北鄙貳于己，公子呂又諫，公曰："不義不暱，厚將崩。"及太叔完聚，繕甲兵，具卒乘，將以襲鄭，夫人將啓之，則曰："可矣。"命子封帥車二百乘以伐京而逐之。由是觀之，莊公非畏父母之言者也，欲必致叔于死耳。夫叔之未襲鄭也，有罪而未至于死，是以諫而不聽。諫而不聽，非愛之也，未得所以殺之也。未得所以殺之而不禁，而曰畏我父母，君子知其不誠也，故因其言而記之。夫因其言而記之者，以示得其情也。然毛氏不知其說，其敘此詩以爲"不勝其母以害其弟，弟叔失道而公弗禁①，祭仲諫而公弗聽，小不忍以致大亂"，莊公豈不忍者哉？將，請也。仲子，祭仲也。杞，柳屬也，異姓而干公族以謀兄弟，譬如踰里而折杞也。

將仲子兮，無踰我墻，無折我樹桑。豈敢愛之，畏我諸兄。仲可懷也，諸兄之言，亦可畏也。
將仲子兮，無踰我園，無折我樹檀。豈敢愛之，畏人之多言。仲可懷也，人之多言，亦可畏也。
　　檀，強忍之木也。
　　《將仲子》三章，章八句。

叔于田

《叔于田》，刺莊公也。
叔于田，巷無居人。豈無居人？不如叔也，洵美且仁。

---

① 弗禁：諸本同。阮元刻《十三經注疏·毛詩正義》作"弗制"。

叔，共叔段也。叔之出田也，民皆從之，至于巷無居者。夫豈誠無居者乎？莫如叔之信美而又仁者，是以從之者衆也，言叔之爲人，多才而好勇，不義而得衆然。詩人作《叔于田》、《大叔于田》之詩，非以惡段而以刺莊公者，言莊公力能禁之而不禁，俟其亂而加之以大戮也。

叔于狩，巷無飲酒。豈無飲酒？不如叔也，洵美且好。

叔適野，巷無服馬。豈無服馬？不如叔也，洵美且武。

《叔于田》三章，章五句。

大叔于田

《大叔于田》，刺莊公也。

二詩皆曰"叔于田"，故此加"大"以別之，非謂段爲大叔也，然不知者又加"大"于首章，失之矣。

大叔于田，乘乘馬。執轡如組，兩驂如舞。叔在藪，火烈具舉。襢裼暴虎，獻于公所。將叔無狃，戒其傷女。

內曰服，外曰驂。驂、服之和，如舞者之中節，御之善也。用火宵田也。暴，徒手搏之也。狃，習也。

叔于田，乘乘黃。兩服上襄，兩驂雁行。叔在藪，火烈具揚。叔善射忌，又良御忌，抑磬控忌，抑縱送忌。

襄，駕也。上，駕馬之最良也。雁行，言與服馬相次也。騁馬曰磬，止馬曰控，舍拔曰縱，覆簫曰送。忌，辭也。

叔于田，乘乘鴇。兩服齊首，兩驂如手。叔在藪，火烈具阜。叔馬慢忌，叔發罕忌，抑釋掤忌，抑鬯弓忌。

驪白雜毛曰鴇。如手，言如左右手之相助也。掤，所以覆矢也。鬯，弢弓也。田事將畢，則馬行遲，發矢希。既畢，則覆矢而弢弓矣。

《大叔于田》三章，章十句。

清人

《清人》，刺文公也。

清人在彭，駟介旁旁。二矛重英，河上乎翱翔。

文公之十三年，狄入衛，使高克將兵而禦狄于境。高克之爲人，好利而不顧其君，文公欲遠之，不能，于是久而不召，衆散而歸，高克奔陳。公子素爲之賦是詩。清，鄭邑也。彭，鄭郊也。高克之師皆清人也。駟介，馬之被甲者也。一車而二矛，備折毀也。英，矛飾也。翱翔于河上，非所以禦狄也，以禦狄爲名而逐高克也。以君而逐大夫，不能而假興師焉，以爲大無政刑矣，故《春秋》書之曰"鄭棄其師"。
清人在消，駟介麃麃。二矛重喬，河上乎逍遥。
　　消，亦鄭郊也。喬，高也。
清人在軸，駟介陶陶。左旋右抽，中軍作好。
　　軸，亦鄭郊也。將車御者在左，戎右在右。中軍，上將也。言御者還旋其車，而戎右抽刃以與其將習爲容好而已。
　　《清人》三章，章四句。

羔裘

《羔裘》，刺朝也。
羔裘如濡，洵直且侯。彼其之子，舍命不渝。
　　緇衣羔裘，諸侯之朝服也。侯，君也。舍，施也。其裘光澤如濡，其人信直而有君德，其民稱之曰："是出令而不變者。"言德之稱其服，傷今不能然也。
羔裘豹飾，孔武有力。彼其之子，邦之司直。
　　禮，惟君用純，故諸臣之羔裘以豹飾袪袖。
羔裘晏兮，三英粲兮。彼其之子，邦之彥兮。
　　晏，鮮盛貌也。大國三卿。英者才過人也。粲，衆也。
　　《羔裘》三章，章四句。

遵大路

《遵大路》，思君子也。
　　《毛詩》之叙曰："莊公之詩也。"
遵大路兮，摻執子之袪兮。無我惡兮，不寁故也。
　　摻，擥也。袪，袂也。寁，速也。故，舊也。君子去之而欲留之，故願見之道路，擥其袪而告之曰："無我惡而去我。君雖失德，然而不速去者，舊臣之宜也。"
遵大路兮，摻執子之手兮。無我魗兮，不寁好也。
　　"魗"、"醜"通。好，舊好也。
　　《遵大路》二章，章四句。

女曰雞鳴

《女曰雞鳴》，刺不説德也。
女曰雞鳴，士曰昧旦。子興視夜，明星有爛。將翱將翔，弋鳧與雁。

弋言加之，與子宜之。宜言飲酒，與子偕老。琴瑟在御，莫不靜好。
知子之來之，雜佩以贈之。知子之順之，雜佩以問之。知子之好之，雜佩以報之。

夫婦相戒以夙興，婦人勉其君子曰："雞既鳴，明星見矣，可以起從外事，弋取鳧雁歸以爲肴，相與飲酒偕老而不厭。且非特如此而已，苟子有所招來而與之友者，吾將爲子雜佩以贈之。"言不留色而好德也。明星，啟明也。弋，繳射也。加，中也。史曰："以弱弓微繳加諸鳧雁之上。"宜，和其所宜也。雜佩，珩、璜、琚、瑀、衝牙之類。問，遺也。

《女曰雞鳴》三章，章六句。

有女同車

《有女同車》，刺忽也。

有女同車，顏如舜華。將翱將翔，珮玉瓊琚。彼美孟姜，洵美且都。

太子忽嘗有功于齊，齊侯請妻之，齊女賢而不取，卒以無大國之援至于見逐，故國人稱同車之禮、齊女之美以刺之。禮，親迎則同車。舜，木槿也。都，閑也。

有女同行，顏如舜英。將翱將翔，珮玉將將。彼美孟姜，德音不忘。

行，道也。

《有女同車》二章，章六句。

山有扶蘇

《山有扶蘇》，刺忽也。

《毛詩》之叙以爲"所美非美"，故其言扶蘇、荷華也，曰"此高下大小各得其宜云爾"。然而扶蘇非大木也，鄭氏知其不可，故易之曰："此小人在上而君子在下之謂也。"然而喬松非惡木，而游龍非美草，則又曰："此大臣無恩，而小臣放恣之謂也。"夫使説者勞而不得，皆叙惑之也。

山有扶蘇，隰有荷華。不見子都，乃見狂且。

扶蘇，扶胥，小木也。荷華，扶蕖也，其華菡萏。子都，世之美好者也。狂，狂狷也。夫苟高而爲扶蘇之槁，不若下而爲荷華之盛也。忽之爲人，自絜而好名，非有爲國之慮也。莊公多内寵，而忽辭昏于齊，失大國之援，終以見逐。譬如扶蘇之生于山，其居非不高矣，而枝葉不足以自芘，不如荷華之生于隰，得其澤以滋大，故君子以爲絜而害于國，乃所謂狂耳。

山有橋松，隰有游龍。不見子充，乃見狡童。

上竦無枝曰橋。游，放縱也。龍，紅草也。充，美也。狡，壯狡也。忽之爲人可謂狡童矣，未可謂成人也。

《山有扶蘇》二章，章四句。

蘀兮

《蘀兮》，刺忽也。
　　《毛詩》之叙以爲君弱臣强，不倡而和，故曰："君倡而臣和，猶風起而蘀應也。"夫"蘀兮蘀兮，風其吹女"，此憂懼之辭，而非倡和之意也。
蘀兮蘀兮，風其吹女。叔兮伯兮，倡予和女。
　　蘀，落也。木槁則其蘀懼風，風至而隕矣。譬如人君不能自立于國，其附之者亦不可以久也，故懼而相告曰："叔兮伯兮，子苟倡也，予將和女。"蓋有異志矣。
蘀兮蘀兮，風其漂女。叔兮伯兮，倡予要女。
　　要，成也。
　　《蘀兮》二章，章四句。

狡童

《狡童》，刺忽也。
彼狡童兮，不與我言兮。維子之故，使我不能餐兮。
　　賢者欲與之圖事而忽不與，故憂之不遑食也。
彼狡童兮，不與我食兮。維子之故，使我不能息兮。
　　食，禄也。
　　《狡童》二章，章四句。

褰裳

《褰裳》，思見正也。
子惠思我，褰裳涉溱。子不我思，豈無他人？狂童之狂也且。
子惠思我，褰裳涉洧。子不我思，豈無他士？狂童之狂也且。
　　鄭世子忽立未逾年，厲公逐之而自立。四年，祭仲逐厲公而召忽。二年，高渠彌殺之而立子亹。一年，齊人殺子亹及高渠彌，祭仲又立子儀。厲公之出奔，復入居鄭櫟。子儀十四年，厲公入鄭。凡鄭亂二十餘年，四公子爭立，至厲公復入而後鄭少安。故鄭人思大國之正己，曰："子苟惠而思正吾亂，褰裳而可以涉溱、洧矣，鄭無難入者。子苟不我思，豈無他人乎？吾恐他人之先子也。狂童之狂也甚矣，不可緩也。"溱、洧，鄭之二水。狂童，忽也。鄭之亂，忽實啓之。
　　《褰裳》二章，章五句。

丰

《丰》，刺亂也。

子之丰兮，俟我乎巷兮。悔予不送兮。

> 丰，豐也。巷，門外道也。君子親迎，而婦人有以異志不從者，既而所與爲異不終，故追念其君子云爾。

子之昌兮，俟我乎堂兮。悔予不將兮。

> 昌，盛也。將，送也。

衣錦褧衣，裳錦褧裳。叔兮伯兮，駕予與行。

> 錦衣，庶人嫁者之服也。伯、叔，君子之字也。或曰錦之爲貴而褧之爲尚，將濟其欲者必由禮而後可也。

裳錦褧裳，衣錦褧衣。叔兮伯兮，駕予與歸。

> 《丰》四章，二章章三句，二章章四句。

東門之墠

《東門之墠》，刺亂也。

東門之墠，茹藘在阪。其室則邇，其人甚遠。

> 除地曰墠。茹藘，茅蒐也。除地以爲墠，則茹藘在阪不在墠矣。女子絜己以居于室，其室雖近，而其人不可犯以非義，如墠之遠茹藘也。

東門之栗，有踐家室。豈不爾思，子不我即。

> 栗，女摯也。徒取栗以爲禮，而可以行室家之道矣。非不爾思也，子不由禮，故不可得也。東門，鄭之爲亂者之所在也，故墠、栗皆曰"東門"，又曰"出其東門，有女如雲"。

> 《東門之墠》二章，章四句。

風雨

《風雨》，思君子也。

風雨淒淒，雞鳴喈喈。既見君子，云胡不夷。

> 風且雨淒淒然，雞猶守時而鳴喈喈然，譬如君子，雖居亂世而不改其度也。夷，說也。

風雨瀟瀟，雞鳴膠膠。既見君子，云胡不瘳。

> 瘳，愈也。

風雨如晦，雞鳴不已。既見君子，云胡不喜。

《風雨》三章，章四句。

子衿

《子衿》，刺學校廢也。

青青子衿，悠悠我心。縱我不往，子寧不嗣音？

  青衿，學子之所服也。禮，父母在則衣純以青。嗣，續也。學校不修，則有去者有留者而莫之禁，故留者念其去者而責之曰："我雖不往見子，子曷爲不傳聲問我乎？"

青青子佩，悠悠我思。縱我不往，子寧不來？

  青，佩之組綬也。

挑兮達兮，在城闕兮。一日不見，如三月兮。

  挑、達，往來相見貌。去學而游于城闕，往來無所爲耳，而不來見我，使我思之，一日而若三月也。

《子衿》三章，章四句。

揚之水

《揚之水》，閔無臣也。

  《毛詩》之叙曰："忽之詩也。"

揚之水，不流束楚。終鮮兄弟，維予與女。無信人之言，人實廷女。

  揚水以求其能流，雖束薪而有不能載矣。譬如失衆之君，雖其私暱爲之盡力以求興之，而衆不與，終不可得也，是以稱其私相告教之言以譏之。"終鮮兄弟，維予與女"，失衆之辭也。"無信人之言，人實廷女"，失衆而多疑之辭也。夫苟以人言爲舉不可信，則人將誰復親之者？此所謂小人之愛人，知愛之而不知所以愛之也。

揚之水，不流束薪。終鮮兄弟，維予二人。無信人之言，人實不信。

《揚之水》二章，章六句。

出其東門

《出其東門》，閔亂也。

出其東門，有女如雲。雖則如雲，匪我思存。縞衣綦巾，聊樂我員。

  鄭國男女相棄，有出其東門而見婦人如雲之衆而無所從者，曰："此非我所思，安得縞衣綦巾，聊以樂我哉？"縞衣，白衣，男子之服也。綦巾，蒼巾，女子之服也。思室家之樂而不可得，鰥寡相見之辭也。

出其闉闍，有女如荼。雖則如荼，匪我思且。縞衣茹藘，聊可與娛。

闉，曲城也。闍，城臺也。荼，茅秀也。茹藘，所以染也。

《出其東門》二章，章六句。

野有蔓草

《野有蔓草》，思遇時也。

野有蔓草，零露漙兮。有美一人，清揚婉兮。邂逅相遇，適我願兮。

鄭人困于亂政，感蔓草之得露零以生，而自傷不及也，故思得君子以被其膏澤。思之而不可得，故深思之，曰："苟有是人也，必婉然清揚美人也，鄭無是人矣。"然猶庶幾邂逅而見之，以適其願。邂逅，不期而遇也。故鄭伯享趙文子于垂隴，子太叔賦《野有蔓草》，文子曰："吾子之惠也。"意取此矣。或曰"有美一人"，婦人之謂也。然則"彼姝者子"，何以畀之，亦婦人也哉？毛氏由此故叙以男女失時，思不期而會。信如此說，則趙文子將不受，雖與伯有同譏，可也。

野有蔓草，零露瀼瀼。有美一人，婉如清揚。邂逅相遇，與子偕臧。

《野有蔓草》二章，章六句。

溱洧

《溱洧》，刺亂也。

溱與洧方渙渙兮，士與女方秉蕑兮。女曰觀乎，士曰既且。且往觀乎，洧之外，洵訏且樂。維士與女，伊其相謔。贈之以勺藥。

渙渙，冰釋而水盛也。蕑，蘭也。訏，大也。勺藥，香草也。

溱與洧瀏其清矣，士與女殷其盈矣。女曰觀乎，士曰既且。且往觀乎，洧之外。洵訏且樂。維士與女，伊其將謔。贈之以勺藥。

瀏，深也。

《溱洧》二章，章十句。

詩集傳卷五

國風·齊

　　齊，古爽鳩氏之虛，武王以封太公望，國于營丘而爲諸侯伯。其地東至海，西至河，南至穆陵，北至無棣，在《禹貢》青州，岱山之陰，濰、淄之野。太公姜姓，本四岳之後，既封于齊，通工商之業，便魚鹽之利，民多歸之，故齊爲大國。其後五世至哀公，而變《風》作。

雞鳴

《雞鳴》，思賢妃也。
　　《毛詩》之叙曰："哀公之詩也。"
雞既鳴矣，朝既盈矣。匪雞則鳴，蒼蠅之聲。
東方明矣，朝既昌矣。匪東方則明，月出之光。
　　夫人不忘夙興，故以蠅聲爲雞鳴，以月出爲東方之明。
蟲飛薨薨，甘與子同夢。會且歸矣，無庶予子憎。
　　旦明而百蟲作，方是時也，予豈不欲與子同夢歟？然群臣之會于朝者，亦欲退朝而歸治其家事，是以爲之早作，庶其無以我故惡之也。
　　《雞鳴》三章，章四句。

還

《還》，刺荒也。
　　《毛詩》之叙曰："哀公之詩也。"
子之還兮，遭我乎峱之間兮。並驅從兩肩兮，揖我謂我儇兮。
　　還，捷也。峱，山名也。獸三歲曰肩。儇，利也。言齊人好田，至以還儇相譽而不知恥之，則荒之甚也。
子之茂兮，遭我乎峱之道兮。並驅從兩牡兮，揖我謂我好兮。
子之昌兮，遭我乎峱之陽兮。並驅從兩狼兮，揖我謂我臧兮。
　　《還》三章，章四句。

著

《著》，刺時也。
俟我于著乎而，充耳以素乎而，尚之以瓊華乎而。
俟我于庭乎而，充耳以青乎而，尚之以瓊瑩乎而。
俟我于堂乎而，充耳以黄乎而，尚之以瓊英乎而。

　　門屏之間曰著。禮，婿親迎，受婦于堂以出，揖之于庭，又揖之于著，于時婦人遂見君子，故識其充耳之飾。充耳，瑱也。所以懸之者曰紞，素、青、黄三者，紞之色也。尚，飾也。瓊華、瓊瑩、瓊英三者，皆美石似玉者，所以爲瑱也。言此者刺時不親迎也。

　　《著》三章，章三句。

東方之日

《東方之日》，刺衰也。
東方之日兮，彼姝者子，在我室兮。在我室兮，履我即兮。
東方之月兮，彼姝者子，在我闥兮。在我闥兮，履我發兮。

　　日升于東，月盛于東，其明無所不至。國有明君，則民之視之，譬如日、月常在其室家，無敢欺之者，行則起而從之矣。及其衰也，明不及民而民慢之，行而無有從之者，此所以爲刺衰也。履，行也。即，從也。發，起也。

　　《東方之日》二章，章五句。

東方未明

《東方未明》，刺無節也。

　　《毛詩》之叙曰："朝廷興居無節，號令不時，挈壺氏不能掌其職。"夫雖衰亂之世，蚤莫不易挈壺之職，雖或失之，而天時猶在，何至于未明而顛倒衣裳哉？毛氏因"東方未明"、"不能辰夜"而信以爲然，其説亦已陋矣。

東方未明，顛倒衣裳。顛之倒之，自公召之。

　　爲政必有節，及其節而爲之，則用力少而事舉。苟爲無節，緩急皆所以害政也。夫東方未明，起而顛倒其衣裳，可謂急，然猶有以爲緩而自公召之者。夫起者已遽而至于顛倒矣，而猶有遲之者，則政將何以堪之，故必將有受其害者。然則，東方未明，尚可以徐服其服，而無至于顛倒也。

東方未晞，顛倒裳衣。倒之顛之，自公令之。
折柳樊圃，狂夫瞿瞿。不能辰夜，不夙則莫。

夫苟不知爲政之節，則或失之蚤，或失之莫，常不能及事之會矣。以爲尚蚤者爲之常緩，以爲已晚者爲之常遽，緩者不意事之已到，而遽者不知事之未及，故其所以備患者常出于倉卒而不精，故曰"折柳樊圃，狂夫瞿瞿"。爲藩以禦狂夫，豈不知柳之不可用哉，無其備而不得已也，此無節之過也。瞿瞿，狂貌也。

《東方未明》三章，章四句。

南山

《南山》，刺襄公也。

南山崔崔，雄狐綏綏。魯道有蕩，齊子由歸。既曰歸止，曷又懷止？

　　南山，齊南山也。綏綏，行求匹之貌也。人君之尊，如南山之崔崔。襄公之行，如雄狐之綏綏，疾其以人君而爲此行也。蕩，平也。齊子，魯桓夫人文姜也，襄公之妹，而通于襄公。婦人謂嫁曰歸。懷，思也。

葛屨五兩，冠緌雙止。魯道有蕩，齊子庸止。既曰庸止，曷又從止？

　　"葛屨五兩"，則屨具于下矣。"冠緌雙止"，則緌具于上矣。言文姜有匹于魯，而襄公有偶于齊，曷爲又相從哉？

藝麻如之何，衡從其畝。取妻如之何，必告父母。既曰告止，曷又鞠止？

　　藝，樹也。藝麻者必衡從耕其田而後種之，譬如娶妻必告父母，成禮而後取之。取之如此其重，而魯桓曷爲不禁，使得窮極其邪行哉！鞠，窮也。

析薪如之何，匪斧不克。取妻如之何，匪媒不得。既曰得止，曷又極止？

《南山》四章，章六句。

甫田

《甫田》，大夫刺襄公也。

無田甫田，維莠驕驕。無思遠人，勞心忉忉。

　　甫，大也。襄公無禮義而求大功，不修德而求諸侯，故告之曰："無田甫田，田甫田而力不給，則莠盛矣。無思遠人，思遠人而德不及，則心勞矣。"田甫田則必自其小者始，小者之有餘，而甫田可啓矣。思遠人則必自其近者始，近者之既服，而遠人自至矣。

無田甫田，維莠桀桀。無思遠人，勞心怛怛。

婉兮孌兮，總角丱兮。未幾見兮，突而弁兮。

　　夫欲得諸侯，而求之則失諸侯之道也。莊子曰："君自是爲之，則殆不成。"夫總角之童，而至于突然弁也，豈其求之哉？其道則有所必至也。君子之得諸侯，亦未嘗求之矣。苟修其身而治其政令，諸侯不來而將安往？故夫諸侯之來，非求之也，不得已而受之也。不得已而受之，故其來也無憂，而其既來也不去。此求之至也。

《甫田》三章，章四句。

盧令

《盧令》，刺荒也。

　　《毛詩》之叙曰："襄公之詩也。"

盧令令，其人美且仁。

　　盧，田犬也。令令，纓鐶聲也。時人以田獵相尚，故聞其纓鐶之聲而美之，曰此仁人也，猶《還》曰"揖我謂我儇兮"耳。

盧重鐶，其人美且鬈。

　　重鐶，子母鐶也。鬈，好貌也。

盧重鋂，其人美且偲。

　　鋂，一鐶貫二也。偲，才也。

《盧令》三章，章二句。

敝笱

《敝笱》，刺文姜也。

敝笱在梁，其魚魴鰥。齊子歸止，其從如雲。

　　鰥，大魚也。笱非所以執魴鰥，而又敝矣，宜其魚之不制也。文姜之歸于魯，其從者之盛如雲，則亦魯桓之所不能制也。

敝笱在梁，其魚魴鱮。齊子歸止，其從如雨。

　　鱮似魴而弱鱗。如雨，多也。

敝笱在梁，其魚唯唯。齊子歸止，其從如水。

　　唯唯，出入不制也。如水，亦多也。

《敝笱》三章，章四句。

載驅

《載驅》，齊人刺襄公也。

載驅薄薄，簟笰朱鞹。魯道有蕩，齊子發夕。

　　薄薄，疾驅聲也。簟，方文席也。笰，車蔽也。諸侯之路車，有朱革之質而羽飾。襄公疾驅其車以會文姜，文姜夕發于魯而往會之，莫知愧也。

四驪濟濟，垂轡瀰瀰。魯道有蕩，齊子豈弟。

濟濟，美貌也。瀰瀰，衆貌也。豈弟，樂易也。
汶水湯湯，行人彭彭。魯道有蕩，齊子翱翔。
　　湯湯，大貌也。彭彭，衆貌也。言公與文姜會于通道衆人之中，而無所愧也。
汶水滔滔，行人儦儦。魯道有蕩，齊子游遨。
　　《載驅》四章，章四句。

猗嗟

《猗嗟》，刺魯莊公也。
猗嗟昌兮，頎而長兮。抑若揚兮，美目揚兮。巧趨蹌兮，射則臧兮。
　　猗嗟，歎辭也。昌，盛也。頎，長也。抑，美也。揚，秀發也。揚，眉之美也。蹌，趨之巧也。齊人傷魯莊公徒有威儀技藝之好，而不能止其母之亂也。
猗嗟名兮，美目清兮。儀既成兮。終日射侯，不出正兮。展我甥兮。
　　目上爲名，目下爲清。正，所射于侯中者也。展，誠也。姊妹之子曰甥。
猗嗟孌兮，清揚婉兮。舞則遷兮，射則貫兮。四矢反兮，以禦亂兮。
　　遷，精也。貫，習也。四矢，乘矢也。反，復其故處也。君子之于射也，將安用之，亦以禦亂焉耳，今莊公徒以爲技而已。
　　《猗嗟》三章，章六句。

國風·魏

　　魏本姬姓之國，晉獻公滅之，以封大夫畢萬，其地南枕河曲，北涉汾水，舜、禹之都在焉，其民猶有虞夏之遺風，習于儉約。而晉自僖公以來，變《風》既作，及魏爲獻公所并，其人作詩以譏刺晉事，如邶、鄘之詩，其實皆衛之得失，故孔子之編《詩》列之《唐》詩之上，亦如《邶》、《鄘》、《衛》之次。然毛氏之叙《魏》詩則曰："魏地狹隘，其民機巧趨利，其君儉嗇褊急，國迫而數侵削，役乎大國，民無所居。"蓋猶以爲故魏詩，而不知其爲晉詩也。

葛屨

《葛屨》，刺褊也。
糾糾葛屨，可以履霜。摻摻女子，可以縫裳。要之襋之，好人服之。
　　糾糾，疏貌也。夏葛屨，冬皮屨。摻摻，猶纖纖也。女子既嫁三月廟見，然後稱婦。裳，服之賤也。君子之爲國，致隆而極廣焉，故其降也，猶可以不陷。今葛屨而以履霜，及其暑也，將安用矣？婦之未廟見也，而使之縫裳，及其成爲婦也，將安使之矣，故曰"要之襋之，好人服之"。襋，領也，衣之貴也。衣之貴者而使是好人治之，猶有降也，奈何遂使之縫裳乎？

好人提提，宛然左辟。佩其象揥。維是褊心，是以爲刺。

提提，安諦也。宛，辟貌也。讓而辟者必左，不敢當尊也。女子始嫁而治其威儀，其修如此，而可以賤事使之歟？然褊者以爲爲是無益，故爲其益者而至于縫裳也。惟君子則不然，懼其不容降矣。

《葛屨》二章，一章六句，一章五句。

汾沮洳

《汾沮洳》，刺儉也。

彼汾沮洳，言采其莫。彼其之子，美無度。美無度，殊異乎公路。

汾水出于晉，其流及魏。沮洳，漸潤也。莫，酸迷也。涉汾而采莫，其儉信美矣，然而非法，非公路之所宜爲也。

彼汾一方，言采其桑。彼其之子，美如英。美如英，殊異乎公行。

彼汾一曲，言采其藚。彼其之子，美如玉。美如玉，殊異乎公族。

藚，水蕮也。公路、公行、公族，皆晉官也。《春秋傳》曰："晉成公立，始宦卿之適以爲公族，其餘子以爲餘子，其庶子爲公行。趙盾請以括爲公族，而盾爲耗車。"耗車，戎車之倅也。盾庶子也，而爲耗車，則耗車公行也。然則公路、公行一也。以其主君之路車，謂之公路；以其主兵車之行列，謂之公行耳。

《汾沮洳》三章，章六句。

園有桃

《園有桃》，刺時也。

園有桃，其實之殽。心之憂矣，我歌且謠。不知我者①，謂我士也驕。彼人是哉，子曰何其。心之憂矣，其誰知之？其誰知之，蓋亦勿思。

園有桃則食桃，非其園之所有則不食矣。然則，不耕者不可以食粟，不織者不可以衣帛，仁人君子不得坐而治民矣。此孟子所謂許行之道，魏人則有治此説者也。夫必耕而後食，小人之所謂難也，而有人焉且力行之，尚有非之者哉！維君子憂其不可，而歌謠以告人，而人且有謂之驕而詰之者，曰："彼人是矣，子獨謂何乎？"世皆以夫人爲是，而莫知其非者，則將舉而從之。此君子之所憂也，故曰："心之憂矣，其誰知之？"人之不知其非也，蓋亦喜其可喜，而未思其不可也。思

---

① 不知我：《經解》本、《四庫》本同。本詩次章亦作"不知我"。阮元刻《十三經注疏·毛詩正義》作"不我知"，疑是。

之，則其不可者見矣，故曰"其誰知之，蓋亦勿思"。

園有棘，其實之食。心之憂矣，聊以行國。不知我者，謂我士也罔極。彼人是哉，子曰何其。心之憂矣，其誰知之？其誰知之，蓋亦勿思。

棘，棗也。聊以行國，行告人以不可也。極，中也。

《園有桃》二章，章十二句。

陟岵

《陟岵》，孝子行役，思念父母也。

陟彼岵兮，瞻望父兮。父曰嗟予子行役，夙夜無已。上慎旃哉，猶來無止。

山無草木曰岵。孝子登高以望其父而不見，則思其將行之戒以自慰。上，猶"尚"也。可以復來，無止死也。

陟彼屺兮，瞻望母兮。母曰嗟予季行役，夙夜無寐。上慎旃哉，猶來無棄。

山有草木曰屺。

陟彼岡兮，瞻望兄兮。兄曰嗟予弟行役，夙夜必偕。上慎旃哉，猶來無死。

必偕，必與同役者偕，無獨行也。

《陟岵》三章，章六句。

十畝之間

《十畝之間》，刺時也。

《毛詩》之叙曰："其國削小，民無所居。"夫國削則民逝矣，未有地亡而民存者也。且雖小國，豈有一夫十畝，而尚可以爲民者哉？

十畝之間兮，桑者閑閑兮，行與子還兮。

此君子不樂仕于其朝之詩也。曰："雖有十畝之田，桑者閑閑其可樂也，行與子歸居之。"夫有十畝之田，其所以爲樂者亦鮮矣，而可以易仕之樂，則仕之不可樂也甚矣。

十畝之外兮，桑者泄泄兮，行與子逝兮。

泄泄，閑貌也。

《十畝之間》二章，章三句。

伐檀

《伐檀》，刺貪也。

坎坎伐檀兮，寘之河之干兮。河水清且漣猗。不稼不穡，胡取禾三百廛兮？

不狩不獵，胡瞻爾庭有縣貆兮？彼君子兮，不素餐兮！

　　坎坎，伐檀聲也。檀性堅韌，宜爲車耳，伐檀而寘之河上，河非用車之處，雖使河水清且漣，而猶不見用。君子之仕于亂世，其難合也如檀之于河。至于小人則不然，不稼不穡，而取禾三百廛，不狩不獵，而縣貆于庭矣。君子不得其君不仕，小人未可以取而取之矣。種之曰稼，斂之曰穡。百畝曰廛。貉子曰貆。

坎坎伐輻兮，寘之河之側兮。河水清且直猗。不稼不穡，胡取禾三百億兮？不狩不獵，胡瞻爾庭有縣特兮？彼君子兮，不素食兮！

　　水平則流直。獸三歲曰特。

坎坎伐輪兮，寘之河之漘兮。河水清且淪猗。不稼不穡，胡取禾三百囷兮？不狩不獵，胡瞻爾庭有縣鶉兮？彼君子兮，不素飧兮！

　　淪，竭也。

　　《伐檀》三章，章九句。

碩鼠

《碩鼠》，刺重斂也。

碩鼠碩鼠，無食我黍。三歲貫女，莫我肯顧。逝將去女，適彼樂土。樂土樂土，爰得我所。

　　碩，大也。重斂以自封，猶鼠之食人以自養也。貫，事也。

碩鼠碩鼠，無食我麥。三歲貫女，莫我肯德。逝將去女，適彼樂國。樂國樂國，爰得我直。

碩鼠碩鼠，無食我苗。三歲貫女，莫我肯勞。逝將去女，適彼樂郊。樂郊樂郊，誰之永號？

　　勞，勞來也。欲適樂郊而不可得，故曰："誰爲樂郊，可長號而求之者哉！"

　　《碩鼠》三章，章八句。

詩集傳卷六

國風·唐

唐者帝堯之舊都，成王以封母弟叔虞，謂之唐侯，南有晉水，至子燮改爲晉侯，其地在《禹貢》太行、恒山之西，太原、太岳之野。晉侯燮之曾孫成侯始徙居曲沃，其孫穆侯又徙于絳。僖公之世，變《風》既作，其詩憂深思遠，猶有堯之遺風，故雖晉詩而謂之"唐"，以爲此堯之舊，而非晉德之所及也。

蟋蟀

《蟋蟀》，刺晉僖公也。

蟋蟀在堂，歲聿其莫。今我不樂，日月其除。無已太康，職思其居。好樂無荒，良士瞿瞿。

> 蟋蟀，蛬也，歲寒則蛬入于堂。聿，遂也。除，去也。此詩君臣相告語之辭也。僖公儉而不中禮，故告之曰："蟋蟀在堂，歲其遂莫矣，而君不樂，日月舍女去矣。"君曰："無乃已太康歟？吾念吾職之所居者，是以不皇樂也。"曰："不然，君子之不爲樂，懼其荒耳，苟樂而不荒斯可矣。君子之于樂也，瞿瞿而不違禮耳。"

蟋蟀在堂，歲聿其逝。今我不樂，日月其邁。無已太康，職思其外。好樂無荒，良士蹶蹶。

> 既思其職，又思其職之外。蹶蹶，敏也。

蟋蟀在堂，役車其休。今我不樂，日月其慆。無已太康，職思其憂。好樂無荒，良士休休。

> 歲晚則入居于室而役車止。慆，過也。休休，樂也。

《蟋蟀》三章，章八句。

山有樞

《山有樞》，刺晉昭公也。

山有樞，隰有榆。子有衣裳，弗曳弗婁。子有車馬，弗馳弗驅。宛其死矣，他人是愉。

> 樞，莖也。婁，亦曳也。愉，樂也。人君有衣服、車馬、鍾鼓、飲食而不能用，譬如山木之不采，終亦腐敗摧毀，歸于無用而已。

山有栲，隰有杻。子有庭內，弗洒弗掃。子有鍾鼓，弗鼓弗考。宛其死矣，他人是保。

> 栲，山樗也。杻，檍也。考，擊也。保，安也。

山有漆，隰有栗。子有酒食，何不日鼓瑟。且以喜樂，且以永日。宛其死矣，他人入室。

> 永，引也。

《山有樞》三章，章八句。

揚之水

《揚之水》，刺晉昭公也。

揚之水，白石鑿鑿。素衣朱襮，從子于沃。既見君子，云何不樂。

> 昭公始封桓叔于曲沃，沃盛強，昭公微弱，雖欲去之而不可得矣。譬如揚水以求其能流，雖物之易流者有不能流矣，而況于石乎？祇以益其鑿鑿耳。鑿鑿，絜也。民知昭公之不振也，故將具諸侯之衣以從桓叔于沃。素衣，中衣也。襮，繡領也。諸侯之中衣緣以丹朱，領以黼繡。

揚之水，白石皓皓。素衣朱繡，從子于鵠。既見君子，云何其憂。

> 皓皓，白也。繡，繡領也。鵠，沃之邑也。

揚之水，白石粼粼。我聞有命，不敢以告人。

> 粼粼，清澈也。命，桓叔之政命也。聞而不敢以告人，爲之隱也。桓叔將以傾晉，而民爲之隱，欲其成矣。

《揚之水》三章，二章章六句，一章章四句①。

椒聊

《椒聊》，刺晉昭公也。

椒聊之實，蕃衍盈升。彼其之子，碩大無朋。椒聊且，遠條且。

> 椒之性芬烈而能奪物者也，今其實蕃衍而盈升，則其近之者未有不見奪者也。桓叔篤碩廣大，無有與敵者。以桓叔之德而傾晉，猶以椒之芬而奪物也，故曰"椒聊且，遠條且"，言信如椒之遠芬也、條長也。

---

① 一章章：諸本同。據文例當衍一"章"字。阮元刻《十三經注疏·毛詩正義》少一"章"字，疑是。

椒聊之實，蕃衍盈匊。彼其之子，碩大且篤。椒聊且，遠條且。

> 兩手曰匊。

《椒聊》二章，章六句。

綢繆

《綢繆》，刺晉亂也。

綢繆束薪，三星在天。今夕何夕，見此良人。子兮子兮，如此良人何。

> 綢繆，猶纏綿也。合異姓以爲昏姻，譬如錯取衆薪而束之耳。薪之爲物，束之則合，而釋之則解，是以綢繆固之，而後可以望其合也。三星，參也。古者昏禮于歲之隙，昏而參見于東方，則十月也，于是昏禮始行矣。夫昏姻之難，自其納采、問名，綢繆不已，時至而後親迎，民之爲之也勞矣，故其成也，則曰"今夕何夕，見此良人"。"今夕何夕"云者，幸之之辭也。然而居于亂世，室家不能相保，既已成昏，而懼其失之也，則曰"子兮子兮，如此良人何"。"子兮子兮"云者，有所恝之之辭也。

綢繆束芻，三星在隅。今夕何夕，見此邂逅。子兮子兮，如此邂逅何。

> 參在東南，則十月之後也。

綢繆束楚，三星在戶。今夕何夕，見此粲者。子兮子兮，如此粲者何。

> 參直于戶則正月也。三女曰粲，大夫一妻二妾。

《綢繆》三章，章六句。

杕杜

《杕杜》，刺時也。

有杕之杜，其葉湑湑。獨行踽踽，豈無他人？不如我同父。嗟行之人，胡不比焉？人無兄弟，胡不佽焉？

> 杕，特貌也。杜，赤棠也。湑湑，盛也。踽踽，無所親也。晉君遠其兄弟而親異姓，譬如杕杜，條幹不足以相扶，特盛其葉耳。君子欲告之而懼其不信，故告其所與行之人，使爲之佽，比其兄弟。必告其所與行者，庶其無疑之也。

有杕之杜，其葉菁菁。獨行睘睘，豈無他人？不如我同姓。嗟行之人，胡不比焉？人無兄弟，胡不佽焉？

《杕杜》二章，章九句。

羔裘

《羔裘》，刺時也。

羔裘豹袪，自我人居居。豈無他人，維子之故。

  君之處于民上，猶豹袪之在羔裘耳，豹雖甚貴，而以羔爲本。君雖甚尊而由有民以安其居，舍羔則豹無所施，而無民則君無所託矣。今奈何不吾恤乎？且吾之所以不去，非無他人也，特以故舊念子耳，子豈反謂我不能去而苦我哉！

羔裘豹褎，自我人究究。豈無他人，維子之好。

  究，久也。君之所以能久于此者，由有民也。好，舊好也。

《羔裘》二章，章四句。

鴇羽

《鴇羽》，刺時也。

  《毛詩》之叙曰："昭公之後，大亂五世，君子下從征役而作此詩。"

肅肅鴇羽，集于苞栩。王事靡盬，不能蓺稷黍，父母何怙？悠悠蒼天，曷其有所？

  肅肅，羽聲也。苞，積也。栩，杼也。鴇似雁，性不木止，猶人之不安于征役也。盬，不攻致也。怙，恃也。

肅肅鴇翼，集于苞棘。王事靡盬，不能蓺黍稷，父母何食？悠悠蒼天，曷其有極？

肅肅鴇行，集于苞桑。王事靡盬，不能蓺稻粱，父母何嘗？悠悠蒼天，曷其有常？

  行，列也。

《鴇羽》三章，章七句。

無衣

《無衣》，美晉武公也①。

豈曰無衣七兮？不如子之衣，安且吉兮。

  禮，侯伯七命，冕服七章。諸侯不命于天子，則不成爲君。周衰，諸侯有不俟王

---

① 美：諸本同。阮元刻《十三經注疏·毛詩正義》作"刺"，並出校云："閩本、明監本、毛本同。唐石經小字本、相臺本'刺'作'美'。"

命者。武公始並晉國，獨能請命于周，故曰：以晉之力豈不足以爲是七章之衣乎，然而不如子之賜我，安且吉也。

豈曰無衣六兮？不如子之衣，安且燠兮。

　　天子之卿六命，車旗衣服以六爲節，不敢必當侯伯，故復稱其次也。燠，暖也。

　　《無衣》二章，章三句。

有杕之杜

《有杕之杜》，刺晉武公也。

有杕之杜，生于道左。彼君子兮，噬肯適我。中心好之，曷飲食之？

　　"噬"、"逝"通。杜之生于道左，行者之所願休息也，而特生寡蔭，人是以無往就之者。譬如國君，士之所願事也，而無恩于人，彼君子則亦舍我而逝耳，尚誰肯適我哉！苟誠好之，曷不試飲食之，庶其肯從我乎。

有杕之杜，生于道周。彼君子兮，噬肯來游。中心好之，曷飲食之？

　　周，曲也。

　　《有杕之杜》二章，章六句。

葛生

《葛生》，刺晉獻公也。

葛生蒙楚，蘝蔓于野。予美亡此，誰與獨處。

　　獻公好戰攻，君子征役不反，故婦人多怨曠者。婦人之託君子，譬如葛之蒙楚、蘝之被野耳。今予所美亡矣，將誰與哉，亦獨處而已。

葛生蒙棘，蘝蔓于域。予美亡此，誰與獨息。

　　域，塋域也。

角枕粲兮，錦衾爛兮。予美亡此，誰與獨旦。

　　旦，朝也。物存而夫亡，是以感物而思之也。

夏之日、冬之夜，百歲之後，歸于其居。

　　夏之日、冬之夜，思者于是劇矣，思之而不可得，則曰不可生得而見之矣，要之百歲之後歸于其居而已。居，墳墓也。思之深而無異心，此《唐風》之厚也。

冬之夜、夏之日，百歲之後，歸于其室。

　　《葛生》五章，章四句。

采苓

《采苓》，刺晉獻公也。

采苓采苓，首陽之巔。人之爲言，苟亦無信，舍旃舍旃。苟亦無然，人之爲言，胡得焉？

  苓，大苦也。首陽，雷首也。夷、齊居其陽，故謂之首陽。采苓者皆曰吾于首陽取之，首陽則信有苓矣，而采者未必然也。事蓋有似而非者，獻公好聽讒言，不究其實而輒從之，申生之死，不究其實之故也。故教之曰："人之爲此言以告也，苟亦勿信，姑置之而徐究其實，事苟不然，則人之爲言者將何得焉？無得而爲之者，世無有也。然則，不禁讒而讒自止矣。"

采苦采苦，首陽之下。人之爲言，苟亦無與，舍旃舍旃。苟亦無然，人之爲言，胡得焉？

  苦，荼也。

采葑采葑，首陽之東。人之爲言，苟亦無從，舍旃舍旃。苟亦無然，人之爲言，胡得焉？

  《采苓》三章，章八句。

國風·秦

  唐虞之際，皋陶之子曰伯翳，佐禹治水有功，舜命爲虞官，掌上下草木鳥獸，賜姓曰嬴。夏、商之間，子孫或在中國，或在夷狄。商之衰也，中潏居于西戎，以保西垂。其六世孫大雒，大雒適子成、庶子非子，非子事周孝王，養馬汧渭之間，馬大蕃息，孝王分大雒之國爲附庸，邑之秦。至曾孫秦仲，而犬戎滅大雒之族，宣王乃以秦仲爲大夫以誅西戎，而秦之變《風》始作。其後平王東遷，而秦仲之孫襄公興兵救周，平王賜之岐豐之田，列爲諸侯，遂有西周畿內之地，在《禹貢》荊岐終南惇物之野。二十九世而並諸侯，有天下，故孔子叙《詩》，列之八國之後，由此故也。

車鄰

《車鄰》，美秦仲也。

有車鄰鄰，有馬白顛。未見君子，寺人之令。

  秦自非子始封，至曾孫秦仲始有車馬、侍御、禮樂之好。鄰鄰，衆車聲也。白顛，的顙也。寺人，內小臣也。士之將見秦仲也，則使寺人傳之。凡此皆人君之常禮，而秦之先君皆所未有也。

阪有漆，隰有栗。既見君子，並坐鼓瑟。今者不樂，逝者其耋。

人君之有禮樂，猶阪之有漆、隰之有栗也，苟不與人用之，則亦爲無用之物而已。故士之既見秦仲也，秦仲則與之並坐而鼓瑟，曰："今者不與子樂之，吾恐逝者耋老而不能用矣。"

阪有桑，隰有楊。既見君子，並坐鼓簧。今者不樂，逝者其亡。

《車鄰》三章，一章四句，二章章六句。

駟驖

《駟驖》，美襄公也。

駟驖孔阜，六轡在手。公之媚子，從公于狩。

駟驖，驪也。阜，大也。襄公修其車馬，乘四驪以出田，其馬碩大而馴服，御者以手執其轡而已，無所用巧也。于是時也，襄公之臣能以道媚于國者，寔從公狩，言其常與賢者共樂也。

奉時辰牡，辰牡孔碩。公曰左之，舍拔則獲。

時，是也。辰，時也。禮，冬獻狼，夏獻麋，春、秋獻鹿豕群獸，故虞人翼獸以待公，射必以其時。于是公謂御者左之，以射其左，其射也，舍拔而獲獸矣。拔，筈也①。

游于北園，四馬既閑。輶車鸞鑣，載獫歇驕。

襄公之所以能使車馬調適，射中而獲多者，于其平居游于北園也，則既閑習之矣。四馬，乘馬也。輶車，輕車也，所以驅獸，所謂驅逆之車也，置鸞于鑣，異于乘車也。載，始也。獫、歇、驕，田犬也。長喙獫，短喙歇，驕始之者，始達其搏噬也。凡此皆游于北園之所習也。

《駟驖》三章，章四句。

小戎

《小戎》，美襄公也。

小戎俴收，五楘梁輈。

兵車在前啓行者元戎，其次小戎。俴，淺也。收，軫也。兵車之比乘車，則前後淺。五，五束之也。楘，歷錄也。梁，輈也。輈，轅也。轅上曲句輈謂之梁輈。一輈而以革束之者五，束有歷錄之文也。

游環脅驅，陰靷鋈續。

---

① 筈：《經解》本作"矢括"。

游環，靳環也，游于服馬之背，而貫驂之外轡，以禁其出，故《春秋傳》曰："如驂之有靳。"脅驅，以革爲之，首屬于軛，尾屬于軫，著服馬之外脅，以止驂之入。陰，揜軌也，在軾前軓上，靷環附焉。靷，驂之所引也。鋈，續靷也，綴環于其端。鋈，以白金沃鐶也。

文茵暢轂，駕我騏馵。

　　茵，車褥也，以虎皮爲之，謂之文茵。暢轂，長轂也。青黑曰騏，左足白曰馵。

言念君子，溫其如玉。在其板屋，亂我心曲。

　　秦之西垂以板爲屋。襄公屢征西戎，而民樂爲之用，故矜其車馬而不厭，雖婦人念其君子，而亦無怨也。

四牡孔阜，六轡在手。騏駵是中，騧驪是驂。

　　赤馬黑鬣曰駵，黄馬黑喙曰騧。

龍盾之合，鋈以觼軜。

　　龍盾，畫龍于盾也，合而載之以爲車蔽。觼在軾前，所以繫驂之内轡者，以白金沃之。軜，驂之内轡納于觼者也，驂之外轡則御者執之。

言念君子，溫其在邑。方何爲期，胡然我念之。

　　君子于何爲還期乎，何我念之深也！

俴駟孔群，厹矛鋈錞，蒙伐有苑。

　　以薄金介馬曰俴駟。孔群，言其和也。厹，三隅矛也。錞，其鐏也。蒙，雜也。伐，盾也。畫雜羽于盾，苑然有文也。

虎韔鏤膺，交韔二弓，竹閉緄縢。

　　虎韔，以虎皮飾弓室也。鏤膺，以刻金飾馬帶也。交二弓于韔，備折毀也。閉，檠也。緄，繩也。縢，約也。弛弓則以竹爲檠，以繩約之于弓隈，以備損傷。

言念君子，載寢載興。厭厭良人，秩秩德音。

　　厭厭，安也。秩秩，有序也。

　　《小戎》三章，章十句。

蒹葭

《蒹葭》，刺襄公也。

蒹葭蒼蒼，白露爲霜。所謂伊人，在水一方。溯洄從之，道阻且長。溯游從之，宛在水中央。

　　蒹，薕也；葭，蘆也。蒹葭之方盛也蒼蒼，其強勁而不適于用，至于白露凝戾爲霜，然後堅成，可施于用矣。襄公興于西戎，知以耕戰富國強兵，而不知以禮義終成之，非不蒼然盛也，而君子以爲未成，故告之曰："有賢者于是不遠也，在水之一方耳，胡不求與爲治哉？維不以其道求之也，則道阻且長，不可得而見矣。

如以其道求之，則宛然在水之中耳。"逆流而上曰溯洄，順流而涉曰溯游。

蒹葭淒淒，白露未晞。所謂伊人，在水之湄。溯洄從之，道阻且躋。溯游從之，宛在水中坻。

水草之交曰湄。躋，升也。坻，小渚也。

蒹葭采采，白露未已。所謂伊人，在水之涘。遡洄從之，道阻且右。溯游從之，宛在水中沚。

涘，厓也。右，出其右也。小渚曰沚。

《蒹葭》三章，章八句。

終南

《終南》，戒襄公也。

此詩美襄公耳，未見所以爲戒者，豈以"壽考不忘"爲戒之歟？

終南何有，有條有梅。君子至止，錦衣狐裘。顏如渥丹，其君也哉！

終南，周南山也。條，檟也。梅，柟也。錦衣狐裘，諸侯之服也。《記》曰："君衣狐白裘，錦衣以裼之。"渥丹，赤而澤也。襄公既爲諸侯，受服于周，其人尊而悦之，故曰："終南則有草木以自衣被而成其深，君子則有服章以自嚴飾而成其尊。""顏如渥丹，其君也哉"，嚴憚之辭也。

終南何有，有紀有堂。君子至上，黻衣繡裳。珮玉將將，壽考不忘。

紀，基也。堂，亦基也。終南有畢道，其旁如堂之墙。青黑爲黻，五色備爲繡。君子之珮玉，非以爲容好而已，將使壽考而不忘禮也。

《終南》二章，章六句。

黃鳥

《黃鳥》，哀三良也。

交交黃鳥，止于棘。誰從穆公，子車奄息。維此奄息，百夫之特。臨其穴，惴惴其慄。彼蒼者天，殲我良人。如可贖兮，人百其身。

穆公以子車氏之三子爲殉，皆秦之良也。國人哀之，爲賦此詩，言臣之託君，猶黃鳥之止于木，交交其和鳴，今三子獨不得其死，曾鳥之不若也。"人百其身"者，欲以百人贖其一身也。然三良之死，穆公之命也，康公從其言而不改，其亦異于魏顆矣，故《黃鳥》之詩交譏之也。

交交黃鳥，止于桑。誰從穆公，子車仲行。維此仲行，百夫之防。臨其穴，惴惴其慄。彼蒼者天，殲我良人。如可贖兮，人百其身。

交交黃鳥，止于楚。誰從穆公，子車鍼虎。維此鍼虎，百夫之禦。臨其穴，惴惴其慄。彼蒼者天，殲我良人。如可贖兮，人百其身。

《黃鳥》三章，章十二句。

晨風

《晨風》，刺康公也。

鴥彼晨風，鬱彼北林。未見君子，憂心欽欽。如何如何，忘我實多。

  鴥，疾飛貌也。晨風，鸇也。賢者之欲仕于大國，猶晨風之欲止于北林，故其未獲見也，欽欽而憂君，奈何獨忘我而不顧乎？

山有苞櫟，隰有六駁。未見君子，憂心靡樂。如何如何，忘我實多。

  櫟，柞櫟也。駁，榆梓也，其皮青白如駁。言六，未詳。賢者之仕于大國，非特自爲也，以爲山則有櫟，隰則有駁，可以大國而獨無其人乎？

山有苞棣，隰有樹檖。未見君子，憂心如醉。如何如何，忘我實多。

  棣，唐棣也。檖，赤羅也。

《晨風》三章，章六句。

無衣

《無衣》，刺用兵也。

豈曰無衣，與子同袍。王于興師，修我戈矛，與子同仇。

  古者君與民同其甘苦，非謂其無衣也，然有是袍也，願與之同之，故于王之興師也，民皆修其戈矛而與之同仇矣。傷今無恩于民，而用其死也。秦本周地，故其民猶思周之盛時，而稱先王焉。

豈曰無衣，與子同澤。王于興師，修我矛戟，與子偕作。

  澤，褻衣近垢污者也。

豈曰無衣，與子同裳。王于興師，修我甲兵，與子偕行。

《無衣》三章，章五句。

渭陽

《渭陽》，康公念母也。

我送舅氏，曰至渭陽。何以贈之，路車乘黃。

我送舅氏，悠悠我思。何以贈之，瓊瑰玉珮。

母之兄弟曰舅。康公之母，晉獻公之女，而文公之姊也。文公遭驪姬之難未反，而秦姬卒，穆公之納文公，而康公送之渭陽，傷母之不及見而作是詩。

《渭陽》二章，章四句。

權輿

《權輿》，刺康公也。

于我乎，夏屋渠渠。今也每食無餘。吁嗟乎，不承權輿。

穆公好賢，居之以大屋，渠渠其深廣。至于康公而遇之薄矣，食之無餘者，故曰"不承權輿"。權輿，始也。

于我乎，每食四簋。今也每食不飽。吁嗟乎，不承權輿。

《權輿》二章，章五句。

詩集傳卷七

國風·陳

陳,太皞、伏犧氏之墟,今淮陽郡是也。昔帝舜之冑有虞閼父,爲武王陶正,武王賴其利器用與神明之後,封其子嬀滿于陳,都于宛丘之側,妻以元女大姬。其封域在《禹貢》豫州之東,其地廣平,無名山大川,西望外方,東不及孟豬。大姬婦人尊貴,好祭祝巫覡歌舞之事,其民化之。五世至幽公,淫荒游蕩無度,國人刺之,而陳之變《風》始作。然原其《風》出于大姬,蓋列國之《風》皆有所自起。方周之盛時,王澤充塞,其善者篤于善,不善者以禮自將,亦不至于惡。其後周德既衰,諸侯各因其舊俗而增之,善者因善以入于惡,而不善者日以益甚,故晉以堯之遺風爲儉不中禮,陳以大姬之餘俗爲游蕩無度,亦理勢然也。

宛丘

《宛丘》,刺幽公也。
子之湯兮,宛丘之上兮。洵有情兮,而無望兮。
　　湯,蕩也。外高中下曰宛丘。幽公游蕩無度,信有情矣,然而無威儀以爲民望。
坎其擊鼓,宛丘之下。無冬無夏,值其鷺羽。
　　坎,鼓聲也。值,持也。白鷺之羽,可以爲舞者之翳。
坎其擊缶,宛丘之道。無冬無夏,值其鷺翿。
　　缶,盎屬。
　　《宛丘》三章,章四句。

東門之枌

《東門之枌》,疾亂也。
東門之枌,宛丘之栩。子仲之子,婆娑其下。
　　東門、宛丘爲亂者之所期會也。枌,白榆也。栩,杼也。子仲,陳大夫氏也。婆娑,舞也。
穀旦于差,南方之原。不績其麻,市也婆娑。

穀，善也。差，擇也。爲亂者相告，以良日相差擇而推南方原氏之女。原與子仲，陳大夫之著也，今而猶然，則其民可知矣。

穀旦于逝，越以鬷邁。視爾如荍，貽我握椒。

逝，往也。越，于也。鬷，麻總也。荍，芘芣也，小草而多華。男女既相告以相差擇，今則又相告而往矣，于是遂以其麻行往會之。于其會也，相謔以荍而相遺以椒，相與爲淫蕩而莫知恥也。

《東門之枌》三章，章四句。

衡門

《衡門》，誘僖公也。

衡門之下，可以棲遲。泌之洋洋，可以樂飢。

豈其食魚，必河之魴。豈其取妻，必齊之姜。

豈其食魚，必河之鯉。豈其取妻，必宋之子。

衡門，橫木爲門也。棲遲，游息也。泌，泉水也。夫棲遲必大屋，樂飢必飲食，食魚必魴、鯉，取妻必姜、子，此四者誰不欲之？然人未嘗必此四者而後可以爲，必此四者而後可，則終身有不獲者，故從其所有而爲之。及其至也，雖天下之美無加焉。不然，雖有天下之至美，而常挾不足之心以待之，則終亦不爲而已矣。僖公自謂小國，無意于爲治，故陳此以誘之。

《衡門》三章，章四句。

東門之池

《東門之池》，刺時也。

東門之池，可以漚麻。彼美淑姬，可與晤歌。

漚，柔也。晤，遇也。陳君荒淫無度而國人化之，皆不可告語，故其君子思得淑女以化之于内。婦人之于君子，日夜處而無間，庶可以漸革其暴，如池之漚麻，漸漬而不自知也。

東門之池，可以漚紵。彼美淑姬，可與晤語。

紵，麻屬。

東門之池，可以漚菅。彼美淑姬，可與晤言。

菅，茅也。

《東門之池》三章，章四句。

東門之楊

《東門之楊》，刺時也。

東門之楊，其葉牂牂。昏以爲期，明星煌煌。

> 牂牂，盛極貌也。昏禮以歲之隙，楊葉牂牂則春夏之交也，時既已晚矣。幸其成禮而昏以爲期，至于明星煌煌而又不至，是以怨之也。

東門之楊，其葉肺肺。昏以爲期，明星晢晢。

> 肺肺，亦盛極也。

《東門之楊》二章，章四句。

墓門

《墓門》，刺陳佗也。

墓門有棘，斧以斯之。夫也不良，國人知之。知而不已，誰昔然矣。

> 陳佗，陳文公之子而桓公之弟也。桓公疾病，佗殺其太子免而代之。桓公之世，陳人知佗之不臣矣，而桓公不去，以及于亂，是以國人追咎桓公，以爲桓公之智不能及其後，故以《墓門》刺焉。夫墓門而生棘，亦以斧析之則已，不然吾恐女死而棘盛，以害女墓也。斯，析也。夫，陳佗也。佗之不良，國人莫不知之者，知而不之去，昔者誰爲此乎？蓋歸咎桓公也。然毛氏不知《墓門》之爲桓公，而以爲陳佗，故以斧、鴞皆爲佗之師傅，其序此詩亦曰"佗無良師傅，以至于不義，惡加于萬民"，失之矣。

墓門有梅，有鴞萃止。夫也不良，歌以訊之。訊予不顧，顛倒思予。

> 梅，柟也。鴞，惡聲鳥也。萃，集也。墓門有梅而鴞則集之，梅雖善，將得全乎？桓公之没也，雖有太子免以爲後，而佗在焉，求太子之無危不可得矣。訊，告也。告之而不予顧，至于顛沛而後念吾言矣。夫顛沛而後念其言，則已晚矣。

《墓門》二章，章六句。

防有鵲巢

《防有鵲巢》，憂讒賊也。

> 《毛詩》之序曰："宣公之詩也。"

防有鵲巢，邛有旨苕。誰侜予美，心焉忉忉。

> 防、邛皆丘陵也。苕，草也。防有鵲巢，衆鳥皆得居之；邛有旨苕，衆人皆得采之。朝有讒人而君不明，則君子不保其禄位，譬如鵲巢、旨苕，恐爲人所奪耳。侜張，誑也。予之所美謂君也。

中唐有甓，邛有旨鷊。誰侜予美，心焉惕惕。

　　唐，堂塗也。甓，令適也①。鷊，綬草也。唐之有甓，衆人所得踐履也；邛之有鷊，亦衆人所得共采也。

　　《防有鵲巢》二章，章四句。

月出

《月出》，刺好色也。
月出皎兮，佼人僚兮。舒窈糾兮，勞心悄兮。
月出皓兮，佼人懰兮。舒慢受兮，勞心慅兮。
月出照兮，佼人燎兮。舒夭紹兮，勞心慘兮。

　　婦人之美盛，如月出之光。僚、懰皆好也。燎，明也。舒，遲也。窈糾、慢受、夭紹，皆舒之姿也。悄、慅、慘，皆憂也，思而不見則憂矣。

　　《月出》三章，章四句。

株林

《株林》，刺靈公也。
胡爲乎株林，從夏南。匪適株林，從夏南。

　　靈公與其大夫孔寧儀行甫淫于夏徵舒之母，朝夕而往夏氏之邑，故其民相與語曰："君胡爲乎株林乎？將以從夏南耳。非徒適株林也，將以從夏南耳。"株林，夏氏邑。南，徵舒字也。

駕我乘馬，説于株野。乘我乘駒，朝食于株。

　　《株林》二章，章四句。

澤陂

《澤陂》，刺時也。
　　《毛詩》之叙曰："靈公之詩也。"
彼澤之陂，有蒲與荷。有美一人，傷如之何。寤寐無爲，涕泗滂沱。

　　陂，澤障也。婦人之色如蒲荷之美，思而不見，故憂傷涕泗也。自目曰涕，自鼻曰泗。

---

① 令適：《經解》本、《四庫》本作"瓴甋"。按："令適"即"瓴甋"之省形字。《爾雅·釋宮》云："瓴甋謂之甓。"

彼澤之陂，有蒲與蕳。有美一人，碩大且卷。寤寐無爲，中心悁悁。
  蕳，蘭也。卷，好也。悁悁，猶悒悒也。
彼澤之陂，有蒲菡萏。有美一人，碩大且儼。寤寐無爲，輾轉伏枕。
  詩止于陳靈，何也？古之說者曰王澤竭而詩不作，是不然矣。予以爲陳靈之後，天下未嘗無詩，而仲尼有所不取也。盍亦嘗原詩之所爲作者乎？詩之所爲作者，發于思慮之不能自已，而無與乎王澤之存亡也。是以當其盛時，其人親被王澤之純，其心和樂而不流，于是焉發而爲詩，則其詩無有不善，則今之正詩是也。及其衰也，有所憂愁憤怒不得其平，淫泆放蕩，不合于禮者矣，而猶知復反于正，故其爲詩也，亂而不蕩，則今之變詩是也。及其大亡也，怨君而思叛，越禮而忘反，則其詩遠義而無所歸嚮。由是觀之，天下未嘗一日無詩，而仲尼有所不取也，故曰變《風》發乎情，止乎禮義。發乎情，民之性也；止乎禮義，先王之澤也。先王之澤尚存，而民之邪心未勝，則猶取焉以爲變詩。及其邪心大行，而禮義日遠，則詩淫而無度，不可復取。故《詩》止于陳靈，而非天下之無詩也，有詩而不可以訓焉耳。故曰"陳靈之後，天下未嘗無詩"，由此言之也。
  《澤陂》三章，章六句。

國風·檜

  檜，高辛氏火正祝融之墟，在《禹貢》豫州外方之北、滎波之南，居溱洧之間。祝融氏八姓，惟妘姓檜實處其地。周衰，爲鄭桓公所滅，其世次微滅不傳，故其作詩之世不可得而推也。

羔裘

《羔裘》，大夫以道去其君也。
羔裘逍遙，狐裘以朝。豈不爾思，勞心忉忉。
  緇衣、羔裘，諸侯之朝服也。錦衣、狐裘，所以朝天子之服也。檜君好盛服，故以其朝服燕，而以其朝天子之服朝。夫君之爲是也則過矣，然而非大惡也，而大夫以是去之，何哉？孔子之去魯，爲女樂故也，而曰膰肉不至，蓋諱其大惡而以微罪行。檜大夫之羔裘，則孔子之膰肉也歟？此所謂以道去其君也。
羔裘翱翔，狐裘在堂。豈不爾思，我心憂傷。
羔裘如膏，日出有曜。豈不爾思，中心是悼。
  如膏，言光澤也。
  《羔裘》三章，章四句。

素冠

《素冠》，刺不能三年也。

庶見素冠兮，棘人欒欒兮，勞心慱慱兮。
　　庶，幸也。喪禮，既祥祭而縞冠素紕。棘，急也。君子之居喪，皇皇若無所容者，此所謂棘人也。欒欒，瘠貌也。慱慱，憂勞也，憂不見是人也。

庶見素衣兮，我心傷悲兮，聊與子同歸兮。
　　除成喪者，其祭也朝服縞冠、朝服緇衣素裳。素衣者，素裳也。"聊與子同歸"云者，願見有禮之人與之同歸也。

庶見素韠兮，我心蘊結兮，聊與子如一兮。
　　禮，韠從裳色，故韠亦以素。《記》曰："子夏三年之喪畢，見于夫子，援琴而弦，衎衎而樂，作而曰：'先王制禮，不敢不及也。'夫子曰：'君子也。'閔子騫三年之喪畢，見于夫子，援琴而弦，切切而哀，作而曰：'先王制禮，不敢過也。'夫子曰：'君子也。'子路曰：'何爲皆君子也？'夫子曰：'子夏哀已盡，能引而致之于禮；閔子哀未盡，能自割以禮。'"夫三年之喪，賢者之所輕而不敢過，不肖者之所難而不敢不勉，此所謂如一也。

《素冠》三章，章三句。

隰有萇楚

《隰有萇楚》，疾恣也。

隰有萇楚，猗儺其枝。夭之沃沃，樂子之無知。
　　萇楚，銚弋也。蔓而不蠚，其枝猗儺而已，以喻君子有欲而不留欲也。夭，少也。沃沃，柔和也。君子幸其少而柔和，不樂其有知而恣也。

隰有萇楚，猗儺其華。夭之沃沃，樂子之無家。

隰有萇楚，猗儺其實。夭之沃沃，樂子之無室。

《隰有萇楚》三章，章四句。

匪風

《匪風》，思周道也。

匪風發兮，匪車偈兮。顧瞻周道，中心怛兮。
　　周道既喪，諸侯爲票疾之政，非風也而其至發發，非車也而其行偈偈，是以顧瞻周道，而怛然傷之也。

匪風飄兮，匪車嘌兮。顧瞻周道，中心弔兮。

迴風爲飄。嘌嘌無節度也。

誰能亨魚，溉之釜鬵。誰將西歸，懷之好音。

鬵，釜屬。亨魚煩則碎，治民煩則散。善亨魚者亦絜其釜鬵，安以待其熟耳。周之先王，其所以治民者亦猶是也，安用票疾之政爲哉！誠有能復爲周家之安靖，民皆以好音歸之矣。西，周所在也。

《匪風》三章，章四句。

國風·曹

曹，今之濟陰郡，武王以封弟叔振鐸，其地在《禹貢》兗州陶丘之北，雷夏荷澤之野。昔堯嘗游成陽，死而葬焉。舜漁雷澤，其民化之，其遺俗重厚多君子，務稼穡，薄衣食，以致蓄積，介于魯衛之間，又寡于患難，末時富而無教，乃更驕侈。十一世昭公立，而變《風》遂作。

蜉蝣

《蜉蝣》，刺奢也。

《毛詩》之叙曰："昭公之詩也。"

蜉蝣之羽，衣裳楚楚。心之憂矣，于我歸處。

蜉蝣，渠略也，朝生而夕死，方其生也不知慮，死而自好其羽翼。曹君危亡之不恤，而楚楚然絜其衣服如蜉蝣也，是以君子悲其淺陋，而知其不能慮遠，憂其國以及其身，曰："我將于何歸處乎？"

蜉蝣之翼，采采衣服。心之憂矣，于我歸息。

蜉蝣掘閱，麻衣如雪。心之憂矣，于我歸説。

掘閱，掘地解閱也。麻衣，深衣也。諸侯朝則朝服，夕則深衣。

《蜉蝣》三章，章四句。

候人

《候人》，刺近小人也。

《毛詩》之叙曰："共公之詩也。"

彼候人兮，何戈與祋。彼其之子，三百赤芾。

候人掌道路送迎賓客而爲之衛，故何戈與祋。夫候人則知何戈與祋而已，而君寵之，至使之服赤芾者三百人，何哉？祋，殳也。芾，韠也。一命縕芾黝珩，再命赤芾黝珩，三命赤芾葱珩，大夫以上赤芾乘軒。晉文公之入曹，數之以乘軒者三百人，即此歟？

維鵜在梁，不濡其翼。彼其之子，不稱其服。

鵜，洿澤，當在水中求食而已，今乃處魚梁之上，曾不濡翼而得魚以爲食。譬如小人當何戈而役耳，今乃處朝廷而服赤芾。

維鵜在梁，不濡其咮。彼其之子，不遂其媾。

咮，喙也。遂，達也。與小人爲婚媾，未有達者也。

薈兮蔚兮，南山朝隮。婉兮孌兮，季女斯飢。

薈、蔚，雲興貌也。小人朋黨相援，並進于朝，如南山之升雲，薈蔚而上，莫之能止。君子守道，困窮于下，如幼弱之女，雖有飢寒之患，而婉孌自保，不妄從人。季女者無求于人，而人之所當求也。

《候人》四章，章四句。

鳲鳩

《鳲鳩》，刺不壹也。

鳲鳩在桑，其子七兮。淑人君子，其儀一兮。其儀一兮，心如結兮。

鳲鳩，秸鵴也。鳲鳩之哺其子，朝從上下，莫從下上，平均如一。君子之于人，其均一亦如是也。儀，其見于外者，有外爲一而心不然者矣。君子之一也，非獨外爲之，其中亦信然也，故曰："其儀一兮，心如結兮。"

鳲鳩在桑，其子在梅。淑人君子，其帶伊絲。其帶伊絲，其弁伊騏。

"騏"或作"璂"。璂，弁之結飾，以玉爲之。帶伊絲矣而弁不璂，則爲充于下而不充于上，上下有一不充，則爲不一矣。君子之行，無不充足者，故周旋反覆視之，而無不如一，譬如絲帶而充之以璂弁耳，夫無一不然者，一之至也。德未充而求其能一，不可得也；既已充矣，而求其有一不然，亦不可得也。

鳲鳩在桑，其子在棘。淑人君子，其儀不忒。其儀不忒，正是四國。

鳲鳩在桑，其子在榛。淑人君子，正是國人。正是國人，胡不萬年。

鳲鳩則在桑而已，其子則不可常也，以其愛之，則宜其無所不從。然以爲從其在梅，則失其在棘，從其在棘，則失其在榛，是以居一以俟之，而無不及者。此得一之要也。

《鳲鳩》四章，章四句。

下泉

《下泉》，思治也。

《毛詩》之叙曰："共公之詩也。"

冽彼下泉，浸彼苞稂。愾我寤歎，念彼周京。

洌,寒也。下泉,泉之下流者也。苞,本也。稂,童粱也。稂非溉草,得水則病。民之苦于虐政,猶稂之得下泉也。愾,歎聲也。

洌彼下泉,浸彼苞蕭。愾我寤歎,念彼京周。

蕭,蒿也。

洌彼下泉,浸彼苞蓍。愾我寤歎,念彼京師。

芃芃黍苗,陰雨膏之。四國有王,郇伯勞之。

芃芃,盛也。稂、蕭、蓍、黍皆非溉草,而下泉、陰雨皆水也,然稂、蕭、蓍以病,而黍苗以盛,則下泉無度而雨有節也。國之有王事,皆非民所樂也,然得君子以勞來之,則民不至于病矣。郇伯,文王之子郇侯,爲州伯也。

《下泉》四章,章四句。

詩集傳卷八

國風·豳

豳，邠之栒邑也。昔公劉自邰出居于豳，修后稷之業，勤恤愛民，民咸歸之，周之王迹實始于此。故周公遭二叔之難，而作《七月》之詩，言后稷、公劉勤勞民事，致王業之艱難。文、武受命，功未及究而没，成王尚幼，恐其不能承，以墜先公之功，是以周公當國而終成之，故《七月》者道周公之所以當國而不辭也。周公之所以當國而不辭者，重王業之艱難也。然是詩則言豳公而已，不及于周公，故謂之《豳》，而以周公之詩附焉。夫豳公之詩一國之風也，周公之詩一人之事也，以爲皆非天下之政，是故得爲《風》而不得爲《雅》也。昔之言詩者以爲此詩作于周公之遭變，故謂之豳之變《風》。夫言正、變者，必原其時，原其時則得其實。衛武、衛文、鄭武、秦襄之詩，一時之正也，而不得爲正，何者？其正未足以復變也。周公、成王之際，而有一不善，是亦一時之變焉耳，孰謂一時之變而足以敗其數百年之正也哉！

七月

《七月》，陳王業也。

七月流火，九月授衣。一之日觱發，二之日栗烈。無衣無褐，何以卒歲？
　　此詩言月者夏正也，言日者周正也。火，大火也，大火寒暑之候也。《春秋傳》曰："火星中而寒暑退。"流，下也。火流而將寒，九月而寒至，可以授冬衣矣。至于十一月風至而觱發，十二月寒盛而栗烈。苟其無衣與無褐也，則何以卒歲乎，故九月不可以不授衣。九月不可以不授衣，則其慮衣也不可以不早矣。褐，毛布也①。

三之日于耜，四之日舉趾。同我婦子，饁彼南畝。田畯至喜。
　　豳土晚寒，正月始修耒耜，而二月舉足以耕。于其耕也，丁壯無不適野，故饁者其婦子也。于是田畯來而喜之不譴矣。饁，饋也。田畯，田大夫也。此章陳衣食

---

① 毛布：原脱"布"字，據《經解》本、《四庫》本補。按，鄭玄箋於此注云："褐，毛布也。"

之始，餘章終之也。

七月流火，九月授衣。春日載陽，有鳴倉庚。女執懿筐，遵彼微行，爰求柔桑。

　　倉庚，離黃也。懿筐，深筐也。微行，小徑也。柔桑，稚桑也，蠶之始生宜之。知九月之將授衣，故于春日之陽而倉庚之鳴也，女子行求柔桑以事蠶矣。

春日遲遲，采蘩祁祁。女心傷悲，殆及公子同歸。

　　蘩，白蒿也，所以生蠶。祁祁，衆也。古者昏禮于歲之交，故女子之處者怨慕悲傷，思以是時歸于公子。

七月流火，八月萑葦。蠶月條桑，取彼斧斨，以伐遠揚，猗彼女桑。

　　亂爲萑，葭爲葦。隋銎斧，方銎斨。枝落而采之曰條，取葉存條曰猗。猗，長也。葉盡則條猗猗其長也。少枝長條曰女桑。知火流之將寒，故八月則采萑葦以備來歲之曲薄①。至于蠶盛之月，則桑無所不取，其遠條揚起不可手致者伐取之，少枝長條不可枝落者猗取之，于是而桑事畢矣。

七月鳴鵙，八月載績。載玄載黃，我朱孔陽，爲公子裳。

　　鵙，伯勞也，五月陰氣至則鳴。豳地晚寒，故鳥物之候或從其氣焉。績，治麻也。至是絲事畢而麻事起矣。玄，黑而有赤也。朱，深纁也。陽，明也。

四月秀葽，五月鳴蜩。八月其穫，十月隕蘀。

　　不榮而實曰秀。葽，未詳。蜩，蟧也。穫，穫禾也。隕，墜也。蘀，落也。四者物成而將寒之候。

一之日于貉，取彼狐狸，爲公子裘。二之日其同，載纘武功。言私其豵，獻豜于公。

　　于貉，往搏貉也。十一月鳥獸氄毛，其皮可取，于是擇其狐狸以與公子爲裘。至于十二月則君與民皆田，以繼武事。凡言公子，猶言君子也，從其貴者言之耳。豕一歲曰豵，三歲曰豜。大獸公之，小獸私之。

五月斯螽動股，六月莎雞振羽。七月在野，八月在宇，九月在戶，十月蟋蟀入我牀下。

　　斯螽，蚣蝑也。莎雞，天雞也。蟋蟀暑則在野，寒則依人，故自七月漸寒，至于十月而入于牀下。言此三物者，著寒之有漸，非卒來也。

穹窒熏鼠，塞向墐戶。嗟我婦子，曰爲改歲，入此室處。

　　穹，窮也。窒，塞也。向，牖也。墐，塗也。改歲十一月，周正也。十月蟋蟀入伏于牀下，知大寒之將至，于是相告以葺其室廬，穹室隙穴，塞牖塗戶，以禦寒之入。蓋民之所以備寒者至此而後畢。

六月食鬱及薁，七月亨葵及菽。八月剝棗，十月穫稻。爲此春酒，以介

---

① "薄"字原脱，據《經解》本、《四庫》本補。

眉壽。

　　春夏食去歲之蓄，至于六月始有果實成而可食。鬱，棣屬也。薁，蘡薁也。剝，擊也。春酒，凍醪也，冬釀而夏熟。介，助也。養老者必有酒以助養其氣，夏不可以釀，故爲此酒以繼之。

七月食瓜，八月斷壺。九月叔苴，采荼薪樗，食我農夫。

　　壺，瓠也。叔，拾也。苴，麻子也。樗，惡木也。

九月築場圃，十月納禾稼。黍稷重穋，禾麻菽麥。嗟我農夫，我稼既同，上入執宮功。晝爾于茅，宵爾索綯。亟其乘屋，其始播百穀。

　　春夏爲圃，秋冬爲場，故須築以待納禾稼。先種後熟曰重，後種先熟曰穋。同，聚也。綯，絞也。乘，登也。農事既畢，故相告以入都邑治宮室，晝取茅而夜索之，以綴補屋之弊漏並及其私室，曰：「將復始播來歲之穀，不暇治屋矣。」

二之日鑿冰沖沖，三之日納于凌陰。四之日其蚤，獻羔祭韭。

　　古者藏冰發冰，以節陽氣之盛。陽氣之在天地，譬猶火之著于物也，故常有以解之。十二月陽氣蘊伏，錮而未發，其盛在下，則納冰于地中，故曰「日在北陸而藏冰」。至于二月，四陽作，蟄蟲起，陽始用事，則亦始啓冰而廟薦之，故曰「仲春獻羔開冰，先薦寢廟」。至于四月，陽氣畢達，陰氣將絕，則冰于是大發，食肉之祿、老疾喪浴，冰無不及，故曰「火出而畢賦」。人之居大冬也，血氣收縮，陽處于內，于是厚衣而寒食。及其居大夏也，血氣發越，陽散于外，于是薄衣而溫食。不然，盛者將過而爲癘，藏冰、發冰亦猶是也。申豐有言：「其藏之也深山窮谷，固陰冱寒，于是乎取之；其出之也，朝之祿位、賓食喪祭，于是乎用之。其藏之也周，其用之也徧，則冬無愆陽，夏無伏陰，春無淒風，秋無苦雨，雷出不震，無災霜雹，疾瘋不降，民不夭札。今藏川池之冰，棄而不用，風不越而殺，雷不發而震，雹之爲災，誰能禦之？」此之謂也。

九月肅霜，十月滌場。朋酒斯饗，曰殺羔羊。躋彼公堂，稱彼兕觥，萬壽無疆。

　　滌，掃也。于是場功畢，國君因其閒暇而勞饗其群臣朋友。

　　《七月》八章，章十一句。

鴟鴞

《鴟鴞》，周公救亂也。

鴟鴞鴟鴞，既取我子，無毀我室。恩斯勤斯，鬻子之閔斯。

　　周公東伐二叔，既克而成王未信，故爲此詩以遺王。鴟鴞，惡鳥也。鳥之有巢者呼而告之曰：「既取我子矣，無復毀我室。」周之先王勤勞以造周，如鳥之爲巢，苟取其子，而又毀其室，是重傷之也。管、蔡既已出周公矣，王又不信而誅周公，周公誅而王業壞矣。恩，愛也。鬻子，稚子也。先王之愛其室家與其勤之者至矣，庶幾稚子之閔之而已。稚子，謂成王也。

迨天之未陰雨，徹彼桑土，綢繆牖户。今女下民，或敢侮予。

桑土，桑根也。爲國者如鳥之爲巢，及天之未雨，而徹桑之根以綢繆其牖户矣。今女下民，乃敢侮予，將敗我成業哉！

予手拮据，予所捋荼。予所蓄租，予口卒瘏。曰予未有室家。

拮据，撠挶也。荼，萑苕也。租，亦畜也。瘏，病也。以手捋荼則至于拮据，以口蓄租則至于卒瘏。予之所以勤勞病瘁而不辭者，曰予未有室家故也，奈何既成而將或毀之哉！

予羽譙譙，予尾修修。予室翹翹，風雨所漂搖。予維音嘵嘵。

譙譙，殺也。修修，敝也。翹翹，危也。嘵嘵，急也。爲室之勞，至于羽殺尾敝，室成而風雨漂搖之，則其音得無急乎？

《鴟鴞》四章，章五句。

東山

《東山》，周公東征也。

我徂東山，慆慆不歸。我來自東，零雨其濛。

慆慆，久也。周公東征，三年而歸，勞歸士而作此詩。言士之從者既久于外，及其歸也，則又遇雨，士于此尤苦，故于四章每言之。

我東曰歸，我心西悲。制彼裳衣，勿士行枚。蜎蜎者蠋，烝在桑野。敦彼獨宿，亦在車下。

"勿"、"物"通。枚，一也。蠋，桑蟲也。烝，塵也。東征之士皆西人也，方其在東，未嘗不曰歸耳，而未可以歸，故其心念西而悲，其室家于是爲之制其裳衣而使往遺之。于其往也，戒之使物色其士行，求而人人與之，曰："彼蠋也則可以久在桑野，吾君子豈亦蠋哉，而亦敦然獨宿于車下？"

我徂東山，慆慆不歸。我來自東，零雨其濛。果臝之實，亦施于宇。伊威在室，蠨蛸在户。町畽鹿場，熠燿宵行。不可畏也，伊可懷也。

果臝，栝樓也。伊威，委黍也。蠨蛸，長踦也。町畽，鹿迹也。熠燿，螢火也。家無人則五物至矣，非足畏也，所以令人憂思耳。

我徂東山，慆慆不歸。我來自東，零雨其濛。鸛鳴于垤，婦歎于室。灑掃穹窒，我征聿至。有敦瓜苦，烝在栗薪。自我不見，于今三年。

垤，蟻冢也。瓜苦，瓜之苦者。鸛好水，將雨則長鳴而喜。婦人念其君子既歸而又遇雨，故歎，既而知其將至也，則灑掃穹窒以待之。瓜之苦者人所不取，敦然著于栗薪而不去，婦人之從君子當如是也，是以自我不見，于今三年而不辭也。

我徂東山，慆慆不歸。我來自東，零雨其濛。倉庚于飛，熠燿其羽。之子于歸，皇駁其馬。親結其縭，九十其儀。其新孔嘉，其舊如之何。

此章歸士與其室家相說好，追道其始昏之辭也。倉庚飛而熠燿其羽，譬如婦人之嫁而盛其禮也。馬黃白曰皇，騮白曰駁。女之嫁也，母戒之施衿結帨。"九十"，言多儀也。

《東山》四章，章十二句。

破斧

《破斧》，美周公也。

既破我斧，又缺我斨。周公東征，四國是皇。哀我人斯，亦孔之將。

皇，匡也。將，大也。斧破而斨存，尚有以爲用也；斧破而斨缺，則盡矣。管、蔡流言以危周公，周公危而成王安尚可也，周公危而成王無與爲其國，則成王亦危矣。故曰周公之東征，亦四方是爲，非以救其身也。使周公嫌于救其身，潔身而退，以避二叔之難，則其亂將及于四方。如是而周公亦清矣，然而未免于小也。維不嫌于自救，哀人之不治以誅管、蔡，而後可以爲大。

既破我斧，又缺我錡。周公東征，四國是吪。哀我人斯，亦孔之嘉。

錡，鑿屬。吪，化也。

既破我斧，又缺我銶。周公東征，四國是遒。哀我人斯，亦孔之休。

銶，木屬。遒，固也。

《破斧》三章，章六句。

伐柯

《伐柯》，美周公也。

伐柯如何，匪斧不克。取妻如何，匪媒不得。

伐柯而不用斧，取妻而不用媒，豈可得哉？今成王欲治國，棄周公而不召，亦不可得也。

伐柯伐柯，其則不遠。我覯之子，籩豆有踐。

用斧以伐柯，非謂其能伐之而已，以爲執柯以伐柯，其則不遠也。治國而用周公，亦豈以其能治之而已哉！以爲使周公在上，而天下化之，可以不勞而治焉耳，故人之見周公者，亦見其籩豆有踐而已，非有以異于人也。惟其所過者化所存者神，爲不可及耳。踐，行列貌也。

《伐柯》二章，章四句。

九罭

《九罭》，美周公也。

九罭之魚鱒魴。我覯之子，袞衣繡裳。

> 罭，罟囊也。九罭，言其大也。鱒、魴，大魚也。袞衣繡裳，上公服也。求大魚者必大網，見周公者不可不以上公之服也。

鴻飛遵渚，公歸無所，于女信處。

> 渚，鴻之所當在也。信，再宿也。周公居東周，人思復召之，而恐東人之欲留公也，故告之曰："周公之在周，譬如鴻之于渚，亦其所當在也。昔也公歸而無所，是以于女信處。苟獲其所矣，豈復于女長處哉？"

鴻飛遵陸，公歸不復，于女信宿。

> 鴻飛而遵陸，不得已也。周公之在東，亦猶是矣，非其所願居也。苟其得已，則義當復西耳。不復者不復其舊也。

是以有袞衣兮，無以我公歸兮，無使我心悲兮。

> 東人安于周公，不欲其復西，故曰："使公居是以有袞衣可也，無以公歸而使我悲也。"言周公之于天下，無有不欲已得而親事之者也。

《九罭》四章，章三句。

狼跋

《狼跋》，美周公也。

狼跋其胡，載疐其尾。公孫碩膚，赤舄几几。

> 跋，躐也。疐，跲也。公孫，周公。周公，幽公孫也。碩，大也。膚，美也。赤舄，屨之盛也。老狼有胡，其進也如將躐其胡，其退也如將跲其尾，然而胡尾未嘗能為狼累也。周公之輔成王亦多故矣，二叔流言以病其外，成王不信以憂其內，人之視周公如視狼然，前憂其躐胡，而後憂其跲尾也，然周公居之從容自得，而二患皆釋。人徒見其履赤舄几几然安且閑，而不知其解患釋難之方也。

狼疐其尾，載跋其胡。公孫碩膚，德音不瑕。

> 周公既出而作《七月》，未還而作《鴟鴞》，既還而作《東山》，故《豳風》著此三詩以目周公出入之次，而後列周人美公之詩。此《豳》詩所以為先後也。

《狼跋》二章，章四句。

詩集傳卷九

小雅·鹿鳴之什

《小雅》之所以爲小,《大雅》之所以爲大,何也?《小雅》言政事之得失,而《大雅》言道德之存亡。政事雖大,形也;道德無小,不可以形盡也。蓋其所謂小者,謂其可得而知量,盡于所知而無餘也;其所謂大者,謂其不可得而知,沛然其無涯者也。故雖爵命諸侯、征伐四國,事之大者,而在《小雅》;《行葦》言燕兄弟耆老,《靈臺》言麋鹿魚鱉,《蕩》刺飲酒號呼,《韓奕》歌韓侯取妻,皆事之小者,而在《大雅》。夫政之得失利害止于其事,而道德之存亡,所指雖小,而其所及者大矣。《毛詩》之叙曰:"雅者政也,政有大小,故有《小雅》焉,有《大雅》焉。"以二《雅》爲皆政也,而有小大之異,蓋未之思歟?

鹿鳴

《鹿鳴》,燕群臣嘉賓也。
呦呦鹿鳴,食野之苹。我有嘉賓,鼓瑟吹笙。吹笙鼓簧,承筐是將。人之好我,示我周行。

苹,藾蕭也。筐,篚屬,所以行幣帛也。周,忠信也。鹿食于野,無所畏忌,則悠然自得而鳴呦呦矣。我有嘉賓,而禮樂以燕之,從容以盡其歡,使其自得,如鹿之食苹,則夫思以忠信之道示我矣。忠信者可以願得之,而不可強取也。

呦呦鹿鳴,食野之蒿。我有嘉賓,德音孔昭。視民不恌,君子是則是效。我有旨酒,嘉賓式燕以敖。

視,觀也。恌,輕也。敖,游也。

呦呦鹿鳴,食野之芩。我有嘉賓,鼓瑟鼓琴。鼓瑟鼓琴,和樂且湛。我有旨酒,以燕樂嘉賓之心。

芩,草也。湛,樂之久也。

《鹿鳴》三章,章八句。

四牡

《四牡》，勞使臣之來也。

《皇皇者華》以遣使臣，《四牡》以勞其來，以事言之，當先遣後勞，今先勞而後遣，何也？《鹿鳴》之三常施于禮樂，不獨用于勞遣，故燕禮鄉飲酒歌焉，意者以其聲爲先後歟？

四牡騑騑，周道倭遲。豈不懷歸？王事靡盬，我心傷悲。

騑騑，行不止也。倭遲，歷遠之貌也。王事無不堅固者，是以不獲歸而傷悲也。

四牡騑騑，嘽嘽駱馬。豈不懷歸？王事靡盬，不遑啓處。

嘽嘽，喘息也。白馬黑鬣曰駱。啓，跪也。處，居也。

翩翩者鵻，載飛載下，集于苞栩。王事靡盬，不遑將父。

鵻，夫不。夫不，祝鳩，孝鳥也。《春秋傳》曰"祝鳩氏，司徒也"，謂其孝故爾，是以孝子不獲養而稱焉。鵻之飛也，則亦下而集于栩，不若使者之久行不返，不獲養父母也。將，養也。

翩翩者鵻，載飛載止，集于苞杞。王事靡盬，不遑將母。

杞，枸杞也。

駕彼四駱，載驟駸駸。豈不懷歸？是用作歌，將母來諗。

駸駸，驟貌也。諗，告也。使者未嘗不懷歸也，故君爲作此歌，于其來而告之以其欲養父母之意，獨言"將母"，因四章之文也。

《四牡》五章，章五句。

皇皇者華

《皇皇者華》，君遣使臣也。

皇皇者華，于彼原隰。駪駪征夫，每懷靡及。

皇皇，煌煌也。高平曰原，下濕曰隰。駪駪，衆也。煌煌之華生于原隰，而不知原隰之異，維其所在而無不煌煌者。臣奉君命以出，而每懷不及事之憂，不忘咨訪，不以遠近險易易其心，亦如華之無不煌煌也。

我馬維駒，六轡如濡。載馳載驅，周爰咨諏。

周，忠信也。爰，于也。訪問于善爲咨，咨事爲諏。

我馬維騏，六轡如絲。載馳載驅，周爰咨謀。

咨難爲謀。

我馬維駱，六轡沃若。載馳載驅，周爰咨度。

咨禮爲度。

我馬維駰，六轡既均。載馳載驅，周爰咨詢。

陰白雜毛曰駓。咨親爲詢。

《皇皇者華》五章，章四句。

常棣

《常棣》，燕兄弟也。

《春秋外傳》曰："周文公之詩也，蓋傷管、蔡之失道而作之以親兄弟。"

常棣之華，鄂不韡韡。凡今之人，莫如兄弟。

常棣，棣也。鄂，其承華者也。未有華盛于上而鄂不韡韡者也，兄弟之相爲益亦猶是矣，故曰："凡今之人，莫如兄弟。"以爲小人好以親爲怨，而樂從其疏也，故此詩每陳朋友之不足恃者以告之。

死喪之威，兄弟孔懷。原隰裒矣，兄弟求矣。

兄弟之相懷，不見于其平居，而見于死喪之威。今使人失其常居，而聚于原隰之間，則他人相舍，而兄弟相求矣。裒，聚也。

脊令在原，兄弟急難。每有良朋，況也永歎。

脊令，雝渠也①，飛則鳴，行則搖，不能自舍。人之急難相救不舍斯須如脊令者，惟兄弟也。雖有良朋，其甚者不過爲之長歎息而已。況，甚也。

兄弟鬩于牆，外禦其務。每有良朋，烝也無戎。

鬩，很也。"務"當作"侮"。烝，塵也。兄弟雖內鬩，而不廢禦外侮。使朋友而相忿也，其能久者，無爲戎以害己則善矣，尚可望其禦侮哉？

喪亂既平，既安且寧。雖有兄弟，不如友生。

人居平安之世，不知兄弟之可恃，而以至親相責望，則兄弟常多過失，易以生怨，故有以朋友爲賢于兄弟者。夫觀人于平安，則不能得其實，其必試之于患難而後得之。

儐爾籩豆，飲酒之飫。兄弟既具，和樂且孺。

儐，陳也。飫，猒也。孺，屬也。患世之疏遠其兄弟，故教之陳其籩豆，飲酒至飫，使兄弟具來，以觀其樂否。苟樂也，則其疏之者過矣。

妻子好合，如鼓瑟琴。兄弟既翕，和樂且湛。

妻子以好合耳，及其和也，如鼓瑟琴，況于兄弟之以天屬也哉，特患不親之耳。苟其親之，其樂豈特妻子而已！翕，合也。

宜爾室家，樂爾妻帑。是究是圖，亶其然乎？

帑，子也。究，深也。亶，信也。小人思慮不能及遠，常以爲兄弟之于我，無所損益，不知兄弟之相親，亦所以宜其室家而樂其妻帑者。患其淺陋而不信，故使

---

① 雝渠：原本作"渠雝"，據《經解》本、《四庫》本乙。按《詩經》毛傳於此云："脊令，雝渠也。"《爾雅·釋鳥》："鶺鴒，雝渠。"

之深思而遠圖之，以信其然否。

《常棣》八章，章四句。

伐木

《伐木》，燕朋友故舊也。

伐木丁丁，鳥鳴嚶嚶。出自幽谷，遷于喬木。嚶其鳴矣，求其友聲。
相彼鳥矣，猶求友聲。矧伊人矣，不求友生。神之聽之，終和且平。

  丁丁，伐木聲也。嚶嚶，兩鳥鳴也。事之甚小而須友者，伐木也。物之無知而不忘其群者，鳥也。鳥出于谷而升于木，以木爲安而不獨有也，故嚶然而鳴，以求其友，況于事之大于伐木，而人之有知也哉！是以先王不遺朋友故舊，以爲非特有人助也，鬼神亦將祐之以和平矣。

伐木許許，釃酒有藇。既有肥羜，以速諸父。寧適不來，微我弗顧。

  許許，柿貌也。以筐曰釃，以籔曰湑。藇，釃酒貌也。羜，未成羊也。速，召也。伐木至小矣，而猶須友，故君子于其閑暇而酒食以燕樂之，所以求其歡心也。

於粲洒埽，陳饋八簋。既有肥牡，以速諸舅。寧適不來，微我有咎。

  粲，鮮明也。天子八簋。

伐木于阪，釃酒有衍。籩豆有踐，兄弟無遠。民之失德，乾餱以愆。

  愆，過也。民之失德也，有以乾餱相譴謫，故君子于其朋友故舊，無所愛者。

有酒湑我，無酒酤我。坎坎鼓我，蹲蹲舞我。迨我暇矣，飲此湑矣。

  湑，茜之也。酤，買也。有則湑之，無則酤之，不以有無爲辭也。奏之以鼓，重之以舞，盡其有以樂之也。及我之暇，而飲我以湑，道主人之厚也。

《伐木》六章，章六句。

天保

《天保》，下報上也。

  人君以《鹿鳴》之五詩宴其群臣，《天保》者豈以答是五詩。于其宴也皆用之歟？其言皆臣下所以願其君者，然古禮廢矣，不可得而知也。

天保定爾，亦孔之固。俾爾單厚，何福不除？俾爾多益，以莫不庶。

  保，安也。單，盡也。除，開也。天之安吾君亦甚固矣，使之無不厚者，是以無福不開。予之使之多受增益，是以無物不蕃庶者。

天保定爾，俾爾戩穀。罄無不宜，受天百祿。降爾遐福，維日不足。

  戩，福也。穀，祿也。將使之安有福祿，故開其心智，使之無所不宜，以能受之。詩云宜民、宜人，受祿于天，如是然後可以長有其福，而日且不足矣。此所謂"何福不除"也。

天保定爾，以莫不興。如山如阜，如岡如陵。如川之方至，以莫不增。
  興，作也。言萬物無不作而盛者，此所謂"以莫不庶"也。
吉蠲爲饎，是用孝享。禴祠烝嘗，于公先王。君曰卜爾，萬壽無疆。
  吉，善也。蠲，絜也。饎，酒食也。春曰祠，夏曰禴，秋曰嘗，冬曰烝。公，先公也。君，先君也。卜，予也。尸嘏主人之辭也，蓋言非獨天助之，先祖亦莫不予也。
神之弔矣，詒爾多福。民之質矣，日用飲食。群黎百姓，徧爲爾德。
  神報之以福，民無爲而飲食，百官象之而爲其德，言無有不順也。弔，至也。質，成也。黎，衆也。百姓，百官也。
如月之恒，如日之升。如南山之壽，不騫不崩。如松柏之茂，無不爾或承。
  天地神人無有不順，則其所以願之者如此。恒，常也。騫，虧也。木落則無繼，落而有承者惟松柏也。

  《天保》六章，章六句。

采薇

《采薇》，遣戍役也。
  《采薇》、《出車》、《杕杜》，此三詩皆言文王爲西伯，以紂之命而伐獫狁，故其詩曰"自天子所，謂我來矣"，天子謂紂也。然此詩之作，則非文王之世矣，故其詩曰"王命南仲，往城于方"，王謂文王也。文王未王而稱王，後世之所追誦也。而毛氏以王爲紂，故叙以爲文王之世，歌此詩以遣勞之。夫紂得命文王，而不得命南仲，故王得爲文王而不得爲紂。王不得爲紂，則此詩非文王之世之詩明矣。
采薇采薇，薇亦作止。曰歸曰歸，歲亦莫止。靡室靡家，獫狁之故。不遑啓居，獫狁之故。
  文王爲西伯，以天子之命西伐昆夷，北伐獫狁，將遣戍役而戒其期曰："薇可采而行。"故于其行而督之曰："薇亦作矣，可以行矣。"既告之以其行，又告之以其歸，曰："歲莫而後反。"凡所以使民久役于外，棄其室家，而不遑啓處者，皆獫狁之故也。
采薇采薇，薇亦柔止。曰歸曰歸，心亦憂止。憂心烈烈，載飢載渴。我戍未定，靡使歸聘。
  行者内憂歸期之遠，而外爲飢渴之所困，亦甚病矣。戍者未定，則無以使之歸聘天子，是以若是急也。
采薇采薇，薇亦剛止。曰歸曰歸，歲亦陽止。王事靡盬，不遑啓處。憂心孔疚，我行不來。
  始言薇作，次言薇柔，終言薇剛，言時日已晚，不可復留也。歲之陽，十月也。不來，不反也。兵行，故有不反之憂。

彼爾維何，維常之華。彼路斯何，君子之車。戎車既駕，四牡業業。豈敢定居，一月三捷。

> 爾，華盛貌，《説文》作"薾"。常，常棣也。君子，將帥也。其車陳于道路，如華之盛，而其馬業業然壯也。豈以是安于遠戍，使汝不速反乎？亦庶乎一月而三捷，以求速歸耳。

駕彼四牡，四牡騤騤。君子所依，小人所腓。四牡翼翼，象弭魚服。豈不日戒，玁狁孔棘。

> 騤騤，強也。腓，辟也。象弭，以象骨飾弓末也。魚服，以魚獸之皮爲矢服也。棘，急也。將帥之車，非獨君子之所依，亦小人之所恃以辟患難也。且將帥之在軍，畏慎翼翼，躬服弓矢，相戒以玁狁甚急，豈獨暇豫哉？其勞苦憂患，亦與士卒共之耳。

昔我往矣，楊柳依依。今我來思，雨雪霏霏。行道遲遲，載渴載飢。我心傷悲，莫知我哀。

> 此章深言其往返之勤苦，所以深慰之也。

《采薇》六章，章八句。

出車

《出車》，勞還率也。

我出我車，于彼牧矣。自天子所，謂我來矣。召彼僕夫，謂之載矣。王事多難，維其棘矣。

> 牧，郊也。其將北伐也，出車于郊而告之，曰："有至自天子所而使我出征者。"召僕夫而使之載，王事多難，不可緩也。

我出我車，于彼郊矣。設此旐矣，建彼旄矣。彼旟旐斯，胡不旆旆。憂心悄悄，僕夫況瘁。

> 龜蛇曰旐，鳥隼曰旟。旄，干旄也。旆旆，揚也。況，甚也。君子勇于從事，維恐旟旐之不旆旆與僕夫之甚瘁，不如其志也。

王命南仲，往城于方。出車彭彭，旂旐央央。天子命我，城彼朔方。赫赫南仲，玁狁于襄。

> 王謂文王也。是時文王未王而稱王者，後世之追稱也。南仲，文王之屬也。方，朔方也。彭彭，壯盛也。交龍爲旂。央央，明盛也。襄，除也。文王命南仲往城朔方，曰："天子以是命我，今使南仲爲將以往，庶乎玁狁之患于是而除，有以報天子矣。"

昔我往矣，黍稷方華。今我來思，雨雪載途。王事多難，不遑啓居。豈不懷歸，畏此簡書。

文王之伐玁狁也，采薇而行，采蘩而歸。今曰"黍稷方華"，則六月矣；"雨雪載途"，則十月矣。蓋既城朔方，六月而出兵，十月而還，止于朔方，來年春而歸也。簡書，戒命也。

喓喓草蟲，趯趯阜螽。未見君子，憂心忡忡。既見君子，我心則降。赫赫南仲，薄伐西戎。

　　草蟲鳴而阜螽躍，婦人之念君子亦猶是矣。方其未見也，以不見爲憂耳。及其既見，而後知喜其成功也。故其終也，則矜之曰："赫赫南仲，薄伐西戎。"然則，既伐玁狁，又伐西戎也。

春日遲遲，卉木萋萋。倉庚喈喈，采蘩祁祁。執訊獲醜，薄言還歸。赫赫南仲，玁狁于夷。

　　卉，草也。訊，問也。醜，衆也。夷，平也。

　　《出車》六章，章八句。

杕杜

《杕杜》，勞還役也。

　　兵之出也，有遣役而無遣率，蓋爲軍中之禮也。軍中上下同事，故遣役而遂遣率。及其還也，率、役分勞，蓋爲國中之禮也。國中貴賤異數，故勞率而後勞役。《禮》曰"賜君子小人不同日"，此之謂也。

有杕之杜，有睆其實。王事靡盬，繼嗣我日。

　　睆，實貌也。君子行役，則婦人獨任其家事，如特生之杜而負有睆之實，言弱而不能勝也。奈何王事日夜不已，使君子久而不反乎？

日月陽止，女心傷止，征夫遑止。

　　遑，暇也。春而出征，至于十月，歸期及矣，而猶不至，故女心傷悲，曰："吾君子亦暇矣乎，曷爲不時至哉？"

有杕之杜，其葉萋萋。王事靡盬，我心傷悲。卉木萋止，女心悲止，征夫歸止。

陟彼北山，言采其杞。王事靡盬，憂我父母。

　　山之草木非一也，而獨采其杞，則山嘗有餘矣。今王事靡盬，非獨以病行者也，又以憂其父母，曾山木之不若也。

檀車幝幝，四牡痯痯，征夫不遠。

　　檀車，以檀爲車也。幝幝，敝貌也。痯痯，罷貌也。

匪載匪來，憂心孔疚。期逝不至，而多爲恤。卜筮偕止，會言近止，征夫邇止。

　　君子不載不來，使我憂心甚病，歸期逝矣，而不時至，徒多爲相恤之言而已。于是卜之筮之，而同曰近矣，征夫邇矣。言其家念之至也。

《杕杜》四章，章七句。

魚麗

《魚麗》，美萬物盛多，能備禮也。

魚麗于罶，鱨鯊。君子有酒，旨且多。

> 麗，歷也。罶，曲梁也，所謂寡婦之笱也。鱨，揚也。鯊，鮀也。寡婦之笱而獲鱨鯊，施者小而得者大也。古之仁人交萬物有道，取之有時，用之有節，則草木鳥獸蕃殖，無有求而不得。君子于是及其閒暇，而爲酒醴以燕樂之。其酒既旨且多，言無所不備也。

魚麗于罶，魴鱧。君子有酒，多且旨。

> 鱧，鮦也。

魚麗于罶，鰋鯉。君子有酒，旨且有。

> 鰋，鮎也。

物其多矣，維其嘉矣。

物其旨矣，維其偕矣。

物其有矣，維其時矣。

> 偕，齊也。多則患其不嘉，旨則患其不齊，有則患其不時。今多而能嘉，旨而能齊，有而能時，言曲全也。

《魚麗》六章，三章章四句，三章章二句。

詩集傳卷十

小雅·南陔之什

南陔

《南陔》，孝子相戒以養也。

白華

《白華》，孝子之絜白也。

華黍

《華黍》，時和歲豐，宜黍稷也。

此三詩皆亡其辭。古者鄉飲酒、燕禮皆用之。孔子編《詩》蓋亦取焉，歷戰國及秦亡之，而獨存其義。毛公傳《詩》，附之《鹿鳴之什》，遂改什首。予以爲非古，于是復爲《南陔之什》，則《小雅》之什皆復孔子之舊。

南有嘉魚

《南有嘉魚》，樂與賢也。

南有嘉魚，烝然罩罩。君子有酒，嘉賓式燕以樂。

烝，塵也。罩，篧也。罩罩，非一辭也。魚之在水，至深遠矣。然人未嘗以深遠爲辭而不求，雖不可得，猶久伺而多罩之，是以魚無有不得也。苟君子之求賢，心誠好之而不倦，如是人之于魚，則亦豈有不可得者哉？

南有嘉魚，烝然汕汕。君子有酒，嘉賓式燕以衎。

汕，樔也。樔，撩罟也。衎，樂也。

南有樛木，甘瓠纍之。君子有酒，嘉賓式燕綏之。

魚非有求于人，而人則取之。以爲賢者亦如是，而吾則强求之歟？非也。瓜蔓于地，是豈可强使從人哉？然其遇樛木也，未嘗不纍之而上。物之相從，物之性也。

豈有賢者而不願從人者哉，獨患不之求耳。孔子曰："未之思也夫，何遠之有？"
翩翩者鵻，烝然來思。君子有酒，嘉賓式燕又思。

父子之相親，物無不然者，故夫不之鳥常懷其親①，來而不去。君子之事君，如子之養父母，義有不可已者，故曰："長幼之節不可廢也，君臣之義如之何其廢之？"蓋孔子歷聘于諸侯，老而不厭，乃所謂"烝然來思"者。惟莫之用，是以終舍而去。古之君子于士之至也，則酒食以燕樂之，故士可得而留也。又，復也。思，辭也。既燕矣，而猶未厭安之也。

《南有嘉魚》四章，章四句。

南山有臺

《南山有臺》，樂得賢也。

南山有臺，北山有萊。樂只君子，邦家之基。樂只君子，萬壽無期。

臺，夫須也。萊，草也。國之有賢人，猶山之有草木以自覆蓋也。君子之長育人才，如山之長育草木，多而不厭，外則能爲邦家之基，內則身享壽考之報矣。且非獨如此而已，至于德音洽于眾聽，餘慶及其後人，亦未有不由此也，故終篇歷言之。

南山有桑，北山有楊。樂只君子，邦家之光。樂只君子，萬壽無疆。

南山有杞，北山有李。樂只君子，民之父母。樂只君子，德音不已。

南山有栲，北山有杻。樂只君子，遐不眉壽。樂只君子，德音是茂。

栲，山樗也。杻，檍也。

南山有枸，北山有楰。樂只君子，遐不黃耇。樂只君子，保艾爾後。

枸，枳枸也。楰，鼠梓也。

《南山有臺》五章，章六句。

由庚

《由庚》，萬物得由其道也。

崇丘

《崇丘》，萬物得極其高大也。

---

① 夫不：《經解》本、《四庫》本作"擇木"。按："夫不"即"鳺鴀"，鳥名。《爾雅·釋鳥》云："隹其鳺鴀。"宋邢昺疏引舍人注："鵻一名鳺鴀。"

由儀

《由儀》，萬物之生各得其宜也。

　　三詩皆亡，鄉飲酒燕禮亦用焉。燕禮，升歌《鹿鳴》，下管《新宮》。射禮，諸侯以《狸首》爲節。《新宮》、《狸首》皆正詩，而詞義不見，或者孔子刪之歟，不然後世亡之也？

蓼蕭

《蓼蕭》，澤及四海也。

蓼彼蕭斯，零露湑兮。既見君子，我心寫兮。燕笑語兮，是以有譽處兮。
　　蓼，長大貌也。蕭，蒿也。"譽"、"豫"通，凡《詩》之"譽"皆言樂也。諸侯來朝，其衆且賤如蕭蒿，然王者推恩以接之，無所不及，如零露之于蕭然。故其既見天子也，莫不思盡其心之所有以告之。天子又申之以燕禮，于其燕也，極其笑語之樂而無間，諸侯是以樂處于是也。

蓼彼蕭斯，零露瀼瀼。既見君子，爲龍爲光。其德不爽，壽考不忘。
　　瀼瀼，多貌。龍，寵也。

蓼彼蕭斯，零露泥泥。既見君子，孔燕豈弟。宜兄宜弟，令德壽豈。
　　泥泥，濡貌。兄弟，同姓諸侯也。

蓼彼蕭斯，零露濃濃。既見君子，鞗革沖沖。和鸞雝雝，萬福攸同。
　　鞗，轡也。革，轡首也。沖沖，垂貌也。在軾曰和，在衡曰鸞。諸侯燕見天子，天子必乘車迎之于其門，故云。

　　《蓼蕭》四章，章六句。

湛露

《湛露》，天子燕諸侯也。

湛湛露斯，匪陽不晞。厭厭夜飲，不醉無歸。
　　湛湛，凝也。晞，乾也。厭厭，久也。天子燕諸侯而飲之酒，如露之凝于物，無不濡足者。飲酒至夜，非醉而不出，如露之得日而後乾也。

湛湛露斯，在彼豐草。厭厭夜飲，在宗載考。
　　宗，同姓也。考，成也。古者族人侍飲于宗子，不醉而出，是不親也；醉而不出，是渫宗也。天子之飲諸侯亦然，故在同姓則成之，異姓則辭之。

湛湛露斯，在彼杞棘。顯允君子，莫不令德。
　　露之在草也，如將不勝；其在木也，則能任之矣。將言其無不醉，故以豐草言之；

將言其醉而不亂，故以杞棘言之。"顯允君子，莫不令德"，言醉而不亂也。

其桐其椅，其實離離。豈弟君子，莫不令儀。

桐、椅雖實繁而枝不披。君子雖飲酒至夜，將之以禮，禮終而莫不令儀，如桐、椅之不爲實所困也。

《湛露》四章，章四句。

小雅·彤弓之什

彤弓

《彤弓》，天子錫有功諸侯也。

彤弓弨兮，受言藏之。我有嘉賓，中心貺之。鐘鼓既設，一朝饗之。

《春秋傳》曰："諸侯敵王所愾而獻其功，王于是乎賜之彤弓一、彤矢百、旅弓矢千，以覺報燕。"凡諸侯賜弓矢，然後專征伐。彤弓，朱弓也。弨，弛貌也。大飲賓曰饗，其賜之也，行之以饗禮。"一朝饗之"，言並厚之以大禮也。

彤弓弨兮，受言載之。我有嘉賓，中心喜之。鐘鼓既設，一朝右之。

載，載以歸也。右，助也。

彤弓弨兮，受言櫜之。我有嘉賓，中心好之。鐘鼓既設，一朝醻之。

櫜，韜也。醻，報也。

《彤弓》三章，章六句。

菁菁者莪

《菁菁者莪》，樂育材也。

菁菁者莪，在彼中阿。既見君子，樂且有儀。

菁菁，盛貌也。莪，蘿蒿也。阿，大陵也。君子之長育人材，如阿之長莪，菁菁然盛也。

菁菁者莪，在彼中沚。既見君子，我心則喜。

菁菁者莪，在彼中陵。既見君子，錫我百朋。

古者貨貝，二貝爲朋。百朋，言其所以禄士之多也。

汎汎楊舟，載沉載浮。既見君子，我心則休。

君子之于人，無所不養，譬如楊舟之于物，浮沉無不載也。二《雅》之正，其詩之先後，周之盛時蓋已定之矣，仲尼無所升降也。故《儀禮》之歌詩，其次與今詩合。《小雅》上述文、武，下及成王，然其詩之次皆非其世之先後。周公既定禮樂，自《鹿鳴》至于《杕杜》九篇，皆以施于燕勞，以其事爲次，故《常棣》雖周公閔管、蔡之詩,而列于四,非復以世爲先後也。今將辯之,則其言伐玁狁、西戎者爲文王之詩;其言天下治安,爵命諸侯,澤及四海者爲武、成之詩;其餘則有不可得而詳者矣。且其言文王事紂之際,猶有追稱王者,然則,武、成之世所以追誦文王,而非文王之世所自作也。

《菁菁者莪》四章,章四句。

六月

《六月》,宣王北伐也。

六月棲棲,戎車既飭。四牡騤騤,載是常服。玁狁孔熾,我是用急。王于出征,以匡王國。

棲棲,不安也。常服,戎韋也。於,曰也。宣王承衰亂之後,玁狁內侵,命尹吉甫伐之。六月方暑而不遑安,飾其車馬,載其戎服,而告其衆曰:"玁狁甚熾,我是以急于出兵,且又有王命,不可緩也。"

比物四驪,閑之維則。維此六月,既成我服。我服既成,于三十里。王于出征,以佐天子。

《周官》:"祭祀、朝覲、會同,毛馬而頒之。""軍事,物馬而頒之。"毛,齊其色也。物,齊其力也。既比其物,而又四驪,言馬有餘也。閑,習也。則,法也。馬既齊矣,服既成矣,則于是出征。古者師行日三十里。

四牡修廣,其大有顒。薄伐玁狁,以奏膚公。有嚴有翼,共武之服。共武之服,以定王國。

顒,大貌也。膚,大也。公,功也。嚴,莊也。翼,敬也。言將帥之德也。服,事也。

玁狁匪茹,整居焦穫。侵鎬及方,至于涇陽。織文鳥章,白旆央央。元戎十乘,以先啟行。

匪茹,非其所當入也。整居,言無憚也。焦穫,周之藪也,郭璞曰:"扶風池陽瓠中是也。"鎬,鎬京也。方,未詳。涇陽,涇之北也。織文,徽識之文也。鳥章,革鳥之章也。旆,繼旐者也。夏曰鉤車,先正也;商曰寅車,先疾也;周曰元戎,先良也。皆所以啟突敵陣之前行也。

戎車既安,如輊如軒。四牡既佶,既佶且閑。薄伐玁狁,至于太原。文武吉甫,萬邦爲憲。

後視之如輊,前視之如軒,車之調也。佶,壯健也。

吉甫燕喜,既多受祉。來歸自鎬,我行永久。飲御諸友,炰鱉膾鯉。侯誰在矣?張仲孝友。

來歸自鎬。歸,其采邑也。吉甫既還,燕其朋友而張仲在焉。張仲,賢人也。言其所與無非賢者。侯，維也。

《六月》六章，章八句。

采芑

《采芑》，宣王南征也。

薄言采芑，于彼新田，于此菑畝。方叔涖止，其車三千。師干之試，方叔率止。乘其四騏，四騏翼翼。路車有奭，簟笰魚服，鉤膺鞗革。

芑，菜也。田一歲曰菑，二歲曰新，三歲曰畬。涖，臨也。師，衆也。干，扞也。奭，赤貌也，金路赤飾。鉤膺，樊纓也。將采芑者，于何取之？其必于新田、菑畝而後得之。方其治田也則勞，而及其采芑也則佚。故宣王之南征，則亦使方叔治其軍，而後用之。方叔之治軍也，陳其車馬，而試其衆以扞敵之法，又親以身率之，士之從之者皆知愛之，是以美其車馬之飾而無厭也。其車三千，爲二十二萬五千人，以荊蠻強盛，不得不爾耶。

薄言采芑，于彼新田，于此中鄉。方叔涖止，其車三千，旂旐央央。方叔率止，約軝錯衡，八鸞瑲瑲。服其命服，朱芾斯皇，有瑲蔥珩。

中鄉，民居在焉，故其田尤治。軝，長轂也，約之以革。錯衡，文衡也。三命，赤芾、蔥珩。

鴥彼飛隼，其飛戾天，亦集爰止。方叔涖止，其車三千。師干之試，方叔率止。鉦人伐鼓，陳師鞠旅。顯允方叔，伐鼓淵淵，振旅闐闐。

戾，至也。爰，于也。鉦所以止，鼓所以進也。鞠，告也。淵淵、闐闐，鼓聲也。振旅，治兵之終也。隼之飛而至天，甚迅疾矣，然必集于其所當止而後可用。言士雖勇而不教，則不知戰之節，亦不可用也。故方叔命其鉦人擊鼓以誓之，士之聞其鼓聲者，無不服其明信也。意者，方叔之南征，先治其兵，既衆且治，而蠻荊遂服。故詩人詳其治兵而略其出兵，首章之車非即戎之車，二章之服非即戎之服，三章之陳師未戰而振旅，至于卒章而後言其遇敵，故三章皆治兵也。

蠢爾蠻荊，大邦爲讎。方叔元老，克壯其猶。方叔率止，執訊獲醜。戎車嘽嘽，嘽嘽焞焞，如霆如雷。顯允方叔，征伐玁狁，蠻荊來威。

猶，謀也。嘽嘽，衆也。焞焞，盛也。方叔則嘗征伐玁狁而克之矣，況于蠻荊，安有不來服而畏之者乎？

《采芑》四章，章十二句。

車攻

《車攻》，宣王復古也。

我車既攻，我馬既同。四牡龐龐，駕言徂東。

攻，堅也。同，齊也。宗廟齊毫，戎事齊力，田獵齊足，所謂同也。龐龐，充實也。東，東都也。宣王内修政事，車既堅，馬既齊，則往東都田獵以治兵焉。

田車既好，四牡孔阜。東有甫草，駕言行狩。
  甫，大也。田者大刈草以爲防，所謂甫草也。

之子于苗，選徒囂囂。建旐設旄，搏獸于敖。
  苗、狩，皆田之通名也。敖，鄭山也。

駕彼四牡，四牡奕奕。赤芾金舃，會同有繹。
  于是諸侯來朝，王因與之出田。赤芾金舃，諸侯之服也，金黄朱色也。繹，陳也。

決拾既佽，弓矢既調。射夫既同，助我舉柴。
  決，鈎弦也。拾，遂也。佽，手指比也。調，強弱等也。言射事修備也。"射夫既同"，言無不善射也。柴，或作"㨖"，積也。言諸侯亦助之舉積禽也。

四黄既駕，兩驂不猗。
  猗，倚也。言御者之良也。

不失其馳，舍矢如破。
  言射者之良也。不善射者爲之詭遇則獲，不然則不能。使御者不失其馳，而舍矢如破，然後爲善射也。

蕭蕭馬鳴，悠悠旆旌。徒御不驚，大庖不盈。
  兵之出，徒聞其馬鳴蕭蕭，徒見其旆旌悠悠，言不讙也。不驚，驚也。不盈，盈也。驚，猶警戒也。

之子于征，有聞無聲。允矣君子，展也大成。
  允，信也。展，誠也。我必聲之然後人聞之，我則不聲而人則聞之，必其實有餘也，故曰："信哉其君子矣，誠哉其大成矣！"

  《車攻》八章，章四句。

吉日

《吉日》，美宣王田也。

吉日維戊，既伯既禱。田車既好，四牡孔阜。升彼大阜，從其群醜。
  伯，馬祖，天駟也。古者將用馬力，則禱于其祖。從，從禽也。醜，類也。

吉日庚午，既差我馬。獸之所同，麀鹿麌麌。漆沮之從，天子之所。
  差，擇也。外事用剛日，故禱以戊，擇以庚。同，聚也。鹿牡曰麀。麌麌，多也。漆、沮在渭北，所謂洛水也。言自其上驅獸，而至天子之所也。

瞻彼中原，其祁孔有。儦儦俟俟，或群或友。悉率左右，以燕天子。
  言禽獸之多且擾也。祁，大也。趨則儦儦，行則俟俟。三爲群，二爲友。率，馴也。燕，樂也。

既張我弓，既挾我矢。發彼小豝，殪此大兕。以御賓客，且以酌醴。
　　壹發而死曰殪。燕而酌醴，所以厚賓也。
　　《吉日》四章，章六句。

鴻雁

《鴻雁》，美宣王也。
鴻雁于飛，肅肅其羽。之子于征，劬勞于野。爰及矜人，哀此鰥寡。
　　鴻雁背陰向陽，如民之去危從安。厲王之後民人離散，譬如鴻雁之飛四方，無所不往，徒聞其羽聲肅肅，未知所止也。及宣王遣使勞來安集之，雖鰥寡無不寧息。矜人，人之可憐者也。
鴻雁于飛，集于中澤。之子于垣，百堵皆作。雖則劬勞，其究安宅。
　　使者所至，招來流民，使反其都邑，築其牆垣而安處之，然後民知所止，如鴻雁之集于澤也。故其民雖勞而不怨，曰："其終將安宅矣。"
鴻雁于飛，哀鳴嗷嗷。維此哲人，謂我劬勞。維彼愚人，謂我宣驕。
　　民復其故居，勞而未定，如鴻雁之嗷嗷也。興廢補敗，不能自靖，不知者以為宣驕耳。
　　《鴻雁》三章，章六句。

庭燎

《庭燎》，美宣王也。
　　宣王不忘夙興，而問夜之蚤晚，足以為無過矣，非所當譏也。毛氏猶謂雞人不修其官，故叙曰"因以箴之"，過矣。
夜如何其，夜未央。庭燎之光。君子至止，鸞聲將將。
　　央，久也。庭燎，大燭也。宣王將視朝，不安于寢而問夜之蚤晚，曰："夜如何矣？"則對曰："夜未央，庭燎光，朝者至而聞其鸞聲鏘矣。"
夜如何其，夜未艾。庭燎晣晣。君子至止，鸞聲噦噦。
　　艾，將盡也。晣晣，明也。噦噦，徐也。
夜如何其，夜鄉晨。庭燎有輝。君子至止，言觀其旂。
　　夜聞其鸞聲而已，晨則見其旂矣，至此然後可以視朝。
　　《庭燎》三章，章五句。

沔水

《沔水》,規宣王也。

沔彼流水,朝宗于海。鴥彼飛隼,載飛載止。嗟我兄弟,邦人諸友。莫肯念亂,誰無父母?

> 沔,水流滿也。水流猶有所朝宗,而隼飛猶有所止,諸侯獨奈何肆行不顧,曾無所畏忌哉!故告于兄弟之國與其友邦之君曰①:"爾莫肯念救吾亂,人豈有無父母而能生者哉?君臣之不可廢,猶父子之不可去也。"

沔彼流水,其流湯湯。鴥彼飛隼,載飛載揚。念彼不蹟,載起載行。心之憂矣,不可弭忘。

> 湯湯,無所入也。飛、揚,無所止也。不蹟,不循道也。弭,止也。

鴥彼飛隼,率彼中陵。民之訛言,寧莫之懲。我友敬矣,讒言其興。

> 厲王之亂,而諸侯恣行不可禁止,宣王將復繩之,而君子懼其不以漸已,治久亂而不以漸,亂之激也,故告之曰:"隼舍其飛而循中陵,斯已畏矣。民猶將為訛言以誣之,不可不懲也。今諸侯亦欲敬矣,特畏讒言之興,是以不至。至而有讒,恐不能自免耳。"

《沔水》三章,二章章八句,一章六句。

鶴鳴

《鶴鳴》,誨宣王也。

鶴鳴于九皋,聲聞于野。魚潛在淵,或在于渚。樂彼之園,爰有樹檀,其下維蘀。它山之石,可以為錯。

> 皋,澤也。蘀,落也。爰,曰也。鶴鳴于深澤而聲聞于野,魚潛于淵而時出于渚,言物無隱而不見也。人之樂之于園者,謂其上有檀而下有蘀,言大者之無所不容也。它山之石,以為無用矣,猶可以為錯而攻玉,言世未有無用之物也,求賢者亦猶是耳。

鶴鳴于九皋,聲聞于天。魚在于渚,或潛在淵。樂彼之園,爰有樹檀,其下維穀。它山之石,可以攻玉。

> 穀,楮也。

《鶴鳴》二章,章九句。

---

① 君曰:《經解》本、《四庫》本作"君子"。

詩集傳卷十一

小雅·祈父之什①

祈父

《祈父》，刺宣王也。

祈父，予王之爪牙。胡轉予于恤，靡所止居。

> 祈父，司馬，掌封圻之兵，《書》作"圻父"。宣王之末，敗于姜氏之戎，爪牙之士爲是怨之歟？恤，憂也。

祈父，予王之爪士。胡轉予于恤，靡所底止。

祈父，亶不聰。胡轉予于恤，有母之尸饔。

> 亶，誠也。尸，主也。饔，祭食也。士憂兵敗身没，不得還守祭祀，而使母獨主祭也。

《祈父》三章，章四句。

白駒

《白駒》，大夫刺宣王也。

皎皎白駒，食我場苗。縶之維之，以永今朝。所謂伊人，于焉逍遥。

> 宣王之世，賢者有不得其志而去者，君子思之，曰："白駒，人之所願乘也。苟其肯食于我場，我將縶維而留之。今賢者既已仕矣，而莫或留之，何哉？"故于其去也，猶欲其于是逍遥。逍遥，不事事也。雖逍遥猶愈于去耳。

皎皎白駒，食我場藿。縶之維之，以永今夕。所謂伊人，于焉嘉客。

> 客亦非執事者也。

皎皎白駒，賁然來思。爾公爾侯，逸豫無期。慎爾優游，勉爾遁思。

> 黄白曰賁。既去矣，而猶欲其復來，故告之曰："子苟來也，將待爾以公侯，其爲樂顧豈少哉？曷亦慎爾優游而勉爾遁思，以來從我乎？"慎，戒也。勉，强也。

皎皎白駒，在彼空谷，生芻一束，其人如玉。無金玉爾音，而有遐心。

---

① 祈父之什：阮元刻《十三經注疏·毛詩正義》附於《鴻雁之什》。

來而莫之顧，則去而入于空谷，甘于生芻，人之望之如玉之絜也。君子于是知其不肯少留，而猶欲聞其音聲，故告之曰："無貴爾音，而有遠去之心。"愛之至也。

《白駒》四章，章六句。

黃鳥

《黃鳥》，刺宣王也。

黃鳥黃鳥，無集于榖，無啄我粟。此邦之人，不我肯穀。言旋言歸，復我邦族。

集木而啄粟者，鳥之性也。士之願仕于朝而食于祿，亦猶是矣。今而卻之，彼亦有去而已矣。夫去非士之患也，使天下之士從此而逝，則人主之患也。

黃鳥黃鳥，無集于桑，無啄我粱。此邦之人，不可與明。言旋言歸，復我諸兄。

黃鳥黃鳥，無集于栩，無啄我黍。此邦之人，不可與處。言旋言歸，復我諸父。

《黃鳥》三章，章七句。

我行其野

《我行其野》，刺宣王也。

我行其野，蔽芾其樗。昏姻之故，言就爾居。爾不我畜，復我邦家。

此詩甥舅之諸侯求入爲王卿士而不獲者之所作也，故曰："行于野而求庇，雖蔽芾之樗，猶可以息于其下，而況其非樗也哉！人君之用人，苟有益于國，將無適而不取。今王獨棄其昏姻之人而不用，何也？則亦歸復吾國而已。"

我行其野，言采其蓫。昏姻之故，言就爾宿。爾不我畜，言歸斯復。

我行其野，言采其葍。不思舊姻，求爾新特。成不以富，亦祇以異。

蓫、葍皆惡菜也。特，匹也，大臣君之匹也。成，當作"誠"。宣王棄其姻舊，而求新特。夫苟可用，豈必新之是而舊之非歟？雖然，如是而獲富可也，誠不以富，則亦祇以爲異而已。

《我行其野》三章，章六句。

斯干

《斯干》，宣王考室也。

考，成也。

秩秩斯干,幽幽南山。如竹苞矣,如松茂矣。兄及弟矣,式相好矣,無相猶矣。

　　干,澗也。猶,圖也。澗流秩秩,窮之而益深。南山幽幽,入之而益遠。既言宮室之盛如此,則又言其下之固如竹之苞,其上之密如松之茂。宣王與其兄弟居之,又皆相好而無相圖者,是以居之而安也。

似續妣祖,築室百堵,西南其戶。爰居爰處,爰笑爰語。

　　似,肖也。爰,于也。厲王之亂而宮室敗壞,宣王謀所以續其先妣先祖者,故築其宮室,將于是居處,于是笑語焉。

約之閣閣,椓之橐橐。風雨攸除,鳥鼠攸去,君子攸芋。

　　約,縮版也。閣閣,上下相乘也。椓椓,杵也。橐橐,杵聲也。芋,大也,亦作"吁"。君子于是居焉,所以爲尊且大也。

如跂斯翼,如矢其棘,如鳥斯革,如翬斯飛。君子攸躋。

　　此章言其堂也。其嚴正如人之跂而翼翼其恭也,其廉隅如矢之急而直也,其峻起如鳥之驚而革也,其軒翔如翬之飛而矯其翼也。君子于此升而聽朝焉。躋,升也。白雉五色曰翬。

殖殖其庭,有覺其楹。噲噲其正,噦噦其冥。君子攸寧。

　　此章言其室也。殖殖乎其庭廡之高也,有覺乎其楹之直也,噲噲乎其正晝之明也,噦噦乎其夜冥之深廣也!君子于此休息而安身焉。噲噲,猶快快也。噦噦,猶晦晦也。

下莞上簟,乃安斯寢。乃寢乃興,乃占我夢。吉夢維何? 維熊維羆,維虺維蛇。

　　莞,蒲也。簟,竹也。寢既成,設莞簟而寢于其中,起而又占其夢。此所以知其國家修治閒暇之極也。

大人占之,維熊維羆,男子之祥。維虺維蛇,女子之祥。

　　熊、羆,毛物,陽之祥也。虺、蛇,鱗物,陰之祥也。

乃生男子,載寢之牀,載衣之裳,載弄之璋。其泣喤喤,朱芾斯皇,室家君王。

　　寢之于牀,尊之也。衣之以裳,下之飾也。弄之以璋,尚其德也。喤喤,大聲也。天子朱芾,諸侯以黃朱。子之生于是室者,非君則王也,是以皆將服朱芾煌煌然矣。

乃生女子,載寢之地,載衣之裼,載弄之瓦。無非無儀,惟酒食是議,無父母詒罹。

　　寢之于地,卑之也。裼,裸也,即用其所衣而無加也,《韓詩》作"褅"。弄之以瓦,質而無飾也。儀,善也。有非非婦人也,有善非婦人也,惟酒食是議,而無遺父母憂,則可矣。罹,憂也。

《斯干》九章，四章章七句，五章章五句。

無羊

《無羊》，宣王考牧也。

誰謂爾無羊，三百維群。誰謂爾無牛，九十其犉。爾羊來思，其角濈濈。爾牛來思，其耳濕濕。

> 羊以三百爲群，其群尚多也，得爲無羊乎？牛之犉者九十，非犉者尚多也，得爲無牛乎？黃牛黑脣曰犉。聚其角而息濈濈然，呞而動其耳濕濕然。

或降于阿，或飲于池，或寢或訛。爾牧來思，何蓑何笠，或負其餱。三十維物，爾牲則具。

> 訛，動也。何，揭也。蓑所以禦雨，笠所以禦暑。物，類也。異毛色者三十，故牲無不有。

爾牧來思，以薪以蒸，以雌以雄。爾羊來思，矜矜兢兢，不騫不崩。麾之以肱，畢來既升。

> 牧人有餘力，則取其薪蒸，合其牝牡而牧事盡矣。"矜矜兢兢"，堅强也。騫，虧也。崩，群疾也。肱，臂也。升，升牢也。使來則畢來，使升則既升，言其擾也。

牧人乃夢，衆維魚矣，旐維旟矣。大人占之，衆維魚矣，實維豐年。旐維旟矣，室家溱溱。

> 牧人有事于陸耳，今又捕魚于水，水陸皆有獲焉，此所以爲豐年也。龜蛇曰旐，鳥隼曰旟。龜蛇陰物也，鳥隼陽物也，陰陽備，故爲室家溱溱，"室家溱溱"，衆也。宣王之《小雅》皆以政事之大小爲先後，故首之以征伐田獵，次之以官人，又次之以宮室畜牧，而美刺不與也。

《無羊》四章，章八句。

節南山①

《節南山》，家父刺幽王也。

> 家父，周大夫也。

節彼南山，維石巖巖。赫赫師尹，民具爾瞻。憂心如惔②，不敢戲談。國既卒斬，何用不監？

> 節，高峻貌也。師，太師也。尹，尹氏也。惔，燔也。卒，滅也。斬，絶也。監，

---

① 節南山：阮元刻《十三經注疏·毛詩正義》署作《節南山之什》。
② 惔：諸本同。段玉裁《詩經小學》謂當作"炎"。

視也。民之視尹氏如視南山，言無不見也。見之者皆爲之憂心如燔，特畏其威而不敢言，然尹氏卒不知國之將亡，至于滅絶而猶不察也。

節彼南山，有實其猗。赫赫師尹，不平謂何？天方薦瘥，喪亂弘多。民言無嘉，憯莫懲嗟。

　　山之實，草木是也。薦，重也。瘥，病也。憯，曾也。山之生物，其氣平均如一，凡生于其上者無不猗猗其長也。尹氏秉國之均而不平其心，則人之榮瘁勞佚有大相絶者矣。是以神怒而重之以喪亂，人怨而謗讟其上，然尹氏曾不懲創咨嗟，求所以自改也。

尹氏大師，維周之氐。秉國之均，四方是維。天子是毗，俾民不迷。不弔昊天，不宜空我師。

　　氐，本也。毗，輔也。弔，愍也。空，窮也。師，衆也。尹氏居高任重而不享天心，苟昊天之所不愍，則尹氏宜有罪矣，而曷爲又窮我衆人哉？

弗躬弗親，庶民弗信。弗問弗仕，勿罔君子。式夷式已，無小人殆。瑣瑣姻婭，則無膴仕。

　　仕，察也。罔，欺也。夷，平也。已，止也。殆，危也。膴，厚也。不身蹈之而欲民之信之，民不女信也。不知而不問，不審而不察，欲以欺之，曰："吾則能之。"君子亦不可欺也。曷不試平爾心，而止爾不善，無使爲小人之所危乎？凡姻婭之人而必皆膴仕，則小人進矣。

昊天不傭，降此鞠訩。昊天不惠，降此大戾。君子如屆，俾民心閱。君子如夷，惡怒是違。

　　傭，常也。鞠，盈也。訩，訟也。惠，順也。屆，止也。閱，息也。違，遠也。以爲昊天不常，而降此謗訟歟？非也，君子如止其爭心，則爲訟者之心閱矣。以爲昊天不順而降此乖戾歟？非也，君子苟平其心，則惡怒者遠矣。

不弔昊天，亂靡有定。式月斯生，俾民不寧。憂心如酲，誰秉國成？不自爲政，卒勞百姓。

　　病酒曰酲。成，平也。天不之愍，故亂未有所止，禍患之生與歲月增長。君子憂之，曰："誰秉國成者？而不務人人自治其政，皆轉以相付，其卒使民爲之受其勞弊而後已。"

駕彼四牡，四牡項領。我瞻四方，蹙蹙靡所騁。

　　畜馬者，求其行也。今雖有四牡，徒好其項領而不爲用。非不能行也，曰："我觀四方，蹙蹙褊小，無所施吾騁矣。"蓋言小人在上，雖有賢者而莫能容，無有爲之用者也。

方茂爾惡，相爾矛矣。既夷既懌，如相醻矣。

　　茂，勉也。相，視也。方其勉于爲惡也，如將相賊者視其矛矣。及其解也，如相與醻酢者。小人喜怒之不可期如此，是以君子不忍立于其側也。

昊天不平，我王不寧。不懲其心，覆怨其正。

昊天不平尹氏之德，故使王不獲安。然尹氏猶不自懲，乃反怨人之正己者。言其爲惡無有已也。

家父作誦，以究王訩。式訛爾心，以畜萬邦。

究，窮也。訛，化也。畜，養也。家父作此詩，窮王之所以致天下之謗訕者，曰"由尹氏不平之故"，故使之改其心以含養天下，以觀其治否。

《節南山》十章，六章章八句，四章章四句。

正月

《正月》，大夫刺幽王也。

正月繁霜，我心憂傷。民之訛言，亦孔之將。念我獨兮，憂心京京。哀我小心，癙憂以痒。

正月，夏之四月也。將，大也。京京，憂不去也。癙、痒，皆病也。四月純陽用事而繁霜降，大夫憂之，以爲此王聽用訛言之罰也。訛言之害大矣，然衆不以爲憂也，獨我憂之而已。

父母生我，胡俾我瘉？不自我先，不自我後。好言自口，莠言自口。憂心愈愈，是以有侮。

瘉，病也。莠，不實也。小人傾詐，外爲美言以欺世，內爲僞言以害君子，反覆無愧。使我憂心愈愈，且以益甚，而反以侮我曰："何至是？"

憂心惸惸，念我無祿。民之無辜，并其臣僕。哀我人斯，于何從祿？瞻烏爰止，于誰之屋？

惸惸，獨憂也。祿，福也。幽王刑殺無辜而并及其臣僕，君子知人之不堪命，故告之曰："王視烏之所止者，誰之屋歟？有以飲食而無畢弋之患，烏之所止也。奈何以刑御民，使無所措手足哉？"

瞻彼中林，侯薪侯蒸。民今方殆，視天夢夢。既克有定，靡人弗勝。有皇上帝，伊誰云憎？

侯，維也。中林之木莫不摧毀，而維薪蒸在焉，其殘之也甚矣。幽王播其虐于天下，大家世族散爲皂隸，亦猶是也。民方在危殆之中，視天夢夢若無能爲者，不知此天理之未定故也。蓋天地之間陰陽相蕩，高下相傾，大小相使，此治亂禍福之所從生也。方其未定，何所不至？及其既定，人未有不爲天所勝者。申包胥曰"人衆則勝天，天定亦能勝人"，而老子以爲"天網恢恢，疎而不失"。不然，天豈有所憎而禍之耶？適當其未定故耳。

謂山蓋卑，爲岡爲陵。民之訛言，寧莫之懲？召彼故老，訊之占夢。具曰予聖，誰知烏之雌雄？

人謂山之卑者爲岡陵而已，意其不能有所險阻，然岡陵未嘗不爲難也。譬如訛言之人，豈可以爲無害而莫之懲乎？然王曾不以是爲慮，老成之人徒召而訊之以占夢，曰："予既聖矣，安所復問得失？"烏之雌雄，形色無辨，人莫能知之。幽王君臣皆自謂聖人，譬如烏之雌雄也。或曰以山爲卑，而爲岡陵于其上，譬如讒人以人罪爲未足，而又加之也。

謂天蓋高，不敢不局。謂地蓋厚，不敢不蹐。維號斯言，有倫有脊。哀今之人，胡爲虺蜴？

　　局，曲也。蹐，重足也。倫，道也。脊，理也。蜴，蜥蜴也。君子之處于世，小心畏慎，未嘗敢肆。天雖高不敢不局，地雖厚不敢不蹐，畏其傷之也。夫爲此言則過矣，然亦有倫理，非妄言也。哀今之人，胡敢爲虺蜴之行，曾無所畏哉！

瞻彼阪田，有菀其特。天之扤我，如不我克。彼求我則，如不我得。執我仇仇，亦不我力。

　　扤，動也。仇仇，偶也。君子仕于亂世而困于群小，譬如特苗之生于阪田，風雨動之如恐不勝者，故尤之曰："方其求我以爲法也，如恐失我耳。及與之終日相執，仇仇相偶，曾不力用我也。"《書》曰："凡人未見聖，若不克見聖。既見聖，亦不克由聖。"

心之憂矣，如或結之。今茲之正，胡然厲矣？燎之方揚，寧或滅之？赫赫宗周，褒姒威之。

　　"正"、"政"通。厲，惡也。褒，國也；姒，姓也，幽王之嬖后也。威，亦滅也。

終其永懷，又窘陰雨。其車既載，乃棄爾輔。載輸爾載，將伯助予。無棄爾輔，員于爾輻。屢顧爾僕，不輸爾載。終踰絕險，曾是不意。

　　輔，所以助輻者也。輸，墮也。員，益也。幽王日爲淫虐，譬如行險而不知止者。君子永思其終，知其又將有大難，故曰"又窘陰雨"。幽王不虞難之將至，而棄賢臣焉，故曰"乃棄爾輔"。君子求助于未危，故難不至。苟其載之既墮，而後號伯以助予，則無及矣。故教之以無棄其輔，益其輻，顧其僕，以求不墮其載。告之而不信，故又曰："終踰絕險，曾是不意。"

魚在于沼，亦匪克樂。潛雖伏矣，亦孔之炤。憂心慘慘，念國之爲虐。

　　君子立于衰亂之朝，譬如魚之在沼，非其所樂，雖欲潛伏，而無以自蔽矣。

彼有旨酒，又有嘉肴。洽比其鄰，昏姻孔云。念我獨兮，憂心慇慇。

　　云，旋也。慇慇，痛也。小人以利相求，故其鄰比、昏姻相與膠固爲一，而君子孑然無朋也。

佌佌彼有屋，蔌蔌方有穀。民今之無祿，天夭是椓。哿矣富人，哀此惸獨。

　　佌佌，小也。蔌蔌，陋也。哿，可也。佌佌者有居，蔌蔌者有禄，小人得志之謂也。民方無福，故天之夭孽並出而椓喪之。富人猶可勝也，惸獨甚矣。

　　《正月》十三章，八章章八句，五章章六句。

十月之交

《十月之交》，大夫刺幽王也。

《小雅》無厲王之詩，鄭氏以爲《十月之交》、《雨無正》、《小旻》、《小宛》皆厲王之詩也，毛公作詁訓傳而遷其第，因改之耳。其言此詩所以非幽王者，曰師尹、皇父不得並政，褒姒、艷妻不得偕寵，番與鄭桓不得同位，此其所挾爲厲王者也。使幽王之世，師尹、皇甫、番與鄭桓先後在事，褒姒以色居正位，謂之艷妻，其誰曰不可？且漢之諸儒，異師相攻，甚于仇讎，苟毛公誠改詩第，則他師將不肯信，而《韓詩》之次與《毛詩》合，此足以明其非厲王也。

十月之交，朔日辛卯①。日有食之，亦孔之醜。彼月而微，此日而微。今此下民，亦孔之哀。

日食，天變之大者也，然正、陽之月古尤忌之。夏之四月爲純陽，故謂之正月；十月爲純陰，故謂之陽月。純陽而食，陽弱之甚也；純陰而食，陰壯之甚也。交，日月之交會也。交當朔則日食，然亦有交而不食者。交而食，陽微而陰乘之也；交而不食，陽盛而陰不能掩也，故君子醜之。大變既見，君子知國之將亡，國亡則民首被其患，是以哀之也。

日月告凶，不用其行。四國無政，不用其良。彼月而食，則維其常。此日而食，于何不臧？

行，道也。

爗爗震電，不寧不令。百川沸騰，山冢崒崩，高岸爲谷，深谷爲陵。哀今之人，胡憯莫懲？

令，善也。山頂曰冢。崒，崔嵬也。

皇父卿士，番維司徒，家伯維宰②，仲允膳夫，棸子内史，蹶維趣馬，楀維師氏，艷妻煽方處。

皇父、家伯、仲允，皆字。番、棸、蹶、楀，皆氏。艷妻，褒姒也。煽，熾也。七人者皆褒姒之黨，故極其熾而並處于位。然六人各有常官，而皇父兼擅群職，故以卿士目之。《周禮》有大宰、小宰、宰夫，"家伯維宰"，未詳何宰也。

抑此皇父，豈曰不時？胡爲我作，不即我謀？徹我墻屋，田卒汙萊。曰予不戕，禮則然矣。

時，是也。下荒則汙，上荒則萊。戕，殘也。皇父不知爲政，然未嘗自謂我不是也，作而害民，民怨之矣，然猶曰："予未嘗殘民，禮則當然矣。"

皇父孔聖，作都于向。擇三有事，亶侯多藏。不憖遺一老，俾守我王。擇

---

① 朔日：諸本同。阮元刻《十三經注疏·毛詩正義》、朱熹《詩集傳》作"朔月"。
② 維宰：《經解》本、《四庫》本作"冢宰"。朱熹《詩集傳》作"爲宰"。

有車馬，以居徂向。

＞向，皇父邑也。亶，信也。侯，維也。憖，强也。皇父自謂聖矣，然其建國而擇三卿，信維多藏之人耳。以卿士出封，而周之老與其富民無不從者，言恣而且貪也。民富者乃有車馬耳。

黽勉從事，不敢告勞。無罪無辜，讒口囂囂。下民之孽，匪降自天。噂沓背憎，職競由人。

＞囂囂，衆也。噂，聚也。沓，重複也。職，專也。競，力也。無罪猶且見讒，而況敢告勞乎？故曰："下民之孽，非天之所爲也。噂噂沓沓，多言以相説，而背相憎，專力爲此者人也，而豈天哉？"

悠悠我里，亦孔之痗。四方有羨，我獨居憂。民莫不逸，我獨不敢休。天命不徹，我不敢效我友自逸。

＞里，居也。痗，病也。羨，餘也。徹，通也。天命之不通，我知之矣，然而不敢效其友之自逸，所謂知其不可而爲之者也。

《十月之交》八章，章八句。

雨無正

《雨無正》，大夫刺幽王也。

浩浩昊天，不駿其德。降喪饑饉，斬伐四國。旻天疾威，弗慮弗圖。舍彼有罪，既伏其辜。若此無罪，淪胥以鋪。

＞駿，長也。舍，置也。淪，陷也。胥，相也。鋪，徧也。幽王之亂，民之無罪而被禍災者無所歸咎，曰："天實爲之。天之生物，浩然其若無窮者，奈何不長其德？既已生之，而又降喪亂饑饉以斬伐之哉？豈天怒之迅烈，曾弗之應而弗之圖乎？彼有罪者則既伏其辜矣，置而弗疑可也。若此無罪，而使之相與陷溺無不徧焉，何也？"此其所以爲"雨無正"也。雨之至也，不擇善惡而雨焉。幽王之世，民之受禍者如受雨之無不被也。夫雨豈嘗有所正雨哉？此所以爲"雨無正"也，而毛氏不達，故《序》以爲"雨自上下者也，衆多如雨，而非所以爲政"，此則是詩之所不及也。

周宗既滅，靡所止戾。正大夫離居，莫知我勩。三事大夫，莫肯夙夜。邦君諸侯，莫肯朝夕。庶曰式臧，覆出爲惡。

＞周宗，姬姓之宗也。正大夫，大夫之爲官長者也。三事大夫，三公也。戾，定也。勩，勞也。幽王暴虐無親，宗族破滅，大夫離散，獨三公諸侯在耳，而亦無肯勤王者，君子曰"庶幾王以是懼而爲善①，然反益爲惡而不知已"。

---

① 君子曰：原脱"曰"字，據《經解》本、《四庫》本補。按：原詩作"庶曰式臧"，朱熹《詩集傳》釋云"庶幾曰王改而爲善"，當有"曰"爲是。

如何昊天，辟言不信。如彼行邁，則靡所臻。凡百君子，各敬爾身。胡不相畏？不畏于天。

  辟，法也。幽王日益不悛，君子呼天而告之，曰："奈何哉！法度之言，王終莫肯信者，如人恣行而忘反，我不知其所至矣。"既已憂之，則又告其群臣，使皆敬其身，庶幾輔之者衆，王猶可得免耳。

戎成不退，飢成不遂。曾我暬御，憯憯日瘁①。凡百君子，莫肯用訊。聽言則答，譖言則退。

  戎，兵也。遂，進也。《易》曰："不能退，不能遂。"暬御，侍御也。幽王凌虐天下，君子知其將有兵難，故憂之，曰："苟兵難既成，王雖欲退而休之，不可得矣。兵連而不解，民且不能稼，則又將有飢患。飢患既成，王雖欲進而攘之，亦不可得矣。"此勢之所不免，而禍之必至者也，然獨其侍御之臣憂之耳。群臣莫以告王者，徒告之以道聽之言而求其答之，譖愬之言而求其退之耳。

哀哉不能言，匪舌是出，維躬是瘁。哿矣能言，巧言如流，俾躬處休。

  言之忠者，世之所謂不能言也。哿，可也。常可人意者，佞人之言也，此世所謂能言也。

維曰于仕，孔棘且殆。云不可使，得罪于天子。亦云可使，怨及朋友。

  于，往也。人皆曰往仕耳，曾不知仕之急且危也，何者？幽王之世，直道者王之所謂不可使，而枉道者王之所謂可使也。直道者得罪于君，而枉道者見怨于友，此仕之所以難也。

謂爾遷于王都，曰余未有室家。鼠思泣血，無言不疾。昔爾出居，誰從作爾室？

  仕之多患也，故君子有去者，有居者。居者不忍王之無臣與己之無徒也，則告之使復遷于王都。去者不聽，而以無家辭之。居者于是憂思泣血，患其出言而舉皆疾之、無與和之者，故詰之曰："昔爾之去也，誰爲爾作室者？而今以是辭我哉！"

  《雨無正》七章，二章章十句，二章章八句，三章章六句。

---

① 憯憯：阮元刻《十三經注疏·毛詩正義》作"懆懆"。朱熹《詩集傳》亦作"懆懆"，注云"千感反"。

詩集傳卷十二

小雅·小旻之什①

小旻

《小旻》,大夫刺幽王也。

　　《小旻》、《小宛》、《小弁》、《小明》四詩皆以"小"名篇,所以別其爲《小雅》也。其在《小雅》者謂之小,故其在《大雅》者謂之《召旻》、《大明》,獨《宛》、《弁》闕焉。意者,孔子刪之矣。雖去其大,而其小者猶謂之小,蓋即用其舊也。

旻天疾威,敷于下土。謀猶回遹,何日斯沮?謀臧不從,不臧覆用。我視謀猶,亦孔之邛。

　　敷,布也。回,邪也。遹,辟也。沮,止也。邛,病也。言天禍迅烈,遍于下矣,而王之邪謀,終莫之改也。

潝潝訿訿,亦孔之哀。謀之其臧,則具是違。謀之不臧,則具是依。我視謀猶,伊于胡底?

　　潝潝,言相和也;訿訿,言相訾也。底,至也。"伊于胡底",未有所定也。

我龜既厭,不我告猶。謀夫孔多,是用不集。發言盈庭,誰敢執其咎?如匪行邁謀,是用不得于道。

　　卜筮數,故龜瀆而不告。謀者多無斷而行之者,故其功不成,故曰:"謀之在多,斷之在獨。"盈庭皆言,尚誰敢指其是非者哉?譬如欲行而不先爲行邁之謀,隨人而妄行,是以終不得其道。

哀哉爲猶,匪先民是程,匪大猶是經,維邇言是聽,維邇言是爭。如彼築室于道謀,是用不潰于成。

　　程,法也。經,常也。潰,遂也。築室于道而與行道之人謀之,人心不同而皆聽焉,是以不能遂成也。

---

① 按:《經解》本、《四庫》本自《小旻》至卷末《四月》共十篇,不另分卷,併於第十一卷中。按:此即明刻十九卷本之卷帙。

國雖靡止，或聖或否。民雖靡膴，或哲或謀，或肅或艾。如彼泉流①，無淪胥以敗。

  止，定也。政淫則民德無所定。膴，大也。肅、艾、哲、謀、聖五者，《書》之五事也。雖世亂民辟，猶有賢者在焉。苟能用之，愚者可賴以皆濟也。苟廢而不用，而使愚者壅之于上，則相與皆敗，無能爲矣。譬如泉水，苟疏而流之，則淤腐者從之而行；苟不疏其源而瀦畜之，雖其流者亦相與陷溺腐敗而已矣。

不敢暴虎，不敢馮河。人知其一，莫知其他。戰戰兢兢，如臨深淵，如履薄冰。

  徒搏曰暴虎，徒涉曰馮河。小人智慮不能及遠，暴虎馮河之患近在目前，則知避之；喪國亡家之禍遠在歲月，而不知憂也，故曰"戰戰兢兢，如臨深淵，如履薄冰"。臨淵恐墜，而履冰恐陷，善爲國者常如是矣。

《小旻》六章，三章章八句，三章章七句。

小宛

《小宛》，大夫刺幽王也。

宛彼鳴鳩，翰飛戾天。我心憂傷，念昔先人。明發不寐，有懷二人。

  宛，小貌也。翰，羽也。戾，至也。明發，旦也。二人，文、武也。宛然鳴鳩而求戾天，難矣。小人而責其繼文、武之功，亦難矣。是故君子憂傷，而念其先王，有懷文、武，哀其業之將墜也。

人之齊聖，飲酒溫克。彼昏不知，壹醉日富。各敬爾儀，天命不又。

  齊，正也。克，勝也。彼昏，斥幽王也。又，復也。天命之去人，不復反也。

中原有菽，庶民采之。螟蛉有子，蜾蠃負之。教誨爾子，式穀似之。

  菽，藿也。螟蛉，桑蟲也。蜾蠃，蒲盧也。菽生中原，民無有不獲采者。螟蛉之子，蜾蠃負之以爲己子，無難也。今王豈以天下之衆爲王有邪，亦將有取而教誨之者矣。

題彼脊令，載飛載鳴。我日斯邁，而月斯征。夙興夜寐，無忝爾所生。

  題，視也。脊令飛鳴不能自舍，君子之勤于事不舍日月者以自況也，故告王以夙夜勉強，庶幾不忝其父祖。

交交桑扈，率場啄粟。哀我填寡，宜岸宜獄。握粟出卜，自何能穀？

  桑扈，竊脂也。率，循也。填，盡也。岸，亦獄也。卜，予也，或曰卜之言試也。君子之不爲不義，出于其性，猶竊脂之不食粟，雖欲食而不可得也。特以其居于亂世，而填盡寡弱無以行賂，則其陷于岸獄也固宜。曷不握粟而往試之？彼桑扈何自能食穀哉？

---

① 泉流：阮元刻《十三經注疏·毛詩正義》同。《經解》本、《四庫》本作"流泉"，當誤。

温温恭人，如集于木。惴惴小心，如臨于谷。戰戰兢兢，如履薄冰。

此君子遭亂憂懼之辭也。

《小宛》六章，章六句。

小弁

《小弁》，刺幽王也。

《毛詩》之序曰："太子之傅作焉。"

弁彼鸒斯，歸飛提提。民莫不穀，我獨于罹。何辜于天，我罪伊何？心之憂矣，云如之何？

弁，樂也。鸒，卑居；卑居，雅烏也。雅烏小而好群。提提，群貌也。穀，養也。罹，憂也。幽王娶于申，生太子宜臼，又愛褒姒，生子伯服，立以爲后而放宜臼，將殺之。鳥猶不失其類，民猶莫不相養，而太子獨不容于王，曾彼之不若，是以號天而訴之也。

踧踧周道，鞠爲茂草。我心憂傷，惄焉如擣。假寐永歎，維憂用老。心之憂矣，疢如疾首。

踧踧，平易也。岐周之道，道之平者也。鞠，窮也。夫婦之相安、父子之相愛，亦天下之所共由，今獨廢而不行，故其憂之深也。惄，思也。疢，病也。

維桑與梓，必恭敬止。靡瞻匪父，靡依匪母。不屬于毛，不離于裏。天之生我，我辰安在？

屬、離，皆附也。辰，日月所會也。桑梓久而不斃，見父母之所植猶不敢不敬，況于父母之無不瞻依也哉！然父母之不我愛，豈我獨無所離屬乎？不然，我生之辰不善哉，何不祥至是也！

菀彼柳斯，鳴蜩嘒嘒。有漼者淵，萑葦淠淠。譬彼舟流，不知所屆。心之憂矣，不遑假寐。

蜩，蟬也。嘒嘒，聲也。漼，深貌也。淠淠，多也。柳茂則多蟬，淵深則多葦，言物之大者無所不容。而王獨不容其子，使漂然如無繫之舟，不知其所極也。

鹿斯之奔，維足伎伎。雉之朝雊，尚求其雌。譬彼壞木，疾用無枝。心之憂矣，寧莫之知。

伎伎，舒也。雊，鳴也。鹿走而留其群，雉鳴而求其雌，物無不有恩于其親者。親之不可去，非獨以其愛，亦以其助也。今王獨棄后而逐太子，兀然如壞木之無枝，而曾莫之顧，何也？

相彼投兔，尚或先之。行有死人，尚或墐之。君子秉心，維其忍之。心之憂矣，涕既隕之。

相，視也。投，掩也。先，先投者而覺之也。行，道也。墐，瘞也。君子，幽王也。

君子信讒，如或醻之。君子不惠，不舒究之。伐木掎矣，析薪扡矣。舍彼有罪，予之佗矣。

太子失愛于幽王，有讒之者則受而行之，不復徐究，如獻酬之無不受也。伐木者掎其顛，析薪者隨其理，猶不欲其摧敗。今王之遇太子，曾伐木析薪之不若，太子無罪而妄加之也。佗，加也。

莫高匪山，莫浚匪泉。君子無易由言，耳屬于垣。無逝我梁，無發我笱。我躬不閱，遑恤我後？

浚，深也。由，從也。山高矣而人猶登之，泉深矣而人猶入之，今王輕用讒言，豈謂人莫獲知之歟？將有屬耳于垣而聽之者矣。既以此告王，又恐襃姒、伯服之害其成業，故告之以無敗梁笱，猶《谷風》之義也。

《小弁》八章，章八句。

巧言

《巧言》，刺幽王也。

悠悠昊天，曰父母且。無罪無辜，亂如此幠。昊天已威，予慎無罪。昊天泰幠，予慎無辜。

幠，大也。已、泰，皆甚也。慎，謹也。君子困于讒人，故訴之于天曰："天之于人若父母然，今我無罪而遭此大亂，何也？政已甚虐矣，亂已甚大矣，予無罪而天不弔，何也？"

亂之初生，僭始既涵。亂之又生，君子信讒。君子如怒，亂庶遄沮。君子如祉，亂庶遄已。

僭，不信也。涵，容也。祉，福也。遄，疾也。沮，止也。小人為讒于其君，必以漸入之。其始也進而嘗之，君容之而不拒，知言之無忌，于是復進，既而君信之，然後亂成。君子以為不幸而至此矣。若人君一日覺悟，大有所誅賞，如楚莊、齊威之事，則亂猶庶幾可止也。《小毖》之頌曰："予其懲而毖後患，莫予荓蜂，自求辛螫。"成王、周公之覺比王之悟，亦嘗有所誅戮也哉！

君子屢盟，亂是用長。君子信盜，亂是用暴。盜言孔甘，亂是用餤。匪其止共，維王之邛。

春秋之際，君臣相疑則盟。讒人構其君臣，利在不究其實，君遂從之，而徒以盟誓相要，此亂之所以日長也。盜者，伏而得之之謂也。讒人之誣君子曰："吾能得其隱，衆莫知也。"而君遂信之，此小人之所以恣行也。餤，進也。讒人之言必有以悅人者，人君而味于甘言，此小人之所以獲進也。止，職也。邛，病也。言小人不守其位，維為讒以病王也。

奕奕寢廟，君子作之。秩秩大猷，聖人莫之。他人有心，予忖度之。躍躍毚兔，遇犬獲之。

奕奕，大也。秩秩，有叙也。莫，定也。毚兔，狡兔也。"奕奕寢廟"，天下之正居也。"秩秩大猷"，天下之達道也。居天下之正居，行天下之達道也，人心可得而度也。雖有毚兔行于隱伏，將有爲我獲之而至者。苟守吾正，則天下之情畢見于前矣，安用旁窺而竊伺之，以讒人爲己耳目哉？

荏染柔木，君子樹之。往來行言，心焉數之。蛇蛇碩言，出自口矣。巧言如簧，顔之厚矣。

木之可揉者君子樹之，言之可行者君子度之。往可行也，來不可行也，君子不用也；來可行也，往不可行也，君子不由也。今小人蛇蛇然徐爲大言，徒出于其口而已，中無有也。巧言如簧，顔雖甚厚，其中未必不愧也。

彼何人斯，居河之麋。無拳無勇，職爲亂階。既微且尰，爾勇伊何？爲猶將多，爾居徒幾何？

時有是人也。水草之交曰麋。拳，力也。骭瘍爲微，腫足爲尰。猶，謀也。將，大也。其謀既大且多，其徒幾何而能然哉？

《巧言》六章，章八句。

何人斯

《何人斯》，蘇公刺暴公也。

彼何人斯，其心孔艱。胡逝我梁，不入我門？伊誰云從？維暴之云。

艱，險也。梁，橋也。暴公爲卿士而譖蘇公，蘇公之友有與偕譖之者，從公以過蘇公而不入見，故並譏之。此詩主言"何人"而曰"刺暴公"者，譖出于暴公而何人與焉。以暴公爲不足刺而刺何人，則亦所以刺暴公也。

二人從行，誰爲此禍？胡逝我梁，不入唁我？始者不如，今云不我可。

始謂我可，而今謂我不可也。

彼何人斯，胡逝我陳？我聞其聲，不見其身。不愧于人，不畏于天。

陳，堂塗也。

彼何人斯，其爲飄風。胡不自北，胡不自南？胡逝我梁，祇攪我心。

飄風，暴風，言其去之速也。

爾之安行，亦不遑舍。爾之亟行，遑脂爾車？壹者之來，云何其盱？

盱，病也。安行則當止舍，速行則不暇脂車矣。反覆究之而不得其情，故曰："一來見我，于女何病哉？"

爾還而入，我心易也。還而不入，否難知也。壹者之來，俾我祇也。

易，悅也。祇，安也。

伯氏吹壎，仲氏吹篪。及爾如貫，諒不我知。出此三物，以詛爾斯。

土曰壎，竹曰篪。與女義如兄弟，和如壎篪，勢相次比，如物之在貫。女豈誠不我知而譖我哉？苟誠不我知也，則出犬豕雞三物以詛之可也。

爲鬼爲蜮，則不可得。有靦面目，視人罔極。作此好歌，以極反側。

　　蜮，短狐也。靦，姡也；姡，醜也。鬼蜮皆能陰害人而不可見，今與女相視無窮，奈何爲此禍哉？

　　《何人斯》八章，章六句。

巷伯

《巷伯》，刺幽王也。
　　巷伯，寺人也。

萋兮斐兮，成是貝錦。彼譖人者，亦已太甚！
　　萋、斐，文相錯也。貝錦，錦之貝文者也。讒人之構君子，其所以集成其罪者，猶織者縷縷相錯以成爲錦也。

哆兮侈兮，成是南箕。彼譖人者，誰適與謀？
　　哆、侈，皆張也。南箕非箕也，因其有是形而命之耳。讒人之誣君子，亦必因其近似而遂名之。斯人自謂辟嫌之不審也。

緝緝翩翩，謀欲譖人。慎爾言也，謂爾不信。
　　緝緝、翩翩，多言貌也。君子相告以慎言，恐讒人誣之以不信也。

捷捷幡幡，謀欲譖言。豈不爾受？既其女遷①。
　　捷捷、幡幡，亦多言貌也。遷，改也。與讒人處，苟與之誠言，夫豈不受哉？既而改之以告人耳。

驕人好好，勞人草草。蒼天蒼天！視彼驕人，矜此勞人！
　　好好，樂也。草草，憂也。

彼譖人者，誰適與謀？取彼譖人，投畀豺虎；豺虎不食，投畀有北；有北不受，投畀有昊。

楊園之道，猗于畝丘。寺人孟子，作爲此詩。凡百君子，敬而聽之。
　　楊園，園名也。畝丘，丘名也。猗，加也。作，起也。將之楊園，其道必從畝丘，以言讒人欲譖大臣，亦自小臣始。是以孟子起爲此詩，以告君子，使皆聽之以自防也。

　　《巷伯》七章，四章章四句，一章五句，一章八句，一章六句。

---

① 女遷：原本作"爾遷"，據《經解》本、《四庫》本改。按：阮元刻《十三經注疏·毛詩正義》、朱熹《詩集傳》均作"女遷"。

谷風

《谷風》，刺幽王也①。

習習谷風，維風及雨。將恐將懼，維予與女。將安將樂，女轉棄予。

  風雨之相須，猶朋友之相濟。幽王之世，天下俗薄，朋友窮達相棄，故以刺焉。

習習谷風，維風及頹。將恐將懼，寘予于懷。將安將樂，棄予如遺。

  頹，風之焚輪者。風薄相扶而上，亦猶朋友之相將也。

習習谷風，維山崔嵬。無草不死，無木不萎。忘我大德，思我小怨。

  習習之風，草木之所以生也。崔嵬之山，草木之所以養也。然不能使草不死，木不萎者，天地之功猶有所不足，奈何忘我大德，而猶思我小怨哉？

《谷風》三章，章六句。

蓼莪

《蓼莪》，刺幽王也。

蓼蓼者莪，匪莪伊蒿。哀哀父母，生我劬勞。

  蓼蓼，長大貌。莪，羅蒿也。羅蒿可食而蒿不可食，采莪者將以食之，譬如生子者將賴其養也。幽王之世，孝子行役而遭喪，哀其父母生己之勞而養不終，如采莪者之得蒿也。

蓼蓼者莪，匪莪伊蔚。哀哀父母，生我勞瘁。

  蔚，牡菣也。

缾之罄矣，維罍之恥。鮮民之生，不如死之久矣。

  缾小而罍大，使缾至于罄者，罍之恥也。使民至于窮而無告者，亦上之恥也。鮮，善也。人皆以生爲善，孝子之不獲終養者，以爲不如死也。

無父何怙，無母何恃？出則銜恤，入則靡至。

  恤，憂也。入而不見，則若無所至也。

父兮生我，母兮鞠我。拊我畜我，長我育我，顧我復我，出入腹我。欲報之德，昊天罔極。

  鞠，養也。腹，厚也。

南山烈烈，飄風發發。民莫不穀，我獨何害？南山律律，飄風弗弗。民莫不穀，我獨不卒。

  虐政之病人，如大寒之視南山而聞飄風。烈烈、律律，其可惡也；發發、弗弗，

---

① 谷風：阮元刻《十三經注疏·毛詩正義》於此署作《谷風之什》。

其可疾也。穀，養也。卒，終也。

《蓼莪》六章，四章章四句，二章章八句。

大東

《大東》，刺亂也。

《毛詩》之叙曰："譚大夫之所作也。"

有饛簋飧，有捄棘匕。周道如砥，其直如矢。君子所履，小人所視。睠言顧之，潸焉出涕。

饛，滿也。飧，熟食也。捄，長也。棘匕，所以載鼎實也。幽王不恤諸侯，賦役繁重，下國困竭。君子思先王之世諸侯富足，其簋之飧饛然，其鼎之匕捄然。當是時也，周之所以取于諸侯者平均正直，凡今之君子猶及行之，小人猶及見之。至于幽王，而遂不然，是以顧之而出涕也。

小東大東，杼軸其空。糾糾葛屨，可以履霜。佻佻公子，行彼周行。既往既來，使我心疚。

糾糾，疏貌也。佻佻，獨行也。既，盡也。自周視諸侯皆東也。小大皆取于東，東人之杼軸空矣，然周人猶莫之恤，曰："猶有葛屨，則可使履霜矣。猶有公子，則可使行于周道矣。"公子，國之貴也。于是則盡竭其所有以往，盡輸之以來，而中心病之也。

有冽氿泉，無浸穫薪。契契寤歎，哀我憚人。薪是穫薪，尚可載也。哀我憚人，亦可息也。

冽，寒也。側出曰氿泉。穫，艾也。契契，憂苦也。憚，亦作"癉"，勞也。薪已艾矣，而復浸之則腐；民已勞矣，而復事之則病。故已艾則庶其載而畜之，已勞則庶其息而安之。

東人之子，職勞不來。西人之子，粲粲衣服。

來，勞來也。言勞佚之不平也。

舟人之子，熊羆是裘。私人之子，百僚是試。

舟人水居而服熊羆之裘，所服非其所有也。私人無籍于王室而試百官，所事非其所職也。言紀綱敗壞，無不失其舊也。

或以其酒，不以其漿。鞙鞙佩璲，不以其長。

有醉于其酒者，有不得其漿者，然其所厚未必賢也，故曰："雖則佩玉盛服，而非其長過人也。"鞙鞙，珮玉貌也。璲，瑞也。

維天有漢，監亦有光。跂彼織女，終日七襄。

雖則七襄，不成報章。睆彼牽牛，不以服箱。東有啓明，西有長庚。有捄天畢，載施之行。

維南有箕，不可以簸揚。維北有斗，不可以挹酒漿。維南有箕，載翕其舌。維北有斗，西柄之揭。

君子告窮而不敢正言，故爲隱焉，而使自察之。其言王雖在上，而無能明者，則曰"維天有漢，監亦有光"。監，視也。言東人空其杼軸而輸之王，王曾無以報之，則曰"跂彼織女，終日七襄"，"雖則七襄，不成報章"。跂，隅貌也。襄，駕也。自旦至暮七辰，辰一移，此所謂七駕也。人之織也，其緯往而復反，此所謂報章也。星之駕也，西而不東，此所謂"不成報章"也。言東人盡其車牛以輸其職貢，勞敝于道路，則曰"睆彼牽牛，不以服箱"，以爲維是獲免耳。睆，明也。牽牛，河鼓也。服，較也。箱，兩較間也。言王之百役皆取于東，則曰"東有啓明，西有長庚"。啓明、長庚，皆太白也。言東人飲食既竭，雖有其器而無所用之，則曰"有捄天畢，載施之行"。畢，所以掩捕鳥獸也。言其器雖在，而皆已破敝，則曰"維南有箕，不可以簸揚；維北有斗，不可以挹酒漿"。言徒有其器，而無其實，則曰"維南有箕，載翕其舌"。翕，合也。有箕而合其舌，無所揚也。言東人勞苦而爲之，西人暇豫而取之，則曰"維北有斗，西柄之揭"。斗雖北之有也，而西實揭其柄。柄者，所操以取也。

《大東》七章，章八句。

四月

《四月》，大夫刺幽王也。

四月維夏，六月徂暑。先祖匪人，胡寧忍予？

徂，往也。四月始夏而六月暑遂往矣，言周之治世未幾而亂作也，是以君子自傷生于亂世，曰："先祖非人哉！而忍生我于是。"此所謂窮則反本。"浩浩昊天，不駿其德"，"先祖匪人，胡寧忍予"，一也，皆無所歸怨之辭也。其實以爲非其罪也。

秋日淒淒，百卉具腓。亂離瘼矣，奚其適歸？
冬日烈烈，飄風發發。民莫不穀，我獨何害？

腓、瘼，皆病也。夏既徂矣，則秋風至而百草病。先王既沒，民被幽王之患，有亂離之病矣，而未知其終所適歸者，故繼之曰"冬日烈烈，飄風發發"，言其未必至是也。

山有嘉卉，侯栗侯梅。廢爲殘賊，莫知其尤。

梅、栗，有實之木也。人以其有實也，朝夕取焉，是以廢爲殘賊而莫知其所以獲罪。言幽王暴而剝下，下無完民也。

相彼泉水，載清載濁。我日搆禍，曷云能穀？
滔滔江漢，南國之紀。盡瘁以仕，寧莫我有。

一泉之水無以紀之，則清濁不可常矣。幽王失道，諸侯放恣，天下治亂莫能相一，亦猶是也。夫欲治是也，必先自治，今我尚日搆亂而安能善彼哉？是以思得王者以紀諸侯，如江漢之紀衆水，使天下國有所宗而人有所賴，盡瘁以仕，而上有有之者。

匪鶉匪鳶，翰飛戾天。匪鱣匪鮪，潛逃于淵。
山有蕨薇，隰有杞桋。君子作歌，維以告哀。

鶉，雕也。桋或作"荑"。幽王之亂，天下逃散，非鶉非鳶而高飛，非鱣非鮪而深潛，故大夫有退而食蕨薇、甘杞荑以免于禍者，作此詩以告其哀憐天下之志，非以爲其身也。

《四月》八章，章四句。

詩集傳卷十三①

小雅·北山之什②

北山

《北山》，大夫刺幽王也。

陟彼北山，言采其杞。偕偕士子，朝夕從事。王事靡盬，憂我父母。
　　此說與《杕杜》同。偕偕，強壯貌。

溥天之下，莫非王土。率土之濱，莫非王臣。大夫不均，我從事獨賢。
　　賢，過人也。

四牡彭彭，王事傍傍。嘉我未老，鮮我方將。旅力方剛，經營四方。
　　嘉、鮮，皆善也。將，壯也。

或燕燕居息，或盡瘁事國。或息偃在牀，或不已于行。

或不知叫號，或慘慘劬勞。或棲遲偃仰，或王事鞅掌。
　　鞅掌，失容也。

或湛樂飲酒，或慘慘畏咎。或出入風議，或靡事不爲。
　　《北山》六章，三章章六句，三章章四句。

無將大車

《無將大車》，大夫悔將小人也。

無將大車，衹自塵兮。無思百憂，衹自疧兮。
　　大車，牛車也。疧，病也。將大車則塵污之，思百憂則病及之，譬如任小人者患及其身，亦不可逃也。

無將大車，維塵冥冥。無思百憂，不出于熲。
　　熲，光也。

無將大車，維塵雝兮。無思百憂，衹自重兮。

---

① 《經解》本、《四庫》本於此署作第十二卷。
② 北山之什：阮元刻《十三經注疏·毛詩正義》併入《谷風之什》。

離，蔽也。重，累也。

《無將大車》三章，章四句。

小明

《小明》，大夫悔仕于亂世也。

明明上天，照臨下土。我征徂西，至于艽野。二月初吉，載離寒暑。心之憂矣，其毒大苦。念彼共人，涕零如雨。豈不懷歸，畏此罪罟。

    大夫行役久勞而不息，故稱天之無不照臨，言臣下無賢勞而不察者也。艽，地名也。初吉，朔日也。行始于二月，而"載離寒暑"則冬矣，是以思有共德之人而事之。

昔我往矣，日月方除。曷云其還，歲聿云莫。念我獨兮，我事孔庶。心之憂矣，憚我不暇。念彼共人，睠睠懷顧。豈不懷歸，畏此譴怒。

    除，除陳生新也。憚，勞也。

昔我往矣，日月方奧。曷云其還，政事愈蹙。歲聿云莫，采蕭穫菽。心之憂矣，自詒伊戚。念彼共人，興言出宿。豈不懷歸，畏此反覆。

    奧，暖也。出宿，不安寢也。

嗟爾君子，無恒安處。靖共爾位，正直是與。神之聽之，式穀以女。

    穀，善也。有久勞于外則必有久安于內者矣。故告之使無以安處為常，靖共其位而與正直，庶乎神之聽之，而以女為善也。

嗟爾君子，無恒安息。靖共爾位，好是正直。神之聽之，介爾景福。

《小明》五章，三章章十二句，二章章六句。

鼓鐘

《鼓鐘》，刺幽王也。

鼓鐘將將，淮水湯湯。憂心且傷，淑人君子，懷允不忘。

    幽王作樂于淮上，而人疾之，故思古之君子焉。

鼓鐘喈喈，淮水湝湝。憂心且悲，淑人君子，其德不回。

鼓鐘伐鼛，淮有三洲。憂心且妯，淑人君子，其德不猶。

    始言湯湯，水盛也；中言湝湝，水流也；終言三洲，水落而洲見也，言幽王之久于淮上也。鼛，大鼓也。妯，動也。不猶，不若也，不若幽王也。

鼓鐘欽欽，鼓瑟鼓琴。笙磬同音，以《雅》以《南》，以籥不僭。

    欽欽，鐘聲也。將作樂則鼓鐘，所謂金奏也。琴瑟在堂，笙磬在下。同音，言其和也。《雅》，二《雅》也；《南》，二《南》也。幽王之世，風有二《南》而已，故播此二詩于籥。言幽王之不德,豈其樂非古歟?樂則是矣,而人則非也。

《鼓鐘》四章,章五句。

楚茨

《楚茨》,刺幽王也。

楚楚者茨,言抽其棘。自昔何爲,我藝黍稷。我黍與與,我稷翼翼。我倉既盈,我庾維億。以爲酒食,以享以祀,以妥以侑,以介景福。

> 抽,除也。與與、翼翼,蕃也。露積曰庾。十萬曰億。妥,安也。侑,勸也。介,助也。《楚茨》傷今而思古之詩也,故稱古之人去其茨棘,以藝黍稷,以實倉廩,以爲酒食,以享先祖。于其享也,主人拜尸而安之,祝勸尸而食之,所以事之無不至者,故于餘章詳言之。凡詳言之者,皆思而不得見之辭也。

濟濟蹌蹌,絜爾牛羊,以往蒸嘗。或剝或亨,或肆或將。祝祭于祊,祀事孔明。先祖是皇,神保是饗。孝孫有慶,報以介福,萬壽無疆!

> "濟濟蹌蹌",言有容也。剝,解之也;亨,飪之也。肆,陳其骨體于俎也。將,奉持而進之也。祊,門內也。孝子不知神之所在,故使祝博求之門內,其生所以待賓客也①,于是先祖大而安饗之,報之以介福。皇,大也。保,安也。介,大也。

執爨踖踖,爲俎孔碩,或燔或炙。君婦莫莫,爲豆孔庶。爲賓爲客,獻醻交錯。禮儀卒度,笑語卒獲。神保是格,報以介福,萬壽攸酢。

> 爨,饗爨、廩爨也。踖踖,言有容也。俎,從獻之俎也。燔,燒肉;炙,炙肝。君婦,王后也。莫莫,清静而敬至也。豆,內羞②、庶羞也。庶,多也。多爲之者,以爲非特以享也,將以祭終而燕尸賓焉。故及其燕也,獻醻交錯而無不徧,行禮至卒而無非度,笑語至卒而無不得,言和而不亂也。古者于旅也語。酢,報也。

我孔熯矣,式禮莫愆。工祝致告,徂賚孝孫。苾芬孝祀,神嗜飲食。卜爾百福,如幾如式。既齊既稷,既匡既敕。永錫爾極,時萬時億。

> 熯,竭也。禮行既久筋力竭矣,而式禮莫愆,敬之至也。善其事曰工。苾苾、芬芬,香也。卜,予也。幾,期也。《春秋傳》曰:"易幾而哭。"式,法也。齊,整也。稷,疾也。匡,正也。敕,戒也。極,中也。于是祭將畢,祝致神意以嘏主人,曰:"爾飲食芳潔,故報爾以福祿,使其來如幾,其多如法。爾禮容莊敬,故報爾以中和,應萬物而不匱。"言各隨其事,而報之以其類也。

---

① 其生所以待賓客也:《經解》本、《四庫》本、朱熹《詩集傳》均作"其待賓客之處也"。

② 內羞:《經解》本、《四庫》本作"肉羞"。按,陸德明《經典釋文·毛詩音義》云:"內羞,如字。內羞,房中之羞。作'肉羞'非也。"

禮儀既備，鐘鼓既戒。孝孫徂位，工祝致告。神具醉止，皇尸載起。鼓鐘送尸，神保聿歸。諸宰君婦，廢徹不遲。諸父兄弟，備言燕私。

> 于是禮備，作鐘鼓以戒在位，主人就位于堂下，西面，祝致主人之意，告尸以利成。尸遂起，奏《肆夏》以送之，諸宰徹饌，后徹豆籩。既畢，歸賓客之俎而燕同姓，所以尊賓客而親兄弟也。

樂具入奏，以綏後祿。爾殽既將，莫怨具慶。既醉既飽，小大稽首。神嗜飲食，使君壽考。孔惠孔時，維其盡之。子子孫孫，勿替引之。

> 後祿，祭之餘福也。將，行也。惠，順也。替，廢也。引，長也。祭畢而燕于寢，則祭樂皆入，以安其餘福。殽羞既行，兄弟無有怨者，皆慶于君曰："神乃歆嗜飲食，將使君壽考，既順且時，兼盡而有之矣。子孫尚能勿替而長行之。"

《楚茨》六章，章十二句。

信南山

《信南山》，刺幽王也。

信彼南山，維禹甸之。畇畇原隰，曾孫田之。我疆我理，南東其畝。

> 甸，治也。畇畇，墾闢貌也。曾孫，成王也。疆，畫經界也。理，分土宜也。禹治洪水，而成王墾闢汙萊，至幽王之世，其迹皆在，而王弗治，故君子思古焉。

上天同雲，雨雪雰雰，益之以霢霂。既優既渥，既霑既足，生我百穀。

> 霢霂，小雨也。言仁人在上，則冬有積雪，春而繼之以雨，故百穀無不遂也。

疆場翼翼，黍稷彧彧。曾孫之穡，以爲酒食。畀我尸賓，壽考萬年。

> 場，畔也。翼翼，修治也。彧彧，盛茂也。斂稅曰穡。畀，予也。

中田有廬，疆場有瓜。是剝是菹，獻之皇祖。曾孫壽考，受天之祜。

> 田中爲廬，以便田事，疆場種瓜，以盡地利。瓜成，剝、削、淹、漬爲菹而獻之，所以盡四時之異物也。

祭以清酒，從以騂牡，享于祖考。執其鸞刀，以啓其毛，取其血膋。

> 清，玄酒也。酒，鬱鬯、五齊、三酒也。牲用騂牡，周尚赤也。祭禮，以鬱鬯降神，然後迎牲而獻之，以告肥也。鸞刀，刀之有鸞者也。毛以告純也，血以告殺也，取膟膋燔燎以報陽也。

是烝是享，苾苾芬芬，祀事孔明。先祖是皇，報以介福，萬壽無疆！

> 烝，進也。

《信南山》六章，章六句。

甫田

《甫田》①，刺幽王也。

倬彼甫田，歲取十千。我取其陳，食我農人。自古有年。今適南畝，或耘或耔，黍稷薿薿。攸介攸止，烝我髦士。

> 倬，明也。甫，大也。歲取十千，井田一成之數也。九夫爲井，井稅一夫，爲田百畝。井十爲通，通稅十夫，爲田千畝。通十爲成，成方千里，其稅百夫，爲田萬畝。此所謂十千也。耘，除草也。耔，離本也。薿薿，盛也。介，助也。烝，進也。髦，俊也。一成之田而歲取萬畝以爲國用，又將取其陳積以時發斂，以助農夫之乏困，此自古有年之法，不可廢者也。是以親適南畝而視其耘耔，助其勤力，止其怠惰，進其髦俊，庶幾有年，以遵古之成法。所謂進其髦俊者，如漢寵力田之類歟？

以我齊明，與我犧羊，以社以方。我田既臧，農夫之慶。琴瑟擊鼓，以御田祖。以祈甘雨，以介我黍稷，以穀我士女。

> 齊，六穀也。明，潔也。犧，純色也。秋成而祭社及四方，報其功也。《周官》：「仲秋獮田以祀方。」慶，賜也。「農夫之慶」，既蜡而息農夫也。御，迎也。田祖，先嗇也。孟春既郊而始耕則祭之，所以祈甘雨也。《周官》：「祈年于田祖，吹《豳》、《雅》，擊土鼓。」穀，養也。

曾孫來止，以其婦子，饁彼南畝，田畯至喜。攘其左右，嘗其旨否。禾易長畝，終善且有。曾孫不怒，農夫克敏。

> 攘，取也。禾易，禾生樂易也。長畝，竟畝也。敏，疾也。成王之勞農也，農夫以其婦子饁于南畝。于是田畯至而喜之，取其左右之饁而嘗之，以知其旨否。民知成王之勸于農事，則盡力于禾，其生竟畝如一，庶幾終善且有。于是成王無所譴者，曰：「農夫敏矣。」

曾孫之稼，如茨如梁。曾孫之庾，如坻如京。乃求千斯倉，乃求萬斯箱。黍稷稻粱，農夫之慶。報以介福，萬壽無疆！

> 茨言其多也，梁言其積也。古之稅法，近者納穑，遠者納粟。米稼既積，乃求千倉以處之，萬車以載之。「黍稷稻粱」，言無所不有也。

《甫田》四章，章十句。

---

① 甫田：阮元刻《十三經注疏·毛詩正義》署作《甫田之什》。

大田

《大田》，刺幽王也。

大田多稼，既種既戒，既備乃事。以我覃耜，俶載南畝，播厥百穀。既庭且碩，曾孫是若。

> 稼，種也。覃，利也。俶，始也。載，事也。庭，直也。若，順也。田大而種多，故于今歲之冬具來歲之種，戒來歲之事。凡既備矣，然後事之，取其利耜而始有事于南畝。既耕而播之，其耕之也勤，而種之也時，故其生者皆直而大，以順成王之所欲。

既方既皁，既堅既好，不稂不莠。去其螟螣，及其蟊賊，無害我田穉。田祖有神，秉畀炎火。

> 方，孚而始房也。皁，實而未成也。既堅，則成矣；既好，則美矣。稂，童粱也。莠，似苗者也。食心曰螟，食葉曰螣，食根曰蟊，食節曰賊。穉，幼苗也。仁人在上則蟲蝗不作，民以為田祖投之火耳。

有渰萋萋，興雨祁祁①。雨我公田，遂及我私。彼有不穫穉，此有不斂穧。彼有遺秉，此有滯穗。伊寡婦之利。

> 渰，雲興貌也。萋萋，雲行貌也。祁祁，徐也。時雨既降，斯民急其上，先憂公田而後其私。及其成也，田有餘穀，力不能盡，故以有餘為鰥寡之利。穧，鋪而未束者也。秉，把也。

曾孫來止，以其婦子，饁彼南畝，田畯至喜。來方禋祀，以其騂黑，與其黍稷。以享以祀，以介景福。

> 成王之來視其穫也，則遂禋祀四方，以報其成功。騂黑，南、北之牲也，蓋略言之耳。

《大田》四章，二章章八句，二章章九句。

瞻彼洛矣

《瞻彼洛矣》，刺幽王也。

瞻彼洛矣，維水泱泱。君子至止，福祿如茨。韎韐有奭，以作六師。

> 洛，漆、沮也。泱泱，深廣也。茨，蒺梨也。韎韐，士之韠也，蓋染之以茅蒐。奭，赤貌也。洛之水泱泱其無窮，使洛愛其水，無所澤萬物，于洛無加也，而物失其利。洛維不愛其水，故無損于洛，而物蒙其益。王者之有爵命，猶洛之有水

---

① 雨：諸本同。段玉裁《說文解字注》、《詩經小學》，阮元《校勘記》以為當作"雲"。

也。古之王者以其無窮惠天下之諸侯，以結其歡心，故諸侯之除喪而未命也，服其士服以朝于王，王遂命之，使將六師焉。傷今幽王愛其無窮，以失天下之諸侯也。

瞻彼洛矣，維水泱泱。君子至止，鞞琫有珌。君子萬年，保其家室。

鞞，容刀也。琫，上飾；珌，下飾也。此其所以錫諸侯也。諸侯有王者之命，乃能安其室家。

瞻彼洛矣，維水泱泱。君子至止，福禄既同。君子萬年，保其家邦。

"福禄既同"，言與諸侯共之也。

《瞻彼洛矣》三章，章六句。

裳裳者華

《裳裳者華》，刺幽王也。

《毛詩》之序曰："古之仕者世禄，小人在位則讒諂並進，棄賢者之類，絕功臣之世。"原其所以爲是説者，不過以詩之"乘其四駱"爲守其先人之禄位，"是以似之"爲嗣其先祖。其説蓋勞苦而不明如此。至于小人讒諂，則是詩之所無有，是以知其爲曲説而不可信也。

裳裳者華，其葉湑兮。我覯之子，我心寫兮。我心寫兮，是以有譽處兮。

裳裳，猶"堂堂"也。湑，盛貌也。君子内修其身，充滿而發于外，人望見其容貌而知其君矣，譬如堂堂之華，而附之以湑然之葉，無有不善者也。今幽王積其不義，其發于外者，儳然小人爾，是以君子思見賢君以寫其憂，然後樂處其朝也。

裳裳者華，芸其黄矣。我覯之子，維其有章矣。維其有章矣，是以有慶矣。

黄，色之上也。芸，黄之盛也。有章，有文也。君子之有文，粲然如華之盛也。

裳裳者華，或黄或白。我覯之子，乘其四駱。乘其四駱，六轡沃若。

華之不黄也，則亦白而已。君子之不處也，則亦行而已。處亦君子也，行亦君子也，故曰"乘其四駱，六轡沃若"，言亦不失盛也。傷今幽王之不善，無所往而非不義也。

左之左之，君子宜之。右之右之，君子有之。維其有之，是以似之。

君子左而宜其左，右而有其右，有者有諸中也。中誠有之，則其發于容貌者睟然其似之矣。

《裳裳者華》四章，章六句。

詩集傳卷十四

小雅·桑扈之什①

桑扈

《桑扈》，刺幽王也。
交交桑扈，有鶯其羽。君子樂胥，受天之祜。
  鶯，有文貌也。胥，辭也。幽王直情而恣行，無復禮文法度，故思古之君子，樂循禮義以受天福。夫苟樂之，則其爲之也安，安則如固有之，譬如桑扈之羽，鶯然有文而不自知，亦非其强之也。
交交桑扈，有鶯其領。君子樂胥，萬邦之屏。
  領，頸也。屏，蔽也。樂循禮義則足以屏萬邦矣。
之屏之翰，百辟爲憲。不戢不難，受福不那。
  翰，幹也。戢，斂也。那，多也。王者屏翰四方而爲諸侯法，苟不以禮自戢難而求肆情焉，則亦不足以受多福矣。
兕觥其觩，旨酒思柔。彼交匪敖，萬福來求。
  兕觥，罰爵也。旨酒之和柔，而兕觥之設，所以常自戢難也。
  《桑扈》四章，章四句。

鴛鴦

《鴛鴦》，刺幽王也。
鴛鴦于飛，畢之羅之。君子萬年，福祿宜之。
鴛鴦在梁，戢其左翼。君子萬年，宜其遐福。
乘馬在廄，摧之秣之。君子萬年，福祿艾之。
乘馬在廄，秣之摧之。君子萬年，福祿綏之。
  鴛鴦，匹鳥也。方其止而取之，則盡之矣，故于其飛而取之。惟俟其飛而後取，故其在梁者戢翼而安也。馬之在牧者無所用之，則委之以摧；其在廄者將用其力，

---

① 桑扈之什：阮元刻《十三經注疏·毛詩正義》附入《甫田之什》。

則加之以秩。言君子之于物,將用其死則不忍絕其類,將用其力則不敢薄其養,此天下所以願其萬年而享福禄也。"摧"、"莝"通。秩,粟也。艾,老也。言以福禄終其身也。

《鴛鴦》四章,章四句。

頍弁

《頍弁》,諸公刺幽王也。

有頍者弁,實維伊何?爾酒既旨,爾殽既嘉。豈伊異人,兄弟匪他。蔦與女蘿,施于松柏。未見君子,憂心奕奕。既見君子,庶幾說懌。

頍,弁貌也。蔦,寄生也。女蘿,兔絲也。奕奕,憂也。彼所謂弁者,實何物哉?徒以人加之首而貴之耳。今王豈謂我自貴而忽兄弟哉?爾有旨酒嘉殽,曷不與兄弟樂之也?兄弟之于王,譬如蔦與女蘿之託松柏耳,不見則憂,見則庶幾王樂之,王奈何獨不顧哉?

有頍者弁,實維何期?爾酒既旨,爾殽既時。豈伊異人,兄弟具來。蔦與女蘿,施于松上。未見君子,憂心怲怲。既見君子,庶幾有臧。

怲怲,憂盛滿也。

有頍者弁,實維在首。爾酒既旨,爾殽既阜。豈伊異人,兄弟甥舅。如彼雨雪,先集維霰。死喪無日,無幾相見。樂酒今夕,君子維宴。

雪將降而霰先之,故不宴者誅滅之先也。君子以是知死之無日,相見之無幾,無所復賴,而相告曰:"苟今夕有酒也,君子維以相宴而已,不知其它矣。"知不可得免之辭也。

《頍弁》三章,章十二句。

車舝

《車舝》,大夫刺幽王也。

間關車之舝兮,思孌季女逝兮。匪飢匪渴,德音來括。雖無好友,式燕且喜。

間關,設舝也。幽王嬖褒姒以亂政,小人並進,故君子思具車以逆賢女,雖飢渴而不顧。庶幾內有賢妃、德音之士來會于朝,雖無好友以事王,姑以奉王燕喜之樂,猶愈于小人也。

依彼平林,有集維鷮。辰彼碩女,令德來教。式燕且譽,好爾無射。

依,茂貌也。鷮,雉也。辰,時也。林平而無險,則雉集之。王者內無嬖后,其心樂易,則令德之士將來教之,因以奉其燕樂,好之終身而無厭。

雖無旨酒，式飲庶幾。雖無嘉殽，式食庶幾。雖無德與女，式歌且舞。

　　恐賢女之不可必得，故曰："雖無旨酒嘉殽，姑飲食焉可也。雖無德以配王，姑歌舞以樂之，猶愈于褒姒之在側也。"

陟彼高岡，析其柞薪。析其柞薪，其葉湑兮。鮮我覯爾，我心寫兮。

　　鮮，善也。陟高岡而析柞薪，為其葉之蔽也。褒姒之蔽王，猶柞薪耳。今誠去之，使我獲見王焉，則吾憂心庶幾寫矣。

高山仰止，景行行止。四牡騑騑，六轡如琴。覯爾新昏，以慰我心。

　　景，大也。褒姒之在王側，君子無復得進者。今誠去褒姒，使我見王如仰高山，景行得行焉，則吾將具四牡調六轡，以為王聘賢女而致之，以慰我心。然則褒姒苟在，雖有賢女而莫敢逆也。

　　《車舝》五章，章六句。

青蠅

《青蠅》，大夫刺幽王也。

營營青蠅，止于樊。豈弟君子，無信讒言！

　　營營，往來貌也。青蠅能變亂白黑，故以比讒人焉。樊，藩也。止之于藩，欲其遠也。

營營青蠅，止于棘。讒人罔極，交亂四國。

營營青蠅，止于榛。讒人罔極，構我二人。

　　榛、棘皆所以為藩也。

　　《青蠅》三章，章四句。

賓之初筵

《賓之初筵》，衛武公刺時也。

賓之初筵，左右秩秩。籩豆有楚，殽核維旅。酒既和旨，飲酒孔偕。鐘鼓既設，舉醻逸逸。大侯既抗，弓矢斯張。射夫既同，獻爾發功。發彼有的，以祈爾爵。

　　楚楚，修絜也。殽，豆實也。核，加籩，桃梅之屬也。旅，陳也。偕，齊也。逸逸，往來次序也。大侯，君侯也。的，質也。先王將祭，必大射以擇士。將射必先行燕禮，既安賓，然後改縣以避射。既旅，然後張侯及弓，比其射夫而耦之。既耦，然後拾發求勝，以爵其不勝。

籥舞笙鼓，樂既和奏。烝衎烈祖，以洽百禮。百禮既至，有壬有林。錫爾純嘏，子孫其湛。其湛曰樂，各奏爾能。賓載手仇，室人入又。酌彼康爵，以奏爾時。

烝，進也。衎，樂也。洽，合也。百禮，九州諸侯所獻以助祭者，所謂庭實旅百也。壬，任也，謂臣之任事者，卿大夫是也。林，君也。湛，樂也。載，則也。手，取也。仇，敵也。室人，宗室也。又，復也。康，安也。此章言既射而祭，既祭而燕于寢。于其祭也，先作樂以求諸陽，故秉籥而舞，舞者與笙鼓和應，以進樂其祖考，以合見其百禮。其以禮至者，非其諸侯，則其卿大夫也。于是神則煆之以福，使其子孫無不湛樂者。祭既畢，歸賓客之俎而留兄弟，曰："將燕樂于寢。"故祭樂皆入，各奏其能以樂之。其燕也，以異姓爲賓，膳宰爲主人。膳宰，賓之敵也。賓取其敵，以與宗室皆入于寢，而又燕于是，酌以安之而薦之以時物。

賓之初筵，溫溫其恭。其未醉止，威儀反反。曰既醉止，威儀幡幡。舍其坐遷，屢舞僊僊。其未醉止，威儀抑抑。曰既醉止，威儀怭怭。是曰既醉，不知其秩。

上二章言先王之正禮，故此章言幽王之燕。方其未醉也，其禮猶在爾。及其既醉，則不可知也。反反，顧禮也。幡幡，輕數也。抑抑，慎密也。怭怭，媟嫚也。

賓既醉止，載號載呶。亂我籩豆，屢舞僛僛。是曰既醉，不知其郵。側弁之俄，屢舞傞傞。既醉而出，並受其福。醉而不出，是謂伐德。飲酒孔嘉，維其令儀。

此章申言其亂而終誨之也。僛僛，不正也。郵，過也。傞傞，不止也。

凡此飲酒，或醉或否。既立之監，或佐之史。彼醉不臧，不醉反恥。式勿從謂，無俾大怠。匪言勿言，匪由勿語。由醉之言，俾出童羖。三爵不識，矧敢多又？

幽王與其下相尚以酒，至有以不醉爲恥，而強使醉者，故告之曰："夫飲酒則必有醉者，有否者。爲醉者之不善也，是以既爲之監，復爲之史，以伺察之，而乃反以不醉爲恥哉！盍亦勿從而謂之使皆醉而益怠焉，可也。"故告其醉者使慎其言語，告其不醉者使勿從醉之言。羖，未有童者也。"俾出童羖"，深戒之也。苟人知所以自戒，則雖三爵而有不敢者，況又其多哉！

《賓之初筵》五章，章十四句。

魚藻①

《魚藻》，刺幽王也。

魚在在藻，有頒其首。王在在鎬，豈樂飲酒。

魚何在？亦在藻耳。其所依者至薄也，然其首頒然而大，自以爲安，不知人得而

---

① 魚藻：阮元刻《十三經注疏·毛詩正義》署作《魚藻之什》。

取之也。今王亦在鎬耳，寡恩無助，天下將有圖之者，而飲酒自樂，恬于危亡之禍，亦如是魚也。毛氏因"在鎬"之言，故序此詩為思武王，以在藻、頒首為魚得其性，蓋不識魚之在藻之有危意也。

魚在在藻，有莘其尾。王在在鎬，飲酒樂豈。
　莘，長貌也。

魚在在藻，依于其蒲。王在在鎬，有那其居。
　那，安也。

《魚藻》三章，章四句。

采菽

《采菽》，刺幽王也。

采菽采菽，筐之筥之。君子來朝，何錫予之？雖無予之，路車乘馬。又何予之，玄袞及黼。
　采菽以為藿，物至微而用至薄矣，然猶設筐、筥以待之，而況諸侯乎！故先王于其來也，錫之以車馬，重之以衣服，不敢忽也。玄袞，玄衣而袞龍也。黼，白黑雜也。

觱沸檻泉，言采其芹。君子來朝，言觀其旂。其旂淠淠，鸞聲嘒嘒。載驂載駟，君子所屆。
　觱沸，泉始出也。檻泉，正出也。觱沸之清泉，吾將采其芹。君子之來朝，吾將觀其旂。徒視其旂之淠淠而徐也，其鸞之嘒嘒而和也，吾以是知其有禮矣，是以駕而往迎之。于其所至，言無所不禮也。駕者既服而三之曰驂，四之曰駟。

赤芾在股，邪幅在下。彼交匪紓，天子所予。樂只君子，天子命之。樂只君子，福祿申之。
　赤芾，蔽膝也。邪幅，偪也，所以自偪束也。紓，緩也。君子之所以自敕而交于人者如此，則天子從而予之矣，是以錫之命而申之以福祿。

維柞之枝，其葉蓬蓬。樂只君子，殿天子之邦。樂只君子，萬福攸同。平平左右，亦是率從。
　殿，鎮也。平平，辯治也。從，由也。柞之枝，其葉尚無不蓬蓬者，而況于天子殿邦之諸侯，而可以無福祿乎？諸侯而有福祿，然後能辯治，以左右王室矣，故曰"亦是率從"。

汎汎楊舟，紼纚維之。樂只君子，天子葵之。樂只君子，福祿膍之。優哉游哉，亦是戾矣。
　紼，繂也。纚，緌也。葵，揆也。膍，厚也。楊舟汎汎而無所定，紼纚可以維而止之。天下之諸侯撫之則懷，棄之則去，亦如舟之無定耳。古之明王揆其所欲，而厚之以福祿，則無不至者。今幽王安於佚樂而忽遺之，則是亦戾王而已，無復懷者矣。

《采菽》五章，章八句。

角弓

《角弓》，父兄刺幽王也。

騂騂角弓，翩其反矣。兄弟昏姻，無胥遠矣。

弓之張也騂騂其調利，挽之而體節皆應；及其弛也，翩然而反節自爲處，其勢無以相及。譬之如兄弟昏姻，親之則合，而疏之則離，是以告之使無相遠也。

爾之遠矣，民胥然矣。爾之教矣，民胥傚矣。

上之所爲，下必有甚者。故此詩言幽王之世，王族怨望相病，亦無有善者。

此令兄弟，綽綽有裕。不令兄弟，交相爲瘉。

綽綽，寬也。裕，饒也。瘉，病也。

民之無良，相怨一方。受爵不讓，至于己斯亡。

民之相怨也以一方，而己未嘗以自反也。受爵而不讓者，知尤之矣，而至于己則忘其非，此所謂"一方"也。

老馬反爲駒，不顧其後。如食宜饇，如酌孔取。

饇，飽也。孔，空也。老馬必憊，其駒必強，老馬不自謂老而任駒之任，後將不勝而不顧。譬如小人而任賢者之事，不畏其後之不克也。故告之曰："譬如食者必以其宜爲飽之節，譬如酌者必以其空爲取之節。食而不以其腹之所宜止則病，酌而不以其空之所容止則溢，受爵而不以其量者，亦猶是也。"

毋教猱升木，如塗塗附。君子有徽猷，小人與屬。

猱，猨屬也。附，木桴也。猱之升木，不教而能矣。塗之塗附，不力而堅矣。王族之屬，王不強而親矣。特患徽猷之不立，無以來之耳。

雨雪瀌瀌，見晛曰消。莫肯下遺，式居婁驕。

晛，日氣也。遺，予也。雨雪之瀌瀌，盛也，見日而消矣。王族之相怨毒，王苟有意綏之，亦釋然解矣。今王曾莫予之，居於其上而屢驕焉，而何以化彼哉？

雨雪浮浮，見晛曰流。如蠻如髦，我是用憂。

蠻，南蠻也。髦，西夷也。言王之視王族，如蠻、髦之不相及也。

《角弓》八章，章四句。

菀柳

《菀柳》，刺幽王也。

有菀者柳，不尚息焉。上帝甚蹈，無自暱焉。俾予靖之，後予極焉。

菀，茂也。蹈，動也。暱，近也。靖，治也。極，誅也。君子之願庇于王，譬如行道之人無不庶幾息于茂柳者。徒以幽王暴虐，神所不予，天意動矣，故相戒以無自暱近。曰今雖使我爲治①，後將誅我，不可知也。

有菀者柳，不尚愒焉。上帝甚蹈，無自瘵焉。俾予靖之，後予邁焉。

　　愒，息也。瘵，病也。邁，行也。行則放也。

有鳥高飛，亦傅于天。彼人之心，于何其臻？曷予靖之，居以凶矜？

　　鳥之高飛，亦傅于天則止。今王之心不知其所至，曾飛鳥之不若也。曷爲使我治之而居我以凶危之地哉？矜，危也。

　　《菀柳》三章，章六句。

---

① 曰今：《經解》本、《四庫》本無"曰"字。

詩集傳卷十五

小雅·都人士之什①

都人士

《都人士》,周人刺衣服無常也。

彼都人士,狐裘黄黄。其容不改,出言有章。行歸于周,萬民所望。
  都,美也。都人士,士之有美人之行者也。周,忠信也。
彼都人士,臺笠緇撮。彼君子女,綢直如髮。我不見兮,我心不說。
  臺,夫須也,其皮可以爲笠。緇撮,緇布冠也。君子女,女之有君子之行者也。髮之爲物,疏密如一,而本末無異,有常之至也。
彼都人士,充耳琇實。彼君子女,謂之尹吉。我不見兮,我心苑結。
  充耳,瑱也。琇,美石也。實,塞也。吉,姞也。《春秋傳》曰:"姞,吉人也。"尹氏、姞氏,周室昏姻之舊姓也。人之見是女者,皆以爲尹、姞之女,言其知禮也。苑,積也。
彼都人士,垂帶而厲。彼君子女,卷髮如蠆。我不見兮,言從之邁。
  厲,帶之垂者也。蠆,螫蟲也,其尾上卷。
匪伊垂之,帶則有餘。匪伊卷之,髮則有旟。我不見兮,云何盱矣。
  旟,揚也。盱,病也。帶由其自餘而垂之,髮由其自揚而卷之,言古之爲容者亦從其自然,而非强之也。

  《都人士》五章,章六句。

采緑

《采緑》,刺怨曠也。

終朝采緑,不盈一匊。予髮曲局,薄言歸沐。
  緑,王芻也。局,卷也。王芻易得之菜,終朝采之而不盈匊,意不在所采也。婦人夫不在無容飾,故曰:"予髮曲局矣,庶幾君子之歸而沐之。"言其知怨思而已,

---

① 都人士之什:阮元刻《十三經注疏·毛詩正義》附入《魚藻之什》。

不知義也。

終朝采藍，不盈一襜。五日爲期，六日不詹。
  藍，染草也。衣之前蔽曰襜。詹，至也。五日爲期，六日不至而怨之，言非所當怨也。

之子于狩，言韔其弓。之子于釣，言綸之繩。
  綸，釣繳也。田漁，君子之所有事，而婦人不與也。今也狩則欲爲之韔弓，釣則欲爲之綸繩，言無節也。

其釣維何，維魴及鱮。維魴及鱮，薄言觀者。
  此章言其悅之無已，故詠歌其釣之所獲。于其獲也，又將從而觀之。

  《采綠》四章，章四句。

黍苗

《黍苗》，刺幽王也。

芃芃黍苗，陰雨膏之。悠悠南行，召伯勞之。
  宣王封申伯于謝，使召公往營之。召公之勞行者，猶陰雨之膏黍苗。哀今不能而思之也。

我任我輦，我車我牛。我行既集，蓋云歸哉。
  召公之營謝，民有負任者，有輓輦者，有將車者，有牽傍牛者。凡行者皆集于謝，則召公告之以歸矣。言不久役也。

我徒我御，我師我旅。我行既集，蓋云歸處。
  五百人爲旅，五旅爲師。《春秋傳》曰："君行，師從；卿行，旅從。天子之卿視諸侯。"

肅肅謝功，召伯營之。烈烈征師，召伯成之。

原隰既平，泉流既清。召伯有成，王心則寧。
  土治曰平，水治曰清。

  《黍苗》五章，章四句。

隰桑

《隰桑》，刺幽王也。

隰桑有阿，其葉有難。既見君子，其樂如何？
  君子之在下，譬如桑之生于隰，其長阿然，其盛難然，見者無不悅之，故曰"既見君子，其樂如何"。

隰桑有阿，其葉有沃。既見君子，云何不樂？

沃，柔也。

隰桑有阿，其葉有幽。既見君子，德音孔膠。

幽，黑色也。膠，固也。

心乎愛矣，遐不謂矣？中心藏之①，何日忘之！

苟吾心誠愛之，君子豈遠我而不告哉？苟吾心誠藏之，何日而忘之哉？吾之所以忘之，心不藏也。君子之所以不告，吾不愛也。

《隰桑》四章，章四句。

白華

《白華》，周人刺幽后也。

幽后，褒姒也。

白華菅兮，白茅束兮。之子之遠，俾我獨兮。

白華，野菅也，已漚則爲菅。取白華而漚之，又束以白茅焉②，言表裏無不絜也。今申后之修如此，幽王遠之而近褒姒，使獨居焉，何哉？

英英白雲，露彼菅茅。天步艱難，之子不猶。

天步，王者之所履也。猶，圖也。菅茅之爲絜也至矣，其生也，白雲露之，其所受以爲質可知也已。有人如此，而王獨棄之，曾不圖天步之艱難，非此人莫與共之也。

滮池北流，浸彼稻田。嘯歌傷懷，念彼碩人。

滮，流貌也。豐鎬之間其水北流。水之性未有不流于東南者也，水流于東南則其所及者遠，逆流而北，則其所能浸者稻田而已，不及遠矣。王者推其親親之恩，自王后始，其下將無不蒙澤者。今反其常而愛褒姒，故恩止于一人，而下無所賴矣，是以君子嘯歌傷懷而念碩人。碩人，申后也。

樵彼桑薪，卬烘于煁。維彼碩人，實勞我心。

桑薪，薪之善者也。卬，我也。烘，燎也。煁，烓竈，所以炤也。薪之善者當以爲爨，而反以爲炤。譬如申后之賢，不獲偶王而棄于外也。

鼓鐘于宮，聲聞于外。念子懆懆，視我邁邁。

鼓鐘于宮，外未有不聞者。幽王內有嫡庶之亂，而求外之不聞，難矣。君子之念王，慘慘其憂，而王視之邁邁其不顧，言無悛心也。

有鶖在梁，有鶴在林。維彼碩人，實勞我心。

---

① 藏：諸本同。按：陸德明《經典釋文·毛詩音義》作"臧之"，云"鄭子郎反，善也"。阮元《十三經注疏·毛詩正義校勘記》云當作"臧"。

② 束以：原本作"以束"，據《經解》本、萬曆三十九年重刻本（下稱"重刻本"）、《四庫》本乙。

鶖，禿鶖也。鶖、鶴皆以魚爲食，然鶴之于鶖，清濁則有間矣。今鶖在梁而鶴在林，鶖則飽而鶴則飢矣。幽王進褒姒而黜申后，譬之如養鶖而棄鶴也。

鴛鴦在梁，戢其左翼。之子無良，二三其德。

鳥之雄者右掩左，其雌左掩右。言陰陽之相下，物無不然，王曾是之不若也。

有扁斯石，履之卑兮。之子之遠，俾我疧兮。

扁，卑貌也。疧，病也。石之施于履者，乘石也。石之扁然下者，可施于履之卑而不可施于貴，譬如人之賤者可以爲妾，而不可以爲后。言物各有所施之不可改也。

《白華》八章，章四句。

緜蠻

《緜蠻》，微臣刺亂也。

緜蠻黃鳥，止于丘阿。道之云遠，我勞如何。飲之食之，教之誨之，命彼後車，謂之載之。

緜蠻，小鳥貌也。黃鳥之止于丘，飛行飲食無不託焉，而丘未嘗有厭。微臣附于公卿，出使于外，奈何曾不飲、食、教、載之哉？

緜蠻黃鳥，止于丘隅。豈敢憚行，畏不能趨。飲之食之，教之誨之，命彼後車，謂之載之。

緜蠻黃鳥，止于丘側。豈敢憚行，畏不能極。飲之食之，教之誨之，命彼後車，謂之載之。

極，至也。

《緜蠻》三章，章八句。

瓠葉

《瓠葉》，大夫刺幽王也。

幡幡瓠葉，采之亨之。君子有酒，酌言嘗之。

古之君子不以菲薄廢禮，雖瓠葉之微，猶將采而烹之，以爲飲酒之菹。傷今幽王雖有牲牢饔餼，而不肯用也。

有兔斯首，炮之燔之。君子有酒，酌言獻之。

"有兔斯首"，言一兔也。獻，主人酌賓也。

有兔斯首，燔之炙之①。君子有酒，酌言酢之。

---

① 燔之：原本作"炮之"，據《經解》本、重刻本、《四庫》本改。

酢，賓酌主人也。

有兔斯首，燔之炮之。君子有酒，酌言醻之。

醻，主人既卒酢爵，復酌賓也。

《瓠葉》四章，章四句。

漸漸之石

《漸漸之石》，下國刺幽王也。

漸漸之石，維其高矣。山川悠遠，維其勞矣。武人東征，不皇朝矣。

漸漸，高峻也。幽王之亂，下國背叛，王將以力征服之而不得，故告之曰："漸漸之石，而欲以力平之乎？吾見其高而已，不可平也。山川之悠遠，而欲以行盡之乎？吾見其勞而已，不可盡也。今諸侯背叛，而欲以武人征之，吾亦見其益亂而已，不暇使之朝也。"孔子曰："遠人不服，則修文德以來之。"遠人可以德懷而不可以力勝，武人非所以來之也。

漸漸之石，維其卒矣。山川悠遠，曷其沒矣。武人東征，不皇出矣。

卒，崔嵬也。沒，盡也。出，出之于亂也。

有豕白蹢，烝涉波矣。月離于畢，俾滂沱矣。武人東征，不皇他矣。

蹢，蹄也。豕四蹄白曰駁。白蹢，豕之尤躁疾者也。烝，進也。畢，噣也。豕之性好水，而畢之性好雨。豕馴則居陸，駁則涉水，故豕之進而涉波，人之過也。畢得月則雨，月不至則否，故畢之至于滂沱，月之過也。譬之諸侯好亂，而王又以武臨之，是以懼而深謀阻兵以自救，勢之相激，其亂遂連而不解。故曰："武人東征，不遑他矣。"夫使武人征之，而尚何暇及其他哉？蓋亦知誅之而已，此亂之所以益甚也。

《漸漸之石》三章，章六句。

苕之華

《苕之華》，大夫閔時也。

苕之華，芸其黃矣。心之憂矣，維其傷矣。

苕，陵苕也，其華紫赤而繁，將落則黃。言周室之衰，如是華也。

苕之華，其葉青青。知我如此，不如無生！

言華已盡矣，徒見其葉耳。

牂羊墳首，三星在罶。人可以食，鮮可以飽。

牂羊，牝羊也。墳，大也。罶，曲梁也；曲梁，寡婦之筍也。"牂羊墳首"，言無是道也。"三星在罶"，言不能久也。"人可以食，鮮可以飽"，言無暇及飽也。

《苕之華》三章，章四句。

何草不黃

《何草不黃》，下國刺幽王也。

何草不黃，何日不行？何人不將，經營四方？

  歲暮草黃矣，而行者不息，言久役也。

何草不玄，何人不矜？哀我征夫，獨爲匪民？

  草黃極則玄。久役而棄其室家曰矜。

匪兕匪虎，率彼曠野。哀我征夫，朝夕不暇。

有芃者狐，率彼幽草。有棧之車，行彼周道。

  芃，小貌也。棧車，役車也。車之行道如狐之循草，無有止期也。

  《何草不黃》四章，章四句。

詩集傳卷十六

大雅·文王之什

文王

《文王》，文王受命作周也。

　　文王在位五十年。其始也，三分天下有其二，以服事商，其政行于西南而不及于東北。其後虞、芮質成于周，文王伐黎而戡之，東北咸集。詩曰："商之孫子，其麗不億。上帝既命，侯于周服。"文王于是受命稱王，九年而崩。《書》曰："誕膺天命。"維九年大統未集，此所謂"受命作周"也。然學者或言武王克商而稱王，文王之世，紂猶在上，則王號無所施之。予以爲不然。文王之治西南，諸侯之大者也，故猶可以事人。及其行于四方，則天子之事也，雖欲復爲諸侯而不可得矣，是以即其實而稱王。紂雖未服而天下去之，其所以爲王之實亦亡矣。故文王之得此名也，以其有此實也；紂之失此名也，以其無此實也。空名雖存而衆不予，其存無損于周之稱王，而其亡不爲益矣，是以文王之世置而不問。至于武王，紂日長惡不悛，于是與諸侯觀政于商，以爲紂將改歟，則固將釋之。釋之，非復以周事之矣，存之而已。若其不改，則將伐之。伐之，非以成周之王也，爲不忍民之久于塗炭而已。不然，豈文王獨能事紂而武王不能哉？從世俗之説，必將有一人受其非者，此不可不辯也。

文王在上，於昭于天。周雖舊邦，其命維新。有周不顯，帝命不時。文王陟降，在帝左右。

　　文王之在民上，其德上昭于天。蓋周之有國數百千歲也，至是始受命以有天下。君子曰："周之德豈不顯，而帝命豈不是哉①？文王行事，常若升降在帝左右者，蓋聖人先天而天弗違，後天而奉天時，與天如一故也。"詩于天人之際，多以陟降言之。

亹亹文王，令聞不已。陳錫哉周，侯文王孫子。文王孫子，本支百世。凡周之士，不顯亦世。

　　亹亹，勉也。哉，載也。侯，維也。文王維不專利而布陳之以與人，人思載之，

---

① 是：《經解》本同。重刻本、《四庫》本作"時"。

是以立于天下者未有非其子孫也。文王之子孫，適爲天子而庶爲諸侯，其祚無不百世者，是何故也？凡周之士，雖其不顯者猶莫不世，而況其顯者乎？士猶且獲世，而況文王之子孫乎？此所謂"陳錫載周"也。厲王之世，榮夷公以專利爲卿士，芮良夫諫曰："夫利，百物之所生而天地之所載也，而或專之，其害多矣。《大雅》曰'陳錫載周'，是不布利而懼難乎？故能載周以至于今，此之謂也。"

世之不顯，厥猶翼翼。思皇多士，生此王國。王國克生，維周之楨。濟濟多士，文王以寧。

皇，大也。楨，幹也。士之不顯者，猶且翼翼不忘敬也，而況其顯者乎？言士未有不可用者也。是以文王思大獲多士，以爲周之幹。言無所不容也，無所不容，此文王之所以安也。

穆穆文王，於緝熙敬止。假哉天命，有商孫子。商之孫子，其麗不億。上帝既命，侯于周服。

穆穆，美也。緝，和也。熙，光也。假，大也。麗，數也。不億，不徒億也。天命文王，使有商之子孫。商之子孫衆矣，而維服于周，言其德無所不懷，雖商人亦無有與之較者也。

侯服于周，天命靡常。殷士膚敏，祼將于京。厥作祼將，常服黼冔。王之藎臣，無念爾祖！

膚，美也。敏，疾也。祼，灌鬯也。將，行也。京，周京也。冔，殷冠也；夏曰收，周曰冕。藎，進也。殷人之來助祭于周者，尚皆服其冔。其臣周也新矣，然而文王無不受者，言其德廣大，無所忌間也。故以告于成王曰："王之進臣，可無念爾祖哉！"

無念爾祖，聿修厥德。永言配命，自求多福。殷之未喪師，克配上帝。宜鑒于殷，駿命不易。

聿，述也。配，順也。駿，大也。既告之使修文王之德，順天命以求多福，則又告之以殷之未失衆也，其君皆能配天，及其末世，維違天以敗，故曰："宜鑒于殷，駿命不易。"言天命之難保也。

命之不易，無遏爾躬。宣昭義問，有虞殷自天。上天之載，無聲無臭。儀刑文王，萬邦作孚。

遏，絕也。義，善也。"有"、"又"通。虞，度也。知命之不易，故告之使無自遏絕于天，布明善問，度商之所以興廢以順天命。蓋天之所欲載者，非有聲音臭味可推而知也，惟儀刑文王，則萬邦信之。萬邦信之，則天載之矣。

《文王》七章，章八句。

大明

《大明》，文王有明德，故天復命武王也。

明明在下，赫赫在上。天難忱斯，不易維王。天位殷適，使不挾四方。

  人君之德，其見于下者甚明，其發于上者甚著，故天意之去就難信也。世之所謂不可易者，天子也。今紂居天位而又殷之適，然以其不義，故使其政令不浹于四方。天之難信也如是。

摯仲氏任，自彼殷商，來嫁于周，曰嬪于京。乃及王季，維德之行。

  摯國任姓之中女，自商之畿内而歸于王季，行婦道于周京。言文王之賢，其所從來者遠，自其父母而已然矣。

大任有身，生此文王。維此文王，小心翼翼。昭事上帝，聿懷多福。厥德不回，以受方國。

  大任，仲任也。懷，來也。方國，四方來附之國也。

天監在下，有命既集。文王初載，天作之合。在洽之陽，在渭之涘。

  載，成也。天既集大命于周，于文王之始成人也，則爲作配于洽、渭之間。洽、渭之間，太姒父母國在焉，馮翊洽陽是也。

文王嘉止，大邦有子。大邦有子，俔天之妹。文定厥祥，親迎于渭。造舟爲梁，不顯其光。

  俔，譬也。文，禮也。昏禮，既問名則卜之，卜而吉，則納幣以定之。造舟爲梁，浮梁也。

有命自天，命此文王。于周于京，纘女維莘。長子維行，篤生武王。保右命爾，燮伐大商。

  天既命文王于周京，則以有莘之長女大姒適之，以纘大任之業。其德積厚，遂生武王，天復保佑而命之，使燮和伐商之事。

殷商之旅，其會如林。矢于牧野，維予侯興。上帝臨女，無貳爾心！

  矢，陳也。牧野，商郊也。紂陳其衆以拒武王，然其衆維武王是爲，無不欲武王興者，曰："上帝臨女矣，無疑不克紂也。"

牧野洋洋，檀車煌煌，駟騵彭彭。維師尚父，時維鷹揚，涼彼武王。肆伐大商，會朝清明。

  騵馬白腹曰騵。師尚父，太公望也。涼，佐也。肆，縱也。《春秋傳》曰："使勇而無剛者肆之，會于清明之朝而克紂。"蓋《書》所謂"甲子昧爽也"。

  《大明》八章，四章章六句，四章章八句。

緜

《緜》，文王之興，本由大王也。

緜緜瓜瓞，民之初生，自土沮漆。古公亶父，陶復陶穴，未有家室①。
    緜緜，不絕貌也。瓜瓞，瓜近本之實也。瓜之近本者常小于其故。土，居也。沮、漆，豳之二水也。《齊詩》"土"作"杜"。漢扶風有杜陽，杜水南入渭。言國于杜與沮、漆之間也。古公亶父，大王也。復，復于土上也。穴，鑿地也，其狀皆如陶然。周自不窋奔于戎狄，後世國于漆、沮之上，子孫衰替，如瓜之瓞，歲以益小。至于大王，其始猶處于復、穴，無室家之盛，及遷于岐周而後大興焉。

古公亶父，來朝走馬。率西水滸，至于岐下。爰及姜女，聿來胥宇。
    大王居豳，狄人侵之，事之以皮幣犬馬而不獲免，乃屬其耆老而告之，曰："狄人之所欲者，吾土地也。吾聞之，君子不以其所以養人者害人，二三子何患無君？"去之，逾梁山，邑乎岐山之下，豳人之從者如歸市。朝，早也。朝發于豳，循水而至岐下，及其妃大姜皆來相宅。言其妃亦賢人也。

周原膴膴，堇荼如飴。爰始爰謀，爰契我龜。曰止曰時，築室于茲。
    膴膴，美也。堇，藿也。荼，苦也。契，刻也。卜者必刻龜而灼之。時，是也。

迺慰迺止，迺左迺右。迺疆迺理，迺宣迺畝。自西徂東，周爰執事。
    慰，安也。左右，東西列之也。疆，畫經界也。理，分土宜也。宣，道溝洫也。畝，度廣狹也。"自西徂東"，民之來自豳者也。爰，于也。

乃召司空，乃召司徒，俾立室家。其繩則直，縮版以載，作廟翼翼。
    司空掌營國邑，司徒掌徒役之事。繩，宮室之所取直也。縮，束也。載，上下相承也。始建國者，宗廟爲先，厩庫爲次，居室爲後。

捄之陾陾，度之薨薨，築之登登，削屢馮馮。百堵皆興，鼛鼓弗勝。
    捄，虆也。陾陾，衆也。度，投也。薨薨，聲也。登登，用力也。削屢，重復削治也。鼛，大鼓也。築墻者抒聚壞土，盛之以虆，投諸版中而築之，既成而削之，其聲馮馮然堅也。五版爲堵。擊鼛鼓以止衆，而不能止，言勸事也。

迺立臯門，臯門有伉。迺立應門，應門將將。迺立冢土，戎醜攸行。
    諸侯之宮外門曰臯門，朝門曰應門，寢門曰路門。天子加之以庫、雉。冢土，大社也。戎，大也。醜，衆也。起大衆必先有事于社而後出，謂之宜。

肆不殄厥愠，亦不隕厥問。柞棫拔矣，行道兑矣。混夷駾矣，維其喙矣。
    殄，絕也。愠，怒也。隕，墜也。問，聘問也。柞，櫟也。棫，白桵也。駾，突也。喙，喘也。古公之徙于岐周，其心豈忘混夷之怨哉？徒以國家未定，人民未

---

① 家室：原本作"室家"，據《經解》本、重刻本、《四庫》本乙。按：阮元刻《十三經注疏·毛詩正義》作"家室"。

集，故不敢失聘問之禮，姑與之爲無憾，而及其閒暇以修其政令。要吾所植柞、棫拔而遂茂，行道兌而成蹊，凡所以爲國者既已繕完，則夫混夷將不較而自服。苟猶欲奔突我者，則維以自困而已，不能害我矣。

虞芮質厥成，文王蹶厥生。予曰有疏附，予曰有先後，予曰有奔奏，予曰有禦侮。

大王肇基王迹，至于文王，其始猶國于岐山之下，其地甚狹，故孟子言文王方百里起。其後，既克密須而國于岐、渭之間，既克崇然後涉渭，作都于豐。豐在京兆長安，而崇在鄠。其地既廣，其所服從之國亦衆，三分天下而有其二，然其政猶行于西南而已，未能及于東北。其後虞、芮之君相與爭田，久而不平，乃皆朝周而質焉。入其境，耕者讓畔，行者讓路。入其邑，男女異路，班白不提挈。入其朝，士讓爲大夫，大夫讓爲卿。二國之君愧焉，乃以其所爭爲間田而去。虞在陝之平陸，芮在同之馮翊，平陸有間原焉，則虞、芮之所讓也。虞、芮之訟既平，其傍聞之，相帥而歸周者四十餘國。東北既集，文王于是受命稱王。質，正也。成，獄成也。蹶，動也。虞、芮欲質其成，而文王有以動之，使其禮義廉恥之心油然而生。君子曰："文王之所以能至于此者，何哉？予以爲其臣無所不具。其臣無所不具者，文王之盛德也。"率下親上曰疏附，相道前後曰先後，喻德宣譽曰奔奏，武臣折衝曰禦侮。

《緜》九章，章六句。

棫樸

《棫樸》，文王能官人也。

芃芃棫樸，薪之槱之。濟濟辟王，左右趣之。

芃芃，盛貌也。棫，小木也。樸，枹生也。槱，積也。小木而枹生，以爲無所用之材矣，然猶可以爲薪而積之，而況其大者乎？文王之官人，小大無所遺棄，亦猶是也，故其在朝也其左右翼然趣之。言官備也。

濟濟辟王，左右奉璋。奉璋峨峨，髦士攸宜。

半圭曰璋，諸臣所奉也。峨峨，盛壯也。髦，俊也。文王之朝，奉璋者皆士之俊也。

淠彼涇舟，烝徒楫之。周王于邁，六師及之。

淠，舟行貌也。烝，衆也。能浮而載物者舟也，故舟載而已，不復事行也，使衆人楫之而行淠然矣。能得人而官之者文王也，故文王官人而已，不復爲也，六師與之，而其所至者遠矣。

倬彼雲漢，爲章于天。周王壽考，遐不作人？

天之蒼蒼，豈自有章哉？則亦有雲漢以爲之章耳。文王老矣，無所復爲矣，然豈不能遠作人，使爲我章哉？遐，遠也。不親之謂遠，鼓之舞之之謂作。

追琢其章,金玉其相。勉勉我王,綱紀四方。

  追,亦琢也。相,質也。文王用人,而不爲徒修其身以御之,故外則追琢其章,內則金玉其相,以爲之綱紀而已。綱,所以張也。紀,所以理也。綱之紀之而網乃可取,然綱紀不自取也。

  《棫樸》五章,章四句。

旱麓

《旱麓》,受祖也。

瞻彼旱麓,榛楛濟濟。豈弟君子,干禄豈弟。

  旱,山名也。麓,山足也。榛,栗屬也;楛,荆屬也。濟濟,衆多也。山作雲雨以澤萬物,而麓之草木亦被焉,譬之如周之先祖,其所以利人者廣,故其子孫亦受其福。以樂易求福,其報未有不樂易者也。

瑟彼玉瓚,黃流在中。豈弟君子,福祿攸降。

  瑟,鮮絜貌也。玉瓚,宗廟所用灌也。黃流,秬鬯也。言其祭也,維得樂易君子以奉之,而神降之以福祿矣。

鳶飛戾天,魚躍于淵。豈弟君子,遐不作人?

  道在我而物無不咸得其性,鳶之飛于上,魚以之躍于下,而況于人乎!或曰:天之高也,以爲不可及矣,然鳶則至焉;淵之深也,以爲不可入矣,然魚則躍焉。夫鳶、魚之能至此也,必有道矣,豈可以我之不能不信哉?君子推其誠心以御萬物,雖幽明上下無不能格。小人不能知而或疑之何以異,不信鳶、魚之能飛躍哉!《記》曰:"君子之道費而隱,夫婦之愚可以與知焉。及其至也,雖聖人亦有所不知焉。夫婦之不肖可以能行焉。及其至也,雖聖人亦有不能焉。天地之大也,人猶有所憾。故君子語大,天下莫能載焉;語小,天下莫能破焉。詩云'鳶飛戾天,魚躍于淵',言其上下察也。"

清酒既載,騂牡既備。以享以祀,以介景福。

  載,載于器也。

瑟彼柞棫,民所燎矣。豈弟君子,神所勞矣。

  燎謂爇燎,所以除草也。木苟柞棫①,則民斯燎之矣;君子樂易,則神斯勞之矣,皆不求而可以自得之謂也。

莫莫葛藟,施于條枚。豈弟君子,求福不回。

  莫莫,盛貌也。君子之托于民上,如葛藟之施于條枚,非以巧得之,蓋民之所樂奉耳。

---

① 木苟柞棫:《經解》本、重刻本、《四庫》本作"柞棫茂密"。《毛詩》鄭箋於此云:"柞棫之所以茂盛者,乃人爇燎除其旁草,養治之,使無害也。"

《旱麓》六章，章四句。

思齊

《思齊》，文王所以聖也。

思齊大任，文王之母。思媚周姜，京室之婦。大姒嗣徽音，則百斯男。

媚，愛也。京室，周室也。能以禮齊其家者，文王之母大任也。能以德媚其國者，周室之婦太姜也。大王始遷于周，故太姜稱周室之婦。周家比世皆有賢妃，而大姒又能繼其德音，無妬忌之行，以母百男，此文王所以能全其聖也。

惠于宗公，神罔時怨，神罔時恫。刑于寡妻，至于兄弟，以御于家邦。

惠，順也。宗，尊也。恫，痛也。寡妻猶言寡小君也。文王上順其先公，推其心以事天地百神而無有怨痛，下治其室家，推其道以御宗族邦國而無有不順。言文王之治遠自其近者始，而皆一道也。

雝雝在宮，肅肅在廟。不顯亦臨，無射亦保。肆戎疾不殄，烈假不瑕。

雝雝，和也。肅肅，敬也。顯，揚也。戎、假，皆大也。烈，業也。瑕，遠也。文王之在宮也，雝雝其和；其在廟也，肅肅其敬。雖士之不揚，陋於威儀者，莫不臨省之；士之無射，短于技藝者，莫不保任之。言文王之用人不求備，使士皆獲盡其力，故其戎疾無有不殄，而大業無有不瑕者也。

不聞亦式，不諫亦入。肆成人有德，小子有造。古之人無斁，譽髦斯士。

式，用也。內無所聞知而外不能以告人，此士之不學者也，然猶獲入而用之，故士皆勉于進，雜然競作于下。成人者有德，小子有造，古之人亦不自厭棄也，然後文王因其譽以取其俊而用之，是以下無棄人也。"古之人"，猶言昔之人也，《書》曰"昔之人無聞知"，謂老者也。

《思齊》四章，章六句。

皇矣

《皇矣》，美周也。

皇矣上帝，臨下有赫。監觀四方，求民之莫。維此二國，其政不獲。維彼四國，爰究爰度。上帝耆之，憎其式廓。乃眷西顧，此維與宅。

皇，大也。莫，定也。二國，夏、商也。四國，四方之國也。耆，老也。廓，大也。帝觀四方，求民之所歸定。夏、商之政不獲天心，天乃究度四方，將擇其可者與之。然猶須假而養之，至其老而不變，憎其惡之寖大，乃眷然西顧，見周德之可依而興居焉。言天非私周也。

作之屏之，其菑其翳。修岳之平之，其灌其栵。啓之辟之，其檉其椐。攘之剔之，其檿其柘。帝遷明德，串夷載路。天立厥配，受命既固。

木立死曰菑，自斃曰翳。灌，叢生也。栵，栭也。檉，河柳也。椐，樻也。檿，山桑也。串，習也。夷，平也。大王之徙于岐周也，伐山刊木而居之，帝依其明德而遷焉。四方之民習其道路，夷其險阻而歸之，來者載路而不絕。蓋天之祐之也久矣，自立其賢妃大姜以配之，而其受命既固矣。

帝省其山，柞棫斯拔，松柏斯兌。帝作邦作對，自大伯王季。維此王季，因心則友。則友其兄，則篤其慶，載錫之光。受祿無喪，奄有四方。

　　兌，易直也。對，配也，人君國之配也。大王居周而天祐之，至于草木無不省視之者，既立之國，又與之以賢君，故大伯以王季之兄而讓于王季。王季因其心而友之，厚周之慶而光施于大伯，以至于子孫覆有天下。

維此王季，帝度其心，貊其德音。其德克明，克明克類，克長克君，王此大邦。克順克比，比于文王，其德靡悔。既受帝祉，施于孫子。

　　《春秋傳》曰："心能制義曰度，德正應和曰貊，照臨四方曰明，勤施無私曰類，教誨不倦曰長，賞慶刑威曰君，慈和徧服曰順，擇善而從曰比。"凡王季之行，雖文王之聖，從後視之而無所悔，是以其福能施于子孫也。

帝謂文王：無然畔援，無然歆羨，誕先登于岸。密人不恭，敢拒大邦，侵阮徂共。王赫斯怒，爰整其旅，以按徂旅，以篤于周祜，以對于天下。

　　畔援，猶偃蹇也。帝謂文王：無爲偃蹇不進，已至而不取，亦無歆慕，好先未至而欲得。是二者皆將失之，何也？退者將以要致之，進者將以先取之。要之者不知事之已至，而先之者不知事之未及，故莫若安以俟之也。夫惟安以俟之，故未及而不求，已至而不疑，譬如相與皆涉，要必我先登于岸。《易》曰："介如石，不終日。"故文王之于密也，赫然征之而無留焉，由此道也。密，密須也，姞姓之國，在安定陰密。阮、共，周之二邑也。徂，往也。按，止也。旅，師也。對，答也。伐密所以答天下之望周也。

依其在京，侵自阮疆，陟我高岡。無矢我陵，我陵我阿。無飲我泉，我泉我池。度其鮮原，居岐之陽，在渭之將。萬邦之方，下民之王。

　　京，大阜也。矢，陳也。鮮，善也。將，側也。方，嚮也。密人之兵依山而侵阮，陟其岡而居焉。文王之人見者莫不怒之，曰："安得陳于我陵，而飲于我泉哉？此皆我有也。"于是拒之，入阮而止，不及共矣。此所謂以按徂旅也。文王既克密須，于是相其高原而徙都焉，所謂程邑是歟？或曰漢扶風安陵，周之程邑也。及其克崇，則徙居于豐。

帝謂文王：予懷明德，不大聲以色，不長夏以革。不識不知，順帝之則。
帝謂文王：詢爾仇方，同爾兄弟，以爾鉤援，與爾臨衝，以伐崇墉。

　　"大聲以色"，外爲之而內無有也。"長夏以革"，爲之于窮約而忘之于盛大也。文王之德不以識識，不以智知，漠然無心而與天爲徒，故無內外之異，無窮達之變，此天之所以歸之也。于是命之克崇，自是以有天下焉。凡言"帝謂文王"，以意推天也。仇，怨也。鉤援，鉤梯也。臨衝，臨車、衝車也。

臨衝閑閑，崇墉言言。執訊連連，攸馘安安。是類是禡，是致是附，四方以無侮。臨衝茀茀，崇墉仡仡。是伐是肆，是絕是忽，四方以無拂。

閑閑、茀茀，動搖也。言言、仡仡，崩阤也。訊，問也。馘，獲也。連連、安安，徐也。天子將出征，類于上帝，宜于社，造于禰，禡于所征之地。致者，致其社稷群神也。附者，附其先祖爲之立後也。肆，縱也。忽，滅也。

《皇矣》八章，章十二句。

靈臺

《靈臺》，民始附也。

經始靈臺，經之營之。庶民攻之，不日成之。

文王克崇而都豐，豐、鎬之間民始附之，于是作靈臺焉。靈之言善也。《孟子》曰："文王以民力爲臺爲沼，而民歡樂之，謂其臺曰靈臺，謂其沼曰靈沼。"經，度之也。營，表之也。攻，作也。

經始勿亟，庶民子來。王在靈囿，麀鹿攸伏。

言不擾也。

麀鹿濯濯，白鳥翯翯。王在靈沼，於牣魚躍。

濯濯，娛游也。翯翯，肥澤也。牣，充也。文王之囿，雖麋鹿魚鱉無不得其所者。

虡業維樅，賁鼓維鏞。於論鼓鐘，於樂辟雍。

植者曰虡，橫者曰栒，栒上之板曰業，業上之刻曰崇牙。樅，峻峙也。賁，大鼓也。鏞，大鐘也。論，講也。因民之樂而講求鐘鼓之度，以作辟雍之樂也。《莊子》曰："文王有辟雍之樂。"

於論鼓鐘，於樂辟雍。鼉鼓逢逢，矇瞍奏公。

鼉，魚屬也。逢逢，和也。矇瞍，瞽也。公，事也。

《靈臺》五章，章四句。

下武

《下武》，繼文也。

下武維周，世有哲王。三后在天，王配于京。

武，迹也。先王既没，而其迹在下不絕者，維周然耳。三后，大王、王季、文王也。王，武王也。京，鎬京也。

王配于京，世德作求。永言配命，成王之孚。

作，起也，起而求其先世之德以繼之也。孚，信也。三后之世，王迹既兆，其孚見矣。及武王配天之命，而後成也。

成王之孚，下土之式。永言孝思，孝思維則。媚茲一人，應侯順德。永言孝思，昭哉嗣服。

> 侯，維也。服，事也。武王既成王業，天下咸法則之。其所法者，其孝也。故人思所以媚之者，維順其德以應之，然則武王之孝能嗣其先王之事者，豈不明哉？

昭茲來許，繩其祖武。于萬斯年，受天之祜。

> 昭，明也。許，所也。繩，約也。武王昭其孝于來世，使約其祖武而行，故能久荷天禄而不替也。

受天之祜，四方來賀。于萬斯年，不遐有佐？

> 四方皆來賀之，不遠有佐之者乎？

《下武》六章，章四句。

文王有聲

《文王有聲》，繼伐也。

> 繼文者，言繼其文德；繼伐者，又兼言其武功也。

文王有聲，遹駿有聲。遹求厥寧，遹觀厥成。文王烝哉！

> 遹，述也。駿，大也。烝，君也。文王之所以有聲者，能述大其先人之聲耳。凡求其所以安，觀其所以成，無非述之者，此文王之所以爲君也。

文王受命，有此武功。既伐于崇，作邑于豐。文王烝哉！

築城伊淢，作豐伊匹。匪棘其欲，遹追來孝。王后烝哉！

> 匹，偶也。來，勤也。方十里曰成，成間有淢，廣深八尺。文王城豐，大小適與成偶，非以急成其欲，乃以述追其先君之勤孝而已。自其克崇作豐而王業成，故以王后名之。

王公伊濯，維豐之垣。四方攸同，王后維翰。王后烝哉！

> 文王君臣相與洗濯修絜其政，故天下莫敢侮，此則豐之垣也。四方諸侯相率而歸周，無有不順，此則文王之翰也。

豐水東注，維禹之績。四方攸同，皇王維辟。皇王烝哉！

> 豐水入渭，東注于河。豐水之所以東注者，禹之功也。四方之所以歸周者，武王維君也。皇，大也。武王之于文王，則王業益大矣，故稱皇王焉。

鎬京辟廱，自西自東，自南自北，無思不服。皇王烝哉！

> 鎬京，武王之所都，在長安鎬水之上。辟廱，天子之學也。舉其大則自鎬京，舉其小則自辟廱，其外無不服者。

考卜維王，宅是鎬京。維龜正之，武王成之。武王烝哉！

> 考，稽也。

豐水有芑，武王豈不仕？詒厥孫謀，以燕翼子。武王烝哉！

芑，草也。仕，事也。燕，安也。翼，敬也。水之于物無所事矣，然猶以其澤生芑，而況于武王未嘗不事哉！故遺其子孫之謀，以安後世之敬者。此詩言文王者，先曰文王，後曰王后。其言武王者，先曰皇王，後曰武王。蓋文王老而稱王，武王即位而稱王故也，文、武則其正號矣。

《文王有聲》八章，章五句。

詩集傳卷十七

大雅・生民之什

生民

《生民》，尊祖也。

周公制禮，推尊后稷以配天，故爲此詩，言其所以尊之。

厥初生民，時維姜嫄。生民如何，克禋克祀，以弗無子。履帝武敏歆，攸介攸止。載震載夙，載生載育，時維后稷。

禋，敬也。弗，祓也。武，迹也。敏，拇也。介，覺也。震，娠也。夙，肅也。后稷之母、姜氏之女曰嫄，爲帝嚳元妃。稷之生也，姜嫄禋祀郊禖以祓去無子之疾，見大人迹焉而履其拇，歆然感之若有覺其止之者，于是有身。肅戒不御而生后稷。蓋此詩言后稷之生甚明，無可疑者。然毛氏獨不信，曰："履帝武者，從高辛行也。"余竊非之。以"履帝武"爲從高辛行歟，至于"牛羊字之"、"飛鳥覆之"，何哉？要之，物之異于常物者，其取天地之氣弘多，故其生也或異，虎豹之生異于犬羊，蛟龍之生異于魚鱉，物固有然者。神人之生而有以異于人，何足怪哉！雖近世猶有然者，然學者以其不可推而莫之信。夫事之不可推者，何獨此？以耳目之陋而不信萬物之變，物之變無窮而耳目之見有限，以有限待無窮，則其爲説也勞而世不服。古之聖人不然，苟誠有之，不以所見疑所不見。故河圖、洛書，稷、契之生，皆見于《詩》、《易》，不以爲怪，其説蓋廣如此。後世復有聖人，無是固不可少之，而有是亦不足怪。此聖人之意也。

誕彌厥月，先生如達。不坼不副①，無災無害。以赫厥靈，上帝不寧。不康禋祀，居然生子。

誕，大也。彌，終也。達，羊子也。后稷，姜嫄之元子也，既終其月而生。其生也，如達之易，赫然其異于人，此豈上帝不安之哉？然姜嫄乃反以其由禋祀之故，居然無疾而生子，是以不安而棄之。

誕寘之隘巷，牛羊腓字之。誕寘之平林，會伐平林。誕寘之寒冰，鳥覆翼之。鳥乃去矣，后稷呱矣。

---

① 坼：阮元刻《十三經注疏・毛詩正義》作"拆"。

寘，置也。腓，辟也。字，愛也。覆，蓋也。翼，借也。呱，泣聲也。于是知有天異，往取之矣。

實覃實訏，厥聲載路。誕實匍匐，克岐克嶷，以就口食。藝之荏菽，荏菽旆旆，禾役穟穟，麻麥幪幪，瓜瓞唪唪。

　　覃，長也。訏，大也。岐岐、嶷嶷，峻茂也。言后稷之生，其體實長且大，其聲則載于路矣。及其始匍匐以就食也，其形則已岐嶷矣。及其稍壯，遂知樹藝五穀。言出于其性也。荏菽，大豆也。旆旆，長也。役，行列也。穟穟，苗好也。幪幪，苗盛也。唪唪，多實也。

誕后稷之穡，有相之道。茀厥豐草，種之黃茂。實方實苞，實種實褎，實發實秀，實堅實好，實穎實栗。即有邰家室。

　　相，助也。茀，荒也。黃茂，嘉穀也。方，極畝也。苞，茂也。種，生不雜也。褎，長也。發，發管也。秀，華也。穎，垂穎也。栗，不秕也。后稷之為稷官也，稼穡常若有助之者，雖茀穢豐草之地，皆能以生嘉穀，故堯封之于邰，使即其母之家而居之。邰，姜嫄父母國也，在今武功。

誕降嘉種，維秬維秠，維穈維芑。恒之秬秠，是穫是畝。恒之穈芑，是任是負，以歸肇祀。

　　秬，黑黍也。秠，一稃二米也。穈，赤苗也。芑，白苗也。恒，徧也。任，擔也。肇，始也。后稷既封而獲嘉種，曰"天實降此"，于是徧種之，既成，獲而棲之于畝，負任以歸，而始祭天焉。

誕我祀如何？或舂或揄，或簸或蹂。釋之叟叟，烝之浮浮。載謀載惟，取蕭祭脂，取羝以軷。載燔載烈，以興嗣歲。

　　揄，抒臼也。蹂，揉熟之。釋，淅米也。叟叟，聲也。浮浮，氣也。既治其米以待祭祀，于是謀祭之日，思祭之備。及其將祭，則取蕭草與祭牲之脂，蒸之于行神之位，馨香既聞，取羝羊之體以祭神，又燔烈其肉以為尸羞，然後祀軷而往郊，所以興來歲繼往歲也。此所謂孟春祈穀于上帝。

卬盛于豆，于豆于登。其香始升，上帝居歆。胡臭亶時，后稷肇祀，庶無罪悔，以迄于今。

　　卬，我也。木曰豆，瓦曰登。豆薦菹醢，登薦大羹。亶，信也。時，是也。言非獨其芳臭信能至是也，自后稷始祭天，而無罪悔，以至于今，是以天饗之也。古者天子祭天地，諸侯祭社稷，此禮之不可易者也。然后稷堯之諸侯，周公周之諸侯也，而皆得祭天，此何禮也？洚水之後，民方阻飢，后稷教之播種，民于是獲粒食。天實祐之，而錫之嘉種，《詩》曰："誕降嘉種，維秬維秠，維穈維芑。"又曰："貽我來牟，帝命率育。"及周公遭流言之變，成王疑之，天大雷電以風，禾偃木拔。及成王啓金縢之書，知其以周公故也，將逆周公，為之出郊，而天乃雨，反風，禾則盡起。蓋二公之德，上昭于天，天所以佑之者如此，故堯與成王因天之意而使之祭天，非私許之也。不然，二公之世賢者多矣，而皆不得祭天，蓋天命之所不及故也。

《生民》八章，四章章十句，四章章八句。

行葦

《行葦》，忠厚也。

敦彼行葦，牛羊勿踐履。方苞方體，維葉泥泥。
> 敦，聚貌也。行，道也。苞，本也。體，幹也。泥泥，弱貌也。道上之葦，其爲物也微矣，仁人君子將于是何求哉？然謂其方且欲生也，故禁牛羊使勿踐之，而況于人乎！王者內則親睦九族，外則尊事黃耉，凡以無逆其性而非有所望之也，此所謂忠厚也。

戚戚兄弟，莫遠具爾，或肆之筵，或授之几。
> 戚戚，相親也。爾，近也。肆，成也。少者肆筵而已，老者加之以几。

肆筵設席，授几有緝御。或獻或酢，洗爵奠斝。
> 緝，續也。御，侍御也。斝亦爵也。兄弟之老者既陳之筵，又設之以重席，既授之几，又有相代而侍之者。主人獻賓，賓酢主人，主人洗爵而酬賓，則賓受而奠之不舉也。

醓醢以薦，或燔或炙。嘉殽脾臄，或歌或咢。
> 醓醢，醢之多汁者也。薦禮，韭菹則醓醢。燔，肉也。炙，肝也。臄，函也；脾函，所以爲加也。歌者比于琴瑟，徒擊鼓曰咢。

敦弓既堅，四鍭既鈞。舍矢既均，序賓以賢。
> 敦弓，畫弓也。鍭，矢也。鈞，參亭也。均，四隅均也。賢，射中多也。此將養老而以射擇其賓也。

敦弓既句，既挾四鍭。四鍭如樹，序賓以不侮。
> "句"、"彀"通。射禮，搢三挾一。"既挾四鍭"，則徧釋矣。不侮，敬也。

曾孫維主，酒醴維醹。酌以大斗，以祈黃耉。
> 曾孫，謂成王也。醹，厚也。大斗其長三尺。祈，告也。酒醴既備，則以告于黃耉而養之。

黃耉台背，以引以翼。壽考維祺，以介景福。
> 台，鮐也，大老其背有鮐文。引，導之也。翼，左右之也。祺，吉也。

《行葦》八章，章四句。

既醉

《既醉》，太平也。

既醉以酒，既飽以德。君子萬年，介爾景福。

周自文王至于成王，而天下平，無所復事，故君子作此詩。言王與群臣祭畢而燕于寢，旅酬至無算爵，醉之以酒而飽之以德，臣之所以願其君者反復而不厭，此謂太平也。

既醉以酒，爾殽既將。君子萬年，介爾昭明。

　　將，行也。昭明，顯著于天下也。

昭明有融，高朗令終。令終有俶，公尸嘉告。

　　融，和也。俶，始也。昭明而能和，高朗而能終，終而復始，福無窮也。尸以是無窮之福嘏於成王。王者以卿爲尸，天子之卿有以諸侯爲之，故曰公尸。

其告維何，籩豆静嘉。朋友攸攝，攝以威儀。

　　尸之所以嘏主人者，以其籩豆静嘉，君臣相敕以無違禮故也。朋友，王之友臣也。攝，檢也。

威儀孔時，君子有孝子。孝子不匱，永錫爾類。

　　君子之事神，其禮無不時者，故神錫之以孝子。孝之施于人無窮，故又能錫其類。

其類維何，室家之壼。君子萬年，永錫祚胤。

　　壼，廣也。能錫其類，則室家之廣皆將化之，則其胤嗣無不賢者矣。

其胤維何，天被爾禄。君子萬年，景命有僕。

其僕維何，釐爾女士。釐爾女士，從以孫子。

　　僕，屬也。釐，予也。天之所以屬之者，予之以女子而有士君子之行者也。予之以女士，而其子孫無不賢者矣。

　　《既醉》八章，章四句。

鳧鷖

《鳧鷖》，守成也。

鳧鷖在涇，公尸來燕來寧。爾酒既清，爾殽既馨。公尸燕飲，福禄來成。

　　守成者，守先王之成法而無所損益之謂也。故此詩言祭畢而燕尸，絜其酒食而將之以敬，不失其故而已。尸之在廟也，其容安詳；鳧鷖之爲物也，愿而遲，其貌似焉。鳧、鷖皆水鳥。涇，水名也。

鳧鷖在沙，公尸來燕來宜。爾酒既多，爾殽既嘉。公尸燕飲，福禄來爲。

　　爲，助也。

鳧鷖在渚，公尸來燕來處。爾酒既湑，爾殽伊脯。公尸燕飲，福禄來下。

鳧鷖在潨，公尸來燕來宗。既燕于宗，福禄攸降。公尸燕飲，福禄來崇。

　　潨，水會也。來宗，來尊也。崇，重也。

鳧鷖在亹，公尸來止熏熏。旨酒欣欣，燔炙芬芬。公尸燕飲，無有後艱。

　　亹，山絶水也。熏熏，和說也。欣欣，樂也。芬芬，香也。

《鳧鷖》五章，章六句。

假樂

《假樂》，嘉成王也。

假樂君子，顯顯令德。宜民宜人，受祿于天。保右命之，自天申之。

  假，嘉也。《春秋傳》作"嘉樂"。申，重也。言天之于成王，反覆申重而不厭，是以保右而命之也。

干祿百福，子孫千億。穆穆皇皇，宜君宜王。不愆不忘，率由舊章。

  成王干祿而得百福，故其子孫之蕃至于千億。適爲天子，庶爲諸侯，無不穆穆皇皇以遵成王之法者。

威儀抑抑，德音秩秩。無怨無惡，率由群匹。受福無疆，四方之綱。

  無所不容故無怨，無所不矜故無惡，從衆之欲而己不自爲，是以能受無疆之福，爲四方之綱。

之綱之紀，燕及朋友。百辟卿士，媚于天子。不解于位，民之攸墍。

  燕，安也。墍，息也。成王紀綱四方，而臣下賴之以安，故百辟卿士思所以媚之者曰："維不解于位，不解于位，故民獲休息也。"

《假樂》四章，章六句。

公劉

《公劉》，召康公戒成王也。

篤公劉！匪居匪康，迺場迺疆，迺積迺倉，迺裹餱糧，于橐于囊，思輯用光。弓矢斯張，干戈戚揚，爰方啓行。

  后稷始封于邰，傳于不窋而失其官，奔于戎狄之間，再世不顯。其孫公劉復修后稷之業，始居于豳，故召公稱之以教成王。言公劉之在西戎也，不康其居，外則治其疆場，內則積其倉廩。內外繕完，則裹其餱糧，思以輯和其民，而光其先祖。于是用兵于四方以啓敵之行陳，而豳國于是始立。篤，厚也。戚，斧也。揚，鉞也。

篤公劉！于胥斯原。既庶既繁，既順乃宣，而無永歎。陟則在巘，復降在原。何以舟之？維玉及瑤，鞞琫容刀。

  胥，相也。宣，導也。舟，奉也。公劉之相其田原也，其民則已繁庶矣，公劉又能順其所欲而後導之以事，故其民勞而不怨。公劉則與之陟巘而降原，民滋愛之，于是相與進其玉、瑤、容刀之佩以帶之，愛之至也。

篤公劉！逝彼百泉，瞻彼溥原。迺陟南岡，迺覯于京。京師之野，于時處處，于時廬旅，于時言言，于時語語。

溥，廣也。京，大陵也。直言曰言，論難曰語。公劉之營京邑也審矣，自下觀之，則往百泉而望廣原；自上觀之，則陟南岡而覯京師。審其可處矣，則經畫以定之，曰："此可以居居民，此可以廬賓旅，此可以施教令，此可以議政事。"蓋自遷豳至此，而始有朝廷邑居之正焉。

篤公劉！于京斯依。蹌蹌濟濟，俾筵俾几，既登乃依。乃造其曹，執豕于牢，酌之用匏。食之飲之，君之宗之。

公劉依京以營邑，宮室既成，其士蹌蹌，其大夫濟濟，皆會于朝。公劉則命設几筵而饗之，賓登席依几，乃造其群牧，搏豕而亨之，以爲飲酒之殽。殽用豕，酌用匏，新國殺禮也。

篤公劉！既溥既長，既景迺岡，相其陰陽，觀其流泉。其軍三單，度其隰原，徹田爲糧。度其夕陽，豳居允荒。

宮室既成，則治其田原，既廣且長矣。于是考之以日景，參之以高岡，以相其陰陽寒暖之宜，水泉灌溉之利，辨其土宜，以授野人。古者大國三軍，以其餘卒爲羨。自周之遷而其民未集，丁夫適滿三軍之數而無羨卒，故曰"其軍三單"。度其原隰之田，以徹法頒之，一夫百畝，則三單之民適皆給足。于是又度其山西之田以廣之，而豳人之居于此益大。什一而稅曰徹。山西曰夕陽。允，信也。荒，大也。

篤公劉！于豳斯館。涉渭爲亂，取厲取鍛。止基乃理，爰衆爰有。夾其皇澗，遡其過澗。止旅迺密，芮鞫之即。

宮室既成，田野既治，則營其邑居。其營邑也，事有其備，物有其處，至于厲鍛之微皆有所取之。亂，絕流也。厲、鍛，石之可以治斤斧者也。基，邑之所在也。言其始爲之基也，則已順其理矣，故其成而居之，則益衆而益有。其居有夾澗者，有遡澗者。皇、過，二澗名也。旅，衆也。其後所居之衆益密，乃復即其澗之芮鞫而居之。水之內曰芮，其外曰鞫。或曰：芮水出其山西北，東入涇。芮鞫，芮水之外也。此詩言公劉之在豳，其業甚微，其功甚勤，所以深戒成王使不忘敬也。

《公劉》六章，章十句。

泂酌

《泂酌》，召康公戒成王也。

泂酌彼行潦，挹彼注茲，可以餴饎。豈弟君子，民之父母。

泂，遠也。行潦，流潦也。餴，餾也。饎，酒食也。流潦水之薄也，然苟挹而注之，則可以餴饎。言物無不可用者。是以君子之于人，未嘗有所棄，猶父母之無棄子也。或曰：雖行潦汙賤之水，苟挹之于彼而注之于此，則遂可以餴饎。孟子曰："雖有惡人，齋戒沐浴而可以祀上帝。"此所以爲戒成王也。

泂酌彼行潦，挹彼注兹，可以濯罍。豈弟君子，民之攸歸。
　　罍，所以盛酒。
泂酌彼行潦，挹彼注兹，可以濯溉。豈弟君子，民之攸塈。
　　塈，息也。
　　《泂酌》三章，章五句。

卷阿

《卷阿》，召康公戒成王也。
有卷者阿，飄風自南。豈弟君子，來游來歌，以矢其音。
　　卷，曲也。風之爲物無所不入，未有能禦之者，維曲阿卷然當道，則風自其南而去，無自入之矣。小人之能得其君亦如風然，雖欲多方以拒之，然其入也有道，維得樂易之君子而與之游，彼見其容貌，聞其聲音，而自去矣。子夏曰："舜有天下，選于衆，舉皋陶，不仁者遠矣。湯有天下，選于衆，舉伊尹，不仁者遠矣。"
伴奐爾游矣，優游爾休矣。豈弟君子，俾爾彌爾性，似先公酋矣。
　　伴奐，縱弛之意也。彌，終也。似，肖也。酋，就也。人君伴奐優游無所事者，維得樂易君子以終成其性，則能肖先君而就其業矣。性之于人，莫不固有之也，然不得賢者則不能自成。
爾土宇昄章，亦孔之厚矣。豈弟君子，俾爾彌爾性，百神爾主矣。
　　昄，大也。章，著也。人君土宇大而且著，其厚甚矣，維得君子以成其性，而後山川神祇咸主之也。
爾受命長矣，茀祿爾康矣。豈弟君子，俾爾彌爾性，純嘏爾常矣。
　　茀，多也。嘏，福也。人君受命既長，百祿既康，維得君子以成其性，而後能常享此福也。
有馮有翼，有孝有德，以引以翼。豈弟君子，四方爲則。
　　在前則有馮，在側則有翼。孝著于内，德施于外，以此引翼其君而爲四方則，維豈弟君子爲能當之耳。
顒顒卬卬，如圭如璋，令聞令望。豈弟君子，四方維綱。
　　"顒顒卬卬"，高明也；"如圭如璋"，純絜也。遠之則有令聞，近之則有令望，亦維豈弟君子爲能當之。
鳳凰于飛，翽翽其羽，亦集爰止。藹藹王多吉士，維君子使，媚于天子。
　　翽翽，羽聲也。藹藹，衆多也。鳳凰之飛而能集于其所止者，衆羽之力也。然而用羽者鳳也，不得其用羽者，則亦安能至哉？王之吉士亦衆矣，然必有君子以使之，而後能媚天子也。
鳳凰于飛，翽翽其羽，亦傅于天。藹藹王多吉人，維君子命，媚于庶人。
鳳凰鳴矣，于彼高岡。梧桐生矣，于彼朝陽。菶菶萋萋，雝雝喈喈。

君子之車，既庶且多。君子之馬，既閑且馳。矢詩不多，維以遂歌。

　　山東曰朝陽。鳳之性非梧桐不棲，非竹實不食，故鳳凰鳴于高岡。將欲得而畜之，則植梧桐于朝陽以待之。使梧桐之盛至于菶菶萋萋也，則鳳凰鳴于其上，雝雝喈喈矣。維君子亦然，其德有以絕于衆人，而衆人待之則將不至。故其所以載之者車必庶而多，馬必閑而馳，以此待之，庶曰苟至焉。成王之朝蓋有是人，而王不知歟？故召公爲此詩，其所陳者不多也，維告以遂用之而已。

　　《卷阿》十章，六章章五句，四章章六句。

民勞

《民勞》，召穆公刺厲王也。

民亦勞止，汔可小康。惠此中國，以綏四方。無縱詭隨，以謹無良。式遏寇虐，憯不畏明。柔遠能邇，以定我王。

　　汔，幾也。中國，京師也。詭隨者，不顧是非而妄從人也。人未有無故而妄從人者，維無良之人將悅其君而竊其權以爲寇虐則爲之。故無縱詭隨，則無良之人肅；無良之人肅，則寇虐無畏之人止；然後柔遠能邇，而王室定矣。

民亦勞止，汔可小休。惠此中國，以爲民逑。無縱詭隨，以謹惽怓。式遏寇虐，無俾民憂。無棄爾勞，以爲王休。

　　逑，聚也。惽怓，亂也。爾勞，舊勞也。

民亦勞止，汔可小息。惠此京師，以綏四國。無縱詭隨，以謹罔極。式遏寇虐，無俾作慝。敬慎威儀，以近有德。

民亦勞止，汔可小愒。惠此中國，俾民憂泄。無縱詭隨，以謹醜厲。式遏寇虐，無俾正敗。戎雖小子，而式弘大。

　　愒，息也。泄，去也。厲，惡也。戎，女也。王雖小子自遇，然用事于天下甚大，不可不慎也。

民亦勞止，汔可小安。惠此中國，國無有殘。無縱詭隨，以謹繾綣。式遏寇虐，無俾正反。王欲玉女，是用大諫。

　　繾綣，小人之固結其君者也。"王欲玉女"，欲使王德純備如玉也。

　　《民勞》五章，章十句。

板

《板》，凡伯刺厲王也。

　　凡伯，周公之後，爲王卿士。

上帝板板，下民卒癉。出話不然，爲猶不遠。靡聖管管，不實于亶。猶之未遠，是用大諫。

  板板，反覆不定也。癉，病也。管管，無所不事也。亶，誠也。天之禍福反覆不定，屬王一失其德而民皆不安。告之以話言則不信，聽其自爲謀則不遠，自非聖人而欲無所不事，不自實于其所誠能而止。君子知其將敗，而幸其謀之未遠，故作此詩以大諫之。

天之方難，無然憲憲。天之方蹶，無然泄泄。辭之輯矣，民之洽矣。辭之懌矣，民之莫矣。

  難，艱難也。蹶，震動也。憲憲，猶軒軒也。泄泄，猶沓沓也。輯，和也。莫，定也。屬王暴虐恣行，故告之曰："天今方爲艱難以震動周室，無爲是軒軒而不顧，沓沓而不已。是不能以服民，祇以速亂而已。民之不順，非有異志也，畏王之無厭而求以自免耳。苟無欲害之之心而出好言焉，民今洽而定矣。"

我雖異事，及爾同寮。我即爾謀，聽我囂囂。我言維服，勿以爲笑。先民有言，詢于芻蕘。

  君子欲諫王，則又以告其寮之信于王者，庶幾王信之而其言易入。囂囂，行不顧也。服，服行也。

天之方虐，無然謔謔。老夫灌灌，小子蹻蹻。匪我言耄，爾用憂謔。多將熇熇，不可救藥。

  謔謔，戲侮也。灌灌，款誠也。蹻蹻，驕貌也。熇熇，熾盛也。言天方將爲虐以敗王，安得以爲戲而不信哉？老者知其不可而盡其款誠以告之，少者不信而驕之，故曰："非我老耄而妄言，乃女以憂爲戲耳。夫憂未至而救之，猶可爲也；苟俟其益多，則如火之盛，不可復救矣。"

天之方懠，無爲夸毗。威儀卒迷，善人載尸。

  懠，怒也。夸，大也。毗，附也。小人之于人，不以大言夸之，則以諛言毗之，或夸或毗，而威儀迷亂，則雖善人將相從尸其禍矣。

民之方殿屎，則莫我敢葵。喪亂蔑資，曾莫惠我師。

  殿屎，亦作"唸㕧"，呻吟也。葵，揆也。民方愁苦呻吟，莫測其所欲。方世之喪亂困竭，又曾無以惠之者，變之興也，何日之有？

天之牖民，如壎如篪，如璋如圭，如取如攜。攜無曰益，牖民孔易。民之多辟，無自立辟。

  聖人之導民，如暗者之願明而爲之牖焉，導其天也，是以託之于天。壎、篪以言其和也；圭、璋以言其合也；攜、取以言其易也。然其導之也，攜之而已，不求多于民，是以其導之也甚易。今屬王求之已甚，民尚安肯從王哉？方世之治也，天下咸聽其上，而有一不從，故刑足以勝之。今天下皆不順，雖有刑辟，尚何從立之哉？故以次章教之，使懷來其群臣。

价人維藩，大師維垣，大邦維屏，大宗維翰。懷德維寧，宗子維城。無俾城壞，無獨斯畏。

价，大也。大人，衆所服也。大師，大衆也。大邦，大諸侯也。大宗，强族也。宗子，同姓也。此五者皆王之屏蔽，以德懷之則合，否則離散無以自安矣。人皆曰"無俾城壞"，城之壞也，則知畏之，五者之蔽有甚于城，而莫知畏其壞也，所謂小人務知小者、近者而已。

敬天之怒，無敢戲豫。敬天之渝，無敢馳驅。昊天曰明，及爾出王。昊天曰旦，及爾游衍。

王，往也。旦，明也。天之明也，人未有行而不從者，奈何不畏也？

《板》八章，章八句。

詩集傳卷十八

大雅·蕩之什

蕩

《蕩》，召穆公傷周室大壞也。

　　《蕩》之所以爲"蕩"，由詩有"蕩蕩上帝"也。《毛詩》之序以爲"天下蕩蕩，無綱紀文章"，則其所以名篇，非其詩之意矣。

蕩蕩上帝，下民之辟。疾威上帝，其命多辟。天生烝民，其命匪諶。靡不有初，鮮克有終。

　　蕩蕩，廣大貌也。天之廣大，下民之所君也。今民被厲王之禍，咸謂天迅烈無恩而多淫辟之命，何者？天之生民，其命不可復信。莫不有初而無終者，言生之于治，而終之于亂也。

文王曰咨，咨女殷商。曾是彊禦，曾是掊克，曾是在位，曾是在服。天降滔德①，女興是力。

　　召公知厲王之將亡，故爲此詩，稱文王所以咨嗟商紂，蓋傷周室將有此禍也。彊禦，彊梁捍禦不可告教之人也。掊克，掊斂克深少恩之人也。朝廷之在位服事者皆是人也。滔，漫也②。力，任也。天降是人以妖孽天下，女又興而任之，何哉？

文王曰咨，咨女殷商。而秉義類，彊禦多懟。流言以對，寇攘式内。侯作侯祝，靡屆靡究。

　　凡秉義以事女者，女則以爲彊禦多怨之人。凡民怨讟流傳之言有以告者，女則以爲寇攘于内。至于小人詐偽無實，惟以祝詛相要，女則不復窮極其情偽而遂受之，何也？作，或作"詛"。

文王曰咨，咨女殷商。女炰烋于中國，斂怨以爲德。不明爾德，時無背無側。爾德不明，以無陪無卿。

　　炰烋，氣健貌也。"無背無側"，前後左右無良臣也。陪，陪貳也。

文王曰咨，咨女殷商。天不湎爾以酒，不義從式。既愆爾止，靡明靡晦。

---

① 滔：《經解》本、阮元刻《十三經注疏·毛詩正義》同。《四庫》本作"慆"。
② 滔漫也：《四庫》本作"慆，慢也"。

式號式呼，俾晝作夜。

  湎，沉湎也。止，容止也。人之沉湎，非天使然也，凡百不義，皆將從是起，故既愆爾止，則無所不至矣。

文王曰咨，咨女殷商。如蜩如螗，如沸如羹。小大近喪，人尚乎由行。內奰于中國①，覃及鬼方。

  蜩，蟬也。螗，蠑也。奰，怒也。飲酒號呼之聲如蜩螗、沸羹之亂，君臣以是危于喪亡而人猶從之，亂止於京師而鬼方皆被其禍，言惡之遠也。

文王曰咨，咨女殷商。匪上帝不時，殷不用舊。雖無老成人，尚有典刑。曾是莫聽，大命以傾。

文王曰咨，咨女殷商。人亦有言，顛沛之揭。枝葉未有害，本實先撥。殷鑒不遠，在夏后之世。

  顛，仆也。沛，拔也。揭，發也。大木之拔，非枝葉之患所能爲也，其本實先自撥矣。譬如商周之衰，典刑未廢，諸侯未畔，四夷未起，而其君不義，以自絕於天下，莫可救也。言商之鑒在夏，則周之鑒在商明矣。

  《蕩》八章，章八句。

抑

《抑》，衛武公刺厲王，亦以自警也。

  宣王十六年衛武公即位，年九十有五而作此詩，蓋追刺厲王以自警也。

抑抑威儀，維德之隅。人亦有言，靡哲不愚。庶人之愚，亦職維疾。哲人之愚，亦維斯戾。

  抑抑，密也。隅，廉也。戾，罪也。天下有道則賢者可外占而知內，譬如宮室，內有繩直，則外有廉隅。至于亂世，賢者不容，則毀其威儀，佯愚以辟禍。故曰庶人之愚亦其職耳，譬如疾病，雖欲免而不得；哲人之愚，非其質然也，畏罪故耳。

無競維人，四方其訓之。有覺德行，四國順之。訏謨定命，遠猶辰告。敬慎威儀，維民之則。

  競，強也。訓，馴也。覺，直也。訏，大也。辰，時也。爲國者得人則強，失人則弱，循道者民之所順，而背理者民之所叛也。故人君必先任賢臣，內秉直德以服天下，然後先事而大謀以定政命，遠圖而時告之。政事既修，又能敬其威儀以爲民則，則所以爲國者略備矣。

---

  ① 于：原本作"乎"，據《經解》本、重刻本、《四庫》本改。按：阮元刻《十三經注疏·毛詩正義》作"于"。

其在于今，興迷亂于政。顛覆厥德，荒湛于酒。女雖湛樂從，弗念厥紹。罔敷求先王，克共明刑。

今厲王作起迷亂之人而任之以政，又顛覆其德，荒湛于酒，不念先王之典刑，而尚何以爲國哉？

肆皇天弗尚，如彼泉流，無淪胥以亡。夙興夜寐，灑埽庭內，維民之章。修爾車馬，弓矢戎兵。用戒戎作，用逷蠻方。

天不眉厲王之行，君子憂之，恐其如一泉之流，相陷以就亡竭，故教之使修其政事以自救。戒，備也。戎，兵也。作，起也。逷，遠也。

質爾人民，謹爾侯度，用戒不虞。慎爾出話，敬爾威儀，無不柔嘉。白圭之玷，尚可磨也。斯言之玷，不可爲也。

質，成也。侯度，天子所以御諸侯之度也。天子苟內失其人民，而外慢其諸侯，則將有不虞之禍起。夫怨不在大，言語之不慎，威儀之不敬，與人失和，而禍之所從起也。

無易由言，無曰苟矣。莫捫朕舌，言不可逝矣。無言不讎，無德不報。惠于朋友，庶民小子。子孫繩繩，萬民靡不承。

捫，持也。逝，發也。君子告王，使無輕從人之言，無曰苟如是而已。雖無有持吾舌者，然而言不可以妄發，何者？言行之出，未有不反報之者也。苟能惠其朋友，以至于庶民，則民思戴，其子孫繩繩而不絕矣。

視爾友君子，輯柔爾顏，不遐有愆。相在爾室，尚不愧于屋漏。無曰不顯，莫予云覯。神之格思，不可度思，矧可射思！

吾視王所與友者，皆求所以和柔王顏而已，莫敢正言犯王者。左右無正人焉，吾以是知其有咎不遠矣。苟以爲不信，曷不視其在爾室者？尚且不愧于屋漏，況其遠者乎！人之不愧于屋漏也，曰："莫予見者耳。"神之至也，尚不可得而知之，矧可得而厭之哉？言人雖莫見，而神鑒之也。西北隅曰屋漏。格，至也。

辟爾爲德，俾臧俾嘉。淑慎爾止，不愆于儀。不僭不賊，鮮不爲則。投我以桃，報之以李。彼童而角，實虹小子。

辟，法也。虹，潰也。人君苟修其德而慎其容止，無僭僞殘賊之行，則民鮮不可以爲法矣。譬如投之以桃而報之以李，不可誣也。今王無其實，而欲求民之法之，則亦譬如童牛而求有角之用①，人誰信汝哉？徒自潰亂而已。

荏染柔木，言緡之絲。溫溫恭人，維德之基。其維哲人，告之話言，順德之行。其維愚人，覆謂我僭，民各有心。

緡，被也。木柔矣，而被之以絲，則可以爲弓；不柔者，雖被之不從也。故爲溫

---

① 童牛：《經解》本、重刻本作"童羊"。按：朱熹《詩集傳》於此句釋作"是牛羊之童者，而求其角也"。

恭之人然後可以入德，告之以話言則順之，彼愚者反謂我欺之耳。人心之不同如此，此君子所以憂憤而無如之何也。

於乎小子，未知臧否。匪手携之，言示之事。匪面命之，言提其耳。借曰未知，亦既抱子。民之靡盈，誰夙知而莫成？

王不知善惡，而告之者亦至矣。苟以爲尚少而未知歟，則亦既抱子，非少矣。靡盈，不足也。人之才性有所未足，獨患不知。苟其夙知，則夙成之矣，豈有夙知而晚成之者矣？言王之不能有成，由不知也。

昊天孔昭，我生靡樂。視爾夢夢，我心慘慘①。誨爾諄諄，聽我藐藐。匪用爲教，覆用爲虐。借曰未知，亦聿既耄。

夢夢，昏亂也。諄諄，款誠也。藐藐，不入也。君子之諫王，王非以爲教之也，以爲虐之耳。

於乎小子，告爾舊止。聽用我謀，庶無大悔。天方艱難，曰喪厥國。取譬不遠，昊天不忒。回遹其德，俾民大棘。

舊，久也。止，辭也。天方艱難周室，曰："吾將喪其國。"譬如夏商，其類不遠，天豈復有差忒不然者哉？然王曾不悟，益爲邪僻之行，使民至于困急而無告也。

《抑》十二章，三章章八句，九章章十句。

桑柔

《桑柔》，芮伯刺厲王也。

芮伯爲卿士，字良夫。

菀彼桑柔，其下侯旬。捋采其劉，瘼此下民。不殄心憂，倉兄填兮。倬彼昊天，寧不我矜。

菀，茂也。旬，遍也。劉，殘也。殄，絶也。倉，悲也。兄，滋也。填，久也。桑之爲物，其葉最盛，然及其采之也，一朝而盡，無黄落之漸。故詩人取以爲比，言周之盛也如柔桑之茂，其陰無所不徧。至于厲王肆行暴虐以敗其成業，則王室忽焉凋弊，如桑之既采，民失其蔭而受其病。故君子憂之不絶于心，悲之益久而不已，號天而訴之也。

四牡騤騤，旟旐有翩。亂生不夷，靡國不泯。民靡有黎，具禍以燼。於乎有哀，國步斯頻。

厲王之亂，天下征役不息，故其民見其車馬旌旗而厭苦之。夷，平也。泯，滅也。黎，衆也。具，俱也。燼，灰燼也。國步，國之動也。頻，數也。畜大物者惡數動之，故以"國步斯頻"爲哀也。

---

① 慘慘：諸本同。朱熹《詩集傳》卷一八《抑》詩注曰："當作'懆'。"阮元刻《十三經注疏·毛詩正義校勘記》云："依韵'慘慘'當作'懆懆'。"

國步蔑資,天不我將。靡所止疑,云徂何往?君子實維,秉心無競。誰生厲階,至今為梗。

> 將,養也。疑,定也。競,彊也。動而無所資,天不吾養矣,而王尚不求所止定,欲行而安往哉?故曰王則實然,其秉心無彊,是以不能有所定者。夫惟彊而能立,然後可與止亂而起廢。

憂心慇慇,念我土宇。我生不辰,逢天僤怒。自西徂東,靡所定處。多我覯痻,孔棘我圉。

> 此章行役者之怨也。僤,厚也。痻,病也。多矣我之遇病也,急矣我之捍禦也!

為謀為毖,亂況斯削。告爾憂恤,誨爾序爵。誰能執熱,逝不以濯?其何能淑,載胥及溺。

> 毖,慎也。王豈不為謀且慎哉,然而不得其道,適所以長亂而自削耳,故告之以其所當憂,誨之以叙爵,曰:"誰能執熱而不濯者?賢者之能已亂,猶濯之能解熱耳。今王之所任者,其何能善哉,則相與入于陷溺而已。"

如彼遡風,亦孔之僾。民有肅心,荓云不逮。好是稼穡,力民代食。稼穡維寶,代食維好。

> 遡,鄉也。僾,唈也。肅,進也。荓,使也。君子視厲王之亂,悶然如遡風之人,唈而不息,雖有欲進之心,皆曰:"世亂矣,非吾所能及也。"于是退而稼穡,盡其筋力與民同事,以代祿食而已。當是時也,仕進之憂甚于稼穡之勞,故曰"稼穡維寶,代食維好",言雖勞而無患也。

天降喪亂,滅我立王。降此蟊賊,稼穡卒痒。哀恫中國,具贅卒荒。靡有旅力,以念穹蒼。

> 立王,王之所恃以立者也。痒,病也。恫,痛也。贅,屬也。荒,空也。言天下無有不罹其禍而至于空匱者也。旅,眾也。言群臣無肯并力以念天禍者也。

維此惠君,民人所瞻。秉心宣猶,考慎其相。維彼不順,自獨俾臧。自有肺腸,俾民卒狂。

> 惠,順也。"民人所瞻",言無所隱伏也。既持其心,又博謀于眾,而考之于其輔相,此所以無不順也。今則不然,"自獨俾臧",自謂賢也;"自有肺腸",自用其心也。此民之所以不順也。

瞻彼中林,甡甡其鹿。朋友已譖,不胥以穀。人亦有言,進退維谷。

> 甡甡,眾也。朋友相譖,不能相善,曾鹿之不如,是以進退無不陷焉者。

維此聖人,瞻言百里。維彼愚人,覆狂以喜。匪言不能,胡斯畏忌?

> 聖人明于成敗,所視而言者百里,無遠而不察。愚人不知禍之將至,則反狂以喜。雖然,彼未必不知也,乃以畏王而不敢言耳。

維此良人,弗求弗迪。維彼忍心,是顧是復。民之貪亂,寧為荼毒。

> 迪,進也。厲王之于賢者,未嘗求而進之;至于殘忍之人,則顧念重復而不能已。

上之所好，下之所趨也。故民貪于昏亂，安爲荼毒之行，以求合王意。

大風有隧，有空大谷。維此良人，作爲式穀。維彼不順，征以中垢。
  隧，道也。大風之起，必有所從來者。"有空大谷"，則風之所從起也。厲王之不善，民之所從惡也。征，行也。垢，穢也。言善人之作也，以用其善；小人之行也，以播其穢。皆發其中之所有于外也。

大風有隧，貪人敗類。聽言則對，誦言如醉。匪用其良，覆俾我悖。
  風之起也有道，類之敗也有自。貪人在上，則類之所由敗也。聽言，道聽之言也。誦言，先王之言也。悖，逆也。由王不用善，反使天下皆爲逆德也。

嗟爾朋友，予豈不知而作？如彼飛蟲，時亦弋獲。既之陰女，反予來赫。
  君子既責其君，則又責其僚友，曰："我豈不知爾所爲哉？爾自謂莫吾禁者，譬如飛鳥，孰能執之，然時亦有弋而獲之者。憂其獲也，覆庇而告之，柰何反以言赫我哉？"

民之罔極，職涼善背。爲民不利，如云不克。民之回遹，職競用力。
  民之不可測知，職汝信用反覆之人也。上之害民如恐不勝，故民日以邪僻，由上用力而競之也。

民之未戾，職盜爲寇。涼曰不可，覆背善詈。雖曰匪予，既作爾歌。
  戾，定也。民之未定，職上有盜賊之臣爲之寇也。女苟信以爲是不可，則又曷爲反背詈我哉？爾雖曰是非我所爲，既作爾歌矣，不可欺也。

《桑柔》十六章，八章章八句，八章章六句。

雲漢

《雲漢》，仍叔美宣王也。
  仍叔，周大夫也。

倬彼雲漢，昭回于天。王曰於乎，何辜今之人？天降喪亂，饑饉薦臻。靡神不舉，靡愛斯牲。圭璧既卒，寧莫我聽？
  雲漢，水之精也。昭，明也。回，轉也。宣王遭旱而懼，夜仰河漢以觀雨之候而不得，曰："今之人何罪而罹此禍？靡神不舉，而莫吾聽也。"禮，國有凶荒，則索鬼神而祭之。

旱既大甚，蘊隆蟲蟲。不殄禋祀，自郊徂宮。上下奠瘞，靡神不宗。后稷不克，上帝不臨。耗斁下土，寧丁我躬！
  蘊，結也。隆，盛也。蟲蟲，熱也。殄，絕也。郊，天地也。宮，宗廟也。上祭天，下祭地，奠其禮，瘞其物，宣王憂旱，百神無所不舉。然后稷不能救，上帝不復饗，窮而無告，故曰："與其耗敗下土，寧使我躬當之，無使人人被其患也！"

旱既大甚，則不可推。兢兢業業，如霆如雷。周餘黎民，靡有孑遺。昊天上帝，則不我遺。胡不相畏，先祖于摧！

推，遷也。言王欲以身當之，而不能也。兢兢，恐也。業業，危也。恐懼之甚，如雷霆震于其上也。天將不復使我有遺餘，胡爲尚不相畏哉？先祖之業將于是摧落矣。

旱既大甚，則不可沮。赫赫炎炎，云我無所。大命近止，靡瞻靡顧。群公先正，則不我助。父母先祖，胡寧忍予？

沮，止也。旱既不止，民咸曰："我無所庇，死不遠矣。"然曾莫有瞻顧之者。"群公先正"，先王之臣也。庶官之長曰正。

旱既大甚，滌滌山川。旱魃爲虐，如惔如焚。我心憚暑，憂心如熏。群公先正，則不我聞。昊天上帝，寧俾我遯？

旱甚則山川草木皆盡，如滌去也。魃，旱神也。憚，畏也。宣王所以祈旱者至矣，而莫之答，故曰："苟吾之不善，不當天心，則寧使我遯去以避賢者，無以我故苦此庶民也。"

旱既大甚，黽勉畏去。胡寧瘨我以旱？憯不知其故。祈年孔夙，方社不莫。昊天上帝，則不我虞。敬恭明神，宜無悔怒。

始以旱故，欲遯去以避賢者，既又以爲棄位以避憂患，非人主之義，故黽勉不去，以求濟斯難。畏，不敢也。瘨，病也。方社，祭社及四方也。虞，度也。悔，恨也。

旱既大甚，散無友紀。鞫哉庶正，疚哉冢宰！趣馬師氏，膳夫左右。靡人不周，無不能止。瞻卬昊天，云如何里？

旱既甚，國用空竭，無以紀綱群臣朋友，故歷告之曰："鞫矣，疚矣，然而尚相戒以無所不周、無以不能而止。"宣王遭旱，始欲以身當之而不得，中欲以身逃之而不敢，故于其終仰而訴之于天，曰："將使我如何居哉？"里，居也。

瞻卬昊天，有嘒其星。大夫君子，昭假無贏。大命近止，無棄爾成。何求爲我，以戾庶正。瞻卬昊天，曷惠其寧？

昭，明也。假，至也。宣王卬以候雨而見星焉，故告其群臣曰："明矣，至矣，爾之無私贏矣！然民之死亡不遠，無有不周以棄爾之成功。且我亦何求爲哉？將以定爾庶正而已，未有民不寧而庶官定者也。"于是又卬而訴天，曰："曷不惠而寧之哉？"

《雲漢》八章，章十句。

崧高

《崧高》，尹吉甫美宣王也。

尹吉甫，周之卿士。

崧高維岳，駿極于天。維岳降神，生甫及申。維申及甫，維周之翰。四國于蕃，四方于宣。

> 山大而高曰崧。駿，大也。唐、虞之間，姜氏實爲四嶽，掌嶽之祀，嶽神享之而祐其子孫。于周，齊、許、申、甫皆其後也。在穆王之世，其賢者曰甫侯，宣王之世曰申伯，實能屏翰周室，蔽其患難，而宣其德澤于天下。

亹亹申伯，王纘之事。于邑于謝，南國是式。王命召伯，定申伯之宅。登是南邦，世執其功。

> 纘，繼也。謝，周之南土也。南陽有申城，申伯國也。召伯，召公虎也。登，成也。

王命申伯，式是南邦。因是謝人，以作爾庸。王命召伯，徹申伯土田。王命傅御，遷其私人。

> 庸，城也。徹，定其稅也。傅御，傅王治事之臣也。私人，家臣也。

申伯之功，召伯是營。有俶其城，寢廟既成。既成藐藐，王錫申伯，四牡蹻蹻，鉤膺濯濯。

> 俶，作也。藐藐，深貌也。蹻蹻，壯貌也。濯濯，光明貌也。

王遣申伯，路車乘馬。我圖爾居，莫如南土。錫爾介圭，以作爾寶。往近王舅，南土是保。

> 圭尺二寸謂之介，非諸侯之圭，故賜以爲寶。近，辭也，讀如"彼己之子"之"己"。

申伯信邁，王餞于郿。申伯還南，謝于誠歸。王命召伯，徹申伯土疆。以峙其粻，式遄其行。

> 王在岐周，故餞之于郿。"謝于誠歸"，誠歸于謝也。召伯之營謝也，則已峙其餱糧，使廬市有止宿之委積，故能使申伯無留行也。

申伯番番，既入于謝，徒御嘽嘽。周邦咸喜，戎有良翰。不顯申伯，王之元舅，文武是憲。

> 番番，勇武貌也。申伯既入于謝，周人皆曰："汝有良翰蔽矣。""文武是憲"，言其文武皆足法也。

申伯之德，柔惠且直。揉此萬邦，聞于四國。吉甫作誦，其詩孔碩，其風肆好，以贈申伯。

> 揉，順也。肆，極也。

《崧高》八章，章八句。

烝民

《烝民》，尹吉甫美宣王也。

天生烝民，有物有則。民之秉彝，好是懿德。天監有周，昭假于下。保兹天子,生仲山甫。
> 人生而耳目心志莫不固有,此所謂"有物"也。人莫不有是物,是物莫不有知,故耳則能聽,目則能視,心則能慮,物用其能則知可否,此所謂"有則"也。故民能秉常,則莫不好德,維其失常,乃有不善。天之監周也,其明實至于下,將保安宣王,乃生仲山甫以佐之。凡宣王之所以能全其性而無失其常者,皆仲山甫之功也。詩曰:"豈弟君子,俾爾彌爾性。"

仲山甫之德,柔嘉維則。令儀令色,小心翼翼。古訓是式,威儀是力。天子是若,明命使賦。
> 力,勉也。若,順也。賦,布也。

王命仲山甫,式是百辟。纘戎祖考,王躬是保。出納王命,王之喉舌。賦政于外,四方爰發。
> 戎,女也。發,發而應之也。

肅肅王命,仲山甫將之。邦國若否,仲山甫明之。既明且哲,以保其身。夙夜匪解,以事一人。

人亦有言,柔則茹之,剛則吐之。維仲山甫,柔亦不茹,剛亦不吐,不侮矜寡,不畏強禦。

人亦有言,德輶如毛,民鮮克舉之,我儀圖之。維仲山甫舉之,愛莫助之。袞職有闕,維仲山甫補之。
> 輶,輕也。儀,匹也。愛,惜也。袞職,王職也。上有過失,下莫敢言而獨補之,此以見其能舉德也。

仲山甫出祖,四牡業業,征夫捷捷,每懷靡及。四牡彭彭,八鸞鏘鏘。王命仲山甫,城彼東方。
> 王命仲山甫城齊,祖祭而行,其馬業業而健,其徒捷捷而敏,猶常恐不及事也。東方,則齊也。

四牡騤騤,八鸞喈喈。仲山甫徂齊,式遄其歸。吉甫作誦,穆如清風。仲山甫永懷,以慰其心。
> 此詩言仲山甫,其始曰:"仲山甫之德,柔嘉維則。令儀令色,小心翼翼。古訓是式,威儀是力。"此與漢胡廣、趙戒何異?其終曰:"人亦有言,柔則茹之,剛則吐之。維仲山甫,柔亦不茹,剛亦不吐,不侮鰥寡,不畏強禦。"此與漢汲黯、朱雲何異?胡、趙柔而陷于佞,汲、朱剛而近于狂,如仲山甫內剛外柔,非佞非狂,然後可以為王者之佐,當天下之事矣。嗚呼,非斯人其誰與歸?

《烝民》八章,章八句。

韓奕

《韓奕》,尹吉甫美宣王也。

奕奕梁山,維禹甸之。有倬其道,韓侯受命。王親命之,纘戎祖考,無廢朕命。夙夜匪解,虔共爾位。朕命不易,榦不庭方,以佐戎辟。

> 奕奕,大也。梁山,韓之鎮也,《禹貢》所謂"治梁及岐"者,在今同之韓城。甸,治也。禹之治水也,九州之鎮山無所不甸,雖梁山亦禹之所甸也。韓,武之穆也。將言韓侯,故先叙其國,曰:"梁山之下有倬然之道,此韓侯之所從朝周以受命者也。"戎,女也。不庭,不來庭也。辟,君也。

四牡奕奕,孔修岳且張。韓侯入覲,以其介圭,入覲于王。王錫韓侯,淑旂綏章,簟茀錯衡,玄袞赤舄,鉤膺鏤錫,鞹鞃淺幭,鞗革金厄。

> 修岳,長也。張,大也。介圭,韓所貢也。諸侯秋見天子曰覲。淑,善也。交龍爲旂。綏,大綬也。眉上曰錫,刻金飾之曰鏤錫。鞹,革也。鞃,式中也。淺,皮也。幭,覆式也。鞗革,轡首也,以金爲小釬而纏揻之。

韓侯出祖,出宿于屠。顯父餞之,清酒百壺。其殽維何?炰鱉鮮魚。其蔌維何?維筍及蒲。其贈維何?乘馬路車。籩豆有且,侯氏燕胥。

> 既覲而反國必祖者,尊其所往,去則如始行焉。屠,地名也。顯父,周之卿士也。王寵韓侯,故使顯父餞之。蔌,菜殽也。筍,竹萌也。蒲,蒲蒻也。且,多貌也。侯氏,諸侯之與餞者也。胥,辭也。

韓侯取妻,汾王之甥,蹶父之子。韓侯迎止,于蹶之里。百兩彭彭,八鸞鏘鏘,不顯其光。諸娣從之,祁祁如雲。韓侯顧之,爛其盈門。

> 汾王,厲王也。厲王流于彘,晉霍邑是也,在汾水之上,詩人以目王焉,猶言莒郊公、黎比公也。蹶父,周之卿士,姞姓也。諸侯一娶九女,二國媵之。諸娣,諸媵也。

蹶父孔武,靡國不到。爲韓姞相攸,莫如韓樂。孔樂韓土,川澤訏訏,魴鱮甫甫,麀鹿噳噳,有熊有羆,有貓有虎。慶既令居,韓姞燕譽。

> 蹶父以王事行于四方,爲其子相善處而嫁之,莫如韓之樂者。訏訏、甫甫,大也。噳噳,衆也。貓,似虎而淺毛。慶,善也。蹶父以此善韓,而使韓姞居焉。譽,樂也。

溥彼韓城,燕師所完。以先祖受命,因時百蠻。王錫韓侯,其追其貊,奄受北國,因以其伯。實墉實壑,實畝實籍。獻其貔皮,赤豹黃羆。

> 溥,大也。燕,樂也。王以韓侯之先因是百蠻而長之,故錫之以追人、貊人,受之以北方之國,使復爲之伯焉。韓侯于是命諸侯各修其城池,治其田畝,正其稅法,以時貢其所有于王。墉,城也。壑,池也。籍,稅也。

《韓奕》六章，章十二句。

江漢

《江漢》，尹吉甫美宣王也。

江漢浮浮，武夫滔滔。匪安匪游，淮夷來求。既出我車，既設我旟。匪安匪舒，淮夷來鋪。

  浮浮，水盛貌也。滔滔，順流貌也。淮夷，夷之在淮上者也。鋪，病也。宣王自周而南出于江漢之間，命召公率兵循江而下以伐淮夷。行者皆莫敢安徐，曰："吾之來也，維淮夷是求是病。"言用命也。

江漢湯湯，武夫洸洸。經營四方，告成于王。四方既平，王國庶定。時靡有爭，王心載寧。

  洸洸，武貌也。淮夷既平，遂經營其旁國，以告于王。

江漢之滸，王命召虎：式辟四方，徹我疆土。匪疚匪棘，王國來極。于疆于理，至于南海。

  極，中也。王命召公闢四方之侵地，而治其疆界，非以病之，非以急之也，使來于王國取中焉耳。召公于是疆理其地，至南海而止。

王命召虎：來旬來宣。文武受命，召公維翰。無曰予小子，召公是似。肇敏戎公，用錫爾祉。

  旬，徧也。宣，布也。肇，開也。敏，疾也。公，事也。南方既平，王命召公來歸于周，以徧治四方而布行其政，曰："昔文武受命，維召康公實爲之翰。女實肖召公之德，開敏于戎事，我是用錫汝以福。"

釐爾圭瓚，秬鬯一卣，告于文人，錫山土田。于周受命，自召祖命。虎拜稽首，天子萬年。

  釐，賜也。秬鬯，黑黍酒也。卣，尊也。九命則賜圭瓚、秬鬯以祭。文人，其先祖之有文德者也。既錫之禮命，又廣其封邑，使受命于岐周，用其祖召公受封之禮焉。岐周有先王之廟，且召康公所從受封也。

虎拜稽首，對揚王休，作召公考，天子萬壽！明明天子，令聞不已。矢其文德，洽此四國。

  對，答也。考，成也。矢，施也。王命召公用召祖命，故虎之答王，亦爲召康公所以對成王命受之辭。自"天子萬壽"以下，召康公之遺意也。

  《江漢》六章，章八句。

常武

《常武》，召穆公美宣王也。

> 武不可常也。宣王之征徐方，"王猶允塞"而"徐方既來"，兵不勞而民不病，則可常也。然《六月》歌尹吉甫，《采芑》歌方叔，而在《小雅》；《崧高》歌申伯，《烝民》歌仲山甫，《韓奕》歌韓侯，《江漢》歌召虎，《常武》歌皇父，而在《大雅》。概言之，則七詩若無以異；精言之，則在《小雅》者皆征伐政事而已，在《大雅》者皆君臣同德，有不知其所以然而致者，此其所以異也。

赫赫明明，王命卿士、南仲大祖、大師皇父：整我六師，以修我戎。既敬既戒，惠此南國。

> 宣王命其卿士皇父南征徐方。皇父以卿士而兼大師，其大祖南仲則文王之所使伐玁狁者也，蓋稱其世功以褒大之。

王謂尹氏，命程伯休父：左右陳行，戒我師旅。率彼淮浦，省此徐土。不留不處，三事就緒。

> 尹氏，尹吉甫也。蓋以卿士兼內史，故使之策命程伯休父，程伯休父于是始為司馬。故于兵之出也，使之左右陳其行列，而戒令之曰："往循淮之上而視徐土，無久留處其地以患苦其民，使其三有事之臣復就其業。"

赫赫業業，有嚴天子。王舒保作，匪紹匪游。徐方繹騷，震驚徐方。如雷如霆，徐方震驚。

> 舒，徐也。保，安也。作，行也。紹，急也。繹，徧也。騷，動也。王之南征也，人望其赫赫業業之威而畏之，曰："有嚴哉，天子也！"然王則徐而安行，不急不緩，而徐方之人莫不震動，如雷霆作于其上，不遑安矣。

王奮厥武，如震如怒。進厥虎臣，闞如虓虎。鋪敦淮濆，仍執醜虜。截彼淮浦，王師之所。

> 師行至于淮上，則遂布其師旅，敦集其陳以待之。既戰，則多執醜虜。王師之所在，截然無侵略者。

王旅嘽嘽，如飛如翰，如江如漢，如山之苞，如川之流，綿綿翼翼。不測不克，濯征徐國。

> 苞，本也。綿綿，靚也。翼翼，敬也。不測，不可測知也。不克，不可克勝也。濯，大也。淮上諸侯既已服從，于是始征徐國。

王猶允塞，徐方既來。徐方既同，天子之功。四方既平，徐方來庭。徐方不回，王曰還歸。

> 猶，道也。王將大征徐國，兵未及之，徒以王道充塞而徐人來服矣。來庭，來王庭也。回，違也。

《常武》六章，章八句。

瞻卬

《瞻卬》，凡伯刺幽王大壞也。

瞻卬昊天，則不我惠。孔填不寧，降此大厲。邦靡有定，士民其瘵。蟊賊蟊疾，靡有夷屆。罪罟不收，靡有夷瘳。

填，久也。瘵，病也。夷，平也。屆，極也。瘳，愈也。國有所定則民受其福，無所定則受其病，于是有小人爲之蟊賊，刑罰爲之網罟，凡此皆民之所以病也。

人有土田，女反有之。人有人民，女覆奪之。此宜無罪，女反收之。彼宜有罪，女覆說之。哲夫成城，哲婦傾城。

懿厥哲婦，爲梟爲鴟。婦有長舌，維厲之階。亂匪降自天，生自婦人。匪教匪誨，時維婦寺。

寺，寺人也。言王不用教誨之言，維婦、寺是聽也。

鞫人忮忒，譖始竟背。豈曰不極，伊胡爲慝？如賈三倍，君子是識。婦無公事，休其蠶織。

鞫，窮也。忮害也。忒，變也。婦人以其忮或窮人，始妄譖之，而終不然，亦不自謂不中也，曰："是何用爲慝哉！"商賈之利雖三倍，君子豈有知之者哉！婦人而棄其蠶織以與公事，譬如君子而知商賈，衆之所共怪也。

天何以刺，何神不富？舍爾介狄，維予胥忌。不弔不祥，威儀不類。人之云亡，邦國殄瘁。

刺，責也。介，大也。弔，閔也。天何用責王，神何用不富王哉！凡以王信用婦人之故，王曾不悟將有夷狄之大患，舍之不忌而忌君子之正王者。夫天之降不祥，庶幾王懼而自修。今王遇災而不弔，不慎其威儀，君子知其不可復輔，于是有逃亡以避禍者。天既禍之，人又去之，求國之不殄瘁，不可得也。

天之降罔，維其優矣。人之云亡，心之憂矣。天之降罔，維其幾矣。人之云亡，心之悲矣。

天降禍以執有罪，如罔之執禽獸也，優多于前也。幾，近也。

觱沸檻泉，維其深矣。心之憂矣，寧自今矣？不自我先，不自我後。藐藐昊天，無不克鞏。無忝皇祖，式救爾後①！

泉之㓒也，其源深矣。幽王之敗，其所從來者亦久矣，非今日而然也。故君子懼而相戒曰："天之藐然遠而難信也，無有不自戒敕以求鞏固者。庶幾上不忝父祖，下不危子孫爾。"

《瞻卬》七章，三章章十句，四章章八句。

---

① 救：阮元刻《十三經注疏·毛詩正義》同。《經解》本、重刻本、《四庫》本則作"穀"。

召旻

《召旻》，凡伯刺幽王大壞也。

因其首章稱"旻天"，卒章稱"召公"，故謂之《召旻》，以別《小旻》而已。毛氏之《叙》曰："旻，閔也，閔天下無如召公之臣。"蓋亦衍説矣。

旻天疾威，天篤降喪。瘨我饑饉，民卒流亡，我居圉卒荒。

篤，厚也。瘨，病也。卒，盡也。居，國中也。圉，邊陲也。

天降罪罟，蟊賊内訌，昏椓靡共。潰潰回遹，實靖夷我邦。

訌，潰也。昏椓，刑餘奄人也。潰潰，亂也。靖，安也。天降罔以執有罪，使小人爲蟊賊以潰其内，故昏椓群小不恭之人爲邪僻之行①，安然而夷滅其國。

皋皋訿訿，曾不知其玷。兢兢業業，孔填不寧，我位孔貶。

皋皋，多告訴也。訿訿，多讒謗也。小人皋皋訿訿，曾無有知其瑕疵者。君子居于其間，兢兢業業，日夜危懼，久而不安，猶不能保其位。

如彼歲旱，草不潰茂，如彼棲苴。我相此邦，無不潰止。

潰，遂也。苴，枯草也。人之生于此時者憂患多，故其生不樂，如旱歲之草不得遂茂，如木上之棲苴。君子以是相其國，知其潰叛不久也。

維昔之富不如時，維今之疚不如兹。彼疏斯粺，胡不自替，職兄斯引。

言先王之世，天下富樂，其人固不若是窮矣；至于今世，人民疲病，亦未有若此之甚者。蓋指言幽王大壞之時也。疏，粗也。粺，精也。兄，益也。引，長也。君子與小人，精粗之不同，可指而知也。小人曷不自替以避君子，而乃自任以長此亂哉？

池之竭矣，不云自頻。泉之竭矣，不云自中。溥斯害矣，職兄斯弘，不烖我躬。

頻，厓也。溥，徧也。弘，大也。池，水之鍾也。泉，水之發也。故池之竭由外之不入，泉之竭由内之不出。今外則諸侯不親，内則國人不附，其害徧至矣。然小人猶自任，以益大此亂，維曰"不烖我躬"，則無所不爲，曾不顧其害民以及其國也。

昔先王受命，有如召公，日辟國百里。今也日蹙國百里。於乎哀哉！維今之人，不尚有舊。

世雖亂，豈不猶有舊德可用之人哉？言有之而不用耳。文王之世，周公治内，召公治外，故周人之詩謂之《周南》，諸侯之詩謂之《召南》。所謂"日闢國百里"云者，言文王之化自北而南，至于江漢之間，服從之國日益衆耳。蓋虞、芮質成于周，其旁諸侯聞之，相帥而歸周者四十餘國，然則日闢百里之言不爲過矣。楚

---

① "小"字原脱，據《經解》本、重刻本、《四庫》本補。

椒舉有言："夏桀爲仍之會，有緡叛之；商紂爲黎之蒐，東夷叛之；周幽爲太室之盟，戎狄叛之。皆示諸侯汰也。"其後齊桓盟諸侯于葵丘，震而矜之，叛者九國。由此觀之，闢國以禮，蹙國不以禮，皆非用兵之謂也。近世小人欲以干戈侵虐四鄰，求拓土之功者，率以召公藉口，此楚靈、齊湣之事，桓、文之所不爲，而以誣召公，烏乎殆哉！

《召旻》七章，四章章五句，三章章七句。

詩集傳卷十九

周頌·清廟之什

《周頌》皆有所施于禮樂，蓋因禮而作《頌》，非如《風》、《雅》之詩，有徒作而不用者也。文武之世，天下未平，禮樂未備，則《頌》有所未暇。至周公、成王，天下既平，制禮作樂而爲詩以歌之，于是頌聲始作。然其篇第之先後則不可究矣，考之以其時則不倫，求之以其事則不類。意者，亦以其聲相從乎！《清廟》之什，禮之大者也；《臣工》之什，禮之次者也；《閔予小子》之什，禮之小者也。然時有參差不齊者。意者，亦以其聲相從也，然不可得而推矣。

清廟

《清廟》，祀文王也。
於穆清廟，肅雝顯相。濟濟多士，秉文之德。對越在天，駿奔走在廟。不顯不承，無射於人斯。

於乎美哉！其祀文王于清廟也，有肅肅其敬、雝雝其和者，實來顯相其禮。文王没矣，其神在天，其主在廟。然士之來助祭者，猶不忘秉持其德，以對其在天，而奔走其在廟者，言文王之澤久而不忘，豈其不顯不承哉？信矣，其無厭于人也！肅然清淨曰清廟。對，配也。越，辭也。駿，長也。

《清廟》一章，八句。

維天之命

《維天之命》，太平告文王也。
維天之命，於穆不已。於乎不顯，文王之德之純！假以溢我，我其收之。駿惠我文王，曾孫篤之。

文王受命未終而没，周公、成王繼之，天下太平，以爲文王之德之致也，故以告之曰："天命之于周久而不已。文王亦既没矣，而其德美不亡以大，盈溢我後人。我後人收之以成太平，天命之不已也如此，今將以長順文王之心，惟爾子孫世益厚之。"

《維天之命》一章，八句。

維清

《維清》，奏《象》舞也。

《象》，文王之樂，所謂象箾者，蓋文舞也。文王之舞謂之《象》，武王之舞謂之《武》。將舞《象》則先歌《維清》，故其《序》曰"奏《象》舞"，而其辭稱文王。將舞《武》則先歌《武》，故其《序》曰"奏《大武》"，而其辭稱武王。《記》曰：十三舞《勺》。《勺》，《大武》也。十五舞《象》。《象》，象箾也。《武》而謂之《勺》者，《勺》之序曰"告成《大武》"，蓋因此詩而名之也。

維清緝熙，文王之典，肇禋。迄用有成，維周之禎。

緝，和也。熙，光也。周公之治周也，事爲之制，曲爲之防，是以其國無不修之政，政無不修清也，清則其爲之也暇，而事之也至，是以無不和洽而光明者。君子推其所由致之，曰："由文王之法。"文王之造周也，實始肇祭天地，先爲之極焉，迄于周公，遂以有成。其成雖當周公之世，然其禎祥見于文王矣。

《維清》一章，五句。

烈文

《烈文》，成王即政，諸侯助祭也。

古之儒者皆言武王崩，成王幼不能踐阼，周公攝天子位以爲政，七年而後反。余考于《詩》、《書》，無之。古者君薨，世子即位，諒闇而聽于冢宰三年，蓋免喪而復。成王之終喪也，以幼不能聽政，而聽于周公七年而復，故《書》稱武王崩，三監及淮夷畔，周公相成王以黜商，有大政令未嘗不稱王命也，然則成王既已即位矣。成王既已即位而周公攝，則是二王者也。蓋武王崩，成王無所復父，不得稱子，則逾年即位而稱王。雖稱王矣，而不能治王事，故未嘗即政，是以周公當國而治事，非攝其位，蓋行其事也。其後七年，退而復辟，則成王于是即政，亦非復其位，蓋復其事也，故此詩之《序》曰："成王即政。"即政非即位也。苟成王有即位、有即政，則周公之未嘗攝位明矣。或曰："即政亦即位也。"然則未終喪而爲詩以作樂，可乎？

烈文辟公，錫茲祉福。惠我無疆，子孫保之。無封靡于爾邦，維王其崇之。念茲戎功，繼序其皇之。無競維人，四方其訓之。不顯維德，百辟其刑之。於乎，前王不忘！

成王朝享于廟，諸侯來助者以祖考之命錫之祉福，其曰"烈文辟公"，呼而告之也。諸侯能奉順王室，則子孫安矣。無封以專利，無靡以專欲，則王尊之矣。念其先祖之功，則繼其序者益大矣。勤于擇人，則四方順之矣。敏于爲德，則百辟憲之矣。凡此五者，先王之所以不忘諸侯而教之也。烈，光也。辟、公，皆君也。

《烈文》一章，十三句。

天作

《天作》，祀先王先公也。

祀，時祀也。周之初，時祀猶及先公。

天作高山，大王荒之。彼作矣，文王康之。彼徂矣岐，有夷之行，子孫保之。

高山，岐山也。大王遷于岐山，始荒有之。亦既作之矣，文王從而安之。文王既逝矣，岐周之人世載其夷易之道，子孫保之不替也。

《天作》一章，七句。

昊天有成命

《昊天有成命》，郊祀天地也。

郊，謂冬至祭昊天于圜丘，夏至祭地祇于方澤。詩稱"昊天"，是以知非祈穀之郊也。

昊天有成命，二后受之。成王不敢康，夙夜基命宥密。於緝熙！單厥心，肆其靖之。

天將祚周以天下，既有成命矣。文、武受之，將成其王業，不敢安也，夙夜積德以爲受命之基，蓋未嘗求之，亦未嘗舍之也。未嘗求之所謂宥也，未嘗舍之所謂密也。宥之也者，聽其自至也；密之也者，欲及其時也。文武之所以答天命者如此。於乎！及其和洽而光明也，盡其心矣，故能定之也。此詩有"成王不敢康"，而《執競》有"不顯成康"，世或以爲此言成王誦康王釗也，然則《周頌》有康王子孫之詩矣。周公制禮，禮之所及，樂必從之，樂之所及，詩必從之，故頌之施于禮樂者備矣，後世無容易之。且詩曰"成王不敢康，夙夜基命宥密"，又曰"自彼成康，奄有四方"，成王非基命之君，而周之奄有四方，非自成康始也。

《昊天有成命》一章，七句。

我將

《我將》，祀文王于明堂也。

此《傳》所謂祀文王于明堂以配上帝者也。《記》曰："有虞氏禘黃帝而郊嚳，祖顓頊而宗堯。夏后氏亦禘黃帝而郊鯀，祖顓頊而宗禹。商人禘嚳而郊冥，祖契而宗湯。周人禘嚳而郊稷，祖文王而宗武王。"鄭氏以祖、宗爲明堂之配，而王氏以祖、宗爲不毀之廟。予竊以鄭氏爲不然，何者？四代之所禘，皆其祖之所自出、廟之所不及者也。其所祖者，廟之所自始者也；其所郊者，先世之有功者也；其所宗者，近世之有功者也。有虞氏繼堯，堯、嚳非其姓也，故禘黃帝而郊嚳，祖顓頊而宗堯。黃帝，顓頊之所自出，而顓頊舜之祖，此其不可易者也，堯、嚳則舜之所繼而有功者也，故舜之將攝也，受終于文祖，堯之祖也。禹之將攝也，受命于神宗，舜之宗也。將以天下予人，必告其所從受天下。舜之所從受天下者堯也，則舜之以堯爲宗也明矣。夏商之所禘、祖猶舜也，而其所郊、宗，則其世之有功者也。至周亦然，其所以爲異者，后稷祖也。文、武皆王業之所自成也，故雖以后稷爲太祖，而其禘于廟也，先公之主祔于稷廟，先王之主祔于文武之廟。《雝》其所以禘太祖也，《雝》爲文王之詩，故文王亦祖矣。文王爲祖，故后稷升于郊，此其所以異于夏、商而已。故祖、宗之號，非所以施于明堂也。

我將我享，維羊維牛，維天其右之！儀式刑文王之典，日靖四方。伊嘏文王，既右饗之。我其夙夜，畏天之威，于時保之。

將，奉也。享，獻也。其饗上帝于明堂也，奉其牛羊而獻之，曰："天其尚右我而饗此乎！"蓋不敢必也，故自託于文王，庶幾可以致之，曰："我今儀式刑文王之典以靖天下，苟天不遺文王而嘏之，其亦既右饗我哉！"天之難致也如是，是以夙夜畏天之威，而保文王之法，庶幾可得而致也。

《我將》一章，十句。

時邁

《時邁》，巡守告祭柴望也。

時邁其邦，昊天其子之。實右序有周。薄言震之，莫不震疊。懷柔百神，及河喬岳。允王維后。明昭有周，式序在位。載戢干戈，載櫜弓矢。我求懿德，肆于時夏。允王保之。

王者以時巡行邦國，曰："天其尚子我哉！"則曰："天實右序我有周矣。"不然，四方之諸侯豈其薄震動之而無不震慴以歸周者？我是以能巡守于方岳，柴告天地，望秩山川，徧于群神。信矣，我周王維君矣，然我有周豈以是求多于諸侯哉？蓋亦次序其朝之群臣，斂其甲兵而收藏之，求有德之人而布之于諸夏，以藩屏周室，如是而已，然後信能保有天下，此所謂明也。

《時邁》一章，十五句。

執競

《執競》，祀武王也。

執競武王，無競維烈。不顯成康，上帝是皇。自彼成康，奄有四方，斤斤其明。鐘鼓喤喤,磬筦將將,降福穰穰。降福簡簡,威儀反反。既醉既飽,福禄來反。

競,彊也。武王持其强心,爲而不舍,故天下莫能與之競,遂成其王業而安之,爲天之所君。夫周之興也遠矣,至于武王,成而安之,然後能奄有四方,使其明無所不至。凡今所以能備其禮樂、修其祭祀以受多福者,皆武王之德之致也。喤喤,和也。將將,集也。穰穰,衆也。簡簡,大也。反反,順習也。反,復也。

《執競》一章,十四句。

思文

《思文》,后稷配天也。

《周頌》有祭天之詩三焉:其一曰《昊天有成命》,以"郊祀天地",此所謂禘嚳,祀昊天于圜丘而以嚳配之者也。其二曰《我將》,"祀文王于明堂",此所謂宗祀文王于明堂,以配上帝者也。其三曰《思文》,"后稷配天",此所謂郊稷,禘其祖之所自出而以其祖配之者也。此三者,其説皆出于鄭氏。古之論郊祀者,莫密于鄭氏,然世或以其怪而不信。予以爲鄭氏近之而不善言之,故爲之辨曰:天一而已,然而天有五行,五行之神而尊之曰五帝,不可謂無六天也。古之帝王以五行之德迭王天下,故以火德者曰炎帝,以土德者曰黄帝。古之帝王以五德相授而有天下,其來尚矣。至于周而爲木,故以其行王天下,則又特祀其神,此亦理之當然也。然鄭氏之説則怪矣,曰:"昊天者耀魄寶,蒼帝者靈威仰,赤帝者赤熛怒,黄帝者含樞紐,白帝者白招拒,黑帝者叶光紀。帝王之以其德王天下者,皆其所感而生也。"此尚何以使學者信之?然鄭氏之所謂感生者,禮之所謂祖之所自出也,然則記者亦過矣。史稱秦襄公居西方,自以爲主少皞之神,故作西畤以祀白帝;其後宣公作密畤以祀青帝,靈公作吴陽上畤以祀黄帝、下畤以祀炎帝。漢高帝曰:"吾聞天有五帝,而不足一,何也?"于是復作北畤以祀黑帝。其説皆與鄭氏合,故鄭氏之説古矣,而所以言之非也。若夫王氏之學有昊天而無五行,故曰:"禮之所謂禘嚳者,大祭于廟而以嚳爲祖也;所謂郊稷者,祀昊天而以稷配也;所謂祀文王于明堂者,亦以配昊天也。"予竊非之,何者?周人推其受命之祖曰文王,始封之祖曰后稷,故周人之廟至稷而止。又推而上之,曰后稷生于姜嫄,則又立姜嫄之廟曰先妣。姜嫄,帝嚳之妃,而特立廟,則嚳無廟矣,無廟則無主,無主則無以禘,無廟則無所禘,將禘于后稷之廟,是以父而下禘于子孫之廟,非禮也。且夫肅之所謂其祖之自出者嚳也,以嚳爲祖之所自出,可也,未有禘祖之父而以祖配之者也。王者之祭天地維外之,故爲之配以主之,禘祖之父而爲之配,是外祖之父也。由是言之,嚳不得與宗廟之禘,而祖之所自出者非嚳,則所謂禘嚳者,誠配天也。

思文后稷,克配彼天。立我烝民,莫匪爾極。貽我來牟,帝命率育。無此疆爾界，陳常于時夏。

堯遭洚水之患，黎民阻飢，后稷播百穀以食之，然後民復粒食也①。方是時也，天降嘉種以遺之，使徧養于四方，無曰"此吾疆也，彼爾界也"，布之于諸夏，使常種之而後已。"立"、"粒"通。極，中也。能粒烝民者，后稷之功也；能建皇極者，后稷之德也。使稷有粒民之功而無皇極之德，物我遠近存于心，則安能陳常于時夏若此其廣乎？惟其功德相濟，是以謂之文也。不然，服田力穡之人，而能使其子孫代有天下八百年不絕乎？自后稷以來，世之有功于民者爲不少矣，而未見有其德者，是以終不能有天下；雖或有天下，亦未見若是其久者也，得非其舊日乎？來牟，麥也。

《思文》一章，八句。

周頌·臣工之什

臣工

《臣工》，諸侯助祭遣于廟也。

嗟嗟臣工，敬爾在公。王釐爾成，來咨來茹。嗟嗟保介，維莫之春，亦又何求，如何新畬？於皇來牟，將受厥明。明昭上帝，迄用康年②。命我眾人，庤乃錢鎛，奄觀銍艾。

釐，賜也。茹，度也。保介，車右也。《月令·孟春》："天子親載耒耜，錯之于參、保介之御間。"田一歲曰新，三歲曰畬。庤，具也。錢，銚也。鎛，鎒也。銍，穫也。諸侯朝正于王，因助祭于廟，祭終而遣之，遂戒其群臣百工曰："戒爾公事！王既賜爾成法，有所不知則來咨度以定之。"既又戒其車右，曰："今既莫春矣，其亦視爾田事，問其如何而勸督之。昔后稷播殖百穀，天實降之嘉種，大受其明，以至于今常有豐歲。爾其亦使眾人具其田器，以勸田事，其亦大有刈矣。"

《臣工》一章，十五句。

噫嘻

《噫嘻》，春夏祈穀于上帝也。

所謂啓蟄而郊、龍見而雩是也。

---

① 然後：原本作"然使"，據《經解》本、重刻本、《四庫》本改。
② 康年：原本作"豐年"，據《經解》本、重刻本、《四庫》本改。按：阮元刻《十三經注疏·毛詩正義》、朱熹《詩集傳》均作"康年"。

噫嘻成王，既昭假爾。率時農夫，播厥百穀。駿發爾私，終三十里。亦服爾耕，十千維耦。

　　噫嘻，歎也。天之所以成我王業者既昭至矣，我今率是典田之農夫①，令無不咸播百穀，曰："其大發爾私，盡三十里而後已。"既令之，民之服其耕者萬人，皆出于野，言人事盡矣，所不足雨耳，是以告之天也。私，民田也。上之告民則先其私，民之奉上則先其公，曰："雨我公田，遂及我私。"交相愛也。《周官》："凡治野，夫間有遂，遂上有徑。十夫有溝，溝上有畛。百夫有洫，洫上有塗。千夫有澮，澮上有道。萬夫有川，川上有路。"萬夫之地，方三十三里有半，言三十里，舉成數也。耜廣五寸，二耜爲耦，萬夫故萬耦。

　　《噫嘻》一章，八句。

振鷺

《振鷺》，二王之後來助祭也。

　　二王後，杞、宋也。

振鷺于飛，于彼西雝。我客戾止，亦有斯容。在彼無惡，在此無斁。庶幾夙夜，以永終譽。

　　振振，群飛貌也。雝，澤也。二王之後，于周爲客。戾，至也。言客之至于廟者，其容貌之修絜如鷺之集于澤也。在彼，在國也；在此，在周也。在國無惡之者，在周無厭之者，然猶庶幾其能夙夜以永終。此譽愛之至也。

　　《振鷺》一章，八句。

豐年

《豐年》，秋冬報也。

　　報謂秋祭四方，冬祭八蜡。

豐年多黍多稌。亦有高廩②，萬億及秭。爲酒爲醴，烝畀祖妣，以洽百禮。降福孔皆。

　　稌，稻也。數萬至萬曰億，數億至億曰秭。烝，進也。畀，予也。皆，徧也。《豐年》、《載芟》皆非宗廟之詩，而曰"烝畀祖妣"，何也？以爲所以能進享先祖者，皆方蜡、社稷之功也。

　　《豐年》一章，七句。

---

①　典田：《經解》本、重刻本、《四庫》本作"佃田"。

②　有：原本作"自"，據《經解》本、重刻本、《四庫》本改。按：阮元刻《十三經注疏·毛詩正義》作"有"。

有瞽

《有瞽》，始作樂而合乎祖也。
　　始作樂，謂周公始成《大武》也。祖，謂太祖文王也。
有瞽有瞽，在周之庭。設業設虡，崇牙樹羽，應田縣鼓，鞉磬柷圉。既備乃奏，簫管備舉。喤喤厥聲，肅雝和鳴，先祖是聽。我客戾止，永觀厥成。
　　瞽，樂官也。崇牙，上飾也。樹羽，置羽也。應，小鞞也；"田"當作"朄"，應鞞之屬也，皆在縣鼓之上。縣鼓，大鼓也。周人始縣鞉。鞉，小鼓也。柷，椌也。圉，楬也。簫，編小竹管爲之。管，如篪，併而吹之。
　　《有瞽》一章，十三句。

潛

《潛》，季冬薦魚，春獻鮪也。
　　季冬魚絜而美，春鮪新來，故獻于宗廟。
猗與漆沮，潛有多魚。有鱣有鮪，鰷鱨鰋鯉。以享以祀，以介景福。
　　漆、沮，岐周之二水也。潛，椮也。鱣，大鯉也。鮪，鮥也。鰷，白鰷也。鰋，鮎也。
　　《潛》一章，六句。

雝

《雝》，禘太祖也。
　　禘，宗廟之大祭，所謂禘祫者也。太祖，文王也。或言周人以諱事神，而此詩有"克昌厥後"，則太祖非文王也。然周之所謂諱者，不以其名號之耳，不遂廢其文也。諱其名而廢其文者，後世之禮，而非周之故，疑之過矣。
有來雝雝，至止肅肅。相維辟公，天子穆穆。於薦廣牡，相予肆祀。
　　其來也和，其至也敬，其助者公侯，其薦者天子也，故于其薦大牡也，皆助陳其饌。言得天下之歡心也。
假哉皇考，綏予孝子。宣哲維人，文武維后。燕及皇天，克昌厥後。綏我眉壽，介以繁祉。既右烈考，亦右文母。
　　大哉，我皇考文王之安我也！其臣明哲，其君文武，故能安人以及于天，天地神人莫不蒙享其利，故能昌其後嗣，安之以眉壽，助之以多福。然此非獨文王之致也，文母大姒之德亦有以右我矣。大禘之禮，先王之臣有與祭者，故于是稱"宣哲維人"焉。
　　《雝》一章，十六句。

載見

《載見》，諸侯始見乎武王廟也①。

《烈文》言"成王即政，諸侯助祭"，而《載見》言"諸侯始見乎武王廟"，則《載見》之作也，成王未即政歟？

載見辟王，曰求厥章。龍旂陽陽，和鈴央央。鞗革有鶬，休有烈光。率見昭考，以孝以享，以介眉壽。永言保之，思皇多祜。烈文辟公，綏以多福，俾緝熙于純嘏。

載，始也。軾前曰和，旂上曰鈴。鶬，金飾貌也。諸侯始來見王，求法度以好其車服，從之以祭武王之廟，思介之以眉壽而大其多祜；而王之所以待辟公者，則亦以多福綏之，使和合于神之所嘏。言君臣相與之厚也。

《載見》一章，十四句。

有客

《有客》，微子來見祖廟也。

有客有客，亦白其馬。有萋有且，敦琢其旅。有客宿宿，有客信信。言授之縶，以縶其馬。薄言追之，左右綏之。既有淫威，降福孔夷。

殷尚白。亦，仍也，言仍殷之舊也。萋萋、且且，敬慎貌也。敦琢，選擇之也。旅，其卿大夫也。一宿曰宿，再宿曰信。縶其馬者，愛之不欲其去也。追，送也。"左右綏之"，言所以安之無方也。淫，大也。夷，易也。能威人則能福人矣，愛之至，故欲其能威福人也。

《有客》一章，十二句。

武

《武》，奏《大武》也。

於皇武王，無競維烈。允文文王，克開厥後。嗣武受之，勝殷遏劉，耆定爾功。

於乎大矣，武王無競之功，文王開之也。文王既開其迹，武王嗣而受之，勝殷而止其殺人，其成功也老矣。武，迹也。遏，止也。劉，殺也。耆，老也②。

《武》一章，七句。

---

① 武王廟：《經解》本、《四庫》本作"文武廟"。
② 老：《經解》本、重刻本、《四庫》本作"考"。

周頌·閔予小子之什

閔予小子

《閔予小子》，嗣王朝于廟也。

閔予小子，遭家不造，嬛嬛在疚。於乎皇考，永世克孝。念茲皇祖，陟降庭止。維予小子，夙夜敬止。於乎皇王，繼序思不忘。

成王始見于宗廟，自傷嬛嬛無所依怙，曰："於乎！我皇考武王終身能孝。維念我皇祖文王，以其直心陟降天人之際，無有不達。今我夙夜敬止，則亦不忘此而已。"蓋周之先君能陟降在帝左右者，惟文王也。庭，直也。

《閔予小子》一章，十一句。

訪落

《訪落》，嗣王謀于廟也。

訪予落止，率時昭考。於乎悠哉，朕未有艾。將予就之，繼猶判渙。維予小子，未堪家多難，紹庭上下，陟降厥家。休矣皇考，以保明其身。

《閔予小子》，成王朝廟，言將繼其祖考之詩也。《訪落》，謀所以繼之之詩也。訪，謀也。落，始也。曰："予將謀之于始，以循我昭考武王之德。然而其道遠矣，予不能及也。將使予勉強以就之，猶恐判渙不合也。今將紹文王，以其直心交際上下，常若陟降近在其家者。美哉，此皇考之所以保明其身者，將何以致此哉？"

《訪落》一章，十二句。

敬之

《敬之》，群臣進戒嗣王也。

敬之敬之，天維顯思，命不易哉！無曰高高在上，陟降厥士，日監在茲。維予小子，不聰敬止。日就月將，學有緝熙于光明。佛時仔肩，示我顯德行。

《敬之》，群臣所以答《訪落》也，故戒之曰："天命之于人顯矣，不可易也，無謂其高而不吾察。非獨人君陟降在帝左右，天亦常陟降以察其士，而況于王乎？王之不可不敬者如此。"王曰："我未能明所謂敬者，庶幾日有所就，月有所成，講之以學，使心之光明者和洽而見于外，又屬任輔拂使導我以德行，可以答天顯者，然後敬可得也。"佛，輔也。仔肩，任也。

《敬之》一章，十二句。

小毖

《小毖》，嗣王求助也。

毖，慎也。慎之于小，則大患無由至矣。

予其懲，而毖後患。莫予荓蜂，自求辛螫。肇允彼桃蟲，拚飛維鳥。未堪家多難，予又集于蓼。

荓，使也。桃蟲，鷦鷯也。古語曰："鷦鷯生雕，始小而終大。"蓼，取其辛苦也。成王始信二叔以疑周公，既而悟其姦，故曰："予其懲，是以毖後患。群臣勿使予者矣，予猶蜂耳。苟使予，予將螫女。昔也始信，以爲是桃蟲耳，無能爲也，及其翻然而飛，則大鳥也。予方未堪多難，而又集于辛苦之地，其柰何舍我而弗助哉？"

《小毖》一章，八句。

載芟

《載芟》，春藉田而祈社稷也。

禮，王爲民立社曰大社，自爲立社曰王社。王社在藉田中，藉田所祈也。

載芟載柞，其耕澤澤。千耦其耘，徂隰徂畛。侯主侯伯，侯亞侯旅，侯彊侯以。有嗿其饁①，思媚其婦，有依其士。有略其耜，俶載南畝。播厥百穀，實函斯活。驛驛其達，有厭其傑。厭厭其苗，緜緜其麃。載穫濟濟，有實其積，萬億及秭。爲酒爲醴，烝畀祖妣，以洽百禮。有飶其香，邦家之光。有椒其馨，胡考之寧。匪且有且，匪今斯今，振古如兹。

載，始也。除草曰芟，除木曰柞。澤澤，解散也。耘，除根株也。隰，新發之田也。畛，舊田有術路者也。主，家之長也。伯，其長子也。亞，仲叔也。旅，衆子弟也。彊，民之有餘力而來助者，所謂彊予也。能左右之曰以，所謂間民轉徙執事者也。嗿，嗜食聲也。依，愛也。略，利也。函，含也。活，生也。既播之，其實含氣而生也。驛驛，苗生貌也。達，出土也。厭厭然茂甚也。傑，先長者也。緜緜，詳密也。麃，耘也。濟濟，人衆貌也。飶、椒皆香也，以燕饗賓客，則邦家之光也；以養耆老，則胡考之所以安也。且，此也。振，自也。

《載芟》一章，三十一句。

---

① 其饁：原本作"有饁"，據《經解》本、重刻本、《四庫》本改。按：阮元刻《十三經注疏·毛詩正義》亦作"其饁"。

良耜

《良耜》，秋報社稷也。

畟畟良耜，俶載南畝。播厥百穀，實函斯活。或來瞻女，載筐及筥。其饟伊黍，其笠伊糾。其鎛斯趙，以薅荼蓼。荼蓼朽止，黍稷茂止。穫之挃挃，積之栗栗。其崇如墉，其比如櫛，以開百室。百室盈止，婦子寧止。殺時犉牡，有捄其角。以似以續①，續古之人。

　　畟畟，嚴利也。"或來瞻女"，婦子之來饁者也。筐、筥，饟具也。糾然笠之輕舉也。趙，刺也。荼，陸草也。蓼，水草也。挃挃，穫聲也。栗栗，積也。百室，一族之人也。族人輩作相助，故同時入穀。犉牡，社稷之牲也。"以似以續"，興來歲繼往歲也。"續古之人"，庶幾不替其先也。

　　《良耜》一章，二十三句。

絲衣

《絲衣》，繹賓尸也。

　　祭之明日復祭曰繹，所以賓尸也。天子、諸侯曰繹，以祭之明日；卿大夫曰賓尸，與祭同日。周曰繹，商曰肜。毛氏之《序》稱高子之言曰："靈星之尸也。"《絲衣》本宗廟之詩，其稱靈星既已失之，然又有以知毛氏雜取眾説以解經，非皆子夏之言，凡類此耳。

絲衣其紑，載弁俅俅。自堂徂基，自羊徂牛。鼐鼎及鼒，兕觥其觩，旨酒思柔。不吳不敖，胡考之休。

　　絲衣、爵弁，士助祭服也。紑，鮮絜貌也。俅俅，恭也。堂，門堂也。基，門塾之基也。鼐，大鼎也。鼒，小鼎也。吳，譁也。禮，繹于廟門之外，其禮薄于正祭，故使士升門堂，視壺濯及籩豆，降適于基，告濯具。遂視牲，自羊而之牛，反，告充已，乃舉鼎冪告絜，然後祭。祭終，旅酬而置罰爵，無有謹譁敖慢者，于是神畀之以胡考之福。

　　《絲衣》一章，九句。

酌

《酌》，告成《大武》也。

於鑠王師，遵養時晦。時純熙矣，是用大介，我龍受之。蹻蹻王之造，載

---

① 嗣：諸本同。阮元刻《十三經注疏·毛詩正義》作"似"。毛傳云："'以似以續'，嗣前歲，續往事也。"朱熹《詩集傳》亦作"似"。

用有嗣，實維爾公允師。

鑠，盛也。遵，循也。熙，光也。介，助也。蹻蹻，武貌也。載，始也。公，事也。文王有于鑠之師而不用，退自循養，與時皆晦。晦而益明，其後既純光矣，則天下無不助之者。文王于是遂寵受之，蹻然起而王之。夫文王既造其始矣，故其後有嗣之者。武王之興也，實維文王之事信爲之師。夫方其不可而晦，見其可而王之，此所以爲《酌》也。而《毛詩》之序曰"能酌先祖之道以養天下"，則是詩之所不言也。

《酌》一章，八句。

舊說《酌》九句，其實八句耳①。

桓

《桓》，講武類禡也。

王者將出征，則講武而類上帝，禡于所征之地。

綏萬邦，婁豐年，天命匪解。桓桓武王，保有厥士。于以四方，克定厥家。於昭于天，皇以間之。

武王克商以安天下，屢獲豐年之祥矣，然天命之于周久而不厭也，故武王桓桓，保有其衆，用之四方，于以安定其國家，其德上昭于天，遂以代商有天下，言武之不可廢也。皇，君也。間，代也。

《桓》一章，九句。

賚

《賚》，大封于廟也。

賚，予也。

文王既勤止，我應受之。敷時繹思，我徂維求定。時周之命，於繹思！

敷，布也。時，是也。繹，陳也。思，辭也。文王之勤勞天下至矣，其子孫應受而有之，然而不敢專也，是以布陳之以與人，維以行求天下之定而已，非求利也，此周之所以命諸侯者。於乎！其陳之歎之也。

《賚》一章，六句。

般

《般》，巡守而祀四岳、河海也。

般，般游也。

① "舊説"二句，《經解》本、重刻本、《四庫》本均删去。

於皇時周，陟其高山，嶞山喬岳，允猶翕河。敷天之下，裒時之對，時周之命。

嶞，狹長也。喬，高也。猶，道也。翕河，大河受衆水者也。裒，總也。對，答也。於乎美哉，王之巡行天下也！陟其山岳而道于大河，思其有功于民，是以至于敷天下無不總答其功者。此周之命也。

《般》一章，七句。

詩集傳卷二十

魯頌

魯，少昊之墟，而《禹貢》徐州大野蒙羽之野，成王以封周公之子伯禽。十九世至僖公，魯人尊之。其没也，其大夫季孫行父請于周而史克爲之《頌》。然魯以諸侯而作《頌》，世或非之，余以爲不然。詩有天子之《風》，有諸侯之《風》；有天子之《頌》，有諸侯之《頌》。二者無住而不可，凡爲是詩者則爲是名矣。古之王者治其室家，而後及于其國，故以家爲本，以國爲末。家者風之所自出，而國者雅之所自成也。其爲本也必約而精，其爲末也必大而粗。約而精者其微也，大而粗者其著也。微則易失，著則難喪，是以文武之詩始于二《南》而繼之以二《雅》，先其本也。方其盛也，其風加于天下，橫被而獨見，則有二《南》而無諸侯之《風》。其後王德既衰，衰始于室家，二《南》之風先絶而不繼，國異政，家殊俗，則周人之《風》不能及遠，而獨爲《黍離》。諸侯之風分裂而爲十一，故風之爲詩無所不在也。當是時也，王者之《風》雖亡，然其所以爲國猶在也，故雖幽、厲之世而《雅》不絶。至于平王東遷，而喪其所以爲國，則《雅》于是遂廢，故詩惟《雅》爲非天子不作也。《頌》之爲詩，本于其德而已，故天子有德于天下則天下頌之，諸侯有德于其國則國人頌之。商、周之《頌》，天下之頌也；魯人之《頌》，其國之頌也。故頌之爲詩無所不在也，是二者無所不在，故其用之于樂也亦然。《記》曰："天子之射也，以《騶虞》爲節，諸侯以《狸首》爲節，大夫以《采蘋》爲節，士以《采蘩》爲節。諸侯相見，歌《文王》、《大明》、《緜》，大饗升歌《清廟》，下而管《象》，客出以《雍》，徹以《振羽》。饗鄰國之使歌《鹿鳴》、《四牡》、《皇皇者華》。"天子諸侯未有不以《風》、《雅》、《頌》爲樂之節者也。然古之説詩者則不然，曰："一國之事，繫一人之本，謂之《風》；言天下之事，則四方之風，謂之《雅》；美盛德之形容而告于神明，謂之《頌》。然則《風》之作本于諸侯，而《雅》、《頌》之作本于天子。"及其考之于《詩》而不然，于是從而爲之説，曰："二《南》之爲《風》，文王之未王也。《黍離》之爲《風》，大師之自黜也。魯之爲《頌》，諸侯之僭也。"及其考之于樂而不然，于是又從而爲之説，曰："天子之樂之歌《風》，下就也；諸侯之樂之歌《雅》，上取也。"既爲一説而不合，又爲一説以救之，要將以尊天子而黜諸侯，是以學者疑之。今將折之，莫若反而求其所以爲《風》爲《頌》之實，曰：《風》言其風俗之實也，《頌》頌其德頌之實也。豈有天子而無俗，諸侯而無德者哉？蓋古之王者慎其德而無失其政，使天下之諸侯不善者廢，善者不能獨見，其化一出于天子，未嘗禁其爲詩，而其詩亦無由而作也。及至王德已衰，諸侯國自爲政，善惡雜然交見于下，雖欲禁其爲詩，其勢亦不可得止矣。故未嘗爲之制，徒一其政于天下，則天子之詩獨見于世，諸侯之詩熄矣。

駉

《駉》，頌僖公也。

駉駉牡馬，在坰之野。薄言駉者，有驈有皇，有驪有黃，以車彭彭。思無疆，思馬斯臧。

　　駉駉，腹幹肥張也。邑外謂之郊，郊外謂之牧，牧外謂之野，野外謂之林，林外謂之坰。農利于近而遠不害馬，故養馬于坰，不以馬害農也。驪馬白跨曰驈，黃白曰皇，純黑曰驪，黃騂曰黃。彭彭，有力容也。諸侯六閑，馬四種：有良馬，有戎馬，有田馬，有駑馬。故此詩四章以次言之。僖公推其誠心以治其國家，其思慮無所不及，以爲不可徧舉，故舉其一曰"思馬斯臧"。苟思馬而馬善，則凡其思慮之所及，未有不善者也，非至誠而能若是乎？

駉駉牡馬，在坰之野。薄言駉者，有騅有駓，有騂有騏，以車伾伾。思無期，思馬斯才。

　　倉白雜毛曰騅，黃白雜毛曰駓，赤黃曰騂，倉祺曰騏。伾伾，有力也。才，材力也。

駉駉牡馬，在坰之野。薄言駉者，有驒有駱，有駵有雒，以車繹繹。思無斁，思馬斯作。

　　青驪驎曰驒，白馬黑鬣曰駱，赤身黑鬣曰駵，黑身白鬣曰雒。繹繹，善走也。斁，厭也。作，奮起也。

駉駉牡馬，在坰之野。薄言駉者，有駰有騢，有驔有魚，以車祛祛。思無邪，思馬斯徂。

　　陰白雜毛曰駰，彤白雜毛曰騢，豪骭曰驔，二目白曰魚。祛祛，強健也。徂，行也。孔子曰："《詩》三百，一言以蔽之，曰：思無邪。"何謂也？人生而有心，心緣物則思，故事成于思，而心喪于思，無思其正也，有思其邪也。有心未有無思者也，思而不留于物，則思而不失其正，正存而邪不起，故《易》曰"閑邪存其誠"，此"思無邪"之謂也。然昔之爲此詩者，則未必知此也。孔子讀《詩》至此而有會於其心，是以取之，蓋斷章云爾。

　　《駉》四章，章八句。

有駜

《有駜》，頌僖公也①。

有駜有駜，駜彼乘黃。夙夜在公，在公明明。振振鷺，鷺于下。鼓咽咽，醉言舞，于胥樂兮。

> 駜，馬肥强貌也。人之于馬也，將用其力，則致其養以肥强之。馬之肥强，非有所自用，亦以爲人用而已。僖公盡其養以養臣，臣盡其力以報君，亦猶是，故曰"夙夜在公，在公明明"，言未始不在公也。僖公于是燕之以禮樂，士之來者如鷺之集，其醉者或起舞以相樂，和之至也。

有駜有駜，駜彼乘牡。夙夜在公，在公飲酒。振振鷺，鷺于飛。鼓咽咽，醉言歸，于胥樂兮。

有駜有駜，駜彼乘駽。夙夜在公，在公載燕。自今以始，歲其有。君子有穀，詒孫子，于胥樂兮。

> 青驪曰駽。有歲，豐年也。穀，禄也。臣安其君，故願其富且有後也。

《有駜》三章，章九句。

泮水

《泮水》，頌僖公也②。

> 此詩言既作泮宫，遣將出兵以克淮夷。《閟宫》言公子奚斯作新廟。今考于《春秋》，其事皆不載，世有以是疑二詩之妄者。予嘗辨之：泮宫，魯之學也；閟宫，魯之廟也。自魯先君而有之矣，僖公因其舊而修之，是以不見于《春秋》。至于淮夷之功，予亦疑焉，然此詩有之，"式固爾猶，淮夷卒獲"，有所未獲而欲終之，則其所獲尚少也。自僖公至于孔子八世，事之小者容有失之，其大者未有不録也。今此詩之言甚美而大，則君臣之辭歟？或曰："以君臣而爲此辭可也，而孔子録之，可乎？"曰：維可之，是以録之。録其所可而去其所不可，此孔子之所以爲詩也。子貢曰："紂之不善，不如是之甚也，是以君子惡居下流，天下之惡皆歸焉。"孟子曰："吾于《武成》，取二三策而已，以至仁伐不仁，何其流血之漂杵？"夫二子之言信矣，然孔子未嘗以廢《周書》，蓋好惡之言必有過者，要不以惡爲善則已矣。此達者之所自諭也。

---

① 頌僖公也：諸本同。阮元刻《十三經注疏·毛詩正義》作"頌僖公君臣之有道也"。按：蘇轍謂原詩序僅此一句，其餘文字乃後世所增，其說見後《閟宫》注。

② 頌僖公也：諸本同。阮元刻《十三經注疏·毛詩正義》作"頌僖公能修泮宫也"。按：蘇轍謂原詩序僅此一句，其餘文字乃後世所增，其說見後《閟宫》注。

思樂泮水，薄采其芹。魯侯戾止，言觀其旂。其旂茷茷，鸞聲噦噦。無小無大，從公于邁。

  天子之學曰辟廱，諸侯曰泮宮。辟廱水圜如璧，泮宮半之也。僖公作泮宮，而其民樂之，曰："吾思樂泮水之上，雖無所得，聊采其芹而足矣，況于往而見魯侯哉！"茷茷，飛揚也。噦噦，和也。

思樂泮水，薄采其藻。魯侯戾止，其馬蹻蹻。其馬蹻蹻，其音昭昭。載色載笑，匪怒伊教。

  僖公之至于泮宮也，則好其顏色，和其笑語，未嘗有所怒也，教之而已。

思樂泮水，薄采其茆。魯侯戾止，在泮飲酒。既飲旨酒，永錫難老。順彼長道，屈此群醜。

  茆，鳧葵也。僖公與其群臣飲酒于泮宮，咸願神錫之以難老，使之順從長道以屈群衆。夫苟無其人，雖有其道不能從也；苟無其道，雖有其衆不能服也，是以願僖公之難老也。

穆穆魯侯，敬明其德。敬慎威儀，維民之則。允文允武，昭假烈祖。靡有不孝，自求伊祜。

  烈祖，伯禽也。僖公信文且武，其明至于伯禽，故魯人化之，無有不孝者。

明明魯侯，克明其德。既作泮宮，淮夷攸服。矯矯虎臣，在泮獻馘。淑問如皋陶，在泮獻囚。

  古之出兵，受成于學，及其反也，釋奠于學而以訊馘告。

濟濟多士，克廣德心。桓桓于征，狄彼東南。烝烝皇皇，不吳不揚。不告于訩，在泮獻功。

  古"狄"、"逖"通。訩，訟也。言其群臣無忿狷之心，故于其征淮夷，而逖遠之于東南也。雖烝烝其衆，皇皇其大，未嘗有讙譁輕揚相告于訟者，是以能成功而還獻之于泮宮。

角弓其觩，束矢其搜。戎車孔博，徒御無斁。既克淮夷，孔淑不逆。式固爾猶，淮夷卒獲。

  觩，弓健貌也。搜，矢疾聲也。束矢，百矢也。僖公兵戎精繕，士卒競勸，故能克淮夷，甚善而不逆。君子于是告之，使益固其道，庶幾淮夷可以盡得也。

翩彼飛鴞，集于泮林。食我桑椹，懷我好音。憬彼淮夷，來獻其琛，元龜象齒，大賂南金。

  鴞，惡聲鳥也，食泮林之椹，而猶以好音歸之，況于人安有不化服者哉？憬，覺悟也。琛，寶也。賂，遺也。南金，荆揚之金也。荆揚之貨，其至于齊魯也，自淮而上。

  《泮水》八章，章八句。

閟宮

《閟宮》，頌僖公也①。

> 《毛詩》之序曰："《駉》，頌僖公也。""《有駜》，頌僖公君臣之有道也。""《泮水》，頌僖公能修泮宮也。""《閟宮》，頌僖公能復周公之宇也。"夫此詩所謂"居常與許，復周公之宇"者，人之所以願之，而其實則未能也，而遂以爲頌其能復周公之宇，是以知三詩之序皆後世之所增，而《駉》之序則孔氏之舊也。

閟宮有侐，實實枚枚。赫赫姜嫄，其德不回。上帝是依，無災無害，彌月不遲。是生后稷，降之百福。

> 魯以周公故得立姜嫄之廟，僖公修而新之。閟，神也②。侐，清淨也。實實，鞏固也。枚枚，礱密也。

黍稷重穋，稙穉菽麥。奄有下國，俾民稼穡。有稷有黍，有稻有秬。奄有下土，纘禹之緒。

> 先種先熟曰稙，後種後熟曰穉。洪水既平，后稷乃始播種百穀，故曰"纘禹之緒"。

后稷之孫，實維太王。居岐之陽，實始翦商。至于文武，纘大王之緒。致天之屆，于牧之野。無貳無虞，上帝臨女。敦商之旅，克咸厥功。

> 屆，極也。敦，並之也。咸，兼也，能兼舉先祖之功也。

王曰叔父，建爾元子，俾侯于魯。大啓爾宇，爲周室輔。乃命魯公，俾侯于東。錫之山川，土田附庸。

> 王，成王也。叔父，周公也。元子，魯公伯禽也。附庸，不能自達于天子而附于大國也。

周公之孫，莊公之子。龍旂承祀，六轡耳耳。春秋匪解，享祀不忒。皇皇后帝，皇祖后稷。享以騂犧，是饗是宜，降福既多。

> 莊公之子，僖公也。成王以周公有大功于王室，故命魯公以夏正郊祀上帝，配以后稷，牲用騂牡。

周公皇祖，亦其福女。秋而載嘗，夏而楅衡。白牡騂剛，犧尊將將。毛炰胾羹，籩豆大房。萬舞洋洋，孝孫有慶。

俾爾熾而昌，俾爾壽而臧。保彼東方，魯邦是常。不虧不崩，不震不騰。

---

① 頌僖公也：諸本同。阮元刻《十三經注疏·毛詩正義》作"頌僖公能復周公之宇也"。按，蘇轍謂原詩序僅此一句，其餘文字乃後世所增，其詳見詩注。

② 神也：《經解》本、重刻本、《四庫》本作"深也"。按，蘇轍於此用《毛詩》鄭玄箋解，鄭玄云："閟，神也。姜嫄神所依，故廟曰神宮。"諸本改作"深也"，亦通，朱熹《詩集傳》云："閟，深閉也。"

三壽作朋，如岡如陵。

  皇祖，伯禽也。楅衡，施于牛角所以止觸也。秋將嘗，而夏楅衡其牛，言夙戒也。白牡，周公之牲也；騂剛，魯公之牲也；群公不毛。犧尊，尊之以牛飾者也。毛炰，豚也。胾，切肉也。羹，大羹、鉶羹也。大房，半體之俎也。慶，尸嘏主人也。其下皆嘏辭也。三壽，三卿也。此二章言僖公致敬郊廟，而神降之福也。

公車千乘，朱英緑縢，二矛重弓。公徒三萬，貝胄朱綅，烝徒增增。戎狄是膺，荆舒是懲，則莫我敢承。

俾爾昌而熾，俾爾壽而富。黄髪台背，壽胥與試。俾爾昌而大，俾爾耆而艾。萬有千歲，眉壽無有害。

  大國之賦千乘。兵車之制，甲士三人，左持弓，右持矛，中人御。朱英所以飾矛，緑縢所以約弓也。周禮，萬二千五百人爲軍。魯自襄公始作三軍，僖公之世二軍而已。二軍而曰三萬，成數也。《司馬法》："兵車千乘爲七萬五千人。"而曰"公徒三萬"者，大國之賦適滿千乘，苟盡用之，是舉國而行也。故其用之也，大國三軍，次國二軍而已。貝胄，貝飾胄也。朱綅，所以綴也。增增，衆也。膺，當也。承，御也。可以當戎狄、懲荆舒而莫之禦，言其强也。此二章言僖公治其軍旅，繕其車甲器械，故其民無不欲其昌大壽考，而託之以爲安也。"壽胥與試"者，願其壽而相與試其才力，以爲之用也。

泰山巖巖，魯邦所詹。奄有龜蒙，遂荒大東。至于海邦，淮夷來同。莫不率從，魯侯之功。

保有鳧繹，遂荒徐宅。至于海邦，淮夷蠻貊。及彼南夷，莫不率從。莫敢不諾，魯侯是若。

天錫公純嘏，眉壽保魯。居常與許，復周公之宇。魯侯燕喜，令妻壽母。宜大夫庶士，邦國是有。既多受祉，黄髪兒齒。

  泰山，齊魯之望也。詹，至也。龜、蒙、鳧、繹，魯之四山也，故《春秋》"齊人歸鄆、讙、龜陰之田"，《禹貢》徐州"蒙羽其乂"①，"嶧陽孤桐"，魯之疆則止于此四山，其餘則其東南勢相聯屬可以服從之國也。常、許，魯之故地而未復者也。《春秋》"鄭伯以璧假許田"。常，或作嘗，齊有孟嘗，豈爲齊所侵歟？此三章言僖公懷柔遠方，至于淮海蠻貊之國莫不服從，而願其壽考以復魯之侵地，宜其室家臣庶，以保有其所服從之國也。

徂來之松，新甫之柏。是斷是度，是尋是尺。松桷有舄，路寢孔碩。新廟奕奕，奚斯所作。孔曼且碩，萬民是若。

  徂來、新甫，皆山也。八尺曰尋。舄，大貌也。新廟，姜嫄廟也。修舊曰新。奚斯，公子子魚也。曼，修廣也。僖公上爲神之所福，内爲國人之所安，外爲鄰國

---

① 乂：諸本同。阮元刻《十三經注疏·尚書正義》作"藝"。孔傳釋云："二山已可種藝。"

之所懷，于是修舊起廢，治其宮室寢廟，以順萬民之望。

《閟宮》十三章，五章章九句，四章章八句，一章十二句，一章十一句，二章章十句。

此詩百二十句，舊分八章，非也，當以此爲正。

商　頌

契爲舜司徒而封于商，傳十四世而成湯受命。其後既衰，則三宗迭興，及紂爲武王所滅，封其庶兄微子啓于宋以奉商後。其地在《禹貢》徐州泗濱，西及豫州孟豬之野。其後政衰，商之禮樂日以放失，七世至戴公，其大夫正考父得《商頌》十二篇于周太師，歸以祀其先王，至孔子編詩而亡其七篇。然春秋之際大國略皆有變《風》，宋、魯獨無《風》而有《頌》，鄭氏疑而爲之説，曰："宋王者之後也，魯聖人之後也，是以天子巡守不陳其詩，蓋所以禮之也。"予聞周之盛時千八百國，雖後世陵遲，力强相吞，而《春秋》所見猶百有七十餘國，變《風》之作先于《春秋》數世矣，而詩之載于太師者獨十三國，其不見于詩者，豈復皆有説哉？意者，列國不皆有詩，其有詩者雖檜、曹之小，邶、鄘、魏之亡，而有不能已；其無詩者，雖燕、蔡之成國，宋、魯之禮樂，而有不能作。且非獨此也，齊桓、晉文，霸者之盛也，而皆不得有詩，桓附于《衛》，文附于《秦》，皆止于一見。衛莊姜、齊襄公、鄭昭公事至微矣，然其詩屢作而不止，蓋事有適然而無足疑者。若夫吳楚之國雖大而用夷，且僭周室，則雖其無詩，蓋亦學者之所不道也。

那

《那》，祀成湯也。

猗與那與，置我靴鼓。奏鼓簡簡，衎我烈祖。湯孫奏假，綏我思成。靴鼓淵淵，嘒嘒管聲。既和且平，依我磬聲。於赫湯孫，穆穆厥聲。庸鼓有斁，萬舞有奕。我有嘉客，亦不夷懌。自古在昔，先民有作。温恭朝夕，執事有恪。顧予烝嘗，湯孫之將。

猗，美也。那，多也。置，植也。夏足鼓，商植鼓，周懸鼓。靴、鼓，皆所以節樂也。衎，樂也。假，至也。磬，玉磬也。庸，大鐘也。客，二王後也。將，奉也。《記》曰："商人尚聲，臭味未成，滌蕩其聲，樂三闋然後出迎牲。"故其祀成湯也，取其所植靴鼓而奏之以作樂，以樂其烈祖成湯，樂奏而湯孫至，曰："以是安我所思成之人。"《記》曰："齋之日思其居處，思其笑語，思其志意，思其所樂，思其所嗜，齋三日乃見其所爲齋者。"凡此皆非有也，而生于其思，故謂之

"思成"。于是靴鼓管籥作于堂下，其聲依堂上之玉磬，無相奪倫者。至于九獻之後，鐘鼓交作，萬舞陳于廷，而祀事畢矣。于是王者之後皆來助祭，無不和悅者，以爲凡此皆湯德之致也，故曰："自古在昔，先民成湯造商而遺之子孫，我今賴之，溫恭朝夕，執事于此而已。湯其尚顧予烝嘗哉！此湯孫之所奉者，庶幾其顧之也。"

《那》一章，二十二句。

烈祖

《烈祖》，祀中宗也。

中宗，大戊也。

嗟嗟烈祖，有秩斯祜。申錫無疆，及爾斯所。既載清酤，賚我思成。亦有和羹，既戒既平。鬷假無言，時靡有爭。綏我眉壽，黃耉無疆。約軝錯衡，八鸞鶬鶬。以假以享，我受命溥將！自天降康，豐年穰穰。來假來饗，降福無疆。顧予烝嘗，湯孫之將。

嗟乎！我烈祖成湯有秩秩無窮之福，可以申錫于無疆，以及爾中宗之所，故中宗猶以其餘福復興。我今既載清酒于尊，以畀我所思成之人，又重之以和羹。于時百官總至于廟，肅然無言，靡有爭者，故其耆老黃耉無疆之人咸安于其位，修絜其車服以來助祭。既至，而獻其國之所有，凡于我受命者溥且大矣。于是天降之豐歲，以供其粢盛。言人既助之，天又應之，然後庶幾祖考來格而饗其祭，報之以福，曰："其尚顧予烝嘗哉！此湯孫之所奉也。""賚我思成"，猶言"烝畀祖妣"，古語質也。鬷，總也。

《烈祖》一章，二十二句。

玄鳥

《玄鳥》，祀高宗也。

"祀"當作"祫"。古者君喪三年而祫，明年春禘，自此之後五年而再殷祭、一禘、一祫。祫祭之禮，毀廟與未毀廟之主皆升，合食于太祖。此詩除高宗之喪而始祫之詩也，故歷言商之先君至高宗而止。又以大禘之詩次之，而後繼以時祀高宗之詩。高宗，武丁也。

天命玄鳥，降而生商，宅殷土芒芒。古帝命武湯，正域彼四方。方命厥后，奄有九有。商之先后，受命不殆，在武丁孫子。武丁孫子，武王靡不勝。龍旂十乘，大糦是承。邦畿千里，維民所止，肇域彼四海。四海來假，來假祁祁。景員維河，殷受命咸宜，百祿是何。

玄鳥，乙也。古，猶言"昔"也。糦，黍稷也。景，大也。員，均也。契母簡狄有娀氏之女，爲帝嚳次妃，見玄鳥墮其卵而吞之，因孕生契，堯封之于商。十四世而至于湯，始受命以正域四方之諸侯，四方之君罔不受，遂奄九州而有之。其後世世受天命，無有危殆，以至武丁之子孫，以武德王天下，無所不勝，是以諸侯建龍旂、乘車，奉黍稷以來助祭。夫天子所居畿內千里，自足以疆域四方，四方諸侯賴之以安，故其至者祁祁，其多其大而均如衆水之赴河，咸曰："殷受天命，天下莫不宜之者，宜其能何天祿也，此助祭者所以若是其多也。"

《玄鳥》一章，二十二句。

長發

《長發》，大禘也。

大禘，宗廟之禘也。故其詩歷言商之先君，又及其卿士伊尹，伊尹蓋與祭于禘也。

濬哲維商，長發其祥。洪水芒芒，禹敷下土方，外大國是疆。幅隕既長，有娀方將，帝立子生商。

濬，深也。哲，明也。京師，方之內也；諸夏，方之外也。幅，廣也。隕，均也。商之受命深遠而明，其祥之見也久矣。唐、虞之際，禹疏積水以疆理諸夏之國，有娀于是始大，上帝則已立其女簡狄之子以造商室矣。

玄王桓撥，受小國是達，受大國是達。率履不越，遂視既發。相土烈烈，海外有截。

玄王，契也。桓，武也。撥，治也。契之爲人，武而能治，授之以國，政無不能達，所謂在家必達，在邦必達者也。率，循也。履，蹈也。契之所循蹈未嘗出中，然其于事能洞視其情，而遽發以應之。相土，契之孫也。

帝命不違，至于湯齊。湯降不遲，聖敬日躋。昭假遲遲，上帝是祗，帝命式于九圍。

商之先祖既有明德，天命未嘗去之，至于湯而王業成，與天命會焉。湯之所以自降下者甚敏而不遲，故其德日以益升，明假于天，然而其心未嘗汲汲于有天下，凡以敬天命而已，于是天命之，使用式于九圍。九圍，九州也。

受小球大球，爲下國綴旒。何天之休，不競不絿，不剛不柔。敷政優優，百祿是遒。

球，玉也。小球，鎮圭，長尺二寸。大球，玠，長三尺，天子之所服也。湯既受命，執圭搢玠以臨朝會，非以寵其身也，所以摰有下國，如旌旗之綴旒焉。絿，急也。遒，聚也。

受小共大共，爲下國駿厖。何天之龍，敷奏其勇，不震不動，不戁不竦，百祿是總。

"共"、"珙"通，合珙之玉也。駿，大也。厖，厚也。龍，寵也。戁、竦，懼也。

武王載旆，有虔秉鉞。如火烈烈，則莫我敢曷。苞有三蘖，莫遂莫達，九有有截。韋顧既伐，昆吾夏桀。

  武王，湯也。"曷"、"遏"通。苞，本也。蘖，餘也。本則夏桀，蘖則韋、顧、昆吾也。韋，豕韋，彭姓也。顧及昆吾，己姓也。湯既受命，載旆秉鉞以征不義，桀與三蘖皆不能自逹于天下，故天下截然歸商。于是遂伐韋、顧，既克之，則以伐昆吾、夏桀焉。

昔在中葉，有震且業。允也天子，降予卿士，實維阿衡，實左右商王。

  自契至湯，其間蓋有微弱震動之憂歟？信矣，天之子商也。降之卿士以左右商王，而後商室以興。阿衡，伊尹也。

  《長發》七章，一章八句，四章章七句，一章九句，一章六句。

殷武

《殷武》，祀高宗也。

撻彼殷武，奮伐荊楚。罙入其阻，裒荊之旅。有截其所，湯孫之緒。

  撻，疾意也。罙，深也。裒，聚也。自盤庚没而殷道衰，楚人叛之。高宗撻然用武以伐其國，入其險阻以致其衆，戮有罪以齊一之，使皆即用高宗之次緒。《易》曰"高宗伐鬼方，三年克之"，蓋謂此歟？

維女荊楚，居國南鄉。昔有成湯，自彼氐羌，莫敢不來享，莫敢不來王，曰商是常。

  既克之，則告之曰："爾雖遠居吾國之南耳，昔成湯之世，雖氐羌猶莫敢不來朝，曰：'此商之常禮也。'況于女荊楚，則曷敢不至哉？"

天命多辟，設都于禹之績。歲事來辟，勿予禍適，稼穡匪解。

  荊楚既服天命，諸夏之君凡建國于禹迹者，咸以歲事來見于王，以祈王之不譴，曰："予稼穡匪解，庶可以免咎矣。"

天命降監，下民有嚴，不僭不濫，不敢怠遑。命于下國，封建厥福。

  天監視商，爲下民之所嚴，而不僭、不濫、不敢怠遑，故使之制命于下國，封建其所當福。

商邑翼翼，四方之極。赫赫厥聲，濯濯厥靈。壽考且寧，以保我後生。

  諸侯歸之，上帝予之，故能以商邑爲四方之中。赫赫、濯濯，光明也。後生，子孫也。

陟彼景山，松柏丸丸。是斷是遷，方斲是虔。松桷有梴，旅楹有閑，寢成孔安。

  天下既治，然後伐其松柏而新其宮室，既成而無所不安，德之至也。景山，大山也。丸丸，易直也。遷，徙也。虔，敬也。梴，長貌也。旅楹，衆楹也。司馬遷言："宋襄公修仁行義，欲爲盟主，其大夫正考父美之，故追道契、湯、高宗，殷之所以興，作《商頌》。"其說蓋出于《韓詩》，近世學者因此詩有"奮伐荊楚"，則以襄公伐楚之事當之，遂以韓嬰之説爲信。予考《商頌》五篇皆盛德之事，非宋之所宜有，且其詩有"邦畿千里，維民所止，肇域彼四海"、"命于下國，封建厥福"，此類非復諸侯之事，無可疑者。襄公伐楚而敗于泓，幾以亡國，此宋之大恥，既非其所當頌，而《長發》之詩謂湯武王，苟誠襄公之頌，周有武王，豈復以命湯哉？

《殷武》六章，三章章六句，二章章七句，一章五句。

庚子淳熙七年四月十九日，曾孫朝奉大夫、權知筠州軍州事兼管內勸農營田事詡重校證刊于本州公使庫

[附録一]

歷代諸家評論

黎靖德編《朱子語類》

　　王德修云："《詩序》只是'國史'一句可信，如'《關雎》，后妃之德也'。此下即講師說，如《蕩》詩自是說'蕩蕩上帝'，《序》卻言是'天下蕩蕩'；《賚》詩自是說'文王既勤止，我應受之'，是說後世子孫賴其祖宗基業之意，他《序》卻說'賚，予也'，豈不是後人多被講師瞞耶？"曰："此是蘇子由曾說來，然亦有不通處。如《漢廣》'德廣所及也'，有何義理？卻是下面'無思犯禮，求而不可得'幾句卻有理。若某只上一句亦不敢信他。舊曾有一老儒鄭漁仲更不信《小序》，只依古本與疊在後面。某今亦只如此，令人虛心看正文，久之其義自見。蓋所謂《序》者，類多世儒之誤，不解詩人本意處甚多。且如'止乎禮義'，果能止禮義否？《桑中》之詩，禮義在何處？"王曰："他要存戒。"曰："此正文中無戒意，只是直述他淫亂事爾。若《鶉之奔奔》、《相鼠》等詩，卻是譏罵可以爲戒，此則不然。某今看得《鄭》詩自《叔于田》等詩之外，如《狡童》、《子衿》等篇，皆淫亂之詩，而說《詩》者誤以爲刺昭公、刺學校廢耳。《衛》詩尚可，猶是男子戲婦人。《鄭》詩則不然，多是婦人戲男子，所以聖人尤惡鄭聲也。《出其東門》卻是個識道理底人做。"（卷八〇）

　　"《詩序》，東漢《儒林傳》分明說道是衛宏作。後來經意不明，都是被他壞了。某又看得亦不是衛宏一手作，多是兩三手合成一序，愈說愈疏。"浩云："蘇子由卻不取《小序》。"曰："他雖不取下面言語，留了上一句，便是病根。"（同前）

　　"子由《詩解》好處多，歐公《詩本義》亦好。"（同前）

　　子善問"釐爾女士"，曰："女之有士行者。"銖曰："荆公作《向后冊》云：'惟昔先王，釐厥士女。''士女'與'女士'，義自不同。蘇子由曾論及。"曰："恐它只是倒用了一字耳。"（卷八一）

　　"且如《仲山甫》一詩，蘇子由專歎美'既明且哲，以保其身'二句，伯恭偏喜'柔嘉維則'一句，某問何不將那'柔亦不茹，剛亦不吐'以下四句做好？某意裏又愛這四句。"（卷一二一）

焦竑《刻兩蘇經解序》

　　兩蘇以絕人之資，刻心經術，沉浸涵泳之餘，妙契其微旨，若見夫六通四闢，無之而非是者，故發之爲文，如江河滔滔汩汩，日夜不已，衝砥柱，絕呂梁，歷數千里而放之于海。雖舒爲安流，激爲怒濤，變幻百出，要以道其所欲言而止。故世代遞更，好憎屢變，而二子之文卒與六經爲不朽，何者？彼誠有所自得也。……二子既以文章顯于世，及其老而多難也，思深見定，始徘徊而詮次先聖之文。嘗伏而讀之，古之微言渺論，班班具在，蓋浮華剥而真實見，斯二子之至者也。

〔附錄二〕

《詩集傳》評述

李文澤

　　蘇轍《詩集傳》是他精研數十年撰著的關於《詩經》的一部學術論著，它全面地代表了蘇轍的《詩經》學思想，不僅於有宋一代的《詩經》學研究影響甚大，甚至在傳統中國《詩經》學研究中也有着較爲重要的地位。

一

　　《詩經》學是宋代的顯學。宋代在中國傳統《詩經》學史上處於鼎盛時期，研究者及著作數量衆多，其研究廣度與深度也明顯高於前人。考察中國傳統的《詩經》學研究歷史，自唐代官方頒行的《詩經》毛傳、鄭箋、孔疏盛行以來，在北宋慶曆之前，官方注疏遂成爲學術的主流，學者說解《詩經》基本上都沿襲了漢、唐時代經、疏的內容，不敢逾越雷池一步。而至宋仁宗慶曆以降，學風大變，治經者對傳統經典注疏進行重新審視，自標新說，疑傳疑經，逐漸成爲了時代的學術風尚。在《詩經》研究方面，出現了相當數量的懷疑毛傳、鄭箋，以至於對《詩經》進行重新詮釋的研究論著，像歐陽修《詩本義》、王安石《詩經新義》等書，都開了《詩經》學研究的新風。

　　在這種時代學術氛圍下，蘇轍撰著了《詩集傳》。關於《詩集傳》的撰寫過程，蘇轍自己記述了撰寫《詩集傳》的經過，其云："子瞻以詩得罪，轍從坐謫監筠州鹽酒稅，五年不得調。平生好讀《詩》、《春秋》，病先儒多失其旨，欲更爲之傳。……功未及就，移知歙績溪。"①

　　蘇軾以詩文得罪，其時爲宋神宗元豐二年（1079），蘇轍上疏論救從坐被貶，則是在三年（1080）。上述文字顯示，蘇轍在被貶官期間，開始了《詩集傳》、《春秋集解》的撰著，其寫作動機乃是"病先儒多失其旨，欲更爲之傳"。

　　蘇轍又云："凡居筠、雷、循七年，居許六年，杜門復理舊學，於是《詩》、《春秋》傳，《老子解》，《古史》四書皆成，嘗撫卷而歎，自謂得聖賢之遺意，繕而藏之。"②蘇轍所說的徙居筠州、雷州、循州、許昌，是其宦海浮沉，貶官漂泊之所。他作爲元祐舊黨的重要人物，曾多次遭受貶斥，但是他始終把修訂書稿作爲其人生旨趣，一直沒有停止修改，最後在許昌，完成了四種學術著作，"自謂得聖賢之遺意，繕而藏之"，大有藏之深山，留待後世的自負。

---

① 蘇轍：《潁濱遺老傳》上，《欒城後集》卷一二，上海：上海古籍出版社，1987年，第1280頁。
② 蘇轍：《潁濱遺老傳》下，《欒城後集》卷一三，上海：上海古籍出版社，1987年，第1297頁。

而孫汝聽《潁濱年表》亦言，"及歸潁昌，時方詔天下焚滅元祐學術，轍敕諸子録所爲《詩》《春秋》傳、《古史》，子瞻《易》《書》傳、《論語説》，以待後之君子"。據《年表》記載，蘇轍自廣南移潁昌，是在宋徽宗崇寧三年（1104）。這裏的記載與蘇轍所言相吻合。

如果按從元豐三年開筆，崇寧三年殺青謄録推算，蘇轍的《詩集傳》前後耗用了二十餘年的時間，完成其《詩集解》，真可謂殫精竭慮了！

二

在《詩集傳》中，蘇轍主要是採用毛傳、鄭箋等舊注的説解來對《詩經》進行注釋，或諸家有矛盾處則多擇善而從，不過他也並非完全沿襲舊説，而是在書中較全面地闡述了自己關於《詩經》的見解，往往提出一些新解，其中不乏真知灼見，對當時或後世的研究者具有重要的啓迪作用，頗具學術影響力。其學術見解，大致可以概括如下幾點。

（一）論《詩序》

蘇轍對於《詩序》的態度在宋代《詩經》學研究中算得上獨樹一幟，他抱着疑信相參的態度，既不同於宋代學者中的尊序一派，也不同於棄序一派，在其爲《關雎》序所作的注釋中，蘇轍認爲《詩序》並非全由孔子或子夏一人所作。《詩序》的行文繁複，與孔子作《書》序、《易》序形成了差異，現存《詩序》時有"反覆煩重，類非一人之詞"，而從《詩經》已經亡佚的六篇詩所存留的詩序來看，這六篇詩的序文僅只一句，正好反映了《詩序》的原貌。蘇轍於是論定《詩序》只有首句是孔子或子夏所作，其餘的文字則是漢代以後學《詩》者，如毛公及衛宏之類學人所增益。基於這一觀念，蘇轍對《詩序》文字做了分割，在《集解》中只保留了《詩序》的首句，確定這是孔子、子夏所言，而其後的文字則是漢儒所增，於是統通刪略，並對序中"尤不可者，皆明著其失"（參見《詩集傳》卷一《周南·關雎》）。

從《詩經》學研究的歷史來看，在宋代之前，一些學人即已對《詩序》產生了疑問，進行過爭辨，包括大小序之分、作者爲誰之爭，然而卻無一家如蘇氏那樣明確地將《序》文區分爲兩部分之説。蘇轍的論説無疑是對《詩經》學研究提出的一大挑戰，開啓了後代《詩經》學研究的新思路。在宋代學者中對《詩序》存在着兩大對立的學術派別：廢序、尊序兩派。蘇轍對《詩序》的處理可以看作是廢序派之發軔，後來的一些《詩經》研究者像鄭樵、朱熹、程大昌等，都沿着這一路徑前行，在質疑或廢棄《詩序》的路上走得更遠。

蘇轍將《詩序》一分爲二，只保留《詩序》的首句，同時在書中他還對那些自認爲"尤不可者"的序文進行辯駁、刪改，表現出宋人不憚"疑經"的學術態度。如《魯頌》之四篇，《毛詩》原序分別記作"《駉》，頌僖公也"，"《有駜》，頌僖公君臣之有道也"，"《泮水》，頌僖公能修泮宮也"，"《閟宮》，頌僖公能復周公之疆宇也"。蘇轍認爲後"三詩之序皆後世之所增，而《駉》之序方爲孔氏之舊也"，於是將其全部改作"頌僖公也"一句(《詩集傳》卷二〇)。

(二) 論《詩經》之體制

蘇轍在《詩集傳》書中還多次論及《詩經》的内容體制，包括了對《詩經》的《風》、《雅》、《頌》，以及毛傳、鄭箋問題的探討，全面闡述了自己的學術見解，其中不乏發人深省之處。

蘇轍對於《國風》詩的排列順序，有不同於諸家的見解。在《國風》總叙中論述了自己的看法，他認爲除二《南》及《豳風》之外，其餘各國之詩應以國滅先後爲序，即"後亡者《詩》之所先，先亡者《詩》之所後"。他逐一陳述了各國滅亡的歷史，辨析這一説法：二《南》之爲正風，理應排在卷首，自不待言；《邶》、《鄘》、《衛》、《王》、《鄭》、《齊》、《魏》、《唐》等，滅國有先後，故詩的次序亦有後先，而秦在最後滅，故更在其後；而陳是將亡之國，孔子通過"讀其詩，聽其聲，觀其國之厚薄"，而能預先推知其將滅之時日；檜、曹則屬已亡之國；《豳風》爲周公及周大夫之作，與其他十四國有別，爲"風之特異者"，故列於最後之次(《詩集傳》卷一)。

關於《詩經》中《國風》詩的排列順序，是歷代《詩經》學研究關注的論題。《左傳》襄公二十九年即記載春秋時代季札觀樂所及之次第，其後在漢代毛亨《傳》、鄭玄《詩譜》中均有所論述，宋代學人也多有論説，歷來存在較多歧見，論説紛紜，或言以正變和四始，或言以時代先後，或言以國之大小，或言以採詩之時間先後，或言以美惡而分，不一而足，莫衷一是，蘇轍提出的《風》詩以其國滅之先後爲序排列，"後亡者《詩》之所先，先亡者《詩》之所後"，這一論題頗具新意，在之前尚無學者論及。蘇轍之所以有此一説，應當與其作爲史學家有密切關係。蘇轍撰有《古史》一書，也曾注釋《春秋》，研討上古春秋戰國時代的史學問題，他以史學家的眼光來討論《詩經》的這一論題，着重於春秋時代各國興衰滅亡的歷史及其對詩歌創作的影響，乃肇開此説，首闢一途，發人深思。不過其中也存在一些不能自圓其説之處，爲後人所詬病。①

關於《雅》詩分大、小的問題，蘇轍也有所論説，其云："《小雅》之所以爲小，《大雅》之所以爲大，何也？《小雅》言政事之得失，而《大雅》言道德之存亡。政事雖大，形也；道德雖小，不可以形盡也。蓋其所謂小者，謂其可得而知量，盡於所知而無餘也；其所謂大者，謂其不可得而知，沛然其無涯者也。"(卷九《小雅·鹿鳴之什》)蘇轍以"道德"、"政事"爲標準來劃分大、小《雅》，在他看來，"道德"顯然重於"政事"，政事即使大至征伐、爵命，雖爲國之大事，然於"道德"關係甚微，故應歸入"小雅"；而宴樂、娶妻，雖爲小事，然而事關"道德"，故可歸入"大雅"。同時，他還批評了毛序以爲"二《雅》皆政事，而政事有大、小"的説法。蘇轍運用這一原則，對若干相類似的篇章在《詩經》中分別歸入大、小《雅》的現象予以解釋，以申發其説。如在《大雅·常武》注中謂："《六月》歌尹吉甫，《采芑》歌方叔，而在《小雅》；《崧高》歌申伯，《烝民》歌仲山甫，《韓奕》歌韓侯，《江漢》歌召虎，《常武》歌皇父，而在

---

① 具體論述參見李冬梅《蘇轍詩集傳新探》第二章"詩集傳的經學成就"第九節之一"國風次第説"，成都：四川大學出版社，2006年。

《大雅》。概言之，則七詩若無以異，精言之，則在《小雅》者征伐政事而已，在《大雅》者皆君臣同德，有不知其所以然而致者，此其所以異也。"（《詩集傳》卷一八）蘇轍認爲它們的分別正完全在於是否關乎"政事"、"道德"而已。

歷代研究者對《詩經》中的大、小《雅》詩分類也有過激烈的爭論，一直存在分歧，在歷史上形成了政事説（毛傳）、道德説、辭體説、音樂説諸家。其中道德説見於西漢司馬遷，其云"《大雅》言王公大人，而德逮黎庶；《小雅》譏小己之得失，其流及上"①，以德逮於衆或流及於上來區分大、小《雅》。蘇轍更爲具象化，將其與是否關乎"道德"、"政事"爲大、小雅之別，這一見解源於司馬遷而有所發展。

對於《詩經》中的"頌"詩，蘇轍也有自己的理解。蘇轍認爲，《周頌》是禮祀周之先祖、文王、武王的樂歌，必然伴有音樂演奏，施之於廟堂，其作應始於周公、成王，"文、武之世，天下未平，禮樂未備，則頌有所未暇。至周公、成王，天下既平，制禮作樂而爲詩以歌之，於是頌聲始作"（卷一九《周頌·清廟之什》）。《周頌》的篇章，既不以年序次，也不以事繫詩，蘇轍從而猜測它們大概是以"其聲之相從"（同上），提出了音樂在《周頌》分章中的作用，但是具體情況如何，則不可得知，看來蘇轍對此亦無定論，不過他的這一思路爲後世研究音樂在《詩經》中的功用提供了一種啓示。②。

蘇轍認爲《周頌》是周公、成王所著，用以追述周先祖、文王、武王的功績，因而在詩文中屢次詠及的"成王"，是指"成王之業"（動賓結構），而非專指"周成王"；"成康"也不是成王、康王，而是兩個動詞的組合："成"（成就）、"康"（在不同的詩文中可以訓釋爲安樂、昭顯）。謂《昊天有成命》中的"成王不敢康"、是"將成其王業，不敢安矣"；《執競》中的"不顯成康，上帝是皇。自彼成康，奄有四方"，是"周之興也遠矣，至於武王，成而安之，然後能奄有四方"；《噫嘻》中的"噫嘻成王"，是"天之所以成我王業者既昭至矣"。這種詞義訓釋，自爲一説，顛覆了歷來對《周頌》內容的解釋，並進而涉及對詩篇創作年代的重新論定。不過，蘇轍的這一解説並不被後來的學人所汲取，例如朱熹《詩集傳》就訓釋"成王"爲周成王，訓"成康"爲成王、康王。

關於《魯頌》，自漢代以來即有"頌"乃美盛德之形容，爲天子之詩的説法，而魯國僅爲諸侯，《詩經》中無《魯風》，然而卻有《魯頌》，與《詩經》總的體例不符，於是往往遭到後世非議，謂"魯之爲《頌》，諸侯之譖也"③。也有不少學人從維護《詩經》體例完美的角度，尋求各種理由加以辨解，如鄭玄云："宋王者之後，魯聖人之後也，是以天子巡守不陳其詩，蓋所以禮之也。"孔疏則云："此雖僭爲頌，而體實

---

① 司馬遷：《司馬相如列傳》，《史記》卷一一七，北京：中華書局，1982年，第3073頁。
② 蘇轍不僅在"頌"詩中強調音樂的作用，在其論《小雅》之《鹿鳴》、《四牡》、《皇皇者華》三篇的先後次第時也談到"以其聲爲先後"的認識。見《詩集傳》卷九《四牡》注。
③ 蘇轍：《詩集傳》卷二〇《魯頌·駉》引。

國風，非告神之歌，故有章句也。"①。

蘇轍對此也有論説。他認爲，周成王封周公之子伯禽於魯，十九世傳至僖公，魯僖公沒後，其大夫季孫行父請於朝而史克作"頌"詩，故而才有《魯頌》。蘇轍認爲"頌"詩與"雅"詩不同，"雅"詩非天子不作，而"頌"詩則有兩類：天子之頌、諸侯之頌。有德者皆可以有頌，《周頌》是頌揚周天子之詩，而《魯頌》只是魯國人贊頌其君之詩，二"頌"之詩有所區別，從而否定了諸侯有"頌"爲僭的説法。他還認爲"頌"詩與"風"詩只有內容的差別，而天子、諸侯都應該既有"風"詩，也有"頌"詩（卷二〇《魯頌》）。由此他論證了魯國有《魯頌》的合理性。

蘇轍的説解分辨"頌"詩的功用，分"頌"詩爲天子之"頌"與諸侯之"頌"兩類，解決了《魯頌》不爲僭的問題，似乎也有一定的道理，但是其説卻始終無法回應另一重要的問題：爲何在《詩經》中唯魯國有"頌"詩而無"風"詩，其餘諸侯國卻僅有"風"詩而無"頌"詩的現實

（三）糾正毛傳、鄭箋之失

總體而言，蘇轍《詩集傳》是以《毛詩》爲藍本的，故其注釋大多遵從毛傳、鄭箋，以及漢晉學者的詮釋，以之作爲"集傳"的基礎，但是這並不意味着蘇轍只是沿襲舊説，無出新意，而是在不少地方有獨立的思考，尤其是對他們的疏失做了大量糾謬是正。蘇轍撰著《詩集傳》的初衷即是"病先儒之失"，欲更立新解，庶幾"得聖賢之遺意"，因此對漢晉以來的舊注，採用了既尊重舊説，又不憚改爲的原則，擇善而從，表現出一種"不激不隨，務持其平"（《四庫全書總目》卷一五《詩集傳提要》語）的學風。

在《詩集傳》中，蘇轍對毛傳、鄭箋對《詩序》的解説，有一總體的認識，他説："變《風》之作而至於漢，其間遠矣。儒者之傳《詩》，容有不知其世者矣，然猶欲必知焉，故從而加之。其出於毛氏者其傳之也，其出於鄭氏者其意之也，傳之猶可信也，意之疏矣。是以獨載毛氏之説，不敢傳疑也。"（卷二《邶風·柏舟》）蘇轍在這裏把漢人對《詩序》的説解歸納爲兩類，毛氏是"傳"、鄭氏則是"意"，"傳"的內容還可信從，而"意"的內容則距離原文較爲疏遠了。② 事實上，正是出於對毛傳的

---

① 在宋代研究《詩經》的學人中，有不少人也涉及這一問題，如歐陽修就認爲《魯頌》"非頌也，不得已而名之也"，孔子之所以列魯詩爲"頌"，有貶與勸之深意：貶魯之挾天子以令諸侯，強請頌；褒魯僖公之善，以勸諸侯。見《詩本義》卷一五《魯頌解》，《四部叢刊三編》本。朱熹則贊同鄭玄的説解，以爲魯雖名爲諸侯之國，但其先祖有大功於王室，"故賜伯禽以天子之禮樂，魯於是乎有頌，以爲廟樂，其後又自作詩以美其君，亦謂之頌"。見《詩集傳》卷二〇《魯頌》注，上海：上海古籍出版社，1980年。

② 蘇轍把對經籍的注釋分爲"傳"、"意"兩類，特別重視"傳"的作用。這一觀念是與蘇氏作爲史學家的身份密不可分的。例如他在《春秋集解》中即云："故凡《春秋》之事当从史，《左氏》史也，《公羊》、《穀梁》皆意之也。蓋孔子之作《春秋》，事亦略矣，非以为史也，有待乎史而後足，以意傳《春秋》而不信史，失孔子之意也。"見蘇轍《春秋集解》卷一"隱公元年七月"條，明萬曆二十五年刊本。

倚重，蘇轍對《詩序》的論説主要都是針對毛傳的説解而展開，僅僅是附帶涉及鄭箋，鄭箋顯然處於一種次要從屬的地位。

在書中，蘇轍只保留《詩序》的首句，而將其餘文字視作毛氏的説解，對其中那些"尤不可者"，予以批評是正。例如《周南·卷耳》篇，毛序云："后妃之志也，又當輔佐君子，求賢審官，知臣下之勤勞，内有進賢之志，而無險詖私謁之心，朝夕思念，至於憂勤也。"蘇轍批評説："婦人知勉其君子求賢以自助，有其志可耳。若夫求賢審官，則君子之事也。"（卷一）他認爲婦人於政事，"有其志可耳"，不必親自操持，毛序衍生出"求賢審官"，與婦人無關，所言枝漫無據。① 又如《大雅·召旻》，毛序云："凡伯刺幽王大壞也。旻，憫也。閔天下無如召公之臣也。"鄭箋云亦："閔，病也。"蘇轍針對毛傳、鄭箋對詩篇篇名的解説做了駁論，曰："因首章稱'旻天'，卒章稱'召公'，故謂之'召旻'，以別《小旻》而已。毛氏之《序》曰'旻，閔也。閔天下無如召公之臣'，蓋亦衍説矣。"（卷一八）

至於對毛傳、鄭箋對《詩經》文字内容訓釋的疏誤，蘇轍也做了是正，往往不拘一家，擇善而從。如《召南·甘棠》"勿翦勿拜"，毛傳以常義釋"拜"，鄭箋云"拜之言拔也"，蘇轍採用了鄭玄之説曰："拜，拔也。"（卷一）《邶風·終風》"願言則懷"，毛傳"懷，傷也"，鄭箋"懷，安也。女思我心如是，我則安也"，蘇轍則取鄭説，云："懷，安也。安於其所，不欲往也。"（卷二）這是棄毛從鄭之説。《邶風·擊鼓》："死生契闊，與子成説。執子之手，與子偕老。"毛傳對此句無説，鄭箋釋云"從軍之士與其伍約：死也生也，相與處勤苦之中，我與子成相説愛之恩，志在相存救也"，蘇轍不取兩家之説，注釋曰："民將征行，與其室家訣別。"（卷二）將詩句中的"子"釋爲"室家之人"。這一解釋最早出於晉人王肅，後來宋代歐陽修也主此説，歐陽修在《詩本義》卷二曰："自'爰居'而下三章，王肅以爲衛人與其室家訣別之辭，而毛氏無説，鄭氏以爲士伍相約誓之言。今以義考之，當從王肅之論爲是，則鄭於此詩一篇之失大半矣。"後來南宋朱熹《詩集傳》卷二亦因之，云："從役者念其室家，因言始爲室家之時，期以死生契闊，不相忘棄，又相與執手，而期以偕者也。"

三

蘇轍完成《詩集傳》時，正值北宋末年禁毀元祐學術之際，故未能刊刻流佈。然而隨着蘇氏家族所遭受的政治厄運被解除，"蜀學"學術得到正名，蘇門三傑的文章學術重新復甦。至南宋時代，蘇氏學術即得到恢廓發展，蘇轍的《詩經》之學也越來越受到當時學人的關注，《詩集傳》在這時被轉鈔刊刻，流布於世。

---

① 關於"君子、婦人職分不同，婦人不可干預外事"這一論題，在宋代諸多討論《詩經》的著作中都可以找到與其大致相同的説法，如歐陽修云"婦人無外事，求賢審官，非后妃之職"，"序言'知臣下之勤勞'，以詩三章考之，如毛鄭之説，則文意乖離而不相屬"。見《詩本義》卷一，《四部叢刊三編》本。

《詩集傳》一書屢見於宋元時代目錄書的著録。如晁公武《郡齋讀書志》卷二云："《蘇氏詩解》二十卷，右皇朝蘇轍子由撰。"陳振孫《直齋書録解題》卷二亦云："《詩解集傳》二十卷。門下侍郎眉山蘇轍子由撰。於《序》止存其一言，餘皆删去。"《玉海》卷三八："蘇轍《詩解》二十卷。"《宋史·藝文志》一："蘇轍《詩解集傳》二十卷。"

在這些宋元目録著述中，於本書有稱"解"者，亦有稱"傳"者，至於蘇轍則自稱"詩傳"。

明清時代暨以後的目録書之稱名往往據其所藏刊本而定，故名稱多有不同。如《國史經籍志》卷二云："《潁濱詩傳》二十卷，蘇轍。"《世善堂藏書目録》上："《詩解》二十卷，蘇子由。"《澹生堂書目》卷一："《蘇文定公詩集傳》四册。十九卷。"《善本書室藏書志》卷二："《潁濱先生詩集傳》十九卷，明焦竑刊本。……世行二十卷，此十九卷爲明焦氏竑刊《兩蘇經解》本。"《愛日精廬藏書志》卷三："《潁濱先生詩集傳》十九卷。先君子手鈔本。宋蘇轍撰。"

至於是書的卷帙，在宋元時代目録著作中均署作"二十卷"，當以"二十卷"爲定數。至明代中葉，有刊刻者將其縮編爲十九卷，此後即成爲通行本，多數刊本改從十九卷。像明萬曆二十五年（1597）畢氏刊《兩蘇經解》，其後於萬曆三十九年重刻《兩蘇經解》，其中所收《潁濱先生詩集傳》均爲十九卷。將現存南宋淳熙刊本與《兩蘇經解》本相比勘，我們發現，南宋淳熙刊本於"小雅·小旻之什"以下十篇分爲卷第十二，而《兩蘇經解》本則將此十篇併於前卷十一，故較淳熙本减少了一卷。清乾隆間編《四庫全書》，文淵閣所收録《詩集傳》，《四庫全書總目》雖也署作"二十卷"，然其實際卷帙仍爲十九卷，二者不相符。

《詩集傳》現存的最早刊本是南宋淳熙七年（1180）蘇詡筠州公使庫刊本。蘇詡爲蘇轍曾孫，南宋孝宗時權知筠州。在該刊本卷末有一行題詞，云"庚子淳熙七年四月十九日，曾孫、朝奉大夫、權知筠州軍州事兼管内勸農營田事詡重校證刊於本州公使庫"。其版式爲每半葉十行，行十九字，白口，左右雙闌，版心上記字數，下記刻工名姓。又，這一刊本凡涉及宋歷代皇帝名諱都採取闕末筆方式予以避諱，直至南宋孝宗趙慎止，像"殷商"之"殷"字、"匡"字（包括"筐"字）、"胤"、"完"、"恒"、"慎"等字，在書中均闕末筆。

新編《三蘇經解集校》，其中所收《詩集傳》底本即據宋淳熙刊本，同時參校了明代畢刻焦序之《兩蘇經解》本、重刻《兩蘇經解》本，文淵閣《四庫全書》本，並於部分詩篇參考阮元刊《十三經注疏》本、朱熹《詩集傳》等典籍。

春秋集解

蘇轍 撰

李文澤 校點

春秋繁露

目　　録

叙録 …………………………………………………………… 641

春秋集解引 …………………………………………………… 643

春秋集解卷一 ………………………………………………… 645
　隱公 ………………………………………………………… 645

春秋集解卷二 ………………………………………………… 651
　桓公 ………………………………………………………… 651

春秋集解卷三 ………………………………………………… 656
　莊公 ………………………………………………………… 656

春秋集解卷四 ………………………………………………… 666
　閔公 ………………………………………………………… 666

春秋集解卷五 ………………………………………………… 668
　僖公 ………………………………………………………… 668

春秋集解卷六 ………………………………………………… 680
　文公 ………………………………………………………… 680

春秋集解卷七 ………………………………………………… 688
　宣公 ………………………………………………………… 688

春秋集解卷八 ………………………………………………… 693
　成公 ………………………………………………………… 693

春秋集解卷九 ………………………………………………… 699
　襄公 ………………………………………………………… 699

春秋集解卷十 ……………………………………………………………… 708
　昭公 …………………………………………………………………… 708

春秋集解卷十一 …………………………………………………… 716
　定公 …………………………………………………………………… 716

春秋集解卷十二 …………………………………………………… 719
　哀公 …………………………………………………………………… 719

〔附錄一〕歷代諸家評論 ……………………………………………… 724

〔附錄二〕蘇轍《春秋集解》評述 ……………………………………… 726

叙　　錄

　　蘇轍生平，見《詩集傳》叙録。

　　北宋元豐二年（1079）七月，言者彈劾蘇軾《湖州謝上表》中有譏刺時事之語，軾因此下御史獄。蘇轍上表營救，也受牽連，次年被貶爲筠州監鹽酒税，職閑無事，遂着手撰寫本書。在《春秋集解引》中，蘇轍自稱時人尊崇孫復的《春秋》之學，以孫氏之學爲標準，而盡棄三《傳》；王安石當政後，又譏《春秋》爲"斷爛朝報"，學者不復以《春秋》爲意。轍以爲"孔子之遺言而凌滅至此"，深感痛心，爲重振古學，遂"匯集諸家之説而裁之以義"，撰成此書。自熙寧、元豐時代始，其後近20年間，蘇轍對該書的修改從未間斷。至紹聖初，作爲元祐舊黨之重要人物，蘇轍再次被貶，謫居嶺南，後三易其地，卜居龍川（今廣東龍川），杜門無事，筆翰自隨，暇則改之，書成於元符二年（1098）。用功甚勤，自謂書成而"可以無憾"。

　　蘇轍《春秋集解》依據《左傳》，以史事爲基礎，而參以《公羊》、《穀梁》、啖助、趙匡、陸淳諸家之義例，在"捨傳求經"的學術風氣中獨樹一幟。在注解《春秋》上，蘇轍以例解經，簡潔平實，主以"人情"，以禮爲斷，尤得《春秋》之旨，對後來的《春秋》學產生了積極影響。然他信《左》太過，而斥《公》、《穀》過嚴，又不無小疵。朱彝尊《經義考》載陳宏緒《跋》曰："《左氏》紀事，粲然具備，而亦間有悖於道者。《公》、《穀》雖以臆度解《經》，然亦得失互見。如'戎伐凡伯於楚丘'，《穀梁》以戎爲衛。'齊仲孫來'，《公》、《穀》皆以爲魯慶父。'魯滅項'，又皆以爲齊實滅之。顯然與《經》謬戾，其失固不待言。至如隱四年秋'翬帥師會宋公、陳侯、蔡人、衛人伐鄭'，桓十有四年秋八月壬申'御廪災'，乙亥'嘗'，莊二十有四年夏'公如齊逆女'，諸如此類，似《公》、《穀》之説妙合聖人精微，而潁濱一概以深文詆之，因噎廢食。讀者掩其短而取其長可也。"是爲篤論。後之葉夢得即以孫復《春秋尊王發微》主於廢《傳》以從《經》，而蘇轍此書又主於從《左氏》而廢《公羊》、《穀梁》，皆不免有弊，故著《春秋傳》二十卷，論者謂其"參考三《傳》以求《經》，不得於事則考於義，不得於義則考於事，更相發明，頗爲精核"[1]。

　　在書中，蘇轍還論及《春秋》學中的諸多重要論題，如《春秋》的選材遣辭、尊王、賤夷狄、弑君殺臣等，還有對《春秋》原本文字的校勘，等等，都體現出蘇氏在《春秋》學上的真知灼見。

　　宋代目録書中最早著録此書的是晁公武《郡齋讀書志》，該書卷三《春秋》類著録"《潁濱春秋集傳》十二卷"，但未注明版本。其後陳振孫《直齋書録解題》卷三、《文獻通考》卷一八三、《宋史·藝文志》均有著録。宋元目録書均稱爲"集傳"。宋、

---

[1] 永瑢、紀昀等：《四庫全書總目》卷二七《春秋傳提要》。

元兩代此書的版本、刊刻情況已不可考。明代此書有兩種名稱並行：《文淵閣書目》卷二稱"《春秋蘇穎濱集解》十二卷"；《秘閣書目》、《春秋》類著錄"《蘇穎濱集解》三"（按：應爲"三册"）。兩書所錄當爲同一版本，以"集解"稱。《内閣書目》、《萬卷堂書目》、《徐氏家藏書目》均著錄爲"《蘇穎濱春秋集傳》十二卷"，此三種目錄書又以"集傳"稱。

現存《春秋集解》的明代刻本有：萬曆二十五年（1597）畢氏刻焦竑序刻《兩蘇經解》本及萬曆三十九年（1611）重刻《兩蘇經解》本。清代此書也有多種寫本和刻本。《四庫全書》收錄此書，署爲"《蘇氏春秋集解》，十二卷"。嘉慶年間嘗有刊本。後又有錢儀吉輯、道光咸豐間大梁書院刊、同治七年（1868）王儒行印行《經苑叢書》本。

此次整理，係以明萬曆二十五年（1597）畢氏刻《兩蘇經解》本《穎濱先生春秋集解》爲底本，以文淵閣《四庫全書》本、《經苑叢書》本參校，頗爲實用。

春秋集解引

予少而治《春秋》，時人多師孫明復，謂孔子作《春秋》，略盡一時之事，不復信史，故盡棄三《傳》，無所復取。予以爲左丘明魯史也，孔子本所據依以作《春秋》，故事必以丘明爲本。杜預有言："丘明授經于仲尼，身爲國史，躬覽載籍。其文緩，其旨遠，將令學者原始要終，尋其枝葉，究其所窮。優而柔之，使自求之；饜而飫之，使自趨之。若江海之浸，膏澤之潤，渙然冰釋，怡然理順。"斯言得之矣。至于孔子之所予奪，則丘明容不明盡，故當參以公、穀、啖、趙諸人。然昔之儒者各信其學，是而非人①，是以多窒而不通。老子有言："學不學，復衆人之所過，以輔萬物之自然而不敢爲。"予竊師此語，故循理而言，言無所繫；理之所至，如水之流，東西曲直，勢不可常，要之于通而已。近歲王介甫以宰相解經，行之于世。至《春秋》，漫不能通，則詆以爲斷爛朝報，使天下士不得復學。嗚呼！孔子之遺言而淩滅至此，非獨介甫之妄，亦諸儒講解不明之過也。故予始自熙寧謫居高安，覽諸家之説而裁之以義，爲《集解》十二卷。及今十數年矣，每有暇，輒取觀焉，得前説之非，隨亦改之。紹聖之初，遷于南方，至元符元年，凡三易地。最後卜居龍川之白雲橋，杜門無事，凡所改定，亦復非一。覽之灑然而笑，蓋自謂無憾矣。南荒士人無可與論説者，顧謂子遜："'仰之彌高，鑽之彌堅，瞻之在前，忽焉在後'，此孔子之不可及而顔子之所太息也，而況于予哉！安知後世不復有能規予過者？其于昔之諸儒，或庶幾焉耳。汝能傳予説，使後生有聞焉者。千歲之絶學，儻在于是也。"二年閏九月八日志。

---

① 是而非人：文淵閣《四庫全書》本（以下簡稱"《四庫》本"）作"是己而非人"，疑是。《經苑叢書》本（以下簡稱"《經苑》本"）作"自是而非人"，亦通。

春秋集解卷一

隱公

元年春，王正月。

不書即位而書正月，何也？言朝正于廟，于是始成君也①。惠公娶于宋，曰孟子，卒，其娣聲子，生隱公。又娶于宋，曰仲子，生桓公，而惠公薨，隱公立而奉之，是以未嘗即位也。隱公雖長，庶子也；桓公雖幼，適子也。適子當立而不能自立，庶子不當立而能自立矣。然則桓公之立否在隱公也。隱立而以奉桓，其志可也，而禮則不可。《公羊》曰：“立適以長不以賢，立子以貴不以長。隱于是焉而辭立，則未知桓之將必得立也。且如桓立，則恐諸大夫之不能相幼君也。”然則自立而以奉桓，禮歟？《穀梁》曰：“《春秋》貴義而不貴惠，信道而不信邪。”“兄弟，天倫也。爲人子，受之父；爲人臣②，受之君。已廢天倫而忘君父以行小惠，可謂輕千乘之國矣，蹈道則未也。”然則廢桓而自立，禮歟？兄弟之不加適庶，古之道也。諸侯再娶之非禮，惠公尸之矣。惠公以夫人娶之，而其子可不以爲適乎？雖然，自立以俟其長，亂之道也，蓋亦立桓而己爲政乎？立桓而己爲政，及其成人而授之，于是可謂禮矣。

三月，公及邾儀父盟于蔑。

邾子克也。不書爵，不名而字，附庸之君，未王命者也。或曰：“古者禮樂征伐自天子出，諸侯專之，非禮也，凡書皆以譏之。”予以爲不然。春秋之際，王室衰矣，然而周禮猶在，天命未改，雖有湯、武，未能取而代之也。諸侯之亂，舍此何以治之？要之以盟會，威之以征伐，小國恃焉，大國畏焉，猶可以少安也。孔子曰：“桓公九合諸侯，一匡天下，民到于今受其賜。微管仲，吾其被髮左衽矣。”故《春秋》因其禮俗而正其得失，未嘗不予也。故曰：“其事則齊桓晉文，其文則史，其義則丘竊取之矣。”盟必有日，月而不日，失之也。《春秋》以事繫日，以日繫月，以月繫時，以時繫年。事成于日者日，成于月者月，成于時者時，不然皆失之也。故崩、薨、卒、弒、葬、郊廟之祭、盟、戰、敗、入、滅、獲、日食、星變、山崩、地震、火災，凡如此者，皆以日成者也。朝覲、蒐、狩、城築、作、

---

① 于是始成君：原本作“于始是成君”，據《四庫》本、《經苑》本乙。
② 爲人臣：諸本同。阮元刻《十三經注疏·春秋穀梁傳注疏》作“爲諸侯”。

毁，凡如此者，皆以時成者也。會、遇、平、如、來、至、侵、欺①、伐、圍、取、救、次、遷、戍、追、襲、奔、叛、執、水、旱、雨、雹、冰、雪、彗、孛、螽、螟，凡如此者，或以月成，或以時成者也。惟公即位不書日，有常日也。外殺大夫，不書月與日，卑不以告也。

夏五月，鄭伯克段于鄢。

段，鄭伯之母弟也。其母愛之，封之于京。將作亂，大夫請禁之，鄭伯不許。及聞其將襲鄭而後伐之，段出奔共。段之不稱弟及公子，何也？段將爲君，非復臣也。不稱段之奔，而稱鄭伯之克，何也？段之亂，鄭伯成之也。克者何？能勝也。段之欲爲亂久矣，鄭人知之而鄭伯不禁，非不能也，將養之使至於亂而加之以大戮。故雖逐之，而國人不敢爭，母不敢愛，此鄭伯之所謂能也，故書曰"鄭伯克段于鄢"，以示得其情也。凡諸侯之事，告則書，不然則否。雖及滅國，滅不告敗，勝不告克，不書于策。《公羊》、《穀梁》以爲諸侯之事盡于《春秋》也，而事爲之說，則過矣。

秋七月，天王使宰咺來歸惠公仲子之賵。

魯之喪，諸侯有來賵者矣，皆以常事不書。書宰咺，尊王命也。天子之宰曰宰周公，曰宰渠伯糾，咺之名，何也？其賵非禮也。天子七月而葬，同軌畢至；諸侯五月，同盟至；大夫三月，同位至；士逾月，外姻至。以賵惠公則緩，以賵仲子則未甍也。使受命于君，出而不如其素，雖正之可也。季文子聘于晉，求遭喪之禮而行，遭喪而以常禮行之不可，未喪而以喪禮行之，可乎？周雖命之，咺不得行也。唯命而行之，以爲非使也，故名。仲子之不稱夫人，何也？非甍非葬，名有所不必書也。《穀梁》曰："仲子者惠公之母，孝公之妾也。禮，賵人之母則可，賵人之妾則不可。"君子以其可辭而受之。以仲子爲惠公之母，疑于僖公成風故也。婦人既嫁從夫，夫死從子。由其夫之喪而賵之，曰惠公仲子；由其子之喪而襚之，曰僖公成風。禮，不可以賵人之妾，而仲子獨無子乎？雖從其夫，禮也。故凡《春秋》之事當從史。《左氏》史也，《公羊》、《穀梁》皆意之也。蓋孔子之作《春秋》，事亦略矣，非以爲史也，有待乎史而後足也。以意傳《春秋》而不信史，失孔子之意矣。

九月，及宋人盟于宿。

言及而不言其人，内之微者也。宋人，外之微者也。或曰皆遠而失之也。宿，小國也。盟而以國地，宿與盟也。

冬十有二月，祭伯來。

祭伯，天子之卿也。不稱使，非王命也；不言朝，未嘗朝也。天子之卿而外交于諸侯，非禮也。

公子益師卒。

---

① 欺：《四庫》本、《經苑》本作"敗"，疑是。

益師，魯大夫也。大夫之喪，君不以小斂則不日①，以爲少恩也。或曰遠而失之也。

二年春，公會戎于潛。夏五月，莒人入向。無駭帥師入極。

無駭之不氏，未賜族也，或曰未王命也。古者天子賜姓，諸侯賜族。楚未嘗通于周，而其大夫曰屈完，故氏非王命也。極，小國也。

秋八月庚辰，公及戎盟于唐。九月，紀裂繻來逆女。

不稱使，昏禮不稱主人也。裂繻之不氏，何也？小國之大夫稱人，其名皆特書也。書裂繻，以其逆女也。凡女在國稱夫人。禮，惟天子不親迎，使上卿逆之，上公臨之；諸侯親迎，有故，則使大夫可也。

冬十月，伯姬歸于紀。紀子帛、莒子盟于密。

子帛，裂繻也。其盟魯故也。魯人有怨于莒，裂繻既昏于魯，而爲魯盟莒，故比之魯大夫而稱字，嘉之也。

十有二月乙卯，夫人子氏薨。

桓公之母仲子也。凡公母稱夫人，薨則曰夫人某氏薨。葬畢而祔于廟，則曰葬我小君某氏；不稱夫人，則曰某氏卒，不祔于廟，則不書葬。仲子始娶于宋，故曰"夫人子氏薨"，特立之廟而不祔，故不書葬。左氏曰："不赴于諸侯，不反哭于寢，不祔于姑，故不曰薨；不稱夫人，故不言葬。"考之以事，皆不合，失之矣。

鄭人伐衛。

三年春，王二月己巳，日有食之。

凡春而書月，則書"王"，不然則否。日食則曷爲或日，或不日，或言朔，或不言朔？曰某月某日朔，日有食之者，食正朔也。不言日，夜食也。不言朔，朔在前也。不言朔與日，朔在後也。

三月庚戌，天王崩。夏四月辛卯，君氏卒。

聲子也。隱公將不終爲君，故不稱夫人。不稱子氏而稱君氏，何也？哀公之母曰姒氏卒，哀未君也。隱既君矣，不稱子氏而稱君氏，著其君也。《詩》曰"母氏聖善"，又曰"伯氏吹壎，仲氏吹篪"；《禮》曰"汰哉叔氏"，又曰"哭于賜氏"，皆非姓也，猶曰"君氏"云爾。《公羊》、《穀梁》曰："此尹氏也。尹氏者，天子之大夫也。天王崩，爲魯主，故卒之。"王子虎、劉卷皆天子之大夫也，其卒未嘗不名。使尹氏嘗爲諸侯主矣，則將名之。其曰尹氏而不名，非尹氏也，蓋君氏也。

秋，武氏子來求賻。

武氏子者，天子之大夫也。其稱武氏子，何也？未畢喪孤，未爵也。未爵而使之，非正也。不言使，桓未君也。歸死者曰賵，歸生者曰賻。歸之正也，求之非正也。周雖不求，魯不可以不歸；魯雖不歸，周不可以求之。交譏之也。

---

① 以：《兩蘇經解》萬曆三十九年重刻本（下稱"重刻本"）、《經苑》本、阮元刻《十三經注疏·春秋左傳正義》杜預注均作"與"。

八月庚辰，宋公和卒。
　　禮，天子曰崩，諸侯曰薨，大夫曰卒。《春秋》薨魯君而卒諸侯，魯史也。其書，來赴也；其名，與魯通也。凡諸侯同盟，名于載書，朝聘、會問，皆以名通，故卒則書名，不然則否。左氏曰："凡諸侯同盟，死則赴以名。"禮，君薨，赴于他國，曰"寡君不禄"，臣子而名其先君，非禮也。

冬十有二月，齊侯、鄭伯盟于石門。癸未，葬宋穆公。
　　魯往會，故書。《春秋》以魯故卒諸侯。及其葬，則雖子男稱公，何也？會者在外，信其臣子之詞也。

四年春，王二月，莒人伐杞，取牟婁。戊申，衛州吁弑其君完。
　　衛莊公之世子完，庶子州吁。州吁有寵而好兵，公弗禁。公卒，州吁弑完而自立。凡弑君稱君，君無道也；稱臣，臣之罪也。稱君則曷爲或稱人，或稱國？稱國以弑，大臣弑之也；稱人以弑，衆人弑之也。稱臣則曷爲或氏，或不氏？不氏，惡之甚也。且州吁將以爲君，非復臣也。

夏，公及宋公遇于清。
　　禮盛曰會，簡曰遇。

宋公、陳侯、蔡人、衛人伐鄭。秋，翬帥師會宋公、陳侯、蔡人、衛人伐鄭①。
　　二年，鄭人伐衛，州吁將報之，以宋公子馮之在鄭也，使告于宋，帥陳、蔡而伐之。宋公使來乞師，公不義州吁而辭焉。公子翬請以師會之，公弗許，固請而行，故不稱公子。《公羊》、《穀梁》曰："翬之不稱公子，與弑公也。"夫翬之伐鄭，未嘗弑也。且弑君而以不氏爲貶，而足乎不足？不若不貶之愈也。

九月，衛人殺州吁于濮。
　　州吁未能和其民，使石厚求定于石碏，石碏教之朝陳而求覲于王。厚從州吁如陳，石碏告陳人圖之，陳人執之而請蒞于衛，衛人殺之于濮。稱人以殺，衆詞也，言衛人皆欲殺之也。州吁既爲君矣，其曰"殺州吁"，何也？不能君也。

冬十有二月，衛人立晉。
　　衛人逆公子晉于邢而立之。不言晉歸于衛而書曰"衛人立晉"，何也？言歸則晉求入也，言立則人立之也。世子之不言立，固其所也。非世子，未有不立而立者也。雖非其所，然而衛人之所共立，蓋許之也。其不稱公子，何也？將以爲君，非復臣也。

五年春，公觀魚于棠②。夏四月，葬衛桓公。秋，衛師入郕。九月，考仲子之宫，初獻六羽。
　　考，成也。諸侯不二嫡，仲子不得祭于惠公之廟，以桓故爲之宫，禮也。天子八

① 伐：原本作"代"，據《四庫》本、《經苑》本改。
② 觀：《四庫》本作"矢"，阮元刻《十三經注疏·春秋左傳正義》亦作"矢"。

佾，諸侯六，大夫四，士二。魯以周公祭文王，文王、周公之廟用八，諸公因之，非禮也。隱公問于衆仲，于是初獻六羽。不言佾，羽而不干，婦人無所事武也。《公羊》、《穀梁》曰：「初獻六羽，始僭諸公也。」天子八佾，公六，諸侯四，然則大夫二，而士無佾矣，可乎？

邾人、鄭人伐宋。

宋人取邾田，故邾人請于鄭以伐之。凡班序上下以國之大小，而盟會、征伐以主者先。邾小而先鄭，主兵也。

螟。冬十有二月辛巳，公子彄卒。宋人伐鄭，圍長葛。

六年春，鄭人來渝平。

公之爲公子也，與鄭人戰于狐壤，止焉。五年，邾、鄭伐宋，宋人使來告命。公聞其入郛也，將救之，問于使者，曰：「未及國。」公怒，弗救，故鄭人來渝平。和而不盟曰平，言渝，棄舊怨也。

夏五月辛酉，公會齊侯，盟于艾。秋七月。冬，宋人取長葛。

七年春，王三月，叔姬歸于紀。

伯姬之娣，待年于國，不與嫡皆行也。媵不書，書叔姬，賢之也。吳無君無大夫，賢季子而書「吳使札來聘」，亦猶是也。若賢不得書，必貴而後書，則是以位而蔑德也。小國無大夫，至于接我則書，是不可以廢事也。位不可以廢事，而獨可以廢賢乎？

滕侯卒。夏，城中丘。齊侯使其弟年來聘。

凡稱弟，母弟也，異母則稱公子，各從其親者稱之也。

秋，公伐邾。冬，天王使凡伯來聘。戎伐凡伯于楚丘，以歸。

戎嘗朝周，發幣于公卿，凡伯弗賓，故伐之。不言獲而言以歸，尊王官也。《穀梁》曰：「戎者，衛也。戎衛者，爲其伐天子之使也。」稱衛則衛可見，戎衛則衛不見，而何以爲貶乎？

八年春，宋公、衛侯遇于垂。三月，鄭伯使宛來歸祊。庚寅，我入祊。

祊者，天子巡守，鄭人助祭太山之邑也。鄭伯曷爲以其邑與魯？將以易許田也。許田者，魯朝宿于成周之邑也。周衰，天子不巡守，諸侯不朝，祊近魯，許田近鄭，是以易之。天子在焉而私易田，其言「使宛來歸祊」，鄭之罪也。曷爲不言以許田與鄭？事未定也。宛之不氏，貶之也，或曰鄭大夫之未賜族者也。

夏六月己亥，蔡侯考父卒。

蔡未通而名者，蓋通于惠公之世也。

辛亥，宿男卒。

宿嘗通矣，其不名，失之也。

秋七月庚午，宋公、齊侯、衛侯盟于瓦屋。八月，葬蔡宣公。九月辛卯，公及莒人盟于浮來。螟。冬十有二月，無駭卒。

九年春，天王使南季來聘。三月癸酉，大雨震電。庚辰，大雨雪，挾卒。

夏，城郎。秋七月。冬，公會齊侯于防。

十年春，王二月，公會齊侯、鄭伯于中丘。夏，翬帥師會齊人、鄭人伐宋。六月壬戌，公敗宋師于菅。辛未，取郜。辛巳，取防。秋，宋人、衛人入鄭。宋人、蔡人、衛人伐戴，鄭伯伐取之。冬十月壬午，齊人、鄭人入郕。

十有一年春，滕侯、薛侯來朝。夏，公會鄭伯于時來。秋七月壬午，公及齊侯、鄭伯入許。冬十有一月壬辰，公薨。

公子翬將爲公殺桓公以求大宰，公不許，翬懼，反譖公于桓公，與之謀而弒之。不書弒，諱之也。薨而不地，隱之不忍地也。不書葬，不成喪也。《公羊》、《穀梁》曰："賊不討，不書葬，讎在內也，讎在外則何以書葬？君子詞也。"若隱公之禍，將誰討乎？蓋將討乎桓公，隱亡而討桓，將誰使爲君？隱亡而討桓，是重亂也，故隱亡則桓君矣。討君之難，孰與討齊之難？不討齊則葬之，不討君則不葬，非訓也。故凡弒君不書葬，不成喪也。隱十年無正，事不在正月也。《公羊》曰："隱不有其正。"《穀梁》曰："隱不自正。"亦有事在正月而不書者乎，蓋未之有也。未之有也，不書宜矣。

春秋集解卷二

桓公

元年春，王正月，公即位。
  繼故不書即位，正也。先君不以其道終，子弟不忍即位也。繼故而言即位，是與聞乎弑也。先君不以其道終，已正即位之道而即位，是無恩乎先君也。

三月，公會鄭伯于垂，鄭伯以璧假許田。
  許田所以易祊，以祊爲未足，而益之以璧耳。曷爲不言易？諱之也。言假，有歸之道焉；言易，則已矣。凡歸，未有不受者也；假，未有不予者也。鄭伯之使宛來歸祊也，書"歸"、書"入"，魯、鄭皆罪也①。其以璧假許田也，書"假"而不書"予"，祊之謀，隱公爲之矣，桓因而成之，非專其罪也。

夏四月丁未，公及鄭伯盟于越。秋，大水。冬十月。

二年春，王正月戊申，宋督弑其君與夷，及其大夫孔父。
  此弑其君與殺其大夫，其言"及"何也？由弑及之也。華督殺孔父而取其妻，公怒，督懼，遂弑殤公。君子以督爲有無君之心，而後動于惡，故先書"弑其君"。《公羊》曰："孔父，字也。其不名，賢也。"諸侯不生名，死猶名之。大夫生名，死而名，正也。孔父之死，何賢而字乎？且方名其君，而字其臣，禮乎？

滕子來朝。
  滕嘗稱侯，其稱子，王所黜也。

三月，公會齊侯、陳侯、鄭伯于稷，以成宋亂。
  成，平也。稷之會將以平宋亂也，既而受賂，立華氏，故書其所以會。春秋之會，未有書其故者也，會而書其故，言非其實也。襄三十年，諸侯之大夫會于澶淵，亦書曰"宋災故"，言諸侯始以宋災爲會，既而無歸，亦非其實也。

夏四月，取郜大鼎于宋。戊申，納于大廟。
  郜鼎，華氏之賂也。華氏之賂爲不可受矣，而又納之大廟，甚之也。

秋七月，杞侯來朝。蔡侯、鄭伯會于鄧。九月，入杞，公及戎盟于唐。冬，公至自唐。
  凡公行，反而告廟則書，不然則否。特相會，往來稱地。自參以上，則往稱地，

---

①　鄭：原本作"正"，據《四庫》本、《經苑》本改。

來稱會。會，衆詞也。一出而二事，則或致其前，或致其後，致其重者也。隱公之不至，何也？將不終爲君，不以告也。

三年春，正月，公會齊侯于嬴。夏，齊侯、衛侯胥命于蒲。

胥命者，約言而不盟也。有以相命，故不可以言會；未嘗歃血，故不可以言盟。

六月，公會杞侯于郕。秋七月壬辰朔，日有食之，既。公子翬如齊逆女。九月，齊侯送姜氏于讙，公會齊侯于讙。夫人姜氏至自齊。冬，齊侯使其弟年來聘。有年。

四年春，正月，公狩于郎。夏，天王使宰渠伯糾來聘。

五年春，正月甲戌。己丑，陳侯鮑卒。夏，齊侯、鄭伯如紀。天王使仍叔之子來聘。葬陳桓公。城祝丘。秋，蔡人、衛人、陳人從王伐鄭。

鄭世爲周卿士，王貳于虢，故周鄭交惡。王以諸侯伐鄭，不言王及蔡人、衛人、陳人伐鄭，君臣之詞也。不言王以蔡人、衛人、陳人伐鄭，諸侯之師王之所得用也。于是鄭人及王戰于繻葛，大敗王師，射王中肩。不言戰，王者無敵，莫敢與之戰也。不言敗，諱之也。

大雩。

旱也。得雨曰雩，不得雨曰旱。曷爲以"大"言之？雩上帝也。天子雩于上帝，諸侯雩于山川百神。魯以周公得祭上帝，謂之大雩，言大于諸侯也。《左氏》曰："凡祀，啓蟄而郊，龍見而雩，始殺而嘗，閉蟄而烝，過則書。"秋大雩，書，不時也。夫龍見而雩，常祀也，旱雩而以常祀言之，失之矣。

螽。冬，州公如曹。

六年春，正月，寔來。夏四月，公會紀侯于成。秋八月壬午，大閱。蔡人殺陳佗。九月丁卯，子同生。

子同，桓之適長也。以太子生之禮舉之，故書。《公羊》曰："喜有正也。喜有正，所以病桓也。"然則非病桓將不書乎？《穀梁》曰："疑，故志之。"然則非疑將不志乎？

冬，紀侯來朝。

七年春，二月己亥，焚咸丘。夏，穀伯綏來朝，鄧侯吾離來朝。

八年春，正月己卯，烝，天王使家父來聘。夏五月丁丑，烝。秋，伐邾。冬十月，雨雪。祭公來，遂逆王后于紀。

祭公，王之三公也。王將逆后于紀，而使魯主之，故祭公自魯如紀。不稱使，謀昏也。遂，繼事之詞也。大夫出疆有以二事出者，有以一事出而專繼事者，其書皆曰"遂"，得失則視其實而已。祭公自魯逆王后，公子遂如周及晉，皆以二事出者也。公子結媵，而及齊、宋盟，專繼事者也。女在國稱女，此其稱王后，何也？王者無外，命之，則成矣。

九年春，紀季姜歸于京師。

劉夏逆王后于齊，不書其歸，此何以書？魯爲之主也。既曰王后矣，此其稱"紀季姜"，何也？自紀稱之也。父母之于子，雖有天子后①，猶曰"吾季姜"。

夏四月。秋七月。冬，曹伯使其世子射姑來朝。

　　諸侯相朝正也。有故而使世子攝事，畏大國也，蓋禮之變也。

十年春，王正月庚申，曹伯終生卒。夏五月，葬曹桓公。秋，公會衛侯于桃丘，弗遇。

　　衛侯與公爲會于桃丘，既而背之，與齊、鄭來戰，故書曰"弗遇"，過在衛也。

冬十有二月丙午，齊侯、衛侯、鄭伯來戰于郎。

　　六年，北戎伐齊，鄭太子忽救齊，大敗戎師。于是諸侯之大夫戍齊，齊人餼之，使魯爲之班，魯以周班後鄭，鄭忽以其有功也，怒，故以齊、衛來戰于郎。不稱侵伐而稱來戰，無詞也。鄭雖主兵，而先書齊、衛，猶以周班正之也。

十有一年春，正月，齊人、衛人、鄭人盟于惡曹。夏五月癸未，鄭伯寤生卒。秋七月，葬鄭莊公。九月，宋人執鄭祭仲，突歸于鄭，鄭忽出奔衛。

　　祭仲有寵于鄭莊公，爲公娶鄧曼，生忽，故祭仲立之。宋雍氏女于鄭莊公，曰雍姞，生突。雍氏有寵于宋莊公，故誘祭仲而執之，曰："不立突，將死。"祭仲與宋人盟，以突歸而立之，書曰"宋人執鄭祭仲"，而繼之以突之入與忽之出，仲以出君易死，罪之也。突之不稱公子，何也？將以爲君，非復臣也。其曰"歸于鄭"，何也？凡反其國，無難曰歸，有難曰入，無難而內不喜曰復歸，有難而內不喜曰復入。復者，厭之之詞也。突從祭仲以歸于鄭，則無難矣。鄭忽，未逾年之君也，未逾年之君稱子，不稱子何也？不能君也。忽之爲太子也，齊侯將妻之，忽辭，人問其故，忽曰："自求多福，在我而已，大國何爲？"及其敗戎師也，齊侯又請妻之，固辭。或問之，曰："無事于齊，吾猶不敢，而況以師昏乎！"故其立也，國人不附，大國不援，以至于出奔，蓋未嘗君也，故不稱子。《公羊》曰："祭仲何以不名？賢其知權也。""忽何以名？《春秋》伯子男一也，詞無所貶。"夫以出君爲知權亂之道也，故祭仲名也，非字也。且方名二君，而可以字其臣乎？嫡子稱子，禰先君也；庶子不得稱子，不敢禰先君也。非伯子男之謂也，且雖伯子男，其可一乎？

柔會宋公、陳侯、蔡叔，盟于折。公會宋公于夫鍾。冬十有二月，公會宋公于闞。

十有二年春，正月。夏六月壬寅，公會杞侯、莒子，盟于曲池。秋七月丁亥，公會宋公、燕人，盟于穀丘。八月壬辰，陳侯躍卒。公會宋公于虛。冬十有一月，公會宋公于龜。丙戌，公會鄭伯，盟于武父。

　　鄭伯，突也。突簒其兄而立，《春秋》以君許之，何也？諸侯雖以簒得，苟能和其民而親諸侯，內外君之，則以君書之，不沒其實也。雖君而實簒，雖簒而實君，

---

① 雖有：重刻本、《四庫》本同。《經苑》本作"雖爲"，疑是。

皆因其實而已。不然則否，不能君也，衛州吁、陳佗是也。

丙戌，衛侯晉卒。十有二月，及鄭師伐宋。丁未，戰于宋。

宋多責賂于鄭，公五爲會以平之，宋公不可，故與鄭師伐宋。伐而言戰，伐而又戰也。不言及宋人戰，何也？以國地，則及宋人戰也。

十有三年春，二月，公會紀侯、鄭伯。己巳，及齊侯、宋公、衛侯、燕人戰。齊師、宋師、衛師、燕師敗績。

此戰猶以鄭故也。先言會而後言日，既會而後戰，會、戰異日也。不言所戰，後也。衛宣公未葬，其子出會諸侯，非禮也。燕戰則稱"人"，敗則稱"師"，何也？與齊、宋序，戰皆稱爵，敗皆稱衆也。

三月，葬衛宣公。夏，大水。秋七月。冬十月。

十有四年春，正月，公會鄭伯于曹，無冰。夏五，鄭伯使其弟語來盟。

凡外大夫來盟于魯，内大夫莅盟于他國，皆盟其君也。大夫而盟其君，禮乎？禮，諸侯不親盟于他國，大夫即盟于他國，非敵君也，雖盟其君可也。

秋八月壬申，御廩災。乙亥，嘗。

御廩者，粢盛之所藏也。壬申災，而乙亥嘗，書，不害也。然而周之八月非嘗之時也，《公羊》曰："御廩災，不如勿嘗而已矣。"災而爲害則不嘗，若災而不害，而可以勿嘗乎？事之不可以意推者，當從史。《左氏》，史也。

冬十有二月丁巳，齊侯祿父卒。宋人以齊人、蔡人、衛人、陳人伐鄭。

凡師能左右之曰"以"。齊桓、晉文之用諸侯，不言"以"，何也？公用之也。諸侯而用諸侯則言"以"，私用之也。用之以公，則人自用也；用之以私，則我用之也。

十有五年春，二月，天王使家父來求車。三月乙未，天王崩。夏四月己巳，葬齊僖公。五月，鄭伯突出奔蔡。

諸侯不生名，突之名，失地也。突將殺祭仲，不克而出。諸侯之出奔，必有出之者矣。言其出，不言其出之者，何也？君實有國而出于臣，臣雖有罪，而君至于失國，自取之也。然則弑君何以稱臣？弑君之罪，重于出君也。

鄭世子忽復歸于鄭。

忽嘗爲君矣。其出也稱鄭忽，其復歸也稱鄭世子忽，何也？于其出，言其不能君也；于其復歸，言其所恃以反國者惟世子也，舍是無足以歸者矣。突既出，則忽之歸無難矣，然而鄭人之所不喜也。

許叔入于許。

鄭莊公之入許也，使許大夫百里奉許叔，以居許東偏，使其大夫公孫獲居許西偏。許叔因鄭亂以入于許，猶有鄭難焉，故曰入。叔之不稱公子，將爲君也。不名而字，無與爭國者也。凡將君而非爭者皆字，許叔、蔡季是也。

公會齊侯于艾。邾人、牟人、葛人來朝。秋九月，鄭伯突入于櫟。

稱入，忽在内，難之也。《公羊》曰："何以不言忽之出奔？忽之爲君微也。祭仲存則存矣，祭仲亡則亡矣。"夫突入于櫟，未入于鄭，忽未嘗奔也，而何以書之？

冬十有一月，公會宋公、衛侯、陳侯于袤，伐鄭。

地而後伐，既會而後伐也。《穀梁》曰："疑詞也，非其疑也。"蓋以爲伐突以正忽也，夫突在櫟不在鄭，伐鄭非伐突也，乃所以救突也。《公羊》、《穀梁》之妄若是者衆矣，不可勝非也，故各非其一而已。

十有六年春，正月，公會宋公、蔡侯、衛侯于曹。夏四月，公會宋公、衛侯、陳侯、蔡侯，伐鄭。秋七月，公至自伐鄭。冬，城向。十有一月，衛侯朔出奔齊。

衛宣公烝于夷姜，生伋子，屬之右公子。爲之娶于齊，而宣公取之，生壽及朔，屬壽于左公子。宣姜與朔構伋子，使齊盜殺之，並及壽子，故二公子怨惠公而立公子黔牟，惠公出奔。

十有七年春，正月丙辰，公會齊侯、紀侯，盟于黃。二月丙午，公會邾儀父，盟于趡。夏五月丙午，及齊師戰于奚。六月丁丑，蔡侯封人卒。秋八月，蔡季自陳歸于蔡。

季之不稱公子，將爲君也。不名而字，無與爭國者也。自陳，陳奉之也。

癸巳，葬蔡桓侯。

葬未有不稱公者，此其稱侯，何也？傳失之也。或曰：周衰，諸侯不請謚於天子，故葬則稱公。蔡桓之稱侯，請之天子也。夫諸侯既沒，不請於天子而稱公，非禮也。然則魯君生而稱公，諸侯之大夫皆稱公子，亦非禮乎？臣子之于君，極其尊而稱之，禮也。諸侯葬而魯往會，從其臣子而稱公，亦可謂禮矣。

及宋人、衛人伐邾。冬十月朔，日有食之。

十有八年春，王正月，公會齊侯于濼。公與夫人姜氏遂如齊。

非禮也。濼之會，公實與姜氏行。其不言公與夫人姜氏會齊侯于濼，夫人不會也。《穀梁》曰："夫人，伉也。"夫人雖伉而與于會，可以不書乎？雖不伉而不與于會，其可書乎？其不言及，何也？及，上下之詞也。與，不相屬也，所以惡夫人也。

夏四月丙子，公薨于齊。

齊侯通于姜氏，使彭生戕公。不言戕，諱之也。公薨不地，故也，此其言齊，何也？在外不可不言也。

丁酉，公之喪至自齊。秋七月。冬十有二月己丑，葬我君桓公。

春秋集解卷三

莊公

元年春，王正月。

  不書即位，繼故也。《左氏》曰："文姜出故也。"文姜之出，孰與桓公之薨？且出在三月，舍其大而言其細，失之矣。

三月，夫人孫于齊。

  桓公之薨，夫人與聞焉，魯人責之，故出奔。不言奔，諱之也。不稱姜氏，以爲夫人之義絕，不爲親，禮也。或曰所以貶之也。

夏，單伯送王姬。

  單伯，天子之卿也。天子嫁女于諸侯，必使諸侯同姓者主之。王將嫁女于齊，故使魯主之，而單伯送之。單伯不稱使，何也？外大夫使于魯則稱使，詳之也；于他國則否，略之也。單伯之女爲齊行也，故不稱使①。《公羊》、《穀梁》曰：此送王姬也，然則單伯爲魯大夫矣。魯無單伯，天子之世卿也，且魯大夫必名。使魯主之，則周人送之，齊人逆之②，足矣，魯人何爲逆之哉？

秋，築王姬之館于外。冬十月乙亥，陳侯林卒，王使榮叔來錫桓公命。

  錫命者，命之以策也。衛襄公之沒也，王使成簡公追命之，曰："叔父陟恪在我先王之左右，以佐事上帝，予敢忘高圉、亞圉！"不稱"天王"，闕文也。

王姬歸于齊。

  自我歸之也。不言齊之來逆，館之于外，弗與接也。

齊師遷紀、郱、鄑、郚。

二年春，王二月，葬陳莊公。夏，公子慶父帥師伐于餘丘。秋七月，齊王姬卒。冬十有二月，夫人姜氏會齊侯于禚。乙酉，宋公馮卒。

三年春，王正月，溺會齊師伐衛。夏四月，葬宋莊公。五月，葬桓王。秋，紀季以酅入于齊。

---

  ① "單伯之女"二句，《經苑》本於此注云"此文有誤，二《傳》俱云：'單伯者何？吾大夫之命于天子者。'蘇氏當引其語"。

  ② 逆之：原本作"送之"，重刻本、《經苑》本同，據《四庫》本改。按：周王嫁女於齊，齊不應云"送之"，而應云"逆之"。

紀季，紀侯之弟也。齊方無道，其欲滅紀久矣。紀非齊之敵也，天子莫之治，諸侯莫之救。紀侯内則不能下齊，外則不忍抗齊以殘其民，將棄國而去，故以酅與季，使爲附庸，以無廢先祀，故書曰"紀季以酅入于齊"，言非叛也。季之不名，附庸之君，且喜之也。

冬，公次于滑。

四年春，王二月，夫人姜氏享齊侯于祝丘①。三月，紀伯姬卒。夏，齊侯、陳侯、鄭伯遇于垂。

鄭伯，鄭子儀也。桓十五年五月，書"鄭伯突出奔蔡，鄭世子忽復歸于鄭"，九月書"鄭伯突入于櫟"。十七年，高渠彌殺忽而立子亹。十八年，齊襄公殺子亹，鄭人立子儀。莊十四年，突使傅瑕殺子儀而入。則遇于垂者子儀也，然則鄭有二君矣，可乎？春秋有一國而二君者，鄭突與儀，衛衎與剽是也。突、衎始終爲君，儀之君鄭十有四年，剽之君衛十有一年，皆既能君者也，故《春秋》因其實而君之。然則孰與？曰：皆不與也。突之入也以篡，衎之出也以惡，儀、剽雖國人之所立，而突、衎在焉，非所以爲安也。故四人《春秋》莫適與也，皆不没其實而已。君子不幸而處于此，如子臧、季札可也，不如是則亂不止。昔者孔子之門人疑孔子之爲衛輒也，子貢入問之曰："伯夷、叔齊何人也？"曰："古之賢人也。"曰："怨乎？"曰："求仁而得仁，又何怨？"出曰："夫子不爲也。"故曰：君子不幸而處于此，如子臧、季札可也。

紀侯大去其國。

大去者，不反之詞也。以國與季，季奉社稷，故不言滅；不見迫逐，故不言奔。雖失地之君，而原其行事，則周亶父也，故賢之而不名。《公羊》曰："何以不言滅？爲齊襄諱也。"《春秋》爲賢者諱，何賢乎襄公復讎也？齊哀公烹于周，紀侯譖之，于是九世矣。世蓋有復九世之讎者乎？且襄公非志于復讎者也。雖或以是爲名，《春秋》從而信之，可乎？

六月乙丑，齊侯葬紀伯姬。

内女不書葬，此何以書？齊以告也。齊侯取其國而葬其夫人，取之則有罪，而葬之則禮也。

秋七月。冬，公及齊人狩于禚。

公忘齊之讎，而越境以與其人狩，非禮甚矣。或曰齊人齊侯也，不言齊侯，爲公諱也。

五年春，王正月。夏，夫人姜氏如齊師。秋，郳黎來來朝。冬，公會齊人、宋人、陳人、蔡人，伐衛。

伐衛所以納朔也，不言納，將言朔之入故也。朔以殺二兄爲罪，而諸侯納之。言

① 享：原本作"烹"，據重刻本、《四庫》本、阮元刻《十三經注疏·春秋左傳正義》改。

納則罪在納者，而入者幸矣①；言入則罪在入者，而納者亦未免也。成十八年，楚子、鄭伯伐宋，宋魚石復入于彭城。言復入而不言納，亦猶是也。

六年春，王正月，王人子突救衛。夏六月，衛侯朔入于衛。

　　朔之入猶有黔牟在焉，故稱入。

秋，公至自伐衛。

　　公及諸侯伐衛以納朔，王人救衛，不勝諸侯，朔遂得入。朔入而公至，雖不言納，而公之罪亦明矣。

螟。冬，齊人來歸衛俘。

七年春，夫人姜氏會齊侯于防。夏四月辛卯夜，恒星不見，夜中，星隕如雨。

　　恒星不見，夜明也。星隕如雨，衆也。《左氏》以爲與雨偕，《公羊》以爲雨星不及地尺而復。按歷代《天文志》記衆星同隕者，以爲星隕如雨，蓋無足怪也。

秋，大水，無麥苗。

　　是時麥熟，五稼苗而未秀，皆爲水所害也。

冬，夫人姜氏會齊侯于穀。

八年春，王正月，師次于郎，以俟陳人、蔡人。甲午，治兵。夏，師及齊師圍郕，郕降于齊師。秋，師還。冬十有一月癸未，齊無知弒其君諸兒。

　　齊僖公母弟夷仲年生公孫無知，有寵於僖公，衣服禮秩如適。襄公絀之，故作亂。不稱公孫，將爲君也。凡弒君稱君，君無道也。然《春秋》所書，無道而稱臣者六：齊諸兒雖無道，而無知以其私弒之②，故稱無知；晉夷皋、楚虔雖無道，而趙盾、公子比疑于無罪，故稱盾及比；陳平國、蔡固雖無道，而罪不加于國人，故稱徵舒及般；齊光雖無道，而崔杼之惡甚于光，故稱杼。言各有所當已，不必同也。

九年春，齊人殺無知。

　　齊雍廩殺無知，而稱人以殺，言齊人皆欲殺之也。不稱君，不能君也。

公及齊大夫盟于蔇。夏，公伐齊，納子糾，齊小白入于齊。

　　凡當立者不言納與如③，宋襄公之納齊孝公，言伐而已，不言納與入也。言納與入，非當立者也。子糾、小白皆齊襄公之庶弟而爭國，故子糾言"納"，而小白言"入"。糾之言納而不言入，納而未得入也；小白之言入，自入也。不言歸，子糾難之也。不稱公子，皆將爲君也。

秋七月丁酉，葬齊襄公。八月庚申，及齊師戰于乾，時我師敗績。九月，

---

① 入者幸：原本作"入幸者"，據《四庫》本、《經苑》本乙。
② 私：原本作"師"，據《四庫》本改。
③ 如：《四庫》本、《經苑》本作"入"。按：《春秋》一書，"如"、"入"二字常互見通用，而本處文字各本有異同，未能統一。

齊人取子糾殺之。

  子糾之死，魯殺之也。鮑叔謂魯："子糾親也，請君討之；管、召讎也，請受而甘心焉。"乃殺子糾于生竇，召忽死之，管仲請囚。其曰"齊人取子糾殺之"，何也？不予齊人之使魯殺其親也，故使齊其尸之，且曰有國而不能庇一人，亦所以病魯也。《公羊》曰："稱子糾，宜爲君也。"或因《公羊》而益之，曰："此殺未逾年之君也。"夫子糾、小白皆以庶弟爭國，未知孰宜爲君也。未知孰宜爲君，納而未得入，而以爲未逾年之君也，可乎？

冬，浚洙。

十年春，王正月，公敗齊師于長勺。二月，公侵宋。三月，宋人遷宿。

  凡諸侯遷國，自遷曰某遷于某，人遷而有之曰某人遷某，猶以爲附庸也，故不言滅。

夏六月，齊師、宋師次于郎，公敗宋師于乘丘。秋九月，荆敗蔡師于莘，以蔡侯獻舞歸。

  荆，楚之舊號也。不稱荆人，夷也。獻舞之名，失地也。凡獲諸侯，不言獲而言以歸，尊之也。

冬十月，齊師滅譚，譚子奔莒。

  凡諸侯滅同姓，名；其非同姓，君行則稱君，臣行則稱臣。滅人之國其罪均也，而其實不可不別。譚子之不名，未通也。不言出奔，國滅無所出。

十有一年春，王正月。夏五月戊寅，公敗宋師于鄑。秋，宋大水。冬，王姬歸于齊。

十有二年春，王三月，紀叔姬歸于酅。

  叔姬始以媵歸紀，紀侯去國無歸，而叔姬歸魯。及紀季自定于齊，而後歸酅，善其得禮，故書稱"紀叔姬"，明非嫁也。歸魯不書，非寧且非出也。

夏四月。秋八月甲午，宋萬弒其君捷及其大夫仇牧。冬十月，宋萬出奔陳。

十有三年春，齊侯、宋人、陳人、蔡人、邾人會于北杏。

  齊桓始合諸侯以平宋亂，自是遂得諸侯，故四國皆稱"人"，言衆與之也。僖二十八年，晉文公與齊、宋、秦敗楚于城濮，三國皆稱"師"。蓋《春秋》之書始得諸侯者，好會則稱"人"，兵會則稱"師"，以示衆與之也。至襄八年晉悼公會諸侯之大夫于邢丘，改命朝聘之數，儉而有節，則大夫亦皆稱"人"，蓋亦衆與之耳。

夏六月，齊人滅遂。

  討其不會于北杏也。

秋七月。冬，公會齊侯，盟于柯。

  始及齊平也。《公羊》于此言曹沫手劍劫桓公以求汶陽之田，管仲許之，"要盟可犯而桓公不欺，曹子可讎而桓公不怨，桓公之信由此著乎天下"。予以爲此春秋之後好事者之浮説而非其實也。齊魯之怨不在桓公，曹沫無以發其怒，一也。使曹沫誠以劫得盟，如華元、子反，則《春秋》要盟不書，楚宋之盟，書曰"宋人及楚人平"，而不書"盟"，今書"公會齊侯盟于柯"，二也。故《公羊》不足信也。魯仲連稱曹子爲魯將，三戰三北，失地五百里。及桓公會諸侯，曹子以一劍之任枝桓公之心于壇坫之上，三戰所亡，一朝而復。案長勺之戰莊公始用曹沫以敗齊，自是魯未嘗敗，安得所謂三戰三敗，而兵劫桓公求侵地者乎？故仲連亦不足信也。

十有四年春，齊人、陳人、曹人伐宋。夏，單伯會伐宋。

　　齊將伐宋，請師于周，假王命而行，故單伯會之。書曰"單伯會伐宋"，後也。凡天子之大夫出會諸侯，不係之王，尊與諸侯比也。王人而後係之王，微，以王爲重也。

秋七月，荊入蔡。冬，單伯會齊侯、宋公、衛侯、鄭伯于鄄。

　　宋服也。天子之大夫與于會盟，而魯不在，則書之如魯大夫，内之也。

十有五年春，齊侯、宋公、陳侯、衛侯、鄭伯會于鄄。

　　自春秋以來，陳序衛下，齊桓始霸，楚亦始强，陳介于二大國而爲三恪首，故桓因而進之，遂終春秋。

夏，夫人姜氏如齊。

　　禮，夫人父母在則歸寧，沒則使大夫歸寧兄弟。文姜之于齊桓，兄弟也，親行非禮也。

秋，宋人、齊人、邾人伐郳。

　　郳，宋之附庸而叛宋，諸侯爲宋伐之，故以宋人主兵。

鄭人侵宋。冬十月。

十有六年春，王正月。夏，宋人、齊人、衛人伐鄭。

　　討其侵宋，故以宋人主兵。

秋，荊伐鄭。冬十有二月，會齊侯、宋公、陳侯、衛侯、鄭伯、許男、滑伯、滕子，同盟于幽。

　　會而不書其人，内之微者也。盟未有不同者也，此其曰"同盟"，何也？有不同者服也，于是鄭始聽命。《穀梁》曰："不言公，疑與雠盟也。"柯之會，公既與齊盟矣，何獨至于幽而疑之？雠雖不可與通，而襄公亡矣。桓公之霸，不從則國病；爲國，故許之也。

邾子克卒。

十有七年春，齊人執鄭詹。

　　鄭既受盟而不朝齊。詹，鄭之執政也，故齊人執之。不氏，未賜族也。凡執大夫稱人，何也？諸侯之尊執一大夫，得失未可以斥之也。稱行人，非其罪也；不稱行人，罪之也。

夏，齊人殲于遂。

　　齊人滅遂而戍之，不戒。遂因氏、頜氏、工婁氏、須遂氏饗齊戍，醉而殺之。書

"齊人殲于遂"，自取之也。《春秋》之書敗亡，其自取者三：齊人殲于遂，梁亡，王師敗績于茅戎。以爲其所以自處者固敗亡之道，而非敵之罪。

秋，鄭詹自齊逃來。

詹之義當以身受齊責，以紓國患，而逃遁自免，故不書"來奔"，而書"逃來"，賤之也。

冬，多麋。

十有八年春，王三月，日有食之。夏，公追戎于濟西。

不言戎之侵，何也？未及侵而追之，追之而去，兵未嘗交也。

秋，有蜮。

蜮，短狐也，含沙射人，生于南方，魯之所無。凡稱"有"，皆所無也。

冬十月。

十有九年春，王正月。夏四月。秋，公子結媵陳人之婦于鄄，遂及齊侯、宋公盟。

媵不書，以遂事故書①。其曰"陳人之婦"，略言之也。大夫受命以出，共命而不敢專政也，有可以安國家利社稷，不得已而專之可也。非利而專之，則是擅命者。不稱公子翬之伐鄭、伐宋，是也。結雖擅命而稱公子，蓋許之也。

夫人姜氏如莒。

莒非父母之國而往，姦也。

冬，齊人、宋人、陳人伐我西鄙。

二十年春，王二月，夫人姜氏如莒。夏，齊大災。秋七月。冬，齊人伐戎。

二十有一年春，王正月。夏五月辛酉，鄭伯突卒。秋七月戊戌，夫人姜氏薨。冬十有二月，葬鄭厲公。

二十有二年春，王正月，肆大眚。

肆，釋也。眚，過也。《書》曰："眚災肆赦。"非常事，故書。

癸丑，葬我小君文姜。

文姜之惡甚矣，而薨葬盡禮，《春秋》無異辭焉，何也？君雖不君，臣不可以不臣；父雖不父，子不可以不子。子爲父隱，道在其中矣，而文姜之惡何損焉？

陳人殺其公子禦寇。

凡殺其臣，惟世子母弟稱君，以爲人君之尊，殺一大夫，得失未可以斥之也。故稱人以殺，殺有罪也，以爲國人殺之也；稱國以殺，殺無罪也，以爲國君殺之也。其曰殺其大夫云者，雖殺有罪，猶以殺大夫爲惡也，殺其公子則又甚矣。凡殺大夫皆稱名，大夫生名，殺而名之，正也；殺而不名，賢之也。

夏五月。秋七月丙申，及齊高傒，盟于防。冬，公如齊納幣。

---

① 遂事：原本作"逐事"，據《四庫》本、《經苑》本改。

二十有三年春，公至自齊。祭叔來聘。

　　祭叔，祭公之屬也。祭公，天子之卿士。不正其外交，故不言使也。

夏，公如齊觀社。公至自齊。荊人來聘。

　　荊之稱人，以其來聘，特書也。不曰荊子使某來聘，未列于中國也。

公及齊侯遇于穀，蕭叔朝公。

　　蕭叔，附庸之君未王命者。不言來，公在外也。禮，朝聘于廟，于外非禮也。

秋，丹桓宮楹。

　　公將娶于齊，故丹桓宮之楹，刻桓宮之桷，以誇示齊女，非禮也。不言新宮，久也。

冬十有一月，曹伯射姑卒。十有二月甲寅，公會齊侯，盟于扈。

二十有四年春，王三月，刻桓宮桷。葬曹莊公。夏，公如齊逆女。

　　親迎，禮也。《穀梁》曰：「親迎常事，此其志，何也？不正其親迎于齊也。」夫常事不志，歲事之常也，親迎可以常乎？親迎而不志，則逾年即位可以不志矣。

秋，公至自齊。八月丁丑，夫人姜氏入。

　　公不與夫人皆至，夫人不從公而自入，失夫婦之正也。

戊寅，大夫宗婦覿，用幣。

　　大夫執贄以見夫人，禮也。公將以侈夸之，故使大夫及宗婦皆見，且皆用幣。用者，不宜用者也。男贄，大者玉帛，小者禽鳥。女贄不過榛、栗、棗、脩。

大水。冬，戎侵曹，曹羈出奔陳。

　　羈，曹莊公世子。既葬而不稱爵，不能君也。《公羊》曰：「羈，曹大夫也。曹無大夫，羈之書，三諫而去，賢之也。」以爲曹無大夫，則二十六年曹殺其大夫，何也？以爲有大夫乎，則賢羈而不氏，何也？故曹羈者，曹之世子，而非大夫也。

赤歸于曹。

　　赤，曹公子歸爲君者也。羈出則赤歸，無難矣。

郭公。

　　闕文也。《公羊》、《穀梁》曰：「郭公赤也，失國而歸于曹也。」使郭公失國而歸于曹，將書曰「郭公赤出奔曹」，先書「赤歸于曹」，而繼之以「郭公」，非詞也。

二十有五年春，陳侯使女叔來聘。

　　陳自是通好于魯，故嘉之，不名。

夏五月癸丑，衛侯朔卒。六月辛未朔，日有食之，鼓，用牲于社。

　　禮：日食則天子不舉，伐鼓于社；諸侯用幣于社，伐鼓于朝，故書曰：「乃季秋月朔，辰弗集于房，瞽奏鼓，嗇夫馳，庶人走。」今魯鼓而用牲于社，皆非禮也。

伯姬歸于杞。

　　不書杞來逆女，逆者非卿，非禮也。

秋，大水，鼓，用牲于社、于門。

  亦非禮也。凡天災有幣無牲，非日月之眚不鼓。

冬，公子友如陳。

  魯大夫出朝聘曰如，何也？禮成在外，未可必于我也。公子友，莊公之母弟也，其不稱弟，何也？母弟之親，于其相殺及奔則正之，其餘則否，非義之所在也。

二十有六年春，公伐戎。夏，公至自伐戎。曹殺其大夫。

  稱國以殺，而大夫不名，殺無罪也。《公羊》曰："大夫之不名，眾也。"晉殺其大夫郤錡、郤犨、郤至亦眾矣，而名之，何也？

秋，公會宋人、齊人伐徐。冬十有二月癸亥朔，日有食之。

二十有七年春，公會杞伯姬于洮。

  非禮也。天子非展義不巡守，諸侯非民事不舉，卿非君命不越境。

夏六月，公會齊侯、宋公、陳侯、鄭伯，同盟于幽。秋，公子友如陳，葬原仲。

  原仲，季友之舊也。越境而葬其舊，非禮也。原仲之字，大夫既沒不名也。

冬，杞伯姬來。莒慶來逆叔姬。杞伯來朝。公會齊侯于城濮。

二十有八年春，王三月甲寅，齊人伐衛，衛人及齊人戰，衛人敗績。

  十九年，王子頹作亂，不克，奔衛。衛師、燕師伐周，立子頹。二十七年，王使召伯廖賜齊侯命，且請伐衛。于是齊侯伐衛，敗之，取賂而還。書"齊人"，以賂故賤之也。書"衛人及齊人戰"，罪其不服也。不地，戰于衛也。伐不言日，伐不以日成也。此其稱甲寅，何也？戰之日也。

夏四月丁未，邾子瑣卒。秋，荆伐鄭。公會齊人、宋人救鄭。冬，築郿。大無麥禾。

  書于冬者，五穀畢入，計食不足而後書也。是歲未嘗有水旱螟螽之災，而書"大無麥禾"，何也？劉向《春秋說》曰："土氣不養，稼穡不成也。"沈約《宋志》言："吳孫皓時嘗有之，苗稼豐美而實不成，百姓以饑，闔境皆然，連歲不已。"此則所謂"大無麥禾"也。

臧孫辰告糴于齊。

  大夫出聘于諸侯曰如，而不曰聘，不必其成禮也。告糴之不言如，何也？告者在我，雖不得糴，猶告也。凶年告糴，急民病也。

二十有九年春，新延廄。

  因舊曰新，改舊曰新作。新作則書，新不書，此何以書？凶年不新，可也。凡馬日中而出，日中而入，因其出而新之，不若因其入而新之也。

夏，鄭人侵許。秋，有蜚。冬十有二月，紀叔姬卒。

  紀雖滅而叔姬守義于鄼，故繫之紀，賢而錄其卒葬。

城諸及防。

三十年春，王正月。夏，次于成。

　　齊將降鄣，故出兵以備之。將卑師少，故言次。

秋七月，齊人降鄣。

　　鄣，紀之附庸也。齊人力降之，復爲附庸，故不言滅。紀已入齊，鄣無所附，故不言取。

八月癸亥，葬紀叔姬。九月庚午朔，日有食之，鼓，用牲于社。冬，公及齊侯遇于魯濟，齊人伐山戎。

三十有一年春，築臺于郎。夏四月，薛伯卒。築臺于薛。六月，齊侯來獻戎捷。

　　非禮也。凡諸侯有四夷之功，則獻于王，王以警于夷，中國則否。諸侯不相遺俘，而況親獻之乎！

秋，築臺于秦。

　　郎、薛、秦皆地也。一歲而三築臺，譏其勤民而傷財也。

冬，不雨。

　　凡不雨甚則曰大旱，甚而歷時則首月必書。

三十有二年春，城小穀。

　　小穀，管仲之邑也。魯人德齊桓，而爲管仲城邑，非常法也，然而管仲之功加于天下，義之所許也。凡城，諸侯城其國曰"城某國"，城其邑曰"城某邑"。邑有常處，不待國別而知也。

夏，宋公、齊侯遇于梁丘。

　　齊桓爲楚之伐鄭也，請會于諸侯，宋公請先見齊侯，故書先宋。

秋七月癸巳，公子牙卒。

　　莊公世子般，公弟慶父、叔牙、季友。公疾，問後于叔牙，牙欲立慶父。問于季友，季友請以死奉般。于是以君命酖叔牙曰："飲此則有後于魯，不然死且無後。"牙飲之而卒，立叔孫氏。叔牙將爲亂而未成，季友因其未成也誅之，而不名其罪，且不廢其後，兄弟之恩、君臣之義至矣，故從而書之曰"公子牙卒"，以爲得其道也。

八月癸亥，公薨于路寢。

　　公薨必地，詳凶變也。薨于路寢，得正也。

冬十月己未，子般卒。

　　慶父使圉人犖賊子般于黨氏，書曰"子般卒"，諱之也。其名，莊未葬也。不書葬，未逾年之君也。有子則廟，廟則書葬；無子不廟，不廟則不書葬。

公子慶父如齊。

慶父既賊子般而奔齊，其曰"如"，何也？書"奔"，是名慶父之罪也。書"如"，則未名慶父之罪也。名慶父之罪，必誅之而後可。以兄弟之故，因其出奔而緩之，且爲之諱，親親之義也。公子牙今將耳，季子不免，慶父弑君，何故不誅？將而不免，遏惡也。既而不可及，緩追逸賊，親親之至也。

狄伐邢①。

---

① 伐：原本作"代"，據《四庫》本、《經苑》本改。

春秋集解卷四

閔公

元年春，王正月。

　　閔公，子般之庶弟。不言即位，繼故也。親之，非父也；尊之，非君也；繼之，如君父也者，受國焉耳。

齊人救邢。夏六月辛酉，葬我君莊公。秋八月，公及齊侯盟于落姑。季子來歸。

　　慶父之賊子般也，季友奔陳。君幼國亂，魯人思其賢，請于齊侯而復之。齊侯使召諸陳，公次于郎以待之。蓋魯大夫之出，未有言其至者也，書曰"季子來歸"，喜之也。不書其出，子般之難，力不能禁，爲之諱之也。

冬，齊仲孫來。

　　齊仲孫湫來省難，歸曰："不去慶父，魯難未已。"桓公曰："若之何而去之？"曰："難不已，將自斃，君其待之。"公曰："魯可取乎？"對曰："猶秉周禮，未可動也。"故書曰"齊仲孫來"。存魯亡魯，制在仲孫，非齊侯之所使也。不書其名，嘉之也。其言"來"，非盟且非聘也。《公羊》、《穀梁》曰："齊仲孫者，公子慶父也。謂之齊仲孫，外之也。"魯慶父而謂之齊仲孫，《春秋》豈嘗然乎？

二年春，王正月，齊人遷陽。夏五月乙酉，吉禘于莊公。

　　禘，吉祭也。禮，三年之喪畢，而禘于太廟，以正昭穆。今未三年，而用吉禮以禘于莊廟，故書曰"禘于莊公"。不稱莊宮何也？用其禮物以祭莊公，而不及群廟也。

秋八月辛丑，公薨。

　　慶父使卜齮賊公于武闈，故書"公薨"而不地。不書葬，不成喪也。

九月，夫人姜氏孫于邾。

　　夫人通于慶父，欲立之。閔公之薨，夫人與知之，故出奔。不言奔，諱之也。

公子慶父出奔莒。

　　慶父之賊子般而奔齊也，書曰"公子慶父如齊"；其弑閔公而奔莒也，書曰"公子慶父出奔莒"，何也？方其賊般而奔齊也，君臣之義當誅矣。季子推兄弟之恩，因其出奔而緩之，可也。及其復弑閔公也，雖欲以兄弟置之，不可得矣，故正其罪而書"出奔"。于是季友以賂求慶父于莒而殺之，然而《春秋》不書刺公子慶父，何也？季子以兄弟故殺之于隱，不名其罪也。然則叔牙之死也，曰"公子牙卒"，而慶父不卒，何也？牙之罪不見，故可以言卒也；慶父之罪見于出奔矣，不可復卒也。蓋莊、閔之際，禍發于兄弟，季子處之，義行于不得已，而恩施于不可復加，《春秋》蓋善之也。

冬，齊高子來盟。

此齊高傒也。其盟，平魯亂也。不言使，不書其名，猶仲孫也。

十有二月，狄入衛，鄭棄其師。

鄭文公惡高克之爲人，使將兵而禦狄于河上，久而不召，師潰而歸，高克奔陳。鄭之所惡者高克也，而並不反其衆，則是棄其師也。

春秋集解卷五

僖公

元年春，王正月，齊師、宋師、曹師次于聶北，救邢。夏六月，邢遷于夷儀。

諸侯救邢，邢人潰，出奔師。師遂逐狄人，具邢器用而遷之，師無私焉，故書曰"邢遷于夷儀"，言自遷也。

齊師、宋師、曹師城邢。

城邢之師則救邢之師也，何以復序？善城邢也。

秋七月戊辰，夫人姜氏薨于夷，齊人以歸。

夫人薨不地，在外則地。哀姜孫于邾，齊人取而殺之于夷，以其屍歸，不言殺，諱之也。君子以齊人之殺哀姜爲已甚矣，女子從人者也，雖其有罪，非齊之所治也。

楚人伐鄭。

荊自此改號曰楚，交通中國，《春秋》始以"人"書之，然猶君臣同辭。凡書其君臣者，皆特書也。

八月，公會齊侯、宋公、鄭伯、曹伯、邾人于檉。九月，公敗邾師于偃。

冬十月壬午，公子友帥師敗莒師于酈，獲莒挐①。

莒人責慶父之賂，季友敗之而獲莒子之弟挐。特書，喜之也。凡徒執曰執，兵執曰獲。諸侯戰而死曰滅，生曰獲，大夫生死皆曰獲。

十有二月丁巳，夫人氏之喪至自齊。

齊人殺哀姜而以其屍歸，絕之于魯，僖公請而葬之。不稱姜氏何也？文姜之孫也，不稱姜氏，以爲義當絕齊也。哀姜之死，齊既自絕之矣，是以不稱姜也。然則曷爲不于其薨葬焉去之？薨葬盡禮，雖欲去之而不可得，故于其至焉去之也。

二年春，王正月，城楚丘。

狄之入衛也，衛之遺民男女七百三十人，益之以共滕之民，立戴公以廬于漕。桓公使公子無虧戍之，歸公乘服、乘馬，凡爲國之用。戴公卒，文公立，桓公于是

---

① 莒挐：原本作"莒拏"，據《四庫》本、《經苑》本、阮元刻《十三經注疏·春秋左傳正義》改。下注文同。

帥諸侯城楚丘而封之。不言諸侯，魯後至不及序也。不言城衛，衛未遷也。

夏五月辛巳，葬我小君哀姜。虞師、晉師滅下陽①。

晉侯以屈產之乘與垂棘之璧請假道于虞以伐虢，虞公許之，宮之奇諫，不聽，遂滅下陽。晉主兵而先書虞，賄故也。下陽，虢之邑也，非國而曰滅，下陽滅而虢亡也。五年，晉遂滅虢，因以滅虞，則其滅虢也無難矣。故于下陽以滅言之，而五年不書滅虢，蓋歸罪于虞也。

秋九月，齊侯、宋公、江人、黃人盟于貫。冬十月，不雨，楚人侵鄭。

三年春，王正月，不雨。夏四月，不雨。

僖公憂民勤雨，故每于首月必書"不雨"。

徐人取舒。

舒，附庸之國也。徐取之以自屬，故不言滅。《春秋》書徐皆不稱"人"，以其夷故也。稱"徐人"，羡文也。

六月，雨。秋，齊侯、宋公、江人、黃人會于陽穀。冬，公子友如齊涖盟。楚人伐鄭。

四年春，王正月，公會齊侯、宋公、陳侯、衛侯、鄭伯、許男、曹伯侵蔡，蔡潰，遂伐楚，次于陘。

二年，楚人侵鄭。三年，楚人伐鄭。齊桓公會諸侯于陽穀，爲鄭謀楚，將以諸侯伐之而未行。桓公與蔡姬乘舟于囿，蕩公，公懼，禁之，不可，公怒，歸之，而未絕也，蔡人嫁之。至是因諸侯之師以侵蔡，蔡潰，遂伐楚，責包茅之不入，故蔡曰侵、楚曰伐。然蔡小國也，以齊侵之，不待諸侯，諸侯之師實爲楚動。而《春秋》書其迹，先侵蔡而後伐楚，若以蔡故勤諸侯，言私慾之害也。凡民逃其上曰潰，在上曰逃。楚人方強，齊將綏之以德，故次于陘以待之，既而楚屈完來求盟，因而許之。雖有諸侯之衆而不用，蓋伯者之師求以服人而已，非若後世必以戰勝爲功也。二十八年，晉、楚戰于城濮，晉文公退三舍避楚，楚成得臣從之不已而後戰。方其退三舍而楚還，則文公亦將不戰矣。由此觀之，桓、文之于用兵，皆求服人而不求必勝也。

夏，許男新臣卒。

卒于師也，不言卒于師，師未訖事也。曹伯廬之卒于會也，書曰"卒師"，訖事也。《穀梁》曰："諸侯死于國，不地；死于外，地；死于師而不地，内桓師也。"雖内桓師，使既訖事，不可不地也。

楚屈完來盟于師，盟于召陵。

屈完，楚大夫也。楚子使完如師以觀齊，完見齊之盛，因而求盟，故不稱使。書曰"楚屈完來盟于師"，制在完也。于是齊桓退舍以禮楚，故復書曰"盟于召

---

① 下陽：阮元刻《十三經注疏》之《春秋公羊傳注疏》、《春秋穀梁傳注疏》均作"夏陽"。陸德明《經典釋文》亦作"夏陽"，於句下云："《左氏》作'下陽'。"按：蘇轍用《左傳》文字。

陵"，言非陘也。

齊人執陳轅濤塗。

　　齊師之退也，濤塗不欲其道于陳，與鄭申侯謀而告于齊侯，請出于東方，觀兵于東夷，循海而歸。齊侯許之，申侯見曰："師老矣，若出于東方而遇敵，懼不可用也。若出于陳、鄭之間，共其資糧扉屨，其可也。"齊侯悅，與之虎牢而執濤塗。書曰"齊人執轅濤塗"，執有罪也。

秋，及江人、黃人伐陳。八月，公至自伐楚。葬許穆公。冬十有二月，公孫茲帥師會齊人、宋人、衛人、鄭人、許人、曹人侵陳。

　　伐陳、侵陳，皆討濤塗之不忠也。前曰伐，當其罪也；後曰侵，已甚也。

五年春，晉侯殺其世子申生。

　　晉侯之嬖驪姬，生奚齊，將立之，故殺其世子申生。父子兄弟，人之大倫也，而至于相殺，則人倫廢矣。故凡殺世子、母弟，必稱其君。且世子、母弟之親，非君殺之，無能殺之者矣，是以責之君也。

杞伯姬來朝其子。

　　僖公之母成風在焉，則伯姬歸寧，禮也。諸侯之子代父而朝，禮之變也。弱而從其母以朝，非禮也。

夏，公孫茲如牟，公及齊侯、宋公、陳侯、衛侯、鄭伯、許男、曹伯會王世子于首止。

　　惠王世子鄭也。王以惠后故，將廢鄭而立帶，故齊桓帥諸侯而會之，以定其位。世子不名而殊會，尊之也。首止之會，非王志也。帥諸侯以定世子爲義也，然而諸侯不以王命而會世子，世子不以王命而出會諸侯，衰世之事也。

秋八月，諸侯盟于首止。

　　稱諸侯，明王世子不盟也。將君天下，不敢與之盟也。

鄭伯逃歸，不盟。

　　王惡齊桓之定世子鄭也，使周公召鄭伯，曰："吾撫女以從楚，輔之以晉，可以少安。"鄭伯喜于王命而畏齊，故逃歸不盟。雖有王命而棄大信以從不義，書曰"逃歸"，罪之也。

楚人滅弦，弦子奔黃。九月戊申朔，日有食之。冬，晉人執虞公。

　　晉侯復假道于虞以伐虢，宮之奇復諫，不聽，遂滅虢。師還，館于虞，襲虞滅之，執虞公及其大夫井伯。不言晉之滅虞，虞自滅也。秦之取梁也，書曰"梁亡"，而不及秦，以爲梁自亡也。晉之滅虞也，書曰"晉人執虞公"，而不言晉人滅虞，以爲虞自滅而晉人執其君耳。虞公之不名，未通也。凡執諸侯，稱侯以執，伯討也；稱人以執，私執之也。執諸侯重于執大夫，故得以斥其君也。

六年春，王正月。夏，公會齊侯、宋公、陳侯、衛侯、曹伯伐鄭，圍新城。

　　新城，新密也。鄭所以不時城也，齊桓聲其罪以告諸侯，故書曰"新城"。

秋，楚人圍許，諸侯遂救許。

義見上圍新城。

冬，公至自伐鄭。

七年春，齊人伐鄭。夏，小邾子來朝。鄭殺其大夫申侯。

> 陳轅濤塗怨鄭申侯之反己于召陵也，故勸之城其賜邑，遂譖諸鄭伯曰："美城其賜邑，將以叛也。"及齊人伐鄭，鄭殺申侯以說。故稱國以殺，言非其罪也。

秋七月，公會齊侯、宋公、陳世子款、鄭世子華，盟于甯母。曹伯班卒，公子友如齊。冬，葬曹昭公。

八年春，王正月，公會王人、齊侯、宋公、衛侯、許男、曹伯、陳世子款，盟于洮。

> 七年，惠王崩，世子鄭以叔帶之難懼不立，不發喪，而告難于齊，于是盟于洮。王人與盟，謀王室也。

鄭伯乞盟。

> 甯母之會，鄭世子華言于齊侯，請去洩氏、孔氏、子人氏三族，而以鄭爲內臣。桓公將許之，管仲曰："君若綏之以德，加之以訓辭，而帥諸侯以討鄭，鄭將覆亡之不暇，豈敢不懼！若總其罪人以臨之，鄭有辭矣，何懼？君其勿許，鄭必受盟。"齊侯辭焉，于是鄭伯請盟，書曰"鄭伯乞盟"而不列于會，以其逃盟賤之也。賤鄭，所以貴齊也。

夏，狄伐晉。秋七月，禘于太廟，用致夫人。

> 禘，三年大祭也。太廟，周公廟也。《記》曰："季夏六月，以禘禮祀周公于太廟。"七月非其時也。夫人，哀姜也。其死也，魯人以夫人終之矣，然以其有罪而戮于齊，不列于太廟者八年矣，至是始致其主于太廟也。夫稱夫人而不列于太廟，非禮也。舉罪人而致之太廟，亦非禮也。其曰"用"者，不宜用者也。特言"夫人"，何也？哀姜得罪于宗廟，而戮死于齊，且無後于國，則既自絕于魯矣。雖不以夫人終之，可也；而魯人以夫人終之，立之主而祔之廟，雖欲不致之太廟，不可得矣。故于其致也，特稱夫人，言其所以得致者，惟爲夫人故也。《公羊》曰："譏以妾爲妻也。"《穀梁》曰："譏以妾母爲夫人也。"此皆意之之辭也，求其說而不得，是以爲此辭也。

冬十有二月丁未，天王崩。

九年春，王三月丁丑，宗公御說卒。夏，公會宰周公、齊侯、宋子、衛侯、鄭伯、許男、曹伯于葵丘。

> 周公以三公兼冢宰，故曰"宰周公"。宋桓公未葬而襄公會諸侯，非禮也。凡在喪公侯曰子。

秋七月乙酉，伯姬卒。九月戊辰，諸侯盟于葵丘。甲子，晉侯佹諸卒。冬，晉里克殺其君之子奚齊。

> 晉侯殺適立庶，晉人不順，故里克殺奚齊，然奚齊則無罪。不稱弑其君，而稱殺

其君之子，何也？未葬也。《春秋》于子般、子野之卒，皆以未葬故名。未葬而名，則未君也，未可以稱君，而係之其君，著其將君也。《穀梁》曰："其君之子云者，國人不子也。"豈有其君之子，而國人不子者乎？且國人之不子，奚齊與卓均耳，不子奚齊而君卓，可乎？

十年春，王正月，公如齊。狄滅溫，溫子奔衛。晉里克弒其君卓，及其大夫荀息。

卓，奚齊之弟也。荀息，奚齊之傅也。晉侯病，召荀息曰："以是藐諸孤，辱在大夫，其若之何？"對曰："臣竭其股肱之力，繼之以忠貞。其濟，君之靈也；不濟，則以死繼之。"及里克殺奚齊，荀息將死之，人曰："不如立卓子而輔之。"荀息立卓以葬，里克殺卓于朝，荀息死之。卓之稱君，既葬且逾年也。

夏，齊侯、許男伐北戎。晉殺其大夫里克。秋七月。冬，大雨雪。

十有一年春，晉殺其大夫丕鄭父。

丕鄭，里克之黨也。惠公既殺里克，丕鄭言于秦伯，請出晉君而納重耳，鄭則有罪矣。然鄭之謀由殺里克致之也，故稱國以殺，言君亦過也。

夏，公及夫人姜氏會齊侯于陽穀。秋八月，大雩。冬，楚人伐黃。

十有二年春，王三月庚午，日有食之。夏，楚人滅黃。秋七月。冬十有二月丁丑，陳侯杵臼卒。

十有三年春，狄侵衛。夏四月，葬陳宣公。公會齊侯、宋公、陳侯、衛侯、鄭伯、許男、曹伯于咸。秋九月，大雩。冬，公子友如齊。

十有四年春，諸侯城緣陵。夏六月，季姬及鄫子遇于防，使鄫子來朝。

鄫季姬也。季姬來寧，公怒鄫子之不朝也，止而絕其昏，故遇于防而使來朝，非禮也。不稱鄫季姬，絕也。然《春秋》未有書"季姬歸于鄫"者，或者鄫子之未為君也歸之歟？亦未有書"鄫季姬來"者，來而遂止之，則絕也，絕則非寧也。亦未有書"鄫季姬來歸"者，季姬非出于鄫也。故皆不書，蓋諱之也。《公羊》、《穀梁》曰："非使來朝也，使來請己也。"夫女子也而會諸侯，使來請己，事蓋有至此者乎？

秋八月辛卯，沙鹿崩。狄侵鄭。冬，蔡侯肸卒。

十有五年春，王正月，公如齊。楚人伐徐。三月，公會齊侯、宋公、陳侯、衛侯、鄭伯、許男、曹伯，盟于牡丘，遂次于匡。公孫敖帥師，及諸侯之大夫救徐。

牡丘之諸侯也，諸侯次于匡，而遣大夫救徐，義與聶北之師同。

夏五月，日有食之。秋七月，齊師、曹師伐厲。

厲，楚之與國，伐厲所以救徐也。

八月，螽。九月，公至自會，季姬歸于鄫。

鄫子既朝，乃使婦之，故書曰"歸于鄫"。

己卯，晦，震夷伯之廟。冬，宋人伐曹。楚人敗徐于婁林。十有一月壬戌，晉侯及秦伯戰于韓，獲晉侯。

　　晉侯之入，秦伯之力也，既入而背其賂。晉饑，秦輸之粟；秦饑，晉閉之糴。故秦伯伐晉，曲在晉也。諸侯之獲皆言以歸，書"獲晉侯"而不言以歸，罪之也。凡諸侯失地則名，晉侯之不名，何也？出而國有君者，于出名之；出而國無君者，于歸名之。要之皆失地也，而國無君者有歸之道焉耳，是以不名其出也。不言晉師敗績，舉君獲爲重也。

十有六年春，王正月戊申朔，隕石于宋五。

　　隕星也。莊五年書曰"星隕如雨"，見星之隕而不見其爲石也。今曰"隕石于宋五"，見其爲石而不見星之隕也。

是月，六鷁退飛，過宋都。

　　鷁，大鳥也。退飛，逆飛也，書失常也。書"是月"，言非戊申也。何以不日？失之也。

三月壬申，公子季友卒。

　　凡公子以伯仲字者，于其卒皆稱其字，以兄弟錄之也，季友、仲遂、叔肸是也。惟牙以罪死，故曰"公子牙卒"，絶不以兄弟數也。

夏四月丙申，鄫季姬卒。秋七月甲子，公孫茲卒。冬十有二月，公會齊侯、宋公、陳侯、衛侯、鄭伯、許男、邢侯、曹伯于淮。

十有七年春，齊人、徐人伐英氏。

　　英氏，楚之屬也，故齊人爲徐伐之，以報婁林之役。徐之稱"人"何也？與齊人序，稱"齊人"不可不稱"徐人"也。

夏，滅項。

　　魯滅之也。《公羊》、《穀梁》曰："此齊滅之也。曷爲不言齊滅之？爲桓公諱也。"桓公蓋嘗滅譚、遂矣，《春秋》未嘗爲之諱也。且爲桓公諱，而以"魯滅項"書，可乎？

秋，夫人姜氏會齊侯于卞。

　　公會諸侯于淮而内滅項，齊人以爲討而止公。聲姜以公故，會齊侯于卞，其情可也，而禮則不可。

九月，公至自會。

　　不言齊人之執，諱之也，猶有諸侯之事焉，可以言會也。

冬十有二月乙亥，齊侯小白卒。

　　齊桓公無適子，長衛姬生無虧，少衛姬生惠公，鄭姬生孝公，葛嬴生昭公，密姬生懿公，宋華子生公子雍。公與管仲屬孝公于宋襄公，以爲太子。易牙與寺人貂有寵于桓公及衛共姬，公許之，立無虧。管仲死，五公子皆求立。十月乙亥，桓公卒，易牙與寺人貂因內寵以作亂，而立無虧，孝公奔宋。十二月己亥赴①，辛巳夜殯。書從赴，志亂也。

十有八年春，王正月，宋公、曹伯、衛人、邾人伐齊。

納孝公也。不言納與入，孝公，齊之世子也。言納與入，嫌于不當立也。

夏，師救齊。五月戊寅，宋師及齊師戰于甗，齊師敗績。

救無虧也。齊人殺無虧以說宋，將立孝公，不勝，四公子之徒遂與宋師戰。

狄救齊。

救四公子也。

秋八月丁亥，葬齊桓公。冬，邢人、狄人伐衛。

狄之稱人，與邢人序，稱邢人不可不稱狄人也。

十有九年春，王三月，宋人執滕子嬰齊。

稱人以執，以其私執之也。嬰齊之名，失國也。

夏六月，宋公、曹人、邾人盟于曹南。鄫子會盟于邾。

鄫子不及曹南之盟，諸侯既罷而會之于邾，故書曰"會盟于邾"。

己酉，邾人執鄫子，用之。

宋公使邾文公用鄫子于次睢之社，欲以屬東夷。然《春秋》書"邾人"而不及宋，何也？諸侯之尊，善惡可以專之，非人之所得使也。邾以諸侯而聽命于宋，以行不義，是以專罪邾也。若宋公之罪，則不待貶而見矣。

秋，宋人圍曹，衛人伐邢。冬，會陳人、蔡人、楚人、鄭人，盟于齊。

宋公凌虐諸侯，故陳穆公請修好焉，以無忘齊桓之德。盟于齊，齊與盟也。

梁亡。

梁伯好土功，亟城而不能處也。民罷而不堪，則曰某寇將至，乃溝公宮，曰秦將襲我，民懼而潰，秦遂取梁，故書曰"梁亡"，言其自亡，非秦亡之也。

二十年春，新作南門。夏，郕子來朝。五月乙巳，西宮災。鄭人入滑。秋，齊人、狄人盟于邢。冬，楚人伐隨。

二十有一年春，狄侵衛。宋人、齊人、楚人盟于鹿上。

齊桓沒，中國無伯，故宋爲鹿上之盟，以求諸侯于楚。

夏，大旱。秋，宋公、楚子、陳侯、蔡侯、鄭伯、許男、曹伯會于盂，執宋公以伐宋。

楚方稱人，以執宋公故特書"楚子"。楚子實執宋公，其序諸侯以執之，何也？宋公不度德量力，而爭諸侯，諸侯之所不予也，故序諸侯以執，且不予楚子專執中國也。楚未嘗與諸侯會盟，及齊之盟，序蔡下鄭上，蓋未能服諸侯，故以爵序。至是而諸侯服之，故遂先諸侯。

---

① 己亥：諸本同。按：據《春秋》正文，書作"乙亥"。《左傳》所載作"十二月乙亥，赴"。

冬，公伐邾。楚人使宜申來獻捷。

不稱楚子，非特書也。特書"宜申"，以其接我也。不稱宋捷，不予楚之捷中國也。

十有二月癸丑，公會諸侯，盟于薄，釋宋公。

孟之諸侯也。凡諸侯見執而不失國者，于歸名之，書曰"某侯某歸于某"。此其不名而言"釋"，何也？以爲執之、釋之皆在諸侯也，若是而尚可以求諸侯乎？所以深咎宋公也。且書曰"歸于某"而名，則自名也；書曰"釋宋公"而名，則以諸侯名之也。皆諸侯也，而可以相名乎？

二十有二年春，公伐邾，取須句。

須句小國，而邾滅之，取而反其君焉，禮也。不書須句之滅與其君之復，弱不能自通也。

夏，宋公、衛侯、許男、滕子伐鄭。秋八月丁未，及邾人戰于升陘。

邾以須句故侵我，公卑邾，不設備而禦之，我師敗績。邾人獲公冑，不稱公，不書敗，皆諱之也。莊九年乾時之戰，不稱公而書敗，何也？敗不切公也。升陘之敗，公幾于獲，故諱敗也。

冬十有一月己巳朔，宋公及楚人戰于泓，宋師敗績。

宋公被執見釋而猶爭諸侯，楚以夷狄而干諸夏，故泓之戰雖曲在宋，而《春秋》辭無所予。《公羊》曰："言日言朔，正也。《春秋》辭繁而不殺者，正也。"楚人涉泓而未畢濟，有司請擊之，宋公曰："不可，君子不厄人。"既濟而未畢陳，有司請擊之，宋公曰："不可，君子不鼓不成列。"已陳而鼓之，宋師大敗，"雖文王之戰不過此也"，夫文王豈以一日不鼓不成列而爲文王哉？其所以服人者遠矣。以宋之德而爲是，則亦不知戰而已，《春秋》何善焉？

二十有三年春，齊侯伐宋，圍緡。

齊不恤宋之敗，而討其不與齊之盟，譏之也。

夏五月庚寅，宋公茲父卒。秋，楚人伐陳。冬十有一月，杞子卒。

杞嘗稱侯，且稱伯矣，稱子，絀也。

二十有四年春，王正月。夏，狄伐鄭。

二十年鄭人入滑，是歲復伐之。王使如鄭請滑，鄭不聽命，王怒，使頹叔桃子出狄師以伐鄭。

秋七月。冬，天王出居于鄭。

王德狄之伐鄭也，以狄女爲后，叔帶通之，王詘狄后。頹叔桃子奉叔帶，以狄師攻王，王御士將禦之。王曰："先后其謂我何？寧使諸侯圖之。"遂出適鄭，處于汜。天子無出，其曰"出"，王自出也。其曰"居于鄭"，諸侯不敢有其地也。

晉侯夷吾卒。

二十三年九月，晉惠公卒而懷公立。是年正月，秦伯納文公。三月，殺懷公。皆實以告。文公既定位，乃告惠公之喪，故不書月與日，志亂也。

二十有五年春，王正月丙午，衛侯燬滅邢。夏四月癸酉，衛侯燬卒，宋蕩伯姬來逆婦。

　　伯姬魯女，嫁于宋蕩氏。母爲子逆婦，非禮也。曰"婦"，由姑言之也。

宋殺其大夫。

　　稱國以殺而不名其大夫，殺無罪也。《公羊》曰："宋三世無大夫，三世內娶也。"使宋誠三世內娶乎，禮未有不臣妻之父者，從而不名其大夫，是許之也。《穀梁》曰："不書名姓，以其在祖之位，尊之也。"《春秋》豈爲孔氏作歟，而尊其祖以及其大夫也？

秋，楚人圍陳，納頓子于頓。

　　頓子迫于陳而出，故楚人圍陳，所以納頓子也。言"納"，則內有弗受者也。

葬衛文公。冬十有二月癸亥，公會衛子、莒慶盟于洮。

　　衛成公稱子，喪未逾年也。莒慶，莒大夫也，以其釋酈之怨特書，嘉之也。

二十有六年春，王正月己未，公會莒子、衛寧速盟于向。齊人侵我西鄙，公追齊師至酅，弗及。

　　侵曰"人"，追曰"師"，不可言公追齊人故也。

夏，齊人伐我北鄙。衛人伐齊。公子遂如楚乞師。

　　乞，重辭也。師出不正，反戰不必勝，故以"乞"言之。齊再伐魯，故乞師于楚。齊雖有罪，而魯乞師于夷狄以伐中國，亦譏之也。

秋，楚人滅夔，以夔子歸。

　　夔，楚之同姓。而不名楚子，非特書故也，以爲人楚子甚于名楚子也。

冬，楚人伐宋，圍緡。

　　晉文公之出也，過宋，宋襄公厚遇之。及其反國，宋遂叛楚即晉，故楚人伐之。

公以楚師伐齊，取穀，公至自伐齊。

二十有七年春，杞子來朝。夏六月庚寅，齊侯昭卒。秋八月乙未，葬齊孝公。乙巳，公子遂帥師入杞。冬，楚人、陳侯、蔡侯、鄭伯、許男圍宋。

　　楚人，楚子也，稱人非特書也。《公羊》曰："爲其執宋公，故終僖之篇貶之也。"夫楚子之執宋公，稱子以執，伯討也，而謂其終身不免，則過矣。況終僖之篇于楚子何有哉？

十有二月甲戌，公會諸侯，盟于宋。

　　公與楚有好，故于其圍宋而會之。宋方見圍，書曰"盟于宋"，不嫌其與盟也。

二十有八年春，晉侯侵曹，晉侯伐衛。

　　文公之出也，曹、衛皆不禮焉。及楚子圍宋，宋人告急，狐偃曰："楚始得曹而新昏于衛，若伐曹、衛，楚必救之，則宋免矣。"于是假道于衛以侵曹，衛人不許，還，自南河濟，侵曹，伐衛。曹以不禮爲過，故曰"侵"；衛以不假道爲罪，故曰"伐"。齊桓侵蔡，蔡潰而遂伐楚，故一稱齊侯。今侵曹與伐衛異道，故再稱晉侯。

公子買戍衛，不卒戍，刺之。

　　周禮有三刺之法，故內殺大夫皆曰刺，諱之也。買始爲楚戍衛，楚人救衛，不克。公懼于晉，殺買以說，而以不卒戍告楚。刺未有書其故者，書其故，言非其實也。

楚人救衛。三月丙午，晉侯入曹，執曹伯，畀宋人。

　　晉侯以不禮故，私討于曹，既執曹伯，又以予宋人，皆非義也。其稱晉侯，以伯討書之，何也？書"晉侯"，爲入曹也。既言"晉侯入曹"，故不可復言晉人執曹伯，非以伯討許之也。曹伯失地而不名，何也？出而國無君也。

夏四月己巳，晉侯、齊師、宋師、秦師及楚人戰于城濮，楚師敗績。楚殺其大夫得臣。

　　晉文公自是始得諸侯，故宋公、齊國歸父、崔夭、秦小子憖皆稱"師"，言衆與之也。文公既克曹、衛，楚子入居于申。使申叔去穀，使得臣去宋。得臣使伯棼請戰，楚子怒之而不止也。及其從晉師也，晉師退三舍避之，楚衆欲止，得臣不可，故敗。得臣則有罪矣，而楚以一敗殺之，故稱國以殺，言君亦過也。得臣之不氏，以特書故也。

衛侯出奔楚。

　　衛侯失地而不名，何也？其出也，使元咺奉叔武以受盟，國猶其國也。

五月癸丑，公會晉侯、齊侯、宋公、蔡侯、鄭伯、衛子、莒子，盟于踐土。

　　晉既克楚，合諸侯于踐土。王因往勞享之，而策命之爲侯伯，使王子虎會諸侯于王庭。虎不書，不與盟也。不書王之來會，天子而從諸侯，諱之也。衛侯使叔武攝事以受盟，故稱子，以未成君之名稱之，言非王命也。

陳侯如會，公朝于王所。六月，衛侯鄭自楚復歸于衛。

　　名其復歸，終見其失地也。元咺、叔武非難其歸者也，而國人不喜，故書曰"復歸"。

衛元咺出奔晉。

　　衛侯不信叔武，先期而入，公子獻犬、華仲前驅。叔武將沐，聞君至，喜，捉髮走出，前驅射而殺之。故元咺出奔，訟之于晉。

陳侯款卒。秋，杞伯姬來。公子遂如齊。冬，公會晉侯、齊侯、宋公、蔡侯、鄭伯、陳子、莒子、邾子、秦人于溫。天王狩于河陽。

　　晉文公將帥諸侯以尊事天子，而不敢合諸侯于京師，故召王于河陽，而以諸侯見。其情則順，而禮則逆也。仲尼曰："以臣召君，不可以訓。"然而其情不可不察也，故書曰"天王狩于河陽"，使若巡狩然，尊周，且以全晉也。然則踐土之不言王狩，何也？踐土之會，王自往耳，非晉之罪也，故爲王諱之而足矣。王之會①，晉之罪也。晉雖有罪而其情則順，故爲王諱之，爲晉解之而後可也。

壬申，公朝于王所。晉人執衛侯，歸之于京師。衛元咺自晉復歸于衛。

① 王：《四庫》本作"溫"。

衛侯執，則咺之歸無難矣。然咺之訟，衛以不寧，國人之所不喜也，故稱"復歸"。

諸侯遂圍許。

溫之諸侯也。許比再會不至，故因會討之。

曹伯襄復歸于曹，遂會諸侯圍許。

襄之名，亦終見其失國也。其言"遂會諸侯圍許"，則襄猶未歸也，其言"復歸于曹"，既許之也。

二十九年春，介葛盧來。

介，小國也。其名，夷也。不言朝，公在會也。

公至自圍許。夏六月，會王人、晉人、宋人、齊人、陳人、蔡人、秦人，盟于翟泉。

公會王子虎、晉狐偃、宋公孫固、齊國歸父、陳轅濤塗、秦小子慭，盟于翟泉，尋踐土之盟，且謀伐鄭也。公不書，諱與大夫盟也。卿不書，罪之也。在禮，卿不會公、侯，會伯、子、男可也。

秋，大雨雹。冬，介葛盧來。

春不見公，故冬復來。不言朝，不能朝也。

三十年春，王正月。夏，狄侵齊。秋，衛殺其大夫元咺及公子瑕。

王釋衛侯，衛侯使周歂、冶廑殺元咺及瑕，而後入。稱國以殺，咺、瑕雖有罪，而君亦有過也。瑕立逾年矣，其不稱君，何也？爲君，非瑕志也。是以先元咺而後瑕，言事之在咺也。

衛侯鄭歸于衛。

元咺既死，則衛侯之歸無難矣。不言復歸，衛自是少安也。

晉人、秦人圍鄭。

晉侯之出也，鄭文公亦不禮焉，故晉侯、秦伯圍鄭。其稱人，何也？專以其私討人，罪之也。

介人侵蕭。冬，天王使宰周公來聘。公子遂如京師，遂如晉。

內曰如，外曰使，皆君命也，所謂有以二事出者也。

三十有一年春，取濟西田。

曹田也。曷爲不言取曹濟西田？晉人執曹伯，而以其田分諸侯，非吾取之曹也。

公子遂如晉。夏四月，四卜郊，不從，乃免牲，猶三望。

禮，諸侯不祭天地，魯以周公故，孟春祈穀于上帝，所謂"啓蟄而郊"也。常以二月卜三月上辛，不吉，則卜中辛，不吉，則卜下辛。三卜而不從，則不郊矣。四月，非時也，四卜，非禮也。《穀梁》曰："以十二月下辛卜正月上辛，不從，則以正月下辛卜二月上辛，不從，則以二月下辛卜三月上辛。"然則不待啓蟄而郊，禮乎？禮，帝牛必在滌，三月穉牛，惟具牛卜日曰牲，牲成而不郊，則卜免牲；不吉，則郊而已，以爲嘗致之上帝，弗敢專也。猶者，可已之辭也。禮，既郊而望。望，郊之細也。不郊亦無望，可也。謂之望者，國之所望山若川也。魯之望三：太山、河、海是歟！

秋七月。冬，杞伯姬來求婦。狄圍衛。十有二月，衛遷于帝丘。

三十有二年春，王正月。夏四月己丑，鄭伯捷卒。衛人侵狄。

秋，衛人及狄盟。冬十有二月己卯，晉侯重耳卒。

三十有三年春，王二月，秦人入滑①。齊侯使國歸父來聘。夏四月辛巳，晉人及姜戎敗秦師于殽。

三十年，秦晉圍鄭。秦伯私與鄭盟，使杞子、逢孫、楊孫戍之而還。杞子自鄭導秦以襲鄭，秦伯使孟明、西乞、白乙出師。師及滑，鄭商人弦高遇之，以君命犒師。孟明曰：“鄭有備矣，不可冀也。”滅滑而還。晉先軫請擊之，襄公在喪，遂墨衰絰以出兵，及姜戎要之于殽敗之。其稱人何也？文公之入，秦之力也，故雖穆公私與鄭盟，而文公不問。今襄公爭小忿而忘大德，罪之也。孟明不書，非卿。

癸巳，葬晉文公。狄侵齊。公伐邾，取訾婁。秋，公子遂帥師伐邾。晉人敗狄于箕。冬十月，公如齊。十有二月，公至自齊。乙巳，公薨于小寢。隕霜不殺草，李梅實。晉人、陳人、鄭人伐許。

---

① 滑：阮元刻《十三經注疏·春秋左傳正義》引經作"渭"，疑誤。

春秋集解卷六

文公

元年春，王正月，公即位。

　　莊、襄未葬，而子般、子野卒，其稱名，未逾年也。文、成、定之即位也，僖、宣、昭皆未葬，其稱公，以即位既逾年也。一年不可以二君，故終年稱子，而未葬則名。不可以逾年無君，故逾年雖未葬而稱公，以即位也。其非即位，則雖逾年不稱公。八年八月天王崩，九年春毛伯來求金，不稱王命，是也。

二月癸亥，日有食之。天王使叔服來會葬。

　　叔服，天子大夫，故不名。諸侯之葬，天子使大夫會焉，禮也。

夏四月丁巳，葬我君僖公。天王使毛伯來錫公命。

　　毛伯，王之卿士也。禮，諸侯即位，天子錫之命圭合瑞以爲信。晉惠公之立也，王使召武公、內史過錫之命，而惰於受瑞，是也。

晉侯伐衛，叔孫得臣如京師，衛人伐晉。

　　晉以衛之不朝也伐之，衛孔達伐晉以報。背盟而亢大國，稱人，罪之也。

秋，公孫敖會晉侯于戚。

　　禮，卿不會諸侯，而魯大夫出會諸侯皆無譏，魯史也。

冬十月丁未，楚世子商臣弑其君頵。

　　頵，成王也。商臣稱世子，而頵稱君者，君之于世子有父之親，有君之尊。稱世子，明其親也；稱君，明其尊也，商臣之于尊、親盡矣。

公孫敖如齊。

二年春，王二月甲子，晉侯及秦師戰于彭衙，秦師敗績。丁丑，作僖公主。

　　作主不書，此所以書，非時也。禮，葬畢而虞，虞而作主。喪主于虞，吉主于練；虞主用桑，練主用栗。

三月乙巳，及晉處父盟。

　　晉人以公不朝來討，公如晉，晉人使陽處父盟公以恥之。禮，諸侯不親盟于他國，而況敵處父乎！故不書公如晉，又不書公及處父盟，諱之也。處父之不氏，罪晉也。

夏六月，公孫敖會宋公、陳侯、鄭伯、晉士穀，盟于垂隴。

　　謀衛也。于是衛執孔達以說于晉。

自十有二月不雨，至于秋七月。八月丁卯，大事于太廟，躋僖公。
　　大事者何？合昭、穆于太廟也。禮，三年喪畢而禘。未畢喪，故不曰"禘"也。然則吉禘于莊公，其曰"禘"，何也？禮樂備也。禮樂備曰"吉禘"，不備曰"大事"。僖公，閔公之兄也。閔嘗爲之君矣，兄弟之不先君臣，禮也。其曰"躋僖公"，非禮也，所謂逆祀也。

冬，晉人、宋人、陳人、鄭人伐秦。
　　殽之敗，秦穆公不替孟明而悔過自誓，列于《周書》。及彭衙之敗，復用孟明，增修德政，重施于民，君子善之。晉人使先且居會宋公子成、陳轅選、鄭公子歸生，伐之，取汪及彭衙，以報彭衙之役。卿稱人，以其不務德而力爭，罪之也。罪晉，所以善秦也。

公子遂如齊納幣。
三年春，王正月，叔孫得臣會晉人、宋人、陳人、衛人、鄭人伐沈，沈潰。
夏五月，王子虎卒。秦人伐晉。
　　秦伯伐晉，濟河焚舟，取王官及郊，晉人不出，遂自茅津濟，封殽屍而還，遂伯西戎。書曰"秦人伐晉"，而不稱秦伯，何也？亦不善其爭也。諸侯之相侵伐者衆矣，《春秋》因其得失而正之，未有不善其爭者也，此獨不善其爭，何也？春秋之際，諸侯以力相尚，而不知德，未可以非其爭也。穆公之悔過自誓，爲近之矣，而猶未免于爭，是以非之也。

秋，楚人圍江。雨螽于宋。冬，公如晉。十有二月己巳，公及晉侯盟。
　　晉人懼其無禮于公也，故請改盟。雖親盟于其國，猶可書也。

晉陽處父帥師伐楚以救江。
　　伐楚，而圍江之師解，此所以救江也。

四年春，公至自晉。夏，逆婦姜于齊。
　　卿不行，非禮也。曰婦，有姑之詞也。《公羊》曰："娶于大夫，略之也。"公子遂如齊納幣，納幣于齊也，孰謂娶于大夫乎？《穀梁》曰："親迎而曰婦，成禮乎齊也。"不言公，何以知其親迎也？宋蕩伯姬來逆婦，杞伯姬來求婦，皆由姑言之也。

狄侵齊。秋，楚人滅江。晉侯伐秦。
　　晉侯圍邧新城，以報王官之役。稱晉侯，不復罪之，何也？見伐而報，非得罪于法也，而有德者不然，故將一譏而已①。若皆譏之，將不可勝譏也。

衛侯使甯俞來聘。冬十有一月壬寅，夫人風氏薨。
　　僖公之妾母也。凡魯君之妾母，其生也稱夫人，其没皆以夫人之禮成之，而天子諸侯亦以夫人之禮禮之。考之舊典，則非禮也。然《春秋》書之不爲異詞者，君臣之禮也。

---

① 將：《四庫》本作"特"。

五年春，王正月，王使榮叔歸含且賵。

　　珠玉曰含，車馬曰賵。不言"天王"，闕文也。不言"來歸"，避不詞也①。《穀梁》曰："不言'來'，不周事之詞也。賵以蚤，含以晚。"《禮》曰：含者執璧將命，入，升堂致命，子拜稽顙。含者坐委于殯東南，有葦席，既葬，蒲席，降出，反位。蓋以助喪盡恩，而不必用也。且國有遠近，而皆責其及事，可乎？

三月辛亥，葬我小君成風，王使召伯來會葬。

　　仲子雖聘，而非惠公之嫡也，故特為之宮而不祔。不書其葬，蓋禮之正也。自成風以來妾母皆葬，蓋祔也，魯禮之變自此始矣。諸侯必有使來會葬者矣，以微故不錄。王人雖微必書，石尚歸脈是也，而況召伯乎！

夏，公孫敖如晉。秦人入鄀。秋，楚人滅六。冬十月甲申，許男業卒。

六年春，葬許僖公。夏，季孫行父如陳。秋，季孫行父如晉。八月乙亥，晉侯驩卒。冬十月，公子遂如晉，葬晉襄公。晉殺其大夫陽處父，晉狐射姑出奔狄。

　　晉人蒐于夷，使狐射姑將中軍，趙盾佐之。陽處父至自溫，改蒐于董，謂趙盾能而上之。射姑怨之，使續鞫居殺之。晉殺鞫居，射姑奔狄。不書射姑之殺，而書曰"晉殺其大夫陽處父"，何也？處父之死自取之也，置帥非處父之任也。處父有罪，則其不稱晉人以殺，何也？雖有罪而殺之則甚矣，故書曰"狐射姑出奔狄"，亦罪之也。

閏月，不告月，猶朝于廟。

　　不告月者，不告朔也。何以不言朔？閏非常月也。雖非常月，而告月以聽政，禮也。其曰"猶朝于廟"，幸其不已之詞也。子貢欲去告朔之餼羊，子曰："爾愛其羊，我愛其禮。"雖不告月而猶朝于廟，而又將已之乎？《公羊》、《穀梁》曰："閏月者，附月之餘日。""天子不以告朔，而喪事不數也。猶之為言可以已也。"《春秋》蓋有同詞而異實者矣，"猶三望"、"猶繹"，可以已也；"猶朝于廟"，幸其不已也。

七年春，公伐邾。三月甲戌，取須句。

　　僖公取須句而反其君，邾又滅之，故復伐邾而取之。

遂城郚。

　　以備邾也。

夏四月，宋公王臣卒，宋人殺其大夫。

　　宋昭公將去群公子，穆襄之族帥國人以攻公，殺公孫固、公孫鄭于公宮，書曰"宋人殺其大夫"，非君命也。大夫不名，非其罪也。夫君殺之而非其罪，則書曰"宋殺其大夫公孫固、公孫鄭"可也。宋人殺之而非其君，若又名之，則不見其非罪也。

---

① 詞：《四庫》本作"周"。

戊子，晉人及秦人戰于令狐，晉先蔑奔秦。

> 晉襄公卒，靈公少，晉人爲難，故欲立長君。趙盾使先蔑、士會逆公子雍于秦，既而畏偪，乃背之而立靈公。趙盾將而禦秦師，先蔑奔秦。趙盾之稱人，罪之也。舍太子而外求君，非謀也。先蔑之不言出，自師奔也。

狄侵我西鄙。秋八月，公會諸侯、晉大夫，盟于扈。

> 齊侯、宋公、衛侯、鄭伯、許男、曹伯會晉趙盾，盟于扈，晉侯立故也。不書其人，公後至，不及序也。

冬，徐伐莒。公孫敖如莒涖盟。

八年春，王正月。夏四月。秋八月戊申，天王崩。冬十月壬午，公子遂會晉趙盾，盟于衡雍。乙酉，公子遂會雒戎，盟于暴。

> 公子遂既盟趙盾，四日而盟雒戎，皆公命也。何以知其皆公命也？以其書雒戎之盟與書趙盾之盟一也。

公孫敖如京師，不至而復。丙戌，奔莒。

> 七年，公子遂娶于莒。公孫敖如莒涖盟，且爲遂逆，見女美而自取之。遂將攻之，公止之，使遂舍之，使敖反之，復爲兄弟如初。及敖將如周弔，遂以幣奔莒，從己氏。公子遂如齊，至黃乃復。書"至"而後書"復"，今不言至而言復，何也？遂之如齊也，欲至齊而以疾不能。敖無至周之意矣，故曰不至而已。不言出，自外行也。

螽。宋人殺其大夫、司馬，宋司城來奔。

> 宋襄夫人，襄王之姊也，昭公不禮焉。夫人因戴氏之族以殺襄公之孫孔叔、公孫鍾離及大司馬公子卬，皆昭公之黨也。司馬握節以死，故書以官。書曰"宋人殺其大夫"，非君命也。司城蕩意諸來奔，效節于府人而出，公以其官逆之，亦書以官。皆貴之也。

九年春，毛伯來求金。

> 非禮也。不稱王命，未葬也。

夫人姜氏如齊。

> 歸寧也。

二月，叔孫得臣如京師。辛丑，葬襄王。晉人殺其大夫先都。

> 夷之蒐，晉侯將登箕鄭父、先都，而使士縠、梁益耳將中軍。先克曰："狐、趙之勳不可廢也。"從之，先克奪蒯得田于堇陰，故箕鄭父、先都、士縠、梁益耳、蒯得作亂，使賊殺先克。晉人誅之，故皆書曰"晉人殺其大夫"，殺有罪也。

三月，夫人姜氏至自齊。

> 《春秋》夫人適他國未有至之者，皆非禮，不告廟故也。惟此以歸寧告廟，故書。

晉人殺其大夫士縠及箕鄭父。楚人伐鄭。

> 楚自城濮之敗不復侵伐中國，晉文、襄既沒，靈公少，自是始復伐鄭。

公子遂會晉人、宋人、衛人、許人救鄭。

晉趙盾、宋華耦、衛孔達、許大夫救鄭，緩，不及楚師，故皆稱"人"。

夏，狄侵齊。秋八月，曹伯襄卒。九月癸酉，地震。冬，楚子使椒來聘。

楚自僖公以來雖交通諸侯，而朝聘不常，盟會不繼，夷風猶在也，故書其君臣皆曰"人"而已。至是，齊、晉日衰，楚人接迹于中國，于是書其君臣，與諸侯比。然椒猶不氏，蓋漸進之也。

秦人來歸僖公、成風之襚。

魯之喪，諸侯蓋有來襚者矣，而獨書秦，始通也。秦人，秦之微者也。襚，衣服也。僖公、成風之喪久矣，而不以緩爲譏者，亦以其始通錄之也。成風之不稱夫人，何也？非薨、非葬，名有所不必盡也。

葬曹共公。

十年春，王三月辛卯，臧孫辰卒。夏，秦伐晉。

是年春，晉人伐秦，取少梁；秦伯伐晉，取北徵。秦、晉相攻久矣，無他得失，而獨書曰"秦伐晉"，遂以戎狄書之，理不然也，或者書"秦伯"，闕文也。

楚殺其大夫宜申。

宜申與仲歸謀弒楚穆王而誅，當書曰"楚人殺大夫"，蓋以簡文也。

自正月不雨，至于秋。七月，及蘇子盟于女栗。冬，狄侵宋。楚子、蔡侯次于厥貉。

將伐宋而不行，故書"次"。

十有一年春，楚子伐麇。夏，叔仲、彭生會晉郤缺于承匡。秋，曹伯來朝。公子遂如宋。狄侵齊。冬十月甲午，叔孫得臣敗狄于鹹。

十有二年春，王正月，郕伯來奔。

郕太子朱儒自安于夫鍾，國人不狥。郕伯卒，郕人立君。太子以夫鍾及郕、邽來奔，公以諸侯逆之，非禮也。書曰"郕伯來奔"，著吾過也。不名，非諸侯，特加之也。不書地，既謂之諸侯，尊之，不言地也。

杞伯來朝。二月庚子，子叔姬卒。夏，楚人圍巢。秋，滕子來朝。秦伯使術來聘。冬十有二月戊午，晉人、秦人戰于河曲。

秦伯伐晉，取羈馬，晉趙盾禦之。皆稱人，以其亟戰，罪之也。

季孫行父帥師城諸及鄆。

十有三年春，王正月。夏五月壬午，陳侯朔卒。邾子蘧蒢卒。自正月不雨至于秋。七月，太室屋壞。

周公曰太廟，魯公曰太室。屋壞書，不共也。

冬，公如晉，衛侯會公于沓。狄侵衛。十有二月己丑，公及晉侯盟。公還自晉，鄭伯會公于棐。

十有四年春，王正月，公至自晉。邾人伐我南鄙，叔彭生帥師伐邾。夏五月乙亥，齊侯潘卒。六月，公會宋公、陳侯、衛侯、鄭伯、許男、曹伯、晉趙盾。癸酉，同盟于新城。

　　會書月，盟書日，會成于月，盟成于日也。書"同盟"，從于楚者服也。

秋七月，有星孛入于北斗。公至自會，晉人納捷菑于邾，弗克納。

　　邾文公元妃齊姜生貜且，二妃晉姬生捷菑。文公卒，邾人立貜且，捷菑奔晉。晉趙盾帥諸侯之師八百乘納之于邾，邾人詞曰①："齊出貜且長。"盾曰："詞順而弗從，不祥。"乃還。書盾之"弗克納"，善之矣。其稱人，何也？興諸侯之師，將以廢長立少，入邾之境而後知其非，所興者廣，所害者衆，善未足以覆過也。捷菑之不稱公子，將以爲君也。

九月甲申，公孫敖卒于齊。

　　敖之奔莒七年矣，至此請重賂以求復。其子難以爲請，許之，將歸而卒于齊。大夫出奔不卒，敖之卒，既許之復也。

齊公子商人弑其君舍。

　　商人將以爲君，其稱公子何也？州吁、無知將以爲君而不終，故不稱公子，以見其欲爲君也。商人終爲君矣，不待去公子而後見也。稱公子，以親責之也。舍未逾年而稱君，既葬也。若以其未逾年而不稱君，是商人之罪可得而免也。正舍之名，所以正商人之罪也。

宋子哀來奔。

　　宋高哀爲蕭封人，以爲卿，不義宋公而出。二年而宋人弑其君。不名而字，貴之也。

冬，單伯如齊，齊人執單伯，齊人執子叔姬。

　　子叔姬妃齊昭公，生舍。商人弑舍而立襄仲，使告于王，請以王寵求子叔姬于齊。王使單伯爲魯請，齊人執之，並執子叔姬。諸侯而執王使，不稱行人，尊周也。《公羊》、《穀梁》曰："單伯之罪，道淫也。"猶以爲魯大夫也。魯無單伯，以意而言《春秋》，則亦無所不至也。

十有五年春，季孫行父如晉。

　　爲單伯與子叔姬故，將因晉以請齊也。

三月，宋司馬華孫來盟。

　　宋司馬華耦來盟，其官皆從，故書曰"宋司馬華孫"。不言使，盟在華孫也。

夏，曹伯來朝。齊人歸公孫敖之喪。

　　敖以罪出，魯人以孟氏故不絕其親，而許其歸，禮也。

六月辛丑朔，日有食之，鼓，用牲于社②。單伯至自齊。

　　齊侯以晉故許單伯，請單伯過魯致命而歸周，故喜而致之也。

----

①　詞：《四庫》本作"辭"，疑是。
②　牲：原本作"牡"，據《四庫》本、《經苑》本改。按：阮元刻《十三經注疏·春秋左傳正義》作"社"。

晉郤缺帥師伐蔡。戊申，入蔡。秋，齊人侵我西鄙。季孫行父如晉。

復爲齊故也。

冬十有一月，諸侯盟于扈。

晉侯、宋公、衛侯、蔡侯、鄭伯、許男、曹伯會盟而謀伐齊，于是有齊難。公不會齊侯，賂晉侯不克而還。書曰"諸侯"而不序，無能爲也。

十有二月，齊人來歸子叔姬。

不言齊子叔姬來歸，而曰"齊人來歸子叔姬"，言叔姬無罪，而齊人絕之也。

齊侯侵我西鄙，遂伐曹，入其郛。

齊侯謂諸侯無能爲也，故復侵魯，遂伐曹，討其朝于魯也。

十有六年春，季孫行父會齊侯于陽穀，齊侯弗及盟。

公將及齊平而有疾，使季孫行父會齊侯，而請盟。齊侯不信，曰："請俟君間。"書曰"齊侯弗及盟"，曲在齊也。

夏五月，公四不視朔。

諸侯告朔聽政，因朝于廟。公四不視朔，疾也。公蓋有以疾不視朔者矣，四不視朔，以久書也。《公羊》曰："自是無疾不視朔也。"定、哀之間，子貢欲去告朔之餼羊，蓋不復視朔矣，此《公羊》之所以爲此言也。然而五月書"四不視朔"，則六月視朔之廢，非始爲此也。

六月戊辰，公子遂及齊侯盟于郪丘。

公使遂納賂于齊侯，而後受盟。

秋八月辛未，夫人姜氏薨，毀泉臺。

有蛇自泉臺出，既而夫人薨，魯人以爲妖而毀之，非政也。

楚人、秦人、巴人滅庸。冬十有一月，宋人弑其君杵臼。

宋昭公不能于其大夫、國人，襄夫人亦惡之。公田孟諸，夫人使帥甸攻而弑之。

書曰"宋人弑其君"，君無道也。

十有七年春，晉人、衛人、陳人、鄭人伐宋。

晉荀林父、衛孔達、陳公孫寧、鄭石虎將討宋之弑君，不克而還，故皆稱人。

夏四月癸亥，葬我小君聲姜。齊侯伐我西鄙。六月癸未，公及齊侯盟于穀，諸侯會于扈。

晉侯爲扈之會，將以平宋亂則不能①，故書曰"諸侯"而不序，略之也。宋昭公雖以無道弑，而諸侯大夫皆以不討賊爲譏，明君臣之義不可廢也。

秋，公至自穀。冬，公子遂如齊。

十有八年春，王二月丁丑，公薨于臺下。秦伯罃卒。夏五月戊戌，齊人弑其君商人。

---

① 宋：原本作"家"，據《四庫》本、《經苑》本改。

商人多行無禮。其爲公子也，與邴歜之父爭田，弗勝。及即位，掘而刖之。納閻職之妻而使職驂乘。故二人謀而殺之。二人皆非大夫，不稱盜而稱人，見君之無道也。

六月癸酉，葬我君文公。秋，公子遂、叔孫得臣如齊。

遂賀齊惠公立，得臣會葬文公。累數之者，偕行也，非相爲介也。

冬十月，子卒。

文公夫人出姜生惡及視，二妃敬嬴生宣公。敬嬴嬖而私事公子遂，故遂弒惡及視，而立宣公。書曰"子卒"，諱之也。不日，失之也。不名，既葬也。

夫人姜氏歸于齊。季孫行父如齊。莒弒其君庶其。

庶其生太子僕及季佗，愛季佗而黜僕，且多行無禮于國。僕因國人而弒之，故稱國以弒。

春秋集解卷七

宣公

元年春，王正月，公即位，公子遂如齊逆女。三月，遂以夫人婦姜至自齊。
  遂之不氏，因前也。曰婦，有姑之辭也。或稱婦姜，或稱婦姜氏，文有詳略，非義之所在也。

夏，季孫行父如齊。晉放其大夫胥甲父于衛。
  文十二年，秦、晉戰于河曲，秦人夜戒晉師，臾駢曰："使者目動而言肆，懼我也。薄諸河，必敗之。"胥甲、趙穿當軍門呼曰："死傷未收而棄之，不惠也。不待期而薄人于險，無勇也。"乃止。于是晉人討不用命者，放胥甲于衛。胥甲、趙穿其罪一也，放甲而舍穿，穿盾之族也，故稱國以放，言政之不一也。

公會齊侯于平州。
  公以簒立，故使季孫行父納賂于齊而求會焉，以定其位。

公子遂如齊。六月，齊人取濟西田。秋，邾子來朝。楚子、鄭人侵陳，遂侵宋。晉趙盾帥師救陳。
  《左傳》曰"救陳宋"，獨稱"救陳"，闕文也。

宋公、陳侯、衛侯、曹伯會晉師于棐林，伐鄭。
  不曰會晉趙盾，而曰"會晉師"，言兵會非好會也。雖以諸侯會大夫，無譏也。

冬，晉趙穿帥師侵崇。
  崇，秦之與國。晉將求成于秦，故侵崇，秦弗與成。于是晉靈公侈，故不競于秦、楚。

晉人、宋人伐鄭。

二年春，王二月壬子，宋華元帥師及鄭公子歸生帥師，戰于大棘。宋師敗績，獲宋華元。秦師伐晉。夏，晉人、宋人、衛人、陳人侵鄭。秋九月乙丑，晉趙盾弒其君夷皋。
  晉靈不君，趙盾驟諫，公欲殺之。盾將出奔，而趙穿弒公于桃園。盾未出山而復。晉史書曰："趙盾弒其君。"盾曰："不然。"史曰："子爲正卿，亡不越境，反不討賊，非子而誰？"盾曰："於乎！我之懷矣，自貽伊戚①，其我之謂矣！"孔子聞

---

① 自貽伊戚：原本作"自伊貽戚"，據《四庫》本、阮元刻《十三經注疏·春秋左傳正義》乙。

之曰："惜也！越境則免。"或曰："弑君，大惡也，不越境，微過也。盾不弑君，而以不越境加之弑君之名，可乎？"曰：亡而越境，則盾誠亡也。反而討賊，則盾誠不知謀也。今亡而不越境，反而不討賊，孰知非盾之僞亡，而使穿弑君者？如是而以穿居弑君之名，則盾計得矣。弑君之罪，而容以計免乎？故曰：于晉趙盾見忠臣之至，于許世子止見孝子之至。此二者所以爲教也，非以爲法也。"然則，今將舉弑君之罪而誅盾也，可乎？"曰：舉弑君之罪以責盾則可，舉弑君之罪以誅盾則不可。昔者郭解之客爲解殺人，而解不知，公孫弘曰："解布衣爲任俠行權，以睚眦殺人，解雖不知，甚于知之。"遂以誅解。其所以責解者善矣，然至以誅解，則非法也。孟子曰："今有禦人于國門之外，而饋以道，則其罪死。以不義取之于民而饋以道，則受于孔子。"以不義取之于民者猶禦也，則孔子亦受禦歟？夫以不義取之于民者猶禦也，充類至義之盡也。充類至義之盡而名之曰禦則可，以禦誅之則不可。故《春秋》以弑君責盾而非以弑君誅盾也。不以弑君責盾，則以不義取之于民者非禦也；以弑君誅盾，則以不義取之于民者皆死也，而可乎？故曰此所以爲教也，非以爲法也。司馬遷有言："爲人君父而不通《春秋》之義者，必蒙首惡之名；爲人臣子而不通《春秋》之義者，必陷篡弑之罪。"其實皆以善爲之，而不知其義，被之空言而不敢辭。夫不通禮義之旨，至于君不君、臣不臣、父不父、子不子，此四行者天下之大過也。以天下之大過予之，受而不敢辭，故《春秋》者，禮義之大宗也。遷意在是也。

冬十月乙亥，天王崩。

三年春，王正月，郊牛之口傷，改卜牛，牛死，乃不郊，猶三望。

　　牛不曰牲，未卜日也。正月尚可以養牛，牛死當復改卜，而遂不郊，非禮也。不郊而望，亦非禮也。天王未葬而郊，不爲非禮者，不以王事廢天事也。

葬匡王。楚子伐陸渾之戎。夏，楚人侵鄭。秋，赤狄侵齊。宋師圍曹。冬十月丙戌，鄭伯蘭卒，葬鄭穆公。

四年春，王正月，公及齊侯平莒及郯，莒人不肯。公伐莒，取向。秦伯稻卒。夏六月乙酉，鄭公子歸生弑其君夷。

　　楚人獻黿于鄭靈公，公子宋與歸生將見，宋食指動，以示歸生，曰："他日我如此，必嘗異味。"及入，宰夫將解黿，相視而笑，公問之，以告。及食大夫黿，召宋而弗與也，宋怒，染指于鼎，嘗之而出。公怒，欲殺之。宋與歸生謀，先歸生曰："畜老猶憚殺之，而況君乎！"反譖，歸生懼而從之，故書曰"鄭公子歸生弑其君夷"。首弑君者宋也，舍宋而書歸生，何也？曰：弑君之過成于二人，二人不可並書，將書其一而已。宋首弑君，其罪不疑。書其不疑，則歸生可得免也。歸生之罪成于不得已，疑若可免也。弑君之罪不可以疑免，書其疑者，而其不疑者可知也。宋襄公使邾文公用鄫子于次且之社，《春秋》書"邾人"而不及宋，亦猶是也。

赤狄侵齊。秋，公如齊，公至自齊。冬，楚子伐鄭。

五年春，公如齊。夏，公至自齊。秋九月，齊高固來逆子叔姬①。叔孫得臣卒。冬，齊高固及子叔姬來。楚人伐鄭。

六年春，晉趙盾、衛孫免侵陳。夏四月。秋八月，螽。冬十月。

七年春，衛侯使孫良夫來盟。夏，公會齊侯，伐萊。秋，公至自伐萊。大旱。冬，公會晉侯、宋公、衛侯、鄭伯、曹伯于黑壤。

八年春，公至自會。夏六月，公子遂如齊，至黃乃復。辛巳，有事于太廟，仲遂卒于垂。壬午，猶繹，萬入去籥。

> 繹者，祭之明日，所以賓尸也。萬，舞也。籥，管也。卿佐之喪可以廢繹矣？不知廢繹而于舞之入也去其有聲者，使弗聞而已，非禮也。

戊子，夫人嬴氏薨。晉師、白狄伐秦。楚人滅舒蓼。秋七月甲子，日有食之，既。冬十月己丑，葬我小君敬嬴，雨不克葬。庚寅，日中而克葬。

> 禮，葬既有日，不爲雨止，故送者不避塗潦，而《士喪禮》有潦車載蓑笠。今雨而不克葬，則失于無備也。《左氏》曰："禮，卜葬先遠日，避不懷也。"卜而先遠，禮也。葬之日有進無退，而可以爲雨止乎？

城平陽。楚師伐陳。

九年春，王正月，公如齊。公至自齊。夏，仲孫蔑如京師。齊侯伐萊。秋，取根牟。八月，滕子卒。九月，晉侯、宋公、衛侯、鄭伯、曹伯會于扈，晉荀林父帥師伐陳。辛酉，晉侯黑臀卒于扈。冬十月癸酉，衛侯鄭卒。宋人圍滕。楚子伐鄭，晉郤缺帥師救鄭。陳殺其大夫洩冶。

> 陳靈公與孔寧、儀行父通于夏姬，衷其袥服以戲于朝。洩冶諫，二子謀殺之，公不禁。故稱國以殺，殺無罪也。洩冶強諫以死，疑若可賢也，而不免于名，何也？正言于昏亂以陷于死，雖無罪，而君子不貴也。

十年春，公如齊。公至自齊。齊人歸我濟西田。夏四月丙辰，日有食之。己巳，齊侯元卒。齊崔氏出奔衛。

> 齊崔杼有寵于惠公，高國畏其偪也，公卒而逐之。書曰"齊崔氏"，以其族奔也。《公羊》曰："稱崔氏，譏世卿也。"春秋之際，大夫世而弑其君者，獨崔氏乎，而獨譏之也。文王之治岐也，仕者世禄，《詩》曰："凡周之士，不顯亦世。"三代之世臣，國之所賴以爲固也，而《春秋》何譏耶？苟失其政，豎刁、陽虎皆足以爲亂，曾非世臣也？苟失其迹而譏之，則過矣。

公如齊。五月，公至自齊。癸巳，陳夏徵舒弑其君平國。

> 徵舒，陳大夫，夏姬之子也。靈公之惡甚矣，其稱臣以弑，何也？罪不及民也。君以無道加其臣、子，臣、子以弑報之而得不名，是臣得讎君，而子得讎父也。

---

① 子叔姬：重刻本、《經苑》本同。《四庫》本無"子"字。按：阮元刻《十三經注疏·春秋左傳正義》無"子"字。

> 故罪不及民者，皆稱臣、子，陳徵舒、蔡般是也。要之，失民而後不稱臣、子，以民爲重也。

六月，宋師伐滕。公孫歸父如齊，葬齊惠公。晉人、宋人、衛人、曹人伐鄭。秋，天王使王季子來聘。公孫歸父帥師伐邾，取繹。大水。季孫行父如齊。冬，公孫歸父如齊。齊侯使國佐來聘。饑。楚子伐鄭。

十有一年春，王正月。夏，楚子、陳侯、鄭伯盟于辰陵。公孫歸父會齊人伐莒。秋，晉侯會狄于欑函。冬十月，楚人殺陳夏徵舒。

> 陳靈公之死也，孔寧、儀行父奔楚，故楚子伐陳，謂陳人無動，吾將有討于少西氏，遂入陳，殺夏徵舒，因縣陳。申叔時使于齊而反，謂楚子曰："牽牛以蹊人之田，而奪之牛，蹊者信有罪矣，而奪之牛，罰已重矣。諸侯之從也，曰討有罪也。今縣陳，貪其富也，以討召諸侯，而以貪歸之，無乃不可乎？"楚子曰："善哉！吾未之聞也。"于是乃復封陳。蓋楚子入陳而殺徵舒。今先書"楚人殺陳夏徵舒"，而後書"楚子入陳，納公孫寧、儀行父于陳"，何也？楚子之殺徵舒也，既以滅陳而縣之矣，非入也。及申叔時諫而復封陳，然後得爲入也。孔子以其終復封陳也，故不言其滅；以其始嘗滅之也，故先書"殺徵舒"而後書"入"。稱人，衆詞也，以其討有罪也。稱子，偏詞也，以其入人之國，而納有罪也。

丁亥，楚子入陳，納公孫寧、儀行父于陳。

十有二年春，葬陳靈公。楚子圍鄭。夏六月乙卯，晉荀林父帥師及楚子戰于邲，晉師敗績。秋七月。冬十有二月戊寅，楚子滅蕭。晉人、宋人、衛人、曹人同盟于清丘。

> 晉原縠、宋華椒、衛孔達、曹人同盟于清丘，曰："恤病討貳。"既而陳即楚，宋伐之，而衛人救陳，楚伐宋，而晉人不救，故卿不書，不實其言也。

宋師伐陳，衛人救陳。

十有三年春，齊師伐莒。夏，楚子伐宋。秋，螽。冬，晉殺其大夫先縠。

> 邲之役，晉三帥皆不欲戰，先縠不可，故敗，誅之固宜也。然先縠，先軫之後，先軫晉之舊勳也，晉人誅縠而盡滅其族。稱國以殺，言刑之過也。

十有四年春，衛殺其大夫孔達。

> 十二年，陳貳于楚，宋以清丘之盟，故伐陳。衛孔達曰："先君有約言焉，不可不救也。若大國討，我則死之。"衛人救陳，既而晉人來討，于是殺孔達以說。孔達則有罪矣，而衛人用其言以干盟主，故稱國以殺，罪累上也。

夏五月壬申，曹伯壽卒。晉侯伐鄭。秋九月，楚子圍宋。葬曹文公。冬，公孫歸父會齊侯于穀。

十有五年春，公孫歸父會楚子于宋。夏五月，宋人及楚人平。

> 楚子圍宋九月而不解，宋人告急于晉，晉人不救，乃使華元夜入楚師，登子反之牀，曰："寡君使元以病告，敝邑易子而食，析骸而爨。雖然，城下之盟有以國

斃，不能從也。去三十里，惟命是聽。"子反懼，與之盟而告王，退三十里而與之盟。宋將亡而華元能存之，楚可取宋而子反能舍之，疑若可賢者，其稱人何也？華元竊入楚師而劫其將，子反將而劫于敵，雖有善，君子不貴也。《易》曰："師出以律，否臧凶。"故書"平"而不書"盟"，爲要盟也。宋之平與夾谷之會，其不書盟，一也。

六月癸卯，晉師滅赤狄潞氏，以潞子嬰兒歸。秦人伐晉。王札子殺召伯、毛伯。秋，螽。仲孫蔑會齊高固于無婁。初稅畝。

井田之法：一夫百畝，十畝爲公田。今履其餘畝，復十稅一，故哀公曰："二，吾猶不足。"其失蓋始于此。

冬，蝝生。

螽子生于冬，不能爲害而書者，亦幸之也。

饑。

十有六年春，王正月，晉人滅赤狄甲氏及留吁。夏，成周宣榭火。秋，郯伯姬來歸。冬，大有年。

十有七年春，王正月庚子，許男錫我卒。丁未，蔡侯申卒。夏，葬許昭公，葬蔡文公。六月癸卯，日有食之。己未，公會晉侯、衛侯、曹伯、邾子，同盟于斷道。

晉郤克聘于齊，齊頃公帷婦人觀而笑之。郤克怒，請伐之。會于斷道，討貳也。齊侯使高國、晏弱、蔡朝、南郭偃會晉人①，辭之。書曰"同盟"，齊貳也。

秋，公至自會。冬十有一月壬午，公弟叔肸卒。

十有八年春，晉侯、衛世子臧伐齊。公伐杞。夏四月。秋七月，邾人伐鄫子于鄫。甲戌，楚子旅卒。

楚莊王也。吳楚之君，卒而不葬，葬必從其臣子之詞，吳楚之僭不可信也。

公孫歸父如晉。冬十月壬戌，公薨于路寢。歸父還自晉，至笙，遂奔齊。

歸父，襄仲之子，有寵于公，欲去三桓以張公室，與公謀而聘于晉，欲以晉人去之。公薨，季文子言于朝曰："使我殺適立庶以失大援者，仲也夫！"遂逐東門氏，歸父還，及笙，壇帷，復命于介。既復命，袒，括髮，三踊而出，遂奔齊。大夫出聘未有言其還者，奔未有言其至者。書曰"歸父還自晉，至笙，遂奔齊"，蓋善其得禮也。

---

① 高國：重刻本、《四庫》本同。阮元刻《十三經注疏·春秋左傳正義》作"高固"，《經苑》本亦作"高固"。

春秋集解卷八

成公

元年春，王正月，公即位。二月辛酉，葬我君宣公。無冰。三月，作丘甲。夏，臧孫許及晉侯盟于赤棘。秋，王師敗績于茅戎。

> 晉侯使瑕嘉平戎于王，劉康公徼戎，將伐之，叔服曰："背盟而欺大國，此必敗。"不聽，遂伐之，敗績于徐吾氏。書曰"王師敗績于茅戎"，言自敗也。桓五年，王伐鄭，鄭人大敗王師，射王中肩，書"伐"而不書"敗"，蓋諱之也。若茅戎之敗非自敗也，則亦書"王師伐茅戎"可也，以爲背盟而欺大國，此自敗之道，而非人敗之也，此所以不諱敗也。

冬十月。

二年春，齊侯伐我北鄙。夏四月丙戌，衛孫良夫帥師及齊師戰于新築，衛師敗績。六月癸酉，季孫行父、臧孫許、叔孫僑如、公孫嬰齊帥師，會晉郤克、衛孫良夫、曹公子首及齊侯戰于鞌，齊師敗績。

> 齊侯侵虐魯、衛，故魯、衛乞師于晉以伐之。魯四子皆卿，故書。諸侯用兵亦有卿皆行者，不書，略外也。

秋七月，齊侯使國佐如師。己酉，及國佐盟于袁婁。

> 召陵之盟，制在屈完，故不稱使，而書曰"來盟于師，盟于召陵"。袁婁之盟，受命于君，而可否在晉，故書曰"齊侯使國佐如師。己酉，及國佐盟于袁婁"，時師及齊國都，退而與之盟也。

八月壬午，宋公鮑卒。庚寅，衛侯速卒。取汶陽田。冬，楚師、鄭師侵衛。十有一月，公會楚公子嬰齊于蜀。丙申，公及楚人、秦人、宋人、陳人、衛人、鄭人、齊人、曹人、邾人、薛人、鄫人盟于蜀。

> 宣公季年求好于楚莊王，二君卒而不果成。公即位而受盟于晉，又有鞌之師，故楚公子嬰齊救齊，悉師以行，彭名御戎，蔡景公爲左，許靈公爲右，侵衛及魯。楚自城濮之敗，不競于晉。莊王雖入陳，圍鄭及宋，而未嘗合諸侯。及蜀之盟，諸侯從之者十有一國，晉不敢爭。自是與晉力爭諸侯，其大夫列于聘會，與齊、晉齒。《春秋》之法，公不會大夫，今公會嬰齊而不爲公諱，以爲楚師之強，不從則國病，爲國故許之也。然其盟十一國也，諸侯實畏晉而竊與之盟，故嬰齊與秦右大夫說、宋華元、陳公孫寧、衛孫良夫、鄭公子去疾、齊大夫皆稱人。蓋諸侯

背晉而竊與楚盟，是以略之也。其後四十二年，晉趙武、楚屈建合諸侯于宋，然後晉楚之從，得交相見。又八年，楚靈王求諸侯于晉，晉人許之，然後諸侯公得與楚盟耳。蔡侯、許男不列于會，乘楚車也；齊後于鄭①，非卿也。

三年春，王正月，公會晉侯、宋公、衛侯、曹伯伐鄭。辛亥，葬衛穆公。二月，公至自伐鄭。甲子，新宮災，三日哭。乙亥，葬宋文公。夏，公如晉。鄭公子去疾帥師伐許。公至自晉。秋，叔孫僑如帥師圍棘。大雩。晉郤克、衛孫良夫伐廧咎如。冬十有一月，晉侯使荀庚來聘。衛侯使孫良夫來聘。丙午，及荀庚盟。丁未，及孫良夫盟。鄭伐許。

許恃楚而不事鄭，鄭一歲再伐之。書曰"鄭伐許"，狄之也，罪未至此；或者書"鄭人伐許"，而闕文耳。

四年春，宋公使華元來聘。三月壬申，鄭伯堅卒。杞伯來朝。夏四月甲寅，臧孫許卒。公如晉。葬鄭襄公。秋，公至自晉。冬，城鄆。鄭伯伐許。

五年春，王正月，杞叔姬來歸，仲孫蔑如宋。夏，叔孫僑如會晉荀首于穀。梁山崩。秋，大水。冬十有一月己酉，天王崩。十有二月己丑，公會晉侯、齊侯、宋公、衛侯、鄭伯、曹伯、邾子、杞伯，同盟于蟲牢。

六年春，王正月，公至自會。二月辛巳，立武宮，取鄟。衛孫良夫帥師侵宋。夏六月，邾子來朝，公孫嬰齊如晉。壬申，鄭伯費卒。秋，仲孫蔑、叔孫僑如帥師侵宋，楚公子嬰齊帥師伐鄭。冬，季孫行父如晉。晉欒書帥師救鄭。

七年春，王正月，鼷鼠食郊牛角，改卜牛，鼷鼠又食其角，乃免牛。吳伐郯。

吳太伯之後，其爵曰子。其稱吳，夷之也，以其不通中國而用夷禮故也。

夏五月，曹伯來朝。不郊，猶三望。秋，楚公子嬰齊帥師伐鄭，公會晉侯、齊侯、宋公、衛侯、曹伯、莒子、邾子、杞伯救鄭。八月戊辰，同盟于馬陵，公至自會。吳入州來。冬，大雩。衛孫林父出奔晉。

八年春，晉侯使韓穿來言汶陽之田，歸之于齊。

汶陽之田本魯之侵地，鞌之戰，晉人使齊人歸之，今以齊之服事晉也，而使魯歸之，非義也。

晉欒書帥師侵蔡。公孫嬰齊如莒。宋公使華元來聘。夏，宋公使公孫壽來納幣。

昏禮不稱主人，此其稱使，何也？無以主昏，詞窮也。納幣不書，此何以書？公孫壽，卿也。《春秋》于伯姬之嫁書之最詳，納幣、致女，以卿媵以非禮。《公

---

① 後：原本作"侯"，據《四庫》本、《經苑》本改。按："後"、"侯"蓋形近而誤。

羊》、《穀梁》不達也，皆以爲録伯姬，失之矣。

晉殺其大夫趙同、趙括。

  趙嬰通于趙莊姬，趙同、趙括放之于齊。莊姬譖之，同、括將爲亂，晉侯殺之。稱國以殺，殺無罪也。

秋七月，天子使召伯來賜公命。冬十月癸卯，杞叔姬卒。晉侯使士燮來聘，叔孫僑如會晉士燮。齊人、邾人伐郯。衛人來媵。

九年春，王正月，杞伯來逆叔姬之喪以歸。公會晉侯、齊侯、宋公、衛侯、鄭伯、曹伯、莒子、杞伯，同盟于蒲。公至自會。二月，伯姬歸于宋。夏，季孫行父如宋致女，晉人來媵。秋七月丙子，齊侯無野卒。晉人執鄭伯。

  鄭伯既受盟于蒲，楚人以重賂誘之，復會楚公子成于鄧，故晉人執之。鄭伯背盟而貳于楚，稱人以執，不得爲伯討者，晉方不信于諸侯，有以致之也。

晉欒書帥師伐鄭。冬十有一月，葬齊頃公。楚公子嬰齊帥師伐莒。庚申，莒潰，楚人入鄆。秦人、白狄伐晉。鄭人圍許。

  晉人執鄭伯，鄭公孫申曰："我出師以圍許，爲將改立君者，而舒晉使，晉必歸君。"鄭人從之。

城中城。

十年春，衛侯之弟黑背帥師侵鄭。夏四月，五卜郊，不從，乃不郊。五月，公會晉侯、齊侯、宋公、衛侯、曹伯伐鄭。

  鄭人立世子髡頑，欒書曰："鄭人立君，我執一人何益？不如伐鄭，歸其君以求成焉。"于是晉侯有疾，立世子州蒲爲君以會。父在而稱晉侯，失父子之道矣。

齊人來媵。丙午，晉侯獳卒。秋七月，公如晉。

  公親弔晉喪，非禮也。晉人止公，使送葬，諸侯莫在，魯人恥之，故不書其葬，諱之也。

冬十月。

十有一年春，王三月，公至自晉。晉侯使郤犨來聘。己丑，及郤犨盟。夏，季孫行父如晉。秋，叔孫僑如如齊。冬十月。

十有二年春，周公出奔晉。

  周公楚惡襄、惠之偪，且與伯輿爭政，不勝而出。王使劉子復之，盟于鄄而入，三日復出。凡自周無出，周公自出，故書曰"周公出奔晉"。

夏，公會晉侯、衛侯于瑣澤。秋，晉人敗狄于交剛。冬十月。

十有三年春，晉侯使郤錡來乞師。

  晉盟主也，其用諸侯之師多矣，未嘗乞師也，今以列國之禮乞師，善之也。

三月，公如京師。夏五月，公自京師，遂會晉侯、齊侯、宋公、衛侯、鄭伯、曹伯、邾人、滕人伐秦。

  公將與諸侯伐秦，不敢過京師而朝焉，非以朝行也。不書"公朝于京師"，而書

"公如京師",若以朝行然,何也?方其未朝也,未嘗有事,是以置其情而書其迹,內詞也,且明君臣之禮也。

曹伯盧卒于師。秋七月,公至自伐秦。冬,葬曹宣公。

十月四年春,王正月,莒子朱卒。夏,衞孫林父自晉歸于衞。

晉侯使郤犨送孫林父于衞,衞人復之,故書曰"自晉歸于衞"。

秋,叔孫僑如如齊逆女。鄭公子喜帥師伐許。九月,僑如以夫人婦姜氏至自齊。冬十月庚寅,衞侯臧卒。秦伯卒。

十有五年春,王二月,葬衞定公。三月乙巳,仲嬰齊卒。癸丑,公會晉侯、衞侯、鄭伯、曹伯、宋世子成、齊國佐、邾人同盟于戚。晉侯執曹伯,歸于京師。

十三年,曹伯盧卒于師,曹人使公子負芻守,使公子欣時逆曹伯之喪,負芻殺其世子而自立,故晉侯會于戚以討之。稱侯以執,執有罪也。歸之于京師,禮也。《春秋》之書執諸侯者多矣,惟是爲得禮。于是諸侯將見欣時于王而立之,欣時曰:"前志有之:'聖達節,次守節,下失節。'爲君非吾節也,雖不能聖,敢失守乎?"遂逃奔宋。故曹伯雖失國而不名,曹無君故也。

公至自會。夏六月,宋公固卒。楚子伐鄭。秋八月庚辰,葬宋共公。宋華元出奔晉,宋華元自晉歸于宋。宋殺其大夫山,宋魚石出奔楚。

宋華元爲右師,魚石爲左師,蕩澤爲司馬,華喜爲司徒,公孫師爲司城,向爲人爲大司寇,鱗朱爲少司寇,向帶爲大宰,魚府爲少宰。蕩澤弱公室,殺公子肥,華元不能討,乃出奔晉。二華戴族也,司城莊族也,六官皆桓族也。魚石將止華元,魚府曰:"右師反,必討,是無桓氏也。"魚石曰:"彼多大勳,國人與之,不反,懼桓氏之無祀于宋也。"乃止華元于河上,請討。許之,乃反,使華喜、公孫師帥國人攻蕩氏,殺子山。魚石、向爲人、鱗朱、向帶、魚府出,舍于睢上,華元止之,不可,遂奔楚。華元之奔晉也,未至而復,其書曰"華元出奔晉",且書"自晉歸于宋",何也?元將討山而知力之不能,故奔,奔而國人許之討,故歸。故其討山也,雖其族人莫敢救之者,故書曰"宋華元出奔晉","宋華元自晉歸于宋",言其出入之正,是以能討山也。使元懷祿顧寵重于出奔,則不能討山矣。鄭子產爲政,豐卷將祭,請田,弗許,卷退而徵役,子產奔晉,子皮止之,歸而逐卷,亦猶是也。山之不氏,背其宗也。山實有罪而稱國以殺,何也?殺一大夫而國幾于亂,非外也。出者五人而獨稱魚石,何也?魚石卿也。

冬十有一月,叔孫僑如會晉士燮、齊高無咎、宋華元、衞孫林父、鄭公子鰌、邾人,會吳于鍾離。

吳,夷,未嘗與中國會,晉爲之合諸侯而會之。特書曰"會吳于鍾離",言以吳爲會也。

許遷于葉。

十有六年春,王正月,雨木冰。

雨木冰，五行木不曲直，庶證常寒之罰也。劉歆謂上陽施不下通，下陰施不上通，故雨而木爲之冰。唐遜皇帝以爲木稼者是也，木稼蓋木介爾，此記異也。

夏四月辛未，滕子卒。鄭公子喜帥師侵宋。六月丙寅朔，日有食之。晉侯使欒黶來乞師。甲午晦，晉侯及楚子、鄭伯戰于鄢陵。楚子、鄭師敗績，楚殺其大夫公子側。

鄢陵之敗也，楚以一敗殺之，故稱國以殺。

秋，公會晉侯、齊侯、衛侯、宋華元、邾人于沙隨，不見公。

鄢陵之戰，公將會之。叔孫僑如通于穆姜，欲去季孟而取其室。公待于壞隤，設守而後行，故不及于戰。沙隨之會，僑如使告于晉曰："魯侯待于壞隤，以待勝者。"故晉侯不見公。桓十年，公會衛侯于桃丘，弗遇。弗遇者，不來會也；不見公者，來而不見也，皆曲在外也。

公至自會。公會尹子、晉侯、齊國佐、邾人伐鄭。曹伯歸自京師。

公子欣時既奔宋，曹人請復曹伯于晉。晉侯謂欣時："反，吾歸而君。"欣時反，曹伯歸。欣時置邑與卿而不出。賢哉，欣時之不取爲君也！曹雖失君，而免于爭國之亂，故書曰"曹伯歸自京師"，言無所與爭者也。凡諸侯之歸，必書曰"自某歸于某"，自某，某有奉也；歸于某，求歸也。其曰"歸自京師"者，京師無奉，而曹伯不求也。非欣時之賢，而能至此乎？凡諸侯出而國無君者，于歸名之，曹伯之歸而不名者，爲欣時故也。

九月，晉人執季孫行父，舍之于苕丘。

公之會伐鄭也，僑如復使告于晉曰："季孫將背晉而事齊、楚。"故晉人爲之執行父，范文子不可，乃許魯平而赦季孫。執內大夫而不于其國，故復言其所而志之也。

冬十月乙亥，叔孫僑如出奔齊。十有二月乙丑，季孫行父及晉郤犨盟于扈。公至自會。乙酉，刺公子偃。

十有七年春，衛北宮括帥師侵鄭。夏，公會尹子、單子、晉侯、齊侯、宋公、衛侯、曹伯、邾人伐鄭。六月乙酉，同盟于柯陵。

書"同盟"，鄭叛也。齊、晉之盛，天子之大夫會而不盟，尊周也。柯陵之會，尹子、單子始與諸侯之盟，自是習以爲常，非禮也。

秋，公至自會。齊高無咎出奔莒。

齊慶克通于聲孟子，與婦人蒙衣乘輦而入，鮑牽見之以告國佐。國佐召慶克而謫之，夫人怒。公反自伐鄭，夫人訴之曰："高、鮑將不納君而立公子角。"公不察，刖鮑牽而逐高無咎，無咎之子弱以盧叛。

九月辛丑，用郊。晉侯使荀罃來乞師。冬，公會單子、晉侯、宋公、衛侯、曹伯、齊人、邾人伐鄭。十有一月，公至自伐鄭。壬申，公孫嬰齊卒于貍脤。

嬰齊從于伐鄭，還而道卒。大夫卒不地，其地，在外也。案：下十二月丁巳朔，則壬申非十一月，失之矣。

十有二月丁巳朔，日有食之。邾子貜且卒。晉殺其大夫郤錡、郤犨、郤至。
晉厲公侈，反自鄢陵，將盡去諸大夫而立其左右，三郤族大而多怨，謀先誅之。郤氏知之，郤錡欲攻公，郤至止之，皆靖以待命。公使長魚矯殺之。郤氏雖多怨于民，而公殺之不以其罪，故稱國以殺，言刑之過也。

楚人滅舒、庸。

十有八年春，王正月，晉殺其大夫胥童。
胥童，厲公之嬖臣也。與厲公謀殺三郤，又執欒書、中行偃，將殺之，公不許。公使胥童爲卿。書、偃既執厲公，乃先殺童，童雖導君爲亂，然書、偃自是以弒君，故稱國以殺。

庚申，晉弒其君州蒲。
欒書、中行偃實弒厲公，然而厲公凌虐其臣民，以及于禍，故稱國以弒，罪在君也。

齊殺其大夫國佐。
齊以高弱之叛，使崔杼、慶克圍盧。國佐從諸侯圍鄭，以難請而歸，遂如盧師，殺慶克，以穀叛，齊侯殺之。佐雖以專殺叛君爲罪，然其咎發于慶克，齊人右慶氏而殺佐，故稱國以殺，罪累上也。

公如晉。夏，楚子、鄭伯伐宋，宋魚石復入于彭城。
楚子伐宋，納魚石、向爲人、鱗朱、向帶、魚府于彭城而封之。不曰納魚石，將言魚石之復入故也。宣十一年楚子入陳，納公孫寧、儀行父于陳，則何以不言入？寧、行父則有罪矣，楚子討其罪人而納之，疑若楚子之無罪也。將正楚子之罪，是以言納，而不言其入也。魚石之入，不曰自楚，何也？言伐宋則自楚也。不曰叛，何也？將以亂國，非止叛也。故宋魚石、晉欒盈皆不曰叛。

公至自晉，晉侯使士匄來聘。秋，杞伯來朝。八月，邾子來朝。築鹿囿。己丑，公薨于路寢。冬，楚人、鄭人侵宋。晉侯使士魴來乞師。十有二月，仲孫蔑會晉侯、宋公、衛侯、邾子、齊崔杼，同盟于虛朾。丁未，葬我君成公。

春秋集解卷九

襄公

元年春，王正月，公即位。仲孫蔑會晉欒黶、宋華元、衛寧殖、曹人、莒人、邾人、滕人、薛人，圍宋彭城。

> 《春秋》書邑皆不繫其國，以爲邑不待國別而知也。楚既取彭城以封魚石，而猶書曰"圍宋彭城"者，諸侯將取而歸之宋，故致其意也。或曰取宋之邑，以封其叛臣，不于楚得之，故終繫之宋也。

夏，晉韓厥帥師伐鄭。仲孫蔑會齊崔杼、曹人、邾人、杞人，次于鄫。

> 諸侯之師會晉伐鄭，故次于鄫以待之。

秋，楚公子壬夫帥師侵宋。九月辛酉，天王崩。邾子來朝。冬，衛侯使公孫剽來聘。晉侯使荀罃來聘。

> 九月王崩，十月訃未至于諸侯，故雖不廢朝聘，不爲非禮。

二年春，王正月，葬簡王。鄭師伐宋。夏五月庚寅，夫人姜氏薨。六月庚辰，鄭伯睔卒。晉師、宋師、衛寧殖侵鄭。

> 鄭雖以叛中國爲罪，而伐其喪，非禮也。

秋七月，仲孫蔑會晉荀罃、宋華元、衛孫林父、曹人、邾人于戚。己丑，葬我小君齊姜。叔孫豹如宋。冬，仲孫蔑會晉荀罃、齊崔杼、宋華元、衛孫林父、曹人、邾人、滕人、薛人、小邾人于戚，遂城虎牢。

> 虎牢，鄭地也。鄭久從楚，諸侯歲爲之興師，于是城虎牢以偪之，明年而鄭受盟。

楚殺其大夫公子申。

> 申爲右司馬，多受小國之賂，以偪子重、子辛，罪不至死而楚人殺之，故稱國以殺。

三年春，楚公子嬰齊帥師伐吳。公如晉。夏四月壬戌，公及晉侯盟于長樗。

> 禮，諸侯不親盟于他國。成二年，公如晉，晉人使陽處父盟公，三年雖改盟，而猶盟于其國，亦非禮也。晉悼公修禮于諸侯，故去其國而與公盟于長樗，禮也。

公至自晉。六月，公會單子、晉侯、宋公、衛侯、鄭伯、莒子、邾子、齊世子光。己未，同盟于雞澤。陳侯使袁僑如會。戊寅，叔孫豹及諸侯之大夫及陳袁僑盟。

陳始亦從楚，令尹子辛侵欲于小國，故陳成公使袁僑求成于晉，諸侯既盟而後袁僑至，故復使大夫盟之。殊及袁僑，主盟袁僑也。《穀梁》曰："諸侯盟，又大夫相與私盟，大夫張也。雞澤之會，諸侯始失正矣。"夫諸侯不專敵袁僑，而使大夫盟之，禮也。且悼公晉之明主，而以爲失正，則過矣。

秋，公至自會。冬，晉荀罃帥師伐許。

> 許事楚故也。

四年春，王三月己酉，陳侯午卒。夏，叔孫豹如晉。秋七月戊子，夫人姒氏薨。葬陳成公。八月辛亥，葬我小君定姒。冬，公如晉。陳人圍頓。

五年春，公至自晉。夏，鄭伯使公子發來聘。叔孫豹、鄫世子巫如晉。

> 四年，公如晉請屬鄫，故叔孫豹覿鄫世子于晉，以成屬鄫。書曰"叔孫豹、鄫世子巫如晉"，比之魯大夫也。

仲孫蔑、衛孫林父會吳于善道。

> 晉將會吳，使魯、衛先與吳會，且告會期，故特書"會吳"也。

秋，大雩，楚殺其大夫公子壬夫。

> 楚人討陳叛，故曰由壬夫實貪欲焉，殺之。壬夫則有罪矣，廢而勿用可也，殺之過矣，故稱國以殺。

公會晉侯、宋公、陳侯、衛侯、鄭伯、曹伯、莒子、邾子、滕子、薛伯、齊世子光、吳人、鄫人于戚。

> 成十五年會于鍾離，是年會于善道，十年會于柤，十四年會于向，皆特書"會吳"。今戚之會，會吳且命成陳，其不特書"會吳"，爲成陳也。吳之稱人，與鄫皆列，不可曰吳、鄫人也。鄫之復列于會，魯人不利屬鄫也。

公至自會。冬，戍陳。

> 諸侯皆戍而獨書魯者，受命于戚，無命告也。

楚公子貞帥師伐陳。公會晉侯、宋公、衛侯、鄭伯、曹伯、齊世子光救陳。十有二月，公至自救陳。辛未，季孫行父卒。

六年春，王三月壬午，杞伯姑容卒。夏，宋華弱來奔。秋，葬杞桓公。滕子來朝。莒人滅鄫。冬，叔孫豹如邾，季孫宿如晉。十有二月，齊侯滅萊。

七年春，郯子來朝。夏四月，三卜郊，不從，乃免牲。小邾子來朝。城費。秋，季孫宿如衛。八月，螽。冬十月，衛侯使孫林父來聘。壬戌，及孫林父盟。楚公子貞帥師圍陳。十有二月，公會晉侯、宋公、陳侯、衛侯、曹伯、莒子、邾子于鄬。鄭伯髡頑如會，未見諸侯。丙戌，卒于鄵。

> 鄭伯如會而名，何也？名其卒也。鄭伯將會于鄬，子駟相，鄭伯不禮焉，子駟使賊弑之，而以瘧疾赴于諸侯。然《春秋》從而信之，何也？君子不逆詐、不億不信，可欺以其方，不可罔以非其道也。彼以是告我，我從而書之，何病焉？世之治也，內有公卿大夫，外有方伯連率，是將有發其姦者，然後從而治之，何後

焉？故《春秋》者，有待于史而後足，非自以爲史也。世之爲《春秋》而不信史，則過矣。

陳侯逃歸。

楚人以陳叛，故殺公子壬夫而亟討陳。雖諸侯救陳，而陳人不敢安也。書曰"逃歸"，以其背中國，罪之也。

八年春，王正月，公如晉。夏，葬鄭僖公。鄭人侵蔡，獲蔡公子燮。

鄭子國、子耳爲晉侵蔡，獲蔡公子燮，鄭人皆喜。子產曰："小國無文德而有武功，禍也。"晉、楚爭鄭，自此始矣。自是晉、楚之兵交至于鄭，鄭人疾之。書曰"鄭人侵蔡"，無故犯楚以爲國患，罪之也。

季孫宿會晉侯、鄭伯、齊人、宋人、衛人、邾人于邢丘。

晉悼公修文、襄之業，改命朝聘之數，使諸侯之大夫聽命，故公雖在晉，而季孫宿與齊高厚、宋向戌、衛寧殖、邾大夫會之，鄭伯獻捷于會，故親聽命。大夫稱人，衆詞也。其朝聘之節儉而有禮，衆之所安也。

公至自晉。莒人伐我東鄙。秋九月，大雩。冬，楚公子貞帥師伐鄭。晉侯使士匄來聘。

九年春，宋災。夏，季孫宿如晉。五月辛酉，夫人姜氏薨。秋八月癸未，葬我小君穆姜。冬，公會晉侯、宋公、衛侯、曹伯、莒子、邾子、滕子、薛伯、杞伯、小邾子、齊世子光，伐鄭。十有二月己亥，同盟于戲。楚子伐鄭。

十年春，公會晉侯、宋公、衛侯、曹伯、莒子、邾子、滕子、薛伯、杞伯、小邾子、齊世子光，會吳于柤。

特書"會吳"，以吳爲會故也。

夏五月甲午，遂滅偪陽。

偪陽，小國，妘姓。晉將取之以封宋向戌，因會而滅國以封宋大夫，非義也。

公至自會。楚公子貞、鄭公孫輒帥師伐宋。晉師伐秦。秋，莒人伐我東鄙。公會晉侯、宋公、衛侯、曹伯、莒子、邾子、齊世子光、滕子、薛伯、杞伯、小邾子，伐鄭。

齊世子光先至于師，晉人使長于滕，明年遂先莒。禮，小國之君當大國之卿。齊世子之先子、男，禮之失也。

冬，盜殺鄭公子騑、公子發。公孫輒戍鄭虎牢。

伐鄭之諸侯皆戍虎牢，而獨書魯者，受命于魯，不復告也。二年城虎牢，不繫于鄭邑，不待國別而知也。諸侯既城虎牢，非鄭地矣，而繫之鄭，諸侯將服鄭而歸之，故致其意也。鄭之虎牢，宋之彭城，一也。

楚公子貞帥師救鄭，公至自伐鄭。

十有一年春，王正月，作三軍。夏四月，四卜郊，不從，乃不郊。鄭公孫舍之帥師侵宋。

　　晉人再以諸侯伐鄭，楚輒救之，鄭人患之，謀曰："楚弱于晉，晉不吾疾也。晉疾，楚將辟之，何爲而使晉師致死于我，楚弗敢敵，而後可固與也。"公孫舍之曰："與宋爲惡，諸侯必至，我從之盟。楚師至，吾又從之，則晉怒甚矣。晉能驟來，楚將不能，吾乃固與晉。"大夫説之，于是侵宋以致晉師。

公會晉侯、宋公、衛侯、曹伯、齊世子光、莒子、邾子、滕子、薛伯、杞伯、小邾子伐鄭。秋七月己未，同盟于亳城北。公至自伐鄭。楚子、鄭伯伐宋。

　　晉師歸，楚子伐鄭，鄭伯逆之，遂伐宋，從公孫舍之之謀也。

公會晉侯、宋公、衛侯、曹伯、齊世子光、莒子、邾子、滕子、薛伯、杞伯、小邾子伐鄭，會于蕭魚。

　　鄭與會也。八年，鄭人侵蔡，獲蔡公子燮，自是晉、楚爭鄭。五年之間，晉人四以諸侯伐鄭，楚輒救之。晉用知罃之謀，未嘗與楚人戰，至是楚不能應，遂全師以服鄭。于是鄭固與晉，二十餘年楚不能爭，雖城濮之克不能過也。

公至自會，楚人執鄭行人良霄。

　　鄭使良霄告絶于楚，楚人執之，書曰"楚人執鄭行人"，言非其罪也。

冬，秦人伐晉。

十有二年春，王三月，莒人伐我東鄙，圍台。季孫宿帥師救台，遂入鄆。夏，晉侯使士魴來聘。秋九月，吳子乘卒。冬，楚公子貞帥師侵宋。公如晉。

十有三年春，公至自晉。夏，取邿。秋九月庚辰，楚子審卒。冬，城防。

十有四年春，王正月，季孫宿、叔老會晉士匄、齊人、宋人、衛人、鄭公孫蠆、曹人、莒人、邾人、滕人、薛人、杞人、小邾人，會吳于向。

　　十三年，楚人大敗吳師，吳告敗于晉。晉人爲之合諸侯以謀楚，故特書曰"會吳于向"。季孫宿、叔老，皆卿也。卿爲卿介，非禮也。齊崔杼、宋華閲、衛北宮括稱人，惰也。

二月乙未朔，日有食之。夏四月，叔孫豹會晉荀偃、齊人、宋人、衛北宮括、鄭公孫蠆、曹人、莒人、邾人、滕人、薛人、杞人、小邾人，伐秦。己未，衛侯出奔齊。

　　衛侯多行無禮于其國，孫林父與寧殖出之，而立公孫剽，此出而國有君者也，其曰"衛侯"而不名者①，何也？魯使厚成叔弔于衛。厚孫歸，語臧武仲曰："衛君其必歸乎！有大叔儀以守，有母弟鱄以出，或撫其内，或營其外，能無歸乎？"又使臧孫唁衛侯，衛侯與之言虐，退而告人曰："衛侯不得入矣。"子展、子鮮聞之，

――――――
① 名：原無，據《四庫》本、《經苑》本補。

> 見臧孫，與之言道。臧孫曰："衛侯其必入，二子者或輓之，或推之，欲無入，得乎？"故于其出奔，及其入于夷儀也，皆書"衛侯"而不名，言其有歸道也。及其歸而後書曰"衛侯衎復歸于衛"。此所謂出而國無君者，于歸名之也。衛雖有君，而衎有歸道焉，猶無君也。

莒人侵我東鄙。秋，楚公子貞帥師伐吳。冬，季孫宿會晉士匄、宋華閱、衛孫林父、鄭公孫蠆、莒人、邾人于戚。

十有五年春，宋公使向戌來聘。二月己亥，及向戌盟于劉。劉夏逆王后于齊。

> 外逆女不書，過我不書，天子之大夫不名。書"劉夏"，非大夫也。夏從單靖公以逆而獨書夏，過我也。

夏，齊侯伐我北鄙，圍成。公救成，至遇，季孫宿、叔孫豹帥師城成郛。

> 備齊也，城雖不時，非譏也。

秋八月丁巳，日有食之。邾人伐我南鄙。冬十有一月癸亥，晉侯周卒。

十有六年春，王正月，葬晉悼公。三月，公會晉侯、宋公、衛侯、鄭伯、曹伯、莒子、邾子、薛伯、杞伯、小邾子于溴梁。戊寅，大夫盟。

> 衛侯，剽也。二十五年，衛侯入于夷儀，衎也。二君皆稱衛侯，猶鄭突及儀皆稱鄭伯也。晉平公即位而爲溴梁之會，以諸侯燕于溫，使諸大夫舞，曰："歌詩必類。"齊高厚之詩不類，荀偃怒曰："諸侯有異志矣。"使諸大夫盟高厚，高厚逃歸，于是叔孫豹、晉荀偃、宋向戌、衛寧殖、鄭公孫蠆、曹、莒、邾、薛、杞、小邾之大夫盟。夫牡丘之會，諸侯既次于匡，書曰"公孫敖帥師及諸侯之大夫救徐"；雞澤之會，諸侯既盟而陳侯使袁僑如會，書曰"叔孫豹及諸侯之大夫及陳袁僑盟"。今諸侯既會，將使大夫盟高厚，高厚逃歸，則書曰"叔孫豹及諸侯之大夫盟"可也，獨書曰"大夫盟"，何也？諸侯既會而燕，使諸大夫舞，既非禮矣，又曰"歌詩必類"，求之無已，而高厚不從，過在晉也。荀偃怒而使大夫盟高厚，欲以强服諸侯，則政在大夫也。政在大夫，以義服人猶可，强則亂矣。自是晉政在六卿，故獨書"大夫盟"，言無君也。

晉人執莒子、邾子以歸。齊侯伐我北鄙。夏，公至自會。五月甲子，地震。叔老會鄭伯、晉荀偃、衛寧殖、宋人伐許。秋，齊侯伐我北鄙，圍成①。大雩。冬，叔孫豹如晉。

十有七年春，王二月庚午，邾子牼卒。

> 十六年，晉人執莒子、邾子，今書"邾子牼卒"，則既釋之矣。不書其歸，不告也。

宋人伐陳。夏，衛石買帥師伐曹。秋，齊侯伐我北鄙，圍桃。高厚帥師伐

---

① 成：《四庫》本作"郕"。阮元刻《十三經注疏·春秋左傳正義》亦作"郕"。

我北鄙，圍防。

> 不稱齊高厚，見其亟伐也。

九月，大雩。宋華臣出奔陳。

> 華臣弱皋比之室，使賊殺其宰華吳，宋公怒，將逐之，故懼而出奔。

冬，邾人伐我南鄙。

十有八年春，白狄來。夏，晉人執衛行人石買。

> 十七年，石買侵曹，取重丘，曹人訴之晉，晉人因其使而執之。買則有罪，而執之于其使，則非禮也，故書曰"執衛行人石買"。

秋，齊師伐我北鄙。冬十月，公會晉侯、宋公、衛侯、鄭伯、曹伯、莒子、邾子、滕子、薛伯、杞伯、小邾子同圍齊，曹伯負芻卒于師。楚公子午帥師伐鄭。

十有九年春，王正月，諸侯盟于祝柯，晉人執邾子。公至自伐齊，取邾田自漷水。

> 成元年，晉人敗齊于鞌，使齊人歸我汶陽之田，書曰"取汶陽田"，不言齊，魯地也。本以晉命取田于邾，故書曰"取邾田自漷水"，言非魯地也。

季孫宿如晉。葬曹成公。夏，衛孫林父帥師伐齊。秋七月辛卯，齊侯環卒。晉士匄帥師侵齊，至穀，聞齊侯卒乃還。八月丙辰，仲孫蔑卒。齊殺其大夫高厚。

> 齊侯出其世子光，而立其少子牙，使高厚傅之。齊侯疾病，崔杼逆光而立之，光殺牙。杼殺高厚而並其室，故稱國以殺，罪累上也。

鄭殺其大夫公子嘉。冬，葬齊靈公。城西郛。叔孫豹會晉士匄于柯。城武城。

二十年春，王正月辛亥，仲孫速會莒人，盟于向。夏六月庚申，公會晉侯、齊侯、宋公、衛侯、鄭伯、曹伯、莒子、邾子、滕子、薛伯、杞伯、小邾子盟于澶淵。秋，公至自會。仲孫速帥師伐邾。蔡殺其大夫公子燮。

> 蔡文侯欲事晉，畏楚，不能行而卒。楚人使蔡無常，公子燮求從先君以利蔡，蔡人殺之。稱國以殺，非其罪也。

蔡公子履出奔楚。陳侯之弟黃出奔楚。

> 陳慶虎、慶寅畏公子黃之偪，愬諸楚曰："與蔡司馬同謀。"楚人以爲討，黃出愬于楚，書曰"陳侯之弟"，罪陳侯也。

叔老如齊。冬十月丙辰朔，日有食之。季孫宿如宋。

二十有一年春，王正月，公如晉。邾庶其以漆閭丘來奔。

> 庶其，邾大夫也。邾、莒之大夫不書，微也。特書庶其，重地也，以地叛，雖賤必書地以名。其人終爲不義，弗可滅矣。或求名而不得，或欲蓋而名章。齊豹爲衛司寇，作而不義，其書爲"盜"；邾庶其、莒牟夷、邾黑肱以土地出，求食而

已，不求其名，賤而必書。此二物者，所以懲肆而去貪也。若艱難其身，以險危大人，而有名章徹，攻難之士將奔走之。若竊邑叛君，以徼大利而無名，貪冒之人將置力焉，故《春秋》書齊豹曰"盜"，三叛人名，所以懲不義，惡無禮也，《左氏》之說云爾。予因其說而申之曰：《春秋》之法，小國之大夫不書，然紀裂繻來逆女則書，以其接我也。接我以禮而書，貴之也。小國之大夫來奔者亦衆矣，雖接我而不書，法也。惟以地來奔則書，惡其接我以利也。然魯人非大夫而以地出奔者猶不書，何也？以利接我，雖微必書，詳內也；以利接外，以微故不書，略外也。略外而詳內，此聖人處己之厚也。

夏，公至自晉。秋，晉欒盈出奔楚。九月庚戌朔，日有食之。冬十月庚辰朔，日有食之。曹伯來朝，公會晉侯、齊侯、宋公、衛侯、鄭伯、曹伯、莒子、邾子于商任。

> 錮欒氏，非禮也。古者大夫去國，君使人道之出疆，又先于其所往。

二十有二年春，王正月，公至自會。夏四月。秋七月辛酉，叔老卒。冬，公會晉侯、齊侯、宋公、衛侯、鄭伯、曹伯、莒子、邾子、薛伯、杞伯、小邾子于沙隨。公至自會。楚殺其大夫公子追舒。

> 追舒為令尹而寵觀起，未益禄而有馬數十乘，楚人患之，故誅追舒。罪不至死，故稱國以殺。

二十有三年春，王二月癸酉朔，日有食之。三月己巳，杞伯匄卒。夏，邾畀我來奔。葬杞孝公。陳殺其大夫慶虎及慶寅，陳侯之弟黃自楚歸于陳。

> 陳侯如楚，公子黃愬二慶于楚，楚人召之，二慶以陳叛，楚屈建從陳侯圍陳。陳殺二慶而納黃，二慶之罪當死，而陳不能誅也，因楚而後克之，故稱國以殺，所以病陳也。二慶死則黃之歸無難矣。

晉欒盈復入于晉，入于曲沃。

> 欒盈在齊，晉將嫁女于吳，齊侯使析歸父媵之，以藩載欒盈納諸曲沃。盈帥曲沃之甲以入晉，不勝，反入曲沃。書曰"復入晉"，人之怨欒氏者衆，難于復入也。不書"自齊"，何也？齊之納盈，非以兵明納之也，譬如盜賊私納之耳，故不書"自齊"。

秋，齊侯伐衛，遂伐晉。八月，叔孫豹帥師救晉，次于雍渝。己卯，仲孫速卒。冬十月乙亥，臧孫紇出奔邾。晉人殺欒盈。齊侯襲莒。

二十有四年春，叔孫豹如晉。仲孫羯帥師侵齊。夏，楚子伐吳。秋七月甲子朔，日有食之，既。齊崔杼帥師伐莒。大水。八月癸巳朔，日有食之。公會晉侯、宋公、衛侯、鄭伯、曹伯、莒子、邾子、滕子、薛伯、杞伯、小邾子于夷儀。冬，楚子、蔡侯、陳侯、許男伐鄭。公至自會。陳鍼宜咎出奔楚。叔孫豹如京師。大饑。

二十有五年春，齊崔杼帥師伐我北鄙。夏五月乙亥，齊崔杼弒其君光。

> 齊侯背晉與楚，且亂崔杼之室，雖無道，而崔杼立光殺光，無君之心不可忍也，故稱"崔杼"。

公會晉侯、宋公、衛侯、鄭伯、曹伯、莒子、邾子、滕子、薛伯、杞伯、小邾子于夷儀。六月壬子，鄭公孫舍之帥師入陳。秋八月己巳，諸侯同盟于重丘。公至自會。衛侯入于夷儀。楚屈建帥師滅舒鳩。冬，鄭公孫夏帥師伐陳。十有二月，吳子遏伐楚，門于巢，卒。

> 吳子伐楚而名，何也？名其卒也。吳子伐楚而門于巢，巢牛臣射而殺之①。不言滅，何也？死而非獲也，死而非獲，則卒也。

二十有六年春，王二月辛卯，衛寧喜弒其君剽。

> 衛侯衎入于夷儀，使衛寧喜求復，故喜弒剽而納衎。不言衎之弒而言喜之弒，何也？喜弒而後衎得入，則弒君之罪，喜專之也。

衛孫林父入于戚，以叛。

> 林父始與寧殖出衎而立剽，寧喜納衎，故林父以戚如晉。書曰"叛"，非以亂國，將以自封也。

甲午，衛侯衎復歸于衛。夏，晉侯使荀吳來聘。公會晉人、鄭良霄、宋人、曹人于澶淵。秋，宋公殺其世子痤②。晉人執衛寧喜。八月壬午，許男寧卒于楚。冬，楚子、蔡侯、陳侯伐鄭。葬許靈公。

二十有七年春，齊侯使慶封來聘。夏，叔孫豹會晉趙武、楚屈建、蔡公孫歸生、衛石惡、陳孔奐、鄭良霄、許人、曹人于宋。

> 宋向戌善於晉趙武，又善于楚屈建，故會晉、楚而求弭諸侯之兵。既會，楚人衷甲將盟又爭先，晉人從而先之，不較也。然《春秋》書之，卒先晉而後楚，何也？晉固主諸侯矣，楚雖以力加之，而晉之所以先諸侯者猶在也，《春秋》豈以一時之先而易其所常先哉？是以卒先晉，言先後之不可以力爭也。郎之戰，鄭實主兵而先齊、衛，亦猶是也。

衛殺其大夫寧喜。

> 衛侯既入，而患寧喜之專也，殺之。喜雖弒君而于衛侯爲有功，衛侯殺之則爲不義，故稱國以殺。

衛侯之弟鱄出奔晉。

> 衛侯之入也，使鱄與寧喜要言焉。既殺寧喜，鱄病其失言也，故出。書曰"衛侯之弟"，罪衛侯也。

秋七月辛巳，豹及諸侯之大夫盟于宋。冬十有二月乙亥朔，日有食之。

---

① 殺之：重刻本、《經苑》本作"弒之"。
② 痤：原本作"座"，據《四庫》本、《經苑》本、阮元刻《十三經注疏》之《春秋左傳正義》、《春秋公羊傳注疏》改。

二十有八年春，無冰。夏，衛石惡出奔晉。邾子來朝。秋八月，大雩。仲孫羯如晉。冬，齊慶封來奔。十有一月，公如楚。十有二月甲寅，天王崩。乙未，楚子昭卒。

二十有九年春，王正月，公在楚。夏五月，公至自楚。庚午，衛侯衎卒。閽弒吳子餘祭。仲孫羯會晉荀盈、齊高止、宋華定、衛世叔儀、鄭公孫段、曹人、莒人、滕人、薛人、小邾人，城杞。晉侯使士鞅來聘。杞子來盟。吳子使札來聘。

> 吳自成七年伐郯而書之曰"吳"，終于《春秋》無加焉，惟其卒則稱"吳子"，戚之會則稱"吳人"，柏舉之戰、黃池之會亦稱"吳子"。其卒也不可以不稱子，而戚以鄫，柏舉以蔡侯，黃池以晉侯，皆非進之也。今其來聘也，書子書名，進之也。以札之賢而修禮于中國，不可不進也。然終《春秋》曰"吳"，蓋猶以夷終也。

秋九月，葬衛獻公。齊高止出奔北燕。冬，仲孫羯如晉。

三十年春，王正月，楚子使薳罷來聘。夏四月，蔡世子般弒其君固。

> 蔡侯爲般娶于楚而通焉，故及于弒，君雖無道而罪不及民，故稱臣以弒。

五月甲午，宋災，宋伯姬卒。

> 外災不日，略之也。宋災何以書日？日伯姬之卒也。伯姬待姆而卒于火，是以日其災也。然則《春秋》賢伯姬乎？君子謂伯姬女而不婦，女待人婦，義事也。

天王殺其弟佞夫，王子瑕奔晉。

> 靈王崩，儋括欲立王子佞夫，佞夫弗知。尹言多、劉毅、單蔑、甘過、鞏成殺佞夫，括及瑕、廖奔晉。佞夫無罪，五臣以王故殺之，而王弗察，猶王殺之也，故書曰"天王殺其弟佞夫，王子瑕奔晉"，括、廖不書，賤也。

秋七月，叔弓如宋，葬宋共姬。鄭良霄出奔許，自許入于鄭，鄭人殺良霄。冬十月，葬蔡景公。晉人、齊人、宋人、衛人、鄭人、曹人、莒人、邾人、滕人、薛人、杞人、小邾人會于澶淵，宋災故。

三十有一年春，王正月。夏六月辛巳，公薨于楚宮。秋九月癸巳，子野卒。己亥，仲孫羯卒。冬十月，滕子來會葬。癸酉，葬我君襄公。十有一月，莒人弒其君密州。

> 莒子生去疾及展輿，既立展輿，又廢之。莒子虐，國人患之，展輿因國人攻而弒之，非獨其子也。

春秋集解卷十

昭公

元年春，王正月，公即位。叔孫豹會晉趙武、楚公子圍、齊國弱、宋向戌、衛齊惡、陳公子招、蔡公孫歸生、鄭罕虎、許人、曹人于虢。

<small>晉、楚尋宋之盟，楚公子圍請讀舊書，加書于牲上而不歃血，故不書"盟"。</small>

三月，取鄆。夏，秦伯之弟鍼出奔晉。六月丁巳，邾子華卒。晉荀吳帥師敗狄于大鹵。秋，莒去疾自齊入于莒，莒展輿出奔吳。

<small>去疾，齊出也；展輿，吳出也。密州之弒也，去疾奔齊，展輿立而奪群公子秩，群公子召去疾，齊人納之。去疾之不稱公子，將為君也。書曰"入于莒"，展輿在也。展輿雖逾年而不稱莒子，不能君也。</small>

叔弓帥師疆鄆田。葬邾悼公。冬十有一月己酉，楚子麇卒。楚公子比出奔晉。

二年春，晉侯使韓起來聘。夏，叔弓如晉。秋，鄭殺其大夫公孫黑。

<small>駟黑富而無禮，襄三十年攻良霄而殺之，元年與游楚爭室而逐之。鄭人畏其強，不討也。既又將作亂而去游氏，疾作而不克，子產因其疾也，數其罪而殺之。黑固有罪，而鄭之所以誅之者亦殆矣，是以稱國以殺也。</small>

冬，公如晉，至河乃復。季孫宿如晉。

三年春，王正月丁未，滕子原卒。夏，叔弓如滕。五月，葬滕成公。秋，小邾子來朝。八月，大雩。冬，大雨雹。北燕伯款出奔齊。

四年春，王正月，大雨雹。夏，楚子、蔡侯、陳侯、鄭伯、許男、徐子、滕子、頓子、胡子、沈子、小邾子、宋世子佐、淮夷會于申。

<small>晉自平公始衰，齊靈公、莊公背之，平公屢合諸侯以討焉。襄二十五年，齊莊公死，齊與晉平，晉侯自是不復出與會盟。其大夫趙武為政，諸侯少安，然而晉日益衰，政在六卿。故楚靈王合諸侯于申，而晉不敢爭，楚自是益肆于中國。</small>

楚人執徐子。秋七月，楚子、蔡侯、陳侯、許男、頓子、胡子、沈子、淮夷伐吳，執齊慶封，殺之。

<small>齊慶封與于崔杼之亂，及敗，自魯奔吳，吳封之朱方。楚子以力從諸侯而伐吳，罪也；而其誅慶封，義也。故慶封雖在吳，而謂之"齊慶封"，言當其罪也。凡執</small>

大夫稱人，此其序諸侯以執之，何也？序諸侯以伐吳，不可復稱人也。

遂滅賴。九月，取鄫。冬十有二月乙卯，叔孫豹卒。

五年春，王正月，舍中軍。

襄十一年作中軍，三分公室而各有其一，季氏盡征之，叔孫氏臣其子弟，孟氏取其半。及其舍之，四分公室，季氏擇二，二子各一，皆盡征之而貢于公。

楚殺其大夫屈申。

楚子以屈申爲貳于吳而殺之，稱國以殺，言無罪也。

公如晉。夏，莒牟夷以牟婁及防茲來奔。秋七月，公至自晉。戊辰，叔弓帥師敗莒師于蚡泉。秦伯卒。冬，楚子、蔡侯、陳侯、許男、頓子、沈子、徐人、越人伐吳。

越于是始見。徐、吳、越雖與中國會盟，皆以夷故不得稱"人"，今越始見而與徐皆稱"人"，何也？不可云"沈子、徐、越伐吳"故也，猶戚之會，吳以鄫故稱"人"耳。

六年春，王正月，杞伯益姑卒。葬秦景公。夏，季孫宿如晉。葬杞文公。宋華合比出奔衛。秋九月，大雩。楚薳罷帥師伐吳。冬，叔弓如楚。齊侯伐北燕。

七年春，王正月，暨齊平。

齊侯伐北燕，將納燕伯款，晏子曰："不入，燕有君矣，民不貳。吾君賄，左右諂諛，作大事不以信，未嘗可也。"燕人歸燕姬，賂以瑤甕、玉櫝、斝耳，乃不克納，二月庚午盟于濡上。書"平"而不書其盟，何也？燕求于齊，曰"暨燕平"；齊求于燕，曰"暨齊平"。齊將以正燕，而納女及賂反求成焉，書曰"暨齊平"，所以病齊也。不言其盟，盟不足信也。《穀梁》曰"以內及外曰暨"，"凡言平，始不平也"。齊魯未嘗不平，而何爲平乎？

三月，公如楚。叔孫婼如齊涖盟。夏四月甲辰朔，日有食之。秋八月戊辰，衛侯惡卒。九月，公至自楚。冬十有一月癸未，季孫宿卒。十有二月癸亥，葬衛襄公。

八年春，陳侯之弟招殺陳世子偃師。夏四月辛丑，陳侯溺卒。

陳哀公元妃鄭姬生世子偃師，二妃生公子留，下妃生公子勝。二妃嬖，留有寵，屬之司徒招與公子過。哀公有廢疾，招、過殺偃師而立留，公縊而卒。書招而不書過，招首事也。稱陳侯之弟，以親親責之也。

叔弓如晉。楚人執陳行人干徵師，殺之。

徵師以哀公之喪赴于楚，且告有立君。公子勝愬于楚，楚人殺之。稱行人，言非其罪也。

陳公子留出奔鄭。

楚將討陳，故留出奔。留既爲君矣，不曰"陳留"，而曰"陳公子留"，何也？留立于招耳,爲君非留志也。

秋,蒐于紅。陳人殺其大夫公子過。大雩。冬十月壬午,楚師滅陳。

楚靈王淩虐小國,使公子棄疾帥師滅陳,十一月滅蔡,自以爲功也,故《春秋》書之皆曰"楚師",而不書其人,所謂求名而不得者也。或曰楚子虔誘蔡侯般殺之,則稱"楚子",何也?曰:誘而殺之,此盜賊之事而非所以爲功也。書"楚子",賤也。

執陳公子招,放之于越,殺陳孔奐。

招之稱公子,其兄亡矣。孔奐,招之黨也。楚人宥招而殺奐,刑之辟也。

葬陳哀公。

九年春,叔弓會楚子于陳。許遷于夷。

許人畏鄭,求救于楚,楚使公子棄疾遷之。書曰"許遷于夷",自遷也。

夏四月,陳災。

陳已滅爲楚縣,而猶書"陳災",何也?楚雖滅陳,五年而陳復,天未絕陳,陳未亡故也。《公羊》、《穀梁》曰:"陳滅而書'陳',存陳也。"《春秋》非能存陳,陳則未亡耳。

秋,仲孫貜如齊。冬,築郎囿。

十年春,王正月。夏,齊欒施來奔。

齊欒施、高彊皆嗜酒而惡陳氏、鮑氏,陳、鮑及其醉而攻之,不勝,遂來奔。高彊不書,非卿也。

秋七月,季孫意如、叔弓、仲孫貜帥師伐莒。戊子,晉侯彪卒。九月叔孫婼如晉。葬晉平公。十有二月甲子,宋公成卒。

十有一年春,王二月,叔弓如宋。葬宋平公。夏四月丁巳,楚子虔誘蔡侯般,殺之于申。

般有弑君之罪,而諸侯不能討。十三年,楚子將滅蔡,而以好召蔡侯,殺之,因以滅蔡,非討其罪也,故名楚子而書其"誘",所以深罪楚子也。若蔡侯之罪,則見于其弑矣。

楚公子棄疾帥師圍蔡。五月甲申,夫人歸氏薨。大蒐于比蒲。仲孫貜會邾子,盟于祲祥。秋,季孫意如會晉韓起、齊國弱、宋華亥、衛北宮佗、鄭罕虎、曹人、杞人于厥慭。九月己亥,葬我小君齊歸。冬十有一月丁酉,楚師滅蔡,執蔡世子有以歸,用之。

楚子滅蔡,用蔡世子有于岡山,不稱楚子,惡其求名也。蔡侯死,蔡世子既立矣,其不稱蔡子而稱蔡世子,何也?蔡侯死于楚,不獲歸于蔡,不斂不葬,其子雖立,不成君也,是以稱世子而已。君沒既葬稱子,未葬稱子某,喪未至而稱世子,固其宜也。

十有二年春,齊高偃帥師納北燕伯于陽。

三年燕伯奔齊，六年齊將納之而不克，至是始納之。其言"納"，燕有君也。名其出奔而不名其納，不以高偃名燕伯，君臣之禮也。不言納之者，燕未得所都也。

三月壬申，鄭伯嘉卒。夏，宋公使華定來聘。公如晉，至河乃復。五月，葬鄭簡公。楚殺其大夫成熊。秋七月。冬十月，公子憖出奔齊。

季氏之臣南蒯怨季孫之不禮也，將去季孫而立公子憖，不克，南蒯以費叛。憖從公于晉，還，及郊聞亂，遂奔齊。

楚子伐徐。晉伐鮮虞。

晉荀吳偽會齊師，假道于鮮虞以滅肥，遂伐鮮虞。晉雖以詐為罪，而書曰"晉伐鮮虞"，以夷狄書之，過矣。晉獻公假道于虞以滅虢，因以執虞公。其滅虢也，書"晉師"；其執虞公也，書"晉人"。今伐鮮虞，稱人若師可也，特書"晉"，深罪之也。楚滅陳、蔡而晉不救，力誠不能，君子不罪也。能伐鮮虞而不救陳、蔡，力非不足也，棄諸侯也，故以夷書之。

十有三年春，叔弓帥師圍費。夏四月，楚公子比自晉歸于楚，弒其君虔于乾谿。

楚子之立也，其弟比奔晉，黑肱奔鄭。及滅蔡，以棄疾為蔡公，有觀從者事蔡朝吳，曰："今不封蔡，蔡不封矣。"以棄疾之命召比與黑肱，既至，蔡人奉棄疾，帥陳、蔡不羹、許葉之師以入楚。楚子伐徐，師于乾谿，眾潰而歸，遂自殺也。于是比為王，黑肱為令尹，棄疾為司馬。比將為君，不曰"楚比"而曰"公子比"，何也？比之歸非其謀也，亂始于觀從而成于棄疾，以比為名而已。為君，非比志也。比不志于為君，迫于觀從、棄疾，則其書曰"楚公子比弒其君虔"，何也？比雖不志于君，迫于觀從、棄疾，而以身許之，以致虔死，則比雖為不弒，而弒君之名，比尸之矣。比之歸也，虔猶在楚，其不曰"入"，何也？觀從召之，蔡人與之，楚人不拒，則比之歸無難也。

楚公子棄疾殺公子比。

比弒其君，殺之不稱楚人，而曰"公子棄疾殺公子比"，何也？棄疾非討其弒而代之也。比既為君矣，不曰"楚公子棄疾弒其君比"，何也？眾雖以比為君，而比不當君也。棄疾將以為君，不曰"楚棄疾"而曰"公子棄疾"，何也？以親責之，猶齊商人也。

秋，公會劉子、晉侯、齊侯、宋公、衛侯、鄭伯、曹伯、莒子、邾子、滕子、薛伯、杞伯、小邾子于平丘。八月甲戌，同盟于平丘。公不與盟。

八年晉成虒祁之宮，諸侯朝而歸者皆有貳心。十二年齊侯往朝于晉，晉侯以齊侯燕，投壺，齊侯曰："寡人中此，與君代興。"晉人亦知其將貳也，且為伐莒取鄆，故將以諸侯來討，故會于平丘。齊人不欲盟，要之，乃可，故書"同盟"，有不同者故也。桃丘之會，書曰"弗遇"，沙隨之會，書曰"不見"。公可遇，而彼弗吾遇；可見，而彼不吾見，皆曲在彼也。今魯以侵虐小國為罪，諸侯有盟而不得與，故書曰"公不與盟"，言罪在我不在彼也。

晉人執季孫意如以歸。公至自會。蔡侯廬歸于蔡。陳侯吳歸于陳。

> 楚棄疾即位復封陳、蔡，蔡世子有之子廬、陳世子偃師之子吳，皆受封于楚而歸。不曰"蔡廬"、"陳吳"，而曰"蔡侯廬"、"陳侯吳"，既侯于楚也。陳、蔡既滅，天子不能存，諸侯不能救，而楚復之，《春秋》從而君之，則許楚之專封歟？曰：非也。《春秋》書陳、蔡之自復，而不書楚之復封陳、蔡，以爲楚虔雖以彊滅之，而天下不與，虔既死則其勢當自復，故書廬、吳之歸，如國未始滅者。使廬、吳未侯于楚，則將書之曰"蔡廬"、"陳吳"而已，以其既侯于楚也，故書曰"蔡侯廬"、"陳侯吳"，然而不言其自楚歸，則未嘗予楚之專封也。

冬十月，葬蔡靈公。公如晉，至河乃復。吳滅州來。

十有四年春，意如至自晉。三月，曹伯滕卒。夏四月。秋，葬曹武公。八月，莒子去疾卒。冬，莒殺其公子意恢。

十有五年春，王正月，吳子夷末卒。二月癸酉，有事于武宮，籥入，叔弓卒，去樂卒事。

> 叔弓涖事于廟，籥入而卒，去樂卒事，禮也。雖不涖事，聞其喪猶去樂也，故君有事于廟，聞大夫之喪，去樂卒事，大夫聞君之喪，攝主而往，大夫聞大夫之喪，尸事畢而往，皆不廢祭也。

夏，蔡朝吳出奔鄭。六月丁巳朔，日有食之。秋，晉荀吳帥師伐鮮虞。冬，公如晉。

十有六年春，齊侯伐徐。楚子誘戎蠻子殺之。

> 楚子虔誘蔡侯般，殺之于申，名而書地，夷而害中國，疾之也。楚子誘戎蠻子殺之，不名不地，夷狄相殺，略之也。戎蠻子之不名，告略也。

夏，公至自晉。秋八月己亥，晉侯夷卒。九月，大雩。季孫意如如晉。冬十月，葬晉昭公。

十有七年春，小邾子來朝。夏六月甲戌朔，日有食之。秋，郯子來朝。八月，晉荀吳帥師滅陸渾之戎。冬，有星孛于大辰。楚人及吳戰于長岸。

十有八年春，王三月，曹伯須卒。夏五月壬午，宋、衛、陳、鄭災。六月，邾人入鄅。秋，葬曹平公。冬，許遷于白羽。

十有九年春，宋公伐邾。夏五月戊辰，許世子止弑其君買。

> 許悼公瘧，飲世子止之藥而卒，其以"弑"書之，何也？止雖不志乎弑，其君由止以卒，則亦止弑之也。君由止以卒，而不以弑君書之，則臣將輕其君，子將輕其父，亂之道也。故止之弑君，雖異乎楚商臣、蔡般也，而《春秋》一之，所以隆君父也。今律：過失殺人以贖論，過失殺期尊減殺人二等，過失殺大父母減殺人一等，而和御藥誤不如法者死。父子之親許以情論，至于君臣則情不勝法，此蓋《春秋》之遺意也。

己卯，地震。秋，齊高發帥師伐莒。冬，葬許悼公。

二十年春，王正月。夏，曹公孫會自鄸出奔宋。秋，盜殺衛侯之兄縶。

齊豹爲衛司寇，怨縶而殺之。豹非小臣而書"盜"，所謂求名而不得者也。

冬十月，宋華亥、向寧、華定出奔陳。

宋元公無信多私而惡華、向，三大夫謀誘群公子而殺之，公如華氏請焉，劫之而質其大子。公怒，攻之，遂出奔。

十有一月辛卯，蔡侯廬卒。

二十有一年春，王三月，葬蔡平公。夏，晉侯使士鞅來聘。宋華亥、向寧、華定自陳入于宋南里以叛。

宋司馬華費遂之子貙及多僚相惡，多僚譖貙于公，公將逐之。貙殺多僚，劫費遂，而召亡人入居于宋之南里，召吳楚以自救。書曰"入于宋南里"，與宋分國而居之也。

秋七月壬午朔，日有食之。八月乙亥，叔輒卒。冬，蔡侯朱出奔楚。

蔡侯朱立，楚費無極取貨于平公之弟東國，謂蔡人曰："朱不用命，君王將立東國，不然楚必圍蔡。"蔡人懼而出朱，朱奔楚自訴，不克。

公如晉，至河乃復。

二十有二年春，齊侯伐莒，宋華亥、向寧、華定自宋南里出奔楚。大蒐于昌間。夏四月乙丑，天王崩。六月，叔鞅如京師葬景王。王室亂。

叔鞅至自京師，知王室之亂，而未知亂之所在也，故書曰"王室亂"。稱王室，亂在兄弟也。諸侯之亂未有不待事而書者，不待事而書亂，急王室也。

劉子、單子以王猛居于皇。

景王世子壽蚤卒，其次猛也。子朝，王之長庶也。景王欲立子朝，不克而崩。劉子、單子奉子猛爲王，而子朝作亂，故出居于皇以避之。凡君未葬稱子某，既葬稱子。景王既葬，則猛稱王子可也，不稱王子而稱"王猛"，何也？禮，天子七月而葬，景王以亂故三月而葬，非禮也，故與子以未葬之禮稱名。雖然，猛方與子朝爭，子朝稱王子朝，而猛稱王子猛，皆王子，則無以明正也，特稱"王猛"，所以明正也。其言"劉子、單子以王猛居于皇"，猛幼，制在劉、單也。

秋，劉子、單子以王猛入于王城。

晉人助猛，故得還入王城。不言京師，非王都也，郟鄏謂之王城，成周謂之京師。其言"入"，子朝難之也。

冬十月，王子猛卒。

猛既稱"王猛"矣，于其卒也稱"王子猛"，何也？《春秋》書名嚴于卒葬，于其卒不得不正其本名也，所謂非薨非葬，名有所不必盡也。

十有二月癸酉朔，日有食之。

二十有三年春，王正月，叔孫婼如晉。癸丑，叔鞅卒。晉人執我行人叔孫婼。

邾人城翼，師自武城還，魯人譎而取之。邾人訴于晉，晉來討，故叔孫婼如晉，晉人執之。稱行人，言非其罪也。

晉人圍郊。夏六月，蔡侯東國卒于楚。秋七月，莒子庚輿來奔。戊辰，吳敗頓、胡、沈、蔡、陳、許之師于雞父，胡子髡、沈子逞滅，獲陳夏齧。

吳伐州來，楚薳越帥師及諸侯之師救之。吳公子光先敗六國之師，楚師遂奔。《春秋》書諸侯之師未有略而不序者，今略而不序，何也？頓、胡、沈皆君也，蔡、陳、許皆大夫也。將言及其君與大夫戰，則未陳也。將言敗其君與其大夫，則胡子、沈子滅，陳大夫獲，不可止言敗也。故略言敗其師，而詳其滅、獲于後，蓋亦記事之宜也。且序其敗不以國之大小，而以君、大夫爲先後，則亦微見之矣。

天王居于狄泉，尹氏立王子朝。

王猛，敬王，當立也，故不言其立。言子朝之立，明其不當立也，且尹氏立之，非周人之欲立，則與衛、晉異矣。尹氏者，天子之卿也。或稱尹子，或稱尹氏，何也？時以氏稱之也。《詩》曰"王謂尹氏"，則尹之稱氏也舊矣。或曰稱氏譏世卿也，然則《大雅》之美宣王，蓋亦譏世卿歟？

八月乙未，地震。冬，公如晉，至河有疾，乃復。

二十有四年春，王二月丙戌，仲孫貜卒。婼至自晉。夏五月乙未朔，日有食之。秋八月，大雩。丁酉，杞伯郁釐卒。冬，吳滅巢。葬杞平公。

二十有五年春，叔孫婼如宋。夏，叔詣會晉趙鞅、宋樂大心、衛北宮喜、鄭游吉、曹人、邾人、滕人、薛人、小邾人于黃父。有鸜鵒來巢。秋七月上辛，大雩。季辛，又雩。九月己亥，公孫于齊，次于陽州。齊侯唁公于野井。冬十月戊辰，叔孫婼卒。十有一月己亥，宋公佐卒于曲棘。十有二月，齊侯取鄆。

二十有六年春，王正月，葬宋元公。三月，公至自齊，居于鄆。夏，公圍成。秋，公會齊侯、莒子、邾子、杞伯盟于鄟陵。公至自會，居于鄆。九月庚申，楚子居卒。冬十月，天王入于成周，尹氏、召伯、毛伯以王子朝奔楚。

二十有七年春，公如齊。公至自齊，居于鄆。夏四月，吳弒其君僚。楚殺其大夫郤宛。秋，晉士鞅、宋樂祁犁、衛北宮喜、曹人、邾人、滕人會于扈。冬十月，曹伯午卒。邾快來奔。公如齊。公至自齊，居于鄆。

二十有八年春，王三月，葬曹悼公。公如晉，次于乾侯。夏四月丙戌，鄭伯寧卒。六月，葬鄭定公。秋七月癸巳，滕子寧卒。冬，葬滕悼公。

二十有九年春，公至自乾侯，居于鄆。齊侯使高張來唁公。公如晉，次于乾侯。夏四月庚子，叔詣卒。秋七月。冬十月，鄆潰。

三十年春，王正月，公在乾侯。

二十五年公出，至此五年矣。公雖在外而猶在魯，因其出入而書之，可也。二十九年鄆潰，公無所歸而寓于晉，故于每年正月書曰"公在乾侯"，所以存公也。鄆曰居，乾侯曰在，魯地公所得專，晉地非所得專也。

夏六月庚辰，晉侯去疾卒。秋八月，葬晉頃公。冬十有二月，吳滅徐，徐子章羽奔楚。

三十有一年春，王正月，公在乾侯。季孫意如會晉荀躒于適歷。夏四月丁巳，薛伯穀卒。晉侯使荀躒唁公于乾侯。秋，葬薛獻公。冬，黑肱以濫來奔。十有二月辛亥朔，日有食之。

三十有二年春，王正月，公在乾侯。取闞。夏，吳伐越。秋七月。冬，仲孫何忌會晉韓不信、齊高張、宋仲幾、衛世叔申、鄭國參、曹人、莒人、薛人、杞人、小邾人城成周。十有二月己未，公薨于乾侯。

春秋集解卷十一

定公

元年春，王三月，晉人執宋仲幾于京師。夏六月癸亥，公之喪至自乾侯。戊辰，公即位。秋七月癸巳，葬我君昭公。九月，大雩。立煬宮。冬十月，隕霜殺菽。

  僖三十三年書"隕霜不殺草"，今指言"殺菽"，何也？于其不殺而言草，言其廣也；于其殺而言菽，言其所害也。

二年春，王正月。夏五月壬辰，雉門及兩觀災。秋，楚人伐吳。冬十月，新作雉門及兩觀。

三年春，王正月，公如晉，至河乃復。二月辛卯，邾子穿卒。夏四月。秋，葬邾莊公。冬，仲孫何忌及邾子盟于拔。

四年春，王二月癸巳，陳侯吳卒。三月，公會劉子、晉侯、宋公、蔡侯、衛侯、陳子、鄭伯、許男、曹伯、莒子、邾子、頓子、胡子、滕子、薛伯、杞伯、小邾子、齊國夏于召陵，侵楚。夏四月庚辰，蔡公孫姓帥師滅沈，以沈子嘉歸，殺之。五月，公及諸侯盟于皋鼬，杞伯成卒于會。六月，葬陳惠公。許遷于容城。秋七月，公至自會。劉卷卒。葬杞悼公。楚人圍蔡。晉士鞅、衛孔圉帥師伐鮮虞。

  昭十二年楚滅陳、蔡，晉人不救而伐鮮虞，稱晉以夷之。今晉既不爲蔡伐楚，楚人圍蔡亦弗之救，而于其伐鮮虞也，稱"晉士鞅、衛孔圉"，何也？晉雖有棄諸侯之罪，而蔡無國滅之禍，輕重之異也。

葬劉文公。冬十有一月庚午，蔡侯以吳子及楚人戰于柏舉，楚師敗績，楚囊瓦出奔鄭。

  楚平王殺伍奢，其子員奔吳，爲吳行人。囊瓦殺郤宛①、伯氏之族出。伯州犁之孫嚭，爲吳太宰以謀楚，故蔡侯因之以乞師，囊瓦帥師禦之。吳稱子而囊瓦稱人，何也？吳以夷故不得稱人，又不可言以吳，特稱吳子，書實也。囊瓦以貪致寇，

---

① 郤宛：原脫"宛"字，據《四庫》本、《經苑》本補。按：阮元刻《十三經注疏·春秋左傳正義》亦作"郤宛"。

不能死而出奔，稱人，賤之也。

庚辰，吳入郢。

五年春，王三月辛亥朔，日有食之。夏，歸粟于蔡。于越入吳。六月丙申，季孫意如卒。秋七月壬子，叔孫不敢卒。冬，晉士鞅帥師圍鮮虞。

六年春，王正月癸亥，鄭游速帥師滅許，以許男斯歸。二月，公侵鄭。公至自侵鄭。夏，季孫斯、仲孫何忌如晉。秋，晉人執宋行人樂祁犂。冬，城中城。季孫斯、仲孫忌帥師圍鄆。

七年春，王正月。夏四月。秋，齊侯、鄭伯盟于鹹。齊人執衛行人北宮結以侵衛。齊侯、衛侯盟于沙。大雩。齊國夏帥師伐我西鄙。九月，大雩。冬十月。

八年春，王正月，公侵齊。公至自侵齊。二月，公侵齊。三月，公至自侵齊。曹伯露卒。夏，齊國夏帥師伐我西鄙。公會晉師于瓦。公至自瓦。秋七月戊辰，陳侯柳卒。晉士鞅帥師侵鄭，遂侵衛。葬曹靖公。九月，葬陳懷公。季孫斯、仲孫何忌帥師侵衛。冬，衛侯、鄭伯盟于曲濮。從祀先公。

> 從，順也。先公，閔、僖也。逆祀則稱躋僖公，順祀則稱先公，何也？徧祀先公也。于是陽虎欲去三桓，故順祀而祈焉。虎之謀去三桓，亂也；而其順祀，則禮也。《春秋》善惡不以相及，各書其實而已。

盜竊寶玉大弓。

> 陽虎將殺季孫斯，不勝而出，取寶玉大弓。寶玉大弓，魯之分也①，所謂夏后氏之璜與封父之繁弱。是時陽虎以鄆、讙、龜陰叛，奔齊。十年侯犯以郈叛，及昭十三年南蒯以費叛，皆以賤不書。其書"竊寶玉大弓"，何也？分器重于地。分器重于地者，賤貨而貴命也。

九年春，王正月。夏四月戊申，鄭伯蠆卒。得寶玉大弓。六月，葬鄭獻公。秋，齊侯、衛侯次于五氏。

> 齊侯伐晉夷儀，克之，衛侯會之五氏。言次而不言伐，齊、衛告次，而不告伐也。

秦伯卒。冬，葬秦哀公。

十年春，王三月，及齊平。夏，公會齊侯于夾谷。公至自夾谷。晉趙鞅帥師圍衛。齊人來歸鄆、讙、龜陰田。叔孫州仇、仲孫何忌帥師圍郈。秋，叔孫州仇、仲孫何忌帥師圍郈。宋樂大心出奔曹。

> 樂祁犂死于晉，晉人止其喪以求成于宋，宋使樂大心盟晉，且逆祁犂之喪。大心辭僞有疾，祁犂之子溷譖而逐之。

宋公子地出奔陳。冬，齊侯、衛侯、鄭游速會于安甫。叔孫州仇如齊。宋

---

① 分：重刻本、《經苑》本同。《四庫》本作"分器"。按，《十三經注疏·春秋左傳正義》孔穎達疏云："成王所以分魯公也。"

公之弟辰暨仲佗、石彄出奔陳。

十有一年春，宋公之弟辰及仲佗、石彄、公子地自陳入于蕭以叛。夏四月。秋，宋樂大心自曹入于蕭。冬，及鄭平，叔還如鄭涖盟。

十有二年春，薛伯定卒。夏，葬薛襄公。叔孫州仇帥師墮郈。衛公孟彄帥師伐曹。季孫斯、仲孫何忌帥師墮費。秋，大雩。冬十月癸亥，公會齊侯，盟于黃。十有一月丙寅朔，日有食之。公至自黃。十有二月，公圍成。公至自圍成。

> 仲由爲季氏宰，將墮三都。于是叔孫氏墮郈，季氏將墮費，公山不狃、叔孫輒帥費人以襲魯。公與三子入于季氏之宮，登武子之臺，費人攻之，入，及公側。仲尼命申句須、樂頎下，伐之。費人北，二子奔齊，遂墮費。將墮成，公斂處父不欲，公圍之，弗克。不書三人之亂，皆陪臣也。或曰：昭公將去季氏而失國，孔子爲魯而墮三都亦幾于亂，孔子之爲是何也？曰：昭公之去季氏而失國，失民故也。魯君之失民與三桓之得民久矣，故將以治魯而不得三桓不可爲也，能得三桓而道之以禮樂，猶可治也。孔子爲魯，而仲由爲季氏宰，三家從之矣，其不從者其家臣也，家臣未能得魯衆也，雖其不從，不能爲患，此孔子之所以墮三都而無疑也。

十有三年春，齊侯、衛侯次于垂葭。夏，築蛇淵囿，大蒐于比蒲。衛公孟彄帥師伐曹。秋，晉趙鞅入于晉陽以叛。冬，晉荀寅、士吉射入于朝歌以叛。晉趙鞅歸于晉。薛弑其君比。

十有四年春，衛公叔戍來奔，衛趙陽出奔宋。二月辛巳，楚公子結、陳公孫佗人帥師滅頓，以頓子牂歸。夏，衛北宮結來奔。五月，于越敗吳于檇李，吳子光卒。會齊侯、衛侯于牽。公至自會。秋，齊侯、宋公會于洮。天王使石尚來歸脤。

> 石尚，天子之士也。天子之士稱王人，石尚之名，以其接我特書也。脤，祭肉也。禮，助祭則受胙。魯不助而歸之，非禮也。不然，魯之助則微者也。

衛世子蒯聵出奔宋，衛公孟彄出奔鄭。宋公之弟辰自蕭來奔。大蒐于比蒲。邾子來會。公城莒父及霄。

十有五年春，王正月，邾子來朝。鼷鼠食郊牛，牛死，改卜牛。二月辛丑，楚子滅胡，以胡子豹歸。夏五月辛亥，郊。壬申，公薨于高寢。鄭罕達帥師伐宋。齊侯、衛侯次于渠蒢。邾子來奔喪。秋七月壬申，姒氏卒。八月庚辰朔，日有食之。九月，滕子來會葬。丁巳，葬我君定公，雨不克葬。戊午，日下昃，乃克葬。辛巳，葬定姒。冬，城漆。

春秋集解卷十二

哀公

元年春，王正月，公即位。楚子、陳侯、隨侯、許男圍蔡。

　　定六年鄭滅許，今復見者，楚封之也。

鼷鼠食郊牛，改卜牛。夏四月辛巳，郊。秋，齊侯、衛侯伐晉。冬，仲孫何忌帥師伐邾。

二年春，王二月，季孫斯、叔孫州仇、仲孫何忌帥師伐邾，取漷東田及沂西田。癸巳，叔孫州仇、仲孫何忌及邾子盟于句繹。

　　三子伐邾，邾人賂以沂漷之田，乃受盟。再序大夫，季孫不盟也。

夏四月丙子，衛侯元卒。滕子來朝。晉趙鞅帥師納衛世子蒯聵于戚。

　　定十四年蒯聵將殺南子，不克而出。靈公卒，衛人將立蒯聵之弟郢，郢乃立蒯聵之子輒。夫蒯聵得罪于靈公而出，則非世子矣，其以"世子"書之，何也？以爲靈公之卒，衛人嘗立郢，郢立則蒯聵非世子，雖拒之可也。衛人廢蒯聵而立輒，則蒯聵猶世子也，何也？蒯聵廢則輒不當立，輒立則蒯聵不廢，靈公廢之而衛人立其子以成之，雖欲不以世子名之，可乎？然則以世子名之，何爲而可？曰：不幸而立輒，則輒當辭，辭而不獲，則致國乎蒯聵，如是而後可。子路問于孔子曰："衛君待子而爲政，子將奚先？"曰："必也正名乎！名不正則言不順，言不順則事不成，事不成則禮樂不興，禮樂不興則刑罰不中，刑罰不中則民無所措手足。"故君子名之必可言也，言之必可行也，君子于其言無所苟而已矣。若輒以世子之子立而拒世子，蒯聵稱世子而不得立，得爲正名乎？雖然，世子不言納，世子當立者也。當立者無所事納矣，稱世子而言納，見其非世子，而衛人以爲世子耳。

秋八月甲戌，晉趙鞅帥師及鄭罕達帥師戰于鐵，鄭師敗績。冬十月，葬衛靈公。十有一月，蔡遷于州來，蔡殺其大夫公子駟。

　　元年楚將遷蔡于江、汝之間，蔡于是請遷于吳。書曰"蔡遷于州來"，自遷也。蔡請遷于吳，既而悔之，吳以師遷之，故殺駟以説。稱國以殺，非其罪也。

三年春，齊國夏、衛石曼姑帥師圍戚。

　　曼姑爲子圍父，知其不義，故推齊使爲兵首，從而書之，罪之也。

夏四月甲午，地震。五月辛卯，桓宮、僖宮災。季孫斯、叔孫州仇帥師城啓陽。宋樂髠帥師伐曹。秋七月丙子，季孫斯卒。蔡人放其大夫公孫獵于吳。冬十月癸卯，秦伯卒。叔孫州仇、仲孫何忌帥師圍邾。

四年春，王二月庚戌，盜殺蔡侯申。蔡公孫辰出奔吳。葬秦惠公。宋人執小邾子。夏，蔡殺其大夫公孫姓、公孫霍。

　　當書"蔡人殺其大夫"。不言"人"，闕文也。

晉人執戎蠻子赤歸于楚。

　　楚人圍蠻氏，蠻子赤奔晉，楚人求之，晉人執而予之。晉主諸侯，而爲楚執其所滅，罪之也。僖二十八年晉侯入曹，執曹伯畀宋人，其不曰"畀楚人"而曰"歸于楚"，何也？曹非宋有，而蠻子楚之所滅也。

城西郛。六月辛丑，亳社災。

　　亳社，商社也。周之滅商也，以其社賜諸侯，所謂亡國之社也。亡國之社必屋，故災也。

秋八月甲寅，滕子結卒。冬十有二月，葬蔡昭公，葬滕頃公。

五年春，城毗。夏，齊侯伐宋。晉趙鞅帥師伐衛。秋九月癸酉，齊侯杵臼卒。冬，叔還如齊。閏月，葬齊景公。

　　《春秋》不書閏月，此其書閏，何也？喪事不數閏，譏其以閏月葬也。

六年春，城邾瑕。晉趙鞅帥師伐鮮虞。吳伐陳。夏，齊國夏及高張來奔。

　　齊景公無適子，諸子鬻姒之子荼嬖。公疾，使國夏及高張立荼，寘群公子于萊。公卒，陳乞將立陽生，乃與諸大夫謀先逐國、高。

叔還會吳于柤。秋七月庚寅，楚子軫卒。齊陽生入于齊。

　　陳乞召陽生于魯而匿之其家，諸大夫莫之知，且荼猶在也，故書"入"。不稱公子，將爲君。

齊陳乞弒其君荼。

　　陳乞立陽生而遷荼于賴，陽生使朱毛殺荼。書曰"陳乞弒其君"，乞雖不弒，而弒君之禍乞爲之也。

冬，仲孫何忌帥師伐邾。宋向巢帥師伐曹。

七年春，宋皇瑗帥師侵鄭。晉魏曼多帥師侵衛。夏，公會吳于鄫。秋，公伐邾。八月己酉，入邾，以邾子益來。

　　魯入邾，以邾子益來，而不言滅，何也？邾大夫茅夷鴻保于茅，請救于吳，明年吳爲之伐魯，魯復邾子，故不言滅。邾既滅矣，幸而得復，故邾雖無君而于出名之。在外曰"以歸"，在內曰"以來"，內外之別也。

宋人圍曹。冬，鄭駟弘帥師救曹。

八年春，王正月，宋公入曹，以曹伯陽歸。

　　此滅曹也，其不言滅何也？曹伯陽好田弋，曹之鄙人公孫彊獲白雁而獻之，且言田弋之說，說之，因訪政事，大說之。彊言霸說於曹伯，曹伯從之，乃背晉而奸宋。宋人伐之，晉人不救。書曰"宋公入曹"，而不書"滅"，言自滅也，猶虞之滅，言"晉人執虞公"，而不言滅也。

吳伐我。

不言西鄙而直言"伐我"，兵加于國都也。于是爲城下之盟而還，不書，諱之也。

夏，齊人取讙及闡。

齊侯之在魯也，季康子以其妹妻之，即位而逆之，季魴侯通焉，女言其情，弗敢與也。齊侯怒，故取讙及闡。

歸邾子益于邾。

齊侯以季姬故，請師于吳，將以伐魯，故懼而歸邾子。

秋七月。冬十有二月癸亥，杞伯過卒。齊人歸讙及闡。

魯歸季姬于齊，故齊人歸二邑。不言來歸，歸邑而不遣使也。

九年春，王二月，葬杞僖公。宋皇瑗帥師取鄭，師于雍丘。夏，楚人伐陳。秋，宋公伐鄭。冬十月。

十年春，王二月，邾子益來奔。

八年魯歸益于邾，益爲無道，吳討而囚之，使其大夫奉其太子革以爲政，故出。

公會吳伐齊。

會夷狄以伐中國，惡莫甚焉。

三月戊戌，齊侯陽生卒。

八年，齊侯請師于吳將以伐魯，既而季姬有寵，乃辭吳師。吳子怒，反與公伐齊。

齊人殺其君以説，而以疾赴，《春秋》從而書之，猶鄭髠頑也。

夏，宋人伐鄭。晉趙鞅帥師侵齊。五月，公至自伐齊。葬齊悼公。衛公孟彄自齊歸于衛。

彄，蒯聵之黨也。靈公既没，則彄歸無難矣。

薛伯夷卒。秋，葬薛惠公。冬，楚公子結帥師伐陳，吳救陳。

十有一年春，齊國書帥師伐我。夏，陳轅頗出奔鄭。

轅頗爲司徒，賦封田以嫁公女，有餘，以爲己大器，故國人逐之。

五月，公會吳伐齊。甲戌，齊國書帥師及吳戰于艾陵，齊師敗績，獲齊國書。

戰不言公，公會伐，而不會戰也。

秋七月辛酉，滕子虞母卒。冬十有一月，葬滕隱公。衛世叔齊出奔宋。

齊初娶于宋子朝，其娣嬖，子朝出，孔文子使齊出其妻而妻之。齊實其初妻之娣于犂，如二妻，文子怒而奪其妻。或淫于外州，外州人奪之軒以獻，恥是二者，故出。

十有二年春，用田賦。

丘賦之法：因其田財通出馬一匹、牛三頭。今別其田及家財各爲一賦，故曰"田賦"，譏重斂也。

夏五月甲辰，孟子卒。

　　孟子，昭公夫人，吳女也。不稱夫人姬氏，諱娶同姓也。不書葬，不祔于廟也。《語》曰："公娶于吳，爲同姓，謂之吳孟子。"然則孟子者，魯人之所以號昭夫人也，《春秋》因而書之耳。

公會吳于橐皋。秋，公會衛侯、宋皇瑗于鄖。宋向巢帥師伐鄭。冬十有二月，螽。

　　周之十二月，夏之十月，不當有螽，蓋失閏也。故季孫問于仲尼，仲尼曰："丘聞之，火伏而後蟄者畢，今火猶西流，司歷過也。"

十有三年春，鄭罕達帥師取宋師于嵒。夏，許男成卒。公會晉侯及吳子于黃池。

　　襄十年會于柤，十四年會于向，皆書曰"魯會諸侯會吳于某"，以吳爲會故也。其餘非以吳爲會，則書吳，與諸侯齒，故戚之會，吳以鄫故稱"人"，黃池之會，吳以晉侯故稱子，不可言晉侯、吳故也。《公羊》曰："吳稱子，吳主會也。"《穀梁》曰："進之也。"夫晉方主會而曰吳主會，吳方浚虐小國而曰"進之"，可乎？然則以"晉侯及吳子"，何也？《春秋》有以邑相及，有以大夫相及，皆非義也，猶以"晉侯及吳子"也。

楚公子申帥師伐陳。于越入吳。秋，公至自會。晉魏曼多帥師侵衛。葬許元公。九月，螽。冬十有一月，有星孛于東方。

　　旦而孛見，故不得其次也。

盜殺陳夏區夫。

　　稱盜，微者也。

十有二月，螽。

十有四年春，西狩獲麟。

　　狩而不地，爲獲麟書，略之也。麟，仁獸也。出非其時，孔子以自況也，故《春秋》終焉。然則《春秋》始于隱公而終于哀公，何也？自周之衰，天下三變，而《春秋》舉其中焉耳。其始也，雖幽、厲失道，王室昏亂，而禮樂征伐猶出于天子，諸侯畏周之威，不敢肆也，雖《春秋》將何施焉？及其中也，平王東遷，而周室不競，諸侯自爲政，周道陵遲，夷于列國。迨隱之世，習以成俗，不可改矣，然而文、武、成、康之德猶在，民未忘周也，故齊桓、晉文相繼而起，莫不秉大義以尊周室，會盟征伐以王命爲首。諸侯順之者存，逆之者亡，雖齊、晉、秦、楚之強，義之所在，天下予之，義之所去，天下叛之，世雖無王而其法猶在也。故孔子作《春秋》，推王法以繩不義，知其猶可以此治也。及其終也，定、哀以來，齊、晉既衰，政出于大夫，繼之以吳、越，夷狄之衆橫行于中國，以勢力相吞滅，禮義無所復施，刑政無所復加。雖欲舉王法以繩之，而諸侯習于凶亂，不可告語，風俗靡然，日入戰國，是以春秋終焉。由此觀之，則春秋起于五伯之始，而止于戰國之初，隱、哀適其時耳。孔子曰："禮樂征伐自諸侯出，十世希不失矣。自大夫出，五世希不失矣。"自隱至昭，而逐于季氏，凡十世。自宣至定而制于陽虎，凡五世。蓋自隱以來諸侯始專，而五伯之形成。獲麟之歲，齊田常弒簡公，自是以專齊。其後二十八年，韓、趙、魏自是以分晉，而戰國之形成。左丘明傳《春秋》止于知伯之亡，古之達者蓋知之歟？孟子曰："王者之迹熄而《詩》亡，《詩》亡然後《春秋》作。"夫二《雅》終于幽王，而《春秋》作于平王，蓋與變《風》止于陳靈，陳靈之後六十餘年而獲麟，變《風》之所不刺，則《春秋》之所不書也。

〔附録一〕

歷代諸家評論

朱彝尊《經義考》

葉夢得曰：蘇子由專據《左氏》言經，《左氏》解經者無幾，其凡例既不盡經所書，亦多違牾，疑自出己意爲之，非有所傳授，不若《公》、《穀》之合于經。故蘇氏但以傳之事釋經之文而已，傳事之誤者不復敢議，則遷經以成其説，亦不盡立凡例，于經義皆以爲求之過。（卷一八二引）

張萱曰：轍以時人治《春秋》多師孫明復，盡棄三《傳》，后王安石解經，至《春秋》漫不能通，則詆以爲斷爛朝報，致學者不能復明《春秋》，故著此書，取諸家之説而裁之以義。（同前）

陳弘緒跋曰：《春秋集解》十二卷，宋潁濱先生蘇轍撰。是時王介甫以《春秋》爲斷爛朝報，不列學官，故潁濱矯俗而作此書。其説一以《春秋左氏》爲主，而于《公羊》、《穀梁》二傳時多譏刺。潁濱之言曰："凡《春秋》之事當從史。《左氏》史也，《公羊》、《穀梁》皆意之也。蓋孔子之作《春秋》，亦略矣，非以爲史也，有待乎史而後足也。以意傳《春秋》而不信史，失孔子之意矣。"十二卷中類皆發明此旨。然予謂聖人之爲經也，麗于事者必根柢于道，揆之道而不合，則雖其事之傳于久遠者，要亦未可盡信。《左氏》紀事，粲然具備，而亦間有悖于道者。政不妨博采之諸家，以求吾心之所安，子輿氏于《武成》亦僅取其二三策而已。況邱明之書乎？《公》、《穀》雖以臆度解經，然亦得失互見，如戎伐凡伯于楚邱，《穀梁》以戎爲衛；齊仲孫來，《公》、《穀》皆以爲魯慶父；魯滅項，又皆以爲齊實滅之。顯然與經謬戾，其失固不待言。至如隱四年秋，翬帥師會宋公、陳侯、蔡人、衛人伐鄭。桓十有四年秋八月壬申，御廩災。乙亥，嘗。莊二十有四年夏，公如齊逆女。諸如此類，似《公》、《穀》之説，妙合聖人精微，而潁濱一概以深文詆之，可謂因噎廢食。讀者舍其短而取其長焉可也。（同前）

黎靖德編《朱子語類》

問："胡文定《春秋解》如何？"曰：説得太深。蘇子由教人看《左傳》，不過只是看他事之本末，而以義理折衷去取之耳。侗。（卷五五）

《春秋》大旨，其可見者：誅亂臣，討賊子，內中國，外夷狄，貴王賤伯而已。未必如先儒所言，字字有義也。想孔當時只是要備二三百年之事，故取史文寫在這裏，何嘗云某事用某法？某事用某例邪？且如書會盟侵伐，大意不過見諸侯擅興自肆耳。書郊禘，大意不過見魯僭禮耳。至如三卜四卜，牛傷牛死，是失禮之中又失禮也。如"不郊，猶三望"，是不必望而猶望也。如書"仲遂卒，猶繹"，是不必繹而猶繹也。如此等義，卻自分明。近世如蘇子由、呂居仁，卻看得平。閎祖。（卷八三）

蘇子由解《春秋》，謂其從赴告，此說亦是。既書"鄭伯突"，又書"鄭世子忽"，據史文而書耳。定、哀之時，聖人親見，據實而書。隱威之世，時既遠，史冊亦有簡略處，夫子亦但據史冊而寫出耳。（同前）

問："今欲看《春秋》，且將胡文定說為正，如何？"曰：便是他亦有太過處。蘇子由教人只讀《左傳》，只是他《春秋》亦自分曉。且如"公與夫人如齊"，必竟是理會甚事，自可見。又如季氏逐昭公，畢竟因甚如此？今理會得一個義理後，將他事來處置，合于義理者為是，不合于義理者為非。亦有喚做是而未盡者，亦有謂之不是而彼善於此者。且如讀《史記》，便見得秦之所以亡，漢之所以興；及至後來劉項事，又知劉之所以得，項之所以失，不難判斷。只是《春秋》卻精細，都不說破，教後人自將義理去折衷。文蔚。（同前）

焦竑《刻兩蘇經解序》

序：兩蘇以絕人之資，刳心經術，沉浸涵泳之餘，妙契其微旨，若見夫六通四闢，無之而非是者，故發之為文，如江河滔滔汩汩，日夜不已，衝砥柱，絕呂梁，歷數千里而放之于海。雖舒為安流，激為怒濤，變幻百出，要以道其所欲言而止。故世代遞更，好憎屢變，而二子之文卒與《六經》為不朽，何者？彼誠有所自得也。……二子既以文章顯于世，及其老而多難也，思深見定，始徘徊而詮次先聖之文。嘗伏而讀之，古之微言渺論，班班具在，蓋浮華剝而真實見，斯二子之至者也。

[附録二]

蘇轍《春秋集解》評述

李文澤

《春秋集解》是蘇轍耗費二十年時間撰寫的注釋《春秋》的一種學術著作。

一

蘇轍撰寫該書，在其所撰的《春秋集解引》中有明確的自述：其少年時代即攻治《春秋》，後來與兄長蘇軾同年科舉及第，進入仕途。北宋元豐二年（1079），言者彈劾蘇軾在《湖州謝上表》中有譏刺時事之語，蘇軾因此而下御史獄。蘇轍嘗上表營救，也受到牽連，次年被貶官監筠州鹽酒稅，職務清閒無事，遂着手撰寫《詩集傳》、《春秋傳》二書。此後無論其仕途暢達或蹇滯，對本書的撰寫修改都從未停止。至宋哲宗紹聖初（1094），隨着新舊黨爭的加劇，作爲元祐舊黨重要人物的蘇轍被貶官，謫居廣南，至元符元年（1098）時，已三易其地。最後遷居至龍川（今廣東龍川）白雲橋，"杜門無事"，潛心修改書稿，最終寫定於元符二年（1099）閏九月。其前後耗時二十年，方撰成此書，"自謂無復遺憾"，而南荒士人無可與論説者。遂傳書稿於其子蘇遜等，庶幾能流傳於後世，完成其心願。

蘇轍在其《潁濱遺老傳》中也記載："居二年，子瞻以詩得罪，轍從坐，謫監筠州鹽酒稅，五年不得調。平生好讀《詩》、《春秋》，病先儒多失其旨，欲更爲之傳。……功未及就，移知歙績溪。……凡居筠、雷、循七年，居許六年，杜門復理舊學，於是《詩》、《春秋傳》、《老子解》、《古史》四書皆成，嘗撫卷而歎，自謂得聖賢之遺意，繕而藏之。"① 這與其在《春秋集解引》中陳述的內容完全一致，至此時完成的一共有四種著作，即其學術著作之全部。

孫汝聽《潁濱年表》也有記載，云："及歸潁昌，時方詔天下焚滅元祐學術，轍敕諸子録所爲《詩》、《春秋傳》、《古史》，子瞻《易》、《書傳》、《論語説》，以待後之君子。"蘇轍自廣南還歸潁昌，是在宋徽宗崇寧三年（1104）。其時，他要諸子將自己與兄長蘇軾的各種學術著述謄録鈔寫殆徧，密藏於家，未能刊行。

蘇轍撰著《春秋集解》的動因，在很大程度上是對宋代《春秋》學研究主流思潮

---

① 蘇轍：《潁濱遺老傳》上，《欒城後集》卷一二，上海：上海古籍出版社，1984年，第1280頁。

的一種反思與批判。這一態度在他所撰的《春秋集解引》中有明確的表述：北宋時代，學者們疑傳疑經的學術思潮盛行，在《春秋》學研究上曾有兩次重大的變動，一次是慶曆時代孫復所倡導的"尊經疑傳"的思潮，一次是熙寧時代王安石所代表的捨棄《春秋》的學術思潮。

孫復（992—1057），著有《春秋尊王發微》十二篇，"大約本於陸淳而增新意"①，他對儒家經典，包括對《春秋》一經，主張獨尊經文，捨棄傳注，認爲傳注往往不能很好地表述經文的原意，反而容易誘導後人錯誤地理解經文。他説："數子（按：指儒學六經的注家）之説不能盡聖人之經者多矣。……專主王弼、韓康伯之説而求於大《易》，吾未見其能盡於大《易》者也。專守左氏、公羊、穀梁、杜預、何休、范寧之説而求於《春秋》，吾未見其能盡於《春秋》者也。專守毛萇、鄭康成之説而求於《詩》，吾未見其能盡於《詩》者也。專守孔安國之説而求於《書》者，吾未見其能盡於《書》者也。彼數子之説既不能盡於聖人之經，而可藏於太學，行於天下哉？又後之作疏者無所發明，但委曲蹤於舊之注説而已。"②

顯然，孫復認爲專守傳注不能窮盡經籍的精髓，既然他們不能窮盡聖人之經，而將它們珍藏於學校，行之於天下就沒有意義了。

孫復捨傳求經的經學思想是宋代疑傳派的典型代表。孫復的學術深刻地影響到當時的學者，正如蘇轍《春秋集解引》所説，自宋仁宗慶曆時代起，"時人多師孫明復，謂孔子作《春秋》，略盡一時之事，不復信史，故盡棄三《傳》，無所復取"。其時著名的《春秋》學家，如劉敞的《春秋傳》、《春秋權衡》也是這一路數，多出新説，異於前代諸儒。

王安石廢棄《春秋》經。北宋神宗熙寧以來，王安石執掌國政，開始了其變法之路，在學術上也以撰寫《新經義》爲契機，力圖以改寫後的儒學經籍的傳注來"一道德"，構建新的經學體系，爲其變法張目。由於學術的原因，王安石不喜歡《春秋》，故而對《春秋》學置而不問，在當時不僅終止了其作爲科舉考試的科目，而且各級學校也不再教授《春秋》之學，《春秋》在新學系統中絶無立足之地。蘇轍對此也深感不滿，稱"近歲王介甫以宰相解經，行之於世。至《春秋》漫不能通，則訑以爲斷爛朝報，使天下之士不得復學"，深切感慨"孔子之遺言而凌滅至此，非獨安石之妄，亦諸儒講解不明之過"。③

對於《春秋》之學在當時的學術困境，蘇轍有其不同的思考。他自幼熟讀《春秋》及三《傳》，深諳《春秋》及三《傳》在傳統學術的重要價值，在對孫復、王安石的學術導向提出批評的同時，遂欲另闢一條不同的學術路徑，提出自己的學術主張，於是撰寫了《春秋集解》等一系列解經之著。

---

① 脱脱：《儒林傳》，《宋史》卷四三二，北京：中華書局，1977年，第12832頁。
② 孫復：《寄范天章書二》，《孫明復小集》，文淵閣《四庫全書》本。
③ 蘇轍：《春秋集解引》。

二

　　《春秋集解》作爲蘇轍傾盡多年心力而撰寫的著作，蘊含了許多他對歷代《春秋》學研究的思考，其中不乏一些獨立特出的真知灼見，這些見解在傳統中國《春秋》學史上也是具有重要價值的、值得研究者關注的重要内容，以下我們擇要分别論之。

　　我們首先就本書所涉《春秋》經與三《傳》的問題做一些粗略的探討。

　　對《春秋》是經還是史，三《傳》與《春秋》的關係，三《傳》在詮釋經文方面所具有的作用孰輕孰重，蘇轍在書中有一個總體的定位，這是他最爲關注的問題。蘇轍認爲，《春秋》一書是孔子依據春秋時代魯國舊史，經過親自筆削删改而成，其與三《傳》構建了一套互相關聯的完整的經、傳體系。三《傳》爲解經而生，而三《傳》的注釋原則與方法又各自有别，因而它們在詮釋《春秋》的功用與地位亦有差異。關於這一問題，他在書中有多處論及：

　　　　例一：予以爲左丘明魯史也，孔子本所據依以作《春秋》，故事必以丘明爲本。……至於孔子之所予奪，則丘明容不明盡，故當參以公、穀、啖、趙諸人。(《春秋集解引》)

　　　　例二：《公羊》、《穀梁》以爲諸侯之事盡於《春秋》也，而事爲之説，則過矣。(卷一"隱公元年五月")

　　　　例三：故凡《春秋》之事当从史，《左氏》史也，《公羊》、《穀梁》皆意之也。蓋孔子之作《春秋》，事亦略矣，非以为史也，有待乎史而後足，以意传《春秋》而不信史，失孔子之意也。(卷一"隐公元年七月")

　　　　例四：《公羊》曰"御廩災，不如勿嘗而已"。災而爲害則不嘗，若災而不害，而可以勿嘗乎？事之不可意推者，當從史。《左氏》史也。(卷二"桓公十四年秋八月")

　　　　例五：故《春秋》者，有待於史而後足，非自以爲史也，世之爲《春秋》而不信史，則過矣。(卷九"襄公七年")

　　蘇轍對《春秋》一經有着特殊的定位，認爲《春秋》是經而非史，它代表了孔子聖人的"平治"理想及施政綱領，是爲後世垂法的經，然而它的文字又過於簡略，必須"有待乎史而後足"。三《傳》解經的宗旨及方法各有不同：《左傳》解經重在記述史實，能提供足夠的史料，故而在三《傳》中，地位最爲崇高；而《公羊》、《穀梁》解經則往往是"以意推"，罔顧史實，往往會"失孔子之意"。《左傳》解經也時有不當之處，對孔子所述的褒貶予奪不能徹底明徹，於是當"參以公、穀、啖、趙諸人"，故《公羊》、《穀梁》只能作爲解經的輔助，顯然是處於一種次要的地位。

　　蘇轍重視三《傳》，在三《傳》中重《左傳》，輕《公》、《穀》，有選擇地利用三《傳》，這一態度與當時以孫復爲代表的捨傳尊經，完全抛棄三《傳》的學術趨向是有較大的區别的。而之所以如此，應該是與蘇轍既重經學，同時又重史學，從古史的角度來釋經的學術導路有密切的關聯。從其家學淵源來看，與他受其父兄蘇洵、蘇軾的經史學觀影響也有密切關係。①

蘇轍的這一見解頗有見地，也得到後來很多《春秋》學研究者的認同，例如清代四庫館臣即稱贊云，"説經去傳，爲捨近而求諸遠"，"今以《左傳》經文與二《傳》校勘，皆《左氏》義長，知手錄之本確於口授之經也"，"《左氏》之義明而後二百四十二年內善惡之迹一一有徵。後儒妄作聰明，以私臆談褒貶者，猶得據傳文以知其謬，則漢晉以來藉《左氏》以知經義，宋元以後更藉《左氏》以杜臆説矣"。② 四庫館臣的説法應該與蘇轍之説相吻合。

蘇轍基於其重《左傳》，輕《公羊》、《穀梁》的總體學術觀念，在《春秋集解》中對《公》、《穀》二傳涉及"臆説"之處，往往批評其疏誤，據理予以駁正。這類批評在全書中多達數十處③，我們選擇一些較爲典型的例子加以討論：

例一：隱公"元年春，王正月"。 蘇轍云："隱立而以奉桓，其志可也，而禮則不可。《公羊》曰：'立適以長不以賢，立子以貴不以長。隱於是焉而辭立，則未知桓之將必得立也。且如桓立，則恐諸大夫之不能相幼君也。'然則自立而以奉桓，禮歟？《穀梁》曰：'《春秋》貴義而不貴惠，信道而不信邪。''兄弟天倫也，爲人子受之父，爲人臣受之君，已廢大倫而忘君父以行小惠，可謂輕千乘之國矣，蹈道則未也。'然則廢桓而自立，禮歟？兄弟之不加適庶，古之道也。諸侯再娶之非禮，惠公尸之矣。……立桓而己爲政，及其成人而授之，於是可謂禮矣。"（卷一"隱公元年"）

例二：莊公四年，"紀侯大去其國"。 蘇轍曰："大去者，不反之詞也。以國與季，季奉社稷，故不言滅。雖失地之君，而原其行事，則周亶父也，故賢而不名。《公羊》曰：'何以不言滅？爲齊襄諱也。'《春秋》爲賢者諱，何賢乎襄公復仇也？齊哀公烹於周，紀侯譖之，於是九世矣。世蓋有復九世之讎者乎？且襄公非志於復讎者也，雖或以是爲名，《春秋》從而信之，可乎？"（卷三"莊公四年"）

例三：僖公二十二年，"冬十一月己巳朔，宋公及楚人戰於泓，宋師敗績"。 蘇轍曰："宋公被執見釋而爭諸侯，楚以夷狄而干諸夏，故泓之戰雖

---

① 蘇洵的經史學觀可參考蘇洵的三篇《史論》文字，他在文中稱"經以道法勝，史以事詞勝。經不得史無以證其褒貶，史不得經無以酌其輕重。經非一代之實錄，史非萬世之常法"，又云"仲尼懼後世以是爲聖人之私言，故因赴告策書以修《春秋》，旌善而懲惡，此經之道也；猶懼後世以爲己之臆斷，故本周禮以爲凡，此經之法也。至于事則舉其略，詞則務于簡"。

② 永瑢、紀昀等：《四庫全書總目》卷二六《左傳正義提要》，北京：中華書局，1987年。

③ 我們大略統計了本書明確標署批評二《傳》疏誤的各條，其具體分佈於各卷的條目如下：卷一，八條；卷二，六條；卷三，七條；卷四，一條；卷五，五條；卷六，四條；卷七，一條；卷八，一條；卷九，一條；卷一〇，二條；卷一二，一條。另外在書中還有一些沒有明確標署批評《公》、《穀》的例子，未能一一核對，暫時從略。

曲在宋，而《春秋》辭無所予。《公羊》曰'言日言朔，正也。《春秋》辭繁而不殺，正也'，'雖文王之戰不過此也'。夫文王豈以一日不鼓不成列而爲文王哉！其所以服人者遠矣，以宋之德而爲是，則亦不知戰而已，《春秋》何善焉？"（卷五"僖公二十二年"）

按：以上三例均爲蘇轍批駁《公羊》、《穀梁》對《春秋》的說解。例一論適長子繼位的倫理。其史實是，魯隱公年長而爲庶子，桓公年幼而爲適子，魯惠公去世，理應桓公繼位，隱公卻自立即位而非桓公。《春秋》記載此事，歷代注家對此各有論說，《公羊》以"立適不以長"，桓公年幼不能成君，諸大夫無能輔佐爲説；《穀梁》則以隱公"廢大倫而忘君父以行小惠"，輕國家而棄大道爲説。蘇轍對此二説均予以反駁，謂隱公自立爲君而不立桓公，其志則可，於禮則不當。他提出最好的解決方案是仿效周公輔佐成王之史實，立桓公而自己代爲行政，"及其成人而授之"，最爲得禮之正。例二論"諸侯九世復仇"。其史實是，紀侯嘗譖齊哀公而致其被烹於周王，後來齊襄公討伐紀國，紀侯讓位於弟而自己去國，以圖保存其社稷。《春秋》不記載紀國之滅，而書"大去其國"，《公羊》謂《春秋》爲齊襄公諱，而不記紀國之"滅"。蘇轍對《公羊》"九世復仇"之說持不同看法，認爲紀侯讓位於其弟，以保存舊國，其國實未曾滅，齊襄公侵犯紀國也並非"復九世之仇"，《春秋》不必爲齊襄諱。例三記載宋、楚泓之戰的史實，宋軍大敗喪師，然而《公羊》卻對宋襄公大加贊賞，以爲"臨大事而不忘大禮，有君而無臣，雖文王之戰亦不過此也"①，蘇轍對此大不以爲然，認爲文王、武王之戰乃以德服人，而宋襄公德不如文王，所爲"亦不知戰"（按：蘇轍之説與《左傳》記載史魚語相同），《春秋》怎會稱賞宋襄公之作爲呢？

在《春秋集解》一書中，類似的例子還有很多，蘇轍往往對《公羊》、《穀梁》所做的說解予以批駁，指斥它們不符合《春秋》義例，臆説《春秋》，像桓公六年九月"子同生"，桓公十五年九月"鄭伯突入于櫟"（卷二），僖公七年"禘于太廟，用致夫人"，宣公十年"齊崔氏出奔衛"（卷七），哀公十三年"公會晉侯及吳子于黃池"（卷一二）諸條，蘇轍都對二《傳》的説解提出了質疑。

在有的地方，蘇轍還直接批評《公羊》、《穀梁》記載史實的錯誤，認爲史實記載的疏誤，是導致二《傳》產生臆說的原因。

例四：莊公十三年冬，"公會齊侯，盟于柯"。 蘇轍云："《公羊》於此言曹沫手劍桓公求汶陽之田，管仲許之，'要盟可犯而桓公不欺，曹子可讎而桓公不怨，桓公之信由此著乎天下'。予以爲此春秋之後好事者之浮説而非其實也。"（卷三"莊公十三年"）

例五：昭公九年四月，"陳災"。 蘇轍云："楚雖滅陳，五年而復陳，天未絕陳，陳未亡故也。《公羊》、《穀梁》曰：'陳滅而書陳，存陳也。'《春

---

① 何休注，徐彥疏：《春秋公羊傳注疏》卷一二"僖公二十二年"，阮元刻《十三經注疏》，北京：中華書局，1982年。

秋》非能存陳，陳則未亡耳。"（卷十"昭公九年"）

按：例四記載齊桓公與魯莊公會盟，作爲《春秋》所載的大事，《左傳》僅記作"盟于柯，始及齊平"，《公羊》添了一段曹沫手劍挾持齊桓公，邀盟於齊，討還齊國侵田的記載。《穀梁》的記載與《公羊》略同，云："冬，公會齊侯于柯，曹劇之盟也，信齊侯也。桓盟雖内與，不日，信也。"對於二《傳》的記載，蘇轍從兩方面加以駁正：其一有違《春秋》之體例，齊魯之怨不在齊桓公，曹沫無以發其怒；《春秋》要盟不書，此處書"盟"，與《春秋》書之體例相背；其二，史實不確，魯莊公於長勺之戰始用曹沫敗齊師，此後並無三戰皆敗之事，不存在以兵劫齊桓公而求侵地的史實。例五《春秋》書"陳災"，而《公羊》、《穀梁》稱陳已滅國，《春秋》書"陳"，是欲存滅國也。蘇轍認爲二《傳》於此記載史實有誤，楚雖然滅陳，然而數年即已恢復其國，故陳國其實未亡，《春秋》只是據史直書，而無"存陳"的深意。

類似的例子也非僅見，像閔公元年"齊仲孫來"（卷四），僖公三十一年"夏四月，四卜郊"（卷五），哀公十三年"公會晉侯及吴子于黄池"（卷一二）諸條，蘇轍都對二《傳》所載史實進行了辨駁。

與蘇轍對《公羊》、《穀梁》的激烈批評相比較，他對《左傳》的批評則少了很多。在書中直接言及《左傳》的疏誤之處，不過數條而已，這也反映出他對《左傳》的推尊：

例一：隱公二年十二月乙卯，"夫人子氏薨"。蘇轍云："左氏曰：'不赴於諸侯，不反哭於寢。不祔於姑，故不曰薨。不稱夫人，故不言葬。'考之以事，皆不合，失之矣。"（卷一"隱公二年十二月"）

例二：桓公五年，"大雩"。蘇轍曰："曷爲以'大'言之？雩上帝也。……魯以周公得祭上帝，謂之大雩，言大於諸侯也。《左氏》曰：'凡祀，啓蟄而郊，龍見而雩，始殺而嘗，閉蟄而烝，過則書。'秋大雩，書，不時也。夫龍見而雩，常祀也。旱雩而以常祀言之，失之矣。"（卷二"桓公五年"）

例三：（莊公）"元年春，王正月"。蘇轍云"不書即位，繼故也。《左氏》曰：'文姜出故也。'文姜之出，孰與桓公之薨？且出在三月，捨其大而言其細，失之也。"（卷三"莊公元年正月"）

從上述例句可以看出，蘇轍對《左傳》的質疑大多聚集於其對記載史實疏誤的是正，如例一記載夫人子氏薨而不記其葬，例二記大雩爲常祀，例三記元年不書即位，均是如此。

三

蘇轍在《春秋集解》中系統地表達了他對《春秋》一經思想内容的認識，對《春秋》經文中所蘊含的深意進行了較詳盡的闡發，體現出蘇轍《春秋》學研究的成就與特色。推而廣之，其學術不僅反映了蘇氏"蜀學"的經學體系，也代表了宋代《春秋》學的一些重要觀念，具有時代學術的典型意義。以下我們擇其要者做一簡要論說。

(一) 論《春秋》紀事之起訖

《春秋》所記錄的時代爲何要從魯隱公紀年始而終於哀公，蘇轍對這一問題做了闡述。其云：

> 麟，仁獸。出非其時，孔子以自況也，故《春秋》終焉。然則《春秋》始於隱公而終於哀公，何也？自周之衰，天下三變，而《春秋》舉其中焉耳。其始也，雖幽、厲失道，王室昏亂，而禮樂征伐猶出於天子，諸侯畏周之威，不敢肆也。雖《春秋》將何施焉？及其中也，平王東遷，而周室不競，諸侯自爲政，周道陵遲，夷於列國。迨隱之世，習以成俗，不可改矣。然而文、武、成、康之德猶在，民未忘周也，故齊桓、晉文相繼而起，莫不秉大義以尊周室，會盟征伐以王命爲首。諸侯順之者存，逆之者亡，雖齊、晉、秦、楚之強，義之所在，天下予之，義之所去，天下叛之，世雖無王而其法猶在也。故孔子作《春秋》，推王法以繩不義，知其猶可以此治也。及其終也，定、哀以來，齊、晉既衰，政出於大夫，繼之以吳、越，夷狄之衆橫行於中國，以勢力相吞滅，禮義無所復施，刑政無所復加。雖欲舉王法以繩之，而諸侯習於凶亂，不可告語，風俗靡然，日入於戰國，是以《春秋》終焉。由此觀之，則《春秋》起於五伯之始，而止於戰國之初，隱、哀適其時耳。（卷一二"哀公十四年"）

蘇轍認爲周王朝的衰變經歷了三個過程：禮樂征伐出於天子，出於諸侯，出於大夫。《春秋》則重點記錄了演變的第二段時期。在其初時，禮樂征伐出於諸侯，五伯繼起，諸侯會盟征伐尚以尊王室爲名義，雖無王而王法尚存，與這一時代相對應的正是魯隱公時期。至春秋末期，政出於大夫，夷狄之衆橫行，禮崩樂壞，刑政無所復加，天下變得不可復治，與這一時代相對應的即是魯定公、哀公時代。《春秋》正是記錄了這一漸變的歷程，其中貫注了孔子對理想聖政的追求——"推王法以繩不義"。

《春秋》記事分階段說最早起於《公羊》家，《公羊傳》以孔子生平爲界，分爲"所見異辭，所聞異辭，所傳聞異辭"三階段，後來又經過董仲舒、何休的闡釋，演變爲"三世"之說，歷代對此均有補充訂正。而宋代學者對"三世"說予以批判地繼承，形成了不同的說解。在蘇轍之前的孫復，就明確地將《春秋》之世劃分爲"諸侯分裂之"、"大夫專執之"、"夷狄迭制之"三個階段，逐段遞衰，而《春秋》紀事又在各個時期各有側重，"尊天子黜諸侯始於隱公是也，貴中國賤夷狄，終於獲麟是也"①。我們可以看出蘇轍的見解與孫復是大致相吻合的。

在書中，蘇轍還繼承孟子之說，認爲《春秋》是繼《詩經》以後的著作，其曰：

---

① 孫復：《春秋尊王發微》卷一二"哀公十四年"。本段論述參考張尚英《宋代春秋學專題研究》第173頁，吉林人民出版社，2011年。

"孟子曰'王者之迹熄而《詩》亡，《詩》亡然後《春秋》作'。夫二《雅》終於幽王，而《春秋》作於平王，蓋與變《風》止於陳靈，陳靈之後六十餘年而獲麟，變《風》之所不刺，則《春秋》之所不書也"（卷一二"哀公十四年"）。

（二）論《春秋》之"尊王"說

出於維護封建社會中央集權的需要，在宋代，"尊王"一說乃是諸多《春秋》學家的強烈共識。像孫復的《春秋尊王發微》，僅從標題即集中體現了這一主題。蘇轍在《集解》中也是堅定不移地贊成"尊王"。正如前文所論，蘇轍以爲《春秋》既然是撰於"周室中衰，天下三變"之時，"孔子作《春秋》，推王法以繩不義"，因而在《春秋》中"尊王"應當是其核心內容。蘇轍在書中對這一論題做了闡述：

> 例一：春秋之際，王室衰矣，然而周禮猶在，天命未改，雖有湯、武，未能取而代之也。諸侯之亂，捨此何以治之？要之以盟會，成之以征伐，小國恃焉，大國畏焉，猶可以少安也。（卷一"隱公元年"）

> 例二：齊晉之盛，天子之大夫會而不盟，尊周也。柯陵之會，尹子、單子始與諸侯之盟，自是習以爲常禮也。（卷七"宣公十七年"）

> 例三：平王東遷，而周室不競，諸侯自爲政，周道陵遲，夷於列國。迨隱之世，習以成俗，不可改矣。然而文、武、成、康之德猶在，民未忘周也，故齊桓、晉文相繼而起，莫不秉大義以尊周室，會盟征伐以王命爲首。諸侯順之者存，逆之者亡，雖齊、晉、秦、楚之強，義之所在，天下予之，義之所去，天下叛之，世雖無王而其法猶在也。（卷一二"哀公十四年"）

在上述例子中，蘇轍表達了其"尊王"的見解，天命未改，先王的德澤猶在，民不忘周，"世雖無王而法猶在"，齊桓、晉文雖爲諸侯盟主，仍以"尊王室爲號召"。即便是天子之大夫出外與諸侯之盟會，也別有記載，不與諸侯同盟（例二），只有如此方能維係天下。

如果說上面數例是正面闡述《春秋》"尊王"之說，那麼對《春秋》中異常的記載，蘇轍也從"尊王"的觀念出發予以申說，強調《春秋》載錄的合理性。

> 例四：《春秋》僖公二十八年，"天王狩于河陽"。

本條記錄的史實是晉文公率諸侯盟會，欲自爲盟主，於是召周王於河陽，而率諸侯觀見。以臣召君，本來不合封建禮儀，《春秋》於此做了變通記載。蘇轍在本條下注云："其情則順，而禮則逆也。仲尼曰'以臣召君，不可以訓'，然而其情不可不察也，故書曰'天王狩於河陽'，使若巡狩然，尊周，且以全晉也。"（卷五"僖公二十八年"）從"尊王"觀念出發，對"以臣召君"的事做了迴護記載，這也是孔子撰《春秋》的筆法，蘇轍在這裏對之進行了詮釋。

（三）論《春秋》記載之"弑君"

在《春秋》一書中有多條"弑君"的記載，尤其是在春秋中葉，案例增多，《春秋》記録了這些事件，然而各處所用的文字卻大有異同，往往看似雜亂零碎，但後來的注疏家卻從中看出了《春秋》所蘊含的褒貶意義，因而《左傳·傳例》云："凡弑君稱君，君無道也；稱臣，臣之罪也。"晉杜預注釋曰："稱君惟無書君名，而稱'國以弑'，言衆所共絶也。稱臣者，謂書弑者之名以示來世，終爲不義。"① 蘇轍在其《春秋集解》中贊同杜預的説解，並在不同的地方加以申説：

例一：《春秋》文公十六年"宋人弑其君杵臼"。蘇氏云："書曰'宋人弑其君'，君無道也。"（卷六"文公十六年"）

例二：《春秋》文公十八年"齊人弑其君商人"。蘇氏云："不稱'盗'，而稱'人'，見君之無道也。"（卷六"文公十八年"）

例三：《春秋》成公十八年"晉弑其君州蒲"。蘇氏云："属公凌虐其臣民，以及於禍，故稱國以弑，罪在君也。"（卷八"成公十八年"）

顯然，這些例子都是標準的符合所謂《春秋》"凡例"的典範例子，或稱"人"，或稱"國"以殺，都在於表明"君有罪"。

在有的地方記載"弑君"事件，既"書君"，又"書臣"或"書人"。按《春秋》"凡例"推演，就應該是"君既有罪"、"臣亦無道"，君臣二者各任其責；或是君之罪較輕，不足以當殺罪，臣弑之過矣。例如：

例四：《春秋》宣公十年"陳夏徵舒弑其君平國"。蘇氏云："靈公之惡甚矣，其稱臣以弑，何也？罪不及民也。……失民而後不稱臣子，以民爲重也。"（卷七"宣公十年"）

例五：《春秋》襄公三十年"蔡世子般弑其君固"。蘇氏云："君雖無道而不及民，故稱臣以弑"。（卷九"襄公三十年"）

例六：《春秋》襄公二十五年"齊崔杼弑其君光"。蘇氏云："齊侯背晉與楚，且亂崔杼之室，雖無道，而崔杼立光殺光，其無君之心不可忍也，故稱崔杼。"（卷九"襄公二十五年"）

上述三例，例四、例五都是在論説君雖"無道而不及民"，君之罪輕，不足以當弑；例六則强調"君既有罪"、"臣亦無道"，臣之惡尤甚。

蘇轍在描述《春秋》有關"弑君"這一書例時，曾列舉了六處"君無道"而稱"臣以弑"的例子，並從中總結其規律。其曰：

例七：凡弑君稱君，君無道也。然《春秋》所書無道而稱臣者六：齊諸兒雖無道，而無知以其私弑之，故稱無知；晉夷皋、楚虔雖無道，而趙盾、公子比疑於無罪，故稱盾及比；陳平國、蔡固雖無道，而罪不加於國人，故稱徵舒及般；齊光雖無道，而崔杼之惡甚於光，故稱杼。言各有所當已，不

---

① 杜預注，孔穎達疏：《春秋左傳正義》"宣公四年"，阮元刻《十三經注疏》，北京：中華書局，影印本，1982年。

必同也。"（卷三"莊公八年"）

此六處（包括我們前面所舉二例）都是《春秋》記載"君無道"而"稱臣"的例子，用凡例來規擬，即屬例外。蘇轍以"言各有所當，不必同也"來彌合其異同，來闡發自己對《春秋》的理解。這一說解"既維護了《左傳》的凡例，又使例外之處得到了合理的解釋"①，乃是一種通融的說解。

（四）論《春秋》記載之"殺大夫"

與"弒君"之事相類似，《春秋》多處記載了國君誅殺大臣，或大臣誅殺大臣的史實。在這些事件中，被誅殺者情況各異，有的被誅戮者是罪有應得，有的則是無辜的，屬於濫殺之例。有時誅戮大臣是正常政務，有時則會造成嚴重後果。《春秋》記錄這些事件，往往會採用不同的辭例，以此來表達孔子對事件的態度。自《穀梁傳》提出"稱國以殺大夫，殺無罪也"（僖公七年），"稱國以殺，罪累上也"（僖公十年），"稱人以殺，殺有罪也"（隱公四年）的義例以後，後來的注疏家也往往見仁見智，各有申說，但總體不離這一原則。宋代孫復著《春秋尊王發微》亦云"稱國以殺，不以其罪也"（是書卷三"莊公二十六年"、卷五"僖公七年"等），"稱人以殺，討賊亂也"（卷一"隱公四年、卷二"桓公六年"等），表達了相同的見解。

蘇轍在其《春秋集解》中也有相同的表述。他在書中曰："稱人以殺，殺有罪也，以爲國人殺之也；稱國以殺，殺無罪也，以爲國君殺之也。其曰'殺其大夫'云者，雖殺有罪，猶以殺大夫爲惡也，殺其公子則又甚矣。"（卷三"莊公二十二年"）類似的例子如：

例一：《春秋》莊公二十六年，"曹殺其大夫"。蘇氏云："稱國以殺，而大夫不名，殺無罪也。"（卷三"庄公二十六年"）

例二：《春秋》宣公十三年，"晉殺其大夫先縠"。蘇氏云："晉人誅縠而盡滅其族，稱國以殺，言刑之過也。"（卷七"宣公十三年"）

例三：《春秋》成公十五年，"宋殺其大夫山"。蘇氏云："山實有罪，而稱國以殺，何也？殺一大夫而國幾於亂，非外也。"（卷八"成公十五年"）

例四：《春秋》成公十六年，"楚殺其大夫公子側"。蘇氏云："楚以一敗殺之，故稱國以殺。"（卷八"成公十六年"）

例五：《春秋》成公十七年十二月，"晉殺其大夫郤錡"。蘇氏云："郤氏雖多怨於民，而公殺之不以其罪，故稱國以殺，言刑之過也。"（卷八"成公十七年"）

例六：《春秋》成公十八年正月，"晉殺其大夫胥童"。蘇氏云："童雖導君爲亂，然書、偃自是以弒君，故稱國以殺。"（卷八"成公十八年"）

---

① 張尚英：《宋代春秋學專題研究》，長春：吉林人民出版社，2011年，第231頁。

按：在上述例中，蘇轍都是從"稱國以殺，殺無罪"的這一理念出發陳説《春秋》的辭例，同時還針對其具體情況作解，或稱刑之過當，或言殺之幾於亂國，分別做出解釋。

至於誅戮有罪之大夫稱"人"，就相對比較簡單了，如：

例七：《春秋》文公八年，"宋人殺其大夫、司馬"。蘇氏謂："書曰'宋人殺其大夫'，非君命也。"（卷六"文公八年"）

例八：《春秋》文公九年，"晉人殺其大夫先都"。蘇氏謂："書曰'晉人殺其大夫'，殺有罪也。"（卷六"文公九年"）

（五）論《春秋》所載之"征伐"、"會盟"

《春秋》記録了各諸侯國之間的戰爭、會盟，其事例可謂比比皆是，而在記述這些史實的時候，往往會採用不同的稱名方式，以表明孔子的主觀態度，贊同或是譴責，都是通過這一方式予以表達。

蘇轍在《春秋集解》中論及這些征伐、會盟事件，其總體理念是從"尊周"、"尊王"出發，予以評判、説解，其云：

例一：迨隱之世，習以成俗，不可改矣。然而文、武、成、康之德猶在，民未忘周也，故齊桓、晉文相繼而起，莫不秉大義以尊周室，會盟征伐以王命爲首。諸侯順之者存，逆之者亡，雖齊、晉、秦、楚之强，義之所在，天下予之，義之所去，天下叛之，世雖無王而其法猶在也。故孔子作《春秋》，推王法以繩不義，知其猶可以此治也。（卷一二"哀公十四年"）

"義之所在，天下予之，義之所去，天下叛之"，"推王法以繩不義"，這是蘇轍對《春秋》以不同的方式記述會盟、征伐事件的理解。出於這一理念，蘇轍認爲諸侯間的征伐，有稱爵、稱人的不同，稱爵表示贊賞，稱人則對其戰之不義表示譴責。以下是蘇轍所釋的"稱爵"之例：

例二：文公四年，"晉侯伐秦"。蘇轍云："稱晉侯不復罪之，何也？見伐而報，非得罪於法也，而有德者則不然，故將一譏而已。"（卷六"文公四年"）

例三：成公十五年"晉侯執曹伯，歸於京師"。蘇轍云："稱侯以執，執有罪也。……《春秋》之書執諸侯者多矣，惟是爲得禮。"（卷八"成公十五年"）

與此相反，若其戰爲不義，或屈在己，或數數而戰，或無功而返，《春秋》例皆稱"人"，於以譴責：

例四：文公二年，"晉人、宋人、陳人、鄭人伐秦"。蘇轍云："卿稱人（按：諸侯軍帥爲各國卿），以其不務德而力争，罪之也。"（卷六"文公二年"）

例五：文公三年，"秦人伐晉"。蘇轍云："書曰'秦人伐晉'而不稱秦伯，何也？亦不善其爭也。"（卷六"文公三年"）

例六：文公十二年，"晉人、秦人戰於河曲"。蘇轍云："皆稱人，以其亟戰，罪之也。"（卷六"文公十二年"）

例七：文公十七年，"晉人、衛人、陳人、鄭人伐宋"。蘇轍云："將討宋之弑君，不克而還，故皆稱人。"（卷六"文公十七年"）

更有甚者，如果戰爭一方其罪過深重，稱"人"也不足以形容，故採用特書的方式，直書其國，以表示"深罪之"：

例八：昭公十二年，"楚子伐徐，晉伐鮮虞"。蘇氏云："（晉）今伐鮮虞，稱'人'若'師'可也，特書'晉'，深罪之也。"（卷十"昭公十二年"）

例九：哀公十年，"公會吳伐齊"。蘇氏云："會夷狄以伐中國，惡莫甚焉。"（卷一二"哀公十年"）

"會盟"亦為《春秋》所載之大事，蘇轍認為，與"征伐"的記載相同，《春秋》有稱爵、稱人之例，同樣也昭示了孔子對此類事件的主觀態度：

例十：哀公十三年，"公會晉侯及吳子於黃池"。蘇氏謂："晉方主會而曰'吳主會'，吳方淩虐小國而曰'進之'，可乎！"（卷一二"哀公十三年"）

按：本條記載魯、晉、楚三國國君黃池之會盟。《公羊傳》注曰："吳稱子，吳主會也。"《穀梁傳》注曰："進之也。"蘇轍對《公》、《穀》二家的注釋予以堅決批駁，謂《公羊》"吳主會"的說法不合史實，《穀梁》"進之"之說不合傳例。諸侯會盟，盟主稱爵，故稱"晉侯"，而《春秋》書寫"吳子"應是特書。

例十一：成公二年，"公及楚人、秦人、宋人、陳人、鄭人、齊人、曹人、邾人、薛人、鄫人盟於蜀"。蘇氏云："皆稱人，蓋諸侯背晉而竊以楚盟，是以略之也。"（卷八"成公二年"）

例十二：襄公八年"會……齊人、宋人、衛人、邾人於邢丘"。蘇轍云："大夫稱人，衆詞也。"（卷九"襄公八年"）

按：以上二例，要麼是諸侯背舊盟而另立新盟，如例十一，要麼即會盟者衆，如例十二。在這些地方都稱"人"以盟，則不無貶刺意味。

（六）論《春秋》之"內中國而外夷狄"

這是宋代《春秋》學者的又一重要共識。他們認為在《春秋》中往往對楚、吳、越這類的非中原民族的國家，採取不同的稱謂，由此而凸顯出這一特點。蘇轍在《春秋集解》中站在這一立場，也明確地宣示了這一主張。

例一：《春秋》襄公二十九年，"吳子使季札來聘"。 蘇轍云：《春秋》一書記載多只稱"吳"，"終於《春秋》無加焉"，間或有稱"吳人"、"吳子"，均特書，"皆非進之也"。而書"吳子使季札來聘"，"書子書名，進之也。以札之賢而修禮於中國，不可不進也。然終《春秋》曰吳，蓋猶以夷終也"。（卷九"襄公二十九年"）①

例二：《春秋》僖公十七年春，"齊人、徐人伐英氏"。 蘇轍謂：徐之稱"人"何？與齊人序，稱"齊人"，不可不稱"徐人"也。（卷五"僖公十七年"）

例三：《春秋》昭公五年，"楚子、蔡侯、陳侯、許男、頓子、沈子、徐人、越人伐吳"。 蘇轍云："越於是始見。徐、吳、越雖與中國會盟，皆以夷故不得稱'人'。"（卷十"昭公五年"）

例四：《春秋》定公四年十一月庚午，"蔡侯以吳子及楚人戰於柏舉，楚師敗績，楚囊瓦出奔鄭"。 蘇轍云："吳稱'子'而囊瓦稱'人'，何也？吳以夷故不得稱'人'，又不可以言'吳'，特稱'吳子'，書實也。囊瓦以貪致寇，不能死而出奔，稱'人'，賤之也。（卷一一"定公四年"）②

例五：《春秋》哀公十年，"公會吳伐齊"。 蘇氏云："會夷狄以伐中國，惡莫甚焉。"（卷一二"哀公十年"）

按：蘇轍的理解，在《春秋》書中，徐、吳、楚、越諸國，因爲是夷狄之國，故不能稱"國"，亦不能稱"人"，更不能稱"爵"，這是《春秋》"外夷狄而內中國"的原則。在書中個別之處稱"子"、稱"人"，那是因爲"特書"的原因。例一是因爲使者季札爲賢，例二、三、四則是行文不得不如此而已。例五對魯國"會夷狄以伐中國"予以強烈的譴責，同樣也是在宣示其"攘夷狄"的態度。

四

《春秋》既然是"經"，那麽其文字則不可更易，即便是有所質疑，後世爲作注疏時也大多竭力辯説回護。到晉代杜預作《左傳》注時，採用"史闕文"、"闕文"之説來解釋經文中不可通解之處，唐代孔穎達疏更對此加以明確申説。如：

例一：《春秋》桓公四年，"夏，天王使宰渠伯糾來聘"。 杜預注："《春秋》有空時而無事者，今不書秋、冬首月，史闕文。"孔穎達疏："《春

---

① 按：蘇轍這一解説，本於《公羊》、《穀梁》之説。《公羊傳》襄公二十九年曰："賢季子，則吳何以有君有大夫，以季子爲臣，則宜有君者也。札者何？吳季子之名也。《春秋》賢者不名，此何以名？許夷狄者，不壹而足也。"《穀梁傳·襄公二十九年》亦曰："吳其稱子，何也？善使延陵季子，故進之也。身賢，賢也；使賢，亦賢也。"

② 按：《公羊》於此無説。《穀梁》則曰"吳何以稱'子'，夷狄也而憂中國"。蘇轍所解與《穀梁》不同。

秋》編年之書，四時畢具乃得爲年，此無秋、冬，知是史闕文也。舊史先闕，故仲尼因之。"

例二：《春秋》桓公十四年"夏五"。　杜預注："不書月，闕文。"

杜預、孔穎達都是從孔子"依舊史撰《春秋》"這一觀念出發，以爲"舊史"原有闕文，孔子因之，故《春秋》不得不闕其文，以此來回答對《春秋》經中出現的文字訛誤的質疑，從而維護了"經"文不可更易的權威性。

後世的學人大都有條件地贊同杜氏之說，並有所發揮。而伴隨着宋代學者疑古思潮的興盛，一些學者對經書文字的錯訛闕漏也有所質疑，並對此進行大膽的校勘，如孫復《春秋經解》。延至南宋時代，學者對經籍文字權威性的認識更得以動搖，改經、刪經、移易經文的行爲更爲增多，這些行爲乃是此前的注釋家絕對不敢做的。

蘇轍的《春秋集解》也有一些地方提出了對《春秋》經文闕、羨的質疑，他往往是從《春秋》一書的"書例"來加以判定，因而這類校勘實際上是一種"理校"，要高出一般所謂的文字版本校勘，不過其數量不太多，與宋代後來的學人（尤其是南宋學者）動輒改易經籍的態度還不完全相同。下面是我們檢索到的一些例子：

例一：《春秋》莊公元年，"王使榮叔來錫桓公命"。　蘇轍云："不稱'天王'，闕文也。"（卷三"莊公元年"）

例二：《春秋》莊公二十四年，"郭公"。　蘇轍云："闕文也。"（卷三"莊公二十四年"）

例三：《春秋》文公十年，"秦伐晉"。　蘇氏云："秦晉相攻久矣，無他得失，而獨書'秦伐晉'，遂戎狄書之。理不然也。或者書'秦伯'，闕文也。"（卷六"文公十年"）

例四：《春秋》宣公元年，"晉趙盾帥師救陳"。　蘇氏云："《左傳》曰'救陳宋'，獨稱'救陳'，闕文也。"（卷七"宣公元年"）

例五：《春秋》成公三年，"鄭伐許"。　蘇氏云："書曰'鄭伐許'，狄之也，罪未至此。或者書'鄭人伐許'，而闕文耳。"（卷八"成公三年"）

例六：《春秋》哀公四年夏，"蔡殺其大夫公孫姓、公孫霍"。　蘇氏云："當書'蔡人殺其大夫'，不言'人'，闕文也。"（卷一二"哀公四年"）

例七：《春秋》僖公三年，"徐人取舒"。　蘇氏云："《春秋》書'徐'，皆不稱'人'，羨文也。"（卷五"僖公三年"）

例八：《春秋》成公十七年，"十一月壬申，十二月丁巳朔"。　蘇氏云："案下十二月丁巳朔，則壬申非十一月，失之矣。"（卷八"成公十七年"）

按：在上述引例中，蘇轍主要是從《春秋》一書行文的書例作爲依據來判定《春秋》文字的闕、羨：例一至例六都是討論《春秋》經中的闕文；例一是討論《春秋》經中的羨文；例八則是以長曆的干支推算其記載時日之誤，糾正了經文的錯訛。

五

　　蘇轍的《春秋集解》編定於北宋徽宗時代，由於政治和學術的原因，在相當長的時間都未能刊行。不過，可以肯定的是至南宋初，隨着黨禁的解除，三蘇學術逐漸得到重視，對他們著作的禁令也隨之而解除。在這一時期内，蘇轍的《春秋集解》曾被多次刊印流行，正如其《詩集傳》即於宋孝宗淳熙間由其裔孫蘇翊刊刻。宋元兩代的目録書對蘇轍《春秋集解》多有記録，如：

　　　　晁公武《郡齋讀書志》卷三《春秋》類：《潁濱春秋集傳》十二卷。右，蘇轍子由撰。大意以世人多師孫明復，不復信史，故盡棄二《傳》，全以《左氏》爲本，至其不能通者，始取二《傳》、啖、趙。自熙寧謫居高安，至元符初，十數年矣，暇日輒有改定，卜居龍川，而書始成。

　　　　陳振孫《直齋書録解題》卷三《春秋》類：《春秋集傳》十二卷，蘇轍撰。專本《左氏》，不得已乃取二《傳》、啖、趙，蓋以一時談經者不復信史，或失事實故也。

　　　　《宋史》卷二〇二《藝文志一》：《春秋集傳》十二卷，蘇轍撰。

　　　　馬端臨《文獻通考》卷一八三《經籍考十》：《潁濱春秋集解》十二卷。

按：蘇轍自稱其著作爲《春秋傳》，見其《欒城後集·潁濱遺老傳》，宋元兩代目録書亦多署作"集傳"，與其自稱名相同，而其版刻情況則未見諸家著録，故宋元刊刻情況不詳。

　　至明、清兩代，諸家著録此書，有"集傳"、"集解"兩種稱名，並行於世：

　　　　《文淵閣書目》卷二：《春秋蘇潁濱集解》十二卷。

　　　　《秘閣書目·春秋類》：《蘇潁濱集解》三①。

　　　　《內閣藏書目録》卷二八：《春秋集傳》三冊，全，宋蘇轍著。時人治《春秋》多師孫明復，盡棄三《傳》。後王安石解經，至《春秋》漫不能通，則詆爲斷爛朝報，致學者不能復明《春秋》。故轍著此書，集諸家之説，而裁之以義。凡十二卷。

　　　　《萬卷堂書目》：《蘇潁濱春秋集解》十二卷。

　　　　焦竑《刻兩蘇經解序》：聞宋兩蘇氏分釋經、子，甚慕之，未獲也。弱冠，得子由《老子解》，奇之。尋於荆溪唐中丞得子瞻《易》、《書》二解。己丑檢書，始獲《論語拾遺》。壬辰，奉使大梁，於中尉西亭所獲子由《詩》與《春秋解》。丁酉，侍御畢公袞而刻之，而子瞻《論語解》卒軼不傳。刻成，而予爲之序。

　　　　《四庫全書總目》卷二六：《春秋集解》十二卷，宋蘇轍撰。先是，劉敞

---

① 按："三"下當有脱文，應爲"三冊"。

作《春秋意林》，多出新意；孫復作《春秋尊王發微》，更捨傳以求經，古説於是漸廢。後王安石詆《春秋》爲斷爛朝報，廢之，不列於學官。轍以其時經傳並荒，乃作此書以矯之。其説以《左氏》爲主，《左氏》之説不可通，乃取公、穀、啖、趙諸家以足之。蓋以《左氏》有國史之可據，而《公》、《穀》以下則皆意測者也。自序稱，自熙寧間謫居高安，爲是書，暇輒改之。至元符元年卜居龍川，凡所改定，覽之自謂無憾，蓋積十餘年而書始成，其用心勤懇，愈於奮臆遽談者遠矣。朱彝尊《經義考》載陳宏緒《跋》曰："《左氏》紀事粲然具備，而亦間有悖於道者。《公》、《穀》雖以臆度解經，然亦得失互見。如'戎伐凡伯於楚丘'，《穀梁》以'戎'爲'衛'；'齊仲孫來'，《公》、《穀》皆以爲魯慶父；'魯滅項'，又皆以爲齊實滅之，顯然與經謬戾，其失固不待言。至如隱四年秋，'翬帥師會宋公、陳侯、蔡人、衛人伐鄭'；桓十有四年秋八月'壬申，御廩災。乙亥，嘗'；莊二十有四年夏，'公如齊逆女'，諸如此類，以《公》、《穀》之説，妙合聖人精微，而潁濱一概以深文詆之。因噎廢食，讀者掩其短而取其長可也。"其論是書頗允，此本不載，蓋刻在宏緒前也。《宋史·藝文志》稱是書爲《春秋集傳》，《文獻通考》則作"集解"，與今本合，知《宋志》爲傳寫誤矣①。

《四庫全書簡明目録》卷三：《蘇氏春秋集解》十二卷，宋蘇轍撰。孫復以後，説《春秋》者多廢三《傳》，至王安石罷《春秋》，乃並廢經。轍以其時經傳並荒，乃作此書以矯之。其説以《左氏》爲主，《左氏》有不可通，乃取公、穀及啖、趙以佐之。

現存蘇轍《春秋集解》的版本以明代刻本爲最早。明萬曆二十五年（1597），畢氏刻《兩蘇經解》，延焦竑撰序，該叢書包括了蘇轍現存的《詩集傳》、《春秋集解》、《老子解》、《古史》及蘇軾《易解》、《書解》等學術著作。後來又於萬曆三十九年重刻《兩蘇經解》。故在明代兩種刊本較爲盛行。在清代，也有多種鈔本和刻本。《四庫全書》收有是書，署作"蘇氏《春秋集解》十二卷"。清嘉慶間也有《春秋集解》刊本；後又有錢儀吉輯，道光咸豐間大梁書院刊，同治七年（1868）王儒行印行之《經苑叢書》本。民國間《叢書集成初編》據《經苑叢書》本排印收録。

《三蘇經解集校》所收蘇轍之《春秋集解》，其底本爲明萬曆二十五年畢氏刊本，並以明萬曆三十九年重刻本（簡稱"重刻本"）、清同治七年之《經苑叢書》本（簡稱《經苑》本"）、文淵閣《四庫全書》本（簡稱"《四庫》本"）爲參校，並部分參校了清阮元刻《十三經注疏》之《春秋》及三《傳》，糾正了原底本的一些文字訛脱。原底本署作《潁濱先生春秋集解》，今仍沿其舊稱不改。

---

① 按：四庫館臣謂《宋史》稱本書作《春秋集傳》爲"傳寫誤"，不知宋元目録著作大多均作"集傳"，乃以不誤爲誤。

論語說

蘇軾 撰

舒大剛
尤瀟瀟 輯校

儀禮經注

目　錄

叙録 ……………………………………………………………	747
論語説卷一 ……………………………………………………	749
學而篇第一 …………………………………………………	749
爲政篇第二 …………………………………………………	751
八佾篇第三 …………………………………………………	754
里仁篇第四 …………………………………………………	758
公冶篇長第五 ………………………………………………	761
雍也篇第六 …………………………………………………	764
述而篇第七 …………………………………………………	768
泰伯篇第八 …………………………………………………	772
子罕篇第九 …………………………………………………	775
鄉黨篇第十 …………………………………………………	778
論語説卷二 ……………………………………………………	780
先進篇第十一 ………………………………………………	780
顔淵篇第十二 ………………………………………………	782
子路篇第十三 ………………………………………………	786
憲問篇第十四 ………………………………………………	791
衛靈公篇第十五 ……………………………………………	796
季氏篇第十六 ………………………………………………	799
陽貨篇第十七 ………………………………………………	802
微子篇第十八 ………………………………………………	808
子張篇第十九 ………………………………………………	810
堯曰篇第二十 ………………………………………………	813
〔附録一〕歷代諸家評論 ………………………………………	815
〔附録二〕《論語説》評述 ……………………………………	818

叙　　録

　　蘇軾《論語説》成於貶官黃州期間。據蘇軾《與滕達道書》、《黃州上文潞公書》和蘇轍《亡兄子瞻端明墓誌銘》，蘇軾在黃州即完成了《易傳》和《論語説》兩部。其《黃州上文潞公書》説：＂到黃州……因先子（洵）之學，作《易傳》九卷，又自以意作《論語説》五卷。窮苦多難，壽命不可期，恐此書一旦復淪没不傳，意欲寫數本留人間。念新以文字得罪，人必以爲凶衰不祥之書，莫肯收藏，又自非一代偉人，不足托以必傳者。莫若獻之明公，而《易傳》文多，未有力裝寫，獨致《論語説》五卷。＂① 他在黃州不僅完成了《論語説》五卷的寫作，還鈔正一本送與文彦博。另據蘇轍《論語拾遺引》所言，蘇轍少年時也曾作《論語略解》，蘇軾貶官赴黃州時，＂盡取以往＂，《略解》許多觀點即被蘇軾採納，＂今見於（軾）書者十二三也＂②。可見，《論語説》也包含了蘇轍的觀點。紹聖繼述，蘇軾貶惠州，再遷儋州，期間蘇軾還對《易傳》、《論語説》有所修改，《論語説》最後定稿應在海南。其《答李端叔三》云：＂所喜者，海南了得《易》、《書》、《論語》傳數十卷。＂③ 即指此而言。建中靖國元年（1101），蘇軾渡海北歸，＂所撰《書》、《易》、《論語》皆以自隨，而世未有別本＂④，將至虔州，修書《答蘇伯固》説：＂《論語説》，得暇當録呈。＂⑤ 後輾轉至常州，一病不起，蘇軾把三書托付於好友錢濟明：＂某前在海外了得《易》、《書》、《論語》三書，今盡以付子。＂⑥

　　蘇軾對包括《論語説》在内的三部學術著作很珍視，有＂撫視《易》、《書》、《論語》三書，即覺此生不虛過＂⑦ 之説。蘇轍《亡兄子瞻端明墓誌銘》也説他＂復作《論語説》，時發孔氏之秘……既成三書，撫之歎曰：'今世要未能信，後有君子，當知我矣。'＂從南宋朱熹至金元諸儒，後人對《論語説》的引用和稱道，更是不絶於書。

　　是書卷數，晁公武《郡齋讀書志》卷一上、馬端臨《文獻通考·經籍考》均作＂《東坡論語解》十卷＂。陳振孫《直齋書録解題》卷三亦作＂十卷＂，書名作《東坡論語傳》；尤袤《遂初堂書目》作《蘇文忠論語傳》，不載卷數；《宋史·藝文志》、朱彝尊《經義考》卷二一三作《論語解》＂四卷＂；明人曹學佺《蜀中廣記》卷九一作＂五

---

① 蘇軾：《黃州上文潞公書》，《蘇軾文集》卷四八，北京：中華書局，1986年。
② 蘇轍：《論語拾遺引》，《欒城三集》卷七。
③ 蘇軾：《答李端叔三》，《蘇軾文集》卷六六。
④ 蘇軾：《記合浦舟行》，《蘇軾文集》卷七一。
⑤ 蘇軾：《答蘇伯固四》，《蘇軾文集》卷五七。
⑥ 何薳：《春渚紀聞》卷六。
⑦ 蘇軾：《答蘇伯固二》，《蘇軾文集》卷八五。

卷";《國史經籍志》亦作"十卷"。但是，據蘇軾《上文潞公書》："又自以意作《論語説》五卷。"則書名當以《論語説》爲正，卷數當以"五卷"爲準。其作"十卷"，或爲南宋以來流傳版本分卷不同；而"四卷"之本，當爲後來有所殘缺。

明朝前期修《文淵閣書目》著録"《論語東坡解》一部二册"，傅維麟《明書·經籍志》亦有著録，作"二册"。《文淵閣書目》，楊士奇編於正統六年（1441），是清點當時明皇室內閣藏書的記録，其時蘇軾《論語説》尚存。同時的葉盛《菉竹堂書目》卷一著録："《論語東坡解》二册。"反映的都是明朝前期情况。後此一百五十六年當萬曆丁酉（1597），焦竑刻《兩蘇經解》時，已不見有《論語説》了。焦氏《兩蘇經解序》稱："子瞻《論語解》卒佚不傳。"可見此書在明萬曆時期已經難覓了，因此《兩蘇經解》中没有蘇軾《論語説》。

清初錢曾《述古堂藏書目》卷一載有"《東坡論語拾遺》一卷，鈔"，不知是蘇軾《論語説》輯本，還是誤蘇轍《論語拾遺》爲東坡《論語説》，已無法詳考。但是，《論語》注稱《拾遺》者乃蘇轍所著，《文淵閣書目》等書目都在蘇軾《論語説》外，著録蘇轍《論語拾遺》一册（或一卷）。錢曾書目只有《東坡論語拾遺》，而無蘇轍《論語拾遺》。與他同時的錢謙益《絳雲樓藏書志》等又只有《蘇子由論語拾遺》一卷，而無題名爲《東坡論語拾遺》的書。因此我們懷疑錢曾著録的《東坡論語拾遺》乃蘇轍《論語拾遺》之誤，大概是因爲蘇轍《論語拾遺》所拾乃是東坡《論語説》之"遺"。繼後，朱彝尊著《經義考》已稱《蘇氏論語解》"未見"了，表明明末清初學人已經看不到蘇軾《論語説》了。

清末張佩綸《澗于日記》丁亥卷載："東坡先生説《論語》已佚，今從《欒城集·論語拾遺》輯三條，《朱子集注》輯九條，宋余允文《尊孟續辨》中有辨坡《論語》八條（自注：王若虚《滹南遺老集》有《孟子辨惑》一卷，云：'蘇氏解《論語》與《孟子》辨者八，其論差勝，亦皆失其本旨。'即余所辨之八條也），益以文集所載，如《剛説》、《思堂記》之類，略見一斑矣。"可見張氏曾有《論語説》輯本，但這個輯本不見於諸家書目，也許並未流傳下來。

四川大學卿三祥、馬德富兩位先生分别對蘇軾《論語説》有輯佚補苴工作，卿氏《蘇軾〈論語説〉鉤沉》輯得八十七條，載於《孔子研究》1992年第2期。馬氏《蘇軾〈論語説〉鉤沉》輯得五十條，載於《四川大學學報》同年第4期。兩種輯本是目前可見蘇軾《論語説》佚文最集中的輯録。

此次整理，係在卿、馬二氏輯本基礎上，復廣稽宋金文獻，得蘇軾《論語》之説四十餘條，加卿、馬二氏所輯，已達一百三十餘條，每條或註明"卿輯"，或註明"馬有"或"馬輯"，新得遺説則註明"舒補"，以示區别。同時，爲了給研究者提供參考資料，又廣輯北宋以至清人稱引論説之語，作爲"附録"，列於相關各條之下。近有青年學人谷建、許家星①續有補輯，茲一並予以採録，各著姓氏，以不没其善。

---

① 谷建：《蘇軾〈論語説〉輯佚補正》，載《孔子研究》2008年第3期。許家星：《蘇軾論語説拾遺》，載《蘭臺世界》2012年5月。二書對上述輯佚成果有所補充和校正。

論語説卷一

學而篇第一

子曰："學而時習之，不亦説乎？有朋自遠方來，不亦樂乎？人不知而不愠，不亦君子乎？"

有子曰："其爲人也孝弟，而好犯上者，鮮矣；不好犯上，而好作亂者，未之有也。君子務本，本立而道生。孝弟也者，其爲仁之本與！"

子曰："巧言令色，鮮矣仁！"

曾子曰："吾日三省吾身，爲人謀而不忠乎？與朋友交而不信乎？傳不習乎？"

子曰："道千乘之國，敬事而信，節用而愛人，使民以時。"

子曰："弟子入則孝，出則悌，謹而信，汎愛衆，而親仁。行有餘力，則以學文。"

  孝、弟、仁、信，本也。行有餘力，則以學文。此孔子所以教人也。蓋曰不賢者自是以寡過，而賢者自是以无所不至也。故曰"下學而上達"。雖孔子亦然。今之教人者不亦異乎！引之極高，示之極深。未嘗養之于學、游之于藝也，而遽告之矣。教者未必能，而學者未必信，則亦妄相從而已。少而習之，長而行之，務以誕相勝也。風俗之壞必自此始矣。（朱熹《論語或問》卷一注引"蘇氏曰"，下引此書稱"《或問》"。卿輯，馬有）

  汎愛衆而親仁。仁者之爲親，則是孔子不兼愛也。（《蘇軾文集》卷四《韓愈論》。卿輯）

【附録】

朱熹《或問》卷一　蘇氏之説，又有以正近世好高躐等之失，尤讀者所宜詳味也。

子夏曰："賢賢易色；事父母，能竭其力；事君，能致其身；與朋友交，言而有信。雖曰未學，吾必謂之學矣。"

子曰："君子不重則不威，學則不固。主忠信，无友不如己者，過則勿憚改。"

  世之陋者，樂以不己若者爲友，則自足而日損，故以此戒之。是謂不以文害辭，不以辭害意，如必勝己而後友，則勝己者亦不吾友矣。〔《或問》卷六引"蘇氏曰"，許家星《蘇軾論語説拾遺》（下稱"許拾"），《蘭臺世界》2012年5月下旬〕

曾子曰："慎終追遠，民德歸厚矣。"

略于喪祭，則背死忘生者衆，而俗薄矣。（《或問》卷一注。卿輯，馬有）

【附錄】

朱熹《或問》卷一　此外又有蘇氏、洪氏之說（蘇氏曰……洪氏曰："曾子之學以忠信孝弟爲本，故其言如此。"）亦可觀焉。

子禽問于子貢曰："夫子至于是邦也，必聞其政。求之與？抑與之與？"子貢曰："夫子溫、良、恭、儉、讓以得之。夫子之求之也，其諸異乎人之求之與！"

子曰："父在，觀其志；父没，觀其行。三年無改于父之道，可謂孝矣。"

可改者不待三年。（《延平答問·論語》）

君子之喪親，常若見之。雖欲變之，而其道無由，是之謂無改父之道。［王若虛《滹南遺老集》卷四（文淵閣《四庫全書》本），以下簡稱《滹南集》。卿輯］

【附錄】

朱熹《延平答問》　東坡謂"可改者不待三年"，熹以爲使父之道有不幸不可不即改者，亦當隱忍遷就于義理之中，使事體漸正，而人不見其改之之迹，則雖不待三年，而謂之無改可也。……先生曰："……東坡之語，有所激而然，是亦有意也。事只有箇可與不可而已，若大段有害處，自應即改何疑？恐不必言隱忍遷就，使人不見其改之迹。"

王若虛《滹南集》卷四　可改者不待三年，不可改者雖終身不可改，學者孰能辨之，然其爲説過正者，何多也？東坡曰……。葉少蕴曰："古者凡言三年之喪，素冠，刺不能三年是也。當以'三年無改'爲句，終三年之間而不變其在喪之意，則于事父之道可謂之孝。"胡寅曰："于之爲言，依近慕思之意也。執三年之喪，而依近慕思不必變焉，可謂孝矣。非指父道而言。"三說之曲，不辨可知。

有子曰："禮之用，和爲貴。先王之道斯爲美，小大由之。有所不行，知和而和，不以禮節之，亦不可行也。"

有子曰："信近于義，言可復也；恭近于禮，遠恥辱也。因不失其親，亦可宗也。"

子曰："君子食無求飽，居無求安，敏于事而慎于言，就有道而正焉，可謂好學也已。"

子貢曰："貧而無諂，富而無驕，何如？"子曰："可也。未若貧而樂，富而好禮者也。"

子貢言貧而無諂，富而無驕。此之所謂可者，蓋貧則防其諂也，富而防其驕也，紛紛乎自防之不給。孔子曰："貧而樂，富而好禮。"夫貧而樂，雖欲諂不可得也；富而好禮，雖欲驕亦不可得也。（《或問》卷一注引"蘇氏曰"。卿輯，馬有）

【附錄】

蘇轍《論語拾遺·告諸往而知來》（下引此書稱《拾遺》）　子貢曰："貧而無諂，

富而无驕，何如？"子曰："未若貧而樂，富而好禮者也。"夫貧而無諂，富而無驕，亦可謂賢矣。然貧而樂，雖欲諂不可得也；富而好禮，雖欲驕亦不可得也。子貢聞之而悟，曰士之至于此者，抑其切磋琢磨之功至也歟！孔子善之，曰："賜也，始可與言《詩》已矣。告諸往而知來者。"舉其成功而告之，而知其所從來者，所謂聞一以知二也歟！（《欒城三集》卷七，下引此書稱《欒城三集》）

《朱熹集》卷四五《答虞士朋一》　　"无諂无驕"一章文義，東坡得之。蓋無諂無驕，隨事知戒，足以自守矣。然未見其于全體用功而有自得處也。"樂"與"好禮"，乃見其心之所存有非貧富之所能累者，此子貢所以有切磋琢磨之譬也。治骨角者既切而復磋之，治玉石者既琢而復磨之，皆先略而後詳、先粗而後精之意。《大學》乃斷章取義，不必引以爲説也。

朱熹《或問》卷一　　（問）曰："然則蘇氏之釋亦若此矣，子剽其説而没其名，何耶？"曰："蘇氏之説，于文意最爲得之，吾之説誠不異乎彼矣。然其大旨則有不同焉者，故不得據以爲説也。蓋彼謂樂而好禮未足爲至，自是而不已，則是將有至焉者矣，而吾謂以貧富而爲言，則至于樂與好禮而無以加矣。夫蘇氏之意，豈以爲將有忘乎貧富者，然後爲至耶？此老、佛之餘而非孔子之意矣。故胡氏非之曰：'貧而樂，非顔子不能；富而好禮，非周公不能。夫子所以誘掖子貢者高矣。猶以爲未至，孰可以爲至耶？'其説當矣。"

子貢曰："《詩》云：'如切如磋，如琢如磨。'其斯之謂與？"子曰："賜也，始可與言《詩》已矣！告諸往而知來者。"

磋者，切之至者也。磨者，琢之詳者也。切之可矣，而復磋之；琢之可矣，而復磨之。君子之學也，欲其見可而不止也。往者，其已言者也；來者，其未言者也。子貢言貧而無諂，富而無驕。……豈不賢于彼二言哉。然亦未可以爲至也。自是而上，見可而不止，則必有至焉者矣。子貢得是二言而識其所未言者，故孔子予之。（《或問》卷一注引"蘇氏曰"。卿輯，馬有）

子曰："不患人之不己知，患不知人也。"

爲政篇第二

子曰："爲政以德，譬如北辰，居其所而衆星共之。"

子曰："《詩三百》，一言以蔽之，曰：'思無邪。'"

《易》稱："无思无爲，寂然不動，感而遂通天下之故。"凡有思者，皆邪也，而無思則土木也。何能使有思而無邪，無思而非土木乎？此孔子之所盡心也。作詩者未必有意于是，孔子取其有會于吾心者耳。孔子之于《詩》，有斷章之取也。如必以是説施之于《詩》，則彼所謂"無斁"、"無疆"者，當何以説之？此近時學者之蔽也。（《淳南集》卷四引"東坡曰"。卿輯）

夫子之于《詩》，取其會于吾心者，斷章而立之。頌魯侯者，未必有意于是也。（朱熹《延平答問》引"蘇東坡曰"。又見《古今圖書集成》經籍典卷二七〇。馬輯）

嗟夫，余天下之无思慮者也。遇事則發，不暇思也。未發而思之，則未至；已發而思之，則无及。以此終身，不知所思。言發于心而衝余口，吐之則逆人，茹之則逆余。以爲寧逆人也，故卒吐之。君子之于善也，如好好色；其于不善也，如惡惡臭。豈復臨事而後思，計議其美惡而避就之哉！是故臨義而思利，則義必不果，臨戰而思生，則戰必不力。若夫窮達得喪，死生禍福，則吾有命矣。少時遇隱者曰："孺子近道，少思寡欲。"曰："思與欲，若是均乎？"曰："甚于欲。"庭有二盎以畜水，隱者指之曰："是有蟻漏。""是日取一升而棄之，孰先竭？"曰："必蟻漏者。"思慮之賊人也，微而无間。隱者之言，有會于余心，余行之。且夫不思之樂，不可名也。虛而明，一而通，安而不懈，不處而靜，不飲酒而醉，不閉目而睡。將以是記思堂，不可名也。虛而明，一而通，安而不懈，不處而靜，不飲酒而醉，不閉目而睡。將以是記思堂，不亦繆乎？雖然，言各有當也。萬物並育而不相害，道並行而不相悖。以質夫之賢，其所謂思者，豈世俗之營營于思慮者乎？《易》曰："无思也，无爲也。"我願學焉。《詩》曰："思无邪。"（《蘇軾文集》卷一一《思堂記》）

【附錄】

蘇轍《拾遺·思无邪》　《易》曰："无思无爲，寂然不動，感而遂通天下之故。"《詩》曰："思无邪。"孔子取之。二者非異也，惟无思，然後思无邪，有思則邪矣。火必有光，心必有思。聖人无思，非无思也。外无物，內无我。无我既盡，心全而不亂。物至而知可否，可者作，不可者止。因其自然，而吾未嘗思，未嘗爲，此所謂无思无爲而思之正也。若夫以物役思者，其邪矣。如使寂然不動，與木石爲偶，而以爲无思无爲，則亦何以通天下之故也哉？故曰："思无邪，思馬思徂。"苟思馬而馬應，則凡思之所及，无不應也。此所以爲感而遂通天下之故也。（《欒城三集》卷七）

朱熹《論語精義》卷一下　或問："蘇子瞻曰：'有思皆邪也，无思則土木也。思无邪者，惟有思而无所思乎？'如何？"（楊時）曰：《書》曰"思曰睿，睿作聖"，孔子曰："君子有九思。"思可以作聖，而君子于貌言視聽，必有思焉，而謂有思皆邪，可乎？《繫辭》曰："易无思、无爲也，寂然不動，感而遂通天下之故。非天下之至神，其孰能與于此夫？"自至神而下，蓋未能无思也。惟无思爲足以感通天下之故，而謂"无思土木"，可乎？此非窮神知化，未足與議也。

朱熹《或問》卷一　楊氏所以辨蘇氏者，善矣。

黎靖德編《朱子語類》卷四一　東坡說"思无邪"，有數語極好。他說："纔有思，便有邪；无思時，又只如死灰。却要得无思時不如死灰，有思時却不邪。"

王若虛《滹南集》卷四　予謂蘇子此論流于釋氏，恐非聖人之本旨。楊龜山曰："《書》曰：'思曰睿，〔睿〕作聖。'孔子曰：'君子有九思。'思可以作聖，而君子于貌言視聽，必有思焉，而謂'有思皆邪'，可乎？《詩三百》出于國史，未能不思而得，然皆止乎禮義，則所謂'无邪'也。"其説當矣，且孔子論《詩》，而以其本語蔽之，則所取者固詩人之意也。彼之意未必然，而吾以爲然，果孔子之心乎，抑蘇氏之鑿也？己自爲鑿而反病時學之不通，亦過矣。

子曰："道之以政，齊之以刑，民免而无恥。道之以德，齊之以禮，有恥且格。"

　　《論語》曰："有恥且格。"格，改過也。（《東坡書傳·益稷》。舒補）

　　舜之言曰："……格則承之庸之，否則威之。""格"之言改也。《論語》曰："有恥且格。"（《蘇軾文集》卷一一《南安軍學記》）

子曰："吾十有五而志于學，三十而立，四十而不惑，五十而知天命，六十而耳順，七十而從心所欲，不踰矩。"

孟懿子問孝。子曰："无違。"樊遲御，子告之曰："孟孫問孝于我，我對曰，无違。"樊遲曰："何謂也？"子曰："生，事之以禮；死，葬之以禮，祭之以禮。"

孟武伯問孝。子曰："父母惟其疾之憂。"

子游問孝。子曰："今之孝者，是謂能養。至于犬馬，皆能有養。不敬，何以別乎？"

子夏問孝。子曰："色難。有事，弟子服其勞；有酒食，先生饌。曾是以爲孝乎？"

子曰："吾與回言，終日不違，如愚。退而省其私，亦足以發，回也不愚。"

子曰："視其所以，觀其所由，察其所安。人焉廋哉？人焉廋哉？"

　　見其所爲者誠善矣，則未知其所自爲之者果善乎？所自爲之者果善矣，則未知其能久而安之乎？惡亦如之，至于久而安之，則其爲善惡也決矣。小人有幸而中于善，君子有不幸而入于惡，然終不可以易其人者，所自爲之者非也。（《或問》卷二注引"蘇氏曰"。卿輯，馬有）

【附録】

朱熹《或問》卷二　蘇氏説亦得之，但所安之云，亦如謝説耳。

子曰："温故而知新，可以爲師矣。"

子曰："君子不器。"

子貢問君子。子曰："先行其言，而後從之。"

子曰："君子周而不比，小人比而不周。"

子曰："學而不思則罔，思而不學則殆。"

子曰："攻乎異端，斯害也已。"

子曰："由，誨女知之乎？知之爲知之，不知爲不知，是知也！"

子張學干禄。子曰："多聞闕疑，慎言其餘，則寡尤；多見闕殆，慎行其餘，則寡悔。言寡尤，行寡悔，禄在其中矣。"

子張學干禄，然以自售也。孔子言禄在其中，教之以不求而自至者也。(《溥南集》卷四。卿輯)

【附録】

王若虛《溥南集》卷四 其説甚佳。

哀公問曰："何爲則民服？"孔子對曰："舉直錯諸枉，則民服；舉枉錯諸直，則民不服。"

季康子問："使民敬、忠、以勸，如之何？"子曰："臨之以莊，則敬；孝慈，則忠；舉善而教不能，則勸。"

或謂孔子曰："子奚不爲政？"子曰："《書》云：'孝乎惟孝，友于兄弟，施于有政。'是亦爲政，奚其爲爲政？"

子曰："人而無信，不知其可也。大車無輗，小車無軏，其何以行之哉！"

"人而無信"，車之與馬牛本兩物，以輗軏交乎其間，而引重致遠，无所不至焉。物與我未合，亦二物，以信行乎其間，則物我一致矣。夫然後行。(《朱熹集》卷三九《答范伯崇》。舒補)

【附録】

蘇轍《拾遺·信如輗軏》 我與物爲二，君子之欲交于物也，非信無自入矣。譬如車，輪輿既具，牛馬既設，而判然二物也，夫將何以行之？惟爲之輗軏以交之，而後輪輿得藉于牛馬也。輗軏，轅端持軛者也。故曰："人而無信，不知其可也。大車無輗，小車無軏，其何以行之哉？"車與馬得輗軏而交，我與物得信而交。金石之堅，天地之遠，苟有誠信，無所不通。吾然後知信之爲輗軏也。(《欒城三集》卷七)

《朱熹集》卷三九《答范伯崇》 本文只言車无輗軏不可行，譬如人無信亦不可行，今乃添入馬牛于其間，此蘇氏之鑿。

子張問："十世可知也？"子曰："殷因于夏禮，所損益可知也；周因于殷禮，所損益可知也。其或繼周者，雖百世可知也。"

子曰："非其鬼而祭之，諂也。見義不爲，無勇也。"

八佾篇第三

孔子謂季氏八佾舞于庭："是可忍也，孰不可忍也？"

《宋書·樂志》：宋文帝元嘉十三年，給彭城王義康伎，相丞給三十六人。太常傅隆以爲：《左傳》諸侯用六，杜預以爲三十六人，非是。舞以節八音，故必以八人爲列。自天子至士，降殺以兩。兩者，減其二列爾。若如預言，至士止有四人，豈復成樂？服虔注《左傳》與隆同。又《春秋》：晉悼公納鄭女樂二八，晉以一八賜魏絳。此樂以八人爲列也。予按《説文》：佾從人，肴聲。肴，許吃切，肴從

肉入聲。其解云：振也。八无緣爲"肸"之聲，疑古字從人從肉。（《東坡志林・八佾說》。舒補）

【附錄】

《朱熹集》卷七一《偶讀謾記》　《說文》："肸，振肸也，從肉，入聲，許訖反。"東坡疑從"入"无緣爲肸聲，而謂舞必八人爲列，乃謂"佾"即"肸"字，從"八"從"肉"。今按，此乃《說文》之誤，東坡疑之是也，而其所以爲說則非。若以"八"字爲"分"，而從"肉"，"分"省聲，則正得許訖切矣。"肸"又從"人"，乃爲"佾"字，蓋舞則人之振肸也。然今《說文》不見"佾"字，坡云有之，未詳其說。每詳"肸"字即"肹"字，故《說文》但有"肸"字而別无"肹"字。坡疑"佾"即"肸"字，亦非也。《班史・武紀》謂云"肸然如有聞"，亦肹鄉之義也。

三家者以《雍》徹。子曰："'相維辟公，天子穆穆'，奚取于三家之堂？"

子曰："人而不仁，如禮何？人而不仁，如樂何？"

林放問禮之本，子曰："大哉問！禮，與其奢也寧儉；喪，與其易也寧戚。"

　　忠、質、文，謂當初亦未有那質，只因後來文，便稱爲質。孔子曰"從先進"，周雖尚文，初頭尚自有些質在。（黎靖德編：《朱子語類》卷二五引"東坡說"。舒補）

子曰："夷狄之有君，不如諸夏之亡也。"

季氏旅于泰山。子謂冉有曰："女弗能救與？"對曰："不能。"子曰："嗚呼！曾謂泰山不如林放乎？"

子曰："君子无所爭，必也射乎！揖讓而升，下而飲。其爭也君子。"

子夏問曰："'巧笑倩兮，美目盼兮，素以爲絢兮'，何謂也？"子曰："繪事後素。"曰："禮後乎？"子曰："起予者商也，始可與言《詩》已矣。"

子曰："夏禮，吾能言之，杞不足徵也；殷禮，吾能言之，宋不足徵也。文獻不足故也，足則吾能徵之矣。"

子曰："禘自既灌而往者，吾不欲觀之矣。"

或問禘之說。子曰："不知也。知其說者之于天下也，其如示諸斯乎！"指其掌。

祭如在，祭神如神在。子曰："吾不與祭，如不祭。"

　　神无不在①，而祭者之心，以爲如其存焉，則是孔子不明鬼也。（《蘇軾文集》卷三《韓愈論》。卿輯）

王孫賈問曰："與其媚于奧，寧媚于竈，何謂也？"子曰："不然！獲罪于天，无所禱也。"

子曰："周監于二代，郁郁乎文哉！吾從周。"

————————
①　神无不在：《蘇軾文集》卷四注引《東坡應詔集》卷一○，"神无不在"作"神不可知"。

子入太廟，每事問。或曰："孰謂鄹人之子知禮乎？入太廟，每事問。"子聞之，曰："是禮也。"

子曰："射不主皮，爲力不同科，古之道也。"

子貢欲去告朔之餼羊。子曰："賜也！爾愛其羊，我愛其禮。"

子曰："事君盡禮，人以爲諂也。"

定公問："君使臣，臣事君，如之何？"孔子對曰："君使臣以禮，臣事君以忠。"

> 君以利使臣，則其臣皆小人也。幸而得其人，亦不過健于才而薄于德者也。君以禮使臣，則其臣皆君子也，不幸而非其人，猶不失廉恥之士也。其臣皆君子，則事治而民安。士有廉恥，則臨難不失其守。小人反是。故先王謹于禮。禮以欽爲主，宜若近于弱，然而服暴者，莫若禮也；禮以文爲飾，宜若近于僞，然而得情者，莫若禮也。定公問：……不有爵祿刑罰也乎？何爲其專以禮使臣也！以爵祿而至者，貪利之人也，利盡則逝矣。以刑罰而用之者，畏威之人也，威之所不及則解矣。故莫若以禮。禮者，君臣之大義也，无時而已也。漢高祖以神武取天下，其得人可謂至矣。然恣慢而侮人，洗足箕踞，溺冠跨項，可謂無禮矣。故陳平論其臣，皆嗜利无恥者，以是進取可也，至于守成則殆矣。高帝晚節不用叔孫通、陸賈，其禍豈可勝言哉！吕后之世，平、勃背約而王諸吕，幾危劉氏，以廉恥不足故也。武帝踞厠而見衞青，不冠不見汲黯。青雖富貴，不改奴僕之姿；而黯社稷臣也，武帝能禮之而不能用，可以太息矣。（《三蘇先生文粹》卷一七《論語解·君使臣以禮》。卿輯）

子曰："《關雎》，樂而不淫，哀而不傷。"

哀公問社于宰我，宰我對曰："夏后氏以松，殷人以柏，周人以栗，曰使民戰栗。"子聞之，曰："成事不說，遂事不諫，既往不咎。"

> 公與宰我謀誅三桓，而爲隱辭以相語。（朱熹《四書或問》卷八。馬輯）

> 或曰："建國各以其土之所宜木爲社，而宰我不知，故孔子非之。"曰："信其然也。"孔子亦告之以不然而已，何必曰"成事不說，遂事不諫，既往不咎"者？有所不可追悔者，何哉？昔者哀公患三桓之逼，欲以越去之，謂孟武伯曰："予及死乎？"武伯不對。由是觀之，哀公未嘗斯須忘三桓也。古者戮人于社，哀公之問社，有意于誅也。宰我答以戰栗，勸之誅也。蓋相與爲隱焉耳。三桓之盛，自宣公以來，而至于此極矣。釋政而授之，棄民而予之，五世而不知取也。一朝而欲誅之，可乎？昭公之亡，哀公之出，皆三桓之禍也。故曰"成事不說，遂事不諫，既往不咎"，以爲自修而三桓服，无庸誅之也。（《歷代名賢確論》卷一六東坡論"哀公問社宰我對以使民戰栗"曰，谷建《蘇軾論語說輯佚補正》，下稱"谷補"，《孔子研究》2008年第3期）

【附録】

《朱熹集》卷七一《雜著·記和靖先生五事》 "學者所以學爲人也"，蓋尹和靖語。徐丈見尹和靖，問曰："某有意于學，而未知所以爲問。"先生曰："此語自好。若果有此意，歸而求之有餘師。"又嘗語人曰："放教虛閒，自然見道。"先生在從班時，朝士迎天竺觀音于郊外，先生與往。有問何以迎觀音也，先生曰："衆人皆迎，某安敢違？"衆又問："然則拜乎？"曰："固將拜也。"問者曰："不得已而拜之與，抑誠拜也？"曰："彼亦賢者也。見賢斯誠敬而拜之矣。"先生日誦《金剛經》一卷，曰是其母所訓，不敢違也。徐丈語及蘇氏"使民戰栗"義，問曰："如何？"先生艴然曰："訓經而欲新奇，無所不至矣。"

《朱熹集》卷七一《偶讀謾記》　《春秋》上辛雩，季辛又雩，《公羊》爲昭公聚衆以攻季氏，此説非是。昭公失民已久，安能聚衆？不過得游手聚觀之人耳，又安能逐季氏？宋昭公、季氏事見《左氏傳》，極有首尾。公羊子特傳聞想料之言爾，何足爲據？或者乃信其説以解《春秋》，既爲謬誤，又欲引之以解《論語》樊遲從游舞雩之下一段問答，以爲爲昭公逐季氏而發者，則又誤之甚矣。此弊蓋原于蘇氏問社之説，而近世又增廣之也。嘗見徐端立丈説曾以蘇説問尹和靖，和靖正色久之，乃言曰："解經而欲新奇，何所不至？"聞之令人悚然汗下。（朱熹《晦庵集》卷七一）

朱熹《或問》卷八　"或問'使民戰栗'，或者以爲哀公之言，信乎？"曰："使是言果出于哀公，則當以'公曰'發之，而夫子之責宰予，亦不若是之迂且晦矣。"曰："蘇氏以爲'公與宰我謀誅三桓，而爲隱辭以相語'，則固無嫌于晦矣。"曰："吾聞之，昔嘗有以是問于尹子者，尹子艴然不答，既而曰：'説經而欲新奇，則亦何所不至矣！'此言可畏也哉。"舒按，蘇轍《古史·魯周公世家》："蘇子曰"："《語》稱哀公問社于宰我，宰我對曰……予嘗考之，以爲哀公將去三桓，而不敢正言。古者戮人于社，其托于社者，有意于誅也。宰我知其意，而亦以隱答焉。其曰'使民戰栗'，以誅告也。"此説與東坡之意同。也許保留了潁濱原稿之遺意？"使民戰栗"是《論語·八佾》"哀公問社于宰我"章，宰我解釋"周社用栗"的一句話，蘇軾對此作何解釋今不得而知。蘇軾《問雩月何以爲正》："惟昭公之末年，七月，上辛，大雩。季辛，又雩。而昭公之雩，非旱雩也。《公羊》以爲又雩者，聚衆以逐季氏。然則旱雩之例，亦可見矣。"（卷六）朱熹《集注》引尹氏（焞）："古者各以所宜木名其社，非取義于木也。宰我不知而妄對。"尹焞既斥宰我"使民戰栗"之對爲"妄對"，又對蘇軾釋"使民戰栗"之解表示"怫然"，那麽蘇軾同意宰我可知。朱熹認爲"昭公之逐季氏"説是受了蘇軾影響，蘇氏解本句必然有這方面内容。《東坡書傳·甘誓》"用命賞于祖，不用命戮于社"傳："戮人必于社，故哀公問社，宰我對以戰栗。"知東坡采用"戮人于社"之説。尹焞説蘇氏爲了標新立異，无所不用其極。其實，解"栗"爲使人戰栗，是有依據的，《白虎通》："周人以栗，栗者，所以自戰栗也。"何休解《公羊傳》："栗猶戰栗，謹敬貌，主天正之意。"就是蘇氏所本。所謂"或者乃信其説，以解《春秋》"，乃指胡安國《春秋傳》。清劉寶楠《論語正義》引方觀旭《偶記》："哀公欲去三桓，張公室，問社于宰我，宰我對以使民戰栗，勸之斷也。"劉氏贊同説:"此時哀公與三桓有惡,……欲去三桓之心,已非一日。則此社主之問,與宰我之對,君臣密語,隱衷可想。又社陰氣主殺,《甘誓》云:'不用命,戮于社。'《大司寇》云:'大軍旅莅戮于社。'是宰我因社主之義,而起哀公威民之心,本非臆説附會。"(《諸子集成》本,頁六六)方、劉二氏之説,與朱熹引述的精神一致,《四書或問》載東坡佚句:"公與宰我謀誅三桓,而爲隱辭以相語。"更其明證。

子曰:"管仲之器小哉!"或曰:"管仲儉乎?"曰:"管氏有三歸,官事不攝,焉得儉!""然則管仲知禮乎?"曰:"邦君樹塞門,管氏亦樹塞門;邦君爲兩君之好,有反坫,管氏亦有反坫。管氏而知禮,孰不知禮?"

自修身、正家,以及于國,則其本深,其及者遠,是謂大器。揚雄所謂"大器猶規矩準繩,先自治而後治人"者是也。管仲三歸、反坫,桓公内嬖六人,而霸天下,其本固已淺矣。管仲死,桓公薨,天下不復宗齊。(朱熹:《論語集注》卷二,下引此書稱《集注》。又見蔡節《論語集説》卷二節引"自修身"至"人者是也"。卿輯,馬有)

子語魯大師樂,曰:"樂其可知也:始作,翕如也;從之,純如也,皦如也,繹如也,以成。"

儀封人請見,曰:"君子之至于斯也,吾未嘗不得見也。"從者見之。出,曰:"二三子,何患于喪乎?天下之无道也久矣!天將以夫子爲木鐸。"

天使夫子東西南北,未嘗寧居,如木鐸之徇于道路。(《或問》卷三。卿輯,馬有)

或曰:"木鐸所以徇于道路,言天使夫子失位,周流四方,以行其教,如木鐸之徇于道路也。"(趙順孫《四書纂疏·論語》卷二。下引此書稱《纂疏》。許拾)

【附録】

朱熹《或問》卷三　或問:"二十四章之説,諸家皆以'喪'爲斯文之喪,子獨以爲失位之喪,何也?"曰:此劉侍讀之説,而蘇氏因之,得其旨矣。……蘇氏以……則亦恐未安也。

子謂《韶》:"盡美矣,又盡善也。"謂《武》:"盡美矣,未盡善也。"

子曰:"居上不寬,爲禮不敬,臨喪不哀,吾何以觀之哉?"

里仁篇第四

子曰:"里仁爲美。擇不處仁,焉得知?"

子曰:"不仁者不可以久處約,不可以長處樂。仁者安仁,知者利仁。"

子曰:"惟仁者能好人,能惡人。"

子曰:"苟志于仁矣,无惡也。"

子曰:"富與貴,是人之所欲也;不以其道得之,不處也。貧與賤,是人之所惡也；不以其道得之，不去也。君子去仁，惡乎成名？君子无終食之間違仁，造次必于是，顛沛必于是。"

子曰："我未見好仁者，惡不仁者。好仁者，无以尚之；惡不仁者，其爲仁矣，不使不仁者加乎其身。有能一日用其力于仁矣乎？我未見力不足者。蓋有之矣，我未之見也。"

　　仁之可好，甚于美色；不仁之可惡，甚于惡臭。而人終不知所趨避者，物欲蔽塞之也。解其蔽，達其塞，不用力可乎？故又曰："自勝者强。"又曰："克己復禮爲仁。"（《或問》卷四注引"蘇氏曰"。卿輯，馬有）

【附錄】

朱熹《或問》卷四　（問）曰："爲仁者亦用力乎？"曰："蘇氏言之矣。"

子曰："人之過也，各于其黨。觀過，斯知仁矣。"

　　自孔安國以下解者，未有得其本指者也。《禮》曰："與仁同功，其仁未可知也；與仁同過，然後其仁可知也。"聞之于師曰："此《論語》之義疏也。"請得以論其詳。人之難知也，江海不足以喻其深，山谷不足以配其險，浮雲不足以比其變。揚雄有言："有人則作之，无人則輟之。"夫苟見其作，而不見其輟，雖盜跖爲伯夷可也。然古有名知人者，其效如影響，其信如蓍龜，此何道也？故彼其觀人也，亦多術矣。委之以利以觀其節，乘之以猝以觀其量，伺之以獨以觀其守，懼之以敵以觀其氣。故晉文公以壺飱得趙衰，郭林宗以破甑得孟敏，是豈一道也哉？夫與仁同功而謂之仁，則公孫之布被與子路之縕袍何異，陳仲子之螬李與顏淵之箪瓢何辨，何則？功者人所趨也，過者人所避也。審其趨避，而真僞見矣。古人有言曰："鉏麑違命也，推其仁可以託國。"斯其爲觀過知仁也歟！（《三蘇先生文粹》卷一七《論語解・觀過斯知仁矣》。卿輯）

子曰："朝聞道，夕死可矣。"

　　未聞道者，得喪之際，未嘗不失其本心，而況死生乎？（《滹南集》卷四。卿輯）

【附錄】

蘇轍《拾遺・朝聞道夕死可矣》　孔氏之門人，其聞道者亦寡耳。顏子、曾子，孔門之知道者也。故孔子歎之，曰："朝聞道，夕死可矣。"苟未聞道，雖多學而識之，至于生死之際，未有不自失也。苟一日聞道，雖死可以不亂矣。死而不亂，而後可謂學矣。（《欒城三集》卷七）

王若虛《滹南集》卷四　程氏曰："人不可以不知道，'夕死可'者，是不虛生也。"斯爲得之。東坡曰：……子由亦云："一日聞道，雖死可以不亂。"所謂過于深者也。

子曰："士志于道，而恥惡衣惡食者，未足與議也。"

子曰："君子之于天下也，无適也，无莫也，義之與比。"

子曰："君子懷德，小人懷土；君子懷刑，小人懷惠。"

　　懷，安也。君子安其所必安，小人之所安有不安者矣。德之可安也固于土，法之

可安也久于惠。利在耳目之前，而患在歲月之後者，小人不知也。（《或問》卷四注引"蘇氏曰"。卿輯，馬有）

君子安于德義，如小人安于居處；君子安于法度，如小人之安于惠利。心之所安一也，所以用其心不同耳。（《朱熹集》卷四一《答程允夫》引）

【附録】

《朱熹集》卷四一《答程允夫》 此蘇氏説之精者，亦可取也。

子曰："放于利而行，多怨。"

子曰："能以禮讓爲國乎？何有！不能以禮讓爲國，如禮何？"

子曰："不患无位，患所以立；不患莫已知，求爲可知也。"

子曰："參乎！吾道一以貫之。"曾子曰："唯。"子出。門人問曰："何謂也？"曾子曰："夫子之道，忠恕而已矣。"

"一以貫之"者，難言也。雖孔子莫能名之，故曾子"唯"而不問，知其不容言也。雖然，論其近似，使門人庶幾知之，不亦可乎？曰：非門人之所及也，非其所及而告之，則眩而失其真矣。然則盍亦告之以非其可及乎？曰：不可。門人將自鄙其所得而勞心于其所不及，思而不學，去道益遠。故告之以忠恕，其曾子之妙也。（《潩南集》卷四。卿輯）

師弟子答問，未嘗不"唯"，而曾子之"唯"獨記于《論語》。一"唯"之外，口耳俱喪，而門人方欲問其所謂，此繫風捕影之流也，何足實告哉！（《經進東坡文集事略》卷五七《辯曾參説》，舒補）

顔淵死，弟子无可與微言者。性與天道，自子貢不得聞，惟曾子信道篤學不仕，從孔子最久。師弟子答問，未嘗不"唯"者。而曾子之"唯"，獨記于《論語》，吾是以知孔子之妙傳于一"唯"。枘鑿相應，間不容髮，一"唯"之外，口耳皆喪，而門人區區方欲問其所謂，此乃係風捕影之流，不足以實告者，悲夫！（《蘇軾文集》卷六六《跋荆溪外集》。舒補）

【附録】

王若虚《滹南集》卷四 子由《進策》曰："盡天下萬物之理，而制其所當處，是之謂'一'。"然則"一"者所以主宰衆善，使之不過者耳。夫子又嘗語子貢矣，曰："予非多學，一以貫之。"何晏曰："善有元，事有會，天下殊塗而同歸，百慮而一致，知其元則衆善舉。"可謂近之矣。及至此章，乃置而不論，蓋亦惑于忠恕之語故與？或者又言："彼是論學，此是論道。"是亦不然，其實一理也。近觀《論語集義》，楊龜山、周氏、游氏皆以忠恕爲姑應門人之語，則疑此者不獨東坡也，予故從之。

子曰："君子喻于義，小人喻于利。"

子曰："見賢思齊焉，見不賢而内自省也。"

子曰："事父母，幾諫，見志不從，又敬不違，勞而不怨。"

子曰："父母在，不遠遊，遊必有方。"

子曰："三年無改于父之道，可謂孝矣。"
子曰："父母之年，不可不知也。一則以喜，一則以懼。"
子曰："古者，言之不出，恥躬之不逮也。"
子曰："以約失之者鮮矣！"
子曰："君子欲訥于言而敏于行。"
子曰："德不孤，必有鄰。"
子游曰："事君數，斯辱矣；朋友數，斯疏矣。"

公冶長篇第五

子謂公冶長，"可妻也，雖在縲絏之中，非其罪也！"以其子妻之。
子謂南容，"邦有道，不廢；邦無道，免于刑戮。"以其兄之子妻之。
子謂子賤，"君子哉，若人！魯無君子者，斯焉取斯？"
　　稱人之善，必本其父兄、師友，厚之至也。（《集注》卷三引"蘇氏曰"。卿輯，馬有）
　　【附錄】
　　《朱熹集》卷五七《答陳安卿二》　　（陳曰：）"子賤之成德實出于聖門，夫子歸于魯多賢者。聖人謙厚，于此事可見。而蘇氏説恐未盡。"（朱曰：）"不然。"
子貢問曰："賜也何如？"子曰："女，器也。"曰："何器也？"曰："瑚璉也。"
或曰："雍也，仁而不佞。"子曰："焉用佞？禦人以口給，屢憎于人。不知其仁，焉用佞？"
子使漆彫開仕。對曰："吾斯之未能信。"子説。
子曰："道不行，乘桴浮于海。從我者，其由與？"子路聞之喜。子曰："由也好勇過我，無所取材。"
孟武伯問子路，"仁乎？"子曰："不知也。"又問。子曰："由也，千乘之國，可使治其賦也，不知其仁也。""求也何如？""求也，千室之邑，百乘之家，可使爲之宰也，不知其仁也。""赤也何如？"子曰："赤也，束帶立于朝，可使與賓客言也，不知其仁也。"
子謂子貢曰："女與回也孰愈？"對曰："賜也何敢望回？回也聞一以知十，賜也聞一以知二。"子曰："弗如也。吾與女弗如也。"
宰予晝寢。子曰："朽木不可雕也，糞土之牆不可杇也。于予與何誅？"子曰："始吾于人也，聽其言而信其行；今吾于人也，聽其言而觀其行。于予與改是。"

晝居于内，非有疾不可。予蓋好内而懷安者。(《滹南集》卷五引"東坡曰"。卿輯)

【附録】

王若虛《滹南集》卷五 皆求之太過也。

子曰："吾未見剛者。"或對曰："申棖。"子曰："棖也慾，焉得剛？"

有志而未免于慾者，其志嘗屈于慾。惟無慾者能以剛自遂。(《或問》卷五注。卿輯)

夫子未見剛之思難得如此，而世乃曰大剛則折，士患不剛耳，長義成就猶恐不足，寧憂其大剛而懼之以折耶？折不折天也，非剛之罪也。(周宗建《論語商》卷上，下引此書不再著録作者)

【附録】

朱熹《或問》卷五 諸說皆有善，而蘇氏亦有味。但張子、范、蘇、楊氏之說失之緩，不若程子、謝、周氏之言緊而切也。

子貢曰："我不欲人之加諸我也，吾亦欲無加諸人。"子曰："賜也，非爾所及也。"

子貢曰："夫子之文章，可得而聞也；夫子之言性與天道，不可得而聞也。"

故孔子罕言命，以爲知者少也。子貢曰：……夫性命之說，自子貢不得聞，而今之學者，耻不言性命，此可信也哉！今士大夫至以佛老爲聖人，粥書于市者，非莊老之書不售也，讀其文，浩然無當而不可窮；觀其貌，超然無著而不可挹，此豈真能然哉！蓋中人之性，安于放而樂于誕耳。使天下之士，能如莊周齊死生，一毁譽，輕富貴，安貧賤，則人主之名器爵禄，所以礪世磨鈍者，廢矣。(《經進東坡文集事略》卷二五《議學校貢舉狀》。舒補)

子路有聞，未之能行，唯恐有聞。

子貢問曰："孔文子何以謂之文也？"子曰："敏而好學，不耻下問，是以謂之文也。"

孔文子使太叔疾出其妻而妻之。疾通于初妻之娣，文子怒，將攻之，訪于仲尼，仲尼不對，命駕而行①。疾奔宋，文子使疾弟遺室孔姞②。其爲人如此，而諡曰"文"，此子貢之所以疑而問也。孔子不没其善，言能如此，亦足以爲"文"矣。非經天緯地之"文"也。(《集注》卷三引"蘇氏曰"，又見《論語集說》卷三、胡廣等《集注大全》卷五。卿輯，馬有)

子謂子產："有君子之道四焉：其行己也恭，其事上也敬，其養民也惠，其使民也義。"

此言未得子產之實。蓋子產雖未能與先王之教，然亦有禮法以將其愛，不可謂命无教也。(王步青《四書朱子本義匯參·論語》卷五注。卿輯)

子曰："晏平仲善與人交，久而敬之。"

---

① "訪于仲尼"至"而行"，蔡節《論語集説》無。
② 室：蔡節《論語集説》作"妻"。

子曰："臧文仲居蔡，山節藻梲，何如其知也。"
子張問曰："令尹子文三仕爲令尹，无喜色；三已之，无愠色。舊令尹之政，必以告新令尹。何如？"子曰："忠矣。"曰："仁矣乎？"曰："未知，焉得仁？"
"崔子弑齊君，陳文子有馬十乘，棄而違之。至于他邦，則曰：'猶吾大夫崔子也。'違之。之一邦，則又曰：'猶吾大夫崔子也。'違之。何如？"子曰："清矣。"曰："仁矣乎？"曰："未知，焉得仁？"
季文子三思而後行，子聞之，曰："再，斯可矣。"

再愈于一，而況三乎？（《滹南集》卷六引"蘇氏曰"。舒補）

【附錄】
王若虛《滹南集》卷五　蘇氏曰："再逾于一，而況三乎？"程氏曰："再則定，三則私意起。"其說皆偏，而程氏尤甚。思至于三，何遽于私意邪？

子曰："寧武子，邦有道，則知；邦無道，則愚。其知可及也，其愚不可及也。"
子在陳，曰："歸與！歸與！吾黨之小子狂簡，斐然成章，不知所以裁之。"
子曰："伯夷、叔齊，不念舊惡，怨是用希。"

夷、齊之事遠矣。《傳》失其辭。意其出也，父子之間有間言焉，若申生之事與？不若是，則又何惡之可念哉？（《或問》卷五注引"蘇氏曰"。卿輯，馬有）

【附錄】
朱熹《或問》卷五　或問："夷齊之有舊惡，何也？"曰：蘇氏蓋嘗言之，然无所考，未敢斷以爲必然也。曰：其不念而怨希也。
黎靖德編《朱子語類》卷二九　問："蘇氏言：'二子之出，意其父子之間有違言焉，若申生之事歟！''不念舊惡'，莫是父子之間有違言處否？"曰：然。
又　問："蘇氏'父子違言'之說，恐未穩否？"曰：蘇氏之說，以爲己怨，而"希"字猶有些怨在。然所謂"又何怨"，則絕无怨矣，又不相合。恐只得從伊川說，怨是人怨。舊惡，如"衣冠不正，望望然去"之類。蓋那人有過，自家責他，他便生怨。然他過能改即止，不復責他，便不怨矣。其所怨者，只是至愚无識，不能改過者耳。
《朱熹集》卷三九《答王近思十》　（王曰）"孔子謂夷齊不念舊惡，則是其父子兄弟之間猶有可議也。蘇氏違言之說，果可據乎？孔子之言必有見矣。"（朱曰）"伯夷既長且賢，其父无故舍之而立叔齊，此必有故，故蘇氏疑之。觀子貢問'怨乎'之意，似或有此意。然不必疑，但看後來求仁得仁便无怨處，則可以見聖賢之心。便有甚死讎，亦只如此消融了也。"
又卷五六《答方賓王九》　（方曰）"'不念舊惡'一章，不知舊惡爲何事？'怨是用希'，不知怨是人怨己，或怨人？如蘇氏說，則指意皆明，又不知可以爲據否？程子不明說舊惡，竟未知此章之所指歸也。"（朱曰）"舊惡是他人前日之過，如其冠不正之類。前日雖已望望然去之，然今日正冠而來，則取其改過而不念前日之過矣。"

子曰："孰謂微生高直？或乞醯焉，乞諸其鄰而與之。"

高，古之過直人也。乞醯以應求，非孔子之所謂不直，而高平日之所謂不直也。凡人情之所安者，皆高之所不可。至其重違人之求，而乞以與之，雖高不免。此之謂不繼。孔子因其不繼而譏之耳。(《滹南集》卷五引"東坡曰"。卿輯)

【附錄】

郎曄《經進東坡文集事略》卷六七《書李簡夫詩集後》　孔子不取微生高，孟子不取於陵仲子，惡其不情也。陶淵明欲仕則仕，不以求之為嫌；欲隱則隱，不以去之為高；饑則扣門而乞食，飽則雞黍以延客，古今賢之，貴其真也。

王若虛《滹南集》卷五　孔氏曰："用意委曲，非為直人。"東坡曰：……（張）无垢曰："直謂直情徑行也，高殷勤委曲，以狥人情如此，孰謂其徑行而不恤乎？夫子蓋美之也。嗚呼！從孔氏則幾於狷介而不通。"蘇、張之論，高矣。而于文勢訓義，又為不順。是三者猶未安也。

子曰："巧言，令色，足恭，左丘明恥之，丘亦恥之。匿怨而友其人，左丘明恥之，丘亦恥之。"

顏淵、季路侍。子曰："盍各言爾志。"子路曰："願車馬衣輕裘，與朋友共，敝之而无憾。"顏淵曰："願无伐善，无施勞。"子路曰："願聞子之志。"子曰："老者安之，朋友信之，少者懷之。"

子曰："已矣乎，吾未見能見其過而內自訟者也。"

子曰："十室之邑，必有忠信如丘者焉，不如丘之好學也。"

雍也篇第六

子曰："雍也，可使南面。"

仲弓問子桑伯子。子曰："可也，簡。"仲弓曰："居敬而行簡，以臨其民，不亦可乎？居簡而行簡，无乃大簡乎？"子曰："雍之言然！"

哀公問："弟子孰為好學？"孔子對曰："有顏回者，好學，不遷怒，不貳過。不幸短命死矣。今也則亡，未聞好學者也。"

子華使于齊，冉子為其母請粟。子曰："與之釜。"請益。曰："與之庾。"冉子與之粟五秉。子曰："赤之適齊也，乘肥馬，衣輕裘。吾聞之也：君子周急不繼富。"

原思為之宰，與之粟九百，辭。子曰："毋！以與爾鄰里鄉黨乎。"

子謂仲弓，曰："犁牛之子騂且角。雖欲勿用，山川其舍諸？"

此其論仲弓云爾，非與仲弓言也。(《或問》卷六引"蘇氏曰"，又《論語集說》卷三。卿輯，馬有)

【附錄】

朱熹《或問》卷六 程子欲去"曰"字，蓋嫌于與其子言而斥其父之惡，而欲用子產、子賤之例故爾。蘇氏以爲此其論仲弓云爾，非與仲弓言也。此說得之矣。

黎靖德編《朱子語類》卷三一 "犁牛之子"，范氏、蘇氏得之。

又 況此一篇，大率是論他人，不必是與仲弓說也。只蘇氏卻說此乃論仲弓之德，非是與仲弓言也。

子曰："回也，其心三月不違仁，其餘則日月至焉而已矣。"

子曰："回也，其心三月不違仁，其餘則日月至焉而已矣。"孔子曰："吾之于人也，誰毀誰譽？如有所譽①，必有所試。"其于顏淵②，試之也熟而觀之也審矣。蓋嘗默而察之，閱三月之久，而其顛沛造次，无不一出于仁者，是以知其終身弗叛也。君子之觀人也，必于其所不慮焉觀之。此其所慮者容有僞也，雖終身不得其真。故三月之久，則必有備慮之所不及者③。僞之與真无以異，而君子賤之，何也？有利害臨之④，則敗也。孟子曰："堯、舜，性之也；湯、武，身之也；五霸，假之也。久假而不歸，安知其非有也？"假之與性，其本亦異矣，豈論其歸與不歸哉？使孔子觀之，不終日而決，不待三月也，何不知之有？(邵博《邵氏聞見後錄》卷一一，下引此書稱《聞見後錄》。又見余允文《尊孟續辨》卷下。下引此二書不再著錄作者。卿輯，馬有)

【附錄】

蘇轍《拾遺·君子无終食之間違仁》 性之必仁，如水之必清，火之必明。然方土之未去也，水必有泥；方薪之未盡也，火必有煙。土去則水无不清，薪盡則火无不明矣。人而至于不仁，則物有以害之也。"君子无終食之間違仁，造次必于是，顛沛必于是。"非不違仁也，外物之害既盡，性一而不雜，未嘗不仁也。若顏子者，性亦治矣。然而土未盡去，薪未盡化，力有所未逮也。是以能"三月不違仁"矣，而未能遂以終身也。其餘則土盛而薪彊，水火不能勝，是以日月至焉而已矣。故顏子之心，仁人之心也，不幸而死，學未及究，其功不見于世，孔子以其心許之矣。管仲相桓公，九合諸侯，一匡天下，此仁人之功也。孔子以其功許之矣，然而三歸反坫，其心猶累于物，此孔顏之所不爲也。使顏子而无死，切而磋之，琢而磨之，將造次顛沛于是，何三月不違而止哉？如管仲生不由禮，死而五公子之禍起，齊遂大亂。君子之爲仁，將取其心乎，將取其功乎？二者不可得兼。使天相人，以顏子之心，收管仲之功，庶幾无後患也夫！(《欒城三集》卷七)

---

① "所譽"下，《尊孟續辨》卷下有"者"字。
② 顏淵：《尊孟續辨》卷下作"顏子"。
③ "及者"下，《尊孟續辨》卷下有"矣"字。
④ "有"下，《尊孟續辨》卷下有"大"字。

黎靖德編《朱子語類》卷六〇 問："'久假不歸，烏知其非有'，舊解多謂使其能久假而不歸，烏知終非其有？"曰：諸家多如此説，遂引惹得司馬溫公、東坡來闢孟子。

余允文《尊孟續辯》卷下 孟子之言"久假不歸"者，進人與爲善也。謂五霸本假仁而行，使其行之又行之，而終始焉，則雖未能如堯、舜性之，亦可與湯、武身之相侔矣，其可謂之非仁乎？故言焉，知其非有也。不謂東坡之學識而爲是辯也。揚子不云乎："假儒衣書服而讀之，三月不歸，孰曰非儒？"亦久假不歸之意也。

王若虛《滹南集》卷五 伊川曰："三月，天道小變之節，言其久也，過此則聖人矣。"子由曰："性之必仁，如水之必清，火之必明。然方土之未去也，水必有泥；薪之未盡也，火必有煙。土去則水清，薪盡則火明。人而不仁，物有以害之也。物之害既盡，性一而不雜，未嘗不仁也。若顔子者，性亦治矣，而土未盡去，薪未盡化，力有所未逮也。故能'三月不違'，而未能終身。"東坡云：……子以東坡爲當。設使顔子有時而違仁，亦必因事而發，如所謂"日月至焉"者，豈恰限三月輒一次違之之理？若云三月之後不復可保，則何足爲顔子乎？

又卷八 東坡曰："假之與性亦異矣，使孔子觀之，不終日而決，何不知之有？"嗚呼！孟子豈誠不能辨此乎？蘇氏幾于不解事。

季康子問："仲由可使從政也與？"子曰："由也果，于從政乎何有？"曰："賜也可使從政也與？"曰："賜也達，于從政乎何有？"曰："求也可使從政也與？"曰："求也藝，于從政乎何有？"

季氏使閔子騫爲費宰。閔子騫曰："善爲我辭焉！如有復我者，則吾必在汶上矣。"

伯牛有疾，子問之，自牖執其手，曰："亡之，命矣夫！斯人也，而有斯疾也！斯人也，而有斯疾也！"

子曰："賢哉，回也！一簞食，一瓢飲，在陋巷，人不堪其憂，回也不改其樂。賢哉，回也！"

昔夫子以簞食瓢飲賢顔子，而韓子乃以爲哲人之細事，何哉？蘇子曰：古之觀人也，必于其小焉觀之，其大者容有偽焉。人能碎千金之璧，不能無失聲于破釜；能搏猛虎，不能無變色于蜂蠆。孰知簞食瓢飲，不爲哲人之大事乎？乃作《顔樂亭詩》以遺孔君，正韓子之説以自警云。（《歷代名賢確論》卷二六引"東坡曰"。許拾。按，又見《東坡詩集注》卷二八《顔樂亭詩並叙》）

冉求曰："非不説子之道，力不足也。"子曰："力不足者，中道而廢，今女畫。"

子謂子夏曰："女爲君子儒，无爲小人儒。"

子游爲武城宰。子曰："女得人焉耳乎？"曰："有澹臺滅明者，行不由徑，非公事，未嘗至于偃之室也。"

子曰："孟之反不伐，奔而殿，將入門，策其馬，曰：'非敢後也，馬不進也。'"

子曰："不有祝鮀之佞，而有宋朝之美，難乎免于今之世矣。"

　　祝鮀治宗廟，孔子謂衛多君子，靈公雖无道，而不喪者，子魚與數君子之力也。《左氏》亦記其賢，決非佞人。蓋古者以佞爲才智之稱，故自貶則云"不佞"。宋公子朝預于南子之亂，非其意也。使其不從，必不免于禍。故孔子哀其不幸，曰："有子魚之智而後免。"子魚之智，史不得其詳矣，然吾觀臧武仲之所以免齊侯之難，意其若此也歟。（《歷代名賢確論》卷二〇引"東坡曰"。谷補）

子曰："誰能出不由户？何莫由斯道也？"

子曰："質勝文則野，文勝質則史。文質彬彬，然後君子。"

　　初亦未有那質，只因後來文，便稱爲質①。（胡廣等《四書大全·論語》卷三，朱子引東坡説。下引此書不再著録作者。卿輯）

子曰："人之生也直，罔之生也，幸而免。"

　　罔，不直也。天之生物必直，其曲必有故，非生之理也。木之曲也，或抑之；水之曲也，或礙之。水不礙，木不抑，未嘗不直也。凡物皆然，而況于人乎！故生之理直。不直而生者，幸也，非正也。（《或問》卷六引"蘇氏曰"。卿輯，馬有）

【附録】

朱熹《或問》卷六　蘇氏之説亦近之。

子曰："知之者不如好之者，好之者不如樂之者。"

子曰："中人以上，可以語上也；中人以下，不可以語上也。"

樊遲問知。子曰："務民之義，敬鬼神而遠之，可謂知矣。"問仁。曰："仁者先難而後獲，可謂仁矣。"

　　孔子之言常中弟子之過。樊遲問崇德，孔子答以"先事後得"。則須也有苟得之意也歟。其問知也，曰："務民之義，敬鬼神而遠之。"教之以專修人事，而不求僥倖之福也。其問仁也，曰："仁者先難而後獲。"教之以修德進業，而不貪无故之利也。（《或問》卷六注引"蘇氏曰"。卿輯，馬有）

【附録】

朱熹《或問》卷六　蘇氏、曾氏之説亦可觀矣。

子曰："知者樂水，仁者樂山；知者動，仁者静；知者樂，仁者壽。"

子曰："齊一變，至于魯；魯一變，至于道。"

子曰："觚不觚，觚哉！觚哉！"

　　夫有是物必有是則。苟失其則，實已非矣，其得有其名乎？名存而實亡者衆，故夫子因觚而發歎耳。（《論語集説》卷三。卿輯）

---

① 按：此段文字始出《朱子語類》卷二五，云："忠、質、文，謂當初亦未有那質，只因後來文，便稱爲質。"

舒按：蔡節《論語集說》此節前有：" 集曰：觚，或曰酒器，或曰木簡，皆器之有稜者。上'觚'語其器，下'觚'語其制。'觚哉觚哉'歎器之失其制也。"後又有雙行夾注："晦庵朱氏、南軒張氏、東坡蘇氏。"謂此説采自三人。張栻《論語解》卷三："曰：'觚不觚，觚哉！觚哉！'觚而失所以爲觚之制，其得謂之觚乎？故有是物必有是則，苟失其則，實已非矣，其得謂是名哉？故凡言君不君、臣不臣、父不父、子不子，皆以失其則故也。至于人生于天地之中，其所以名爲人者，以天之降衷，善无不備也。失其所以爲人之道，則雖名爲人也，而實何如哉？聖人重歎于觚，意蓋深遠矣。"朱熹《集注》卷六："觚，稜也。或曰酒器，或曰木簡，皆器之有稜者也。'不觚'者，蓋當時失其制而不爲稜也。'觚哉觚哉'，言不得爲觚也。"可見，蔡氏解自"觚或曰酒器"至"失其制也"引自朱子《集注》；自"夫有是物必有是則"至"其得有其名乎"引自張栻《論語解》；餘下"名存而實亡者衆，故夫子因觚而發歎耳"當即東坡之説。當然，也有可能東坡之説實與朱、張二氏相重合，或者説朱、張二氏實襲蘇氏之説。

宰我問曰："仁者，雖告之曰：'井有仁焉。'其從之也？"子曰："何爲其然也？君子可逝也，不可陷也；可欺也，不可罔也。"

拯溺，仁者之所必爲也。殺其身，无益于人，仁者之所必不爲也。惟君父在險，則臣子有從之之道。猶然挾其具，不徒從也。事迫而无具，雖徒從可也。其餘，則使人拯之。要以窮力所至而已。（《或問》卷六注引"蘇氏曰"。卿輯，馬有）

【附録】

朱熹《或問》卷六　蘇氏之説，所以處于輕重緩急之間者，密矣。

子曰："君子博學于文，約之以禮，亦可以弗畔矣夫！"

子見南子，子路不説。夫子矢之曰："予所否者，天厭之！天厭之！"

子曰："中庸之爲德也，其至矣乎！民鮮久矣。"

子貢曰："如有博施于民而能濟衆，何如？可謂仁乎？"子曰："何事于仁，必也聖乎！堯、舜其猶病諸！夫仁者，己欲立而立人，己欲達而達人。能近取譬，可謂仁之方也已。"

述而篇第七

子曰："述而不作，信而好古，竊比于我老彭。"

自生民以來至于孔子，作者略備矣，特未有折衷者耳，故述而不作。（《或問》卷七注引"蘇氏曰"。卿輯，馬有）

【附録】

朱熹《或問》卷七　或問首章之説，曰："程子之《解》善矣，《語録》之説則未安。然《解》之云亦合之以蘇氏之説，然後爲善。"

子曰："默而識之,學而不厭,誨人不倦,何有于我哉!"

子曰："德之不修,學之不講,聞義不能徙,不善不能改,是吾憂也。"

子之燕居,申申如也,夭夭如也。

子曰："甚矣,吾衰也!久矣,吾不復夢見周公!"

子曰："志于道,據于德,依于仁,游于藝。"

　　志者,无求无作,志于心而已。孟子所謂心勿忘。據者,可求可作之謂也。依者,未嘗須臾離。而游者,出入可也。君子志于道,則物莫能留;而游于藝,則道德有自生矣。(《聞見後錄》卷一一。卿輯,馬有)

【附錄】

黎靖德編《朱子語類》卷三四　　叔器說"志于道"云……包顯道言:"向前義是先引傳、注數條,後面卻斷以己意,如東坡數條,却尚得。"先生然之。

子曰："自行束脩以上,吾未嘗无誨焉。"

子曰："不憤不啓,不悱不發,舉一隅不以三隅反,則不復也。"

子食于有喪者之側,未嘗飽也。子于是日哭,則不歌。

子謂顏淵曰："用之則行,舍之則藏,惟我與爾有是夫!"子路曰："子行三軍,則誰與?"子曰："暴虎馮河,死而无悔者,吾不與也。必也臨事而懼,好謀而成者也。"

　　使好謀而不成,不如无謀。……先定其規摹而後從事。先定者,可以謀人。不先定者,自謀常不給,而況于謀人乎!(《經進東坡文集事略》卷一一《思治論》。卿輯)

子曰："富而可求也,雖執鞭之士,吾亦爲之。如不可求,從吾所好。"

　　大凡物之可求者,求則得①,不求則不得也。仁義未有不求而得之,亦未有求而不得者,是以知其可求也。故曰:"仁遠乎哉,我欲仁,斯仁至矣。"富貴有求而不得者,有不求而得者,是以知其不可求也。故曰②:"富而可求也,雖執鞭之士,吾亦爲之。如不可求,從吾所好。"聖人之于利,未嘗有意于求也。豈問其可不可哉?然將直告之以不求,則人猶有可得之心,特迫于聖人而止耳。夫迫于聖人而止,則其止也有時而作矣③,故告之以不可求者,曰:使其可求,雖吾亦將求之。以爲高其閈閎,固其肩鐍,不如開門發篋,而示之无有也。而孟子曰:"食、色,性也,有命焉。君子不謂性也。仁、義,命也,有性焉。君子不謂命也。"君子之教人,將以其實,何謂不謂之有④?夫以食、色爲性,則是可求而得也⑤,而君子

---

①　則:《尊孟續辨》卷下作"而"。"得"下,《尊孟續辨》卷下有"之"字。《或問》亦有"之"字。

②　曰:原本無,據《尊孟續辨》卷下補。

③　"有時"前,《尊孟續辨》卷下有"將"字。

④　謂不謂:原本無前一"謂"字,據《尊孟續辨》卷下引文補。

⑤　可求而得:《尊孟續辨》卷下作"可以求而得"。

禁之。以仁、義爲命，則是不可以求得也，而君子强之。禁其可求者，强其不可求者，天下其孰能從之？故仁、義之可求，富、貴之不可求，理之誠然者也。如以可爲不可，以不可爲可，雖聖人不能。（《聞見後録》卷一二，又見《尊孟續辨》卷下，《或問》卷七節亦引。卿輯，馬有）

聖人未嘗有意于求富也，豈問其可不可哉？爲此語者，特以明其決不可求爾。（《四書纂疏·論語纂疏》卷四。按，此乃節引）

教人以勿求，則人猶可得之心，特迫于聖人而止，迫于聖人而止則亦有時而作矣，故告之以不可求者以爲高其閫閾，固其肩鑢不如開門發篋而示之无有之。（劉因《四書集義精要》卷一三。下引此書不再著録作者。按，此乃節引）

【附録】

劉因《四書集義精要》卷一三　蘇氏之説蓋亦如此。

陳天祥《四書辨疑》卷四　此亦過高之論，不近人情，富與貴人皆欲之，聖人但无固求之。

朱熹《或問》卷七　蘇氏之説蓋亦如此，其非孟子則失其旨。

《朱熹集》卷四四《答方伯謨》　"富而可求"，以文義推之，當從謝、楊之説。東坡説亦是此意，似更分明。蓋上句是假設之詞，下句方是正意。下句説"從吾所好"，便見上句執鞭之事非所好矣。更味"而"字、"雖"字、"亦"字，可見文勢重處在下句也。

余允文《尊孟續辯》卷下　東坡此説，可謂不明孟子性命之説也。食與色，固性之所欲也，然有不可得而享者命也；仁與義，固性之所稟也，然有不可得而行者，亦命也。所欲在彼，所稟者在我，在我者可必，在彼者不可必也。求之有道，得之有命，是富貴在彼，可求而不可必也；仁義在我，可求而可必也。孔子自謂"富而可求"與"不可求"者，故爲其言，本乎性命之理也。今乃以聖人未嘗有意于求，豈問其可不可云者？是以聖人之言猶有機心存焉。聖人豈有機心哉？東坡于孟子性命之説，略不致思，率爾而辨，并與孔子之意失之。

子之所慎：齋，戰，疾。

子在齊聞《韶》，三月不知肉味，曰："不圖爲樂之至于斯也。"

孔子之于樂，習其音，知其數，得其志，知其人。而于文王也，見其穆然而深思，見其高望而遠志，見其黝然而黑，頎然而長。其于舜也可知。是以三月不知肉味。（《或問》卷七注引"蘇氏曰"。卿輯，馬有）

【附録】

朱熹《或問》卷七　蘇氏説亦得之。

冉有曰："夫子爲衛君乎？"子貢曰："諾，吾將問之。"入，曰："伯夷、叔齊何人也？"曰："古之賢人也。"曰："怨乎？"曰："求仁而得仁，又何怨？"出，曰："夫子不爲也。"

衛君，輒也。與其父爭國，而子路助之，故冉有疑而問焉：聞伯夷、叔齊之不怨，何以知夫子之不爲輒也？曰：夷齊之事遠矣，傳失其詳。意其出也，父子之間有間言焉，若申生之事也歟？故曰伯夷、叔齊不念舊惡，不如是，何惡之可念？皋落之役，申生若從梁餘子養之言，逃而去之，則復一伯夷也。（《歷代名賢確論》卷七引東坡論"夫子爲衛君"曰。谷補）

伯夷、叔齊之出也，父子之間必有間言焉，而能脫身以遠于亂，安于喪亡不以舊惡爲怨，故凡言伯夷之不怨，以讓國言之也。（真德秀《四書集編·論語集編》卷四。下引此書不再著錄作者。按，此引與上引可互補。）

【附錄】

真德秀《四書集編·論語集編》卷四　問"蘇氏遺言之說果何據乎？"先生曰："伯夷既長且賢，其父无故舍之而立叔齊，此必有故，故蘇氏疑之。觀子貢問怨乎之義，似或有此意，然聖賢之心志于求仁便有甚，死讎也消融了，何怨之有？"

子曰："飯疏食，飲水，曲肱而枕之，樂亦在其中矣。不義而富且貴，于我如浮雲。"

子曰："加我數年，五十以學《易》，可以无大過矣。"

子所雅言，《詩》、《書》、執禮，皆雅言也。

葉公問孔子于子路，子路不對，子曰："女奚不曰：其爲人也，發憤忘食，樂以忘憂，不知老之將至云爾。"

實言則不讓，貶言則非實，故常略言之，而天下之美莫能加焉。（《朱子語類》卷三四。舒補）

【附錄】

朱熹《或問》卷七　蘇氏蓋亦得之，而不能无病者也。

黎靖德編《朱子語類》卷三四　此說非不好，但如此，則是聖人已先計較，方爲此說，似非聖人之意。聖人言語雖是平易，高深之理即便在這裏。學者就中庸處看，便見得高明處。

子曰："我非生而知之者，好古，敏以求之者也。"

子不語怪、力、亂、神。

子曰："三人行，必有我師焉：擇其善者而從之，其不善者而改之。"

子曰："天生德于予，桓魋其如予何！"

子曰："二三子，以我爲隱乎？吾无隱乎爾。吾无行而不與二三子者，是丘也。"

子以四教：文，行，忠，信。

子曰："聖人，吾不得而見之矣；得見君子者，斯可矣。"子曰："善人，吾不得而見之矣；得見有恒者，斯可矣。亡而爲有，虛而爲盈，約而爲泰，難乎，有恒矣。"

子釣而不綱，弋不射宿。

子曰："蓋有不知而作之者，我无是也。多聞，擇其善者而從之；多見而識之；知之次也。"

互鄉難與言，童子見，門人惑。子曰："與其進也，不與其退也，惟何甚？人絜己以進，與其絜也，不保其往也。"

子曰："仁遠乎哉？我欲仁，斯仁至矣。"

陳司敗問："昭公知禮乎？"孔子曰："知禮。"孔子退，揖巫馬期而進之，曰："吾聞君子不黨，君子亦黨乎？君取于吳，爲同姓，謂之吳孟子。君而知禮，孰不知禮？"巫馬期以告。子曰："丘也幸，苟有過，人必知之。"

子與人歌而善，必使反之，而後和之。

子曰："文，莫吾猶人也，躬行君子，則吾未之有得。"

子曰："若聖與仁，則吾豈敢？抑爲之不厭，誨人不倦，則可謂云爾已矣。"公西華曰："正惟弟子不能學也。"

子疾病，子路請禱。子曰："有諸？"子路對曰："有之。誄曰：'禱爾于上下神祇修。'"子曰："丘之禱久矣。"

子曰："奢則不孫，儉則固。與其不孫也，寧固。"

子曰："君子坦蕩蕩，小人長戚戚。"

子溫而厲，威而不猛，恭而安。

泰伯篇第八

子曰："泰伯，其可謂至德也已矣。三以天下讓，民无得而稱焉。"

泰伯斷髮文身，示不可用，使民无得而稱之者。有讓國之實而無其名，故亂不作。彼宋宣、魯隱皆存其實而取其名者也，是以宋、魯皆被其禍。(《欒城三集》卷七《拾遺》。卿輯，馬有)

讓國，盛德之事也。然存其實而取其名者，亂之所由起。故泰伯爲此，所以使名、實俱亡，而亂不作也。(《或問》卷八。卿輯)

遜國，盛德之事也。然非其人，鮮不爲亂。宋宣公舍祇與夷而立穆公，亂者三世。隱、桓之相賊，子噲之失國，皆存其實而取其名。名實存，亂之所由起也。泰伯斷髮文身，示不可用，使民无得而稱之。名實俱亡，亂何自生哉？非孔子，孰能知其爲至德乎！(《歷代名賢確論》卷二一引"東坡曰"。谷補)

【附錄】

蘇轍《拾遺·泰伯至德》 泰伯以國授王季，逃之荆蠻，天下知王季、文、武之賢，而不知泰伯之德所以成之者遠矣。故曰："泰伯其可謂至德也已矣，三以天下讓，民无得而稱焉。"子瞻曰：……予以爲不然。人患不誠，誠无爭心，苟非豺狼，孰不順之？魯之禍始于攝，而宋之禍成于好戰，皆非讓之過也。漢東海王彊以天下授顯宗，唐宋王成器以天下讓玄宗，兄弟終身无間言焉，豈亦斷髮文身？子貢曰："泰伯端委以治吳，仲雍繼之，斷髮文身。"孰謂泰伯斷髮文身示不可用者？太史公以意言之爾。(《欒城三集》卷七)

朱熹《或問》卷八　此以利害言之，故不足以論聖賢之心。而其弟黃門又曰："子貢言：'泰伯端委以治吳'，則固未嘗斷髮文身也。"且漢東海王以天下授顯宗，唐宋王成器以天下授玄宗，皆兄弟終身无間言，何必斷髮文身哉？此引子貢之言，則其事固有不可考者，然以漢唐二事例之，則亦未足以盡聖賢之心也。

黎靖德編《朱子語類》卷三五　泰伯之心，即伯夷叩馬之心；太王之心，即武王孟津之心，二者"道並行而不相悖"。然聖人稱泰伯爲至德，謂《武》爲"未盡善"，亦自有抑揚。蓋泰伯、夷、齊之事，天地之常經，而太王、武王之事，古今之通義，但其間不无些子高下。若如蘇氏用三五百字罵武王非聖人，則非矣。于此二者中，須見得"道並行而不悖"處，乃善。

又　武王做得大故粗暴。當時紂既投火了，武王又卻親自去斫他頭來梟起。若文王，恐不肯恁地。這也難說。武王當時做得也有未盡處，所以東坡說他不是聖人，雖說得太過，然畢竟是有未盡處。

子曰："恭而无禮則勞，慎而无禮則葸，勇而无禮則亂，直而无禮則絞。君子篤于親，則民興于仁；故舊不遺，則民不偷。"

曾子有疾，召門弟子曰："啓予足！啓予手！《詩》云：'戰戰兢兢，如臨深淵，如履薄冰。'而今而後，吾知免夫！小子！"

曾子有疾，孟敬子問之。曾子言曰："鳥之將死，其鳴也哀；人之將死，其言也善。君子所貴乎道者三：動容貌，斯遠暴慢矣；正顏色，斯近信矣；出辭氣，斯遠鄙倍矣。籩豆之事，則有司存。"

曾子曰："以能問于不能，以多問于寡；有若无，實若虛，犯而不校。昔者，吾友嘗從事于斯矣。"

曾子曰："可以託六尺之孤，可以寄百里之命，臨大節而不可奪也。君子人與？君子人也！"

曾子曰："士不可以不弘毅，任重而道遠。仁以爲已任，不亦重乎？死而後已，不亦遠乎？"

子曰："興于《詩》，立于《禮》，成于《樂》。"

子曰："民可使，由之；不可使，知之。"

子曰："好勇疾貧，亂也；人而不仁，疾之已甚，亂也。"

子曰："如有周公之才之美，使驕且吝，其餘不足觀也已。"

子曰："三年學，不至于穀，不易得也。"

子曰："篤信好學，守死善道。危邦不入，亂邦不居。天下有道則見，无道則隱。邦有道，貧且賤焉，恥也；邦无道，富且貴焉，恥也。"

子曰："不在其位，不謀其政。"

子曰："師摯之始。《關雎》之亂，洋洋乎盈耳哉！"

子曰："狂而不直，侗而不愿，悾悾而不信，吾不知之矣。"

  天之生物，氣質不齊。其中材以下，有是德則有是病，有是病必有是德。故馬之蹄齧者必善走，其不善者必馴。有是病而無是德，則天下之棄才也。(《集注》卷四，又見《集注大全》卷八引"蘇氏曰"。卿輯，馬有)

【附録】

《朱熹集》卷五七《答陳安卿二》 (陳曰)"《泰伯》第十六章，蘇氏有是德無是德之説，所謂德者，是原于天命之性否？"(朱曰)"'德'字只是説人各有長處，不必便引到天命之性處也。"

子曰："學如不及，猶恐失之。"

子曰："巍巍乎，舜、禹之有天下也而不與焉！"

子曰："大哉，堯之爲君也！巍巍乎！唯天爲大，唯堯則之。蕩蕩乎，民无能名焉。巍巍乎，其有成功也！煥乎，其有文章！"

  此論其德之辭也。(《東坡書傳·虞書》)

舜有臣五人而天下治。武王曰："予有亂臣十人。"孔子曰："才難，不其然乎？唐虞之際，于斯爲盛。有婦人焉，九人而已。三分天下有其二，以服事殷。周之德，其可謂至德也已矣。"

  古今傳十人，爲文母、周公、太公、召公、畢公、榮公、太顛、閎夭、散宜生、南宫括。孔子曰："有婦人焉，九人而已。"(《東坡書傳·泰誓中》。舒補)

  以文王事殷爲至德，則武王非至德明矣。(陳天祥《四書辨疑》卷五。下引此書不再著録作者。卿輯)

  文王只是依本分做，諸侯自歸之。 又：三分天下有其二，文王只是不管他。(《朱子語類》卷三五。舒補)

【附録】

蘇轍《拾遺·亂臣十人》 婦人者，太姒也，然則武王蓋臣其母乎？古者婦人既嫁從夫，夫死從子，故春秋書魯僖公之母曰："秦人來歸僖公成風之襚。"太姒雖母，以九人故，謂之臣焉可也。(《欒城三集》卷七)

黎靖德編《朱子語類》卷三五 東坡言："'三分天下有其二'，文王只是不管他。"此説也好。但文王不是無思量，觀他戡黎、伐崇之類時，也顯然是在經營。

子曰："禹，吾無間然矣。菲飲食，而致孝乎鬼神；惡衣服，而致美乎黻冕；卑宫室，而盡力乎溝洫。禹，吾無間然矣。"

子罕篇第九

子罕言利與命與仁。

達巷黨人曰："大哉孔子，博學而无所成名。"子聞之，謂門弟子曰："吾何執？執御乎，執射乎？吾執御矣。"

子曰："麻冕，禮也；今也純，儉，吾從衆。拜下，禮也；今拜乎上，泰也。雖違衆，吾從下。"

> 欲事之易成，則先治其所以信服天下者。天下之士，不可以力勝，力不可勝，則莫若從衆。從衆者，非從衆多之口，而從其所不言而同然者，是真從衆也。衆多之口，非果衆也，特聞于吾耳而接于吾前，未有非其私説者也。于吾爲衆，于天下爲寡。彼衆之所不言而同然者，衆多之口舉不樂也。以衆多之口所不樂，而棄衆之所不言而同然，則樂者寡而不樂者衆矣。古之人常以從衆得天下之心，而世之君子常以從衆失之。不知夫古之人，其所從者，非從其口，而從其所同然也。……從其所同然而行之，若猶有言者，則可以勿卹矣。（《經進東坡文集事略》卷一一《思治論》。卿輯）

子絕四：毋意，毋必，毋固，毋我。

子畏于匡，曰："文王既没，文不在茲乎？天之將喪斯文也，後死者不得與于斯文也；天之未喪斯文也，匡人其如予何？"

太宰問于子貢曰："夫子聖者與？何其多能也？"子貢曰："固天縱之將聖，又多能也。"

> 將，殆也。（《集注》卷五）

【附録】

朱熹《或問》卷一四　"舊説訓'將'爲大，今以爲殆，何也？"曰："此蘇氏説也。'將'固有訓大者，然與此書前後文體不類，故從蘇氏耳。"（馬輯。按，據此知《集注》訓"將，殆也"乃蘇軾之説）

子聞之，曰："太宰知我乎！吾少也賤，故多能鄙事。君子多乎哉？不多也！"

牢曰："子云：'吾不試，故藝。'"

子曰："吾有知乎哉？无知也。有鄙夫問于我，空空如也，我叩其兩端而竭焉。"

> 世无孔子，莫或叩之，故使鄙夫得挾其空空以欺世取名，此可笑也。（《蘇軾文集》卷六六《跋荆溪外集》）

子曰："鳳鳥不至，河不出圖，吾已矣夫！"

子見齊衰者、冕衣裳者與瞽者，見之，雖少，必作；過之，必趨。

顏淵喟然歎曰："仰之彌高，鑽之彌堅。瞻之在前，忽焉在後。夫子循循然善誘人，博我以文，約我以禮，欲罷不能。既竭吾才，如有所立卓爾，雖欲從之，末由也已。"

子疾病，子路使門人爲臣。病間，曰："久矣哉，由之行詐也！无臣而爲有臣。吾誰欺？欺天乎！且予與其死於臣之手也，无寧死於二三子之手乎！且予縱不得大葬，予死於道路乎？"

子貢曰："有美玉于斯，韞匵而藏諸？求善賈而沽諸？"子曰："沽之哉！沽之哉！我待賈者也。"

子欲居九夷。或曰："陋，如之何？"子曰："君子居之，何陋之有？"

公山不狃佛肸召，欲往而不往也。九夷，欲居而不居也。（胡炳文《四書通·論語》卷五引"蘇氏曰"。下引此書不再著錄作者。許拾）

子曰："吾自衛反魯，然後樂正，《雅》、《頌》各得其所。"

子曰："出則事公卿，入則事父兄，喪事不敢不勉，不爲酒困，何有于我哉。"

子在川上曰："逝者如斯夫，不舍晝夜！"

子曰："吾未見好德如好色者也。"

夫子之言，《論語》不著其所爲。如"魯衛之政兄弟也"，爲哀公出公發也，司馬遷知之。"齊桓公正而不譎"，爲哀姜發也，鄒陽知之。若此者非一也。夫子之言，將有爲而發，記失其傳，而并失其指者爲不少也，可勝歎哉！（《四書通·論語》卷五引"蘇氏曰"。許拾）

子曰："譬如爲山，未成一簣，止，吾止也。譬如平地，雖覆一簣，進，吾往也。"

子曰："語之而不惰者，其回也與？"

子謂顏淵曰："惜乎！吾見其進也，未見其止也！"

子曰："苗而不秀者有矣夫！秀而不實者有矣夫！"

子曰："後生可畏，焉知來者之不如今也？四十、五十而無聞焉，斯亦不足畏也已。"

子曰："法語之言，能无從乎？改之爲貴。巽與之言，能无說乎？繹之爲貴。說而不繹，從而不改，吾末如之何也已矣。"

【附錄】

舒按：東坡原文已佚。朱熹《或問》卷八：或問二十三章之說……曰：蘇氏之說，又別一意，然亦可觀。

子曰："主忠信，毋友不如己者，過則勿憚改。"

世之陋者，樂以不己若者爲友，則自足而日損，故以此戒之。是謂不以文害辭，不以辭害意。如必勝己而後友，則勝己者亦不吾友矣。（《或問》卷一注引"蘇氏曰"。

卿輯，馬有）

【附録】

朱熹《或問》卷一　蘇氏之説，蓋得其略。

王若虚《滹南集》卷四　其説甚佳。林少穎乃通上句爲義，曰忠信不與己同者，不與爲友，此正疑其害意而爲之遷就也。

子曰："三軍可奪帥也，匹夫不可奪志也。"

子曰："衣敝緼袍，與衣狐貉者立，而不耻者，其由也與。'不忮不求，何用不臧？'"子路終身誦之。子曰："是道也，何足以臧？"

子曰："歲寒然後知松柏之後彫也！"

子曰："知者不惑，仁者不憂，勇者不懼。"

子曰："可與共學，未可與適道；可與適道，未可與立；可與立，未可與權。""唐棣之華，偏其反而。豈不爾思，室是遠而"，子曰："未之思也，夫何遠之有？"

思賢而不得之詩。（《朱子語類》卷三七。舒補）

【附録】

黎靖德編《朱子語類》卷三七　問"唐棣之華，偏其反而"。曰："此自是一篇詩，與今《棠棣》之詩別。……此逸詩，不知當時詩人思箇甚底。東坡謂'思賢而不得之詩'，看來未必是思賢。但夫子大概止是取下面兩句云：'人但不思，思則何遠之有！'初不與上面説權處是一段。'唐棣之華'而下，自是一段。緣漢儒合上文爲一章，故誤認'偏其反而'爲'反經合道'，所以錯了。"

又　漢儒有"反經"之説，只緣將《論語》下文"偏其反而"誤作一章解，故其説相承曼衍。且看《集義》中諸儒之説，莫不連下文。獨是范純夫不如此説，蘇氏亦不如此説，自以"唐棣之華"爲下截。

《朱熹集》卷三一《與張敬夫論癸巳論語説》　"唐棣之華"。《唐棣》之詩，周公誅管、蔡之事。《論語》及《詩·召南》作"唐棣"，《小雅》作"常棣"，无作"棠"者。而《小雅》"常"字亦无"唐"音。《爾雅》又云"唐棣，栘；常棣，棣"，則唐棣、常棣自是兩物。而夫子所引，非《小雅》之《常棣》矣。且今《小雅·常棣》之詩章句聯屬，不應别有一章如此，蓋逸詩爾。《論語》此下别爲一章，不連上文，范氏、蘇氏已如此説。但以爲思賢之詩，則未必然耳。或説此爲孔子所删《小雅》詩中之一章，亦无所考。且以文意參之，今詩之中當爲第幾章耶？

又卷四四《答江德功》　"唐棣之華"，别爲一章，甚是。《精義》中范公已有此説。東坡亦然，但其爲説或未盡耳。

鄉黨篇第十

孔子于鄉黨，恂恂如也，似不能言者。其在宗廟、朝廷，便便言，唯謹爾。朝，與下大夫言，侃侃如也；與上大夫言，誾誾如也。君在，踧踖如也，與與如也。

君召使擯，色勃如也，足躩如也。揖所與立，左右手，衣前後，襜如也。趨進，翼如也。賓退，必復命曰："賓不顧矣。"

入公門，鞠躬如也，如不容。立不中門，行不履閾。過位，色勃如也，足躩如也，其言似不足者。攝齊升堂，鞠躬如也，屏氣似不息者。出，降一等，逞顔色，怡怡如也。没階，趨進，翼如也。復其位，踧踖如也。

執圭，鞠躬如也，如不勝。上如揖，下如授。勃如戰色，足蹜蹜如有循。享禮，有容色。私覿，愉愉如也。

君子不以紺緅飾，紅紫不以爲褻服。當暑，袗絺綌，必表而出之。緇衣，羔裘；素衣，麑裘；黄衣，狐裘。褻裘長，短右袂。必有寢衣，長一身有半。狐貉之厚以居。去喪，无所不佩。非帷裳，必殺之。羔裘玄冠不以弔。吉月必朝服而朝。

  此孔氏遺書，雜記曲禮，非特孔子事也。（《四書纂疏·論語纂疏》卷五）

齊，必有明衣，布。齊必變食，居必遷坐。

食不厭精，膾不厭細。

食饐而餲，魚餒而肉敗，不食。色惡，不食。臭惡，不食。失飪，不食。不時，不食。割不正，不食。不得其醬，不食。

肉雖多，不使勝食氣。唯酒无量，不及亂。沽酒市脯不食。不撤薑食，不多食。

  王介甫多思而喜鑿，時出一新說，已而悟其非也，則又出一說以解之。是以其學多說。常與劉原父食，輟筯而問曰："孔子不撤薑食，何也？"原父曰："《本草》：生薑多食損智。道非明民，將以愚之。孔子以道教人者也，故不撤薑食，將以愚之也。"介甫欣然而笑，久之，乃悟其戲己也。原父雖戲言，然王氏之學實大類此。庚辰三月十一日，食薑粥，甚美，歎曰："无怪吾愚，吾食薑多矣。"因并貢父言記之，以爲後世君子一笑。（《東坡志林·劉貢父戲介甫》）

祭于公，不宿肉。祭肉不出三日。出三日，不食之矣。

食不語，寢不言。

雖蔬食菜羹，瓜祭，必齊如也。

席不正，不坐。

鄉人飲酒，杖者出，斯出矣。

鄉人儺，朝服而立于阼階。

問人于他邦，再拜而送之。

康子饋藥，拜而受之。曰："丘未達，不敢嘗。"

厩焚。子退朝，曰："傷人乎？"不問馬。

君賜食，必正席先嘗之；君賜腥，必熟而薦之；君賜生，必畜之。侍食于君，君祭，先飯。

疾，君視之，東首，加朝服，拖紳。

君命召，不俟駕行矣。入太廟，每事問。

朋友死，无所歸，曰："于我殯。"

朋友之饋，雖車馬，非祭肉，不拜。

寢不尸，居不容。

見齊衰者，雖狎，必變。見冕者與瞽者，雖褻，必以貌。凶服者式之，式負版者。

有盛饌，必變色而作。迅雷風烈必變。

升車，必正立執綏。車中不内顧，不疾言，不親指。

色斯舉矣，翔而後集，曰："山梁雌雉，時哉時哉！"子路共之，三嗅而作。
　　祝鮀，衛子魚，賢者也，佞者也？以爲佞人，蓋流俗之誤。山梁雌雉，子路以饋孔子。孔子知子路將不得其死，雉亦好鬥，鬥喪其生，故曰"色斯舉矣，翔而後集"。若此雉，豈時之罪哉？其餘義盡于文，初无注解焉，或留意少試。（《蘇軾全集》卷五二《與王定國》）

【附録】

《朱熹集》卷五九《答趙恭父》　　（趙曰）"'君子不以紺緅飾'注云：'君子謂孔子'。下文蘇氏曰：'此孔子遺書，雜記曲禮，非特孔子事。'"（朱曰）"此二義兼存，以待學者之自擇，未有一定之説。"

王若虚《滹南集》卷五　　《鄉黨》一篇，皆聖人起居飲食之常，而弟子私記之，雖左右周旋莫不中節，然亦有本无意義者，而學者求之太過……東坡以爲雜記《曲禮》，非獨孔子之事，皆置而不説，此固太甚。然如張九成輩妄爲夸誕，務爲張大聖人，而不知其非實。至謂與《春秋》相表裏，其不近人情，亦豈足盡信哉！

論語說卷二

先進篇第十一

子曰："先進于禮樂，野人也；後進于禮樂，君子也。如用之，則吾從先進。"

　　孔子之世，其諸侯卿大夫視先王之禮樂，猶方圓冰炭之不相入也。進而先之以禮樂，其不合必矣。是人也，以道言之，則聖人；以世言之，則野人也。若夫君子之急于有功者則不然，其未合也，先之以世俗之所好，而其既合也，則繼以先王之禮樂。其心則然，然其進不正，未有能繼以正者也。故孔子不從。（《東坡集》卷二一《學士院試孔子從先進論》。卿輯）

子曰："從我于陳、蔡者，皆不及門也。"

德行：顔淵、閔子騫、冉伯牛、仲弓。言語：宰我、子貢。政事：冉有、季路。文學：子游、子夏。

子曰："回也，非助我者也，于吾言無所不説。"

子曰："孝哉，閔子騫！人不間于其父母昆弟之言。"

南容三復白圭，孔子以其兄之子妻之。

季康子問："弟子孰爲好學？"孔子對曰："有顔回者好學，不幸短命死矣，今也則亡。"

顔淵死，顔路請子之車以爲之椁。子曰："才不才，亦各言其子也。鯉也死，有棺而無椁。吾不徒行以爲之椁。以吾從大夫之後，不可徒行也。"

　　古者行禮，視其所有而已。遇其有，則脱驂于舊館人；及其無，不舍車于顔淵。（《滹南集》卷六。卿輯）

【附録】

王若虛《滹南集》卷六　　東坡曰：……胡氏曰："葬可以無椁，驂可以脱而復求，大夫不可徒行，命車不可以與人。……君子之用財，顧義可否，豈獨視有無而已哉？"予謂胡氏之論，若勝于東坡。然喪具稱其家貲，而不以死傷生，古之道也。雖于父母且然，況卑幼者乎？以子之椁而奪師之車，其不量彼己，不識輕重亦甚矣！在禮意人情自當拒之，何必如胡氏之辨析哉！

顔淵死。子曰："噫！天喪予！天喪予！"

顔淵死，子哭之慟。從者曰："子慟矣！"曰："有慟乎？非夫人之爲慟而誰爲？"

顏淵死，門人欲厚葬之，子曰："不可。"門人厚葬之。子曰："回也視予猶父也，予不得視猶子也。非我也，夫二三子也！"

季路問事鬼神。子曰："未能事人，焉能事鬼？"曰："敢問死。"曰："未知生，焉知死？"

閔子侍側，誾誾如也；子路，行行如也；冉有、子貢，侃侃如也，子樂。"若由也，不得其死然。"

魯人爲長府。閔子騫曰："仍舊貫，如之何？何必改作？"子曰："夫人不言，言必有中。"

子曰："由之瑟，奚爲于丘之門？"門人不敬子路。子曰："由也升堂矣，未入于室也。"

子貢問："師與商也孰賢？"子曰："師也過，商也不及。"曰："然則師愈與？"子曰："過猶不及。"

> 孔子曰："過猶不及。"學者因是以謂"中者，過與不及之間之謂也"。陋哉，斯言也！聵者之言，不粗則微，何也？耳之官廢，則粗微之制不在我也。聽者之言无粗微，豈復擇粗微之間而後言乎？中則極，極則中，中、極一物也。學者知此，則幾矣。（《東坡書傳‧洪範》。舒補）

季氏富于周公，而求也爲之聚斂而附益之。子曰："非吾徒也，小子鳴鼓而攻之，可也。"柴也愚，參也魯，師也辟，由也喭。

子曰："回也其庶乎，屢空。賜不受命，而貨殖焉，億則屢中。"

子張問善人之道。子曰："不踐迹，亦不入于室。"

子曰："論篤是與，君子者乎？色莊者乎？"

子路問："聞斯行諸？"子曰："有父兄在，如之何其聞斯行之？"冉有問："聞斯行諸？"子曰："聞斯行之。"公西華曰："由也問聞斯行諸，子曰'有父兄在'；求也問聞斯行諸，子曰'聞斯行之'。赤也惑，敢問。"子曰："求也退，故進之；由也兼人，故退之。"

子畏于匡，顏淵後。子曰："吾以女爲死矣！"曰："子在，回何敢死！"

季子然問："仲由、冉求，可謂大臣與？"子曰："吾以子爲異之問，曾由與求之問。所謂大臣者，以道事君，不可則止。今由與求也，可謂具臣矣。"曰："然則從之者與？"子曰："弑父與君，亦不從也。"

子路使子羔爲費宰。子曰："賊夫人之子。"子路曰："有民人焉，有社稷焉，何必讀書，然後爲學。"子曰："是故惡夫佞者。"

子路、曾皙、冉有、公西華侍坐。子曰："以吾一日長乎爾，毋吾以也。居則曰：'不吾知也！'如或知爾，則何以哉？"子路率爾而對曰："千乘之國，攝乎大國之間，加之以師旅，因之以饑饉。由也爲之，比及三年，可使有勇，且知方也。"夫子哂之。"求！爾何如？"對曰："方六七十，如五六十，求也爲之，比及三年，可使足民。如其禮樂，以俟君子。""赤！爾何如？"對曰："非曰能之，願學焉。宗廟之事，如會同，端章甫，願爲小相焉。""點！爾何如？"鼓瑟希，鏗爾，舍瑟而作，對曰："異乎三子者之撰。"子曰："何傷乎？亦各言其志也。"曰："莫春者，春服既成，冠者五六人，童子六七人，浴乎沂，風乎舞雩，詠而歸。"夫子喟然歎曰："吾與點也！"三子者出，曾晳後。曾晳曰："夫三子者之言何如？"子曰："亦各言其志也已矣。"曰："夫子何哂由也？"曰："爲國以禮，其言不讓，是故哂之。""唯求則非邦也與？""安見方六七十如五六十而非邦也者？""唯赤則非邦也與？""宗廟會同，非諸侯而何？赤也爲之小，孰能爲之大？"

顔淵篇第十二

顔淵問仁，子曰："克己復禮爲仁。一日克己復禮，天下歸仁焉。爲仁由己，而由人乎哉！"顔淵曰："請問其目。"子曰："非禮勿視，非禮勿聽，非禮勿言，非禮勿動。"顔淵曰："回雖不敏，請事斯語矣。"

> 夫視聽期于聰明而已，何與于禮？非禮勿視，非禮勿聽，是禮也，何與于仁？曰：視聽不以禮，則聰明之害物也甚于聾瞽。何以言之？明之過也，則无所不視，抉人之私，求人之所不及；聽之過也，則无所不聽，浸潤之譖，膚受之愬或行焉。此其害，豈特聾瞽而已哉！故聖人一之于禮，君臣上下，各視其所當視，各聽其所當聽，而仁不可勝用也。（《文集》卷六《視遠惟明聽德惟聰》。舒補）
> 孔子曰："非禮勿視，非禮勿聽，非禮勿言，非禮勿動。"一出于禮，而仁不可勝用矣。舜、禹、皋陶之微言，其傳于孔子者蓋如此。（《東坡書傳·大禹謨》。舒補）

仲弓問仁。子曰："出門如見大賓，使民如承大祭。己所不欲，勿施于人。在邦无怨，在家无怨。"仲弓曰："雍雖不敏，請事斯語矣。"

司馬牛問仁。子曰："仁者，其言也訒。"曰："其言也訒，斯謂之仁已乎？"子曰："爲之難，言之得无訒乎？"

司馬牛問君子。子曰："君子不憂不懼。"曰："不憂不懼，斯謂之君子已乎？"子曰："内省不疚，夫何憂何懼？"

司馬牛憂曰："人皆有兄弟，我獨亡！"子夏曰："商聞之矣，死生有命，富貴在天。君子敬而无失，與人恭而有禮。四海之内皆兄弟也，君子何患乎无兄弟也？"

子張問明，子曰："浸潤之譖，膚受之愬，不行焉。可謂明也已矣。浸潤之譖，膚受之愬，不行焉，可謂遠也已矣。"

譖、愬之言當行于偏暗而隘迫者，蓋一有所聞，而忿心應之也。明且遠者，虛以祭之，則不旋踵而得其情矣。(《或問》卷一二注。卿輯，馬有)

太甲之復辟也，伊尹戒之曰："視遠惟明，聽德惟聰。"何謂遠？何謂德？孔子曰："文武之道，未墜于地，在人，賢者識其大者，不賢者識其小者。"夫惟小之爲知，又烏能及遠哉。探夜光于東海者，不爲鯢桓而回網羅；求合抱于鄧林者，不以徑寸而枉斧斤。苟志于遠，必略近矣。故子張問明，孔子既告之以明，又告之以遠。由此觀之，視不及遠者，不足爲明也。(《蘇軾文集》卷六《視遠惟明聽德惟聰》)

孔子曰："浸潤之譖，膚受之愬，不行焉，可謂明也已矣。"巧言之人人，如水之漸漬，如病之自肌理入也，是之謂膚。今汝聒聒以險膚之言，起信于人，將誰訟乎？(《東坡書傳·盤庚上》。舒補)

【附錄】

朱熹《或問》卷一二　此章之旨，惟楊氏(時)爲得之。而蘇氏之說，亦中不明、不遠者之病，學者所當深戒也。

子貢問政。子曰："足食。足兵。民信之矣。"子貢曰："必不得已而去，于斯三者何先？"曰："去兵。"子貢曰："必不得已而去，于斯二者何先？"曰："去食。自古皆有死，民无信不立。"

孟子較禮、食之輕重，禮重而食輕則去食，食重而禮輕則去禮。惟色亦然。而孔子去食存信，曰："自古皆有死，民无信不立。"不復較其輕重，何也？曰："禮、信之于食、色，如五穀之不殺人。"今有問者曰："吾恐五穀殺人，欲禁之如何？"必答曰："吾寧食五穀而死，不禁也。"此孔子去食存信之論也。今答曰："擇其殺人者而禁之，其不殺人者勿禁也。"五穀安有殺人者哉？此孟子禮、食輕重之論也。禮，所以使人得妻也，廢禮而失妻者皆是，緣禮而不得妻者，天下未嘗有也。信，所以使人得食也，棄信而得食者皆是①，緣信而不得食者②，天下未嘗有也。今立法不從天下之所同，而從其所未嘗有，以開去取之門，使人以爲禮有時而可去取也，則將各以其私意權之，其輕重豈復有定物。由孟子之說，則禮廢无日矣。或曰："舜不告而娶，則以禮，則不得妻也。"曰：此孟子之所傳，古无是說也。凡舜之塗廩、浚井、不告而娶，皆齊魯間野人之語，考之于《書》，舜之事父母，蓋烝烝焉，不至于姦，无是說也。使不幸而有之，則亦非人理之所期矣。自舜已來，如瞽瞍者蓋亦有之，爲人父而不欲其子娶妻者，未之有也。故曰緣禮則不得妻者，天下无有也。或曰嫂叔不親授，禮也。禮嫂溺而不援，曰禮不親援，可乎？是禮有時而去取也。曰嫂叔不親援，禮也，嫂溺而援之以手，亦禮也。何去取之有？(《聞見後錄》卷一二，又見《尊孟續辨》卷下。卿輯，馬有)

---

① 得食：原本作"失食"，據《尊孟續辨》卷下改。
② 不得食：原本作"不失食"，據《尊孟續辨》卷下改。

【附録】

余允文《尊孟續辯》卷下 禮之于天下，其猶權衡歟，萬事取正于禮，猶萬事取乎權衡也。豈无輕重哉？東坡恃其聰敏，持胸臆之見，肆傾河之辯，謂孟子較禮食之輕重非是，徒費其辭，終不能以勝孟子。況孟子初未嘗言禮可去也，今曰吾寧食五穀而死，不禁爲孔子去食存信之論。則是孔子以不去食爲信也。昔人有不食嗟來之食而死者，曾子聞之曰："微，與其嗟也可去，其謝也可食。"又居喪之禮，頭有瘡則沐，身有瘡則浴，有疾則飲酒食肉。孟子禮食輕重之意也。自黄帝至唐堯皆立四妃，舜以不告而娶，不立元妃，止二妃焉。《記》曰："舜葬于蒼梧之野，二妃未之從也①。"考之經史，可以概見。不告而娶，不可謂古无是説。爲人父，有溺于私愛而逐出其子者，而謂不欲其子娶妻未之有，吾弗知也。嫂溺援之以手，非禮也，權也。東坡以爲禮，豈不妨風教乎？若然，則人將幸其有類此者，吾將以行其禮焉，非所以爲訓也。

王若虚《滹南集》卷八 東坡曰："嫂溺援之，亦禮也。"與李泰伯之説同。夫孟子云，此固正禮，然有時而從權耳。豈謂權即非禮乎？二子可謂以辭害志矣。

又 東坡以孔子去食存信之義，破孟子禮輕食色重之論，以爲使從其説，則禮之亡无日矣。張九成亦疑其非，而置之不説。予謂不然。子貢以去取爲決迹，故孔子以去取決之；任人以輕重相明，故孟子以輕重明之，其勢然爾。使任人之問若子貢之問，則孟子之所答亦將如孔子之所答矣。孟子之言未可瑕疵。

棘子成曰："君子質而已矣，何以文爲？"子貢曰："惜乎，夫子之説君子也，駟不及舌。文猶質也，質猶文也。虎豹之鞟猶犬羊之鞟。"

哀公問于有若曰："年饑，用不足，如之何？"有若對曰："盍徹乎？"曰："二，吾猶不足，如之何其徹也？"對曰："百姓足，君孰與不足？百姓不足，君孰與足？"

子張問崇德辨惑。子曰："主忠信，徙義，崇德也。愛之欲其生，惡之欲其死；既欲其生，又欲其死，是惑也。'誠不以富，亦祇以異。'"

齊景公問政于孔子。孔子對曰："君君、臣臣、父父、子子。"公曰："善哉！信如君不君、臣不臣、父不父、子不子，雖有粟，吾得而食諸？"

子曰："片言可以折獄者，其由也與？"子路无宿諾。

子曰："聽訟，吾猶人也，必也使无訟乎。"

子張問政。子曰："居之无倦，行之以忠。"

子曰："博學于文，約之以禮，亦可以弗畔矣夫！"

子曰："君子成人之美，不成人之惡。小人反是。"

季康子問政于孔子。孔子對曰："政者，正也。子帥以正，孰敢不正？"

---

① 二妃：《禮記・檀弓上》作"蓋三妃"。

季康子患盜，問于孔子。孔子對曰："苟子之不欲，雖賞之不竊。"

乃知上不盡利，則民有以爲生，苟有以爲生，亦何苦而爲盜？其間凶殘之黨，樂禍不悛，則須敕法以峻刑，誅一以警百。今中民以下，舉皆闕食，冒法而爲盜則死，畏法而不盜則饑，飢寒之與棄市，均是死亡，而賒死之與忍饑，禍有遲速，相率爲盜，正理之常。雖日殺百人，勢必不止。（《蘇軾文集》卷二五《論河北京東盜賊狀》。舒補）

季康子問政于孔子曰："如殺无道，以就有道，何如？"孔子對曰："子爲政，焉用殺？子欲善，而民善矣。君子之德風，小人之德草。草上之風，必偃。"

雖堯、舜在上，不免于殺无道，然君子終不以殺勸其君①。民之不幸而自蹈于死②，則有之，吾未嘗殺也。孟子言："以生道殺民，雖死不怨殺者。"使後世暴君汙吏皆曰："吾以生道殺之。"故孔子不忍言之。（《聞見後錄》卷一二，又見《尊孟續辨》卷下。卿輯，馬有）

夫殺无道以就有道，爲政者之所不免，其言蓋未爲過也，而孔子惡之如此，惡其恃殺以爲政也。（《東坡書傳·周書·召誥》）

夫殺无道就有道，先王之所不免也，孔子諱之。然則殺者，君子之所難言也。（《蘇軾文集》卷六《孟子義·以佚道使民以生道殺民》。舒補）

【附錄】

余允文《尊孟續辯》卷下　古先哲王設爲刑辟，罪之大者必加諸戮，然先王之心未嘗不欲生之也，至于殺之，乃出于不得已耳。苟惟常以生生之道存心，而民自蹈刑辟，雖死不怨殺者，此理之常也。是唐、虞、三代之君皆以生道殺民，觀諸典謨可見。彼暴君汙吏視殺人如刈菅然，使用孟子以生之言藉口，則亦知所戒懼矣。如曰孔子不忍言殺，即《康誥》、《酒誥》考之，文、武、周公皆忍也，何爲獨責孟子？

子張問："士何如斯可謂之達矣？"子曰："何哉，爾所謂達者？"子張對曰："在邦必聞，在家必聞。"子曰："是聞也，非達也。夫達也者，質直而好義，察言而觀色，慮以下人。在邦必達，在家必達。夫聞也者，色取仁而行違，居之不疑。在邦必聞，在家必聞。"

樊遲從游于舞雩之下，曰："敢問崇德，修慝，辨惑。"子曰："善哉問！先事後得，非崇德與？攻其惡，无攻人之惡，非修慝與？一朝之忿，忘其身，以及其親，非惑與？"

樊遲問仁。子曰："愛人。"問知。子曰："知人。"樊遲未達。子曰："舉直錯諸枉，能使枉者直。"樊遲退，見子夏曰："鄉也吾見于夫子而問知，

---

① 勸其君：《尊孟續辨》卷下作"人爲訓"。
② 民之：《尊孟續辨》卷下作"堯舜之民"。

子曰'舉直錯諸枉，能使枉者直'，何謂也？"子夏曰："富哉言乎！舜有天下，選于衆，舉皋陶，不仁者遠矣。湯有天下，選于衆，舉伊尹，不仁者遠矣。"

子貢問友。子曰："忠告而善道之，不可則止，毋自辱焉。"

曾子曰："君子以文會友，以友輔仁。"

子路篇第十三

子路問政。子曰："先之，勞之。"請益，曰："无倦。"

  凡民之行，以身先之，則不令而行；凡民之事，以身勞之，則雖勤不怨。(《集注》卷七。又見《四書辨疑》卷七。卿輯，馬有)

【附錄】

黎靖德編《朱子語類》卷四三　問："'勞之'恐是以言語勸勉他？"曰："如此說，不盡得爲政之理。若以言語勸勉它，亦不甚要緊，亦是淺近事。聖人自不用說，亦不見得無倦底意。勞是勤于事，勤于事時，便有倦底意，所以教它勞。東坡下'行'字與'事'字，最好。"或問："'愛之能勿勞乎'，有兩箇'勞'字？"曰："這箇'勞'，是使它勞。"

仲弓爲季氏宰。問政。子曰："先有司，赦小過，舉賢才。"曰："焉知賢才而舉之？"子曰："舉爾所知，爾所不知，人其舍諸？"

  有司既立，則責有所歸。然常赦其小過，則賢才可得而舉也。惟庸人與奸人爲无小過，張禹、胡廣、李林甫、盧杞是也。若小過不赦，則賢者避罪不暇，而此等出矣。(朱熹《或問》卷一八引"蘇氏曰"。許拾)

子路曰："衛君待子而爲政，子將奚先？"子曰："必也正名乎！"子路曰："有是哉，子之迂也！奚其正？"子曰："野哉，由也！君子于其所不知，蓋闕如也。名不正，則言不順；言不順，則事不成；事不成，則禮樂不興；禮樂不興，則刑罰不中；刑罰不中，則民无所錯手足。故君子名之必可言也，言之必可行也。君子于其言，无所苟而已矣。"

  孔子曰："必也正名乎！"儒者之患，患在于名實之不正。故亦有以文王爲稱王者，是以聖人爲後世之僭君急于爲王者耶。天下雖亂，有王者在，而己自王，雖聖人不能以服天下。(《蘇軾文集》卷三《周公論》。舒補)

  昔者子路問孔子所以爲政之先？子曰："必也正名乎！"故《春秋》之法，尤謹于正名，至于一鼎之微而不敢忽焉，聖人之用意蓋深如此。(《蘇軾文集》卷三《論取郜大鼎于宋》。舒補)

  孔子曰"名之必可言，言之必可行"，是之謂名言，名之以仁，固仁矣。名之以義，故義矣。是謂名言茲在，茲及其念之至也。不待名言，而情實皆仁義也。(《東

坡書傳·虞書》）

【附錄】

黎靖德編《朱子語類》卷四三　又問："子路之死于衛，其義如何？"曰："子路只見得下一截道理，不見上一截道理。孔悝之事，它知道是'食焉不避其難'，却不知食出公之食爲不義。東坡嘗論及此。"問："如此，是他當初仕衛便不是？"曰："然。"

樊遲請學稼。子曰："吾不如老農。"請學爲圃。曰："吾不如老圃。"樊遲出。子曰："小人哉！樊須也。上好禮，則民莫敢不敬；上好義，則民莫敢不服；上好信，則民莫敢不用情。夫如是，則四方之民襁負其子而至矣，焉用稼？"

有大人之事，有小人之事。愈大則身愈逸而責愈重，愈小則身愈勞而責愈輕。綦大而至天子，綦小而至農夫，各有其分，不可亂也。責重者不可以不逸，不逸則无以任天下之重。責輕者不可以不勞，不勞則无以逸夫責重者。二者譬如心之思慮于内，而手足之動作步趨于外也。是故不耕而食，不蠶而衣，君子不以爲愧者，所職大也。自堯、舜以來，未之有改。後世學衰而道弛，諸子之智不足以見其大，而竊見其小者之一偏，以爲有國者皆當惡衣糲食，與農夫並耕而治，一人之身而自爲百工。蓋孔子之時則有是説矣。夫樊遲親受業于聖人，而猶惑于是説，是以區區焉欲學稼于孔子。孔子知是説之將蔓延于天下也，故極言其大而深折其詞，以爲："上好禮則民莫敢不敬，上好義則民莫敢不服，上好信則民莫敢不用情。夫如是，則四方之民襁負其子而至矣，安用稼？"而解者以爲：禮、義與信，足以成德。夫樊遲之所爲汲汲于學稼者，何也？是非以穀食不足而民有苟且之心以慢其上爲憂乎？是非以人君獨享其安樂而使民勞苦獨賢爲憂乎？是非以人君不身親之則空言不足勸課百姓爲憂乎？是三憂者，皆世俗之私憂過計也。君子以禮治天下之分，使尊者習爲尊，卑者安爲卑，則夫民之慢上者非所憂也。君子以義處天下之宜，使禄之一國者不自以爲多，抱關擊柝者不自以爲寡，則夫民之勞苦獨賢者又非所憂也。君子以信一天下之惑，使作于中者必形于外，循其名者必得其實，則夫空言不足以勸課者又非所憂也。此三者足以成德矣，故曰：三憂者，皆世俗之私憂過計也。（《蘇軾文集》卷二《禮義信足以成德論》。卿輯）

子曰："誦《詩》三百，授之以政，不達；使于四方，不能專對；雖多，亦奚以爲？"

子曰："其身正，不令而行；其身不正，雖令不從。"

子曰："魯、衛之政，兄弟也。"

按《世家》，當是時，魯哀公之七年，衛出公之五年也。孔子知二君皆失志无常、棄國野死之君，故譏之云爾。卒之哀公孫邾，出公奔宋，皆死于越。（《或問》卷一三注引"蘇氏曰"。卿輯，馬有）

衛之政，父不父，子不子；魯之政，君不君，臣不臣。（《四書朱子本義匯參·論語》

卷一三注。卿輯）

是歲魯哀公七年，衛出公五年也。衛之政，父不父，子不子；魯之政，君不君，臣不臣。卒之哀公孫于邾，而死于越；出公奔宋，而亦死于越。其不相遠如此。（《四書通·論語》卷七引"蘇氏曰"。許拾）

【附錄】

朱熹《或問》卷一三　蘇氏之言詳矣。

子謂衛公子荊："善居室。始有，曰：'苟合矣。'少有，曰：'苟完矣。'富有，曰：'苟美矣。'"

子適衛，冉有僕。子曰："庶矣哉！"冉有曰："既庶矣，又何加焉？"曰："富之。"曰："既富矣，又何加焉？"曰："教之。"

子曰："苟有用我者，期月而已可也，三年有成。"

子曰："'善人爲邦百年，亦可以勝殘去殺矣。'誠哉是言也！"

子曰："如有王者，必世而後仁。"

子曰："苟正其身矣，于從政乎何有？不能正其身，如正人何？"

冉子退朝。子曰："何晏也？"對曰："有政。"子曰："其事也，如有政，雖不吾以，吾其與聞之。"

定公問："一言而可以興邦，有諸？"孔子對曰："言不可以若是其幾也。人之言曰：'爲君難，爲臣不易。'如知爲君之難也，不幾乎一言而興邦乎？"曰："一言而喪邦，有諸？"孔子對曰："言不可以若是其幾也。人之言曰：'予無樂乎爲君，唯其言而莫予違也。'如其善而莫之違也，不亦善乎？如不善而莫之違也，不幾乎一言而喪邦乎？"

　　孔子蓋以爲一言而喪邦者，此言也，民訛自若是，民盡順我，而不我違，樂則樂矣，不幾于游盤無度，以亡其國，如夏太康乎！（《東坡書傳·秦誓》。舒補）

葉公問政。子曰："近者説，遠者來。"

子夏爲莒父宰，問政。子曰："無欲速，無見小利。欲速則不達，見小利則大事不成。"

　　君子之所以大過人者，非以其智能知之，彊能行之也。以其功興而民勞，與之同勞，功成而民樂，與之同樂，如是而已矣。富貴安逸者，天下之所同好也，然而君子獨享焉。享之而安，天下以爲當然者，何也？天下知其所以富貴安逸者，凡以庇覆我也。貧賤勞苦者，天下之所同惡也，而小人獨居焉。居之而安，天下以爲當然者，何也？天下知其所以貧賤勞苦者，凡以生全我也。夫然故獨享天下之大利而不憂，使天下爲己勞苦而不怍，耳聽天下之備聲，目視天下之備色，而民猶以爲未也，相與禱祠而祈祝曰："使吾君長有吾國也。"又相與詠歌而稱頌之，被于金石，溢于竹帛，使其萬世而不忘。嗚呼，彼君子者，獨何修而得此于民哉？豈非始之以至誠，中之以不欲速，而終之以不懈歟？視民如視其身，待其至愚者如其至賢者，是謂至誠。至誠无近效，要在于自信而不惑，是謂不欲速。不欲速則能久，久則功成，功成則易懈，君子濟之以恭，是謂不懈。行此三者，所以得之于民也。三代之盛，不能加毫末于此矣。（《蘇軾文集》卷二《既醉備五福論》。卿輯）

孔子曰"无欲速，无見小利"，顏淵曰"无伐善，无施勞"，其語不同，此所謂立言者也。譬之藥石米粟，天下後世其皆以藉口，今傳說不一，一言一藥皆足以治天下之公患，豈獨以訓武丁哉？至于今誦之也。（《東坡書傳·商書》）

葉公語孔子曰："吾黨有直躬者，其父攘羊，而子證之。"孔子曰："吾黨之直者異于是，父爲子隱，子爲父隱。直在其中矣。"

樊遲問仁。子曰："居處恭，執事敬，與人忠。雖之夷狄，不可棄也。"

子貢問曰："何如斯，可謂之士矣？"子曰："行己有恥，使于四方，不辱君命，可謂士矣。"曰："敢問其次？"曰："宗族稱孝焉，鄉黨稱弟焉。"曰："敢問其次。"曰："言必信，行必果，硜硜然小人哉！抑亦可以爲次矣。"

立然諾以爲信，犯患難以爲果，此固孔子之所小也。孟子因之，故曰："大人者，言不必信，行不必果。"此非孔子所謂大人也。大人者，不立然諾，而言未嘗不信；不犯患難，而行未嘗不果也。今也以"不必信"爲大，是開廢信之漸，非孔子去兵、去食之意①。（《聞見後錄》卷一二，又見《尊孟續辨》卷下。卿輯，馬有）

【附錄】

余允文《尊孟續辨》卷下 東坡可謂有心于辯孟子矣。孟子前論禮食色之輕重，東坡則增禮可去之說；此論言行不必信果之說，東坡則去其"惟義所在"之句，豈得爲公論哉？誠如東坡之言，則是尾生與女子之期爲是，孔子與蒲人之盟爲非也。東坡文章妙天下，學者仰之不啻如泰山北斗。其蔽如此，豈不誤後學乎？

曰："今之從政者何如"？子曰："噫！斗筲之人，何足算也？"

此有謂而言，不知其謂誰。子貢之問必有所指，不然，從政之人非一，而舉以爲斗筲，可乎？（《滹南集》卷六引"蘇氏曰"。卿輯）

【附錄】

王若虛《滹南集》卷六 此論亦有理。

子曰："不得中行而與之，必也狂狷乎？狂者進取，狷者有所不爲也。"

古之所謂中庸者，盡萬物之理而不過，故亦曰皇極。夫極，盡也。後之所謂中庸者，循循焉爲衆人之所能爲，斯以爲中庸矣，此孔子、孟子之所謂鄉原也。一鄉皆稱原人焉，无所往而不爲原人，同乎流俗，合乎汙世，曰：古之人何爲踽踽涼涼，生斯世也，爲斯世也，善斯可矣。謂其近于中庸而非，故曰"德之賊也"。孔子、孟軻惡鄉原之賊夫德也，欲得狂者而見之，狂者又不可得見，欲得狷者而見之，曰："狂者進取，狷者有所不爲也。"今日之患，惟不取于狂者、狷者，皆取

---

① 去兵去食：《尊孟續辨》卷下作"去食去兵"。又其句末有"也"字。

于鄉原，是以若此靡靡不立也。孔子，子思之所從受中庸者也；孟子，子思之所授以中庸者也。然皆欲得狂者、狷者而與之，然則淬勵天下而作其怠惰，莫如狂者、狷者之賢也。（《蘇軾文集》卷八《策略四》）

子曰："南人有言曰：'人而無恒，不可以作巫醫。'善夫！""不恒其德，或承之羞。"子曰："不占而已矣。"

子曰："君子和而不同，小人同而不和。"

子貢問曰："鄉人皆好之，何如？"子曰："未可也。""鄉人皆惡之，何如？"子曰："未可也。不如鄉人之善者好之，其不善者惡之。"

此未足以爲君子也，爲問者言也，以爲賢于問者而已。君子之居鄉也，善者以勸，不善者以恥。夫何惡之有①？（《濬南集》卷六引"東坡曰"。卿輯）

鄉人皆好之，何如？曰："未可也。"鄉人皆惡之，何如？曰："未可也。不如鄉人之善者好之，其不善者惡之。""善者好之，不善者惡之，足以爲君子乎？"曰："未也。"孔子爲問者言也，以爲賢于所問者而已。君子之居鄉也，善者以勸，不善者以恥，夫何惡之有。君子不惡人，亦不惡于人。子夏之于人也，可者與之，其不可者拒之。子張曰："君子尊賢而容衆，嘉善而矜不能。我之大賢歟，于人何所不容？我之不賢歟，人將拒我，如之何其拒人也？"（《蘇軾文集》卷一〇《文與可字說》）

【附錄】

王若虛《濬南集》卷六 予謂此論雖高，然善惡之異類，猶冰炭也。妒賢醜正，亦小人之天資，豈能盡以愧恥望之哉！使凡不善者皆知見善人而恥之，則世無小人矣。抑孔子之觀人初不以此，若曰"衆好之必察焉，衆惡之必察焉"。則亦親求其實而已，豈徒取決于鄉人之好惡哉！

子曰："君子易事而難說也。說之不以道，不說也；及其使人也，器之。小人難事而易說也。說之雖不以道，說也；及其使人也，求備焉。"

子曰："君子泰而不驕，小人驕而不泰。"

子曰："剛、毅、木、訥近仁。"

孔子曰："剛、毅、木、訥近仁。"又曰："巧言令色，鮮矣仁。"所好夫剛者，非好其剛也，好其仁也；所惡夫佞者，非惡其佞也，惡其不仁也。吾平生多難，常以身試之，凡免我于厄者，皆平日可畏人也；擠我于嶮者，皆異時可喜人也。吾是以知剛者之必仁，佞者之必不仁也。（《蘇軾文集》卷一〇《剛說》。卿輯）

【附錄】

蘇轍《拾遺·巧言令色鮮矣仁》 巧言令色，世之所說也。剛、毅、木、訥，世之所惡也。惡之斯以爲不仁矣。仁者直道而行，無求于人。望之儼然，即之也溫，

---

① 按：此段文字原出《經進東坡文集事略》卷一〇《文與可字說》，有刪節。

聽其言也厲，而何巧言令色之有？彼爲是者將以濟其不仁耳①。故曰："巧言令色鮮矣仁。"又曰："剛毅木訥近仁。"（《欒城三集》卷七）

子路問曰："何如斯可謂之士矣？"子曰："切切偲偲，怡怡如也，可謂士矣。朋友切切偲偲，兄弟怡怡。"

子曰："善人教民七年，亦可以即戎矣。"

子曰："以不教民戰，是謂棄之。"

憲問篇第十四

憲問恥，子曰："邦有道，穀；邦無道，穀，恥也。""克伐怨欲不行焉，可以爲仁矣？"子曰："可以爲難矣，仁則吾不知也。"

好勝之謂克，治民而求勝民者必亡，治病而求勝病者必殺人。（《東坡書傳·洪範》。舒補）

子曰："士而懷居，不足以爲士矣。"

蘇氏引管仲之言曰："畏威如疾，民之上也。從懷如流，民之下也。"（《或問》卷一四。卿輯）

【附錄】

朱熹《或問》卷一四 蘇氏引管仲之言曰：……尤學者所宜深念也。

子曰："邦有道，危言危行；邦無道，危行言孫。"

子曰："有德者必有言，有言者不必有德；仁者必有勇，勇者不必有仁。"

孔子曰："有德者必有言。"非有言也，德之發于口者也。又曰："我戰則克，祭則受福。"非能戰也，德之見于怨者也。（《蘇軾文集》卷一〇《范文正公文集叙》。舒補）

南宮适問于孔子曰："羿善射，奡盪舟，俱不得其死然。禹、稷躬稼而有天下。"夫子不答。南宫适出，子曰："君子哉若人！尚德哉若人！"

子曰："君子而不仁者有矣夫，未有小人而仁者也。"

子曰："愛之，能勿勞乎？忠焉，能勿誨乎？"

愛而勿勞，禽犢之愛也；忠而勿誨，婦寺之忠也。愛而知勞之，則其爲愛也深矣。忠而知誨之，則其爲忠也大矣。（《集注》卷七引"蘇氏曰"。卿輯，馬有）

【附錄】

朱熹《或問》卷一四 蘇、楊、尹氏之説皆善。然聖人之意，正所以明夫愛而不勞者之不足爲愛，忠而不誨者之不足爲忠，則三説者皆未及也。

子曰："爲命，裨諶草創之，世叔討論之，行人子羽修飾之，東里子産潤

---

① 將以濟其：《四庫》本《論語拾遺》作"眞務外"。

色之。"

或問子産，子曰："惠人也。"

子産爲鄭作封洫，立謗政，鑄刑書；其死也，教子太叔以猛。其用法深，其爲政嚴，有及人之近利，而無經國之遠猷。故子罕、叔向皆譏之，而孔子以爲"惠人"，不以爲仁，蓋小之也。孟子曰：子産以乘輿濟人于溱洧①，"惠而不知爲政"。蓋因孔子之言而失之也。子産之于政，整齊其民賦②，完治其城郭、道路③，而以時修其橋梁，則有餘矣。豈以乘輿濟人者哉？《禮》曰："子産，人之母也④，能食之而不能教。"此又因孟子之言而失之也。（《聞見後録》卷一二，又見《尊孟續辨》卷下。卿輯，馬有）

有及人之近利，无經世之遠圖。（《朱子語類》卷五七）

【附録】

《朱熹集》卷五五《答李守約三》　"管仲奪伯氏駢邑"，亦嘗疑蘇説少異，然牽于愛而存之。此但當用吳氏説，引《荀子》以證之可也。

王若虛《滹南集》卷八　子産以乘輿濟人于溱洧，孟子曰："惠而不知爲政。"夫橋梁之政，野人皆知之，曾謂子産而不及知乎？此必有司之不職，或偶圮壞而子産適見，因以救一時之急，豈專以此爲惠？而孟子亦豈誠譏子産哉？蓋世有不知本末，如移民移粟，遺衣遺食之徒，故借其事以爲戒耳。東坡遂以孟子爲失，張子韶既知其出于一時，而復求子産之病，以實孟子之言，是皆非也。

黎靖德編《朱子語類》卷五七　問："子産之事，以《左傳》考之，類非不知爲政者。孟子之言，姑以其乘輿濟人一事而議之耳。而夫子亦止以'惠人'目之，又謂其'猶衆人之母，知食而不知教'，豈非子産所爲終以惠勝歟？"曰：致堂于"惠人也"，論此一段甚詳。東坡云"有及人之近利，无經世之遠圖"，亦説得盡。余允文《尊孟續辯》卷下：此段，宜無足辯。東坡何以見其不以乘車濟人？故揣摸立説爲子産緩頰，但可以驚愚耳，更不思後人之議己也。

問子西。曰："彼哉！彼哉！"

或謂楚子西，非也。昭王之失國，微子西，楚不國矣。（《滹南集》卷六引"東坡曰"。卿輯）

【附録】

蘇轍《拾遺·彼哉彼哉》　或問子西，孔子曰："彼哉彼哉。"鄭公孫夏无足言者，蓋非所問也。楚令尹子西相昭王，楚以復國，而孔子非之，何也？昭王欲用孔子，子西知孔子之賢，而疑其不利楚國。使聖人之功不見于世，所以深疾之也。世之不知孔子者衆矣，孔子未嘗疾之。疾其知我而疑我爾。（《欒城三集》卷七）

---

① 乘輿：《尊孟續辨》卷下作"乘車"。下同。
② 民賦：《尊孟續辨》卷下作"兵賦"。
③ 完：《尊孟續辨》卷下作"環"。
④ "人"上，《尊孟續辨》卷下有"衆"字。

王若虛《滹南集》卷六 東坡曰：……潁濱曰："公孫夏无是言者[①]，非所以當問。此蓋楚子西也。昭王欲用孔子，子西知孔子之賢，而疑其不利楚國，遂沮之，使聖人之功不見于世。世之不知孔子者衆矣，皆未嘗疾，而獨于子西者，以其知我而疑我耳。"潁濱以公孫夏不足問，固似有理，然其自爲說亦未當也。夫子論人毀譽抑揚，一以至公而无容心焉。今以沮己而遂短之，是其言出于私怨也，聖人恐不如是。

問管仲。曰："人也。奪伯氏駢邑三百，飯疏食，沒齒無怨言。"

管仲功烈之狂人者。多矣，而獨言此者，奪邑而人不怨。功之至者也。吾嘗以爲北伐山戎、南服强楚易，而服伯氏之心難。管仲之于伯氏，諸葛孔明之于李平、廖立，蓋古今二人而已。（《四書朱子本義匯參·論語》卷一四注。卿輯）

管仲北伐山戎、南服强楚易，而服伯氏之心難，古今惟管仲之于伯氏，孔明之于李平廖立，此非德之至者，何以能服人心至此？故夫子深有味乎其爲人而言之。（《論語商》卷下）

【附錄】

朱熹《或問》卷一四 管仲之說，蘇氏爲當。

子曰："貧而無怨難，富而無驕易。"

子曰："孟公綽爲趙、魏老則優，不可以爲滕、薛大夫。"

子路問成人。子曰："若臧武仲之知，公綽之不欲，卞莊子之勇，冉求之藝，文之以禮樂，亦可以爲成人矣。"曰："今之成人者何必然？見利思義，見危授命，久要不忘平生之言，亦可以爲成人矣。"

子問公叔文子于公明賈曰："信乎？夫子不言、不笑、不取乎？"公明賈對曰："以告者過也。夫子時然後言，人不厭其言；樂然後笑，人不厭其笑；義然後取，人不厭其取。"子曰："其然！豈其然乎！"

凡事之因物而中理者，人不知其有是也。飲食未嘗無五味也，而人不知者，以其適宜而中度也。飲食而知其有五味，必其過者也。此文子所以得"不言、不笑、不取"之名也。（《或問》卷一四注引"蘇氏曰"。卿輯，焉有）

【附錄】

朱熹《或問》卷一四 蘇氏得之。

子曰："臧武仲以防求爲後于魯，雖曰不要君，吾不信也。"

子曰："晉文公譎而不正，齊桓公正而不譎。"

權以濟事曰譎，鄒陽曰："齊桓公殺哀姜于夷，孔子曰'正而不譎'。"陽之時，師傅蓋云爾。以此推之，晉文公譎而不正，蓋納辰嬴之過也。哀姜親也，齊雖不誅，君子不以罪桓公。故曰"正而不譎"，以爲桓公可以譎而猶正，蓋甚之也。秦穆公，賢君也，文公雖辭辰嬴，不害其反國；縱使害其反國，君子亦不以是亂

[①] 是：《欒城三集》卷七作"足"。

男女之别，故曰"谲而不正"，以为文公可以正而犹谲，盖罪之也。（《历代名贤确论》卷一六引"东坡曰"。谷补）

子路曰："桓公杀公子纠，召忽死之，管仲不死。"曰："未仁乎？"子曰："桓公九合诸侯，不以兵车，管仲之力也。如其仁！如其仁！"

以管仲为仁，则召忽为不仁乎？曰：量力而行之，度德而处之。管仲不死，仁也。召忽死之，亦仁也。伍尚归死于父，孝也。伍员逃之，亦孝也。时有大小耳。（《淳南集》卷七。卿辑）

大哉，管仲之相桓公也。辞子华之请，而不违曹沫之盟，皆盛德之事也。齐可以王矣。恨其不学道，不自诚意正身以刑其国，使家有三归之病，而国有六嬖之祸，故桓公不王，而孔子小之。然其予之也亦至矣，曰："桓公九合诸侯，不以兵车，管仲之力也。如其仁，如其仁。"曰："仲尼之徒，无道桓、文之事者。"孟子盖过矣。（《苏轼文集》卷五《论管仲》。舒补）

【附录】

王若虚《淳南集》卷七　此论甚佳。子路、子贡以召忽为仁，以管仲为非仁。孔子独明管仲之事，而不论召忽，则召忽之为仁可知矣。其言匹夫匹妇之谅，此自别指无名而徒死者耳，意不在召忽也，忽岂自经沟渎之类乎？

子贡曰："管仲非仁者与？桓公杀公子纠，不能死，又相之。"子曰："管仲相桓公，霸诸侯，一匡天下，民到于今受其赐。微管仲，吾其被发左衽矣。岂若匹夫匹妇之为谅也，自经于沟渎而莫之知也。"

公叔文子之臣大夫僎与文子同升诸公。子闻之，曰："可以为'文'矣！"

子言卫灵公之无道也，康子曰："夫如是，奚而不丧？"孔子曰："仲叔圉治宾客，祝鮀治宗庙，王孙贾治军旅。夫如是，奚其丧？"

子曰："其言之不怍，则为之也难。"

陈成子弑简公。孔子沐浴而朝，告于哀公曰："陈恒弑其君，请讨之。"公曰："告夫三子。"孔子曰："以吾从大夫之后，不敢不告也。君曰'告夫三子'者。"之三子告，不可。孔子曰："以吾从大夫之后，不敢不告也。"

孔子以哀公十六年卒。十四年，陈常弑其君。孔子沐浴而朝，告于哀公，请讨之。吾是以知孔子之欲治列国之君臣如《春秋》之法者，至于老且死而不忘也。或曰："孔子知哀公与二三子之必不从，而以礼告也欤。"曰：否！孔子实欲伐齐。孔子既告公，公曰："鲁为齐弱久矣，子之伐之，将若之何？"对曰："陈恒弑其君，民之不与者半。以鲁之众加齐之半，可克也。"此岂礼告而已哉！哀公患三家之偪，尝欲以越伐鲁而去之矣。夫以蛮夷伐国，民不与也。皋如、出公之事断可见矣。岂若从孔子而伐齐乎？如从孔子而伐齐，则凡所以胜齐之道，孔子任之有余矣。既克田氏，则鲁之公室自张，三桓不治而自服也。此孔子之志也。（《经进东坡文集事略》卷一三《孔子论》。卿辑）

哀公患三桓之偪，常欲以越伐鲁而去之。以越伐鲁，岂若从孔子而伐齐。既克田

氏，則魯公室自張，三桓將不治而自服，此孔子之志也。(《欒城三集》卷七《拾遺》。卿輯，馬有)

【附錄】

蘇轍《拾遺·請討陳恒》 孔子爲魯大夫，鄰國有弑君之禍，而恬不以爲言，則是許之也。哀公、三桓之不足與有立也，孔子既知之矣。知而猶告，以爲雖无益于今日，而君臣之義猶有儆于後世也。子瞻曰：……予以爲不然。古之君子，將有立于世，必先擇其君。齊桓雖中主，然其所以任管仲者，世无有也，然後九合之功可得而成。今哀公之妄，非可以望桓公也。使孔子誠克田氏而返，將誰與保其功？然則孔子之憂顧在克齊之後，此則孔子之所不爲也。(《欒城三集》卷七)

子路問事君。子曰："勿欺也，而犯之。"

子曰："君子上達，小人下達。"

子曰："古之學者爲己，今之學者爲人。"

蘧伯玉使人于孔子，孔子與之坐而問焉，曰："夫子何爲？"對曰："夫子欲寡其過而未能也。"使者出，子曰："使乎！使乎！"

子曰："不在其位，不謀其政。"曾子曰："君子思不出其位。"

子曰："君子恥其言而過其行。"

子曰："君子道者三，我无能焉：仁者不憂，知者不惑，勇者不懼。"子貢曰："夫子自道也。"

子貢方人。子曰："賜也，賢乎哉？夫我則不暇。"

子曰："不患人之不己知，患其不能也。"

子曰："不逆詐，不億不信，抑亦先覺者，是賢乎！"

微生畝謂孔子曰："丘何爲是栖栖者與？无乃爲佞乎？"孔子曰："非敢爲佞也，疾固也。"

子曰："驥不稱其力，稱其德也！"

　　才難强而德易勉。(《或問》卷一九。許拾)

【附录】

朱熹《或問》卷一九 蘇氏之書，又以"才難强而德易勉"，其失之端不過如此，而其末流遂至于貴才而賤德，則其失益甚，而其爲天下後世之禍也益深矣。

或曰："以德報怨，何如？"子曰："何以報德？以直報怨，以德報德。"

子曰："莫我知也夫！"子貢曰："何爲其莫如知子也？"子曰："不怨天，不尤人，下學而上達。知我者其天乎！"

公伯寮愬子路于季孫。子服景伯以告，曰："夫子固有惑志于公伯寮，吾力猶能肆諸市朝。"子曰："道之將行也與，命也；道之將廢也與，命也。公伯寮其如命何！"

子曰："賢者辟世，其次辟地，其次辟色，其次辟言。"

子曰："作者七人矣。"

子路宿于石門。晨門曰："奚自？"子路曰："自孔氏。"曰："是知其不可而爲之者與？"

子擊磬于衛，有荷蕢而過孔氏之門者，曰："有心哉，擊磬乎！"既而曰："鄙哉，硜硜乎，莫己知也，斯已而已矣。深則厲，淺則揭。"子曰："果哉！末之難矣。"

子張曰："《書》云，'高宗諒陰，三年不言。'何謂也？"子曰："何必高宗，古之人皆然。君薨，百官總己以聽于冢宰三年。"

子曰："上好禮，則民易使也。"

子路問君子。子曰："修己以敬。"曰："如斯而已乎？"曰："修己以安人。"曰："如斯而已乎？"曰："修己以安百姓。修己以安百姓，堯、舜其猶病諸。"

原壤夷俟。子曰："幼而不孫弟，長而无述焉。老而不死，是爲賊！"以杖叩其脛。

  聖人責人，未有若是之怒者。（《或問》卷一四。卿輯）

闕黨童子將命。或問之曰："益者與？"子曰："吾見其居于位也，見其與先生並行也，非求益者也，欲速成者也。"

衛靈公篇第十五

衛靈公問陳于孔子。孔子對曰："俎豆之事，則嘗聞之矣；軍旅之事，未之學也。"明日遂行。

在陳絕糧，從者病，莫能興。子路慍見，曰："君子亦有窮乎？"子曰："君子固窮，小人窮斯濫矣。"

子曰："賜也，女以予爲多學而識之者與？"對曰："然。非與？"曰："非也。予一以貫之。"

  昔者仲尼自衛反魯，網羅三代之舊聞，蓋經禮三百，曲禮三千，終年不能究其說，夫子謂子貢曰："賜，爾以吾爲多學而識之者與？非也，予一以貫之。"天下苦其難而莫之能用也，不知夫子之有以貫之也。是故堯、舜、禹、湯、文、武、周公之法度、禮樂、刑政，與當世之賢人君子百家之書，百工之技藝，九州之内，四海之外，九夷八蠻之事，荒忽誕謾而不可考者，雜然皆列于胸中，而有卓然不可亂者，此固有以一之也。是以博學而不亂，深思而不惑，非天下之至精，其孰能與于此？蓋嘗求之于六經。至于《詩》與《春秋》之際，而後知聖人之道始終本末各有條理。（《經進東坡文集事略》卷六《孟軻論》。卿輯）

子曰："由，知德者鮮矣。"

子曰："无爲而治者，其舜也與？夫何爲哉？恭己正南面而已矣。"

子張問行。子曰："言忠信，行篤敬，雖蠻貊之邦行矣。言不忠信，行不篤敬，雖州里行乎哉？立，則見其參于前也；在輿，則見其倚于衡也，夫然後行。"子張書諸紳。

子曰："直哉史魚！邦有道，如矢；邦无道，如矢。君子哉蘧伯玉！邦有道，則仕；邦无道，則可卷而懷之。"

子曰："可與言而不與之言，失人；不可與言而與之言，失言。知者不失人，亦不失言。"

子曰："志士仁人，无求生以害仁，有殺身以成仁。"

子貢問爲仁。子曰："工欲善其事，必先利其器。居是邦也，事其大夫之賢者，友其士之仁者。"

顏淵問爲邦。子曰："行夏之時，乘殷之輅，服周之冕，樂則《韶》、《舞》。放鄭聲，遠佞人，鄭聲淫，佞人殆。"

　　鄭、衛之害與佞人等①。而孟子曰："今樂猶古樂。"何也？使孟子爲政，豈能存鄭聲而不去也哉。其曰"今樂猶古樂"，特因王之所悦而入其言耳。且不獨此也，好色、好貨、好勇，是諸侯之三疾也，而孟子皆曰：无害，從吾之説，百姓惟恐王之不好也。譬之于醫，以藥之不可口也②，而以其所嗜爲藥，可乎！使聲色與貨而可以王，則利亦可以進仁義，何獨拯梁王之深乎③？此豈非失其本心也哉？（《聞見後録》卷一二，又見《尊孟續辨》卷下。卿輯，馬有）

　　孔子曰："行夏之時"，自舜以前必有以建子五爲正者，有扈氏不用復之服色正朔，是叛也。（《東坡書傳·夏書》）

【附録】

余允文《尊孟續辯》卷下　孔子告顏子以樂則《韶》、《舞》者，取其盡善盡美也，後王所遭之時不同，豈得並用韶舞乎？若以韶舞可通古今，則三代之樂不宜有異也。孟子謂"今樂猶古樂"，蓋言樂不苟作，當與民同樂，詎可謂今之樂皆鄭、衛不可奏歟？使百姓憂感，雖奏古樂，其能獨樂乎？好色、好貨與勇，固是諸侯三疾，孟子亦因其疾而用藥，可謂善醫者矣。苟不因人之所嗜，專投不可口之藥，隨服隨嘔，何益于治疾哉？

子曰："人无遠慮，必有近憂。"

　　人之所履者，容足之外，皆爲无用之地，而不可廢也。故慮不在千里之外，則患在几席之下矣。（《集注》卷八引"蘇氏曰"，又見元陳天祥《四書辨疑》卷七。卿輯，馬

---

① 鄭衛之害：《尊孟續辨》卷下作"鄭衛之聲"。
② 以藥之不可口：《尊孟續辨》卷下作"行"。
③ 何獨拯梁王之深乎：《尊孟續辨》卷下作"何拒梁惠之深乎"。

有）

【附録】

《朱熹集》卷五九《答李公晦一》　　所喻數條，蘇氏遠慮之説只是譬喻，未必專以地言。

《四書辨疑》卷七　　蘇氏説地理遠近，義有未安。君子以正心修身爲本，近思約守來則應未聞遠慮，必須長在千里之外也，存心于千里之外，以備几席之間咫尺之患，計亦疏矣。遠，久遠也。但凡作事不爲將來久遠之慮，必有日近傾敗之憂也。

子曰："已矣乎！吾未見好德如好色者也。"

子曰："臧文仲其竊位者與？知柳下惠之賢，而不與立也。"

子曰："躬自厚而薄責于人，則遠怨矣。"

子曰："不曰'如之何，如之何'者，吾末如之何也已矣。"

　　如之何如之何者，熟思而審處之辭也。不如是而妄行，雖聖人亦无如之何矣。（《集注》卷一五。舒補）

　　按，《或問》卷二〇："范、侯、尹氏用舊説，謝氏爲一説，《集注》又有兩説，而其一近蘇氏（蘇氏曰云云）。"説明朱熹此説從蘇氏而來。

子曰："群居終日，言不及義，好行小慧，難矣哉！"

子曰："君子義以爲質，禮以行之，孫以出之，信以成之。君子哉！"

子曰："君子病无能焉，不病人之不己知也。"

子曰："君子疾没世而名不稱焉。"

子曰："君子求諸己，小人求諸人。"

子曰："君子矜而不爭，群而不黨。"

子曰："君子不以言舉人，不以人廢言。"

子貢問曰："有一言而可以終身行之者乎？"子曰："其恕乎？己所不欲，勿施于人。"

　　周公曰："平易近民，民必歸之。"孔子曰："有一言而可以終身行之，其恕矣乎？"夫以忠恕爲心，而以平易爲政，則上易知而下易達，雖有賣國之姦，无所投其隙，倉卒之變，无自發焉。（《蘇軾文集》卷五《論始皇漢宣李斯》。舒補）

子曰："吾之于人也，誰毀誰譽。如有所譽者，其有所試矣。斯民也，三代之所以直道而行也。"

子曰："吾猶及史之闕文也。有馬者，借人乘之，今亡矣夫。"

　　夫史之不闕文與馬之不借人也，豈有損益于世也哉？然且識之，以爲世之君子長者日以遠矣，後生不復見其流風遺俗，是以日趨于智巧便佞而莫之止。是二者雖不足以損益，而君子長者之澤在焉，則孔子識之，而①況其足以損益于世者乎。

---

① 而：原文寫作"又"，據《四庫》本、《東坡全集》卷三四、《皇朝文鑑》卷八改。

（《蘇軾文集》卷一〇《鳧繹先生文集叙》。卿輯）

子曰："巧言亂德。小不忍，則亂大謀。"

孔子曰"小不忍則亂大謀"，此容忍之"忍"也。（《東坡書傳·君陳》。舒補）

子曰："衆惡之，必察焉；衆好之，必察焉。"

子曰："人能弘道，非道弘人。"

子曰："過而不改，是謂過矣。"

子曰："吾嘗終日不食，終夜不寢，以思，无益，不如學也。"

由是觀之，廢學而徒思者，孔子之所禁，而今世之所上也。（《東坡全集》卷三五《大悲閣記》）

子曰："君子謀道不謀食。耕也，餒在其中矣；學也，禄在其中矣。君子憂道不憂貧。"

子曰："知及之，仁不能守之，雖得之，必失之。知及之，仁能守之，不莊以涖之，則民不敬。知及之，仁能守之，莊以涖之，動之不以禮，未善也。"

子曰："君子不可小知而可大受也；小人不可大受而可小知也。"

子曰："民之于仁也，甚于水火。水火，吾見蹈而死者矣，未見蹈仁而死者也！"

子曰："當仁，不讓于師。"

子曰："君子貞而不諒。"

子曰："事君，敬其事而後其食。"

子曰："有教无類。"

子曰："道不同，不相爲謀。"

子曰："辭達而已矣。"

夫言止于達意，即疑若不文，是大不然。求物之妙，如繫風捕影，能使是物了然于心者，蓋千萬人不一遇也，而況能使了然于口與手者乎！是之謂辭達。辭至于能達，則文不可勝用矣。（《蘇軾文集》卷四九《與謝民師推官書》。卿輯）

師冕見，及階，子曰："階也。"及席，子曰："席也。"皆坐，子告之曰："某在斯，某在斯。"師冕出，子張問曰："與師言之道與？"子曰："然，固相師之道也。"

季氏篇第十六

季氏將伐顓臾。冉有、季路見于孔子曰："季氏將有事于顓臾。"孔子曰："求，无乃爾是過與？夫顓臾，昔者先王以爲東蒙主，且在邦域之中矣，是社稷之臣也。何以伐爲？"冉有曰："夫子欲之，吾二臣者皆不欲也。"孔子曰："求，周任有言曰：'陳力就列，不能者止。'危而不持，顛而不扶，則將焉用彼相矣？且爾言過矣，虎兕出于柙，龜玉毀于櫝中，是誰之過與？"冉有曰："今夫顓臾，固而近于費，今不取，後世必爲子孫憂。"孔子曰："求，君子疾夫舍曰欲之而必爲之辭。丘也聞，有國有家者，不患寡，而患不均，不患貧，而患不安。蓋均无貧，和无寡，安无傾。夫如是，故遠人不服，則修文德以來之；既來之，則安之。今由與求也相夫子，遠人不服，而不能來也；邦分崩離析，而不能守也；而謀動干戈于邦內。吾恐季孫之憂，不在顓臾，而在蕭牆之內也。"

上富而下貧，則不均矣；君臣相忌，則不和矣；民不信其上，則不安矣。有無相通謂之均，君臣相悅謂之和，上下相保謂之安。又：舊說以蕭牆之憂爲陽虎之難，以吾考之，定公五年，陽虎始專季氏、囚桓子，至九年，欲殺桓子，不克而出奔齊。前此者，季氏之所爲，惟虎之聽，非二子之罪也。定公五年，孔子年四十有七，冉有少孔子二十有九歲，蓋年十八而已，未能相季氏也。定公十二年，子路爲季氏宰，哀公十一年，冉求爲季氏宰。皆見于《春秋》。則伐顓臾，非陽虎出奔之前，其在季康子之世歟？哀公七年，季康子伐邾以召吳寇，故曰"遠人不服而不能來也"。十五年，公孫宿以成叛，故曰"邦分崩離析而不能守也"。公患三桓之侈也，而欲以越去之，故曰"吾恐季孫之憂不在顓臾，而在蕭牆之內也"。（《或問》卷二一引"蘇氏曰"。馬輯）

【附錄】

朱熹《或問》卷二一　蘇氏所推兩條，考之尤密。但均無貧、安無傾、遠人不服等說，亦爲不然耳。蕭牆之禍，亦本泛言，非預知哀公以越伐魯之事也。

孔子曰："天下有道，則禮樂征伐自天子出；天下無道，則禮樂征伐自諸侯出。自諸侯出，蓋十世希不失矣；自大夫出，五世希不失矣；陪臣執國命，三世希不失矣。天下有道，則政不在大夫；天下有道，則庶人不議。"

古者士傳言，庶人謗，有大事謀及庶人，而曰"庶人不議"，非此之謂也。天下無道，政在大夫，至其極也，則在陪臣。陽虎起于陪臣，而執國命，當是時，蓋有姦民處士襲虎之餘風，設爲讒言诐行，以動搖人主，傾覆世臣者，故曰"天下有道則庶人不議"，爲是類發也。《史記》孔子相魯，誅魯大夫亂政者少正卯，少正卯若大夫也，必書于《春秋》，其不書，蓋微者也，微而聞政，陽虎之類也歟？（《歷代名賢確論》卷一六引（東坡）又論"天下有道庶人不議"。谷補）

孔子曰："祿之去公室五世矣，政逮于大夫四世矣。故夫三桓之子孫微矣。"

魯自平王東遷，隱公始專征伐；至昭公十世，而大夫逐諸侯；自宣公失政，季氏始專魯；至定公五世，而家臣囚大夫。定公之初，平子之時，季氏用事蓋四世矣。陽虎事平子，至桓子而亡，歷昭公、定公蓋二世，而曰三世者，孔子于其未亡也言之與？以爲不過是也。是時齊、晉皆失政，高、國、鮑、晏、范、中行之徒，皆相繼破滅。盖禮樂征伐自諸侯、大夫出者，其喪敗世數大約不遠是矣。禮樂征伐自諸侯出，宜諸侯之強也；而齊、晉及魯皆以失政。政逮于大夫，宜大夫之強也，而三桓以微，何也？强生于安，安生于上下之分定。今諸侯、大夫皆凌其上，而无以令其下矣，故諸侯專不過十世，而大夫取之；大夫專不過五世，而家臣取之。在《易》履之六三："說而應乎乾，則履虎尾不咥人，亨。"去乾而自用，則履虎尾咥人凶，其是之謂乎？或曰：田常、三晉，何以不失？曰：孔子之所言，无其德而用其事者也。苟有其德，雖湯、武以諸侯用天子之事猶可。若田常、三晉雖不足言，然其所以有國者，豈徒然哉？非季氏之比也。（《歷代名賢確論》卷二五引（東坡）又論"諸侯十世、大夫五世、陪世三世，希不失矣，故三桓之子孫微矣"曰。谷補）

雖有君子不入之言，亦有不磷不緇之說，是或一道也。子路知其一，不知其二，然而二者舉非也，孔子之意則有在矣。（《歷代名賢確論》卷二五引（东坡）又論"佛肸召"曰。谷補）

或謂"田常、三晉何以不失"？曰：孔子之言无其德而用其事者也。苟有其德，雖湯、武以諸侯用天子之事猶可；若田常、三晉雖不足言，然其所以有國者，豈徒然哉！非季氏之比也。（《或問》卷一六注引"蘇氏曰"。卿輯，馬有）

【附錄】

朱熹《或問》卷一六　（問）曰："蘇氏如何？"曰："不然也。"孔子所言常理也，猶《書》之言"惠迪吉，從逆凶"，《易》之言"積善餘慶"、"不善餘殃"者也。氣數舛戾，則當然而不然者多矣，孰得而齊之？但儒者之所守，則亦知有常理而已矣，其成敗得失有非所計者。是以雖世故反覆爲千萬變，而在我者未嘗失其守也。況田常、三晉傳世亦皆不過五六。……天定勝人，其此之謂歟？

孔子曰："益者三友，損者三友。友直，友諒，友多聞，益矣。友便辟，友善柔，友便佞，損矣。"

孔子曰："益者三樂，損者三樂。樂節禮樂，樂道人之善，樂多賢友，益矣。樂驕樂，樂佚游，樂宴樂，損矣。"

孔子曰："侍于君子有三愆：言未及之而言謂之躁，言及之而不言謂之隱，未見顏色而言謂之瞽。"

孔子曰："君子有三戒：少之時，血氣未定，戒之在色；及其壯也，血氣方剛，戒之在鬬；及其老也，血氣既衰，戒之在得。"

孔子曰："君子有三畏：畏天命，畏大人，畏聖人之言。小人不知天命而不畏也，狎大人，侮聖人之言。"

孔子曰："生而知之者上也，學而知之者次也；困而學之，又其次也；困而不學，民斯爲下矣。"

孔子曰："君子有九思：視思明，聽思聰，色思溫，貌思恭，言思忠，事思敬，疑思問，忿思難，見得思義。"

孔子曰："見善如不及，見不善如探湯。吾見其人矣，吾聞其語矣。隱居以求其志，行義以達其道。吾聞其語矣，未見其人也。"

齊景公有馬千駟，死之日，民無德而稱焉。伯夷、叔齊餓于首陽之下，民到于今稱之。其斯之謂與？

陳亢問于伯魚曰："子亦有異聞乎？"對曰："未也。嘗獨立，鯉趨而過庭。曰：'學《詩》乎？'對曰：'未也。''不學《詩》，無以言。'鯉退而學《詩》。他日，又獨立，鯉趨而過庭。曰：'學《禮》乎？'對曰：'未也。''不學《禮》，無以立。'鯉退而學《禮》。聞斯二者。"陳亢退而喜曰："問一得三，聞《詩》，聞《禮》，又聞君子之遠其子也。"

　　不學詩而言，則其言皆直情，無禮義之文也。（《或問》卷一六注引"蘇氏曰"。卿輯，馬有）

【附錄】

朱熹《或問》卷一六　蘇氏之說亦善。

邦君之妻，君稱之曰夫人，夫人自稱曰小童；邦人稱之曰君夫人，稱諸異邦曰寡小君；異邦人稱之亦曰君夫人。

陽貨篇第十七

陽貨欲見孔子，孔子不見，歸孔子豚。孔子時其亡也，而往拜之。遇諸塗。謂孔子曰："來！予與爾言。"曰："懷其寶而迷其邦，可謂仁乎？"曰："不可！""好從事而亟失時，可謂知乎？"曰："不可！""日月逝矣，歲不我與。"孔子曰："諾，吾將仕矣。"

　　拒之則今日罹其害，從之則他日與其禍。故夫子莫之拒也，而示不從之意焉。（《四書通·論語》卷九引"蘇氏曰"。許拾）

　　舒按：東坡原注已佚，據朱熹說是"皆以利害言之"，是"尚權謀"之論。《朱熹集》卷三〇《答汪尚書》：至若蘇氏之言，高者出入有無而曲成義理，如《易》之性命陰陽，《書》之人心道心，《古史》之中一性善，《老子》之道器中和。下者指陳利害而切近人情，蘇氏此等議論不可殫舉。且據《論語》，則東坡之論見陽貨，子由之論彼子西，皆以利害言之也。其智識才辨，謀為氣概，又足以震耀而張皇之，使聽者欣然而不知倦，非王氏之比也。然語道學則迷大本，如前注中性命諸說，多出私意，雜佛老而言之。性命之說尤可笑……論事實則尚權謀，如陽貨、子西事，乃以此論聖人，可見其底蘊矣。炫浮華，忘本實，貴通達，賤名檢，此其害天理、亂人心、妨道術、敗風教，亦豈盡出王氏之下也哉？

子曰："性相近也，習相遠也。"

子曰："唯上知與下愚不移。"

　　性可亂也，而不可滅，可滅非性也。人之叛其性，至于桀、紂、盜跖至矣。然其惡必自其所喜怒，其所不喜怒，未嘗爲惡也。故木之性上，水之性下。木抑之，可使輪囷下屬①，抑者窮，未嘗不上也。水激之，可使瀵涌上達，激者窮，未嘗不下也。此孟子之所見也。孟子有見于性而離于善。《易》曰："一陰一陽之謂道。繼之者善也，成之者性也。"成道者性，而善繼之耳，非性也。性如陰陽，善如萬物。萬物无非陰陽者，而以萬物爲陰陽則不可，故陰陽者視之不見，聽之不聞，而非无也。今以其非无即有而命之，則凡有者皆物矣，非陰陽也。故天一爲水，而水非天一也；地二爲火，而火非地二也。人性爲善②，而善非性也。使性而可以謂之善，則孔子言之矣。苟可以謂之善，亦可以謂之惡。故荀卿之所謂性惡者，蓋生于孟子；而揚雄所謂善惡混者，蓋生于三子也。性其不可以善惡命之，故孔子之言曰"性相近也，習相遠也"而已。夫苟相近，則上智下愚曷爲不可移也？曰：有可移之理，无可移之資也。若夫吾弟子由之論也，曰："雨于天者，水也；流于江河，蓄于坎井，亦水也；積而爲泥塗者，亦水也。指泥塗而告人曰：'是有水之性。'可也。曰：'吾將候其清而飲之。'則不可。"是之謂上智與下愚不移。右，蘇東坡云："予爲《論語説》，與孟子辨者八。"③（《聞見後録》卷一二，又見《尊孟續辨》卷下。卿輯，馬有）

昔之爲性論者多矣，而不能定于一。始孟子以爲善，而荀子以爲惡，揚子以爲善惡混。而韓愈者又取夫三子之説，而折之以孔子之論，離性以爲三品，曰："中人可以上下，而上智與下愚不移。"以爲三子者，皆出乎其中，而遺其上下。而天下之所是者，于愈之説爲多焉。嗟夫，是未知乎所謂性者，而以夫才者言之。夫性與才相近而不同，其別不啻若白黑之異也。聖人之所與小人共之，而皆不能逃焉，是眞所謂性也。而其才固將有所不同。今夫木，得土而後生，雨露風氣之所養，暢然而遂茂者，是木之所同也，性也。而至于堅者爲轂，柔者爲輪，大者爲楹，小者爲桷。桷之不可以爲楹，輪之不可以爲轂，是豈其性之罪邪？天下之言性者，皆雜乎才而言之，是以紛紛而不能一也。孔子所謂中人可以上下，而上智與下愚不移者，是論其才也。而至于言性，則未嘗斷其善惡，曰"性相近也，習相遠也"而已。（《蘇軾文集》卷四《揚雄論》。舒補）

孔子曰："惟上智與下愚不移。"而《書》曰："惟聖罔念作狂，惟狂克念作聖。"此二言者，古今所不能一，而學者之所深疑也。請試論之。濫觴可以滔天，東海可以桑田，理有或然者，此狂聖念否之説也。江湖不可以徒涉，尺水不可以舟行，事有必然者，此愚智必然之辨也。夫言各有當也，達者不以失一害一，此之謂也。（《蘇軾文集》卷六《惟聖罔念作狂惟狂克念作聖》。舒補）

---

① 下屬：《聞見後録》原無，據《尊孟續辨》卷下所引補。
② 人性：《聞見後録》原無，據《尊孟續辨》卷下補。
③ "蘇東坡"三句，《尊孟續辨》卷下作"吾爲《論語説》，與孟子辨者八。吾非好辨也，以孟子爲近于孔子也。世衰道微，老、莊、楊、墨之徒，皆同出于孔子，而乖離之極，至于胡越。今與老、莊、楊、墨辨，雖勝之，去孔子尚遠也。故必與孟子辨。辨而性，則達于孔子矣"。

【附録】

余允文《尊孟續辯》卷下 有一真之性，有萬殊之性，本性也，无形之可見，无聲之可聞，天地得之爲天地，鬼神得之爲鬼神，人得之爲人，物得之爲物，莫非性，是不可指名者也。萬殊之性，人物之性也，其在人則有聖狂愚智之別，剛柔緩急之異；其在鳥獸，則有猛鷙者，有搏擊者；其在草木，則有曲直者，有寒溫者。是皆氣習使然，非性之本然也。論性之本，无不善也，性猶水也，人（于）鳥獸草木之生于性，猶龍與龜魚蝦蠏之生于水也。人爲靈矣，失其性則不靈，況鳥獸草木乎？龍爲神矣，失其水則不神，況龜魚蝦蠏乎？明乎此，則性之爲性則思過半矣。性本不可擬倫，以水喻性亦贅矣。釋志氏之談空説妙①，廣譬博喻，千變萬化，而莫究其端，六通四闢而无所不攝，使人可駭可慕，而莫測其所以然而然。其言性之體用，可謂極其至矣！《中庸》曰"君子語大天下莫能載，語小天下莫能破"。豈但釋老能言哉？雖然，未若吾儒自本性之中有仁義禮智四端之善，擴而充之于日用常行之際，而全乎廣大精微之致，求其所自得，雖所造有淺深，一旦豁然而悟，性天光明，无所染著，一貫之道，可以坐而進。及夫言行動天地，舉措移陰陽，皆吾性之流通也。如此，然後可以言性善矣。人皆知水之必清，火之必明，而乃疑性未必善，何其惑也！孟子不獨言性善，而言情與材皆善矣，故曰乃若其情可以爲善矣。若乎爲不善非才之罪，蓋推本而言也。東坡以性自是性，善自是善。乃謂性如陰陽，善如萬物，異哉之喻！无惑乎以孟子之言爲非也。繼之以萬物，无非陰陽者，而以萬物爲陰陽則不可。誠如所言，則是善无非性者，而以善爲性則不可，此又暗合乎孟子之言矣。又謂有者皆物矣，非陰陽也。然而非陰陽何以有物？猶非性何以有善？似是之辯，若之何而能勝孟子乎？至于唯上智與下愚不移，則曰有可移之理，无可移之資。既言无可移之資，胡爲而有可移之理？子由之喻似矣，而未爲至也。世之學者，尊信東坡，學其文，而酷好其論議，予輒與之辯，其能免嗤誚乎？今雖不我知，異時必有知我者矣。

王若虛《滹南集》卷八 孟子語人每言性善，此止謂人之資禀皆可使爲君子，蓋誘掖之教。而蘇氏曰："孟子有見于性而離于善，善非性也，使性而可以謂之善，則亦可以謂之惡。"其説近于釋氏之无善惡，辨則辨矣，而非孟子之意也。

子之武城，聞弦歌之聲。夫子莞爾而笑，曰："割雞焉用牛刀？"子游對曰："昔者，偃也聞諸夫子曰：'君子學道則愛人，小人學道則易使也。'"子曰："二三子！偃之言是也。前言戲之耳。"

公山弗擾以費畔，召，子欲往。子路不説，曰："末之也已，何必公山氏之之也？"子曰："夫召我者，而豈徒哉？如有用我者，吾其爲東周乎？"

　　孔子之不助畔人，天下之所知也。畔而召孔子，其志必不在于惡矣。故孔子因其有善心而收之，使不自絶而已。弗擾之不能爲東周亦明矣，然而用孔子則有可以

---

① 釋志：疑誤，據後文或當作"釋老"。

爲東周之道。故子欲往者，以其有是道也；卒不往者，知其必不能也。（《或問》卷一七注引"蘇氏曰"。卿輯，馬有）

【附錄】

朱熹《或問》卷一七　程子之說善矣，但"東周"當從舊注及張子說，其頗未盡者，蘇氏得之。

子張問仁于孔子。孔子曰："能行五者于天下爲仁矣。"請問之。曰："恭、寬、信、敏、惠。恭則不侮，寬則得衆，信則人任焉，敏則有功，惠則足以使人。"

佛肸召，子欲往。子路曰："昔者由也聞諸夫子曰：'親于其身爲不善者，君子不入也。'佛肸以中牟畔，子之往也，如之何？"子曰："然，有是言也。不曰堅乎，磨而不磷；不曰白乎，涅而不緇。吾豈匏瓜也哉？焉能繫而不食？"

子曰："由也，女聞六言六蔽矣乎？"對曰："未也。""居，吾語女。好仁不好學，其蔽也愚；好知不好學，其蔽也蕩；好信不好學，其蔽也賊；好直不好學，其蔽也絞；好勇不好學，其蔽也亂；好剛不好學，其蔽也狂。"

子曰："小子何莫學夫《詩》？《詩》，可以興，可以觀，可以群，可以怨。邇之事父，遠之事君。多識于鳥獸草木之名。"

子謂伯魚曰："女爲《周南》、《召南》矣乎？人而不爲《周南》、《召南》，其猶正牆面而立也與！"

子曰："禮云禮云，玉帛云乎哉？樂云樂云，鐘鼓云乎哉？"

子曰："色厲而內荏，譬諸小人，其猶穿窬之盜也與！"

子曰："鄉原，德之賊也。"

以其似中庸而非也，故曰"德之賊"。孟子曰："一鄉皆稱原人，无往而不爲原人。"與中庸相近，必與狂狷相遠。狂者進取，狷者有所不爲。鄉原者，未嘗進取，而无所不爲者也。狂狷與中庸相遠，而孔子取其志之強，可以引而進于道也。鄉原與中庸相近，而夫子惡之，惡其安于陋而不可與有爲也。（《或問》卷一七注引"蘇氏曰"。卿輯，馬有）

古之所謂中庸者，盡萬物之理而不過，故亦曰"皇極"。夫極，盡也。後之所謂中庸者，循循焉，爲衆人之所能爲，斯以爲中庸矣。此孔子、孟子之所謂鄉原也。"一鄉皆稱原人焉，无所往而不爲原人。""同乎流俗，合乎汙世。"曰："古之人，何爲踽踽涼涼？生斯世也，爲斯世也，善斯可矣。"謂其近于中庸而非，故曰"德之賊也"。（《蘇軾文集》卷八《進策五篇·策略四》。卿輯）

【附錄】

朱熹《或問》卷一七　蘇氏之說亦當，但其所謂"安于陋而不可與有爲"者，未中鄉原之病也。

子曰："道聽而塗説，德之棄也。"

子曰："鄙夫可與事君也與哉？其未得之也，患〔不〕得之①；既得之，患失之。苟患失之，无所不至矣。"

"患得之"當云"患不得之"，闕文也。鄙夫止于營私，其害至于亡國。李斯之立胡亥，張禹之右王氏，其謀皆始于患失，故孔子深畏之。曰"无所不至"者，言其必至于亡國也。（《或問》卷一七注引"蘇氏曰"。卿輯，馬有）

"患得之"當作"患不得之"，予觀退之《王承福傳》云："其賢于世之患不得之而患失之，以濟其生之欲者。"古本必如是。（《四書經注集證·論語》卷九注。又見《滹南集》卷七、《四書集義精要》卷二四。卿輯）

孔子曰："鄙夫可與事君也歟哉？其未得之也，患〔不〕得之②，既得之，患失之，苟患失之，无所不至矣。"臣始讀此書，疑其太過，以爲鄙夫之患失，不過備位而苟容。及觀李斯憂蒙恬之奪其權，則立二世以亡秦；盧杞憂李懷光之數其惡，則誤德宗以再亂。其心本生于患失，而其禍乃至于喪邦。孔子之言，良不爲過。（《蘇軾文集》卷二五《上神宗皇帝書》。舒補）

李斯之立胡亥，張禹之右王氏，其謀皆始于患失。（《四書集義精要》卷二四）

"李斯憂蒙恬之奪其權，則立二世以亡秦；虛杞懼李懷光之數其惡，則誤德宗以再亂。其禍乃至于喪邦，乃知聖人之言良不爲過。"亦名辭也。（《四書集編·論語集編》卷九引"眉山蘇氏曰"）

【附録】

朱熹《或問》卷一七　范、侯、謝氏得之，而蘇氏亦足以驗其事實。但"患得之"文義自通，不必增字。今《家語》亦作"患不得之"，恐或他論之文耳。

沈作喆《寓簡》　東坡解云："'患得之'，當作'患不得之'。"

王若虛《滹南集》卷七　東坡以"患得之"當爲"患不得之"，蓋闕文也。予以爲然。

楊伯峻《論語譯註》"其未得之也患得之"校　當作"患不得之"。

楊伯峻又注　王符《潛夫論·愛日篇》云："孔子疾夫未得之也，患不得之；既得之也，患失之者。"可見東漢人所據的本子有"不"字。《荀子·子道篇》説："孔子曰，……小人者，其未得也，則憂不得；既已得之，又恐失之。"（《説苑·雜言篇》同）此雖是述意，"得"字上也有"不"字。

劉因《四書集義精要》卷二四　蘇氏之説亦足以驗其事實。

子曰："古者民有三疾，今也或是之亡也。古之狂也肆，今之狂也蕩；古之矜也廉，今之矜也忿戾；古之愚也直，今之愚也詐而已矣。"

---

①　患〔不〕得之：宋以來傳本《論語》皆無"不"字。蘇軾謂當作"患不得之"，"闕文也"，歷代學者講説不一，今從蘇軾説。詳參下文所述。

②　患〔不〕得之：原本作"患得之"。按宋以來傳本《論語》無"不"字。東坡則認爲當有"不"字。《文集》所載無"不"字，似與其意不符。

子曰："巧言令色，鮮矣仁。"

子曰："惡紫之奪朱也，惡鄭聲之亂雅樂也，惡利口之覆邦家者。"

子曰："予欲无言。"子貢曰："子如不言，則小子何述焉？"子曰："天何言哉？四時行焉，百物生焉。天何言哉？"

　　天子法天恭己，正南面，守法度，信賞罰而天下治，三代令王，莫不由此。若天下大事，安危所係，心之精微，法令有不能盡，則天子乃言，在三代爲訓誥誓命，自漢以下爲制詔，皆所以鼓舞天下，不輕用也。若每行事立法之外，必以王言隨而丁寧之，則是朝廷自輕其法，以爲不丁寧則未必行也。言既屢出，雖復丁寧，人亦不信。（《蘇軾文集》卷二七《論每事降詔約束狀》。舒補）

【附録】

蘇轍《拾遺·予欲无言》　　古之傳道者必以言。達者得意而忘言，則言可尚也。小人以言害意，因言以失道，則言可畏也。故曰："予欲无言。"聖人之教人亦多術矣，行止語默，无非教者。子貢習于聽言，而未知其餘也，故曰："子如不言，則小子何述焉？"子曰："天何言哉？四時行焉，百物生焉。"夫豈无以感而通之乎？（《欒城三集》卷七）

孺悲欲見孔子，孔子辭以疾。將命者出户，取瑟而歌，使之聞之。

宰我問："三年之喪，期已久矣。君子三年不爲禮，禮必壞；三年不爲樂，樂必崩。舊穀既没，新穀既升，鑽燧改火，期可已矣。"子曰："食夫稻，衣夫錦，于女安乎？"曰："安！""女安則爲之。夫君子之居喪，食旨不甘，聞樂不樂，居處不安，故不爲也。今女安，則爲之。"宰我出。子曰："予之不仁也！子生三年，然後免于父母之懷。夫三年之喪，天下之通喪也。予也有三年之愛于其父母乎？"

子曰："飽食終日，无所用心，難矣哉！不有博弈者乎？爲之，猶賢乎已。"

子路曰："君子尚勇乎？"子曰："君子義以爲上。君子有勇而无義爲亂；小人有勇而无義爲盜。"

子貢曰："君子亦有惡乎？"子曰："有惡。惡稱人之惡者，惡居下流而訕上者，惡勇而無禮者，惡果敢而窒者。"曰："賜也，亦有惡乎？""惡徼以爲知者，惡不孫以爲勇者，惡訐以爲直者。"

　　徼，僥倖也。

【附録】

古註以"徼"爲抄，蘇氏以"徼"爲僥倖。（《四書或問》卷二三。許拾）

孔子曰："惡居下流而訕上，惡訐以爲直。"劉歆、谷永之徒，又相與彌縫其闕而緣飾之，故其衰也，靡然如蛟龍釋其風雲之勢，而安于豢畜之樂，終以不悟，使其肩披股裂登于匹夫之俎，豈不悲哉！其後桓、靈之君，懲往昔之弊，而欲樹人主之威權，故頗用嚴刑，以督責臣下。忠臣義士，不容于朝廷，故群起于草野，相與力爲險怪驚世之行,使天下豪俊奔走于其門,得爲之執鞭,而其自喜,不啻若卿相之榮。于是天下之士,囂然皆有无用之虚名,而不適于實效。故其亡也,如人之病狂,不知堂宇宫室之爲安,而號呼奔走,以自顛仆。(《蘇軾文集》卷四八《上韓太尉書》。舒補)

子曰:"唯女子與小人爲難養也。近之則不孫,遠之則怨。"

　　子曰:"惟女子與小人爲難養也。"使與聞外事且不可,"牝雞之晨,惟家之索",而況可使攝主而臨天下乎?女子爲政而國安,惟齊之君王后,吾宋之曹、高、向也,蓋亦千一矣。自東漢馬、鄧,不能無譏;而漢吕后、魏胡武靈、唐武氏之流,蓋不勝其亂。王莽、楊堅遂因以易姓。(《蘇軾文集》卷五《論魯隱公》。舒補)

子曰:"年四十而見惡焉,其終也已。"

　　此亦有爲而言,不知其爲誰也。(《集注》卷九引"蘇氏曰"。卿輯)

【附録】

王若虚《滹南集》卷四《論語辨惑·總論》　　子曰:"四十五十而无聞焉,斯亦不足畏也已。""年四十而見惡焉,其終也已。"人固有晚而改節者,然概觀之,亦可見其終身矣。而蘇東坡皆疑其有爲而言,……皆過于厚者也。

微子篇第十八

微子去之,箕子爲之奴,比干諫而死。孔子曰:"殷有三仁焉。"

　　箕子常欲立微子,帝乙不從而立紂。故箕子告微子曰:"我舊云刻子,王子不出,我乃顛隮。"是以二子或去或囚。蓋居可疑之地,雖諫不見聽,故不復諫。比干則无所嫌,故諫而死。(《延平答問·論語》。卿輯,馬有)

　　夫道一而已,君子之出處語默,所以不同者,其居異也。今三子之于紂,非父則兄,其位則太師、少師也。其居不相逺,其責宜若同。然或去之,或囚焉,或諫而死,孔子皆曰仁,何也?微子,紂之庶兄也,箕子欲立之,帝乙不從,而立紂,故《書》曰"我舊云刻子,王子不出,我乃顛隮。"刻,害也。我舊之所云者害子,子若不去,并我得禍也。魏文帝之于陳王植,晉武帝之于齊王攸,自中主以下,皆所不能容,而況于紂乎?故微子之所以出奔,箕子之所以佯狂爲奴者,皆以居可疑之地,而犯必死之怨也。二者雖有言,紂豈復信之?故不諫而去,或囚者,其勢然也。至于比干,親則諸父,位則少師也,而无所嫌,諫而不聽,猶冀萬一焉,雖繼之以死可也。使二子无刻子之嫌者,吾知其與比干俱死矣。(《歷代名賢確論》卷五引"東坡曰"。谷補)

【附録】

《朱文公文集》卷五一《答董叔重》　　東坡則曰:箕子在帝乙時,以微子長且賢,欲立之,而帝乙不可,卒立紂。紂忌此兩人,故箕子曰"子之去固其道也,我舊所云者害子,子若不出,則我與子皆危矣"。微子之告箕子,若欲與之俱去,然微子曰"吾三人者各行其志,自用其心之所安者而已,人各自以其意貢于先王"。微子去之,以續先王之國。箕子爲之奴,以全先王之祀。比干以諫而死,爲不負先王也。(許拾)

柳下惠爲士師,三黜。人曰:"子未可以去乎?"曰:"直道而事人,焉往而不三黜?枉道而事人,何必去父母之邦?"

齊景公待孔子曰:"若季氏,則吾不能;以季、孟之間待之。"曰:"吾老矣,不能用也。"孔子行。

齊人歸女樂,季桓子受之,三日不朝,孔子行。

衛靈公未受命者,故可;季桓子已受命者,故不可。(《欒城三集》卷七《拾遺》。卿輯)

【附録】

蘇轍《拾遺·孔子行》 衛靈公以南子自污,孔子去魯,從之不疑。季桓子以女樂之故,三日不朝,孔子去之,如避寇讎。子瞻曰:……予以爲不然。孔子之世,諸侯之過如衛靈公多矣,而可盡去乎?齊人以女樂間孔子,魯君大夫既食餌矣,使孔子安而不去,則坐待其禍,无可爲矣,非衛南子之比也。(《欒城三集》卷七)

楚狂接輿歌而過孔子曰:"鳳兮鳳兮,何德之衰?往者不可諫,來者猶可追。已而,已而!今之從政者殆而!"孔子下,欲與之言,趨而辟之,不得與之言。

長沮、桀溺耦而耕,孔子過之,使子路問津焉。長沮曰:"夫執輿者爲誰?"子路曰:"爲孔丘。"曰:"是魯孔丘與?"曰:"是也。"曰:"是知津矣。"問于桀溺。桀溺曰:"子爲誰?"曰:"爲仲由。"曰:"是魯孔丘之徒與?"對曰:"然。"曰:"滔滔者天下皆是也,而誰以易之?且而與其從辟人之士也,豈若從辟世之士哉!"耰而不輟。子路行以告。夫子憮然曰:"鳥獸不可與同群,吾非斯人之徒與而誰與?天下有道,丘不與易也。"

子路從而後,遇丈人,以杖荷蓧。子路問曰:"子見夫子乎?"丈人曰:"四體不勤,五穀不分,孰爲夫子?"植其杖而芸。子路拱而立。止子路宿,殺雞爲黍而食之,見其二子焉。明日,子路行,以告。子曰:"隱者也。"使子路反見之。至,則行矣。子路曰:"不仕无義。長幼之節,不可廢也;君臣之義,如之何其廢之?欲絜其身,而亂大倫。君子之仕也,行其義也。道之不行,已知之矣。"

逸民:伯夷、叔齊、虞仲、夷逸、朱張、柳下惠、少連。子曰:"不降其志,不辱其身,伯夷、叔齊與!"謂柳下惠、少連,"降志辱身矣。言中倫,行中慮,其斯而已矣"。謂虞仲、夷逸,"隱居放言,身中清,廢中權。我則異于是,无可无不可"。

大師摯適齊，亞飯干適楚，三飯繚適蔡，四飯缺適秦，鼓方叔入于河，播鼗武入于漢，少師陽、擊磬襄入于海。

周公謂魯公曰："君子不施其親，不使大臣怨乎不以。故舊无大故，則不棄也。无求備于一人。"

周有八士：伯達、伯適、仲突、仲忽、叔夜、叔夏、季隨、季騧。

子張篇第十九

子張曰："士見危致命，見得思義，祭思敬，喪思哀，其可已矣。"

子張曰："執德不弘，信道不篤，焉能爲有？焉能爲亡？"

子夏之門人問交于子張。子張曰："子夏云何？"對曰："子夏曰：'可者與之，其不可者拒之。'"子張曰："異乎吾所聞。君子尊賢而容衆，嘉善而矜不能。我之大賢與，于人何所不容！我之不賢與，人將拒我，如之何其拒人也？"

　　君子不惡人，亦不惡于人。……子張之意，豈不曰與其可者，而其不可者自遠乎。使不可者而果遠也，則其爲拒也甚矣。而子張何惡于拒也？曰：惡其有意于拒也。夫苟有意于拒，則天下相率而去之，吾誰與居？然則孔子之于孺悲也，非拒歟？曰：孔子以不屑教誨者也，非拒也。夫苟无意于拒，則可者與之，雖孔子、子張皆然。（《蘇軾文集》卷一〇《文與可字說》。卿輯）

子夏曰："雖小道，必有可觀者焉，致遠恐泥，是以君子不爲也！"

　　道體无大小，方術技藝總是一理，神而明之皆足以通神明之德，類萬物之情者，但其用則有分矣。大者自一身而達天下、國家，无遠弗屆。小者，內部足以成己，外部足以成物。僅僅取給于一事一物之濟而已，何致遠之能，是以君子不爲也。君子學務其大，謂即大以該小，而未嘗以小病大也。（《論語學案》卷一〇引"蘇子瞻言"）

子夏曰："日知其所亡，月无忘其所能，可謂好學也已矣。"

　　古之學者，其所亡與其所能，皆可以一二數而日月見也。如今世之學，其所亡者果何物？而所能者果何事歟？（《四書朱子本義匯參·論語》卷一九注。卿輯）

子夏曰："博學而篤志，切問而近思，仁在其中矣。"

　　博學而志不篤，則大而无成。泛問遠思，則勞而无功。（《集注》卷一〇引"蘇氏曰"。卿輯）

【附録】

蘇轍《拾遺·切問而近思》　君子无所不學，然而不可勝志也。志必有所一而後可，志无所一，雖博猶雜學也。故曰："博學而篤志。"將有問也，必切其極；退而思之，必自近者始。不然，疑而不信也。君子之道，造端乎夫婦；及其至也，察乎天地。自夫婦之所能而思之，可以知聖人之所不能也，故曰"切問而近思"。君子爲此二者，雖不爲仁而仁可得也，故曰"仁在其中矣"。（《欒城三集》卷七）

子夏曰："百工居肆以成其事，君子學以致其道。"

  道可致而不可求。孔子曰："君子學以致其道。"莫之求而自至，斯以爲致。（《四書朱子本義匯參·論語》卷一九注。卿輯）

  道可致而不可求。何謂致？孫武曰："善戰者致人，不致于人。"子夏曰："百工居肆以成其事，君子學以致其道。"莫之求而自至，斯以爲致也歟。南方多没人，日與水居也。七歲而能涉，十歲而能浮，十五而能没矣。夫没者豈苟然哉！必將有得于水之道者。日與水居，則十五而得其道。生不識水，則雖壯，見舟而畏之。故北方之勇者，問于没人，而求其所以没，以其言試之河，未有不溺者也。故凡不學而務求道，北方之學没者也。（《蘇軾文集》卷六四《日喻》。卿輯）

【附録】

《朱熹集》卷三一《與張敬夫論癸巳論語説》 "君子學以致其道"。致者，極其致也。恐當云："致者，極其所至也。"自未合者言之，非用力以致之，則不能有諸躬。道固欲其有諸躬，然此經意但謂極其所至耳，不爲有諸躬者發也。若曰有諸躬，則當訓"致"爲"致師"之"致"，如蘇氏之説矣。然本文意不如此。

戴望溪《石鼓論語答問》卷下 東坡嘗説學人致道甚深，然却不與上文相連。不用深説，百工居肆以成其事，君子爲學亦須致道。只須此説言人各有本業，須做到成就處方是。

子夏曰："小人之過也，必文。"

子夏曰："君子有三變：望之儼然，即之也温，聽其言也厲。"

子夏曰："君子信而後勞其民；未信，則以爲厲己也。信而後諫；未信，則以爲謗己也。"

子夏曰："大德不踰閑，小德出入可也。"

子游曰："子夏之門人小子，當洒掃、應對、進退，則可矣。抑末也，本之則無，如之何？"子夏聞之，曰："噫！言游過矣。君子之道，孰先傳焉？孰後倦焉？譬諸草木，區以别矣。君子之道，焉可誣也？有始有卒者，其唯聖人乎！"

  中有以受之。……子夏所謂"焉可誣"者，專自教者而言。……教者既欺其徒，則受教者以欺應之。（《或問》卷一九。卿輯）

【附録】

《朱熹集》卷三一《與張敬夫論癸巳論語説》 "子夏之門人小子"。"君子之道，孰爲當先而可傳"至"循其序而用力耳"。詳本文之意，正謂君子之道本末一致，豈有以爲先而傳之？豈有以爲後而倦教者？但學者地位高下不同，如草木之大小，自有區別，故其爲教不得不殊耳。初無大小雖分，而生意皆足；本末雖殊，而道無不存之意也。"焉可誣也"，蘇氏得之。"有始有卒"，尹氏得之。此章文義如此而已。但近年以來，爲諸先生發明本末一致之理，而不甚解其文義，固失其指歸。然考之程書，明道嘗言："先傳後倦，君子教人有序，先傳以近者小者，而後教以遠者大者，非是先傳以近小，而後不教以遠大也。"此解最爲得之。然以其言緩而无奇，故讀者忽之而不深考耳。

又卷四四《答江德功一》 "子夏之門人小子"：此章之説，明道先生曰："先傳後倦，君子教人有序，先傳以小者近者，而後教以遠者大者，非是先傳以近小而後不教以遠大也。"愚按諸家之説惟此數句明白的當。試詳味之，可見文義。"譬諸草木，區以別矣"，只是説大小有序，不可躐等之意。"君子之道，焉可誣也"，東坡得之。"有始有卒，其惟聖人"，尹氏得之。

子夏曰："仕而優則學，學而優則仕。"

子游曰："喪致乎哀而止。"

子游曰："吾友張也，爲難能也，然而未仁。"

曾子曰："堂堂乎張也，難與並爲仁矣。"

曾子曰："吾聞諸夫子：人未有自致者也，必也親喪乎！"

曾子曰："吾聞諸夫子：孟莊子之孝也，其他可能也；其不改父之臣與父之政，是難能也。"

　　聞孟獻子之孝，不聞莊子也。（《滹南集》卷七引"東坡曰"。卿輯）

【附録】

王若虛《滹南集》卷七　東坡曰："聞孟獻子之孝，不聞莊子也。"遂疑爲"獻"字之誤。夫聖人以爲孝則固孝矣，而必求他證而後信，不亦過乎？

孟氏使陽膚爲士師，問于曾子。曾子曰："上失其道，民散久矣。如得其情，則哀矜而勿喜。"

子貢曰："紂之不善，不如是之甚也。是以君子惡居下流，天下之惡皆歸焉。"

　　子貢言此者，蓋不許武王伐紂之事。（《滹南集》卷七引"東坡曰"。卿輯）

　　予乃今知之祖伊至諫言不諱，漢唐中主所不能容者。紂雖不改而終不怒，祖伊尹得全，則後世人主有不如紂者多矣。（《東坡書傳·商書》）

【附録】

王若虛《滹南集》卷七　東坡以爲"子貢言此者，蓋不許武王伐紂之事"。而張无垢亦稱其"有恕紂之心，賢于孟子賊仁殘義之説"，皆繆見也。子貢之意在于使人慎所居，而二子乃爲恕紂而甚武王，不亦異乎？子貢雖惡稱人之惡者，亦何至湔洗桀、紂以爲忠厚哉？湯、武大義，聖人固有定論矣，今乃妄生訾毁而爲獨夫地，是亦惑之甚矣。

子貢曰："君子之過也，如日月之食焉。過也人皆見之，更也人皆仰之。"

　　聖賢舉動，明白正直，不當如是耶？所用之人，有邪有正；所作之事，有是有非。是非邪正，兩言而足：正則用之，邪則去之；是則行之，非則破之。此理甚明，猶饑之必食，渴之必飲，豈有別生義理，曲加粉飾，而能欺天下哉！（《蘇軾文集》

卷二五《再上皇帝書》。舒補）

衛公孫朝問于子貢曰："仲尼焉學？"子貢曰："文武之道，未墜于地，在人。賢者識其大者，不賢者識其小者，莫不有文武之道焉，夫子焉不學，而亦何常師之有？"

叔孫武叔語大夫于朝曰："子貢賢于仲尼。"子服景伯以告子貢。子貢曰："譬之宮牆，賜之牆也及肩，闚見室家之好。夫子之牆數仞，不得其門而入，不見宗廟之美，百官之富。得其門者或寡矣。夫子之云，不亦宜乎！"

叔孫武叔毀仲尼。子貢曰："无以爲也！仲尼不可毀也。他人之賢者，丘陵也，猶可踰也；仲尼，日月也，无得而踰焉。人雖欲自絶，其何傷于日月乎？多見其不知量也。"

陳子禽謂子貢曰："子爲恭也，仲尼豈賢于子乎？"子貢曰："君子一言以爲知，一言以爲不知，言不可不慎也！夫子之不可及也，猶天之不可階而升也。夫子之得邦家者，所謂立之斯立，道之斯行，綏之斯來，動之斯和。其生也榮，其死也哀，如之何其可及也？"

堯曰篇第二十

堯曰："咨！爾舜！天之曆數在爾躬，允執其中。四海困窮，天禄永終。"舜亦以命禹。曰："予小子履敢用玄牡，敢昭告于皇皇后帝：有罪不敢赦。帝臣不蔽，簡在帝心。朕躬有罪，无以萬方；萬方有罪，罪在朕躬。"周有大賚，善人是富。"雖有周親，不如仁人。百姓有過，在予一人。"謹權量，審法度，修廢官，四方之政行焉。興滅國，繼絶世，舉逸民，天下之民歸心焉。所重：民、食、喪、祭。寬則得衆，信則民任焉，敏則有功，公則説。

子張問于孔子曰："何如斯可以從政矣？"子曰："尊五美，屏四惡，斯可以從政矣。"子張曰："何謂五美？"子曰："君子惠而不費，勞而不怨，欲而不貪，泰而不驕，威而不猛。"子張曰："何謂惠而不費？"子曰："因民之所利而利之，斯不亦惠而不費乎？擇可勞而勞之，又誰怨？欲仁而得仁，又焉貪？君子无衆寡，无小大，无敢慢，斯不亦泰而不驕乎？君子正其衣冠，尊其瞻視，儼然人望而畏之，斯不亦威而不猛乎？"子張曰："何謂四惡？"子曰："不教而殺謂之虐，不戒視成謂之暴，慢令致期謂之賊，猶之與人也，出納之吝謂之有司。"

孔子曰："不知命，无以爲君子也；不知禮，无以立也；不知言，无以知人也。"

此章雜取《大禹謨》、《湯誥》、《太誓》、《武成》之文,而顛倒失次,不可復考。由此推之,《論語》蓋孔子之遺書,簡編絶亂,有不可知者。如周八士,周公語魯公,邦君夫人之稱,非獨載孔子與弟子之言行也。(《或問》卷二〇注引"蘇氏曰"。又見《滹南集》卷七、《四書集義精要》卷二五。卿輯,馬有)

【附錄】

朱熹《或問》卷二〇 蘇氏疑此章有顛倒失次者,恐或有之。

王若虛《滹南集》卷七 予謂東坡之説爲近人情,故從之。

[附錄一]

歷代諸家評論

蘇軾《蘇軾文集》

　　軾始就逮赴獄，有一子稍長，徒步相隨，其餘守舍，皆婦女幼稚。至宿州，御史符下，就家取文書。州郡望風遣吏發卒，圍船搜取，老幼幾怖死。既去，婦女恚罵曰："是好著書，書成何所得，而怖我如此！"悉取燒之。比事定，重復尋理，十亡其七八矣。到黄州，無所用心，輒復覃思于《易》、《論語》。端居深念，若有所得，遂因先子之學，作《易傳》九卷。又自以意作《論語説》五卷。窮苦多難，壽命不可期，恐此書一旦復淪没不傳，意欲寫數本留人間。念新以文字得罪，人必以爲凶衰不祥之書，莫肯收藏。又自非一代偉人，不足託以必傳者，莫若獻之明公。而《易傳》文多，未有力裝寫，獨致《論語説》五卷。公退閒暇，一爲讀之，就使无取，亦足見其窮不忘道，老而能學也。(卷四八《黄州上文潞公書》)

　　某閒廢，无所用心，專治經書。一二年間，欲了却《論語》、《書》、《易》，舍弟亦了却《春秋》、《詩》。雖拙學，自謂頗正古今之誤，粗有益于世，瞑目无憾。往往又自笑不會取快活，真是措大餘業。(卷五一《與滕達道二一》)

　　軾自謫居以來，可了得《易傳》九卷，《論語説》五卷。今又下手作《書傳》。迂拙之學，聊以娱老，且以爲子孫藏耳。子由亦了却《詩傳》，又成《春秋集傳》。想知之，爲一笑耳。(卷五二《與王定國一一》)

　　前者皆夢，已後者獨非夢乎？置之不足道也。所喜者，海南了得《易》、《書》、《論語》傳數十卷，似有益于骨朽後人耳目也。(卷五二《答李端叔三》)

　　某凡百如昨，但撫視《易》、《書》、《論語》三書，即覺此生不虚過。如來書所諭，其他何足道。(卷五七《答蘇伯固三》)

　　住計龍舒爲多。大盆如命取去，爲暑中浮瓜沉李之一快也。《論語説》得暇當録呈。源、修二老行當見之，并道所諭也。至虔州日，往諸刹游覽，如見中原，氣象泰然，不肉而肥矣。何時得與公久聚，盡發所蘊相分付耶！龍舒聞有一官莊可買，已託

人問之。若遂，則一生足食杜門矣。燈下倦書，不盡所懷。(卷五七《答蘇伯固四》)

孔壁、汲冢竹簡科斗，皆漆書也，終于蠹壞。景鐘、石鼓益堅，古人爲不朽之計亦至矣。然其妙意所以不墜者，特以人傳人耳。大哉人乎！《易》曰："神而明之，存乎其人。"吾作《易》、《書》傳、《論語說》，亦粗備矣。嗚呼！又何以多爲。(卷六六《題所作書易傳論語說》)

予自海康適合浦，遭連日大雨，橋梁盡壞，水无津涯。自興廉村淨行院下，乘小舟至官寨。聞自此以西皆漲水，无復橋船。或勸乘蜒舟並海即白石。是日，六月晦，无月。碇宿大海中，天水相接，疏星滿天。起坐四顧太息，吾何數乘此險也！已濟徐聞，復厄于此乎？過子在傍齁睡，呼不應。所撰《易》、《書》、《論語》皆以自隨，世未有別本。撫之而歎曰："天未喪斯文，吾輩必濟！"已而果然。七月四日合浦記。時元符三年也。(卷七一《書合浦舟行》)

蘇轍《欒城三集》

予少年爲《論語略解》。子瞻謫居黃州，爲《論語說》，盡取以往，今見于其書者十二三也。大觀丁亥，閒居潁川，爲孫籀、簡、筠講《論語》。子瞻之說，意有所未安，時爲籀等言之，凡二十有七章，謂之《論語拾遺》。恨不得質之子瞻也。(卷七《論語拾遺·引》)

蘇轍《欒城後集》

作《論語說》，時發孔氏之祕。(卷二二《亡兄端明子瞻墓誌銘》)

晁公武《郡齋讀書志》

《東坡論語解》十卷，右皇朝蘇軾子瞻撰。子瞻沒後，義有未安者，其弟子由嘗辨正之，凡二十有七章。(卷一下)

尤袤《遂初堂書目·論語類》

《蘇文忠論語傳》。

黎靖德編《朱子語類》

東坡議論雖不能惟无偏頗，其氣節直是有高人處。如說孔北海、曹操，使人凛凛有生氣！(卷三五)

東坡天資高明，其議論文詞自有人不到處。如《論語說》，亦煞有好處，但中間須有些漏綻出來。(卷一三〇)

陳振孫《直齋書録解題》

《東坡論語解》十卷，蘇軾撰。（卷三）

王若虛《溽南集》

司馬君實著所疑十餘篇，蓋淺近不足道也。蘇氏解《論語》，與孟子辨者八，其論差勝，自以去聖人不遠。及細味之，亦皆失其本旨。（卷八）

楊士奇《文淵閣書目》

《論語東坡解》一部二册。（卷一）

張佩綸《澗于日記》

東坡先生説《論語》已佚，今從《欒城集·拾遺》輯三條，《朱子集注》輯九條，宋余允文《尊孟續辨》中有辨坡《論語》八條（自注：王若虛《溽南集》有《孟子辨惑》一卷，云："蘇氏解《論語》，與孟子辨者八，其論差勝，亦皆失其本旨。"即余所辨之八條也），益以文集所載，如《剛説》、《思堂記》之類，略見一斑矣。（丁亥卷）

［附録二］

《論語説》評述

舒大剛

一　《論語説》之流傳

　　蘇軾《論語説》，晁公武《郡齋讀書志》卷一上、馬端臨《文獻通考·經籍考》均作"《東坡論語解》十卷"。陳振孫《直齋書録解題》卷三亦作"十卷"，書名作《東坡論語傳》；尤袤《遂初堂書目》作《蘇文忠論語傳》，無卷數；《宋史·藝文志》、朱彝尊《經義考》卷二一三作《論語解》"四卷"；《蜀中廣記》卷九一作"五卷"；《國史經籍志》亦作"十卷"。但是，我們據蘇軾本人黄州《上文潞公書》："又自以意作《論語説》五卷。"則書名當以《論語説》爲正，卷數當以"五卷"爲準。其作"十卷"，或後來蘇軾有所增補，抑或南宋分卷不同；而"四卷"之本，當爲後來殘缺所致。明前期的《文淵閣書目》著録"《論語東坡解》一部二册，闕"，傅維麟《明書·經籍志》亦作"二册"。《文淵閣書目》楊士奇編於正統六年（1441），是楊士奇等人清點明內閣藏書的記録，其時蘇軾《論語説》尚存，但已有殘闕。同時的葉盛《菉竹堂書目》卷一著録："《論語東坡解》二册。"都反映的是明朝前期的情况。是後一百五十六年，當萬曆丁酉（1597），焦竑刻《兩蘇經解》，其《東坡先生易傳序》稱："而子瞻《論語解》卒軼不傳。"可見此書在明萬曆時期已經稀見，不好尋覓了，因此《兩蘇經解》中没有蘇軾《論語説》。

　　清初錢曾《述古堂藏書目》卷一載有"《東坡論語拾遺》一卷，鈔"，不知是蘇軾《論語説》的輯本，還是蘇轍的《論語拾遺》，已不得而詳。《論語》注稱《拾遺》者乃蘇轍所著，《文淵閣書目》等書目都在蘇軾《論語説》外，又著録蘇轍《論語拾遺》一册（或一卷）。錢曾書目只有《東坡論語拾遺》，而無蘇轍《論語拾遺》；與他同時的錢謙益《絳雲樓藏書志》等則只有《蘇子由論語拾遺》一卷，而無蘇軾《東坡論語拾遺》。頗疑錢曾所録《東坡論語拾遺》乃蘇轍《論語拾遺》之誤，蓋因子由所拾乃東坡《論語説》之"遺"。繼後，朱彝尊著《經義考》，即已稱《蘇氏論語解》"未見"（卷二一三）了，表明明末、清初學人已經看不見蘇軾《論語説》了。

　　清末張佩綸（1848—1903）《澗于日記》丁亥卷載："東坡先生説《論語》已佚，今從《欒城集·論語拾遺》輯三條，《朱子集注》輯九條，宋余允文《尊孟續辨》中有辨坡《論語》八條①，益以文集所載，如《剛説》、《思堂記》之類，略見一斑矣。"是張氏曾有《論語説》輯本，但這個輯本不見於各家書目，也許并未流傳下來。四川大學卿三祥、馬德富在1992年發表有同題的《蘇軾〈論語説〉鈎沉》②，語文出版社出版之《三蘇全書》，在卿、馬二人所輯外，復輯得四十餘條，合編爲上下兩卷，這是當時較全面的東坡《論語説》輯本。

二　歷代對《論語説》的評論

　　蘇軾《論語説》成書後，元豐五年在黄州時，即已鈔示文彦博，不知當時有何反響。在東坡去世後，首先對《論語説》進行反思的是蘇轍。《郡齋讀書志》卷一下云："子瞻没後，義有未安者，其弟子由嘗辨證之，凡二十有七章。"此指蘇轍所著《論語拾遺》。據蘇轍《論語拾遺引》，蘇轍少年時代作有《論語略解》，蘇軾在黄州著《論語説》，採納了蘇轍《論語略解》不少觀點，"今見於（軾）書者十二三也"。可見蘇轍之説頗有見地，纔爲蘇軾所採。蘇轍晚年閒居潁昌，爲蘇籀、蘇簡、蘇筠等孫輩講《論語》，對蘇軾《論語説》"意有所未安，時爲籀等言之，凡二十有七章，謂之《論語拾遺》"。顯然《論語拾遺》是駁正《論語説》而作。可惜蘇軾的《論語説》已失傳，而蘇轍的《論語拾遺》又多是正面闡明自己的看法，使我們無法看出兄弟倆的具體分歧。其中只有三章引了蘇軾的觀點。一是關於泰伯讓國而興，宋宣公、魯隱公讓國而亂："子瞻曰：'泰伯斷髮文身，示不可用，使民無得而稱之，有讓國之實，而無其名，故亂不作。彼宋宣、魯隱皆存其實而取其名者也，是以宋、魯皆被其禍。'予以爲不然。……魯之禍始於攝，而宋之禍成於好戰，皆非讓之過也。"二是孔子"請討陳桓"："子瞻曰：'哀公患三桓③之逼，常欲以越伐魯而去之。以越伐魯，豈若從孔子而伐齊？既克田氏（田成子），則魯公室自張，三桓將不治而自服，此孔子之志也。'予以爲不然。"蘇轍認爲孔子明知"哀公、三桓之皆不足與有立也，孔子既知之矣，知而猶告，以爲雖無益於今日，而君臣之義猶有儆於後世也"。三是衛靈公以南子自污，孔子從之不疑，而季桓子以女樂三日不朝，孔子去之："子瞻曰：'衛靈公，未受命者，故可；季桓子，已受命者，故不可。'予以爲不然。孔子之世，諸侯之過如衛靈公者多矣，而可盡去乎？齊人以女樂間孔子，魯君大夫既食其餌矣。使孔子安而不去，則坐待其禍，無可爲矣，非衛南子之比也。"④從蘇轍所駁的三條看，蘇轍的看法確實比蘇

---

①　王若虚《滹南遺老集》有《孟子辨惑》一卷，云："蘇氏解《論語》與《孟子》辨者八，其論差勝……亦皆失其本旨。"即余允文所辨之八條也。
②　卿文見《孔子研究》1992年第2期，輯得七十餘條，並"按《論語》篇次輯爲一編"；馬文見《四川大學學報》1992年第4期，輯得五十餘條。
③　即執掌魯國政權的孟孫氏、叔孫氏、季孫氏。
④　蘇轍：《論語拾遺》，明焦竑輯萬曆二十五年畢氏刻《兩蘇經解》本。

軾説更令人信服，故《四庫全書總目》卷三五曰："其説皆較軾爲長。"

《論語説》行世後，曾得到許多學者的關注，當然毁譽也就接踵而生了。《朱熹集》記載，程門弟子尹焞（字和静）與徐度討論讀書之法，"徐丈（度）語及蘇氏'使民戰栗'義，問曰：'如何？'先生（尹焞）艴然曰：'訓經而欲新奇，無所不至矣！'"①"使民戰栗"是《論語·八佾》"哀公問社於宰我"章，宰我解釋"周社用栗"的一句話，蘇軾對此作何解釋今不得而知。相同記載又見於《朱熹集》同卷《偶讀漫記》，其中有言"《春秋》上辛雩，季辛又雩，《公羊》爲昭公聚衆以攻季氏，此説非是。……或者乃信其説，以解《春秋》。既爲謬誤，又欲引之以解《論語》"樊遲從遊舞雩之下"一段問答，以爲爲昭公逐季氏而發者，則又誤之甚矣。此弊蓋原於蘇氏問社之説，而近世又增廣之也。"朱熹《論語集注》引尹氏："古者各以所宜木名其社，非取義於木也。宰我不知而妄對。"尹氏即尹焞，不同意宰我的解釋，他既然批評蘇軾，則蘇軾同意宰我之説可知。朱熹認爲"昭公之逐季氏"之説是受了蘇軾影響，蘇氏在解本句時必然有這方面內容。尹焞認爲皆無根之談，説蘇氏爲了標新立異，無所不用其極。其實，解"栗"爲使人戰栗，是有依據的，《白虎通》："周人以栗，栗者，所以自戰栗也。"何休解《公羊傳》哀公四年："栗猶戰栗，謹敬貌，主天正之意。"就是蘇氏所本。所謂"或者乃信其説，以解《春秋》"，乃指胡安國《春秋傳》。清劉寶楠《論語正義》引方觀旭《偶記》："哀公欲去三桓，張公室，問社於宰我，宰我對以使民戰栗，勸之斷也。"劉氏贊同説："此時哀公與三桓有惡……欲去三桓之心，已非一日。則此社主之問，與宰我之對，君臣密語，隱衷可想。又社陰氣主殺，《甘誓》云：'不用命，戮於社。'《大司寇》云：'大軍旅蒞戮於社。'是宰我因社主之義，而起哀公威民之心，本非臆見附會。"②方、劉二氏之説，與朱熹引述的精神一致，也許正是當初蘇軾的意思。

同時的楊時也批評《論語説》："或問：蘇子瞻曰：'有思皆邪也，無思則土木也。思無邪者，惟有思而無所思乎？'如何？（楊）曰：《書》'曰思曰睿，睿作聖'，孔子曰：'君子有九思。'思可以作聖，而君子於貌言視聽，必有思焉，而謂有思皆邪，可乎？《繫辭》曰《易》無思、無爲也，寂然不動，感而遂通天下之故。非天下之至神，其孰能與於此夫？自至神而下，蓋未能無思也。惟無思爲足以感通天下之故，而謂'無思土木'，可乎？此非窮神知化，未足與議也。"③"思無邪"見《論語·爲政》，蘇軾説完整地保存於王若虛《滹南遺老集》："子曰：'《詩》三百，一言以蔽之曰：思無邪。'東坡曰：《易》稱'無思'、'無爲'，'寂然不動，感而遂通天下之故。'凡有思者，皆邪也；而無思則土木也。何能使有思而無邪，無思而非土木乎？此孔子之所盡心也。作詩者未必有意於是，孔子取其有會於吾心者耳。孔子之於《詩》，有斷章之取也。如必以是説施之於《詩》，則彼所謂'無斁'、'無疆'者，當何以説之？此近時

---

① 朱熹：《記和靜先生五事》，《朱熹集》卷七一，成都：四川教育出版社，1996年。
② 劉寶楠：《論語正義》卷四《八佾》，北京：中華書局，1978年。
③ 朱熹：《論語精義》卷一下，文淵閣《四庫全書》本。

學者之蔽也。"① 東坡認爲，人思就會有邪，而無思又成了草木土石，如何在有思中尋找無邪的境地，就成了孔子"思無邪"命題的精髓所在。楊時認爲"思"可能致聖，故主張視聽言貌都要用心思考，但他却忽略了世間"姦劫弑臣"也無不用思以濟其奸詐的事實。東坡之意并不是不要思，思只是求知的階段行爲，對於得道的人來説是用不着勞心焦思的，那就是《易·繫辭》"無思也，無爲也，感而遂通天下之故"的命意所在。

比尹焞、楊時晚一輩的洛學人物胡憲、李侗諸人却突破師門與蘇氏蜀學不睦的過結，開始重視蘇軾經解著作了，胡憲《論語會義》即採録了《論語説》的不少觀點。朱熹《答魏元履一》："有胡丈（憲）《會義》初本否？二先生（程顥、程頤）説《論語》處皆在其中矣。大抵只看二先生及其門人數家之説足矣。《會義》中如王元澤（雱）、二蘇、宋咸雜説甚多，皆未須看，徒亂人耳。"② 朱熹要人不看王雱、宋咸及二蘇解，但胡憲未必如此。李侗也推重蘇軾《論語説》和蘇轍的《孟子説》："二蘇《語》、《孟》説，儘有好處。"③ 朱熹也稱："嘗聞之師曰：'二蘇聰明過人，所説《語》、《孟》儘有好處。蓋天地間道理不過如此，有時便見得到，皆聰明之發也。但見到處却有病。'"④ 朱熹所記與《李延平集》多末後一語"但見到處却有病"，朱熹要人們注意這句話，説明蘇氏之説不可全信。李侗還對蘇軾解《學而》篇"三年無改於父之道"、《里仁》篇"吾道一以貫之"、《微子》篇"殷有三仁"諸章，進行了辨駁。同時代的胡寅也不同意蘇軾關於"殷有三仁"的解釋，成了洛學諸人批評蘇軾的議題之一。胡憲和李侗都是朱熹的老師，胡寅也是朱熹師執一輩人物，他們對蘇軾經解的重視，也許成了朱熹早期能够用心二蘇之學的師訓。

有趣的是，朱熹在《答魏元履》書中要他不必看二蘇的《論語説》，但在其自己的著作中却廣徵博引。《朱子語類·論語》類有十四條論及《論語説》⑤，如果加上其《論語》專著《論語集注》和《論語或問》，其引證蘇氏之説更多，達五十二處，粟品孝説："朱熹之於蘇軾《論語説》，在總共 20 篇中，只有《先進》和《微子》兩篇未見有論及。在總共 499 章（節）中，共有 62 章（節）論及，占總數的 12%。其中絶大多數都是肯定、借鑒和吸取的内容，并有 12 章（節）所解爲朱熹《集注》直接徵引。"⑥ 在《集注》一書中，朱熹直接引用蘇軾之説的地方就有十二處，分别見於《八佾》"管仲之器小哉"、《公冶長》"子謂子賤"、"子貢問曰孔文子"、《述而》"富而可求也"、《泰伯》"狂而不直"、《鄉黨》"君子不以紺緅飾"、《子路》"子路問政"、《憲

---

① 王若虚：《論語辨惑一》，《滹南遺老集》卷四，《四部叢刊》本。
② 朱熹：《答魏元履一》，《朱熹集》卷三九。
③ 李侗：《問答上》，朱熹編《李延平集》卷二，清同治五年刻本。
④ 朱熹：《答李伯諫甲申》，《朱熹集》卷四三。
⑤ 參見粟品孝：《朱熹評議蘇氏蜀學》，《宋代文化研究》第六輯，成都：四川大學出版社，1996 年。
⑥ 粟品孝：《朱熹與宋代蜀學》，北京：高等教育出版社，1998 年。

問》"愛之能勿勞乎"、《衛靈公》"人無遠慮"、《季氏》"禄之去公室"、《陽貨》"年四十而見惡"、《子張》"博學而篤志"諸章之下。引用頻率之高，在《集注》中是不多見的。至於暗用蘇氏之説，或釋義與蘇軾相近之處也不在少數，如《學而》"貧而無諂"、《八佾》"儀封人請見"、《公冶長》"伯夷叔齊不念舊惡"、《雍也》"子謂仲弓"、"質勝文則野"、《述而》"述而不作"、《子罕》"大宰問於子貢"訓"將"爲"殆"、分"棠棣之華"章爲二、《子路》"仲弓爲季氏宰"、《衛靈公》"不曰如之何"、《季氏》"季氏將伐顓臾"、《子張》"子夏之門人小子"等章，皆是。分别在裂章辨句、聲音訓詁、考證訂訛、章句大意諸方面，繼承和發揮了蘇軾學説。由於《論語集注》是朱熹理學著作的代表作，是元、明、清科舉考試的標準文獻，因此儘管蘇軾《論語説》自明以後即已失傳，但明、清學者對蘇軾《論語》學成就并不陌生。

朱熹引蘇軾之説多數是肯定，他總體評價蘇軾《論語説》："東坡天資高明，其議論文詞自有人不到處。如《論語説》，亦煞有好處，但中間須有些漏綻出來。"① 又引用蘇氏不少説法，如《論語·雍也》有"子謂仲弓曰：'犁牛之子騂且角。'"程頤認爲多一"曰"字，意謂仲弓爲犁牛子；蘇氏却説"此乃論仲弓之德，非是與仲弓言也"。《語類》卷三一認爲"蘇氏得之"。《述而》"志於道"章，包顯道認爲"東坡數條，却尚得"；朱熹也贊成——"先生然之"②。《子路》"先之，勞之"，蘇軾："凡民之行，以身先之，則不令而行；凡民之事，以身勞之，則雖勤不怨。"③《語類》卷四三評云："東坡下'行'字與'事'字，最好。"同篇還有"先有司，赦小過，舉賢才"語，有人問此"各是一事，蘇氏、楊氏乃相須而言之"。朱熹表示贊同蘇、楊之説："《論語》中有一二處，如'道千乘之國，敬事而信，節用而愛人，使民以時'，雖各是一事，然有相須之理。"

朱熹也有不完全贊成蘇軾之説的，或雖贊成，却有所保留。如《論語·公冶長》下"伯夷、叔齊不念舊惡，怨是用希"，蘇軾認爲："二子（伯夷、叔齊）之出，意其父子之間有違言焉。"或問："蘇氏'父子違言'之説，恐未穩否？"朱熹答道："蘇氏之説，以爲己怨，而'希'字猶有些怨在。然所謂'又何怨'，則絶無怨矣，又不相合。恐只得從伊川説，怨是人怨。"④《述而》有"發憤忘食，樂以忘憂"語，蘇軾："實言則不讓，貶言則非實，故常略言之，而天下之美莫能加焉。"朱熹評論道："此説非不好，但如此，則是聖人已先計較，方爲此説，似非聖人之意。"⑤《泰伯》論太王滅商，泰伯不從，蘇軾："'三分天下有其二'。文王只是不管他。"朱熹云："此説也好。但文王不是無思量，觀他戡黎伐崇之類時，也顯然是在經營。"⑥ 又云："因説文王

---

① 黎靖德編：《朱子語類》卷一三〇，北京：中華書局，1986年。
② 黎靖德編：《朱子語類》卷三四。
③ 朱熹：《四書章句集注·論語》卷七《子路》，《新編諸子集成》，北京：中華書局，1983年。
④ 黎靖德編：《朱子語類》卷二九。
⑤ 黎靖德編：《朱子語類》卷三四。
⑥ 黎靖德編：《朱子語類》卷三五。

事商曰：'文王但是做得從容不迫，不便去伐商太猛耳。東坡説，文王只是依本分做，諸侯自歸之。'"又："東坡罵武王不是聖人，又也無禮。只是孔子便説得來平，如'武未盡善'。"① 可見朱熹實質上是同意蘇軾之説的，只是嫌他太直太露，不如孔子説得平和婉轉。所以他告誡曰："此等處未消理會，且存放那裏。"② 《論語・子罕》有"可與立，未可與權。唐棣之華，偏其反而，豈不爾思，室是遠而"語，《集義》中諸儒之説莫不連下文解，"獨是范純夫不如此説，蘇氏亦不如此説，自以'唐棣之華'爲下截"。朱熹雖不贊成范、蘇之説，但認爲："細與推考，其言亦無害。"③

朱熹明確反對蘇氏《論語説》主要集中在關於義利、性命等問題上。如解《里仁》第十一章："以利害爲言，則終不近聖賢氣象。"解《泰伯》第一章："以利害言之"，"不足以論聖賢之心。"④ 特別對蘇氏引佛老解《論語》深惡痛絶。指責蘇軾不認真研究聖賢著作，"見佛家之説直截簡易，驚動人耳目，所以都被引去"，到了道德性命問題的"緊要處"，便"添入老佛，相和傾瞞人，如裝鬼戲、放烟火相似，且遮人眼"⑤。批評蘇軾解《論語・學而》第十五章的話是"老佛之餘，而非孔子之意"⑥。解《子罕》第十六章"逝者如斯"的話，是"老子'獨立而不改，周行而不殆'之意"，是佛家"肇法師'四不遷'之説"⑦，等等。

南宋時期，由於蘇學被統治者重視，蘇軾的學術又風行一時，據傳當時學者誦習其書，以謀求進取者"總總"，於是引起一些對蘇學本來就不滿意的人更加反感。當時的一位學者余允文撰《尊孟續辨》上、下卷，其目的之一就是針對蘇軾《論語説》而發的。他在《尊孟續辨自序》中談著書緣起説，友人曰："近世蘇公軾作《論語説》，而與孟子辨者，學者誦習其書，以媒進取者總總也。可無辨乎？"余曰："諾。""遂取王之刺（王充《刺孟》）者十，蘇之辨者八，併辨之。以爲《尊孟續辨》。"⑧ 其書撰著的目的就是反駁蘇軾對孟子不恭敬的言論，其立論自然以批評爲主。余氏所辨於蘇軾者共八條：

蘇軾解"子曰回也其心三月不違仁"一條，針對孟子"堯舜性之也，湯武身之也，五霸假之也，久假不歸，安知其非有也？"説："假之與性，其本亦異矣，豈論其歸與不歸哉？"余氏對東坡進行辨難，説："不謂東坡之學識而爲是辯也。"又蘇軾解"富而可求"，涉及孟子"食色性也，有命焉，君子不謂性也；仁義命也，有性焉，君子不謂命也"。蘇駁："君子之教人，將以其實，何謂不謂之有？"余氏謂："東坡此説，可謂不明孟子性命之説也。"又蘇軾解"子貢問政"章，批評孟子"較禮食之輕重"説，

---

① 黎靖德編：《朱子語類》卷三六。
② 黎靖德編：《朱子語類》卷三五。
③ 黎靖德編：《朱子語類》卷三七。
④ 朱熹：《四書或問・論語》卷四《里仁》、卷八《泰伯》，文淵閣《四庫全書》本。
⑤ 黎靖德編：《朱子語類》卷一三七。
⑥ 朱熹：《四書或問・論語》卷一《學而》。
⑦ 黎靖德編：《朱子語類》卷一三〇。
⑧ 余允文：《尊孟續辨・原序》，文淵閣《四庫全書》本。

以爲"從孟子之説則禮廢無日矣",余氏辨:"東坡恃其聰敏,持胸臆之見,肆傾河之辯,謂孟子較禮食之輕重非是,徒費其辭,終不能以勝孟子。"又解"子爲政焉用殺",指斥孟子"以生道殺民,雖死不怨'"使後世暴君污吏,皆曰吾以生道殺之,故孔子不忍言之"。余氏説:"即《康誥》、《酒誥》考之,而文、武、周公皆忍也,何爲獨責孟子?"① 蘇解"言行必果",孟子有曰:"言不必信,行不必果",東坡以爲"此非孔子所謂大人"。余説:東坡"其蔽如此,豈不誤後學乎?"又孔子稱"子産惠人也",孟子有"子産以乘車濟人於溱洧,惠而不知爲政",蘇曰:孟子"蓋因孔子之言失之也"。余説:"此段,宜無足辯。"釋"樂則韶舞",孟子有"今樂猶古樂,何也",東坡曰:"使孟子爲政,豈能存鄭聲而不去也哉?"又説:"好色、好貨、好勇,是諸侯之三疾,而孟子皆曰無害,……此皆非失其本心也哉?"余氏:"孟子亦因其疾而用藥,可謂善醫者矣。"又孔子説"性相近",孟子稱性善,蘇軾説:"人性爲善,而善非性也。"余反駁説:"東坡以性自是性,善自是善。……誠如所言,則是善無非性者,而以善爲性則不可,此又暗合乎孟子之言矣。"等等。詳觀其説,多是不通强辯而已。因此,余氏又不得不説:"東坡文章妙天下,學者仰之不啻如泰山北斗。"又擔心自己對蘇軾的造次辯論,不會得到人們的贊同:"世之學者,尊信東坡,學其文,而酷好其論議,予輒與之辯,其能免嗤誚乎?"自謂"今雖不我知,異時必有知我者矣"②,乃敢將其辨坡之文著之竹帛。

金元時期,著名學者王若虛對蘇軾《論語説》也十分重視,其《滹南遺老集》卷四、卷五、卷六、卷七的《論語辨惑》中,專門對歷史上解説《論語》的文字進行辨駁,引證蘇軾之説十四條。其書的體例,或羅列衆説加以論析,或主一説加以引申。他對蘇軾《論語説》有贊成,也有反對,態度比較鮮明。如"毋友不如己者",引東坡曰"世之陋者,樂以不己若者爲友,則自足而日損,故以此戒之。是謂不以辭害意。如必勝己而後友,則勝己者亦不與吾友矣"。認爲:"其説甚佳。"又"子張學干禄",引東坡:"子張學干禄,將以自售也。孔子言禄在其中,教之以不求而自至者也。"評:"其説甚佳。"③ 又"孰謂微生高直",引東坡:"高,古之過直人也。乞醯以應求,非孔子之所謂不直,而高平日之所謂不直也。凡人情之所安者,皆高之所不可。至其重違人之求,而乞以與之,雖高不免,此之謂不繼。孔子因其不繼而譏之耳。"又引張無垢説,評曰:"蘇、張之論,高矣。而於文勢訓義,又爲不順。"④ 又"今之從政者何如",引蘇氏:"此有謂而言,不知其謂誰。子貢之問必有所指,不然,從政之人非一,而舉以爲斗筲,可乎?"評曰:"此論亦有理。"⑤ 又"子貢問曰鄉人皆好之"章,引東坡:"此未足以爲君子也,爲問者言也,以爲賢於問者而已。君子之居鄉也,善者以

---

① 余允文:《尊經續辨》卷下。
② 余允文:《尊孟續辨》卷下。
③ 王若虛:《論語辨惑一》,《滹南遺老集》卷四。
④ 王若虛:《論語辨惑二》,《滹南遺老集》卷五。
⑤ 王若虛:《論語辨惑三》,《滹南遺老集》卷六。

勸，不善者以耻，夫何惡之有？"評曰："予謂此論雖高，然善惡異類，猶冰炭也。"① 蓋稱許其高論，而深爲善類不足以勵俗爲惜。又説"東坡以'患得之'當爲'患不得之'，蓋闕文也。予以爲然。"② 又"桓公殺公子糾，召忽死之，管仲不死"，引東坡："以管仲爲仁，則召忽爲不仁乎？曰：量力而行之，度德而處之。管仲不死，仁也。召忽死之，亦仁也。伍尚歸死於父，孝也。伍員逃之，亦孝也。時有大小耳。"評曰："此論甚佳。"③ 又"堯曰咨爾舜"至"公則説"，引東坡："其雜取《禹謨》、《湯誥》、《泰誓》、《武成》之文，而顛倒失次，不可復考。蓋孔子之遺書，簡編絶亂，有不可知者，故置之不論。而道學諸公，曲爲義訓，以爲聖人微言深旨。"評曰："予謂東坡之説爲近人情，故從之。"④ 都是用蘇軾説批駁他人之説。

　　王若虚批評蘇氏之説的也不在少數，如："三年無改於父之道"，引東坡："君子之喪親，常若見之，雖欲變之，而其道無由，是之謂無改父之道。"東坡之意在於説明，孝子心常念故去的親人，没有可能改變哀親心情，而與父親生前所行的道無關，這主要是針對"紹述新政"説的。王若虚又引葉夢得、胡寅、游酢、張栻諸説，認爲以上諸人皆"爲説過正"。又"思無邪"，引東坡解，評曰："予謂蘇子此論流於釋氏，恐非聖人之本旨。"而用楊時之説。又"吾道一以貫之"，東坡曰："一以貫之者，難言也。雖孔子莫能名之，故曾子'唯'而不問，知其不容言也。雖然，論其近似，使門人庶幾知之，不亦可乎？曰：非門人之所及也。非其所及而告之，則眩而失其真矣。然則盍亦告之以非其可及乎？曰：不可。門人將自鄙其所得而勞心於其所不及，思而不學，去道益遠。故告之以忠恕。其曾子之妙也。"又引蘇轍《進策》、程頤、謝良佐之説，而總曰："諸公張大之如是，蓋其意必欲極'一貫'之妙故耳，恐未必然。"又"朝聞道夕死可矣"，先引程頤説，既引東坡："未聞道者，得喪之際，未嘗不失其本心，而况死生乎。"又引蘇轍："一日聞道，雖死可以不亂。"評："所謂過於深者也。"⑤ 又"宰予晝寢"，先引王安石説，繼引東坡："晝居於内，非有疾不可。予蓋好内而懷安者。"評曰："皆求之太過也。"⑥ 又"顔淵死"，引東坡："古者行禮，視其所有而已。遇其有，則脱驂於舊館人；及其無，不捨車於顔淵。"又引胡寅説，評曰："予謂胡氏之論，若勝於東坡。"又"或問子西"，引東坡："或謂楚子西，非也。昭王之失國，微子西，楚不國矣。"又引蘇轍糾正東坡，謂"此蓋楚子西"，王評曰："予謂潁濱……似有理，然其自爲説亦未當也。"⑦ 是用其弟而疑其兄。又"孟莊子之孝"，引東坡："聞孟獻子之孝，不聞莊子也。"意謂"莊子"當爲"獻子"之誤，王氏評

---

① 王若虚：《論語辨惑三》，《滹南遺老集》卷六。
② 王若虚：《論語辨惑四》，《滹南遺老集》卷七。
③ 王若虚：《論語辨惑三》，《滹南遺老集》卷六。
④ 王若虚：《論語辨惑四》，《滹南遺老集》卷七。
⑤ 王若虚：《論語辨惑一》，《滹南遺老集》卷四。
⑥ 王若虚：《論語辨惑二》，《滹南遺老集》卷五。
⑦ 王若虚：《論語辨惑三》，《滹南遺老集》卷六。

曰："夫聖人以爲孝則固孝矣，而必求他而證而後信，不亦過乎？"① 一向善疑善辯的王若虛，不知何以作此模棱之論？又"子貢曰紂之不善不如是之甚也"，説："東坡以爲子貢言此者，蓋不許武王伐紂之事。"又引張無垢説，評曰："皆謬見。"② 又"子貢問政"至"民無信不立"章，蘇軾解："孟子較禮、食之輕重，禮重而食輕則去食，食重而禮輕則去禮。惟色亦然。而孔子去食存信，……從孟子之説，則禮廢無日矣"③ 云云，王若虛評曰："東坡以孔子去食存信之義，破孟子禮輕食色重之論，以爲使從其説則禮之亡無日矣。張九成亦疑其非而置之不説。予謂不然。"④ 由於王氏《論語辨惑》的目的是辨近世宋人過爲高深的言論，故對蘇軾的評論否定多於肯定，但并不能説明他對東坡其他《論語》解説就没有好感，觀其"東坡之經解，眼光儘高，往往過人遠甚"的稱揚就可見一斑了。

原載曾棗莊等著《蘇軾研究史》，南京：江蘇教育出版社，2001年

---

① 王若虛：《論語辨惑四》，《滹南遺老集》卷七。
② 王若虛：《論語辨惑四》，《滹南遺老集》卷七。
③ 余允文：《尊孟續辨》卷下。
④ 王若虛：《孟子辨惑》，《滹南遺老集》卷八。

論語拾遺

蘇轍 撰

尤瀟瀟 校點

目　　錄

叙録 ……………………………………………………………… 831

論語拾遺
巧言令色鮮矣仁 ………………………………………………… 833
告諸往而知來 …………………………………………………… 833
思无邪 …………………………………………………………… 833
至學至于從心 …………………………………………………… 834
信如輗軏 ………………………………………………………… 834
處約處樂 ………………………………………………………… 834
无惡也 …………………………………………………………… 835
君子无終食之間違仁 …………………………………………… 835
朝聞道夕死可矣 ………………………………………………… 835
无所取材 ………………………………………………………… 836
未知焉得仁 ……………………………………………………… 836
子見南子 ………………………………………………………… 836
泰伯至德 ………………………………………………………… 837
三年學不至于穀 ………………………………………………… 837
亂臣十人 ………………………………………………………… 837
彼哉彼哉 ………………………………………………………… 837
請討陳恒 ………………………………………………………… 838
明日遂行 ………………………………………………………… 838
人能弘道 ………………………………………………………… 838
好行小慧 ………………………………………………………… 839
君子上達小人下達 ……………………………………………… 839
貧而无怨難 ……………………………………………………… 839
六言六蔽 ………………………………………………………… 839
汝爲《周南》、《召南》 ………………………………………… 840
予欲无言 ………………………………………………………… 840
孔子行 …………………………………………………………… 840
切問而近思 ……………………………………………………… 840

〔附録〕歷代諸家評論 …………………………………………… 842

叙　　録

　　《論語拾遺》，宋蘇轍撰，轍有《詩傳》已著録。是書前有《自序》，略述蘇轍撰著此書之經過及大旨。其云："予少年爲《論語略解》，子瞻謫居黄州，爲《論語説》，盡取以往，今見於書者十二三也。大觀丁亥，閒居潁川，與孫籀、簡、筠講《論語》，子瞻之説，意有所未安。時爲籀等言，凡二十有七章，謂之《論語拾遺》，恨不得質之子瞻也。"是《論語拾遺》於蘇轍少年時即創作有雛形，至晚年爲孫輩講解《論語》并與兄蘇軾之作相互訂正，重爲此書。

　　蘇軾《論語説》，《宋史・藝文志》署作四卷，馬端臨《文獻通考》署作十卷，今已不見傳本，故不詳其始末。

　　蘇轍此書所録凡二十七章，其中駁兄蘇軾説者凡三條："請討陳恒"一章，軾以爲能克田氏則三桓自服，孔子欲借此以張公室；轍則以爲雖知其無益，而欲明君臣之義。"子見南子"及"齊歸女樂"二章，軾以爲靈公未受命者故可，季桓子已受命者故不可；轍則以爲諸侯之如衛靈公者多，不可盡去，齊間孔子，魯君大夫已受其餌，孔子不去則坐受其禍。"泰伯至德"一章，軾以爲泰伯不居其名，故亂不作，魯隱、宋宣取其名，是以皆受其禍；轍則以爲魯之禍始於攝，宋之禍成於好戰，皆非讓之過也。其説皆較軾爲長。此外，書中訓解亦有頗涉禪學之處，如以"思无邪"爲無思，以"從心不踰矩"爲無心；以"苟志於仁矣无惡也"爲有愛而無惡，亦冤親平等之見；以"朝聞道夕死可矣"爲雖死而不亂，尤去來自如之學。蓋蘇轍受到當時世風影響，也援引佛老之説以解經。此書對《論語》一書的説解，獨成一家；藉其内容，尚可管窺其兄《論語説》之一鱗半爪，是研究三蘇《論語》學的重要文獻，乃至對研究宋代的《論語》之學，亦有一定參考價值。

　　是書卷數，各流傳版本均作一卷，凡二十七章。各版本章節順序有所差異，《三蘇先生文粹》本"貧而无諂"章在"請討陳恆"章前，"君子上達小人下達"章在"明日遂行"章前，"好行小慧"章在其後；《兩蘇經解》本"亂臣十人"、"彼哉彼哉"、"請討陳恆"、"君子上達小人下達"、"貧而无諂"、"人能弘道"、"汝爲《周南》、《召南》"、"予欲无言"、"切問而近思"、"六言六蔽"章俱在"三年學不至於穀"章前，上述十章順序亦如是。《四庫全書》本合"巧言令色鮮矣仁"與"告諸往而知來"爲一章。

　　《論語拾遺》今存主要版本有宋婺州王宅桂堂刻本《三蘇先生文粹》、明萬曆二十五年畢氏刻《兩蘇經解》本和文淵閣《四庫全書》本，並在蘇轍文集《欒城集》中有所收録。此次整理，以浙江圖書館藏清夢軒本《欒城集》爲底本，以《三蘇先生文粹》、《兩蘇經解》本、《四庫全書》本爲參校本。原底本無篇題名，據《三蘇先生文粹》補。

論語拾遺 並引

予少年爲《論語略解》。子瞻謫居黃州,爲《論語説》,盡取以往,今見于書者十二三也①。大觀丁亥,閒居潁川,爲孫籀、簡、筠講《論語》。子瞻之説,意有所未安,時爲籀等言之,凡二十有七章,謂之《論語拾遺》。恨不得質之子瞻也②。

巧言令色鮮矣仁③

巧言令色,世之所悦也;剛毅木訥,世之所惡也。惡之斯以爲不仁矣。仁者直道而行,无求于人。望之儼然,即之也溫,聽其言也厲,而何巧言令色之有?彼爲是者將以濟其不仁耳④。故曰:"巧言令色鮮矣仁。"又曰:"剛毅木訥近仁。"

告諸往而知來

子貢曰:"貧而无諂,富而无驕,何如?"子曰:"可也⑤。未若貧而樂,富而好禮者也。"夫貧而无諂,富而无驕,亦可謂賢矣。然貧而樂,雖欲諂不可得也;富而好禮,雖欲驕亦不可得也。子貢聞之而悟,曰:士之至于此者,抑其切磋琢磨之功至也歟!孔子善之,曰:"賜也,始可與言詩已矣。告諸往而知來者。"舉其成功而告之,而知其所從來者,所謂聞一以知二也歟!

思无邪

《易》曰:"无思无爲,寂然不動,感而遂通天下之故。"《詩》曰:"思无邪。"孔子取之。二者非異也,惟无思,然後思无邪,有思則邪矣。火必有光,心必有思。聖

---

① "于"後,宋婺州王宅桂堂刻本《三蘇先生文粹》本(下稱"王宅桂堂刻本")有"其"字。
② "得"後,明萬曆二十五年畢氏刻《兩蘇經解》本(下稱"《經解》"本、《四庫全書》本(下稱"《四庫》"本)有"一"字。
③ 矣:王宅桂堂刻本作"以"。
④ 將以濟其:王宅桂堂刻本同。《經解》本、《四庫》本作"真務外"。
⑤ 可也:《經解》本、《四庫》本無,疑衍。

人无思，非无思也。外无物，内无我。物我既盡①，心全而不亂。物至而知可否，可者作，不可者止。因其自然，而吾未甞思，未甞爲，此所謂无思无爲而思之正也。若夫以物役思②，皆其邪矣。如使寂然不動，與木石爲偶，而以爲无思无爲，則亦何以通天下之故也哉？故曰："思无邪，思馬斯徂。"苟思馬而馬應，則凡思之所及，无不應也。此所以爲感而遂通天下之故也。

至學至于從心

終日不食，終夜不寢，致力于思，徒思而无益，是以知思之不如學也。故"十有五而志于學"，則所由適道者順矣。由是而適道③，知道而未能安，則不能行，不能行則未可與立。惟能安能行，乃可與立，故"三十而立"。可與立矣，遇變而惑，則雖立而不固，故"四十而不惑"，則可與權矣。物莫能惑，人不能遷，則行止與天同。吾不違天，而天亦莫吾違也，故"五十而知天命"。人之至于此也，其所以施于物而行于人者至矣，然猶未也。心之所安，耳目接于物而有不順焉，以心御之而後順，則其應必疑，故"六十而耳順"。耳目所遇，不思而順矣，然猶有心存焉，以心御心，乃能中法。惟无心，然後從心而不踰矩，故"七十而從心所欲，不踰矩"。

信如輗軏

我與物爲二，君子之欲交于物也，非信而自入矣④。譬如車，輪輿既具，牛馬既設，而判然二物也⑤，夫將何以行之？惟爲之輗軏以交之，而後輪輿得藉于牛馬也。輗軏，轅端持軛者也。故曰："人而無信，不知其可也。大車無輗，小車無軏，其何以行之哉？"車與馬得輗軏而交，我與物得信而交。金石之堅，天地之遠，苟有誠信，無所不通。吾然後知信之爲輗軏也。

處約處樂

不仁而久約，則怨而思亂；久樂，則驕而忘患。故曰："不仁者不可以久處約，不

---

① 物：《四庫》本作"无"，誤。
② "思"後，《四庫》本有"者"字。
③ 而：王宅桂堂刻本、《經解》本、《四庫》本作"以"。
④ 而：王宅桂堂刻本作"無"。
⑤ "而"前，王宅桂堂刻本、《四庫》本有"然"字。

可以長處樂。"然則何所處之而可？曰：仁人在上，則不仁者約而不怨，樂而不驕。管仲"奪伯氏駢邑三百，飯疏食①，没齒无怨言"。與豎刁、易牙俱事桓公，終仲之世，二子皆不敢動，而況管仲之上哉？

无惡也

仁者无所不愛。人之至于无所不愛也，其蔽盡矣。有蔽者必有所愛，有所不愛。无蔽者，无所不愛也。子曰："惟仁者能好人，能惡人。"以其无蔽也，夫然猶有惡也。无所不愛，則无所惡矣。故曰："苟志于仁矣，无惡也。"其于不仁也，亦哀之而已。

君子无終食之間違仁

性之必仁，如水之必清，火之必明。然方土之未去也，水必有泥；方薪之未盡也，火必有煙。土去則水无不清，薪盡則火无不明矣。人而至于不仁，則物有以害之也。"君子无終日之間違仁，造次必于是，顛沛必于是。"非不違仁也，外物之害既盡，性②一而不雜，未嘗不仁也。若顔子者，性亦治矣。然而土未盡去，薪未盡化，力有所未逮也。是以能"三月不違仁"矣，而未能遂以終身也。其餘則土盛而薪彊，水火不能勝，是以日月至焉而已矣。故顔子之心，仁人之心也，不幸而死，學未及究，其功不見于世，孔子以其心許之矣。管仲相桓公，九合諸侯，一匡天下，此仁人之功也，孔子以其功許之矣。然而三歸反坫，其心猶累于物，此孔顔之所不爲也。使顔子而无死，切而磋之，琢而磨之，將造次顛沛于是，何三月不違而止哉？如管仲生不由禮，死而五公子之禍起，齊遂大亂。君子之爲仁，將取其心乎，將取其功乎？二者不可得兼。使天相人，以顔子之心，收管仲之功，庶幾无後患也夫！

朝聞道夕死可矣

孔氏之門人，其聞道者亦寡耳。顔子、曾子，孔門之知道者也。故孔子歎之，曰："朝聞道，夕死可矣。"苟未聞道，雖多學而識之，至于生死之際，未有不自失也。苟一日聞道，雖死可以不亂矣。死而不亂，而後可謂學矣。

---

① 疏：原本作"蔬"，據《經解》本、《四庫》本改。
② 性：《經解》本、《四庫》本作"惟"。

无所取材

孔子歷試而不用，慨然而歎曰："道不行，乘桴浮于海，從我者其由歟！"此非孔子之誠言，蓋其一時之歎云爾。子路聞之而喜，子路亦豈誠欲入海者耶？亦喜孔子之知其勇耳。子曰："由也好勇過我，无所取材。"蓋曰无所取材，以爲是桴也，亦戲之云爾。雖聖人，其與人言，亦未免有戲也。

未知焉得仁

令尹子文三仕爲令尹，无喜色；三已之，无愠色。孔子以忠許之，而不與其仁。崔子弑齊君，陳文子有馬十乘，棄而違之，孔子以清許之，而不與其仁。此二人者皆春秋之賢大夫也，而孔子不以仁與之，孔子之以仁與人也固難。殷之三仁，孤竹君之二子，至于近世，惟齊管仲，然後以仁許之。如令尹子文、陳文子，雖賢未可以列于仁人之目。故冉有、子路之政事，公西華之應對，與子文之忠，文子之清，一也。臧文仲，魯之君子也。其言行載于魯，而孔子少之，曰："臧文仲不仁者三，不智者三。下展禽，廢六關，妾織蒲，三不仁也；作虛器，縱逆祀，祀爰居，三不智也。"舍是六者，其餘皆仁且智也歟？孔子曰："君子而不仁者有矣。"夫君子而不仁，則臧文仲之類歟！

子見南子

孔子居魯，陽貨欲見而不往，陽貨時其亡也而饋之豚，孔子亦時其亡也而往拜之。遇諸塗，與孔子三言，孔子答之无違。孔子豈順陽貨者哉？不與之較耳[①]。孟子曰："當是時，陽貨先，豈得不見？"夫先之而必答，禮之而必報，孔子亦有不得已矣。孔子之見南子，如見陽貨，必有不得已焉。子路疑之，而孔子不辯也。故曰："予所否者，天厭之，天厭之！"以爲世莫吾知而自信于天云爾。

---

① 較：王宅桂堂刻本作"校"。

泰伯至德

泰伯以國授王季，逃之荆蠻，天下知王季、文、武之賢，而不知泰伯之德所以成之者遠矣。故曰："泰伯其可謂至德也已矣，三以天下讓，民无得而稱焉。"子瞻曰："泰伯斷髮文身，示不可用，使民无得而稱之，有讓國之實而无其名，故亂不作。彼宋宣、魯隱皆存其實而取其名者也，是以宋、魯皆被其禍。"予以爲不然。人患不誠，誠无爭心，苟非豺狼，孰不順之？魯之禍始于攝，而宋之禍成于好戰，皆非讓之過也。漢東海王彊以天下授顯宗，唐宋王成器以天下讓玄宗①，兄弟終身无間言焉，豈亦斷髮文身②？子貢曰："泰伯端委以治吳，仲雍繼之，斷髮文身。"孰謂泰伯斷髮文身示不可用者？太史公以意言之爾。

三年學不至于穀

子曰："三年學，不至于穀，不易得也。"穀，善也。善之成而可用，如穀苗之實而可食也③。盡其心力于學，三年而不見其成功者，世无有也。

亂臣十人

武王曰："予有亂臣十人。"孔子曰："才難，不其然乎？唐虞之際，于斯爲盛，有婦人焉，九人而已。"婦人者，太姒也。然則武王蓋臣其母乎？古者婦人既嫁從夫，夫死從子，故《春秋》書魯僖公之母曰："秦人來歸僖公成風之襚。"太姒雖母，以九人故，謂之臣焉可也。

彼哉彼哉

或問子西，孔子曰："彼哉，彼哉！"鄭公孫夏无足言者④，蓋非所問也。楚令尹子

---

① 讓：宋刻《蘇文定公文集》殘本、王宅桂堂刻本、《四庫》本皆作"授"。
② "身"後，《經解》本有"哉"字。
③ 穀：王宅桂堂刻本、《經解》本、《四庫》本無。
④ 公孫夏：《經解》本作"公孫僑"，《四庫》本作"公孫喬"。按："公孫僑"即鄭子產，"公叔夏"爲鄭子駟之子。言：《經解》本、《四庫》本作"焉"。

西相昭王，楚以復國，而孔子非之，何也？昭王欲用孔子，子西知孔子之賢，而疑其不利楚國。使聖人之功不見于世，所以深疾之也。世之不知孔子者衆矣，孔子未嘗疾之。疾其知我而疑我爾。

請討陳恒①

陳成子弒簡公，孔子沐浴而朝，告于哀公曰："陳恒弒其君，請討之。"公曰："告夫三子。"孔子曰："以吾從大夫之後，不敢不告也。君曰：'告夫三子。'"之三子告，不可。孔子曰："以吾從大夫之後，不敢不告也。"孔子爲魯大夫，鄰國有弒君之禍，而恬不以爲言，則是許之也。哀公、三桓之不足與有立也，孔子既知之矣。知而猶告，以爲雖无益于今日，而君臣之義猶有儆于後世也。子瞻曰："哀公患三桓之偪，嘗欲以越伐魯而去之②。以越伐魯，豈若從孔子而伐齊，既克田氏，則魯公室自張，三桓將不治而自服，此孔子之志也。"予以爲不然。古之君子，將有立于世，必先擇其君。齊桓雖中主，然其所以任管仲者，世无有也，然後九合之功可得而成。今哀公之妄，非可以望桓公也。使孔子誠克田氏而返，將誰與保其功？然則孔子之憂顧在克齊之後，此則孔子之所不爲也。

明日遂行

孔子以禮樂游于諸侯，世知其篤學而已③，不知其他④。犁彌謂齊景公曰："孔丘知禮而无勇，若使萊人以兵劫魯侯，必得志焉。"衛靈公之所以待孔子者始亦至矣，然其所以知之者，猶犁彌也。久而厭之，將傲之以其所不知，蓋問陳焉。孔子知其決不用也，故明日而行。使誠用之，雖及軍旅之事可也。

人能弘道

道之大，充塞天地⑤，贍足萬物，誠得其人而用之，无所不至也。苟非其人，道雖

---

① 陳恒：原本作"陳桓"，據《四庫》本改，下同。按：阮元刻《十三經注疏·論語注疏》亦作"陳恒"。
② 嘗：原本作"常"，據《四庫》本改。
③ 篤學：王宅桂堂刻本、《經解》本作"篤于學"。
④ "他"後，《經解》本有"也"字。
⑤ 充：《經解》本作"克"，下同，誤。

存，七尺之軀有不能充矣，而況其餘乎？故曰："人能弘道，非道弘人。"

好行小慧

"群居終日，言不及義。"此里巷之鄙夫，直情而恣行者也，而孔子何難焉？蓋知不義之可惡，而欲以小惠徼譽于世①，世必以是取之，此孔子之所難也。

君子上達小人下達

古之教人必以學，學必教之以道。道有上下，其形而上者道也，其形而下者器也。君子上達，知其道也；小人下達，得其器也。上達者不私于我，不役于物。故曰："君子學道則愛人。"下達者知義之不可犯，禮之不可過，故曰："小人學道則易使也。"如使人而不知道，雖至于君子，有不仁者矣，小人則无所不至也。故曰："君子而不仁者有矣夫，未有小人而仁者也。"

貧而无怨難

有道者不知貧富之異，貧而无怨，富而无驕，一也。然而飢寒切于身而心不動，非忘身者不能。故曰："貧而无怨難，富而无驕易。"

六言六蔽

"弟子入則孝，出則弟，謹而信，汎愛衆，而親仁。行有餘力，則以學文。"孝弟忠信汎愛而親仁②，皆其質也③。有其質矣，而無學以文之者④，皆未免于有過也。故曰："好仁不好學，其蔽也愚；好智不好學，其蔽也蕩；好信不好學，其蔽也賊；好直不好學，其蔽也絞；好勇不好學，其蔽也亂；好剛不好學，其蔽也狂。"此六者皆美質也，而无學以文之，則其病至此。故曰："十室之邑，必有忠信如丘者焉，不如丘之好學也。"質如孔子而不知學，皆六蔽之所害，蓋无足怪也。

---

① 徼：《四庫》本作"要"。
② "仁"後，《四庫》本有"者"字。
③ 皆：《經解》本无。
④ 者：王宅桂堂刻本、《四庫》本无。

汝爲《周南》、《召南》①

人生于欲，不知道者未有不爲欲所蔽也。故曰："人之少也，血氣未定，戒之在色。"始學者未可以語道也，故古之教者必始于《周南》、《召南》。《周南》、《召南》知欲之不可已也，而道之以禮，以禮濟欲。夫是以樂而不淫，始學者安焉，由是以免于蔽。子謂伯魚曰："汝爲《周南》、《召南》矣乎？人而不爲《周南》、《召南》，其猶正牆面而立者也歟！"②言欲之蔽也。

予欲无言

古之傳道者必以言。達者得意而忘言，則言可尚也。小人以言害意，因言以失道，則言可畏也。故曰："予欲无言。"聖人之教人亦多術矣，行止語默，無非教者。子貢習于聽言，而未知其餘也，故曰："子如不言，則小子何述焉？"子曰："天何言哉？四時行焉，百物生焉。"夫豈无以感而通之乎？

孔子行

衛靈公以南子自汙，孔子去魯，從之不疑。季桓子以女樂之故，三日不朝，孔子去之，如避寇讎。子瞻曰："衛靈公未受命者，故可；季桓子已受命者，故不可。"予以爲不然。孔子之世，諸侯之過如衛靈公多矣③，而可盡去乎？齊人以女樂間孔子，魯君大夫既食餌矣④，使孔子安而不去，則坐待其禍，无可爲矣，非衛南子之比也。

切問而近思

君子无所不學，然而不可勝志也。志必有所一而後可⑤，志无所一，雖博猶雜學也，故曰："博學而篤志。"將有問也，必切其極；退而思之，必自近者始。不然，疑

---

① 按：此條原與上條合爲一小節，據王宅桂堂刻本改。
② 者：王宅桂堂刻本、《四庫》本無。
③ "公"後，王宅桂堂刻本有"者"字。
④ "食"後，王宅桂堂刻本有"其"字。
⑤ 志：原無，據宋刻《蘇文定公文集》補。

而不信也。君子之道，造端乎夫婦；及其至也，察乎天地。自夫婦之所能而思之，可以知聖人之所不能也。故曰："切問而近思。"君子爲此二者，雖不爲仁而仁可得也。故曰："仁在其中矣。"

[附録]

歷代諸家評論

陳振孫《直齋書録解題》

《潁濱論語拾遺》一卷，蘇轍撰。于其兄之説，意有未安者，凡二十七章。（卷三）

脱脱《宋史·藝文志》

《論語拾遺》一卷。（卷二〇二）

馬端臨《文獻通考》

東坡《論語解》十卷。潁濱《論語拾遺》。潁濱自序："予少爲《論語略解》，子瞻謫居黄州，爲《論語説》，盡取以往，今見于書十二三也。大觀丁亥，閒居潁川，爲孫籀、簡、筠講《論語》，子瞻之説意有所〔未〕安，時爲籀等言之。凡二十有七章，謂之《論語拾遺》，恨不得質之子瞻也。"

晁氏曰：蘇軾子瞻爲《論語解》，没後，子由以其説之未安者辯正之。（卷一八四）

曹學佺《蜀中廣記》

蘇轍《論語拾遺》一卷，潁濱自序"予少爲《論語解》，子瞻謫居黄州，作《論語説》，盡取以往，今見于書只十之二三也。大觀丁亥，閒居潁川，爲孫籀、簡、筠講《論語》，于子瞻之説有所未安，時爲改正者凡二十七章，謂之《拾遺》。（卷九一）

稽璜、劉墉等《續通志》

《論語拾遺》一卷，宋蘇轍撰。（卷一五六）

永瑢、紀昀等《四庫全書總目》

《論語拾遺》一卷，江蘇巡撫採進本。宋蘇轍撰，轍有《詩傳》已著録，是書前有《自序》，稱少年爲《論語略解》，其兄蘇軾謫黄州時撰《論語説》，取所解十之二三。大觀丁亥，閒居潁川，與其孫籀等講《論語》，因取軾説之未安者，重爲此書。軾書，《宋志》作四卷，《文獻通考》作十卷。今未見傳本，莫詳孰是，其説亦不可復考。此書所補凡二十七章，其以"思无邪"爲無思，以"從心不踰矩"爲無心，頗涉禪理。以"苟志于仁矣无惡也"爲有愛而無惡，亦冤親平等之見。以"朝聞道夕死可矣"爲雖死而不亂，尤去來自如之義。蓋眉山之學本雜出于二氏故也。其顯駁軾説者凡三條。

"請討陳恒"一章，軾以爲能克田氏則三桓不治而自服，孔子欲借此以張公室；轍則以爲雖知其无益，而欲明君臣之義。"子見南子"及"齊歸女樂"二章，軾以爲靈公未受命者故可，季桓子已受命者故不可；轍則以爲諸侯之如衛靈公者多，不可盡去。齊間孔子，魯君大夫已受其餌，孔子不去則坐受其禍。"泰伯至德"一章，軾以爲泰伯不居其名，故亂不作，魯隱、宋宣取其名，是以皆被其禍；轍則以爲魯之禍始于攝，宋之禍成于好戰，皆非讓之過也。其説皆較軾爲長。他如以"剛毅木訥"與"巧言令色"相證，以"六蔽"章之不好學與"入孝出弟"章之學文互勘，亦頗有所發明。歷來著録，今亦存備一家焉。（卷三五）

永瑢、紀昀等《四庫全書簡明目録》

宋蘇轍撰，以其兄軾所撰《論語説》有所未安，因作此書以正之。凡二十七章，其説"思无邪"及"夕死可矣"之類，頗涉于二氏；而所論"討陳垣"、"見南子"、"齊人歸女樂"、"泰伯至德"之類，駁正軾説則具有精理。（卷四）

周中孚《鄭堂讀書記》

《論語拾遺》一卷寫本。宋蘇轍撰轍仕旅見詩類。《四庫全書》著録，《讀書志》、《書録解題》、《通考》、《宋志》俱載之。蓋東坡曾著《論語解》四卷，見《題解》、《通考》、《宋志》。而潁濱意有所未安者，因爲其孫籀等重著，書凡二十七章，并爲小引，刻入《欒城三集》中，其説瑕瑜互見，蓋蘇氏之學如是，要其聰明獨到之處，亦不可磨。明南邨嘗取以刊如《説郛》，而刪節者凡有九章，不及集本之完善也。蓋東坡之解，《經義考》已注曰未見，今亦未見傳本焉。（卷一二）

陸心源《皕宋樓藏書志》

《論語拾遺》一卷，明刊本。宋潁濱遺老蘇轍撰。（卷七）

丁丙《善本書室藏書志》

《論語拾遺》一卷，明刊本，潁濱遺老。前有蘇轍自序云："予少年爲《論語略解》，子瞻謫居黃州，爲《論語説》，盡取以往，今見于其書十二三也。大觀丁亥，閒居潁川，爲孫籀、筠講《論語》，子瞻之説意有所安，時爲籀等言之。凡二十有七章，謂之《論語拾遺》，恨不得一質之子瞻也。"（卷四）

孟子解

蘇轍 撰

尤瀟瀟 校點

目　錄

叙録 …………………………………………………… 849

孟子解二十三章

何必曰利 ……………………………………………… 851
文王之囿 ……………………………………………… 851
樂天畏天 ……………………………………………… 851
畜君何尤 ……………………………………………… 852
浩然之氣 ……………………………………………… 852
我知言 ………………………………………………… 853
仁者如射 ……………………………………………… 854
莫不善于貢 …………………………………………… 854
陳仲子之廉 …………………………………………… 854
君子欲自得 …………………………………………… 855
性故之辨 ……………………………………………… 855
性善之説 ……………………………………………… 856
巧力之辨 ……………………………………………… 857
不爲苟去 ……………………………………………… 857
惡乎執 ………………………………………………… 857
事天立命 ……………………………………………… 857
順受其正 ……………………………………………… 858
无爲其所不爲无欲其所不欲 ………………………… 858
竊負而逃 ……………………………………………… 858
形色天性 ……………………………………………… 858
其進鋭者其退速 ……………………………………… 858
不仁而得天下 ………………………………………… 859
人能充无欲害人之心 ………………………………… 859

〔附録〕歷代諸家評論 ………………………………… 860

叙　　錄

　　《孟子解》，宋蘇轍（1039—1112）撰，蘇轍爲北宋著名學者，其生平事蹟，參本書《詩集傳》叙錄。《欒城後集》（六卷）有蘇轍自注云："《孟子解》，二十四章，予少作此解，後失其本，近得之，故錄於此。"故《孟子解》是蘇轍少年時作品，據陳振孫《直齋書錄解題》考證實乃如此，舊本首提"潁濱遺老"字，乃是蘇轍晚年退居之號。

　　《孟子解》每章先引述《孟子》原文，然後進行相關的闡釋，頗有政論與史論的風格、同時偏向義理的探討。蘇轍一生對《孟子》都比較傾慕，不僅解説《孟子》，且爲孟子本人作傳，《上兩制諸公書》中有云"蓋晚而讀《孟子》，而後遍觀乎百家而不亂也"，又談及自己家學淵源時説"何敢自附於孟子？……蓋其學出於孟子而不可誣也"。可見蘇轍對《孟子》的看重。

　　全書凡二十四章，立義大多醇正不支。書中不僅闡明了《孟子》一書的許多重要思想，而且有的地方還直接反駁了《孟子》的觀點。如《竊負而逃》："《孟子》曰：'舜爲天子，皋陶爲士。瞽瞍殺人，皋陶則執之，舜則竊負而逃於海濱。'吾以爲野人之言，非君子之論也。舜之事親，'烝烝乂，不格奸'，何至於殺人而負之以逃哉？且天子之親，有罪議之，孰謂天子之父殺人而不免於死乎？"《孟子》是儒家經典，蘇轍却斥《孟子》的這則記載爲"野人之言，非君子之論"。首先他根據《尚書·堯典》對舜的記載，認爲不可能出現這樣的事情；接着又根據《周禮》的八辟，認爲即使"瞽瞍殺人"，舜也沒有必要"竊負而逃"。如此訓釋，自有所見。不過書中亦未免游離於《孟子》之外，難免有駁雜之處，如謂學聖不如學道、以孔子之論性難孟子之論性、以貞而不亮難君子不亮等。《四庫全書總目》評論此書曰："蓋瑕瑜互見之書也。然較其晚年著述，純入佛老者，則謹嚴多矣。"其論誠屬不誣。

　　是書卷數，據《宋史》、《直齋書錄解題》、《蜀中廣記》、《經義考》、《四庫全書》載，皆作一卷，凡二十四章：第一章謂聖人躬行仁義而利存，非以爲利。第二章謂文王之囿七十里，乃山林藪澤與民共之。第三章謂小大貴賤，其命無不出於天，故曰畏天樂天。第四章引責難於君，陳善閑邪，畜君爲好君。第五章謂浩然之氣即子思之所謂誠。第六章論養氣在學，而待其自至。第七章論知言，曰知其所以病。第八章以克己復禮解射者正己。第九章論貢之未善，由先王草創之初，故未能周密。第十章論陳仲子之廉，病在使天下之人無可同立之人。第十一章謂學聖不如學道。第十二章、十三章、十四章以孔子之論性駁難孟子之論性。第十五章以智屬夷惠，力屬孔子。第十六章論孔子以微罪行爲，上以免君，下以免我。第十七章以貞而不亮難君子不亮。第十八章論事天立命。第十九章論順受其正。第二十章以"周官八議"駁竊負而逃。第二十一章以形色天性爲强飾於外。第二十二章論進鋭退速。第二十三章以司馬懿、楊堅得天下，言仁不必論得失。第二十四章論擴充仁義。

上述各章在諸版本中章節前都不見小題，而宋婺州王宅桂堂刻本《三蘇先生文粹》中則各章皆有，共分二十三章。第一章"何必曰利"；第二章"文王之囿"；第三章"樂天畏天"；第四章"畜君何尤"；合第五章"浩然之氣"與第六章"論養氣在學"爲第五章，題爲"浩然之氣"；第六章"我知言"；第七章"仁者入射"；第八章"莫不善于貢"；第九章"陳仲子之廉"；第十章"君子欲自得"；第十一章"性故之辨"；合第十三章、十四章爲第十二章，題名"性善之説"；第十三章"巧力之辨"；第十四章"不爲苟去"；第十五章"惡乎執"；第十六章"事天立命"；第十七章"順受其正"；第十八章"无爲其所不爲无欲其所不欲"；第十九章"竊負而逃"；第二十章"形色天性"；第二十一章"其進鋭者其退速"；第二十二章"不仁而得天下"；第二十三章"人能充无欲害人之心"。本次點校即參以此本章次。

《孟子解》收入《欒城後集》（卷六）今傳主要版本自宋刻本及宋刻遞修本《欒城集》外，明清時代版本有《兩蘇經解》本、《指海》本、《四庫全書》本等。此次整理以浙江圖書館藏清夢軒刻本《欒城集》爲底本，以宋刻《蘇文定公文集》殘本、宋刻遞修本《蘇文定公文集》、宋婺州王宅桂堂刻本《三蘇先生文粹》、明萬曆二十五年畢氏刻本《兩蘇經解》、文淵閣《四庫全書》本爲主要參校本，將章節按《三蘇先生文粹》順序排列，並給每章加上小題。

孟子解二十三章①

予少作此解，後失其本。近得之，故録于此。

何必曰利②

梁惠王問利國于孟子，孟子對曰："王何必曰利？亦有仁義而已矣。"先王之所以爲其國，未有非利也，孟子則有爲言之耳。曰：是不然。聖人躬行仁義而利存，非爲利也。惟不爲利，故利存。小人以爲不求則弗獲也，故求利而民爭，民爭則反以失之。孫卿子曰③："君子兩得之者也，小人兩失之者也。"此之謂也。

文王之囿

齊宣王問曰："文王之囿方七十里④，有諸？"孟子對曰："于傳有之。"周雖大國，未有以七十里爲囿而不害于民者也。意者山林藪澤與民共之，而以囿名焉，是以芻蕘雉兔者无不獲往。不然七十里之囿，文王之所不爲也。

樂天畏天

孟子曰："以大事小者，樂天者也；以小事大者，畏天者也。樂天者保天下，畏天者保其國。"小大之相形，貴賤之相臨，其命无不出于天者。畏天者，知其不可違，不得已而從之；樂天者，非有所畏，非不得已，中心誠樂而爲之也。堯禪舜，舜禪禹；湯事葛，文王事昆夷，皆樂天者也⑤。

---

① 原本分爲二十四章，據宋婺州王宅桂堂刻本《三蘇先生文粹》（以下簡稱"王宅桂堂刻本"）分爲二十三章。
② 原本無標題，據王宅桂堂刻本本加。以下各條俱同此。
③ 孫：王宅桂堂刻本本作"荀"。
④ 里：明萬曆二十五年畢氏刻《兩蘇經解》本（以下簡稱"《經解》本"）、《四庫全書》本（以下簡稱"《四庫》本"）無。
⑤ 樂、者：《經解》本、《四庫》本無，誤。

畜君何尤

齊景公作君臣相説之樂，其詩曰："畜君何尤？"孟子曰："畜君者，好君也。"君有逸德而能止之，是謂畜君。以臣畜君，君之所尤也。然其心則无罪，非好其君不能也。故曰："責難于君謂之恭，陳善閉邪謂之敬，吾君不能謂之賊。"

浩然之氣

孟子學于子思，子思言"聖人之道出于天下之所能行"，而孟子言"天下之人皆可以行聖人之道"；子思言"至誠无敵于天下"，而孟子言"不動心"與"浩然之氣"①。凡孟子之説皆所以貫通于子思而已。故"不動心"與"浩然之氣"②，"誠"之異名也；"誠"之爲言，心之所謂誠然也。心以爲誠然，則其行之也安。是故心不動而其氣浩然无屈于天下，此子思、孟子之所以爲師弟子也。子思舉其端而言之，故曰"誠"；孟子從其終而言之③，故謂之"浩然之氣"。一章而三説具焉④：其一論養心以致浩然之氣，其次論心之所以不動，其三論君子之所以達于義。達于義所以不動心也，不動心所以致浩然之氣也，三者相須而不可廢。

孟子曰："我善養吾浩然之氣。""其爲氣也，至大至剛，以直養而无害，則塞于天地之間。"是何氣也？天下之人莫不有氣。氣者，心之發而已。行道之人，一朝之忿而鬭焉，以亡其身⑤，是亦氣也。方其鬭也，不知其身之爲小也，不知天地之大、禍福之可畏也，然而是氣之不養者也。不養之氣横行于中，則无所不爲而不自知。于是有進而爲勇，有退而爲怯。其進而爲勇也，非吾欲勇也，不養之氣盛而莫禁也；其退而爲怯也，非吾欲怯也，不養之氣衰而不敢也。孔子曰："人之少也，血氣未定，戒之在色；及其壯也，血氣方剛，戒之在鬭；及其老也，血氣既衰，戒之在得。"一人之身而氣三變之。故孟子曰："志壹則動氣⑥，氣壹則動志⑦。"夫志意既修⑧，志盛奪氣，則氣无能爲而惟志之從；志意不修，氣盛奪志，則志无能爲而惟氣之聽。故氣易致也，而難在于養心。孟子曰"我四十不動心"，而"告子先我不動心"。告子曰："不得于

---

① 與：《四庫》本作"于"。
② 自"凡孟子"至"浩然之氣"，《四庫》本無。
③ 其終而言：《經解》本無。
④ 自"故謂"至"具焉"，《經解》本無。
⑤ 亡：原本作"忘"，據《四庫》本改。
⑥ 壹：原本作"一"，據王宅桂堂刻本改。
⑦ "志"後，《經解》本、《四庫》本有"矣"字，據《孟子·公孫丑》原文有"也"字。
⑧ 夫：《經解》本、《四庫》本無。

言，勿求于心；不得于心，勿求于氣。不得于心，勿求于氣，可；不得于言，勿求于心，不可。"何謂也？告子以爲有人于此，不得之于其言，勿復求其有此心；不得之于其心，勿復求其有此氣。夫言之不然，而心則然者有矣；未有心不然而氣則然者也。故曰："不得于心，勿求于氣，可；不得于言，勿求于心，不可。"由是言之，氣者，心之使也。心所欲爲，則其氣勃然而應之；心所不欲而彊爲之，則其氣索然而不應。人必先有是心也，而後有是氣。故君子養其義心以致其氣，使氣與①心相狎而不相難，然後臨事而其氣不屈。故曰："志至焉，氣次焉。"志之所至而氣從之之謂也。昔之君子以其眇然之身而臨天下，言未發而衆先喻，功未見而志先信。力不及而勢與之者，以有是氣而已。故曰："志，氣之帥也。氣，體之充也。"養志以致氣，盛氣以充體，體充而物莫敢逆，然後其氣塞于天地。雖然，心之所以不動者，何也？博學而識之，彊力而行之，卒然而遇之，有自失焉。故心必有所守而後能不動。心之所守不可多也，多學而兼守之，事至而有不應也。是以落其枝葉，損之又損，以至于不可損也，而後能應。故孔子謂子貢曰："賜也，汝以予爲多學而識之者歟？"曰："然。非歟？"曰："非也。予一以貫之。"北宫黝之養勇也，曰："吾无辱于爾也。"孟施舍之養勇也，曰："吾无懼于爾也。""无辱"，勇矣，而未見所以必勇也。"无懼"而後能必勇。故曰"北宫黝之守氣不如孟施舍之守約"。北宫黝似子夏，孟施舍似曾子。曾子之所以自守者，曰："自反而不縮，雖褐寬博，吾不惴焉？自反而縮，雖千萬人，吾往矣。"夫縮，入也。入，受也。自反而心受之，以爲可爲者，无憾于吾心也，則吾心囂然爲之，而吾氣勃然應之矣。孟子曰："其爲氣也，配義與道②。无是，餒也。""行有不慊于心，則餒矣。"夫餒，不充之謂也。有行于此而義不受，則心不慊；心不慊，則氣不能充體；氣不能充體之謂餒矣③。故心不能不動也，而有待于義。君子之所由達于義者何也？勉强而行之，則勞苦而失其真；放而不之求，則終身而不獲。孟子曰："必有事焉而勿正，心勿忘，勿助長也。"夫君子之于道，朝夕從事于其間，待其自直而勿彊正也，中心勿忘，待其自生而勿助長也，而後獲其真。彊之而求其正，助之而望其長，是非誠正而誠長也，迫于外也。子夏曰："百工居肆以成其事，君子學以致其道。"待其自至而不彊，是學道之要也。

我知言

孟子曰："我知言。""詖辭知其所蔽，淫辭知其所陷，邪辭知其所離，遁辭知其所窮。"何謂也？曰：是諸子之病也。孟子之于諸子，非辯過之，知其病而已。病于寒者得火而喜，以爲萬物莫火若也；病于熱者得水而喜，以爲萬物莫水若也。一惑于水火，

---

① 與：《經解》本、《四庫》本作"于"。
② 配義與道：《經解》本作"配道與義"。
③ 之謂：王宅桂堂刻本作"謂之"。

以爲不可失矣。誠得其病，未有不覺而自泣也。彼其爲是險詖之辭者，必有以蔽之而不能自達也；爲是淫放之辭者，必有以陷之而不能自出也；爲是邪辟之辭者，必有以附之而不能自解也。苟能知之，發其蔽，平其陷，解其離，未有不服者也。不服則遁，遁必有所窮，要之于所窮而執之，此孟子之所以服諸子也。

仁者如射

孟子曰："仁者如射。射者正己而後發，發而不中，反求諸己。"夫射之中否在的，而所以中否在我。善射者治其在我，正立而審操之。的雖在左右上下，无不中者矣。顏淵問仁，孔子曰："克己復禮爲仁。一日克己復禮，天下歸仁焉。"請問其目。曰："非禮勿視，非禮勿聽，非禮勿言，非禮勿動。"夫居于人上而一爲非禮，則害之及于物者衆矣！誠必由禮，雖不爲仁，而仁不可勝用矣。此"仁者如射"之謂也。

莫不善于貢

龍子曰："貢者，較數歲之中以爲常。樂歲粒米狼戾，多取之而不爲虐，則寡取之；凶年糞其田而不足，則必取盈焉。"故曰："治地莫善於助，莫不善于貢。"貢者，夏后氏之法也，而其不善如此。何也？曰：何特貢也？作法者必始於粗，終於精。篆之不若隸也，簡策之不若紙也，車之不若騎也，席之不若牀也，俎豆之不若盤盂也，諸侯之不若郡縣也，肉刑之不若徒流杖笞也。古之不爲此，非不智也，勢未及也。寢于泥塗者，實之於陸而安矣。自陸而後有藁秸，自藁秸而後有莞簟。舍其不安而獲其所安，足矣。方其未有貢也，以貢爲善矣。及其既助①，而後知貢之未善也。法非聖人之所爲，世之所安也。聖人者②，善因世而已。今世之所安，聖人何易焉？此夏之所以貢也。

陳仲子之廉

陳仲子處于於陵，齊人以爲廉。孟子曰："仲子所居之室，伯夷之所築歟，抑亦盜跖之所築歟？所食之粟，伯夷之所種歟③？抑亦盜跖之所種歟？"人安能待伯夷而後居而後食？若是，則孟子之責人也已難。曰：否。居于於陵而食其食，非孟子之所謂不

---

① 助：原本作"貢"，據宋刻遞修本《蘇文定公文集》改。
② 者：《經解》本、《四庫》本無。
③ 兩處"種"，宋刻遞修本《蘇文定公文集》皆作"樹"。

可，而仲子之所謂不可也。仲子以兄之祿爲不義之祿而不食也，以兄之室爲不義之室而不居也。天下无伯夷，仲子之義爲不居且不食。天下不可待伯夷而後居而後食，然則非其居于于陵、食于辟纑之果汙也，而不食于母、避兄之室之不可繼也。故曰："以母則不食，以妻則食之。以兄之室則不居，以于陵則居之。是尚爲能充其類也乎？"君子之行，爲可充也，爲可繼也，然後行有類。若仲子，將何以繼之？故曰：饗人于國門之外，而餽以道，則不受；以不義取之于民，而餽以道，則受于孔子。以不義取之于民者，猶饗也，其受于孔子，何也？曰：以其非饗也。非饗而謂之饗，充類至義之盡也。君子充其類而極其義，則仲子之兄猶盜也。仲子之兄猶盜也，則天下之人皆猶盜也。以天下之人皆猶盜而无所答，則誰與立乎天下？故君子不受于盜而猶盜者，有所不問而後可以立于世。若仲子者，蚓而後充其操也。孔子曰："鳥獸不可與同群，吾非斯人之徒與而誰與？"蓋謂是也。

君子欲自得

學者皆學聖人。學聖人者①，不如學道。聖人之所是而吾是之，其所非而吾非之，是以貌從聖人也。以貌從聖人，名近而實非，有不察焉，故不如學道之必信。孟子曰："君子深造之以道，欲其自得之也。自得之，則居之安；居之安，則資之深；資之深，則取之左右逢其原。是以君子欲其自得之也②。"

性故之辨

孟子曰："天下之言性者，則故而已矣。"所謂天下之言性者，不知性者也。不知性而言性，是以言其故而已。故非性也。无所待之謂性，有所因之謂故。物起于外，而性作以應之，此豈所謂性哉？性之所有事也。性之所有事之謂故。方其无事也，无可而无不可；及其有事，未有不就利而避害者也。知就利而避害，則性滅而故盛矣。故曰："故者，以利爲本。"夫人之方无事也，物未有以入之。有性而无物，故可以謂之人之性。及其有事，則物入之矣。或利而誘之，或害而止之，而人失其性矣。譬如水，方其无事也③，物未有以參之，有水而无物，故可以謂之水之性。及其有事，則物之所參也，或傾而下之，或激而升之④，而水失其性矣。故曰："所惡于智者，爲其鑿也。如智者若禹之行水，則无惡于智矣。禹之行水也，行其所无事也。如智者亦行其

---

① 者：《經解》本、《四庫》本无。
② 是以：《四庫》本作"故"。
③ 也：《經解》本、《四庫》本无。
④ 升：《四庫》本作"上"。

所无事,則智亦大矣。"水行于无事則平,性行于无事則静。方其静也,非天下之至明无以窥之;及其既動而見于外,則天下之人能知之矣。天之高也,星辰之遠也,吾將何以推之?惟其有事于運行,是以千歲之日可坐而致也。此性故深淺之辨也。

性善之説①

　　孟子嘗知性矣。曰:"天下之言性者,則故而已矣。故者以利爲本。"知故之非性,則孟子嘗知性矣,然猶以故爲性,何也?孟子道性善曰②:"无惻隱之心,非人也;无羞惡之心,非人也;无辭讓之心,非人也;无是非之心,非人也。惻隱之心,仁之端也;羞惡之心,義之端也;辭讓之心,禮之端也;是非之心,智之端也。"人信有是四端矣。然而有惻隱之心而已乎?蓋亦有忍人之心矣。有羞惡之心而已乎?蓋亦有无恥之心矣。有辭讓之心而已乎?蓋亦有爭奪之心矣。有是非之心而已乎?蓋亦有蔽惑之心矣。忍人之心,不仁之端也;无恥之心,不義之端也;爭奪之心,不禮之端也;蔽惑之心,不智之端也。是八者,未知其孰爲主也?均出于性而已。非性也,性之所有事也。今孟子則別之曰:此四者,性也;彼四者,非性也。以告于人而欲其信之,難矣。夫性之于人也可得而知之,不可得而言也。遇物而後形,應物而後動。方其无物也,性也;及其有物,則物之報。惟其與物相遇而物不能奪,則行其所安而廢其所不安,則謂之善。與物相遇而物奪之,則置其所可而從其所不可,則謂之惡。皆非性也,性之所有事也。譬如水火,能下者水也,能上者亦水也;能熟物者火也,能焚物者亦火也。天下之人好其能下而惡其能上,利其能熟而害其能焚也,而以能下能熟者謂之水火,能上能焚者爲非水火也,可乎?夫是四者,非水火也,水火之所有事也。奈何或以爲是,或以爲非哉?孔子曰:"性相近也,習相遠也。"夫雖堯桀而均有是性,是謂相近;及其與物相遇,而堯以爲善,桀以爲惡,是謂相遠。習者,性之所有事也。自是而後相遠,則善惡果非性也。

　　孔子曰③:"上智與下愚不移。"故有性善,有性不善。以堯爲父,而有丹朱;以瞽瞍爲父④,而有舜;以紂爲君,而有微子啓、王子比干,安在其爲性相近也?曰:此非性也,故也。天下之水,未有不可飲者也,然而或以爲清泠之淵,或以爲塗泥。今將指塗泥而告人曰:"雖是,亦有可飲之實。"信矣!今將指塗泥而告人曰:"吾將飲之。"可乎?此上智下愚之不可移也。非性也,故也。

---

① 按:王宅桂堂刻本此章在"巧力之辨"章後。
② "道"前,《四庫》本有"以"字。
③ 孔子:《四庫》本作"孟子",誤。
④ 瞍:《經解》本作"叟"。

巧力之辨

孟子曰："伯夷，聖之清者也；伊尹，聖之任者也；柳下惠，聖之和者也；孔子，聖之時者也。孔子之謂集大成。集大成也者，金聲而玉振之者也。金聲也者，始條理也；玉振之也者，終條理也。始條理者，智之事也；終條理者，聖之事也。智譬則巧也，聖譬則力也。"以巧諭智，以力諭聖，何也？巧之所能，有或不能。力之所嘗至，无不至也。伯夷、伊尹、柳下惠之行，人之一方也，而以終身焉，故有不可得而充。至于孔子，可以速而速，可以久而久，可以仕而仕，可以處而處，然後終身行之而不匱。故曰：由射于百步之外，其至，爾力也，是可常也；其中，非爾力也。是巧也，是不可常也。巧亦能爲一中矣，然而時亦不中，是不如力之必至也。

不爲苟去

《語》曰："齊人饋女樂，季桓子受之，三日不朝。孔子行。"孟子曰："孔子從而祭，膰肉不至，不稅冕而行。"二者非相反也。孔子之去魯，爲女樂之故也；去于膰肉之不至，爲君也。于其君之有大惡也，孔子有不忍，行焉；于其君之无罪也，孔子有不安，行焉。曰："上以求免吾君，下以免我。是以去于膰肉之不至。"曰："是可以辭于天下也。"故曰：乃孔子則欲以微罪行，不欲爲苟去。君子之所爲，眾人固不識也。

惡乎執

孟子曰："君子不亮，惡乎執？"必信之謂亮。孔子曰："君子貞而不亮。"要止于正而不必信①，而後无所執，否則執一而廢百矣。

事天立命

孟子曰："存其心，養其性，所以事天也。夭壽不貳，修身以俟之，所以立命也。"天者，莫之使而自然者也；命者，莫之致而自至者也。天畀我以是心，而不能存；付我以是性，而不能養。是天之所以受我者②，有所不事也。壽則爲之，夭則廢之。夭壽

---

① 正：王宅桂堂刻本作"真"。
② 受：《四庫》本作"授"，下同。

非人所爲也，而實力焉，是命有所未立也。修身于此，知夭壽之无可爲也，而命立于彼矣。

順受其正

孟子曰："莫非命者，順受其正。"何謂也？天之所以受我者，盡于是矣。君子修其在我，以全其在天。人與天不相害焉，而得之，是故謂之正。忠信孝弟，所以爲順也，人道盡矣。而有不幸以至于大故，而後得爲命。巖牆之下，是必壓之道也；桎梏之中，是必困之道也。必壓必困，而我蹈之以受其禍，是豈命哉？吾所處者然也。

无爲其所不爲无欲其所不欲

人之爲不善也，皆有愧恥不安之心。小人惟奮而行之，君子惟從而已之。孟子曰："无爲其所不爲，无欲其所不欲。"如斯而已矣！

竊負而逃

孟子曰："舜爲天子，皋陶爲士。瞽瞍殺人，皋陶則執之，舜則竊負而逃于海濱。"吾以爲此野人之言，非君子之論也。舜之事親，烝烝乂，不格姦。何至于殺人而負之以逃哉①？且天子之親，有罪議之，孰謂天子之父殺人而不免于死乎？

形色天性

孟子曰："形色，天性也，惟聖人然後踐形。"形色者，所强于外也。中雖无有，而猶知强之。孟子以是爲天性也。

其進銳者其退速

有人于此，其進之銳也，則天下以爲不速退矣。是不然。勉强而力行之②，則其進

---

① 于：《經解》本、《四庫》本無。
② 之：《經解》本、《四庫》本無。

也必鋭；不勝而怠厭之，則其退也必速。曷不取而覆觀之？于其不可已而已者，無所不已；于其所厚者薄，無所不薄也①。故曰："仲子不義，與之齊國而不受。人皆信之。是舍簞食豆羹之義也，人莫大焉。亡親戚、君臣、上下，以其小者信其大者，烏可哉？"亡親戚、君臣、上下而可，是所謂不可已而已者也。能居于于陵、食于辟纑而不顧，而不能以不義不受齊國，是所謂進鋭而退速者也。

不仁而得天下

孟子曰："不仁而得國者，有之矣；不仁而得天下者②，未之有也。"孟子之爲是言也，則未見司馬懿、楊堅也。不仁而得天下也，何損于仁？仁而不得天下也，何益于不仁？得國之與得天下也，何以爲異？君子之所恃以勝不仁者，上不愧乎天，下不愧乎人。而得失非吾之所知也。

人能充无欲害人之心

孟子曰："人能充其无欲害人之心③，而仁不可勝用也；人能充无穿窬之心，而義不可勝用也。"无欲害人之心，與无穿窬之心④，人皆有之。然苟將充之，則未可以言而言，可以言而不言，猶未免乎穿窬也。此所謂"造端乎夫婦，而其至也，察乎天地"也歟！

---

① 所：原本無，據《四庫》本補。
② 者：王宅桂堂刻本、《經解》本無。
③ 其：王宅桂堂刻本無。
④ 自"无欲"至"與"，《經解》本、《四庫》本無。

[附録]

歷代諸家評論

蘇轍《欒城三集》

《孟子解》二十四章，予少作此解，後失其本，近得之，故録于此。（卷六）

陳振孫《直齋書録解題》

潁濱《孟子解》一卷，蘇轍撰。其少年時所作，凡二十四章。（卷三）

脱脱《宋史·藝文志》

蘇轍《孟子解》，一卷。（卷二〇五）

馬端臨《文獻通考》

潁濱《孟子解》一卷。陳氏曰："其少年時所作，凡二十四章。"（卷一八四）

曹學佺《蜀中廣記》

潁濱《孟子解》一卷，陳氏曰：次公少時所作，凡二十四章。（卷九一）

稽璜、劉墉等《續通志》

《孟子解》一卷，宋蘇轍撰。（卷一五六）

朱彝《經義考》

蘇氏《孟子解》，轍。《宋志》一卷，存。

永瑢、紀昀等《四庫全書總目》

《孟子解》一卷，江蘇巡撫採進本。宋蘇轍撰。舊本首題"潁濱遺老"字，乃其晚歲退居之號，以陳振孫《書録解題》考之，實少年作也。凡二十四章。一章謂聖人躬行仁義而利存，非以爲利。二章謂文王之囿七十里，乃山林藪澤與民共之。三章謂小大貴賤，其命无不出天，故曰畏天樂天。四章引責難于君，陳善閉邪，畜君爲好君。五章謂浩然之氣即子思之所謂誠。六章論養氣在學，而待其自至。七章論知言，由知其所以病。八章以克已復禮解射者正已。九章論貢之未善，由先王草創之初，故未能周密。十章論陳仲子之廉，病在使天下之人无可同立之人。十六章論孔子以微罪行爲，上以免君，下以免我。十八章論事天立命。十九章論順受其正。二十二章論進鋭退速。二十四章論擴充仁義。立義皆醇正不支。二十章以"周官八議"駁竊負而逃。二十三章以司馬懿、楊堅得天下，言仁不仁不必論得失，亦自有所見。惟十一章謂學聖不如學道。十二章、十三章、十四章以孔子之論性難孟子之論性。十五章以智屬夷惠，力屬孔子。十七章以貞而不亮難君子不亮。二十一章以形色天性爲强飾于外。皆未免駁雜，蓋瑕瑜互見之書也。然較其晚年著述，純入佛、老者，則謹嚴多矣。（卷三五）

永瑢、紀昀等《四庫全書簡明目録》

《孟子解》一卷，宋蘇轍撰，凡二十四章。其説瑕瑜互見，蓋蘇氏之學如是，要其聰明獨到之處亦不可磨。（卷四）

陸心源《皕宋樓藏書志》

《孟子解》一卷，明刊本。宋潁濱遺老蘇轍撰。（卷七）

丁丙《善本書室藏書志》

《孟子解》一卷，明刊本，潁濱遺老。是書次行題潁濱遺老四字，乃其晚年退居之號，一陳振孫《書録解題》考之，實少年所作，凡二十四章。（卷四）

老子解

蘇轍 撰

舒大剛
尤瀟瀟 校點

目　錄

叙録 …………………………………………………………… 869

老子解卷一 ………………………………………………… 871
  道　經 ……………………………………………………… 871
    道可道章第一 …………………………………………… 871
    天下皆知章第二 ………………………………………… 872
    不尚賢章第三 …………………………………………… 873
    道沖章第四 ……………………………………………… 873
    天地不仁章第五 ………………………………………… 874
    谷神不死章第六 ………………………………………… 874
    天長地久章第七 ………………………………………… 875
    上善若水章第八 ………………………………………… 875
    持而盈之章第九 ………………………………………… 876
    載營魄章第十 …………………………………………… 876
    三十輻章第十一 ………………………………………… 877
    五色章第十二 …………………………………………… 878
    寵辱章第十三 …………………………………………… 878
    視之不見章第十四 ……………………………………… 879
    古之善爲士章第十五 …………………………………… 880
    致虚極章第十六 ………………………………………… 881
    太上章第十七 …………………………………………… 882
    大道廢章第十八 ………………………………………… 883
    絶聖棄智章第十九 ……………………………………… 884
    絶學无憂章第二十 ……………………………………… 885
    孔德之容章第二十一 …………………………………… 886
    曲則全章第二十二 ……………………………………… 887
    希言自然章第二十三 …………………………………… 888
    跂者不立章第二十四 …………………………………… 889
    有物混成章第二十五 …………………………………… 889
    重爲輕根章第二十六 …………………………………… 890
    善行无轍迹章第二十七 ………………………………… 890
    知其雄章第二十八 ……………………………………… 891

將欲取天下章第二十九 …… 892
以道佐人主章第三十 …… 892
夫佳兵章第三十一 …… 893
道常无名章第三十二 …… 894
知人者智章第三十三 …… 894
大道氾兮章第三十四 …… 895
執大象章第三十五 …… 895
將欲歙之章第三十六 …… 896
道常无爲章第三十七 …… 896

老子解卷二 …… 898
德　經 …… 898
上德不德章第三十八 …… 898
昔之得一者章第三十九 …… 899
反者道之動章第四十 …… 900
上士聞道章第四十一 …… 900
道生一章第四十二 …… 902
天下之至柔章第四十三 …… 902
名與身章第四十四 …… 902
大成若缺章第四十五 …… 903
天下有道章第四十六 …… 903
不出戶章第四十七 …… 904
爲學日益章第四十八 …… 904
聖人无常心章第四十九 …… 905
出生入死章第五十 …… 905
道生之章第五十一 …… 906
天下有始章第五十二 …… 906
使我介然章第五十三 …… 907
善建不拔章第五十四 …… 908
含德之厚章第五十五 …… 908
知者不言章第五十六 …… 909
以正治國章第五十七 …… 910
其政悶悶章第五十八 …… 910
治人事天章第五十九 …… 911
治大國章第六十 …… 912
大國者下流章第六十一 …… 912
道者萬物之奧章第六十二 …… 913

爲无爲章第六十三	913
其安易持章第六十四	914
古之善爲道者章第六十五	914
江海爲百谷王章第六十六	915
天下皆謂章第六十七	915
善爲士章第六十八	916
用兵有言章第六十九	917
吾言甚易知章第七十	917
知不知章第七十一	918
民不畏威章第七十二	918
勇于敢章第七十三	919
民不畏死章第七十四	920
民之饑章第七十五	920
人之生章第七十六	921
天之道章第七十七	921
天下柔弱章第七十八	922
和大怨章第七十九	922
小國寡民章第八十	923
信言不美章第八十一	923

題老子道德經後 ············ 925

〔附錄一〕歷代諸家評論 ············ 927

〔附錄二〕蘇轍"三教合一"的哲學思想評述
——以《老子解》爲中心 ············ 935

叙　　錄

　　是書創始於蘇轍貶官筠州期間，修訂於其貶居海康時期，晚年居許昌時又對其有所訂正。其自撰《潁濱遺老傳》説："凡居筠、雷、循七年，居許六年。杜門復理舊學，於是《詩》、《春秋傳》、《老子解》、《古史》四書皆成。"① 又在大觀二年（1108）《題老子道德經解後》中説："予年四十有二，謫居筠州。……是時予方解《老子》"云云。蘇轍"年四十有二"，當元豐三年（1080），正是"烏臺詩案"，蘇軾貶黄州、蘇轍貶筠州之時。仕途受挫，世態炎涼，促成了兩兄弟有時間去鑽研儒釋道經典，追求心靈的寧恒和學術的永恒，這就是《老子解》誕生的歷史背景。

　　蘇轍在撰修《詩集傳》、《春秋集解》和《古史》的同時，還寫下了這部融儒道釋於一爐的奇特著作《老子解》。在書中，他力圖將儒學積極入世精神與釋道曠達超脱態度結合起來，具體實踐了孟子提倡的"達則兼濟天下，窮則獨善其身"的修身模式。不過，這種融合工作也有一個過程。紹聖四年（1097），兄弟二人再度南遷，相遇於藤州，蘇軾對當時的注本並不滿意。蘇轍利用在雷州閑廢的日子，又對舊稿進行修訂。他在《老子解後跋》記載説："予昔南遷海康，與子瞻兄邂逅於藤州，相從十餘日，語及平生舊學，子瞻謂予：'子所作《詩傳》、《春秋傳》、《古史》三書，皆古人所未至，惟解《老子》差若不及。'予至海康，閑居無事，凡所爲書多所更定。"修訂之後，蘇轍曾"再録《老子》書以寄子瞻"，可是未及得到蘇軾的正面意見，即"蒙恩歸北"；既而蘇軾途中染病，不幸卒於常州。蘇轍回到許昌，直到十餘年後的政和元年（1111）冬，從蘇邁等人所編《先公手澤》中纔得知蘇軾對此書的態度："昨日子由寄《老子新解》，讀之不盡卷，廢卷而歎：使戰國有此書，則無商鞅、韓非；使漢初有此書，則孔、老爲一；使晉、宋間有此書，則佛、老不爲二。不意老年見此奇特！"② 看來蘇轍最後的修訂是成功的，深得其兄稱贊。不過蘇軾看到的《老子新解》也不是該書最後定本，蘇轍從元符三年（1100）回到許昌，至政和二年（1112）去世，都陸續有所更定。他在此書《後跋》中説："予自居潁川，十年之間，於此四書（即《詩集傳》、《春秋集解》、《古史》、《老子解》）復多所刪改。"可以説，蘇轍對四部學術著作，真是用了一生心血在修訂。

　　是書主要特徵是融會儒、佛思想於道家，認爲孔子與老子没有根本的對立，强調儒教與佛教尤其是南宗禪的一致性，其注解的精彩之處在於"出於自然"和對"無心"、"解脱"思想的充分發揮。因此，有的學者認爲："可以説蘇轍的《老子解》往往成爲無心無欲的修養論。"他在創作是書時，已有佛界人士贊其全爲"佛説"："有

---

① 蘇轍：《潁濱遺老傳下》，《欒城後集》卷一三。
② 蘇軾：《跋子由〈老子解〉後》，《東坡志林》卷五，《稗海》本。

道全者，住黃檗山，南公之孫也。行高而心通，喜從予游。……是時予方解《老子》，每出一章，輒以示全，全輒歎曰：'皆佛說也！'予居筠五年而北歸，全不久亦化去，逮今二十餘年也。凡《老子解》亦時有所刊定，未有不與佛法合者。"（《題老子道德經解後》）可見《老子解》是研究三蘇"三教合一"思想的經典著作①，蘇轍自己對此書也是非常看重的，他在《潁濱遺老傳》中說："嘗撫卷而歎，自謂得聖賢之遺意，繕書而藏之。顧謂諸子：'今世已矣，後有達者，必有取焉耳。'"

《老子解》撰定之時，正當禁錮元祐學術之日，於是蘇轍將其"繕書而藏之"，未暇刻版。據史少南序稱，南宋時期，該書有兩次刊佈，一次是張方的石刻《老子解》。張方字亨父，資中人，慶元進士，曾官簡州教授。生平揭露釋、道之妄，但對蘇轍《老子解》卻頗為推崇。曾得蘇轍手寫《老子解》，為之刻石，置於眉山老翁井旁。一次是寶祐本，為鄉人王伯修所校梓。今傳《老子解》版本有兩個系列，即二卷本、四卷本。四卷本主要有《道藏》本、元刊本和明存誠書館鈔本。二卷本主要有焦竑序刻《兩蘇經解》本、《寶顏堂秘籍廣集》本、錢穀鈔本、《四庫全書》本。行世《老子解》主要是二卷本和四卷本兩種，書名或稱《老子解》，或稱《道德真經注》。二卷本是將《老子》道經和德經各自分卷，為上下卷；四卷本則將道經和德經各分二卷。傅增湘曾將兩本相對勘，發現"焦本上下卷，其經文皆連接而下，不分章次；鈔本則分為八十一章，第一至十七為卷一，第十八至三十七為卷二，第三十八至六十為卷三，第六十一至八十一為卷四"②。在經文和注文的排列上，四卷本是分章分節以注附經，二卷本則不盡分節。從內容上看，四卷本內容齊全，脫誤較少；而二卷本則每多脫誤。此次整理，係以《四庫全書》本為底本，以《道藏》本、《兩蘇經解》本、傅忠謨校明鈔本四卷本校勘，補正了底本缺失之處，也訂正了《兩蘇經解》本的訛誤，經文部分還參校了河上公注、王弼注、傅奕注、魏源注等老學文獻。

---

① 參本編〔附錄二〕舒大剛《蘇轍"三教合一"哲學思想評述》，《南充師範學院學報》（哲社版）1986年第2期。

② 傅增湘：《明存誠書館鈔本〈道德真經注〉跋》，《藏園群書題記》卷一〇。

老子解卷一

道　經

道可道章第一

道可道，非常道；
  莫非道也，而可道不可常①，惟不可道，而後可常耳。今夫仁、義、禮、智，此道之可道者也。然而仁不可以爲義，而禮不可以爲智，可道之不可常也②。惟不可道，然後在仁爲仁，在義爲義，禮、智亦然③。彼皆不常，而道常不變，不可道之能常如此。

名可名，非常名。
  道不可道，而況可得而名之乎④？凡名皆其可道者也。名既立，則圓、方、曲、直之不同，不可常矣。

无名，天地之始；有名，萬物之母。故常无欲以觀其妙⑤，常有欲以觀其徼。
  自其无名，形而爲天地，天地位而名始矣⑥；自其有名，播而爲萬物，萬物育而名不可勝載矣。故无名者道之體，而有名者道之用也。聖人體道以爲天下用，入于衆有而常无，將以觀其妙也；體其至无而常有，將以觀其徼也。若夫行于徼而不知其妙⑦，則麤而不神⑧；留于妙而不知其徼⑨，則精而不變矣⑩。

此兩者，同出而異名，同謂之玄。

---

① "道"下，《道藏》本、傅忠謨校明鈔本（下稱"明鈔本"）有"者"字。
② "常也"下，《道藏》本、明鈔本有"如此"二字。《道藏》本無"也"字。
③ 禮智亦然：《道藏》本、明鈔本作"在禮爲禮，在智爲智"。
④ 而：明鈔本同，《兩蘇經解》本（下稱"《經解》本"）無，"道不可道"前有"夫"字。
⑤ 故：《道藏》本、明鈔本無。
⑥ "始"下，《道藏》本有"立"字。
⑦ "行于"下，明鈔本有"其"字。
⑧ "神"下，《道藏》本、明鈔本有"矣"字。
⑨ "留于"下，《道藏》本有"其"字。
⑩ 變：《道藏》本、明鈔本作"遍"。

以形而言，有、无信兩矣①，安知無運而爲有，有復而爲無，未嘗不一哉。其名雖異，其本則一，知本之一也，則玄矣。凡遠而無所至極者，其色必玄，故老子常以"玄"寄極也。

玄之又玄，衆妙之門。

言玄則至矣，然猶有玄之心在焉。玄之又玄則盡矣，不可以有加矣，衆妙之所從出也②。

天下皆知章第二

天下皆知美之爲美，斯惡已③；皆知善之爲善，斯不善已④。故有無相生⑤，難易相成，長短相形，高下相傾，音聲相和⑥，前後相隨。

天下以形名言美惡，其所謂美且善者，豈真美且善哉⑦？彼不知有無⑧、難易、長短⑨、高下、聲音、前後之相生、相奪，皆非其正也。方且自以爲長，而有長于我者臨之，斯則短矣；方且自以爲前，而有前于我者先之，斯則後矣。苟從其所美而信之，則失之遠矣。

是以聖人處无爲之事，行不言之教。

當事而爲，无爲之之心；當教而言，无言之之意。夫是以出于長短之度，離于先後之數，非美非惡、非善非不善，而天下何足以知之？

萬物作焉而不辭⑩，生而不有，爲而不恃，功成而弗居⑪。

萬物爲我作而我無所辭，我生之爲之，而未嘗有、未嘗恃，至于成功亦未嘗以自居也。此即无爲⑫、不言之報。聖人且不知其美且善也⑬，豈復有惡與不善繼之哉？

夫惟弗居，是以弗去⑭。

---

① "无"下，《道藏》本有"則"字。
② "之"下，明鈔本有"門"字，當爲衍字。
③ 已：《道藏》本、明鈔本作"矣"。
④ 已：明鈔本作"矣"。
⑤ 此"相"字及下五"相"字之上，《道藏》本、明鈔本俱有"之"字。與傅奕本同。
⑥ 音聲：《道藏》本、《經解》本作"聲音"。
⑦ 真：明鈔本同，《道藏》本、《經解》本作"信"。
⑧ "有無"下，《經解》本有"長短"二字。
⑨ 長短：原本無，據《道藏》本補。《經解》本作"長短、難易"。
⑩ 焉：明鈔本無。
⑪ 而弗：《道藏》本作"不"，並無"而"字。
⑫ 即：《道藏》本、《經解》本作"則"。
⑬ 聖人且不知其：《道藏》本作"其爲"。
⑭ 兩"弗"字，《道藏》本、《經解》本作"不"。

聖人居于貧賤，而无貧賤之憂；居于富貴，而无富貴之累。此所謂不居也。我且不居①，彼尚何從去哉？此則居之至也。

不尚賢章第三

不尚賢，使民不爭；不貴難得之貨，使民不爲盜；不見可欲，使心不亂。是以聖人之治②，虛其心，實其腹，弱其志，強其骨。

尚賢，則民恥于不若而至于爭；貴難得之貨，則民病于无有而至于盜；見可欲，則民患于不得而至于亂。雖然，天下知三者之爲患，而欲舉而廢之，則惑矣。聖人不然，未嘗不用賢也，獨不尚之耳③；未嘗棄難得之貨也，獨不貴之耳；未嘗去可欲也，獨不見之耳。夫是以賢者用而民不爭，難得之貨、可欲之事畢效于前，而盜賊禍亂不起。是不亦虛其心而不害腹之實，弱其志而不害骨之強也哉！今將舉賢而尚之，寶貨而貴之，衒可欲以示之，則是心與腹皆實也；若舉而廢之，則是志與骨皆弱也。心與腹皆實則民爭，志與骨皆弱則无以立矣。

常使民无知无欲，使夫知者不敢爲也。

不以三者衒之，則民不知所慕，澹然无欲④。雖有智者，无所用巧矣。

爲无爲，則无不治⑤。

因三者之自然⑥，而不尚、不貴、不見，所謂爲无爲也。

道沖章第四

道沖而用之，或不盈⑦，淵乎似萬物之宗⑧。

夫道沖然至无耳，然以之適衆有，雖天地之大，山河之廣，无所不遍。以其无形，故似不盈者。淵兮深眇，吾知其爲萬物宗也，而不敢正言之，故曰"似萬物之宗"。

挫其銳，解其紛，和其光，同其塵，湛兮似若存⑨。

人莫不有道也，而聖人能全之。挫其銳，恐其流于妄也；解其紛，恐其與物構也。

---

① 不：明鈔本作"弗"。
② "治"下，《道藏》本、明鈔本有"也"字。
③ 之：《道藏》本作"賢"。
④ 然：《道藏》本作"乎其"。
⑤ "治"下，《道藏》本、明鈔本有"矣"。
⑥ 因：《道藏》本作"即用"，明鈔本作"用"。者：明鈔本作"省"，誤。
⑦ 或：明鈔本作"似"，《道藏》本作"或似"。
⑧ 乎：《道藏》本、《經解》本作"兮"。
⑨ 若：《道藏》本、《經解》本作"或"。

不流于妄，不搆于物，外患已去而光生焉。又從而和之，恐其與物異也。光至潔也，塵至雜也。雖塵无所不同，恐其棄萬物也。如是而後全，則湛然常存矣①。雖存而人莫之識，故曰似或存耳。

吾不知誰之子②，象帝之先。

道雖常存，終莫得而名③，然亦不可謂无也，故曰此豈帝之先④。帝先矣，而又先于帝，則莫或先之者矣。

天地不仁章第五

天地不仁，以萬物爲芻狗；聖人不仁，以百姓爲芻狗。

天地无私而聽萬物之自然，故萬物自生自死。死非吾虐之，生非吾仁之也。譬如結芻以爲狗，設之于祭祀，盡飾以奉之，夫豈愛之？時適然也。既事而棄之，行者踐之，夫豈惡之？亦適然也。聖人之于民亦然。特无以害之，則民全其性，死生得喪，吾无與焉。雖未仁之而仁亦大矣。

天地之間，其猶橐籥乎？虛而不屈，動而愈出。

排之有橐與籥也，方其一動，氣之所及，无不靡也，不知者以爲機巧極矣。然橐籥則何爲哉！蓋亦虛而不屈，是以動而愈出耳。萬物化之始至于天地之間⑤，其所以生殺萬物，彫刻衆形者，亦若是而已矣。

多言數窮，不如守中。

見其動而愈出，不知其爲虛中之報也。故告之以多言數窮，不如守中之不窮也。

谷神不死章第六

谷神不死，是謂玄牝。

谷至虛而猶有形，谷神則虛而无形也。虛而无形，尚无有生，安有死邪？謂之谷神，言其德也；謂之玄牝，言其功也。牝生萬物，而謂之玄焉，言見其生之而不見其所以生也。

玄牝之門，是謂天地根。

玄牝之門，言萬物自是出也。天地根，言天地自是生也。

綿綿若存，用之不勤。

綿綿，微而不絕也。若存，存而不可見也。能如是，雖終日用之而不勞矣。

---

① "然"下，《道藏》本、明鈔本有"其"字。
② "知"下，《經解》本有"其"字。
③ "名"下，《道藏》本有"之"字。
④ "先"下，《道藏》本、明鈔本有"耶"字。
⑤ 萬物化之始至于：《道藏》本、《經解》本無。

天長地久章第七

天長地久，
> 天地雖大，而未離于形數，則其長久蓋有量矣。然老子之言長久極于天地，蓋以人所見者言之耳。若夫長久之至，則所謂天地始者是也①。

天地所以能長且久者，以其不自生，故能長生。是以聖人後其身而身先，外其身而身存。非以其無私邪？故能成其私。
> 天地生物而不自生，立于萬物之外，故能長生。聖人後其身而先人，外其身而利人，處于衆人之表，故能先能存②。如使天地與物競生，聖人與人爭得③，則天地亦一物耳，聖人亦一人耳，何以大過之哉！雖然，彼其無私，非求以成私也④，而私以之成，道則固然耳。

上善若水章第八

上善若水。水善利萬物而不爭，處衆人之所惡，故幾于道。
> 《易》曰："一陰一陽之謂道，繼之者善也，成之者性也。"又曰"天以一生水"，蓋道運而爲善，猶氣運而生水也。故曰"上善若水"。二者皆自無而始成形，故其理同。道無所不在，無所不利，而水亦然。然而既已麗于形，則于道有間矣，故曰"幾于道"⑤；然而可名之善，未有若此者也，故曰"上善"。

居，善地；心，善淵；與，善仁；言，善信；政⑥，善治；事，善能；動，善時。
> 避高趨下，未嘗有所逆，善地也；空虛靜默，深不可測，善淵也；利澤萬物，施而不求報，善仁也；圓必旋，方必折，塞必止，決必流，善信也；洗滌群穢，平準高下，善治也；遇物賦形，而不留于一，善能也；冬凝春泮，涸溢不失節，善時也。

夫惟不爭，故無尤⑦。
> 有善而不免于人非者，以其爭也。水惟不爭，故兼七善而無尤。

---

① 也：《道藏》本作"矣"。
② 能存：《道藏》本作"且存"。
③ "聖人"前，《道藏》本有"而"字。
④ 求以：《道藏》本作"以求"。
⑤ "道"下，《道藏》本有"矣"。
⑥ 政：《諸子》本《老子》作"正"。
⑦ "尤"下，《道藏》本有"矣"字。

持而盈之章第九

持而盈之，不如其已；揣而鋭之，不可長保①。
　　知盈之必溢，而以持固之，不若不盈之安也。知鋭之必折，而以揣先之，不知揣之不可必恃也。若夫聖人有而不有，尚安有盈？循理而後行，尚安有鋭？无盈則无所用持，无鋭則无所用揣矣②。
金玉滿堂，莫之能守。富貴而驕，自遺其咎。功成名遂身退，天之道。日中則移，月滿則虧，四時之運，成功者去③。天地尚然，而況于人乎？

載營魄章第十

載營魄抱一，能无離④。
　　魄之所以異于魂者，魄爲物，魂爲神也。《易》曰："精氣爲物，游魂爲變，是故知鬼神之情狀。"魄爲物，故雜而止；魂爲神，故一而變。謂之營魄，言其止也。蓋道无所不在，其于人爲性，而性之妙爲神，言其純而未雜，則謂之一；言其聚而未散，則謂之樸。其歸皆道⑤，各從其實言之耳。聖人性定而神凝，不爲物遷，雖以魄爲舍，而神所欲行，魄无不從，則神常載魄矣。衆人以物役性，神昏而不治，則神聽于魄耳。目困以聲色，鼻口勞于臭味⑥，魄所欲行而神從之，則魄常載神矣。故教之以抱神載魄，使兩者不相離。此固聖人所以修身之要。至于古之真人，深根固蒂，長生久視，其道亦由是也。
專氣致柔，能嬰兒⑦。
　　神不治則氣亂，彊者好鬪，弱者喜畏，不自知也。神治則氣不妄作，喜怒各以其類，是之謂專氣。神虛之至也，氣實之始也，虛之極爲柔，實之極爲剛。純性而亡氣，是之謂致柔。嬰兒不知好惡，是以性全。性全而氣微，氣微而體柔，專氣致柔如嬰兒⑧，極矣。
滌除玄覽，能无疵⑨。

---

① 可：《道藏》本、明鈔本作"如"。
② "无鋭"前，《道藏》本有"而"字。
③ 成功：《道藏》本作"功成"。
④ "離"下，《道藏》本、《經解》本有"乎"字。
⑤ "道"下，《道藏》本、《經解》本有"也"字。
⑥ 于：《道藏》本作"以"。
⑦ 能嬰兒：《道藏》本作"能如嬰兒乎"，"嬰"作"嫛"，下同。
⑧ "如"前，《道藏》本、明鈔本有"能"字。
⑨ "疵"下，《道藏》本、《經解》本有"乎"字。

聖人外不爲魄所載，内不爲氣所使，則其滌除塵垢盡矣。于是其神廓然玄覽，萬物知其皆出于性，等觀淨穢而无所瑕疵矣。

愛民治國，能无爲①。

既以治身，又推其餘以及人，雖至于治國愛民②，一以无心遇之。苟其有心，則愛民者適以害之③，治國者適以亂之也。

天門開闔，能爲雌④。

天門者，治亂廢興所從出也。既以身任天下，方其開闔變會之間，衆人貴得而患失，則先是以邀福⑤。聖人循理而知天命，則待唱而後和。《易》曰"先天而天弗違"，非先天也，"後天而奉天時"，非後天也。言其先後常與天命會耳。不然，先者必蚤，後者必莫，皆失之矣。故所謂能爲雌者，亦不失時而已。

明白四達，能无知⑥。

内以治身，外以治國，至于臨變，莫不有道也。非明白四達而能之乎？明白四達，心也，是心无所不知，然而未嘗有能知之心也。夫心一而已，苟又有知之者，則是二也。自一而二，蔽之所自生，而愚之所自始也。今夫鏡之于物，來而應之則已⑦，又安得知應物者乎？本則无有而以意加之，此妄之源也。

生之畜之，生而不有，爲而不恃，長而不宰，是謂玄德。

其道既足以生畜萬物，又能不有、不恃、不宰，雖有大德，而物莫之知也，故曰玄德。

三十輻章第十一

三十輻共一轂，當其无，有車之用。埏埴以爲器，當其无，有器之用。鑿户牖以爲室，當其无，有室之用。故有之以爲利，无之以爲用。

竭智盡物以爲器，而器之用常在无有。中非有，則无无以致其用⑧；非无，則有无以施其利。是以聖人常无以觀其妙，常有以觀其徼。知兩者之爲一而不可分，則至矣。

---

① "爲"下，《道藏》本、《經解》本有"乎"字。
② 治國愛民：《道藏》本作"愛民治國"。
③ "以"前，《道藏》本有"所"字。下同。
④ 爲：明鈔本同，《經解》本作"无"，誤。《道藏》本、《經解》本句末有"乎"字。
⑤ 是：《道藏》本作"事"。邀：《道藏》本、《經解》本作"徼"。
⑥ "知"下，《道藏》本、《經解》本有"乎"字。
⑦ "已"下，《道藏》本有"矣"字。
⑧ 致：《道藏》本作"故"，誤。

五色章第十二

五色令人目盲，五音令人耳聾，五味令人口爽。
　　視色、聽音、嘗味，其本皆出于性。方其有性①，而未有物也，至矣；及目緣五色、耳緣五音、口緣五味，奪于所緣而忘其本，則雖見而實盲，雖聞而實聾，雖嘗而實爽也。
馳騁田獵②，令人心發狂；難得之貨，令人行妨。是以聖人爲腹不爲目，故去彼取此。
　　聖人視色、聽音、嘗味皆與人同，至于馳騁田獵未嘗不爲，而難得之貨未嘗不用也。然人皆以爲病，而聖人獨以爲福，何也？聖人爲腹，而衆人爲目，目貪而不能受，腹受而未嘗貪故也。彼物之自外至者也，此性之凝于內者也。

寵辱章第十三

寵辱若驚，貴大患若身。
　　古之達人，驚寵如驚辱，知寵之爲辱先也。貴身如貴大患，知身之爲患本也。是以遺寵而辱不及，忘身而患不至。
何謂寵辱，寵爲下，得之若驚，失之若驚，是謂寵辱若驚。
　　所謂寵、辱，非兩物也。辱生于寵，而世不悟，以寵爲上而以辱爲下者，皆是也。若知辱生于寵，則寵固爲下矣③。故古之達人，得寵若驚，失寵若驚，未嘗安寵而驚辱也。所謂若驚者，非實驚也，若驚而已。
何謂貴大患若身？吾所以有大患者，爲吾有身，及吾無身，吾有何患？
　　貴之爲言難也，有身，大患之本，而世之士難于履大患，不難于有其身。故聖人因其難于履患，而教之以難于有身，知有身之爲難，而大患去矣。性之于人，生不能加，死不能損，其大可以充塞天地，其精可以蹈水火、入金玉④，凡物莫能患也。然天下常患亡失本性，而惟身之爲見，愛身之情篤，而物始能患之矣。生死病疾之變攻之于內，寵辱得失之交攖之于外，未有一物而非患也。夫惟達人知性之无壞，而身之非實，忽然忘身，而天下之患盡去，然後可以涉世而无累矣。

---

① 有：明鈔本同，《經解》本作"爲"。
② 田：《經解》本作"畋"。
③ 固：《道藏》本、明鈔本作"顧"。
④ 玉：《道藏》本、《經解》本作"石"。

故貴以身爲天下者①，則可寄于天下②；愛以身爲天下者，乃可託于天下③。

  人之所以驚于權利、溺于富貴，犯難而不悔者④，將以厚其身耳⑤。今也禄之以天下，而重以身任之，則其忘身也至矣。如此而以天下予之，雖天下之大不能患之矣。

視之不見章第十四

視之不見名曰夷，聽之不聞名曰希，搏之不得名曰微，此三者不可致詰，故混而爲一⑥。

  視之而見者色也，所以見色者不可見也。聽之而聞者聲也，所以聞聲者不可聞也。搏之而得者觸也，所以得觸者不可得也。此三者，雖智者莫能詰也⑦，要必混而歸于一而可耳⑧。所謂"一"者，性也，三者性之用也。人始有性而已，及其與物搆，然後分裂四出，爲視、爲聽、爲觸，日用而不知。反其本，非復混而爲一則日遠矣。若推廣之⑨，則佛氏所謂"六入皆然"矣。《首楞嚴》有云："反流全一，六用不行。"此之謂也。

其上不皦，其下不昧。

  物之有形者，皆麗于陰陽，故上皦下昧，不可逃也。道雖在上而不皦，雖在下而不昧，難以形數推也⑩。

繩繩兮不可名⑪，復歸于无物。

  繩繩，運而不絕也，人見其運而不絕，則以爲有物矣，不知爲⑫，卒歸于无也。

是謂无狀之狀，无象之象，是謂惚恍。

  狀其著也，象其微也。无狀之狀，无象之象，皆非无也。有无不可名，故謂之"惚恍"。

迎之不見其首，隨之不見其後。

  道无所不在，故无前後可見。

---

① 者：《道藏》本、明鈔本無。下同。
② 則：《經解》本無。《道藏》本作"若"。"可"下，《經解》本有"以"字。
③ 乃：《經解》本無。《道藏》本作"若"。于：《道藏》本、《經解》本無。"可"下，《經解》本有"以"字。
④ "者"下，明鈔本有"幾"字。
⑤ "將以"前，《道藏》本有"凡"。
⑥ "故"下，《道藏》本、明鈔本有"復"字。
⑦ "雖"下，《道藏》本有"有"字。
⑧ "一而"下，《道藏》本、明鈔本有"後"字。耳：《道藏》本作"爾"。
⑨ "推"下，《道藏》本、明鈔本有"而"字。
⑩ 難：《道藏》本、《經解》本作"不可"。
⑪ 兮：《道藏》本無。
⑫ 爲：《道藏》本、《經解》本作"其"。

執古之道以御今之有，能知古始，是謂道紀。

古者物之所從生也，有者物之今，則无者物之古也。執其所從生，則進退疾徐在我矣。

古之善爲士章第十五

古之善爲士者，微妙玄通，深不可識。

麤盡而微，微而妙①，妙極而玄，玄則无所不通而深不可識矣。

夫惟②不可識，故強爲之容。與兮若冬涉川③，

戒而後動曰豫，其所欲爲，猶迫而後應。豫然若冬涉川，逡巡如不得已也。

猶兮若畏四鄰④，

疑而不行曰"猶"，其所不欲，遲而難之，猶然如畏四鄰之見之也⑤。

儼兮其若客⑥，

无所不敬，未嘗惰也⑦。

涣兮若冰之將釋⑧，

知萬物之出于妄，未嘗有所留也⑨。

敦兮其若樸，

人偽已盡，復其性也⑩。

曠兮其若谷，

虛而无所不受也⑪。

渾兮其若濁，

和其光，同其塵，不與物異也。

孰能濁以靜之徐清，孰能安以久動之徐生？

世俗之士，以物汨性，則濁而不復清；枯槁之士以定滅性，則安而不復生。今知濁之亂性也則靜之，靜之而徐自清矣。知滅性之非道也，則動之，動之而徐自生矣。《易》曰："寂然不動，感而遂通天下之故。"今所謂動者，亦若是耳。

---

① "微"下，《道藏》本、明鈔本有"極"字。
② 惟：《道藏》本作"唯"。
③ 與：原校"一作豫"。《道藏》本、《經解》本作"豫"。兮：《經解》本無。
④ 兮：《道藏》本、《經解》本無，下同。
⑤ "之也"下，《經解》本有"若客"，涉下而衍。
⑥ 此句《道藏》本作"儼若容"。其：《經解》本無。
⑦ "惰也"下，《經解》本有"若冰將釋"，涉下而衍。
⑧ 兮、之：《道藏》本、《經解》本無。
⑨ "留也"下，《經解》本有"若樸"二字。蓋涉下而衍。
⑩ "性也"下，《經解》本有"若谷"二字。蓋涉下而衍。
⑪ "受也"下，《經解》本有"若濁"二字。蓋涉下而衍。

保此道者不欲盈，

　　盈生于極，濁而不能清，安而不能生，所以盈也。

夫惟不盈，故能弊不新成①。

　　物未有不弊者也，夫惟不盈，故其弊不待新成而自去。

致虛極章第十六

致虛極，守靜篤。

　　致虛不極，則有未亡也；守靜不篤，則動未亡也。丘山雖去，而微塵未盡，未爲極與篤也。蓋致虛存虛猶未離有，守靜存靜猶限于動②，而況于他乎③？不極不篤，而責虛靜之用，難也④！

萬物竝作，吾以觀其復；

　　虛極靜篤⑤，以觀萬物之變，然後不爲變之所亂，知凡作之未有不復也⑥。苟吾方且與萬物皆作，則不足以知之矣。

夫物芸芸，各復歸其根⑦。

　　萬物皆作于性，皆復于性，譬如華葉之生于根而歸于根，濤瀾之生于水而歸于水⑧。

歸根曰靜，

　　苟未能自復于性，雖止動息念以求靜，非靜也故惟歸根，然後爲靜。

是謂復命⑨。

　　命者，性之妙也。性可言⑩，至于命則不可言矣。《易》曰："窮理盡性以至于命。"聖人之學道，必始于窮理，中于盡性，終于復命。仁義禮樂，聖人之所以接物也，而仁義禮樂之用必有所以然者，不知其所以然而爲之⑪，世俗之士也，知其所以然而後行之，君子也。此之謂窮理。雖然，盡心以窮理而後得之，不求則不得也。事物日搆于前，必求而後能應，則其爲力也勞，而其爲功也少⑫。聖

---

① 故：《道藏》本作"是以"。弊：《經解》本作"敝"。
② 限：《道藏》本、《經解》本作"陷"。
③ 于：《道藏》本、《經解》本作"其"。
④ 也：明鈔本作"矣"，《經解》本作"已"。
⑤ 虛極靜篤：《道藏》本、明鈔本作"極虛篤靜"。
⑥ "復"下，明鈔本、《道藏》本有"者"字。
⑦ 復：《道藏》本、《經解》本無。
⑧ 後"于水"下，《道藏》本有"耳"字。
⑨ 是謂：《經解》本作"靜"。《道藏》本、《經解》本作"靜曰"。
⑩ "性"下，《道藏》本、明鈔本有"猶"字。
⑪ "而爲之"前，《道藏》本、明鈔本有"循其名"三字。
⑫ 其：《道藏》本、明鈔本無。

人外不爲物所蔽，其性湛然，不勉而中，不思而得，物至而能應，此之謂盡性。雖然，此吾性也，猶有物我之辨焉，則幾于妄矣。君之命曰命，天之命曰命，以性接物而不知其爲我，是以寄之命也。此之謂復命。

復命曰常，

方其作也，雖天地山河之大，未有不變壞、不常者。惟復于性，而後湛然常存矣。

知常曰明。

不以復性爲明，則皆世俗之智，雖自謂明，非明也①。

不知常，妄作凶。

不知復性，則緣物而動，无作而非凶。雖得于一時，而失之遠矣。

知常容，

方迷于妄，則自是而非彼，物皆吾敵，吾何以容②？苟知其皆妄，則雖仇讎猶將哀而憐之③，何所不容哉！

容乃公，

无所不容，則彼我之情盡，而尚誰私乎④？

公乃王，

无所不公，則天下將往而歸之矣。

王乃天，

无所不懷⑤，雖天何以加之？

天乃道，

天猶有形，至于道則極矣。然而雖道亦不能復進于此矣⑥。

道乃久，没身不殆。

太上章第十七

太上，下知有之。

以道化育天下⑦，而未嘗治之，民不知其所以然，故亦有之而已⑧。

其次親之、譽之，

---

① "非明"前，《道藏》本有"而"字。
② "以容"下，《道藏》本有"之"字。
③ 猶：《經解》本無。
④ 而：《經解》本無。
⑤ 懷：《道藏》本作"壞"。
⑥ 亦：《道藏》本作"外"。
⑦ "以道"前，《經解》本有"太上"二字。化育：《道藏》本、《經解》本作"在宥"。
⑧ "故亦"下，《道藏》本、《經解》本有"知"字。"而已"下，《經解》本有"其次"二字，蓋涉下而衍。

以仁義治天下，其德可懷，其功可見，故民得而親譽之。其名雖美，而厚薄自是始矣。

其次畏之，其次侮之①。

以政齊民，民非不畏也，然力之所不及，則侮之矣。

故信不足②，焉有不信③。

吾誠自信，則以道御天下足矣。惟不自信，以加之仁義④，而重之刑政⑤，而民始不信⑥。

猶兮其貴言⑦，功成事遂，百姓皆謂我自然⑧。

聖人自信有餘，其于言也猶然。貴之不輕出諸口，而民信之矣⑨。及其功成事遂也⑩，則民日遷善遠罪而不自知矣⑪。

大道章第十八

大道廢，有仁義；

大道之隆也，仁義行于其中而民不知。大道廢⑫，而後仁義見矣。

智慧出，有大僞；

世不知道之足以統御萬物也⑬，而以智慧加之，于是民始以僞報之矣。

六親不和，有孝慈；國家昏亂，有忠臣。

六親方和，孰非孝慈？國家方治，孰非忠臣？堯非不孝也，而獨稱舜，無瞽瞍也⑭。伊尹周公，非不忠也，而獨稱龍逢、比干，無桀紂也。涸澤之魚，相呴以沫，相濡以濕，不如相忘于江湖。

---

① 其次：明鈔本無。
② 故：《道藏》本、《經解》本無。
③ 焉：《道藏》本、《經解》本無。
④ 以加之仁義：《道藏》本、《經解》本作"而加以仁義"。
⑤ 而重之刑政：《道藏》本作"重以刑政"。《經解》本無"而"字。
⑥ "不信"下，《道藏》本有"矣"字。
⑦ 猶：《諸子》本《老子》作"悠"。兮：《道藏》本、明鈔本無。
⑧ 皆：《道藏》本、明鈔本無。
⑨ "民"下，《道藏》本有"已"字。
⑩ 也：《道藏》本、《經解》本無。
⑪ 矣：《道藏》本作"也"。
⑫ 大道廢：《道藏》本作"道既廢"。
⑬ 統御：《道藏》本、《經解》本作"澹足"。
⑭ 瞍：《道藏》本、《經解》本作"叟"。

絶聖棄智章第十九

絶聖棄智，民利百倍；

> 非聖智不足以知道，使聖智爲天下，其有不以道御物者乎？然世之人不足以知聖智之本而見其末，以爲巧勝物者也①，于是馳騁于其末流，而民始不勝其害矣。故"絶聖棄智，民利百倍"。

絶仁棄義，民復孝慈；

> 未有仁而遺其親者也，未有義而後其君者也。仁義所以爲孝慈矣，然及其衰也，竊仁義之名以要利于世，于是子有違父，而父有虐子，此則仁義之迹爲之也。故"絶仁棄義，則民復孝慈"。

絶巧棄利，盜賊无有。

> 巧所以便事也，利所以濟物也。二者非以爲盜，而盜賊不得則不行②，故"絶巧棄利，盜賊无有"也③。

此三者，以爲文不足，故令有所屬，見素抱樸，少私寡欲。

> 世之貴此三者，以爲天下之不安，由文之不足故也。是或屬之聖知④，或屬之仁義，或屬之巧利，蓋將以文治之也。然而天下益以不安，曷不反其本乎？見素抱樸，少私寡欲，而天下各復其性，雖有三者，無所用之矣。故曰"我无爲而民自化，我好靜而民自正，我无事而民自富，我无欲而民自樸"，此則聖智之大、仁義之至、巧利之極也。然孔子以仁義禮樂治天下，老子絶而棄之，或者以爲不同。《易》曰："形而上者謂之道，形而下者謂之器。"孔子之慮後世也深，故示人以器而晦其道，使中人以下守其器，不爲道之所眩，以不失爲君子。而中人以上，自是以上達也。老子則不然，志于明道，[而急于開人心，故示人以道而薄于器，以爲學者惟器之知則道隱矣，故絶仁義、棄禮樂以明道⑤。]夫道不可言，可言皆其似者也。達者因僞以識真⑥，而昧者執似以陷于大過⑦。故後世執老子之言⑧，以亂天下者有之，而學孔子者无大過，因老子之言以達道者不少，而求之于孔子者常苦其无所從入⑨。二聖人者皆不得已也，全于此必略于彼矣。

---

① "以爲"下，《道藏》本有"以"字。

② 而：《道藏》本無。

③ 也：《道藏》本、《經解》本無。

④ "是"下，《道藏》本、《經解》本有"以"字。知：《道藏》本作"智"。

⑤ "而急于"至"以明道"三十七字，原本、明鈔本俱無，《道藏》本、《經解》本有。按，朱熹《雜學辨》已引及此段文字，是當爲潁濱原文，故據《道藏》本、《經解》本補足。

⑥ 以：原本作"僞"，據《道藏》本、《雜學辨》、《經解》本改。

⑦ 大過：原本作"僞"，據《道藏》本、《雜學辨》、《經解》本改。

⑧ 言：《雜學辨》作"説"。

⑨ 苦：明鈔本作"若"。

絕學无憂章第二十

絕學无憂,

> 爲學日益,爲道日損,不知性命之正,而以學求益增所未聞①,積之未已②,而无以一之。則以圜害方,以直害曲,其中紛然不勝其憂矣。患夫學者之至此③,故曰"絕學无憂"。若夫聖人,未嘗不學,而以道爲主,不學而不少,多學而不亂,廓然无憂,安用絕學邪④?

唯之與阿,相去幾何?善之與惡,相去何若?

> 學者溺于所聞而无以一之,則唯之爲恭,阿之爲慢,不可同日言矣。而況夫善惡之相反乎?夫惟聖人知萬物同出于性,而皆成于妄,如畫馬牛,如刻虎龍,皆非其實,泯焉无是非同異之辨,孰知其相去幾何哉!苟如此矣⑤,則萬物竝育而不相害,道並行而不相悖,无足怪矣。

人之所畏,不可不畏;

> 聖人均彼我,一同異,其心无所復留,然豈以是忽遺世法、犯分亂理而不顧哉?人之所畏,吾亦畏之;人之所爲,吾亦爲之。雖列于君臣父子之間,行于禮樂刑政之域,而天下不知其異也。其所以不攖于物者⑥,惟心而已⑦。

荒兮其未央哉!

> 人皆徇其所知⑧,故介然不出畦畛;聖人兼涉有无,无入而不可,則"荒兮其未可央"也。

衆人熙熙,如享太牢,如春登臺,我獨泊兮其未兆⑨,如嬰兒之未孩⑩。

> 人各溺于所好,其美如享太牢,其樂如春登臺,囂然從之而不知其非。惟聖人深究其妄,遇之泊然不動,如嬰兒之未能孩也。

乘乘兮若无所歸,

> 乘萬物之理而不自私,故若无所歸。

衆人皆有餘,而我獨若遺,

---

① "增"下,《道藏》本有"其"字。
② 未:《道藏》本、《經解》本作"不"。
③ "此"下,《道藏》本、明鈔本有"也"字。
④ "安用"前,《道藏》本有"而"字。邪:《道藏》本作"耶"。
⑤ 如:《道藏》本作"知"。
⑥ 攖:《道藏》本、《經解》本作"嬰"。
⑦ 惟:《道藏》本作"其"。
⑧ 狥:《道藏》本、《經解》本作"徇"。
⑨ 泊:《道藏》本、《經解》本作"怕",誤。
⑩ 如:《道藏》本、明鈔本作"若"。

衆人守其所知，各自以爲有餘；聖人包舉萬物，而不主于一，超然其若遺也。

我愚人之心也哉，沌沌兮①。

沌沌，若愚而非愚也。

俗人昭昭，我獨若昏；俗人察察，我獨悶悶。

世俗以分別爲智，聖人知群妄之不足辨也，故其外若昏，其中若悶。

忽兮若海②，漂兮若无所止③。

忽然若海④，不見其津涯⑤；漂然无定⑥，不見其止宿⑦。

衆人皆有以，而我獨頑且鄙⑧。

人各有能，故世皆得而用之；聖人才全德備，若无所施，故疑于頑鄙。

我獨異于人，而貴求食于母⑨。

道者萬物之母，衆人狗物忘道⑩，而聖人脫遺萬物，以道爲宗。譬如嬰兒，无所雜食，食于母而已。

孔德之容章第二十一

孔德之容，惟道是從。

道无形也，及其運而爲德，則有容矣。故德者道之見⑪，自是推之，則衆有之容，皆道之見于物者也。

道之爲物，惟恍惟惚⑫，惚兮恍⑬，其中有象；恍兮惚，其中有物。

道非有无，故以恍惚言之，然極其運而成象⑭，著而成物，未有不出于恍惚

---

① 沌沌：明鈔本作"純純"。下同。
② 兮：《道藏》本、《經解》本無。海：《道藏》本、《經解》本作"晦"。下同。
③ 漂：《道藏》本、《經解》本作"寂"。下同。若：《經解》本作"似"。《道藏》本無"兮"字。
④ 然：《道藏》本、《經解》本作"焉"。
⑤ "涯"下，《道藏》本有"也"字。
⑥ 漂：明鈔本、《道藏》本作"寂"。定：明鈔本作"朕"。
⑦ 其：《道藏》本作"真"。"其"下，明鈔本有"所"字。"宿"下，《經解》本有"也"字。
⑧ 而：《道藏》本、《經解》本無。且：《道藏》本、《經解》本作"似"。
⑨ 而：《道藏》本、明鈔本作"兒"。求、于：《道藏》本、《經解》本無。母：原本作"毋"，據注文改。按，魏源《老子本義》作"而貴食母"，校曰："開元本作'貴求食于毋'。"知有作"毋"者。但注文曰"譬如嬰兒，无所雜食，食于母而已"，則蘇轍所據當作"母"字。
⑩ 狥：《道藏》本作"徇"。
⑪ "見"下，《道藏》本有"也"字。
⑫ 二"惟"字，《道藏》本俱作"唯"，下同。恍：此章諸"恍"字，《經解》本俱作"怳"。
⑬ "惚兮恍"下，明鈔本有"兮"字。下"恍兮惚"下亦有"兮"字。
⑭ 極：《道藏》本、《經解》本作"及"。

者也①。
窈兮冥兮，其中有精；
　　方无有之未定②，恍惚而不可見；及夫有无之交，則見其窈冥深眇，雖未成形，而精存乎其中矣。
其精甚真，其中有信。
　　物至于成形，則真僞雜矣。方其有精，不容僞也。真僞既雜，自一而爲二，自二而爲三，紛然錯出，不可復信矣。方其有精，不吾欺也。
自古及今，其名不去，以閱衆甫。
　　古今雖異，而道則不去，故以不去名之，惟未嘗去③，故能以閱衆有之變矣④。
　　甫，美也。雖萬物之美，不免于變也。
吾何以知衆甫之然哉，以此。
　　聖人之所以知萬物之所以然者⑤，以能體道而不去故也⑥。

曲則全章第二十二

曲則全，
　　聖人動必循理，理之所在，或直或曲，要于通而已。通故與物不迕，不迕故全也。
枉則直，
　　直而非理則非直也，循理雖枉，而天下之至直也。
窪則盈，
　　衆之所歸者下也，雖欲不盈，不可得矣⑦。
弊則新，
　　昭昭、察察，非道也；悶悶若將弊矣，而日新之所自出也。
少則得，
　　道一而已，得一則无不得矣。
多則惑⑧，
　　多學而无以一之，則惑矣。
是以聖人抱一爲天下式。

① 恍惚：《道藏》本作"惚恍"。下同。
② 无有：《道藏》本、《經解》本作"有无"。
③ 惟：《道藏》本、《經解》本作"唯"。
④ 矣：《道藏》本作"也"。
⑤ 聖人之：《經解》本無"之"字。
⑥ 也：《經解》本作"耳"。
⑦ 矣：《經解》本無。
⑧ "惑"下，《道藏》本、明鈔本有"矣"字。

抱一者，復性者也。蓋曲則全，枉則直，窪則盈，弊則新，少則得，多則惑①，皆抱一之餘也，故以抱一終之。

不自見故明，

目不自見故能見物，鏡不自照故能照物。如使自見自照，則自爲之不暇，而何暇及物哉！

不自是故彰，不自伐故有功②，不自矜故長。夫惟不爭，故天下莫能與之爭。

不自見、不自是、不自伐、不自矜，皆不爭之餘也。故以不爭終之。

古之所謂曲則全者，豈虛言哉，誠全而歸之。

世以直爲是，以曲爲非，將循理而行于世，則有不免于曲者矣。故終篇復言之，曰"此豈虛言哉，誠全而歸之"。夫所謂全者，非獨全身也，内以全身，外以全物，物我兼全，而復于性③，則其爲直也大矣。

希言自然章第二十三

希言自然，

言出于自然則簡而中，非其自然而强言之，則煩而難信矣。故曰"道之出口，澹乎其无味，視之不足見，聽之不足聞，用之不可既"，此之所謂希言矣④。

飄風不終朝，驟雨不終日⑤，孰爲此者，天地。天地尚不能久，而況于人乎！

陰陽不爭，風雨時至，不疾不徐，盡其勢之所至而後止。若夫陽亢于上，陰伏于下，否而不得洩，于是爲飄風暴雨，若將不勝，然其勢不能以終日。古之聖人言出于希，行出于夷，皆因其自然，故久而不窮。世或厭之，以爲不若詭辯之悅耳，怪行之驚世，不知其不能久也。

故從事于道者，道者同于道，德者同于德，失者同于失。同于道者道亦樂得之⑥，同于德者德亦樂得之，同于失者失亦樂得之⑦。

孔子曰："苟志于仁矣，无惡也。"[故曰"仁者之過易辭"⑧。] 志于仁猶若此，而況于志于道者乎？夫苟從事于道矣，則其所爲合于道者得道，合于德者得德，

---

① 多則惑：《道藏》本、《經解》本無。
② 有：《道藏》本無。
③ "而"下，《道藏》本有"歸"字。
④ 之：《道藏》本無。
⑤ 驟：《道藏》本作"暴"。
⑥ 樂：此章諸"樂"字，明鈔本俱無。
⑦ 樂：《道藏》本無。
⑧ 故曰"仁者之過易辭"：原本無，據《道藏》本、《經解》本補。

不幸而失，雖失于所爲，然必有得于道德矣。

信不足焉①，有不信焉②。

不知道者，信道不篤，因其失而疑之，于是益以不信。夫惟知道，然後不以得失疑道也。

跂者不立章第二十四

跂者不立，跨者不行，自見者不明，自是者不彰，自伐者无功，自矜者不長。

人未有不能立且行者也，苟以立爲未足，而加之以跂，以行爲未足，而加之以跨，未有不喪失其行立者。彼其自見自是、自矜自伐者③，亦若是矣。

其于道也④，曰餘食贅行。

譬如飲食，適飽則已，有餘則病。譬如四體，適完則已，有贅則累。

物或惡之，故有道者不處也⑤。

有物混成章第二十五

有物混成，先天地生。

夫道非清非濁，非高非下，非去非來，非善非惡，混然而成體。其于人爲性，故曰"有物混成"，此未有知其生者，蓋湛然常存，而天地生于其中耳。

寂兮寥兮，獨立而不改，周行而不殆，可以爲天下母。

寂兮无聲，寥兮无形，獨立无匹，而未嘗變行于群有而未嘗殆，俯以化育萬物，則皆其母矣。

吾不知其名，字之曰道，强爲之名曰大。

道本无名，聖人見萬物之无不由也，故字之曰"道"。見萬物之莫能加也，故强爲之名曰"大"。然其實則无得而稱之也。

大曰逝，逝曰遠，遠曰反。

自大而求之，則逝而往矣。自往而求之，則遠不及矣。雖逝雖遠，然反而求之一心足矣。

---

① 焉：《道藏》本无。下同。
② 焉：《道藏》本、《經解》本无。
③ 自矜自伐：《道藏》本作"自伐自矜"。
④ 于、也：《經解》本无。于：《經解》本作"在"。
⑤ 也：《道藏》本、《經解》本无。

故道大，天大，地大，王亦大。域中有四大，而王居其一焉①。人法地，地法天，天法道，道法自然。

由道言之，則雖天地與王皆未足大也②。然世之人習知三者之大，而不信道之大也，故以實告之。人不若地，地不若天，天不若道，道不若自然。然使人一日復性，則此三者，人皆足以盡之矣。

重爲輕根章第二十六

重爲輕根，靜爲躁君。

凡物輕不能載重，小不能鎮大，不行者使行，不動者制動，故輕以重爲根，躁以靜爲君。

是以聖人終日行不離輜重③，雖有榮觀，燕處超然。

行欲輕而不離輜重，榮觀雖樂，而必有燕處，重靜之不可失如此。

奈何萬乘之主，而以身輕天下？

人主以身任天下，而輕其身則不足以任天下矣。

輕則失臣，躁則失君。

輕與躁无施而可，然君輕則臣知其不足賴，臣躁則君知其志于利，故曰"輕則失臣，躁則失君"。

善行无轍迹章第二十七

善行无轍迹，

乘理而行，故无迹。

善言无瑕讁，

時然後言，故言滿天下无口過。

善計不用籌策④，

萬物之數，畢陳于前，不計而知，安用籌算？

善閉，无關鍵而不可開；善結，无繩約而不可解。

全德之人，其于萬物如母之于子，雖縱之而不去。故无關而能閉，无繩而能約。

是以聖人常善救人，故无棄人；常善救物，故无棄物。

---

① 其：明鈔本無。
② 未：《道藏》本、明鈔本作"不"。
③ 聖人：《道藏》本作"君子"。
④ 策：《道藏》本作"筭"。

彼方執策以計①，設關以閉，持繩以結，其力之所及者少矣。聖人之于人，非特容之，又善救之，我不棄人，而人安得不歸我乎？

是謂襲明，

救人于危難之中，非救之大者也。方其流轉生死，爲物所蔽，而推吾至明以與之，使暗者皆明，如燈相傳相襲而不絕，則謂善救人矣。

故善人者不善人之師，不善人者善人之資②。不貴其師，不愛其資。

聖人无心于教，故不愛其資；天下无心于學，故不貴其師。聖人非獨吾忘天下，能使天下忘我故也③。

雖智大迷，是謂要妙。

聖人之妙，雖智者有所不諭也④。

知其雄章第二十八

知其雄，守其雌，爲天下谿。爲天下谿，常德不離，復歸于嬰兒。知其白，守其黑，爲天下式。爲天下式，常德不忒，復歸于无極。知其榮，守其辱，爲天下谷。爲天下谷，常德乃足，復歸于樸。

雄雌，先後之及我者也；白黑，明暗之及我者也；榮辱，貴賤之及我者也。夫欲先而惡後，欲明而惡暗，欲貴而惡賤，物之情也。然而先後之及我，不若明暗之切；明暗之及我，不若貴賤之深。古之聖人，去妄以求復性，其性愈明，則其守愈下；其守愈下，則其德愈厚；其德愈厚，則其歸愈大。蓋不知而不爲，不若知而不爲之至也。知其雄，守其雌，知性者也。知性而爭心止，則天下之爭先者，皆將歸之，如水之赴谿，莫有去者。雖然，譬如嬰兒，能受而未能用也。故曰"復歸于嬰兒"。知其白，守其黑，見性者也。居暗而視明，天下之明者皆不能以形逃也，故棄明則之以爲法，雖應萬物，而法未嘗差，用未嘗窮也。故曰"復歸于无極"。知其榮，守其辱，復性者也。諸妄已盡，處辱而无恨⑤，曠兮如谷之虛，物來而應之，德足于此，純性而无雜矣，故曰"復歸于樸"。

樸散則爲器，聖人用之則爲官長，故大制不割。

聖人既歸于樸，復散樸而爲器，以應萬物。譬如人君分政以立官長，亦因其勢之自然。雖制而非有所割裂也。

---

① 執：《經解》本作"挾"。策：《道藏》本作"筭"。
② 兩"者"字，《道藏》本、《經解》本無。
③ "能使"前，《道藏》本有"亦"字。
④ "不諭也"下，《經解》本有"故曰要妙"四字。
⑤ 恨：《道藏》本、明鈔本作"憾"。

將欲取天下章第二十九

將欲取天下而爲之，吾見其不得已。

　　聖人之有天下，非取之也，萬物歸之，不得已而受之。其治天下，非爲之也，因萬物之自然而除其害耳。若欲取而爲之，則不可得之矣。

天下神器不可爲也，爲者敗之，執者失之。

　　凡物皆不可爲也。雖有百人之聚，不循其自然而妄爲之，必有齟齬不服者，而況天下乎。雖然，小物寡衆，猶有可以力取而智奪者。至于天下之大，有神主之，不待其自歸則叛，不聽其自治則亂矣。

故物或行或隨①，或呴或吹，或强或羸，或載或隳，是以聖人去甚，去奢，去泰。

　　陰陽相蕩，高下相傾，大小相使，或行于前，或隨于後，或呴而煖之，或吹而寒之，或益而强之，或損而羸之，或載而成之，或隳而毀之，皆物之自然，而勢之不免者也。然世之愚人，私己而務得，乃欲拒而違之，其禍不覆則折。惟聖人則知其不可逆，順以待之②，去其甚，去其奢，去其泰，使不至于過而傷物，而天下无患矣。此不爲之至也。堯、湯之于水旱，雖不能免，而終不至于敗者③，由此故也。《易》之《泰》曰："后以裁成天地之道④，輔相天地之宜，以左右民。"三陽在內，三陰在外，物之泰極矣。聖人懼其過而害生，故裁成而輔相之，使不至于過。此所謂"去甚、去奢、去泰"也。

以道佐人主章第三十

以道佐人主者，不以兵强天下，其事好還。

　　聖人用兵，皆出于不得已⑤。非不得已⑥，而欲以强勝天下，雖或能勝，其禍必還報之。楚靈、齊湣、秦始皇、漢孝武，或以殺其身，或以禍于孫⑦，人之所毒，鬼之所疾，未有得免之者也⑧。

---

① 故：《道藏》本作"凡"。
② "順"上，明鈔本、《道藏》本有"則"字。
③ 者：明鈔本、《道藏》本無。
④ 裁：《道藏》本、《經解》本作"財"。下同。
⑤ 于：《道藏》本無。
⑥ 非不得已：原本無，據《道藏》本補。
⑦ 于：《道藏》本作"其子"。原本作"子孫"。
⑧ 之：《道藏》本、《經解》本無。

師之所處，荆棘生焉；大軍之後①，必有凶年。

  兵之所在，民事廢，故田不修；用兵之後，殺氣勝，故年穀傷。凡兵皆然，而況以兵强者耶②！

善者果而已③，不敢以取强。

  果，決也。德所不能綏，政所不能服，不得已而後以兵決之耳。

果而勿矜，果而勿伐，果而勿驕，果而不得已，果而勿强④。

  勿矜、勿伐、勿驕、不得已，四者所以勿强也⑤。

物壯則老，是謂不道，不道早已。

  壯之必老，物无不然者，惟有道者成而若缺，盈而若沖。未嘗壯，故未嘗老，未嘗死。以兵强天下，壯矣⑥，能无老乎⑦？无死乎⑧？

夫佳兵章第三十一

夫佳兵⑨，不祥之器，物或惡之，故有道者不處。

  以之濟難而不以爲常，是謂不處。

君子居則貴左，用兵則貴右。兵者不祥之器，非君子之器，不得已而用之。恬澹爲上，勝而不美，而美之者是樂殺人。夫樂殺人者，則不可以得志于天下矣⑩。吉事尚左，凶事尚右，偏將軍居左⑪，上將軍居右。言居上勢，則以喪禮處之⑫。殺人衆多，以悲哀泣之，戰勝以喪禮處之⑬。

---

① 軍：《經解》本作"兵"。
② "兵强"下，《道藏》本有"天下"二字。
③ "善者"前，《道藏》本有"故"字。
④ "果而"前，《道藏》本有"是"字。强：《經解》本作"彊"。
⑤ "所以"下，《經解》本有"爲"字。
⑥ "壯"下，《道藏》本、《經解》本有"亦甚"二字。
⑦ "能"前，《道藏》本有"而"字。
⑧ 无死乎：《道藏》本、明鈔本無。
⑨ "兵"下，《道藏》本、《經解》本有"者"字。
⑩ 則、以、矣：《道藏》本無。
⑪ 居：《道藏》本、《經解》本作"處"。下"居右"之"居"同。
⑫ 居上勢則：《道藏》本、明鈔本無。
⑬ "勝"下，《道藏》本有"則"字。

道常無名章第三十二

道常無名，樸雖小，天下不敢臣，侯王若能守，萬物將自賓。
  樸，性也。道常無名，則性亦不可名矣。故其爲物，舒之無所不在，而歛之不盈毫末。此所以雖小而不可臣也。故匹夫之賤，守之則塵垢粃糠足以陶鑄堯舜；而侯王之尊，不能守，則萬物不賓矣。

天地相合，以降甘露，民莫之令而自均①。
  沖氣升降，相合爲一而降甘露，脗然被萬物②，无不均遍。聖人體至道以應諸有，亦如露之无不及者③。此所以能賓萬物也。

始制有名，名亦既有。夫亦將知止，知止所以不殆。
  聖人散樸爲器，因器制名，豈其狥名而忘樸④，逐末而喪本哉！蓋亦知復于性，是以秉萬物而不殆也⑤。

譬道之在天下，猶川谷之于江海也⑥。
  江海，水之鍾也；川谷，水之分也。道，萬物之宗也；萬物，道之末也。皆水也，故川谷歸其所鍾；皆道也，故萬物賓其所宗。

知人者智章第三十三

知人者智，自知者明。
  分別爲智⑦，蔽盡爲明，分別之心未除，故止于知人而不能自知；蔽盡則无分別⑧，故能自知而後可以及人也⑨。

勝人者有力，自勝者強。
  力能及人而不能及我，能克己復性，則非力之所及，故可謂之強也⑩。

知足者富，
  知足者所遇而足，則未嘗不富矣。雖有天下，而常挾不足之心以處之，則是終身

---

① 民：《道藏》本、《經解》本作"人"。
② "被"下，《道藏》本有"于"字。
③ 如：《道藏》本、明鈔本無。
④ 狥：《道藏》本作"徇"。
⑤ 秉：原本、《道藏》本作"乘"。物：《道藏》本作"變"。
⑥ 江：明鈔本作"與"。于：《道藏》本作"與"。也：《道藏》本、《經解》本無。
⑦ 智：《道藏》本作"知"。
⑧ "无"下，《道藏》本、《經解》本有"復"字。
⑨ 後：《道藏》本、《經解》本作"又"。
⑩ 之：明鈔本、《道藏》本無。也：《道藏》本作"矣"。強：《經解》本作"彊"。

不能富也①。
強行者有志,
　　不與物爭而自強不息,物莫能奪其志也。
不失其所者久,
　　物變无窮而心未嘗失,則久矣。
死而不亡者壽。
　　死生之變亦大矣②,而其性湛然不亡,此古之至人,能不生不死者也。

大道氾兮章第三十四③

大道氾兮,其可左右。
　　氾兮无可无不可,故左右、上下、周旋,无不至也。
萬物恃之以生而不辭,功成不名有。
　　世有生物而不辭者,必將名之以爲已有;世有避物而不有者,必將辭物而不生。
　　生而不辭,成而不有者,惟道而已。
愛養萬物而不爲主,常无欲,可名于小;萬物歸焉而不爲主④,可名爲大⑤。
是以聖人終不爲大,故能成其大。
　　大而有爲大之心,則小矣。

執大象章第三十五

執大象,天下往。
　　道非有无,故謂之大象;苟其昭然有形,則有同有異,同者好之,異者惡之,好之則來,惡之則去,不足以使天下皆往矣。
往而不害,安平泰。
　　有好有惡,則有所利有所害;好惡既盡,則其于萬物皆无害矣。故王者无不安⑥,无不平,无不泰。
樂與餌,過客止,道之出口,淡乎其无味。視之不足見,聽之不足聞,用之不可既。

---

① 則:《經解》本無。
② 亦:《道藏》本、明鈔本作"益"。
③ 氾:《道藏》本、《經解》本作"汎"。下同。
④ 焉:明鈔本、《道藏》本作"之"。而:《道藏》本無。爲:《經解》本作"知"。
⑤ 爲:《道藏》本、《經解》本作"于"。
⑥ 王:《道藏》本、《經解》本作"至"。

作樂設餌，以待來者，豈不足以止過客哉！然而樂闋餌盡，彼將舍之而去。若夫執大象以待天下，天下不知好之，而況得而惡之乎①？雖无臭味、形色、聲音以悦人，而其用不可盡矣。

將欲噏之章第三十六

將欲噏之，必固張之。將欲弱之，必固强之。將欲廢之，必固興之。將欲奪之，必固與之。是謂微明。

　　未嘗與之而遽奪，則勢有所不極，理有所不足。勢不極則取之難，理不足則物不服。然此幾于用智也，與管仲、孫武何異？聖之與世俗②，其迹固有相似者也。聖人乘理，而世俗用智。乘理如醫藥，巧于應病；用智如商賈，巧于射利。

柔弱勝剛强③，

　　聖人知剛强之不足恃，故以柔弱自處。天下之剛强方相傾相軋，而吾獨柔弱以待之。及其大者傷，小者死，而吾以不校坐待其弊，此所謂勝也。雖然，聖人豈有意為此以勝物哉？知勢之自然而居其自然耳。

魚不可脱于淵④，國之利器不可以示人⑤。

　　魚之為物⑥，非有爪牙之利足以勝物也。方其託于深淵⑦，雖强有力者莫能執之；及其脱淵而陸，則蠢然一物耳，何能為哉？聖人居于柔弱，而剛强者莫能傷，非徒莫能傷也，又將以前制其後⑧。此不亦天下之利器哉⑨！魚惟脱于淵，然後人得制之，聖人惟處于柔弱而不厭，故終能服天下。此豈與衆人共之者哉！

道常无爲章第三十七

道常无爲而无不爲。

　　无所不爲⑩，而无爲之之意耳。

侯王若能守，萬物將自化，化而欲作，吾將鎮之以无名之朴。

---

① 而：《道藏》本、《經解》本作"又"。
② "聖"下，《道藏》本有"人"字。之：《經解》本作"人"。
③ 柔弱勝剛强：《道藏》本作"柔勝剛，弱勝强"。《經解》本同。
④ "不可"下，《道藏》本有"以"字。
⑤ 國：明鈔本同。《經解》本作"邦"。
⑥ 物：原本作"利"，據《經解》本改。
⑦ "方其"前，《道藏》本有"然"字。其：《經解》本無。
⑧ 前：《道藏》本、《經解》本作"全"，誤。
⑨ "哉"上，《道藏》本、《經解》本有"也"字。
⑩ "无所"前，《經解》本有"道常者"三字。

聖人以无爲化物，化之始于无爲而爲①，而漸至于作。譬如嬰兒之長，人僞日起，故三代之衰，人情之變日以益甚②。方其欲作，而上之人與天下皆靡，故其變至有不可勝言者。苟其方作而不爲之動，終以无名之朴鎮之，庶幾可得而止也。

无名之朴，亦將不欲，不欲以靜，天下將自定③。

聖人中无抱朴之念，外无抱朴之迹，故朴全而用大。苟欲朴之心尚存于胷中，則失之遠矣。

① "化之"前，《道藏》本、明鈔本有"萬物"二字。而爲：《道藏》本、《經解》本無。
② 益：《經解》本作"滋"。
③ 定：《道藏》本、《經解》本作"正"。

老子解卷二

德　經

上德不德章第三十八

上德不德，是以有德；下德不失德，是以無德。

聖人從心所欲不踰矩，非有意于德，而德自足。其下知德之貴，勉强以求不失，蓋僅自完耳。而何德之有？

上德无爲而无以爲，下德爲之而有以爲。

无爲而有以爲之，則猶有爲也。惟无爲而无以爲者①，可謂无爲矣。其下非爲不成，然猶有以爲之，非徒作而无術者也。

上仁爲之而无以爲，上義爲之而有以爲。

仁義皆不免于爲之矣，其所以異者，仁以无以爲爲勝，義以有以爲爲功耳。德有上下，而仁義有上无下，何也？下德在仁義之間，而仁義之下者，不足復言故也。

上禮爲之而莫之應，則攘臂而仍之。

自德以降而至于禮，聖人之所以齊民者極矣，故爲之而不應，則至于攘臂而强之，强之而又不應，于是刑罰興而兵甲起②，則徒作而无術矣。

故失道而後德，失德而後仁③，失仁而後義，失義而後禮。夫禮者，忠信之薄而亂之首④。

忠信而无禮則忠信不見，禮立而忠信之美發越于外。君臣父子之間，夫婦朋友之際，其外燦然，而中无餘矣⑤。故順之則治，違之則亂，治亂之相去，其間不能以髮，故曰"亂之首"也。

前識者，道之華而愚之始⑥。

聖人玄覽萬物，是非得失畢陳于前，如鑑之照形，无所不見。而孰爲前後？世人

---

① "以爲"下，《道藏》本有"之"字。
② 兵甲：《道藏》本作"甲兵"。
③ 失：《道藏》本作"後"。
④ "首"下，《經解》本有"也"字。
⑤ "而"下，《道藏》本有"其"字。
⑥ "始"下，《道藏》本、《經解》本有"也"字。

视止于目，聽止于耳，思止于心，冥行于萬物之間，役智以求識，而偶有見焉，雖自以爲明，而不知至愚之自始也①。

是以大丈夫處其厚不居其薄②，處其實不居其華③，故去彼取此。

世之鄙夫，樂其有得于下而忘其上，故喜薄而遺厚，采華而棄實，非大丈夫孰能去彼取此？

昔之得一者章第三十九

昔之得一者，天得一以清，地得一以寧，神得一以靈，谷得一以盈，萬物得一以生，侯王得一以爲天下貞④。

一，道也，物之所以得爲物者，皆道也。天下之人見物而忘道，天知其清而已，地知其寧而已，神知其靈而已，谷知其盈而已，萬物知其生而已，侯王知其爲天下貞而已⑤。不知其所以得此者，皆道存焉耳。

其致之，一也⑥。天無以清將恐裂，地無以寧將恐發，神無以靈將恐歇，谷無以盈將恐竭，萬物無以生將恐滅，侯王無以貞而貴高將恐蹶。

致之言極也，天不得一未遽裂也，地不得一未遽發也，神不得一未遽歇也，谷不得一未遽竭也⑦，萬物不得一未遽滅也，侯王不得一未遽蹶也。然其極必至此耳⑧。

故貴以賤爲本，高以下爲基。

天地之大，侯王之貴，皆一之致。夫一果何物也？視之不見，執之不得，則亦天地之至微也⑨。此所謂賤且下也。

是以侯王自謂孤、寡、不穀，此其以賤爲本耶？非乎？

昔之爲此稱者⑩，亦舉其本而遺其末耳。

故致數車無車⑪，不欲琭琭如玉⑫，落落如石。

────────

① "自"下，《道藏》本有"是"字。
② 居：《經解》本同。《道藏》本作"處"。
③ 處：《經解》本同。《道藏》本作"居"。
④ 貞：明鈔本作"真"。
⑤ 貞而：明鈔本無。
⑥ 一也：《道藏》本無。
⑦ 谷不得一未遽竭也：原本無，據《道藏》本補。
⑧ "至"下，《道藏》本、明鈔本有"于"字。
⑨ 天地：《道藏》本作"天下"。
⑩ "昔之"前，明鈔本有"本也"二字。《經解》本同。爲此：《經解》本無。"稱"下，《經解》本有"孤寡不穀"四字。
⑪ 兩"車"字，《道藏》本、《經解》本俱作"輿"。
⑫ 琭琭：《道藏》本作"碌碌"。下同。

輪、輻、蓋、軫、衡、軛、轂、轊，會而爲車，物物可數，而車不可數，然後知无有之爲車。所謂无之以爲用者也。然則天地將以大爲天地耶？侯王將以貴爲侯王耶？大與貴之中有一存焉，此其所以爲天地、侯王者，而莫或知之耳①。故一處貴而非貴，處賤而非賤，非若玉之琭琭，貴而不能賤，石之落落，賤而不能貴也。

反者道之動章第四十

反者道之動，
　　復性則靜矣，然其寂然不動，感而遂通天下之故。則動之所自起也。
弱者道之用，
　　道无形无聲，天下之弱者莫如道，然而天下之至強莫加焉，此其所以能用萬物也。
天地萬物生于有②，有生于无。
　　世不知靜之爲動，弱之爲強，故告之以物之所自生者。蓋天下之物，聞有母制子③，未聞有以子制母者也④。

上士聞道章第四十一

上士聞道，勤而行之；中士聞道，若存若亡；下士聞道，大笑之。不笑不足以爲道。
　　道非形不可見，非聲不可聞。不先知萬物之妄，廓然无蔽，卓然有見，未免于不信也。故下士聞道，以爲荒唐謬悠而笑之；中士聞道，與了存亡出沒而疑之；惟了然見之者，然後勤行服膺而不怠。孔子曰："語之而不惰者，其回也與？"斯所謂上士也哉！
故建言者有之⑤，
　　建，立也。古之立言者有是說，而老子取之。下之所陳者是也。
明道若昧，
　　无所不照，而非察也。
進道若退，
　　若止不行，而天下之速者莫之或先也。

---

① "而"下，《經解》本有"人"字。
② 天地萬物：《經解》本同。《道藏》本作"天下之物"。
③ 有：《經解》本無。"有"下，《道藏》本有"以"字。
④ "未"前，《道藏》本有"而"字。"有"：《經解》本無。
⑤ 故：《道藏》本、明鈔本無。者：《道藏》本、《經解》本無。

夷道若類，
  或夷或類，所至則平，而未嘗削也。
上德若谷，
  上德不德，如谷之虛也。
大白若辱，
  使白而不受汙①，此則不屑不潔之士②，而非聖人也。
廣德若不足，
  廣大而不可復加③，則止于此而已，非廣也。
建德若偷，
  因物之自然而无立者④，外若偷惰而實建也。
質真若渝，
  體聖抱神⑤，隨物變化，而不失其貞者，外若渝也。
大方无隅，
  全其大方⑥，不小立圭角也。
大器晚成，
  器大不可近用也⑦。
大音希聲，
  非耳之所得聞也。
大象无形，
  非目之所得見也⑧。
道隱无名，夫惟道善貸且成。
  道之所寓⑨，无所不見。凡此十二者，皆道之見于事者也。而道之大全，則隱于无名，惟其所寓，推其有餘，以貸不足，物之賴之以成者如此。

---

①　"使白"前，《經解》本有"大白若辱者"五字。
②　不屑不潔：《道藏》本作"不潔不屑"。
③　"廣大"前，《經解》本有"廣德若不足者"六字。
④　"因物"前，《經解》本有"建德若偷"四字。无立：《道藏》本、《經解》本作"无所立"。
⑤　"體聖"前，《經解》本有"質真若渝"四字。聖：明鈔本作"惟"。"聖"：《道藏》本作"性"。
⑥　"全其"前，《經解》本有"大方无隅"四字。
⑦　"器大"前，《經解》本有"大器晚成"四字。
⑧　"非目"前，《經解》本有"大象无形"四字。
⑨　寓：《道藏》本作"遇"。下同。

道生一章第四十二

道生一，一生二，二生三，三生萬物。萬物負陰而抱陽，沖氣以爲和。
  夫道非一非二，及其與物爲偶，道一而物不一，故以一名道。然而道則非一也，一與一爲二，二與一爲三，自是以往，而萬物生。物雖有萬不同，而莫不負陰抱陽。"沖氣以爲和"者，蓋物生于三，而三生于一，理之自然也。

人之所惡，惟孤、寡、不穀，而王公以爲稱。
  世之人不知萬物之所自生，莫不賤寡小而貴重大，然王公之尊，而自稱孤、寡、不穀，古之達者蓋已知之矣。

故物或損之而益①，或益之而損，人之所教，我亦教之。強梁者不得其死，吾將以爲教父。
  世以柔弱爲損，強梁爲益，不知其非也。故將使天下之教者，皆以此教之曰："不見強梁者之不得其死乎？"強梁，妄之極也，人知強梁不免于死，則知妄之不可爲；妄之不可爲，而後可與語道矣。故曰"吾將以爲教父"②。

天下之至柔章第四十三

天下之至柔，馳騁天下之至堅，无有入无間③，吾是以知无爲之有益。
  以堅御堅，不折則碎；以柔御堅，柔亦不靡，堅亦不病。求之于物，則水是也。以有入有，捍不相受；以无入有，无未嘗勞，有未嘗覺。求之于物，則鬼神是也。是以聖人惟能无爲，故能役使衆強，出入群有。

不言之教，无爲之益，天下希及之。

名與身章第四十四

名與身孰親，身與貨孰多。
  先身而後名，貴身而賤貨，猶未爲忘我也。忘我者身不有④，而況于名與貨乎？然貴以身爲天下，非忘我不能。故使天下知名之不足親，貨之不足多，而後知貴身；知貴身，而後知忘我。此老子之意也。

---

  ① 故：《道藏》本無。物：原本無，據王弼本、魏源《本義》補。
  ② "世以柔弱"至"故曰吾將以爲教父"，原本、《經解》本無，據《道藏》本、明鈔本補。
  ③ "入"下，魏源《本義》、《經解》本有"于"字。
  ④ "忘我"前，《道藏》本、明鈔本有"夫"字。"身"下，《道藏》本、《經解》本有"且"字。

得與亡孰病，

　　不得者以亡爲病，及其既得而患失，則病又有甚于亡者。惟齊有无，均得喪，而後无病也。

甚愛必大費①，多藏必厚亡。

　　愛甚則凡可以求之者②，无所不爲，能无費乎？藏之多則攻之者必衆，能无亡乎？

知足不辱，知止不殆，可以長久。

大成若缺章第四十五

大成若缺，其用不弊；大盈若沖，其用不窮。

　　天下以不缺爲成，故成必有弊；以不虛爲盈，故盈必有窮。聖人要于大成，而不卹其缺；期于大盈，而不惡其沖。是以成而不弊，盈而不窮也。

大直若屈，大巧若拙，大辯若訥。

　　直而不屈，其直必折，循理而行，雖曲而直。巧而不拙，其巧必勞，付物自然，雖拙而巧。辯而不訥，其辯必窮③；因理而言，雖訥而辯。

躁勝寒，静勝熱，清淨爲天下正④。

　　成而不缺，盈而不沖，直而不屈，巧而不拙，辯而不訥，譬如躁之不能静、静之不能躁耳。夫躁能勝寒而不能勝熱，静能勝熱而不能勝寒，皆滯于一偏，而非其正也。惟无泊然清淨，不染于一，非成非缺，非盈非沖，非直非屈，非巧非拙，非辯非訥，而後无所不勝，可以爲天下正矣。

天下有道章第四十六

天下有道，却走馬以糞。

　　天下各安其分，則不爭而自治，故却走馬而糞田。

天下無道，戎馬生于郊。罪莫大于可欲，禍莫大于不知足，咎莫大于欲得。

　　以其可欲者示人，固有罪矣，而不足其足者，其禍又甚；所欲必得者，其咎最大。匹夫有一于身，患必及之；侯王而爲是，則戎馬之所自起也。

故知足之足，常足⑤；

---

① "甚愛"前，《道藏》本有"是故"二字。
② "愛"下，《道藏》本有"之"字。
③ 辯而不訥其：明鈔本無。
④ 淨：《經解》本作"静"。
⑤ "足"下，《經解》本有"矣"字。

知足者，所寓而足①，故无不足也②。

不出户章第四十七

不出户，知天下；不窺牖，見天道。其出彌遠，其知彌少。

性之爲體，充遍宇宙，无遠近古今之異。古之聖人，其所以不出户牖而无所不知者，特其性全故耳。世之人爲物所蔽，性分于耳目，内爲身心之所紛亂，外爲山河之所障塞。見不出視，聞不出聽，户牖之微，能蔽而絶之。不知聖人復性而足，乃欲出而求之，是以彌遠而彌少也。

是以聖人不行而知，不見而名，不爲而成。

性之所及，非特能知能名而已。蓋可以因物之自然，不勞而成之矣。

爲學日益章第四十八

爲學日益，

不知道而務學，聞見日多，而无以一之，未免爲累也③。孔子曰："多聞，擇其善者而從之，多見而識之。"知之次也。

爲道日損，

苟一日知道，顧視萬物④，无一非妄。去妄以求復性，是謂之損⑤。孔子謂子貢曰："女以予爲多學而識之者與⑥？"曰："然。非與？"曰："非也。予一以貫之。"

損之又損，以至于无爲，无爲而无不爲⑦。

去妄以求復性，可謂損矣，而去妄之心猶存。及其兼忘此心，純性而无餘，然後无所不爲，而不失于无爲矣。

取天下常以无事，及有事⑧，不足以取天下。

人皆有欲取天下之心，故造事而求之；心見于外，而物惡之，故終不可得。聖人无爲故无事，其心見于外而物安之，雖不取天下，而天下歸之矣。

---

① 寓：《道藏》本、明鈔本作"遇"。
② 也：《經解》本無。
③ 累：《道藏》本、明鈔本作"學者"。
④ 視：明鈔本作"親"，誤。
⑤ 是謂之損：《道藏》本、明鈔本作"而性實无幾"。
⑥ "女"前，《道藏》本有"賜也"二字。
⑦ "不爲"下，《經解》本有"矣"字。
⑧ "及"下，《道藏》本有"其"字。

聖人无常心章第四十九

聖人无常心，以百姓之心爲心。善者吾善之，不善者吾亦善之，德善①。信者吾信之，不信者吾亦信之，德信②。

　　虚空无形，因萬物之形以爲形。在方爲方，在圓爲圓，如使空自有形，則何以形萬物哉！是以聖人无心，因百姓之心以爲心。无善不善皆善之，无信不信皆信之。善不善在彼，吾之所以善之者③，未嘗渝也，可謂德善矣。信不信在彼，而吾之所以信者④，未嘗變也，可謂德信矣。不然，善善而棄不善，信信而棄不信，豈所謂常善救人故无棄人哉！

聖人在天下⑤，慄慄爲天下渾其心，百姓皆注其耳目，聖人皆孩之。

　　天下善惡信僞，方各自是，以相非相賊，不知所定。聖人憂之，故慄慄爲天下渾其心。无善惡，无信僞，皆以一待之。彼方注其耳目，以觀聖人之與奪⑥，而吾一以嬰兒遇之。于善无所喜，于惡无所嫉，夫是以善者不矜，惡者不慍，釋然皆化，而天下始定矣。

出生入死章第五十

出生入死，

　　性无生死，出則爲生，入則爲死。

生之徒十有三，死之徒十有三，人之生，動之死地亦十有三⑦。

　　用物取精以自滋養者，生之徒也；聲色臭味以自戕賊者，死之徒也。二者既分，生死之道矣。吾又知作而不知休⑧，知言而不知默⑨，知思而不知忘，以趣于盡，則所謂動而之死地者也。生死之道，以十言之，三者各居其三矣，豈非生死之道九，而不生不死之道一而已矣⑩。不生不死，則《易》所謂"寂然不動"者也。老子言其九不言其一，使人自得之，以寄无思无爲之妙也。

---

① "善"下，《道藏》本、明鈔本、《經解》本有"矣"。
② "信"下，《道藏》本、明鈔本、《經解》本有"矣"。
③ "吾"上，《道藏》本、明鈔本有"而"字。
④ "信"下，《道藏》本有"之"字。
⑤ "聖人"下，《道藏》本有"之"字。
⑥ 與：《道藏》本、《經解》本作"予"。
⑦ "地"下，經解有"者"字，明鈔本無。亦：明鈔本無，《道藏》本作"一"。
⑧ 休：明鈔本無。
⑨ 知言而不知：明鈔本無。
⑩ 矣：《道藏》本作"乎"。

夫何故？以其生生之厚。

  有生則有死，故生之徒即死之徒也①。人之所賴于生者厚，則死之道常十九。

蓋聞善攝生者，陸行不遇兕虎，入軍不避甲兵②。兕無所投其角，虎無所措其爪，兵無所容其刃。夫何故？以其無死地。

  聖人常在不生不死中，生地且無，焉有死地哉？

道生之章第五十一

道生之，德畜之，物形之，勢成之。

  道者萬物之母，故生萬物者道也。及其運而爲德，牧養羣衆而不辭，故畜萬物者德也。然而道德則不能自形，因物而後形見；物則不能自成，遠近相取，剛柔相交，積而爲勢，而後興亡治亂之變成矣。

是以萬物莫不尊道而貴德。

  形雖由物，成雖由勢，而非道不生，非德不畜，是以尊道而貴德。尊如父兄，貴如侯王，道無位而德有名故也。

道之尊，德之貴，夫莫之命③，而常自然。

  恃爵而後尊貴者，非實尊貴也。

故道生之，德畜之④，長之育之，成之熟之⑤，養之覆之，生而不有，爲而不恃，長而不宰，是謂玄德。

天下有始章第五十二

天下有始，以爲天下母。

  无名天地之始，有名萬物之母。道方无名，則物之所資始也。及其有名，則物之所資生也。故謂之始，又謂之母。其子則萬物也。

既知其母⑥，復知其子⑦；既生其子，復守其母，没身不殆⑧。

  聖人體道以周物，譬如以母知其子⑨，了然无不察也。雖其智能周之，然而未嘗

---

① 即：《道藏》本作"則"。
② 避：《道藏》本、明鈔本作"被"。
③ 命：原校"一作爵"。《道藏》本、《經解》本作"爵"。
④ 德：《道藏》本、《經解》本無。
⑤ 成：明鈔本同，《經解》本作"亭"。熟：明鈔本同，《經解》本作"毒"。
⑥ 知：原校"一作得"。《道藏》本、《經解》本作"得"。
⑦ 復：原校"一作以"。《道藏》本、《經解》本作"以"。
⑧ 没：《經解》本作"殁"。
⑨ 其：《道藏》本無。

以物忘道，故終守其母也。

塞其兑，閉其門，終身不勤；開其兑，濟其事，終身不救。

  天下皆具此道，然常患忘道而徇物①。目悦于色，耳悦于聲，開其悦之之心，而以其事濟之，是以終身而陷溺不能救②。夫聖人之所以終身不勤者，惟无塞而閉之，未嘗出而徇之也。

見小曰明，

  悦之爲害，始小而浸大。知小之將大而閉之，可謂明矣。

守柔曰强，

  趨其所悦而不顧，自以爲强而非强也。惟无見悦而知畏之者，可謂强矣。

用其光，復歸其明，无遺身殃，是謂習常③。

  世人開其所悦，以身徇物，往而不反。聖人塞而閉之，非絶物也，以神應物，用其光而已，身不與也。夫耳之能聽，目之能見④，鼻之能臭，口之能嘗，身之能觸，心之能思，皆所謂光也。蓋光與物接，物有去而明无損，是以應萬變而不窮，殃不及于其身。故其常性湛然，相襲而不絶矣。

使我介然章第五十三

使我介然有知，行于大道，惟无施是畏。

  體道者无知无行，无所施設，而物自化。今介然有知，而行于大道，則有施設建立⑤，非其自然，有足畏者矣。

大道甚夷，而民好徑⑥。

  大道夷易，无有險阻，世之不知者，以爲迂遠⑦，而好徑以求捷，故凡舍其自然，而有所施設者，皆欲速者也。

朝甚除，田甚蕪，倉甚虛，服文綵，帶利劍，厭飲食，財貨有餘⑧，是謂盜夸。非道哉⑨！

  俗人昭昭，我獨若昏；俗人察察，我獨悶悶。豈復飾末廢本，以施設爲事，夸以誨盜哉！

---

① 徇：《經解》本作"狥"。
② 而：《道藏》本無。
③ 習：原校"一作襲"。《道藏》本、《經解》本作"襲"。
④ 見：《道藏》本作"視"。
⑤ 有：《道藏》本"无所"。
⑥ 而：《道藏》本無。"民"下，《道藏》本有"甚"字。
⑦ 遠：《道藏》本、明鈔本作"緩"。
⑧ 財貨：《道藏》本作"貨財"。《道藏》本句句首有"資"字。《經解》本作"資貨"。
⑨ "哉"上，《道藏》本、明鈔本有"也"字。

善建不拔章第五十四

善建者不拔，善抱者不脱，子孫祭祀不輟。

　　世豈有建而不拔，抱而不脱者乎？惟无聖人知性之真，審物之妄，捐物而修身，其德充積。實无所立，而其建有不可拔者；實无所執，而其抱有不可脱者。故至其子孫，猶以祭祀不輟也。

修之于身①，其德乃真；修之于家，其德有餘②；修之于鄉，其德乃長；修之于邦③，其德乃豐；修之于天下，其德乃普。

　　身既修，推其餘以及外，雖至于治天下可也。

故以身觀身，以家觀家，以鄉觀鄉，以邦觀邦，以天下觀天下。吾何以知天下之然哉，以此。

　　天地外者，世俗所不見矣，然其理可推而知也。修身之至，以身觀身，以家觀家，以鄉觀鄉，以邦觀邦，皆吾之所及知也。然安知聖人以天下觀天下，亦若吾之以身觀身乎④？豈身可以身觀，而天下獨不可以天下觀乎？故曰："吾何以知天下之然哉，以此。"言亦以身知之耳。

含德之厚章第五十五

含德之厚，比于赤子。

　　老子之言道德，每以嬰兒況之者，皆言其體而已，未及其用也。夫嬰兒泊然无欲⑤，其體則至矣⑥，然而物來而不知應，故未可以言用也。

毒蟲不螫，猛獸不據，攫鳥不搏。

　　道无形體，物莫得而見也，況可得而傷之乎？人之所以至于有形者，由其有心也。故有心而後有形，有形而後有敵，敵立而傷之者至矣。无心之人，物无與敵者，而曷由傷之？夫赤子所以至此者⑦，惟无无心也。

骨弱筋柔而握固，未知牝牡之合而峻作，精之至也⑧。

　　无執而自握，无欲而自作，是以知其精有餘而非心也。

---

① 于：此章諸"于"字，《道藏》本、明鈔本皆無。
② 有：《道藏》本、《經解》本作"乃"。
③ 邦：此章諸"邦"字，《道藏》本、明鈔本俱作"國"。
④ 亦：《道藏》本、明鈔本作"不"。
⑤ "夫"前，《道藏》本有"今"字。
⑥ 則：《道藏》本、明鈔本作"之者"。
⑦ "赤子"下，《道藏》本有"之"字。
⑧ 也：《道藏》本、明鈔本無。

終日號而嗌不嗄①，和之至也②。

  心動則氣傷，氣傷則號而啞③。終日號而不啞，是以知其心不動，而氣和也。

知和曰常，

  和者，不以外傷内也。復命曰常，遇物而知反其本者也。"知和曰常"，得本以應萬物者也。其實一道也，故皆謂之常。

知常曰明，益生曰祥，

  生不可益，而欲益之，則非其正矣，祥妖也④。

心使氣曰强，

  氣惡妄作，而又以心使之，則强梁甚矣。

物壯將老⑤，謂之不道⑥，不道早已。

  益生使氣，不能聽其自然，日入于剛强，而老從之，則失其赤子之性矣。

知者不言章第五十六

知者不言，言者不知。塞其兌，閉其門，挫其鋭，解其紛，和其光，同其塵，是謂玄同。

  道非言説，亦不離言説，然能知者未必言，能言者未必知。惟无塞兌、閉門，以杜其外，挫鋭、解紛、和光、同塵，以治其内者，默然不同⑦，而與道同也。

故不可得而親⑧，亦不可得而疏⑨；不可得而利，亦不可得而害；不可得而貴，亦不可得而賤。故爲天下貴。

  可得而親則亦可得而踈，可得而利則亦可得而害，可得而貴則亦可得而賤。體道者均覆萬物，而孰爲親疏？等觀逆順，而孰爲利害？不知榮辱，而孰爲貴賤？情計之所不及，此所以爲天下貴也⑩。

---

  ① 嗌：《道藏》本、《經解》本無。魏源《老子本義》亦无"嗌"字，校曰："號而不嗄，《釋文》作'聲不嗄'。云'聲當作噫'。傅奕本作'號而嗌不嗄'。彭耜云：'《莊子》有嗌不嗄之語，故後人據增嗌字。《玉篇》引《老子》作號而不嗄。'"知《經解》本用字多從傅本。

  ② 也：明鈔本、《道藏》本無。

  ③ 啞：《道藏》本作"嗄"。下同。

  ④ 祥妖也：明鈔本叠"祥妖也"三字。

  ⑤ "老"下，明鈔本有"是"字。將：《道藏》本作"則"。

  ⑥ 之：《道藏》本、明鈔本無。《道藏》本句句首有"是"字。

  ⑦ 默：明鈔本叠"默"字。同：《道藏》本、明鈔本作"言"。

  ⑧ 故：《經解》本無。

  ⑨ 亦：此節諸"亦"字，《道藏》本、明鈔本、《經解》本俱無。

  ⑩ 爲：《道藏》本、明鈔本無。

以正治國章第五十七

以正治國，以奇用兵，以无事取天下。
  古之聖人柔遠能邇，无意于用兵，惟无不得已然後有征伐之事。故以治國爲正，以用兵爲奇。雖然，此亦未足以取天下。天下神器不可爲也，爲者敗之，執者失之。惟无體道者，廓然无事，雖不取天下而天下歸之矣。

吾何以知其然哉①？以此②。天下多忌諱，而民彌貧。
  人王多忌諱③，下情不上達，則民貧而无告④。

民多利器，國家滋昏；
  利器，權謀也。明君在上，常使民无知无欲，民多權謀，則其上眩而昏矣。

人多技巧⑤，奇物滋起；
  人不務本業而趨末技⑥，則非常无益之物作矣。

法令滋彰⑦，盜賊多有；
  患人之詐僞，而多爲法令以勝之，民无所措手足，則日入于盜賊矣。

故聖人云："我无爲而民自化，我好靜而民自正，我无事而民自富，我无欲而民自朴。"

其政悶悶章第五十八

其政悶悶，其民醇醇⑧，其政察察，其民缺缺。禍兮福之所倚⑨，福兮禍之所伏，孰知其極？其无止⑩，正復爲奇，善復爲妖⑪。人之迷，其日固久⑫。
  天地之大，世俗之見有所眩而不知也。蓋福倚于禍，禍伏于福。譬如晝夜寒暑之

---

① 其：《經解》本、明鈔本作"天下之"。魏源《老子本義》同。
② 以此：《道藏》本、《經解》本無。
③ 人王：諸本同，疑爲"人主"之誤。
④ "告"下，《道藏》本、明鈔本有"矣"字。
⑤ 技：《道藏》本作"伎"。下同。
⑥ 務：《道藏》本、明鈔本作"敦"。
⑦ 彰：《道藏》本、《經解》本作"章"。
⑧ 醇醇：《道藏》本、《經解》本作"淳淳"。
⑨ 此及下句"之"字，《道藏》本、《經解》本皆無。
⑩ 止：明鈔本同。《道藏》本、《經解》本作"正邪"。
⑪ 妖：明鈔本作"媄"。
⑫ 人：《道藏》本、《經解》本作"民"。"迷"下，《經解》本有"也"字。"久"下，《經解》本有"矣"字。

相代，正之爲奇，差之爲妖①；譬如老穉生死之相繼，未始有止②，而迷者不知也。夫惟聖人出于萬物之表，而攬其終始③，得其大全而遺其小察，視之悶悶，若无所明，而其民醇醇④，各全其性矣。若夫世人不知道之全體，以耳目之所知爲至⑤。彼方且自以爲福，而不知禍之伏于後⑥。方且自以爲善，而不知妖之起于中⑦。區區以察爲明，至于察甚傷物，而不悟其非也。可不哀哉！

是以聖人方而不割，廉而不劌，直而不肆，光而不耀。

知小察之不能盡物，是以雖能方、能廉、能直、能光，而不用其能。恐其陷于一偏而不反也。此則世俗所謂悶悶也。

治人事天章第五十九

治人事天，莫若嗇。夫惟嗇，是謂早服，早服謂之重積。德重積德，則无不剋，无不剋則莫知其極，莫知其極可以有國，有國之母可以長久。

凡物方則割，廉則劌，直則肆，光則耀。惟无聖人方而不割，廉而不劌，直而不肆，光而不耀。此謂嗇也⑧。夫嗇者，有而不用者也。世患无以服人，苟誠有而能嗇，雖未嘗與物較，而物知其非不能也，則其服之早矣。物既已服，斂藏而用，至于沒身而終不試，則德重積矣。德積既厚，雖天下之剛強，无不能剋，則物莫測其量矣。如此而後可以有國。彼世之小人，有尺寸之柄而輕用之，一試不服，天下測知其深淺而爭犯之，雖欲保其國家，不可得也⑨。吾是以知嗇之可以有國，可以有國，則有國之母也。

是謂深根固蔕⑩、長生久視之道。

孟子曰："盡其心⑪，養其性，所以事天也。"以嗇治人，則可以有國者是也；以嗇事天，則深根固蔕者是也。古之聖人，保其性命之常，不以外耗內，則根深而不可拔，蔕固而不可脫。雖以長生久視可也。蓋治人事天，雖有內外之異，而莫若嗇則一也。

---

① "譬如晝"至"差之爲妖"，原本、《經解》本無，據《道藏》本、明鈔本補。
② 譬如老穉生死之相繼未始有：明鈔本無。止：《道藏》本作"正"。
③ 攬：《道藏》本、明鈔本作"覽"。
④ 醇醇：《經解》本作"淳淳"。
⑤ "至"下，明鈔本有"矣"字。
⑥ "于"下，《道藏》本有"其"字。
⑦ "于"下，《道藏》本有"其"字。
⑧ "此"下，《道藏》本、《經解》本有"所"字。
⑨ "不可"前，《道藏》本有"而"字。
⑩ 蔕：《經解》本作"柢"。
⑪ 盡：原本作"存"，據《孟子》本文、《道藏》本、明鈔本改。《經解》本作"存"。

治大國章第六十

治大國若烹小鮮，

烹小鮮者不可撓，治大國者不可煩，煩則人勞，撓則魚爛。

以道莅天下①，其鬼不神。

聖人无爲，使人各安其自然，外无所煩②，內无所畏。則物莫能侵，雖鬼无所用神矣。

非其鬼不神，其神不傷人；非其神不傷人③，聖人亦不傷人。

非其鬼之不神，亦有神而不傷人耳④。非神之不傷人⑤，聖人未嘗傷人，故其鬼无能爲耳⑥。

夫兩不相傷，故德交歸焉。

人鬼所以不相傷者⑦，由上有聖人耳⑧，故德交歸之。

大國者下流章第六十一

大國者下流，

天下之歸大國，猶衆水之趨下流也。

天下之交，天下之牝，牝常以靜勝牡，以靜爲下。

衆動之赴靜，猶泉高之赴下也⑨。

故大國以下小國則取小國，小國以下大國則取大國⑩。

大國能下則小國附之，小國能下則大國納之。

故或下以取，或下而取。

大國下以取人，小國下而取于人。

---

① 莅：《道藏》本作"蒞"。
② 煩：《道藏》本、明鈔本作"求"。
③ 非：明鈔本作"亦"。
④ 亦：《道藏》本作"非"。
⑤ 非：《道藏》本作"亦"。
⑥ 其：《道藏》本無。
⑦ "鬼"下，《道藏》本有"之"字。
⑧ 耳：明鈔本同，《經解》本作"也"。
⑨ 泉：《道藏》本、《經解》本作"衆"。
⑩ 以：《經解》本作"而"。

大國不過欲兼畜人，小國不過欲入事人。夫兩者各得其所欲①，大者宜爲下②。

道者萬物之奧章第六十二

道者萬物之奧，善人之寶，不善人之所保。美言可以市，尊行可以加人。人之不善，何棄之有？

  凡物之見于外者，皆其門堂也。道之在物，譬如其奧，物皆有之，而人莫之見耳。夫賢者得而有之③，故曰"善人之寶"。愚者雖不能有，然而非道則不能安也，故曰"不善人之所保"。蓋道不遠人，而人則遠之。今誠有人美言之，則可以爲市于世尊，行之則可以加于人矣。朝爲不義，而夕聞大道，妄盡而性復，雖欲指不善④，不可得也。而又安可棄之哉！

故立天子，置三公，雖有拱璧以先駟馬，不如坐進此道。

  立天子置三公，將以道救人耳，雖有拱璧之貴、駟馬之良而進之，不如進此道之多也。

古之所以貴此道者何也⑤？不曰求以得，有罪以免耶？故爲天下貴。

  道本在我，人患不求，求則得之矣。道無功罪，人患不知，知則凡罪不能汙也⑥。

爲无爲章第六十三

爲无爲，事无事，味无味，大小多少，報怨以德。

  聖人爲无爲，故无所不爲；事无事，故无所不事；味无味，故无所不味。其于大小多少，一以道遇之而已。蓋人情之所不忘者，怨也，然及其愛惡之情忘，則雖報怨猶報德也。

圖難于其易，爲大于其細。天下難事必作于易，天下大事必作于細，是以聖人終不爲大，故能成其大。夫輕諾必寡信，多易必多難，是以聖人猶難之⑦，故終无難。

  世人莫不畏大而侮小，難多而易少，至于難而後圖，大而後爲，則事常不濟矣。聖人齊大小、一多少，无所不畏，无所不難，而安有不濟者哉！

---

① 夫：《道藏》本無。
② "大"上，《道藏》本、《經解》本有"故"字。
③ "夫"下，《道藏》本有"惟"字，《經解》本有"唯"字。
④ 指：原本作"揩"，據《道藏》本改。又《道藏》本、《經解》本"指"下有"其"字。
⑤ 也：《道藏》本、《經解》本無。
⑥ 罪：明鈔本作"聖"。
⑦ 猶：《道藏》本、明鈔本作"由"。

其安易持章第六十四

其安易持，其未兆易謀；其脆易破①，其微易散。爲之于未有，治之于未亂。
  方其未有，持而謀之足矣；及其將然，非泮而散之不去也。然猶愈于既成也，故爲之于未有者上也，治之于未亂者次也。

合抱之木，生于毫末②；九層之臺③，起于累土；千里之行，始于足下。爲者敗之，執者失之，聖人无爲故无敗④，无執故无失。
  治亂禍福之來⑤，皆如彼三者，積小成大⑥。聖人待之以无爲，守之以无執，故能使福自生，使禍自亡。譬如種苗，深耕而厚耔之⑦，及秋自穰。譬如被盜，危坐而熟視之，盜將自卻。世人不知物之自然，以爲非爲不成，非執不留，故常與禍爭勝，與福生贅，是以禍至于不救，福至于不成，蓋其理然也。

民之從事，常于幾成而敗之。慎終如始，則无敗事。
  聖人知有爲之害，不以人助天，始終皆因其自然，故無不成者。世人心存于得喪，方事之微，猶有不知而聽其自然者；及見其幾成而重失之，則未有不以爲敗之者矣。故曰"慎終如始，則无敗事"。

是以聖人欲不欲，不貴難得之貨；學不學，復衆人之所過，以輔萬物之自然，而不敢爲。
  人皆徇其所欲以傷物，信其所學以害理，聖人非无欲也，欲而不欲，故雖欲而不傷于物。非无學也，學而不學，故雖學而不害于理。然後内外空明，廓然无爲，可以輔萬物之自然，而待其自成矣。

古之善爲道者章第六十五

古之善爲道者，非以明民，將以愚之。
  古之所謂智者，知道大全⑧，而攬于物之終始⑨，乃故足貴也⑩。凡民不足以知此

---

① 破：《道藏》本、明鈔本作"泮"，《經解》本作"判"。
② 毫：《經解》本作"豪"。
③ 層：《經解》本作"成"。
④ "聖人"前，《道藏》本、《經解》本有"是以"二字。
⑤ "治"上，《經解》本有"木也臺也行也積小成大"十字。
⑥ 積小成大：明鈔本同，《經解》本无。《道藏》本作"積小以成大"。
⑦ 耔：《經解》本作"耘"。
⑧ "知道"下，《道藏》本有"之"字。
⑨ 攬：《道藏》本、《經解》本作"覽"。
⑩ 乃：《道藏》本、《經解》本无。

而溺于小智，以察爲明，則智之害多矣。故聖人以道治民，非以明之，將以愚之耳。蓋使之无知无欲，而聽上之所爲①，則雖有過亦小矣。

民之難治，以其智多。以智治國②，國之賊；

吾以智御人③，人亦以智應之，而上下交相賊矣④。

不以智治國，國之福。知此兩者亦楷式，常知楷式⑤，是謂玄德。玄德深矣遠矣，與物反矣，乃至于大順⑥。

吾之所貴者德也，物之所貴者智也。德與智固相反，然智之所順者小，而德之所順者大也⑦。

江海爲百谷王章第六十六

江海所以能爲百谷王者，以其善下之，故能爲百谷王。是以聖人欲上民⑧，必以言下之⑨；欲先民，必以身後之。

聖人非欲上人，非欲先人也，蓋下之後之，其道不得不上且先耳。

是以聖人處上而民不重⑩，處前而民不害⑪，是以天下樂推而不厭。以其不爭，故天下莫能與之爭。

天下皆謂章第六十七

天下皆謂我大似不肖⑫，夫惟大故似不肖，若肖，久矣其細⑬。

夫道曠然无形⑭，頹然无名，充遍萬物，而與物无一相似。此其所以爲大也。若

---

① "上"下，明鈔本有"下"字。
② "以智"前，《道藏》本有"故"字。
③ 吾：明鈔本同，《經解》本作"苟"。
④ 而：明鈔本同，《經解》本作"則"。矣：明鈔本同，《經解》本作"耳"。交相：《經解》本作"相交"。
⑤ "常"前，《道藏》本、《經解》本作"能"。
⑥ "乃至"前，《道藏》本有"然後"二字。于：《道藏》本、明鈔本無。
⑦ 也：明鈔本、《經解》本作"矣"。
⑧ 民：《道藏》本、《經解》本作"人"字。下同。
⑨ 必：《道藏》本、《經解》本無，"以"下，右引皆有"其"字。下"必以身後之"句同此。
⑩ 聖人：《道藏》本、《經解》本無。民：《道藏》本、《經解》本作"人"。
⑪ 民：《經解》本作"人"。"不"下，《經解》本有"能"字。
⑫ "謂我"下，《道藏》本、《經解》本有"道"字。
⑬ "細"下，《經解》本有"也"字，《道藏》本有"也夫"二字。
⑭ 曠：《經解》本作"擴"。

似于物，則亦一物耳①，而何足大哉！

夫我有三寶②，持而寶之③，一曰慈，二曰儉，三曰不敢爲天下先。

道以不似物爲大，故其運而爲德，則亦悶然；以鈍爲利，以退爲進，不合于世俗。今夫世俗，貴勇敢，尚廣大，誇進銳；而吾之所寶，則慈忍、儉約、廉退，此三者皆世之所謂不肖者也。

慈故能勇④，

世以勇決爲賢，而以慈忍爲不及事。不知勇決之易挫，而慈忍之不可勝，其終必至于勇也。

儉故能廣，

世以廣大蓋物，而以儉約爲陋。不知廣大之易窮，而儉約之易足，其終必至于廣也。

不敢爲天下先，故能成器長。

世以進銳爲能，而以不敢先爲恥。不知進銳之多惡于人，而不敢先之樂推于世，其終卒爲器長也。蓋朴散而爲器，聖人用之則爲官長，自朴成器，始有屬有長矣。

今舍慈且勇⑤，舍儉且廣，舍後且先，死矣⑥。

勇、廣、先三者，人之所共疾也。爲衆所疾，故常近于死矣⑦。

夫慈以戰則勝，以守則固，天將救之，以慈衛之。

以慈衛物⑧，物之愛之如父母⑨，雖爲之效死而不辭，故可以戰，可以守。天之將救是人也，則開其心志，使之无所不慈，无所不慈，則物皆爲之衛矣⑩。

善爲士章第六十八

善爲士者不武，

士當以武爲本，行之以怯。若以武行武則死矣。

善戰者不怒，

---

① 耳：明鈔本、《道藏》本作"矣"。
② 夫：《道藏》本無。
③ 持而寶之：《經解》本作"寶而持之"，《道藏》本、明鈔本作"保而持之"。
④ "慈"上，《道藏》本、《經解》本有"夫"字。
⑤ 此章諸"舍"字下，《道藏》本、《經解》本有"其"字。
⑥ 矣：《道藏》本無。
⑦ 矣：《道藏》本、《經解》本無。
⑧ 衛：《道藏》本作"御"。
⑨ "如"下，《道藏》本、明鈔本有"己"字。
⑩ 之衛：明鈔本作"衛之"。

聖人不得已而後戰，若出于怒，是以我故殺人也。以我故殺人①，天必殃之。
善勝敵者不爭，
以吾不爭，故能勝彼之爭。若皆出于爭，則未必勝矣。
善用人者爲下②，
人皆有相上之心，故莫能相爲用。誠能下之，則天下皆吾用也。
是謂不爭之德，是謂用人之力，是謂配天古之極。

用兵有言章第六十九

用兵有言，吾不敢爲主而爲客。
主，造事者也；客，應敵者也。
不敢進寸而退尺，
進者有意于爭者也，退者无意于爭者也。
是謂行无行，
无意于爭，則雖用兵與不用均也③。
攘无臂，仍无敵，執无兵。
苟无意于爭，則雖在軍旅，如无臂可攘，无敵可因，无兵可執，而安有用兵之咎耶？
禍莫大于輕敵，輕敵幾喪吾寶④。
聖人以慈爲寶，輕敵則輕戰，輕戰則輕殺人，喪其所以爲慈矣。
故抗兵相加，哀者勝矣。
兩敵相加，而吾出于不得已，則有哀心，哀心見而天人助之，雖欲不勝，不可得矣。

吾言甚易知章第七十

吾言甚易知，甚易行，天下莫能知莫能行。
道之大，復性而足，而性之妙，見于起居飲食之間耳。聖人指此以示人，豈不易知乎？人能體此以應物，豈不易行乎？然世常患日用而不知，知且不能，而況行之乎？

---

① 以我故殺人：原本無，據《道藏》本、《經解》本補。
② "爲"下，《道藏》本、《經解》本有"之"字。
③ "无意"二句，《經解》本無。
④ "輕敵"下，《道藏》本、明鈔本有"者"字。

言有宗，事有君，夫惟无无知，是以不我知①。

　　言者道之筌也，事者道之迹也。使道可以言盡，則聽言而足矣；可以事見，則考事而足矣。惟无言不能盡，事不能見，非舍言而求其宗，遺事而求其君，不可得也。蓋古之聖人，无思无爲，而有漠然不自然②、不自知者存焉。此則思慮之不及③，是以終莫吾知也。

知我者希，則我貴④。

　　衆人之所能知⑤，亦不足貴矣。

是以聖人被褐懷玉。

　　聖人外與人同⑥，而中獨異耳。

知不知章第七十一

知不知上，不知知病。

　　道非思慮之所及，故不可知。然方其未知，則非知无以入也。及其既知而存知，則病矣⑦。故知而不知者上，不知而知者病。

夫惟无病病，是以不病。

　　既不可不知，又不可知，惟无知知爲病者久⑧，而病自去矣。

聖人不病⑨，以其病病，是以不病。

民不畏威章第七十二

民不畏威，大威至矣⑩。

　　夫性自有威，高明光大，赫然物莫能加，此所謂大威也。人常患溺於衆妄，畏生死而憚得喪，萬物之威，雜然乘之，終身惴惴之不暇⑪，雖有大威而不自知也。

---

① "知"下，《經解》本有"也"字。
② 不自然：《道藏》本、明鈔本無。
③ 之：《經解》本作"所"，《道藏》本作"之所"。
④ 則我貴：《經解》本作"則我貴矣"。
⑤ "衆人"上，《經解》本有"使爲"二字。之：《經解》本無。
⑥ "聖人"上，《經解》本有"被褐懷玉者"五字。
⑦ "則"上，《道藏》本、明鈔本有"知"字。
⑧ "知知"下，《道藏》本、明鈔本有"之"字。
⑨ 聖人不病：《經解》本、明鈔本作"聖人之不病也"。
⑩ "大威"前，《道藏》本、《經解》本有"則"字。矣：《道藏》本、明鈔本無。
⑪ 惴惴：《道藏》本、明鈔本作"惴慄"。

苟誠知之，一生死，齊得喪，坦然无所怖畏①，則大威燁然見于前矣。

无狹其所居，无厭其所生，夫惟无不厭，是以不厭。

性之大，可以包絡天地。彼不知者，以四肢九竅爲己也，守之而不厭，是以見不出視、聞不出聽，蕞然其甚陋也。故教之曰："无狹其所居。"彼知之者，知性之大，而吾生之狹也，則愀然厭之，欲脱而不得。不知有厭有慕之方囿于物也②，故教之曰："无厭其所生。"夫惟无聖人不狹不厭，與人同生，而與道同居，无廣狹淨穢之辨，既不厭生，而後知生之无可厭也。

是以聖人自知不自見以示人③，自愛不自貴，故去彼取此。

聖人雖自知之而不自見④，雖自愛之而不自貴以眩人，恐人之有厭有慕也。厭慕之心未忘，則猶有畏也，畏去而後大威至也⑤。

勇于敢章第七十三

勇于敢則殺，勇于不敢則活，此兩者或利或害⑥，天之所惡，孰知其故？是以聖人猶難之。

勇于敢則死，勇于不敢則生，此物理之常也⑦。然而敢者或以得生，不敢者或以得死，世遂僥幸其或然而忽其常理。夫天道之遠，其有一或然者，孰知其好惡之所從來哉！故雖聖人猶以常爲正，其于勇敢未嘗不難之。《列子》曰："迎天意，揣利害，不如其已。"患天道之難知，是以歷陳之也⑧。

天之道，不爭而善勝，

不與物爭于一時，要于終勝之而已。

不言而善應，

"天何言哉？四時行焉，百物生焉。"未有求而不應者也。

不召而自來，

"神之格思，不可度思，矧可射思"⑨，夫誰召之哉⑩？

繟然而善謀，

---

① 畏：明鈔本作"威"。
② 囿：原本作"圓"，據《道藏》本、《經解》本改。
③ 以示人：《經解》本無。
④ "自見"下，明鈔本、《道藏》本有"以示人"三字。
⑤ 也：《道藏》本、明鈔本作"矣"。
⑥ 此：《道藏》本無。
⑦ "之"下，《道藏》本、明鈔本有"大"字。
⑧ 也：《經解》本無。
⑨ 射：《道藏》本、明鈔本作"斁"。
⑩ "夫"下，《道藏》本、明鈔本有"又"字。

繟然舒緩，若無所營，而其謀度非人之所及也①。

天網恢恢，疏而不失。

世以耳目觀天，見其一曲而不睹其大全，有以善而得禍，惡而得福者，未有不疑天網之疎而多失也。惟能要其終始，而盡其變化，然後知其恢恢廣大，雖疏而不失也。

民不畏死章第七十四

民不畏死②，奈何以死懼之！

政煩刑重，民無所措手足，則常不畏死，雖以死懼之無益也。

若使民常畏死③，而爲奇者④，吾得執而殺之，孰敢？

民安于政，常樂生畏死，然後執其詭異亂群者而殺之，孰敢不服哉！

常有司殺者殺，

司殺者，天也。方世之治，而有詭異亂群之人，恣行于其間，則天之所棄也。天之所棄而吾殺之⑤，則是天殺之，而非我也。

夫代司殺者殺⑥，是謂代大匠斲⑦。夫代大匠斲者⑧，希有不傷手矣⑨。

非天之所殺，而吾自殺之，是代司殺者殺也；代大匠斲，則傷其手矣；代司殺者殺，則及其身矣。

民之饑章第七十五

民之饑，以其上食稅之多，是以饑。民之難治，以其上之有爲⑩，是以難治。

上以有爲導民，民亦以有爲應之，故事多而難治。

民之輕死⑪，以其求生之厚⑫，是以輕死。

---

① 之：《道藏》本無。
② "民"下，《道藏》本、《經解》本有"常"字，與傅奕本《老子》同。
③ 民：《道藏》本、《經解》本作"人"。
④ 奇：明鈔本作"寄"。
⑤ 天之所棄：原本無，據《道藏》本、明鈔本補。
⑥ 夫：《經解》本作"而"。
⑦ 謂：《經解》本無。
⑧ 者：《經解》本無。
⑨ "手"上，《道藏》本、《經解》本有"其"字。矣：明鈔本無。
⑩ "爲"下，《經解》本有"也"字。
⑪ 民：明鈔本作"人"。
⑫ 求生：《道藏》本、《經解》本作"生生"。"厚"下，《經解》本有"也"字。

上以利欲先民，民亦爭厚其生，故雖死而求利不厭。

夫惟无无以生爲者，是賢于貴生。

貴生之極，必至于輕死，惟无以生爲，而生自全矣。

人之生章第七十六①

人之生也柔弱，其死也堅強。萬物草木之生也柔脆②，其死也枯槁。故堅強者死之徒，柔弱者生之徒。

沖氣在焉，則體无堅強之病；至理在焉，則事无堅強之累。

是以兵強則不勝，

兵以義勝者非強也，強而不義，其敗必速。

木強則共，

木自拱把以上必伐矣。

強大處下，柔弱處上。

物之常理，精者在上，麤者在下，其精必柔弱，其麤必強大。

天之道章第七十七

天之道，其猶張弓乎。

張弓上筋，弛弓上角，故以況天之抑高舉下。

高者抑之，下者舉之，有餘者損之，不足者與之③。天之道，損有餘而補不足④；人之道則不然，損不足以奉有餘⑤。

天无私故均，人多私故不均。

孰能有餘以奉天下⑥，惟有道者。

有道者，贍足萬物而不辭⑦。既以爲人己愈有，既以予人己愈多，非有道者无以堪此。

是以聖人爲而不恃，功成而不處⑧，其不欲見賢耶？

---

① 人：《道藏》本作"民"。下同。
② 萬物：明鈔本同，《經解》本無。之：《道藏》本無。脆：《道藏》本、明鈔本作"弱"。
③ 與：《道藏》本、《經解》本作"補"。
④ 而：明鈔本、《道藏》本無。
⑤ 以：《經解》本作"而"。
⑥ "能"下，《經解》本有"以"字。有餘以：《道藏》本作"以有餘"。
⑦ 贍：明鈔本作"淡"，《道藏》本作"澹"。
⑧ 功成：明鈔本、《經解》本作"成功"。而：《道藏》本、明鈔本無。處：明鈔本同，《經解》本作"居"。

爲而恃，成而處，則賢見于世。賢見于世，則是以有餘自奉也。

天下柔弱章第七十八

天下柔弱莫過于水①，而攻堅彊者莫之能勝②，其无以易之③。弱之勝强，柔之勝剛④，天下莫不知、莫能行，故聖人云受國之垢⑤，是謂社稷主；受國之不祥⑥，是謂天下王。正言若反。

正言合道而反俗，俗以受垢爲辱，受不祥爲殃故也。

和大怨章第七十九

和大怨，必有餘怨，安以爲善⑦？

夫怨生于妄，而妄出于性，知性者不見諸妄，而又何怨乎？今不知除其本，而欲和其末，故外雖和而內未忘也。

是以聖人執左契而不責于人，有德司契⑧，无德司徹。

契之有左右，所以爲信而息爭也。聖人與人均有是性，人方以妄爲常，馳騖于爭奪之場，而不知性之未始少妄也⑨。是以聖人以其性示人，使知除妄以復性⑩，待其妄盡而性復，未有不廓然自得，如右契之合左，不待責之而自服也。然則雖有大怨懟，將渙然冰解。知其本非有矣，而安用和之？彼无德者，乃欲人人而通之，則亦勞而无功矣。徹，通也。

天道无親，常與善人。

天道无私，惟善人則與之，契之无私也亦猶是也，惟合者則得之矣⑪。

---

① "天下"下，《經解》本有"莫"字。莫過：《經解》本無。
② 勝：明鈔本同，《經解》本作"先以"，分屬上下句。
③ "之"下，《經解》本有"也"字。
④ 弱之勝强柔之勝剛：《道藏》本、《經解》本二句互易。二"之"字，《道藏》本、明鈔本無。
⑤ 故：《道藏》本、《經解》本作"是以"。云：《道藏》本作"言"。
⑥ 之：《道藏》本無。
⑦ "安"下，《道藏》本、《經解》本有"可"字。
⑧ "有"上，《道藏》本、《經解》本有"故"字。
⑨ 妄：明鈔本作"亡"。
⑩ 知：明鈔本作"之"。
⑪ 亦猶是也惟合者則得之矣：原本無，據《道藏》本、明鈔本補。

小國寡民章第八十

小國寡民，
  老子生于衰周，文勝俗弊，將以无爲救之。故于書之終①，言其所志，願得小國寡民以試焉，而不可得耳②。
使有什伯人之器而不用③。
  民各安其分，則小有材者，不求用于世，什伯人之器④，則材堪什夫⑤、伯夫之長者也。
使民重死而不遠徙⑥，雖有舟轝⑦，无所乘之；雖有甲兵，无所陳之。使民復結繩而用之，
  事少民朴，雖結繩足矣。
甘其食，美其服，安其居，樂其俗。
  內足而外无所慕，故以其所有爲美，以其所處爲樂，而不復求也。
鄰國相望，雞狗之聲相聞⑧，民至老死不相往來。
  民物繁夥⑨，而不相求，則彼此皆足故也。

信言不美章第八十一

信言不美，美言不信。
  信則爲實而已，故不必美；美則爲觀而已，故不必信。
善者不辯，辯者不善⑩。
  以善爲主則不求辯，以辯爲主則未必善。
知者不博，博者不知。

---

① "于"下，《道藏》本、明鈔本有"其"字。
② 耳：《道藏》本作"爾"。
③ "使"下，《道藏》本、明鈔本有"民"字。人：《道藏》本無。下同。
④ 人：《道藏》本無。
⑤ 材：明鈔本作"財"。
⑥ 使民重死而不遠徙：《道藏》本、明鈔本無。
⑦ 轝：《道藏》本、明鈔本作"輿"。《經解》本作"車"。
⑧ 狗：《經解》本作"犬"。聲：《道藏》本、《經解》本作"音"。
⑨ 物：明鈔本作"无"。
⑩ 者：《經解》本作"言"。

有以一貫之①，則无所用博。博學而日益者②，未必知道也。

聖人不積③，既以爲人，己愈有；既以與人，己愈多④。

聖人抱一而已，他无所積也。然施其所能以爲人，推其所有以與人，人有盡而一无盡，然後知一之爲貴也。

天之道，利而不害；聖人之道，爲而不爭。

勢可以利人，則可以害人矣；力足以爲之，則足以爭之矣。能利能害，而未嘗害；能爲能爭，而未嘗爭。此天與聖人所以大過人而爲萬物宗者也⑤。凡此，皆老子之所以爲書，與其所以爲道之大略也。故于終篇復言之。

---

① 以一：《道藏》本、《經解》本作"一以"。
② 博：明鈔本、《道藏》本無。
③ 不：《道藏》本、明鈔本作"无"。
④ 愈：《道藏》本作"與"，誤。
⑤ 所以：原本無，據《道藏》本、明鈔本補。

題老子道德經後

　　予年四十有二，謫居筠州。筠雖小州，而多古禪刹，四方游僧聚焉。有道全者，住黄蘖山，南公之孫也。行高而心通，喜從予游。嘗與予譚道，予告之曰："子所譚者，予于儒書已得之矣。"全曰："此佛法也，儒者何自得之？"予曰："不然。予忝聞道，儒者之所无，何苦强以誣之？顧誠有之，而世莫知耳。儒、佛之不相通，如胡、漢之不相諳也。子亦何由而知之①？"全曰："試爲我言其略。"予曰："孔子之孫子思，子思之書曰《中庸》。《中庸》之言曰：'喜怒哀樂未發謂之中②，發而皆中節謂之和。中也者，天下之大本③；和也者，天下之達道也。致中和，天地位焉，萬物育焉。'此非佛法而何？顧所從言之異耳。"全曰："何以言之？"予曰："六祖有言，不思善，不思惡，方云是時也④，孰是汝本來面目？自六祖以來，人以此言悟人者大半矣⑤。所謂不思善，不思惡，則喜怒哀樂之未發也。蓋中者，佛性之異名；而和者，六度萬行之總目也。致中極和，而天地萬物生于其間，此非佛法何以當之？"全驚喜曰："吾初不知也，今而後始知儒、佛一法也。"予笑曰："不然。天下固無二道，而所以治人則異。君臣、父子之間，非禮法則亂；知禮法而不知道，則世之俗儒，不足貴也。居山林，木食澗飲，而心存至道，雖爲人天師可也，而以之治世則亂。古之聖人，中心行道，而不毁法而後可耳⑥。"全作禮曰："此至論也！"是時予方解《老子》，每出一章，輒以示全，全輒歎曰："皆佛説也！"予居筠五年而北歸，全不久亦化去，逮今二十餘年也⑦。凡《老子解》亦時有所刊定，未有不與佛法合者。時人无可與語，思復見全而示之，故書之《老子》之末。

大觀二年十二月十日，子由題

　　予昔南遷海康，與子瞻兄邂逅于藤州，相從十餘日，語及平生舊學，子瞻謂予："子所作《詩傳》、《春秋傳》、《古史》三書，皆古人所未至，惟解《老子》差若不及。"予至海康，閒居无事，凡所爲書多所更定，乃再録《老子》書以寄子瞻。自是蒙恩歸北，子瞻至毘陵，得疾不起。逮今十餘年，竟不知此書于子瞻爲可否也？政和元

---

① 而：《道藏》本無。
② "樂"下，《道藏》本有"之"字。
③ "本"下，《道藏》本有"也"字。
④ 云：《道藏》本無。
⑤ 大半：《道藏》本、《經解》本作"太半"。
⑥ 法：《道藏》本作"世法"。
⑦ 也：《道藏》本作"矣"。

年冬，得姪邁等所編《先公手澤》，其一曰："昨日子由寄《老子新解》，讀之不盡卷，廢卷而歎：使戰國有此書，則无商鞅、韓非；使漢初有此書，則孔、老爲一；使晉、宋間有此書，則佛、老不爲二。不意老年見此奇特！"然後知此書當子瞻意。然予自居潁川，十年之間，于此四書復多所刪改。以爲聖人之言，非一讀所能了。故每有所得，不敢以前說爲定。今日以益老，自以爲足矣，欲復質之子瞻而不可得。言及于此，涕泗而已！

十二月十一日，子由再題

[附録一]

歷代諸家評論

晁公武《郡齋讀書志》

《蘇子由注老子》二卷，右皇朝蘇轍子由注。子由謫官筠州，頗與學浮屠者游，而有所得焉，于是解《老子》。嘗曰：“《中庸》云：‘喜怒哀樂未發謂之中，發而皆中節謂之和。至中和，天地位焉，萬物育焉。’此蓋佛法也。六祖謂不思善，不思惡，則喜怒哀樂之未發也。蓋中者佛法之異名，而和者六度萬行之總目也。至中極和而天地萬物生于其間，非佛法何以當之？天下无二道，而所以治人則異。古之聖人，中心行道而不毁世法，以此耳。”故解《老子》，亦時有與佛法合者。其自序云耳。其解“是謂襲明”，以爲釋氏傳燈之類。（卷三上。《文獻通考》卷二一一引文同）

陳振孫《直齋書錄解題》

《老子新解》二卷，蘇轍撰。東坡跋曰：“使戰國有此書，則无商鞅、韓非；使漢初有此書，則孔、老爲一；使晉、宋間有此書，則佛、老不爲二。”（卷九）

《朱熹集》

蘇侍郎晚爲是書，合吾儒于老子，以爲未足，又並釋氏而彌縫之，可謂舛矣。然其自許甚高，至謂當世无一人可與語此者。而其兄東坡公亦以爲“不意晚年見此奇特”！以予觀之，其可謂无忌憚者歟？因爲之辨。而或者謂蘇氏兄弟以文義贊佛乘，蓋未得其所謂，如傳燈錄解之屬，其失又有甚焉，不但此書爲可辨也。應之曰：予之所病，病其學儒之失而流于異端，不病其學佛未至而溺于文義也。其不得已而論此，豈好辯哉？誠懼其亂吾學之傳而失人心之正耳。若求諸彼而不得其說，則予又何暇知焉！

蘇曰：“孔子以仁義禮樂治天下，老子絶而棄之，或者以爲不同。《易》曰：‘形而上者謂之道，形而下者謂之器。’”愚謂道、器之名雖異，然其實一物也。故曰“吾道一以貫之”，此聖人之道所以爲大中至正之極，亘萬世而无弊者也。蘇氏誦其言，不得其意，故其爲説，无一辭之合。學者于此先以予説求之，使聖人之意曉然无疑，然後以次讀蘇氏之言，其得失判然矣。

“孔子之慮後世也深，故示人以器而晦其道。”愚謂道、器一也，示人以器，則道在其中，聖人安得而晦之？孔子曰“吾无隱乎爾”，然則晦其道者，又豈聖人之心哉？大抵蘇氏所謂道者皆離器而言，不知其指何物而名之也。

“使中人以下守其器，不爲道之所眩，以不失爲君子。”愚謂如蘇氏此言，是以道爲能眩人，而使之不爲君子也。則道之在天下，適所以爲斯人之禍矣。

"而中人以上自是以上達也。"愚謂聖人所謂達，兼本末精粗而一以貫之也。蘇氏之所謂達，則舍器而入道矣。

"老子則不然，志于明道而急于開人心。"愚謂老子之學以无爲爲宗，果如此言，乃是急急有爲，惟恐其緩而失之也。然則老子之意，蘇氏亦有所不能窺者矣。

"故示人以道而薄于器，以爲學者惟器之知，則道隱矣。故絕仁義、棄禮樂以明道。"愚謂道者仁義禮樂之總名，而仁義禮樂皆道之體用也。聖人之修仁義，制禮樂，凡以明道故也。今曰絕仁義、棄禮樂以明道，則是舍二五而求十也，豈不悖哉？

"天道不可言，可言者皆其似者也。達者因似以識真，而昧者執似以陷于偽。"愚謂聖人之言道，曰君臣也，父子也，夫婦也，昆弟也，朋友之交也。不知此言道耶？抑言其似者而已耶？執此而行，亦有所陷者耶？然則道豈真不可言？但人自不識道與器之未嘗相離也，而反求之于昏默无形之中，所以爲是言耳。

"故後世執老子之說以亂天下者有之，而學孔子者无大過。"愚謂善學老子者，如漢文、景、曹參，則亦不至亂天下。如蘇氏之說，則其亂天下也必矣。學孔子者所得亦有淺深，有過无過，未可概論。且如蘇氏，非不讀孔子之書，而其著書立言以惑誤天下後世如此，謂之无過，其可得乎？

"因老子之言以達道者不少，而求之于孔子者嘗苦其無所從。"愚謂因老子之言以達道者不少，不知指謂何人？如何其達，而所達者何道也？且曰"不少"，則非一二人而已。達道者果如是之衆耶？孔子循循善誘，誨人不倦，入德之途坦然明白。而曰"常苦其无所從入"，則其未嘗一日從事于此，不得其門而入可知矣。宜其析道與器而以仁義禮樂爲無與于道也。然則"无所從入"之言非能病孔子之道而絕學者之志，乃所以自狀其不知道而妄言之實耳。

"二聖人者，皆不得已也。"愚謂以孔子老聃並稱聖人，可乎？世人譏太史公先黃老後六經，然太史公列孔子于《世家》，而以老子與韓非同傳，豈不有微意焉？其賢于蘇氏遠矣。

"全于此必略于彼矣。"愚謂有彼有此，則天下當有二道也。

蘇氏《後序》云："六祖所云'不思善，不思惡'，即喜怒哀樂之未發也。"愚謂聖賢雖言未發，然其善者固存，但无惡耳。佛者之言似同而實異，不可不察。

又云："蓋中者佛性之異名，而和者六度萬行之總目也。"愚謂喜怒哀樂而皆中節謂之和，而和者天下之達道也。六度萬行，吾不知其所謂。然毀君臣，絕父子，以人道之端爲大禁，所謂達道，固如是耶？

又云："天下固無二道，而所以治人則異。君臣父子之間，非禮法則亂；知禮法而不知道，則世之俗儒不足貴也。居山林，木食澗飲而心存至道，雖爲人天師可也。而以之治世則亂。古之聖人中心行道而不毀世法，然後可耳。"愚謂天下无二道，而又有至道、世法之殊，則是有二道矣。然則道何所用于世，而世何所資于道耶？王氏有"高明處己，中庸處人"之論，而龜山楊公以爲如此明是道常无用于天下，而經世之務皆私智之鑿。愚于蘇氏亦云。（卷七二《雜學辨·蘇黃門老子解》）

史少南《道德經注跋》

右潁濱《老子解》四卷，蘇文定公所著也。張亨泉先生嘗得蘇公手本刻石實老翁泉，今尚无恙。此書之奇，自東坡公、黃蘗全俱已云然，无待晚輩贅贊矣。葛仙王尊師伯修既鋟諸木，又求少南爲發其義，因記《老子》二篇自文始先生河上公以降，傳之者亦已衆多，有注解，有傳疏，有正義，有章句，略之則爲略論，廣之則爲廣義，其他想爾、指歸、纂微、詣指之類，未可遽數。伯修不是之取，而顧取《蘇解》，殆有意焉。少南憂患之餘，久廢佔畢，因伯修之請，乃取《蘇解》閱之，至第十四章，作而曰："伯修之意或在此歟？"鄉者老自老，佛自佛，各守封隅，而儒者猶末如之何。今乃合瞿曇、老聃爲一人，所恨黃冠者流未之省耳。伯修表而出之，嘻，可畏也！因書以歸之，且以志吾之懼。伯修名道立，常從佛者禮獨山範无準游，今西漕趙一齋先生嘗贈以詩，稱其有莊老學云。寶祐三年臘月既望，眉山史少南書于凌雲寓舍。（《皕宋樓藏書志》卷六六）

牟沖道《道德經解跋》

《道德經》，古書也，自授受以來，注者不下四百餘氏，漢儒假河上公所分章句以注是經，尤爲舛駁，世俗不知，遂列于五子之目，以示來世，深爲扼腕。至若眉山蘇氏，天資粹美，學識古澹，特起乎〔千載〕之下，超出乎千載之上，造大道之徑庭，啓玄門之關鑰，使（闕二字）之士如夢而覺，如醉而醒者，公之力也。鄉先生王君伯修擅老、莊之學，問答如響，舊嘗讎較此本而刊行之，偶因回祿，遂成灰燼。文昌宮主者侯大中，伯修之孫也，自儒入道，年未而立而慕乃祖之志，得所傳舊本于乃師夏君性仲，積有年矣，一旦割鷺股而刊成是書，以與同志者共，其用心又豈淺識者之所能測哉！經板既成，爲書其梗概于篇首。至元庚寅二月真元節，資中羽士可軒牟沖道謹書。（見同上）

楊士奇《文淵閣書目》

《老子蘇子由注》，一部二冊，闕。（卷七）

焦竑《國史經籍志》

蘇子由《道德經注》四卷。（卷四上）

張萱《內閣藏書目錄》

《老子道德經》一冊，宋蘇轍注。（卷二）

祁承㸁《澹生堂藏書目》

蘇穎濱《道德真經注》一冊四卷，蘇轍。一名《解老》。（卷八）

白雲霽《道藏目録》

《道德真經注》卷一至四，眉山蘇轍注。見性之言。（卷三）

李載贄《老子解序》

食之于飽一也，南人食稻而甘，北人食黍而甘，此一南一北者未始相羡也。然使兩者易地而食焉，則又未始相棄也。道之于孔、老，猶稻黍之于南北也，足乎此者雖无羡于彼，而顧可棄之哉！何也？至飽者各足，而真饑者无擇也。蓋嘗北學而食于主人之家矣，其初蓋不知其美也，天寒，大雨雪三日，絶糧七日，饑凍困踣，望主人而向往焉。主人憐我，炊黍餉我，信口大嚼，未暇辨也。撤案而後問曰："豈稻粱也歟？奚其有此美也！"主人笑曰："此黍稷也，與稻粱埒。且今之黍稷也，非有異于向之黍稷者也。惟甚饑，故甚美；惟甚美，故甚飽。子今以往，更不作稻粱想，亦不作黍稷想矣。"予聞之，慨然而歎：使予之于道若今者之望食，則孔、老暇擇乎？自此發憤學道，窮日夜不寢不食。而時獲子由《老子解》于焦弱侯氏。解《老子》者衆矣，而子由最高。子由之引《中庸》曰"喜怒哀樂之未發謂之中"，夫未發之中萬物之奧。宋自明道以後，遞相傳授，每令門人弟子看其氣象爲何如者也。子由乃獨得微言于殘篇斷簡之中，宜其善發《老子》之蘊，使五千餘言爛然如皎日。學者所斷乎不可以一日去手也。《解》成示道全當道全意，寄子瞻又當子瞻意。今去子由五百餘年，不意復見此奇特。嗟夫！亦惟真饑而後能得之也。萬曆二年冬十有二月二十日，宏甫題。（明萬曆乙卯刊《寶顏堂秘笈》本《老子解》）

永瑢、紀昀等《四庫全書總目》

《道德經解》二卷，（内府藏本）宋蘇轍撰。轍有《詩傳》，已著録。蘇氏之學出入于二氏之間，故得力于二氏者特深，而其發揮二氏者亦足以自暢其説。是書大旨主于佛、老同源，而又引《中庸》之説以相比附。蘇軾跋之曰："使漢初有此書，則孔、老爲一；使晉、宋有此書，則佛、老不爲二。"朱子謂其援儒入墨，作《雜學辨》以箴之。然二氏之書，往往陰取儒理而變其説，儒者説經明道，不可不辨别毫釐，剖析疑似，以杜學者之岐趨。若爲二氏之學而注二氏之書，則爲二氏立言，不爲儒者立言矣。其書本不免援儒以入墨，注其書者又安能背其本旨哉？故自儒家言之，則轍書爲兼涉兩歧；自道家言之，則轍書猶爲各明一義。《雜學辨》所攻四家，攻其解《易》、解《中庸》、解《大學》者可也，攻及此書，則不揣其本而齊其末，不如徑攻老子矣。（卷一四六）

沈德壽《抱經樓藏書志》

《老子道德經解》二卷，明萬曆刊本，宋眉山蘇轍子由解。自序。宏甫跋，萬曆二年。宏甫又跋。（卷四九）

耿文光《萬卷精華樓藏書志》

《道德經注》四卷，宋蘇轍注。元本。前有自序，後有寶祐三年眉山史少南跋、至元庚寅羽士牟道沖跋。（卷一〇二）

陸心源《皕宋樓藏書志》

《老子道德經解》二卷，明刊本。眉山蘇轍子由解。宏甫跋，萬曆二年；自序；宏甫又跋，萬曆二年。（卷六六）

《道德經注》四卷，元刊本。宋潁濱蘇轍子由撰。自序。（同前）

丁丙《善本書室藏書志》

《潁濱先生道德經解》二卷，明刊本，鳴野山房藏書。右爲宋蘇轍撰。此《解》，大觀二年十二月子由自題云："年四十有二，謫居筠州，有道全者，嘗與余談道。予以《中庸》'喜怒哀樂未發謂之中，發而皆中節謂之和。中者天下之大本，和者天下之達道。'致中和，天地位，萬物育，非即六祖所言之不思善、不思惡？正喜怒哀樂之未發也。蓋中者佛性之異名，和者六度萬行之總目。致中極和，而天地萬物生于其間，非佛法何以當之。全曰：'今而後始知儒佛一法也。'時方解《老子》，每出一章，輒以示全"云。又題云："子瞻謂'子所解《老子》差若不及'，及至海康，凡所爲書多所更定，再錄《老子》書以寄子瞻。旋得疾不起，逮今十餘年，竟不知子瞻爲可否。政和元年，得姪邁所編《先公手澤》，中有云'使戰國有此，則無商、韓；漢初有此，則孔、老爲一；使晉、宋間有此，則佛、老不爲二。不意老年見此奇特'。然後知此書當子瞻意"云。末有萬曆二年宏甫跋。（卷二二）

吳昌綬《鈔本老子注跋》

光緒戊戌、己亥間，昌綬居吳中，書估老友楊君馥嘗攜錢叔寶手抄四冊見示，冊各百餘葉，多宋節故事，或前人詩文斷句。惟欒城《老子注》爲完書。當日以有刻本，不甚置意。四冊之值，只索三十金耳。忽忽廿餘年，于沅叔先生案頭見此，如遇故人。沅叔以校讎精敏，用《寶顏》本略勘之，增改八百餘字，名抄之可貴固有勝于舊槧。異日蜀賢叢書，足可多一善本。書此以旌昌綬向之日之不學之過。　戊午六月，仁和吳昌綬記。（明錢穀鈔本）

羅振常《老子注跋》

《蘇子由注老子》二卷，錢罄室手錄本。有叔寶"文嘉"、"文彥可"、"謝林邨氏珍藏書畫"、"汲州"、"汲州和印"諸記。案，罄室生平遇奇書必手抄。嘗客文待詔門下，故此冊爲文氏所藏。曩見吾鄉范氏天一閣藏書，亦有寫本《子由注老子》，蓋焦弱侯未刻以前，此書傳本固甚少也。此本與焦刻未知有無異同，惜篋中無《兩蘇經解》，

不得取而校讎。其所據本必甚古，更惜畢氏作《老子故》，異時亦未見此本也。　丁巳閏二月十九日。（同前）

焦刻題名作《老子解》，此本無"解"字。案書中署名作某注，本不云解。然子由自跋中亦有《老子解》之語，《直齋書錄解題》同，則書名當作《老子新解》，其曰"新"者，蓋子由本已作《老子解義》，未愜意，而更定之，故東坡以"新解"目之。葉石林亦有《老子解》，顧石林後于欒城，其非加"新"字以別于葉《解》可知。天一閣本、《四庫目》，則均作《道德經解》。振常記。（同前）

傅增湘《藏園君書題記》

潁濱《老子注》，余昔年曾收得錢叔寶寫本，以《寶顏堂秘笈》本對勘，補正頗悶。嗣又得舊寫本，以核此刻，僅數葉而輟。頃南中書友以明鈔兩冊見寄，因命忠兒就此明刻續校之。此本分二卷，明鈔通爲一卷；此本每章後爲注，明鈔則注在逐句下，茲其大異也。至其文字，第四十二章末脫注八十三字，第五十八章首脫注十七字，咸據明鈔補之。其他小小差異，不能悉記，无關閎旨也。然明鈔字句亦頗有奪誤，世無宋本，傳錄往往沿襲成訛，閱者擇是而從，勿株守一家可耳。　壬申小雪節，藏園老人記。（明萬曆二十五年畢侍郎刻《兩蘇經解》本。卷一〇《潁濱先生道德經解跋》，上海古籍出版社，1986年）

此錢馨室手寫本，分上下卷。冊式正方，半葉十六行，每行二十字。戊午歲，友人羅子經自上海寄至，結體寬博，筆意古雋，雖未署款，望而知爲真蹟。鈐"叔寶"印一方，又有"文嘉"、"文彥可"、"謝林邨氏珍藏書畫"、"汾洲"諸記。取《寶顏堂廣秘笈》本對勘，凡改正二百一十三字，增補三百九十七字，刪落一百七十九字，乙轉三十四字，綜計訂正得八百二十三字，可謂夥矣。此書宋元刻久不得見，惟皕宋樓藏有至元本耳，明代則焦弱侯《兩蘇經解》本外，惟此寶顏堂刻，而奪失閎多，至于如此。一旦得此名抄，舉歷來榛莽奮掃而廓清之，心衿爲之一快，又不獨前賢遺翰之足貴矣。　辛巳五月十一日病起書，藏園老人。（卷一〇《錢叔寶手抄潁濱老子注跋》）

《道德真經注》四卷，眉山蘇轍撰。明鈔本，烏絲闌，每半葉九行，行十六字，版心下方有"存誠書館"四字。以焦氏《兩蘇經解》本校之，第四十二章末"物或損之而益"注文脫"世以柔弱爲損"以下八十三字。第五十八章脫注文十七字，鈔本皆不脫。其他文字異同尚多，不能悉舉。焦本于經文略分段次，每節後低一格全錄此節注文；鈔本則每節約分數段，注文則分附每段之後，其不同一也。焦本分《道經》爲上卷、《德經》爲下卷；鈔本則分作四卷，其不同二也。焦本上下卷，其經文皆連接而下，不分章次；鈔本則分爲八十一章，第一至十七爲卷一，第十八至三十七爲卷二，第三十八至六十爲卷三，第六十一至八十一爲卷四，其不同三也。以是觀之，此書當有二刻，兩本不同如是者，以其所出之源異耳。按陸氏《皕宋樓藏書志》，藏元刊本，有寶祐三年眉山史少南序，及至元庚寅資中羽士牟沖道跋。據牟氏跋言，寶祐本爲鄉人王君伯修校梓，偶爲回祿所毀，其孫大中乃重刊之。余因是推之，此四卷本實爲宋刊之舊第，視焦刻所據爲古，故其勝異遠過于俗本如此也。此書舊爲羅雪堂所藏，余以鄉賢遺著，從之假校，君遂輟以相贈。今君没以期年，頃檢書及此，頓興感逝之懷，因粗志卷尾，俾後世有所考焉。　辛巳五月初十日書，藏園。（卷一〇《明存誠書館鈔本道德真經注跋》）

　　蘇子由所撰《道德真經注》，元至元刊本作四卷，焦弱侯本作二卷，明鈔本又作一卷，其差異如此，未知孰爲原第？然考至元本乃從宋寶祐刊本覆梓，其根源較古，意四卷者其原第耶！昔張亨泉嘗得蘇公手書本，刻石置老翁泉，若得此石本勘之，當可瞭然矣。余昔年得錢叔寶手寫二卷本，以校《寶顔堂秘笈》所刻，訂正至八百餘字。旋得明人存誠書館寫四卷本，其勘正所得與錢本略同。嗣又由南中寄來明鈔本通作一卷者，乃令兒子忠謨取焦刻校之，糾正亦殊不鮮，大抵焦刻與《寶顔堂秘笈》本爲近。按《瞿目》載有菉竹堂鈔本，亦分二卷，意焦、陳二刻均從此出，故與宋刊四卷本文字大有差殊也。　辛巳五月十二日，藏園老人識。（卷一〇《校穎濱老子解跋》）

傅增湘《藏園訂補郘亭所藏群書目錄》

　　《道德經解》二卷，宋蘇轍撰。明刊《兩蘇經解》本。《道藏》本、《廣秘笈》，並四卷。（卷一四）

　　《道德真經注》四卷，宋蘇轍撰。明《正統道藏》本，在"洞神部·玉訣類"。已印入《道藏舉要》中。　明存誠書館寫本，墨格，九行十六字，注低一格，版心有"存誠書館"四字。友人羅君振玉見貽。余取校焦竑《兩蘇經解》本，補脱文甚多。分卷及經注分合亦不盡同，其源視焦本爲古。此書尚有元至元刊本，亦四卷，疑四卷本爲原卷第也。（同前）

　　《寶顔堂訂正老子解》四卷，宋蘇轍撰。明萬曆間刊《寶顔堂秘笈廣集》本，八行十八字，白口，四周單闌。余用錢穀手寫本校過，改訂達八百餘字之夥，劣本也。（同前）

　　《老子注》二卷，宋蘇轍撰。明錢穀手寫本，十六行二十字，注大字低一格。余藏。余以之校《寶顔堂秘笈廣集》本，改正二百一十三字，增補三百九十七字，删落一百七十九字，乙轉三十四字，綜計訂正八百二十三字，真善本也。（同前）

　　《穎濱先生道德真經解》二卷，宋蘇轍撰。明萬曆二十五年刊《兩蘇經解》本，十行二十一字，白口，左右雙闌。余曾取明存誠書館寫本校，改補甚多。又一本，余令長男忠謨以明鈔一卷本校，改訂亦甚夥。　此書各本余均得見，以《道藏》本及明鈔四卷本最善，明鈔一卷本亦佳，《兩蘇經解》本與《寶顔堂》本相近，謬誤甚多，均非善本。（同前）

《老子道德真經注》二卷，宋蘇轍撰。明萬曆二年刊本，十行二十字，白口，四周雙闌。余藏。余用明鈔一卷本校。（同前）

周中孚《鄭堂讀書志》

《老子解》四卷，《廣秘笈》本。宋蘇轍撰。《四庫全書》著録作《道德經解》二卷，《讀書志》作《蘇子由注老子》二卷，《通考》同。《書録解題》作《老子新解》二卷，《宋志》作《老子道德經義》二卷，蓋所見本各異也。惟焦氏《經籍志》作《道德注》四卷，卷數與是本合。知眉公陳氏蓋據明刊本載入，而改其標題耳。子由謫官筠州，頗與學浮屠者遊，而有所得焉，于是作此《解》。《自序》謂未有不與佛法合者，蓋佛經本中華士人竊老、莊之緒餘以潤色成書，宜其合也。惟其援《中庸》之記，以相比附，未免援儒而入墨，故朱文公作《雜學辨》極考之。末又有《自題》，引東坡跋云：“使戰國有此書，則无商鞅、韓非；使漢初有此書，則孔、老爲一；使晉、宋間有此書，則佛、老不爲二。”其言佛、老不爲二善矣，以言孔、老爲一則悖也。至商鞅、韓非爲黄老之轉關，此《史記》所以老、韓同傳也。東坡亦溺于二氏者，故有見不到耳。（卷六九）

王重民《中國善本書提要·子部》

《道德經》四卷，附攷異一卷，四册。（國會）明朱墨印本（八行十八字）。原題"宋眉山蘇轍注"，《老子列傳》後題"淩以棟批點"。李載贅序（萬曆二年，一五七四），河上公序，《老子列傳》（司馬遷撰）、《老子廟碑》（薛道衡撰）。

任繼愈《道藏提要》

《道德真經注》四卷，蘇轍注。（三百七十四册，洞神部玉訣類，得）一名《老子新解》，《宋史·藝文志》作《道德經義》，《四庫全書》作《道德經解》，並二卷。《道藏》本四卷。是書主旨在明三教同源。卷後子由《自題》謂"六祖有言：不思善，不思惡"。"所謂'不思善，不思惡'，則喜怒哀樂之未發也。蓋中者佛性之異名，而和者六度萬行之總目也，致中極和而天地萬物生于其間，此非佛法何以當之？"東坡爲是書題跋曰："使漢初有此書，則孔子、老子爲一；使晉、宋間有此書，則佛、老不爲二。"故《四庫提要》謂："是書大旨，主于佛、老同源，而又引《中庸》之說以相比附。"朱熹爲《雜學辨》，則斥其"學儒之失而流于異端"，亦不免道學門户之見。

〔附録二〕

蘇轍"三教合一"哲學思想述評
——以《老子解》爲中心

舒大剛

"三蘇"思想，如果説老蘇思想是雜糅先秦各家而以儒學爲主的思想的話，那麽大蘇和小蘇的思想則是"以儒學統釋"，道而成"三教合一"思想。在轍與軾二人中，轍又以其沉静寡欲、汪洋澹泊之資，樂於析文玩句，潛心學術，再加上比軾多有在許昌閑居的十餘年生活，又使他有時間去做學術的研究工作，因而在究道理、精通佛法上要比其兄爲優。在這一點上，蘇軾還在世時就已自覺"談佛不及弟"了（《書龍井辯才禪師碑》引蘇軾語）。

一、"三教合一"説

"三教"，即儒、釋、道。儒，嚴格地講不是宗教，它是先秦"九流十家"中孔子創立的一個學術流派，經漢武帝"罷黜百家，表章六經"後，成爲指導中國社會政治、學術，以及文化生活各方面的正統思想。其爲學以歷史上的聖君賢王爲楷模，提倡仁義禮樂，實行仁政德治，關心社會現實，從教育倫理到齊家治國，都提出一整套切實可行的措施，以平息現實矛盾而達到天下大治。釋氏即佛教，其爲學認爲現實人生皆"苦"，只有通過修煉，轉變世俗的慾念和意識，才可達到"解脱"，進入"涅槃"。因其主張解脱痛苦，回避現實矛盾；又哲理精深，故在中國士大夫乃至平民中極有市場。道教，其爲學奉老子《道德經》、《莊子》爲經典，推崇"道"，認爲"道"是天地萬物、禮樂典章之母。因而輕蔑一切現實的東西。由於該教也有擺脱現實矛盾，還有修煉外丹、内丹以求延年益壽的理論，故朝野之間信徒也多。可見，"三教"師各有承，學各有宗。尤其是儒重現實，講究禮樂等級，事父尊君；而釋道講"出世"，蔑棄現實，無父無君，一個時期内勢情同水火。加之儒道爲中國土産，而釋氏乃西來夷貨，華夷之殊，不共戴天！因此自從東漢末年出現了"三教"並立的局面起，就互相攻訐，論戰不休，而在南北朝時期達到高潮，但因"三教"各以自己的理論加騙術征服了自己的信徒，從而贏得各自存在的價值；也由於三學相攻，反具有鼎立的穩定原理。長時間内，雖一時儞强我弱，此進彼退，但却没有哪一方被完全吞滅。三方反而相互取長補短，自圓其説，陣容日見强大。因此，到了唐代，統治者爲了承認現實，也爲了配合大唐開放宏闊的氣勢，推行"三教並重"的政策。以儒學指導政事，以道教宏耀族史，以釋教籠絡僧衆，從而大大促進了"三教"的發展。它們除了各自形成不同的宗派而外，還加快了相互吸收，趨於合一的步伐。至宋，"三教合一"便形成一股潮流，而產生出了新的學派。宋代的"三教合一"有兩個趨勢：一是理學家暗自吸收釋道的理論和方法入傳統的儒學中，形成"理學"。他們"出入於佛老"，但又打着闢佛杜道的旗幟。一是通過鑽研比勘"三教"理論，明白地用"三教"原理互相發明印證，證明"三教"宗旨一致，可以"合一"，可以並存。這是立己而又立人，達己而又達人的學派，這一派以蘇轍、蘇軾兄弟爲代表。

蘇轍首先從認識對象的一致性來證明"三教"的宗旨相同。他認爲"天下固無二道"① 決定了儒道釋三教在認識對象上的一致性，即"三教"推尊的"道"是同一個東西。道家貴"無"，老子說："天下萬物生於有，有生於無。""無"是萬事萬物的出發點和根本。而釋教也說："一切聖賢皆以無爲法。"② "一切聖賢"自然包括了佛祖佛宗了。這個本"不知其名"的"無"，老子又"字之曰道"。這個"道"儒家也講。比如《易·繫辭下》就說："形而上者謂之道，形而下者謂之器。"蘇轍認爲：佛教"其道與老子相出入，皆《易》所謂形而上者"。至於儒者盛言的仁義禮樂，則是"形而下者"的所謂"器"。"三教"追述的最高境界都是"明道"（佛稱"見道"），只不過儒家兼談"道"下之"器"，"器"是"道"的具體體現，"道"是本體，"器"是"道"的外現和功用，"道"、"器"關係是體用關係，二者並不衝突。這是"三教"可以合一的共同基礎。

"三教"在哲學上都含有一定的辯證因素，蘇轍認爲它們在思想方法上是一致的。比如：老子講"道常無爲而無不爲"，《莊子》說"方可方不可，方不可方可"③，孔子不是也說"過猶不及"，強調"中庸"、"中和"嗎？何其相似乃爾！因而他揭示說："無可無不可，此老聃、莊周之所以爲辯也，而仲尼亦云。"可知，儒道都講"中庸"、"無可無不可"的辯證法則。儒道既如此，釋氏又怎樣呢？蘇轍看到"佛者則亦曰斷滅，而又曰無斷無滅"④。既"斷"又不斷，既"滅"又不滅，這不是"中庸"法則，"無可無不可"原理是什麼？

"三教"在認識論上也有暗合之處。佛教講究"見性成佛"。但這種"自性"的發現常常被諸幻象干擾、壅蔽，造成"見性"的障礙，即"見惑"。即佛說："六根（眼耳鼻舌身意）爲物所塞，爲物所坐，則不見自性。"無獨有偶，老子也說："爲學日益，爲道日損。"也即說學到的表面現象越多，越有可能影響對"道"的認識。因此，老子主張"至虛極、守敬篤"，《莊子》則強調"虛室（虛心）生白（道也）"。釋、道都講主觀成見對認識的違礙。一向注重現實的儒家也有相同的認識，荀子說："人何以知道？曰：心。心何以知？曰：虛一而靜。"⑤ 什麼是"虛一而靜"，即虛心、專一、冷

---

① 蘇轍：《老子解·題老子道德經後》，文淵閣《四庫全書》本。下引此類書只注書名卷次。
② 蘇轍：《書傳燈錄後》，《欒城三集》卷九，《四部叢刊》景明嘉靖蜀藩活字本。
③ 《莊子·齊物論》，陳鼓應注譯，北京：中華書局，1983年。
④ 蘇轍：《進論·老聃下》，《欒城應詔集》卷三，《四部叢刊》景宋寫本。
⑤ 《荀子·解蔽》，梁啓雄簡釋，北京：中華書局，1983年。

静地觀察事物，也是要求摒棄主觀干擾。具體地說，即《易·繫辭下》所謂"無思也，無爲也，寂然不動，感而遂通天下之故"①。

儒、釋、道相通的另一個顯著特點是講究處世的通脱超達。這一點，蘇轍在其坎坷的人生中體會至深。道家講齊物我、齊是非，甚至齊生死，世間的一切，若有若無，若存若亡，皆可等量齊觀。至於榮辱得失又算得了什麽呢？釋氏講"出世"、"超脱"，追求超出三界（慾界、色界、無色界），免遭六道生死輪回之苦，而進入涅槃。在那裏，没有生離死別之憂，也没有人世間的傾軋和勾心鬥角，這是一個多麽誘人的境地啊！至於現世芸芸衆生之煩惱，又何必去計較，儒者雖强調積極"入世"，推崇"達則兼濟天下"，但他們同時又講"窮則獨善其身"，也即是説，即使不得志，也不能自暴自弃。孟子還具體設計了一個養"大丈夫"浩然之氣的形象，即"貧賤不能移，富貴不能淫，威武不能屈"。即我行我素，不降志辱行來與物推移。在蘇轍看來，道家的"齊物"也好，釋氏的"超脱"也好，儒者之"獨善"也好，都是志於道者表現出來的超越自我的崇高精神境界，它們之間是相通的。

"三教"既然在認識對象上（道）、方法上（中庸）乃至處世哲學上（超脱），有那麽多相同和相似之處，還有什麽不可合一、以求並存的呢？轍基於這樣的認識，便認真地將"三教"融會貫通，做起他們的統一工作來。於是他在解儒時自覺地運用釋道教義（如《論語拾遺》、《孟子説》），而於説佛處又大膽地援引儒道原理（如《書傳燈録後》），特別是在筠州作《老子解》時，大量引證儒釋。每成一篇，即拿給當地名僧釋道全看，"全輒嘆曰：'皆佛説也'"。後來在雷州進一步修改，寄給兄軾，軾作跋一篇，對之大加贊賞，説："子由寄《老子新解》，讀之不盡卷，廢卷而嘆。使戰國有此書，則無商鞅韓非；使漢初有此書，則孔老爲一；使晋宋間有此書，則佛老不爲二"②。真可謂腐朽化神奇，干戈爲玉帛了！可見，蘇轍作"三教合一"的功夫甚深，簡直達到了水乳交融的地步！

二、"道器説"的唯物思想

《易·繫辭上》："形而上者謂之道，形而下者謂之器。"如前所述蘇轍用形上、形下的"道"與"器"兩個範疇，巧妙地將互爲水火的儒、釋、道"三教"統一在一個公式裏了，從而建立起了他自己以"道器説"爲特徵的哲學體系。他把老子的"道"、釋氏的"佛性"歸於儒所謂"形而上者"之"道"，而把孔子的仁義禮樂乃至世間萬物都牢籠在"形而下者"之"器"中。整個世界就井然排成了兩隊，一是有形有色的事物"器"，一是無形的凌駕於物之上的理驗——"道"。

在蘇轍的"道器説"中，"道"具有樸素唯物主義的色彩，因爲他承認萬物的産

---

① 蘇轍：《書傳燈録後》，《欒城三集》卷九。
② 蘇轍：《老子解·題老子道德經後》。

生只有一個本源，天地間也只有一個客觀眞理。他説："天下固無二道。"這個"道"是具有普遍意義的客觀存在，此即老子所謂"常道"。他認爲宇宙間"莫非道也"①。也即説天下（包括天地）存在都不過是"道"和"道"的再生物。因爲他説："道有上下，其形而上者道也，其形而下者器也。"②"道有上下"亦即"道"有本末、源流、體用。"形上"者是原裝的"道"，是本，是源，是體；而"形下"者是"道"的再生或幻化（即"器"），是末，是流，是用。"器"就是具體事物，可以言説，可以稱數，可以描述，"而可道者不可常，惟不可道而後可常耳"③。"常"即普遍性和永恒性。可以描述的具體事物（包括禮樂典章）皆道之"似者"。④ 即是"道"的近似物，它們具有具體的、特殊的規定性，所以不是"常道"，不具有普遍意義。只有那個微妙得不可言狀的"道"才是"常"的，才具有普遍意義，才永恒不變，即所謂"常道不變"，"古今雖異，而道則不去"。⑤ "道"本是"曠然無形、頹然無名"的東西，何以稱爲"道"呢？他解釋説："道本無名，聖人見萬物之無不由（據以產生）也，故字之曰道。"⑥ 又由於"道"混混沌沌不可分辨，有渾然整體性，故又稱爲"一"。⑦

蘇轍"道器説"中的"道"具有本體和規律的雙重性質。首先是"道"的本體性。他十分贊同老子"道"生萬物的命題，認爲"道者萬物之母"⑧。"道"本無名無形，這是其"體"。自無形無名，形而爲天地。天地既立，名也就產生了，進一步"播而爲萬物"⑨ 這些都是"器"，是"道"之"用"了，即所謂"無名者道之體，有名者道之用"⑩。"道"生萬物，萬物中就包含有"道"的因素。因而他多次強調"道無所不在"，無所不有。⑪ "道"在人就表現爲"性"。

其次是"道"的規律性。在古典哲學中，由於認識的局限，本體和規律往往混而爲一，使用了同一個詞彙。蘇轍也是這樣，他認識中的"道"，既是萬事萬物產生的共同基礎，又是萬物所共有的屬性。"道一而已，得一則無不得"⑫ 就是講"道"的普遍性。認識了"道"這個普遍規律，就可以認識萬事萬物："聖人之所以知萬物之所以然

---

① 蘇轍：《老子解·道可道章第一》。
② 蘇轍：《論語拾遺》，明焦竑輯萬曆二十五年畢氏刻《兩蘇經解》本。下引此書只注書名卷次。
③ 蘇轍：《老子解·道可道章第一》。
④ 蘇轍：《老子解·絕聖棄智章第十九》。
⑤ 蘇轍：《老子解·孔德之容章第二十一》。
⑥ 蘇轍：《老子解·有物混成章第二十五》。
⑦ 蘇轍：《老子解·道生一章第四十二》。
⑧ 蘇轍：《老子解·絕學無憂章第二十》。
⑨ 蘇轍：《老子解·道可道章第一》。
⑩ 蘇轍：《老子解·道可道章第一》。
⑪ 蘇轍：《老子解·上善若水章第八》。
⑫ 蘇轍：《老子解·曲則全章第二十二》。

者，以能體道不去故也。"① 認識和掌握了規律，還可根據它來有所作爲，"聖人體道以爲天下用"②，"聖人體道以周物"③。如孔子之仁義禮樂諸"器"就是其"體道"的製作。這同樣體現了"道"生萬物的原則，只不過中間摻入了人的作用。

天地萬物（"器"）就是這樣產生的：一是"道"自然生物，一是人類"體道"的自覺創造。由此可概萬全。古之聖賢是認識這個道理的，只是釋老重視"道"自然生物這一面，而孔子則重視人"體道"制作這一面罷了。在蘇轍看來，孔子是明"道"的，只是他認爲"道"是極精微難言、不易捉摸的東西，"非聖智不足以知道"④。對一般人來說，要強調其明"道"只會弄得眼花瞭亂，玄乎其玄，"故示人以器而晦其道"。"器"是具體事物，易知。這樣就使"中人以下守其器，不爲道之所眩，以不失爲君子"⑤。也就是不高談闊論、好高鶩遠來驚世駭俗，而是教人以易知易行之事，以收實效。對於有超常智慧的人，當然不局限於"器"，他們可以在明"器"的基礎上，"自是以上達"⑥，進一步明"道"。這是因爲在仁義禮樂諸"器"的背後貫穿有"道"的精神，只是"道行於其間而民不知"⑦罷了。也就是説，在衆多的"器"中包含了共性的東西，認識這些分散的共性之積累，便可"明道"。至於"老子則不然，志于明道而急于開人心，故示人以道而薄于器，以爲學者惟器之知則道隱矣。故絕仁義、棄禮樂以明道"⑧。孔子認爲明"器"可以明"道"，對散見於諸物共性的認識即可達到明"道"的飛躍。老子爲何不主張由"器"明"道"呢？蘇轍解釋説："道不可言，可言皆其似者也。達者因似以識真，而昧者孰（熟）似以陷于僞"⑨。原來，孔子看到的是具體事物中能體現"道"的成分，而老子看到的乃是具體事物中不完全體現"道"的部分。因而各自對"器"的態度也就迥異。但他們明"道"的目的是一致的，只是具體步驟不同而已。釋老重"道"，儒學重"器"，殊途同歸，本無二致。

三、"無爲"與"有爲"的辯證思想

老子重視"道"的自然屬性，故主張"無爲"。"無爲"是"老子之所以爲書，與其所以爲道之大略"⑩。"無爲"是老子學説的歸宿。孔子着眼於體"道"制作，故主

---

① 蘇轍：《老子解·孔德之容章第二十一》。
② 蘇轍：《老子解·道可道章第一》。
③ 蘇轍：《老子解·天下有始章第五十二》。
④ 蘇轍：《老子解·絕聖棄智第十九》。
⑤ 蘇轍：《老子解·絕聖棄智第十九》。
⑥ 蘇轍：《老子解·絕聖棄智第十九》。
⑦ 蘇轍：《歷代論·梁武帝》，《欒城後集》卷一〇，《四部叢刊》景明嘉靖蜀藩活字本。
⑧ 蘇轍：《老子解·絕聖棄智章第十九》，明正統《道藏》本。
⑨ 蘇轍：《老子解·絕聖棄智章第十九》，明正統《道藏》本。
⑩ 蘇轍：《老子解·信言不美章第八十一》。

張有所作爲。這本是孔老二氏對待天地萬物、人類社會的根本態度，也是他們的根本分歧所在。

但是，蘇轍認爲在無爲、有爲這一問題上，孔老二氏也有共同語言。老子固然講"道"自然生物，孔子不是也説過"天何言哉，四時行焉，百物生焉。天何言哉"嗎？這不都承認自然生物嗎？此其一。孔子講有爲，制禮作樂以治天下，老子也講"無爲無不爲"嘛，既是"無不爲"，就不能無所事事。此其二。够了，孔老都講"無爲"，也都講"無不爲"。甚至可以説："無爲"就是"無不爲"。

在蘇轍看來，"無爲"就是因任自然的大有作爲。用他的話説，"無爲"就是"知勢之自然而居其自然"①。"勢"即歷史發展之必然趨勢。原來，"無爲"是順應歷史發展的趨勢，有何不可！倘能"因物之自然而無立者，外若偷惰，而實建也"②。"有爲"又怎樣解釋？轍以爲是順應自然而爲之。這樣，雖"無所不爲，而無爲之之意耳"③。"爲之"，即克意爲之，也就是僅憑主觀好惡行事。如果不是主觀武斷，一意孤行，而是遵循自然規律，雖"無所不爲"，也是符合"無爲"精神的。任何違反規律或超自然進程的作爲，結果都會事與願違，適得其反。就連"愛民治國"也不例外。他説："雖至於治國愛民，一以無心遇之，苟其有心，則愛民者適以害之，治國者適以亂之。"④"有心"，即有意，克意，即純主觀意願。不守規律，雖是好心亦會辦成壞事。有國有天下者，可不引以爲誡嗎？相反，只要順應自然趨勢，出於"不得已"，雖用刑用兵也是可以的。⑤ 可見遵循規律的必要。

他要人們恰當地把握自然趨勢，處無爲。"始終皆因其自然"⑥，"當事而爲無爲之之心"⑦，就能收到"無所不爲，無所不事"⑧ 的效果。這就是"無爲無不爲"的辯證關係。

四、重"學"貴"一"的認識論

與他的"道器説"相聯繫，蘇轍認爲認識有兩個類型——"明道"和"知器"。他説："君子上達知其道也，小人下達知其器也。""君子"明"道"，就没有物我之分，所以"愛人"；"小人"知"器"即"知義之不可犯，禮之不可過"，知守行爲之

---

① 蘇轍：《老子解·將欲噏之章第三十六》。
② 蘇轍：《老子解·上士聞道章第四十一》。
③ 蘇轍：《老子解·道常無爲章第三十七》。
④ 蘇轍：《老子解·載營魄章第十》。
⑤ 蘇轍：《老子解·善爲士章第六十八》。
⑥ 蘇轍：《老子解·其安易持章第六十四》。
⑦ 蘇轍：《老子解·天下皆知章第二》。
⑧ 蘇轍：《老子解·爲無爲章第六十三》。

規範，故而"易使"。① 不過"君子"明"道"也好，"小人"知"器"也好，莫不從識"器"入手。因此都必須"學"。自古而然，毫不例外："古之教人必以學。"不過，知"器"是"聞其名而爲之"，即只知該做什麼，不該做什麼，這不足爲貴。"知禮法而不知道，則世之俗儒，不足貴也"②。只有明"道"才堪稱聖智。故而蘇轍談認識時集中於此。

"道"是客觀的存在，而識"道"者衆，各有所見，但不影響"道"的性質。他說："道在是矣，仁者見之斯以爲仁，智者見之斯以爲智矣。"③ 怎樣才能正確地明"道"呢？他說："聖人之學道，必始于窮理，中于盡性，終于復命。"④ 這就是認識"道"的"三部曲"。"窮理"是學習諸"器"（諸如禮樂仁義）而知其"所以然"的功夫。⑤ 這首先要博學，"君子無所不學"⑥。然後還要綜合歸納，即"一之"，如果"多學而無以一之，則惑矣"⑦。"一，道也。"這個"一"，就是歸納出的普遍性、規律性的東西。有了對普遍規律的認識，就可以演繹出對許多個性的認識，因爲"道，一而已，得一則無不得"⑧。道"在人爲性"⑨ 認識了"道"，即"盡性"（轍又謂之"復性"）。到了這時，"其性湛然，不勉而中，不思而得，物至而能應"⑩。即知道了普遍規律，就可以舉一反三，聞一知十，對一切外界的資訊，能不假思索地做出準確的反映，應付自如。這本是"明道"的境界了，在認識論上應是止境了。但蘇轍猶以爲未可，因爲還有物我之分，"盡性"還是主體對客體的反映。只有化除物我，與"天命"渾然一體，即"復命"，才是最高境界。這個"命"即"天命"。孟子說"莫之爲而爲者天也，莫之致而至者命也"。"天命"，就是自然性和規律性。"復命"就是人與自然及其規律融爲一體。從其行爲上考察就是"先天而天弗違"，"後天而奉天時"，"其先後常與天命會"。⑪ 即說行爲舉止處處與自然規律相符，沒有絲毫差異。這就是孔子所謂的"從心所欲不逾矩"。這看似神秘，其實"復命"是在知"道"（盡性）基礎上的進一步熟練化，是掌握了規律而對事物做出的準確預見。

蘇轍"三教合一"的思想，反映了宋以後學術的重要特徵。他看到"三教"有許多相通處，它們同是探討客觀真理——"道"，都有其存在的價值。同時，他也看到了"三教"各自的不同性質，以及它們各自適用的領域。認爲釋道爲學雖直探形而上之

---

① 蘇轍：《論語拾遺》。
② 蘇轍：《老子解·題老子道德經後》。
③ 蘇轍：《欒城三集》卷一〇《藏書室記》。
④ 蘇轍：《老子解·致虛極章第十六》。
⑤ 蘇轍：《老子解·致虛極章第十六》。
⑥ 蘇轍：《論語拾遺》。
⑦ 蘇轍：《老子解·曲則全章第二十二》。
⑧ 蘇轍：《老子解·曲則全章第二十二》。
⑨ 蘇轍：《易說》，《欒城三集》卷八。
⑩ 蘇轍：《老子解·致虛極章第十六》。
⑪ 蘇轍：《老子解·載營魄章第十》。

"道"，但"以之治世則亂"。因爲他們蔑棄仁義，世間"非禮法則亂"，所以治世只能用儒學，即"以形器治天下，導之以禮樂，齊之以政刑"①。道釋也不是没有用，除了繁榮學術外，"多病宜學道，多難宜學禪"（《筠州聖壽院法堂記》）。學道可以養生，學禪可以解脱痛苦。這其實是他多難的一生得出的滴血經驗。他主張"三教合一"而又不滅佛杜道，主張三教並行，而又不迷佛癖道。而是在儒學旗幟下，吸取釋道精蘊，將三教學術統統納入他的"道器説"中，提倡學術研究要重視規律，而現實的生活又當遵循禮教。這顯示了他的學術民主精神和現實主義精神，在當時是難能可貴的。這一觀念發展到宋孝宗時，便正式提出了"以佛修心，以道養身，以儒治世"的著名理論爲"三教"指明各自安身的境域。

但他也帶上了時代的局限，比如本體與規律不分的模糊認識，"君子"、"小人"識"道"識"器"的階級局限，以及他力求"三教"之同，也失之偏頗。因而朱熹得以作《雜學辯》來譏刺他，這又不無遺憾。

原載《南充師範學院學報》（哲學社會科學版）1987年第4期

---

① 蘇轍：《歷代論·梁武帝》，《欒城後集》卷一〇。

三蘇經說

蘇　洵
蘇　軾 撰
蘇　轍

尤瀟瀟　校點
舒大剛　審校

目　錄

叙録 …………………………………………………… 949

蘇洵經説
　六經論 ……………………………………………… 951
　　易論 ……………………………………………… 951
　　禮論 ……………………………………………… 952
　　樂論 ……………………………………………… 952
　　詩論 ……………………………………………… 953
　　書論 ……………………………………………… 954
　　春秋論 …………………………………………… 955
　洪範論 ……………………………………………… 956
　　洪範論　上　並叙 ……………………………… 956
　　洪範論　中　並圖 ……………………………… 957
　　洪範論　下 ……………………………………… 959
　　洪範論後序 ……………………………………… 960
　太玄論 ……………………………………………… 961
　　太玄論　上 ……………………………………… 961
　　太玄論　中 ……………………………………… 962
　　太玄論　下 ……………………………………… 962
　太玄總例　並引 …………………………………… 963
　　四位 ……………………………………………… 963
　　九贊 ……………………………………………… 964
　　八十一首 ………………………………………… 964
　　三方 ……………………………………………… 965
　　三州 ……………………………………………… 966
　　九部 ……………………………………………… 967
　　三家 ……………………………………………… 967
　　揲法 ……………………………………………… 967
　　占法 ……………………………………………… 968
　　推玄算 …………………………………………… 968
　　求表之贊 ………………………………………… 968
　　曆法 ……………………………………………… 969

蘇軾經說

  五經論 ··· 970
    易論 ·· 970
    書論 ·· 971
    詩論 ·· 971
    禮論 ·· 972
    春秋論 ··· 973
  易説三篇 ··· 974
    孔子贊易有申爻辭而无損益者 ··· 974
    王弼引論語以解易其說當否 ·· 974
    易解　十八變而成 ·· 974
  書解十篇 ··· 975
    乃言底可績　《舜典》 ·· 975
    聖讒說殄行　《舜典》 ·· 976
    視遠惟明聽德惟聰　《太甲》 ·· 976
    終始惟一時乃日新　《咸有一德》 ···································· 976
    王省惟歲　《洪範》 ·· 977
    作周恭先作周孚先　《洛誥》 ·· 977
    惟聖罔念作狂惟狂克念作聖　《多方》 ····························· 978
    唐虞稽古建官惟百夏商官倍亦克用乂　《周官》 ············· 978
    庶言同則繹　《君陳》 ·· 979
    道有升降政由俗革　《畢命》 ·· 979
  春秋論十篇 ··· 980
    鄭伯克段于鄢　隱元年 ·· 980
    鄭伯以璧假許田　桓元年 ·· 980
    取郜大鼎于宋　桓二年 ·· 981
    齊侯衛侯胥命于蒲　桓三年 ·· 982
    禘于太廟用致夫人　僖八年 ·· 982
    閏月不告朔猶朝于廟　文六年 ·· 983
    用郊　成十七年 ·· 983
    會于澶淵宋災故　襄三十年 ·· 984
    黑肱以濫來奔　昭三十一年 ·· 984
    春秋變周之文　何休解 ·· 985
  論語解二篇 ··· 986
    君使臣以禮　《八佾》 ·· 986
    觀過斯知仁矣　《里仁》 ·· 986

孟子解一篇 ……………………………………………………… 987
　　　以佚道使民以生道殺民 《盡心上》 ……………………… 987
　　中庸論 三首 …………………………………………………… 987
　　　中庸論 上 …………………………………………………… 987
　　　中庸論 中 …………………………………………………… 988
　　　中庸論 下 …………………………………………………… 989

蘇轍經説
　　進論五首 ………………………………………………………… 990
　　　易論 …………………………………………………………… 990
　　　書論 …………………………………………………………… 991
　　　詩論 …………………………………………………………… 991
　　　禮論 …………………………………………………………… 992
　　　春秋論 ………………………………………………………… 993
　　易説三篇 ………………………………………………………… 994
　　　易説 一 ……………………………………………………… 994
　　　易説 二 ……………………………………………………… 994
　　　易説 三 ……………………………………………………… 995
　　洪範五事説 ……………………………………………………… 995
　　詩説 ……………………………………………………………… 996
　　春秋説 …………………………………………………………… 998

叙　　錄

《三蘇經説》係蘇洵、蘇軾、蘇轍三父子經學論文的彙編。蘇洵（1009—1066），字明允，眉州眉山（今四川眉山）人。北宋學者，與其子蘇軾（生平見《蘇氏易傳·叙録》）、蘇轍（生平見《詩集傳·叙録》）並稱"三蘇"。著有《嘉祐集》、《謚法》，又與歐陽修、姚闢共撰《太常因革禮》一百卷。《宋史·文苑傳》有傳。

"三蘇"是宋代蜀學的代表人物，他們所創立的蜀學與荆公新學、濂洛理學鼎足而立，成爲北宋的重要學術流派。父子三人在經學、史學、子學、文學等領域俱有重要成果，由於其文學盛名極高，後人多醉心於三蘇文學成就之研究，而於其經學、史學等成就關注較少，其實三蘇父子對於自身經學研究成果極爲珍視，時人及後學對其成就評價也極高。其主要經學著作除了此次已經整理收録的八種外，還有多篇專論流傳於世，這些單篇文章涉及六經、《洪範》、《論語》、《孟子》、《中庸》、《太玄》等各種經典，體現了父子三人的經學觀點，他們自相師友，學術旨趣一致，父子三人在前人經學研究的基礎上做了進一步的推進，並將人情説和權變觀與解經相結合，從明道、治心、治世多個層面展開經説之論述，其總體特徵乃致力於經世致用，即蘇轍所言"以古今成敗得失爲議論之要"，自成一體，影響深遠。

宋刊本《重廣分門三蘇先生文粹》（此版目前日本宫内廳書陵部有收藏）曾經將三蘇的單篇經説（含《孟子解》、《論語拾遺》）類輯爲十卷，置於卷首，可視爲三蘇父子經説的初步整理。今即以此爲底本，增加收録範圍，而以宋婺州東陽胡倉王宅桂堂刻本《三蘇先生文粹》、文淵閣《四庫全書》本《嘉祐集》、重刊明成化本《東坡續集》和《東坡應詔集》、明萬曆刊《重編東坡先生外集》、明嘉靖活字本《欒城集》、摛藻堂《四庫全書薈要》本《欒城應詔集》爲參校，重新以蘇洵、蘇軾、蘇轍人物爲序排列，收録蘇洵經説十餘篇，分別爲《太玄論》上、中、下三篇，《六經論》六篇，《洪範論》上、中、下及後序四篇等；蘇軾經説三十餘篇，分別爲《五經論》五篇，《易説》三篇，《書説》十篇，《春秋論》十篇，《論語解》二篇，《孟子解》一篇，《中庸論》上、中、下三篇等；以及蘇轍經説十餘篇，分別爲《進論五首》五篇，《易説》三篇，《洪範五事説》、《詩説》、《春秋説》各一篇等，總約五十餘篇，編成《三蘇經説》，以饗讀者。

蘇洵經說

六經論

易　論

　　聖人之道，得《禮》而信，得《易》而尊。信之而不可廢，尊之而不敢廢，故聖人之道所以不廢者，《禮》爲之明而《易》爲之幽也。生民之初，无貴賤，无尊卑，无長幼，不耕而不飢，不蠶而不寒，故其民逸。民之苦勞而樂逸也，若水之走下。而聖人者，獨爲之君臣，而使天下貴役賤；爲之父子，而使天下尊役卑；爲之兄弟，而使天下長役幼；蠶而后衣，耕而後食，率天下而勞之。一聖人之力，固非足以勝天下之民之眾，而其所以能奪其樂而易之以其所苦，而天下之民亦遂肯棄逸而即勞，欣然戴之以爲君師，而遵蹈其法制者，《禮》則使然也。聖人之始作《禮》也，其說曰：天下无貴賤，无尊卑，无長幼，是人之相殺无已也。不耕而食鳥獸之肉，不蠶而衣鳥獸之皮，是鳥獸與人相食无已也。有貴賤，有尊卑，有長幼，則人不相殺；食吾之所耕，而衣吾之所蠶，則鳥獸與人不相食。人之好生也甚於逸，而惡死也甚於勞，聖人奪其逸、死，而與之勞、生，此雖三尺豎子知所趨避矣。故其道之所以信于天下而不可廢者，《禮》爲之明也。雖然，明則易達，易達則褻，褻則易廢，聖人懼其道之廢，而天下復于亂也，然後作《易》。觀天地之象以爲爻，通陰陽之變以爲卦，考鬼神之情以爲辭。探之茫茫，索之冥冥，童而習之，白首而不得其源，故天下視聖人如神之幽，如天之高，尊其人而其教亦隨而尊。故其道之所以尊于天下而不敢廢者，《易》爲之幽也。凡人之所以見信者，以其中无所不可測者也。人之所以獲尊者，以其中有所不可窺者也。是以《禮》无所不可測，而《易》有所不可窺，故天下之人信聖人之道而尊之。不然，則《易》者豈聖人務爲新奇秘怪以夸後世邪？聖人不因天下之至神，則无所施其教。卜筮者，天下之至神也。而卜者，聽乎天而人不預焉者也；筮者，決之天而營之人者也。龜，漫而无理者也，灼荆而鑚之，方功義弓，惟其所爲，而人何預焉？聖人曰：是純乎天技耳。技何所施吾教？于是取筮。夫筮之所以或爲陽，或爲陰者，必自分而爲二始；掛一，吾知其爲一而掛之也，揲之以四，吾知其爲四而揲之也。歸奇于扐，吾知其爲一，爲二，爲三，爲四而歸之也。人也分而爲二，吾不知其爲幾而分之也，天也。聖人曰：是天人參焉，道也，道有所施吾教矣。于是因而作《易》，以神天下之耳目，而其道遂尊而不廢。此聖人用其機權以持天下之心，而濟其道于无窮也。(《重廣分門三蘇先生文粹》卷一，下據該書只注卷次)

禮論

　　夫人之情，安于其所常爲，无故而變其俗，則其勢必不從。聖人之始作禮也，不因其勢之可以危亡困辱之者以厭服其心，而徒欲使之輕去其舊，而樂就吾法，不能也。故无故而使之事君，无故而使之事父，无故而使之事兄，彼其初，非如今之人知君父兄之不事則不可也，而遂翻然以從我者，吾以恥厭服其心也。彼爲吾君，彼爲吾父，彼爲吾兄，聖人曰：彼爲吾君父兄，何以異于我？于是坐其君與其父以及其兄，而己立于其旁，且俯首屈膝于其前以爲禮，而謂之拜。率天下之人而使之拜其君父兄。夫无故而使之拜其君，无故而使之拜其父，无故而使之拜其兄，則天下之人將復嗤笑，以爲迂怪而不從。而君父兄又不可以不得其臣子弟之拜，而徒爲其君父兄？于是聖人者又有術焉，以厭服其心，而使之肯拜其君父兄。然則聖人者，果何術也？恥之而已。古之聖人將欲以禮治天下之民，故先自治其身，使天下皆信其言。曰：此人也，其言如是，是必不可不如是也。故聖人曰：天下有不拜其君父兄者，吾不與之齒。而天下之人亦曰①：彼將不與我齒也。于是相率以拜其君父兄，以求齒于聖人。雖然，彼聖人者，必欲天下之拜其君父兄，何也？其微權也。彼爲吾君，彼爲吾父，彼爲吾兄，聖人之拜不用于世，吾與之皆坐于此，皆立于此，比肩而行于此，无以異也。吾一旦而怒，奮手舉梃而搏逐之可也。何則？彼其心常以爲吾儕也；何則？不見其異于吾也②。聖人知人之安于逸而苦于勞，故使貴者逸而賤者勞，且又知坐之爲逸，而立且拜者之爲勞也，故舉其君父兄坐之于上，而使之立且拜于下。明日彼將有怒作于心者，徐而自思之，必曰：此吾向之所坐而拜之，且立于其下者也。聖人固使之逸而使我勞，是賤于彼也。奮手舉梃以搏逐之，吾心不安焉。刻木而爲人，朝夕而拜之，他日析之以爲薪，而猶且忌之。彼其始木焉，已拜之猶且不敢以爲薪，故聖人以其微權而使天下尊其君父兄。而權者又不可以告人，故先之以恥。嗚呼！其事如此，然後君父兄得以安其尊而至于今。今之匹夫匹婦，莫不知拜其君父兄。乃曰拜起坐立，禮之末也。不知聖人其始之教民拜起坐立，如此之勞也。此聖人之所慮，而作《易》以神其教也。（卷一）

樂論

　　禮之始作也，難而易行；既行也，易而難久。天下未知君之爲君，父之爲父，兄之爲兄，而聖人爲之君父兄；天下未有以異其君父兄，而聖人爲之拜起坐立；天下未肯靡然以從我拜起坐立，而聖人身先之以恥。嗚呼，其亦難矣！天下惡夫死也久矣，聖人招之曰：來，吾生爾。既而其法可以生天下之人③，天下之人視其向也如此之危，

---

① "而"後，文淵閣《四庫全書》本（以下簡稱"《四庫》本"）《嘉祐集》有"使"字。
② 何則：宋婺州王宅桂堂刻本《三蘇先生文粹》（以下簡稱"王宅桂堂刻本"）卷一無。
③ "可"前，王宅桂堂刻本卷一、《四庫》本《嘉祐集》有"果"字。

而今也如此之安，則宜何從？故當其時，雖難而易行。既行也，天下之人視君父兄，如頭足之不待別白而後識，視拜起坐立如寢食之不待告語而後從事。雖然，百人從之，一人不從，是其勢不得遽至乎死。天下之人，不知其初之无禮而死，而見其今之无禮而不至乎死也，則曰聖人欺我。故當其時，雖易而難久。嗚呼！聖人之所持以勝天下之勞逸者，獨有死生之說耳。死生之說不信于天下，則勞逸之說將出而勝之。勞逸之說勝，則聖人之權去矣。酒有鴆，肉有堇，然後人不敢飲食；藥可以生死，然後人不以苦口爲諱。去其鴆，徹其堇，則酒肉之權固勝于藥。聖人之始作禮也，其亦逆知其勢之將必如此也，曰：告人以誠，而後人信之。幸今之時吾之所以告人者，其理誠然，而其事亦然，故人以爲信。吾知其理，而天下之人知其事，事有不必然者，則吾之理不足以折天下之口，此告語之所不及也。告語之所不及，必有以陰驅而潛率之。于是觀之天地之間，得其至神之機，而竊之以爲樂。雨，吾見其所以濕萬物也；日，吾見其所以燥萬物也；風，吾見其所以動萬物也。隱隱砿砿，而謂之雷者，彼何用也？陰凝而不散，物蟄而不遂，雨之所不能濕，日之所不能燥，風之所不能動，雷一震焉而凝者散，蟄者遂。曰雨者，曰日者，曰風者，以形用；曰雷者，以神用。用莫神于聲，故聖人因聲以爲樂。爲之君臣、父子、兄弟者，禮也。禮之所不及，而樂及焉。正聲入乎耳，而人皆有事君、事父、事兄之心，則禮者固吾心之所有也，而聖人之說，又何從而不信乎？（卷一）

詩　論

人之嗜欲，好之有甚于生，而憤憾怨怒，有不顧其死，于是禮之權又窮。禮之法曰：好色不可爲也。爲人臣，爲人子，爲人弟，不可以有怨于其君父兄也。使天下之人皆不好色，皆不怨其君父兄，夫豈不善。使人之情皆泊然而无思，和易而優柔，以從事于此，則天下固亦大治。而人之情又不能皆然，好色之心驅諸其中，是非不平之氣攻諸其外，炎炎而生，不顧利害，趨死而後已。噫，禮之權止于死生，天下之事不至乎可以博生者，則人不敢獨死以違吾法。今也，人之好色與人之是非不平之心，勃然而發于中，以爲可以博生也，而先以死自處其身，則死生之機固已去矣。死生之機去，則禮爲无權。區區舉无權之禮以强人之所不能，則亂益甚，而禮益敗。今吾告人曰：必无好色，必无怨而君父兄，彼將遂從吾言，而忘其中心所自有之情邪？將不能也。彼既已不能純用吾法，則吾法，將遂大棄而不顧吾法①。既已大棄而不顧，則人之好色與怨其君父兄之心，將遂蕩然无所隔限，而易內竊妻之變，與弑其君父兄之禍，必反公行于天下。聖人憂焉，曰：禁人之好色而至于淫，禁人之怨其君父兄而至于叛，患生于責人太詳。好色之不絕，而怨之不禁，則彼將反不至于亂。故聖人之道，嚴于禮而通于《詩》。《禮》曰：必无好色，必无怨而君父兄。《詩》曰：好色而无至于淫，怨而君父兄而无至于叛。嚴以待天下之賢人，通以全天下之中人。吾觀《國風》婉孌

---

① 則吾法：王宅桂堂刻本卷一、《四庫》本《嘉祐集》無。

柔媚而卒守以正，好色而不至于淫者也；《小雅》悲傷訴讟，而君臣之情卒不忍去，怨而不至于叛者也。故天下觀之，曰聖人固許我以好色，而不尤我之怨吾君父兄也。許我以好色，不淫可也；不尤我之怨吾君父兄，則彼雖以虐遇我，我明譏而明怨之，使天下明知之，則吾之怨亦得當焉，不叛可也。夫背聖人之法而自棄于淫叛之地者，非斷不能也。斷之始，生于不勝。人不自勝其忿，然後忍棄其身。故《詩》之教，不使人之情至于不勝。夫橋之所以爲安于舟者，以有橋而言也。水潦大至，橋必解而舟不至于必敗。故舟者，所以濟橋之所不及也。吁，禮之權窮于易達，而有《易》焉；窮于後世之不信，而有《樂》焉；窮于強人，而有《詩》焉。吁，聖人之慮事也蓋詳。（卷一）

書　論

風俗之變，聖人爲之也。聖人因風俗之變而用其權。聖人之權用于當世，而風俗之變益甚，以至于不可復反。幸而又有聖人焉，承其後而維之，則天下可以復治；不幸其後无聖人，其變窮而无所復入，則已矣。昔者，吾嘗欲觀古之變而不可得也，于《詩》見商與周焉而不詳。及觀《書》①，然後見堯舜之時，與三代之相變如此之亟也。自堯而至于商，其變也皆得聖人而承之，故无憂。至于周，而天下之變窮矣。忠之變而入于質，質之變而入于文，其勢便也。及夫文之變，而又欲反之于忠也，是猶欲移江河而行之山也。人之喜文而惡質與忠也，猶水之不肯避下而就高也。彼其始未嘗文焉，故忠質而不辭；今吾日食之以太牢，而欲使之復茹其菽哉？嗚呼！其後无聖人，其變窮而无所復入，則已矣。周之後而无王焉，固也。其始之制其風俗也，固不容爲其後者計也，而又適不值乎聖人，固也，後之无王者也。當堯之時，舉天下而授之舜。舜得堯之天下，而又授之禹。方堯之未授天下于舜也，天下未嘗聞有如此之事也，度其當時之民，莫不以爲大怪也。然而舜與禹也，受而居之，安然若天下固其所有，而其祖宗既已爲之累數十世者，未嘗與其民道其所以當得天下之故也，又未嘗悅之以利，而開之以丹朱、商均之不肖。其意以爲天下之民以我爲當在此位也，則亦不俟乎援天以神之，譽己以固之也。湯之伐桀也，囂囂然數其罪而以告人，如曰彼有罪，我伐之宜也。既又懼天下之民不己悅也，則又囂囂然以言柔之曰："萬方有罪，在予一人。予一人有罪，无以爾萬方。"如曰我如是而爲爾之君，爾可以許我焉耳。吁，亦既薄矣。至于武王而又自言其先祖父偕有顯功，既已受命而死，其大業不克終，今我奉承其志，舉兵而東伐，而東國之士女束帛以迎我，紂之兵倒戈以納我。吁，又甚矣！如曰吾家之當爲天子久矣，如此乎，民之欲我速入商也。伊尹之在商也，如周公之在周也。伊尹攝位三年而无一言以自解，周公爲之紛紛乎急于自疏其非篡也。夫固由風俗之變而後用其權，權用而風俗成，吾安坐而鎮之，夫孰知夫風俗之變而不復反也。（卷一）

---

① "觀"前，王宅桂堂刻本卷一、《四庫》本《嘉祐集》有"今"字。

春秋論

賞罰者，天下之公也；是非者，一人之私也。位之所在，則聖人以其權爲天下之公，而天下以懲以勸；道之所在，則聖人以其權爲一人之私，而天下以榮以辱。周之衰也，位不在夫子，而道在焉，夫子以其權是非天下可也。而《春秋》賞人之功，赦人之罪，去人之族，絕人之國，貶人之爵，諸侯而或書其名，大夫而或書其字，不惟其法，惟其意；不徒曰此是此非，而賞罰加焉。則夫子固曰：我可以賞罰人矣。賞罰人者，天子、諸侯事也。夫子病天下之諸侯、大夫僭天子、諸侯之事而作《春秋》，而己則爲之，其何之責天下？位，公也；道，私也。私不勝公，則道不勝位。位之權得以賞罰，而道之權不過于是非。道在我矣，而不得爲有位者之事，則天下皆曰位之不可僭也如此！不然，天下其誰不曰道在我？則是道者，位之賊也。曰：夫子豈誠賞罰之邪，徒曰賞罰之耳，庸何傷？曰：我非君也，非吏也，執塗之人而告之曰：某爲善，某爲惡，可也。繼之曰：某爲善，吾賞之；某爲惡，吾誅之，則人有不笑我者乎？夫子之賞罰何以異此？然則，何足以爲夫子？何足以爲《春秋》？曰：夫子之作《春秋》也，非曰孔氏之書也，又非曰我作之也。賞罰之權不以自與也。曰：此魯之書也，魯作之也①。有善而賞之，曰魯賞之也。有惡而罰之，曰魯罰之也。何以知之？曰：夫子繫《易》謂之《繫辭》，言孝謂之《孝經》，皆自名之，則夫子私之也。而《春秋》者，魯之所以名史，而夫子托焉，則夫子公之也。公之以魯史之名，則賞罰之權固在魯矣。《春秋》之賞罰自魯而及于天下，天子之權也。魯之賞罰不出境，而以天子之權與之，何也？曰：天子之權在周，夫子不得已而以與魯也。武王之崩也，天子之位當在成王，而成王幼②，周公以爲天下不可以無賞罰，故不得已而攝天子之位，以賞罰天下，以存周室。周之東遷也，天子之權當在平王，而平王昏亂。故夫子亦曰：天下不可無賞罰③。而魯，周公之國也，居魯之地者，宜如周公不得已而假天子之權以賞罰天下，以尊周室，故以天子之權與之也。然則，假天子之權宜如何？曰：如齊桓、晉文可也。夫子欲魯如齊桓、晉文，而不遂以天子之權與齊、晉者，何也？齊桓、晉文陽爲尊周，而實欲富強其國。故夫子與其事而不與其心。周公心存王室，雖其子孫不能繼，而夫子思周公而許其假天子之權以賞罰天下。其意曰：有周公之心，而後可以行桓、文之事，此其所以不與齊、晉而與魯也。夫子亦知魯君之才不足以行周公之事矣，顧其心以爲今之天下無周公，故至此。是故以天子之權與其子孫，所以見思周公之意也。吾觀《春秋》之法，皆周公之法，而又詳内而略外，此其意欲魯法周公之所爲，且先自治而後治人也明矣。夫子歎禮樂征伐自諸侯出，而田常弑其君，則沐浴而請討。然則天子之權，夫子固明以與魯也。子貢之徒不達夫子之意，續《經》而書孔丘卒。

---

① 作之：王宅桂堂刻本卷一作"之作"。
② "而成王幼"與下文"而平王昏"，王宅桂堂刻本卷一俱無"而"字。
③ "可"後，王宅桂堂刻本卷一、《四庫》本《嘉祐集》有"以"字。

夫子既告老矣，大夫告老而卒不書，而夫子獨書。夫子作《春秋》以公天下，而豈私一孔丘哉，嗚呼？夫子以爲魯國之書，而子貢之徒以爲孔氏之書也歟！遷、固之史有是非而無賞罰，彼亦史臣之體宜爾也。後之效夫子作《春秋》者，吾惑焉。《春秋》有天子之權，天下有君，則《春秋》不當作；天下無君，則天下之權吾不知其誰與。天下之人，烏有如周公之後之可與者？與之而不得其人則亂，不與人而自與則僭，不與人、不自與而無所與則散。嗚呼！後之《春秋》，亂邪？僭邪？散邪？（卷一）

洪範論① 三篇，並叙

《洪範》其不可行歟？何說者之多，而行者之寡也？曰：諸儒使然也。譬諸律令，其始作者非不欲人之難犯而易避矣，及吏胥舞之，則千機百穿。吁，可畏也！夫《洪範》亦猶是耳。吾病其然，因作三論，大抵斥末而歸本，援經而擊傳②，劃磨瑕垢，以見聖秘。復列二圖，一以指其謬，一以形吾意。噫，人吾知乎？不吾知，其謂吾求異夫先儒，而以爲新奇也。（卷五）

洪範論 上

《洪範》之原出于天，而畀之禹，禹傳之箕子。箕子死，後世有孔安國爲之注，劉向父子爲之傳，孔穎達爲之疏。是一聖五賢之心，未始不欲人君審其法，從其道矣。禹與箕子之言，經也。幽微宏深，不可以俄而曉者，經之常也。然而所審當得其統，所從當得其端，是故宜責孔、劉、董。今求之于其所謂《注》與《傳》與《疏》者而不獲，故明其統，舉其端，而欲人君審從之易也。夫致至治總乎大法，樹大法本乎五行，理五行資乎五事，正五事賴乎皇極。五行，含羅九疇者也；五事，檢御五行者也；皇極，裁節五事者也。儻綜于身，驗于氣，則終始常道之次，靡有不順焉。然則含羅者，其統也；裁節者，其端也，執其端而禦其統，古之聖人正如是耳。今夫皇極之建也，貌必恭，恭作肅；言必從，從作乂；視必明，明作哲；聽必聰，聰作謀；思必睿，睿作聖。如此則五行得其性，雨、暘、燠、寒、風皆時，而五福應矣。若夫皇極之不建也，貌不恭，厥咎狂；言不從，厥咎僭；視不明，厥咎豫；聽不聰，厥咎急；思不睿，厥咎蒙。如此，則五行失其性，雨、暘、燠、寒、風皆常，而六極應矣。噫，曰得、曰時、曰福，人君孰不欲趨之？曰失、曰常、曰極，人君孰不欲逃之？然而罕能者，諸儒之過也。夫禹之疇，分之則幾五十矣。諸儒不求所謂統與端者，顧爲之傳，則向之五十又將百焉。人之心一，固不能兼百，難之而不行也。欲行之，莫若歸之易：百歸之五十，五十歸之九，九歸之三。三，五行也，五事也，皇極也。而又以皇極裁節

---

① 按：原本目錄下題"老泉先生"，正文下題"東坡先生"，正文誤。
② 援：《四庫》本《嘉祐集》作"襃"，誤。

五事，五事得而五行從，是三卒歸之一也。然則所守不亦約而易乎。所守約而易，則人君孰欲棄得取失，棄時取常，棄福取極哉？以一治三，以三治九，以九治五十，以五十治百，天意也，禹意也，箕子意也①。（卷五）

洪範論 中 並圖

或曰：古人言《洪範》莫深于歆、向之《傳》，吾嘗學而得之矣。今觀子之論，子其未之學邪？何遽反之也？子之論曰："皇極裁節五事，其建不建爲五事之得失。"《傳》則擬五事而言之，其咎、其罰、其極與五事比，非所以裁節五事也。子又曰："皇極建則五福應，皇極不建則六極應。"《傳》則條福、極而配之貌與言、與視、與聽、與思、與皇極，又非皇極兼獲福、極也。然則劉之《傳》，子之論，孰得乎？曰：爾以箕子之知《洪範》與歆、向之知，孰愈？必曰：箕子之知愈也。則吾從之。彼歆、向拂箕子意矣，吾復何取哉？雖然，彼豈不知求從箕子乎？求之過深，而惑之愈甚矣。歆、向之惑，始于福、極分應五事，遂強爲之說，故其失寖廣而有五焉。今其《傳》以極之惡、福之攸好德歸諸貌；極之憂、福之康寧歸諸言；極之疾、福之壽歸諸視；極之貧、福之富歸諸聽；極之凶短折、福之考終命歸諸思。所謂福止此而已，所謂極則未盡其弱焉。遂曲引皇極以足之。皇極非五事匹，其不建之咎，止一極之弱哉？其失一也。且逆而極、順而福，《傳》之例也。至皇之不極，則其極既弱矣，吾不識皇之極，則天將以何福應之哉？若曰：五福皆應，則皇之不極，惡、憂、疾、貧、凶短折，曷不偕應哉？此乃自廢其例。其失二也。箕子謂咎曰狂、僭、豫、急、蒙而已，罰曰雨、旸、燠、寒、風而已。今《傳》又增咎以眊，增罰以陰，此其攓聖人之言以就固謬。況眊與蒙无異，而陰可兼之，而別名之，得乎？其失三也。《經》之首五行而次五事者，徒以五行天而五事人，人不可以先天耳。然五行之逆順，必視五事之得失，使吾爲傳，必以五事先五行。借如：《傳》貌之不恭，是謂不肅，厥咎狂，則木不曲直，厥罰常雨。其餘亦如之。察劉之心非不欲爾。蓋五行盡于思，无以周皇極，苟如庶驗增之，則雖蠢亦怪駭矣。故離五行、五事而爲解，以蔽其釁。其失四也。《傳》之于木，其說以爲貌矣，及火、土、金、水，則思、言、視、聽殊不及焉，自相駁亂。其失五也。夫九疇之于五行可以條而入者惟二，箕子陳之，蓋有深旨矣。五事一也。庶驗二也。驗之肅、乂、哲、謀、聖，一出于五事；事之貌、言、視、聽、思，一出于五行。此理之自然，可不條而入之乎？其他八政、五紀、三德、稽疑、福極，其大歸雖無越于五行、五事，非可條而入之者也。條而入之，非理之自然，故其《傳》必鉤牽扳援，文致而強附之，然後可以僅知此福此極之所以應此事者。立言如此，其亦勞矣。且《傳》于福、極既爾，則于八政、五紀、三德、稽疑亦當耳②。而今又不爾，何也？《經》曰："五，皇極。皇建其有極。斂時五福，用敷錫厥庶民。"此言皇極建而

---

① 子：原本無，據王宅桂堂刻本卷二、《四庫》本《嘉祐集》補，下同。
② 耳：王宅桂堂刻本卷二、《四庫》本《嘉祐集》作"爾"。

五福備。使《經》云皇極之不建,則必以六極易五福矣,焉在其條而入之乎?且皇極,九疇之尤貴者,故聖人位之于中,以貫上下,譬若庶驗。然曰雨、曰旸、曰燠、曰寒、曰風、曰時,時于雨、旸、燠、寒、風,各冠其上耳,又可列之爲一驗乎①?若是則劉之《傳》惑且强明矣。噫!《傳》之法,二劉唱之,班固志之。後之史志五行者,孰不師而效之?世之讀者又,孰不從而然之?是以膠爲一論,莫有考正,吾得无言哉!

一圖　指傳之謬

田獵不宿、飲食不享、出入不節、奪民農時、及有姦謀。	木不貌之不恭、曲直是謂不肅。	厥咎狂　厥罰常雨	厥極惡、說曰順之、其福攸好德。
棄法律、逐功臣、殺太子、以妾爲妻。	火不言之不從、炎上是謂不乂。	厥咎僭　厥罰常旸	厥極憂、說曰順之、其福康寧。
治宮室、飾臺榭、內淫亂、犯親戚、侮父兄。	稼穡視之不明、不成是謂不哲。	厥咎豫　厥罰常燠	厥極疾、說曰順之、其福壽。
好戰攻、輕百姓、飾城郭、侵邊境。	金不聽之不聰、從革是謂不謀。	厥咎急　厥罰常寒	厥極貧、說曰順之、其福富。
簡宗廟、不禱祠、廢祭祀、逆天時。	水不思之不睿、潤下是謂不聖。	厥咎蒙　厥罰常風	厥極兇短折、說曰順之、其福考終命。
	皇之不極	厥咎眊　厥罰常陰	厥極弱。

---

① "之"後,王宅桂堂刻本卷二、《四庫》本《嘉祐集》有"以"字。

一圖　形今之意

皇極之建	貌恭肅 言從乂 視明哲 聽聰謀 思睿聖	木曲直 金從革 火炎上 水潤下 土稼穡	時雨 時暘 時燠 時寒 時風	五福
皇極不建	貌不恭狂 言不從僭 視不明豫 聽不聰急 思不睿蒙	木不曲直 金不從革 火不炎上 水不潤下 土不稼穡	常雨 常暘 常燠 常寒 常風	六極

（卷五）

洪範論 下

吾既剔去《傳》疵以粹《經》，猶有秘處，而先儒不白其意，或解失其旨者非一，今辨正以申之①。《經》曰："鯀陻洪水，汩陳其五行，帝乃震怒，不畀洪範九疇。"夫五行，一疇耳，一汩而九不畀。蓋五行綱九疇，綱壞而目廢也②。然則五行之汩，非五事之失乎？五事之失，非皇極之不建乎？蓋箕子微見其統與端矣。《經》之次第五行也以生數，至于五事也，求之五行則相克，何也？從五常，斯與相克合矣。先民之論五行也，水性智而事聽，火性禮而事視，木性仁而事貌，金性義而事言，土性信而事思。及其論五常也，以爲德莫大于仁，仁或失于弱，故以義斷之；義或失于剛，故以禮節之；禮或失于拘，故以智通之；智或失于詐，故以信正之。此五常次第所以然也。五事從之，所以亦然也。三、八政，曰食、曰貨、曰祀、曰賓、曰師，五者不以官名之。鄭康成以食爲稷，以貨爲司貨賄，以賓爲大行人，是三百六十官，箕子于九疇中區區焉錯舉其八耳。孔穎達則曰：司貨賄、大行人皆事主，非復民政。夫事雖非民，亦未害爲政，孔失之滋甚焉。吾以爲不然。箕子言國家之政无越是八者。周公制禮酌而用之，故建六官以主八政：食與貨則天官，祀與賓則春官，師則夏官，司空則冬官，司徒則地官，司寇則秋官，此得其政矣③。"七稽疑，擇建立卜筮人。"孔安國謂"知卜筮人而立之"。夫知卜筮人，天下不爲鮮矣，孜孜然以擇此爲事，則委瑣不亦甚乎？吾意卜筮至神，人所諒而從者。導之善人，必諒而從之，蜀莊是矣；導之惡人，亦諒而從之，丘子明是也。聖人懼後人輕其職使，有如丘子明輩，故曰"擇建立卜筮人"，謂

---

① 申：原本、王宅桂堂刻本卷二皆作"中"，據《四庫》本《嘉祐集》改。
② 目：原本作"自"，據王宅桂堂刻本卷二、《四庫》本《嘉祐集》改。
③ 政：王宅桂堂刻本卷二、《四庫》本《嘉祐集》作"正"。

擇賢也。不然，司空、司徒、司寇，其擇之又當甚于此云者，彼天子之卿不若卜筮之官爲後世所輕，雖婦人孺子知其不可不擇故也。嗚呼，聖人之言技分派別，不得其源，紛莫可曉，譬之日月、五星、十二次、二十八舍①，使昧者觀之，固憒憒如也，不知晷度躔次的不可紊，差之渺忽，寒暑乘逆。吾故于《洪範》明其統，舉其端，削劉之惑，繩孔之失，使經意炳然，如從璣衡中窺天文矣。（卷五）

洪範論後序

吾論《洪範》，以五福六極繫皇極之建與不建，而且不與二劉之增眊與陰，或者猶以劉向、夏侯勝之説爲惑。劉向之言：「皇極之建，總爲五福；皇極之不建，不能主五事，下與五事齒而均獲一極，猶平王之詩降而爲《國風》。」夏侯勝之言曰：「天久陰不雨，臣下將有謀上者。」已而果然。以劉向之説，則皇極之不建，不可繫以六極；以夏侯勝之説，則眊與陰不可廢。是皆不然。夫福、極之于五事，非若庶驗也。陰陽而推之，律曆而求之，人事而揆之。庶驗之通于五事，可指而言也，且聖人之所可知也。今指人而謂之曰：爾爲某事，明日必有某福；爾爲某事，明日必有某極。是巫覡卜相之事也，而聖人何由知之？故吾以爲皇極之建，五事皆得，而五福皆應；不曰應某事者，必某福也。皇極不建，五事皆失，而六極皆應；不曰應某事者，必某極也。五事之間得與失參焉，則亦不曰必某福、必某極應也，亦曰福與極參焉耳。今劉以爲皇極建而爲五事主，故加之五福。及其不建也，加之以六極②，而以「平王之詩」爲説，其意以爲不建則不能爲五事主，故不加之六極以爲貶也。今有人有九命之爵，及其有罪而曰削其爵③，使至一命以貶之，曰貶可也，此猶「平王之詩降而爲《國風》」，曰降可也。若夫有罪人當具五刑，而曰是人也，罪大不當加之以五刑，姑以墨劓論，以重其責。是得爲重其責邪？今欲重不建之罪，不曰六極皆應，而曰獨弱之極應，乃引「平王之詩」以爲説④。「平王之詩」固不然也。且彼聖人者，豈以天下之福與極止于五與六而已哉？蓋亦舉其大概耳。夫天地之間，非人力所爲而可以爲驗者多矣，聖人取其尤大而可以有所兼者五，而使其餘者可以遂見焉。今也，力分其一端以爲二，而必曰陰爲陰，雨爲雨。且《經》之庶驗有曰暘矣，而豈獨遺陰哉？蓋陰之極盛于雨，而聖人舉其極者言也。吾觀二劉之傳「金不從革」，與《傳》「常雨」也，言雷電雨雪皆在⑤；而獨于此別雨與陰，何也？然則夏侯勝之言何以必應？曰：事固有幸而中者。公孫臣以漢爲土德而黃龍當見，黃龍則見矣，而漢乃火德也。可以一黃龍而必謂漢爲土德邪？必不可也。其所謂眊者蒙矣，胡復多言哉！（卷五）

---

① 舍：王宅桂堂刻本卷二作"宿"。
② "加"前，王宅桂堂刻本卷二、《四庫》本《嘉祐集》有"不"字。
③ "及"後之"其"，王宅桂堂刻本卷二、《四庫》本《嘉祐集》無。
④ 引：原本作"別"，據王宅桂堂刻本卷二、《四庫》本《嘉祐集》改。
⑤ "言"前，王宅桂堂刻本卷二、《四庫》本《嘉祐集》有"乃"字。

太玄論

太玄論 上

蘇子曰：言无有善惡也，苟有得乎吾心而言也，則其辭不索而獲。夫子之于《易》，吾見其思焉而得之者也；于《春秋》，吾見其感焉而得之者也；于《論語》，吾見其觸焉而得之者也。思焉而得，故其言深；感焉而得，故其言切；觸焉而得，故其言易。聖人之言，得之天而不以人參焉。故夫後之學者，可以天遇，而不可以人得也。方其爲書也，猶其爲言也；方其爲言也，猶其爲心也。書有以加乎其言，言有以加乎其心，聖人以爲自欺。後之不得乎其心而爲言，不得乎其言而爲書，吾于揚雄見之矣。疑而問，問而辯，問辨之道也。揚雄之《法言》，辯乎其不足問也，問乎其不足疑也，求聞于後世而不待其有得，君子无取焉耳。《太玄》者，雄之所以自附于夫子，而无得于心者也。使雄有得于心，吾知《太玄》之不作。何則？瘍醫之不爲疾醫，樂其有得于瘍也；疾醫之不能爲，而喪其所以爲瘍，此瘍醫之所懼也。若夫安人礪鍼磨砭，乃欲爲俞跗、扁鵲之事，彼誠无得于心而侈于外也。使雄有孟軻之書，而肯以爲《太玄》邪？惟其所得之不足樂，故大爲之名以徼幸于聖人而已。且夫《易》之所爲作者，雄不知也。以爲數邪①？以爲道邪？惟其爲道也，故六十卦而无加，六十四卦而无損。及其以爲數，而後有六日七分之說生焉。聖人之意曰：六十四卦者，《易》也。六日七分者，吾以爲曆也。在曆以數勝，在《易》以道勝。然則《易》之所爲作，其亦可知矣。蓋自漢以來，六經始有異論。夫聖人之言无所不通，而其用意固有所在也。惟其求而不可得，于是乃始雜取天下奇怪可喜之說而納諸其中，而天下之工乎曲學小數者，亦欲自附于六經，以求信于天下，然而君子不取也。《太玄》者，雄所以擬《易》也。觀其始于一而終于八十一，是四乘之極而不可加也。從三方之算而九之，并夜于晝，爲二百四十有三日，三分其方而一，以爲三州；三分其州而一，以爲三部；二分其部而一，以爲三家。此猶六十之不可加，而六十四之不可損也。雄以爲未也，從而加之曰《踦》，又曰《嬴》，曰：吾以求合乎三百六十有五與夫四分之一者也。曰《踦》也，曰《嬴》也，是何爲者？或曰以象四分之一。四分之一在《嬴》而不在《踦》。《踦》者，斗之二十六也。或曰以象閏。閏之積也，起于《難》之七，而于此加焉，是強爲之辭也。且其言曰：譬諸人，增則贅，而割則虧。今也，重不足于曆，而輕以其書加焉，是不爲《太玄》也，爲《太初曆》也。聖人之所略，揚雄之所詳，聖人之所重，揚雄之所忽，是其爲道不足取也。道之不足取也，吾乃今求其數。求合乎三百六十有五與夫四分之一者，

---

① "爲"後，王宅桂堂刻本卷二有一"爲"字，下句同。

固雄意也，贊之七百三十有一，是日之三百六十有五與夫四分之二也①。後之學者曰：吾不知夫二十八宿之次，與夫日行之度也，而于《太玄》焉求之。則吾懼夫積日之无以處也。曆者，天下之至微，要之千載而可行者也。四分而加一，是四歲而加一日也，率四歲而加之，千載之後，吾恐大冬之爲大夏也。且夫四分其日而贊得二焉，故贊者可以爲偶，而不可以爲奇，其勢然也。雄之所欲加者四分之三，而所加者四，是其爲數不足考也。君子之爲書，猶工人之作器也，見其形以知其用，有鼎而加柄焉，是无問其工之材不材與其金之良苦，而其不可以爲鼎者，固已明矣。況乎加《踦》與《嬴》而不合乎二十八宿之度，是柄而不任操，吾无取也已。（卷一〇）

太玄論 中

四分日之一，或曰一百分日之二十五，在四以爲一，在百以爲二十五，惟其所在而加之，豈有常數哉？六日七分者，以八十言者也。苟有以適于用，吾斯從而加之矣。《坎》、《離》、《震》、《兑》各守其方，而六十卦之爻分散于三百六十也。聖人不以五日四分日之一者害其爲《易》②，而以七分者加焉，此非有所法乎？日月星辰之度，天地五行之數也，以爲上之不可以八，而下之不可以六，故以七分者加之，使夫《易》者亦不爲无用于曆而已矣。夫八十分與夫七分者，皆非其所以爲《易》也。上、下而爲卦，九、六而爲爻，此其所以爲《易》也。聖人不于其所以爲《易》者加之，故加焉而不害其爲《易》。若夫四位而爲首，九行而爲贊，此正其所以爲《太玄》者也。而雄于此加焉，故吾不知其爲《太玄》也。始于《中》之一，而訖于《養》之九，闕焉而未見者，四分日之三而已矣。以一百八分而爲日，以一分而加之，一首之外盡八十一首，而四分日之三者可以見矣。觀《周》之一，知晝夜之不在乎奇偶，而在其所承；觀《中》之九，知休咎之不在乎晝夜，而在其所處。故積其分至于《養》之九，而可以无患。蓋《易》之本六日以爲卦，《太玄》之初四日有半以爲首，而皆以四百八十七分，求合乎二十八宿之度，加分而其數定，去《踦》、《嬴》而其道勝，吾无憾焉耳。（卷一〇）

太玄論 下

《太玄》之策三十有六，虛三，而三十有三用焉。曰：其説出于《易》。《易》曰："大衍之數五十，其用四十有九。"是雄之所以爲虛三之説也。夫大衍之數，是數之宗，而萬物之所取用也。今夫蓍，亦用者之一而已矣。或用其千萬，或用其一二，唯其所用而蓍也，用其四十有九焉。五者生之終也，十者成之極也。生之終，成之極，則天下又何以過之？故曰五十。五十者，五十有五云也，非四十有九而益一云也。天下之

---

① 二：《四庫》本《嘉祐集》作"一"。
② 五日四分日之一者：原本作"五日分之日一者"，據王宅桂堂刻本卷二、《四庫》本《嘉祐集》改。

數于是宗焉，則《玄》无乃亦將取之？且夫四十有九者，豈有他哉？極其所當用之數而取之于大衍者①，衍其所當用之策數，而舉其大略焉耳。吾將以老陽之九而明之，則夫七八六者，可以從而見焉。今夫一爻而三變，一變而掛一，是三用也。四四揲之，歸奇于扐，是十用也。既扐而數其餘，是三十有六用也。三與十、與三十六，而四十九之數成焉，增之則贏，損之則虧。四十有九足以成爻，而未始有虛一之道，吾不知先儒何從而得之也。聖人之所爲，當然而然耳，區區于天地五行之數而牽合于其間者，亦見其勞而无取矣。聖人觀乎三才之體而取諸其象，故八卦皆以三畫，及其欲推之于六十四也，則從而六之，吾又不知先儒之何以配乎六也。聖人之意，直曰非六无以變。非六无以變，是非四十九无以揲也。《太玄》之算極于三，以三而計之，卦其一，再扐其五，而數其餘之二十七，是亦三十三之數，不可以有加也。今其說曰三六，又曰二九，又曰倍天之數，又曰地虛三以扐天三②，皆求《易》之過也。夫卜筮者，聖人所以探吉凶之自然，故爲是不可逆知之數，而寓諸其无心之物，故雖折草毀瓦，而皆有以前禍福之兆。聖人懼无以自神其心，而交于冥寞恍惚之間也，故擇時日，登龜取蓍而廟藏焉。聖人之視蓍龜也，若或依之以自神其心，而非蓍龜之能靈也。況乎區區牽合于天地五行之數，其說固已迂矣。卜筮者，爲不可逆知者也。旦筮用三經皆奇③，夕筮用三緯，日中夜中用二經一緯，皆奇偶雜。則是吉凶之純駁，不在其爻，而在其時。使夫旦筮者不爲大休，則爲大咎，而日中夜中與夫夕筮者，大休大咎終不可得而遇也。《中》之九曰：顛，靈氣形反，當晝而凶，蓋有之矣。占從其辭不從其數，其誰曰不可？吾欲去其《踦》與其《嬴》，加其首之一分，損其蓍之三策，不從其數之可以逆知，而從其詞之不可以前定，庶乎其无罪也。（卷一〇）

太玄總例 並引

吾既作《太玄論》，或者讀揚子之書未知其詳，而以意詰吾說，病辭之不給也，爲作此例，凡雄之法與夫先儒之論，其可取者皆在。有未盡傳之己意，曰姑觀是焉。蓋雄者好奇而務深，故辭多夸大，而可觀者鮮。始之以十八策，中之以三十六，終之以七十二，積之以二萬六千二百四十四，張而不已，誰不能然？蓋總例之外無觀焉。（卷一〇）

四 位

《玄》首之數，在乎方、州、部、家。推《玄》算備矣。初揲而得之爲家，逆而次之極於方。凡所以謂之方、州、部、家者，義不在乎其數也。取天下有別之名而加之耳。

---

① "者"以後至"大略焉耳"，原本缺，據王宅桂堂刻本卷二、《四庫》本《嘉祐集》補。
② 扐：原本作"扮"，據王宅桂堂刻本卷二、《四庫》本《嘉祐集》改。
③ 旦：原本作"且"，據王宅桂堂刻本卷二、《四庫》本《嘉祐集》改。

夫天下之大，所以略別之者謂之方，方之中分之稍詳者謂之州，舉一類而爲之所者謂之部，舉一人而爲之別者謂之家。蓋方者別之大，而家者其小別者也①。故《玄》，家一一而轉而有八十一家，部三三而轉而有二十七部②，州九九而轉而有九州，方二十七而轉而有三方。四者旋相爲配，而無所不遇，故有八十一首。（卷一〇）

九　贊

方、州、部、家之於《玄》，一首而加一算，故四位皆及於三，而其算止於八十一，率一算而九贊繫之。贊者，所以爲首之日，而算者所以爲首之次也，故二者並行，而其用各异。非如《易》之六畫，有以應乎六爻之詞也。《玄》之大體以二贊而當一日，贊之奇偶或以爲晝，或以爲夜。奇首之晝在乎贊之奇，偶首之晝在乎贊之偶，率十有八贊而後九日備。一首而九贊，其勢然也。故於九贊之間，三三相附以當天之始、中、終，地之下、中、上，與人之思、禍、福，三者自相變，而皆可以當其一首之贊。故《玄》之所以有九行者，亦以其贊言也。五行之次，水始於一、六，土終五、十，而玄數不及十。説者以爲：土，君象也。水、火、木、金四者，是當先後於土者也。至於八十一首之間，則亦以九九相從，以當天、地、人三者之變，與夫九行之數。故舉其首之當水，與天之始始、地之下下，人之思内者以爲九天。謂《中》、《羨》、《從》、《更》、《晬》、《廓》、《減》、《沉》、《成》也。（卷一〇）

八十一首

一首而九贊，二贊爲一日，率一首而四日有半，奇首之次九，爲偶首初一之晝，故自奇之一至於偶之一，而後得爲五日。觀范望之注而考之其星度，則奇首之九贊爲五日，而偶首止於四。范注：《周》之初一日入牛六度，《礥》之初一日入女二度。《玄掜》曰"九日平分"，范説非也。蓋一首之數定，而八十一首之數從可知矣。日之周天三百六十五度四分度之一，《玄》之八十一首而未增《踦》、《嬴》也，當其三百六十四度有半，於天度爲不及，故《踦》與《嬴》者，又加其一度焉。《玄論》備矣。夫方、州、部、家之算，雖無與乎贊之日，然及夫推而求其日也，皆舉算而以九乘焉。故夫算者，亦可以通之於日也。四位皆及於三，而周天之日亦可以概見於其中矣。三方之算，五十有四，九之，半之爲二百四十三日；三州之算，十有八，九之，半之爲八十一日；三部之算，六，九之半之爲二十七日；三家之算，三九之半之爲十三日有半，而《踦》、《嬴》不與焉。故列方、州、部、家之極數，而以所得之日，繫之其下而爲圖。玄以《太初曆》作，故節候星度皆據焉。（卷一〇）

---

① 家：原本作"加"，據《四庫》本《嘉祐集》改。
② 二十七：原本作"七十七"，據上下文改。

三　方

《中》一牛	三	五	七	九	二	四	六	八	女
二冬至	四	六	八	《周》一	三	五	七	九	
《礥》一	三	五	七	九	二	四 小寒	六	八	
二	四	六	八	《閑》一	三	五	七	九	
《少》一	三	五 虛	七	九	二	四	六	八	
二	四	六	八	《戾》一	三	五	七	九	
《上》一	三	五	七	危 九	二	四	六	八	
二	四	六	八 大寒	《干》一	三	五	七	九	
《狩》一	三	五	七	九	二	四	六	八	
二	四	六	八	《羨》一	三	五	七	九	
《差》一 立	三	五 室	七	九	二	四	六	八	
二春	四	六	八	《童》一	三	五	七	九	
《增》一	三	五	七	九	二	四 雨水	六	八	
二	四	六	八	《銳》一	三	五	七	九	
《達》一 壁	三	五	七	九	二	四	六	八	
二	四	六	八	《交》一	三	五	七	九	
《戾》一	三	五	七	九 驚蟄	二	四	六	八	
二奎	四	六	八	《傒》一	三	五	七	九	
《從》一	三	五	七	九	二	四	六 婁	八	
二	四	六	八	《進》一	三	五	七	九	
《釋》一	三 春分	五	七	九	二	四	六	八	
二	四	六	八	《格》一	三	五	七	九	
《夷》一	三 胃	五	七	九	二	四	六 清明	八	
二	四	六	八	《樂》一	三	五	七	九	
《爭》一	三	五	七	九	二	四 昴	六	八	
二	四	六	八	《務》一	三	五	七	九	
《事》一	三	五	七	九 穀雨	二	四	六	八 畢	
二	四	六	八	《更》一	三	五	七	九	
《斷》一	三	五	七	九	二	四	六	八	
二	四	六	八	《毅》一	三	五	七	九	
《裝》一	三 立夏	五	七	九	二 觜	四	六	八 參	
二	四	六	八	《衆》一	三	五	七	九	
《密》一	三	五	七	九	二	四	六	八 井	
二	四	六	八	《親》一	三	五	七	九 小滿	

《斂》一		三	五	七	九	二	四	六	八
二		四	六	八	《强》一	三	五	七	九
《睟》一		三	五	七	九	二 芒種	四	六	八
二		四	六	八	《盛》一	三	五	七	九
《居》一		三	五	七	九	二	四	六	八
二		四	六	八	《法》一	三	五	七	九
《應》一		三	五 夏至	七	九	二	四	六	八
二		四	六	八	《迎》一	三 鬼	五	七	九
《遇》一	柳	三	五	七	九	二	四 星	六	八 小暑
二		四	六	八	《竈》一	三	五	七	九
《大》一		三	五	七	九	二	四 星	六	八
二		四	六	八	《廓》一	三	五	七	九
《文》一		三	五	七	九 張	二	四 大暑	六	八
二		四	六	八	《禮》一	三	五	七	九
《逃》一		三	五	七	九	二	四	六	八
二		四	六	八	《唐》一	三	五	七	九
《常》一		三	五	七 立秋	九 翼	二	四	六	八
二		四	六	八	《度》一	三	五	七	九
《永》一		三	五	七	九	二	四	六	八
二		四	六	八	《昆》一	三	五	七	九

(卷一〇)

三　州

《減》一	處暑	三	五	七	九 軫	二	四	六	八
二		四	六	八	《唫》一	三	五	七	九
《守》一		三	五	七	九	二	四 白露	六	八
二		四	六	八	《禽》一	三	五	七	九
《聚》一		三	五	七 角	九	二	四	六	八
二		四	六	八	《積》一	三	五	七	九
《飾》一		三	五	七 秋分	九	二	四 亢	六	八
二		四	六	八	《疑》一	三	五	七	九
《視》一		三	五	七	九	二 氐	四	六	八
二		四	六	八	《沈》一	三	五	七	九
《内》一	寒露	三	五	七	九	二	四	六	八
二		四	六	八	《去》一	三	五	七	九
《晦》一		三	五	七 房	九	二	四	六 霜降	八 心
二		四	六	八	《瞢》一	三	五	七	九

《窮》一		三		五		七		九		二
二		四		六		八		《割》一 尾		三
《止》一		三		五		七		九	立冬	二
二		四		六		八		《堅》一		三

四	六	八
五	七	九
四	六	八
五	七	九

（卷一〇）

九　部

《成》一		三		五		七		九	箕	二		四	六	八
二		四		六		八		《闕》一		三		五	七	九
《失》一	小雪	三		五		七		九		二	斗	四	六	八
二		四		六		八		《劇》一		三		五	七	九
《馴》一		三		五		七		九		二		四	六	八 大雪
二		四		六		八		《將》一		三		五	七	九

（卷一〇）

三　家

《難》一	三	五	七	九	二	四 白露	六	八
二	四	六	八	《勤》一	三	五	七	九
《養》一	三	五	七	九				
二	四	六	八					

（卷一〇）

揲　法

　　三十有六而策視焉。天以三分，終於六成，故十八策。一二三之別數是爲三分，三分之積數是爲六成，三六之相乘是爲十八策。天不施，地不成，因而倍之。地則虛三以扮天。故蓍之數三十有六，而揲用三十三。別一以掛於左手之小指，中分其餘以三數之，並餘於扐。再扐之後而三數其餘，七爲一，八爲二，九爲三。八扐而四位成，雄之説曰："一扐之後，而數其餘。"夫一掛扐之多不過乎六，既六，而其餘二十七者可以爲九，而不可以爲八九，況夫不至於六哉。《太玄》，雄作，其揲法宜不謬，意者傳之失也。王涯之説，一扐之後而三三數之，三七之餘而一一數之，及八以爲二，及九以爲三，不及八，不及九，從三三之數而以三七爲一，是苟以牽合乎一扐之言，而不知夫八者須掛一扐三而後成，而扐終不可以三也。《易》之三揲也，每分輒掛而列乎三指之間。《玄》之再扐也，再扐不掛，而歸於初扐之指。吾於其掛而後分也見焉。《易》分而後掛，故每分輒掛，掛必異處，故列乎三指之間；《玄》掛而後分，故再扐不掛，再扐不掛，故歸於初扐之指。指者，視其掛者也。然則不再扐，吾知雄之不先掛也。（卷一〇）

占　法

占有四：曰星，曰時，曰數，曰辭。星者，二十八宿與五行之從違也。如《中》水、牛、北方宿，則是星從，否則違。時者，所筮之時，與所遇之首之從違也。如冬至以後筮，而反遇應以下之首，則是時違，否則從。數者，首贊奇、偶之從違也。一、三、五、七、九，陽家之晝。陰家之夜二、四、六、八，陽家之夜，陰家之晝。晝詞多休，夜詞多咎。《太玄》因經緯，以分三表。南北爲經，東西爲緯，一、六水，在北，二、七火，在南，五土在中，故一、二、五、六、七爲經。三、八木在東，四、九金在西，故三、四、八、九爲緯。取三經以爲旦筮之一表，一、五、七是也。取三緯以爲夕筮之一表，三、四、八是也。取二經一緯以爲日中、夜中筮之一表，二、六、九是也。今夫旦筮而遇奇首，曰一從、二從、三從，是謂大休；遇偶首則曰一違、二違、三違，是謂大咎。日中、夜中筮而遇偶首，曰一從、二從、三違，始、中休、終咎；遇奇首，則曰一違、二違、三從，始、中咎、終休。夕筮而遇奇首，曰一從、二違、三違，始休、中、終咎；遇偶首則曰一違、二從、三從，始咎、中、終休。大率如此。辭者，辭之從違也。各觀其表之辭，觀始中，決從終。（卷一〇）

推玄算

家：一置一，二置二，三置三。部：一勿增，二增三，三增六。州：一勿增，二增九，三增十八。方：一勿增，二增二十七，三增五十四。四位之積算，則是其首去《中》之策數也。（卷一〇）

求表之贊

置首去《中》策數，惟其所遇之首而置之，如《意》去《中》四十一，則置四十一。減一而九之如《應》置四十一，則減一爲四十。以九乘四十得三百六十。增贊，惟其所求之贊而增之，一則增一，二則增二。半之則得贊去冬至日數矣。如《應》首九之得三百六十。若求《應》一贊，則增一爲三百六十一，半則百八十有半，則是《應》之一去冬至百八十日有半也。偶爲所得日之夜，奇爲所明日之晝。此非一首之間，一爲奇而二爲偶者也，半之而奇謂之奇，半之而偶謂之偶。若不增一，爲百八十日，則是《法》首日之夜；增一則奇，乃是明日《應》首之晝。九之者，爲贊也。一首九贊。減一者，爲增贊也。容有不盡求其九贊，故減而後增。半之者，爲日也。二贊爲一日。求星從牽牛始除，算盡則是其日也。如《應》之一，去冬至百八十日有半，以二十八宿之度，自牛以下除之盡，百八十算有半，即是《應》之一日，在《井》二十九度半也。除算盡，則是其日也者，星之度，日之日也。日一日而行一度。斗振而進日，違天而退。日行與斗建異，日自北而西，西而南，南而東，東而復於北；斗自北而東，東而南，南而西，西而復於北。《玄》曰書斗書。如求星之法，逆而求之可也。而曰不書。月行速也。（卷一〇）

曆法

　　十九歲爲一章，二十七章、五百一十三歲爲一會。三會、八十一章、千五百三十九歲爲一統，三統、九會、二百四十三章、四千六百一十七歲爲一元。一章閏分盡，一會月蝕盡，一統朔分盡，一元六甲盡。"自子至辰，自辰至申，自申至子。是爲三方。冠之以甲，而章、會、統、元，與月蝕俱没。"此雄之自述云爾。夫盡者生於不齊者也。不齊之積而至於齊，是以有盡也。斗與天而東，日違天而西，終日而成度，盡度而成期。故不齊者，非出於斗與日，出於月也。日舒而月速，於是有晦朔、弦望、進退之不齊。惟其不齊，故要之於四千六百一十七歲，而後四者皆盡。又從而三之，萬有三千八百五十一歲，冬至朔旦復得甲子，而十二辰盡也。此五盡者，曆之所以有法也。今《玄》告曰："《玄》曰書斗書，而月不書。"夫七百三十一贊，二贊而爲一日，固其勢不得書月也。苟月而不書，則夫曆法之可見於《玄》者，止於一期。而此五盡也，雄之所强存而已。是故列其一期之法於前，而存其五盡之數於後，蓋不詳云。（卷一〇）

蘇軾經說

五經論

易　論

《易》者，卜筮之書也。挾策布卦，以分陰陽而明吉凶，此日者之事，而非聖人之道也。聖人之道，存乎其爻之辭，而不在其數。數非聖人之所盡心也。然《易》始于八卦，至于六十四，此其爲書，未離乎用數也。而世之人皆恥其言《易》之數，或者言而不得其要，紛紜迂闊而不可解，此高論之士所以不言歟？夫《易》本于卜筮，而聖人開言于其間，以盡天下之人情。使其爲數紛亂而不可考，則聖人豈肯以其有用之言而托之无用之數哉！今夫《易》之所謂九六者，老陰、老陽之數也。九爲老陽而七爲少陽，六爲老陰而八爲少陰。此四數者，天下莫知其所爲如此者也。或者以爲陽之數極于九，而其次極于七，故七爲少而九爲老。至于老陰，苟以爲以極者而言也，則老陰當十，而少陰當八。今少陰八而老陰反當其下之六，則又爲之說曰：陰不可以有加于陽，故抑而處之于下。使陰果不可以有加于陽也，而曷不曰老陰八而少陰六？且夫陰陽之數，此天地之所爲也，而聖人豈得與於其間而制其予奪哉！此其尤不可者也。夫陰陽之有老少，此未嘗見于他書也，而見于《易》。《易》之所以或爲老或爲少者，爲夫揲蓍之故也。故夫說者宜于其揲蓍焉而求之。揲蓍之法，曰掛一歸奇；三揲之餘而以四數之，得九而以爲老陽，得八而以爲少陰，得七而以爲少陽，得六而以爲老陰。然而陰陽之所以爲老少者，不在乎七八九六也，七八九六徒以爲識焉耳。老者，陰陽之純也。少者，陰陽之雜而不純者也。陽數皆奇而陰數皆偶，故乾以一爲之爻，而坤以二天下之物，以少爲主。故乾之子皆二陰，而坤之女皆二陽。老陽老陰者，乾坤是也。少陰少陽者，乾坤之子是也。揲蓍者，其一揲。少者五而多者九，其二其三少者四而多者八。多少者，奇偶之象也，一爻而三揲蓍，譬如一卦而三爻也。陰陽之老少，于卦見之于爻，而于爻見之于揲。使其果有取于七八九六，則夫此三揲者，區區焉分其多少而各爲處，果何以爲也？今夫三揲而皆少，此无以異于乾之三爻而皆奇也；三揲而皆多，此无以異于坤之三爻而皆偶也。三揲而少者一，此无以異于《震》、《坎》、《艮》之一奇而二偶也；三揲而多者一，此无以異于《巽》、《離》、《兌》之一偶而二奇也。若夫七八九六，此乃取以爲識，而非其義之所在，不可以强爲之説也。（卷二）

書論

　　愚讀《史記·商君列傳》，觀其改法易令，變更秦國之風俗，誅秦民之議令者以數千人，黥太子之師，殺太子之傅，而後法令大行，蓋未嘗不壯其勇而有決也。曰：嗟夫！世俗之人，不可以慮始而可樂成。終使天下之人，各陳其所知而守其所學，以議天子之事，則事將有格而不得成者。然及觀三代之書，至其將有以矯拂世俗之際，則其所以告諭天下者，常丁寧激切，亹亹而不倦，務使天下盡知其君之心，而又從而折其不服之意，使天下皆信以為如此而后從事。其言回曲宛轉，譬如平人自相議論而詰其是非。愚始讀而疑之，以為近于濡滯迂遠而無决，然其使天下樂從而无黽勉不得已之意，其事既發，而无紛紜異同之論，此則王者之意也。故常以為當堯舜之時，其君臣相得之心，歡然樂而无間，相與呼俞嗟歎唯諾于朝廷之中，不啻若朋友之親。雖其有所相是非論辨以求曲直之際，當亦无足怪者。及至湯武征伐之際，周旋反覆，自述其用兵之意，以明曉天下，此又其勢然也。惟其天下既安，君民之勢闊遠而不同，天子有所欲為，而其匹夫匹婦私有異論于天下，以齟齬其上之畫策，令之而莫肯聽。當此之時，刑驅而勢脅之，天下夫誰敢不聽從？而上之人，優游而徐譬之，使之信之而后從。此非王者之心，誰能處而待之而不倦歟？蓋盤庚之遷，天下皆咨嗟而不悅。盤庚為之稱其先王盛德明聖而猶五遷，以至于今，今不承于古，恐天之斷棄汝命，不救汝死。既又恐其不從也，則又曰：汝罔暨餘同心，我先後將降爾罪，暨乃祖先父，亦將告我高后，曰：作大戮于朕孫。蓋其所以開其不悟之心，而諭之以其所以當然者，如此其詳也。若夫商君則不然，以為要使汝獲其利，而何恤乎吾之所為？故无所求于眾人之論，而亦无以告諭天下。然其事亦終于有成。是以後世之論，以為三代之治，柔懦不决。然此乃王、霸之所以為異也。夫三代之君，惟不忍鄙其民而欺之，故天下有故，而其議及于百姓，以觀其意之所向；及其不可聽也，則又反覆而諭之，以窮極其說，而服其不然之心，是以其民親而愛之。嗚呼！此王、霸之所為不同也哉。（卷二）

詩論

　　自仲尼之亡，六經之道遂散而不可解。蓋其患在于責其義之太深，而求其法之太切。夫六經之道，惟其近于人情，是以久傳而不廢。而世之迂學，乃皆曲為之說，雖其義之不至于此者，必强牽合以為如此，故其論委曲而莫通也。夫聖人之為經，惟其《禮》與《春秋》合，然後无一言之虛，而莫不可考，然猶未嘗不近于人情。至于《書》，出于一時言語之間，而《易》之文為卜筮而作，故時亦有所不可前定之說，此其于法度已不如《春秋》之嚴矣。而況《詩》者，天下之人，匹夫匹婦羈臣賤隸悲憂愉佚之所為作也。夫天下之人，自傷其貧賤困苦之憂，而自述其豐美盛大之樂，上及于君臣父子、天下興亡治亂之迹，而下及于飲食、床笫、昆蟲、草木之類，蓋其中无所不具，而尚何以繩墨法度，區區而求諸其間哉！此亦足以見其志之无不通矣。夫聖人之于《詩》，以爲其終要入于仁義，而不責其一言之无當。是以其意可觀，而其言可通也。今之《詩傳》曰："殷其雷，在南山之陽"、"出自北門，憂心殷殷"、"揚之水，白石鑿鑿"、"終朝采綠，不盈一匊"、"瞻彼洛矣，維水泱泱"，若此者皆興也；而至于"關關雎鳩，在河之洲"、"南有樛木，葛藟累之"、"南有喬木，不可休息"、"維鵲有巢，維鳩居之"、"喓喓草蟲，趯趯阜螽"，若此者又皆興也。其意以爲興者，有所象乎天下之物，以自見其事。故凡《詩》之爲此事而作，其言有及于是物者，則必强爲是物之説，以求合其事，蓋其爲學亦已勞矣。且彼不知夫《詩》之體固有比也，而皆合之以爲興。夫興之爲言，猶曰其意云爾。意有所觸乎當時，時已去而不可知，故其類可以意推，而不可以言解也。"殷其雷，在南山之陽"，此非有所取乎雷也，蓋必其當時之所見，而有動乎其意。故后之人不可以求得其説，此其所以爲興也。嗟夫！天下之人，欲觀于《詩》，其必先知比、興。若夫"關關雎鳩，在河之洲"，是誠有取于其摯而有別，是以謂之比而非興也。嗟夫！天下之人欲觀于《詩》，其必先知夫興之不可與比同，而无强爲之説，以求合其當時之事，則夫《詩》之意，庶乎可以意曉而无勞矣。（卷二）

禮論

昔者商、周之際，何其爲禮之易也！其在宗廟朝廷之中，籩豆、簠簋、牛羊、酒醴之薦，交于堂上，而天子、諸侯、大夫、卿、士周旋揖讓獻酬百拜，樂作于下，禮行于上，雍容和穆，終日而不亂。夫古之人何其知禮而行之不勞也？當此之時，天下之人，惟其習慣而无疑，衣服、器皿、冠冕、佩玉，皆其所常用也，是以其人入于其間，耳目聰明，而手足无所忤，其身安于禮之曲折，而其心不亂，以能深思禮樂之意，故其廉恥退讓之節，睟然見于面，而盎然發于其躬。夫是以能使天下觀其行事，而忘其暴戾鄙野之氣。至于後世，風俗變易，更數千年以至于今，天下之事已大異矣。然天下之人，尚皆記録三代禮樂之名，詳其節目而習其俯仰，冠古之冠，服古之服，而御古之器皿，傴僂拳曲，勞苦于宗廟朝廷之中，區區而莫得其紀，交錯紛亂而不中節，此无足怪也。其所用者，非其素所習也，而强使焉。甚矣夫！後世之好古也。昔者上古之世，蓋嘗又巢居穴處，汙尊抔飲，燔黍捭豚，蕢桴土鼓，而以爲是足以養生送死，而无以加之者矣。及其後世，聖人以爲不足以大利于天下，是故易之以宫室，新之以籩豆鼎俎之器，以濟天下之所不足，而盡去太古之法。惟其祭祀，以交于鬼神，乃始薦其血毛，豚解而腥之，體解而爓之，以爲是不忘本，而非以爲後世之禮不足用也。是以退而體其犬豕牛羊，實其簠簋籩豆鉶羹，以極今世之美；未聞其牽于上古之説，選愞而不決也。且方今之人，佩玉服韍，冕而垂旒，拱手而不知所謂，而天下之人亦且見而笑之，是何所復望于其有以感發天下之心哉！且又有所大不安者：宗廟之祭，聖人所以追求先祖之神靈庶幾得而享之，以安恤孝子之志者也。是以思其平生起居飲食之際，而設其器用，薦其酒食，皆從其生，以冀其來而安之。而後世宗廟之祭，皆用三代之器，則是先祖終莫得而安也。蓋三代之時，席地而食，是以其器用各因其所便，而爲之高下大小之制。今世之禮，坐于床而食于床上，是以其器不得不有所變。雖正使三代之聖人生于今而用之，亦將以爲便安。故夫三代之視上古，猶今之視三代也。三代之器，不可復用矣，而其制禮之意，尚可依仿以爲法也。宗廟之祭，薦之以血毛，重之以體薦，有以存古之遺風矣。而其餘者，可以易三代之器，而用今世之所便，以從鬼神之所安。惟其春秋社稷釋奠釋菜，凡所以享古之鬼神者，則皆從其器，蓋周人之祭蠟與田祖也。吹葦籥，擊土鼓，此亦各從其所安耳。嗟夫！天下之禮宏闊而難言，自非聖人，而何以處此！故夫推之而不明，講之而不詳，則愚實有罪焉。唯其近于正而易行，庶幾天下之安而從之，是則有取焉耳。（卷二）

春秋論

事有以拂乎吾心，則吾言忿然而不平；有以順適乎吾意，則吾言優柔而不怒。天下之人，其喜怒哀樂之情，可以一言而知也。喜之言，豈可以爲怒之言邪？此天下之人，皆能辨之。而至于聖人，其言丁寧反復，布于方冊者甚多，而其喜怒好惡之所在者，又甚明而易知也。然天下之人，常患求而莫得其意之所主，此其故何也？天下之人，以爲聖人之文章，非復天下之言也，而求之太過。是以聖人之言，更爲深遠而不可曉。且天下何不以己推之也？將以喜夫其人，而加之以怒之之言，則天下且以爲病狂，而聖人豈有異乎人哉？不知其好惡之情，而不求其言之喜怒，是所謂大惑也。昔者仲尼刪《詩》于衰周之末，上自商、周之盛王，至于幽、厲失道之際，而下訖于陳靈。自詩人以來，至于仲尼之世，蓋已數百餘年矣。愚嘗怪《大雅》、《小雅》之詩，當幽、厲之時，而稱道文、武、成、康之盛德，及其中篇，又不見幽、厲之暴虐，此誰知其爲幽、厲之詩而非文、武、成、康之詩者？蓋察其辭氣，有幽憂不樂之意，是以系之幽、厲而无疑也。若夫春秋二百四十二年之間，天下之是非，雜然而觸乎其心，見惡而怒，見善而喜，則求其是非之際，又可以求諸其言之喜怒之間矣。今夫人之于事，有喜而言之者，有怒而言之者，有怨而言之者。喜而言之，則其言和而无傷；怒而言之，則其言厲而不溫；怨而言之，則其言深而不泄。此其大凡也。《春秋》之于仲孫湫之來，曰："齊仲孫來"；于季友之歸，曰"季子來歸"。此所謂喜之之言也。于魯、鄭之易田，曰"鄭伯以璧假許田"；于晉文之召王，曰"天王狩于河陽"。此所謂怒之之言也。于叔牙之殺，曰"公子牙卒"；于慶父之奔，曰"公子慶父如齊"。此所謂怨之之言也。夫喜之而和，怒之而厲，怨之而深。此三者，无以加矣。至于《公羊》、《穀梁》之傳則不然，日月土地，皆所以爲訓也。夫日月之不知，土地之不詳，何足以爲喜，而何足以爲怒，此喜怒之所不在也。《春秋》書曰"戎伐凡伯于楚丘"，而以爲"衛伐凡伯"；《春秋》書曰"齊仲孫來"，而以爲"吳仲孫"，怒而至于變人之國①。此又喜怒之所不及也。愚故曰：《春秋》者，亦人之言而已，而人之言，亦觀其辭氣之所向而已矣。（卷二）

---

① 甚：王宅桂堂刻本卷一二作"怒"。

易説三篇

孔子贊易有申爻辭而无損益者

問。《易》之为書，要以不可爲必然可指之論也。其始有畫而无文，後世聖人始爲之辭，蓋亦微見其端，而其或爲仁，或爲義，或小或大，則付之後世學者之分。然世益久遠，則學者或入于邪説，故凡孔子之所爲贊《易》者，特以防閑其邪説，使之從横旁午，要不失正，而非以爲必然可指之論也。是故其用意廣而其辭約。竊嘗深觀之，孔子蓋有因爻辭而申言之，若无損益于其辭之義者甚眾。《比》之初六："有孚。比之无咎。有孚盈缶，終來有他。吉。"《象》曰："《比》之初六，有他吉也。"《小畜》之初九："復自道，何其咎，吉。"《象》曰："復自道，其義吉也。"《損》之六四："損其疾，使遄有喜。"《象》曰："損其疾，亦可喜也。"《大有》之上九："自天佑之，吉，无不利。"《象》曰："大有上吉，自天佑也。"夫既已言之矣，而孔子又申言之，使无所損益于其辭之義，則孔子固多言也？乃孔子則有不勝言者。故愿與諸君論之。（卷五八）

王弼引論語以解易其説當否

問。聖人之言，各有方也。苟爲不達，執其一方，而輒以爲常，則天下之惑者，不可以勝原矣。昔者孔子以爲喪欲速貧，死欲速朽，而有子以爲非君子之言，乃孔子則有所由發也。善乎！有子之知孔子也。《語》曰："禘，自既灌而往者，吾不欲觀之。"《易》曰："觀，盥而不薦。"《語》曰："吾豈匏瓜也哉！安能系而不食？"《易》曰："以杞包瓜，有隕自天。"是二者，其言則同，而其所以言者，可得爲同歟？王弼之于《易》，可以爲深矣，然因其言之適同，遂以爲訓。使學者不得不惑，亦不可不辯。（卷五八）

易 解① 十八變而成

四營而一變，三變而一爻，六爻爲十八變也。三變之餘而四數之，得九爲老陽，得六爲老陰，得七爲少陽，得八爲少陰。故曰：乾之策二百一十有六，坤之策一百四十有四，取老而言也。九六者爲老，七八者爲少，其説未之聞也。或曰：陽極于九，其次則七也。極者爲老，其次爲少，則陰當老于十而少于八也。曰：陰不可以加于陽，故十不用，十不用，猶當老于八而少于六也。則又曰：陽順而上，其成數極于九，陰

---

① 原本題名爲《易説》，且附於《易論》後，今與另二篇《易》之策問合爲《易説》三篇。

逆而下，其成數極于六。自下而上，陰陽均也，稚于子、午，而壯于巳、亥，始于复、姤，而終于乾、坤者，陰猶陽也，曷嘗有進陽而退陰與逆順之別乎？且此自然而然者，天地且不能知，而聖人豈得與于其間而制其予奪哉！惟李唐一行之學則不然。以爲《易》固已言之矣，曰十有八變而成卦，八卦而小成，則十有八變之間有八卦焉①，人莫之思也。變之初也，有多少。其一變也，不五則九；其二與三也②，不四則八。八與九爲多，五與四爲少。多少者，奇偶之象也。三變皆少，則乾之象也。乾所以爲老陽，而四數其餘得九，故以九名之。三變皆多，則坤之象也，坤所以爲老陰，而四數其餘得六，故以六名之。三變而少者一，則震、坎、艮之象也，震坎艮所以爲少陽，而四數其餘得七，故以七名之。三變而多者一，則巽、離、兌之象也，巽離兌所以爲少陰，而四數其餘得八，故以八名之。故七八九六者，因餘數以名陰陽，而陰陽之所以爲老少者，不在是而在乎三變之間，八卦之象也。此唐一行之學也。（卷二）

書解十篇

乃言底可績 《舜典》

巧言令色，帝之所畏也。故以言取人，自孔子不能无失。然聖賢之在下也，其道不效于民，其才不見于行事，非言无自出之。故以言取人者，聖人之所不能免也。納之以言，試之以功，自堯舜以來，未之有改也。堯將禪舜也，曰："詢事考言，乃言底可績。"底之爲言極也。《易》曰："窮理盡性，以至于命。"可謂極矣。君子之于事物也，原其始不要其終，知其一不知其二，見其偏不得其全③，則利害相奪，華實相亂，烏能得事之真、見物至情也哉！故言可聽而不可行。事可行而功不可成，功可成而民不可安，是功未始成也。舜、禹、皋陶之言，皆功成而民安之者也。嗚呼！極之爲至德也久矣。箕子謂之皇極，子思謂之中庸。極則非中也，中則非極也，此昧者之論也。故世俗之學，以中庸爲處可否之間，无過與不及之病而已，是近于鄉原也。若未達者之論則不然。曰："喜怒哀樂未發謂之中，發而皆中節謂之和。致中和，天地位焉，萬物育焉。"非舜、禹、皋陶之成功，其孰能與于此哉！故愚以謂窮理盡性，然後得事之真，見物之情；以之事天則天成，以之事地則地平，以之治人則人安。此舜、禹、皋陶之言，可以底績者也。（卷四）

---

① "十有八"之"有"，原本、王宅桂堂刻本卷一二俱缺，據萬曆本《東坡先生外集》補。
② 與：王宅桂堂刻本卷一二、萬曆本《東坡先生外集》俱無。
③ 得：萬曆本《東坡先生外集》作"見"。

聖譏説殄行 《舜典》

《書》曰："朕聖譏説殄行。"傳曰：君子之所爲，爲可傳、爲可繼也。凡行之不可傳繼者，皆殄行也。堯舜之所聖也。世衰道喪，士貴苟難而賤中庸，故邪慝者進焉。齊桓公欲用豎刁、易牙、開方三子，管仲曰："三子者，自刑以近君，去親殺子以求合，皆非人情，難近。"桓公不聽，卒以亂齊。齊桓，賢主也；管仲，信臣也。夫以賢主而不用信臣之言，豈非三子者似忠而難知也歟？甚矣！似之亂真也。故曰：惡紫，謂其奪朱也；惡莠，謂其亂苗也；惡鄉原，謂其亂德也。孟子憂之，故曰："君子反經而已矣。"君子之所貴，必其可傳、可繼者也。是以謂之經。經者，常也。君子苟常之爲貴，則彼苟難殄行，无爲爲之矣。苟難者无所獲，殄行者无所利，則庶民并興，巧者不能獨進，拙者可以自效。吾虛心而察之，賢者可事，能者可使，而天下之治矣。（卷四）

視遠惟明聽德惟聰 《太甲》

甚矣！耳目之爲天下禍福也。《洪範》五事，爲皇極之用，治亂之所由出，狂聖之所由分，風雨之所由作，五福六極之所由致。故顏淵問仁，孔子曰："非禮勿視，非禮勿聽，非禮勿言，非禮勿動。"夫視聽期于聰明而已，何與于禮？非禮勿視，非禮勿聽，是禮也，何與于仁？曰：視聽不以禮，則聰明之害物也甚於聾瞽。何以言之？明之過也，則无所不視，掩人之私，求人之所不及；聰之過也，則无所不聽，浸潤之譖、膚受之訴或行焉。此其害，豈特聾瞽而已哉！故聖人一之于禮，君臣上下，各視其所當視，各聽其所當聽，而仁不可勝用也。太甲之復辟也，伊尹戒之曰："視遠惟明，聽德惟聰。"何謂遠？何謂德？孔子曰："文武之道，未墜於地，在人。賢者識其大者，不賢者識其小者。"夫惟小之爲知，又烏能及遠哉！探夜光于東海者，不爲鯢桓而回網羅；求合抱于鄧林者，不以徑寸而枉斧斤。苟志于遠，必略近矣。故子張問明，孔子既告之以明，又告之以遠。由此觀之，視不及遠者，不足爲明也。梁惠王問利于孟子，孟子告以仁義。曰："王何必曰利？"夫言利者，其言未必不中也，然君子不聽，曰"言利者，必小人也"。聽其言必行其事，行其事必近其人；小人日近，君子日疏，求國无危，不可得也。凡言苟出于利，雖中，小人也，況不中乎！苟出于德，雖失，猶君子也，況不失乎！由此觀之，聽不主于德者，非聰也。（卷四）

終始惟一時乃日新 《咸有一德》

《易》曰："天下之動，正夫一者也。"夫動者，不安者也。夫惟不安，故求安者而托焉。惟一者爲能安。天地惟能一，故萬物資生焉。日月惟能一，故天下資明焉。天一于覆，地一于載，日月一于照，聖人一于仁。非有二事也。晝夜之代謝，寒暑之往來，風雨之作止，未嘗一日不變也。變而不失其常，晦而不失其明，殺而不害其生，豈非所謂一者常存而不變故邪？聖人亦然。以一爲內，以變爲外。或曰：聖人固多變也歟？不知其一也，惟能一，故能變。伊尹戒太甲曰："今嗣王新服厥命，惟新厥德，終始惟一，時乃日新。"新與一，二者疑若相反然。請言其辨。物之无心者必一，水與鑒是也。水、鑒惟无心，故應萬物之變。物之有心者必二，目與手是也。目、手惟有心，故不自信而托于度量權衡。己且不自信，又安能應物无方，日新其德也哉！齊人爲夾谷之會，曰：孔丘，儒者也，可劫以兵。不知其戮齊優如殺犬豕。此豈有二道哉？一于仁而已矣。孟子曰："天下定于一。孰能一之？曰：不嗜殺人者。"愚故曰聖人一于仁。（卷四）

王省惟歲 《洪範》

論堯、舜之德者，必曰无爲。考之于經，質之于史，堯、舜之所爲，卓然有見于世者，蓋不可勝計也，其曰无爲，何哉？古人有言曰："除日无歲。"又曰："日一日勞，考載曰功。"若堯、舜者，可謂功矣。歲者，月之積也。月者，日之積也。舉歲則兼月，舉月則兼日矣。日別而數之，則月不見，月別而數之，則歲不見。此豈日月之外，復有歲哉！日月之各一，人臣之勞也。歲之并考，人君之功也。故《書》曰："王省惟歲，卿士惟月，師尹惟日。"此上下之分，煩簡之宜也。禹之平水土，稷爲之殖百穀，契爲之敷五教，伯夷爲之典三禮，皋陶爲之平五刑，羲和爲之曆日月。堯舜果何爲哉！今夫三百有六旬，分之以四時，配之以六甲，位之以十二子，散之以二十四氣，裂之以七十二候，晝不可以并夜，寒不可以兼暑，則氣果安在哉？惟其无在而不可名，寄之于人而已。不有此，所以爲王省之功也。日不立則月不建，月不建則歲不成；師尹不官，則卿士不治，卿士不治，則王功廢矣。故曰："庶民惟星。"星者，日月之所舍，所因以爲寒暑風雨者也。民者，上之所托，所因以爲號令賞罰者也。日月不自爲風雨寒暑，因星而爲節；君不自爲號令賞罰，因民而爲節。上執其要，下治其詳，所謂歲月日時无易也。文王不兼庶獄，陳平不治錢穀，邴吉不問鬪傷，此所爲不易者也。秦皇衡石程書，光武以吏事責三公，此易歲月而亂日時者也。治亂之效，亦可以概見矣。（卷四）

作周恭先作周孚先 《洛誥》

周之將興，必有繼天之王，建都邑，立藩輔，以定天命而宅民心，爲子孫之師。亦必有命世之臣，考禮樂，修法令，以定國是而正風俗，爲卿大夫之宗。然後可以世世垂拱仰成，雖有中主弱輔，而不至于亂。故曰："孺子來相宅，其大惇典殷獻民，亂爲四方新辟，作周恭先。""予旦以多子①，越御事，篤前人成烈，答其師，作周孚先。"國之所恃者，法與人也。《詩》曰："雖老成人，尚有典刑。"故周公以謂惇典而

---

① 子：萬曆本《東坡先生外集》作"才"。

用賢，可以定國，後之言恭者必稽焉。傳説有言，事不師古，以克永世，匪説攸聞，今不師古，後不師今。故周公以謂我當與卿大夫士篤前人成烈，以答眾心，則后之言信者必師焉。夫以成王之賢，周公之聖①，其所以爲後世先者，不過于恭與信而已。《詩》曰："自古在昔，先民有作。溫恭朝夕，執事有恪。"閔馬父曰："古之稱恭者，曰自古，曰在昔，曰先民，其嚴如是。"愚以是知恭之大者，蓋堯之允恭，孔子之溫恭，非獨恭世子之恭、楚共王之恭也。成王以是爲後世先也，不亦宜乎。"大有上九②。履信思乎順。又以尚賢也，是以自天祐之，吉无不利。"又曰："自古皆有死，民无信不立。"信之爲德也，重于兵而急于食，周公以是爲後世先也，不亦宜乎！（卷六）

惟聖罔念作狂惟狂克念作聖 《多方》

毫末之木，有合抱之資；濫觴之水，有滔天之勢③，不可謂无是理也。理固有是，而物未必然。此眾人之所以不信也。子思有言："君子之道，始于夫婦之所能，其至也，雖聖人有不能。"故孟子曰："人皆可以爲堯舜。"人之能爲堯舜，歷千載而无有，故孟子之言，世未必信也。眾人以迹求之；故未必信，君子以理推之，故知其有必然者矣。孔子曰："惟上智與下愚不移。"而《書》曰："惟聖罔念作狂，惟狂克念作聖。"此二言者，古今所不能一，而學者之所深疑也。請試論之。濫觴可以滔天，東海可以桑田，理有或然者。此狂聖念否之説也。江湖不可以徒涉，尺水不可以舟行，事有必然者。此愚智必然之辨也。夫言各有當也，達者不以夫一害一，此之謂也。太甲既立，不明，伊尹放之。使太甲粗可以不亂者，伊尹不廢也；至于廢，則其狂也審矣。然卒于爲商宗。周公曰："茲四人迪哲。"蓋太甲與文王均焉。明皇開元之治，至于刑措，與夫三代何遠！林甫之專，祿山之亂，民在塗炭，豈特狂者而已哉？由此觀之，聖狂之相去，殆不容髮矣。（卷四）

唐虞稽古建官惟百夏商官倍亦克用乂 《周官》

天下之事，古略而今詳，天下之官，古寡而今眾。聖人非有意于其間，勢則然也。火化之始，燔黍捭豚，以爲靡矣，至周而醴醯之屬至百二十甕。棟宇之始，茅茨采椽，以爲泰矣；至周九尺之室，山節藻梲。聖人隨世而爲之節文，豈得已哉！《周書》曰："唐虞稽古，建官惟百，夏商官倍，亦克用乂。"聖人不以官之眾寡論治亂者，以爲治亂在德，而不在官之眾寡也。《禮》曰："夏后氏官五十，商二百，周三百。"與《周官》異，學者蓋不取焉。夫唐虞建官百，簡之至也，夏后氏安能減半而辦？此理之必不然也。孔安國曰："禹、湯建官二百，不及唐虞之清要。"榮古而陋今，學者之病也。

---

① 聖：原本、王宅桂堂刻本卷一七俱作"信"，誤。
② 九：萬曆本《東坡先生外集》作"吉"。
③ 滔：萬曆本《東坡先生外集》作"稽"。

自夏、商觀之，則以官百爲清要。自唐虞而上云、鳥紀官之世而觀之，則官百爲陋矣。夫豈然哉？愚聞之叔向曰："昔先王議事以制，不爲刑辟。"故子產鑄《刑書》，而叔向非之。夫子產之《刑書》，末世之先務也，然且得罪于叔向。是以知先王之法亦簡矣。先王任人而不任法，勞于擇人而佚于任使，故法可以簡。法可以簡，故官可以省。古人有言，省官不如省事，省事不如清心，至矣。（卷四）

庶言同則繹　《君陳》

《書》曰："出入自爾師虞，庶言同則繹。"虞之爲言度也，出納之際，庶言之所在也，必得我師焉①。夫言有異同②，則聽者有所考：言其利也，必有爲利之道③；言其害也，必有致害之理。反復論辯廷議④，而眾決之。長者必伸，短者必屈焉；真者必遂，偽者必窒焉。故邪正之相攻，是非之相稽，非君子之所患。君子之所患者⑤，庶言同而已。考同者莫若繹，故者謂紬繹，紬絲者必求其端，究其所終。《太甲》曰⑥："有言逆于汝心，必求諸道；有言遜于汝志，必求諸非道。"《君陳》之所謂"繹"者，《太甲》之所謂"求"也。孫寶有言："周公大聖，召公大賢，猶不相説，著于經典，兩不相損。"晉王導輔政，每與客言，舉坐稱善。而王述責之曰："人非堯舜，安得每事盡善！"導亦斂衽謝之。古之君子，其畏同也如此。同而不繹，其患有不可勝言者矣。（卷四）

道有升降政由俗革　《畢命》

武王克商，武庚禄父不誅矣，而列爲諸侯。周公相成王，武庚禄父叛，殷之頑民，相率爲亂，不誅也，而遷之洛邑。武王、周公，其可謂至德也已矣。曰："群飲，汝勿佚，盡執拘以歸于周，予其殺。商之工臣，乃湎于酒，勿庸殺之，姑惟教之。"非至德能如是乎？是以商之臣子心服而日化，至康王之世三十餘年矣。世變風移，士君子出焉。故命畢公曰："道有升降，政由俗革。不臧厥臧，民罔攸勸。"始則遷其頑者而教之，終則擇其善者而用之。周之于商人也，可謂无負矣。夫道何常之有？應物而已矣。物隆則與之偕升，物污則與之偕降。夫政何常之有？因俗而已矣。俗善則養之以寬，俗頑則齊之以猛。自堯、舜亦來，未之有改也。故齊太公因俗設教，則三月而治。魯

---

① 我：萬曆本《東坡先生外集》作"于所"。
② 異同：萬曆本《東坡先生外集》作"同異"。
③ 利：萬曆本《東坡先生外集》作"異"。
④ 辯：萬曆本《東坡先生外集》作"辨"。
⑤ 君子之所患：萬曆本《東坡先生外集》缺。
⑥ 太甲：萬曆本《東坡先生外集》作"説命"。按：以下所引"有言逆于汝心"等均出自《尚書·太甲》篇，下同。

伯禽易俗變禮，則五月而定。三月之與五月，未足爲遲速也，而後世之盛衰出焉。以伯禽之賢，用周公之訓，而猶若是，苟不逮伯禽者，其變易之患，可勝言哉！（卷四）

春秋論十篇①

鄭伯克段于鄢　隱元年

《春秋》之所深譏、聖人之所哀傷而不忍言者三：晉趙鞅帥師納衛世子蒯聵于戚，齊國夏、衛石曼姑帥師圍戚，而父子之恩絶；公與夫人姜氏遂如齊，而夫婦之道喪；鄭伯克段于鄢，而兄弟之義亡。此三者，天下之大戚也，夫子傷之，而思其所以至此之由，故其言尤爲深且遠也。且夫蒯聵之得罪于靈公，逐之可也，逐之而立其子，是召亂之道也。使輒上之不得從王父之言，下之不得從父之令者，靈公也。故書曰"晉趙鞅帥師納衛世子蒯聵于戚"。蒯聵之不去世子者，是靈公不得乎逐之之道。靈公何以不得乎逐之之道？逐之而立其子也。魯桓公千乘之君，而陷于一婦人之手，夫子以爲文姜之不足譏，而傷乎桓公制之不以漸也，故書曰"公與夫人姜氏遂如齊"，言其禍自公作也。段之禍生于愛，鄭莊公之愛其弟也，足以殺之耳。孟子曰："舜封象于有庳，使之源源而來，不及以政。"孰知夫舜之愛其弟之深，而鄭莊公賊之也。當太叔之據京城，取廩延以爲己邑，雖舜復生，不能全兄弟之好，故書曰"鄭伯克段于鄢"，而不曰"鄭伯殺其弟段"；以爲當斯時，雖聖人亦殺之而已矣。夫婦、父子、兄弟之親，天下之至情也，而相殘之禍至如此，夫豈一日之故哉！《穀梁》曰："克，能也，能殺也。不言殺，見段之有徒衆也。段不稱弟，不稱公子，賤段而甚鄭伯也。于鄢②，遠也。猶曰取之其母之懷中而殺之云爾。甚之也。然則爲鄭伯宜奈何？緩追逸賊，親親之道也。"嗚呼！以兄弟之親，至交兵而戰，固親親之道絶已久矣。雖緩追逸賊，而其存者幾何？故曰：于斯時也，雖聖人亦殺之而已矣。然而聖人固不使至此也。《公羊傳》曰："母欲立之，己殺之，如勿與而已矣。"而又區區于當國內、外之言，是何思之不遠也？《左氏》以爲："段不弟，故不稱弟；如二君，故曰克；稱鄭伯，譏失教。"求聖人之意，若《左氏》，可以有取焉。（卷六）

鄭伯以璧假許田　桓元年

鄭伯以璧假許田，先儒之論多矣，而未得其正也。先儒皆知夫《春秋》立法之嚴，而不知其甚寬且恕也；皆知其譏不義，而不知其譏不義之所由起也。"鄭伯以璧假許田"者，譏隱而不譏桓也。始其謀以周公之許田而易泰山之祊者誰也？受泰山之祊而

---

① 論：原本無，據明成化本《東坡續集》補，下同。
② 于：原本無，據明成化本《東坡續集》補。

入之者誰也？隱既已與人謀而易之，又受泰山之祊而入之，然而爲桓公者，不亦難乎！夫子知桓公之无以辭于鄭也，故譏隱而不譏桓。何以言之？《隱八年》書曰"鄭伯使宛來歸祊"；又曰"庚寅，我入祊"。"入祊"云者，見魯之果入泰山之祊也。則是隱公之罪既成而不可變矣。故《桓元年》書曰"鄭伯以璧假許田"而已。夫許田之入鄭，猶祊之入魯也。書魯之入祊，而不書鄭之入許田，是不可以不求其說也。"鄭伯使宛來歸祊"、"庚寅我入祊"，見鄭之來歸，而魯之入之也。"鄭伯以璧假許田"者，見鄭之來請，不見魯之與之也。見鄭之來請而不見魯之與之者，見桓公之无以辭于鄭也。嗚呼！作而不義，使後世无以辭焉，則夫子之罪隱深矣。夫善觀《春秋》者，觀其意之所向而得之，故雖夫子之復生，而无以易之也。《公羊》曰："曷爲係之許？近許也，諱取周田也。"《穀梁》曰："假不言以，以，非假也。非假而曰假，諱易地也。"《春秋》之所爲諱者三：爲尊者諱敵，爲親者諱敗，爲賢者諱過。魯，親者也，非敗之爲諱，而取易之爲諱，是夫子之私魯也。（卷六）

取郜大鼎于宋　桓二年

孔子何爲而作《春秋》哉？舉三代全盛之法，以治僥幸苟且之風，而歸之于至正而已矣。三代之盛時，天子秉至公之義，而制諸侯之予奪，故勇者无所加乎怯，弱者无所畏乎强，匹夫懷璧而千乘之君莫之敢取焉。此王道之所由興也。周衰，諸侯相並，而强有力者制其予奪，邾、莒、滕、薛之君，惴惴焉保其首領之不暇，而齊、晉、秦、楚有吞諸侯之心。孔子慨然嘆曰："久矣！諸侯之恣行也。後世將有王者作而不遇焉，命也。"故《春秋》之法，皆所以待後世王者之作而舉行之也。鐘鼎龜玉，天子之所以分諸侯，使諸侯相傳而世守也。《桓二年》："取郜大鼎于宋。戊申，納于太廟。"且夫鼎也，不幸使齊挈而有之，是齊鼎也，是百傳而百易①，未可知也。仲尼曰：不然。是鼎也，何爲而在魯之太廟？曰：取之宋。宋安得之？曰：取之郜。故書曰"郜鼎"。郜之得是鼎也，得之天子。宋以不義取之，而又以與魯也。後世有王者作，舉《春秋》之法而行之，魯將歸之宋，宋將歸之郜，而後已也。昔者子路問孔子所以爲政之先？子曰："必也正名乎！"故《春秋》之法，尤謹于正名，至于一鼎之微而不敢忽焉。聖人之用意，蓋深如此。夫以區區之魯无故而得器，是召天下之爭也。楚王求鼎于周王曰："周不愛鼎。"恐天下以器讎楚也。鼎入宋而爲宋，入魯而爲魯，安知夫秦、晉、齊、楚之不動其心哉！故書曰"郜鼎"，明魯之不得，有以塞天下之爭也。《穀梁傳》曰："納者，內弗受也。"以爲周公不受也。又曰："號從中國，名從主人。"而《左氏》記臧哀伯之諫。愚于《公羊》有取焉，曰："器從名，地從主人。宋始以不義取之，故謂之郜鼎。至于地之與人則不然，俄而可以爲其有矣。"善乎斯言，吾有取之。（卷六）

---

① 後一"百"字：明成化本《東坡續集》作"不"。

齊侯衛侯胥命于蒲 桓三年

荀卿有言曰："《春秋》善胥命，《詩》非屢盟，其心一也。"敢試論之。

謹按《桓三年》書"齊侯、衛侯，胥命于蒲"，説《春秋》者均曰"近正"。所謂"近正"者，以其近古之正也。古者相命而信，約言而退，未嘗有歃血之盟也。今二國之君，誠信協同，約言而會，可謂近古之正者已。何以言之？《春秋》之時，諸侯競騖，爭奪日尋，拂違王命，糜爛生聚，前日之和好，後日之戰攻，曾何正之尚也？觀二國之君胥命于蒲，自時厥後，不相侵伐，豈與夫前日之和好、後日之戰攻者班也！故聖人于《春秋》，止一書胥命而已。荀卿爲之善者①，取諸此也。然則齊也，衛也，聖人果善之乎？曰：非善也，直譏爾。曷譏爾？譏其非正也。《周禮》大宗伯掌六禮，以諸侯見王爲文，乃有春朝、夏宗、秋覲、冬遇、時會、衆同之法，言諸侯非此六禮，罔得逾境而出矣。不識齊、衛之君，以春朝相命而出邪？以夏宗相命而出邪？或以秋覲相命而出邪？以冬遇相命而出邪？抑以時會相命而出邪②？衆同相命而出邪？非春朝、夏宗、秋覲、冬遇、時會、衆同而出，則私相爲會耳。私相爲會，匹夫之舉也。以匹夫之舉，而謂之正，其可得乎？宜乎聖人大一王之法而誅之也。然而聖人之意，豈獨誅齊、衛之君而已哉！所以正萬世也。荀卿不原聖人書經之法，而徒信傳者之説，以謂"《春秋》善胥命"，失之遠矣。且《春秋》二百四十二年間，諸侯之賢者，固亦鮮矣，奚待于齊、衛之君而善其胥命邪？信斯言也，則姦人得以勸也。未嘗聞聖人作《春秋》而勸姦人也。（卷六）

禘于太廟用致夫人 僖八年

甚哉！去聖之久遠，《三傳》紛紛之不同，而莫或折之也。"禘于太廟，用致夫人"。《左氏》曰："禘而致哀姜，非禮也。凡夫人不薨于寢，不殯于廟，不赴于同，不祔于姑，則弗致也。"《公羊》曰："夫人何以不氏？譏以妾爲妻也。蓋聘于楚而脅于齊，媵女之先至者也。"《穀梁》曰："成風也。言夫人而不言氏姓，非夫人也；立妾之詞，非正也。"

夫人之，我可以不夫人乎？夫人卒葬之③，我可以不卒葬之乎？一則以宗廟臨之而後貶焉，一則以外之非夫人而見正焉④。三家之説，《左氏》疏矣。夫人與公，一體也。有曰公曰夫人，既葬，公以謚配公，夫人以謚配氏，此其不易之例也。蓋有既葬稱謚，而不稱夫人者矣。天王使宰咺來歸惠公仲子之賵，秦人來歸僖公成風之襚，而未有不

---

① 爲：明成化本《東坡續集》作"謂"。
② 抑：明成化本《東坡續集》作"或"。
③ 卒葬：原本無，據王宅桂堂刻本卷一五、明成化本《東坡續集》補。
④ 非：王宅桂堂刻本卷一五、明成化本《東坡續集》俱作"弗"。

稱諡而稱人也①。《公羊》之説，又非人情，无以信于後世。以齊、楚之强，齊能脅魯，使以其媵女爲夫人，而楚乃肯安然使其女降爲妾哉？此甚可怪也。且夫成風之爲夫人，非正也。《春秋》以爲非正而不可以廢焉，故與之不足之文而已矣。方其存也，不可以不稱夫人而去其氏；及其没也，不可以不稱諡而去其夫人，皆所以示不足于成風也。況乎禘周公而"用致"焉，則其罪固已不容于貶矣。故《公羊》曰："用者，不宜用者也；致者，不宜致者也。禘用致夫人，非禮也。"（卷六）

閏月不告朔猶朝于廟 文六年

《春秋》之文同。其所以爲文異者，君子觀其意之所在而已矣。先儒之論"閏月不告朔"者，牽乎"猶朝于廟"之説，而莫能以自解也。《春秋》之所以書"猶"者二。曰如此而"猶"如此者，甚之之詞也；"辛巳，有事于太廟，仲遂卒于垂。壬午，猶繹"是也。曰不如此而"猶"如此者，幸之之詞也；"不郊，猶三望"、"閏月不告朔，猶朝于廟"是也。

夫子傷周道之殘缺，而禮樂文章之壞也，故區區焉掇拾其遺亡，以爲其全不可得而見矣，得見一二斯可矣。故書曰"猶朝于廟"者，傷其不告朔，而幸其猶朝于廟也。夫子之時，告朔之禮亡矣，而有餼羊者存焉。夫子猶不忍去，以志周公之典，則其朝于廟者，乃不如餼羊之足存歟！《公羊傳》曰："曷爲不言告朔②？天无是月也。"《穀梁傳》曰："閏月者，附月之餘日也。天子不以告朔，而喪事不數也。而皆曰"猶者，可以已也"，是以其幸之之詞而爲甚之之詞，宜其爲此異端之説也。且夫天子諸侯之所爲告朔聽政者，以爲天歟？爲民歟？天无是月而民无是月歟？彼其孝子之心，不欲因閏月以廢喪紀，而人君乃欲假此以廢政事歟？夫周禮樂之衰，豈一日之故？有人焉開其端而莫之禁，故其漸遂至于掃地而不可救。《文十六年》："夏六月③，公四不視朔。"《公羊傳》曰："公有疾也。何言乎公有疾不視朔？自是公无疾不視朔也。"故夫有疾而不視朔者，无疾而不視朔之原也；閏月而不告朔者，常月而不告朔之端也。聖人憂焉，故謹而書之，所以記禮之所由廢也。《左氏傳》曰："閏以正時，時以作事，事以厚生，生民之道于是乎在。不告閏朔，棄時政也，何以爲民？"而杜預以爲"雖朝于廟，則如勿朝"，以釋經之所書"猶"之意，是亦曲而不通矣。（卷六）

用郊 成十七年

先儒之論，或曰魯郊，僭也；《春秋》譏焉，非也。魯郊僭也，而《春秋》之所譏者，當其罪也。賜魯以天子之禮樂者，成王也；受天子之禮樂者，伯禽也。《春秋》

---

① "稱"後，明成化本《東坡續集》有"夫"。
② 《公羊傳》"文公六年"作"曷爲不告朔"，此句中之"言"字當屬衍文。
③ 六月："六"當爲"五"之誤字，《春秋》原文作"五月"。

之譏魯郊也，上則譏成王，次則譏伯禽。成王、伯禽不見于《春秋》，而夫子無所致其譏也。無所致其譏而不譏焉，《春秋》之所以求信于天下也。夫以魯而僭天子之郊，其罪惡如此之著也。夫子以爲無所致其譏而不譏焉，則其譏之者，固天下之所用而信之也。郊之書于《春秋》者，其類有三：書卜郊不從乃免牲者，譏卜常祀而不譏郊也；鼷鼠食郊牛角，郊牛之口傷改卜牛者，譏養牲之不謹而不譏郊也；書四月、五月、九月郊者，譏郊之不時而不譏郊也。非卜常祀、非養牲之不謹、非郊之不時則不書，不書，則不譏也。禘于太廟者，爲致夫人而書也。有事于太廟者，爲仲遂卒而書也。《春秋》之書郊者，猶此而已。故曰：不譏郊也。郊祀者，先王之大典，而夫子不得見之于周也。故因魯之所有天子之禮樂，而記郊之變焉耳。《成十七年》：“九月，辛丑用郊。”《公羊傳》曰：“用者，不宜用者也，九月非所用郊也。”《穀梁傳》曰：“夏之始猶可以承春，以秋之末承春之始，蓋不可矣。”且夫郊未有至九月者也。曰“用”者，著其不時之甚也。杜預以爲“用郊從史文”，或説“用然後郊”者，皆无取焉。（卷六）

會于澶淵宋災故 襄三十年

春秋之時，忠信之道缺，大國无厭而小國屢叛，朝戰而夕盟，朝盟而夕會，夫子蓋厭之矣。觀周之盛時，大宗伯所制朝覲、會同之禮，各有遠近之差，遠不至于疏而相忘，近不至于數而相瀆。春秋之際，何其亂也！故曰：春秋之盟，无信盟也；春秋之會，无義會也。雖然，紛紛者，天下皆是也。夫子將譏之，而以爲不可以勝譏之也，故擇其甚者而譏焉。桓二年會于稷，以成宋亂。襄三十年會于澶淵，宋災故。皆以深譏而切責之也。《春秋》之書會多矣，書其所會而不書其所以會；書其所以會，桓之稷、襄之澶淵而已矣。宋督之亂，諸侯將討之，桓公平之，不義孰甚焉！宋之災，諸侯之大夫會，以謀歸其財，既而无歸，不信孰甚焉！非不義不信之甚，《春秋》之譏不至于此也。《左氏》之論，得其正矣。皆諸侯之大夫，而書曰某人某人會于澶淵，宋災故，尤之也；不書魯大夫，諱之也。且夫見鄰國之災，匍匐而救之者，仁人君子之心也。既言而忘之，既約而背之，委巷小人之事也。故書其始之爲君子仁人之心，而後可以見後之爲委巷小人之事。《春秋》之意，蓋明白如此。而《公羊傳》曰：“會未有言其所爲者，此言其所爲何？錄伯姬也。”且《春秋》爲女子之不得其所而死，區區爲人之死錄之，是何夫子之志不廣也！《穀梁》曰：“不言災故，則无以見其爲善。澶淵之會，中國不侵夷狄，夷狄不入中國，无侵伐八年，善之也，晉趙武、楚屈建之力也。”如《穀梁》之説，宋之盟可謂善矣，其不曰息兵故，何也？嗚呼！《左氏》得其正矣。（卷六）

黑肱以濫來奔 昭三十一年

諸侯之義，守先君之封土，而不敢有失也，守天子之疆界，而不敢有過也。故夫以力而相奪，以兵而相侵者，《春秋》之所謂暴君也。侵之雖不以兵，奪之雖不以力，而得之不義者,《春秋》之所謂汙君也。鄭伯以璧假許田,晉侯使韓穿來言汶陽之田歸之于齊,此諸侯之以不義而取魯田者也。邾庶其以漆閭丘來奔,莒牟夷以防兹來奔,黑肱以濫來奔,此魯之以不義而取諸侯之田者也。諸侯以不義而取魯田,魯以不義而取諸侯之田,皆不容于《春秋》者也。夫子之于庶其、牟夷、黑肱也責之薄,而于魯也罪之深。彼其竊邑叛君爲穿窬之事,市人屠沽且羞言之,而安足以重辱君子之譏哉!夫魯,周公之後,守天子之東藩,招聚小國叛亡之臣,與之爲盜竊之事,孔子悲傷而悼痛之,故于三叛之人具文直書,而無隱諱之詞,蓋其罪魯之深也。先儒之説,區區于叛人之過惡,其論固已狹矣。且夫《春秋》豈爲穿窬竊盜之人而作哉?使天下之諸侯,皆莫肯容夫如此之人,而穿窬盜竊之事,將不禁而自絶,此《春秋》之所以用意于其本也。《左氏》曰:"或求名而不得,或欲蓋而名彰。書齊豹盜三叛人名。"而《公羊》之説,最爲疏謬,以爲叔術之後而通濫于天下,故不係黑肱于邾。嗚呼!誰謂孔子而叔術賢邪①?蓋嘗論之。黑肱之不係邾也,意其若欒盈之不係于晉歟?欒盈既奔齊而還,入曲沃以叛,故書曰"欒盈入于晉。"黑肱或者既絶于邾,而歸竊其邑以叛歟?當時之簡牘既亡,其詳不可得而聞矣。然以類而求之,或亦然歟?《穀梁》曰:"不言邾,别乎邾也;不言濫子,非天子之所封也。"此尤迂闊而不可用矣。(卷六)

春秋變周之文 何休解

三家之傳,迂誕奇怪之説,《公羊》爲多,而何休又從而附成之。後之言《春秋》者,黜周王魯之學與夫讖緯之書者,皆祖《公羊》。《公羊》無明文,何休因其近似而附成之。愚以爲何休,《公羊》之罪人也。凡所謂《春秋》變周之文從商之質者,皆出于何氏,愚未嘗觀焉。滕侯、薛侯來朝。齊侯使其弟年來聘。何休曰:"質家親親。故先滕侯而加録齊侯之母弟。"且夫親親者,周道也。先宗盟而後異姓者,周制也。鄭忽出奔衛。《公羊傳》曰:"忽何以名?春秋伯、子、男一也。詞無所貶。"何休曰:"商爵三等,春秋變周五等之爵而從焉。"《記》曰:"諸侯失地名。"而文十二年郕伯來奔,《公羊》亦曰:"何以不名兄弟?詞也。"忽之出奔,其爲失國,豈不甚明,而《春秋》獨無貶焉。雖然,《公羊》何爲而爲此説也?《春秋》未逾年之君皆稱子,而忽獨不然,此《公羊》之所以爲此説也。且《春秋》之書,夫豈一概?衛宣未葬,而嗣子稱侯以出會,書曰"及宋公衛侯燕人戰"。鄭忽外之無援,内之無黨,一夫作難,奔走無告,鄭人賤之,故赴以名,書曰"鄭忽出奔衛"。衛侯未逾年之君也,鄭忽亦未逾年之君也,因其自侯而侯之,因其自名而名之,皆所以變常而示譏也。且夫以例而求《春秋》者,是愚儒之事也②。孔子行夏之時,乘殷之輅,服周之冕,又曰:"鬱鬱乎文哉!吾從周。"由此觀之,夫子皆有取于三代,而周居多焉。况乎采周公之集以作《春秋》,而曰變周之文者,吾不信也。(卷六)

---

① 叔術賢:王宅桂堂刻本卷一五、明成化本《東坡續集》皆作"賢叔術"。
② 是:王宅桂堂刻本卷一五無,明成化本《東坡續集》作"乃"。

論語解二篇

君使臣以禮　《八佾》

　　君以利使臣，則其臣皆小人也。幸而得其人，亦不過健于才而薄于德者也。君以禮使臣，則其臣皆君子也。不幸而非其人，猶不失廉恥之士也。其臣皆君子，則事治而民安。士有廉恥，則臨難不失其守。小人反是。故先王謹于禮。禮以欽爲主，宜若近于弱；然而服暴者，莫若禮也。禮以文爲飾，宜若近于僞；然而得情者，莫若禮也。定公問："君使臣，臣事君，如之何？"孔子曰："君使臣以禮，臣事君以忠。"不有爵祿刑罰也乎？何爲其專以禮使臣也？以爵祿而至者，貪利之人也，利盡則逝矣。以刑罰而用者，畏威之人也，威之所不及，則解矣。故莫若以禮，禮者，君臣之大義也，无時而已也。漢高祖以神武取天下，其得人可謂至矣。然恣慢而侮人，洗足箕距，溺冠跨項，可謂无禮矣。故陳平論其臣皆嗜利无恥者，以是進取可也，至于守成，則殆矣。高帝晚節不用叔孫通、陸賈，其禍豈可勝言哉！呂后之世，平、勃背約而王諸呂，幾危劉氏，以廉恥不足故也。武帝踞廁而見衛青，不冠不見汲黯。青雖富貴，不改奴僕之姿。而黯，社稷臣也，武帝能禮之而不能用，可以太息矣。（卷八）

觀過斯知仁矣　《里仁》

　　孔子曰："人之過矣，各于其黨。觀過，斯知仁矣。"自孔安國以下，解者未有得其本指者也。《禮》曰："與仁同功，其仁未可知也。與仁同過，然後其仁可知也。"聞之于師曰：此《論語》之義疏也。請得以論其詳。人之難知也，江海不足以喻其深，山谷不足以配其險，浮雲不足以比其變。揚雄有言："有人則作之，无人則輟之。"夫苟見其作，而不見其輟，雖盜跖爲伯夷可也。然古有名知人者，其效如影響，其信如蓍龜，此何道也？故彼其觀人也，亦多術矣。委之以利，以觀其節；乘之以猝，以觀其量；伺之以獨，以觀其守；懼之以敵，以觀其氣。故晉文公以壺餐得趙衰，郭林宗以破甑得孟敏，是豈一道也哉！夫與仁同功而謂之仁，則公孫之布被與子路之縕袍何異？陳仲子之螬李與顏淵之簞瓢何辨？何則？功者人所趨也，過者人所避也。審其趨避而真偽見矣。古人有言曰："鉏麑，違命也，推其仁，可以托國。"斯其爲觀過知仁也歟！（卷八）

孟子解一篇

以佚道使民以生道殺民 《盡心上》

使民爲農，民曰："是食我之道也。"使民爲兵，民曰："是衛我之道也。"使民爲城郭溝池，民曰："是域我之道也。"雖勞而不怨也。曰："盤庚之民，何以怨？""民可與樂成而不可與慮始，蓋終于不怨也。"《詩》曰："晝爾于茅，宵爾索綯，亟其乘屋，其始播百穀。"可謂勞矣。然民豈不思之曰："上之人果誰爲也哉！"若夫田獵之娛，宴好之奉，上之人所自爲爲之者，君子蓋不以勞民也。古者水衡、少府，天子之私藏。大司農錢不以給共養勞費，共養勞費一出少府，爲是也。孟子曰："以佚道使民，勞而不怨，以生道殺民，雖死不怨殺者。"以佚道使民，可也；以生道殺民，君子蓋難言之。《易》曰："古之聰明睿智神武而不殺。"季康子曰："如殺無道，以就有道，何如？"孔子曰："子爲政，焉用殺？"夫殺無道就有道，先王之所不免也，孔子諱之。然則殺者，君子之所難言也。（卷九）

中庸論 三首

中庸論 上

甚矣！道之難明也。論其著者，鄙滯而不通；論其微者，汗漫而不可考。其弊始于昔之儒者求爲聖人之道而無所得，于是務爲不可知之文，庶幾乎後世之以我爲深知之也。後之儒者，見其難知，而不知其空虛無有，以爲將有所深造乎道者，而自恥其不能，則從而和之，曰"然"。相欺以爲高，相習以爲深，而聖人之道，日以遠矣。自子思作《中庸》，儒者皆祖之，以爲性命之説。嗟夫！子思者，豈亦斯人之徒歟？蓋嘗試論之。夫《中庸》者，孔氏之遺書而不完者也。其要有三而已矣。三者是周公、孔子之所從以爲聖人，而其虛詞蔓延，是儒者之所以爲文也。是故去其虛詞，而取其三。其始論誠明之所入，其次論聖人之道所從始，推而至于其所終極，而其卒乃始内之于《中庸》。蓋以爲聖人之道，略見于此矣。《記》曰："自誠明謂之性，自明誠謂之教。誠則明矣，明則誠矣。"夫誠者，何也？樂之之謂也。樂之則自信，故曰誠。夫明者，何也？知之之謂也。知之則達，故曰明。夫惟聖人，知之者未至，而樂之者先入，先入者爲主，而待其餘，則是樂之者爲主也。若夫賢人，樂之者未至，而知之者先入；先入者爲主，而待其餘，則是知之者爲主也。樂之者爲主，是故有所不知，知之未嘗不行。知之者爲主，是故雖无所不知，而有所不能行。子曰："知之者，不如好之者；好之者，不如樂之者。"知之者與樂之者，是賢人、聖人之辨也。好之者，是賢人之所由以求誠者也。君子之爲學，慎乎其始。何則？其所先入者，重也。知之多而未能樂焉，則是不如不知之愈也。人之好惡，莫如好色而惡臭，是人之性也。好善如好色，惡惡如惡臭，是聖人之誠也。故曰"自誠明謂之性"。孔子蓋長而好學，適周觀禮，問于老聃、師襄之徒，而後明于禮樂，五十而後讀《易》。蓋亦有晚而後知者。然其所先得于聖人者，是樂之而已。孔子厄于陳、蔡之間，問于子路、子貢，二子不悅，而子貢又欲少貶焉。是二子者，非不知也，其所以樂之者未至也。且夫子路能死于衛，而不能不慍于陳、蔡，是豈其知之罪邪？故夫弟子之所爲從孔子游者，非專以求聞其所未聞，蓋將以求樂其所有也。明而不誠，雖挾其所有，悢悢乎不知所以安之；苟不知所以安之，則是可與居安，而未可與居憂患也。夫惟憂患之至，而後誠明之辨乃可以見。由此觀之，君子安可以不誠哉！（卷五）

中庸論 中

君子之欲誠也，莫若以明。夫聖人之道，自本而觀之，則皆出于人情。不循其本，而逆觀之于其末，則以爲聖人有所勉強力行，而非人情之所樂者。夫如是，則雖欲誠之，其道无由。故曰"莫若以明"，使吾心曉然，知其當然，而求其樂。今夫五常之教，惟禮爲若強人者。何則？人情莫不好逸豫而惡勞苦，今吾必也使之不敢箕踞，而磬折百拜以爲禮；人情莫不樂富貴而羞貧賤，今吾必也使之不敢自尊，而揖讓退抑以爲禮。用器之爲便，而祭器之爲貴；褻衣之爲便，而衰冕之爲貴；哀欲其速已，而伸之三年；樂欲其不已，而不得終日；此禮之所以爲強人而觀之于其末者之過也。蓋亦反其本而思之？今吾以爲磬折不如立之安也，而將惟安之求，則立不如坐，坐不如箕踞，箕踞不如偃仆；偃仆而不已，則將裸袒而不顧，苟爲裸袒而不顧，則吾无乃亦將病之？夫豈獨吾病之，天下之匹夫匹婦莫不病之也。苟爲病之，則是其勢將必至于磬折而百拜。由此言之，則是磬折而百拜者，生于不欲裸袒之間而已也。夫豈惟磬折百拜，將天下之所謂強人者，其皆必有所從生也。辨其所從生，而推之至于其所終極，是之謂明。故《記》曰："君子之道，費而隱。夫婦之愚，可以與知焉。及其至也，雖聖人有所不知焉。夫婦之不肖，可以能行焉。及其至也，雖聖人有所不能焉。"君子之道，推其所從生而言之，則其言約，約則明。推其逆而觀之，故其言費，費則隱。君子欲其下隱，是故起于夫婦之有餘，而推之至于聖人之所不及，舉天下之至易，而通之于至難，使天下之安其至難者，與其至易无以異也。孟子曰："簞食豆羹，得之則生，不得則死。呼爾而與之，行道之人弗受；蹴爾而與之，乞人不屑也。萬鐘則不辨禮義而受之，萬鐘于我何加焉！向爲身死而不受，今爲朋友妻妾之奉而爲之，此之謂失其本心。"且萬鐘之不受，是王公大人之所難，而以行道乞人之所不屑，而較其輕重，是何以異于匹夫匹婦之所能行，通而至于聖人之所不及？故凡爲此說者，皆以求安其至難，而務欲誠之者也。天下之人，莫不欲誠，而不得其說，故凡此者，誠之說也。（卷五）

中庸論 下

　　夫君子雖能樂之，而不知中庸，則其道必窮。《記》曰："君子遵道而行，半途而廢，吾弗能已矣。"君子非其信道之不篤也，非其力行之不至也，得其偏而忘其中，不得終日安行乎通途，夫雖欲不廢，其可得邪？《記》曰："道之不行也，我知之矣。賢者過之，不肖者不及也。"以爲過者之難歟？復之中者之難歟？宜若過者之難也。然天下有能過而未有能中，則是復之中者之難也。《記》曰："天下國家可均也，爵祿可辭也，白刃可蹈也，中庸不可能也。"既不可過，又不可不及，如斯而已乎？曰：未也。孟子曰："執中爲近之①。執中無權，猶執一也。"《書》曰："不協于極，不罹于咎，皇則受之。"又曰："會其有極，歸其有極。"而《記》曰："君子之中庸也，君子而時中。"皇極者，有所不極，而會于極。時中者，有所不中，而歸于中。吾見中庸之至于此而尤難也，是以有小人之中庸焉②。有所不中，而歸于中，是道也，君子之所以爲時中，而小人之所以爲無忌憚。《記》曰："小人之中庸也，小人而無忌憚也。"嗟夫！道之難言也，有小人焉，因其近似而竊其名，聖人憂思恐懼，是故反復而言之不厭。何則？是道也，固小人之所竊以自便者也。君子見危則能死，勉而不死，以求合于中庸；見利則能辭，勉而不辭，以求合于中庸；見利則能辭，勉而不辭，一求合于中庸。小人貪利而苟免，而亦欲以中庸之名私自便也。此孔子、孟子之所爲惡鄉原也。一鄉皆稱原人焉，無所往而不爲原人，同乎流俗，合乎汙世，曰："古之人，行何爲踽踽涼涼，生斯世也，善斯可矣。"以古之人爲迂，而以今世之所善爲足以已矣，則是不亦近似于中庸邪？故曰："惡紫，恐其亂朱也；惡莠，恐其亂苗也。"何則？惡其似也。信矣！中庸之難言也，君子之欲從事乎此，無循其迹而求其味，則幾矣。《記》曰："人莫不飲食也，鮮能知味也。"（卷五）

---

① 之：原本缺，據《孟子》原文補。
② 以：明成化本《東坡應詔集》無。

蘇轍經說

進論五首①

易　論

　　《易》者，卜筮之書也。挾策布卦，以分陰陽而明吉凶，此日者之事，而非聖人之道。聖人之道，存乎其爻之辭，而不在其數，數非聖人之所盡心也。然《易》始于八卦，而至于六十四，此其爲書，未離乎用數也。用世之人皆恥言《易》之數，或者言而不得其要，紛紜迂闊而不可解，此高論之士所以恥而不言歟？夫《易》本于卜筮，而聖人闊言于其間，以盡天下之人情。使其爲數紛亂而不可考，則聖人豈肯以其有用之言而托之无用之數哉？今夫《易》之所以謂九六者，老陰、老陽之數也。九爲老陽，而七爲少陽；六爲老陰，而八爲少陰；此四數者，天下莫知其所爲如此者也。或者以爲陽之數極于九，而其次極于七，故七爲少，而九爲老。至于老陰，苟以爲以極者而言也，則老陰當十，而少陰當八。今少陰八，而老陰反當其下之六，則又爲之說曰："陰不可以有加于陽，故抑而處之于下。"使陰果不可以有加于陽也，而曷不曰老陰八、而少陰六？且夫陰陽之數，此天地之所爲也，而聖人豈得與于其間而制其予多哉？此其尤不可者也。夫陰陽之有老少，此未嘗見于他書也，而見于《易》。《易》之所以或爲老，或爲少者，爲夫揲著之故也。故夫說者宜于其揲著焉而求之。揲著之法曰：掛一歸奇，三揲之餘，而以四數之。得九而以爲老陽，得八而以爲少陰，得七而以爲少陽，得六而以爲老陰。然而陰陽之所以爲老少者，不在乎七、八、九、六也，七、八、九、六徒以爲識焉耳。老者陰陽之純也。少者陰陽之雜而不純者也。陽數皆奇而陰數皆偶，故乾以一爲之爻，而坤以二。天下之物以少爲主。故乾之子皆二陰，而坤之女皆二陽。老陰、老陽者乾坤是也。少陰、少陽者乾坤之子是也。揲著者其一揲也。少者五而多者九，其二、其三，少者四而多者八。多少者奇偶之象也，一爻而三揲，譬如一卦而三爻也。陰陽之老少，于卦見之于爻，而于爻見之于揲。使其果有取于七、八、九、六，則夫此三揲者，區區焉分其少多而各爲處，果何以爲也？今夫三揲而皆

---

①　進論五首：見蘇轍《欒城應詔集》卷四，總題"進論五首"，表明係蘇轍參加制科進策之作。王宅桂堂刻本卷一三作蘇軾文，單標一"論"字，下以易、書、禮、樂、春秋排列。其中易類復附有軾另一文《易說》（"四營而一變"云云），說明論者乃有意爲之。二者文字大同小異，篇目順序也不盡相同，疑兄弟二人共同爲之。

少,此无以異于《乾》之三爻而皆奇也;三揲而皆多,此无以異于《坤》之三爻而皆偶也。三揲而少者一,此无以異于《震》、《坎》、《艮》之一奇而二偶也;三揲而多者一,此无以異于《巽》、《離》、《兑》之一偶而二奇也。若夫七、八、九、六此乃取以爲識,而非其義之所在,不可以强以爲説也。(《欒城應詔集》卷四)

書 論

愚讀《史記·商君列傳》,觀其改法易令,變更秦國之風俗,誅秦民之議令者以數千人,黥太子之師,劓太子之傅,而后法令大行,蓋未嘗不壯其勇而有决也。曰:嗟夫!世俗之不可與慮始而可與樂終。使天下之人各陳其所知而守其所知,以議天子之事,則事將有格爾不得成者。然及觀三代之書,至其將有以矯拂世俗之際,則其所以告諭天下者,常丁寧激切亹亹而不倦,務使天下盡知其君之心,而又從而折其不服之意,使天下皆信以爲如此,而后從事。其言回曲宛轉,譬如平人自相議論而詰其是非者。愚始讀二疑之,以爲近于濡滯迂遠而无决,然其使天下樂從,而无黽勉不得已之意;其事既發,而无紛紜異同之論。此則王者之意也。故常以爲當堯舜之時,其君臣相得之心,歡然樂而无間,相與吁俞、嗟歎、唯諾于朝廷之中,不啻若朋友之親。雖其有所相是非論辨,以求曲直之際當,亦无足怪者。及至湯武征伐之際,周旋反覆,自述其用兵之意,以明曉天下,此又其勢然也。惟其天下既安,君民之勢闊遠而不同,天下有所欲爲,而其匹夫匹婦私有異論于天下,以齟齬其上之畫策,令之而莫肯聽。當此之時,刑驅而勢脅之,天下夫誰敢不聽從?而上之人,優游而徐譬之,使之信之而后從。此非王者之心,誰能處而待之而不倦歟?蓋盤庚之遷,天下皆咨嗟而不悦。盤庚爲之稱其先王盛德明聖,而猶五遷,以至于今,今不承于古,恐天之斷棄汝命,不救汝死。既又恐其不從也,則又曰:"汝罔暨餘同心,我先後將降汝罪,乃祖先父亦將告我高后曰:'作大戮于朕孫'。"蓋其所以開其不悟之心,而諭之以其所以當然者,如此其詳也。若夫商君則不然,以爲要使汝獲其利,而何恤乎吾之所爲?故无所求于衆人之論,而亦无以告諭于天下。然其事亦終于有成。是以後世之論,以爲三代之治柔懦而不决。然此乃王霸之所以爲異者也。夫三代之君,惟不忍鄙其民而欺之,故天下有故,而其議及于百姓,以觀其意之所向。及其不可聽也,則又反復而諭之,以窮極其説,而服其不然之心,是以其民親而愛之。嗚呼!此王霸之所爲不同也哉!(《欒城應詔集》卷四)

詩 論

自仲尼之亡,六經之道遂散而不可解。蓋其患在于責其義之太深,而求其法治太切。夫六經之道,惟其近于人情,是以久傳而不廢。而世之迂學,乃皆曲爲之説,雖其義之不至于此者,必强牽合以爲如此,故其論委曲而莫通也。夫聖人之爲經,惟其《禮》、《春秋》合,然後无一言之虛而莫不可考,然猶未嘗不近于人情。至于《書》,

出于一時言語之間，而《易》之文，爲卜筮而作，故時亦有所不可前定之説。此其于法度已不如《禮》、《春秋》之嚴矣。而況乎《詩》者，天下之人，匹夫匹婦、羈臣賤隸、悲憂愉佚之所爲作也。夫天下之人，自傷其貧賤困苦之憂，而自述其豐美盛大之樂，其言上及于君臣父子、天下興亡治亂之迹，而下及于飲食床第、昆蟲草木之類，蓋其中無所不具，而尚何以繩墨法度，區區而求諸其間哉！此亦足以見其志之無不通矣。夫聖人之于《詩》，以爲其終要入于仁義，而不責其一言之無當。是以其意可觀，而其言可通也。今《詩》之傳曰："殷其靁，在南山之陽"、"出自北門，憂心殷殷"、"揚之水，白石鑿鑿"、"終朝采綠，不盈一匊"、"瞻彼洛矣，維水泱泱"，若此者皆興也。而至于"關關雎鳩，在河之洲"、"南有樛木，葛藟累之"、"南有喬木，不可休息"、"維鵲有巢，維鳩居之"、"喓喓草蟲，趯趯阜螽"，若此者又皆興也。其意以爲興者，有所象乎天下之物，以自見其事。故凡詩之爲此事而作，其言有及于是物者，則必强爲是物之説，以求合其事，蓋其爲學亦已勞矣！且彼不知夫《詩》之體固有比矣，而皆合之以爲興。夫興之爲言，猶曰其意云爾。意有所觸乎當時，時已去而不可知，故其類可以意推，而不可以言解也。《殷其靁》曰："殷其靁，在南山之陽"，此非有所取乎雷也，蓋必其當時之所見而有動乎其意，故后之人不可以求得其説，此其所以爲興也。若夫"關關雎鳩，在河之洲"，是誠有取于其摯而有別，是以謂之比，而非興也。嗟夫，天下之人欲觀于《詩》，其必先知夫興之不可以與比同，而無强爲之説，以求合其作時之事，則夫《詩》之義，庶幾乎可以意曉而無勞矣。（《欒城應詔集》卷四）

禮　論

昔者商周之際，何其爲禮之易也！其在宗廟朝廷之中，籩豆、簠簋、牛羊、酒醴之薦交于堂上，而天子、諸侯、大夫、卿士周旋揖讓，獻酬百拜，樂作于下而禮行于上，雍容和穆終日而不亂。夫古之人何其知禮而行之不勞也！當此之時，天下之人惟其習慣而無疑，衣服、器皿、冠冕、佩玉皆其所常用也。是以其人入于其間，耳目聰明而手足無所忤，其身安于禮之曲折而其心不亂，以能深思禮樂之意。故其廉恥退讓之心盎然見于其面，而忿然發于其躬，夫是以能使天下觀其行事，而忘其暴戾鄙野之氣。至于後世，風俗變易，更數千年以至于今，天下之事已大異矣。然天下之人，尚皆記錄三代禮樂之名，詳其節目，而習其俯仰；冠古之冠，服古之服，而御古之器皿；傴僂拳曲，勞苦于宗廟朝廷之中，區區而莫得其紀，交錯紛亂而不中節。此無足怪也，其所用者非其素所習也，而强使焉。甚矣夫後世之好古也！昔者上古之世，蓋常有巢居穴處、汙樽壞飲、燔黍捭豚、蕢桴土鼓，而以爲是足以養生送死而無以加之者矣。及其後世，聖人以爲大足大利于天下，是故易之以宮室，新之以籩豆鼎俎之器，以濟天下之所不足，而盡去太古之法。惟其祭祀以交于鬼神，乃始薦其血毛，豚解而腥之，體解而爓之，以爲是不忘本，而非以爲後世之禮不足用也。是以退而體其犬豕牛羊，實其簠簋、籩豆、鉶羹，以極今世之美，未聞其牽于上古之説，選懦而不決也。且方今之人，佩玉服韍，冕而垂旒，拱手而不知所爲，而天下之人亦且見而笑之，是何所復望于其有以感發天下之心哉！且又有所大不安者，宗廟之祭，聖人所以追求先祖之神靈，庶幾得而享之，以安恤孝子之志者也。是以思其平生起居飲食之際，而設其器用，薦其酒食，皆從其生，以冀其來而安之。而後世宗廟之祭，皆用三代之器，則是先祖終莫得而安也。蓋三代之時，席地而食，是以其器用各因其所便而爲之高下大小之制。今世之禮，坐于床而食于床上，是以其器不得不有所變。雖正使三代之聖人生于今而用之，亦將以爲便安。故夫三代之視上古，猶今之視三代也，三代之器不可復用矣，而其制禮之意尚可依仿以爲法也。宗廟之祭，薦之以血毛，重之以體薦，有以存古之遺風矣。而其餘者，可以易三代之器，而用今世之所便，以從鬼神之所安。惟其春秋、社稷、釋奠、釋菜，凡所以享古之鬼神者，則皆從其器。蓋周人之祭蠟與田祖也，吹葦籥，擊土鼓，此亦各從其所安焉耳。嗟夫，天下之禮，宏闊而難言，自非聖人而何以處此？惟其推之而不明，講之而不詳，則遂以爲不可。蓋其近于正而易行，庶幾天下之安而從之，是固不可易也。（《欒城應詔集》卷四）

春秋論

　　事有以拂乎吾心，則吾言忿然而不平；有以順適乎吾意，則吾言優柔而不怒。天下之人，其喜怒哀樂之情，可以一言而知也。喜之言，豈可以爲怒之言邪？此天下之人皆能辨之，而至于聖人，其言丁寧反覆布于方冊者甚多，而其喜怒好惡之所在者，又甚明耳易知也。然天下之人，常患求而莫得其意之所主，此其故何也？天下之人，以爲聖人之文章，非復天下之言也，而求之太過。求之太過，是以聖人之言，更爲深遠而不可曉。且夫天下何不以己推之也，將以喜夫其人，而加之以怒之之言，則天下且以爲病狂，而聖人豈有異乎人哉？不知其好惡之情，而不求其言之喜怒，是所謂大惑也。昔者仲尼刪詩于衰周之末，上自商周之盛王，至于幽厲失道之際，而下訖于陳靈。自詩人亦來，至于仲尼之世，蓋已數百餘年矣。愚嘗怪《大雅》、《小雅》之詩，當幽、厲之時，而稱道文、武、成、康之盛德，及其終篇，又不見幽、厲之暴虐，此誰知其爲幽、厲之詩而非文、武、成、康之詩者？蓋察其辭氣，有幽憂不樂之意，是以系之幽厲而无疑也。若夫春秋二百四十二年之間，天下之是非雜然而觸乎其心，見惡而怒，見善而喜，則夫是非之際，又可以求諸其言之喜怒之間矣。今夫人之于事，有喜而言之者，有怒而言之者，有怨而言之者。喜而言之，則其言和而无傷；怒而言之，則其言厲而不溫；怨而言之，則其言深而不誠。此其大凡也。《春秋》之于仲孫湫之來曰："齊仲孫來"。于季友之歸曰"季子來歸"。此所謂喜之之言也。于魯、鄭之易田曰："鄭伯以璧假許田"于晉文之召王曰："天王狩于河陽。"此所謂怒之之言也。于叔牙之殺曰："公子牙卒。"于慶父之奔曰："公子慶父如齊"。此所謂怨至之言也。夫喜之而和，怒之而厲，怨之而深。此三者无以加矣。至于《公羊》、《穀梁》之傳則不然，日月土地，皆所以爲訓也。夫日月之不知，土地之不詳，何足以爲喜，而何足以爲怒，此喜怒之所不在也。《春秋》書曰："戎伐凡伯于楚丘。"而以爲衛伐凡伯。

《春秋》書曰："齊仲孫來。"而以爲吾仲孫。怒而至于變人之國，此又喜怒之所不及也。愚故曰：《春秋》者，亦人之言而已，而人之言亦觀其辭氣之所向而已矣。(《欒城應詔集》卷四)

易說三篇

易　說　一

"一陰一陽之謂道，繼之者善也，成之者性也。"何謂道？何謂性？請以子思之言明之。子思曰："喜怒哀樂之未發謂之中，發而皆中節謂之和。中也者，天下之大本也；和也者，天下之達道也。致中和，天地位焉，萬物育焉。"中者性之異名也，性者道之所寓也。道無所不在，其在人爲性。性之未接物也，寂然不得其聯，可以喜，可以怒，可以哀，可以樂，特未有以發耳。及其與物接，而后喜怒哀樂更出而迭用，出而不失節者皆善也。所謂一陰一陽者，猶曰一喜一怒云爾，言陰陽喜怒皆自是出也。散而爲天地，斂而爲人。言其散而爲天地，則曰"天地位焉，萬物育焉"。言其斂而爲人，則曰"成之者性"，其實一也。得之于心，近自四支八骸①，遠至天地萬物，皆吾有也。一陰一陽，自其遠者言之耳。(卷三)

易　說　二

"大衍之數五十，其用四十有九。"此何數也？曰：一氣判而爲天地，分而爲五行。《易》曰："天一，地二，天三，地四，天五，地六，天七，地八，天九，地十。"此十者天地五行自然之數，雖聖人不能加損也。及文王重《易》，將以揲蓍，則取其數以爲蓍數，曰："大衍之數五十。"大衍云者，大衍五行之數而取其五十云爾，用于揲蓍則可，而非天地五行之全數也。故繼之曰："天數五，地數五，五位相得而各有合。天數二十有五，地數三十。凡天地之數五十有五，此所以成變化而行鬼神也。"明此天地五行之全數，古之聖人知之，所以配天地，參陰陽，其用有不可得而知者，非蓍數之所及也。及子瞻論《易》乃以蓍數之故，而損天地五行之全數以合之，爲之説曰："大衍之數五十者，五不特數，以爲在六七八九之中也。""言十則一二三四在其中，言六七八九則五在其中矣。""一二三四在十中，然而特見者何也？水火木金特見于四時，而土不特見"，"故土無定位，無成名，無專氣"。夫五行迭用于四時，其不特見者均也。謂土不特見，此野人之説也。今謂五行之數止于五十，是天五爲虛語。天數不得二十有五，天地之數不得五十有五而可乎？且土之生數，既不得特見，而其成數又以水火木金當之，是土卒無生成數也。使土無生成數，則天地之數四十而已，尚何五十

---

① 八：明嘉靖本《欒城三集》作"百"。

之有？且天地五行之數，人之所不與也。今也欲取則取，欲去則去，是以意命五行也。蓋天以一生水，地以二生火，天以三生木，地以四生金，天以五生土。五行既生矣，而未及成。地安于下，天運于上，則五位相得而各有合。地以五合一而水成，天以五合二而火成，地以五合三而木成，天以五合四而金成，地以五合五而土成。天之所生，不得地五則不成；地之所生，不得天五亦不成。此陰陽之至情，而古今之定論，非臆說也。且土之在天地，四行之所賴以成，而土之賴于四行者少，其實可視而知，不可誣也。今將求合蓍數而黜土，其爲說疏矣。（卷三）

易說 三

"夫《乾》，天下之至健也，德行常易以知險。夫《坤》，天下之至順也，德行常簡以知阻。"《乾》之健，《坤》之順，皆其材之自然也。譬如鳥之能飛，魚之能游，非有使之者也。《乾》以其健濟天下之險，《坤》以其順濟天下之阻，皆有餘矣。然而或亦不濟，如鳥之能飛而困于弋，魚之能游而斃于網。健順之不可恃者亦若是矣。且天下之險阻果安在乎？物固有强弱，有遠近，有高下，有好惡，有向背，有取舍。此爭之端，而險阻之所出也。方其不爭，乘之以至健，和之以至順，無不濟也。遇其方爭，健能勝之，順能說之，尚可也。不能勝，不能說，而險阻作矣。然則何爲而可？《易》曰："夫《乾》確然，示人易矣。夫《坤》隤然，示人簡矣。"健而無心者，其德易，其形確然。順而無心者，其德簡，其形隤然。易簡積于中，而確然隤然者著于外。吾信之，物安之，雖險阻在前而無不知，知之至則渙然冰釋，無能爲矣。此則易簡之功，而非健順之所及也。《易》曰："易簡而天下之理得矣，天下之理得而成位乎其中矣。"物得其理，則吾何爲哉？亦位于其中而已矣。（卷三）

洪範五事說

昔禹觀《洛書》，而得九疇之次："初一曰五行，次二曰敬用五事。"二者天人之道，而九疇之源本也。漢劉向父子始采諸儒之說，而作《五行傳》。其論五事，失其實者過半，後世因之。予以爲不然，乃爲之說曰：五行，天事也；五事，人事也。五行之先後，以天事言之；五事之先後，以人事言之。天以一生水，地以二生火，天以三生木，地以四生金，天以五生土，此五行之所以爲先後也。人之生也，形色具而聲氣繼之，形氣具而視聽繼之，形氣視聽具而喜怒哀樂之變至，喜怒哀樂既至而思生焉，喜怒哀樂之未至則無思也，無爲也。無思無爲則性也，性非五事而五事之所依也。故形色爲貌，聲氣爲言，目爲視，耳爲聽，心爲思，此五事之所以爲先後也。畜爲五藏，發爲五事，以應五行。故脾之發爲貌而主土，肺之發爲言而主金，肝之發爲視而主木，腎之發爲聽而主水，心之發爲思而主火。自黄帝以來，知醫者言之詳矣。舍此則無以治病，無以生殺人也。漢儒之說，以言爲金，以聽爲水，則亦既得之矣。至於以貌爲木，以視爲火，以思爲土則不可。何以言之？土之爲物，形色先具，而水火木金附焉。故形色之著者莫如土，土實爲脾，皮肉筋骨髓腦垢色皆土之屬而脾之餘也。此佛氏所謂地大者也。其于人爲貌，貌之德恭，恭之至肅。肅則土得其性，土得其性則能勝水，故其咎徵常雨。肅之反爲狂。狂則土失其性，土失其性則不能勝水，故其咎徵常雨。肺之于人，氣之所從出入也。方其有氣而未聲，則无以接物，而物亦莫之喻也①。氣至于有聲，聲成言，言出而物從之矣。故言之德從，從之至義。《語》曰："出辭氣，斯遠鄙悖矣。"《詩》曰："辭之輯矣，民之洽矣，辭之懌矣，民之莫矣。"言之能乂，如旸之能晞，出而物莫之違也。物之有聲者莫如金，故言主金。乂則金得其性。金得其性，故其休徵時旸。乂之反爲僭，僭則金失其性。金失其性，故其咎徵常旸。物之能視者，有待于日，日入則視无以致其用。及其升于東方，然後視者皆明。木位于東，而日之所從見也。故視主于木，而木爲肝。視之德明，明之至哲，哲則木得其性。木得其性，故其休徵時燠。哲之反爲豫。豫則木失其性，木失其性，故其咎徵常燠。目施明于外者也，耳納聰于內者也。明施于外則爲燠，聰納于內則爲寒。寒，水之性也。受天下之言无所不容，故其德聰。聰之至則謀，謀則水得其性。水得其性，故其休徵時寒。謀之反爲急。急則水失其性，水失其性，故其咎徵常寒。心虛而應物者也，火无形而離于物者也。二者其德同，同故无所不照。心之用思，思則得之，不思則不得也。及其至也，无思无爲，寂然不動，感而遂通天下之故。由思而至于无思，則復于性矣。復于性，則出于五事之表，此聖人所以參天地，通鬼神，而不可知者也。故思之德睿，睿之至聖。其功行于萬物，无所不入，而不知其所以入。惟風亦然，《易》曰："風自火出。"家人聖則火得其性，火得其性，故其休徵時風。聖之反爲蒙，蒙則火失其性，火失其性，故其咎徵常風。此五者《洛書》之本説，與黄帝之遺書合。醫者由之，至于今不變。而漢之諸儒反之，此智者之所太息也。（卷五）

詩　説②

《詩序》非詩人所作，亦非一人作之。蓋自國史明變，太師達雅，其所作之義，必相授于作詩之時。況聖人刪定之後，凡在孔門居七十子之列，類能言之；而鄒、魯之士縉紳先生，多能明之。漢興，得遺文于煨燼之餘，諸儒相與傳授講説，而作爲之序，其義必有所授之也。于是訓詁傳注起焉，相與祖述而爲之説，使後之學者釋經之旨，而不得即以序爲證。殊不知序之作，亦未爲得詩之旨，此不可不辨。夫魯之有頌，詞過于實；《閟宮》之詩有曰："居嘗與許，復周公之宇。"以《春秋》考之，許即魯朝

---

① "喻也"以後至"火失其性"，明嘉靖本《欒城三集》無。
② 詩説：與下文《春秋説》不見蘇轍全集，原本作《詩論》、《春秋論》，與《易説三篇》同入卷三，總題《五經論》。爲區別於《進論五首》之《詩論》、《春秋論》，茲從明茅坤《唐宋八大家文鈔》卷一六四題爲《詩説》、《春秋説》。

宿之邑也。自桓元年鄭伯以璧假許田，至僖公時，許已非魯所有。嘗地，無所經見，而先儒以爲嘗即魯薛地，若難考據。而詩稱"居嘗與許"，爲能"復周公之宇"何也？蓋此詩之作，自"俾爾昌而熾，俾爾壽而臧"已下，至"天錫公純嘏，眉壽保魯。居嘗與許，復周公之宇"，皆國人祝之之辭。望其君之能如此也。序詩者，徒得其言，而未得其意。乃爲之言曰："頌僖公能復周公之宇。"以爲僖公果復嘗、許，若未可信也。《魚藻》言："魚在在藻，有頒其首。王在在鎬，豈樂飲酒。魚在在藻，有莘其尾。王在在鎬，飲酒樂豈。魚在在藻，依于其蒲。王在在鎬，有那其居。"言魚何在？在藻爾。或頒首，或莘尾，或依蒲，自以爲得所也。然特在藻在蒲而已焉，足恃以爲得所。猶之幽王何在？在鎬爾，或豈樂而後飲酒，或飲酒而後樂豈，若無事而那居，自以爲至樂也。然徒在鎬飲酒，湛于耽樂，而不恤危亡之至，亦焉足恃以爲至樂？此詩人所刺也。序詩者徒見詩每以魚言物之多，故于此亦曰"萬物失其性"；以鎬爲武王所都，故于此曰"思武王"，恐非詩之旨也。《清廟》之序曰："周公既成洛邑，朝諸侯，率以祀文王。"昔武王崩，成王幼，周公位冢宰，正百官而已，未嘗居攝也。漢儒惑于荀卿與夫《禮記》之說，遂以謂周公實居攝。然荀卿之言好妄，而《禮》所記雜出于二戴之論，于此附會其說曰："周公既成洛邑，朝諸侯，率以祀文王。"然則成洛邑者周公也，至于朝諸侯、率以祀文王，使周公爲之，不幾于僭乎？《將仲子》之序曰："小不忍以至大亂。"以《春秋左傳》考之，祭仲之諫莊公，以不如早爲之所。莊公曰："多行不義必自斃。子姑待之。"又曰："無庸，將自及。"又曰："不義不暱，厚將崩。"終至于伐諸鄢。莊公之志，不早爲之所，而待其自斃，蓋欲養成其惡，而終害之故也。故《春秋》譏之，而《左氏》謂之"鄭志"，以鄭伯之志在于殺也。《將仲子》之刺，亦惡乎養成其惡而終害之？序詩者曰："小不忍以致大亂。"蓋不知此。觀莊公誓母姜氏于城潁，則莊公之用心，豈小不忍者乎？《召旻》所刺，刺幽王大壞也。始曰"旻天疾威"，而卒章曰"昔先王受命，有如召公，日闢國百里"，思召公之闢國，特其一事爾。而序詩者，遂以《旻》爲"閔天下無如召公之臣"，焉足以盡一詩之義？《淇奧》所美，美武公之德也。武公之德如詩所賦，無施不可。序詩者，徒見詩言曰"有匪君子"，即稱其有文章。武公所以爲君子，非止文章而已。見詩言曰"如切如磋，如琢如磨"，即稱其"又能聽其規諫"。武公所以切磋琢磨，非止聽規諫而已。是言也，又似非能文者所爲。即此觀之，詩之序，非漢諸儒相與論撰者歟？不然，何其誤詩人之旨尚如此！至如《載馳》、《抑》詩稱作詩者諡，《絲衣》引高子及靈星以證其說，若此之類，序非詩人作明矣。如《江有汜》言美媵也，勤而無怨，嫡能悔過也，辭意並足矣。又曰："文王之時，江沱之間，有嫡不以其媵備數，媵遇勞而無怨，嫡能自悔也。"如《式微》言："黎侯寓于衛，其臣勸以歸。"而《旄丘》曰"責衛伯"，因前篇以見意，足矣。又曰："狄人迫逐黎侯，黎侯寓于衛，衛不能修方伯連率之職"云云，何其辭意重復如此！若此之類，序非一人作明矣。或者謂如《江有汜》之爲美媵，《賚》之爲錫予，《那》之祀成湯，《商·武》之祀高宗，疑非後人所能知而序之者。曰：不然。自詩作已來，必相授于作之之時，況聖人刪定之後乎！（卷三）

春秋説

　　名分立，禮義明，使斯民皆直道而行，則聖人之褒貶未始作也。名分不立，禮義不明，然導以名分而或知戒，諭以禮義而或知畏，猶有先王之澤在，則聖人之褒貶因是而作也。名分不足以導之使戒，禮義不足以諭之使畏，而先王之遺意已不復見，則聖人雖欲褒貶，亦未如之何矣。愚于仲尼作《春秋》見之。周之盛時，賞罰一于主斷，好惡公于人心，賞其所可賞，皆天下之同好也；罰其所可罰，皆天下之同惡也。雖鄙夫賤隸，猶知名分禮義之所在而不敢犯者。不幸雖幽、厲失道，天下版蕩，然天子之權未嘗倒持，而名分禮義在天下者，亦不敢逾也。當是時，王迹不熄而《雅》道存；《雅》道存而《春秋》不作。則褒貶安所著哉？奈何東遷之後，勢已陵替，賞罰之柄不足令天下而《雅》道息，《雅》道息則名分逾而禮義喪矣。然尚有可救者，五霸起而合諸侯、尊天子。葵丘之會，伐原之信，大蒐之禮，有足多者。至如魯未可動，亦以能秉周禮，使先王綱紀之遺意綿綿有存者。又幸而一時卿士大夫事君行己，忠義之節，間有三代人才之遺風。聖人于此，知夫導以名分或使知戒，諭以禮義或使知畏，故與之善善、惡惡、賢賢、賤不肖，而責備致嚴。則《春秋》之作，亦其人可得而褒貶歟！逮五霸既沒之後，春秋之末，陵遲愈甚。吳越始入中國，干戈縱橫，則中國幾于淪胥矣。當時諸侯皆五霸罪人，而先王紀綱遺意與夫人才遺風，掃地蕩盡。終于田常篡齊，六卿分晉，聖人于此，知夫名分不足以導之使戒，禮義不足以諭之使畏，雖欲褒貶，亦未如之何矣。故絕筆獲麟，止于二百四十二年。獲麟之後，書陳恒弒其君之事，已非聖人所筆。噫！《春秋》不復作，其人不足與褒貶歟？然自《詩》亡而《春秋》作，孟軻以爲"王者之迹熄"；至于《春秋》不復作，則又先王之澤竭焉，可勝歎哉！（卷三）